W0392566

BASTEI LÜBBE

JUDE DEVERAUX

Herz aus Eis
Herz aus Feuer

Aus dem Amerikanischen von
Bodo Baumann

BASTEI
LÜBBE

BASTEI-LÜBBE-TASCHENBUCH
Band 11838

1.–2. Auflage 1992
3. Auflage 1993
4. Auflage 1995

Titel der amerikanischen Originalausgaben:
Twin of Ice / Twin of Fire
Copyright © 1985 by Jude Deveraux, Inc.
Copyright © 1987 für die deutsche Übersetzung by
Gustav Lübbe Verlag GmbH, Bergisch Gladbach
Printed in Germany
Einbandgestaltung: Roland Winkler
Titelzeichnung: Agentur Schlück
Druck und Bindung: Ebner Ulm
ISBN 3-404-11838-3

Der Preis dieses Bandes versteht sich einschließlich
der gesetzlichen Mehrwertsteuer.

JUDE DEVERAUX

Herz aus Eis

BASTEI LÜBBE

Prolog

Die dicke alte Frau mit den schwarzverfärbten Zähnen und den grauen Haarsträhnen unter dem verbeulten Hut schwang sich überraschend leichtfüßig auf den Kutschbock des schweren Fuhrwerks. Hinter ihr lag allerhand frisches Gemüse, von einer mit Wasser getränkten Plane bedeckt.

»Sadie!«

Die Frau blickte nach links. Da stand Reverend Thomas, groß, gutaussehend, eine Sorgenfalte auf der Stirn.

»Du wirst vorsichtig sein? Keine Dummheiten anstellen? Nicht auf dich aufmerksam machen?«

»Ich verspreche es«, sagte Sadie mit einer weichen jugendlich klingenden Stimme. »Ich werde mich beeilen und bald zurück sein.« Dann schnalzte sie mit der Zunge, und die Pferde trabten an.

Es war ein weiter Weg von Chandler in Colorado bis zu der Kohlenmine, die Sadie zu betreuen hatte. Einmal mußte sie auf der unebenen, holprigen Straße anhalten, um einen Zug der Colorado and Southern Railroad passieren zu lassen. Jede der siebzehn Kohlenminen in der Umgebung von Chandler hatte ihre eigene Eisenbahntrasse.

Vor der Abzweigung zur Fenton Mine überholte Sadie ein anderes Trödlerfuhrwerk, auf dessen Kutschbock ebenfalls eine alte Frau saß. Sadie hielt kurz ihr Gespann aus vier Pferden an und suchte die Gegend mit den Augen ab.

»Schwierigkeiten?« fragte sie leise, als die andere Frau neben ihr anhielt.

»Nein; aber das Gerede von einer Gewerkschaft nimmt zu. Bei dir?«

Sadie nickte kurz. »Es gab ein Schlagwetter im Stollen Nummer sechs in der vergangenen Woche. Die Männer finden nicht mehr die Zeit, die Schächte abzustützen, die sie graben. Hast du ein Pfefferminz?«

»Hab' sie alle verschenkt, Sadie«, sagte die andere und beugte sich näher. »Sei vorsichtig. Die ›Little Pamela‹ ist die schlimmste von allen. Rafe Taggert traue ich nicht über den Weg.«

»Er macht vielen Leuten Angst. Da kommt ein Wagen.« Sadies Stimme wurde tiefer, als sie mit einem lauten Hott und Hü ihr Gespann wieder antrieb. »Wir sehen uns in acht Tagen wieder, Aggie. Laß dir keinen Nickel aus Holz andrehen!«

Sadie fuhr an den Männern vorbei, die ihr auf dem Wagen entgegenkamen, und hob grüßend die Hand. Dann bog sie in die Straße ein, die durch eine Schlucht zur Mine ›Litte Pamela‹ führte.

Der Weg war steil, und sie entdeckte den Wächter erst, als er schon vor ihr stand. Ihr Herz begann laut zu klopfen, obwohl sie doch die Ruhe selbst sein wollte.

»Morgen, Sadie. Hast du Kohlrüben dabei?«

»Große, fette Kohlrüben.« Sie grinste, zeigte ihre Runzeln und verrotteten Zähne.

»Heb mir 'nen Sack von den Dingern auf, ja?« sagte er, während er das Tor aufsperrte. Von Bezahlen war nicht die Rede. Daß er das Tor aufsperrte, um einen Außenseiter in das geschlossene Lager einzulassen, war Bezahlung genug.

Die Wächter, die um das Lager verteilt waren, sollten dafür sorgen, daß kein Gewerkschaftsvertreter die Mine betrat und die Bergarbeiter organisierte. Wenn sie jemanden antrafen, der sich in dieser Absicht dem Lager zu nähern schien, schossen sie erst und stellten hinterher Fragen. Mit solchen Vollmachten ausgestattet, genügte es, wenn die Wächter sagten, der Erschossene sei ein Gewerkschaftsvertreter gewesen, und sie wurden von jedem lokalen oder staatlichen Gerichtshof freigesprochen. Die Minenbesitzer hatten ein Recht, ihr Eigentum zu schützen.

Sadie hatte alle Hände voll zu tun, ihr Gespann durch die engen, mit Kohlen beschotterten Straßen zu lenken. Zu beiden Seiten standen aus Brettern gezimmerte Baracken, die die Bergarbeiter als Häuser bezeichneten – vier oder fünf winzige Räume, ein Klosett und dahinter ein Verschlag für Kohlen. Wasser wurde mit dem Eimer aus einem mit Kohlenstaub verseuchten Gemeindebrunnen geschöpft.

Sadie lenkte ihr Gespann an dem Bergwerksladen vorbei und nickte dem Inhaber kurz zu. Sie waren natürliche Feinde. Die Minenarbeiter wurden mit Gutscheinen entlohnt, so daß ihre Familien alles, was sie zum Leben brauchten, nur in dem Laden einkaufen konnten, den der Bergwerksbesitzer im Lager eingerichtet hatte. Manche Leute sagten, die Minenbesitzer verdienten mehr Geld mit ihren Läden als mit ihrer Kohle.

Zu ihrer Rechten, zwischen den Bahngeleisen und der steil ansteigenden Bergflanke, war die »Sunshine Row« – eine schiefe Reihe in scheußlichem Gelb bemalter Doppelhäuser. Da gab es weder einen Vorgarten noch einen Hinterhof, nur Aborthäuschen, die knappe fünf Meter von den Wohnungen entfernt lagen. Sadie kannte diese Mischung aus Qualm, Ruß und anderen Gerüchen nur zu gut, und dazu noch der Lärm der Loren und Lokomotiven. Das war die Straße, in der die neu zugezogenen Bergarbeiter wohnten.

Sie hielt mit ihrem Gespann vor einer der größeren Buden.

»Sadie! Ich dachte, du kommst heute nicht mehr«, sagte eine junge hübsche Frau, die aus der Baracke eilte und sich die Hände und Arme an einem dünnen Handtuch abtrocknete.

»Du kennst mich doch«, sagte Sadie mürrisch, während sie schwerfällig vom Kutschbock stieg. »Ich verschlafe immer, wenn mich mein Mädchen nicht weckt. Sie hat's heute vergessen. Wie geht's dir denn so, Jean?«

Jean Taggert grinste die alte Frau an. Sadie gehörte zu den wenigen Privatpersonen, die Zutritt zum Lager hatten;

und jede Woche zitterte Jean vor Angst, die Lagerpolizei könnte ihren Wagen durchsuchen.

»Was hast du mitgebracht?« fragte Jean leise.

»Hustenmedizin, Verbandszeug, ein bißchen Morphium für Mrs. Carson, ein Dutzend Paar Schuhe. Viel kann man ja nicht in so einem Kohlkopf verstecken. Und Spitzenvorhänge für Ezras Braut.«

»Spitzenvorhänge!« hauchte Jean und lachte dann. »Du hast vermutlich recht. Spitzen könnten ihr besonders gut stehen. Na, dann wollen wir mal anfangen.«

Es dauerte drei Stunden, bis Jean und Sadie das Gemüse verteilt hatten, für das die Lagerbewohner in Gutscheinen bezahlten, die Jean ihnen später heimlich wieder zurückgab. Weder die Minenbesitzer noch die Lagerpolizei wußten, daß Sadie ihr Gemüse und die darin versteckten Güter gratis verteilte. Selbst die meisten Bergarbeiter wußten das nicht. Das waren stolze Leute, und die hätten es nicht gern gesehen, wenn die Frauen Wohlfahrtsgeschenke annahmen. Doch die Frauen dachten an ihre Kinder und die Schufterei ihrer Ernährer und waren froh über alles, was sie umsonst bekommen konnten.

Es war schon spät, als Sadie und Jean mit dem leeren Wagen wieder vor Jeans Haus standen.

»Wie geht's Rafe?« fragte Sadie.

»Er arbeitet zuviel. Wie mein Vater. Und Onkel Rafe stiftet Unruhe. Du mußt wieder fahren. Wir dürfen nicht riskieren, daß du auch noch in Gefahr gerätst«, sagte Jean und nahm Sadies Hand. »So eine junge Haut.«

»Unruhe . . .?« begann Sadie verdattert und entzog Jean rasch die Hand. Jean lachte und sagte:

»Dann also in acht Tagen. Und – Sadie, du kannst beruhigt sein. Ich weiß es nämlich schon lange.«

Sprachlos vor Verwirrung stieg Sadie auf den Kutschbock und schnalzte mit der Zunge, um die Pferde anzutreiben.

Eine Stunde später hielt sie auf der Rückseite des alten Pfarrhauses in Chandler. Im späten Licht der Abenddämmerung rannte sie über den Hof, durch die unverschlossene

Hintertür und durch einen kurzen Korridor in ein Badezimmer, wo saubere Kleider an einem Bügel hingen.

Sie riß sich die Perücke vom Kopf, wusch sich die Theaterschminke aus dem Gesicht und schrubbte die schwarze Gummimasse von ihren Zähnen. Sie band das viel zu warme, ausgepolsterte Kleid, das ihre Gestalt so unförmig machte, am Hals los und ließ es von ihrem Körper gleiten. Sie zog Unterwäsche und Unterröcke aus feinem Batist an, dann ein weißes Leinenkorsett, das sie vorne verschnürte, und stieg in einen maßgeschneiderten Rock aus blauem Serge. Als sie ihren dunkelblauen Ledergürtel umband, klopfte es.

»Herein.«

Reverend Thomas öffnete die Tür und stand einen Moment auf der Schwelle, um die Frau im Badezimmer zu betrachten. Miss Houston Chandler war groß, schlank und schön, hatte dunkelbraune Haare mit einem Hauch von Rot darin, weit auseinanderstehende blaugrüne Augen, eine gerade, aristokratische Nase und einen kleinen, vollendet geformten Mund.

»Sadie hat sich also wieder für eine Woche verabschiedet«, sagte der Pfarrer lächelnd. »Aber die Miss Houston sollte sich ein wenig beeilen. Dein Vater . . .«

»Mein Stiefvater«, verbesserte sie ihn.

»Nun, sicher; aber der Titel ändert nichts an seinem Ärger.«

»Sind Anne und Tia mit ihrem Wagen wohlbehalten zurückgekommen?«

»Vor Stunden schon. Und jetzt marsch, nach Hause!«

»Jawohl, Sir.« Sie lächelte. »Bis zum nächsten Mittwoch«, rief sie über die Schulter, als sie das Pfarrhaus durch die Vordertür wieder verließ und mit beschwingten Schritten den Heimweg antrat.

Kapitel 1

Mai 1892

Houston Chandler ging so unbefangen wie möglich die Straße zu ihrem Haus hinunter und hielt vor einem dreistökkigen roten Ziegelgebäude im viktorianischen Stil an, das jedem in der Stadt unter dem Namen »Villa Chandler« ein Begriff war. Sie glättete sich das Haar, machte ein beherrschtes Gesicht und stieg die Stufen zum Eingang hinauf.

Als sie ihr Parasol in den Porzellan-Schirmständer in der kleinen Vorhalle stellte, hörte sie ihren Stiefvater mit ihrer Schwester brüllen:

»Ich dulde so etwas nicht in meinem Haus! Du glaubst wohl, du hättest ein Recht dazu, derartige Ausdrücke verwenden zu können, weil du dich Doktor nennst! Aber nicht in meinem Haus!«

Blair Chandler, die ihrer Schwester so ähnlich sah, wie es Zwillinge nur sein können, funkelte den Mann an, der einen halben Kopf kleiner war als sie und so solide gebaut wie eine Festung. »Seit wann ist das *dein* Haus? Mein Vater . . .«

Houston trat in den Salon und schob sich zwischen Schwester und Stiefvater. »Ist es nicht schon Zeit zum Abendessen? Vielleicht sollten wir ins Speisezimmer hinübergehen.« Sie drehte ihrem Stiefvater den Rücken zu und sah ihre Schwester beschwörend an.

Blair wandte sich von den beiden ab. Man konnte ihr die Wut nur zu deutlich ansehen.

Duncan nahm Houstons Arm und führte sie an der Treppe vorbei hinüber ins Speisezimmer. »Zum Glück habe ich ja noch eine Tochter, die Anstand besitzt.«

Houston zuckte zusammen, als sie diesen Spruch hörte, den er so oft im Munde führte. Sie haßte es, mit Blair verglichen zu werden – besonders, wenn es zu deren Nachteil geschah.

Kaum hatten sie an dem großen Mahagonitisch Platz genommen, jeder vor seinem Gedeck aus Porzellan, Kristall und schwerem Tafelsilber – Duncan am Kopfende, Opal Gates am Fußende und die Zwillinge links und rechts in der Mitte –, als das Gezänk wieder anfing.

»Man sollte doch erwarten, daß du wenigstens auf deine Mutter Rücksicht nehmen würdest«, sagte Duncan mit einem empörten Blick auf Blair, während ein elf Pfund schwerer Rostbraten vor ihm auf den Tisch gestellt wurde. Er ließ sich das Vorlegemesser reichen. »Bist du so egoistisch, daß dir alle anderen Menschen egal sind? Bedeutet deine Mutter dir denn gar nichts?«

Blair blickte mit zusammengepreßten Zähnen auf ihre Mutter. Opal wirkte wie eine verblaßte Kopie ihrer schönen Töchter. Falls sie einmal so etwas wie Temperament besessen hatte, war es entweder verschüttet oder tief vergraben. »Mutter«, sagte Blair, »verlangst du von mir, daß ich die Medizin an den Nagel hängen, nach Chandler zurückkehren, einen fetten Bankier heiraten und ein Dutzend Kinder bekommen soll?«

Opal lächelte ihre Tochter liebevoll an, während sie sich von der Platte, die ihr das Serviermädchen hinhielt, mit einer winzigen Portion Auberginen bediente. »Ich will, daß du glücklich wirst, mein Liebes, und ich glaube, daß du etwas sehr Nobles tust, wenn du das Leben anderer Menschen retten möchtest.«

Blair warf einen triumphierenden Blick auf ihren Stiefvater. »Houston hat dir zuliebe auf ihr Leben verzichtet. Genügt dir das nicht? Willst du mein Leben auch noch zerstören?«

»Houston«, donnerte Duncan und legte die Finger so fest um den Griff des Vorlegemessers, daß die Knöchel weiß hervortraten, «läßt du dir gefallen, daß deine Schwester so unerhörte Dinge von dir behauptet?«

Houston blickte von ihrer Schwester zu ihrem Stiefvater. Unter keinen Umständen wollte sie für einen der beiden Partei ergreifen. Blair fuhr nach der Hochzeit wieder nach Pennsylvanien zurück, doch sie würde dann noch in derselben Stadt wohnen wie ihr Stiefvater. Mit freudiger Erleichterung hörte sie in diesem Moment das Hausmädchen draußen im Vestibül, das den Besuch von Dr. Leander Westfield ankündigte.

Houston erhob sich rasch von ihrem Stuhl. »Susan«, sagte sie zum Serviermädchen, »legen Sie noch ein Gedeck auf.«

Leander kam bereits mit langen, selbstbewußten Schritten in das Speisezimmer. Er war ein großer, schlanker, dunkelhaariger, sehr gut aussehender Mann – mit grünen Augen, für die man sein Leben hingeben könnte, wie eine Freundin einmal Houston im Vertrauen gesagt hatte. Dabei strahlte er eine solche Selbstsicherheit aus, daß Frauen auf der Straße stehenblieben und ihn anstarrten. Er begrüßte Mr. und Mrs. Gates.

Leander lehnte sich über den Tisch und gab Houston rasch einen Kuß auf die Wange. Frauen öffentlich zu küssen – selbst wenn es die eigene Frau war –, verstieß gegen alle guten Sitten; aber Leander hatte so eine Art, daß man ihm gern nachsah, was man anderen Männern nie verziehen hätte.

»Möchtest du mit uns essen?« fragte Houston höflich und wies auf den Platz neben sich.

»Danke, ich habe bereits gegessen; aber vielleicht trinke ich hinterher mit euch eine Tasse Kaffee. Guten Abend, Blair«, sagte er, während er sich ihr gegenübersetzte.

Blair warf ihm als Antwort nur einen Blick zu und stocherte dann in dem Gemüse herum, das sie sich auf den Teller gelegt hatte.

»Blair, kannst du Leander nicht guten Tag sagen, wenn er dich begrüßt?« schnaubte Duncan am Kopfende.

»Aber sie kann doch nicht mit vollem Mund sprechen, Mr. Gates«, sagte Leander heiter, während er Blair ein wenig verwundert ansah. Dann blickte er Houston an und meinte lächelnd: »Du siehst heute so hübsch aus wie eine Braut.«

»Braut!« zischte Blair, sprang vom Tisch auf, daß ihr Stuhl fast umgekippt wäre, und eilte aus dem Zimmer.

»Da hört sich doch alles auf ...« begann Duncan, legte seine Gabel weg und wollte sich von seinem Platz erheben.

Doch Houston verhinderte es mit den Worten: »Bitte nicht. Irgend etwas muß sie schrecklich aufgeregt haben. Vielleicht vermißt sie auch ihre pennsylvanischen Freunde. Leander, wolltest du nicht mit mir über die Hochzeit reden? Könnten wir das nicht gleich besprechen?«

»Aber natürlich.« Leander eskortierte sie schweigend zu seinem Einspänner, der vor der Tür wartete, trieb das Pferd an, fuhr mit ihr die Second Street hinauf und parkte in einer der vielen Sackgassen von Chandler. Es wurde schon dunkel, und ein kalter Wind kam von den Bergen herunter. Houston zog sich in den hintersten Winkel der Kutsche zurück.

»Nun erzähl mir mal, was los ist«, sagte Leander, wickelte die Zügel um die Bremskurbel, zog die Bremse fest und drehte sich zu ihr um. »Du scheinst genauso aufgebracht zu sein wie Blair.«

Houston hatte Mühe, die Tränen zurückzuhalten. Es tat ihr gut, mit Lee allein sein zu können. Er war ihr so vertraut. Bei ihm fühlte sie sich sicher. Er war eine Oase der Vernunft in ihrem Leben. »Es ist Mr. Gates. Er behandelt sie schlecht, erzählt ihr ständig, wie unnütz sie sei, erinnert sie daran, daß er sie schon als kleines Kind für einen hoffungslosen Fall gehalten habe, und verlangt immer wieder von ihr, daß sie die Medizin aufgeben und in Chandler bleiben solle. Und nie versäumt er, mich als Vorbild hinzustellen, Lee.«

»Ja, Sweetheart«, sagte Lee und zog sie in seine Arme, »du *bist* eben perfekt. So süß und gut und anschmiegsam und ...«

Sie rückte von ihm weg. »Anschmiegsam? Vergleichst du mich etwa mit einem Sahnebonbon?«

»Nein«, antwortete Lee lächelnd, »ich wollte damit nur ausdrücken, daß du eine hübsche, süße Frau bist und ich es für einen guten Zug von dir halte, wenn du dir so große Sorgen um deine Schwester machst; aber ich denke, Blair hätte auf Kritik vorbereitet sein müssen, als sie Ärztin wurde.«

»*Du* würdest doch nicht verlangen, daß sie die Medizin aufgibt, oder?«

»Ich habe keine Ahnung, was deine Schwester tun sollte. Ich bin nicht für sie verantwortlich.« Er zog sie wieder an sich. »Warum reden wir eigentlich von Blair? Wir müssen an uns denken, an unsere gemeinsame Zukunft.«

Dabei zog er sie noch fester an sich und begann, an ihrem Ohrläppchen zu knabbern.

Das war der Teil seiner Brautwerbung, den Houston gar nicht mochte. Lee war so gut zu haben, war ihr so vertraut wie kein anderer. Schließlich waren sie schon ein ›Paar‹, als sie erst sechs und zwölf Jahre alt gewesen waren. Sie konnte jetzt als Zwanzigjährige auf eine lange Zeit zurückblicken, die sie mit Leander Westfield verband und hatte eigentlich schon immer gewußt, daß sie eines Tages Mrs. Westfield sein würde. Ihre ganze Schulausbildung, alles, was sie bisher gelernt hatte, waren eine Vorbereitung auf den Tag dieser Hochzeit.

Doch vor ein paar Monaten, als er von seinem Studium in Europa zurückgekommen war, hatte er damit angefangen, sie zu küssen, sie auf den Sitz des Einspänners zu drücken, nach ihren Kleidern zu grapschen; und alles, was Houston dabei empfand, war der Wunsch, er möge mit dieser Fummelei aufhören. Das brachte Lee dann in Harnisch, und er nannte sie eine Eisprinzessin und brachte sie nach Hause.

Houston wußte, wie sie auf Lees Annäherungen reagieren sollte. Trotz ihres Rufes, eine sittenstrenge Stadt zu sein, war Chandler in Colorado eine aufgeklärte Stadt – jedenfalls, was ihre Frauen betraf –, doch Houston empfand einfach nichts, wenn Lee sie anfaßte. Sie hatte sich deswegen schon manches Mal nachts in den Schlaf geweint. Sie konnte sich nicht vorstellen, daß sie jemanden mehr lieben könne als Leander; aber sie spürte keine Erregung, wenn er sie anfaßte.

Er schien ihre Gedanken zu lesen und zog sich von ihr zurück, während seine Augen seinen Ärger verrieten.

»Es sind keine drei Wochen mehr bis dahin«, sagte sie mit hoffnungsvoller Stimme. »Bald sind wir verheiratet, und dann . . .«

»Und was dann?« fragte er mit einem schrägen Blick auf sie. »Dann schmilzt die Eisprinzessin?«

»Ich hoffe es«, flüsterte sie, mehr zu ihrer als seiner Beruhigung. »Keiner erhofft sich das so sehr wie ich.«

Sie schwiegen einen Moment.

»Hast du dich schon auf den Empfang vorbereitet, den der Gouverneur morgen gibt?« fragte Lee, zog eine lange, dünne Zigarre aus der Westentasche und zündete sie an.

Houston lächelte zaghaft. Die ersten Minuten, nachdem sie ihn abgewiesen hatte, waren immer die schlimmsten. »Mein Worth-Modellkleid hängt schon frisch gebügelt im Schrank.«

»Der Gouverneur wird sich in dich verlieben. Davon bin ich überzeugt.« Er lächelte sie an; aber sie spürte, daß es ein gezwungenes Lächeln war. »Eines Tages werde ich die schönste Frau dieses Staates an meiner Seite haben.«

Sie versuchte, sich zu entspannen. Der Empfang eines Gouverneurs war für sie kein Problem. Das war etwas, für das sie ausgebildet worden war. Vielleicht hätte sie einen Kursus belegen sollen, wie man nicht zu einer frigiden Ehefrau wird. Sie wußte, daß manche Männer der Meinung waren, Frauen sollten keinen Gefallen am Sex finden; aber sie wußte auch, daß Leander eine Ausnahmeerscheinung unter den Männern war. Er erwartete, daß sie Freude haben sollte an den körperlichen Beziehungen zu ihm, wie er ihr ausdrücklich erklärt hatte, und Houston redete sich ein, daß es auch so kommen würde; doch meistens fühlte sie sich eher abgestoßen, wenn er sie küßte.

»Ich muß morgen in die Stadt«, sagte er, ihren Gedankengang unterbrechend. »Möchtest du mitkommen?«

»Nur zu gern. Oh! Blair wollte kurz bei der Redaktion

der Zeitung vorbeischauen. Ich glaube, jemand hat ihr ein neues medizinisches Journal aus New York geschickt.«

Houston lehnte sich in das Polster zurück, während Leander das Pferd wieder antrieb, und überlegte, was er wohl sagen würde, wenn er wüßte, daß seine ›anschmiegsame‹ Zukünftige einmal in der Woche etwas unternahm, was als ungesetzlich galt.

Blair lümmelte sich gegen das Kopfende der Bettstelle aus reich verziertem Nußbaum, einen Fuß auf dem Boden, das andere Bein angewinkelt, daß man den Zwickel ihrer türkischen Hose sah. Ihr großes, in Weiß und Blau gehaltenes Zimmer befand sich im zweiten Stock, mit einem herrlichen Ausblick auf den Ayers Peak durch das Westfenster. Sie hatte anfangs ein Zimmer im ersten Stock bei der anderen Familie gehabt, doch nachdem sie im Alter von zwölf Jahren Chandler verlassen hatte, wurde Opal schwanger, und Mr. Gates hatte Blairs Zimmer in eine Säuglingsstation mit Bad verwandelt. Opal verlor ihre Leibesfrucht, und nun stand das Kinderzimmer leer, bevölkert mit Puppen und Spielzeugsoldaten, die Mr. Gates schon während der Schwangerschaft gekauft hatte.

»Ich kann wirklich nicht einsehen, warum wir mit Leander in die Stadt fahren müssen«, sagte Blair zu Houston, die sehr gerade auf einem weißen Brokatsessel saß. »Ich habe dich ein paar Jahre nicht gesehen, und jetzt muß ich dich mit ihm teilen.«

Houston zeigte ihrer Schwester ein kleines Lächeln. »Leander hat uns gebeten, ihn zu begleiten, nicht umgekehrt ich ihn. Ich habe manchmal den Eindruck, daß du ihn nicht leiden kannst. Ich verstehe nur nicht, wie das möglich ist. Er ist freundlich zu dir, rücksichtsvoll, hat eine Position in der Gemeinde und . . .«

». . . und er besitzt dich vollkommen!« explodierte Blair und sprang vom Bett herunter. Houston war erschrocken über die Heftigkeit ihrer Reaktion. »Verstehst du denn nicht, daß ich auf der Hochschule mit Frauen zusammengearbeitet habe, die so waren wie du? Frauen, die so unglücklich waren, daß sie mehrmals versuchten, sich umzubringen?«

»Umbringen? Blair, ich habe keine Ahnung, wovon du überhaupt redest. Ich habe nicht die Absicht, mich selbst zu töten.« Houston war jetzt von der Heftigkeit ihrer Schwester sogar peinlich berührt.

»Houston«, fuhr nun Blair, die das zu merken schien, mit ruhiger Stimme fort, »ich wünschte, du würdest selbst erkennen, wie sehr du dich verändert hast. Du warst früher so fröhlich, und jetzt bist du nur noch reserviert. Ich verstehe ja, daß du dich Gates anpassen mußtest; aber warum willst du unbedingt einen Mann heiraten, der so ist wie er?«

Houston stand auf, legte die Hand auf Blairs Frisierkommode aus Nußbaum und strich mit den Fingerspitzen über Blairs in Silber gefaßte Haarbürste hin. »Leander ist nicht so wie Mr. Gates. Tatsächlich ist er ganz anders. Blair« – sie sah ihre Schwester im großen Spiegel über der Kommode an –, »ich liebe Leander. Ich liebe ihn schon seit vielen Jahren, und ich hatte nie einen anderen Wunsch, als ihn zu heiraten, Kinder zu bekommen und für eine Familie zu sorgen. Ich habe nie etwas Großes oder Nobles vollbringen wollen, wie du das offensichtlich willst. Kannst du nicht sehen, daß ich glücklich bin?«

»Ich wünschte, ich könnte dir glauben«, sagte Blair aufrichtig. »Aber etwas hindert mich daran. Ich hasse vermutlich die Art, mit der Leander dich behandelt, als wärst du bereits sein Eigentum. Wenn ich euch zusammen sehe, wirkt ihr auf mich wie ein Ehepaar, das bereits zwanzig Jahre verheiratet ist.«

»Wir sind schon sehr lange zusammen.« Houston drehte ihrer Schwester wieder das Gesicht zu. »Was soll ich in einem Ehemann wohl anderes suchen als Übereinstimmung?«

»Mir scheinen die besten Ehen jene zu sein, wo sich die Eheleute gegenseitig interessant finden. Du und Leander –

ihr seid euch zu ähnlich. Wäre er eine Frau, stellte er eine perfekte Dame dar.«

»Wie ich«, flüsterte Houston. »Aber ich bin nicht immer eine Lady. Es gibt Dinge, die . . .«

»Sadie zum Beispiel?«

»Wieso weißt du davon?« fragte Houston.

»Meredith hat es mir erzählt. Was, denkst du wohl, wird dein teurer Leander sagen, wenn er erfährt, daß du dich jeden Mittwoch in Lebensgefahr begibst? Und wie stünde es einem Chirurgen mit seinem Ruf zu Gesicht, wenn er mit einer Kriminellen zum Traualtar ginge?«

»Ich bin keine Kriminelle. Ich tue etwas, was nur zum Vorteil dieser Stadt ist«, sagte Houston temperamentvoll und beruhigte sich dann wieder. Sie machte eine Bewegung, als würde sie eine unsichtbare Haarnadel in den sauber geschlungenen Haarknoten über ihren Nacken stecken. Sorgsam arrangierte Locken rahmten ihre Stirn unter einem Hut, der mit blauen irisierenden Federn geschmückt war. »Ich weiß nicht, was Leander dazu sagen würde. Vielleicht erfährt er es nie.«

»Ha! Dieser aufgeblasene, verwöhnte Mann wird dir verbieten, dich an irgend etwas zu beteiligen, was mit gewöhnlichen Bergwerksarbeitern zu tun hat, und du, Houston, bist so sehr an Gehorsam gewöhnt, daß du genau das tun wirst, was er dir sagt.«

»Vielleicht würde ich die Rolle von Sadie sowieso aufgeben, wenn ich ihn geheiratet habe«, sagte Houston mit einem Seufzer.

Plötzlich fiel Blair vor Houston auf die Knie und ergriff deren Hände. »Ich mache mir Sorgen um dich. Du bist nicht die Schwester, mit der ich aufgewachsen bin. Gates und Westfield haben dir deine Vitalität genommen. Als wir noch Kinder waren, hast du mit den kräftigsten Jungen Schneeballschlachten veranstaltet. Heute benimmst du dich, als würdest du dich vor der ganzen Welt fürchten. Selbst wenn du etwas so Wunderbares tust, wie als Trödlerin verkleidet in die Minenlager zu fahren, machst du das heimlich. Oh, Houston . . .«

Sie brach ab, als es an der Tür klopfte.

»Miss Houston, Dr. Leander Westfield ist hier.«

»Ja, Susan, ich komme gleich hinunter.« Houston strich ihren Rock glatt. »Es tut mir leid, daß du mich so zu meinem Nachteil verändert findest«, sagte sie steif. »Aber dennoch sagt mir meine Seele, daß ich Leander heiraten will, weil ich ihn liebe.« Damit rauschte sie aus dem Zimmer und ging nach unten.

Houston tat ihr möglichstes, Blairs Worte aus ihrem Bewußtsein zu verdrängen; doch das gelang ihr nicht. Sie wirkte zerstreut, als sie Leander begrüßte, und nahm nur verschwommen war, daß Lee und Blair sich stritten. Aber sie hörte eigentlich nur ihre eigenen Gedanken.

Blair war ihre Zwillingsschwester. Sie standen sich näher, als das bei normalen Geschwistern die Regel war, und Blairs Sorgen waren echt. Aber wie konnte Houston jemals daran denken, Leander nicht zu heiraten? Als Leander acht Jahre alt war, beschloß er, Arzt zu werden – ein Chirurg, der anderen Menschen das Leben rettete –, und mit zwölf Jahren lernte er dann Houston kennen. Lee las damals bereits Fachbücher, die er sich von einem Vetter auslieh. Houston beschloß, herauszufinden, welche Voraussetzungen man als Frau eines Arztes erfüllen mußte.

Keiner der beiden wich von seinem Entschluß ab. Lee ging nach Harvard, um dort Medizin zu studieren, dann nach Wien, um dort seinen Facharzt zu machen; und Houston ging nach Virginia und dann in die Schweiz, um sich entsprechend zu bilden.

Houston zuckte noch heute bei der Erinnerung zusammen, wie heftig sie sich mit Blair wegen der Schulen gestritten hatte, bei denen sie sich bewarben. »Du willst auf einen ordentlichen Schulabschluß verzichten, nur um zu lernen, wie man einen Tisch deckt und mit einer fünfzig Meter langen Schleppe durchs Zimmer geht, ohne auf die Schnauze zu fallen?«

Blair ging nach Vassar, dann zur medizinischen Hochschule, während Houston Miss Jones Internat für junge

Damen besuchte, wo sie eine dreijährige sehr strenge Ausbildung in einer Vielzahl von Fächern genoß. Sie reichten von den Anfangsgründen des Blumensteckens bis zu der hohen Kunst, Männer davon abzuhalten, sich am Abendbrottisch zu streiten.

Nun nahm Lee ihren Arm, als er ihr in den Einspänner half. »Du siehst so gut aus wie immer«, sagte er dicht an ihrem Ohr.

»Lee«, sagte Houston, »glaubst du, daß wir einander . . . interessant fänden?«

Mit einem Lächeln ließ er seinen Blick an ihrem Körper herabgleiten, betrachtete angelegentlich das Kleid, das sich wie eine zweite Haut über ihre übertrieben geschnürte Stundenglas-Taille legte. »Houston, ich finde dich faszinierend.«

»Nein, ich meine, ob wir beide auch genügend Gesprächsstoff haben werden?«

Er zog die Braue in die Höhe. »Es ist ein Wunder, daß mir überhaupt noch etwas zum Reden einfällt, wenn ich in deiner Nähe bin«, antwortete er, während er ihr auf den Sitz des Einspänners half. Dann fuhr er mit den beiden Schwestern sechs Häuserblocks weit in die Innenstadt von Chandler.

Kapitel 2

Chandler in Colorado war eine Kleinstadt, hatte nur achttausend Einwohner; doch ihre Industrie – Kohle, Rinder, Schafe und Mr. Gates' Brauerei – machte sie zu einer reichen kleinen Stadt. Sie verfügte bereits über Elektrizität und ein Telefonsystem, und da drei Hauptstrecken der Eisenbahn durch den Ort führten, konnte man von hier aus bequem die größeren Städte Colorado Springs und Denver erreichen.

Die elf Häuserblocks, aus denen das Herz von Chandler

bestand, setzten sich aus fast neuen Gebäuden zusammen, die alle mit Steinen aus den Chandler Stone Works errichtet worden waren. Diese grünlich grauen Quader wurden oft mit kunstvollen Verzierungen versehen und gehörten zu den bevorzugten Ornamentsteinen von Gebäuden, die im viktorianischen Stil westlicher Prägung errichtet wurden.

Die Häuser, die sich außerhalb der Stadt im Gelände verteilten, waren ein Gemisch verschiedener Stilrichtungen – vorwiegend Queen Anne und High Victorian. Am nördlichen Ende der Stadt, auf einem kleinen Hügel, stand Jacob Fentons Haus – ein großes aus Ziegeln errichtetes Gebäude im viktorianischen Stil, bis vor ein paar Jahren das größte Haus am Platz.

Am Westende der Stadt, nur ein kurzes Stück von der Villa Fenton entfernt, stand auf dem eingeebneten Gipfel einer Anhöhe, welche früher die meisten Einwohner der Stadt bereits zu den Rocky Mountains gerechnet hatten, das Haus von Kane Taggert. Die Villa Fenton würde in den Weinkeller des Taggertschen Hauses hineingepaßt haben.

»Versucht die ganze Stadt immer noch, das Haus von innen zu besichtigen?« fragte Blair ihre Schwester und deutete mit dem Kopf in die Richtung der Anhöhe, auf der das Haus hinter Bäumen kaum zu sehen war. Aber was da »kaum sichtbar« durch die Bäume schimmerte, war gewaltig genug, daß man es fast überall in der Stadt sehen konnte.

»Jeder«, antwortete Houston lächelnd. »Aber als Mr. Taggert alle Einladungen ignorierte und auch selbst keine verschickte, begannen die Leute, wie ich fürchte, schlimme Gerüchte über ihn auszustreuen.«

»Ich bin nicht so sicher, daß alles, was sich die Leute über ihn erzählen, Gerüchte sind«, sagte Leander. »Jacob Fenton erzählte mir . . .«

»Fenton!« explodierte Blair. »Fenton ist ein betrügerischer, heuchlerischer . . .«

Houston mochte nicht zuhören, lehnte sich in das Polster der Kutsche und blickte durch das Rückfenster im Verdeck auf das Haus über der Stadt. Lee und Blair zankten sich, während die Kutsche vor den Geleisen der neuen Pferdebahn halten mußte, um eines dieser Vehikel vorbeizulassen.

Houston hatte keine Ahnung, ob die Geschichten, die man sich von Mr. Taggert erzählte, stimmten oder nicht; aber ihrer Meinung nach übertraf das Haus, das er sich gebaut hatte, an Schönheit alles, was ihr bisher in ihrem Leben vor Augen gekommen war.

Niemand in Chandler wußte viel von Mr. Taggert; aber vor fünf Jahren waren über hundert Bauarbeiter aus dem Osten mit einem Güterzug voll Material hier eingetroffen. Und einige Stunden später hatten sie bereits das begonnen, was einmal ein Haus werden sollte.

Natürlich war jeder neugierig – tatsächlich erheblich mehr als neugierig. Jemand erzählte damals, daß keiner von den Bauarbeitern auch nur eine Mahlzeit selbst bezahlen mußte, weil alle Frauen von Chandler sie durchfütterten in dem Versuch, Informationen über den Bauherrn zu erhalten. Doch ihre Bemühungen waren umsonst. Niemand wußte, wer das Haus bauen ließ und warum es unbedingt hier stehen mußte – im Nirgendwo von Colorado.

Es dauerte drei Jahre, bis es fertiggestellt war – ein wunderschönes, weißes U-förmiges Gebäude mit einem roten Ziegeldach. Die Größe dieser Anlage war für die meisten Einwohner der Stadt ein nie versiegender Gesprächsstoff. Ein Ladenbesitzer im Ort schätzte, daß alle Hotels von Chandler im Erdgeschoß Platz finden würden, und wenn man bedachte, daß Chandler der wichtigste Verkehrsknotenpunkt zwischen dem Norden und Süden Colorados war und dann alle Hotels in der Stadt zusammenrechnete, konnte man nur noch stumm sein vor Ehrfurcht.

Nach der Fertigstellung des Hauses trafen ein Jahr lang Güterwagen mit Kisten ein, die zum Haus hinauftransportiert wurden. Sie hatten Aufkleber aus Frankreich, England, Spanien, Portugal und aus anderen transozeanischen Ländern.

Nur vom Eigentümer war immer noch nichts zu sehen.

Dann, eines Tages, stiegen zwei Männer aus dem Zug –

beides große, stattliche Erscheinungen; aber der eine blond und von angenehmem Aussehen, der andere dunkelhaarig, bärtig und finster blickend. Sie trugen beide die übliche Bergmannskluft – Segeltuchhosen, blaue Cambrai-Hemden und Hosenträger. Als sie die Straßen hinuntergingen, rafften die Frauen ihre Röcke zusammen, damit sie nicht mit ihnen in Berührung kamen.

Der Dunkelhaarige begab sich zu Jacob Fenton, und jeder nahm an, er wollte dort um eine Arbeit in den Minen bitten, die Fenton gehörten. Statt dessen sagte er nur: »Nun, Fenton, ich bin zurück. Gefällt Ihnen mein Haus?«

Erst als er durch die ganze Stadt gewandert, den Hügel hinaufgestiegen, die Haustür aufgesperrt und hindurchgegangen war, begriffen sie endlich, daß er *dieses* Haus gemeint hatte.

Ein halbes Jahr lang, so wußte Duncan Gates zu berichten, verwandelte sich Chandler in einen Kriegsschauplatz. Witwen, Ledige und Mütter von jungen Frauen, die vor ihm die Röcke zur Seite gerafft hatten, bliesen nun zur Attacke auf die Hand dieses Mannes, damit er sie ihnen zum Ehebund reichen sollte. Schneider und Schneiderinnen trafen dutzendweise aus Denver ein.

Binnen einer Woche hatten die Frauen seinen Namen herausbekommen, und von diesem Moment an wurde Mr. Taggert belagert. Einige Versuche, seine Aufmerksamkeit zu erregen, waren reichlich gewöhnlich; so war es zum Beispiel erstaunlich, wieviel Frauen in seiner Nähe in Ohnmacht fielen. Doch es gab auch gute Einfälle, und alle fanden, daß Carrie Johnson den Ersten Preis in dieser Hinsicht verdient hatte, als sie als hochschwangere Witwe an einer Strickleiter vom Dach bis in Mr. Taggerts Schlafzimmer hinunterkletterte und in seinem Bett die ersten Wehen bekam. Sie glaubte, er würde sie von ihrem Baby entbinden, sich dabei natürlich leidenschaftlich in sie verlieben und sie dann bitten, seine Frau zu werden. Aber Taggert war in diesem Moment nicht zu Hause, und die ganze Hilfe, die sie bei ihrer Niederkunft erhielt, beschränkte sich auf eine Wäscherin, die zufällig am Schlafzimmer vorbeikam.

Nach sechs Monaten hatte fast jede Frau in der Stadt eine Närrin aus sich gemacht, ohne Erfolg allerdings, und nun begannen sie, von sauren Trauben zu reden. Wer wollte schon einen Mann, der nicht wußte, wie man sich richtig anzog, auch wenn er noch so reich war? Und seine Grammatik – der geringste Cowboy konnte besser reden und schreiben. Was sollte das überhaupt für ein Englisch sein: *»I'm back – ich bin zurück!«?*

Jemand tat einen ehemaligen Diener von Jacob Fenton auf, der sich daran erinnerte, daß Kane Taggert mal Stallbursche bei Fenton gewesen war, bis er ein Techtelmechtel mit Pamela Fenton, Jacob Fentons junger Tochter, anfing. Jacob jagte ihn von seinem Grundstück – und recht hatte er gehabt!

Das lieferte der Stadt wieder neuen Gesprächsstoff. Für wen hielt dieser Taggert sich eigentlich? Was für ein Recht hatte er dazu, ein so ausgefallenes, protziges Haus so hoch hinauf zu bauen, daß die ganze friedliche, hübsche kleine Stadt Chandler es sich anschauen mußte? Plante er etwa, an dem teuren Jacob Fenton Rache zu nehmen?

Abermals begannen die Frauen, ihre Röcke beiseite zu raffen, wenn er an ihnen vorbeiging.

Doch Taggert schien das alles nicht zu bemerken. Er blieb die meiste Zeit in seinem Haus und fuhr einmal pro Woche mit seiner alten Kalesche in die Stadt, um Lebensmittel einzukaufen. Manchmal trafen Männer mit dem Zug in Chandler ein, fragten, wie man zu seinem Haus gelangte, und verließen noch vor Sonnenuntergang wieder die Stadt. Von diesen Männern abgesehen, gingen nur noch Taggert und der Mann, den er Edan nannte und der ihm fast nie von der Seite wich, in dem großen Haus aus und ein.

»Das ist Houstons Traumhaus«, sagte Leander, als die Pferdebahn vorbeigefahren war, und holte damit Houston in die Gegenwart zurück. Er hatte mittlerweile seinen Streit mit Blair beendet – oder unterbrochen – und setzte mit einem nachsichtigen Lächeln hinzu: »Wenn Houston mich nicht hätte, würde sie sich vermutlich dem streitbaren Heer der Frauen angeschlossen haben, die um Taggert und sein großes Haus kämpften.«

»Ich würde mir gern mal das Haus von innen anschauen«, sagte sie mit größerem Verlangen, als sie eigentlich zu zeigen gewillt war. Und dann, um ihre Verlegenheit zu verdecken, setzte sie hinzu: »Du kannst mich hier vor dem Kaufhaus Wilson absetzen, Lee. Wir treffen uns dann in einer Stunde bei Farrell.«

Kaum hatte er sie vor dem Kaufhaus abgesetzt, stellte sie fest, wie erleichtert sie war, seinen Sticheleien entronnen zu sein.

Wilsons Kaufhaus gehörte zu den vier großen Geschäften in Chandler, wo man außer Lebensmitteln alle Artikel des täglichen Bedarfs unter einem Dach vereinigt fand. Die meisten Leute kauften all dies in dem neueren, etwas moderneren Kaufhaus Famous ein. Aber Mr. Wilson hatte noch Houstons Vater gekannt.

An den Wänden standen hohe Vitrinen aus Nußbaum mit Glastüren und dazwischen Tische mit Marmorplatten, auf denen allerlei Waren ausgestellt waren. Hinter einem Pult saß Davey Wilson, Mr. Wilsons Sohn, vor sich ein aufgeschlagenes Kontobuch; aber sein Füllfederhalter bewegte sich nicht.

Tatsächlich schienen sich weder die drei Kunden noch die vier Verkäufer von der Stelle zu rühren. Es herrschte eine unnatürliche Stille. Sogleich entdeckte Houston auch die Ursache dieser außergewöhnlichen Betriebsruhe: Kane Taggert stand vor einem der Ladentische, den Rücken den wenigen Leuten im Laden zugewandt.

Auf Zehenspitzen ging Houston zu einer Vitrine und betrachtete eine Auswahl vielseitig verwendbarer Heilmixturen, für die sie überhaupt keinen Bedarf hatte; aber sie spürte, daß sich hier etwas anbahnte.

»Oh, Mama«, jammerte Mary Alice Pendergast mit ihrer

hohen Stimme. »Das kann ich doch *unmöglich* tragen; darin würde ich doch wie die Braut eines Bergarbeiters aussehen. Die Leute würden denken, ich wäre ein Niemand ... ein Dienstmädchen, eine Tellerwäscherin, die nach Höherem trachtet. Nein, nein, Mama, das kann ich unmöglich anziehen.«

Houston spürte Wut in sich aufsteigen. Diese beiden Frauen wollten Mr. Taggert reizen. Da er allen Frauen in der Stadt einen Korb gegeben hatte, glaubten sie wohl, jetzt sei die Zeit gekommen, es ihm auf ihre Art heimzuzahlen. Sie warf einen Blick zu ihm hinüber und konnte in diesem Moment sein Gesicht in einem Reklamespiegel hinter dem Ladentisch sehen. Zwar verdeckte der Backenbart fast ganz seine Züge; doch er ließ die Augen frei, und an der steilen Falte darüber merkte sie, daß er Mary Alice's boshafte kleine Bemerkungen sehr wohl mitbekommen hatte und sie ihn ärgerten.

Der Vater von Mary Alice war eine Seele von Mann, sanft wie ein Kaninchen; aber Houston wußte aus der Erfahrung mit ihrem Stiefvater, was friedfertige Männer im gereizten Zustand alles sagen und tun konnten. Sie kannte zwar Mr. Taggert nicht; aber sie glaubte in seinen dunklen Augen Gewitterwolken aufziehen zu sehen.

»Mary Alice«, sagte Houston, »wie fühlst du dich heute? Du siehst ein bißchen blaß aus.«

Mary Alice blickte überrascht hoch, als bemerkte sie Houston erst jetzt. »Wieso, Blair-Houston, ich fühle mich großartig. Mir fehlt überhaupt nichts.«

Houston betrachtete eine Flasche mit einem die Leber anregenden Elexier. »Ich dachte nur, du könntest vielleicht wieder einmal in Ohnmacht fallen«, sagte sie anzüglich und blickte jetzt Mary Alice durchbohrend an. Mary Alice war zweimal hintereinander vor Mr. Taggert in Ohnmacht gefallen, als er gerade acht Tage in der Stadt war.

»Wie kannst du nur –! Was erlaubst du dir –!« fauchte Mary Alice.

»Komm, Kind«, sagte ihre Mutter und schob sie auf die

Ladentür zu. »Wir wissen, wo wir unsere Freunde zu suchen haben.«

Houston ärgerte sich jetzt ein wenig über sich selbst, nachdem Mary Alice und deren Mutter den Laden verlassen hatten. Sie würde sich später bei ihnen entschuldigen. Sie zog rasch ihre Handschuhe über und wandte sich ebenfalls dem Ausgang zu, als sie noch einen Blick in die Richtung von Mr. Taggert warf und sah, daß er sie im Spiegel beobachtete.

Er drehte sich in diesem Moment um. »Sie sind doch Houston Chandler, nicht wahr?«

»Die bin ich«, sagte sie kühl. Sie hatte nicht vor, ein Gespräch mit einem Mann zu beginnen, den sie nicht kannte, Was, in aller Welt, hatte sie nur dazu bewogen, Partei für diesen fremden Mann zu ergreifen, den sie noch nie zuvor in ihrem Leben gesehen hatte?

»Wie kommt es dann, daß diese Frau Sie Blair genannt hat? Ist das nicht Ihre Schwester?«

Ein paar Schritte entfernt hüstelte Davey Wilson hinter seinem Pult. Außer Houston und Kane befanden sich jetzt nur noch die vier Verkäufer im Laden, die alle am Boden festgenagelt schienen.

»Meine Schwester und ich sind identische Zwillinge, und da uns keiner auseinanderhalten kann, werden wir in der ganzen Stadt nur Blair-Houston genannt. Wenn Sie mich jetzt entschuldigen wollen, Sir . . .« Sie wandte sich wieder dem Ausgang zu.

»Sie sehen nicht so aus wie Ihre Schwester. Sie sind hübscher als Blair.«

Da hielt Houston mitten im Schritt inne und sah ihn verdattert an. Nicht *einer* hatte sie bisher auseinanderhalten können! Als sie ihren momentanen Schock überwunden hatte, setzte sie ihren Weg zum Ausgang fort.

Aber als ihre Hand die Türklinke berührte, stürmte Taggert quer durch den Laden und packte sie beim Arm.

Houston hatte ihr Leben lang in einer Stadt gewohnt, in der sich Bergarbeiter, Cowboys und Leute aus einem Bezirk tummelten, von dessen Existenz sie eigentlich nichts wissen durfte. Viele Frauen nahmen ein gutes, derbes Parasol zum Einkaufen, das nicht so leicht kaputtging, wenn man es einem Mann über den Kopf haute. Doch Houston konnte Blicke werfen, die einen Mann in Eis verwandelten.

Mit so einem Blick bediente sie nun Mr. Taggert.

Er zog zwar seine Hand von ihrem Arm zurück, blieb aber neben ihr stehen. Sie kam sich ganz klein vor in seiner Nähe. Er war mindestens einen Kopf größer als sie.

»Ich wollte Sie nur etwas fragen«, sagte er jetzt mit gedämpfter Stimme. »Wenn Sie nichts dagegen haben, heißt das«, fügte er mit einem lachenden Unterton hinzu.

Sie antwortete mit einem kurzen Nicken; aber sie würde ihn keinesfalls zu einem Gespräch ermuntern.

»Ich habe mich gefragt, wo Sie doch eine Lady sind, was für Stoffe Sie aussuchen würden, wenn Sie Vorhänge für mein Haus nähen müßten – Sie wissen schon, das weiße auf dem Hügel. Also – was würden Sie von dem Zeug da drüben nehmen?«

Sie gab sich nicht die Mühe, zu den Regalen mit den Stoffrollen hinüberzusehen, auf die er mit dem Finger zeigte. »Sir«, sagte sie etwas von oben herab, »wenn ich Ihr Haus besäße, würde ich speziell dafür gewebte Stoffe aus Lyon in Frankreich bestellen. Und jetzt – guten Tag, Sir.«

So rasch, wie es ihr möglich war, schlüpfte sie nun durch die Ladentür und ging unter den gestreiften Markisen, die die Südseite der Straße beschatteten, in östlicher Richtung davon. Ihre Absätze klapperten über den breiten Bohlenstieg. Es waren viele Leute um diese Zeit in der Innenstadt, und sie nickte und blieb ein paarmal stehen, um mit Bekannten zu reden.

Als sie die Ecke erreichte, wo sich die Third Street mit der Lead Street kreuzte, spannte sie ihr Parasol auf, um sich vor der grellen Gebirgssonne zu schützen und strebte Farrells Gemischtwarenladen zu. Sie konnte Lees Einspänner sehen, der bereits vor dem Laden parkte.

Sie war gerade an Freyers Drogerie vorbei, als sie den

Schritt verlangsamte und über ihr Zusammentreffen mit dem unnahbaren Mr. Taggert nachzudenken begann.

Sie konnte es kaum erwarten, ihren Freundinnen von ihrem Gespräch mit ihm zu berichten und daß er sie gefragt hatte, ob sie wüßte, welches Haus ihm gehörte. Vielleicht hätte sie doch auf seine Bitte eingehen, seine Fenster ausmessen und Vorhänge für ihn bestellen sollen. Auf diese Weise wäre sie wenigstens mal in sein Haus gekommen und hätte es von innen besichtigen können.

Sie lächelte vor sich hin, als eine Hand plötzlich ihren Oberarm packte und sie auf ziemlich derbe Weise in eine dunkle Gasse hinter dem Chandler-Opernhaus hineinzog. Ehe sie schreien konnte, drückte ihr eine Hand den Mund zu, und sie wurde gegen eine Mauer gedrückt. Mit ängstlichen Augen blickte sie zu Kane Taggert hinauf.

»Ich will Ihnen nichts tun. Ich wollte nur mit Ihnen reden; aber ich merkte, daß Sie vor den anderen nicht mit mir sprechen wollten. Sie werden nicht schreien?«

Houston schüttelte den Kopf, und er nahm die Hand von ihrem Mund, blieb aber dicht vor ihr stehen. Sie wollte ruhig bleiben, aber ihr Atem ging ziemlich schwer.

»Aus der Nähe betrachtet, sind Sie noch hübscher.« Er bewegte sich nicht; aber seine Augen wanderten an ihrem engsitzenden grünen Wollkleid hinunter. »Und Sie sehen wie eine Lady aus.«

»Mr. Taggert«, sagte sie so gelassen, wie es ihr möglich war, »ich habe etwas dagegen, daß man mich in dunkle Gassen schleppt und gegen Mauern drückt. Wenn Sie mir etwas sagen wollen, tun Sie das bitte.«

Er blieb vor ihr stehen und stützte seine Hand neben ihrem Kopf gegen die Mauer. Da waren kleine Fältchen neben seinen Augen, seine Nase war schmal, und eine volle Unterlippe schimmerte durch die Masse seiner Barthaare.

»Warum haben Sie vorhin im Laden meine Partei ergriffen? Weshalb haben Sie diese Frau daran erinnert, daß sie schon mal vor mir in Ohnmacht gefallen ist?«

»Ich ...« Houston zögerte. »Ich glaube, weil es mir

nicht gefällt, wenn man jemandem weh tut. Mary Alice hat sich vor Ihnen närrisch benommen, und Sie haben das nicht einmal bemerkt . . .«

»Oh, doch«, sagte er, und seine Unterlippe kräuselte sich lächelnd. »Edan und ich – wir haben uns halbtot gelacht.«

»Das war nicht sehr höflich von Ihnen«, sagte Houston steif. »Ein Gentleman sollte nicht über eine Lady lachen.«

Er schnaubte leise – ihr mitten ins Gesicht –, und statt sich über diese Unhöflichkeit zu beschweren, dachte Houston darüber nach, wie angenehm sein Atem roch und wie sein Gesicht unter den vielen Haaren aussehen mochte.

»Ich glaube, alle diese Frauen haben sich nur so aufgeführt, weil ich reich bin. Mit anderen Worten: sie machten Huren aus sich, und deshalb können sie auch keine Ladies sein. Also mußte ich auch nicht den Gentleman spielen und sie vom Boden aufheben, wenn sie in Ohnmacht fielen.«

Houston zuckte ein paarmal bei den Worten zusammen, die er benützte. So drastisch hatte sich noch kein Mann in ihrer Gegenwart ausgedrückt.

»Wieso haben Sie sich eigentlich nicht an diesem Spiel beteiligt? Wären Sie nicht auf mein Geld scharf?«

Das befreite Houston von ihrer momentanen Fassungslosigkeit. Sie merkte, daß sie sich an die Wand lehnte, als wollte sie es sich hier bequem machen. Sie schnellte in die Höhe. »Nein, Sir, ich habe es *nicht* auf Ihr Geld abgesehen. Und jetzt muß ich gehen. Wagen Sie es ja nicht, mich noch einmal auf der Straße anzusprechen.« Damit machte sie auf den Absätzen kehrt und ließ ihn in der Gasse stehen. Sie hörte, wie er leise hinter ihr her lachte.

Sie merkte, wie wütend sie war, als sie die breite, staubige Straße überquerte und dabei fast unter die Räder eines Fuhrwerks gekommen wäre, das mit stinkenden Häuten beladen war. Zweifellos bildete Mr. Taggert sich ein, ihr Auftritt heute morgen gehörte auch zu diesen Spielchen, die man seines Geldes wegen mit ihm trieb.

Lee sagte etwas zur Begrüßung, aber sie hörte es nicht, weil sie mit ihren Gedanken woanders war.

»Entschuldigung – ich habe dich nicht verstanden.«

Lee nahm ihren Ellenbogen und geleitete sie zum Einspänner. »Ich sagte, du solltest jetzt lieber nach Hause fahren, damit du genügend Zeit hast, dich auf den Empfang des Gouverneurs heute abend vorzubereiten.«

»Ja, natürlich«, sagte sie geistesabwesend, während er ihr in die Kutsche half.

Houston war diesmal sogar froh, daß Blair und Lee sich auf der Heimfahrt wieder stritten, weil sie ungestört über das Geschehen des Morgens nachdenken konnte. Es kam ihr manchmal so vor, als sei sie ihr Leben lang nur Miss Blair-Houston gewesen. Auch Blairs Abreise hatte daran nichts geändert. Man hatte sich in der Stadt an den Doppelnamen gewöhnt. Doch heute hatte ihr jemand zum erstenmal gesagt, daß sie ihrer Schwester überhaupt nicht ähnlich sei. Natürlich wollte er damit nur angeben. In Wahrheit konnte auch er sie nicht auseinanderhalten.

Als sie in westlicher Richtung aus der Innenstadt fuhren, richtete Houston sich plötzlich sehr gerade im Polster auf: Mr. Taggert und Edan, der ihn überallhin begleitete, waren im Begriff, sie mit ihrem alten Vehikel zu überholen.

Kane zügelte plötzlich sein Gespann und rief gleichzeitig: »Westfield!«

Erschrocken hielt Lee die Pferde an.

»Ich wollte den Damen nur einen guten Morgen wünschen. Miss Blair«, sagte er, an Blair gewendet, die außen saß, »und Miss Houston«, setzte er mit etwas weicherer Stimme hinzu, während er Houston direkt in die Augen sah, »ich wünsche Ihnen einen guten Morgen.« Dann krachte seine Peitsche über die Köpfe seiner vier Gespannpferde hin, und das Vehikel rollte davon.

»Was sollte das denn bedeuten?« fragte Leander kopfschüttelnd. »Ich habe ja gar nicht gewußt, daß du Taggert kennst!«

Ehe Houston ihm antworten konnte, sagte Blair: »*Das* war der Mann, der dieses Haus dort oben gebaut hat? Kein Wunder, daß er keinen in sein Haus bittet. Er weiß genau, daß er nur Absagen bekäme. Was mich wundert ist, wie er uns auseinanderhalten konnte.«

»Unsere Kleider«, antwortete Houston ein wenig zu rasch. »Er hat mich heute morgen im Kaufhaus gesehen.«

Blair und Leander setzten ihr Streitgespräch fort; doch Houston hörte kein Wort von dem, was sie sagten. Sie dachte über die Begegnung dieses Morgens nach.

Kapitel 3

Die Villa Chandler stand auf einem Grundstück von der Größe eines halben Morgens, hatte auf der Rückseite eine aus Ziegeln gemauerte Remise und einen Garten mit Spalierobst gleich neben der breiten Veranda, die sich über drei Wände hinzog. Mit den Jahren hatte Opal ein Juwel aus dem Garten gemacht. Ulmen, die gepflanzt worden waren, als das Haus neu war, standen nun im vollen Wuchs über den Rasenflächen und schützten das üppige Grün und die Blumen vor der nach Feuchtigkeit lechzenden Colorado-Sonne. Da waren kleine Ziegelplatten-Stege zwischen den Rabatten, Statuen aus Stein und Badewannen für die Vögel, die sich hinter Blumen versteckten. Zwischen Wohnhaus und Remise war ein Kräutergarten angelegt, und Opal sorgte dafür, daß im Haus immer Vasen mit frischen Schnittblumen standen.

»Nun hör mir mal einen Augenblick zu«, sagte Blair, während sich Houston über einen Rosenbusch an der Nordwestecke des Anwesens beugte. »Ich möchte wissen, was sich da anspinnt.«

»Ich habe keine Ahnung, was du damit meinst.«

»Kane Taggert.«

Houston verharrte einen Moment in regungsloser Haltung, eine Hand um den Stiel einer Rose gelegt. »Ich traf ihn zufällig in Wilsons Kaufhaus, und später wünschte er uns dann einen guten Morgen.«

»Das kann doch nicht alles gewesen sein.«

Houston drehte sich ihrer Schwester zu. »Ich hätte mich vermutlich nicht einmischen sollen. Aber Mr. Taggert sah aus, als würde er jeden Moment explodieren, und ich wollte einen Streit verhindern. Leider geschah das auf Kosten von Mary Alice.« Sie erzählte Blair, was für häßliche Bemerkungen Miss Pendergast im Laden gemacht hatte.

»Es gefällt mir nicht, daß du jetzt mit ihm in Verbindung gebracht wirst.«

»Du sprichst wie Leander.«

»Ausnahmsweise hat er diesmal recht!«

Houston lachte. »Vielleicht sollten wie diesen Tag in der Familienbibel anstreichen. Blair, ich verspreche dir, daß ich nach dem heutigen Abend den Namen Taggert nie mehr erwähnen werde.«

»Dem heutigen Abend?«

Houston zog ein Stück Papier aus dem Ärmel. »Schau dir das an«, sagte sie eifrig. »Ein Bote hat das gebracht. Er hat mich zum Dinner in sein Haus eingeladen.«

»So? Ich dachte, du wolltest heute abend mit Leander zu einem Empfang gehen. Oder etwa nicht?«

Houston ignorierte die letzte Bemerkung. »Blair, du scheinst nicht zu wissen, was für ein Wirbel in der Stadt um dieses Haus gemacht wurde. Praktisch *jeder* in der Stadt hat sich darum bemüht, eine Einladung zur Besichtigung dieses Hauses zu bekommen. Aus ganz Colorado strömten die Leute herbei, um das Haus zu sehen; doch keiner durfte es auch von innen betrachten. Einmal wurde sogar von einem englischen Herzog, der sich auf der Durchreise befand, die Bitte an Mr. Taggert herangetragen, ob er in seinem Haus absteigen dürfe; doch Mr. Taggert wollte die Delegation nicht einmal anhören. Und nun bin *ich* in sein Haus eingeladen worden.«

»Aber du mußt heute abend doch zum Empfang. Der Gouverneur erwartet dich dort. Das ist doch viel wichtiger, als die Besichtigung von irgend so einem Haus.«

»Du kannst das nicht verstehen«, sagte Houston mit

einem entrückten Blick in den Augen. »Jahrelang haben wir die Züge hier ankommen sehen, die Einrichtungsgegenstände für sein Haus brachten. Mr. Gates sagte, der Besitzer habe sich nur deswegen kein Geleis bis zu seinem Haus verlegen lassen, weil er wollte, daß die ganze Stadt die Kisten und Möbel sehen sollte, die er für sein Haus bestellt hat. Aus der ganzen Welt trafen Kisten hier ein. Oh, Blair, die Räume müssen überquellen vor Möbeln. Und die Wandvorhänge erst – Gobelins aus Flandern und Brüssel!«

»Houston, du kannst nicht an zwei Stellen zugleich sein. Du hast versprochen, auf den Empfang zu gehen, und du mußt dein Versprechen halten.«

Houston spielte mit den Rosenblättern. »Als wir Kinder waren, konnten wir immer an zwei Stellen zugleich sein.«

Blair brauchte ein paar Sekunden, ehe sie verstand. »Du verlangst, daß *ich* einen Abend mit Leander verbringe, so tue, als wäre ich in ihn verliebt, während du zu einem Lüstling in die Wohnung gehst?«

»Wie kommst du dazu, Kane einen Lüstling zu nennen?«

»Kane? So weit geht das schon? Ich dachte, du kennst ihn kaum.«

»Schweif jetzt nicht vom Thema ab. Bitte, Blair, tausch den Platz mit mir. Nur für einen Abend. Ich würde ja gern an einem anderen Tag sein Haus besichtigen; aber ich fürchte, das würde mir Mr. Gates nicht erlauben, und ich bin nicht sicher, ob Leander das so angenehm wäre. So eine Gelegenheit bekomme ich nie wieder. Nur noch eine letzte Eigenmächtigkeit, ehe ich unter die Haube komme.«

»Du sagst das so, als wäre die Heirat ein Begräbnis. Außerdem würde Leander sofort erkennen, daß ich nicht du bin.«

»Nicht, wenn du dich entsprechend verhältst. Du weißt, daß wir beide gut schauspielern können. Denke daran, daß ich jeden Mittwoch so tue, als wäre ich eine alte Frau. Doch deine Rolle ist viel einfacher – du mußt nur still sein, darfst keinen Streit mit Lee anfangen und nicht über die Medizin reden. Und schreiten wie eine Lady, nicht rennen, als wäre irgendwo ein Feuer ausgebrochen.«

Blair brauchte lange zu einer Antwort. Doch Houston konnte ihr ansehen, daß sie schwach wurde. »Bitte, bitte, Blair. Ich bitte dich selten um etwas.«

»Nur, daß ich ein paar Monate im Haus unseres Stiefvaters verbringen soll, obwohl du weißt, daß ich ihn verabscheue. Und mir wochenlang die selbstgefälligen Reden eines Mannes anhören muß, den du zu heiraten beabsichtigst. Und daß . . .«

»Oh, Blair, bitte«, flüsterte Houston. »Ich möchte das Haus so gern von innen sehen.«

»Ist es nur das Haus, das dich interessiert, oder auch der Besitzer?«

Houston wußte, daß sie gewonnen hatte. Blair versuchte, die Widerstrebende zu spielen; aber aus irgendeinem verborgenen Grund war sie doch mit dem Wechsel einverstanden. Sie hoffte nur, Blair würde Lee nicht dazu überreden, ihr das Krankenhaus zu zeigen.

»Um Himmels willen!« rief Houston. »Ich habe Hunderte von Dinner-Parties besucht, und nicht einer von den Gastgebern hat mir den Kopf verdreht. Zudem werden ja noch andere Gäste zugegen sein.« Wenigstens hoffte sie das. Sie wollte nicht noch einmal gegen eine Wand gedrückt werden.

Blair lächelte mit einemmal. »Hättest du etwas dagegen, wenn ich nach deiner Hochzeit Leander erzähle, daß er einen Abend mit mir verbracht hat? Allein schon das Gesicht zu sehen, das er dann machen wird, würde mich für alles entschädigen.«

»Natürlich darfst du ihm das später erzählen. Lee hat Sinn für Humor. Ich bin sicher, er wird herzlich darüber lachen.«

Houston warf ihrer Schwester die Arme um den Hals. »Laß uns gleich mit den Vorbereitungen für heute abend beginnen. Ich werde etwas anziehen, was zu dem Haus auf dem Hügel paßt; und du wirst mein blaues Worth-Modellkleid tragen müssen.«

»Ich würde ja gern meine Knickerbocker anziehen; aber dann wüßte Leander wohl gleich, mit wem er es zu tun hat, nicht wahr?« sagte Blair, ein schelmisches Funkeln in den Augen, als sie ihre Schwester ins Haus begleitete.

Was nun folgte, war eine Orgie der Unentschlossenheit. Houston packte die gesamte Garderobe aus, die für ihre Hochzeit vorbereitet worden war, um das richtige Kleid für diesen Abend zu finden.

Schließlich entschied sie sich für ein Kleid aus malven- und silberfarbenem Brokat mit Hermelinbesatz am tiefen Ausschnitt und an den Puffärmeln. Sie würde das Kleid in einer ledernen Reisetasche verstecken – Blair schleppte immer dicke Ledertaschen voll medizinischer Instrumente mit sich herum – und sich in Tias Wohnung umziehen.

Sie mochte nicht das Telefon benützen, aus Angst, jemand könnte mithören; und so bezahlte sie einem der Jungen von Randolph einen Penny, damit er ihrer Freundin Tia Mankin, deren Haus sich unweit von Kanes Auffahrt befand, eine Botschaft zustellte. Sie sollte sagen, daß Blair bei ihr sei, wenn jemand Fragen stellte.

Blair fing wieder an zu quengeln, als verlangte Houston Unmögliches von ihr. Und sie beklagte sich zwanzig Minuten lang über das enge Korsett, das ihr fast die Luft abdrückte, weil sie sonst mit ihrer Taille nicht in das Modellkleid von Worth hineingepaßt hätte. Aber als sich dann Blair im Spiegel betrachtete, sah Houston ein Funkeln in ihren Augen und wußte, daß sie mit ihrem Aussehen sehr zufrieden war.

Die wenigen Minuten, die Houston im Salon mit ihrer Mutter und Mr. Gates verbrachte, waren eine Freude für sie. Blairs bequeme Kleider forderten einen geradezu heraus, den Wildfang zu spielen, und sie zankte sich ununterbrochen mit Mr. Gates.

Und als Leander kam, genoß sie es nicht weniger, ihn zu

necken. Lees kühle Reserviertheit, sein überlegenes Gehabe, das von keinem noch so frechen Wort zu erschüttern war, gingen ihr so auf die Nerven, daß sie froh war, als sie vor Tias Haus aussteigen konnte und Blair mit ihm allein weiterfuhr.

Sie traf sich mit Tia im Schatten eines Cottonwood-Baumes und folgte ihr über die Hintertreppe ins Zimmer.

»Blair«, flüsterte Tia, während sie Houston beim Umziehen half, »ich hatte gar nicht gewußt, daß du unseren geheimnisvollen Mr. Taggert kennst. Ich wünschte, ich könnte dich heute abend begleiten, und ich wette, Houston wünschte sich das auch. Sie ist in dieses Haus verliebt. Hat sie dir erzählt, was sie damals ...? Vielleicht sollte ich dir das lieber nicht erzählen.«

»Vielleicht solltest du mir das wirklich nicht erzählen«, pflichtete ihr Houston bei. »Aber jetzt muß ich gehen. Halt mir die Daumen.«

»Und erzähl mir morgen, wie es gewesen ist. Ich möchte, daß du mir jedes Möbelstück beschreibst, jeden Teppich, jede Wand und jede Decke«, sagte Tia, die ihre Freundin die Treppe hinunterbegleitete.

»Das werde ich«, rief Houston, während sie schon die Auffahrt zu Taggerts Haus hinauflief. Sie haßte es, nicht mit einer Kutsche, sondern wie eine Bettlerin zu Fuß zu kommen; aber sie konnte es nicht riskieren, eine einmalige Gelegenheit ungenützt vorübergehen zu lassen.

Die kreisrunde Auffahrt brachte sie zur Vordertür des Hauses, das mit seinen weißen Flügeln die Arme auszubreiten schien. Auf dem Dach sah sie eine Brüstung, und sie fragte sich, ob sich dahinter Terrassen befanden.

Die Vordertür war weiß, und zwei lange rechteckige Glasscheiben waren darin eingelassen. Während sie durch die Scheiben sah, strich sie sich das Kleid glatt, versuchte ihr pochendes Herz zu beruhigen und klopfte an die Tür. Nach wenigen Sekunden hörte sie schwere Schritte durch das Haus hallen.

Kane Taggert, der immer noch seine grobe Arbeitskleidung trug, grinste, als er ihr die Tür aufhielt.

»Ich hoffe, ich komme nicht zu früh«, sagte Houston und hielt den Blick fest auf sein Gesicht gerichtet. Sie wollte nicht gleich unangenehm auffallen, indem sie an ihm vorbei auf die Einrichtung gaffte.

»Genau richtig. Das Essen ist fertig.« Er trat einen Schritt zurück, und Houston konnte zum erstenmal einen Blick in das Haus hineinwerfen.

Direkt vor ihr stiegen zwei prächtige breite, freitragende Treppen in weitem Bogen links und rechts in die Höhe. Weiße Säulen mit reich verzierten Kapitellen stützten die Galerie und schwangen sich bis zur hohen, mit Holz verkleideten Decke hinauf. Das Ganze war eine Studie aus Weiß und Gold, dem die gedämpfte elektrische Beleuchtung einen warmen Ton verlieh.

»Gefällt es Ihnen?« fragte Kane und schien sich offensichtlich über ihren Gesichtsausdruck zu amüsieren.

Houston konnte sich so weit von ihrem Erstaunen erholen, daß sie den Mund wieder zubrachte. »Es ist das Schönste, was ich bisher in meinem Leben gesehen habe«, brachte sie flüsternd heraus.

Kanes breite Brust schien vor Stolz anzuschwellen. »Wollen Sie sich erst ein bißchen umsehen oder essen?«

»Umsehen«, sagte sie, während sie mit den Augen jeden Winkel der Halle und Treppen mit den Augen zu verschlingen versuchte.

»Dann kommen Sie mal«, sagte Kane und ging ihr rasch mit langen Schritten voraus.

»Dieses kleine Zimmer ist mein Büro«, sagte er und stieß die Tür zu einem Zimmer auf, das so groß war wie das ganze Erdgeschoß der Villa Chandler. Es war herrlich in Nußbaum getäfelt, und an einer Wand zog sich ein Marmorkamin hin. Doch in der Mitte des Raumes standen ein billiger Schreibtisch aus Eiche und daneben zwei alte Küchenstühle. Papiere lagen über die ganze Tischplatte verteilt, und ein paar davon waren auf den Parkettboden gefallen.

»Und das ist die Bibliothek.«

Er ließ ihr nicht Zeit, sich alles genauer anzusehen, sondern führte sie in einen riesigen leeren Raum mit goldgetönter Täfelung und leeren Bücherregalen an den Wänden. Drei große nackte Flächen aus weißem Stuck gähnten zwischen der Holzverkleidung.

»Da gehören ein paar Teppiche hin; aber die habe ich noch nicht aufgehängt«, sagte er, während er schon wieder aus dem Raum ging.

»Und das ist, was man den großen Salon nennt.«

Houston hatte nur drei Sekunden Zeit, in ein großes weißes Zimmer zu blicken, in dem kein einziges Möbelstück stand, ehe er ihr den kleinen Salon zeigte, dann das in hauchzartem Grün gehaltene Speisezimmer und schließlich den Weg durch einen Korridor in den Versorgungsbereich des Hauses.

»Das ist die Küche«, sagte er überflüssigerweise. »Nehmen Sie Platz.« Er deutete mit dem Kopf auf einen Eichentisch mit Stühlen, die vom selben Lieferanten stammen mußten wie der Schreibtisch im Arbeitszimmer.

Während sie sich auf einen der Stühle setzte, sah sie, daß Fett am Tischrand klebte. »Der Tisch scheint zu Ihrem Schreibtisch zu passen«, sagte sie behutsam.

»Richtig. Ich bestellte sie im Versandhandel. Bei Sears und Roebuck«, sagte er, während er mit einer Kelle etwas aus einem riesigen Topf auf dem gußeisernen Herd in Schüsseln abfüllte. »Ich habe noch mehr Möbel in den oberen Stockwerken. Wirklich hübsche Sachen. Auch einen roten Plüschsessel mit gelben Quasten.«

»Hört sich ja sehr interessant an.«

Er stellte eine Schüssel mit Eintopf vor sie hin, in dem riesige Fleischbrocken in Fett schwammen. Dann setzte er sich ebenfalls. »Essen Sie, ehe es kalt wird.«

Houston nahm einen dicken Löffel vom Tisch, den er für sie bereitgelegt hatte, und stocherte ein wenig in der Schüssel herum.

»Mr. Taggert – wer hat Ihr Haus entworfen?«

»Ein Mann an der Ostküste. Warum? Es gefällt Ihnen doch, oder?«

»Sehr. Ich habe mich nur gewundert.«

»Über was?« fragte er, den Mund voller Eintopf.

»Warum es so leer ist. Warum stehen keine Möbel in den Zimmern? Wir – die Leute von Chandler, meine ich – haben doch gesehen, wie Kisten und allerlei sperriges Gut angeliefert wurde, nachdem Ihr Haus fertiggestellt war. Wir nahmen alle an, daß es sich dabei um Möbel und Hausrat handelte.«

Er betrachtete sie, während er mit dem Löffel das Fleisch in seiner Schüssel herumschob. »Ich habe eine Menge Möbel, Teppiche und Statuen gekauft. Tatsächlich habe ich ein paar Männer dafür bezahlt, das Zeug für mich einzukaufen, und das liegt jetzt alles oben auf dem Speicher.«

»Im Speicher? Aber warum? Ihr Haus ist wunderschön, aber Sie wohnen hier, glaube ich, ganz allein nur mit einem Angestellten und haben nicht mal einen Sessel zum Sitzen. Abgesehen von den Stühlen natürlich, die Sie bei Sears und Roebuck gekauft haben.«

»Nun, kleine Lady, das ist ja der Grund, weshalb ich Sie eingeladen habe: Es schmeckt Ihnen nicht?« Er nahm ihr die Schüssel mit dem Eintopf weg und aß ihn selbst.

Houston hatte die Ellenbogen auf den Tisch gestützt und beugte sich fasziniert vor. »Warum haben Sie mich eingeladen, Mr. Taggert?«

»Ich vermute, Sie wissen, daß ich reich bin – wirklich reich –, und vom Geldverdienen verstehe ich was. Nach der ersten Million ist der Rest ein Kinderspiel. Aber, ehrlich gestanden, habe ich keine Ahnung, wie ich das Geld wieder ausgeben soll.«

»Sie wissen nicht, wie Sie Ihr Geld wieder . . .?« murmelte Houston.

»Oh, ich kann natürlich nach einem Katalog bei Sears bestellen; aber wenn es darum geht, Millionen auszugeben, muß ich mir dazu andere Leute anheuern. Zum Beispiel bin ich zu diesem Haus gekommen, indem ich die Frau eines Mannes fragte, wer für mich ein Haus bauen könnte. Sie nannte mir einen Mann, den ich in mein Büro bestellte und dem ich sagte, ich wollte etwas wirklich Schönes haben. Und dann baute er mir dieses Haus. Er engagierte auch die beiden Männer, die mir die Möbel besorgten. Ich hab' mir von dem ganzen Zeug noch gar nichts angeschaut.«

»Warum haben Sie denn die Möbel von den beiden Männern nicht gleich aufstellen lassen?«

»Weil meiner Frau vielleicht nicht gefallen könnte, wie sie aufgestellt sind, und sie das Ganze vielleicht wieder umstellen möchte; und ich sah nicht ein, daß man sich die Arbeit zweimal machen soll.«

Houston lehnte sich auf ihrem Stuhl zurück. »Ich wußte ja gar nicht, daß Sie verheiratet sind.«

»Bin ich auch nicht. Noch nicht. Ausgeguckt habe ich mir schon eine.«

»Meinen Glückwunsch.«

Kane lächelte sie durch seinen Bart hindurch an. »Ich kann mir nicht jede Frau in dieses Haus holen. Sie muß eine echte, wahre und unverfälschte Lady sein. Jemand hat mir mal gesagt, daß eine *echte* Lady eine Führerpersönlichkeit ist, daß sie für eine Sache kämpft, sich für die Unterdrückten einsetzt, ohne daß ihr dabei auch nur der Hut auf dem Kopf verrutscht. Und eine echte Lady kann einen Mann mit einem Blick zu Eis erstarren lassen. Das haben Sie heute getan, Houston.«

»Wie war das bitte?«

Er schob die beiden leeren Schüsseln zur Seite und beugte sich zu ihr hinüber. »Als ich in die Stadt kam, machten sich alle diese Frauen meinetwegen zum Narren, und als ich sie nicht beachtete, fingen sie an, sich so zickig zu benehmen, wie sie wirklich sind. Die Männer standen alle dabei und lachten, ein paar wurden auch böse; doch keiner von ihnen sagte auch nur einmal zu mir, daß es ihm leid täte. Und keiner hat mal irgendwas Nettes zu mir gesagt. Nur Sie.«

»Aber, Mr. Taggert, eine von diesen Frauen wird doch sicherlich ...«

»Keine von ihnen hat mich so verteidigt, wie Sie das

heute getan haben. Und wie sie mich ansahen, als ich Sie anfaßte! Ich wäre fast erfroren.«

»Mr. Taggert, ich glaube, ich sollte jetzt gehen.« Ihr gefiel die Wendung, die ihr Gespräch genommen hatte, ganz und gar nicht. Sie war allein mit diesem riesigen, halbzivilisierten Mann. Und noch dazu wußte niemand, daß sie sich in diesem Haus befand.

»Sie können jetzt noch nicht gehen; ich habe Ihnen noch etwas zu sagen.«

»Sie können mir ja einen Brief schicken. Ich muß jetzt wirklich gehen.«

»Kommen Sie mit nach draußen. Ich habe eine Menge Pflanzen hinterm Haus«, sagte er wie ein kleiner Junge, der gern seinen Willen haben möchte.

Sie hoffte, daß sie das nicht bereuen mußte; aber vielleicht waren ›eine Menge Pflanzen‹ ein Garten.

Es war ein Garten: Morgen über Morgen voller duftender blühender Büsche und mehrjährige Pflanzen, Rosen und Bäume.

»Der Garten ist so schön wie das Haus«, sagte sie und wünschte sich, sie könnte die Wege erkunden, die sie im Mondlicht erkennen konnte. »Was wollten Sie mir denn noch sagen, Mr. Taggert? Ich muß bald aufbrechen.«

»Wissen Sie, daß ich Sie schon als kleines Mädchen gekannt habe? Sie haben ja immer mit Marc Fenton im Garten gespielt. Natürlich haben Sie mich nicht beachtet. Ich war ja nur der Stallbursche«, sagte er schroff und beruhigte sich dann wieder. »Ich habe mich immer gefragt, was aus Ihnen mal werden würde – Sie, eine Chandler, die mit den Fentons spielte –, aber es ist was wirklich Gutes draus geworden.«

»Vielen Dank.« Sie fragte sich verwundert, was er mit diesen krausen Reden bezweckte.

»Was ich Ihnen noch sagen wollte, ist, daß ich vierunddreißig Jahre alt bin, so viel Geld besitze, daß ich gar nicht mehr weiß, wohin damit, ein großes leeres Haus habe und die Speicher voller Möbel, die heruntergeschafft und aufgestellt werden müssen. Und ich will, daß mir jemand eine Köchin besorgt, damit ich und Edan nicht dauernd unser eigenes Essen verzehren müssen. Was ich brauche, Miss Houston Chandler, ist eine Frau, und ich habe beschlossen, daß ich Sie zu meiner Frau machen werde.« Er sagte den letzten Satz mit triumphierender Stimme.

Houston brauchte einen Moment, ehe sie zu einer Antwort fähig war. »Mich?«, flüsterte sie.

»Ja, Sie. Ich denke, es stünde einer Chandler gut an, wenn sie in diesem Haus wohnen würde – in dem größten Haus, das Chandler in Colorado jemals gesehen hat und sehen wird. Und ich habe auch jemand beauftragt, der sich über Sie erkundigen sollte. Sie sind auf ein paar wirklich feinen Schulen gewesen und wissen, wie man Sachen einkaufen muß. Und Sie wissen auch, wie man Parties gibt – solche Parties, wie sie Jay Goulds Frau früher gegeben hat. Ich werde Ihnen auch ein paar echt goldene Teller kaufen, wenn Sie die für Ihre Parties brauchen.«

Houston erholte sich jetzt von ihrem Schock. Und das erste was sie tat, war, auf dem Absatz kehrtzumachen und davonzugehen.

»Warten Sie noch einen Moment«, sagte er und ging neben ihr her. »Wann soll die Hochzeit stattfinden?«

Sie blieb stehen und funkelte ihn an. »Mr. Taggert, lassen Sie mich jetzt ein paar klare und deutliche Worte sagen. Erstens bin ich bereits verlobt und werde demnächst heiraten. Zweitens – selbst wenn ich nicht verlobt wäre – weiß ich so gut wie nichts von Ihnen. Nein, ich werde Sie *nicht* heiraten, selbst wenn Sie mich ordentlich um meine Hand bitten würden, statt einfach großartig über mich zu bestimmen.« Sie drehte sich wieder von ihm weg.

»Ist es das, was Sie verlangen? Eine Brautwerbung? Ich werde Ihnen jeden Tag bis zur Hochzeit Rosen schicken.«

Sie blieb noch einmal stehen, holte tief Luft und drehte sich abermals zu ihm um. »Ich möchte nicht, daß Sie mir den Hof machen. Tatsächlich bin ich mir nicht sicher, ob ich Sie überhaupt noch einmal sehen möchte. Ich kam hierher, um Ihr Haus zu besichtigen, und danke Ihnen, daß Sie es mir gezeigt haben. Und jetzt, Mr. Taggert, möchte ich nach Hause gehen. Und wenn Sie eine Frau haben wollen, sollten Sie sich vielleicht unter den vielen ungebundenen Frauen in dieser Stadt umsehen. Ich bin sicher, Sie werden darunter noch eine sogenannte echte, wahre, unverfälschte Lady entdecken können.«

Damit drehte Houston ihm wieder den Rücken zu, und wenn sie auch nicht direkt zur Vorderseite des Hauses rannte, so setzte sie gewiß auch keinen Rost an den Schuhen an.

»Verdammt!« sagte Kane, als sie gegangen war und er die Treppe zum ersten Stock hinaufstieg.

Edan stand auf dem oberen Treppenabsatz. »Nun?«

»Sie sagte nein«, antwortete Kane verdrossen. »Sie will diesen armen Schlucker, diesen Westfield haben. Und sag mir jetzt nur ja nicht: ›Das habe ich dir ja gleich gesagt!‹ Denn noch ist das letzte Wort in dieser Sache nicht gesprochen. Das passiert erst dann, wenn Lady Chandler mir vor dem Altar das Jawort gibt! Ich habe Hunger. Wollen mal sehen, ob wir was zu essen auftreiben können.«

Kapitel 4

Houston schlich sich leise durch die Vordertür der Villa Chandler und zog im Flur die Schuhe aus, damit die Stufen nicht knarrten, wenn sie nach oben ging. Mr. Gates vertraute Leander rückhaltlos, und wenn Houston mit ihm ausging, paßte niemand auf, wann sie wieder nach Hause kam.

Als sie in ihr Zimmer schlüpfte, lächelte sie ihrer Mutter zu, die mit vorwurfsvollem Gesicht den Kopf durch ihre Schlafzimmertür steckte. Sobald Houston in ihrem Zimmer war, lächelte sie abermals, weil ihr nun klar wurde, was dieser vorwurfsvolle Blick zu bedeuten hatte. Schließlich wurde sie ja für Blair gehalten; aber sie war soeben in Houstons Zimmer verschwunden. Zweifellos hatte ihre Mutter erraten, was sie für ein Spiel trieben, und das gefiel ihr nicht.

Mit einem Achselzucken tat Houston die Mißbilligung ihrer Mutter ab. Opal Gates liebte ihre Töchter, verwöhnte sie und würde sie nie danach fragen, wo sie gewesen waren und was sie getrieben hatten. Und sie würde auch ihre Töchter nie an Mr. Gates verraten, wenn sie ihr sagten, wonach sie nie fragte.

Während Houston sich auszuziehen begann, dachte sie über den Abend nach. So ein schönes Haus, so leer, so ungepflegt. Und der Besitzer hatte es ihr angeboten! Natürlich gehörte er ebenfalls zu diesem Pakt; aber schließlich hatte ja jedes Geschenk, das diesen Namen wirklich verdient, irgendeinen Pferdefuß.

Sie setzte sich in ihren Dessous an ihre Frisierkommode und fing an, ihr Gesicht für die Nacht einzukremen. Noch kein Mann hatte sie so behandelt wie Kane Taggert heute abend. Sie wohnte nun seit ihrer Geburt in dieser kleinen Stadt, und jeder wußte, daß sie und ihre Schwester die letzten Nachfahren der Gründerfamilie von Chandler waren. Sie war in dem Bewußtsein aufgewachsen, daß sie so etwas darstellte wie ein Statussymbol, das jeder haben wollte, weil ›eine Party ohne die Chandlers kein gesellschaftliches Ereignis‹ war. Als die prominenten, reichen Westfields aus dem Osten hierherkamen, war sie noch ein Kind gewesen; aber schon galt es offenbar als ausgemacht, daß eine Chandler einen Westfield heiraten würde.

Und Houston hatte immer getan, was man ihr sagte. Blair stieg auf Barrikaden, Houston niemals. Mit den Jahren hatte Houston gelernt, genau das zu tun, was man von ihr erwartete. Jeder in ihrer Umgebung war der Meinung, sie sollte Leander Westfield heiraten, also machte sie sich diese Meinung zu eigen. Da sie eine Chandler war, wurde erwartet, daß sie eine Lady sei; also wurde sie eine.

Sich als dicke alte Frau zu verkleiden und in die Kohlenminen zu fahren, war die einzige undamenhafte Handlung, die sie sich in ihem Leben gestattet hatte.

Sie blickte in den Spiegel und sah, wie die Angst in ihr Gesicht trat bei dem Gedanken, was Leander wohl sagen würde, wenn er erfuhr, wer Sadie war. Leander wollte, daß alles nach seinem Kopf ging. Seine Gattin mußte eine Frau ohne Überraschungen sein.

Sie stand auf und löste die Bänder ihres Mieders. Dieser Abend war ein Abenteuer gewesen, ein einmaliges Ereignis, ehe sie alle Abenteuer aufgab und Mrs. Leander Westfield wurde.

Sie holte ein paarmal tief Luft, als sie das Korsett abgelegt hatte, und erlaubte sich noch eine respektlose Überlegung: Was würde ein Mann wie Kane Taggert tun, wenn er herausfand, daß seine Frau jeden Mittwoch mit einem Trödelwagen in die Bergwerkslager fuhr?

»Nun, Honey«, sagte Houston laut, mit der tiefen Stimme einer alten Frau, »sorge nur dafür, daß dir der Hut nicht auf dem Kopf verrutscht. Echten Ladies passiert so was nämlich nicht.«

Houston fiel auf ihr Bett und hielt sich den Mund zu, um ihren Lachreiz zu unterdrücken. Würden die Chandlers aus allen Wolken fallen, überlegte sie, wenn sie sich dazu entschloß, Mr. Taggerts Angebot anzunehmen?

Sie setzte sich gerade. Was in aller Welt sollte sie bei ihrer Hochzeit tragen? Vielleicht ein rotes Kleid mit Goldquasten?

Immer noch lachend, zog sie sich zu Ende aus und streifte ihr Nachthemd über. Es war doch nett gewesen, daß sie noch einen zweiten Heiratsantrag bekommen hatte. Wenigstens war es ein Beweis, daß nicht alle meinten, es wäre eine Selbstverständlichkeit, wenn Leander sie als sein persönliches Eigentum betrachtete. Jeder, Houston eingeschlossen, glaubte ihre Zukunft zu kennen. Sie und Lee waren schon so lange zusammen, daß sie genau wußte, was er zum Frühstück aß, wie er seine Hemden gebügelt haben wollte und was dergleichen mehr war.

Das einzige Unbekannte blieb die Hochzeitsnacht. Nun, vielleicht würde Leander nach dieser einen Nacht nicht von ihr erwarten, daß sie es gleich wieder tat. Vielleicht nur in großen Abständen. Es war nicht so, daß sie Männer nicht mochte, schon gar nicht nach den Ereignissen am Vorabend der Hochzeit ihrer Freundin Ellie: aber wenn Leander sie anfaßte, kam ihr das manchmal wie . . . nun, wie Inzest vor. Sie liebte Leander, wußte, daß sie keine Schwierigkeiten haben würde, mit ihm zusammenzuleben; aber der Gedanke, bei ihm zu liegen . . .

Sie stieg ins Bett, zog die Steppdecke bis zum Kinn hinauf und bereitete sich auf das Einschlafen vor. Sie überlegte flüchtig, wie Blair wohl mit Leander zurechtgekommen war. Zweifellos würde er morgen schlechter Laune sein, weil er sich natürlich wieder einmal mit Blair gestritten hatte. Sie konnten keine zwei Stunden beisammen sein, ohne sich einmal an die Gurgel zu springen.

Mit einem Seufzen glitt sie in den Schlaf hinüber. Heute hatte sie ein Abenteuer erlebt, morgen begann wieder das Einerlei ihres Alltagslebens.

Houston mußte sich schon Leanders Avancen erwehren, als er ihr in die Kutsche half, und wieder kam ihr der Gedanke, wie seltsam sie sich doch alle benahmen. Den ganzen Morgen über hatte Blair sie gemieden, und beim Frühstück hatte sie so ausgesehen, als hätte sie geweint. Es wird doch hoffentlich gestern abend nicht zu einem ernsthaften Streit zwischen Blair und Lee gekommen sein, dachte Houston. Oder war herausgekommen, daß sie die Plätze getauscht hatten? Hoffentlich nicht! Houston versuchte mit Blair über den gestrigen Abend zu reden, doch Blair hatte sie nur angesehen, als wäre ihr Leben zu Ende, und war dann aus dem Eßzimmer gerannt.

Um elf war Lee dann gekommen, um sie zu einem Picknick mitzunehmen – was für eine angenehme Überraschung –, und Houston hatte gehört, wie Blair ihm von der Veranda aus etwas zurief. Dann war Lee mitten auf der Straße zudringlich geworden, so daß Houston schon versucht gewesen war, ihm auf die Finger zu klopfen.

Jetzt hatte sie so ein Gefühl, als wäre sie mitten während der Vorstellung in ein Theater gekommen und verstünde die Handlung des Stückes nicht, das auf der Bühne aufgeführt wurde, während sie neben Lee im Einspänner saß. Aber er sagte nichts, lächelte nur und lenkte seine Kutsche durch den Verkehr. Houston begann, wieder aufzuatmen. Es konnte nichts wirklich Schlimmes gestern abend passiert sein, wenn er lächelte.

Er fuhr mit ihr zu einem Platz mit großen Felsen und hohen Bäumen, den sie noch nie gesehen hatte. Sie waren meilenweit von der Stadt entfernt an einem abgeschiedenen einsamen Ort.

Kaum hatte er ihr aus der Kutsche geholfen – und mit solcher Hast, daß sie fast hingefallen wäre –, als er schon die Arme um sie legte und sie fast erdrückte. Sie hatte Mühe, genügend Luft zu bekommen, so daß sie seine Worte zunächst nicht hörte.

»... aber nur noch an dich und den gestrigen Abend denken können«, sagte er. »Ich konnte noch den Duft deiner Haare an meinen Kleidern riechen, deine Lippen auf den meinen schmecken, deinen ...«

Houston vermochte sich endlich aus seiner Umarmung zu befreien. »Du konntest was?« keuchte sie.

Er begann, ihr die Frisur zu zerzausen, und blickte sie sonderbar an. »Du wirst mir doch heute nicht wieder die keusche Braut vorspielen wollen, nicht wahr? Möchtest du wirklich deine alten Gewohnheiten wieder aufnehmen nach gestern abend?«

Während er auf Houston einredete, dachte sie fieberhaft nach. Doch sie konnte nicht glauben, was ihr als einzig mögliche Erklärung für seine bizarren Worte einfiel. Blair konnte doch nicht ... konnte sich doch Lee nicht ergeben haben! Konnte sie? Unmöglich.

»Houston, du hast mir bewiesen, daß du ganz anders sein kannst; also mußt du doch nicht wieder die unnahbare

Eisprinzessin spielen. Ich weiß jetzt, wie du wirklich bist, und ich darf dir versichern, daß ich noch glücklicher sein werde, wenn ich diese kühle Frau von damals nie wiedersehe. Also komm her und küß mich so wie gestern abend.«

Houston erkannte in diesem Moment, daß das viel mehr war, als ein Kompliment für Blair. Er hatte gestern abend nicht nur Blair genossen, sondern war auch zu der Einsicht gekommen, daß er die kühle Frau, mit der er verlobt war, nicht mehr sehen wollte. Sie schob ihn von sich. »Willst du damit sagen, daß ich gestern abend anders gewesen bin als sonst? Daß ich . . . besser gewesen bin?«

Er lächelte auf eine idiotische Weise und fuhr fort, davon zu schwärmen, wie wundervoll Blair gewesen sei.

»Du weißt genau, wie du gewesen bist. Es war, als sähe ich dich zum erstenmal. Ich wußte nicht, daß du so sein könntest. Vielleicht lachst du darüber, aber ich fing an zu glauben, daß sich hinter deinem kühlen Äußeren ein Herz aus Eis versteckte. Aber da du ja eine Zwillingsschwester hast, die schon bei der leisesten Herausforderung vor Feuer sprüht, muß etwas von ihrem Temperament auf dich abgefärbt haben.«

Er packte sie wieder, ehe sie ein Wort erwidern konnte, und gab ihr einen unangenehmen, ihr die Lippen zerquetschenden Kuß; und als es Houston endlich gelang, sich dieser Zudringlichkeit zu erwehren, sah sie, daß er wütend war.

»Du treibst das Spiel zu weit«, sagte er. »Du kannst nicht erst brennen vor Leidenschaft, um dann wieder das unberührbare Mädchen zu sein. Was bist du? Zwei Menschen in einer Person?«

Houston hätte ihn am liebsten angeschrien, daß seine Lüsternheit der Falschen galt, daß er mit der kalten, frigiden und nicht mit der so feurigen Schwester verlobt war, die er vorzuziehen schien.

Offenbar konnte Lee Gedanken lesen, weil sich sein Gesichtsausdruck plötzlich veränderte.

»Das ist ein Ding der Unmöglichkeit, nicht wahr, Houston?« sagte er. »Sag mir, daß es falsch ist, was ich denke. Man kann doch nicht zwei grundverschiedene Wesen in einer Gestalt sein, oder?«

Houston wußte nun, daß aus einem harmlosen Spiel eine ernste Sache geworden war. Wie hatte Blair ihr so etwas nur antun können?

Lee entfernte sich ein paar Schritte von ihr und ließ sich schwerfällig auf einen Felsen nieder. »Hast du mit deiner Schwester gestern den Platz getauscht?« fragte er leise. »Habe ich den gestrigen Abend mit Blair verbracht statt mit dir?«

Irgendwie gelang es ihr, ein Ja zu flüstern.

»Ich hätte es sofort merken müssen, als sie diesen Selbstmörder so gut versorgte. Und sie wußte nicht einmal, daß wir in dem Haus waren, das ich für sie gekauft hatte – für dich. Ich glaube, ich wollte es nicht wissen. Von dem Moment an, als ich zu dem Selbstmörder gerufen wurde und sie mir sagte, sie wolle mich begleiten, weil sie mir vielleicht dabei helfen könne, war ich so blind vor Freude, daß ich mir jeden Zweifel verbot. Ich hätte es wissen müssen, als ich sie küßte . . .«

»Zum Henker mit euch beiden! Ich hoffe, es hat euch einen höllischen Spaß gemacht, mich zu betrügen.«

Das Gesicht, daß er ihr nun zudrehte, war zum Fürchten. »Wenn du weißt, was für dich gut ist, sagst du jetzt kein Wort mehr. Ich weiß nicht, was über euch gekommen ist, daß ihr mir so einen schmutzigen Streich spielen mußtet; aber ich kann dir verraten, daß ich nicht gern das Opfer solcher Streiche bin. Nachdem du und deine Schwester euch so gut auf meine Kosten amüsiert habt, muß ich mir überlegen, was für Konsequenzen der gestrige Abend für mich hat.«

Leander brachte sie anschließend wieder nach Hause und stieß sie fast aus der Kutsche, als er sie wieder vor der Villa Chandler ablud.

Blair stand auf der Veranda.

»Ich muß mit dir reden«, sagte Houston zu ihrer Schwester. Blair nickte nur und folgte ihr stumm in den kleinen Rosengarten am Ende des Grundstücks.

»Wie hast du mir das antun können?« begann Houston. »Was hast du eigentlich für eine Moral, daß du ein einziges Mal mit einem Mann ausgehen und schon mit ihm schlafen kannst? Oder gehe ich mit meiner Vermutung zu weit? Du hast doch mit ihm geschlafen, oder?«

Blair nickte stumm.

»Am ersten Abend?« fragte Houston ungläubig.

»Aber ich war doch *du*!« sagte Blair. »Ich war mit ihm verlobt. Ich nahm an, daß ihr immer . . . Nachdem er mich so geküßt hatte, mußte ich annehmen, daß ihr beide . . .«

»Daß wir beide was?« fauchte Houston. »Du meinst, daß wir beide uns schon öfter . . . geliebt hatten? Glaubst du, ich hätte dich gebeten, mit mir den Platz zu tauschen, wenn das der Fall gewesen wäre?«

Blair barg das Gesicht in den Händen. »Ich habe nicht darüber nachgedacht. Ich konnte überhaupt nicht denken. Nach dem Empfang brachte er mich in sein Haus und . . .«

»In *unser* Haus«, sagte Houston. »In das Haus, das ich monatelang eingerichtet und dekoriert habe, um es für *meine* Hochzeit vorzubereiten.«

»Da waren Kerzen und Kaviar und gebratene Ente und Champagner – haufenweise Champagner. Er küßte mich, und ich trank ununterbrochen Champagner, und da waren diese Kerzen und seine Augen und ich konnte mich nicht mehr bremsen. Oh, Houston, es tut mir ja so leid. Ich werde Chandler verlassen. Du brauchst mich nie mehr wiederzusehen. Leander wird uns nach einer Weile verzeihen.«

»Zweifellos hast du rot gesehen, als er dich küßte«, sagte sie mit einer Stimme voller Sarkasmus.

»Mit kleinen silbernen und goldenen Funken.« Blair meinte das ganz ernst.

Houston sah ihre Schwester mit offenem Mund an. Wovon redete sie da eigentlich? Von Champagner und Kerzen? Hatte Lee von Anfang an geplant, seine Verlobte zu verführen? Hatte er etwas geplant, das nach hinten losgegangen war, so daß er die Nacht mit der falschen Schwester verbracht hatte.

Oder war Blair nur eine falsche Schwester?

»Wie war denn sein Kuß?« fragte Houston leise.

Blair blickte sie schockiert an. »Quäle mich bitte nicht. Ich will versuchen, das wiedergutzumachen, Houston. Das schwöre ich. Und wenn es mir noch so schwerfallen . . .«

»Wie war sein Kuß?« wiederholte Houston etwas lauter.

Blair schniefte, und ihre Schwester gab ihr ein Taschentuch. »Du weißt doch, wie seine Küsse sind. Ich muß sie dir nicht erst beschreiben.«

»Ich glaube nicht, daß ich es wirklich weiß.«

Blair bekam einen Schluckauf. »Es war . . . es war wunderbar. Ich hätte nie geglaubt, daß ein Mann, der so kühl ist wie Lee, so viel Feuer haben könnte. Als er mich anfaßte . . .« Sie sah zu ihrer Schwester hoch. »Houston, ich werde zu Lee gehen und ihm sagen, daß das alles nur meine Schuld gewesen ist. Daß es meine Idee war, die Plätze zu tauschen, und daß du an der Sache vollkommen unschuldig bist. Ich sehe nicht ein, weshalb die Geschichte nicht unter uns dreien bleiben soll. Wir werden uns zusammensetzen, darüber reden, und er wird verstehen, wieso es dazu gekommen ist.«

Houston beugte sich vor. »Wird er das? Wie willst du ihm erklären, daß ich den Abend mit einem anderen Mann verbringen wollte? Willst du Lee sagen, daß schon eine einzige Berührung genügte, dich so in Brand zu setzen, daß du dich nicht mehr zu beherrschen vermochtest? Was für ein bemerkenswerter Unterschied zu der frigiden Miss Houston Chandler.«

»Du bist nicht frigid!«

Houston schwieg einen Moment still.« »Lee redete die ganze Zeit nur davon, wie großartig du in der vergangenen Nacht gewesen bist. Ihm würde keine unerfahrene Braut mehr gefallen nach der Erfahrung mit dir . . .«

Blair hob rasch den Kopf. »Ich habe noch nie mit einem Mann geschlafen. Lee war der erste . . .«

Houston wußte nicht, ob sie nun lachen oder staunen sollte. Sie hatte schreckliche Angst vor ihrer Hochzeitsnacht und war überzeugt, daß sie selbst nach einem Hektoliter Champagner nicht so reagieren würde wie Blair. Lees Küsse hatten sie nie dazu gebracht, sich und die Welt zu vergessen.

»Houston, haßt du mich jetzt?« fragte Blair leise.

Houston dachte über diese Frage nach. Es war seltsam, aber sie empfand nicht einmal Eifersucht. Sie dachte nur daran, daß Lee nun dasselbe von ihr verlangen würde, was er von Blair bekommen hatte, und wie wollte sie bei ihm den gleichen Erfolg erreichen wie Blair? Vielleicht hatte Blair auf ihrer medizinischen Hochschule gelernt, wie man das machte; aber in Miss Jones Schule für junge Damen in Virginia hatte man ihr beigebracht, daß der Platz einer Frau im Salon sei, und es war nie darüber gesprochen worden, wie eine Frau sich im Schlafzimmer zu verhalten habe.

»Du schaust mich so sonderbar an.«

Schon lag sie Houston auf der Zungenspitze – die Frage nach den Details der gestrigen Nacht; doch sie brachte sie nicht über die Lippen. »Ich bin nicht einmal zornig. Ich brauche nur Zeit, damit fertigzuwerden«, sagte sie. »Du bist doch nicht etwa in Lee verliebt, oder?«

Blair sah sie entsetzt an. »Nein! Niemals! Das ist das letzte, was ich bin. Hat . . . hat er heute viel von mir erzählt?«

Houston knirschte mit den Zähnen, als sie sich daran erinnerte, wie er zu ihr sagte, Houston sei immer so frigide gewesen; doch gestern nacht . . .

»Wir wollen das alles vergessen, wenn wir können. Ich werde mit Lee reden, wenn sein Zorn verraucht ist, und wir werden es für uns behalten. Eine Weile wird uns die Sache vermutlich peinlich sein; aber ich bin sicher, wir finden eine für alle zufriedenstellende Lösung. Wir dürfen nicht zulassen, daß uns so etwas auseinanderbringt. Unsere Geschwisterliebe ist wichtiger als diese Affäre.«

»Vielen Dank«, sagte Blair und fiel ihrer Schwester um

den Hals. »So eine Schwester wie dich gibt es nur einmal auf der Welt. Ich liebe dich.«

Blair schien sich schon besser zu fühlen; doch Houston hatte ein paar nagende Zweifel, obwohl sie sich einredete, sie wären unbegründet. Sie liebte Lee, hatte ihn immer geliebt und hatte sich schon als Kind vorgenommen, ihn zu heiraten. Diese Kleinigkeit, diese eine Nacht mit der falschen Schwester, würde doch nicht alles verändern, nicht wahr?

»Natürlich nicht«, sagte sie laut, zog ihren Rock glatt und ging zurück zum Haus. Eine Nacht würde nicht ein jahrelanges Zusammensein ausradieren können.

Kapitel 5

Um vier Uhr nachmittags saßen Houston, Blair und ihre Mutter im Salon. Blair las in ihrem medizinischen Journal, die beiden anderen Frauen nähten, als die Haustür plötzlich aufflog und gegen die Wand des Vestibüls krachte.

»Wo ist sie?« brüllte Duncan Gates, daß der Kronleuchter leise zu klirren begann. »Wo ist diese sittenlose Hure? Wo ist diese Isebel?«

Mr. Gates stürmte in den Salon, der kräftige Leib vor Wut aufgeblasen. Er packte Blairs Arm, zog sie von ihrem Stuhl hoch, zerrte sie auf die Tür zu.

»Mr. Gates!« rief Opal, die sofort von ihrem Sessel aufgesprungen war, »was soll das alles bedeuten?«

»Dieses . . . diese Tochter des Satans hat die Nacht mit Leander verbracht, und obwohl sie jetzt unrein ist, plant er, sie zu einer anständigen Frau zu machen.«

»Was?« riefen die drei Frauen gleichzeitig.

»Leander wird diese Hure heiraten, sagte ich eben.« Damit schleppte er eine protestierende Blair hinter sich her aus dem Haus.

»Houston«, sagte ihre Mutter. »Du und Blair – ihr habt gestern abend die Plätze getauscht, nicht wahr?«

Houston nickte nur stumm und nahm ihre Näharbeit wieder zur Hand, als wäre nichts geschehen.

Die Sonne ging unter, im Zimmer wurde es dunkel, und das Hausmädchen schaltete das elektrische Licht ein, doch noch immer sprachen Mutter und Tochter kein Wort.

Houston ging nur immer wieder ein und derselbe Gedanke durch den Kopf: Es ist vorbei. Alles ist vorbei.

Um Mitternacht ging die Haustür auf, und Duncan stieß Blair vor sich her durch die Diele in den Salon.

»Es ist alles geregelt«, sagte er mit einer Stimme, die heiser war vom zu heftigen Gebrauch. »Blair und Leander werden in zwei Wochen heiraten. Es wird am Sonntag von der Kanzel verkündet.«

Houston erhob sich leise aus ihrem Sessel.

»Tochter«, sagte Duncan voller Mitgefühl, »es tut mir leid um dich.«

Houston nickte nur und ging hinaus zur Treppe.

»Houston«, sagte Blair vom Fuß der Treppe her. »Bitte«, flüsterte sie.

Doch in diesem Moment hatte Houston kein Mitleid an ihre Schwester zu verschenken, und sie drehte sich nicht einmal um, als Blair zu weinen begann.

In ihrem Zimmer war sie noch immer wie betäubt. Ihr ganzes Leben war vernichtet, in einer einzigen Nacht auf den Kopf gestellt. Alles war verloren.

An der Wand hing ein gerahmtes Diplom von Miss Jones Schule für junge Damen. Sie riß es von der Wand und schleuderte es quer durchs Zimmer. Doch sie spürte keine Erleichterung, als die Glasscheibe klirrend zu Bruch ging.

Mit starren Fingern begann sie, ihr Kleid aufzuknöpfen. Kurz darauf stand sie in ihrem Nachthemd im Zimmer, stand nur da, ohne sich zu bewegen, ohne ihre Mutter zu bemerken, die zu ihr ins Zimmer gekommen war.

»Houston?« sagte Opal, ihre Hand auf der Schulter ihrer Tochter.

»Geh zu ihr«, sagte Houston. »Blair braucht dich jetzt.

Wenn sie hierbleibt und Leander heiratet, wird sie eine Menge aufgeben.«

»Aber das gilt auch für dich. Du hast heute abend viel verloren.«

»Ich habe es schon viel früher verloren. Geh zu ihr, bitte. Ich brauche keinen Beistand.«

Opal hob das Diplom mit dem zerbrochenen Rahmen aus. »Laß mich dich erst zu Bett bringen.«

Houston schob sich unter ihre Steppdecke. »Stets die brave Tochter, nicht wahr, Mutter? Ich bin schon immer so ein braves kleines Mädchen gewesen, und was hat mir das gebracht? Ich bin eine richtige, wahrhaftige Lady, und meine Schwester mit ihren Knickerbockern und ihren Küssen bekommt alles, für das ich seit meiner ersten Volksschulklasse gearbeitet habe.«

»Houston«, sagte Opal mit flehender Stimme.

»Laß mich in Ruhe!« schrie Houston. »Laß mich bloß in Ruhe!«

Mit schockiertem Gesicht ging Opal aus dem Zimmer.

Der Sonntagmorgen dämmerte klar und heiter herauf. Die Sonne überzog Ayers Peak, Zierde und Wahrzeichen für den Westteil der Stadt, mit ihrem goldenen Licht. Es gab viele Kirchen in Chandler, die alle Glaubensbekenntnisse abdeckten, und fast alle waren voller Leute.

Doch selbst die Sonne vermochte nicht die Kälte in der Brust der Chandler-Zwillinge, die links und rechts von ihrem Stiefvater gingen, zum Schmelzen zu bringen. Ihre Mutter hatte plötzlich eine geheimnisvolle Krankheit bekommen, die sie daran hinderte, die öffentliche Demütigung ihrer Töchter mitzuerleben.

Leander erwartete sie bereits im Chorgestühl, den Blick auf Houston gerichtet, und als sie an seinem Platz vorbeikam, streckte er die Hand nach ihr aus. »Houston«, flüsterte er.

Jetzt konnte er sie auseinanderhalten, dachte sie, sagte jedoch nichts, während sie einen Bogen um seine ausgestreckte Hand machte.

Duncan schob Blair fast gewaltsam auf den Platz neben Lee, und dann hatten sie endlich alle ihre neuverteilten Sitze eingenommen – Blair neben Lee, und Houston ganz außen neben Duncan.

Die Predigt schien nur Sekunden zu dauern; denn Houston wußte, daß danach *die* Neuigkeit von der Kanzel verkündet wurde.

Sie kam noch früher, als sie befürchtet hatte.

Unglücklicherweise hielt diesmal nicht Reverend Thomas den Gottesdienst ab, sondern Reverend Smithson, der es wirklich taktvoller hätte ausdrücken können.

»Nun habe ich etwas bekanntzugeben«, sagte er mit amüsierter Stimme. »Es scheint, daß unser Bruder Leander seine Meinung geändert hat, welche von den beiden Zwillingsschwestern er heiraten möchte, und nun mit Blair verlobt ist. Ich glaube, ich wüßte auch nicht, für welche von den beiden ich mich entscheiden sollte. Nochmals meinen Glückwunsch, Lee.«

Einen Moment lang schien die Gemeinde der Schlag getroffen zu haben. Dann begannen die Männer zu lachen, die Frauen zu tuscheln. Alle standen von ihren Bänken auf, um nach Hause zu gehen.

»Houston, du mußt mich anhören«, sagte Lee und faßte nach ihrem Arm. »Ich muß dir alles erklären.«

»Du hast bereits alles erklärt«, fauchte sie ihn an. »Als du davon schwärmtest, wie wunderbar Blair gewesen war, und hofftest, die Eisprinzessin nicht mehr wiederzusehen. Da hast du mir bereits alles erklärt. Guten Morgen«, sie lächelte einem Pfarrkind zu, das am Chorgestühl entlangging.

»Hallo, Houston, oder bist du Blair?« sagte jemand.

»Meinen Glückwunsch, Lee.« Ein Mann schlug ihm auf die Schulter und ging lachend weiter.

»Houston, laß uns woanders hingehen.«

»Du kannst zu deiner . . . Braut gehen.« Sie funkelte ihn wütend an.

»Houston«, bettelte Lee. »Bitte.«

»Wenn du nicht sofort deine Hand von meinem Arm

nimmst, schreie ich. Ich bin nicht bereit, mir noch weitere Kränkungen von dir gefallen zu lassen.«

»Leander!« sagte Duncan. »Blair wartet auf dich.«

Lee wandte sich widerstrebend von Houston ab, packte Blairs Arm, schob sie zum Ausgang, dann in seine Kutsche und fuhr viel zu rasch davon.

Kaum hatte Lee sich mit Blair entfernt, als auch schon die Frauen über Houston herfielen und sie von Duncans Seite wegdrängten. Sie zeigten sich besorgt, neugierig, manche auch anteilnehmend. Zumeist schienen sie jedoch ratlos.

»Houston, was ist passiert? Ich dachte, ihr wärest so glücklich gewesen – und und Lee!«

»Wie konnte Leander sich nur für Blair entscheiden? Die streiten sich doch ständig.«

»Wann hat er denn so plötzlich seine Meinung geändert?«

»Houston, gibt es da noch einen anderen?«

»Sie haben verdammt recht, daß es noch einen anderen gibt, meine Damen«, dröhnte eine Stimme hinter ihnen, und sie drehten sich alle um und blickten Kane Taggert an. Niemand in der Stadt hatte ihn bisher so einen langen Satz reden hören, und überhaupt schien er sich nie darum gekümmert zu haben, was die Leute in der Stadt sagten oder taten.

Die Frauen starrten den groß gewachsenen Mann mit dem ungepflegten Bart und den groben Kleidern mit offenem Mund an, als er sich durch die Menge drängte. Niemand war überraschter als Houston.

»Es tut mir leid, daß ich es nicht geschafft habe, zum Gottesdienst zu kommen, sonst hätte ich neben dir sitzen können«, sagte er, als er sich bis zu Houston vorgearbeitet hatte. »Schau mich nicht so überrascht an, mein Herz. Ich weiß, daß ich versprochen habe, unser Geheimnis noch etwas länger zu hüten; aber wenn es Lee schon überall herumerzählt, kann ich es den Leuten doch nicht mehr verheimlichen.«

»Was verheimlichen?« rief eine Frau sofort.

Kane legte seinen Arm um Houston. Sie waren ein ungleiches Paar – er mit struppigem Bart und zerknittertem Anzug, sie tadellos angezogen und gepflegt. »Houston hat ihre Verlobung mit Leander aufgelöst, weil sie sich Knall auf Fall in mich verliebte. Was sollte sie machen, meine Damen? Es war Liebe auf den ersten Blick.«

»Wann ist das denn passiert?« fragte eine der Ladies mit atemloser Stimme.

Houston hatte sich inzwischen so weit erholt, daß sie flüstern konnte: »Es geschah, als ich mit Mr. Taggert in dessen Haus dinierte.« Sie wußte, daß sie später jedes Wort bereuen würde; aber in diesem Augenblick war sie froh, nicht als verschmähte Braut dazustehen.

»Aber was wird nun aus Leander?«

»Leander tröstet sich mit der Liebe von Houstons teurer Schwester Blair«, sagte Kane heiter. »Und nun müssen wir leider gehen, meine Damen. Ich hoffe, Sie werden alle zur Hochzeit – Doppelhochzeit – kommen. Heute in vierzehn Tagen.« Damit legte er Houston die Hand auf den Rücken und schob sie zur Kirche hinaus und auf seine alte Kalesche zu.

Als sie wegfuhren, saß Houston sehr gerade auf dem Sitz.

Er hielt die Pferde am Rand seines Besitzes an. Vor ihnen breitete sich ein mehrere Morgen umfassender Park aus, und im Hintergrund ragte sein Haus auf. Er hob die Arme, um ihr von der Kalesche herunterzuhelfen. »Wir müssen jetzt reden, wir beide.«

Houston war viel zu betäubt, um etwas anderes tun zu kömnen als gehorchen.

»Ich wäre zur Kirche gekommen, um bei Ihnen zu sitzen; aber ich hatte noch etwas Dringendes zu erledigen. Sah so aus, als wäre ich gerade noch rechtzeitig eingetroffen. Diese alten Krähen wären sonst über Sie hergefallen und hätten Ihnen die Augen ausgehackt.«

»Was sagten Sie eben?« murmelte Houston. Sie hatte nur mit halbem Ohr zugehört. Bis zu diesem Morgen hatte sie gehofft, es wäre alles nur ein böser Traum und daß sie aufwachen und immer noch mit Leander verlobt sein würde.

»Hören Sie mir überhaupt zu? Fehlt Ihnen etwas?«

»Nein, Mr. Taggert, ich kann nicht klagen. Abgesehen davon, daß ich öffentlich gedemütigt wurde, fehlt mir eigentlich nichts.« Sie hielt inne. »Ich bitte um Entschuldigung. Ich wollte Sie nicht mit meinen Problemen belasten.«

»Haben Sie denn nicht verstanden, was ich in der Kirche sagte? Haben Sie nicht gehört, wie ich den Damen erzählte, daß wir beide heiraten werden? Ich habe sie alle zu einer Doppelhochzeit eingeladen.«

»Und dafür danke ich Ihnen«, sagte Houston und brachte sogar ein Lächeln zustande. »Es war sehr gütig von Ihnen, zu meiner Rettung herbeizueilen. Sie würden einen großartigen Ritter abgeben. Nun, denke ich, sollte ich lieber wieder gehen.«

»So eine eigensinnige Frau wie Sie habe ich noch nicht erlebt! Was wollen Sie denn anfangen, wenn Sie mich nicht heiraten? Glauben Sie, einer von den sogenannten gesellschaftsfähigen Männern möchte Sie jetzt noch haben? Die haben doch alle Angst vor dem Westfield-Klan. Oder glauben Sie etwa, Marc Fenton würde Sie um Ihre Hand bitten?«

»Marc Fenton?« fragte sie verwirrt. »Warum sollte wohl Marc, wie Sie eben so elegant sagten, mich um meine Hand bitten wollen?«

»War nur so ein Gedanke von mir. Das ist alles.« Er kam einen Schritt näher. »Warum wehren Sie sich eigentlich so dagegen, mich zu heiraten? Ich bin reich und habe ein großes Haus, und Sie sind eine verschmähte Braut und haben nichts anderes zu tun.«

Sie blickte zu ihm hoch. Seine Größe machte sie ein wenig unsicher; aber Angst – nein, die hatte sie nicht vor ihm. Plötzlich dachte sie nicht mehr an Leander und Blair. »Weil ich Sie nicht liebe«, sagte sie mit fester Stimme. »Und weil ich so gut wie nichts von Ihnen weiß. Es wäre doch möglich, daß Sie bereits zehnmal verheiratet waren und Ihre zehn Frauen im Keller eingesperrt haben. Sie sehen so aus, als wären Sie dazu fähig«, setzte sie hinzu, während sie sein von Haaren überwuchertes Gesicht und das große Loch an der Schulter seines blauen Arbeitshemds betrachtete.

Eine geschlagene Minute lang starrte Kane sie mit offenem Mund an. »So was trauen Sie mir zu? Hören Sie mal zu, Lady.« Er trat noch einen Schritt näher. »Ich hatte überhaupt keine Zeit zum Heiraten. Seit mich Fenton mit achtzehn aus seinem Haus hinausgeworfen hat, habe ich nichts anderes gemacht als Geld verdient. Drei Jahre lang habe ich nicht einmal ein Bett gesehen, geschweige denn darin geschlafen. Und da kommen Sie hierher und sagen, ich hätte sogar Zeit gehabt, zehn Frauen zu heiraten.«

Als er mit seiner Rede zu Ende war, hatte er sich so weit über sie gebeugt, daß sie sich nach hinten lehnen mußte.

»Vielleicht habe ich mich getäuscht«, sagte Houston mit einem sanften Lächeln.

Kane nahm den Kopf nicht zurück. »Wissen Sie, daß Sie die schönste Frau sind, die mir je begegnet ist?«

Damit schob er einen Arm hinter ihren Rücken, zog sie an sich, packte mit der rechten Hand in ihr sorgfältig frisiertes Haar und küßte sie.

Houston hatte Leander etliche hundert Male geküßt. Er war ihr vertraut, da war nichts Unverhofftes; doch so etwas wie Kanes Kuß hatte sie bisher noch nicht erlebt. Sein Mund lag fordernd auf dem ihren. Er küßte sie nicht auf die feine Art, wie ein Gentleman eine Lady küssen würde, sondern eher so, wie sie sich den Kuß eines Stallburschen vorstellte.

Er ließ sie abrupt wieder los, daß sie fast auf den Rücken gefallen wäre, und einen Moment lang sahen sie sich in die Augen. »Lady, wenn Sie mich immer so küssen, obwohl Sie in diesen Westfield verknallt sind, käme ich mit Ihnen auch ohne Liebe ganz gut zurecht.«

Houston wußte darauf nichts zu sagen.

Er nahm ihren Ellbogen. »Ich werde dich jetzt wieder nach Hause bringen, und du kannst gleich damit anfangen, unsere Hochzeit vorzubereiten. Kauf dir alles, was du dazu brauchst. Ich werde etwas Geld für dich auf der Bank deponieren. Ich möchte viele Blumen im Haus haben, wenn wir heiraten, also besorge sie und schick sie hierher. Bestell sie in Kalifornien, oder schau dich mal in meinen Gewächshäusern um, ob du da was Passendes findest. Und die Trauung findet in meinem Haus statt. Ich habe genügend Stühle oben im Speicher. Ich will, daß die ganze Stadt zu meiner Hochzeit kommt.«

»Moment! So warten Sie doch!« sagte sie und steckte ihr Haar wieder auf, während er sie hinter sich herzog. »Ich habe doch noch gar nicht ja gesagt. Bitte, Mr. Taggert, geben Sie mir dafür noch ein bißchen Zeit. Ich habe mich noch nicht von dem Verlust meines Verlobten erholt.« Sie legte die Hand auf seinen Arm, spürte die kräftigen Muskeln unter dem dicken Stoff.

Er nahm ihre Hand von seinem Arm, und einen Moment glaubte sie, er wollte sie wieder küssen.

»Ich werde dir einen Ring kaufen. Was für einen möchtest du haben? Einen Ring mit Brillanten? Oder Smaragden? Wie heißen diese blauen Dinger?«

»Saphire«, sagte sie zerstreut. »Bitte, kaufen Sie mir keinen Ring. Die Ehe ist eine Gemeinschaft fürs Leben. So was bricht man doch nicht übers Knie!«

»Bis zur Hochzeit sind es noch zwei Wochen – genug Zeit, um dich an den Gedanken gewöhnen zu können, meine Frau zu sein.«

»Mr. Taggert«, sagte sie erbittert, »hören Sie *jemals* zu, wenn andere Leute etwas zu Ihnen sagen?«

Er grinste sie durch seinen Bart hindurch an. »Nein, nie. Mit dieser Methode bin ich reich geworden. Wenn ich etwas sah, das ich haben wollte, habe ich es mir genommen.«

»Und jetzt stehe ich wohl als nächstes auf der Liste der Dinge, die Sie haben wollen, wie?« sagte sie leise.

»Du stehst ganz oben an. Noch vor einem Wolkenkratzer in New York, der Vanderbilt gehört, aber den ich haben möchte. Und jetzt bringe ich dich nach Hause, damit du deiner Familie von mir berichten und mich an Westfields Stelle setzen kannst. Das wird ihm noch leid tun! Er hat sich zwar auch eine Chandler geangelt; aber ich bekomme die Lady.« Er riß so heftig an den Zügeln, daß Houston in das Polster zurückfiel, ehe sie ein Wort sagen konnte.

Vor ihrer Haustür sprang er aus der Kalesche, holte sie von ihrem Sitz herunter und stellte sie auf den Boden. »Es eilt, ich muß wieder zurückfahren. Du erzählst deinen Eltern von mir, ja? Und ich werde dir morgen den Ring schicken. Falls du was brauchst, sagst du mir oder Edan Bescheid. Wenn's geht, besuche ich dich morgen.« Er warf einen raschen Blick über die Schulter auf ihr Haus. »Also dann – ich muß weiter.« Er sprang wieder auf den Kutschbock und raste davon.

Houston stand an der Mauer des Vorgartens und blickte der Kalesche nach, die in der Staubwolke, die sie aufwirbelte, kaum noch zu sehen war. Sie hatte ein Gefühl, als wäre gerade ein Tornado über sie hinweggezogen.

Im Haus wurde sie bereits von Duncan und Opal erwartet. Opal saß mit rotgeweinten Augen in einem Sessel, während Duncan mit verschränkten Armen im Salon auf- und ablief.

Houston holte tief Luft, ehe sie das Zimmer betrat. »Guten Tag, Mutter – Mr. Gates.«

»Wo bist du denn so lange gewesen?« herrschte Duncan sie an.

»Oh, Houston«, schluchzte Opal, »du brauchst doch nicht ihn zu heiraten. Du findest schon noch einen. Nur weil Leander einen Fehler beging, mußt du es ihm doch nicht nachmachen.«

Ehe Houston einen Ton sagen konnte, legte Duncan los: »Houston, du bist doch immer die Vernünftige von euch beiden gewesen. Blair hatte noch nie einen Funken Verstand. Schon als kleines Mädchen hat sie immer erst nachgedacht, wenn sie schon etwas angestellt hatte. Aber du hast nie den Kopf verloren. Du wolltest Leander heiraten und . . .«

»Aber Leander wird mich jetzt nicht mehr heiraten«, fiel Houston ihm ins Wort.

»Deswegen mußt du doch nicht Kane Taggert heiraten!« jammerte Opal und barg das Gesicht in ihrem nassen Taschentuch.

Houston glaubte, Kane jetzt in Schutz nehmen zu müssen. »Was, zum Kuckuck, hat dieser Mann denn verbrochen, daß ihn alle so schlecht machen? Ich habe seinen Heiratsantrag noch nicht angenommen; aber ich sehe nicht ein, warum ich ihn ablehnen sollte.«

Opal sprang von ihrem Sessel auf und rannte zu ihrer Tochter. »Er ist ein Monster. Schau ihn dir doch an. Du kannst doch nicht mit so einem stinkenden Bären von einem Mann zusammenleben! Alle deine Freunde würden seinetwegen mit dir brechen. Und was für schreckliche Geschichten man in der Stadt von ihm erzählt.«

»Opal«, befahl Duncan, und sie kehrte gehorsam zu ihrem Sessel zurück und schluchzte weiter in ihr Taschentuch. »Houston, ich möchte mit dir reden, wie ich mit einem Mann reden würde. Mir ist es egal, ob dieser Mann schon mal eine Badewanne gesehen hat oder nicht. Das ist für mich nicht entscheidend, obwohl ich zugebe, daß ihm ein heißes Bad nicht schaden könnte. Aber da sind andere Dinge ...« Er blickte Houston scharf an. »Unter den Männern geht das Gerücht um, Taggert habe ein paar Leute umbringen lassen, sonst wäre er nicht so reich geworden.«

»Ermordet?« flüsterte Houston. »Wo hast du das gehört?«

»Wo, ist nicht wichtig, sondern ...«

»Natürlich ist es wichtig«, unterbrach sie ihn heftig. »Du weißt sehr genau, daß die Frauen dieser Stadt wütend über ihn waren, weil er sie nicht beachtete, und deswegen allerlei böse Gerüchte über ihn erfanden. Warum sollten die Männer sich besser verhalten als die Frauen? Leander erzählte mir von ein paar Männern in der Stadt, die versuchten, Mr. Taggert eine erschöpfte Goldmine und ähnliche Sachen anzudrehen. Vielleicht hat einer von diesen Männern solche Gerüchte in die Welt gesetzt.«

»Was ich über ihn gehört habe, stammt aus einer zuverlässigen Quelle«, sagte Duncan.

Houston schwieg einen Moment still. »Jacob Fenton«, sagte sie leise und sah an dem Mienenspiel auf Duncans kantigem Gesicht, daß sie richtig geraten hatte. »Nach den Gerüchten, die ich gehört habe«, fuhr Houston fort, »hat Mr. Taggert es gewagt, Jacob Fentons achtbarer Tochter Pamela Avancen zu machen. Ich weiß noch, wie die Leute hinter seinem Rücken flüsterten, es wäre eine Schande, wie er seine Tochter verzöge. Ist es da verwunderlich, wenn er heute den Mann haßt, der einmal sein Stallbursche war und die Kühnheit besaß, seiner verwöhnten Tochter einen Heiratsantrag zu machen?«

»Willst du damit sagen, daß Fenton ein Lügner ist?« meinte Duncan erbost. »Hat für dich das Wort eines frisch hierhergezogenen Emporkömmlings ein größeres Gewicht als die Meinung einer alteingesessenen Familie, die du dein Leben lang gekannt hast?«

»Wenn ich Kane Taggert heirate – und ich sagte, wenn – jawohl, dann werde ich ihm eher glauben als den Fentons. Und nun entschuldige bitte, daß ich dieses Gespräch nicht fortsetzten möchte – ich fühle mich plötzlich sehr müde. Ich glaube, ich muß mich einen Moment hinlegen.«

Sie zog sich mit so viel Anstand zurück, wie es sich für eine Lady gehörte. Sie rauschte aus dem Salon. Oben in ihrem Zimmer war es dann mit ihrer Fassung zu Ende. Sie brach über ihrem Bett zusammen.

Kane Taggert heiraten? überlegte sie. Einen Mann heiraten, der redete wie ein Cowboy und Manieren hatte wie ein Postkutschenräuber? Einen Mann heiraten, der sie ohne jeden Respekt behandelte? Einen Mann heiraten, der sie aus seiner Kutsche zog, als wäre sie ein Sack Kartoffeln? Einen Mann heiraten, der sie küßte wie ein Küchenmädchen?

Sie setzte sich kerzengerade auf. »Soll ich einen Mann heiraten, bei dem ich rot sehe, wenn er mich küßt – mit kleinen silbernen und goldenen Funken, wie Blair mir erzählte?« sagte sie ganz laut.

»Warum eigentlich nicht?« flüsterte sie dann, ließ sich wieder aufs Bett zurückfallen und begann zum erstenmal ernsthaft über diese Frage nachzudenken.

Kapitel 6

Spätestens am nächsten Morgen war Houston dann zu der Überzeugung gelangt, daß sie unmöglich, unter gar keinen Umständen Mr. Taggert heiraten könne. Ihre Mutter schniefte ununterbrochen am Frühstückstisch und rief ein paarmal schluchzend: »Meine schönen Töchter – was wird nur aus ihnen werden?«, während Blair und Duncan sich stritten, ob Blair nun endgültig Houstons Leben zerstört habe. Houston war sich gar nicht so sicher, daß es ein Streitgespräch war; denn sie schienen diesmal einer Meinung zu sein.

Houston schaltete sich in dem Moment in die Debatte ein, als behauptet wurde, Kane Taggert wäre für sie ein Instrument, mit dem sie sich selbst für den Verlust von Leander bestrafen wollte. Aber niemand schien zu hören, was Houston sagte, und da Blairs trostlose Verfassung offenbar durch kein Argument zu erschüttern war, gab Houston es schließlich auf, den beiden zuzuhören. Aber weil sie zur Ursache so vieler Tränen geworden war, kam sie zu dem Entschluß, daß sie Mr. Taggert nicht heiraten könne.

Gleich nach dem Frühstück begannen die Leute bei ihnen ›reinzuschauen‹.

»Ich war gerade dabei, einen Apfelkuchen zu backen, als mir einfiel, wie gerne du ihn ißt, Opal. Also habe ich gleich zwei gebacken und dir einen mitgebracht. Wie geht es den Zwillingen?«

Am späten Vormittag war das Haus mit Leuten und Lebensmitteln überfüllt. Mr. Gates blieb über Mittag in der Brauerei und ließ sich von dem Hausmädchen das Essen in sein Büro bringen; also mußten Houston, Blair und Opal allein mit den Leuten fertig werden.

»Hast du dich wirklich auf den ersten Blick in Mr. Taggert verliebt, Houston?«

»Nehmen Sie doch noch ein Stück Apfeltorte, Mrs. Treesdale«, antwortete Houston.

Um elf Uhr gelang es Blair, sich unbemerkt durch die Hintertür zu entfernen, und ließ Opal und Houston allein auf der Wallstatt zurück. Blair kam erst um drei Uhr nachmittags wieder nach Hause. »Sind sie immer noch da?« stöhnte sie und starrte auf die im Garten versammelten Leute.

Um halb vier hielt ein Mann mit einer so schönen Kutsche vor der Villa Chandler, wie man sie in der Stadt noch nie gesehen hatte. Sie war weiß lackiert, mit weißen Rädern und einem kremfarbenen, zusammenfaltbaren Verdeck mit Messingbeschlägen. Der Vordersitz hatte Polster aus rotem Leder, und hinten war noch ein kleiner Sitz für einen Diener angebracht.

Die Versammlung auf dem Rasen, die Leute auf der Veranda und die Besucher, die sich im Salon und der Diele drängten vergaßen zu sagen, was sie gerade fragen wollten, und sahen mit offenem Mund auf das Vehikel.

Der Kutscher, dessen grobe Kleidung gar nicht zu dem Gefährt passen wollte, stieg vom Bock und ging geradewegs auf die versammelten Leute zu. »Wer von Ihnen ist Miss Houston Chandler?« fragte er in die Stille hinein.

»Ich«, sagte Houston und trat vor.

Der Mann griff in die Tasche, holte einen Zettel hervor und begann ihn zu verlesen: »Diese Kutsche hier ist von dem Mann, den Sie heiraten werden – Mr. Kane Taggert. Es ist eine Kutsche für Damen, ein leichter Phaethon, und das Pferd ist auch gut.«

Er faltete den Zettel wieder zusammen, schob ihn in die Tasche zurück und machte kehrt. »Oh, ja«, sagte er dann und drehte sich wieder dem Haus zu. »Das schickt Ihnen Mr. Taggert auch noch.« Er schleuderte ein kleines, in braunes Papier eingewickeltes Päckchen in die Richtung, wo Houston stand, und es gelang ihr, es aufzufangen.

Dann ging der Mann pfeifend durch den Vorgarten auf die Straße zurück, und die Leute sahen ihm nach, bis er um die nächste Ecke verschwand.

»Nun, Houston«, sagte Tia, »willst du dein Geschenk gar nicht auspacken?«

Houston war gar nicht sicher, ob sie das Päckchen öffnen sollte, weil sie wußte, was sie darin finden würde. Und wenn sie den Ring annahm, würde das bedeuten, daß sie auch ihn nahm.

In der Schachtel lag der größte Diamant, den sie je gesehen hatte – ein riesiges, atemberaubendes, funkelndes Stück Stein, umgeben von neun quadratisch geschnittenen Smaragden.

Es gab ein Blättergeraschel im Garten, als die dort versammelten Damen alle auf einmal tief Luft holten.

Entschlossen ließ Houston den Deckel der Schmuckschatulle wieder zuschnappen und ging geradewegs auf das Gartentor und die davorstehende Kutsche zu. Sie nahm sich gar nicht die Zeit, eine der Fragen zu beantworten, die nun auf sie einstürmten, sondern ergriff die Zügel, schnalzte mit der Zunge, und der herrliche Braune, der im Geschirr stand, trabte energisch an.

Sie fuhr geradewegs die Sheldon Street hinunter, dann über den Tijeras, der den nördlichen vom südlichen Teil der Stadt trennte, und die steile Auffahrt zu Taggerts Haus hinauf. Da ihr Hämmern gegen die Haustür nichts bewirkte, ging sie einfach hinein und hielt im Türrahmen von Kanes Büro wieder an.

Kane saß über seinen Schreibtisch gebeugt, blies den Rauch einer stinkenden Zigarre durch die Nase und gab Edan, der die Beine auf den Schreibtisch gelegt hatte und eine ebenso schrecklich riechende Zigarre rauchte, in rascher Folge Anweisungen.

Edan bemerkte sie zuerst. Er stand sofort auf und gab Kane einen Knuff in den Rücken.

Der sah stirnrunzelnd hoch.

»Sie müssen Edan sein«, sagte Houston und ging mit ausgestreckter Hand ins Zimmer hinein. Sie war sich nicht sicher, ob der große blonde Mann ein Diener oder Freund war. »Ich bin Houston Chandler.«

»Houston«, sagte er. Er war kein Diener, nicht mit dieser selbstbewußten Miene.

»Ich würde gern mit Ihnen reden«, sagte Houston, sich nun Mr. Taggert zuwendend.

»Falls es um das Programm für die Hochzeit geht, habe ich leider keine Zeit. Wenn du Geld brauchst, sag es Edan. Der stellt dir dann einen Scheck aus.«

Houston bewegte die Hand vor dem Gesicht, um den Rauch zu verteilen, ging ans Fenster und machte es auf. »Sie sollten nicht bei diesem Qualm arbeiten. Das bekommt Ihrer Gesundheit nicht.«

Kane blickte mit kalten Augen zu ihr hoch. »Wie kommst du eigentlich dazu, mir Befehle erteilen zu wollen? Nur weil du meine Frau wirst, hast du noch lange nicht . . .«

»Soweit ich mich erinnern kann«, unterbrach sie ihn, »habe ich noch nicht meine Zustimmung gegeben, daß ich Ihre Frau werde, und wenn Sie nicht einmal die Zeit dafür finden, mit mir zu reden – unter vier Augen –, glaube ich auch nicht, daß ich jemals ihre Frau *werde*. Guten Tag, Mr. Taggert, und Edan.«

»Guten Tag, Houston«, sagte Edan mit einem leisen Lächeln.

»Frauen!« hörte sie Kane hinter ihrem Rücken sagen. »Ich wußte doch, daß eine Frau mir nur die Zeit stehlen würde.«

Er holte sie an der Haustür ein. »Vielleicht war ich ein wenig voreilig«, sagte er. »Ich mag nur nicht gern bei der Arbeit gestört werden. Das mußt du doch verstehen.«

»Ich würde Sie nicht stören, wenn es nicht wichtig wäre«, sagte sie kühl.

»Also gut«, sagte er, »gehen wir dort hinein.« Er deutete in die hallende Leere der Bibliothek. »Ich würde dir ja gern einen Sessel anbieten; aber ich habe nur einen, und der steht oben in meinem Schlafzimmer. Sollen wir lieber in mein Schlafzimmer hinaufgehen?« setzte er mit einem lüsternen Grinsen hinzu.

»Ganz bestimmt nicht. Was ich mit Ihnen besprechen wollte, Mr. Taggert, ist Ihr Heiratsantrag. Ist es Ihnen ernst mit Ihren Heiratsabsichten?«

»Glaubst du, ich würde so viel Zeit dafür verschwenden, dir den Hof zu machen, wenn ich nicht die Absicht hätte, dich zu heiraten?«

»Mir den Hof machen?« sagte sie. »Ach ja, Ihre Rede vor den Damen am Sonntag in der Kirche – man könnte das so auslegen. Was ich Sie als nächstes fragen wollte, Sir: Haben Sie . . . also, haben Sie jemals einen Menschen umgebracht oder Leute angestellt die für Sie Menschen umgebracht haben?«

Kane fiel der Kinnladen herunter. Ein zorniger Funke glomm in seinen Augen auf. Doch dann wurde daraus ein amüsiertes Funkeln. »Nein, ich habe in meinem Leben noch keinen Menschen getötet oder töten lassen. Was wollen Sie sonst noch wissen?«

»Alles, was Sie mir freiwillig erzählen wollen«, sagte sie ernsthaft.

»Is nich viel zu erzählen. Ich wuchs in Jacob Fentons Stall auf« – ein Muskel spielte in seiner Wange –, »wurde aus dem Haus geworfen, weil ich ein Techtelmechtel mit der Tochter anfing, und habe seither nur noch Geld gemacht. Ich habe niemand um die Ecke gebracht, niemand beraubt, niemand betrogen, niemals eine Frau geschlagen und nur ein paar Männern hin und wieder mal die Fresse poliert. Noch was?«

»Ja. Als Sie mir den Antrag machten, sagten Sie, Sie wollten, daß ich Ihnen das Haus einrichte. Inwieweit habe ich sonst noch mit Ihnen zu tun?«

»Mit mir?« Er schob grinsend die Daumen in die leeren Gürtelschlaufen seiner Hose. »Ich werde nichts vor Ihnen zurückhalten, wenn es das ist, was Sie meinen.«

»Ich meine nicht das, worauf Sie anzuspielen scheinen«,

sagte sie steif. »Mr. Taggert«, fuhr sie dann fort und begann, um ihn herumzugehen, »ich kenne Männer in den Kohlengruben, die besser gekleidet sind als Sie. Und sowohl Ihre sprachliche Ausdrucksweise wie Ihre Manieren sind schauderhaft. Meine Mutter war zu Tode erschrocken, als sie hörte, es bestände die Möglichkeit, daß ich so einen Barbaren wie Sie heiraten könnte. Da ich nicht mein Leben damit verbringen will, meiner Mutter Angst einzujagen, müssen Sie sich bereitfinden, ein paar Instruktionen zu befolgen, die ich Ihnen gebe.«

»Instruktionen?« sagte er und blickte sie mit schmalen Augen an. »Was können Sie mir schon beibringen.«

»Wie man sich anständig anzieht. Wie man ißt . . .«

»Ißt? Ich esse eine Menge.«

»Zweifellos, Mr. Taggert; aber Sie zitieren ständig solche Namen wie Vanderbilt und Gould. Sagen Sie, hat man Sie jemals in die Häuser der genannten Familien eingeladen, wenn Frauen zugegen waren?«

»Nein, aber . . .«, fing er an, wich dann aber ihrem Blick aus. »Einmal; aber es gab einen Unfall, und ein paar Teller gingen zu Bruch.«

»Ich verstehe. Ich frage mich, wie Sie von mir erwarten können, daß ich Sie heirate, Ihnen so ein prächtiges Haus wie dieses führe, die von Ihnen gewünschten großartigen Gesellschaften gebe, wenn Sie am Kopfende der Tafel sitzen und Erbsen mit dem Messer essen . . .«

»Ich esse überhaupt keine Erbsen. Ein Mann braucht Fleisch, und er braucht keine Frau, die ihm sagt, was er essen . . .«

»Guten Tag, Sir.« Sie machte auf den Absätzen kehrt und machte zwei Schritte zur Tür hin, als er sie am Arm packte.

»Sie werden mich nicht heiraten, wenn ich nicht zulasse, daß Sie mich unterrichten?«

»Und Sie rasiere. Und Sie richtig anziehe.«

»Sie sind wohl scharf darauf, mein Gesicht zu sehen, wie?« sagte er grinsend; doch das Grinsen verging ihm, als er sah, wie ernst es Houston mit ihren Bedingungen war. »Wie lange habe ich Zeit, mir das zu überlegen?«

»Ungefähr zehn Minuten.«

Er schnitt eine Grimasse. »Wer hat Ihnen beigebracht, wie man Geschäfte macht? Dann lassen Sie mich mal nachdenken.« Er ging zu einem Fenster und verharrte dort ein paar lange Minuten.

»Ich habe auch ein paar Forderungen an Sie«, sagte er, als er vom Fenster zurückkam. »Ich weiß, daß Sie mich meines Geldes wegen heiraten.« Er hob die Hand, als sie versuchte, etwas zu sagen. »Hat keinen Zweck, das abzustreiten. Sie würden nicht eine Sekunde daran denken, mich, der ich die Kartoffeln mit dem Messer esse, zu heiraten, wenn ich nicht ein so großes Haus als Mitgift hätte. Eine Lady wie Sie würde nicht mal mit einem Stallburschen wie mir reden. Was ich nun von Ihnen verlange und was Sie niemandem erzählen sollen, ist, daß Sie so tun, als ob . . .«

Er blickte auf den Parkettboden hinunter.

»Ich will«, begann er von neuem, »daß die Leute denken, Sie hätten sich – in mich verliebt; und nicht meinen, Sie würden mich nur heiraten, weil Ihre Schwester Ihnen den Verlobten weggenommen hat und ich zufällig in der Nähe gewesen bin. Ich will, daß sogar Ihre Schwester« – er sagte das mit großem Nachdruck – »denkt, Sie wären verrückt nach mir – so verrückt, wie ich das vor den Leuten in der Kirche behauptet habe. Und ich will, daß auch Ihre Mutter das glaubt. Ich möchte nicht, daß sie sich vor mir fürchtet.«

Houston war auf alles vorbereitet gewesen – nur nicht auf das. Das war also der große, furchtgebietende Mann, der über den Dingen und der ganzen Stadt stehen wollte. Wie schrecklich mußte es sein, wenn man nicht einmal die kleinsten gesellschaftlichen Aufgaben erfüllen konnte. Natürlich wollte ihn keine Frau in ihr Haus einladen, wenn es dabei ›Unfälle‹ gab und Porzellan zu Bruch ging. Im Augenblick paßte er überhaupt in keine Welt, weder in die der Armen, wohin er seinen Manieren und seiner Sprache nach gehörte, noch in die der Reichen, für die er seines Geldes wegen eigentlich prädestiniert war.

Er braucht mich, überlegte sie. Er braucht mich so sehr, wie noch niemand mich in meinem Leben gebraucht hat. Für Leander war ich etwas Besonderes, nett, aber nicht notwendig. Aber für diesen Mann sind die Dinge, die ich gelernt habe, wesentlich.

»Ich werde so tun, als wäre ich eine dich innig liebende Frau«, sagte sie leise. »Dann wirst du mich also heiraten?«

»Nun ja, ich denke schon«, sagte sie mit einem Gefühl, das sie selbst überraschte.

»Donnerwetter! Edan!« brüllte er, während er aus der Bibliothek rannte, »Lady Chandler wird mich heiraten.«

Houston setzte sich auf das Fensterbrett. *Er* würde ›Lady‹ Chandler heiraten. Wem, in aller Welt, hatte sie eigentlich ihr Jawort gegeben?

Es war schon Abend, als Houston mit ihrer Kutsche wieder nach Hause fuhr. Sie war erschöpft, und in diesem Augenblick wünschte sie sich, daß sie nie von Kane Taggert gehört hätte. Er schien zu glauben, er können in seinem Haus bleiben und arbeiten, während seine Verlobte alle Parties, die zu diesem Zweck gegeben wurden, allein besuchte und jedem beteuerte, sie liebe ihn abgöttisch, und als Ehepaar hätten sie nur eine rosige Zukunft.

»Wenn sie uns nicht beide zusammen sehen, werden sie nicht mal glauben, daß wir uns kennen«, sagte sie über die Berge von Papieren auf seinem Schreibtisch hinweg. »Du *mußt* die Gartenparty übermorgen besuchen, und vorher müssen wir dir vom Schneider einen ordentlichen Anzug anfertigen und dich rasieren lassen.«

»Ich versuche, ein Stück Land in Virginia in meinen Besitz zu bringen, und ein Mann kommt deswegen morgen zu mir ins Haus. Ich muß hierbleiben.«

»Du kannst während der Anprobe mit ihm deine Geschäfte besprechen.«

»Du meinst, einer von diesen kleinen Männern soll mich am ganzen Körper betätscheln? Das dulde ich nicht. Sag diesen Leuten, sie sollen mir ein paar Anzüge ins Haus schicken, und ich suche mir einen davon aus.«

»Rot oder purpur?« fragte sie ruhig.

»Rot. Ich habe mal so einen roten Schottenrock gesehen, der . . .«

Houston mußte nun sehr laut und deutlich werden: »Du *wirst* morgen einen Schneider im Haus empfangen, der bei dir Maß nimmt für einen Anzug, dessen Farbe und Stoff ich bestimmen werde, Und du *wirst* mit mir zu dieser Gartenparty gehen. Und wir werden auch noch andere Funktionen in den nächsten zwei Wochen vor unserer Hochzeit gemeinsam wahrnehmen.«

»Bist du sicher, daß echte Ladies immer so laut sein müssen? Ich dachte, eine wahre Lady schreit nie.«

»Sie erheben nie ihre Stimme, wenn sie es mit einem echten Gentleman zu tun haben; aber Männer, die rotkarierte Anzüge tragen wollen, müssen sie schon mit gröberen Mitteln bearbeiten.«

Kane hatte sie nach dieser Bemerkung zwar grollend angesehen, jedoch keine Widersprüche mehr erhoben. »Also gut, ich werde mir einen Anzug machen lassen, wie du ihn haben willst, und ich werde zu deiner verdam . . . deiner wunderbaren Teeparty gehen. Aber was alle weiteren Parties betrifft, kann ich heute noch nichts versprechen.«

»Wir werden darüber immer von Tag zu Tag entscheiden«, sagte sie. Sie fühlte sich plötzlich schrecklich müde. »Ich muß nach Hause. Meine Eltern werden sich schon Sorgen machen.«

»Komm hierher!« befahl er und deutete auf die Seite des Schreibtisches, an der er saß.

Sie glaubte, er wollte ihr ein Papier oder Dokument zeigen, und kam seiner Aufforderung nach. Er packte sie grob beim Handgelenk und zog sie auf seinen Schoß. »Da du dich zu meiner Lehrerin berufen fühlst, sollte ich dir eigentlich auch einige Nützlichkeiten aus meinem Erfahrungsschatz beibringen.«

Er fing an, ihren Nacken zu küssen. Sie wollte Protest dagegen erheben; aber irgendwie versagte ihr die Stimme. Bis Edan von der Tür her sagte:

»Kane – entschuldige, daß ich störe.«

Ohne viel Umstände schob Kane sie von seinem Schoß herunter. »Wir setzen das morgen fort, Honey«, sagte er, als wäre sie irgendein Straßenmädchen. »Aber jetzt gehst du nach Hause. Ich habe zu arbeiten.«

Houston schluckte die Entgegnung hinunter, die ihr auf der Zunge lag, bekam vor Verlegenheit ein rotes Gesicht, verabschiedete sich von den beiden Männern mit einem gemurmelten »Gute Nacht« und verließ das Haus.

Nun, da sie müde, hungrig und von diesem Gefühl gepeinigt, das halb Ärger, halb Verlegenheit war, nach Hause fuhr, erwartete sie dort die Familie, der sie erklären mußte, daß sie diesem berüchtigten Mr. Kane Taggert ihr Jawort gegeben hatte.

Warum? fragte sie sich, während sie das Pferd so stark abbremste, daß es nur noch im Schneckengang durch die Straßen schlich. Warum, in aller Welt, bin ich bereit, einen Mann zu heiraten, den ich nicht liebe, der mich nicht liebt, mich alle zwei Minuten bis aufs Blut reizt und behandelt wie eine Ware, die er gekauft und teuer bezahlt hat?

Die Antwort kam prompt:

Weil er dir das Gefühl gibt, lebendig zu sein. Weil er dich braucht.

Blair hatte erst neulich zu ihr gesagt, als sie noch Kinder waren, hätte sie sich mit den stärksten Jungen Schneeballschlachten geliefert; doch Duncan und Leander sei es gelungen, ihre Vitalität zu ersticken. Vor vielen Jahren hatte sie gelernt, daß es bequemer ist, den Männern nachzugeben, ruhig zu sein, damenhaft und fügsam. Eben solch eine Frau zu sein, wie Männer sie gern haben wollten.

Aber es hatte Zeiten gegeben – bei Empfängen, Diners und Parties –, wo sie sich vorgekommen war wie ein

Wandgemälde: hübsch anzusehen, aber total überflüssig, was das Alltags-Wohlbefinden eines Menschen betraf. Sie hatte sogar einmal etwas in diesem Sinn zu Leander gesagt, der ihr darauf einen Vortrag hielt, wie sehr das Leben ohne Kunstgegenstände an Qualität einbüßte.

Doch am Ende hatte Lee Houstons ruhige, heitere Schönheit gegen eine Frau eingetauscht, die seinen Körper in Brand steckte.

Kane Taggert erweckte Gefühle, die sie noch für keinen Mann empfunden hatte. Lee hatte einen ausgezeichneten Geschmack, was Kleidung und Möbel betraf. Er hätte das Haus, das er für sie beide gekauft hatte, ohne weiteres selbst einrichten können. Doch Mr. Taggert hätte – ohne sie – überhaupt nicht gewußt, was er machen sollte. Er konnte nicht einmal die Möbel aufstellen, die andere für ihn gekauft hatten.

Houston dachte an ihre Schulzeit – an die harte Ausbildung, die sie dort genossen hatte. Blair schien zu denken, ihre Schwester hätte dort nichts anderes getan, als Tee zu trinken und Blumen zu arrangieren; doch Houston erinnerte sich, wie oft Miss Jones mit ihrem Lineal den angehenden Damen auf die Finger geklopft hatte, wenn sie einen Fehler machten.

Bei Lee war sie gezwungen gewesen, sich immer so zu verhalten, wie sie es auf ihren Schulen gelernt hatte; denn Lee wäre der geringste Fehler in ihrem Benehmen sogleich aufgefallen. Aber bei Mr. Taggert konnte sie sich aufführen, wie sie es für richtig hielt. Heute hatte sie ihn sogar angeschrien. In den vierzehn Jahren ihrer Bekanntschaft mit Lee hatte sie nicht ein einziges Mal die Stimme erhoben.

Sie atmete tief die kühle Abendluft ein. Wenn sie nur daran dachte, wieviel Arbeit jetzt vor ihr lag! Die Vorbereitungen für die Hochzeit, die Überraschungen, die sie erwarteten, wenn sie die Speicher besichtigte und die Möbel dort aufstellte, wo *sie* sie hinhaben wollte. Und was für eine Herausforderung für ihre Talente, Mr. Taggert in so etwas wie einen Gentleman verwandeln zu wollen!

Als sie ihre Wohnung erreichte, schnappte sie fast über vor Aufregung. Sie würde einen Mann heiraten, der sie brauchte.

Sie überließ das Pferd und die Kutsche dem Stallburschen, drückte ihre Schultern durch und bereitete sich auf den Sturm vor, der sie vermutlich im Haus erwartete.

Kapitel 7

Zu ihrer großen Überraschung – und Erleichterung – war es still im Haus, als sie es durch den Kücheneingang betrat. Nur die Köchin und Susan waren noch mit dem Abwaschen des Geschirrs beschäftigt.

»Sind denn alle schon zu Bett gegangen?« fragte Houston, die Hand auf den großen Eichentisch gestützt, der fast den ganzen Raum ausfüllte.

»Ja, Miss Blair-Houston«, antwortete Susan, die gerade die Kaffeemühle reinigte. »Mehr oder weniger.«

»Houston«, sagte Houston automatisch, die letzte Bemerkung des Hausmädchens überhörend. »Würden Sie ein paar Sachen auf ein Tablett stellen und diese in mein Zimmer hinaufbringen, Susan?«

Während sie durch das Haus zur Treppe ging, bemerkte sie ein paar große Sträuße frischer Blumen, die jedoch nicht aus dem Garten ihrer Mutter stammen konnten. Sie sah, daß ein Kärtchen daran hing:

Für meine zukünftige Frau Blair, von Leander.

Leander hatte ihr in den vielen Monaten ihrer Verlobungszeit kein einziges Mal Blumen geschickt.

Mit hoch erhobenem Kopf stieg sie die Treppe hinauf.

Houstons Schlafzimmer hatte kremfarbene Tapeten mit weißen Mustern; an den Fenstern hingen handgearbeitete Battenberg-Spitzenvorhänge; Filetarbeiten aus der gleichen

Werkstatt zierten die niedrigen Tische und die Rücken ihrer beiden Sessel; das Innenfutter ihres Betthimmels bestand aus gerüschter lohfarbener Seide, und ihre Steppdecke aus weißem Atlas. Houston hatte sich gerade ihr Kleid ausgezogen, als es klopfte und Susan mit dem Tablett hereinkam. Während Houston aß, gab sie Susan ihre Anweisungen:

»Ich weiß, es ist schon spät, aber du mußt Willie noch einmal in die Stadt schicken. Er soll Mr. Bagly, dem Schneider in der Lead Avenue, dieses Billett überbringen. Und falls Mr. Bagly schon schlafen sollte, muß er eben so lange klingeln, bis Mr. Bagly an die Tür kommt und das Billett persönlich in Empfang nimmt. Er soll sich nämlich morgen früh um acht Uhr im Haus von Mr. Taggert einfinden.«

»Im Haus von Mr. Taggert?« wiederholte Susan, während sie Houstons Kleid in den Schrank hängte. »Dann ist es also wahr, Miss, daß Sie ihn heiraten werden?«

Houston saß an ihrem kleinen Schreibtisch aus Mahagoni und drehte sich zu Susan um. »Würdest du gern für mich arbeiten? Und im Haus von Mr. Taggert wohnen?«

»Ich weiß nicht recht, Miss. Ist Mr. Taggert wirklich so schlecht, wie die Leute von ihm reden?«

Houston überlegte kurz. Sie wußte aus Erfahrung, daß Dienstboten oft besser über eine Person Bescheid wußten als ihre Herrschaft, die mit dieser Person gesellschaftlichen Umgang hatte. Und obwohl Kane allein in seinem Haus lebte, kam er doch mit den Leuten in Berührung, die Botengänge oder sonstige Aufträge für ihn erledigen mußten.

»Was hast du über ihn gehört?«

»Daß er ein aufbrausendes Temperament hat, die Leute anschreit und man es ihm selten rechtmachen kann.«

»Ich fürchte, daß das vermutlich alles zutrifft«, sagte Houston seufzend und beugte sich wieder über ihren Schreibtisch. »Aber wenigstens verprügelt er keine Frauen und versucht nicht, andere Leute zu betrügen.«

»Wenn Sie keine Angst haben, mit ihm zu leben, Miss Houston, werde ich es auch riskieren. Ich glaube nicht, daß man es in diesem Haus noch aushalten kann, wenn Sie und Ihre Schwester nicht mehr hier wohnen.«

»Ich fürchte, da könntest du ebenfalls recht haben«, sagte Houston geistesabwesend, während sie sich eine Notiz machte, daß sie den Barbier, Mr. Applegate, in der Coal Avenue anrufen und ihn bitten mußte, sich um neun Uhr im Hause von Mr. Taggert zu melden. Sie überlegte, wieviel Zeit man sparen könne, wenn jeder in der Stadt sich ein Telefon zulegte.«

»Susan, hast du nicht eine Menge Brüder?«

»Jawohl, Miss.«

»Ich brauche morgen sechs kräftige Männer für den ganzen Tag. Sie sollen Möbel vom Speicher in die unteren Stockwerke tragen. Sie werden gut bezahlt und gut verpflegt und müßten sich um halb neun im Haus melden. Glaubst du, daß du sechs Männer bis morgen früh auftreiben kannst?«

»Jawohl, Miss.«

Houston schrieb noch ein Billett. »Diese Nachricht ist für Mrs. Murchison bestimmt. Sie wohnt zur Zeit bei Reverend Thomas, weil die Conrads Europa bereisen. Ich möchte, daß sie in das Haus von Mr. Taggert zieht und dort kocht, bis die Conrads wieder von ihrer Reise zurückkommen. Willie muß auf ihre Antwort warten, wenn er ihr dieses Billett überbringt, weil ich ihr geschrieben habe, daß die Küche nur aus einem kahlen Raum besteht und sie alles besorgen muß, was sie zum Kochen braucht. Die Rechnung soll sie dann Mr. Taggert schicken. Vielleicht muß Willie sie deshalb morgen früh mit einem Fuhrwerk abholen. Wenn ja, kann er sich ja den großen Wagen von den Oakleys ausleihen.«

Houston lehnte sich in ihrem Sessel zurück. »Ich glaube, damit wäre das Programm für morgen komplett. Mr. Taggert wird rasiert und neu eingekleidet, die Möbel werden aufgestellt, die Küche eingerichtet, und jeder bekommt etwas Ordentliches zu essen.«

Susan nahm die Spangen aus Houstons Chignon und kämmte ihr das Haar aus.

»Das tut gut«, sagte Houston und schloß die Augen.

Ein paar Minuten später lag sie im Bett, und zum erstenmal seit einer Woche hatte sie das Gefühl, daß sie sich nicht in den Schlaf weinen mußte. Im Gegenteil, sie war sogar glücklich. Sie hatte mit ihrer Schwester den Platz getauscht, um sich das Abenteuer eines Abends zu gönnen, und nun sah es danach aus, als würde das Abenteuer Wochen dauern.

Als Susan um sechs Uhr am nächsten Morgen an die Tür klopfte, war Houston schon halb angezogen. Sie hatte etwas ausgesucht, das sie nicht beengte bei der Arbeit: eine weiße Baumwollbluse, einen schwarzen Kordrock, der ihre Füße freiließ, und einen breiten Ledergürtel. Eine kurze Jacke und ein dazu passender Hut vervollständigten ihre Garderobe.

Auf Zehenspitzen ging sie die Treppe hinunter und legte ein Billett für ihre Mutter auf den Eßzimmertisch, in dem sie ihr mitteilte, was sie sich für diesen Tag vorgenommen hatte. Dann nahm sie ein hastiges Frühstück in der Küche ein und begab sich anschließend in die Remise, wo ein schlaftrunkener Willie ihr Pferd vor der wunderschönen Kutsche anschirren mußte, die Kane ihr geschickt hatte.

»Hast du gestern auch alle Billetts zugestellt, Willie?«

»Alle. Mrs. Murchison war ordentlich froh darüber, daß sie wieder etwas zu tun bekommt. Ich soll sie mit einem Fuhrwerk um halb sieben abholen und anschließend zu Mr. Randolphs Laden fahren. Mrs. Murchison hat ihn noch gestern spät abends angerufen und ihm eine lange Liste von Sachen durchgegeben, die sie braucht. Und anschließend soll ich sie zum Haus der Conrads bringen, wo sie den Garten plündern will. Sie wollte nur noch wissen, für wieviel Personen sie kochen soll.«

»Für ein rundes Dutzend Leute; aber die meisten davon sind Männer, also soll sie ruhig für dreißig Personen kochen, Dann hat jeder reichlich zu essen. Und sag ihr, sie soll ja nicht vergessen, Töpfe und Pfannen zu kaufen. Ich bin sicher, Mr. Taggert hat das Kücheninventar vergessen, als er seine Möbel bestellte. Und dann kommst du mit all den Sachen so rasch wie möglich zu Mr. Taggerts Haus.«

Auch im Haus von Mr. Taggert schienen alle noch zu schlafen, als Houston ihr Pferd abschirrte und es im Schatten eines Baumes anband. Sie klopfte an die Tür des Nebeneingangs; doch niemand schien das zu hören. Sie drückte auf die Klinke, merkte, daß die Tür nicht abgeschlossen war, und begab sich in die Küche. Sie kam sich vor wie ein Dieb, als sie alle Schränke öffnete. Aber wenn sich das Haus auf ein Fest vorbereiten mußte, zu dem die ganze Stadt eingeladen werden sollte, brauchte sie eine Übersicht der vorhandenen Vorräte.

Die Schränke waren leer bis auf eine Kiste mit Pfirsichkonserven. In einem Fach entdeckte sie ein paar emaillierte Töpfe der billigsten Sorte.

»Aus Sears' Katalog vermutlich«, murmelte sie und beschloß, den gesamten Küchentrakt zu inspizieren. Zwischen Speisezimmer und Küche entdeckte sie einen großen Anrichteraum für den Butler, und durch die Küche gelangte man in einen L-förmigen Anbau, in dem die Speisekammern, eine Spülküche, Quartiere für drei Diener, ein Bad, das Zimmer der Haushälterin und deren Büro untergebracht waren.

Da war auch eine zweite Treppe, die vom Versorgungsbereich in die oberen Stockwerke führte. Houston benützte sie, hielt im ersten Stock an und blickte einen langen Korridor hinunter. Doch sie konnte nur getäfelte Wände und einen Schatten auf dem Eichenparkett entdecken. Sie setzte ihren Weg bis zum Dachgeschoß fort.

Wie sie bereits vermutet hatte, war das oberste Stockwerk eigentlich nicht als Speicher, sondern als Quartier für die Dienerschaft eingerichtet worden. Da waren zwei Badezimmer, eins für das männliche, das andere für das weibliche Personal, und der Rest des Stockwerkes war in kleine Räume aufgeteilt. Und jeder Raum war vom Boden bis zur Decke mit Kisten, Paketen und Teppichrollen vollgestopft.

In einigen Räumen entdeckte sie Möbel, die nur mit

Schutzüberzügen versehen waren. Sie hob eine Decke hoch, unter denen zwei vergoldete Sessel mit gewirkten Polstern ineinandergeschoben waren. An einer Armlehne entdeckte sie einen Anhänger. Mit angehaltenem Atem las sie den Text, der darauf stand:

Zwölf Sessel, zwei Sofas, mit Gobelinüberzügen, um 1750 entstanden, ursprünglich im Besitz der Madame Pompadour.

»Du meine Güte!« hauchte Houston und zog rasch wieder die Decke über die Stühle.

An der Wand lehnte ein zusammengerollter Teppich. Auf dem Anhänger las sie:

Spätes siebzehntes Jahrhundert, für Ludwig XIV. in der königlichen Teppichmanufaktur im Hospice de la Savonnerie angefertigt.

Eine flache Kiste, in der offensichtlich ein Gemälde verpackt war, besaß nur einen aufgeklebten Packzettel mit dem Wort ›Gainsborough‹ darauf. Daneben stand eine ähnliche Kiste mit dem Vermerk ›Reynolds‹.

Behutsam nahm Houston den Möbelschoner von den beiden übereinandergestapelten Sesseln der Madame Pompadour, hob den oberen herunter und setzte sich darauf. Sie brauchte einen Moment, um ihre Gedanken zu sammeln. Sie schaute sich im Zimmer um, und überall lugten unter den Schonern vergoldete Füße hervor. Sie brauchte ihre Inspektion nicht fortzusetzen. Sie wußte schon jetzt, daß alle hier gelagerten Einrichtungsgegenstände den Rang von Kunstwerken und Museumsstücken besaßen. Geistesabwesend hob sie eine Decke von einem Gegenstand hoch, der neben ihr auf dem Boden lag. Ein Lüster kam zum Vorschein, der funkelte, als wäre er aus lupenreinen Diamanten hergestellt. Sie las das Datum auf dem Anhänger: 1780.

Sie saß noch immer benommen in ihrem kostbaren Sessel und versuchte sich mit dem Gedanken vertraut zu machen, daß sie ihren Alltag unter solchen Schätzen verbringen sollte, als sie unten eine Kutsche vorfahren hörte. »Mr. Bagly!« rief sie, während sie die Treppe hinuntereilte, und es gelang ihr, gerade noch rechtzeitig die Haustür zu erreichen, um den Meister und dessen Assistenten dort in Empfang zu nehmen.

»Guten Morgen, Blair-Houston«, sagte Mr. Bagly.

Mr. Bagly war ein schmächtiges Männchen mit blassem Gesicht, der es irgendwie fertigbrachte, ein Despot zu sein. Er war als Schneider die erste Adresse in Chandler und wurde mit großem Respekt behandelt.

»Guten Morgen«, antwortete sie. »Kommen Sie doch bitte herein. Ich weiß nicht, ob Sie inzwischen schon gehört haben, daß Mr. Taggert und ich in zwei Wochen heiraten werden. Bis dahin braucht er eine vollständige Garderobe. Fürs erste jedoch benötigt er einen guten Gesellschaftsanzug für einen Empfang, der morgen stattfindet – etwas aus Alpaka mit drei Knöpfen, grauer Hose und einer Weste aus Kaschmir. Das sollte für den Anfang genügen. Glauben Sie, daß Sie den Anzug bis morgen nachmittag um zwei fertigstellen können?«

»Ich weiß nicht. Ich habe noch andere Kunden.«

»Von denen sicherlich keiner so dringend bedient werden muß wie Mr. Taggert. Setzen Sie so viele Näherinnen ein wie möglich. Sie werden bezahlt.«

»Ich glaube, es läßt sich machen. Wenn ich jetzt die Maße von Mr. Taggert hätte, könnte ich gleich mit der Arbeit anfangen.«

»Er ist im ersten Stock, glaube ich.«

Mr. Bagly blickte sie fest an. »Blair-Houston, ich kenne Sie nun schon seit Ihrer Geburt, und ich bin bereit, alle anderen Arbeiten liegenzulassen, um Ihren Wünschen entgegenzukommen. Ich bin sogar heute morgen schon sehr früh aufgestanden, um Ihrem Verlobten die Maße abzunehmen; doch ich werde keinesfalls auch noch Treppen steigen, um Ihren Verlobten im Haus zu suchen. Vielleicht sollten wir später wiederkommen, wenn er wach ist.«

»Aber dann wird der Anzug doch nicht mehr rechtzeitig fertig, Mr. Bagly.«

»Selbst wenn Sie vor mir auf die Knie fielen, würde ich es nicht für Sie tun. Wir werden hier eine halbe Stunde warten. Wenn Mr. Taggert bis dahin nicht erschienen ist, gehen wir wieder.«

Houston war jetzt sogar ein wenig froh, daß sich im Großen Salon, wo die Herren warteten, noch keine Stühle befanden. Nur Mut, sagte sie zu sich, und stieg wieder in den ersten Stock hinauf.

Der erste Stock war so herrlich wie das Erdgeschoß, die Wände weiß getäfelt, und direkt vor ihr öffnete sich ein großer Raum mit einem grün gekachelten Bereich dahinter. »Ein Vogelhaus«, flüsterte sie entzückt.

Mit einem Seufzer begann sie nun, an ihre Arbeit zu gehen. Hinter einer dieser zahlreichen Türen mußte sich Kane befinden.

Sie öffnete eine Tür und sah im trüben Licht einen blonden Schopf inmitten zerknüllter Decken. Leise machte sie die Tür wieder zu. Edan wollte sie nicht wecken.

Sie suchte in vier Räumen, ehe sie an der Rückseite des Hauses Kanes Schlafzimmer entdeckte. An billigem Blumendraht, der im Stuck an der Decke befestigt war, hingen zwei primitiv zurechtgeschnittene Stoffbahnen, die verhinderten, daß die Morgensonne ins Zimmer vordringen konnte. Die Einrichtung bestand aus einer eichenen Bettstatt, einem mit Papieren übersäten kleinen Tisch aus dem gleichen Material, einem mit Wasser gefüllten Tonkrug und einer aus drei Teilen bestehenden, mit knallrotem Plüsch gepolsterten Sitzgarnitur, die mit gelben Fransen und Quasten verziert war.

Houston warf einen Blick gegen die Decke. »Vergib ihm, Madame de Pompadour«, flüsterte sie.

Dann zog sie entschlossen die Lappen vom Fenster zurück und knotete sie zusammen, damit sie nicht wieder das Zimmer verdunkelten.

»Guten Morgen, Mr. Taggert«, sagte sie laut neben seinem Bett.

Kane blinzelte, drehte sich auf die andere Seite und schlief weiter.

Er war von den Hüften aufwärts nackt, vermutlich auch unterhalb der Hüften, dachte Houston, die seinen Torso oberhalb der Decken betrachtete. Sie hatte nur selten Gelegenheit gehabt, die nackte Brust eines Mannes zu sehen, und Kane war gebaut wie ein Preisboxer – breit, muskulös, der Brustkorb dicht behaart. Seine Haut hatte ein dunkles, warmes Aussehen.

Eben noch stand sie neben dem Bett, und im nächsten Moment lag sie quer über ihm, während seine breite Hand ihren Oberschenkel umklammerte.

»Konntest wohl nicht bis zur Hochzeit auf mich warten, wie?« sagte Kane und begann, hungrig ihren Hals und ihre Kehle zu küssen, während seine Hände zielstrebig über ihren Körper glitten. »Vor dem Aufstehen habe ich schon immer gern eine Frau vernascht.«

Houston wehrte sich ein paar Sekunden, bis sie einsah. daß sie damit nichts erreichte, und sich nach einem Gegenstand umschaute, mit dem sie seiner Attacke Einhalt gebieten konnte. Ihre tastende Hand kam mit dem Henkel des Wasserkrugs in Berührung. Sie nahm ihn rasch vom Tisch und schlug ihn damit mit voller Wucht auf den Kopf.

Das dünnwandige Geschirr zerbrach, und eine mit Tonsplittern vermischte Wasserflut ergoß sich über das Bett, während Houston sich an das Fußende der Bettstatt flüchtete.

»Was, zum Teufel . . .« begann Kane, setzte sich auf und hielt sich den Kopf. »Du hättest mich umbringen können.«

»Sehr unwahrscheinlich«, bemerkte Houston. »Ich hatte zu Recht vermutet, daß die Qualität Ihrer Toilettengegenstände Ihrem Möbelgeschmack entspricht.«

»Hör mal, du kleines Biest, ich werde . . .«

»Nein, Mr. Taggert, Sie werden mir jetzt zuhören. Wenn ich Ihre Frau werden soll, haben Sie mir auch den Respekt zu erweisen, der einer Frau in dieser Position zukommt. Ich möchte von Ihnen nicht wie eine Dirne behandelt werden, die Sie sich . . . Sie sich für eine Nacht erkauft haben.« Ihr Gesicht lief puterrot an, aber sie fuhr tapfer mit ihrer Predigt fort: »Ich bin *nicht* mit der Absicht, die Sie mir unterstellten, in Ihr Schlafzimmer gekommen, sondern wurde gewissermaßen von Ihrem Schneider dazu erpreßt, Sie zu wecken, weil er unbedingt ihre Maße braucht für einen Anzug. Der Mann wartet bereits unten. Überdies werden jeden Moment Leute ins Haus kommen, die die Möbel aufstellen sollen, und eine Köchin ist mit einem Fuhrwerk voller Lebensmittel auf dem Weg hierher. Spätestens in einer Stunde wird sich auch der Barbier hier melden, um einen Teil der Haare, mit denen Sie so reichlich gesegnet sind, aus Ihrem Gesicht zu entfernen. Wenn ich nicht nur Sie, sondern auch das ganze Haus für eine Hochzeit vorbereiten soll, müssen Sie sich leider dazu bequemen, etwas früher aufzustehen als sonst. Und jetzt werden Sie dringend im Erdgeschoß verlangt.«

Kane hatte sie nur angesehen, während sie ihre Rede hielt. »Blutet mein Kopf?« fragte er jetzt.

Mit einem Seufzer trat Houston wieder ans Bett und untersuchte seinen Kopf, bis er einen Arm um ihre Taille schlang und sein Gesicht gegen ihre Brust preßte. »Ist das echt oder Polsterwatte?« fragte er.

Houston schob ihn entrüstet von sich. »Stehen Sie auf, ziehen Sie sich an und kommen Sie so rasch wie möglich herunter in den Salon«, sagte sie, ehe sie auf den Absätzen kehrt machte und das Zimmer verließ.

»Ein verdammt despotisches Frauenzimmer«, hörte sie ihn noch hinter ihrem Rücken sagen.

Unten war inzwischen das Chaos ausgebrochen. Die sechs Männer, die Susan angeheuert hatte, schlenderten durch das Haus, als würde es ihnen gehören, und riefen sich gegenseitig Bemerkungen zu; Willie und Mrs. Murchison hatten auf Houston gewartet, um sie nun mit Fragen zu bestürmen, und Mr. Bagly hatte beschlossen, wieder nach Hause zu fahren.

Houston begann nun, ihr Tagespensum anzupacken.

Spätestens um neun Uhr wünschte sie sich, sie hätte

gelernt, wie man mit einer Peitsche umgeht. Sie hatte auf der Stelle zwei Möbelträger wegen unverschämten Benehmens gefeuert und dann die übrigen gefragt, wer sich einen Tageslohn verdienen wolle.

Kane mochte sich erst nicht von Mr. Bagly anfassen lassen und beschwerte sich dann bei ihm, wie Houston dazu käme, darüber zu entscheiden, was er tragen und was er nicht tragen konnte.

Als der Barbier eintraf, flüchtete Houston durch die Seitentür in das Gewächshaus hinüber, das sie schon seit Tagen hatte erkunden wollen. Sie schloß die Tür hinter sich und blickte vergnügt auf den hundert Meter langen Teppich aus blühenden Pflanzen. Dieser Duft und diese Stille taten ihr jetzt gut.

»Zuviel Lärm drüben im Haus, wie?«

Sie drehte sich um und sah Edan, der gerade eine große Azalee umtopfte. Er war fast so groß wie Kane, hübsch, blond und, wie sie vermutete, jünger als Kane. »Ich befürchte, wir haben Sie heute recht früh geweckt. Der Krach war ja kaum zu überhören.«

»Wenn Kane in der Nähe ist, geht es nie ohne Brüllen ab«, sagte Edan gelassen. »Haben Sie ein bißchen Zeit, daß ich Ihnen meine Blumen zeigen kann?«

»Das sind alles Ihre Pflanzen?«

»Mehr oder weniger. Hinter dem Rosengarten befindet sich noch ein kleines Haus, in dem eine japanische Familie wohnt. Die ist für den äußeren Garten verantwortlich, doch das Gewächshaus ist mein Reich. Hier habe ich Grünzeug aus der ganzen Welt gesammelt.«

Sie hatte zwar keine Zeit, war aber dankbar für ein paar Minuten Ruhe und Beschaulichkeit.

Stolz zeigte ihr Edan die vielen Arten von Pflanzen, die er hier zusammengetragen hatte: Alpenveilchen, Schlüsselblumen, Baumfarne, Orchideen und exotische Gewächse, von deren Existenz sie bisher noch nie etwas gehört hatte.

»Sie fühlen sich hier offenbar sehr wohl«, sagte sie und betrachtete die Blütenblätter einer Cymbidium-Orchidee.

»Ich habe heute morgen einen Wasserkrug auf seinem Kopf zerschlagen.«

Einen Moment starrte Edan sie mit offenem Mund an, ehe er in ein Gelächter ausbrach. »Ich habe ihn mehr als einmal mit meinen Fäusten traktiert. Wollen Sie wirklich ernsthaft versuchen, aus ihm einen zivilisierten Menschen zu machen?«

»Ich hoffe, daß es mir gelingt. Aber mit den Fäusten werde ich wohl kaum etwas bei ihm ausrichten können. Da muß es auch noch andere Möglichkeiten geben.« Sie hob den Kopf. »Ich weiß nichts über Sie oder Ihre Beziehungen zu ihm.«

Edan suchte einen größeren Topf für eine Passionsblume und setzte sie um. »Er lernte mich in New York kennen, in einer dunklen Gasse, wo ich mich von den Abfällen aus den Aschentonnen ernährte. Meine Eltern und meine Schwester waren ein paar Wochen vorher bei einem Wohnungsbrand im Rauch erstickt. Ich war damals siebzehn Jahre alt und konnte mich in keinem Job halten.« Er lächelte bei der Erinnerung an jene Zeit. »Ich war streitsüchtig, halb verhungert und hatte mich zu einer Karriere als Krimineller entschlossen. Unglücklicherweise, oder vielleicht auch glücklicherweise, war die erste Person, die ich mir für einen Raubüberfall aussuchte, Kane.«

Houston nickte. »Vielleicht fühlten Sie sich durch seine Körpergröße dazu herausgefordert.«

»Oder vielleicht hoffte ich auch, daß mir der Coup mißlingt. Kane streckte mich mit einem Kinnhaken nieder; aber statt mich dann zum Polizeirevier zu bringen, nahm er mich mit nach Hause und gab mir etwas zu essen. Ich war siebzehn, er zweiundzwanzig und schon auf dem besten Weg, ein Millionär zu werden.«

»Und Sie sind von diesem Tag an bei ihm geblieben.«

»Und habe mir meinen Lebensunterhalt selbst verdient«, setzte Edan hinzu. »Ich mußte den ganzen Tag für ihn arbeiten, und abends schickte er mich zur Handelsschule, um mich als Buchhalter ausbilden zu lassen. Dieser Mann hält nichts vom Schlafen. Wir haben bis heute morgen um vier gearbeitet, deshalb lag er noch im Bett, als Sie heute morgen ins Haus kamen.«

Edan hob plötzlich den Kopf und deutete auf die Glaswand des Gewächshauses. »Ah«, sagte er grinsend, »mir scheint, der Barbier hat seine Visitenkarte abgegeben.«

Neugierig blickte Houston zu der Seite des Gewächshauses hinüber, auf die Edan deutete. Da kam ein großer Mann in Kanes Kleidern den Gartenweg herunter; aber glattrasiert, ohne Vollbart und schulterlange Haare.

Houston blickte Edan mit großen, verwunderten Augen an, und Edan lachte leise, als Kane ins Gewächshaus trat.

»Houston!« brüllte Kane, »bist du hier irgendwo?«

Sie kam hinter dem mächtigen Stamm eines Hottentottenbrot-Strauches hervor, um ihn zu betrachten.

»Nicht schlecht, wie?« sagte er vergnügt und rieb sich die glatten Wangen. »Ich habe schon so lange mein Gesicht nicht mehr gesehen, daß ich vergessen habe, wie gut ich eigentlich aussehe.«

Houston mußte ebenfalls lachen; denn er hatte recht. Mit seinem breiten Kinn, seinem feinen Mund und seinen ausdrucksvollen Augen unter den dunklen Brauen sah er ungewöhnlich gut aus.

»Wenn du mit der Besichtigung von Edans Pflanzen fertig bist, solltest du lieber wieder ins Haus hinübergehen. Da ist eine Lady, die mich nicht in ihre Töpfe gucken läßt. Und ich sterbe schon fast vor Hunger.«

Draußen vor dem Gewächshaus faßte er sie am Arm. »Ich muß dir etwas sagen«, murmelte er und blickte erst auf seine Stiefelkappe und dann auf einen Ast links hinter ihrem Kopf. »Es war nicht meine Absicht, dich heute morgen zu überfallen. Ich hatte nur fest geschlafen, und als ich aufwache, steht plötzlich ein hübsches Mädchen neben meinem Bett. Ich wollte dich nicht kränken. Es ist nur, daß ich nicht an Ladies gewöhnt bin.« Er kratzte sich am Kopf und grinste sie an. »Aber ich begreife ziemlich rasch, glaube ich.«

»Setz dich dorthin«, sagte sie und deutete auf eine Bank unter einem Baum. »Laß mich mal deinen Kopf untersuchen.«

Er saß ganz still da, während sie vorsichtig die Beule unter den Haaren betastete. »Tut das sehr weh?«

»Im Augenblick nicht«, sagte er und griff dann nach ihren Händen. »Willst du mich jetzt immer noch heiraten?«

Er sieht viel besser aus als Leander, dachte sie plötzlich, und wenn er sie so ansah wie jetzt, hatte sie ein ganz komisches Gefühl in den Knien. »Ja, ich will dich immer noch heiraten.«

»Gut!« rief er und sprang von der Bank auf. »Jetzt wird es aber Zeit, daß wir etwas zu essen bekommen. Ich und Edan haben eine Menge zu tun, und drüben wartete ein Mann auf mich. Und du paßt auf, daß diese Idioten mit meinen Möbeln ordentlicher umgehen.« Damit ging er den Weg zum Haus zurück.

Houston mußte rennen, um mit ihm Schritt halten zu können. Er wechselte ja so rasch die Laune wie ein Chamäleon die Farbe, dachte sie, während sie ihren Hut festhielt und neben ihm den Weg hinunterhastete.

Bis zum Nachmittag hatte sie drei Zimmer mit Teppichen ausgelegt und zwei der Speicherräume von Möbeln befreit. Diese standen nun wahllos im Erdgeschoß herum und warteten darauf, daß Houston einen geeigneten Platz für sie suchte. Kane und Edan hatten sich mit ihrem Besucher im Büro eingeschlossen. Hin und wieder hörte sie seine Stimme trotz des Gepolters, das die Möbelträger verursachten. Einmal sah er kurz in die Bibliothek hinein und sagte: »Brechen diese Sessel nicht durch, wenn man sich daraufsetzt?«

»Warum sollten sie, wenn sie schon über zweihundert Jahre gehalten haben?« gab sie zurück. Darauf zog sich Kane mit einem Schnauben wieder in sein Büro zurück.

Um fünf Uhr klopfte sie an die Bürotür. Edan öffnete, und Houston blieb unter der Tür stehen, blickte auf die von dicken, blauen Tabakschwaden verhüllte Gestalt von Kane am Schreibtisch und sagte, daß sie jetzt ginge und morgen früh wiederkäme. Er sah nur kurz von seinen Papieren hoch.

Edan begleitete sie zur Haustür. »Vielen Dank für alles, was Sie heute getan haben«, sagte er. »Ich bin sicher, wenn Sie mit Ihrer Arbeit fertig sind, wird es hier so aussehen, wie es sich für so ein Haus gehört.«

Sie drehte sich unter der Haustür noch einmal um. »Sagen Sie ihm bitte, daß ich morgen mittag mit seinem neuen Anzug hierherkomme und wir um zwei Uhr gemeinsam die Gartenparty besuchen.«

»Ich hoffe, er geht mit Ihnen zur Party.«

»Er wird mit mir zur Party gehen«, sagte sie, obwohl sie gar nicht so zuversichtlich war, wie sie sich anhörte.

Kapitel 8

Das Frühstück in der Villa Chandler am nächsten Morgen war eine stumme, feierliche Angelegenheit. Nur Houston und Duncan bedienten sich von jeder Platte, die herumgereicht wurde, und aßen ein halbes Steak, eine Portion Rühreier mit Schinken, ein Buchweizen-Brötchen und ein Pfirsichtörtchen. Opal sah aus, als hätte sie über Nacht fünf Pfund abgenommen, Blair blickte mit wütend zusammengebissenen Zähnen auf ihren Teller, während Duncan zwischen Zorn und fassungsloser Verwunderung hin- und herzupendeln schien.

Houston mußte jetzt daran denken, was Susan ihr heute morgen von Blair und Leander erzählt hatte. Gestern war Blair mit einem gutaussehenden blonden Unbekannten auf dem See im Fenton-Park Paddelboot gefahren, als Leander mit einem Ruderboot neben ihr aufgetaucht war. Und im nächsten Moment lag der blonde Fremde im Wasser, während Leander Blair in sein Boot herüberzog und mit ihr ans Ufer ruderte. Dort hatte Blair dann zum großen Vergnügen der Zuschauer ein Paddel genommen, Lee in den Modder gestoßen, den fremden jungen Mann vor dem Ertrinken gerettet und ihn mit dem Ruderboot zu dem Steg zurückgebracht, wo die Boote ausgeliehen wurden.

Houston hätte eigentlich eifersüchtig und zornig sein müssen, weil er mit solchen Eifer öffentlich demonstrierte, wie sehr er seine neue Braut der verflossenen vorzog. Auch der vielen Blumen wegen hätte sie ihm gram sein sollen, die er nun täglich in der Villa Chandler abgeben ließ; doch ihre Gedanken kreisten vornehmlich um Probleme, die sie im Haus von Mr. Taggert erwarteten: wer ihr beim Aufhängen der Vorhänge behilflich sein würde, die sie, sorgsam etikettiert, in etlichen Paketen entdeckt hatte, und wo sie den antiken Sekretär aus der Zeit Jakobs I. unterbringen sollte. Und da war auch noch Mr. Taggert selbst. Sie hoffte, er würde ihr heute die Arbeit nicht so schwer machen wie tags zuvor.

»Ich würde gern mit dir unter vier Augen reden, Houston«, sagte Duncan nach dem Frühstück, und Houston erschrak so heftig, daß sie fast ihren Stuhl umgeworfen hätte. Er führte sie in den vorderen Salon, der nur für die Gäste verwendet wurde – und für ernste Aussprachen.

Stumm nahm sie in einem Sessel Platz. Dieser Mann war seit ihrer Jungmädchenzeit ihr Stiefvater, und da sie sich immer so verhalten hatte, wie er es wollte und wie eine Lady sich seiner Vorstellung nach verhalten sollte, hatte es zwischen ihnen nie Meinungsverschiedenheiten gegeben.

»Wie ich höre, hast du eingewilligt, ihn zu heiraten«, begann er, mit dem Rücken zu ihr am Fenster stehend.

»Ja«, antwortete sie und bereitete sich innerlich auf das heraufziehende Unwetter vor. Wie sollte sie ihre Entscheidung vertreten? Konnte sie ihm sagen, daß sie Kane gefragt und er ihr versichert habe, er hätte niemanden umgebracht oder töten lassen? Oder vielleicht sollte sie ihm erklären, wie sehr Kane sie brauchte.

Duncan ließ sich in einem Sessel nieder, als trüge er sein doppeltes Gewicht auf den Schultern.

»Houston«, sagte er mit einer Stimme, die kaum lauter

war als ein Flüstern, »ich weiß, daß dieses Haus nie mehr zu dem wurde, was es zu Lebzeiten deines Vaters gewesen war; aber ich hätte nie gedacht, daß du zu so drastischen Maßnahmen greifen würdest, um ihm zu entrinnen.«

Das hatte sie nicht erwartet. »Du glaubst, ich heirate Mr. Taggert, damit ich dein Haus verlassen kann?«

Er stand auf. »Aus diesem und noch anderen Gründen.« Er trat wieder ans Fenster. »Für dich muß das, was Leander dir angetan hat, eine schreckliche, demütigende Erfahrung gewesen sein, und für ein Mädchen in deinem Alter ist das so etwas wie ein Weltuntergang.«

Er drehte sich zu ihr um. »Aber glaube mir, Houston, es ist kein Weltuntergang. Du bist die hübscheste junge Lady dieser Stadt, vielleicht sogar des ganzen Staates, und du wirst einen anderen Mann finden. Wenn du damit einverstanden bist, nehme ich dich nach Denver mit und stelle dich dort ein paar jungen Männern vor.«

Houston stand von ihrem Sessel auf, trat zu ihm und küßte ihn auf die Wange. Bis zu diesem Moment hatte sie nicht einmal gewußt, ob er sie mochte. Obwohl sie schon so lange unter demselben Dach wohnten, war stets etwas Förmliches zwischen ihnen gewesen, und das war das erste Mal, daß sie ihm einen Kuß gegeben hatte.

»Ich danke dir vielmals für dein gut gemeintes Angebot«, sagte sie, während Duncan sich verlegen wieder von ihr abwendete. Sie trat von ihm weg. »Ich glaube nicht, daß ich Mr. Taggert nur deswegen heirate, weil er sich gerade als günstige Partie anbietet.«

Duncan blickte zu ihr hin. »Bist du dir dessen sicher? Vielleicht ist das nur eine Trotzreaktion von dir, um der Stadt zu zeigen: ›Schaut her, ich bekomme jederzeit einen anderen Mann, wenn ich will.‹ Und du *kannst* einen anderen Mann bekommen. Vielleicht einen, der nicht so reich ist und nicht so ein großes Haus hat wie Taggert; aber einen Mann, dessen Familie du kennst. Weißt du, ob es nicht Geisteskranke in seiner Familie gibt? Ein Onkel von Mr. Taggert soll ein notorischer Unruhestifter sein, hat man mir gesagt.«

Houstons Kopf ruckte hoch. »Onkel?«

»Rafe Taggert. Er wohnt im Bergwerkslager. Der Mann ist ein Dorn in Jacob Fentons Fleisch, und dennoch entläßt er ihn nicht, ganz gleich, was er anstellt.«

Houston drehte sich von ihrem Stiefvater weg, damit er ihr Gesicht nicht sehen konnte. Der Name Taggert war nicht ungewöhnlich, und sie hatte ihre Freundin Jean niemals mit Kane in Verbindung gebracht. Vielleicht kannte Jean ihn. Und wenn die beiden sogar miteinander verwandt waren, konnte sie dafür bürgen, daß es in Kanes Familie keine Geisteskranken gab.

Sie drehte sich wieder zu Duncan um. »Ich glaube nicht, daß die Familie erblich belastet ist.«

Enttäuschung und Ernüchterung spiegelten sich in seinen Augen. »Wie kannst du dich in so kurzer Zeit so total verändern? Du warst so vernünftig in deinem Umgang mit Leander, hast dich erst mit ihm verlobt, nachdem du ihn schon lange gekannt hast. Doch diesen Mann kennst du erst ein paar Tage, hast ihm aber bereits die Zusage gegeben, den Rest deines Lebens mit ihm zu verbringen.«

Dem konnte sie nichts entgegensetzen. Er hatte vollkommen recht. Die Logik sagte ihr, daß sie diesen Fremden nicht heiraten konnte. Nur daß sie ihn verdammt gerne heiraten wollte! Sie verdeckte das Lächeln, das um ihre Lippen spiegelte, mit der Hand. Sie durfte sich doch nicht Mr. Taggerts Ausdrucksweise aneignen!

»Die Ehe ist eine ernste Angelegenheit«, fuhr Duncan fort. »Überlege dir genau, was du da tust.«

»Ich habe ihm bereits mein Jawort gegeben«, sagte sie, als wäre das eine Antwort.

»Blair ist ein Beweis dafür, was alles passieren kann, ehe der Ehering am Finger einer Frau steckt«, sagte er bitter. »Laß dir von ihrer . . . ihrer Unberechenbarkeit nicht dein Leben ruinieren. Finde heraus, was dieser Kane Taggert für ein Mensch ist. Rede mit Leuten, die ihn kennen. Rede mit Marc Fenton; er kann sich vielleicht an ihn erinnern, als er noch in den Ställen arbeitete. Ich habe versucht, mit Jacob über ihn zu sprechen; doch Jacob winkt schon ab, wenn er nur seinen Namen hört. Es ist für ein ganzes Leben, Houston; erkundige dich so gründlich wie möglich über diesen Mann, ehe du dich für immer an ihn bindest.«

Houston mußte zugeben, daß seine Bitte vernünftig war. Aber sie zögerte, darauf einzugehen. Vielleicht wollte sie gar nicht so genau wissen, was für ein Mann Kane war. Vielleicht gefiel ihr das Geheimnisvolle an ihm – der Mann, der sie im Sturm eroberte, ehe sie kritisch über ihn nachdachte. Vielleicht war sie einfach noch nicht bereit, dieses Abenteuer zu beenden.

Doch Duncan hatte die Vernunft auf seiner Seite, und Houston war gewohnt, zu gehorchen. Sie überlegte flüchtig, was er wohl tun würde, wenn sie ihm von Kanes Attacke am gestrigen Morgen erzählte, der sie sich nur mit einem Tonkrug erwehren konnte. Er würde sie vermutlich in ihrem Zimmer einsperren. Sie seufzte. »Ich werde mich bei einigen Leuten nach ihm erkundigen«, flüsterte sie. »Ich werde mich so gründlich umhören wie möglich, und wenn ich nichts wirklich Schlimmes über ihn erfahre, werde ich ihn am Zwanzigsten dieses Monats heiraten.«

Duncan seufzte schwer. »Mehr kann ich wohl nicht von dir verlangen. Nur – ist Geld für dich schon immer so wichtig gewesen, Houston? War dir das Leben, das du in diesem Hause geführt hast, zu ärmlich?«

»Glaubst du, sein Geld gehört zu den anderen Gründen, die mich bewegen, ihn zu heiraten?«

»Natürlich.« Er zeigte sich überrascht. »Was könnte dich wohl sonst dazu verleiten, dieses häßliche Ungetüm zu heiraten? Wenn er nicht so viel Geld hätte, würde kein Mensch auch nur ein Wort mit ihm reden. Er wäre wie die anderen Vertreter seiner Familie ein unbekannter Minenarbeiter, dem man nicht mal die Uhrzeit sagen würde, wenn er darum bittet.«

»Er würde nur ein namenloser Bergarbeiter sein?« erwiderte sie. »Hast du vergessen, daß er als Stallbursche begann, aber inzwischen Millionen verdient hat? Niemand hat sie ihm geschenkt. Vielleicht gefällt mir der Mann, der in ihm steckt – der sich aus dem Stallmist emporgearbeitet und im Leben etwas erreicht hat. Ich habe in meinem Leben nichts anderes erreicht, als zu lernen, wie man sich richtig anzieht.« Und er braucht, was ich gelernt habe, setzte sie in Gedanken hinzu, während ihr ein warmer Schauer über den Rücken rieselte.

»Was sollte eine Lady denn sonst wissen?« fragte Duncan.

»Frauen schreiben heutzutage Bücher. Sie . . .« Sie hielt inne und tat dieses Thema mit einer Handbewegung ab. »Ich wundere mich, wieso sich niemand fragt, weshalb ein so reicher Mann wie Mr. Taggert eine Frau aus den Bergen von Colorado heiratet. Er könnte eine Prinzessin haben.«

»Du *bist* eine Prinzessin«, sagte Duncan gereizt.

Houston lächelte ihm zu, während sie zur Tür ging. »Ich muß jetzt gehen. Mr. Bagly erwartet mich. Ich muß die Garderobe für meinen zukünftigen Mann zusammenstellen und ein zweites Brautkleid bestellen, daß zu dem anderen paßt. Ich bin sicher, Blair hat noch nicht daran gedacht.«

»Nein, an solche Sachen denkt sie bestimmt nicht«, sagte Duncan und langte in seine Jackentasche. »Der Direktor von der Bank kam gestern hierher und hat das dagelassen.« Er reichte ihr ein Stück Papier.

Es war ein Kontoauszug mit dem Datum von gestern. Zweihundertundfünfzigtausend Dollar waren an diesem Tag auf ihren Namen in der Bank eingezahlt worden.

Houstons Hand zitterte ein wenig, als sie die Klinke niederdrückte. »Vielen Dank«, murmelte sie. »Vielen Dank für alles, und ich werde tun, worum du mich gebeten hast.« Mit einem Lächeln auf den Lippen verließ sie das Zimmer.

Sie war schon auf der Treppe, ehe sie ihren Atem wiederfand. Sie blieb stehen und betrachtete noch einmal den Kontoauszug. Er hatte gesagt, er wollte ein Konto für sie errichten und ›etwas‹ Geld einzahlen. Was er auch für Fehler haben mochte, Mangel an Großzügigkeit gehörte bestimmt nicht dazu. Sie hielt sich den Mund zu, damit sie nicht laut lachte vor Entzücken, und eilte die Treppe hinauf, um sich zum Ausgehen anzukleiden.

Eine Stunde später saß sie in Mr. Baglys kleinem Atelier, umgeben von Schnitten und Stoffproben. Zu den Dingen, die sie auf ihren Schulen für angehende Damen gelernt hatte, gehörte auch die Kunst, einen Mann richtig zu kleiden – auch wenn sie nur dazu führte, daß man sich mit dem Kammerdiener des Ehemannes über Anzüge streiten konnte.

»Er braucht ein Dutzend Anzüge für das Geschäft«, sagte sie zu Mr. Bagly, während der Assistent fieberhaft mitschrieb. »Aus dieser hellfarbenen Wolle, dem graukarierten Oxford, dem Angola und diesem schweren blauen schottischen Tweed . . . fürs erste.«

»Und als Abendanzug?«

»Diesen schwarzen Kammgarn mit einer Weste aus weißem Pikee.«

Sie wählte jetzt die Anzüge für Freizeit und Sport aus, wollte sich erst für Kniebundhosen für den Golfplatz entscheiden und ließ es dann bleiben. Dann kamen die Anzüge für den Nachmittagsempfang an die Reihe und schließlich der Anzug für seine Hochzeit, ein schwarzer Cutaway.

Nachdem das erledigt war, wurden die Hemden, die Schals, die Handschuhe ausgesucht. Dann ein großer Vorrat an Unterwäsche aus gezwirnter Baumwolle, Taschentücher aus weißem Leinen, Socken aus Balbriggan.

»Sollen wir mit den Hüten noch warten?«

»Ja«, sagte Houston, »und mit den Stöcken auch.« Sie blickte auf die kleine goldene Uhr, die an ihrem Mieder befestigt war. »Ich muß jetzt gehen. Kann ich den Anzug schon mitnehmen?«

Nachdem Mr. Bagly den neuen Anzug und einen kompletten Satz Accessoires eingepackt hatte, dazu noch etliche Paar Schuhe aus seinem Lager, vereinbarte Houston mit ihm noch einen Termin, an dem er bei Edan für einen Anzug zu ihrer Hochzeit Maß nehmen sollte. »Viel Glück«, rief er

Houston nach, als sie in ihrer eleganten neuen Kutsche davonfuhr. »Du wirst es nötig haben«, setzte er leise hinzu.

Zwei Stunden später war Houston für die Gartenparty fertig angekleidet. Sie trug ein die Figur betonendes Kleid aus gepunktetem weißem Mousseline de Soie über gelbem Satin mit einem breiten gelben Band quer über dem Mieder, das an der Hüfte in einer Schleife auslief. Irgendwie war es Susan an diesem Morgen gelungen, Houstons Korsage fast zwei Zentimeter enger zu schnüren. Das Atmen war nur im oberen Bereich der Lungen möglich; aber so kleine Unbequemlichkeiten nahm sie gern in Kauf. Sie wollte bei ihrem ersten offiziellen Auftritt mit ihrem Verlobten so gut wie möglich aussehen.

Als sie mit ihrer Kutsche vor dem taggertschen Hause anhielt, sah sie sich seufzend um. Sie durfte nicht vergessen, in den nächsten Tagen ein paar Diener anzuheuern. Sie hoffte, daß niemand in der Nähe war, während sie den Rock fast bis über die Knie anhob und rasch aus der Kutsche stieg. Ein leises Pfeifen ertönte links von ihr. »Das Hübscheste, was ich heute gesehen habe«, sagte Kane und bog um die Hausecke herum. »Tatsächlich hast du schönere Beine als eine Tänzerin, die ich mal in New Orleans bewundert habe.«

Houston versuchte, nicht rot zu werden. »Ich habe dir deinen neuen Anzug mitgebracht, und du hast gerade noch Zeit zum Umziehen.«

»Warum umziehen?«

Sie war immer noch nicht daran gewöhnt, ihn ohne Bart zu sehen. Sein Gesicht war heute mit dunklen Stoppeln bedeckt, weil er sich noch nicht rasiert hatte, doch sie taten seinem guten Aussehen keinen Abbruch. Was für ein glücklicher Zufall, dachte sie, daß ich mich einverstanden erklärte, einen Grizzlybären zu heiraten, um ihn dann in einen schönen Prinzen zu verwandeln.

»Zu der Gartenparty um zwei Uhr«, antwortete sie.

»Oh, die«, sagte er über die Schulter hinweg, während

er auf die Haustür zuging und sie neben der Kutsche stehenließ.

»Ja, die.« Sie hob ihre Röcke an und folgte ihm bis in sein Büro hinein. »Ich dachte, vielleicht haben wir noch Zeit für ein paar Lektionen, ehe wir zur Party gehen. Nur ein paar Tips, damit du dich wohl fühlst. Und selbstverständlich brauchst du auch genügend Zeit, um dich anzuziehen und zurechtzumachen.«

Er blieb hinter seinem Schreibtisch stehen und nahm ein Blatt Papier auf. »Es tut mir so leid; aber ich habe keine Zeit. Ich habe zu viel zu tun. Aber du kannst doch zur Party gehen, wo du doch schon dafür angezogen bist und so. Vielleicht kannst du ein paar Blumen aus meinem Gewächshaus mitnehmen.«

Houston holte tief Luft. »Vielleicht sollte ich ihnen einfach ein paar Dollars geben.«

Er blickte sie über das Papier hinweg überrascht an. »Du meinst, sie würden sich darüber freuen?«

»Nein«, sagte sie eisig, »*sie* würden sich *nicht* darüber freuen; aber ich bin sicher, daß dich das freuen würde. Dann brauchtest du dich nämlich nicht vor ihnen zu zeigen.«

»Willst du damit sagen, ich hätte Angst vor einer Horde aufgedonnerter, teetrinkender Snobs? Also, ich könnte sie alle kaufen und . . .«

Ihr Blick brachte ihn zum Verstummen.

»Ich gehe nicht zur Party«, sagte er eigensinnig und setzte sich.

Sie ging zu ihm an den Schreibtisch. Am liebsten hätte sie ihm die Hand auf die Schulter gelegt; aber sie tat es nicht. »Es wird nicht so schlimm werden, wie du glaubst. Du hast bisher nur die schlimmsten Leute in der Stadt kennengelernt. Ich würde dich gern einigen meiner Freundinnen vorstellen, und ich verspreche dir, daß sie dir nicht ohnmächtig zu Füßen sinken werden.«

Er sah zu ihr hoch. »Du meinst, keine Lady wird bewußtlos, wenn sie mich ohne Bart sieht?«

Mit einem Lächeln wich sie einen Schritt vor ihm zurück.

»Versuchst du, mir das Geständnis zu entlocken, daß du der schönste Mann auf der Party sein wirst?«

Er haschte nach ihrer Hand, doch sie war zu schnell für ihn. »Bleiben wir doch beide hier«, sagte er. »Wir finden schon etwas, mit dem wir uns die Zeit vertreiben können. Mir gefällt dieses Kleid.«

»Oh, nein, Mr. Taggert«, sagte sie lachend und überlegte, ob sie ihr Korsett vielleicht noch einen Zentimeter enger schnallen konnte. »Ich will nicht zu ... zu solchen Sachen verführt werden, an die Sie gerade denken. Sie müssen sich jetzt zur Gartenparty umziehen.« Sie war vor ihm zurückgewichen und stand nun an die Wand gepreßt vor ihm.

Kane stemmte links und rechts von ihrem Kopf die Hände gegen die Wand und beugte sich vor. »Wir haben uns doch noch gar nicht richtig kennengelernt, nicht wahr? Ich meine, ein Brautpaar sollte sich wenigstens ein paar Stunden mit sich allein beschäftigen, ehe es sich trauen läßt, oder nicht?«

Houston schlüpfte geschickt unter seinem rechten Arm hindurch. »Mr. Taggert«, sagte sie fest. »Mit Süßholzraspeln werden Sie mir die Party nicht ausreden können. Ich glaube, Sie haben Angst, dorthin zu gehen, und vielleicht gehören Sie zu der Sorte von Männern, die schon vor einer kleinen Ansammlung von Menschen die Flucht ergreift. Dann sind Sie aber auch nicht der Mann, den ich heiraten möchte.«

Mit einem wütenden Blick kehrte er an seinen Schreibtisch zurück. »Sie können zuweilen ja richtig giftig werden. Ich habe doch nicht vor so einer verdammten Party Angst.«

»Dann beweisen Sie das, indem Sie sich anziehen und mit mir zur Party gehen.« Während sie ihn beobachtete, schien er innerlich mit sich zu ringen, und fast war sie versucht, ihm zu sagen, daß sie bei ihm im Haus bleiben würde. Nicht nachgeben, Houston, ermahnte sie sich. Genau das will er nämlich erreichen.

Er warf seine Papiere auf den Tisch. »Ich werde gehen«, sagte er barsch. »Und ich hoffe, daß Sie das nicht bereuen müssen.« Damit stürmte er an ihr vorbei aus dem Büro.

»Das hoffe ich ebenfalls«, sagte sie leise, während sie ihm nachrannte, um den Anzug zu holen, der noch in der Kutsche lag.

Während Kane sich umzog, besichtigte Houston die Möbel, die überall herumstanden, und überlegte, wo sie ihren Platz finden sollten. Nach anderthalb Stunden, als sie zu überlegen begann, ob Kane durch ein Zimmer im ersten Stock geflüchtet war, drehte sie sich um und sah ihn in einem dunklen Rock mit langen Schößen, schiefergrauer Hose und weißem Leinenhemd im Durchgang stehen, eine weiße Krawatte in der Hand.

»Ich weiß nicht, wie man so ein Ding bindet.«

Houston vermochte sich einen Moment nicht von der Stelle zu bewegen. Der maßgeschneiderte Anzug brachte den bemerkenswerten Unterschied zwischen breiten Schultern und schmaler Taille hervorragend zur Geltung, und das dunkle Tuch betonte seine Brauen und seine Haare. Der Gedanke, an seinem Arm auf einer Party zu erscheinen, erfüllte sie mit Stolz. Vielleicht war da ein Teil von ihr, der der Stadt beweisen wollte, daß sie auch einen anderen Mann bekommen konnte. Sie hätte es ganz bestimmt schlechter treffen können. Oh ja, das hätte sie!

»Weißt du, wie man so eine Krawatte bindet?« wiederholte er.

»Ja, natürlich«, sagte sie, wieder zu sich kommend. »Du mußt dich aber hinsetzen, weil ich sonst deinen Hals nicht erreichen kann.«

Er setzte sich auf einen der kleinen vergoldeten Sessel, als wäre er zum Tode verurteilt.

Während Houston einen Windsorknoten in die Krawatte band, sagte sie zu ihm: »Die Party findet im Haus einer meiner Freundinnen statt. Sie heißt Tia Mankin. Speisen und Getränke werden auf langen Tischen stehen, die im Garten aufgebaut sind, und du mußt umhergehen und dich mit den Leuten unterhalten. Ich werde, so lange es geht, an deiner Seite bleiben.«

Kane sagte nichts.

Als der Knoten fertig war, sah sie ihm in die Augen. War das der Mann, auf dessen Kopf sie einen Krug zerschlagen hatte? »Es wird nicht lange dauern, und dann kommen wir hierher zurück und essen zusammen Abendbrot.«

Plötzlich legte er die Arme um sie und küßte sie heftig – als wollte er sich bei ihr Mut holen. Im nächsten Moment stand er neben ihr. »Wir wollen es hinter uns bringen«, sagte er und marschierte zur Haustür.

»Wo bleibst du denn?« fragte er ungeduldig unter der Tür.

»Ich komme schon«, sagte sie lächelnd und fühlte sich sehr lebendig.

Während Kane die Kutsche lenkte – es waren nur ein paar Minuten bis zu Tias Haus –, gab sie ihm noch ein paar Instruktionen. »Wenn wir die Leute von unserer Verlobung überzeugen wollen, solltest du ein wenig aufmerksamer zu mir sein«, sagte sie vorsichtig. »Bleib an meiner Seite, nimm meinen Arm – solche Sachen. Und, *bitte,* hilf mir aus der Kutsche.«

Er nickte, ohne sie anzusehen.

»Und lächle«, sagte sie. »So schlimm kann eine Ehe ja nun auch wieder nicht sein.«

Die Leute, die in Mankins Garten versammelt waren, schienen es kaum erwarten zu können, den neuen Verlobten von Houston kennenzulernen. Sie versuchten zwar, ihre Kinderstube nicht zu vergessen; rannten aber förmlich zur Kutsche, als sie vor dem Haus hielt, und blieben dann alle mit offenem Mund stehen. Der Bergarbeiter mit dem struppigen Bart war durch einen Gentleman ersetzt worden.

Kane schien die Reaktion der Leute gar nicht zu bemerken; doch Houston nahm sie um so deutlicher wahr. Und stolz legte sie die Hände auf seine breiten Schultern, als er ihr aus der Kutsche half. Sie schob den Arm unter den seinen, und er geleitete sie zu den am Rand des Gartens versammelten Gästen.

»Darf ich dir meinen Verlobten, Mr. Kane Taggert, vorstellen?« begann sie.

Zwanzig Minuten später, nachdem sie ihn allen Gästen vorgestellt hatte, spürte sie, wie er sich zu entkrampfen begann.

»Es war nicht so schlimm, wie du befürchtet hast, nicht wahr?«

»Nee«, sagte er ein bißchen zu salopp. »Möchtest du was zu essen haben?«

»Ich hätte gern ein Glas Punsch. Würdest du mich einen Moment entschuldigen? Ich muß mit jemandem reden.«

Sie beobachtete ihn einen Moment, als er auf die Büfetts zuging, und bemerkte, daß viele Frauen stehenblieben und ihm nachsahen. Meredith Lechner trat zu ihm, um mit ihm ein paar Worte zu wechseln, und sah erst lächelnd zu Houston hinüber, als wollte sie um Erlaubnis bitten.

Mein aus einem Frosch in einen Prinzen verwandelter Bräutigam, dachte Houston. Und für die Verwandlung hatte eine Beule genügt. Sie hüstelte höflich, um ein Kichern zu unterdrücken.

Während Kane am Büfett beschäftigt war, ging sie zu Reverend Thomas, der für sich am Rand der versammelten Gäste stand.

»Er ist nicht wiederzuerkennen«, sagte Reverend Thomas und deutete in die Richtung, wo Kane, nun von drei Frauen umringt, am Büfett stand. »Du hast ihn gründlich verwandelt.«

»Äußerlich vielleicht«, sagte sie und senkte die Stimme. »Ich wollte mit Ihnen sprechen. Als ich in der letzten Woche das Minenlager besuchte, sagte Jean Taggert, sie wisse über mich Bescheid. Wieviel weiß sie nun wirklich?«

»Alles«, antwortete Reverend Thomas.

»Aber wieso . . .?« begann Houston.

»Ich sagte es ihr. Ich mußte es tun. Ich brauchte einen Verbündeten, einen echten Freund innerhalb des Lagers.«

»Aber was passiert, wenn ich gefaßt werde? Jean könnte in eine noch viel schwierigere Lage geraten, wenn sie weiß, wer ich bin. Es ist schon so schlimm genug.«

»Houston«, sagte der Pfarrer, den Blick fest auf ihr

Gesicht gerichtet, »du kannst nicht die ganze Verantwortung allein tragen. Jean ist schon vor Monaten zu mir gekommen und wollte die Wahrheit wissen. Ich war froh, sie mit ihr teilen zu können.«

Houston schwieg einen Moment still, während sie beobachtete, wie Kane über etwas lachte und eine der drei Frauen einen Schritt näher an ihn heranrückte. Ich bin nicht die einzige, die er bezaubert, dachte sie.

»Wissen Sie, ob Kane und Jean miteinander verwandt sind?« fragte sie.

»Kusine und Vetter ersten Grades.« Er lächelte über ihren erstaunten Blick. »Sobald ich von deiner Verlobung erfuhr, ging ich zu Jean. Oh, die Wachen wollten mich erst nicht ins Lager lassen; aber mein Boß ist höher gestellt als der ihre. Weder Jean noch ein anderes Mitglied ihrer Familie haben Kane bisher persönlich kennengelernt. Es gibt da ein Geheimnis, seine Geburt betreffend. Jean vermutet, seine Mutter sei eine ... Lady für eine Nacht gewesen, und Kanes Vater soll seine Zweifel gehabt haben, ob das Kind auch von ihm ist. Das würde erklären, warum Kane in Fentons Haus beschäftigt und nicht von den Taggerts in der Minenstadt aufgezogen wurde.«

»Wissen Sie, was aus seinen Eltern geworden ist?«

»Jean war ziemlich sicher, daß sie beide schon lange tot sind. Houston«, der Pfarrer legte ihr die Hand auf den Arm. »Bist du sicher, daß du diesen Mann heiraten willst? Ich weiß, wie sehr Leander dich gekränkt haben muß ...«

Houston wollte sich nicht zweimal so eine Predigt wie heute morgen anhören, auch wenn sie noch so gut gemeint war. »Ich bin sicher«, sagte sie fest. »Und wollen Sie mich bitte jetzt entschuldigen? Ich muß mich um meinen Verlobten kümmern, ehe jemand ihn mir stiehlt.«

»Natürlich – nur, Houston, wenn du mit mir reden möchtest, ich bin den ganzen Nachmittag hier.«

Als Houston sich auf den Weg zu Kane machte, wurde sie immer wieder angehalten.

»Er sieht so nett aus, Houston. Du hast ein Wunder bei ihm bewirkt.«

»Hast du dich wirklich schon in ihn verliebt, als du noch mit Leander verlobt gewesen bist?«

»War Lee am Boden zerstört, als du es ihm sagtest?«

»Hast du dich heimlich aus dem Haus geschlichen, um dich mit Mr. Taggert zu treffen?«

»Houston, du mußt uns alles erzählen!«

Endlich gelang es ihr, zu Kane durchzukommen. Sie hakte sich bei ihm ein.

»Du bist verdammt lange fortgewesen«, sagte er leise. »Weißt du, was diese Frauen wissen wollten?« fragte er mit schockierter Stimme.

»Ich kann es mir denken«, sagte sie lachend. »Hast du etwas zu essen für mich besorgt?«

»Nur ein paar von diesen kleinen belegten Brötchen. Man kann eine ganze Platte davon verputzen und ist genauso hungrig wie zuvor. Müssen wir noch länger hierbleiben? Wer war der Mann, mit dem du geredet hast?«

»Reverend Thomas.«

»Oh, ja. Du gibst ja jeden Mittwoch in seiner Pfarrei Unterricht.« Lächelnd berührte er ihre Nase mit der Fingerspitze. »Schau mich nicht so verwundert an. Ich weiß eine Menge über dich. Warum setzt du dich nicht irgendwo hin, und ich bringe dir einen Teller mit Salaten und so? Wie ich sehe, machen das die anderen Männer auch für ihre Frauen.«

Lee hätte genau gewußt, was sich gehörte, dachte Houston. Und wenn sie mit ihm die Party besucht hätte, wären sie um Viertel nach drei wieder gegangen, weil er donnerstags immer ...

»Du wünschst dir wohl, du wärest mit einem Mann zur Party gegangen, der weiß, was sich schickt?« fragte Kane neben ihr, einen breiten Schatten über sie werfend und einen mit Speisen bis zum Rand gefüllten Teller in der Hand.

»Wieso? Das tue ich nicht«, antwortete sie, sagte aber nichts mehr, weil sich Salate und Soßen über ihren Schoß ergossen.

Kane rührte sich nicht; aber sein Gesicht verriet, daß seine schlimmsten Befürchtungen eingetreten waren.

Als Houston hörte, wie eine Frau das Lachen zu unterdrücken versuchte, und merkte, daß die ganze Party zum Stillstand gekommen war, reagierte sie blitzschnell.

Sie schnellte in die Höhe, daß die Salate von ihrem Kleid auf den Boden rutschten, und flüsterte: »Heb mich hoch.« Doch er starrte sie nur mit dunklen, verstörten Augen an. »Nimm mich auf deine Arme, trag mich zur Kutsche und fahr mit mir davon«, befahl sie ihm mit leiser Stimme.

Kane war nicht gewohnt, Befehlen blindlings zu gehorchen. Aber diesmal tat er es. Er hob sie auf seine Arme, als wäre sie eine Feder.

Während er sie durch den Garten zur Kutsche trug, schmiegte Houston sich an ihn. Donnerstag nachmittags nahm Leander immer Fechtunterricht; aber Mr. Taggert verbrachte seine Donnerstage damit, seine zukünftige Frau auf den Armen zu tragen.

Kane sagte kein Wort, bis sie beide in der Kutsche saßen und zur Villa Chandler fuhren. »Warum?« fragte er dann. »Was hattest du davon, daß ich dich zur Kutsche trug?«

»Von den anwesenden Männern hatten nur wenige einen so starken Rücken, daß sie ihre Frauen tragen könnten. Und ich glaube, daß jede Frau sich gern Soße über ihr Kleid schütten läßt, wenn sie dafür einen Mann bekommt, der sie durch den Garten zu ihrer Kutsche trägt.«

»Du wiegst doch kaum etwas«, sagte er.

Lächelnd beugte sie sich zu ihm und küßte ihn auf die Wange. »Für dich wiege ich kaum etwas«, sagte sie leise.

Er hielt die Kutsche an und sagte staunend: »Du bist eine echte Lady, nicht wahr, Miss Chandler? Eine wahrhaftige Lady.«

»Hoffentlich«, murmelte sie und dachte, es wäre möglich, daß sie alles sein könnte, was Kane Taggert in ihr sah oder von ihr verlangte.

Kapitel 9

Houston stürmte in das Schlafzimmer ihrer Mutter, wo Opal am Fenster saß und an einer Bluse stickte.

»Mutter, du mußt mir helfen«, sagte Houston.

»Dein Kleid«, sagte Opal, sich aus ihrem Sessel erhebend. »Du meine Güte. Glaubst du, wir bekommen es wieder sauber?«

»Ich weiß es nicht. Mutter, er ist unten und wartet auf mich, und du mußt ihn unterhalten, während ich mich umziehe. Wenn du nicht mit ihm sprichst, wird er wieder wegfahren, fürchte ich.«

Opal wich einen Schritt vor ihrer Tochter zurück. »Du meinst doch wohl nicht deinen Mr. Taggert! Er wartete unten in der Halle?«

Houston nahm die beiden Hände ihrer Mutter. »Er ist sehr aufgeregt. Er hat mir einen Teller voller Salate in den Schoß gekippt, und, oh, Mutter, alle begannen über ihn zu lachen wegen seines Mißgeschicks. Du hättest sein Gesicht sehen sollen! Er fühlte sich schrecklich gedemütigt. Bitte, geh zu ihm hinunter und rede ein paar Minuten mit ihm. Verhindere, daß er wieder wegfährt.«

Opal spürte, wie ihr Herz weich wurde. »Niemand hätte über ihn lachen dürfen, wenn es ein Unfall war.«

»Vielen Dank«, sagte Houston und gab ihrer Mutter noch rasch einen Kuß auf die Wange, ehe sie wieder aus dem Zimmer rannte. Sie drehte sich nicht mehr um, als ihre Mutter ihr nachrief: »Aber worüber soll ich denn mit ihm reden?«

Susan wartete schon in Houstons Schlafzimmer und half ihr, das Kleid am Rücken aufzuknöpfen.

»Die Flecken sind nur vorn«, sagte Houston, die das Kleid vor sich hinhielt und es von allen Seiten betrachtete. »Sag Mrs. Thomas, sie soll das Kleid mit Magnesiumpulver einreiben, um das Fett herauszubekommen, und – oh, Himmel, das schillert ja in allen Farben. Halte das Vorderteil über eine Schwefelflamme, und wenn es immer noch nicht sauber ist, werde ich es mit Naphthalin behandeln. Aber das mache ich selbst. Sonst fliegt am Ende noch die ganze Küche in die Luft. Und nun beeil dich, ehe es noch schlimmer wird.«

Als Susan wieder aus der Küche zurückkam, saß Houston an ihrem Sekretär. »Wenn ich dieses Billett geschrieben habe, gibst du es Willie. Er soll es Mrs. Murchison überbringen. Und erkläre ihm genau, was ich von ihm möchte, damit es keine Mißverständnisse gibt.«

Sie schrieb weiter, während sie mit Susan redete: »Sag Willie, er soll die Treppe neben der Küche benützen, bis zum Dachgeschoß hinaufsteigen, und dann links in den Korridor einbiegen. Die zweite Tür linker Hand öffnet sich in einen kleinen Raum, der mit Möbeln angefüllt ist, und an der hinteren Wand steht ein kleiner Soumak-Teppich – nein, ich werde einfach schreiben, daß es ein Teppich mit roten Mustern ist. Und daneben findet er einen Sack aus Nesselstoff mit Sitzkissen darin. Der Sack ist so groß wie er, also wird er ihn schwerlich übersehen können. Sag ihm, er soll den Teppich und den Sack in den kleinen Salon im Erdgeschoß bringen. Mrs. Murchison wird ihm zeigen, wo der Salon ist. Dort soll er den Teppich auseinanderrollen, die Kissen am Rand des Teppichs aufstellen, dann den großen silbernen, dreiarmigen Leuchter aus dem Eßzimmer nebenan holen und ihn in die Mitte des Teppichs stellen.«

Houston blickte hoch. »Hast du alles behalten, damit du es Willie auch sagen kannst?«

»Oh, ja, Miss. Ein Picknick im Zimmer. Hat Mr. Taggert wirklich einen ganzen Tisch voller Speisen auf die Leute gekippt?«

»Wo hast du denn das gehört?«

»Ellie, die bei den Nachbarn von den Mankins arbeitete, ist eben auf einen Sprung herübergekommen.«

»Also – kein Wort davon ist wahr. Geh jetzt hinunter und sag Willie Bescheid. Und dieses Billett soll er Mrs. Murchison überbringen. Und beeil dich, bitte. Ich brauche dich beim Umziehen. Oh, ja, noch etwas: Er soll

Mrs. Murchison noch ausrichten, daß ich ihn so lange hinhalten werde, wie es geht, damit sie genügend Zeit zum Kochen hat.«

Sobald Susan gegangen war, stellte Houston zu ihrem Verdruß fest, daß die gesamte Unterwäsche mit Soßen und Fett durchtränkt war. Sie hoffte, als sie sich den Schaden näher besah, daß die Flecken wieder rausgingen, wenn sie die Wäsche kochte. Dann begann sie sich hastig auszuziehen.

Sie suchte sich aus dem Garderobenschrank ein Kleid aus weichem, blaßgrünem Batist mit kurzen Puffärmeln, dessen Leibchen und Halsausschnitt mit Gorlspitzen besetzt waren. Nur hatte das Kleid bedauerlicherweise sechsunddreißig winzige Knöpfe, sie sich alle auf ihrem Rücken befanden. Sie mühte sich gerade damit ab, als Susan ins Zimmer zurückkam.

»Was gibt es Neues unten im Erdgeschoß?«

»Nichts, Miss«, antwortete Susan und begann, die Knöpfe mit einem kleinen Messinghaken zu schließen. »Sollte ich unten mal nachsehen? Ich glaube, die Tür zum Salon steht offen.«

»Nein«, sagte Houston, begann sich jedoch Sorgen zu machen. Opal Gates war eine schutzbedürftige Frau – eine Frau, die leicht zu schockieren war. Houston wurde von der Vorstellung gepeinigt, daß Kane ein paar von seinen deftigeren Wörtern gebrauchte, Opal vor Schreck in Ohnmacht fiel und Kane sich nicht genötigt sah, sie vom Teppich aufzulesen.

»Sonst ist doch niemand mehr im Haus, nicht wahr, Susan?«

»Nein, Miss.«

»Gut, weil ich nach unten gehen und durch die Türangeln sehen werde. Du kannst mir auch im Erdgeschoß das Kleid zuknöpfen.«

Houston schlich auf Zehenspitzen die Treppe hinunter, Susan immer eine Stufe hinter ihr. Dann spähte sie vorsichtig durch den Spalt zwischen Türrahmen und Tür.

Kane und Opal saßen dicht nebeneinander auf dem Roßhaarpolster einer Couch und blickten durch die Linsen einer Stereobrille.

»Ich habe sie nie selbst sehen können«, sagte Opal gerade; »aber sie sollen sehr eindrucksvoll sein.«

»Ich habe jahrelang in New York gelebt; aber nie etwas davon gehört«, sagte Kane. »Wie heißen diese Fälle gleich wieder?«

»Niagarafälle.«

Kane legte den Stereobetrachter auf den Tisch und blickte Opal an. »Sie würden sie gern besichtigen wollen, nicht wahr?«

»Nun, ja, eigentlich schon. Tatsächlich war es schon immer mein Traum gewesen, einmal zu reisen. Ich würde mir am liebsten einen eigenen Eisenbahnwaggon mieten und kreuz und quer durch die Vereinigten Staaten fahren.«

Kane nahm Opals Hand. »Ich werde Ihnen diesen Traum erfüllen, Mrs. Chandler. Was für eine Farbe soll der Waggon haben? Innen, meine ich? Würde Ihnen Rot gefallen?«

»Ich könnte doch unmöglich so etwas . . .« begann Opal.

Kane beugte sich noch näher zu ihr. »Ich habe eine echte Schwäche für Ladies«, sagte er leise. »Und Sie, Mrs. Chandler, sind eine genauso unverfälschte Lady wie Ihre Tochter.«

Es war einen Moment still im Salon, und Susan, die Houston über die Schulter blickte, stellte vorübergehend ihre Tätigkeit auf Houstons Rücken ein.

»Rosa«, sagte Opal. »Ich hätte ihn am liebsten ganz in Rosa.«

»Sie sollen ihn haben. Hätten Sie noch einen Wunsch, den ich Ihnen erfüllen könnte?«

»Es wäre mir lieber, wenn Sie mich Opal nennen würden. Ich fürchte, mein Mann, Mr. Gates, hört es nicht gern, wenn man seine Frau mit dem Namen ihres ersten Gatten anspricht.«

Houston hielt gespannt den Atem an, wie Kane auf diese Verbesserung reagieren würde.

Kane hob Opals Hand, die er gerade hielt, an die Lippen

und küßte sie herzhaft – gar nicht so, wie es sich für einen Gentleman gehörte. »Kein Wunder, daß Sie eine Lady als Tochter haben«, sagte er.

»Ich glaube, Ihre Mama wird ihn heiraten, wenn Sie ihn nicht nehmen, Miss«, sagte Susan.

»Pst! Knöpf lieber mein Kleid zu.«

»Schon erledigt«, sagte Susan, und Houston ging um die Tür herum und in den Salon hinein.

»Ich hoffe, ich habe Sie nicht zu lange warten lassen«, sagte sie mit süßer Stimme. »Haben Sie sich inzwischen gut unterhalten, Mr. Taggert?«

»Oh«, sagte Kane grinsend, »ich habe mich großartig unterhalten. Aber ich muß jetzt wieder gehen. Die Arbeit ruft.«

»Mr. Taggert«, sagte Houston, »könnten Sie mich bitte in die Stadt zu meiner Schneiderin fahren? Ich muß ihr ein paar Muster vorbeibringen.«

Ein Schatten wanderte über Kanes Gesicht; aber er willigte ein, als Houston zu ihm sagte, daß der Aufenthalt bei der Schneiderin höchstens eine Viertelstunde dauerte.

»Erwarte mich nicht vor abends zurück«, flüsterte sie, als sie ihre Mutter auf die Wange küßte und ihr Parasol aus dem Schirmständer nahm.

»Du bist in fähigen Händen, mein Liebes«, sagte Opal und betrachtete Kane mit einem liebevollen Lächeln.

Als sie beide wieder in Houstons Kutsche saßen, sah sie ihren Verlobten an: »War eure Unterhaltung tatsächlich so großartig?«

»Du hast eine gute Mutter«, antwortete er. »Und wo finde ich nun diese Schneiderin, zu der ich dich bringen sollt? Bist du sicher, daß es nur zehn Minuten dauert?«

»Eine Viertelstunde«, antwortete sie. »Mein . . . früheres Hochzeitskleid ist in Denver genäht worden; aber ich werde eine genaue Kopie davon hier in Chandler anfertigen lassen.«

»Kopie? Oh, klar, wir feiern ja eine Doppelhochzeit. Wann findet die Hochzeit eigentlich statt?«

»Am Montag, den Zwanzigsten. Ich hoffe sehr, daß du an diesem Tag nicht arbeiten mußt und zur Hochzeit erscheinen kannst.«

Er blickte sie von der Seite an und lächelte dann. »Ich werde am Hochzeitstag da sein, wenn du in der Hochzeitsnacht da sein wirst.« Er lachte, als sie errötete und das Gesicht abwendete.

Sie gab ihm eine Adresse in der Coal Avenue an, und sie hielten vor einem langgestreckten, zweistöckigen Gebäude mit kleinen Läden im Erdgeschoß und Büros in der Etage darüber.

Kane band das Pferd an und half Houston aus der Kutsche. »Ich glaube, ich werde mir die Wartezeit mit einem Drink verkürzen«, sagte er und deutete mit dem Kopf auf eine der vielen Kneipen, die es in der Stadt gab. »Hoffentlich ist das Leben als Ehemann etwas leichter als das eines Bräutigams.«

Dann drehte er sich um und ließ sie auf der staubigen Straße stehen. Es gab Zeiten, dachte Houston, wo sie Leanders Manieren vermißte.

Das Anliegen, das sie an die Schneiderin hatte, war in sieben Minuten erledigt, und die Frau warf verzweifelt die Hände in die Höhe, als sie hörte, daß sie in so kurzer Zeit ein so kompliziertes Kleid fertigstellen sollte. Dann mußte sie sich auch noch hinsetzen vor Schreck, weil Houston ihr auftrug, in derselben Zeit noch ein Kleid für Jean Taggert zu nähen. Sie drängte Houston in fliegender Hast wieder aus dem Laden, weil sie jede Sekunde für die Erledigung dieses Auftrags benötigte. Houston konnte ihr ansehen, wie begeistert sie von der Aussicht war, zwei Ladies für die Hochzeit auszustatten.

Nun stand Houston mit aufgespanntem grünem Parasol vor dem Laden und blickte über die Straße zur Kneipe hinüber, wo Kane sich die Wartezeit mit einem Drink vertrieb. Sie hoffte, er ließe sie hier nicht lange stehen.

»Holla«, hörte sie eine Männerstimme, »wartest du auf uns?«

Drei junge Cowboys umringten sie. Dem Geruch nach mußten sie soeben nach einem wochenlangen Ritt durch die Prärie mit ihren Kühen die Stadt erreicht haben.

»Komm, Cal«, sagte einer der drei. »Laß sie ihn Ruhe. Sie ist eine Lady.«

Houston tat so, als wären die Männer gar nicht vorhanden, betete aber im stillen, daß Kane in diesem Moment neben ihr auftauchen möge.

»Ich mag Ladies«, sagte Cal.

Houston drehte sich um und legte die Hand auf die Klinke einer Ladentür.

Doch ehe sie die Klinke niederdrücken konnte, legte Cal seine Hand auf die ihre.

»Wie soll ich das verstehen?« sagte Houston, zog ihre Hand zurück und musterte den Mann mit einem verächtlichen Blick.

»Redet auch wie eine Lady«, sagte Cal. »Honey, wie wäre es, wenn wir beide hinüber in die Kneipe gingen und paar Glas Bier miteinander trinken würden?«

»Cal«, sagte einer von den anderen Cowboys mit warnender Stimme.

Doch Cal drängte sich noch dichter an Houston heran und sagte: »Mit mir könntest du dir großartig die Zeit vertreiben, Honey.«

»Ich zeige dir, womit du dir deine Zeit vertreiben kannst«, hörte Houston jetzt Kanes Stimme, während er den Cowboy hinten beim Hemd und Hosenbund packte und ihn im hohen Bogen auf die schmutzige Straße warf.

Als der Cowboy, der nur halb so groß war wie Kane, sich wieder aufrichtete und den Kopf schüttelte, damit er wieder klar denken konnte, baute Kane sich vor ihm auf. »Das ist eine saubere Stadt«, sagte er mit grollender Stimme. »Wenn du eine Frau suchst, mußt du nach Denver weiterreiten; denn hier passen wir auf unsere Frauen auf.« Er beugte sich zu dem Jungen hinunter. »Und ich ganz besonders auf *meine* Frau. Hast du mich verstanden?«

»Jawohl, Sir«, murmelte der Cowboy. »Ich hatte nicht

vor, mich an . . .« begann er, hielt wieder inne und sagte hastig. »Jawohl, Sir; ich reite sofort nach Denver weiter.«

»Eine gute Idee«, sagte Kane, ging auf den Bürgersteig zurück, nahm Houstons Arm und zog sie auf die Kutsche zu.

Stumm fuhr er mit ihr zu seinem Haus; hielt aber auf halbem Weg plötzlich die Kutsche an. »Verdammt! Ich schätze, du wolltest in deine Wohnung zurückfahren.« Er nahm die Zügel wieder auf. »Dieser Junge hat dir doch nicht weh getan, oder?«

»Nein«, sagte sie leise. »Vielen Dank, daß du mir zu Hilfe gekommen bist.«

»Keine Ursache«, sagte er; machte dabei aber ein finsteres Gesicht; als würde ihn etwas bedrücken.

Houston legte die Hand auf seinen Arm. »Vielleicht habe ich etwas voreilig gehandelt; aber ich schickte Mrs. Murchison eine Nachricht, daß sie ein Essen für uns beide vorbereiten soll. Falls du nichts dagegen hast, mit mir zu dinieren, heißt das.«

Er blickte rasch an ihr hinunter. »Ich habe nichts dagegen, hoffe aber, daß dir die Kleider nicht ausgehen werden, da ich offenbar die Gewohnheit habe, sie ziemlich oft zu ruinieren.«

»Ich habe mehr als genug Kleider in meinem Schrank hängen.«

»Also schön«, sagte er widerstrebend. »Aber ich muß heute irgendwann noch arbeiten. Geh du schon mal ins Haus, während ich das Pferd in den Stall bringe.«

Houston ging ins Haus und rannte dann in die Küche. »Ist alles vorbereitet?« fragte sie.

»Alles«, antwortete Mrs. Murchison lächelnd. »Und ich habe auch Champagner kalt gestellt.«

»Champagner?« wiederholte Houston kleinlaut. Sie mußte daran denken, was passiert war, als Blair zu viel Champagner getrunken hatte.

»Und ich habe alle Leibgerichte von Mr. Kane gekocht«, setzte Mrs. Murchison mit verklärten Augen hinzu.

»Buffalosteaks wahrscheinlich«, murmelte Houston. »Und schon wieder eine Frau, die in ihn verliebt ist.«

»Wie war das eben, Miss Houston?«

»Oh, nichts. Ich bin überzeugt, es ist so großartig zubereitet wie alles, was Sie kochen.« Houston verließ die Küche und ging in den kleinen Salon. Alles war genauso, wie sie es sich vorgestellt hatte: Die Kerzen brannten bereits, der Champagner stand im Kübel, Leberpastete und Salzgebäck lagen auf einer silbernen Platte. Die späte Sonne, die durchs Fenster kam, legte einen goldenen Schimmer auf Wände und Boden.

»Hast du das veranlaßt?« fragte Kane hinter ihr.

»Ich dachte, du hättest vielleicht Hunger«, begann sie ein bißchen nervös. Erst hatte sie das für einen guten Einfall gehalten, ein Picknick im Zimmer zu veranstalten; doch nun sah das wie eine Vorbereitung zu einer Verführung aus. »Du sagtest, du möchtest auch mit mir reden«, flüsterte sie, ihre Hände betrachtend.

Kane ging mit einem Schnauben an ihr vorbei. »Wenn ich es nicht besser wüßte, würde ich sagen, das sieht nicht danach aus, als wolltest du nur mit mir reden. Komm, setz dich hierher und laß uns essen. Ich . . .«

». . . habe noch zu arbeiten«, fiel sie ihm ins Wort, ein wenig verletzt durch sein Verhalten. Schließlich hatte sie das nur arrangiert, weil er nach seinem Mißgeschick bei der Party ein so unglückliches Gesicht gemacht hatte.

Kane trat zu ihr und legte ihr die Hand unter das Kinn. »Du wirst jetzt doch nicht weinen wollen, oder?«

»Bestimmt nicht«, sagte sie fest. »Laß uns essen, damit ich wieder nach Hause fahren kann. Ich habe auch eine Menge zu tun und . . .«

Kane faßte sie bei den Handgelenken und zog sie in seine Arme.

Houston spürte, wie ihr Körper weich wurde und ihr Zorn verflog. Vielleicht hatte sie die ganze Zeit nur danach verlangt. Es gefiel ihr so sehr, wenn er sie anfaßte.

»Du riechst gut«, sagte er, während er ihren Hals mit den

Lippen liebkoste. Sein mächtiger Körper umschlang den ihren, gab ihr ein Gefühl der Sicherheit und machte sie zur gleichen Zeit unsicher.

»Du bist heute richtig nett zu mir gewesen.« Er bedeckte ihren Hals mit kleinen Küssen. »Es scheint für dich also doch nicht so schlimm zu sein, wenn du einen Stallburschen wie mich heiratest, oder?«

Houston gab ihm keine Antwort. Sie spürte, wie ihr die Knie weich wurden; aber er hielt sie fest, als wäre sie eine Feder, und begann, ihr linkes Ohr zu liebkosen.

»Du warst die hübscheste Lady auf der Party«, flüsterte er, und sein Atem jagte einen warmen Schauer bis zu ihren Zehen hinunter. »Und als ich dich getragen habe – das hat mir so gut gefallen, daß ich dich jetzt am liebsten in mein Schlafzimmer hinauftragen würde.«

Houston war versucht, gar nichts darauf zu sagen. Sie rechnete mit der Möglichkeit, daß ihre Stimme versagte.

»Ahem«, kam eine laute Stimme von der Tür her.

»Verschwinde«, murmelte Kane, den Mund an Houstons Hals.

Doch Houstons jahrelange Erziehung an der Schule für angehende Ladies setzte sich nun durch. Sie schob Kane von sich weg, aber behutsam, ohne ihn zu kränken. »Bitte«, sagte sie flehend und sah ihm dabei fest in die dunklen Augen.

Er gab ihren Blick enttäuscht zurück und ließ sie so plötzlich los, daß sie fast auf den Boden gefallen wäre.

Mrs. Murchison stand mit einer riesigen Suppenschüssel aus Porzellan im Türrahmen. Als sie die Suppe aufgetragen hatte und sich wieder zurückzog, warf sie im Vorbeigehen Houston so vorwurfsvolle Blicke zu, daß Houston bis unter die Haarwurzeln errötete.

Während Houston sich wieder zu beruhigen suchte, wurde ihr klar, daß sie um ein Haar mit ihrem Verlobten ins Bett gegangen wäre. Doch sie hatte ihrem Stiefvater versprochen, daß sie sich erst über Kane erkundigen wollte, ehe sie ihn heiratete. Und wenn sie nun herausfand, daß er ein

Krimineller war? Würde sie ihn trotzdem heiraten? Sie würde ihn wohl heiraten müssen, wenn sie mit ihm geschlafen hatte.

Sie betrachtete ihn, während er sich auf den Boden setzte und eine Champagnerflasche öffnete – ohne Jackett, die Ärmel seines weißen Hemdes bis über die Ellenbogen hinaufgerollt, so daß sie seine von der Sonne gebräunten, muskulösen Unterarme bewundern konnte –, und überlegte, ob sie sich ihm nicht doch hingeben sollte. Dann mußte sie ihn nehmen, ganz gleich, was ihre Ermittlungen ergaben.

Aber das wäre Betrug.

Sie ordnete sorgfältig ihre Röcke und nahm auf einem Kissen ihm gegenüber Platz. »Ich muß Sie um einen Gefallen bitten«, begann sie.

»Klar«, sagte er, den Mund voller Leberpastete.

»Ich möchte bis zur Hochzeit Jungfrau bleiben.«

Kane verschluckte sich so heftig, daß sich Houston schon sorgte, er könnte ersticken. Doch dann leerte er eine halbe Flasche Champagner und erholte sich wieder. »Wie angenehm zu hören, daß du noch eine bist«, sagte er schließlich mit vor Tränen wäßrigen Augen. »Ich meine, wo du doch verlobt warst und so.«

Houston erstarrte sichtlich.

»Deswegen brauchst du doch nicht gleich beleidigt zu sein. Hier, nimm das.« Er hielt ihr ein Tulpenglas mit Champagner hin. »Das wird dir guttun. Soso, du willst also Jungfrau bleiben«, sagte er, während er mit der Kelle aus einem Topf ein sahniges Austerngesicht auf zwei Schüsseln verteilte. »Ich schätze, du willst damit sagen, daß ich dich nicht anfassen soll.«

Er betrachtete sie auf eine seltsame, abschätzende Weise.

»Vielleicht wäre das besser«, sagte sie und dachte, wenn er mich so in den Arm nimmt wie vorhin, werde ich niemals Jungfrau bleiben – und es auch nicht bleiben wollen.

»Schön«, sagte er, und ein kalter Ton schwang in seiner Stimme mit.

Houstons Augen weiteten sich. Zweifellos glaubte er, sie verlangte das von ihm, weil er einmal ein Stallbursche gewesen war und sie sich für etwas Besseres hielt. »Nein, bitte«, begann sie. »Es ist nicht so, wie du denkst. Ich . . .« Sie konnte ihm doch nicht sagen, was sie ihrem Stiefvater versprochen hatte. Oder daß die Berührung seiner Hände Gefühle in ihr wachriefen, die sie rasch vergessen ließen, daß sie eine Lady war. Sie legte die Hand auf seinen nackten Unterarm.

Kane entzog sich dieser Berührung. »Du hast deine Bedingung genannt. Wir haben eine Vereinbarung, einen Vertrag mehr oder weniger, und ich habe ihn gebrochen. Du sagtest, du würdest so tun, als wären wir . . . verliebt, und du hast dich in der Öffentlichkeit an deine Zusage gehalten. Wenn wir jedoch unter uns sind, brauchst du meine Nähe nicht zu ertragen. Ich werde mich hüten, dich anzufassen. Ich bin der Meinung, daß ich dir sogar das Zimmer allein überlassen sollte. Du bleibst hier und ißt, während ich wieder an die Arbeit gehe.«

Ehe Houston sich bewegen konnte, war Kane schon aufgestanden und halbwegs bei der Tür.

»Bitte, gehe nicht«, rief sie, sprang auf, um ihm zu folgen, stolperte über ihre langen Röcke und fiel hin.

Er fing sie auf, ehe sie auf dem harten Parkettboden aufschlug; doch sobald sie ihr Gleichgewicht wiedergefunden hatte, ließ er sie rasch wieder los.

»Ich wollte dich nicht beleidigen«, begann sie. »Es ist nicht so, daß ich es nicht *mag*, wenn du mich anfaßt.» Sie hielt errötend inne und blickte auf ihre Hände hinunter. »Ich meine, ich . . . es ist nur, daß ich noch nie . . . Und es wäre mir lieber, wenn du dabliebest . . . Wenn es dir möglich ist«, schloß sie und sah zu ihm hoch.

Kane blickte sie mit harten Augen an. »Ich verstehe dich nicht. Hast du nicht eben gesagt, ich soll die Hände von dir lassen? Was ich mir von dieser Heirat versprach, war eine Lady für die Öffentlichkeit. Für unser Privatleben ist dieses Haus groß genug, daß du mir nicht begegnen und mein häßliches Gesicht anschauen mußt. Das liegt ganz bei Ihnen, Lady.«

Eine Lady muß immer einen positiven Standpunkt einnehmen, hatte Houston auf ihren Schulen gelernt. Sie hob das Kinn und drückte die Schultern durch. »Ich will deine Frau nicht nur in der Öffentlichkeit, sondern auch im Privatleben sein; aber ich möchte auch bis zu unserer Hochzeit Jungfrau bleiben.«

»Wer hindert dich daran?« funkelte Kane sie an. »Oder zerre ich dich etwa bei den Haaren hinauf in mein Schlafzimmer? Zwinge ich dich dazu, mit mir das Lager zu teilen?«

»Nein; aber du kannst so überzeugend bitten, daß man dir kaum etwas abschlagen kann, Mr. Taggert«, gab sie zurück und hielt sich dann schnell den Mund zu.

Da schien er plötzlich zu begreifen. »Hast du das gehört, Kane?« sagte er mit seidenweicher Stimme. »Wer hätte das gedacht? Oder sollten vielleicht gerade die Ladies eine Schwäche für Stallburschen haben? Komm, setz dich wieder hin und iß«, sagte er aufgeräumt. »Ich habe überzeugende Argumente, wie?« Er grinste und setzte sich ihr gegenüber.

Houston wünschte sich von ganzem Herzen, daß sie dieses Thema nicht angeschnitten hätten.

Das intime kleine Dinner, das Houston geplant hatte, entwickelte sich zu einem kleinen Chaos. Edan kam herein, ehe sie die Suppe gegessen hatten, und gab Kane einige Papiere, die er durchlesen und unterschreiben mußte. Kane lud ihn ein, mit ihnen zu essen, und sie redeten die ganze Mahlzeit hindurch nur noch von Geschäften.

Houston beobachtete den Sonnenuntergang durch die langen Fenster, Mrs. Murchison ging ein und aus und brachte große Mengen köstlicher Speisen, die bis zum letzten Krümel aufgegessen wurden.

Kane machte ihr ununterbrochen Komplimente, die von ›verdammt gut‹ bis zu dem Antrag reichten, als sie einen großen gebackenen Schinken ins Zimmer brachte, mit ihm durchzubrennen und in Sünde zu leben. Mrs. Murchison kicherte und errötete wie ein Schulmädchen.

Houston, die sich an Mrs. Murchisons Bemerkung erinnerte, sie wolle alle Lieblingsspeisen von Mr. Taggert auf den ›Tisch‹ bringen, fragte: »Was essen Sie am liebsten, Mr. Taggert?«

Er betrachtete sie über den Rand einiger Papiere hinweg. »Alles, was gut schmeckt, und dazu gehören auch hübsche Ladies.«

Houston errötete und sah zur Seite.

Um neun Uhr stand sie auf. »Ich muß jetzt gehen. Ich möchte mich noch vielmals für das Dinner bei Ihnen bedanken, Mr. Taggert.« Sie glaubte nicht, daß er ihre Anwesenheit überhaupt bemerkte.

Kane haschte nach dem Saum ihres Kleides. »Du kannst noch nicht gehen. Ich will noch mit dir reden.«

Wenn er ihr nicht den Rock vom Leib reißen sollte, konnte sie nicht gehen; also blieb sie stehen und blickte stumm auf ein Geviert der Täfelung an der Wand, das sich über den Köpfen der beiden Männer befand.

»Ich glaube, ich bin derjenige, der gehen sollte«, sagte Edan und fing an, die Papier aufzusammeln.

»Wir sind noch nicht fertig«, sagte Kane.

»Glaubst du nicht, daß du auch ein bißchen Zeit für deine Braut haben solltest?« erwiderte Edan spitz. »Ich werde Mrs. Murchison sagen, daß sie nach Hause gehen soll.« Er stand auf. »Vielen Dank für das Dinner, Houston. Ich habe es sehr genossen.« Damit ging Edan aus dem Salon und machte die Tür hinter sich zu.

Houston bewegte sich nicht von der Stelle, stand nur da und blickte an die Wand.

Er zerrte ein paarmal an ihrem Rocksaum; aber als sie nicht darauf reagierte, stand er auf und blickte ihr ins Gesicht. »Ich glaube, du bist wütend auf mich.«

Houston blickte zur Seite. »Das ist absolut lächerlich. Es ist schon recht spät, Mr. Taggert, und ich muß nach Hause. Meine Eltern werden sich Sorgen machen.«

Kane nahm ihr Gesicht zwischen beide Hände. »Es war wirklich nett von dir, daß du dieses Essen organisiert hast, mit den Kerzen und so.«

»Es freut mich, daß es dir gefallen hat. Jetzt muß ich aber . . .«

Er zog sie in seine Arme. »Den ganzen Abend über habe ich daran denken müssen, was du gesagt hast. Daß ich dich zu allem überreden könnte«, sagte er, die Lippen an ihrem Hals.

»Bitte nicht«, sagte sie, sich vergeblich gegen ihn sträubend.

Er bewegte die Hand hinauf zu ihren sorgfältig frisierten Haaren, vergrub seine Finger darin und nestelte daran, bis sie in einer dichten, weichen Flut über ihre Schultern hinunterfielen.

»Hübsch«, murmelte er, sein Gesicht ganz dicht vor dem ihren, und sah ihr in die Augen. Im nächsten Moment bog er ihren Kopf zur Seite und begann sie auf eine Art zu küssen, daß sie glaubte, unter seinen Händen dahinzuschmelzen. Er spielte mit ihrem Mund, nahm die Unterlippe sachte zwischen seine Zähne, berührte mit der Zungenspitze ihren Gaumen.

Houston stand ganz still, während Wogen des Gefühls durch ihren Körper brandeten. Dann legte sie selbstvergessen die Arme um seinen Hals und preßte ihren Körper gegen den seinen. Kane reagierte sofort, zog sie noch enger an sich, beugte sich vor, daß sie besser in die Höhlung seines mächtigen Leibes paßte.

Als er begann, in die Knie zu gehen und sich auf den Teppich und die Kissen sinken zu lassen, dachte Houston gar nicht daran zu protestieren, sondern klammerte sich an ihn, als wäre er eine lebensspendende Kraft. Sein Mund ließ nie den ihren los, als sie Seite an Seite auf dem Teppich lagen.

Kane bewegte die Hand über ihre Hüfte und ihren Schenkel, während seine Lippen an ihrem Hals hinunterglitten.

»Kane«, flüsterte sie, den Kopf im Nacken, ein Bein zwischen seine Schenkel gepreßt.

»Ja, Süßes, ich bin hier«, flüsterte er, und seine Worte jagten Wonneschauer über ihren Körper.

Seine Hand zog ihr Kleid in die Höhe, um ihre Beine zu erkunden, fand rasch die bloße Haut ihres Schenkels über dem Strumpfband und unter ihren langen losen Unterhosen.

Houston hatte keinen Verstand mehr, keine Gedanken; spürte nur dieses himmlische Gefühl seiner Lippen auf ihrem Mund, seiner Hand auf ihrer Haut. Instinktiv drängte sie sich noch enger an ihn, preßte ihren Schenkel noch fester zwischen die seinen.

Mit einem Stöhnen schob Kane sie von sich weg, lag neben ihr, sah sie eine Sekunde lang an und erhob sich vom Boden.

»Steh auf«, sagte er kalt und ging von ihr weg. Er drehte ihr den Rücken zu und blickte durch das Fenster in die Nacht hinaus.

Houston fühlte sich schmutzig, gedemütigt und betrogen, als sie auf dem Teppich lag, die Röcke bis über die Hüften hinaufgezogen. Tränen schossen ihr in die Augen, als sie langsam aufstand und versuchte, wieder etwas Haltung zurückzugewinnen.

»Geh und richte dir die Haare«, sagte Kane, ohne sich umzudrehen. »Kämm dich, und ich bringe dich heim zu deiner Mutter.«

So rasch sie konnte, floh Houston aus dem Zimmer, die Hand vor den Mund gepreßt, damit sie nicht laut schluchzte.

Die beiden Badezimmer im Erdgeschoß gehörten zur Küche und zu Kanes Büro. Da sie nicht riskieren wollte, Mrs. Murchison oder Edan vor die Augen zu kommen, lief sie hinauf in den ersten Stock und flüchtete sich in das Bad neben Kanes Schlafzimmer.

Sobald sie sich in den mit Marmor verkleideten Raum eingeschlossen hatte, ließ sie ihren Tränen freien Lauf. Er hatte eine Lady heiraten wollen, und sie hatte sich benommen wie eine Hure. Jetzt wußte sie, was Blair gemeint hatte, als sie sagte, sie habe nur noch Funken gesehen, als Leander sie küßte. Nie hatte sie bei Lees Küssen so etwas empfunden; bei Kanes Küssen jedoch . . .

Sie betrachtete sich im Spiegel. Ihre Augen waren voller Leben und Feuer, ihr Mund leicht geschwollen, ihre Wangen rosig, ihre Haare eine aufgelöste, wilde Fülle. Das war nicht die Lady, die er haben wollte. Kein Wunder, daß er sie von sich gestoßen hatte.

Wieder begannen die Tränen zu fließen.

Sobald Houston den kleinen Salon verlassen hatte, ging Kane in sein Büro hinüber, wo Edan hinter dem Schreibtisch saß, die Nase in einen Stoß von Papieren gesteckt.

»Ist Houston schon gegangen?« fragte Edan zerstreut. Als Kane nicht antwortete, blickte der blonde Mann von seinen Papieren auf und sah, wie Kane mit zitternden Händen ein Wasserglas zur Hälfte mit Whisky füllte.

»Was hast du mit ihr gemacht?« fragte Edan, nur mühsam seinen Ärger unterdrückend. »Ich sagte dir doch, daß sie nicht so ist wie andere Frauen.«

»Was, zum Teufel, weißt du schon von ihr? Und du solltest lieber fragen, was sie mit mir gemacht hat, verdammt noch mal. Ich möchte, daß du ihr Pferd anspannst und sie nach Hause bringst.«

»Was ist passiert?«

»Frauen!« rief Kane erbost. »Sie verhalten sich nie so, wie man es von ihnen erwartet. Es gibt nur einen Grund, weshalb ich überhaupt eine Lady heiraten wollte, und . . .«

»Fenton«, sagte Edan mit müder Stimme, »wieder einmal ist Fenton der Grund.«

»Da hast du verdammt recht«, rief Kane. »Alles, was ich bisher angepackt habe, alles, wofür ich gearbeitet habe, galt nur einem Ziel: Ich wollte Fenton heimzahlen, was er mir angetan hat. In all diesen Jahren der Plackerei, in denen ich einen Cent auf den anderen häufte, träumte ich von dem Tag, an dem Fenton in mein Haus zum Essen kommen würde. In *mein* Haus, das viermal so groß sein würde wie seines, und an eine Tafel, an deren Fußende meine Frau sitzen würde – seine kostbare Tochter Pamela, die er mir damals zu geben sich weigerte.«

»Aber du wirst ihm jetzt eine andere Frau an der Tafel präsentieren müssen«, sagte Edan. »Ist Houston denn nicht nach deinem Geschmack?«

Kane nahm einen kräftigen Schluck von dem Whisky. »Sie zieht eine verdammt gute Schau ab«, sagte er. »Sie muß richtig scharf sein auf mein Geld.«

»Und was ist, wenn sie es gar nicht auf dein Geld abgesehen hat? Was ist, wenn sie sich nur einen Mann und Kinder wünscht?«

Kane zuckte mit den Achseln. »Die kann sie auch später noch bekommen. Mir geht es nur darum, es Fenton zu zeigen. Ich will in meinem eigenen Eßzimmer mit einer von den Chandler-Töchtern als meine Ehefrau an meinem Tisch sitzen.«

»Und was gedenkst du mit Houston nach diesem denkwürdigen Essen zu tun? Sie ist kein Paar Schuhe, das du einfach wegwerfen kannst.«

»Ich kaufe ihr ein paar Juwelen. Die kann sie behalten. Und wenn ich keinen Käufer für dieses Haus finde, schenke ich ihr das auch.«

»Einfach so?« fragte Edan. »Du willst ihr sagen, daß sie weggehen soll – daß du mit ihr fertig bist?«

»Sie wird froh sein, mich wieder loszuwerden.« Kane trank den Whisky aus. »Und ich habe in meinem Leben keine Zeit für eine Frau. Bring sie nach Haus, ja?« Damit verließ er wieder das Büro.

Kapitel 10

Houston weinte sich in dieser Nacht in den Schlaf. Es war ihre Verwirrung, die sie so elend machte. Die meiste Zeit ihres Lebens hatte sie unter der Herrschaft ihres Stiefvaters verbracht, und Duncan Gates besaß eine strenge Vorstellung davon, was eine Lady zu tun und was sie nicht zu tun hatte. Houston war stets bemüht gewesen, nach diesen Vorstellungen zu leben. Jedesmal, wenn sie gegen diese Regeln verstoßen hatte, war das im geheimen geschehen.

Bei Leander hatte sie nur Rücksicht genommen. Er brauchte eine Lady als Frau, und Houston war zu dieser Lady geworden. Öffentlich und privat war sie eine Lady gewesen. Ihr Betragen war stets tadellos.

Doch in Wahrheit hatte Leander nach einem Wesen verlangt, das weit davon entfernt war, eine Lady zu sein. Sein Ausspruch, wie wunderbar Blair doch wäre, brannte in ihrem Herzen.

Doch dann trat Kane in ihr Leben, der so anders war als Lee: ohne Lees Schliff, ohne dessen Gefühl für den eigenen Wert. Doch Kane hatte nach einer Lady verlangt, und wenn sie keine war ...

Sie würde nie den Ausdruck des Abscheus auf seinem Gesicht vergessen, nachdem sie sich mit ihm auf dem Boden gewälzt hatte.

Wie konnte sie einen Mann erfreuen? Sie hatte geglaubt, Lee wünschte sich eine Lady; doch das war nicht der Fall. Sie hatte geglaubt, aus dieser Erfahrung gelernt zu haben, daß Männer in Wahrheit sich eine leidenschaftliche Frau wünschten. Aber nicht Kane. Er wünschte sich eine Lady.

Je mehr sie nachdachte, um so heftiger weinte sie.

Später am Tag, als Blair in Houstons Zimmer kam, sah sie die rotgeweinten, geschwollenen Augen ihrer Schwester und schlüpfte zu ihr ins Bett. Eine Weile lang sagten sie nichts; doch dann begann Houston abermals zu weinen.

»Ist dein Leben so schrecklich?« fragte Blair.

Schniefend nickte Houston an Blairs Schulter.

»Taggert?« fragte Blair.

Wieder nickte Houston. »Ich weiß nicht, was er von mir will.«

»Höchstwahrscheinlich alles, was er bekommen kann«, sagte Blair. »Du mußt ihn nicht heiraten. Niemand zwingt dich dazu. Wenn du nur klar und deutlich sagen würdest, ich will Leander, könntest du ihn zurückbekommen, glaube ich.«

»Leander will dich haben«, sagte Houston, sich im Bett aufsetzend.

»Er will mich nur haben, weil ich ihm gab, was du ihm nicht geben wolltest«, sagte Blair. »Houston, du liebst Leander. Der Himmel weiß, warum: aber du liebst ihn, hast ihn seit Jahren geliebt. Bedenke, was die Ehe mit ihm bedeuten würde. Du könntest in dem Haus leben, das er für dich gebaut hat, deine Kinder bekommen und . . .«

»Nein«, sagte Houston und nahm ein Taschentuch aus der Nachttischschublade. »Leander gehört dir auf eine Weise, wie er mir nie gehört hat. Er möchte viel lieber dich haben.«

»Nein, das will er nicht! Du weißt nicht, was du da sagst. Er mag mich überhaupt nicht. Heute morgen im Krankenhaus sagte er, ich wäre ein Puppendoktor, der mehr schadete als nützte und . . .« Sie vergrub das Gesicht in den Händen.

»Vielleicht mag er dich nicht als Medizinerin; aber er liebt deine Küsse«, sagte Houston wütend. »Oh, Blair, entschuldige bitte. Ich bin nur müde und so durcheinander. Vielleicht sind es die Nerven vor der Hochzeit.«

»Was hat Taggert dir getan?«

»Nichts«, sagte Houston und barg ihr Gesicht im Taschentuch. »Er ist stets mehr als ehrlich zu mir gewesen. Ich denke, ich belüge mich vielleicht nur selbst.«

»Und was soll das nun wieder bedeuten?«

»Ich weiß es nicht. Ich muß arbeiten«, sagte sie und stieg aus dem Bett. »Es gibt noch so viel zu tun bis zum Tag der Hochzeit.«

»Du hast immer noch vor, ihn zu heiraten?« fragte Blair leise.

»Wenn er mich noch haben will«, flüsterte Houston, ihrer Schwester den Rücken zukehrend. Nach dem Abend gestern hat er seinen Entschluß vielleicht geändert, dachte Houston, und die Aussicht auf ein Leben ohne Kanes Launen – und ohne seine Küsse – stimmte sie traurig. Sie sah sich stumm in einem Schaukelstuhl mit ihrer Häkelnadel sitzen.

»Möchtest du mir bei den Vorbereitungen für die Hochzeit helfen?« fragte Houston und drehte sich wieder zu ihrer Schwester um. »Oder willst du mir das lieber allein überlassen?«

»Ich möchte nicht einmal an die Hochzeit denken, weder an meine mit Leander und schon gar nicht an deine mit Taggert. Lee ist nur wütend über das, was geschehen ist, und ich bin überzeugt, wenn du nur zu ihm . . .«

»Leander und ich sind füreinander gestorben!« fauchte Houston. »Willst du das nicht endlich begreifen? Lee möchte dich haben, nicht mich. Es ist Kane, der . . .« Sie drehte sich wieder von Blair weg. »Ich werde Mr. Taggert in zehn Tagen heiraten.«

Blair sprang aus dem Bett. »Du magst zwar glauben, daß du bei Leander versagt hast; aber das stimmt nicht. Und du mußt dich nicht mit diesem aufgeblasenen Lümmel selbst bestrafen. Er kann ja nicht einmal mit einem Salatteller richtig umgehen, geschweige denn mit einer . . .«

Blair kam mit ihrem Satz nicht zu Ende, weil Houston ihr eine schallende Ohrfeige gab.

»Er ist der Mann, den ich heiraten werde«, sagte Houston mit zorniger Stimme. »Ich dulde nicht, daß du oder irgendwer sonst ihn verunglimpft.«

Blair hielt sich die Backe, und ihre Augen füllten sich mit Tränen. »Was ich getan habe, entzweit uns jetzt«, flüsterte sie. »Kein Mann auf der Welt wiegt schwerer als Geschwisterliebe«, sagte sie, ehe sie das Zimmer verließ.

Einen Moment lang saß Houston still auf ihrem Bett. Sie wollte Blair trösten, wußte aber nicht, wie. Was machte Kane nur mit ihr, daß sie nun sogar ihre eigene Schwester ohrfeigte?

Und die nächste Frage war: wollte Kane sie immer noch heiraten?

Mit zitternden Händen setzte sie sich an ihren Sekretär und schrieb ein Billett an ihren Verlobten:

Sehr geehrter Mr. Taggert,
mein Betragen gestern abend war unverzeihlich. Ich würde verstehen, wenn Sie Ihren Ring von mir zurückverlangten.

Hochachtungsvoll
Miss Houston Chandler

Sie versiegelte das Billett und trug Susan auf, es Willie zu geben, damit er es zustellte.

Als Kane diesen Brief erhielt, schnaubte er.

»Schlimme Nachrichten?« fragte Edan.

Kane wollte den Brief schon Edan über den Tisch zureichen, schob ihn aber in seine Jackentasche. »Er ist von Houston. Ich glaube nicht, daß mir schon mal so ein Mensch wie sie begegnet ist. Wolltest du nicht später in die Stadt hinunterfahren?«

Edan nickte.

»Halte bei einem Juwelier an und kaufe ihr ein Dutzend Ringe, alle in verschiedenen Farben, und schicke sie dann in die Villa Chandler.«

»Auch ein paar Zeilen?«

Kane lächelte. »Nein, die Ringe sollten genügen. Also – wo waren wir stehengeblieben?«

Um vier eilte Mr. Weatherly, vom Weatherly Juwelier- und Geschenkladen, die Vortreppe der Villa Chandler hinauf.

»Ich habe Miss Houston ein Päckchen zu überreichen«, sagte er aufgeregt zu Susan, die ihm die Haustür öffnete.

Susan führte ihn in den Salon, wo eine sehr bedrückte Houston am Tisch saß, umgeben von Listen, was sie alles vor der Hochzeit zu erledigen hatte.

»Einen schönen Nachmittag, Mr. Weatherly«, sagte Opal. »Kann ich Ihnen eine Tasse Tee anbieten?«

»Nein, vielen Dank«, sagte er und betrachtete Houston mit leuchtenden Augen. »Das ist für Sie.« Er schob ehrfürchtig eine große, dünne, mit Samt überzogene Schatulle über den Tisch auf Houston zu.

Verwirrt, aber mit einem aufglimmenden Hoffnungsfunken im Herzen nahm Houston die Schatulle entgegen. Der ganze Tag war elend verlaufen, weil sie eine Hochzeit vorbereitete, die vielleicht gar nicht zustande kam. Und zu allem Überfluß war Mr. Gates mittags zum Essen nach Hause gekommen und hatte ihr im Vertrauen mitgeteilt, daß er sich mit Marc Fenton ins Benehmen gesetzt und einen Termin für morgen früh mit ihm verabredet habe. Er wollte sie nicht aus ihrem Versprechen entlassen, Erkundigungen über Kane einzuziehen.

Als Houston die Schatulle öffnete und die Ringe sah, mußte sie gegen Tränen der Erleichterung ankämpfen. »Wie hübsch«, sagte sie mit äußerlicher Ruhe, während sie die Ringe der Reihe nach betrachtete: zwei Smaragdringe, ein Ring mit einer großen Perle, einer mit einem Saphir, einer mit Rubinen, drei Brillantringe, ein Amethyst, einer mit drei Opalen, ein Ring mit einer Kamee aus Jade und einer mit gravierten Korallen.

»Ich denke, ich höre wohl nicht recht«, sagte Mister Weatherly gerade, »als dieser blonde Bursche, der Mr. Taggert auf Schritt und Tritt begleitet, vor einer Stunde zu mir kommt und ein Dutzend Ringe verlangt. ›Und alle für Miss Houston‹, sagte er.«

»Mr. Taggert hat sie nicht selbst ausgesucht?« fragte Houston.

»Es wäre seine Idee. So sagte es mir der blonde Mann.«

Sehr ruhig erhob sich Houston vom Tisch, die geschlossene Schatulle mit den Ringen in der Hand. »Ich danke Ihnen vielmals, Mr. Weatherly, daß Sie sich persönlich hierherbemüht und mir die Ringe gebracht haben. Vielleicht möchtest du dir gern die Ringe ansehen, Mutter«, sagte sie dann und überließ Opal die Schatulle. »Ich bin sicher, sie müssen erst passend gemacht werden. Auf Wiedersehen, Mr. Weatherly.«

Als Houston hinauf in ihr Zimmer ging, war ihr viel leichter ums Herz. Die Ringe selbst hatten nichts zu bedeuten; aber er hatte ihr Billett gelesen und war noch immer entschlossen, sie zu heiraten. Nur das zählte. Zwar hatte er sie nicht gebeten, ihn zu besuchen; aber sie würden ja bald verheiratet sein und sich dann jeden Tag sehen.

Oben begann sie sich für das Abendessen umzuziehen.

Houston sah Marc Fenton lächelnd an, der ihr in Miss Emilys ruhiger, in Rosa und Weiß gehaltener Teestube gegenübersaß. Opal hatte unweit von ihnen Platz genommen; bemühte sich jedoch, die beiden sich ungestört miteinander unterhalten zu lassen. Mr. Gates hatte darauf bestanden, daß Opal Houston zu der Verabredung begleiten sollte, da er, wie er sagte, kein Vertrauen mehr zu der Moral der jungen Amerikaner habe.

Marc war ein gutaussehender Mann, untersetzt, blond, mit weit auseinanderstehenden blauen Augen und einem ansteckenden Grinsen.

»Wie ich hörte, haben Sie den Fang der Saison gemacht, Houston«, sagte Marc, während er noch ein Rosinentörtchen auf seinen Teller nahm. »Jeder flüstert davon, daß er teils ein Barbar, teils ein Ritter auf einem weißen Pferd sei. Was ist Kane Taggert nun wirklich?« fragte er mit einem Zwinkern in den Augen.

»Ich dachte, das könnten Sie mir vielleicht sagen, Mr. Taggert hat ja früher für Sie gearbeitet.«

»Er verließ das Haus, als ich sieben Jahre alt war! Ich kann mich kaum noch an ihn erinnern.«

»Aber woran können Sie sich noch erinnern?«

»Ich hatte eine Todesangst vor ihm«, sagte Marc lachend. »Er führte ein Regiment in diesem Stall, als gehörte er ihm selbst, und niemand, nicht einmal mein Vater, widersetzte sich seinen Anordnungen.«

»Auch nicht Ihre Schwester Pamela?« fragte Houston und spielte dabei mit ihrem Teelöffel.

»Das ist es also, was Sie wissen wollen«, lachte er abermals. »Ich hatte keine Ahnung, was zwischen den beiden vorging. Eines Tages waren sowohl Taggert wie meine Schwester verschwunden. Ich werde auch heute noch nervös, wenn ich mir ein Pferd aus dem Stall hole, ohne vorher um Erlaubnis gefragt zu haben.«

»Warum hat Ihre Schwester das Haus verlassen?« fragte Houston beharrlich.

»Vater hat sie auf der Stelle verheiratet. Ich glaube, er wollte nicht mehr das Risiko eingehen, daß seine Tochter sich vielleicht nochmals in einen Stallburschen verliebt.«

»Wo ist Pamela jetzt?«

»Ich sehe sie selten. Sie zog mit ihrem Mann nach Cleveland, bekam dort ihr Kind und blieb da wohnen. Ihr Mann ist vor ein paar Monaten gestorben, und das Kind war lange Zeit sehr krank. Sie hatte es nicht leicht in den letzten Jahren.«

»Ist sie . . .?«

Marc lehnte sich vor und setzte eine Verschwörermiene auf. »Wenn Sie noch mehr über den Mann wissen wollen, den Sie zu heiraten gedenken, sollten Sie mit Lavinia LaRue reden.«

»Ich glaube nicht, daß ich die Dame kenne.«

Marc lehnte sich lächelnd auf seinem Stuhl zurück. »Natürlich kennen Sie sie nicht. Sie ist Taggerts Spielwiese.«

»Seine . . .?«

»Seine Mätresse, Houston. Ich muß jetzt wieder gehen«, sagte er, stand auf und legte Geld auf den Tisch.

Houston erhob sich ebenfalls und legte ihm die Hand auf den Arm. »Wo finde ich diese Miss Larule?«

»LaRue, Lavinia LaRue, und fragen Sie in der Crescent Street nach ihr.«

»Crescent Street?« Houstons Augen weiteten sich. »Ich bin noch nie in dieser Gegend gewesen.«

»Schicken Sie Willie. Er kennt sich dort aus. Vereinbaren Sie mit ihr irgendeinen geheimen Treffpunkt. Sie wollen sich gewiß nicht mit den Lavinia LaRues dieser Welt öffentlich sehen lassen. Viel Glück zu Ihrer Hochzeit, Houston«, rief er noch über die Schulter, ehe er aus der Teestube eilte.

»Hast du erfahren, was du wissen wolltest?« fragte Opal ihre Tochter.

»Ich glaube, ich habe viel mehr herausgefunden, als ich wissen wollte.«

Houston verbrachte den Rest des Freitags und den ganzen Samstag damit, Vorbereitungen für die Doppelhochzeit zu treffen: Sie bestellte die Blumen zum Schmücken der Räume und stellte das Menü zusammen, das den Gästen serviert werden sollte.

»Seit wieviel Tagen hast du Kane jetzt nicht mehr gesehen, Liebes?« fragte Opal.

»Das sind doch nur Stunden, Mutter«, antwortete Houston, drehte sich aber zur Seite, damit Opal ihr Gesicht nicht sah. Sie würde sich Kane nicht ein zweites Mal an den Hals werfen. So eine Dummheit machte sie nur einmal.

Am Sonntag gab es noch andere Dinge zu bedenken. Mr. Gates brüllte um fünf Uhr morgens das ganze Haus zusammen, weil Blair die ganze Nacht hindurch außer Haus gewesen sei. Opal versicherte ihm, sie sei mit Lee zusammen gewesen; machte damit die Sache aber nur noch schlimmer. Er brüllte, Blair würde ihre ganze Reputation verlieren, und bestand darauf, daß Lee sie noch heute heiraten müßte.

Endlich gelang es Opal und Houston, ihn dazu zu bewegen, sich mit ihnen an den Frühstückstisch zu setzen. Kaum hatten sie einen Bissen zu sich genommen, als Blair und Leander in den Salon kamen.

Und was für einen Anblick die beiden boten! Blair trug ein seltsames Gewand aus marineblauem Stoff, dessen Rock ihr kaum bis zu den Knöcheln reichte. Ihr Haar war aufgelöst und hing ihr über die Schultern herunter, und sie war über und über mit Modder, Kletten und Flecken bedeckt, die wir gestocktes Blut aussahen.

Lee sah auch nicht besser aus, trug nur Hemd und Hose, und man konnte ein paar Löcher im Ärmel und in den Hosenbeinen erkennen.

»Lee«, fragte Opal mit atemloser Stimme, »sind das Schußlöcher?«

»Wahrscheinlich«, sagte er mit einem gutmütigen Grinsen. »Sie sehen, daß ich sie sicher und heil wieder daheim abliefere. Ich muß selbst gleich nach Hause und ein paar Stunden schlafen. Ich habe heute nachmittag schon wieder Dienst.« Er drehte sich Blair zu und streichelte ihr die Wange. »Gute Nacht, Doktor.«

»Gute Nacht, Doktor«, sagte sie, und dann war er schon wieder aus dem Salon.

Einen Moment lang war keiner zu einer Bewegung fähig. Sie starrten alle auf die vor Schmutz starrende Gestalt von Blair. Obwohl sie allem Anschein nach drei Katastrophen entronnen war, hatte sie einen Glanz in den Augen, den man fast als Feuer bezeichnen konnte.

Houston stand vom Tisch auf, und als sie ihrer Schwester etwas näher kam, konnte sie diese auch riechen.

»Was klebt denn da in deinem Haar?«

Blair grinste idiotisch. »Pferdedung, möchte ich meinen. Aber zum Glück nur in den Haaren, nicht auch im Gesicht.«

Houston konnte hören, wie Mr. Gates jetzt hinter sie trat. »Hinauf!« befahl er.

Houston führte Blair ins Badezimmer, drehte beide Hähne über der Wanne auf und begann, ihre Schwester auszukleiden. »Wo hast du denn diesen ausgefallenen Anzug her?«

Als Blair erst einmal angefangen hatte, zu reden, war sie nicht mehr zu bremsen. Houston knöpfte ihr den Anzug im Rücken auf und löste den Knoten an einem Schuh, während Blair den anderen auszog; sie rieb die Haare ihrer Schwester mit Shampoo ein, während sich Blair den Schmutz von der Haut scheuerte. Und die ganze Zeit über redete Blair davon, was für einen wundervollen Tag sie mit Leander verbracht hatte, und erzählte die schauerlichsten Geschichten von Maden, Schießereien zwischen Viehzüchtern, durchschnittenen Arterien und einem Ringkampf mit einer Frau. Und in jeder dieser Geschichten spielte Leander die Hauptrolle, rettet diesem und jener das Leben und einmal sogar Blair.

Houston vermochte kaum zu glauben, daß dieser Leander, über den Blair sich so sehr begeisterte, der abgeklärte, distanzierte Mann war, den sie jahrelang gekannt hatte. Nach Blairs Schilderung war Leander ein wahres Wunder, was seine Eigenschaften als Mediziner betraf.

»Vierzehn Löcher hatte dieser Mann in seinen Gedärmen! Und Lee hat sie alle genäht«, sagte Blair, als Houston ihr das Haar ausspülte und zum zweitenmal mit Shampoo einseifte. »Vierzehn.«

Je mehr Blair redete, um so elender fühlte sich Houston. Leander hatte sie nicht ein einziges Mal so angesehen, wie er Blair an diesem Morgen angeschaut hatte. Und er hatte sie nie bei seinen Visiten mitgenommen. Nicht, daß sie sich die Arbeitsweise eines menschlichen Verdauungstraks gern von innen angesehen hätte; aber etwas gemeinsam zu erleben – darauf hätte sie größten Wert gelegt.

Blair besaß Leander schon nach wenigen Tagen auf eine Weise, wie er Houston nie gehört hatte. Und nun schien sie auch Kane nicht zu besitzen. Sollte sie zu ihm gehen? Sie mußten sich ja vor der Hochzeit noch einmal treffen, um den Ablauf dieses Tages zu besprechen. Houston stellte sich vor, wie sie zu ihm ins Haus kam. Zweifellos würde er sagen: »Ich wußte, daß du nachgeben würdest. Du konntest mir nicht lange fernbleiben.«

Den ganzen Samstag hindurch, während Blair schlief, hoffte Houston, daß Kane sie besuchen würde. Aber er tat es nicht.

Am Sonntag zog sie einen Rock aus grauem Serge an, eine dunkelgrüne Bluse aus plissierter Surahseide und ein graues Figar-Jäckchen und begab sich nach unten, um mit ihrer Familie den Gottesdienst zu besuchen.

Als die Gemeinde in den Kirchenstühlen saß und ihre Gesangsbücher aufschlug, wurde es plötzlich ganz still im Raum.

»Rück ein Stück«, sagte Kane zu Houston.

Erschrocken rutschte sie etwas zum Ende der Bank hin, damit er neben ihr Platz finden konnte. Den ganzen Gottesdienst hindurch saß er stumm da und blickte mit gelangweilten Augen zu Reverend Thomas hinauf. Kaum war die letzte

Hymne gesungen, als er Houston schon am Arm faßte. »Ich will mit dir reden.«

Er zerrte sie förmlich aus der Kirche und übersah alle Leute, die versuchten, mit ihm ein paar Worte zu wechseln. Er hob sie auf den Sitz seiner alten Kalesche, schwang sich auf den Kutschbock hinauf und ließ die vier Pferde so heftig antraben, daß Houston ihren Hut festhalten mußte.

»Also«, sagte er, als er die Chaise abrupt am Südrand der Stadt unter ein paar Pappelbäumen in der Nähe des Wasserwerks anhielt, »was hattest du mit Marc Fenton zu schaffen?«

Ganz gleich, wie Kane in Houstons Erinnerung lebte: In Wirklichkeit war er stets gewaltiger, als sie ihn sich vorgestellt hatte.

»Ich habe Marc mein Leben lang gekannt«, sagte sie kühl. »Und ich darf mich doch wohl mit einem Freund treffen, wenn mir der Sinn danach steht. Zudem war meine Mutter in meiner Nähe.«

»Glaubst du, das wüßte ich nicht? Deine Mutter ist eine vernünftige Frau.«

»Ich habe keine Ahnung, was du damit meinst.« Sie begann, mit ihrem Parasol zu spielen.

»Was hattest du mit Marc Fenton zu schaffen?« fragte er abermals und lehnte sich bedrohlich zu ihr hinüber.

Houston beschloß, ihm die Wahrheit zu sagen. »Mein Stiefvater nahm mir das Versprechen ab, mich bei so vielen Leuten, wie es mir in dieser kurzen Zeit möglich wäre, nach dir zu erkundigen. Mr. Gates traf für mich eine Verabredung mit Marc, damit er mir Auskünfte geben sollte über dich. Ich hatte mich zunächst an Mr. Fenton selbst gewandt; aber er lehnte es ab, mir etwas über dich zu sagen.« Sie sah ihn mit funkelnden Augen an. »Und ich werde mich vermutlich noch mit Miss Lavinia LaRue über dich unterhalten.«

»Viney?« fragte er und grinste dann. »Gates hat dir diesen Rat gegeben? Nicht übel. Ich frage mich, wieso er eigentlich nie zu Geld gekommen ist. Moment mal: Was passiert, wenn du jemanden fragst und dieser – oder diese – sagt, ich wäre ein Taugenichts?«

»Dann würde ich mir noch einmal überlegen, ob ich dich heirate oder nicht.«

Sie hätte nicht geglaubt, daß er darauf so wütend reagieren würde.

»Wir sollen morgen in einer Woche getraut werden; doch du brächtest es fertig, die Heirat noch in letzter Minute abzublasen? Nur weil jemand sagen könnte, ihm gefiel der Schnitt meiner Hemden nicht? Ich sage Ihnen etwas, Miss Chandler: Sie können jeden Mann fragen, mit dem ich bisher geschäftlich zu tun hatte, und jede Frau, mit der ich bisher geschlafen habe; wenn sie ehrlich sind, werden Sie von ihnen hören, daß ich in meinem Leben noch nie einen Menschen betrogen habe.«

Er stieg vom Kutschbock herunter und trat unter einen Baum, den Blick auf den fernen Horizont gerichtet.

»Verdammt; aber Edan hat mir ja gleich gesagt, eine Lady würde mir nichts als Ärger einbringen. Er sagte: ›Kane, heirate ein Bauernmädchen, zieh aufs Land und züchte Pferde.‹ Er hat mich davor gewarnt, mich mit einer Lady einzulassen.«

Houston gelang es endlich, aus eigener Kraft die Kalesche zu verlassen. »Ich wollte Sie nicht ärgern«, sagte sie leise.

»Mich nicht ärgern?« brüllte er ihr ins Gesicht. »Seit ich dich kenne, habe ich keine ruhige Minute mehr. Ich bin reich, ich sehe nicht so ganz schlecht aus, ich mache dir einen Heiratsantrag, und du lehnst ihn einfach ab! Dann höre ich nichts mehr von dir und erfahre, daß deine Schwester den Mann heiraten wird, in den du so irrsinnig verliebt warst. Aber du willst mich immer noch nicht heiraten. Dann vielleicht doch. Dann vielleicht doch wieder nicht!

Dann kommst du jeden Tag in mein Haus und kommandierst die Leute herum – mich inbegriffen –, und bleibst dann plötzlich wieder weg, als hätte einer von uns die Masern bekommen und stünde das Haus unter Quarantäne. Eines Morgens wache ich auf, und du schaust mich an, als würdest du jeden Moment verhungern. Aber kaum fasse ich dich an, zertöpperst du deinen Krug voll Wasser auf meinem Schädel und brüllst mich an, daß ich dich gefälligst zu respektieren habe. Aber als ich dich dann das nächstemal anfasse, ziehst du mich auf den Boden hinunter und reißt mir fast die Kleider vom Leibe. Doch ich habe Respekt vor dir und lasse dir deine verdammte Jungfernschaft, wie du es von mir verlangt hast. Aber was bekomme ich dafür? Als nächstes erfahre ich, daß du dich fragst, ob du mir den Ring zurückgeben sollst, und nun stehen wir wieder dort, wo wir angefangen haben – du weißt noch nicht, ob du mich heiraten willst!

Heute morgen kam deine Mutter zu mir, sagte mir, welchen Anzug ich für die Kirche anziehen soll« – er warf ihr einen vorwurfsvollen Blick zu – »und lud mich in ihr Haus zum Mittagessen ein.«

Er holte Luft und funkelte sie an.

»Da stehe ich nun, fix und fertig für das Essen angezogen, während du mir sagst, vielleicht werde ich dich heiraten, vielleicht aber auch nicht, und das hängt alles davon ab, was die Leute dir über mich erzählen. Houston, ich habe diese Faxen jetzt satt. Jetzt will ich von dir entweder ein Ja oder ein Nein hören und verlange, daß es dann auch dabei bleibt. Wenn du jetzt ja sagst und nein am Tag der Hochzeit, dann werde ich dich notfalls bei den Haaren zum Altar ziehen. Bei Gott, das werde ich tun, Houston! Also – ist es nun ja oder nein?«

»Ja«, sagte sie leise, und es war erstaunlich, wieviel Freude sie bei diesem Wort empfand.

»Und was passiert, wenn jemand zu dir sagt, ich tauge nichts? Oder daß ich irgendwelche Leute umgebracht hätte?«

»Werde ich dich immer noch heiraten.«

Er drehte sich von ihr weg. »Fürchtest du dich so sehr vor dieser Ehe? Ich meine, ich weiß ja, daß du Westfield heiraten wolltest, und ich habe mich auch nicht immer wie ein Gentleman betragen, wenn ich um dich warb. Doch bisher hast du dich immer an deinen Teil des Vertrages gehalten. In der Öffentlichkeit hast du dich stets so aufgeführt, als hättest du nichts dagegen, mit mir verheiratet zu sein.«

Houstons Erleichterung, daß sie ihn mit ihrem Betragen nicht abgeschreckt hatte, war so groß, daß sie zu zittern begann. Sie würde ihr Leben nicht mit der Häkelnadel im Schaukelstuhl verbringen, sondern an der Seite dieses Mannes, der so ganz anders war als irgendwer sonst.

Sie bewegte sich um ihn herum und baute sich vor ihm auf.

»Sonntags nach dem Essen gehen die meisten verlobten Paare in den Fenton Park, um dort spazierenzugehen, zu plaudern und die Zeit gemeinsam zu verbringen. Vielleicht möchtest du auch mit mir dorthingehen.«

»Ich muß doch ...« begann er. »Wenn du dich immer noch mit mir sehen lassen willst, nachdem ich mit deiner Familie zu Mittag gegessen habe, gehe ich mit.«

Sie schob ihren Arm unter den seinen. »Du mußt nur darauf achten, was ich mache, darfst nicht mit vollem Mund reden, niemanden anbrüllen und vor allem nicht fluchen.«

»Du verlangst ja wirklich nicht viel von mir«, meinte er grimmig.

»Tu so, als würde der Kauf von Mr. Vanderbilts Wolkenkratzer von diesem Essen abhängen. Vielleicht ist das hilfreich und erinnert dich daran, dich gut zu benehmen.«

Kane blickte sie betroffen an. »Das erinnert mich daran, daß ich unbedingt ...« Er sah sie an. »Weißt du, ich würde doch lieber den Nachmittag im Park herumsitzen. Es ist schon Jahre her, daß ich mir einen ganzen Tag freigenommen habe.«

Kane schien das Mittagessen sehr zu genießen. Opal scharwenzelte um ihn herum, und Duncan fragte ihn um Rat. Houston beobachtete sie alle. Sie hatten ein Monster zum Essen erwartete, und nun entpuppte er sich als liebenswürdiger Gesellschafter.

Blair hatte während des Essens kein einziges Wort gesagt, und Houston war froh, daß sie Kane endlich persönlich kennenlernte und sich überzeugen konnte, was für ein großzügiger Mann er war. Kane gestattete Mr. Gates sogar, sich an einem seiner Geschäfte zu beteiligen, und zwar an dem Kauf eines Stück Landes, das er, wie Houston vermutete, zu einem Spottpreis bekam.

Als sie gemeinsam das Haus verließen, sagte Kane: »Deine Schwester ist dir überhaupt nicht ähnlich.«

Houston fragte ihn, was er damit meinte; aber er wollte es ihr nicht erklären.

Im Park stellte sie Kane anderen verlobten Paaren vor. Zum erstenmal wirkte Kane entspannt und sprach nicht dauernd von der Arbeit, die er ihretwegen versäumte. Als eine Frau auf das Mißgeschick anspielte, das ihm bei der Gartenparty passiert war, erstarrte Kane; doch dann, als sie mit einem Seufzer hinzusetzte, wie romantisch er sich verhalten habe, indem er Houston zur Kutsche trug, stritt Kane sofort ab, daß das etwas Außergewöhnliches gewesen sei.

Gegenüber vom Park gab es einen Eissalon, der auch an Sonntagen ein paar Stunden geöffnet war, und Kane lud alle Paare zu einer Eiskrem-Soda und Hires Urquell ein.

Am Abend kam Houston mit verklärten Augen wieder nach Hause. Sie hatte nicht geahnt, wie bezaubernd er sein konnte.

»Ich hatte bisher nie Zeit gehabt für solche Sachen. Und ich dachte auch immer, das wäre reine Zeitverschwendung. Aber es hat mir gefallen. Glaubst du, ich habe deine Freunde richtig behandelt? Hat man mir den Stallburschen zu sehr angemerkt?«

»Nicht im geringsten.«

»Kannst du reiten?«

»Ja«, sagte sie mit hoffnungsvoller Stimme.

»Ich hole dich morgen früh ab, und dann reiten wir aus. Würde dir das gefallen?«

»Sehr.«

Ohne ein weiteres Wort zu verlieren, steckte Kane die Hände in die Hosentaschen und ging pfeifend durch den Vorgarten der Villa Chandler davon.

Kapitel 11

Kane kam am Montagmorgen um fünf Uhr zur Villa Chandler, ehe jemand im Haus aufgestanden war. Kaum hörte Houston ein Geräusch unten im Erdgeschoß, als sie schon wußte, daß das niemand anders als Kane sein konnte. So schnell hatte bisher noch niemand Reithosen und Reitstiefel angezogen wie sie.

»Du hast dir aber ziemlich lange Zeit gelassen«, sagte Kane, als er sie zu den beiden Pferden führte, die mit schweren Satteltaschen befrachtet waren.

»Unser Essen«, war alles, was Kane noch sagte, ehe er sich aufs Pferd schwang.

Zum Glück hatte sie nicht gelogen, als sie ihm sagte, daß sie reiten könne, dachte sie, Stunden später, während sie Kanes Pferd einen steilen Hang hinauf folgte.

Sie ritten nach Westen, an Taggerts Haus und Garten vorbei, und dann in die Berge der Rocky Mountains hinein, die mit ihren Ausläufern bis nach Chandler reichten. Sie ritten über eine Hochebene, die mit zähem Dornengestrüpp bewachsen war, dann tiefer in die Hügel hinein, bis sie die ersten Felsen und Bergkiefern erreichten. Er lenkte sein Pferd durch Geröll und windzerzauste Legföhren und hielt dann an einer Stelle, wo sie einen atemberaubenden Ausblick auf Chandler hatten, das tief unter ihnen lag.

»Wie hast du diesen Platz gefunden?« flüsterte sie.

»Wenn du spielst, auf dem Zweirad fährst und Tee mit anderen Leuten trinkst, reite ich hierher.« Während er sich aus dem Sattel schwang, deutete er mit dem Kopf auf eine steile Anhöhe über ihnen. »Dort oben habe ich eine Hütte. Aber es ist ein beschwerlicher Weg bis dorthin – nichts für Ladies.«

Er begann, die Satteltaschen mit den Eßwaren abzuschnallen, während Houston ohne seine Hilfe vom Pferd stieg.

Sie setzten sich auf den Boden, aßen und redeten.

»Wie hast du dir das viele Geld verdient?« fragte sie.

»Nachdem mich Fenton aus seinem Haus geworfen hatte, ging ich nach Kalifornien. Pam hatte mir 500 Dollar gegeben, und damit kaufte ich mir eine ausgebeutete Goldmine. Ich schaffte es, aus dem erschöpften Claim noch Gold im Wert von ein paar tausend Dollar herauszuhacken, und ich verwendete das Geld dazu, mir Land in San Francisco zu kaufen. Zwei Tage später verkaufte ich die Grundstücke wieder und bekam dafür anderthalbmal so viel, wie ich dafür bezahlt hatte. Ich kaufte von dem Geld noch mehr Land, verkaufte es wieder, kaufte mir eine Fabrik für Nägel, verkaufte sie wieder, kaufte mir eine kleine Eisenbahnlinie . . . und so weiter.«

»Wußtest du, daß Pamela Fenton inzwischen verwitwet ist?« fragte Houston beiläufig, als wartete sie nicht gespannt auf seine Antwort.

»Seit wann?«

»Ihr Mann starb erst vor ein paar Monaten, glaube ich.«

Kane starrte Houston einige Sekunden lang an, als sähe er sie jetzt zum erstenmal. »Es ist schon eigenartig, wie das Leben so spielt, nicht wahr?«

»Wie meinst du das?«

»Wenn ich dich nicht in mein Haus eingeladen hätte, wäre deine Schwester nicht mit Westfield ausgegangen, und du würdest ihn jetzt heiraten.«

Sie holte tief Luft. »Und wenn du gewußt hättest, daß Pamela nicht mehr gebunden ist, hättest du mich nicht in dein Haus eingeladen. Mr. Taggert, es steht Ihnen frei, unser Verlöbnis jederzeit zu lösen. Wenn Ihnen das . . .«

»Du fängst doch hoffentlich nicht wieder damit an, oder?« fiel er ihr ins Wort. Er stand auf. »Fällt dir denn gar nichts anderes ein?«

Sie fühlte sich unendlich erleichtert. »Ich dachte nur, daß du vielleicht . . .«

Kane drehte sich zu ihr um und zog sie an sich. »Bitte, halt den Mund, verdammt noch mal«, sagte er, während er sie küßte.

Houston gehorchte.

Am Dienstag frühmorgens erhielt Houston von Willie die Nachricht, daß Miss Lavinia LaRue sie um neun Uhr am Musikpavillon im Fenton Park erwarten würde.

Houston traf dort eine kleine, dunkelhaarige, sehr auffällig gekleidete Frau mit einem gewaltigen Busen an. Ich frage mich, ob das alles Natur ist, dachte Houston.

»Guten Morgen, Miss LaRue. Es ist sehr freundlich von Ihnen, daß Sie mich schon so früh zu einem Gespräch eingeladen haben.«

»Für mich ist es spät. Ich bin noch nicht ins Bett gekommen. Sie sind also diejenige, die Kane heiraten möchte. Ich habe ihm gesagt, er könnte sich eine Lady kaufen, wenn er eine haben möchte.«

Houston warf ihr einen eisigen Blick zu.

»Schon gut«, sagte Lavinia. »Sie haben doch wohl nicht erwartet, daß ich Ihnen um den Hals falle, oder? Schließlich nehmen Sie mir ja eine Einkommensquelle weg.«

»Ist das alles? Mehr bedeutet Mr. Taggert Ihnen nicht?«

»Er ist ein guter Liebhaber, wenn Sie das meinen. Aber offen gestanden, macht er mir Angst. Ich weiß nie, was er von mir will. Behandelt mich erst, als könnte er mich nicht ausstehen, und im nächsten Moment tut er so, als könnte er nicht genug von mir bekommen.«

Houston hatte den gleichen Eindruck von ihm gewonnen, sagte aber nichts.

»Weshalb wollten Sie mich sprechen?«

»Ich dachte, vielleicht könnten Sie mir etwas über ihn erzählen. Ich kenne ihn ja erst einige Tage.«

»Sie meinen, wie er es gern hätte im Bett?«

»Nein, das gewiß nicht.« Sich vorzustellen, wie Kane mit einer anderen Frau intim wurde, widerstrebte ihr. »Als Mensch. Können Sie mir etwas über den Menschen Kane erzählen?«

Lavinia entfernte sich ein paar Schritte, Houston den Rücken zukehrend. »Einmal ist mir so ein Gedanke gekommen, daß er ... Aber das ist natürlich Blödsinn.«

»Erzählen Sie!«

»Also – die meiste Zeit benahm er sich so, als läge ihm nichts an mir. Doch einmal, da stand er am Fenster und sieht unten seinen Freund, diesen Edan, mit einer Frau vorbeigehen. Und da fragte Kane mich, ob ich ihn mochte. Nicht seinen Freund, sondern ihn selbst. Er war schon im Begriff, wegzugehen, und wartete meine Antwort gar nicht ab. Doch da kam mir der Gedanke, daß er ein Mann ist, den noch keine Frau geliebt hat. Das kann natürlich nicht stimmen, denn ein Mann mit so viel Geld muß eine Menge Frauen haben, die ihn lieben.«

»Lieben Sie ihn? Nicht sein Geld, sondern ihn? Wenn er kein Geld hätte . . .«

»Wenn er kein Geld hätte, würde ich nicht in seine Nähe kommen. Ich sagte doch schon, daß er mir Angst macht.«

Houston zog einen Scheck aus ihrem Notizbuch. »Der Bankdirektor hat Anweisung, diesen Scheck erst einzulösen, wenn er sich davon überzeugt hat, daß Sie sich eine Fahrkarte nach einem Ort in einem anderen Staat gekauft haben.«

Lavinia nahm den Scheck entgegen. »Ich nehme ihn nur, weil ich diesem Nest sowieso schon lange den Rücken kehren wollte. Aber mit Geld bekämen Sie mich nie dazu, die Stadt zu verlassen, wenn ich entschlossen wäre, hierzubleiben.«

»Natürlich nicht. Nochmals vielen Dank, Miss LaRue.«

Am Dienstagnachmittag, als Houston schon nicht mehr hören konnte, was noch alles für die Hochzeit vorbereitet werden müßte, kamen Leora Vaughn und ihr Verlobter, Jim Michaelson, auf einem Tandem-Fahrrad an der Villa Chandler vorbei. Sie stiegen kurz ab, um Houston zu fragen, ob sie Kane nicht überreden könne, sich ebenfalls ein Tandemrad zu mieten und mit ihnen in den Park zu fahren.

Houston lieh sich von Blair deren türkische Hose aus, zog sich um und fuhr auf der Lenkstange des Tandemrades den Hügel zu Kanes Haus hinauf.

»Verdammter Gould!« konnten sie Kane im Haus brüllen hören. Das Fenster seines Büros stand offen.

»Ich werde ihn fragen«, sagte Houston.

»Glaubst du, er hat was dagegen, wenn wir im Haus warten?« fragte Leora, während sie die Fassade des Hauses förmlich mit den Augen verschlang.

»Ich glaube, es würde ihn nur freuen.«

Houston wußte nie, wie Kane sie empfangen würde; doch diesmal war er froh über diese Ablenkung. Er war ein wenig skeptisch, was das Fahrrad betraf, da er noch nie auf so einem Ding gesessen hatte; doch er beherrschte es in wenigen Minuten – und forderte die anderen zu einem Rennen im Park heraus.

Am späten Nachmittag, als sie die gemieteten Räder zurückgaben, sagte Kane, daß er sich eine Fahrradfabrik kaufen würde. »Vielleicht verdiene ich keinen Cent damit«, setzte er hinzu, »aber manchmal liebe ich das Risiko. Zum Beispiel habe ich neulich Aktien einer Gesellschaft gekauft, die ein Getränk herstellt, das Coca-Cola heißt. Vermutlich verliere ich das ganze Geld, das ich in diesen Laden investiert habe.« Er zuckte mit den Achseln. »Man kann nicht immer gewinnen.«

Abends gingen sie zu einer Toffee-Party in Sarah Oakleys Haus.

Kane war der Älteste von der Gruppe; aber alle diese Spiele und Zerstreuungen waren für ihn neu. Er hatte offenbar den größten Spaß daran, und er schien immer ein wenig schockiert zu sein, daß diese jungen Leute der Gesellschaft ihn so ohne weiteres akzeptierten.

Und keinesfalls deswegen, weil man ihn so leicht akzeptieren konnte. Er hielt mit seiner Meinung nie hinter dem Berg, war intolerant gegenüber Ideen, die sich nicht mit seiner Auffassung deckten, und stets aggressiv. Er sagte zu Jim Michaelson, er wäre ein Dummkopf, wenn er sich damit begnügte, das Geschäft seines Vaters im alten Stil weiterzuführen – er müsse expandieren und sich auch Kunden aus Denver heranziehen, wenn er sich auf die Dauer in Chandler behaupten wollte. Er sagte zu Sarah Oakley, sie sollte Houston mitnehmen, wenn sie sich Kleider kaufte; denn die Sachen, die sie trüge, wären nicht so hübsch, wie sie sein könnten. Er schmierte heiße Bonbonmasse auf Mrs. Oakleys Vorhänge, und am nächsten Tag ließ er ihr aus Denver fünfzig Meter Seidentaft-Vorhangstoff zustellen. Er verbog das Vorderrad eines gemieteten Velozipeds und zankte sich zwanzig Minuten lang mit dem Eigentümer, weil er den Leuten eine minderwertige Ware andrehte. Er sagte zu Cordelia Farrell, sie könnte einen besseren Mann bekommen als John Silverman, und daß John nur jemanden suchte, der auf seine drei mutterlosen Kinder aufpaßte.

Houston betete, daß sich der Fußboden öffnen und sie verschlingen möge, als Kane alle Anwesenden für Mittwochabend in sein Haus zum Dinner einlud. »Ich habe noch keine Möbel im Erdgeschoß«, sagte er; »aber wir werden es so machen, wie Houston neulich mit mir zu Abend gegessen hat – auf einem Teppich mit bequemen Kissen, mit Kerzen und so.«

Als drei Frauen beim Anblick von Houstons hochrotem Kopf zu kichern begannen, sagte Kane: »Habe ich etwas ausgelassen?«

Und Houston lernte bald, daß alles, was mit Kane zusammenhing, von Streitgesprächen begleitet war. »Diskutieren«, nannte Kane das; aber es war eher ein verbaler Ringkampf. Am Dienstagabend bat sie ihn, einige Karten blanko zu unterschreiben – neben ihrer Unterschrift –; weil diese Karten zusammen mit einem Stück von der Hochzeitstorte in kleine Schachteln verpackt und an die Gäste verteilt werden müßten.

»Einen Teufel werde ich tun!« sagte er. »Ich schreibe doch nicht meinen Namen auf einen leeren Zettel. Da kann ja jeder, was er will, darüber schreiben.«

»Es ist also Brauch«, sagte Houston, »jedes Brautpaar legt Kärtchen mit seinen Namen in Schachteln mit Kuchen, die die Leute nach der Trauung mit nach Hause nehmen können.«

»Sie können den Kuchen während der Hochzeit essen. Sie brauchen die Torte nicht in Schachteln mitzunehmen. Die löst sich doch nur auf.«

»Sie nehmen die Päckchen als Talisman mit, wünschen sich was dabei und träumen.«

»Du willst, daß ich dir für so einen Blödsinn Blankounterschriften gebe?«

Houston unterlag in diesem ›Streitgespräch‹, konnte aber durchsetzen, daß Männer angeheuert wurden, die den Damen aus ihren Kutschen helfen, und Frauen, die Kanes kleinen Salon in eine Garderobe verwandeln sollten.

»Wie viele Leute willst du denn überhaupt einladen?«

Houston blickte auf ihre Liste. »Bis jetzt sind es 520. Von Leanders Verwandtschaft reisen fast alle aus dem Osten an. Willst du außer deinen Onkeln und Kusinen, den Taggerts, noch jemand zur Hochzeit einladen?«

»Meine *was*?«

Das führte wieder zu einer ›Diskussion‹, aus der Houston als Siegerin hervorging. Kane sagte, er kenne keinen von seine Verwandten und wollte sie auch nicht kennenlernen. Houston, die ihm nicht verraten durfte, daß sie Jean kannte, weil er sie dann sofort gefragt hätte, wie und woher, sagte, sie würde seine Verwandten einladen, ob er sie nun kannte oder nicht. Aus irgendeinem Grund wollte Kane sie nicht bei seiner Hochzeit dabei haben, und nachdem er sich ein paar Minuten mit ihr gestritten hatte, sagte er, sie kämen bestimmt in Bergwerksklamotten zu seiner Trauung.

Houston nannte ihn einen Snob. Sie hätte sich lieber die Zunge abgebissen als ihm zu sagen, daß sie bereits Kleider für seine Verwandten hatte anfertigen lassen – auf seine Kosten.

Ehe Kane etwas darauf erwidern konnte, kam Opal ins Zimmer, wünschte ihnen einen guten Abend und setzte sich mit ihrem Stickrahmen an den Tisch.

Kane trug Opal den Fall vor, die sagte: »Nun, dann wirst du ihnen wohl neue Kleider kaufen müssen, nicht wahr?«

Als Kane sich verabschiedete, kam Houston sich so vor,

als habe sie einen schweren Sturm in einem Rettungsboot überstanden; doch Kane schien das Ganze nichts ausgemacht zu haben. Er küßte sie draußen in der Halle und sagte, sie würden sich ja morgen schon wiedersehen.

»Ob es bei jeder Diskussion so stürmisch zugehen wird?« flüsterte Houston, während sie sich neben ihrer Mutter auf einen Sessel fallen ließ.

»Vermutlich ja«, sagte Opal heiter. »Warum nimmst du jetzt nicht ein langes heißes Bad?«

»Ich wollte, ich könnte eines nehmen, das drei Tage lang dauert«, murmelte Houston, während sie sich wieder von ihrem Sessel erhob.

Kane stand vor den hohen Fenstern in seinem Büro, eine Zigarre zwischen die Zähne geklemmt.

»Willst du heute arbeiten oder in den Tag hineinträumen?« fragte Edan hinter ihm.

Kane drehte sich nicht um. »Es sind alles nur Kinder«, sagte er.

»Wer?«

»Houston und ihre Freunde und Freundinnen. Sie mußten nie erwachsen werden, sich nie überlegen, wo sie am nächsten Tag ihr Essen hernehmen sollen. Houston glaubt, das Essen kommt aus der Küche, die Kleider vom Schneider und das Geld von der Bank.«

»Ich bin nicht so überzeugt, daß du recht hast. Houston scheint mir eine sehr vernünftige Frau zu sein, und ihre Erfahrung mit Westfield hat wohl auch dafür gesorgt, daß sie erwachsener wurde. Von einem Mann enttäuscht zu werden – das trifft eine Frau sehr.«

Kane drehte sich zu seinem Freund um. »Sie hat sich ganz gut darüber hinweggetröstet«, sagte er mit einer Handbewegung, die sein ganzes Haus umschloß.

»Ich bin mir gar nicht so sicher, daß sie es auf dein Geld abgesehen hat«, sage Edan nachdenklich.

Kane schnaubte. »Zweifellos nimmt sie mich, weil ich so elegant aus einer Teetasse trinken kann. Ich möchte, daß du sie beobachtest.«

»Du meinst, ich soll ihr nachspionieren?«

»Sie ist mit einem Mann verlobt, der Geld hat. Ich möchte nicht, daß sie entführt wird.«

Edan zog eine Braue in die Höhe. »Ist es das? Oder hast du Angst, sie könnte sich noch einmal mit Fenton treffen?«

»Sie fährt jeden Mittwoch zu dieser Kirche und bleibt fast den ganzen Tag dort. Ich möchte wissen, was sie dort treibt.«

»Also ist es der gutaussehende Reverend Thomas, der dir Kopfschmerzen macht.«

»Ich mache mir doch deswegen keine Kopfschmerzen!« brüllte Kane. »Du sollst sie nur beobachten – wie ich es dir eben gesagt habe.«

Mit einem verdrießlichen Blick auf seinen Freund stand Edan hinter dem Schreibtisch auf. »Ich frage mich, ob Houston überhaupt weiß, worauf sie sich da eingelassen hat.«

Kane drehte sich wieder dem Fenster zu. »Eine Frau läßt sich auf eine Menge Dinge ein, wenn sie ihre Hände auf Millionen legen kann.«

Edan reagierte erst auf diese Bemerkung, nachdem er das Büro verlassen hatte.

Houston, die wieder die gepolsterten, warmen Kleider von Sadie trug, lenkte ihr Gespann aus vier Pferden mühelos über die staubige, ausgefahrene Straße zur Little Pamela Mine. Sie hatte ihr Vorhaben erst mit Reverend Thomas besprochen, und er hatte gemeint, sie könne ruhig mit Jean über ihre bevorstehende Hochzeit reden. Houston konnte sich noch immer nicht recht an den Gedanken gewöhnen, daß Jean das Geheimnis von Sadies Identität kannte. Aber Reverend Thomas hatte ihr abermals versichert, daß Jean schon seit vielen Monaten zu dem Kreis der Eingeweihten gehörte.

Jetzt, wo Houston das Bergwerk schon fast erreicht hatte, spürte sie einen fast unwiderstehlichen Drang, sich mit Jean gründlich auszusprechen. Jean wirkte immer so ruhig und vernünftig, und obwohl sie Kane noch nie gesehen hatte, war sie immerhin seine Kusine.

Houston konnte ohne Schwierigkeiten die Wache am Tor passieren und begab sich sofort zum Haus der Taggerts.

Jean erwartete sie bereits. »Keine Probleme?« fragte sie und starrte Houston dann mit fragenden Augen an. »Nun ja«, meinte sie schließlich, »ich bin froh, daß du es endlich weißt.«

»Laß uns erst die Sachen verteilen, damit wir dann ausführlich miteinander reden können«, sagte Houston.

Einige Stunden darauf kehrten sie mit dem leeren Fuhrwerk zu Jeans kleinem Haus zurück. Houston zog ein Päckchen Tee aus der Tasche. »Für dich.«

Sie schwiegen beide, während Jean den Tee zubereitete; und als sie am Tisch saßen, fing Jean zu sprechen an: »Wir werden also zu angeheirateten Verwandten.«

Houston führte die gesprungene Tasse an den Mund. »In fünf Tagen. Du wirst doch zur Hochzeit kommen, nicht wahr?«

»Natürlich. Ich werde mein Aschenputtel-Gewand aus dem Schrank holen und mich in meine gläserne Kutsche setzen.«

»Darüber brauchst du dir überhaupt keine Gedanken zu machen. Da habe ich bereits vorgesorgt. Jacob Fenton hat seine Genehmigung dazu gegeben, daß alle Taggerts das Lager verlassen können. Meine Schneiderin erwartet dich bereits, und Mr. Bagly, der Schneider, hat seine Instruktionen. Du mußt nur deinen Vater mitbringen, dazu Rafe und Ian.«

»Mehr verlangst du nicht?« gab Jean lachend zurück. »Mein Vater ist kein Problem; aber mit Rafe ist das eine andere Geschichte. Und bedauerlicherweise ist Ian genauso wie sein Onkel.«

Seufzend blickte Houston in ihre Tasse. »Laß mich raten. Erstens kannst du mir nicht sagen, ob Rafe sich mit der Idee anfreunden könnte, daß er zur Hochzeit eingeladen ist, weil er absolut unberechenbar ist. Vielleicht freut er sich darüber und lacht; oder er brüllt dich an, was das für eine Zumutung wäre.«

Jean starrte sie einen Moment mit offenem Mund an. »Nun sage mir bloß nicht, daß Kane ein *echter* Taggert ist!«

Houston stand auf und trat an das kleine Fenster. Eine Weile lang starrte sie durch die Scheibe, ohne etwas zu sehen und zu sagen.

»Warum heiratest du ihn?« frage Jean.

»Wenn ich das so genau wüßte«, antwortete Houston leise und blieb wieder eine Weile stumm. »Leander und ich waren das perfekte Paar«, fuhr sie dann gedankenverloren fort. »In all den Jahren, die wir verlobt waren – und verlobt waren wir eigentlich schon als Kinder –, haben wir uns nicht ein einziges Mal gestritten. Es gab ein paar . . . Probleme, als wir erwachsen wurden«, sagte sie, wobei sie an Lees Ärger dachte, weil sie sich weigerte, mit ihm ins Bett zu gehen, »aber meistens waren wir uns einig. Wenn ich grüne Vorhänge haben wollte, wünschte sich auch Leander grüne Vorhänge. Es herrschte zwischen uns fast so etwas wie eine perfekte Harmonie.«

Sie drehte sich zu Jean um. »Und dann lernte ich Mr. Taggert kenne. Ich glaube nicht, daß wir bisher auch nur *ein* harmonisches Gespräch geführt haben. Ich ertappe mich manchmal dabei, daß ich ihn ankeife wie ein Fischweib. Am Morgen nach dem Tag, an dem ich eingewilligt hatte, ihn zu heiraten, zerschlug ich einen mit Wasser gefüllten Tonkrug auf seinem Kopf. Ich bin wütend auf ihn, und im nächsten Moment möchte ich die Arme um ihn legen und ihn beschützen. Doch dann überkommt mich wieder ein Verlangen, mich an seine Stärke zu verlieren.«

Sie setzte sich und barg das Gesicht in ihren Händen. »Ich bin so verwirrt, daß ich nicht mehr weiß, welchen Wert etwas hat. Ich habe Leander so lange geliebt, war mir meiner Liebe zu ihm so sicher; aber wenn ich jetzt zwischen ihm und Kane zu wählen hätte, würde ich Kane behalten.«

Sie blickte hoch.

»Aber warum? Warum sollte ich denn mit einem Mann

zusammenleben wollen, auf den ich wütend bin? Der mir das Gefühl gibt, ich benähme mich wie eine Dirne? Der mir nachläuft wie ein Satyr, mich dann wieder von sich schiebt und sagt: ›Davon später mehr, Honey‹, als wäre ich es, die ihn herausfordert? Entweder übersieht er mich vollkommen, oder er verfolgt mich die ganze Zeit mit begehrlichen Blicken. Manchmal ist er bezaubernd zu mir, und dann behandelt er mich wieder so respektlos wie ein zurückgebliebenes Kind, gibt mir jedoch im nächsten Moment eine unglaublich hohe Summe Geldes in die Hand und befiehlt mir, die Arbeit von zehn Leuten auf einmal zu erledigen . . .«

Houston stand rasch von ihrem Stuhl auf. »Ich glaube, ich muß verrückt geworden sein. Keine Frau mit gesundem Verstand würde sich auf so eine Ehe einlassen. Nicht mit sehenden Augen. Ich kann verstehen, daß man so verliebt ist in einen Mann, daß man seine Fehler nicht sieht. Aber ich sehe Kane Taggert genauso, wie er wirklich ist; als einen Mann von überwältigender Eitelkeit, als einen Mann ohne jede Eitelkeit. Was man auch über diesen Mann sagt – es trifft immer zugleich das Gegenteil auf ihn zu.«

Sie ließ sich wieder auf ihren Stuhl zurückfallen. »Ich bin verrückt. Vollkommen, absolut verrückt.«

»Bist du davon wirklich überzeugt?« fragte Jean mit ruhiger Stimme.

»Oh, ja, das bin ich«, antwortete Houston. »Keine andere Frau würde . . .«

»Nein, ich meine, als du von der Liebe gesprochen hast, die so blind macht, daß man die Fehler des Geliebten nicht mehr sieht. Ich habe immer gedacht – oder gehofft –, daß jemand, der mich liebt, alle meine Fehler kennt und sich trotzdem nicht in seiner Liebe beirren läßt. Ich würde mir keinen Mann wünschen, der mich für eine Göttin hielte; denn wenn er erst einmal dahinterkommt, wie zornig ich werden kann, müßte ich befürchten, daß er mich nicht mehr liebt.«

Houston blickte Jean verwirrt an. »Aber lieben bedeutet doch . . .«

»Ja? Was bedeutet es, jemanden zu lieben?«

Houston stand auf und blickte geistesabwesend zum Fenster hinaus. »Sich wünschen, in der Nähe dieses Menschen zu sein. Sich wünschen, bei ihm zu bleiben in guten wie in schlechten Tagen. Sich wünschen, von ihm Kinder zu bekommen: ihn sogar zu lieben, wenn er etwas tut, was einem selbst nicht gefällt. Zu denken, daß er der großartigste, großzügigste Mensch von der Welt ist; zu lachen, wenn er etwas sagt, daß einem schon zum fünftenmal weh tut während einer Stunde. Sich Sorgen zu machen, ob ihm das Kleid gefallen wird, das man angezogen hat. Sich zu fragen, ob er auf dich stolz ist, und zu merken, wie du innerlich zerschmilzt, wenn er dich lobt.«

Sie hielt inne und blieb ein paar lange Sekunden hindurch still.

»Wenn ich bei ihm bin, fühle ich mich lebendig«, flüsterte sie. »Ich glaube nicht, daß ich jemals lebendig gewesen bin, ehe ich Kane kennenlernte. Ich existierte nur, bewegte mich, aß, gehorchte. Kane gibt mir das Gefühl von Macht; als wäre nichts unmöglich für mich. Kane . . .«

»Ja«, fragte Jean leise, »was ist Kane?«

»Kane Taggert ist der Mann, den ich liebe.«

Jean brach in ein Lachen aus. »Ist es wirklich so eine Katastrophe, in einen von uns Taggerts verliebt zu sein?«

»Ihn zu lieben ist einfach; aber mit ihm zu leben ist wahrscheinlich etwas schwieriger.«

»Du wirst es dir bestimmt nur halb so schwierig vorstellen, wie es wirklich sein wird«, sagte Jean, immer noch lachend. »Möchtest du noch eine Tasse?«

»Sind denn alle Taggerts so wie Kane?«

»Mein Vater hat – glücklicherweise, möchte ich sagen – etwas mehr von dem mütterlichen Teil der Familie geerbt; doch Onkel Rafe und Ian sind typische Taggerts. Ich dachte, daß dieser Kane, weil er doch so viel Geld hat . . .«

»Das macht ihn vermutlich nur noch schlimmer. Wer ist

Ians Vater? Ich kann mich nicht erinnern, den Jungen schon mal gesehen zu haben.«

»Hast du nicht. Er arbeitet schon jahrelang im Bergwerk, obwohl er erst sechzehn ist. Er sieht wie Rafe aus: kräftig, hübsch, zornig. Sein Vater war Lyle, Rafes Bruder. Lyle ist bei einer Schlagwetterexplosion umgekommen. Er war damals erst dreiundzwanzig.«

»Und Kanes Vater . . .?«

»Frank war der älteste von den Brüdern. Er fiel schon viele Jahr vor meiner Geburt einem Grubenunglück zum Opfer. Ich glaube, er hat die Geburt seines Sohnes nicht mehr erlebt.«

»Das tut mir leid«, sagte Houston. »Es muß ein hartes Leben für dich sein, für so viele Männer sorgen zu müssen.«

»Ich werde dabei von ein paar wohltätigen jungen Ladies unterstützt«, sagte Jean und erhob sich vom Tisch. »Es wird bald dunkel. Du solltest jetzt lieber aufbrechen.«

»Du kommst doch zu meiner Hochzeit? Bitte. Ich wäre sehr glücklich, wenn du dabei sein könntest. Außerdem wirst du mich dann ein bißchen sauberer erleben.« Houston grinste und zeigte ihre geschwärzten Zähne.

»Wenn ich ehrlich sein darf, würde ich meinen, daß ich mich in Sadies Nähe wohler fühle als im Haus einer Gesellschaftsprinzessin, Miss Chandler.«

»Sag das nicht!« sagte Houston ernst. »Bitte, sag so etwas nicht.«

»Also gut. Ich werde mich bemühen.«

»Und du wirst gleich morgen die Schneiderin aufsuchen? Sie braucht jede Minute, damit sie das Kleid bis zur Hochzeit fertigstellen kann. Hier ist ihre Adresse.«

Jean nahm die Visitenkarte entgegen. »Auf ein neues Kleid freue ich mich immer. Und ich werde mein möglichstes tun, Onkel Rafe und Ian zu überreden, daß sie auch mitkommen. Aber versprechen kann ich nichts.«

»Das kann ich nur zu gut verstehen.« Einem Impuls folgend, umarmte sie Jean und drückte sie an sich. »Ich freue mich auf unser baldiges Wiedersehen.«

Auf dem Weg zurück in die Stadt dachte Houston über ihr Gespräch mit Jean nach. Sie konnte sich wirklich alles nur dadurch erklären, daß sie Kane liebte. Und sie lachte laut, als sie davon überzeugt war. Sie war so viele Jahre mit Lee verlobt gewesen und hatte ihn nie wirklich geliebt. Das wußte sie jetzt.

Natürlich konnte sie das niemandem sagen. Sie würde sonst leicht in den Verdacht geraten, eine Frau zu sein, die ihr Herz sehr rasch verschenkt. Aber das stimmte nicht. Davon war sie überzeugt. Kane Taggert war der Mann, den sie liebte und immer lieben würde.

Sie ließ die Zügel auf den Rücken der Pferde klatschen, damit sie schneller liefen. Sie mußte sich noch waschen und umziehen. Und dann ... ein geheimnisvolles, leichtes Lächeln spielte um ihre Lippen, als sie an ihre Pläne für Freitagabend dachte. Sie hatte Leander gebeten, Kane und Edan an diesem Abend in Lees Klub einzuladen, und hatte Kane gefragt, ob er ihr das Haus für ein Abschiedsessen mit ihren Freundinnen überlassen würde. Nur eine stille kleine Feier – wie sie Ellie veranstaltete, ehe sie in den Stand der Ehe trat.

Wenn Houston jetzt nur noch diesen starken Mann überreden konnte, den sie auf dem Plakat in der Coal Avenue gesehen hatte, ihr den Wunsch zu erfüllen, am Freitag ...

Houston war so vertieft in ihre Pläne, daß sie nicht so gründlich wie sonst auf ihre Sicherheit bedacht war. Hinter ihr, durch Büsche und Bäume ihrer Sicht entzogen, folgte ein Reiter ihrer Fährte.

Edan verfolgte Houston mit ernstem Gesicht bis zur Stadtgrenze.

Kapitel 12

Jetzt, wo ihr nur noch wenige Tage bis zur Hochzeit blieben, fand Houston, daß ihr die Zeit nur so durch die Finger rieselte. Kanes Dinner am Mittwochabend war ein voller Erfolg.

»Ich habe heute meine Verlobung mit John aufgelöst, Mr. Taggert«, gestand ihm Cordelia Farrell schüchtern.

»Das ist eine gute Nachricht«, lachte Kane, faßte sie bei den Schultern und gab ihr einen herzhaften Kuß auf den Mund. Cordelia wurde zwar rot vor Verlegenheit; aber ihre Augen strahlten. »Sie sind doch nicht darauf angewiesen, einen alten Mann zu heiraten!«

»Vielen Dank, Mr. Taggert.«

Einen Moment blickte Kane sie betroffen an. »Wieso nennt mich eigentlich jeder *Mr.* Taggert?«

»Weil Sie«, warf Houston mit sanfter Stimme ein, »noch *niemand* dazu aufgefordert haben, Sie Kane zu nennen, Mr. Taggert.«

»Ihr könnt mich alle Kane nennen«, gab er ebenso sanft zurück; aber als er Houston dabei ansah, schien ein Feuer in seinen Augen zu brennen. »Nur du nicht, Houston. Du hast mich nur ein einziges Mal Kane genannt, und das gefiel mir so gut, daß wir es bei dem einen Mal belassen wollen.«

Houston wußte, das jeder der Anwesenden sofort begriff, was er damit sagen wollte, und der Hals wurde ihr trocken vor Verlegenheit.

Sarah Oakley nahm ein Kissen vom Boden und schleuderte es Kane an den Kopf.

Er fing es auf, und jeder hielt den Atem an. Denn wer wußte schon, wie Kane auf so etwas reagieren würde?

»Manchmal bist du wirklich kein Gentleman . . . Kane«, sagte Sarah wagemutig.

Aber Kane grinste sie nur an. »Gentleman oder nicht – jedenfalls sehe ich, daß du meinen Rat befolgt und dir ein neues Kleid gekauft hast. Schön, Houston, du darfst mich auch Kane nennen.«

»Im Augenblick möchte ich lieber bei dem Mr. Taggert bleiben«, gab Houston hochmütig zurück, und sie lachten alle zusammen.

Den ganzen Donnerstag hindurch wurde Kanes Haus für die Hochzeit am Montag vorbereitet. Kane und Edan schlossen sich in Kanes Büro ein und ignorierten die Möbelschlepper, die Lieferanten und die An- und Abfahrt fast aller Geschäftsleute von Chandler.

Der Freitag und Samstag verliefen nicht anders als der Donnerstag. Houston wies allen Leuten, die mit der Hochzeit zu tun hatten, ihre Aufgaben zu und erklärte ihnen immer wieder die Rolle, die sie zu spielen hatten. Da kamen die Männer und Frauen, die das Essen zubereiten und servieren sollten; die Männer, die die Tische für die Büfetts im Freien zusammenstellen sollten, und die Männer, die die riesigen, auf einer Seite offenen Zelte, die Houston in Denver in Auftrag gegeben hatte, im Garten aufbauen mußten. Am Sonntag waren achtunddreißig Leute nur damit beschäftigt, Blumen zu arrangieren.

Jean Taggert schickte eine Botschaft, daß Rafe zur Hochzeit kommen würde; aber der junge Ian sträube sich, und ob sie vielleicht etwas zum Hochzeitsessen beisteuern könnte?

Als Houston diese Botschaft las, befand sie sich in der Küche, und vor ihr auf dem Tisch lagen zwei ausgeweidete Rinder und 250 Pfund Kartoffeln, die ihr gerade angeliefert worden waren. Und unter den beiden Rindern lagen drei gewaltige Räder aus Käse und 300 Orangen – und sie betete, daß die Orangen nicht unter dem Käse liegen möchten.

In diesen turbulenten Tagen mischte sich Kane zu Houstons Freude nicht in ihre Arbeit ein und ging ihr aus dem Weg. Er beschwerte sich nur darüber, daß er mit seiner Arbeit so sehr in Verzug geraten sei, der Lolly- und Bonbonparties wegen, die er ihretwegen besuchen mußte, daß er die verlorene Zeit nie mehr aufholen könne.

Nur einmal mußte sie mit ihm ›diskutieren‹, und zwar, als Leander Edan und Kane einlud, den Abend mit ihm in Lees Männerklub zu verbringen.

»Ich habe doch meine Zeit nicht gestohlen!« brüllte Kane. »Arbeiten diese Leute denn nie? Weiß der Himmel, ob mir nach der Hochzeit noch Zeit zum Arbeiten bleibt, wenn die Frau mir schon heute so viel Unruhe ins Haus bringt . . .« Er hielt inne und blickte Houston an. »Ich meine . . .«

Houston gab seinen Blick stumm zurück.

»Also gut«, sagte er schließlich mit verdrossener Stimme. »Aber ich verstehe nicht, warum ihr Frauen eure kleine Teeparty nicht in deinem Haus abhalten könnt.« Er machte auf den Absätzen kehrt und ging in sein Büro zurück.

»Verdammte Weiber!« murmelte er.

»Was für eine Ungeheuerlichkeit hat Houston denn jetzt schon wieder von dir verlangt?« fragte Edan mit einem leisen Lächeln in den Mundwinkeln.

»Wir sollen den Abend in Westfields Klub verbringen. Wir haben um sieben Uhr das Haus zu verlassen und dürfen erst um Mitternacht wieder zurückkommen. Was ist aus der guten alten Zeit geworden, wo die Frauen ihren Ehemännern gehorchten und sie respektierten?«

»Die erste Frau versagte dem ersten Mann den Gehorsam. Die gute alte Zeit ist ein Märchen. Was will Houston denn heute abend anstellen?«

»Sie will ihren Freundinnen eine Party geben. Ich möchte, daß du hierbleibst und sie beobachtest.«

»Was?«

»Es gefällt mir nicht, daß die Frauen allein im Haus sind. Houston hat Diener angeheuert, die nach der Hochzeit hier einziehen sollen; aber heute abend ist nur eine Horde unbeschützter Frauen im Haus. Sie hat das Eßzimmer für ihre kleine Party hergerichtet, und da gibt es eine Tür, die mit einem Tuch bespannt ist. Du weißt schon, die mit den Blumen darauf . . .«

»Du verlangst von mir, daß ich mich in einem Wandschrank verstecken und die Frauen bei einer Teeparty bespitzeln soll?«

»Das geschieht nur zu deren Wohl, und ich zahle dir ein

verdammt gutes Gehalt. Also kannst du auch mal ein bißchen was für mich arbeiten.«

»Ein bißchen arbeiten . . .« wiederholte Edan fassungslos.

Stunden später traf Houston Edan im Korridor und entdeckte einen blauen Fleck auf seiner rechten Wange.

»Wo haben Sie sich denn verletzt?« fragte sie.

»Ich bin gegen eine Wand gestoßen«, sagte er nur und ging weiter.

Um sechs Uhr verließen die Handwerker das Haus, und um Viertel vor sieben kamen die ersten von Houston geladenen Freundinnen, jede mit einem hübsch eingebundenen Geschenk.

Kane, der immer noch über die Ungerechtigkeit schimpfte, daß er sein eigenes Haus verlassen müsse, stieg in seine alte Kalesche, setzte sich neben Edan, der stumm geradeausblickte, und fuhr davon.

Alles in allem versammelten sich zehn Freundinnen und Blair im taggertschen Haus, und ihre Geschenke wurden auf den Tisch aus dem achtzehnten Jahrhundert im Wohnzimmer niedergelegt.

»Sind alle gegangen?« fragte Tia.

»Endlich«, sagte Houston und machte die Doppeltür hinter sich zu. »Wollen wir jetzt zur Sache kommen?«

Edan saß auf einem unbequemen Hocker im Wandschrank, eine volle Flasche Whisky in der Hand. Dieser verdamte Kane! fluchte er wieder im stillen und fragte sich, ob er sich einen Mord leisten konnte. Bestimmt würde ihn jeder Richter freisprechen, wenn er einen Mann tötete, der ihn zwang, einen ganzen Abend hindurch eine Horde von Frauen zu beobachten, die Tee tranken.

Er trank inzwischen Whisky und beobachtete die Frauen durch den Seidenbezug der Türfüllung. Miss Emily, eine hübsche, zerbrechliche, ältliche Lady, schlug mit der Faust auf den Tisch.

»Die dritte Jahresversammlung der Schwesternschaft ist hiermit eröffnet.«

Edan hielt die Flasche an den Mund, vergaß aber das Trinken.

Miss Emily fuhr fort: »Zuerst wird uns Houston über die Situation in den Bergwerkslagern berichten.«

Edan bewegte nicht einen Muskel, als Houston aufstand und ausführlich von den Ungerechtigkeiten in den Kohlenminen berichtete. Er war ihr ja vor ein paar Tagen dorthin gefolgt und wußte von ihren unschuldigen kleinen Ausflügen in die Camps, um die Leute dort mit frischem Gemüse zu versorgen. Doch nun redete Houston von Streiks und Gewerkschaften. Edan hatte selbst erlebt, daß Männer getötet wurden, weil sie Reden gehalten hatten, die viel harmloser gewesen waren als Houstons Ansprache.

Nina Westfield begann von der Arbeit an einem Magazin zu berichten, das die Damen heimlich unter den Frauen der Bergarbeiter verteilen wollten.

Edan stellte die Whiskyflasche auf den Boden und beugte sich vor.

Man sprach von Jacob Fenton – daß man Angst vor ihm habe und was er unternehmen würde, wenn er entdeckte, daß die Damen heimlich die Bergarbeiter mit Nachrichten versorgten.

»Ich kann das mit Jean Taggert besprechen«, sagte Houston. »Aus irgendeinem Grund scheint Jacob Fenton alle Taggerts zu fürchten. Er hat ihnen die Erlaubnis gegeben, zur Hochzeit zu kommen.«

»Und Jean kann auch die Läden in Chandler besuchen«, sagte Miss Emily. »Ich weiß, daß dein Kane«, fuhr sie, an Houston gewendet, fort, »früher für die Fentons gearbeitet hat; aber da sind noch andere Dinge, die sich hinter den Kulissen abspielen. Ich dachte, vielleicht weißt du etwas darüber.«

»Nichts«, antwortete Houston. »Kane explodiert schon, wenn ich nur Fentons Name erwähne, und ich glaube nicht, daß Marc in die Geschäfte seines Vaters eingeweiht ist.«

»Kaum«, sagte Leora Vaughn. »Marc gibt nur Geld aus; er interessiert sich nicht dafür, wo es herkommt.«

»Ich werde mit Jean darüber reden«, wiederholte Houston. »Irgend jemand stiftet eine Menge Unruhe in den Lagern. Ich möchte nicht miterleben, wie jemand von den Arbeitern verletzt wird.«

»Vielleicht lassen sie mich auch die Lager besuchen«, meinte Blair. »Und dann werde ich mich dort mal gründlich umhören.«

»Was für Themen haben wir noch auf Tagesordnung?« fragte Miss Emily.

Edan lehnte sich auf seinem Schemel zurück. »Die Schwesternschaft«, hauchte er. Diese Damen, die sich mit Spitzenkleidern und sanften Manieren tarnten, redeten vom Krieg.

Der Rest der Tagesordnung war den Wohltätigkeiten gewidmet und wie man Kranken und Waisen helfen könne – alles Dinge, mit denen Ladies sich beschäftigen *sollten*.

Als die Versammlung geschlossen wurde, nahm Edan wieder die Whiskyflasche vom Boden. Jetzt konnte er wenigstens wieder normal atmen, dachte er.

»Erfrischungen?« fragte Meredith Lechner mit einem Lachen in der Stimme und öffnete einen großen, in gelbes Papier eingewickelten Karton, dem sie eine Flasche mit hausgemachtem Wein entnahm. »Mutter schickt dir diese in Erinnerung an ein paar Versammlungen, die sie besucht hatte, als sie noch ein Mädchen war. Daddy wird man erzählen, daß heute nacht in unserem Weinkeller eingebrochen wurde.«

Edan hätte nicht geglaubt, daß er noch einen größeren Schock erleben würde. Doch ihm fiel die Kinnlade herunter, als jeder Dame nun eine volle Flasche Wein und ein langstieliges Glas aus einer Eßzimmervitrine gereicht wurden.

»Auf die Hochzeitsnacht!« sagte Miss Emily, ihr Glas erhebend. »Auf alle Hochzeitsnächte dieser Welt, ob ihnen nun eine Trauung vorausging oder nicht.«

Lachend leerten die Damen nun ihr Glas auf einen Zug.

»Mein Päckchen zuerst!« rief dann Nina Westfield.

»Mutter und ich mußten lange suchen, bis wir das in Denver gefunden haben. Und dann hätte Lee heute nachmittag fast den Deckel der Schachtel aufgemacht.«

Houston packte einen blauen Karton aus und entnahm ihm ein durchsichtiges schwarzes Gewand mit vier Zoll breiten schwarzen Spitzen.

Edan sah, daß es sich um ein Unterhemd handelte; aber nicht eines, was Damen zu tragen pflegten.

Ungläubig sah er zu, wie die Ladies ihre Weinflaschen leerten und unter Gelächter und deftigen Bemerkungen eine Schachtel nach der anderen öffneten. Da waren zwei Paar hochhackige Schuhe aus rotem Leder, noch mehr transparente Unterwäsche und ein paar Gemälde, die von Hand zu Hand gingen und ein nicht enden wollendes Gelächter auslösten. Die Stühle wurden aufgegeben, und die Damen begannen im Zimmer herumzutanzen.

Miss Emily setzte sich an das Klavier, das Edan noch gar nicht bemerkt hatte, und griff vehement in die Tasten.

Edans Kinn fiel ihm jetzt bis auf den Brustkorb hinunter, als er einer Lady zuschaute, die die Röcke hob und die Beine bis zu den Achseln hinaufschmiß.

»Das ist der Cancan«, sagte Nina atemlos. »Mutter und ich haben uns von Lee und Dady davongeschlichen, als wir in Paris waren, und ihn uns angesehen.«

»Ob wir das auch können?« fragte Houston, und alsbald warfen acht Damen ihre Röcke bis über die Köpfe, während Miss Emily auf dem Klavier hämmerte.

»Ruhe!« rief Sarah Oakley danach. »Ich habe euch ein Stück Poesie mitgebracht, das ich euch vorlesen möchte.«

Als Edan noch ein Junge war, hatten er und seine Freunde heimlich eine Ausgabe des Buches untereinander ausgetauscht, aus dem die nun sonst so spröde Miss Oakley vorlas – *Fanny Hill.*

Die Damen kicherten und lachten und schlugen Blair und Houston zum wiederholten Mal auf die Schultern.

Nachdem Sarah mit ihrem Vortrag zu Ende gekommen war, stand Houston auf. »Und jetzt, meine Freunde, bitte ich euch zum Piece de Résistance in den ersten Stock hinauf. Wollen wir uns alle dorthin begeben?«

Ein paar Minuten vergingen, ehe Edan sich rühren konnte. Das war also das Teekränzchen der Damen! Dann setzte er sich plötzlich mit einem Ruck aufrecht: Was, in aller Welt, wurde oben im ersten Stock als ›Hauptgericht‹ serviert? Konnte es noch schlimmer sein als das, was ihm hier unten geboten worden war? Er wußte, daß er lieber sterben würde, als sich das ›Hauptgericht‹ entgehen zu lassen.

So rasch wie möglich verließ er das Haus, umrundete es, entdeckte ein Licht im Salon an der Nordostecke und begann, der Dornen nicht achtend, das Rosenspalier hinaufzuklettern.

Alles, was bisher geschehen war, hätte ihn nicht auf den Anblick vorbereiten können, der sich ihm nun bot. Im Salon war es stockdunkel. Nur am entfernten Ende brannte ein großer Kandelaber hinter einem durchsichtigen Schirm aus Seide. Und zwischen Kandelaber und Schirm befand sich ein nur sehr spärlich bekleideter, aber reichlich mit Muskeln bepackter Mann, der allerlei Drehungen und Posen mit seinem Körper machte, um seine Muskeln richtig zur Geltung zu bringen.

»Ich habe jetzt genug davon«, sagte Miss Emily, trat mit Nina zum Schirm, und die beiden räumten das Hindernis zur Seite.

Einen Moment lang blickte der Muskelprotz verwirrt in den dunklen Zuschauerraum, doch dann begannen die inzwischen reichlich beschwipsten Damen so heftig zu applaudieren und zu jubeln, daß das Schauobjekt grinsend seine Anstrengungen verdoppelte.

»Nicht annähernd so gut gebaut wie mein Kane«, rief Houston.

»Ich nehme es jederzeit mit ihm auf«, rief der Muskelprotz zurück. »Ich nehme es mit jedem auf.«

»Nicht mit Kane«, blieb Houston bei ihrer Meinung, und der Mann vor dem Kandelaber winkelte verbissen die Arme an, damit der Bizeps noch weiter heraushüpfte.

Edan kletterte wieder am Spalier zum Boden hinunter. Kane hatte verlangt, daß er, Edan, die Damen beschützen sollte. Wer konnte aber nun die Männer vor den Damen beschützen?

Am Sonntagmorgen warf Kane zum fünften Mal in einer Stunde die Bürotür hinter sich zu. »Ausgerechnet heute mußte Houston krank werden«, grollte er, während er hinter dem Schreibtisch Platz nahm. »Du glaubst doch wohl nicht, daß sie plötzlich kalte Füße bekommen hat wegen der Hochzeit morgen, oder?« fragte er Edan.

»Ich tippe eher darauf, daß sie etwas Verkehrtes gegessen – oder getrunken hat«, antwortete Edan. »Wie ich hörte, sollen eine ganze Reihe von jungen Ladies in Chandler heute indisponiert sein.«

Kane blickte nicht von seinen Papieren hoch. »Vermutlich ruht sie sich nur für morgen aus.«

»Und wie steht es mit dir?« fragte Edan. »Nervenflattern?«

»Nicht die Bohne. Eine ganz simple Angelegenheit. Die Leute machen so was jeden Tag.«

Edan beugte sich vor, nahm das Papier, das Kane eben studierte, und drehte es richtig herum.

»Danke«, murmelte Kane.

Kapitel 13

Der Tag der Hochzeit war so schön, daß man glauben mochte, er sei extra für dieses denkwürdige Ereignis erschaffen worden. Opal weckte die Dienstboten in der Villa Chandler bereits um fünf Uhr morgens und fing an, die beiden Hochzeitskleider und die Schleier sorgsam einzupacken.

Houston hörte ihre Mutter im Erdgeschoß herumgehen; blieb aber noch ein paar Minuten liegen, ehe sie aufstand. Sie hatte in der Nacht wenig geschlafen und sich die meiste Zeit unruhig hin- und hergeworfen. Ihr Geist war viel zu lebhaft mit den Ereignissen des kommenden Tages beschäftigt gewesen, um Ruhe finden zu können. Sie dachte an Kane und betete, daß er in den kommenden Jahren lernen würde, sie zu lieben.

Als Opal ins Zimmer kam, um sie zu wecken, war sie mehr als bereit, die Aufgaben dieses Tages anzupacken.

Die drei Frauen waren gegen zehn so weit, daß sie zum taggertschen Haus aufbrechen konnten. Sie fuhren in Houstons Kutsche, und Willie folgte ihnen mit einem gemieteten Fuhrwerk, auf dem die sorgsam eingepackten Kleider lagen und das Bett, das mit Nesselstoff verhüllt war.

Vor dem taggertschen Haus wurden sie von einem Dutzend junger Damen erwartet, durchweg Mitglieder der Schwesternschaft.

»Die Tische sind gedeckt«, sagte Tia.

»Und die Zelte sind fertig«, fügte Sarah hinzu.

»Und Mrs. Murchison steht schon seit vier Uhr morgens in der Küche«, sagte Anne Seabury und nahm eine Ecke der gut verpackten Hochzeitskleider.

»Und die Blumen?« fragte Houston. »Sind sie nach meinem Plan im Haus verteilt worden?«

»Ich denke, ja«, sagte eine der jungen Damen.

Miss Emily trat vor. »Houston, du solltest dich lieber selbst noch einmal davon überzeugen. Jemand wird dafür sorgen, daß dein Bräutigam in seinem Büro bleibt, während du eine Runde durchs Haus machen kannst.«

»Bräutigam«, murmelte Houston leise, während Nina vorauseilte, um Kane in seinem Büro gefangen zu halten. Jeder war darum bemüht, zu verhindern, daß die Braut vor der Trauung vom Bräutigam gesehen wurde.

Als man Houston versicherte, daß diese Gefahr gebannt sei, ließ Houston ihre Mutter und Blair in der Halle zurück, ging durch alle Räume im Erdgeschoß und konnte nun zum ersten Mal die Ausführung ihrer Dekorationsentwürfe besichtigen.

Im kleinen Salon waren drei lange Tische aufgebaut worden, auf dem die Geschenke für die beiden Bräute standen und lagen, die aus allen Teilen der Vereinigten Staaten hier eingetroffen waren. Kane hatte ihr doch gesagt, daß er so gut wie gar keine Freunde in den Kreisen der Hochfinanz besäße, mit denen er in New York zu tun gehabt hatte. Aber wenn man die Geschenke als Gradmesser nahm, wurde deutlich, daß der Geldadel in New York Kane als einen der ihren betrachtete.

Da war ein kleiner italienischer Tisch mit Intarsien von den Vanderbilts, Tafelsilber von den Goulds, goldene Tafelgeräte von den Rockefellers. Als die Geschenke im Haus einzutreffen begannen, hatte Kane gesagt, daß sie es verdammt nötig hätten, Geschenke zu schicken, da er ihren Gören jedesmal, wenn sie heirateten, auch eine Menge Sachen geschenkt habe.

Da waren andere Geschenke von Leanders Verwandtschaft, und die Leute in Chandler hatten sich mächtig angestrengt, Präsente für ›Zwillinge‹ zu machen, soweit das möglich war. Da lagen Besen-Zwillinge, Popcorn-Zwillingstöpfe, Zwillingsbücher und Zwillings-Stoffrollen. Die Geschenke reichten von den identischen Nadelkissen bis zu identischen Eichenstühlen von Masons.

Der Raum war mit hohen Topfpalmen dekoriert, die vor Spiegeln standen, und der Kaminsims quoll über von roten Rosen und purpurroten Stiefmütterchen.

Houston ging weiter bis zum großen Salon. Hier würden sich die engeren Freunde der Brautpaare und deren Verwandte vor und nach der Trauung versammeln.

An den unteren Wandleisten, dem Türrahmen und an der Decke waren die feinen Ranken der Stechwinde mit Reißzwecken befestigt worden. Ranken über Ranken zierten die Wände, umschlangen den Kamin, umrahmten die Fenster.

Vor jedes Fenster war ein Topf mit Farnen gesetzt, die die Morgensonne filterten und Filigran-Schattenmuster auf den Fußboden warfen. Der Kamin selbst war mit rosa

Nelken geschmückt, und hier und dort war auch eine Nelke in die Ranken geflochten.

So rasch wie möglich beendete Houston ihre Besichtigungstour im Erdgeschoß und eilte dann in den ersten Stock hinauf, wo die anderen sie erwarteten.

Die Trauung würde zwar erst in fünf Stunden stattfinden; aber Houston wußte, daß es noch eine Million Details in der letzten Minute zu regeln galt.

In den letzten Tagen hatte sie sich die meiste Zeit im Erdgeschoß aufgehalten und dort nach dem Rechten gesehen. Ins Obergeschoß hatte sie so gut wie gar nicht hineingeschaut, und vieles hier war ihr noch neu. Der östliche Teil des U-förmigen Gebäudes bildete das Quartier für Gäste, und heute würde sich Blair in einer der Suiten für die Trauung ankleiden. Im zentralen Teil befanden sich links vom Korridor mit dem Vogelhaus die von Edan bewohnten Räume, und rechts davon ein Kinderzimmer, ein Bad und das Wohnzimmer der Kinderschwester.

Hinter dem Kinderzimmer schloß sich dann der lange Flügel an, der Houston und Kane gehörte. Kane hatte auf der Rückseite ein Badezimmer, relativ klein, aber mit einer herrlichen Aussicht auf die Gärten. Houstons Zimmer, von dem seinen durch ein Badezimmer mit Marmorwänden getrennt, war bei weitem das größte, mit pastellfarbener Täfelung und farbigen Stichen von Blumen und Girlanden, die lediglich als Platzhalter dienten für die Gemälde, die hier noch aufgehängt werden sollten.

Das Badezimmer war mit rosa und weißem Marmor ausgestattet, und die Seite, die zum Ankleiden bestimmt war, hatte Wände, die mit geflammten pinkfarbenen Platten verkleidet waren. Dahinter befanden sich ein Salon und ein privates Eßzimmer, wenn sie und Kane allein speisen wollten.

»Ich werde mich nie in diesem Haus zurechtfinden können«, sagte Tia, als sie von der Besichtigung der Räume hinter dem Schlafzimmer zurückkam. »Und schau dir mal diesen Dachgarten an.«

»Dachgarten?« fragte Houston und ging zu den Doppeltüren, vor denen Tia stand. Sie öffnete eine davon und trat hinaus in ein wunderschönes Labyrinth aus Topfpflanzen und Blumen. Steinbänke versteckten sich im Grün. Das war alles noch nicht hier gewesen, als sie zum letzten Mal von der Loggia hinter ihrem Schlafzimmer auf das Flachdach mit der Brüstung hinausgeblickt hatte.

»Sieh dir das an«, sagte Sarah und deutete auf eine weiße Karte, die an einem großen Feigenbaum befestigt war. Die meisten Pflanzen des Dachgartens waren durch einen dünnen Lattenrost darüber, der einen hübschen Schatten auf den Boden warf, vor der sengenden Colorado-Sonne geschützt. Houston nahm das Kärtchen entgegen.

Ich hoffe, es gefällt Ihnen. Ich wünsche Ihnen alles Gute zu Ihrer Hochzeit.

Edan

»Es ist ein Geschenk von Edan«, sagte Houston und betrachtete lächelnd den Garten als Symbol ihres Glücks, das sie am heutigen Tag empfand.

Ehe Houston noch etwas sagen konnte, flog die Tür auf, und Mrs. Murchison kam herein, als wäre ein Wirbelsturm hinter ihr her.

»Es sind viel zu viele Leute in meiner Küche!« zeterte sie, den Blick auf Houston gerichtet. »Ich weiß nicht, wie ich bei diesem Gedränge überhaupt kochen soll. Und Mr. Kane hat sowieso schon so viel zu tun, da er doch heute fast einen ganzen Werktag opfern muß.«

»Einen Werktag opfern . . .« wiederholte Meredith entsetzt.

»Glauben Sie denn, Houston sitzt nur herum und dreht Däumchen?«

Houston legte ihrer Freundin die Hand auf den Arm. Mrs. Murchison stand ganz unter Kanes Bann und würde diesen Mann zweifellos bis zum letzten Blutstropfen verteidigen. »Ich werde wieder ins Erdgeschoß hinuntergehen«, sagte Houston und übersah dabei geflissentlich das Hochzeitskleid, das Sarah bereits auspackte. Es war noch nicht gebügelt, und bestimmt mußten auch noch ein paar Nähte nachgebessert werden.

Als sie das Erdgeschoß erreichte, entdeckte sie noch mehr Anzeichen einer Katastrophe. Mehrmals hörte sie Kane in seinem Büro brüllen, und jemand stieß Houston in die Spülküche hinein, als Kane draußen durch den Korridor Richtung Garten stürmte. Sie beneidete ihn um seine Freiheit und wünschte sich gleichzeitig, bei ihm zu sein. Morgen, dachte sie. Morgen würden sie gemeinsam im Garten spazieren gehen.

Es waren nur noch zwei Stunden bis zur Trauung, als sie endlich wieder in den Oberstock zurückkehren konnte.

»Houston«, sagte Opal. »Ich denke, du solltest dich jetzt umziehen.«

Houston zog sich langsam aus und dachte, wenn sie sich das nächste Mal entkleiden würde . . .«

»Wer, in aller Welt, ist die Frau?« fragte Anne, als Houston in ein Hemd aus so feiner Baumwolle stieg, das sie nur ein Flüstern auf ihrer Haut war. Das Oberteil hatte kleine Knopflöcher, durch die pinkfarbene Seidenbänder gezogen waren, und das Unterteil war von Hand mit winzigen Rosenknospen bestickt.

»Ich habe keine Ahnung«, sagte Tina, die zu Anne an das Geländer des Dachgartens getreten war. »Aber es muß die längste Frau sein, die mir je vor die Augen gekommen ist.«

Sarah zog gerade die Schnüre an Houstons Korsage aus pinkfarbenem Satin an. »Ich glaube, ich muß sie mir ebenfalls mal ansehen«, sagte Sarah. »Vielleicht ist sie eine von Lees Verwandten.«

»Ich habe sie schon mal gesehen; weiß nur nicht mehr, wo«, sagte Anne. »Wie eigenartig, daß sie in Schwarz zu einer Hochzeit kommt.«

»Wir haben genug zu tun«, sagte Opal auf eine Weise, daß Houston mit dem Kopf in die Höhe ruckte. »Wir müssen uns nicht noch um die Privatangelegenheiten einer unserer Gäste kümmern?«

Jetzt war Houston überzeugt, daß da etwas nicht stimmte. Sie ignorierte den strengen Blick ihrer Mutter und ging bis zum Rand des Dachgartens, wo Tia am Geländer stand. Sie wußte sofort, wer diese Frau war. Selbst aus dieser Entfernung sah sie noch groß und elegant aus.

»Das ist Pamela Fenton«, flüsterte Houston und kehrte in das Schlafzimmer zurück.

Einen Moment lang sagte keiner etwas.

»Wahrscheinlich trägt sie Schwarz, weil sie trauert«, sagte Sarah. »Weil sie ihn verloren hat. Houston, welchen von diesen Unterröcken willst du zuerst anziehen?«

Mechanisch fuhr Houston fort, sich anzukleiden; doch mit ihren Gedanken war sie bei Kane, der sich nun im Garten befand und bei der Frau, die er einmal geliebt hatte und die dort jetzt auf ihn zuging.

Anne öffnete die Tür, als jemand daran klopfte. »Es ist der Mann, der mit Kane zusammen arbeitet«, sagte sie zu Houston. »Er will dich sprechen. Er sagt, es wäre dringend, und er müsse dich sofort sehen.«

»Sie kann doch jetzt unmöglich . . .« begann Opal; aber ihre Tochter hatte bereits einen Frisiermantel vom Rücken eines Sessels genommen und befand sich auf dem Weg zur Tür.

Kane stand am entfernten Rand seines Gartens, blickte, einen Fuß auf eine steinerne Bank gestellt, auf die Stadt Chandler hinunter, die zu seinen Füßen ausgebreitet lag, und rauchte dabei eine von seinen Zigarren.

»Hallo, Kane«, sagte Pamela leise.

Er wartete einen Moment, ehe er das Gesicht nach ihr umdrehte, und als er das tat, waren seine Augen ruhig, verrieten nicht, was er empfand. Er blickte sie von Kopf bis Fuß an. »Die Jahre sind freundlich mit dir umgegangen.«

»Äußerlich.« Sie holte tief Luft. »Ich habe nicht viel Zeit, und deshalb sage ich dir gleich, was mich hierherbrachte. Ich wollte dir sagen, daß ich dich immer noch liebe. Ich habe nie aufgehört, dich zu lieben. Wenn du sofort mit mir weggehen würdest, würde ich dir bis zum Ende der Welt folgen.«

Rasch machte er einen Schritt auf sie zu, blieb dann aber wieder stehen und kehrte zur Bank zurück. »Nein, das kann ich nicht machen«, sagte er ruhig.

»Du kannst es! Du weißt, daß du es kannst. Was liegt dir an diesen Leuten, die sich hier versammeln? Was liegt dir an den Bewohnern von Chandler? Was liegt dir schon an . . . ihr?«

»Nein«, wiederholte er.

Sie bewegte sich, bis sie dicht vor ihm stand. Er war einige Zoll größer als sie, aber mit ihren hohen Absätzen befanden sich ihre Augen auf gleicher Höhe mit seinen. »Kane, bitte, mach nicht diesen Fehler. Heirate keine andere. Du weißt, daß du mich liebst. Du weißt, daß ich . . .«

»Du hast mich so sehr geliebt, daß du mich verlassen hast«, sagte er gereizt. »Du hast deinen reichen Liebhaber geheiratet und . . .« Er hielt inne und wandte sich von ihr weg. »Ich werde heute *nicht* mit dir weggehen. Ich werde ihr nicht so weh tun. Sie verdient das nicht.«

Pam setzte sich auf die Bank. »Du willst mich wegwerfen, nur weil du Houston Chandler nicht weh tun möchtest? Sie ist jung. Sie findet schon einen anderen. Oder ist sie in dich verliebt?«

»Ich bin sicher, daß du weißt, was die Leute hier reden. Sie ist immer noch in Westfield verliebt; aber sie ist bereit, sich mit meinem Geld zu trösten. Unglücklicherweise gehöre auch ich zu diesem Geld.«

»Warum dann also? Warum fühlst du dich ihr verpflichtet?«

Er betrachtete sie mit flammenden Augen. »Hast du mich so vollkommen vergessen? *Ich* halte mein Wort.«

Was er meinte, war klar. »Ich dachte, du würdest inzwischen die Wahrheit herausgefunden haben«, sagte sie leise.

»Du meinst, warum du mich mit 500 Dollar als Bezahlung für meine Dienste alleingelassen hast? Ich habe mich bemüht, das nicht herauszufinden.«

»Als ich meinem Vater sagte, daß er uns die Erlaubnis zur Heirat geben müsse, weil ich ein Kind von dir unter dem Herzen trüge, hat er mich mit Gewalt in einen Zug nach Ohio setzen lassen. Nelson Younger schuldete meinem Vater eine Menge Geld, und die Schuld hat er damit abgetragen, daß er mich heiratete.«

»Mir hat man erzählt ...« begann Kane.

»Ich bin sicher, man hat dir erzählt, daß ich lieber wegrennen als dich heiraten würde. Zweifellos ließ mein Vater ein paar Bemerkungen fallen, daß seine Tochter nichts dagegen hatte, mit einem Stallburschen zu schlafen, aber ihn deswegen bestimmt nicht heiraten wollte. Mit dir hatte man schon immer leichtes Spiel gehabt. Dein Stolz war so leicht zu verletzen.«

Kane schwieg eine Weile. »Und das Kind?«

»Zachary ist inzwischen dreizehn, ein wunderbarer Junge, hübsch, stark und so stolz wie sein Vater.«

Kane stand ganz still und blickte über das weite Areal seines Gartens hin.

»Gehe jetzt mit mir fort, Kane«, flüsterte Pam. »Nicht um meinet-, sondern deines Sohnes willen.«

»Meines Sohnes ...« sagte Kane ganz leise. »Sag mir, war dieser Mann, den du geheiratet hast, gut zu meinem Sohn?«

»Nelson war ein gutes Stück älter als ich, und es gefiel ihm, ein Kind zu haben, ob nun Zach von ihm war oder nicht. Er liebte Zach.« Sie lächelte. »Sie spielten jeden Samstagnachmittag zusammen Baseball.«

Kane blickte auf sie zurück. »Und Zachary hält diesen Mann noch immer für seinen Vater?«

Pam stand auf. »Zach würde lernen, dich zu lieben, wie ich es tue. Wenn du und ich ihm die Wahrheit sagten ...«

»Die *Wahrheit* ist, daß Nelson Younger Zacharys Vater gewesen ist. Ich habe nur den Samen eingepflanzt.«

»Willst du deinen eigenen Sohn verstoßen?« fragte Pam gereizt.

»Nein, das tue ich nicht. Du schickst den Jungen zu mir, und ich werde ihn in meinem Haus aufnehmen. Unbesehen. Du bist es, die ich zurückweise, Pam.«

»Kane, ich will dich nicht anbetteln. Wenn du mich jetzt nicht mehr liebst, könntest du es wieder lernen.«

Er nahm ihre beiden Hände in die seinen. »Hör mir zu. Was zwischen uns geschehen ist, liegt schon lange zurück. Ich glaube nicht, daß ich bis zu diesem Moment wußte, wie sehr ich mich verändert habe. Wenn du vor ein paar Monaten hierhergekommen wärest, würde ich mit dir zum Altar gerannt sein. Doch jetzt ist das anders. Houston . . .«

Sie entzog ihm ihre Hände. »Du sagtest, sie liebt dich nicht. Aber liebst du sie?«

»Ich kenne sie kaum.«

»Weshalb dann? Warum weist du eine Frau zurück, die dich liebt? Warum drehst du deinem eigenen Sohn den Rücken zu?«

»Ich weiß es nicht, verdammt noch mal! Warum mußt du an meinem Hochzeitstag hier aufkreuzen und mich unglücklich machen? Wie kannst du mich darum bitten, eine Frau zu demütigen, die so . . . gut zu mir gewesen ist? Ich kann nicht wegrennen und sie allein vor dem Altar stehenlassen.«

Tränen begannen über Pams Gesicht zu rinnen, während sie sich wieder auf die Bank setzte. »Auch Nelson war gut zu mir und liebte Zachary so sehr. Ich versuchte, dich zu finden und dir zu erzählen, was wirklich geschehen war. Aber du schienst wie vom Erdboden verschluckt zu sein. Jahre später, als dein Name immer häufiger in den Zeitungen auftauchte, fand ich einfach nicht den Mut, dir zu schreiben – oder vielleicht konnte ich es auch nicht ertragen, Nelson wehzutun. Als er starb, wollte ich dich wiederfinden. Ich fühlte mich so schuldig, als würde ich von Nelsons Totenbett in die Arme meines Geliebten eilen; aber ich hatte schon so lange gewartet. Dann wurde Zachary krank, und als er endlich mit mir nach Chandler reisen konnte, warst du bereits verlobt. Ich sagte mir, daß es zwischen uns aus wäre; aber in der letzten Minute mußte ich dich dennoch sehen, um es dir zu sagen.«

Er setzte sich neben sie, legte ihr den Arm um die Schultern und zog ihren Kopf nach unten. »Hör zu, Liebes, du bist immer eine Romantikerin gewesen. Vielleicht erinnerst du dich nicht mehr an unsere Streitereien; aber ich habe sie nicht vergessen. Die einzige Stelle, wo wir uns vertragen haben, war der Heuboden. Zwei Drittel der Zeit waren wir wütend aufeinander. Mit der Zeit hast du all die schlechten Dinge vergessen.«

Pam schneuzte sich in ein Spitzentaschentuch. »Ist Miss Chandler so viel besser?«

»Wenn ich etwas tue, was ihr nicht gefällt, nimmt sie irgend etwas, das gerade erreichbar ist, und schlägt es mir auf den Kopf. Du bist immer weggerannt, hast dich versteckt und dir den Kopf zermartert, ob ich dich noch liebte.«

»Ich bin seither erwachsener geworden.«

»Wie konntest du das? Du hast mit einem älteren Mann zusammengelebt, der dich verwöhnte, wie dich dein Vater verwöhnt hat. Houston ist nie von jemand verwöhnt worden.«

Pam rückte ein wenig von ihm fort. »Und ist sie gut im Bett? Ist sie da auch besser, als ich es gewesen bin?«

»Ich habe keine Ahnung. Da steckt ein bißchen Feuer in ihr; aber sie weiß noch nicht richtig damit umzugehen. Ich heirate sie nicht wegen Sex. Den kann ich jederzeit überall bekommen.«

Pam schlang die Arme um seinen Hals. »Wenn ich dich anflehe, mit mir . . .« begann sie.

»Das würde dir nichts nützen. Ich werde Houston heiraten.«

»Küß mich«, flüsterte sie. »Erinnere mich. Bring die Zeit von damals zurück.«

Kane betrachtete sie abschätzend. Vielleicht wollte er es ebenfalls wissen. Er legte seine Hand auf ihren Nacken und seine Lippen auf ihre Lippen. Es war ein langer Kuß, und er legte alles, was er hatte, in ihn hinein.

Und als er sich wieder von ihr löste, sahen sie sich gegenseitig lächelnd an.

»Es *ist* vorbei, nicht wahr?« flüsterte Pam.

»Ja.«

Sie blieb dicht bei ihm. »In all diesen Jahren, die ich mit Nelson verbrachte, glaubte ich, daß ich nur dich liebte; aber ich liebte lediglich einen Traum. Vielleicht hatte mein Vater recht.«

Er löste ihre Arme von seinem Hals. »Wenn du noch mehr von deinem Vater redest, könnte es zwischen uns zu Handgreiflichkeiten kommen.«

»Du bist doch nicht mehr böse auf ihn, oder?«

»Heute ist mein Hochzeitstag, und ich wünsche, daß es ein glücklicher Tag sein soll; also wollen wir nicht mehr von Fenton reden. Erzähle mir von meinem Sohn.«

»Gern«, sagte Pam und begann, von Zachary zu sprechen.

Nach einer Stunde ließ Pam Kane allein im Garten zurück, damit er seine Zigarre zu Ende rauchen konnte. Als das geschehen war, warf er den Stummel auf die Erde, blickte auf seine Taschenuhr und sah, daß es Zeit wurde, ins Haus zurückzugehen und sich zur Trauung umzuziehen.

Er hatte erst ein paar Schritte gemacht, als er sich einem Mann von Angesicht zu Angesicht gegenübersah, dem er, wäre Kane zehn Jahre älter gewesen, vermutlich zum Verwechseln ähnlich gesehen hätte.

Kane und Rafe Taggert starrten sich gegenseitig stumm an wie zwei Hunde, die sich zum erstenmal begegnen. Sie wußten sofort, wer der andere war.

»Du siehst deinem Vater nicht sehr ähnlich«, sagte Rafe mit einem vorwurfsvollen Ton in der Stimme.

»Ich habe keine Ahnung. Ich bin dem Mann nie begegnet – oder einem seiner Verwandten«, antwortete Kane und verwies damit auf die Tatsache, daß sich keiner von Taggerts in all den Jahren um ihn gekümmert hatte, die er als Kind in Fentons Stall verbringen mußte.

Rafe erstarrte. »Wie ich höre, klebt Blut an deinem Geld.«

»Wie ich höre, hast du überhaupt keines – blutig oder nicht.«

Sie funkelten sich über die Distanz hinweg an, die sie trennte. »Du bist auch dem Wesen nach Frank nicht ähnlich. Ich werde jetzt wieder gehen.« Damit drehte Rafe sich um.

»Du kannst mich zwar beleidigen; aber das machst du nicht mit der Lady, die ich heute heiraten werden. Du bleibst hier, bis die Trauung vorbei ist.«

Rafe blickte nicht zurück; aber er nickte schroff, ehe er sich auf dem Weg entfernte.

»Ich möchte mit Ihnen reden«, sagte Edan mit grimmigen Augen unter der Tür.

Die vielen Frauen, die Houston umgaben, begannen zu protestieren; aber sie hob nur die Hand und folgte Edan stumm nach draußen. Er führte sie in sein Schlafzimmer.

»Ich weiß, daß es sich nicht gehört, Sie hier hereinzubitten; aber das ist der einzige Ort im Haus, wo es nicht vor Leuten wimmelt.«

Houston versuchte, ihm nicht ihre Bewegung zu zeigen, weil sie den Eindruck hatte, daß er ihr böse sei.

»Ich weiß, daß Sie heute heiraten; aber ich muß Ihnen vorher noch etwas sagen. Kane weiß nur zu gut, daß die persönliche Sicherheit der Leute, die mit einem so reichen Mann wie ihm verbunden sind, oft gefährdet ist.« Er sah sie an. »Ich wollte damit sagen, daß mir Kane in den letzten Wochen mehrmals den Auftrag gab, Ihnen zu folgen.«

Houston spürte, wie ihr das Blut aus den Wangen wich.

»Was ich dabei sah, gefiel mir nicht«, fuhr Edan fort. »Es gefiel mir nicht, daß eine junge Frau allein, ohne Beschützer, in ein Bergwerkslager fuhr. Aber diese Schwesternschaft, zu der Sie gehören . . .«

»Schwesternschaft!« keuchte Houston, »wie können Sie davon . . .?«

Edan nahm einen Stuhl und stellte ihn hinter sie.

Mit zitternden Beinen ließ Houston sich darauf nieder.

»Ich wollte Ihnen nicht nachspionieren; aber Kane bestand darauf, daß ich mich . . . äh . . . in einem Wandschrank verstecken sollte am Abend Ihrer Teeparty, falls Sie einen Beschützer brauchten.«

Houston sah auf ihre Hände und bemerkte daher Edans leises Lächeln bei dem Wort »Teeparty« nicht.

»Wieviel weiß er davon?« flüsterte sie.

Edan nahm ihr gegenüber auf einem zweiten Stuhl Platz. »Ich fürchtete, daß Sie mir diese Frage stellen würden«, sagte er mit dumpfer Stimme. »Wie könnte ich ihm sagen, daß Sie ihn wegen seiner Beziehungen zu den Fentons heiraten? Sie benützen sein Geld, um Ihren Kreuzzug gegen den bösen Feind, die Kohle, voranzutreiben. Verdammt! Aber ich hätte es besser wissen sollen. Bei so einer Schwester, die ihrer eigenen Schwester den Mann stiehlt . . .«

Houston stand auf. »Mr. Nylund!« sagte sie durch zusammengepreßte Zähne. »Ich werde nicht hierbleiben und mir anhören, wie Sie meine Schwester beleidigen! Und ich habe keine Ahnung, was Sie damit meinen, wenn Sie von Kanes Beziehungen zu den Fentons sprechen. Wenn Sie glauben, ich verfolgte böse Absichten, dann wollen wir auf der Stelle zu Kane gehen und ihm alles sagen.«

»Warten Sie einen Moment«, sagte er, sprang vom Stuhl auf und hielt sie am Arm fest. »Warum erklären Sie mir dann nicht . . .«

»Sie meinen, ich sollte versuchen, Sie davon zu überzeugen, daß ich unschuldig bin und Kane Taggert nicht zum Traualtar führe, um ihn zu schlachten? Nein, Sir. Ich gebe Ihnen auf solche Beschuldigungen keine Antwort. Aber Sie könnten mir jetzt etwas verraten. Gedenken Sie, Ihre Kenntnisse deshalb nicht weiterzugeben, um mich damit erpressen zu können?«

»Touché«, sagte er, sichtlich erleichtert. »Nachdem wir uns gegenseitig unseren Zorn gezeigt haben, könnten wir doch in Ruhe darüber reden, nicht wahr? Sie müssen doch zugeben, daß man Ihre Aktionen nicht gerade als harmlos bezeichnen kann.«

Houston versuchte, sich ebenfalls zu entspannen; aber es gelang ihr nicht recht. Ihr wollte der Gedanke daran nicht gefallen, wie er hinter das Geheimnis der Schwesternschaft gekommen war.

»Wie lange treiben Sie schon diese Mittwoch-Maskeraden?« fragte Edan.

Houston trat ans Fenster. Unten standen die Arbeiter auf dem Rasen, als müßten sie sich auf die Belagerung durch eine Armee vorbereiten. Sie blickte auf Edan zurück. »Was wir Frauen heute tun, haben wir schon seit Generationen getan. Die Schwesternschaft wurde von der Mutter meines Vaters gegründet, als Chandler in Colorado noch gar nicht existierte. Wir sind nur Freunde, die versuchen, sich gegenseitig zu helfen und jedem anderen, der Hilfe braucht. Im Augenblick gilt unsere Hauptsorge der Behandlung von Arbeitern in den Kohlebergwerken. Wir tun nichts Illegales.« Sie richtete ihren Blick fest auf Edan. »Noch versuchen wir, jemand für unsere Zwecke auszunützen.«

»Warum dann diese Geheimniskrämerei?«

Sie blickte ihn ungläubig an. »Sie wundern sich? Nachdem Sie mir so heftige Vorwürfe gemacht haben? Und Sie sind nicht einmal ein Verwandter. Können Sie sich vorstellen, wie die Ehemänner und Väter reagieren würden, wenn sie erführen, daß ihre zarten Frauen ihre freien Nachmittage damit verbringen, das Kutschieren mit vier Pferden zu erlernen? Und einige von uns haben . . .« Sie hielt mitten im Satz inne.

»Ich verstehe Ihren Standpunkt. Aber ich kann auch deren Standpunkt verstehen. Was Sie tun, ist gefährlich. Sie könnten . . .« Er stockte. »Sie sagten eben, Sie seien bereits in der dritten Generation aktiv . . .«

»Und widmen uns den Problemen, die sich auch mit der Zeit ändern.«

»Und die – äh – Teeparties?«

Houston konnte nicht verhindern, daß sie jetzt ein rotes

Gesicht bekam. »Das war die Idee meiner Großmutter. Sie sagte, sie wäre naiv und ahnungslos in ihre Hochzeitsnacht hineingegangen, und das wäre ein schlimmer Schock für sie gewesen. Sie wollte ihren Freundinnen und ihren Töchtern diese Erfahrung ersparen. Ich glaube, diese Zusammenkunft am Vorabend einer Hochzeit hat sich allmählich zu dem entwickelt, was Sie« – Houston schluckte – »gesehen haben.«

»Wie viele Frauen in Chandler gehören zu dieser Schwesternschaft?«

»Es gibt nur ein Dutzend aktive Mitglieder. Einige, wie meine Mutter, werden nach ihrer Heirat inaktiv.«

»Haben Sie das ebenfalls vor?«

»Nein«, antwortete sie und sah ihn dabei an; denn nun kam es auch auf ihn an, ob sie ihre Tätigkeit in der Schwesternschaft fortsetzen konnte.

Er wandte sich von ihr weg. »Kane wird es nicht gefallen, wenn Sie mit Ihrem Fuhrwerk in die Kohlenminen fahren. Es wird ihm nicht recht sein, wenn Sie sich in Gefahr begeben.«

Houston baute sich vor ihm auf. »Ich weiß, daß es ihm nicht gefallen würde, und das ist der einzige Grund, weshalb ich es ihm noch nicht gesagt habe. Edan« – sie legte die Hand auf seinen Arm –, »das bedeutete so viel für so viele Menschen. Ich brauchte Monate, bis ich gelernt hatte, meine Rolle als alte Frau überzeugend zu spielen. Es würde wieder Monate dauern, bis meine Nachfolgerin ausgebildet wäre für die Rolle von Sadie, wenn ich jetzt aufhören würde, und bis dahin müßten so viele Berarbeiterfamilien auf die vielen kleinen, aber wichtigen Dinge verzichten, mit denen ich sie versorgt habe.«

Er nahm ihre Hand. »Schon gut. Sie können von Ihrer Kanzel wieder heruntersteigen. Ich denke, das läßt sich vertreten; obwohl das, was Sie machen, gegen meine Überzeugungen verstößt.«

»Sie werden es Kane nicht sagen? Ich bin sicher, er wird nicht das geringste Verständnis dafür aufbringen.«

»Das ist noch untertrieben, möchte ich meinen. Nein, ich werde es ihm nicht sagen, wenn Sie mir schwören, daß Sie nur Kartoffeln in die Lager liefern und sich *nicht* für die Gewerkschaften einspannen lassen. Und was dieses aufrührerische Magazin betrifft, das ihr unter die Leute bringen wollt . . .«

Sie stellte sich auf die Zehenspitzen, küßte ihn auf die Wange und schnitt ihm so das Wort ab. »Meinen herzlichen Dank, Edan. Sie sind ein wahrer Freund. Nun muß ich mich aber für die Hochzeit umziehen.« Ehe er noch ein Wort sagen konnte, war sie schon an der Tür. Aber sie drehte sich noch einmal um, die Hand auf der Klinke. »Was meinten Sie vorhin, als Sie von Kanes Beziehungen zu den Fentons sprachen?«

»Ich dachte, Sie wüßten Bescheid. Jacob Fentons jüngere Schwester Charity, war Kanes Mutter.«

»Nein«, sagte sie leise. »Das wußte ich nicht.« Sie verließ Edans Zimmer.

Houston war erst ein paar Minuten wieder in ihrem Schlafzimmer, als Sarah Oakley, die ihr in das Hochzeitskleid helfen wollte, sagte: »Ich habe eben etwas sehr Seltsames beobachtet.«

»Was denn?«

»Ich dachte, ich sähe Kane in seinen alten Arbeitskleidern im Garten; aber es war ein Junge, der ihm heruntergerissen ähnlich sieht.«

»Ian«, sagte Houston lächelnd, »er ist also doch gekommen.«

»Wenn jetzt noch etwas von ihm übriggeblieben ist«, rief Nina vom Dachgarten herüber. »Zwei von den Randolph-Jungen und die beiden Brüder von Meredith haben ihn ausgelacht, und dein Ian hat sie sofort angegriffen.«

Hoston hob rasch den Kopf. »Vier gegen einen?«

»Mindestens so viele. Jetzt sind sie alle hinter einem Baum, wo ich sie nicht mehr sehen kann.«

Houston ließ das Hochzeitskleid wieder los, das Sarah ihr hinhielt, und trat ans Fenster. »Wo sind sie jetzt?«

»Dort«, Nina deutete mit dem Finger nach unten. »Siehst du dort die heftige Bewegung in den Sträuchern? Die müssen sich ja fürchterlich prügeln.«

Houston beugte sich weit aus dem Fenster und blickte in den Garten. Man konnte den Kampfplatz der Jungen vom Haus aus nicht sehen. Da waren zu viele Bäume zwischen.

»Ich schicke jemand hinunter, der den Streit beendet«, sagte Sarah.

»Und einen Taggert demütigt?« sagte Houston und ging zu ihrem Kleiderschrank. »Das kannst du nicht verantworten.« Sie nahm wieder ihren dunkelblauen Frisiermantel heraus.

»Was, in aller Welt, hast du jetzt schon wieder vor, Houston!« rief Sarah erschrocken.

»Ich werde diesen Streit beenden und einen Taggert vor dem Schicksal bewahren, das für ihn schlimmer ist als der Tod: Demütigung. Ich sehe niemand hinter dem Haus.«

»Nur ein paar Dutzend Diener und Gäste und...« sagte Nina.

»Houston, Liebes, liegen im Erdgeschoß nicht ein paar Kisten mit Feuerwerkskörpern? Wenn jemand sie anzünden würde, wären sie alle abgelenkt«, sagte Opal leise. Sie wußte aus Erfahrung, daß es keinen Sinn hatte, ihre Tochter zu ermahnen, sie müsse sich jetzt unbedingt umziehen. Nicht, wenn eine der Zwillinge so ein Gesicht machte wie jetzt.

»Ich bin schon unterwegs«, rief Nina und eilte zur Tür hinaus, während Houston ein Bein über die Fensterbrüstung schwang und den Fuß auf das Rosenspalier setzte.

Auf dem Rasen an der Ostseite begannen Feuerwerkskörper zu knallen und zu sprühen, und wer von den geladenen Gästen bereits im Haus war, blickte nun in diese Richtung. Während Houston in deren Rücken schräg über den Rasen an der Westseite auf die Büsche zu lief.

Tief im Schatten einiger schwarzer Walnußbäume lieferte sich Ian einen aussichtslosen Kampf mit vier kräftigen Jungen, die auf ihm lagen.

»Hört auf damit!« sagte Houston mit ihrer strengsten Stimme.

Keiner von den Jungen ließ sich davon im geringsten beeindrucken.

Sie schob sich zwischen wildbewegte Arme und Beine, faßte nach einem Ohr und zog daran. Jeff Randolph kam, beide Fäuste schwingend, nach oben, hielt aber sofort still, als er Houston erkannte. Sie gab ihm ein Zeichen, zurückzutreten, während sie sich um George und Alex Lechner bemühte, sie beide ebenfalls an den Ohren in die Höhe ziehend.

Jetzt lag nur noch Steve Randolph auf Ian, und als Houston Steve beim Ohr packte, warf er sich, ein Bündel blinder Wut, mit wilden Schwingern auf den vermeintlich neuen Feind. Die drei Jungen, die im Hintergrund standen, stöhnten entsetzt, als Steve eine Gerade gegen Houstons abfeuerte. Sie duckte sich, und da sie keinen anderen Ausweg sah, schlug sie mit einer rechten Geraden zurück. Nachdem sie monatelang ein Fuhrwerk mit vier Pferden über weite Strekken kutschiert hatte, waren ihre Arme ziemlich kräftig geworden.

Einen Moment standen sie alle wie gelähmt, während Steve langsam nach hinten fiel und quer über Ians Beinen zusammenbrach.

Houston erholte sich als erste. »Steve!« rief sie, kniete neben dem Jungen nieder und gab ihm ein paar sanfte Backenstreiche. »Ist alles in Ordnung mit dir?«

»Verdammt!« rief Ian keuchend. »Ich habe noch keine Lady mit so einem Punch gesehen!«

Steve stöhnte, setzte sich auf, rieb sich das Kinn und blickte Houston dabei ehrfürchtig an. Tatsächlich wurde sie nun von fünf Jungen mit offenem Mund bewundernd angestarrt.

Sie erhob sich von den Knien. »Ich schätze ein solches Betragen an meinem Hochzeitstag nicht«, sagte sie mit hoheitsvoller Stimme.

»Nein, Madam«, murmelten vier von den Jungen.

»Wir hatten nichts Böses im Sinn, Miss Blair-Houston. Er ...«

»Ich möchte jetzt keine Ausreden hören. Ihr vier geht zu euren Eltern zurück, und du, Steve, legst dir etwas Eis aufs Kinn.«

»Ja, Madam«, rief er über die Schulter zurück. Die vier waren bereits unterwegs zum Haus.

Sie streckte Ian die Hand hin, um ihm vom Boden aufzuhelfen. »Du kannst dich mir anschließen.«

Er ignorierte ihre Hand. »Ich gehe nicht in *sein* Haus. Wenn Sie das meinen«, sagte er wütend.

»Vielleicht hast du recht. Ich habe ein Rosenspalier als Treppe benutzt, um mich in eure Prügelei einzumischen. Ein Junge, der in einem Kampf verliert, kann vermutlich auch nicht an einem Spalier hinaufklettern.«

»Einen Kampf verlieren?« Er war so groß wie sie, mit sechzehn schon fast so kräftig wie ein Mann, und versprach, einmal so ein Hüne wie Kane zu werden. Er brachte sein Gesicht so dicht heran, daß sie sich beide fast mit den Nasenspitzen berührten. »Falls Sie nicht zählen können – es waren vier gegen einen, und ich hätte den Kampf gewonnen, wenn Sie sich nicht eingemischt hätten.«

»Aber du hast Angst, das Haus deines eigenen Vetters zu betreten«, sagte sie, als wäre das eine nüchterne Feststellung. »Wie seltsam. Guten Tag.« Sie ging mit energischen Schritten in Richtung Haus davon.

Ian lief ihr nach und paßte sich dann ihrem Schritt an. »Ich habe keine Angst. Ich will nur nicht hineingehen.«

»Natürlich nicht.«

»Was soll das heißen?«

Sie blieb stehen. »Ich bin ganz deiner Meinung. Du hast keine Angst vor deinem Vetter; du willst ihn nur nicht sehen oder an seinem Tisch essen. Ich verstehe vollkommen.«

Sie sah, wie es in seinem Gesicht arbeitete.

»Wo ist dieses verdammte Rosenspalier, von dem Sie eben geredet haben?«

Sie blieb wie angewurzelt stehen und sah ihn an.

Er gab es auf, sie wütend anzufunkeln. »Also gut – wo ist dieses Rosenspalier, das Sie als Treppe benützen?«

»Dort drüben.«

Kane wollte gerade ins Haus zurückkehren, als ihn der ungewöhnliche Anblick seiner zukünftigen Frau – die in einem Gewand, das seines Wissens nach keine Lady außerhalb ihres Hauses trug, am Rosenspalier herunterkletterte – veranlaßte, mitten im Schritt innezuhalten.

Es war mehr als nur ein bißchen Neugierde, was ihn nun bewegte, sich hinter einem Baum zu verstecken. Er sah, wie sie sich in das Kampfgetümmel einer Horde raufender Jungen stürzte, die alle so groß waren wie sie. Und als er schon unterwegs zum Kampfplatz war, um ihr beizustehen, sah er, wie sie einen Jungen mit einem meisterhaften Boxhieb zu Boden streckte.

Im nächsten Moment wies sie einen großen, finster blickenden Jungen auf eine für sie typische kühle Art in seine Schranken. »Er hat nicht die geringste Chance«, sagte Kane laut, mit einem Lachen in der Stimme. Er hatte inzwischen gelernt, daß ein Mann immer den kürzeren zog, wenn Houston so ein Gesicht machte.

Er lachte abermals, als er sah, wie der finster blickende Junge nun begann, vor Houston das Rosenspalier hinaufzukletten. Doch während er zuschaute, sah er, wie Houstons Frisiermantel an ein paar Dornen hängenblieb und sie sich bemühte, den Stoff und sich aus dieser Klemme zu befreien. Im selben Moment bogen drei Männer und eine Frau um die Hausecke, und es konnte nur Sekunden dauern, ehe ihnen Houston vor Augen kam.

Rasch lief er über den Rasen und legte die Hand auf ihren Fußknöchel.

Als Houston nach unten sah und Kane erblickte, war sie einer Ohnmacht nahe. Was mußte er jetzt wohl von der Frau denken, die er in einer Stunde heiraten sollte? Sie wußte sehr genau, was Leander oder Mr. Gates dazu sagen würden, wenn sie sie in aller Öffentlichkeit in ihrer Schlafzimmer-Kleidung an einem Rosenspalier hinaufklettern sahen.

Als Houston auf Kane hinunterblickte, sagte sie das einzige, was ihr gerade einfallen wollte: »Mein Hut sitzt nicht gerade.«

Sie hoffte, daß das Geräusch, das er dabei machte, ein Kichern war.

»Honey, selbst ich weiß, daß Ladies keine Hüte tragen zu ihrer Badezimmerwäsche.«

Houston war wie gelähmt. Er nahm es ihr nicht übel!

»Wenn du aber nicht willst, daß alle dich in diesem Aufzug sehen, würde ich an deiner Stelle wieder rasch ins Haus zurückgehen.«

»Ja«, sagte sie, sich von ihrem Schock erholend, und kletterte rasch am Spalier empor, wähend er ihr nachschaute. Als sie den Balkon erreicht hatte, beugte sie sich über die Brüstung. »Kane«, rief sie zu ihm hinunter, »dein Hochzeitsgeschenk liegt in deinem Büro.«

Er grinste zu ihr hinauf: »Wir sehen uns ja bald wieder, Baby.«

Damit steckte er die Hände in die Taschen und ging pfeifend, den Leuten zunickend, denen er begegnete, ins Haus zurück.

»Houston«, sagte Opal hinter dem Rücken ihrer Tochter, »wenn du dich jetzt nicht endlich anziehst, versäumst du deine eigene Trauung.«

»Lieber würde ich sterben«, sagte Houston mit großem Nachdruck und lief in ihr Schlafzimmer.

Zehn Minuten später packte Kane das Päckchen aus, das Houston auf seinen Schreibtisch gelegt hatte. Darin befanden sich zwei Kisten mit Zigarren und ein Billett:

> Das sind die feinsten Zigarren, die man in Kuba herstellt. Von nun an werden jeden Monat zwei Kisten von den besten Zigarren, die man auf der Welt bekommen kann, Mr. Kane Taggert ins Haus geliefert.

Unterschrieben war das Billett von einem Zigarrenhaus in Key West, Florida.

Kane zündete sich gerade eine von den geschenkten Zigarren an, als Edan ins Büro kam. Kane hielt ihm eine Kiste hin. »Von Houston. Kannst du mir sagen, wie es ihr gelungen ist, diese Dinger noch rechtzeitig zur Hochzeit zu besorgen?«

Edan ließ sich erstmal die Zigarre ein paar Sekunden lang schmecken. »Wenn ich etwas in diesem Leben noch lernen kann, dann dies, daß man eine Lady niemals unterschätzen darf.«

»Jede Frau, die solche Zigarren kauft, ist wahrhaftig eine Lady. Nun«, sagte Kane schwerfällig, »ich schätze, es wird Zeit, daß ich mich für die Trauung umziehe. Willst du mitkommen und mir bei diesem Binder helfen?«

»Klar.«

Kapitel 14

Das Hochzeitskleid war von Houston selbst entworfen, schlicht, aber von einer raffinierten Schlichtheit. Es bestand aus elfenbeinfarbenem Seidenatlas, der in langen, die Figur betonenden Bahnen ohne Quersäume verarbeitet war. Ein kompliziertes persisches Muster aus Tausenden von Zuchtperlen schmückte die Taille, lief von dort an den Hüften hinunter und in zwei Bahnen über die Brüste bis zur hochgezogenen Halslinie hinauf. Die Ärmel von den Schultern bis zu den Ellenbogen waren gewaltig und betonten durch ihre Größe die schmale Taille noch mehr. Die engen Manschetten, die vom Ellenbogen bis zu den Handgelenken reichten, waren ebenfalls mit Zuchtperlen bestickt, die das Muster an der Gürtellinie wiederholten.

Houston stand ganz still, während ihre Freundinnen den Schleier an ihrem Kopf befestigten. Es war ein fünf Meter langes Gespinst aus handgefertigter irischer Spitze, Youghal genannt – eine kühne Musterkombination von wildwachsenden Blumen und stachligen Blättern. Dieses komplizierte Muster bildete einen herrlichen Kontrast zu der seidigen Glätte des Kleides im Prinzeß-Schnitt.

Tia reichte Houston das tränentropfenförmige Bukett aus Orangenblüten und weißen Rosenknospen, das so gebunden war, daß es knapp über den Boden hinstrich, wenn Houston es in der Hand trug und in der Halle Einzug hielt.

Opal betrachtete ihre Tochter, und Tränen schimmerten in ihren Augen. »Houston . . .« begann sie; aber dann versagte ihr die Stimme.

Houston küßte ihre Mutter auf die Wange. »Ich bekomme den besten aller Männer.«

»Ja, ich weiß.« Opal reichte Houston ein Ansteckstäußchen aus pinkfarbenen Rosenknospen. »Diese Blumen sind von deiner Schwester. Sie meinte, sie sollte rote Rosen tragen und du pinkfarbene. Ich glaube, sie hat recht, wenn sie sagt, ihr solltet bei der Hochzeit nicht identisch gekleidet sein.«

»Unsere Schleier haben doch verschiedenartige Muster«, sagte Houston, während Sarah das Sträußchen über Houstons linkem Ohr am Schleier befestigte.

»Fertig?« fragte Tia. »Ich glaube, diese Musik ist für euch beide bestimmt.«

Blair wartete bereits am Kopfende der Treppe auf ihre Schwester. Sie umarmten sich feierlich.

»Ich liebe dich mehr, als du ahnst«, flüsterte Blair. Da war ein Schimmer von Tränen in ihren Augen, als sie sich wieder von ihrer Schwester löste. »Ich schätze, wir sollten dieses Spektakel jetzt hinter uns bringen.«

Der Handlauf aus Messing an den Treppengeländern war mit Farnwedel geschmückt, und in regelmäßigen Abständen hingen Gebinde aus Kalla-Lilien daran. Unter dem Bogen der freitragenden Treppe saß ein aus zwölf Musikern bestehendes Streichorchester, das nun den Hochzeitsmarsch spielte.

Mit hoch erhobenem Kopf kamen die Zwillingsschwestern in die Halle herunter – die eine über die Stufen der Westtreppe, die andere auf der Osttreppe. Unter ihnen standen die Gäste und blickten schweigend zu den beiden schönen Frauen hinauf. Ihre eng sitzenden Kleider waren identisch bis auf die beiden Spitzenschleier, die sich in Muster und Webart unterschieden. Auch an den verschiedenfarbigen Rosenknospen, die sie seitlich am Kopf trugen, konnte sich der Betrachter orientieren, wenn er die Zwillinge nicht anders auseinanderzuhalten vermochte.

Als die beiden Frauen den Boden der Halle erreichten, wich die Menge zurück, und die Zwillinge gingen geradeaus weiter durch einen kurzen Korridor bis zur Tür der Bibliothek.

Sobald sie vor dieser Tür angelangt waren, hielten sie inne und warteten, bis die sechs Harmonien, die man über den riesigen Raum verteilt hatte, zu spielen begannen. In der Bibliothek waren die Verwandten und die den Brautpaaren nahestehenden Freunde versammelt, die sich nun von ihren Plätzen erhoben.

Als Houston den Korridor entlangblickte, den die Gäste in der Mitte freigelassen hatten, sah sie dort Jean Taggert zwischen ihrem Vater und ihrem Onkel stehen. Und gleich dahinter, auf einer erhöhten Plattform, über der sich ein Dach aus Laub und Rosen wölbte, standen die beiden Bräutigame – auf der verkehrten Seite.

Houston hätte es wissen müssen: daß alle ihre Pläne sich erfüllten, ohne daß etwas schiefging, war zu gut, um wahr zu sein. In diesem Moment wandelte sie durch den Mittelgang auf die Stelle zu, wo Leander seine Braut in Empfang nehmen sollte. Rasch blickte sie zu Blair hinüber, um mit ihr einen amüsierten Blick auszutauschen; doch Blair blickte stur geradeaus – auf Kane.

In diesem Augenblick begann sich bei Houston der Magen umzudrehen. Das war kein Zufall, kein schlichtes Versehen. Mit einem bangen Gefühl in ihrer Brust dachte sie an die Blumen, die Blair ihr geschickt hatte. Konnte Blair es so arrangiert haben, daß sie nun Leander heiraten mußte? Wollte sie Kane zum Ehemann haben?

Das war lächerlich. Houston lächelte. Zweifellos wollte Blair ein nobles Opfer bringen und sich mit Kane trauen lassen, damit Houston ihren Lee bekam. Wie süß von ihr; aber total falsch.

Immer noch lächelnd blickte Houston zu Kane hinüber. Er starrte sie eindringlich an, und Houston war froh, daß er sie erkannt hatte.

Wenigstens einen Moment lang war sie glücklich; doch als sein Gesicht sich verfinsterte und er den Blick von ihr abwendete, verging ihr das Lächeln.

Er konnte doch nicht glauben, daß sie mit Absicht die Plätze vertauscht hatte, damit sie Leander heiraten konnte, dachte sie. Aber natürlich konnte er.

Während sie der Plattform näher kamen, überlegte Houston fieberhaft, wie sie diese Panne am elegantesten zu bereinigen vermochte. Miss Jones hatte ihr versichert, sie habe in ihrem Lehrplan jede Situation berücksichtigt, in die eine Lady geraten konnte; aber es wäre ihr nie in den Sinn gekommen, daß eine Lady Gefahr laufen könne, den falschen Mann zu heiraten.

Als die Zwillinge auf die Plattform hinaufstiegen, hielt Kane immer noch den Kopf zur Seite gedreht, und Houston konnte nicht umhin, sich mit einer leichten Verstimmung zu fragen, warum er denn nichts unternahm, um den Platz zu tauschen. War es ihm so egal, welchen der Zwillinge er bekam?

»Meine innig geliebte Braut, wir . . .«

»Entschuldigung«, unterbrach ihn Houston mit so leiser Stimme, daß nur die unmittelbar Betroffenen es hören konnten, »ich bin Houston.«

Leander verstand sofort. Er sah zu Kane hinüber, der nun den Blick nach vorn richtete. »Sollen wir die Plätze tauschen?«

Kane blickte die beiden Frauen nicht an. »Meinetwegen kann's so bleiben, wie's ist.«

Houston spürte, wie ihr das Herz in die Kniekehlen rutschte. Leander wollte Blair haben, und Kane würde sie ebenfalls zur Frau nehmen. Plötzlich fühlte sie sich so nützlich wie ein fünftes Rad am Wagen.

»Damit bin ich aber nicht einverstanden«, sagte Leander, und die beiden Männer tauschten die Plätze.

Hinter ihnen hatten während dieses Wortwechsels die Zuschauer zu kichern begonnen; und als Kane nun mit Leander die Plätze tauschte, gab es ein ausgewachsenes Gelächter. Obwohl die Gäste sich zunächst bemühten, ihre Heiterkeit zu bändigen, hatten sie damit keinen Erfolg.

Houston warf einen verstohlenen Blick auf Kane und sah den Zorn in seinen Augen.

Die Zeremonie dauerte nicht lange, und als Reverend Thomas die frisch vermählten Ehemänner aufforderte, ihre Braut zu küssen, umarmte Lee Blair voller Inbrunst. Doch Kanes Kuß war kalt und flüchtig. Er wollte ihr dabei nicht einmal in die Augen schauen.

»Könnte ich dich in deinem Büro sprechen, bitte?« fragte Houston. »Allein?«

Er nickte kurz und ließ sie wieder los, als wäre ihm der Körperkontakt mit seiner Braut lästig.

Die beiden Brautpaare verließen nun ziemlich hastig die Bibliothek, und kaum befanden sie sich draußen im Korridor, als die Gäste sich schon um die Bräute drängten, so daß Houston und Kane rasch voneinander getrennt wurden. Es gab viel Gekichere über den Bräutigamswechsel am Altar. Nicht einer der Gäste konnte der Versuchung widerstehen, allen anderen mitzuteilen, daß Lee sich offenbar bis zuletzt nicht sicher gewesen war, welchen der Zwillinge er eigentlich haben wollte.

Jean Taggert zog Houston auf die Seite. »Was ist passiert?«

»Ich denke, meine Schwester glaubte, mir einen Gefallen zu tun, wenn sie mich Leander überließ. Sie wollte sich opfern und den Mann nehmen, den ich liebe.«

»Hast du Blair erzählt, daß du Kane liebst? Daß du ihn wirklich heiraten wolltest?«

»Ich habe das noch nicht einmal Kane erzählt. Ich hatte irgendwie das Gefühl, er würde mir nicht glauben. Ich wollte ihm lieber in den nächsten fünfzig Jahren zeigen, was ich für ihn empfinde.« Nun blinkten auch noch Tränen in ihren Augen, die sie vergeblich niederzukämpfen versuchte.

»Am Altar sagte Kane, es wäre ihm egal, ob er mich oder meine Schwester zur Frau bekäme.«

Jean faßte Houston am Arm und zog sie mit sich fort, als jemand von Houstons Verwandtschaft auf die Braut zugehen wollte. »Wenn du einen Taggert heiratest, mußt du stark sein. Sein Stolz ist verletzt worden, und wenn er gekränkt ist, macht oder sagt er die unmöglichsten Dinge. Geh zu ihm und gestehe ihm, was deine Schwester angestellt hat. Oder sag ihm, es wäre ein Regiefehler gewesen – irgend etwas; nur überlaß ihn jetzt nicht seinem schweigenden Brüten. Er wird sich sonst in einen solchen Zorn hineinsteigern, daß alle Versuche, an ihn heranzukommen, hoffnungslos sind.«

»Ich habe ihn gebeten, sich mit mir in seinem Büro zu treffen.«

»Warum stehst du dann noch hier herum?«

Mit dem Anflug eines Lächelns warf Houston sich die lange Schleppe zweimal über den linken Arm und marschierte den Korridor zu Kanes Büro hinunter.

Er stand vor einem hohen Fenster und beobachtete, eine unangezündete Zigarre im Mundwinkel, die Leute draußen auf dem Rasen. Er blickte nicht zur Tür, als sie hereinkam.

»Es tut mir schrecklich leid, daß diese Panne am Altar passiert ist«, begann sie. »Ich bin überzeugt, da muß sich ein Fehler bei der Planung eingeschlichen haben.«

»Du hattest nicht Westfield heiraten wollen?«

»Nein! Es war ein Mißverständnis. Das ist alles.«

Er machte einen Schritt auf den Schreibtisch zu. »Ich habe heute auf etwas verzichtet, weil ich den Gedanken, dich demütigen zu müssen, nicht ertragen konnte.« Er maß sie mit einem kalten Blick. »Einen Lügner konnte ich noch nie ausstehen.« Er warf ihr ein Blatt Papier zu.

Houston bückte sich und hob es auf. Es war ein Billett, in Schönschrift verfaßt, das lautete: »Ich werde heute rote Rosen im Haar tragen.« Unterzeichnet war es mit Houston Chandler.

»Zur Hölle mit dir, *Lady* Chandler. Ich habe mich fair dir

gegenüber verhalten; doch du ...« Er drehte sich von ihr weg. »Behalte das Geld. Behalte das Haus. Du hast hart genug dafür gearbeitet. Und du brauchst dich dafür auch nicht zu opfern. Vielleicht kannst du Westfield dazu bewegen, daß er dir die Jungfernschaft nimmt, die du so sorgfältig zu behüten wußtest.« Damit ging er auf die Tür zu.

»Kane«, rief sie ihm nach; aber er war schon aus dem Büro.

Sie ließ sich schwer auf einen der beiden Eichenstühle fallen.

Ein paar Minuten später trat Blair ins Büro. »Ich schätze, wir sollten jetzt nach draußen gehen und die Hochzeitstorte anschneiden«, sagte sie kleinlaut. »Du und Taggert ...«

Nun kam Houstons ganzer Zorn an die Oberfläche, und sie fuhr vom Stuhl auf und ging mit flammenden Augen auf ihre Schwester los. »Du bringst es nicht einmal fertig, seinen Vornamen in den Mund zu nehmen, wie?« sagte sie wütend. »Du glaubst, er hat keine Gefühle! Deshalb fand er vor deinen Augen keine Gnade, und du glaubtest, du hättest ein Recht dazu, mit ihm zu verfahren, wie es dir beliebt.«

Blair wich einen Schritt vor ihr zurück. »Houston, was ich getan habe, tat ich dir zuliebe. Ich wollte, daß du glücklich wirst.«

Houston ballte die Hände an den Seiten zu Fäusten und rückte noch dichter an Blair heran, bereit zum Kampf. »Glücklich? Wie kann ich glücklich sein, wenn ich nicht einmal weiß, wo mein Mann sich befindet? Dir verdanke ich es, daß ich vielleicht nie erfahre, was es bedeutet, glücklich zu sein.«

»Mir? Was habe ich denn anderes getan, als alles zu versuchen, was in meiner Macht steht, um dich glücklich zu machen? Ich versuchte, dir zu helfen, damit du wieder zur Vernunft kommst und erkennst, daß du diesen Mann nicht seines Geldes wegen zu heiraten brauchst. Kane Taggert ...«

»Du hast wohl immer noch nicht begriffen, wie?« fiel Houston ihr ins Wort. »Du hast einen stolzen, empfindsamen Mann vor Hunderten von Gästen gedemütigt und bist dir dessen nicht einmal bewußt!«

»Ich nehme an, du sprichst von der scheinbaren Verwechslung der Bräute. Das habe ich dir zuliebe so arrangiert, Houston. Ich weiß, daß du Leander liebst, und ich war bereit, Taggert zum Mann zu nehmen, damit du mit Leander glücklich werden konntest. Ich bedaure zutiefst, was ich dir angetan habe. Es war nie meine Absicht gewesen, dich so unglücklich zu machen. Ich weiß, daß ich dein Leben ruiniert habe; aber ich versuchte den Schaden wieder gutzumachen, den ich angerichtet habe.«

»Ich, ich, ich. Das ist alles, was du sagen kannst. Du hast mein Leben ruiniert und redest doch nur immerzu von dir. *Du* weißt, daß ich Leander liebe. *Du* weißt, was für ein schrecklicher Mann Kane ist. Die letzte Woche hast du jede wache Minute mit Leander verbracht, und wenn man dir zuhörte, mußte man glauben, Leander sei so etwas wie ein Gott. Jedes zweite Wort von dir ist ›Leander‹. Ich glaube schon, daß du es gut gemeint hast heute vor dem Altar: Du wolltest mir den besten Mann zuschanzen.«

Houston beugte sich vor. »Leander vermag vielleicht deinen Körper in Brand zu stecken; doch bei mir hat er so etwas nie getan. Wenn du in letzter Zeit nicht so total mit dir selbst beschäftigt gewesen wärest, würdest du bemerkt haben, daß ich mich in einen tüchtigen, gütigen und rücksichtsvollen Mann verliebt habe. Zugegeben – er hat ein paar rauhe Kanten; aber hast du dich nicht immer beschwert, daß ich ein wenig zu glatt an den Rändern wäre?«

Blair setzte sich hin und machte ein so verdattertes Gesicht, daß es fast komisch war. »Du liebst ihn? Taggert? Du liebst Kane Taggert? Aber das begreife ich nicht. Du hast *immer* Leander geliebt. Solange ich zurückdenken kann, hast du ihn geliebt.«

Houston begann sich ein wenig zu beruhigen, als sie erkannte, daß Blair nur aus Liebe zu ihrer Schwester gehandelt hatte. Blair hatte ihr den Mann schenken wollen, den sie für den besseren hielt.

»Es ist wahr, daß ich mir schon mit sechs Jahren vornahm, Leander eines Tages zu heiraten. Ich glaube, daß wurde für mich zu einer fixen Idee. So wie man sich vornimmt, eines Tages einen bestimmten Berg zu ersteigen. Ich hätte mir lieber den Mount Renier aussuchen sollen statt Leander. Denn wenn ich diesen Berg bestiegen hätte, wäre die Aufgabe erledigt gewesen. Aber ich wußte nie, was ich mit Leander anfangen sollte, wenn wir erst einmal verheiratet waren.«

»Aber du weißt, was du mit Taggert anstellen wirst?«

Houston konnte sich ein Lächeln nicht verkneifen. »Oh, ja. Ich weiß sehr genau, was ich mit ihm anstellen werde, um deinen Ausdruck zu gebrauchen. Ich werde ihm ein Heim schaffen, einen Ort, an dem er sicher ist, einen Ort, an dem ich sicher bin, wo ich tun kann, was mir gefällt.«

Nun war es Blair, die zu Houstons Verblüffung mit wütendem Gesicht von ihrem Stuhl aufsprang. »Und du hast keine zwei Minuten Zeit gehabt, mir das schon früher zu sagen, wie? Die letzten Wochen waren für mich die Hölle! Ich habe tagelang geweint aus Sorge um dich, aus Kummer, was ich dir angetan habe – und hier stehst du nun und sagst mir, daß du diesen König Midas *liebst*!«

»Sage bloß nichts gegen ihn!« schrie Houston. Dann, sich zur Ruhe zwingend, fuhr sie fort: »Er ist die Güte und Sanftmut in Person und sehr großzügig. Und außerdem liebe ich ihn sehr!«

»Und ich habe Höllenqualen ausgestanden aus Sorge um dich. Du hättest es mir sagen müssen!«

Houston nahm sich einen Moment Zeit für ihre Antwort. Vielleicht waren ihr Blairs Seelenqualen in den letzten Wochen nicht entgangen; aber da mochte der Groll noch so tief in ihr gesteckt haben, daß ihr das gleichgültig gewesen war. Vielleicht wollte sie, daß ihre Schwester litt. »Vermutlich war ich so eifersüchtig auf eure Liebesromanze, daß ich nicht an dich denken wollte«, sagte sie leise.

»Liebesromanze?!« rief Blair. »Ich glaube, ich bin Leanders Mount Renier. Ich kann nicht leugnen, daß er mich körperlich nicht kalt läßt; aber mehr will er auch gar nicht von mir. Wir haben tagelang nebeneinander im Operationssaal gestanden; aber ich spüre, da ist ein Teil seines Wesens, zu dem ich keinen Zugang habe. Er läßt mich eigentlich nie richtig an sich herankommen. Ich weiß so wenig von ihm. Er wollte mich haben, und deshalb verwendete er alle Tricks, die er kannte, um mich auch zu bekommen.«

»Aber ich merke doch, wie du ihn anschaust. Ich hatte nie das Bedürfnis, ihn so anzuhimmeln wie du.«

»Weil du ihn nie in einem Operationssaal erlebt hast. Hättest du nur einmal bei einer Operation neben ihm gestanden, wärst du bestimmt . . .«

»Wäre ich höchstwahrscheinlich in Ohnmacht gefallen«, sagte Houston. »Blair, es tut mir leid, daß ich nicht mit dir geredet habe. Vermutlich war mir bewußt, wie du leidest; aber das, was geschehen ist, schmerzte. Ich war, so kam es mir vor, fast mein ganzes Leben lang mit Leander verlobt gewesen; doch dann gehst du her und nimmst ihn mir in einer Nacht weg. Und Lee nannte mich immer seine Eisprinzessin, und ich hatte solche Angst, ich könnte tatsächlich eine kalte Frau sein.«

»Und diese Angst ist inzwischen gebannt?« fragte Blair.

Houston spürte, wie ihr das Blut in die Wangen schoß. »Bei Kane habe ich diese Angst nicht«, flüsterte sie und dachte dabei an das Picknick im kleinen Salon. Nein, sie war bestimmt nicht frigid in seiner Nähe.

»Du liebst ihn also tatsächlich?« fragte Blair in einem Ton, als wäre es für eine Frau eine schier unlösbare Aufgabe, Kane zu lieben. »Du hast nichts dagegen, wenn er dir die Suppe aufs Kleid schüttet? Dich stört es nicht, wenn er dich anschreit oder andere Frauen hat?«

Houston stockte der Atem. »Was für andere Frauen?« Sie sah sofor, daß Blair zögerte, ihr darauf eine Antwort zu geben, und Houston mußte ihre ganze Willenskraft aufbieten, um ruhig zu bleiben. Wenn Blair sich einbildete, sie könne noch einmal darüber entscheiden, was ihre Schwester tun oder nicht tun sollte ... »Blair, wenn du etwas weißt, solltest du mir das lieber sagen!«

Als Blair immer noch schwieg, drohte Houston ihr mit dem Finger. »Falls du mit dem Gedanken spielst, mein Leben noch einmal so managen zu wollen wie heute am Altar, sind wir geschiedene Leute! Ich bin eine erwachsene Frau, und du weißt etwas über *meinen* Mann, und ich will wissen, was!«

»Ich habe gesehen, wie er heute kurz vor der Trauung Pamela Fenton im Garten küßte«, sagte Blair, alles in einem Atemzug.

Houston fühlte, wie ihre Knie nachgaben; aber dann erkannte sie, was dieser Vorgang in Wahrheit bedeutete. Hatte Kane das gemeint, als er sagte, er habe heute auf etwas verzichtet? »Aber er kam trotzdem zu mir«, flüsterte sie. »Er sah sie, küßte sie; aber mich hat er geheiratet.« Nichts hätte sie glücklicher machen können als diese Enthüllung.

»Blair, du hast mich in diesem Moment zur glücklichsten Frau der Welt gemacht. Nun muß ich nur noch meinen Mann finden und ihm sagen, daß ich ihn liebe. Und dann wollen wir hoffen, daß er mir verzeiht.«

Da kam ihr ein schrecklicher Gedanke. »Oh, Blair, du hast überhaupt keinen Begriff von ihm. Er ist ein so guter Mensch, von Natur aus großzügig, auf eine Weise stark, daß alle Leute sich bei ihm anlehnen wollen; aber er ist ...« Sie vergrub das Gesicht in den Händen. »Aber er kann nicht die kleinste Kränkung ertragen; und wir haben ihn vor der ganzen Stadt gedemütigt. Das wird er mir niemals verzeihen. Niemals!«

Blair bewegte sich zur Tür. »Ich werde zu ihm gehen und ihm sagen, daß alles nur meine Schuld gewesen ist und du nichts davon gewußt hast. Houston, ich hatte ja keine Ahnung, daß du ihn tatsächlich heiraten wolltest. Ich konnte mir einfach nicht vorstellen, daß jemand mit so einem wie ihm zusammenleben möchte.«

»Ich glaube nicht, daß du dir noch Gedanken über unser

Zusammenleben machen mußt, weil ich vermute, daß er mich bereits verlassen hat.«

»Aber was wird aus den Gästen? Er kann dich doch jetzt nicht verlassen!«

»Sollte er hierbleiben und sich anhören, wie die Gäste sich über Leander amüsieren, weil er bis zuletzt nicht wußte, wen von uns beiden er heiraten sollte? Nicht einer ist auf die Idee gekomen, daß Kane ebenfalls zwischen zwei Frauen wählen konnte. Kane glaubt, ich wäre noch in Lee verliebt; du hast das auch geglaubt, und Mr. Gates glaubt, ich wollte Kane seines Geldes wegen heiraten. Ich glaube, Mutter ist die einzige, die sieht, daß ich verliebt bin – zum erstenmal in meinem Leben.«

»Was kann ich tun, um diesen Schaden wiedergutzumachen?« fragte Blair.

»Du kannst überhaupt nichts tun. Er hat mich verlassen. Er hat mir das Geld auf dem Konto und das Haus geschenkt, und dann ist er gegangen. Aber was will ich mit diesem großen, leeren Haus anfangen, wenn er nicht darin wohnt?« Houston setzte sich wieder. »Blair, ich weiß ja nicht einmal, wo er hingegangen ist. Wer weiß, vielleicht sitzt er bereits in einem Zug und fährt zurück nach New York!«

»Höchstwahrscheinlich ist er unterwegs zu seiner Hütte.«

Beide Frauen blickten erschrocken hoch und sahen Edan im Türrahmen stehen. »Ich wollte Sie nicht belauschen; aber als ich Zeuge der Trauung wurde, wußte ich, wie zornig er werden würde.«

Houston wickelte sich die Schleppe ihres Brautkleids dreimal um den Arm. »Ich werde zu ihm gehen und ihm erklären, was passiert ist. Ich werde ihm sagen, daß meine Schwester so sehr in Leander verliebt ist, daß sie glaubte, ich wäre das auch.« Sie drehte sich lächelnd zu Blair um. »Ich nehme dir zwar übel, daß du mir die Fähigkeit zutraust, einen Mann seines Geldes wegen zu heiraten; aber ich danke dir für deine Liebe, die du durch deine Bereitschaft bewiesen hast, mir zu opfern, was dir inzwischen so viel bedeutet.« Sie küßte ihre Schwester rasch auf die Wange.

Blair klammerte sich einen Moment an sie. »Houston, ich hatte ja keine Ahnung, daß du so an ihm hängst. Sobald der Empfang vorbei ist, helfe ich dir beim Packen und . . .«

Houston löste sich mit einem kleinen Lachen aus Blairs Umarmung. »Nein, meine teure, mein Leben organisierende Schwester, ich werde dieses Haus sofort verlassen. Mein Mann ist mir wichtiger als das Wohl von ein paar hundert Gästen. Du wirst hierbleiben und alle Fragen beantworten müssen, warum Kane und ich verschwunden sind.«

»Aber ich habe doch gar keine Ahnung, wie man einen Empfang dieser Größe bewältigt, Houston!«

Houston hielt neben Edan unter der Tür an. »Du hättest Mäuschen spielen sollen bei meiner ›wertlosen‹ Ausbildung«, sagte sie und lächelte dann. »Blair, es ist nicht so schlimm wie du glaubst. Mach ein freundliches Gesicht, wenn du mit den Gästen redest, und vielleicht gibt es ein paar verdorbene Mägen oder eine Lebensmittelvergiftung, und damit hast du ja wirklich keine Probleme. Viel Glück!« Damit war sie aus der Tür und ließ Blair allein mit ein paar hundert Gästen und der entsetzlichen Aussicht zurück, sie alle unterhalten und bewirten zu müssen.

Vor dem Büro nahm Edan Houstons Arm und führte sie in eine Vorratskammer neben der Nordveranda. Er sah sie lächelnd an.

»Sie machen sich wohl einen Beruf daraus, mir nachzuspionieren«, fauchte sie ihn an.

»Ich habe in den zwei Wochen, die ich Ihnen nachspioniert habe, mehr gelernt als vorher in meinem ganzen Leben«, sagte er. »War das Ihr Ernst, als Sie Ihrer Schwester beteuerten, Sie würden Kane lieben?«

»Halten Sie mich jetzt auch noch für eine Lügnerin? Entschuldigen Sie mich, ich muß mich umziehen. Dieses Kleid ist zu lang und zu eng zum Klettern.«

»Sie wissen, wo die Hütte ist?«

»Ich kenne ihre ungefähre Lage.«

»Houston, Sie können ihm doch nicht auf einen Berg nachsteigen, um sich für Ihre Schwester zu entschuldigen!

Ich werde zu ihm reiten, ihm alles erklären und ihn zurückbringen.«

»Nein, er gehört jetzt mir – dem Gesetz nach jedenfalls –, und wenn ihn jemand zurückholt, dann ich.«

Edan legte ihr die Hände auf die Schultern. »Ich hoffe nur, daß er auch weiß, wie gut er es mit Ihnen getroffen hat. Was kann ich tun, um Ihnen zu helfen?«

Sie war schon an der Tür. »Vielleicht können Sie Sarah Oakley suchen und ihr sagen, sie soll in mein Zimmer kommen und mir beim Umziehen helfen.« Sie hielt inne und blickte Edan nachdenklich an. »Nein, vielleicht sollten Sie lieber Jean Taggert zu mir schicken. Sie ist die besonders hübsche Lady in dem violetten Seidenkleid und dem dazu passenden Hut.«

»Besonders hübsch, sagten Sie?« Er lachte. »Viel Glück, Houston.«

Kapitel 15

Jean half Houston in Rekordzeit aus dem Hochzeitskleid. Houstons Entschluß, Kane nachzulaufen, fand ihre volle Unterstützung.

Als Houston sich umgezogen hatte, schlichen sie sich beide durch den Westflügel in die Wohnung der Haushälterin und von dort aus über die Hintertreppe nach unten. Hinter ein paar Bäumen versteckt, wartete Edan mit einem Pferd, das mit vier Satteltaschen beladen war.

»Damit sollten Sie ein paar Tage auskommen können«, sagte er und zeigte ihr den Proviant, den er eingepackt hatte. »Sind Sie sicher, daß Sie auch den Weg zu ihm finden? Wenn Sie sich verirren . . .«

»Ich lebe seit meiner Geburt in Chandler und kenne die Umgebung so gut wie kein anderer.« Sie blickte ihn streng an. »Und ich bin auch nicht aus so weichem Holz geschnitzt, wie manche Leute glauben.«

»Haben Sie auch die Hochzeitstorte nicht vergessen?« fragte Jean Edan.

»Die habe ich in eine besondere Blechschachtel getan und noch eine Schleife darum gebunden«, sagte Edan in einem so merkwürdigen Tonfall, daß Houston von ihm zu Jean blickte und sich dann mit einem Lächeln zu dem gesattelten Pferd umdrehte.

»Du mußt losreiten. Sonst wird es dunkel, ehe du da bist«, sagte Jean. »Und mach dir keine Sorgen wegen der Gäste. Denke nur an deinen Mann und wie sehr du ihn liebst.«

Houston stahl sich so heimlich davon wie sie konnte – keine leichte Sache, wenn man als Braut der Mittelpunkt von über sechshundert geladenen Leuten ist. Die wenigen Gäste, denen sie bei ihrem Ritt durch den Garten begegnete, waren so sprachlos, daß sie kein Wort sagen konnten. Sie hatte sich den Hutschleier vor das Gesicht gezogen und hoffte, die Leute damit täuschen zu können. Aber sie wußten sehr wohl, wer sich dahinter versteckte.

Als sie die Westgrenze des Gartens erreichte, hätte sie um ein Haar Rafe Taggert und Pamela Fenton über den Haufen geritten, die dort auf einem Weg beieinanderstanden. Ob es der Schock war oder die Überraschung – jedenfalls stieg ihr Pferd mit den Vorderbeinen in die Luft.

Rafe blickte sie amüsiert an. »Sie müssen der Zwilling sein, der einen Taggert geheiratet hat. Und jetzt wollen Sie ihn schon wieder verlassen?«

Ehe sie etwas erwidern konnte, sagte Pam: »Wie ich Kane kenne, wurde sein Stolz bei der Trauung so verletzt, daß er irgendwohin rannte, um seine Wunden zu lecken. Sollte es vielmehr so sein, daß Sie ihm nachreiten?«

Houston wußte nicht, wie sie sich dieser Frau gegenüber verhalten sollte, die ihr Mann einmal geliebt hatte. Sie reckte das Kinn in die Luft und sagte so kühl wie möglich: »Sie haben es erraten.«

»Gut für Sie!« rief Pam. »Er braucht eine Frau mit Ihrer Courage. Ich habe immer darauf bestanden, daß er mir nachlaufen sollte. Ich hoffe, Sie sind auf seinen Zorn vorbereitet. Er kann zuweilen ganz fürchterlich sein. Ich wünsche Ihnen alles Glück dieser Welt.«

Houston war so überrascht von Pams Worten, daß ihr keine passende Antwort einfallen wollte. Einerseits ärgerte sie sich darüber, daß eine andere Frau *ihren* Mann so intim kannte, andrerseits war sie dieser Frau auch wieder dankbar für ihren guten Rat. Nur hörte diese sich so an, als habe sie freiwillig auf Kane verzichtet. War Kane der Liebende von den beiden, und hatte Pamela Kenton ihn nicht haben wollen?

»Vielen Dank«, murmelte Houston und gab ihrem Pferd die Sporen.

Sie begegnete niemandem mehr auf ihrem Ritt durch den Park, und als die letzten Häuser von Chandler hinter ihr zurückblieben, seufzte sie erleichtert.

Nun kam der leichteste Teil ihrer Reise, so daß sie Zeit zum Nachdenken hatte, wie es nun in Kanes Haus zugehen mußte. Arme Blair! Sie hatte es wirklich gut mit ihr gemeint. Sie hatte geglaubt, Houston wollte Leander zum Mann haben, und war zu dem heroischen Opfer bereit gewesen, ihr Leben mit einem ›Schuft‹ wie Kane Taggert zu verbringen. Vielleicht war Kane deshalb so empört gewesen, weil er spürte, Blair wollte ihn wie eine bittere Medizin schlucken, um ihre Schwester zu ›entschädigen‹.

Nur hatte Kane dabei übersehen, daß die Gäste gar nicht gemerkt hatten, was bei der Trauung wirklich passiert war. Sie hatten das Ganze für ein Versehen gehalten, für einen Scherz, der keinem ernsthaft geschadet hatte. Und wenn Kane im Haus bei den Gästen geblieben wäre, hätte er am Ende wohl selbst darüber lachen müssen, und alles wäre verziehen gewesen – doch Kane mußte die Kunst, über sich selbst lachen zu können, erst noch lernen.

Sie erreichte den Fuß der Berge und lenkte das Pferd den Pfad hinauf, auf dem sie schon einmal mit Kane geritten war. Als sie die Stelle erreichte, wo sie damals ihr Picknick abgehalten hatten, stieg sie ab und trank einen Becher voll

Wasser. Über ihr ragte eine Bergwand auf, die ihr unüberwindlich erschien. Doch Kane hatte gesagt, seine Hütte stünde dort oben, und wenn er in seiner Hütte war, mußte sie auch dorthin gelangen können.

Sie zog ihre Jacke aus, band sie am Sattel fest und suchte dann nach einem Pfad zwischen dem Gestrüpp und den Krummholzkiefern. Nachdem sie ein paar Minuten umhergewandert war und die Wand aus verschiedenen Blickwinkeln studiert hatte, entdeckte sie etwas, was man als Trampelpfad bezeichnen konnte. Er führte steil nach oben zu einer Felsenterrasse und verschwand dann zwischen den Latschen.

Einen Moment fragte sie sich, was, zum Kuckuck, sie an ihrem Hochzeitstag eigentlich hier verloren hatte. Von Rechts wegen müßte sie jetzt in ihrem Hochzeitskleid mit ihrem Mann tanzen. Dieser Gedanke brachte sie wieder in die Gegenwart zurück. Ihr Mann befand sich dort oben auf dem Gipfel des Berges – vermutlich. Edan mochte sich auch geirrt haben, und Kane saß vielleicht in einem Zug nach Afrika. Wer konnte das schon wissen außer Kane?

Dann tränkte sie ihr Pferd, band den Hut mit dem Schleier unter dem Kinn fest, damit er nicht verrutschte und sie vor der grellen Sonne schützte, und schwang sich wieder in den Sattel.

Der Weg war viel beschwerlicher, als er von unten ausgesehen hatte. Zuweilen wurde der Pfad so schmal, daß die Zweige der Krummholzkiefern nach ihren Beinen griffen und sie Mühe hatte, ihr Pferd auf dem Trail voranzutreiben. Die Pflanzen, die hier aus den Felsen wuchsen, waren nicht die weichen, behüteten Gewächse eines städtischen Gartens. Diese Bäume mußten jeden Tag um ihr Leben kämpfen und weigerten sich, sich vor einem Menschen zu krümmen oder ihm gar Platz zu machen.

Ein Dornenkronen-Kaktus, der an der Felswand emporrankte, griff nach ihrem geschlitzten Rock und riß ihn noch ein Stück weiter auf. Houston hielt das Pferd an, zog mehrere nagellange Dornen aus ihren Kleidern und entfernte ein Dutzend fette Kletten aus ihrem Haar und von ihren Ärmeln. Hatte sie sich nicht vorgenommen, so hübsch wie möglich vor ihm zu erscheinen?, dachte sie, während sie ein paar zerzauste Strähnen unter den Hut schob.

Dann kam sie zu einer Stelle, wo der Pfad einen scharfen Knick nach rechts machte und der Himmel durch herabhängende Zweige und vorspringende Felsen verdunkelt wurde. Um sie herum sprossen Pilze von bizarrer Gestalt und in unmöglichen Farben. Manche waren gelb und klein wie Knöpfe, andere wieder so groß wie ihr Kopf und leuchtend rot. Große Kolonien von Pilzen, die aussahen wie hohe Grashalme, wuchsen senkrecht aus dem Waldboden.

Es ging stetig bergan, die Luft wurde dünner, und die Vegetation, die sie jetzt umgab, ähnelte immer mehr einem Regenwald, während in Chandler doch eher so etwas wie ein Steppenklima herrschte. Zweimal mußte sie anhalten und zwischen wuchernden Pflanzen nach ihrem Trampelpfad suchen, und einmal folgte sie einem Trail, der nach einer Meile in einer sandigen Kuhle endete, über der sich ein Felsen wölbte mit einem natürlichen Fenster am Scheitelpunkt. Dieser Ort weckte seltsame Empfindungen in ihr: Furcht und zugleich Ehrfurcht, als wäre das eine Stätte, an der man niederknien und beten sollte.

Sie führte das Pferd am Zügel zurück zu der Stelle, wo der Boden wieder hart war, und lenkte es an der Grotte vorbei.

Eine Stunde später hatte sie zum erstenmal Glück: Sie fand ein Stück Tuch von Kanes Hochzeitsanzug, das an einer scharfen Felsnase hängengeblieben war. Ihre Erleichterung, daß er sich tatsächlich am Ende dieses Pfades befinden mußte, war ungeheuer. Mit neu erwachtem Eifer trieb sie ihr widerstrebendes Pferd weiter bergan.

Sie hätte wohl ohne weitere Zwischenfälle das Ziel ihrer Reise erreicht, wenn es nicht plötzlich angefangen hätte zu regnen. Kalte, eiskalte Güsse kamen auf sie herunter, und dann, als sich genügend Regen in den Spalten und Höhlungen der Felsen über ihr angesammelt hatte, flutete auch von dort das Wasser auf sie herunter, so daß sie fast gar nichts mehr sehen konnte. Sie versuchte, mit weit vorgebeugtem Oberkörper zu reiten, um das Gesicht vor dem Regen zu schützen und den kaum noch erkennbaren Pfad nicht aus den Augen zu verlieren.

Blitz und Donner begannen das Pferd scheu zu machen, so daß es auf dem handtuchbreiten Pfad zu tänzeln anfing. Nachdem Houston eine Weile lang mit Regen und Pferd zugleich gekämpft hatte, stieg sie ab und führte den Gaul am Zügel, damit sie in dieser Sintflut nicht auch noch vom Weg abkam.

An einer Stelle wurde der Pfad zu einem schmalen Felsband zwischen einer tiefen Schlucht und einer Steilwand. Houston setzte einen Fuß darauf und beruhigte das Pferd, machte einen ganzen Schritt und beruhigte das Pferd wieder. »Wenn du nicht unser Hochzeitsessen auf dem Rücken tragen würdest, ließe ich dich einfach hier stehen«, fluchte sie leise.

Am Rand der Klippe flammte ein Blitz auf, und da sah sie die Blockhütte. Einen Moment verharrte sie regungslos auf der Stelle und blickte durch den Regen, der ihr von der Nase tropfte. Sie hatte schon fast nicht mehr an die Existenz dieser Hütte geglaubt. Und was sollte sie jetzt tun? Zur Tür marschieren, anklopfen, und wenn Kane ihr öffnete, ihm sagen, sie wollte mal kurz bei ihm reinschauen und ihre Visitenkarte abgeben?

Sie war schon versucht, mit ihrem Pferd wieder umzukehren, als die Hölle losbrach. Der idiotische Gaul, den sie mehr auf den Berg hinaufgezerrt als geritten hatte, begann zu wiehern, bekam Antwort von einem anderen Gaul und preschte los, ohne daran zu denken, daß Houston ihm im Weg stand. Sie schrie, als sie in den Modder fiel und dann die Bergkante hinunterzurollen begann; doch der Knall einer Schrotflinte, die in ihre Richtung zielte, übertönte ihren Schrei. »Verschwinde, wenn du nicht wie ein Sieb durchlöchert werden willst!« hörte sie Kane im Regen brüllen.

Houston hing jetzt über dem Rand einer Steilwand, klammerte sich an die Wurzeln einer Krüppelkiefer und versuchte, für ihre pendelnden Beine einen Halt zu finden. Er war doch hoffentlich nicht so wütend, daß er sie auf der Stelle erschoß?

Jetzt war nicht die Zeit, ihn erst lange danach zu fragen. Sie hatte die Wahl, am Fuß der Steilwand zu zerschellen oder sich Kanes Wut zu überlassen.

»Kane!« schrie sie und spürte, wie ihre Armmuskeln zu versagen begannen.

Fast im selbenn Augenblick tauchte sein Gesicht über dem Rand der Steilwand auf. »Du meine Güte«, sagte er ungläubig, während er einen Arm ausstreckte und sie beim Handgelenk packte.

Fast mühelos zog er sie auf das Plateau hinauf, stellte sie dort auf den Boden und trat einen Schritt von ihr zurück. Er schien offenbar nicht zu glauben, daß sie es sein könnte.

»Ich wollte dich besuchen«, sagte Houston mit einem nassen, schiefen Lächeln, während sie auf wackligen Beinen im Regen vor ihm stand.

»Nett, dich bei mir zu haben«, sagte er grinsend. »Hier oben bekomme ich nur selten Besuch.«

»Vielleicht liegt das an deiner Begrüßung«, antwortete sie und deutete mit dem Kopf auf die Schrotflinte in seiner rechten Hand.

»Willst du hereinkommen? Ich habe ein Feuer in der Hütte brennen«, sagte er mit sehr amüsierter Stimme – einer sehr angenehm enttäuschten Stimme, wie Houston hoffte.

»Danke, sehr gern«, sagte sie, und dann stieß sie plötzlich einen Schrei aus und sprang auf ihn zu, weil über ihr ein Ast im Wind laut knarrte.

Sie stand nun dicht vor ihm, und während er auf sie hinunterblickte, las sie eine stumme Frage in seinen Augen. Jetzt oder nie, dachte Houston, und nun hatte es auch keinen Sinn mehr, schüchtern oder keusch zu sein. »Du sagtest, du würdest zur Hochzeit kommen, wenn ich zur Hochzeitsnacht käme. Du hast deinen Teil der Abmachung erfüllt, und jetzt bin ich hier, um meinen zu erfüllen.«

Sie sah ihn an und wagte nicht zu atmen.

Da wanderten erst die verschiedenartigsten Gefühle über sein Gesicht, ehe er den Kopf zurückwarf und so laut lachte, daß er sogar den Donner übertönte. Im nächsten Moment trug er sie auf seinen Armen zur Hütte. Vor der Schwelle hielt er an und küßte sie. Houston klammerte sich an ihn und wußte, daß der beschwerliche Weg hierher sich gelohnt hatte.

In der kleinen, nur aus einem Raum bestehenden Hütte brannte ein lustiges Feuer in einem steinernen Kamin, der die hintere Wand gänzlich ausfüllte.

Kane hielt eine Decke hoch. »Ich habe hier keine Vorräte an trockenen Kleidern. Du ziehst dir die Sachen aus, während ich dein Pferd suche und es anpflocke.«

»Ich habe was zu essen mitgebracht«, rief sie ihm nach. »Die Sachen sind in den Satteltaschen.«

Als Houston allein in der Hütte war, begann sie sich auszukleiden. Als sie sich die nasse Unterwäsche von der kalten, klammen Haut schälte, blickte sie alle zwei Sekunden zur Hüttentür. »Feigling!« schalt sie sich leise. »Du hast eben deinem Mann einen Antrag gemacht, und nun mußt du auch halten, was du ihm so großspurig versprochen hast.«

Als Kane in die Hütte zurückkam, war Houston bis zum Hals in die Wolldecke eingewickelt. Nach einem raschen Blick auf sie und einem verständnisvollen Lächeln stellte Kane die prall gefüllten Satteltaschen auf den Boden.

Das einzige Möbelstück in der Hütte war ein großes, aus Fichtenbrettern gezimmertes Bett, auf dem ein buntes Sortiment von Decken lag, die alle nicht besonders sauber aussahen. An der Wand daneben war ein großer Berg aus übereinander gestapelten Konservenbüchsen, größtenteils Pfirsiche im eigenen Saft, wie sie auf einen Blick feststellte. Solche Büchsen hatte sie auch in Kanes Küche gefunden, als sie zum erstenmal sein Haus besichtigt hatte.

»Ich bin froh, daß du Proviant mitgebracht hast«, sagte

er. »Ich hatte in der Eile ganz vergessen, mir etwas von den Büfetts mitzunehmen. Edan würde es nicht glauben; aber wenn ich drei Büchsen Pfirsiche auf einmal esse, hängen mir die Dinger zum Hals heraus.«

»Edan hat die Satteltaschen für dich gepackt, und deine Kusine Jean sorgte dafür, daß er die Hochzeitstorte nicht vergaß.«

»Ah, ja«, sagte Kane, sich wieder aufrichtend, »die Hochzeit. Ich schätze, ich habe dir diesen Tag verdorben, und dabei haben die Frauen doch immer so viel Spaß an Hochzeiten.« Er begann, sein Hemd aufzuknöpfen.

»Viele Frauen haben so eine Hochzeit, wie ich sie geplant habe; aber nur wenigen ist es vergönnt, an ihrem Hochzeitstag so viele Überraschungen zu erleben wie ich heute.«

Als er sein nasses Hemd aus der Hose zog, lächelte er ihr zu. »Deine Schwester hat das angestiftet, was bei der Trauung passiert ist, nicht wahr? Du hattest doch nichts damit zu tun, oder? Das ist mir allerdings erst aufgegangen, als ich bereits hier vor der Hütte stand.«

»Nein, ich hatte nichts damit zu tun«, antwortete sie. »Aber Blair tat es nicht in böser Absicht. Sie liebt mich und dachte, ich wollte Leander zum Manne haben; also versuchte sie, ihn mir zu schenken.« Als Kane begann, seine Hose auszuziehen, blickte Houston zurück ins Feuer. Das war ihre Hochzeitsnacht, ging es ihr durch den Kopf, und dabei erwärmte sich ihr Körper beträchtlich.

»Dachte?« fragte Kane, und als sie ihm nicht antwortete, wiederholte er hartnäckig: »Du sagtest eben, sie *dachte*, du wolltest Westfield zum Mann haben. Denkt sie das jetzt nicht mehr?«

»Nein. Aber das hat sie erst eingesehen, als ich nach der Trauung mit ihr redete«, murmelte Houston, ins Feuer blickend. Sie konnte hören, wie er sich hinter ihrem Rücken mit einem Handtuch trockenrieb, und die Versuchung war groß, sich nach ihm umzudrehen. War er tatsächlich genauso gut gebaut wie der Preisboxer, den sie für die »Teeparty« der Schwesternschaft angeheuert hatte?

Eine rasche Bewegung – und Kane kniete vor ihr.

Er trug nur ein Handtuch um die Hüften und sah genauso aus, wie die Griechen in der Antike ihre Götter darstellten. Die glatten, mächtigen Muskeln unter der tiefgebräunten Haut waren in der Tat noch besser als bei dem Mann, den sie zur Party bestellt hatte.

Was Kane auch sagen wollte – es war in demselben Moment vergessen, als sie ihn ansah. Ihm stockte der Atem in der Kehle. »Du hast mich schon einmal so angeschaut«, flüsterte er. »Damals, als du den Wasserkrug auf meinem Schädel zerschmettert hast, weil ich es wagte, dich anzufassen. Hast du diesmal wieder so etwas Ähnliches vor?«

Houston blickte ihn nur unverwandt an, während sie die Decke an ihrem Hals losließ, so daß sie ihr über die Schultern rutschte und knapp über ihren Brüsten hängen blieb. »Nein«, war alles, was ihr jetzt als Antwort einfiel.

Das Feuer spielte warm über ihre nackte Haut hin; doch nichts ließ sich mit dem Gefühl vergleichen, das sie empfand, als er ihr die Hand an die Wange legte. Er wickelte sich die nassen Haare um die Finger, die ihr über die Schultern hinuntergefallen waren. Sein Daumen fuhr sacht über ihre Unterlippe, während er sie betrachtete.

»Ich habe dich schon in so vielen schönen Kleidern erlebt«, sagte er, »doch nie hast du schöner ausgesehen als jetzt. Ich bin froh, daß du hierhergekommen bist. Das ist ein Ort, wo zwei Menschen sich lieben sollten.«

Houston blickte ihm in die Augen, während seine Hand an ihrem Hals zur Schulter hinunterwanderte. Als er begann, die Decke von ihren Brüsten zu nehmen, hielt sie den Atem an und merkte, daß sie still darum betete, sie möge ihm gefallen.

Sehr sanft, als wäre sie ein Kind, legte er einen Arm um ihre Schultern und beugte sie hinunter auf den Hüttenboden. Sie spannte sich an bei dem Gedanken: Jetzt passiert es.

Kane teilte die Decke, so daß ihr nackter Körper gänzlich enthüllt war.

Houston wartete auf seinen Urteilsspruch.

»Verdammt«, sagte er leise. »Kein Wunder, daß Westfield ganz närrisch war nach euch Zwillingen. Ich habe bisher immer feststellen müssen, daß diese Bögen und Kurven unter den Kleidern der Ladies zumeist aus Baumwollwatte bestanden.«

Houston mußte lachen. »Gefalle ich dir?«

»Gefallen?« sagte er, während er ihr die Hand hinstreckte. »Schau dir das an. Sie zittert so stark, daß ich sie gar nicht mehr beruhigen kann.« Er legte die Hand auf die weiche Haut ihres Unterleibs. »Ist verdammt schwer für mich, noch zu warten; aber eine Lady, die bei Regen und Sturm einen Berg hinaufklettert, um die Nacht mit mir zu verbringen, verdient nur das Beste – nicht so ein rasches, hastiges Getümmel auf dem Fußboden. Du setzt dich jetzt so hin, während ich uns was zu trinken mache. Magst du Pfirsiche? Nein!« rief er, als Houston im Begriff war, sich wieder in die Decke zu wickeln. »Die kannst du auf dem Boden liegen lassen. Wenn es dir zu kalt wird, kriechst du auf meinen Schoß, und ich wärme dich.«

In Duncan Gates' Haus hatte sie selten Gelegenheit gehabt, sich auch mit dem Geschmack und der Wirkung von Schnäpsen vertraut zu machen. Kane schnitt eine Konservenbüchse mit Pfirsichen auf, schüttete den Saft weg, zerstampfte die Früchte zu Brei und goß eine kräftige Portion Rum dazu.

Nachdem er umgerührt hatte, reichte er ihr die Konservenbüchse mit der Mischung. »Ich habe zwar keine Gläser; aber es wirkt.«

Houston nahm einen kleinen Schluck. Es war ihr schon peinlich, splitternackt vor einem Mann auf dem Boden zu sitzen. Doch als sie die Büchse ausgetrunken hatte – diese Mischung schmeckte ganz anders als die Spirituosen, von denen sie hin und wieder mal eine Kostprobe nehmen durfte –, hatte sie das Gefühl, es wäre die natürlichste Sache von der Welt, keine Kleider anzuhaben.

Kane setzte sich ihr gegenüber und betrachtete sie. »Besser?« fragte er, während er ihr eine zweite Dose mit rumgetränkten Pfirsichen reichte.

»Viel besser.«

Sie hatte die zweite Dose erst zur Hälfte geleert, als Kane sie ihr wieder wegnahm. »Ich will nicht, daß du dich betrinkst. Du solltest dich nur entspannen.«

Er legte den Arm um sie und zog sie dichter an sich heran. Mit diesem Getränk im Leib fühlte sich Houston so frei von Hemmungen wie nie zuvor in ihrem Leben. Sie legte ihm die Arme um den Hals und drückte ihre Lippen auf seinen Mund.

»Was hast du deiner Schwester von dir und Westfield gesagt?«

»Daß Lee vielleicht *ihren* Körper entflammen kann; ich aber nie so etwas Ähnliches bei ihm empfunden habe.«

»Kein Mann mit überzeugenden Argumenten?«

»In dieser Hinsicht überhaupt nicht.«

Seine Hände spielten über sie hin, während er sie küßte, berührten hier und dort ihre Haut und schickten Feuerströme durch ihren Körper. Sie merkte in einem Winkel ihres Bewußtseins, daß er sich beherrschte, zurückhaltender war als sie; doch sie achtete dessen nicht.

Als seine Hände über ihren Körper hinstrichen, drängte Houston sich noch dichter an ihn heran und streckte sich aus, damit er einen besseren Zugang zu ihr hatte.

Er küßte ihr Gesicht, ihren Hals, und seine Lippen glitten über ihre Brüste. Als er die rosenfarbene Spitze in seinen Mund nahm, wölbte sie sich zu ihm hin, und seine Hände liebkosten ihre Taille und Hüften.

»Laß dir Zeit, mein Liebling«, murmelte er, »wir haben die ganze Nacht für uns.«

Das waren alles Empfindungen, wie Houston sie bisher noch nie erlebt hatte. Wenn Lee sie angefaßt hatte, wollte sie sich immer in sich selbst zurückziehen; aber bei Kane hatte sie das Verlangen, daß er alles auf einmal erforschen und entdecken möge. Bei jeder seiner Berührungen fühlte sie ein sich ständig steigerndes Wohlbehagen, und all die Ängste, die Lee ihr eingeimpft hatte, daß sie eine frigide Frau sei, lösten sich rasch in Nichts auf.

Ihre Hände begannen seine Haut zu erkunden, die Wärme seines Körpers zu ertasten. Seine Haut schien im Licht des Kaminfeuers zu glühen, und Houston hätte ihn so gern überall zugleich berührt.

Kane zog sie noch näher an sich heran, und streckte sich, sie in seinen Armen haltend, auf dem Fußboden aus. Er löste das Handtuch von seiner Taille, und Houston drängte ihre Hüften dichter an die seinen heran, ein bißchen ängstlich bei der Berührung seines Gliedes.

Kanes Zurückhaltung begann abzubröckeln. Sein Atem in ihrem Ohr war rauh und schnell, und seine sanften Küsse wurden heiß und fordernd. Houston gab seine Küsse mit der gleichen Inbrunst zurück.

»Houston, süße, süße Houston«, sagte er, als er sie mit dem Rücken auf die Decke legte, die auf dem Boden ausgebreitet war, und seinen Körper über den ihren schob.

Sie griff begierig nach ihm und zog ihn ganz eng an sich. Als er in sie eindrang, stöhnte sie, und der Schmerz trieb ihr die Tränen in die Augen. Kane hob sich wieder von ihr fort, betrachtete sie und hielt sich zurück, bis er von ihrem Gesicht ablesen konnte, daß der Schmerz nachließ. Er bedeckte ihren Hals mit kleinen, knabbernden Küssen, fuhr mit der Zunge an ihrem Ohr entlang, bis sie ihr Gesicht zur Seite drehte und seinen Mund suchte.

Langsam begann Kane wieder in sie einzudringen, und nach den ersten wenigen, schmerzlichen Sekunden begann Houston sich mit kleinen ungeschickten Bewegungen gegen seine Lenden zu drängen. Kane legte die Hände an ihre Hüften und fing an, sie sacht und behutsam anzuleiten.

Houston legte den Kopf zurück und gab sich mit ihren Gedanken und Gefühlen ganz diesen neuen und köstlichen Empfindungen hin, die Kane in ihrem Körper auslöste.

Sie begann sich in einem Rhythmus zu bewegen, der so alt war wie das Leben selbst, und in sich spürte sie, wie all die Gefühle, die sich so lange in ihr aufgestaut hatten, endlich ihre Befreiung fanden.

Kanes Bewegungen wurden schneller, und sie paßte sich

seinem Rhyhtmus an. Ihre Erregung wuchs und wuchs, bis sie glaubte, sie würde vor Leidenschaft zerspringen.

Und als sie explodierte, war sie überzeugt, sie könne sterben vor Wonne. »Kane«, flüsterte sie, »Oh, mein lieber, lieber Kane.«

Er stemmte sich gerade weit genug in die Höhe, um sie betrachten zu können, und sein Gesicht hatte einen wundersamen Ausdruck, den sie nicht verstehen konnte.

»Habe ich dir nicht gefallen?« fragte sie, während ihr Körper sich wieder zu verkrampfen begann. »Glaubst du auch, daß ich frigide bin?«

Er legte die Hand an ihren Kopf und küßte sie sanft. »Nein, mein Herz, daß wäre wohl das Letzte, was ich von dir glaubte. Obwohl ich mir gar nicht so sicher bin, daß ich überhaupt etwas von dir weiß. Nur, daß du die hübscheste Frau bist, die mir je begegnet ist, und daß du die verrücktesten Sachen machst – zum Beispiel einen Berg hinaufkletterst, nur um eine Nacht mit mir zu verbringen. Und daß sich dann meine unnahbare, kleine Lady-Frau plötzlich als kleiner heißer . . . Vielleicht sollten wir das nicht weiter vertiefen.«

Er küßte sie auf die Stirn. »Ich gehe jetzt hinaus in den Regen und wasche das Blut da ab, und wenn ich wieder zurückkomme, wollen wir essen. Ich muß bei Kräften bleiben, wenn ich dich die ganze Nacht lieben soll.«

Als er vom Boden aufstand, streckte sich Houston wohlig, und ihre helle Haut leuchtete wie Bronze im Licht des Herdfeuers.

Als Kane sie so betrachtete, schoß ihm ein ungewöhnlicher Gedanke durch den Kopf: Er wollte nicht allein sein, nicht einmal die wenigen Minuten, die er draußen im Regen stehen würde.

Er streckte ihr seine Hand hin. »Komm mit«, sagte er, und es war kein Befehl, sondern eine dringende Bitte.

»Wohin du willst«, antwortete Houston.

Kapitel 16

Houston ging mit ihrem Mann in den Regen hinaus und spürte nicht einmal die Kälte. Sie stand noch ganz im Bann der Tatsache, daß sie keine frigide Frau war. Vielleicht war Leander das Problem gewesen. Vielleicht war die jahrelange Vertrautheit, in der sie eher schwesterliche Gefühle für ihn hegte, daran schuld, daß sie nicht zu ihm ins Bett steigen wollte. Aber was auch immer der Grund gewesen sein mochte: nun war sie von ihrer Angst befreit, daß sie vielleicht keine richtige Frau sein könne.

Kane zog sie in seine Arme. »Du siehst so verträumt aus«, sagte er. Der Regen lief ihm über das Gesicht und tropfte auf ihr Kinn. »Verrate mir, was du gerade denkst. Was geht im Kopf einer Lady vor, nachdem sie gerade mit dem Stallburschen vom Dorf geschlafen hat?«

Houston löste sich von ihm und streckte die Arme zum Himmel empor. Einer plötzlichen Eingebung folgend, begann sie langsam im Regen zu tanzen, als trüge sie ihr Hochzeitskleid, die Schleppe über den Arm gelegt, die Röcke anmutig im Kreise schwingend. »Diese Lady fühlt sich großartig. Diese Lady fühlt sich überhaupt wie ein Lady.«

Er hielt sie an einem Handgelenk fest. »Du bedauerst nicht, daß du deine Hochzeitsnacht nicht in einem Bett mit seidenen Bezügen verbringst? Du wünschst dir nicht, daß ein anderer Mann dir . . .«

Sie legte ihm die Finger auf die Lippen. »Das ist die glücklichste Nacht meines Lebens, und ich möchte sie nirgendwo anders oder mit irgendeinem anderen verbringen. Eine Hütte im Wald mit dem Mann, den ich liebe. Keine Frau auf der Welt könnte sich mehr ersehnen.«

Er betrachtete sie mit einer seltsamen Gespanntheit und einem leichten Stirnrunzeln. »Wir sollten lieber wieder hineingehen, ehe wir uns hier in der Kälte den Tod holen.«

Mit langen, ruhigen Schritten strebte er wieder der Hütte zu. Houston ging an seiner Seite; als er sich plötzlich zur

Seite drehte und sie an sich riß, daß ihre kalten, nassen Körper aneinanderklebten, und sie küßte.

Houston zerschmolz in seiner Umarmung, ließ ihn spüren, wie glücklich sie war.

Mit einem Lächeln hob er sie auf die Arme und trug sie in die Hütte. Dort nahm er eine Decke vom Bett, wickelte sie darin ein und begann, ihren kalten Körper abzureiben.

»Houston«, sagte er, »du bist mit keiner der Ladys zu vergleichen, die ich bisher gekannt habe. Ich hatte mir eingebildet, genau zu wissen, wie die Ehe mit einer Chandler-Prinzessin aussehen würde; doch nun sehe ich, daß meine Vorstellungen davon falsch waren.«

Sie drehte sich in seinen Armen um, den Körper in die warme Decke gehüllt. Seine Haut war von den Herdflammen rötlich angehaucht. »Schneide ich besser oder schlechter ab im Vergleich mit anderen Ladys? Ich weiß ja, daß du unbedingt eine Lady haben wolltest. Bin ich etwa gar keine Lady?«

Er brauchte eine Weile für seine Antwort. Er betrachtete sie nachdenklich, als müsse er sich erst schlüssig werden, was er ihr sagen sollte oder durfte. »Einigen wir uns darauf, daß ich noch eine Menge lernen muß.« Er grinste. »Ich gehe jede Wette ein, daß Mrs. Goulds ihrem Mann niemals auf einen Berg nachgestiegen wäre.« Er begann, ihren Hals mit Küssen zu bedecken, und hielt dann abrupt inne. »Würde ich zuviel von dir erwarten, wenn ich dich frage, ob du auch kochen kannst?«

»Ich kenne die Grundregeln – so viel jedenfalls, daß ich eine Köchin beaufsichtigen kann; doch ohne Zutaten kann die beste Köchin keine Mahlzeit zubereiten. Bist du denn mit Mrs. Murchisons Küche nicht einverstanden?«

»Ich würde sagen, ich bin froh, daß sie im Augenblick nicht hier ist. Ich wollte nur wissen, ob du uns aus den Sachen, die du mitgebracht hast, was zu essen machen kannst.«

Sie schob die Arme aus der Decke und legte sie ihm um den Hals. »Ich glaube, das werde ich wohl noch schaffen.

Ich möchte, daß diese Nacht niemals endet. Ich hatte Angst, du würdest mit mir schimpfen, weil ich hierherkam, ohne von dir eingeladen zu sein. Aber ich bin froh, daß wir jetzt hier sind und nicht in Chandler. Hier ist es viel romantischer.«

»Romantisch oder nicht – wenn wir nicht bald etwas essen, schrumpfe ich zu einem Nichts zusammen.«

»So eine Katastrophe müssen wir verhindern«, sagte Houston rasch und rollte unter seinem Körper hervor.

Hatte sich seine Braut da nicht eben eine kleine Obszönität erlaubt? überlegte Kane; aber das konnte doch nicht möglich sein.

Die Decke lose um den Körper gewickelt, nahm Houston die Satteltaschen entgegen, die Kane ihr zureichte, und fing an, sie auszupacken. Er hatte sich wieder das Handtuch um die Hüften geschlungen und legte Holz im Kamin nach, während Houston darüber staunte, wie sorgfältig der Inhalt der Satteltaschen ausgewählt und verpackt worden war. Da gab es Konserven in Büchsen neben zugebundenen Porzellanschüsseln und in Mull eingewickelten Päckchen. Ein Zettel fiel aus einem dieser Päckchen heraus, als sie es auswickelte.

Meine liebe Tochter,
ich wünsche Dir alles Glück dieser Erde in Deiner Ehe, und ich finde es vollkommen richtig, daß Du Deinem Mann in die Berge gefolgt bist. Aber wundere Dich bitte nicht, wenn Du wieder nach Chandler zurückkommst, über die Gerüchte, daß Kane Dich auf sein Pferd gehoben habe und mit Dir davongeritten sei.

Deine Dich innig liebende
Opal Chandler Gates

Kane blickte vom Kamin zu Houston hin und sah Tränen in ihren Augen blinken, während sie das Papier in ihrem Schoß hielt. »Stimmt etwas nicht?«

Sie reichte ihm das Billett.

»Was soll das heißen – daß ich dich auf mein Pferd gehoben hätte und mit dir davongeritten wäre?«

Houston begann, die Päckchen aus ihren Hüllen zu nehmen. »Es bedeutet, daß sich dein Ruf, der ritterlichste Kavalier von Chandler zu sein, inzwischen noch mehr gefestigt hat.«

»Mein *was*?«

»Es begann damit«, sagte sie, während sie ein Paket mit Wiener Hörnchen auspackte, »daß du mich bei der Gartenparty auf deinen Armen zur Kutsche getragen hast, und setzte sich mit den Cowboys fort, die den aus der Stadt jagtest, weil sie mich auf der Straße angesprochen hatten. Und darauf folgte dann das romantische Dinner, das du meinen Freundinnen gegeben hast – auf Sitzkissen und bei Kerzenlicht.«

»Aber ich hatte doch noch keine Möbel im Salon. Und die Gartenparty mußte ich verlassen, weil ich dir das Kleid verdorben hatte und du mit deinen Unterröcken voller Salatöl und Soßen keinen Schritt mehr gehen konntest. Und sollte ich dabeistehen und zusehen, wie du von diesen Cowboys belästigt wurdest?«

Houston öffnete eine Konserve mit Hummersuppe. »Die Leute fragen nicht nach den Ursachen – sie schauen nur auf das Ergebnis. Und wenn wir wieder in die Stadt zurückkommen, werden dich vermutlich alle heiratsfähigen Mädchen von Chandler auf der Straße angaffen und abends im Bett den Herrgott bitten, er möge ihnen auch bald so einen Mann bescheren, der sie aus einem Haus voller Hochzeitsgäste in eine einsame Berghütte entführt.«

Einen Moment sagte Kane nichts; doch dann grinste er und setzte sich neben sie. »Ich bin romantisch, wie?« sagte er und küßte ihren Hals. »Ich schätze, keinem ist bisher aufgefallen, daß ich meinen Ruf als Kavalier nur dieser Lady verdanke, die ich geheiratet habe. Sie hat dafür gesorgt, daß aus meinem tölpelhaften Betragen ritterliche Taten wurden. Was soll das sein – dieses graue Zeug da?«

»Gänseleberpastete«, erwiderte Houston, nahm das

kleine Messer mit dem Perlmuttgriff, das ihre Mutter dem Päckchen beigelegt hatte, bestrich ein Keks mit der Pastete und schob es ihm in den Mund.

»Nicht schlecht. Was hast du sonst noch?«

Sie packte ein Stück Stilton-Käse aus; eine Artischocke, die zu essen Kane für eine Zeitverschwendung hielt; Tomaten, Krabben, Medaillons aus Hühnerfleisch, Smithfield-Schinken, ein Lendensteak in Zwiebelsoße und gebratene Hähnchen.

Als Houston die Hähnchen auspackte, lachte sie. Gebratene Hähnchen hatten nicht auf dem Speisezettel für das Hochzeitsmenü gestanden, das sie selbst zusammengestellt hatte. Zweifellos hatte Mrs. Murchison sie eigenmächtig, ihrem teuren Mr. Taggert zuliebe, auf den Menüplan gesetzt. Es mußten eine Menge Leute in der Küche versammelt gewesen sein, als die Satteltaschen für die ›heimliche‹ Entführung gepackt wurden, dachte Houston.

»Was, in aller Welt, ist das?« fragte Kane.

»Ich hatte mir gedacht, eine Hochzeit ist eine gute Gelegenheit, die Leute von Chandler mit ausländischen Eßwaren bekannt zu machen. Das ist eine deutsche Brezel. Ich habe auch italienische Teigwaren für die Gäste bestellt, aber die werden sie uns vermutlich nicht eingepackt haben.«

Und während sie Kane ihren Menüplan für das Hochzeitsessen erläuterte, holte sie eine Schüssel voll Waldorf-Salat aus der Satteltasche, eine Keksbüchse mit Obsttörtchen, eine Schachtel voller Lebkuchen, ein Säckchen mit kandierten Erdnüssen und eines mit Karamellbonbons. In einer anderen Satteltasche fand sie drei Laibe Brot, eine Büchse mit Bratenfleisch-Aufschnit, Käse, Gemüsezwiebeln, ein Glas Oliven und ein Glas Senf.

»Ich glaube nicht, daß wir verhungern müssen. Ah, hier ist sie!« Sie zeigte Kane eine große Blechbüchse, in dem eine große Portion von der Hochzeitstorte eingepackt war.

Er nahm das kleine Messer vom Bett, schnitt ein Stück von der Torte ab und fütterte sie damit. Houston hielt seine Hand und leckte die Sahne von seinen Fingerspitzen. Er legte die andere Hand an ihre Wange und küßte sie.

»Wenn du immer in meiner Nähe bleibst«, murmelte er, »könnte es passieren, daß ich an Entkräftung sterbe. Würdest du mich bitte erst etwas essen lassen, ehe du mich zum zweiten Mal verführst?«

»Ich?« keuchte sie. »Du bist es doch, der . . .«

»Ja?« fragte er, langte nach einem Hühnerbein und begann es abzunagen. »Was wolltest du mir gerade vorwerfen?«

»Vielleicht möchte ich das jetzt nicht weiter vertiefen. Würdest du mir bitte die Konservenbüchse mit der Suppe reichen?«

»Hast du mein Hochzeitsgeschenk an dich gefunden? In dem kleinen Lederkoffer?«

»Du meinst den kleinen Lederkoffer, der bei den anderen Geschenken auf dem Tisch im Salon lag?« Als er nickte, meinte sie, sie habe leider noch keine Zeit gehabt, ihn sich genauer anzusehen.

»Was ist denn in dem Koffer?«

»Wenn ich es dir sage, ist es keine Überraschung mehr.«

Houston aß ein paar Löffel von der Suppe. »Ich meine, Hochzeitsgeschenke sollten am Tage der Hochzeit überreicht werden. Und da wir hier sind, und der Koffer dort, möchte ich jetzt ein anderes Geschenk von dir haben.«

»Du weißt ja noch nicht einmal, was in dem Koffer steckt! Und hier oben kann ich dir doch unmöglich ein neues Geschenk kaufen.«

»Manchmal sind es gerade die kostbarsten Geschenke, die man nicht in einem Laden kaufen kann. Ich möchte etwas Persönliches, ganz Spezielles von dir haben.«

Kanes Gesichtsausdruck verriet ihr, daß er keine Ahnung hatte, wovon sie redete.

»Ich möchte, daß du die Geheimnisse deines Leben mit mir teilst.«

»Ich habe dir doch schon alles über mich erzählt! Willst du wissen, wo ich mein Bargeld versteckt habe, falls einige von meinen Investitionen zu finanziellen Pleiten werden?«

Sie schnitt sich ein Stück von einem Camembert ab. »Ich dachte eher an etwas Persönliches, das mit deiner Familie zu tun hat. Vielleicht kannst du mir etwas über deinen Vater oder deine Mutter erzählen; oder mir vielleicht verraten, warum du die Fentons so haßt. Du könntest mir auch etwas von dem Gespräch erzählen, das du heute morgen im Garten mit Pamela Fenton geführt hast.«

Kane war so verblüfft, daß er einen Moment kein Wort herausbrachte. »Deine Wünsche sind aber wirklich sehr bescheiden! Soll ich dir vielleicht auch meinen Kopf auf einem silbernen Tablett überreichen? Warum willst du denn das alles wissen?«

»Weil wir verheiratet sind.«

»Nun zeige mir ja nicht dein hochmütiges Lady-Gesicht! Ich wette, die meisten Ehepaare sind so intim miteinander wie deine Mutter mit diesem nüchternen Pedanten, den sie geheiratet hat. Sie hat so großen Respekt vor ihm, daß sie ihn mit Mr. Gates anredet. Du hast das anfangs ja auch bei mir so gemacht. Ich wette, deine Mutter hat von ihrem Mr. Gates nie solche Sachen wissen wollen wie du jetzt von mir.«

»Nun gut. Vielleicht bin ich nur schrecklich neugierig. Die Neugierde auf dein Haus war es ja auch, die mich ... nun, die dazu geführt hat, daß wir jetzt ...« Sie verstummte, während ihre Decke zwei Zoll tiefer rutschte.

Kane betrachtete amüsiert dieses Manöver. »Ich muß schon sagen, du lernst verdammt rasch! Also gut. Ich schätze, da gibt es etwas, daß ich dir lieber erzählen sollte, weil Pamela meinte, in ein paar Tagen wüßte es sowieso die ganze Stadt.«

Er hielt einen Moment inne und blickte auf die ausgepackten Speisen hinunter. »Wahrscheinlich wird dir das, was ich dir jetzt erzähle, nicht besonders gefallen; doch daran kann ich nun nichts mehr ändern. Vielleicht erinnerst du dich daran, daß Fenton mich aus seinem Haus jagte, weil ich mit seiner Tochter ein Techtelmechtel anfing.«

»Tja«, sagte sie leise.

»Ich hatte immer geglaubt, jemand hätte uns beide heimlich beobachtet und es ihrem Vater gesteckt. Doch Pam erzählte mir heute, sie habe ihrem Vater selbst unsere Affäre gebeichtet.« Er holte tief Luft, sah sie trotzig an und fuhr fort: »Pam erzählte ihrem Vater, daß sie ein Kind von mir erwartete und mich heiraten wollte. Fenton reagierte darauf, wie man es von so einem Halunken erwarten mußte: Er schickte sie fort und verheiratete sie mit einem viel älteren Mann, der ihm Geld schuldete. Und mir erzählte er, Pam wollte mich nie wiedersehen.«

»Ist das der Grund, weshalb du Fenton haßt?«

Er blickte ihr in die Augen. »Nein, das ist nicht der Grund. Ich habe die Wahrheit ja erst heute erfahren. Und ich erzähle dir das, weil Pam beabsichtigt, wieder in Chandler zu wohnen – mit ihrem dreizehnjährigen Sohn, dessen Vater ich offenbar bin. Und Pams Schilderung nach sieht er mir so ähnlich, daß die Leute in Chandler genügend Stoff bekommen zum Tratschen.«

Houston nahm sich Zeit für ihre Antwort. »Wenn es bald die ganze Stadt wissen wird, ist es eigentlich doch kein Geheimnis mehr, nicht wahr?«

»Aber es war bis vor ein paar Stunden selbst für mich noch eines«, sagte er mit grollender Stimme. »Ich hatte verdammt keine Ahnung davon, daß ich bereits ein Kind in die Welt gesetzt habe.«

Falls nötig, konnte Houston genauso hartnäckig sein wie ihr Mann. »Ich habe dich nach einem echten Geheimnis gefragt – nicht nach einer Geschichte, die in der nächsten Woche in der ganzen Stadt den Leuten Gesprächsstoff für ihre Teepartys liefern wird. Ich möchte etwas über dich wissen, was nur dir allein bekannt ist – von dem nicht einmal Edan etwas weiß.«

»Wie kommt es, daß du so sehr darauf versessen bist, alles über mich zu wissen? Warum mußt du unbedingt schlafende

Hunde wecken? Warum läßt du nicht die alten Möbel auf dem Speicher stehen und begnügst dich damit, mit mir zu schlafen?«

»Ich begnüge mich nicht damit, mit dir zu schlafen, weil ich dich liebe. Und deshalb will ich auch alles über dich wissen.«

»Frauen behaupten doch immer, daß sie einen Mann lieben. Vor zwei Wochen hast du mir noch erzählt, daß du Westfield liebst! Also gut. Ich werde dir etwas erzählen, das dich eigentlich nichts angeht; aber was du vielleicht ganz gern hören wirst. Heute morgen kam Pam zu mir und sagte, sie habe die ganzen Jahre über nur mich geliebt und daß ich mit ihr weggehen sollte. Aber ich habe ihr diesen Wunsch abgeschlagen.«

»Meinetwegen?« flüsterte Houston.

»Habe ich heute etwa eine andere Frau geheiratet? Selbst deiner idiotischen Schwester ist es ja nicht gelungen, diese Heirat zu verhindern, wie du weißt.«

»Ist etwas zwischen dir und Blair vorgefallen, daß ihr beiden euch immer so anfauchen müßt?«

»Immer nur ein Geheimnis pro Hochzeitstag«, sagte er. »Wenn du noch mehr Geheimnisse erfahren willst, mußt du dir diese erst verdienen. Und am besten verdienst du sie dir, indem du die Speisen dort vom Bett räumst, dich aus der Decke wickelst und dich zu mir legst.«

»Ich weiß nicht, ob ich solche Torturen lebend überstehe«, sagte sie, während sie hastig die Speisen vom Bett räumte und die Decke zur Seite warf.

»Ich bin eine gehorsame Frau«, sagte sie, die Arme nach ihm ausstreckend.

»Ich mag gehorsame Frauen«, sagte er und streckte ihr ebenfalls die Arme hin.

»Ich bin dazu erzogen worden, die gehorsamste aller Ehefrauen zu sein«, flüsterte sie, während sie ihm den Mund zum Kuß darbot.

»Soweit ich mich erinnern kann, hast du mir bisher kein einziges Mal gehorcht. Das ist dir eigentlich erst eingefallen, als du zu mir in diese Hütte gekommen bist. Verdammt, Houston, so habe ich dich mir nicht vorgestellt. Vielleicht bist du deiner Schwester doch ähnlicher, als ich glaubte.«

Sie löste sich kurz von ihm. »Hast du mich etwa auch für eine Eisprinzessin gehalten?«

Lächelnd zog er sie wieder an sich. »Was passiert, wenn man Feuer und Eis zusammenbringt, mein Liebling?«

»Was daraus wird? Wasser?«

»Dampf.« Er fuhr mit der Hand bis zu ihrem strammen Gesäß hinunter, schob sie zwischen seine Beine und bedeckte sie mit seinem Körper.

Houston liebte das Gefühl seiner Nähe, die innige Berührung ihrer Körper. Man hatte sie gewarnt, daß die Hochzeitsnacht eine sehr schmerzvolle Angelegenheit sei; doch diese Nacht hatte ihr alle Wonnen beschert, die sie sich insgeheim davon erhofft hatte. Vielleicht lag das an Kane und an der Tatsache, daß er sie so schätzte, wie sie war – sie nicht kritisierte wie die anderen Männer, die sie bisher in ihrem Leben gekannt hatte. Bei ihm fühlte sie sich frei, brauchte sie ihre Gefühle nicht zu verstecken, konnte sie sich so benehmen, wie es ihrem Wesen entsprach.

Kane begann ihren Körper zu streicheln, ihre Beine, ihren Rücken, und seine Berührungen gaben ihr ein Gefühl von Schönheit, wie das ihr kein kostbares Kleid und kein Kompliment hätten geben können. Sie schloß die Augen und gab sich den Wonnegefühlen hin, die das knisternde Feuer im Kamin, die Wärme in der dunklen Hütte und die großen, breiten, harten Hände dieses Mannes in ihr erzeugten, die sanft über ihre Haut hinstrichen und über Rundungen ihres Körpers, von deren Empfindlichkeit sie bis zu dieser Nacht überhaupt noch nichts gewußt hatte. Er streichelte ihr Haar, breitete es auf dem Kissen aus und fuhr mit dem Rücken seiner Finger an ihrer Wange entlang.

Als sie die Augen öffnete, um ihn anzublicken, sah sie eine Zärtlichkeit in seinem Gesicht, die sie noch nie zuvor bei ihm bemerkt hatte. Seine Augen waren dunkel und heiß.

»Kane«, flüsterte sie.

»Ich bin hier bei dir, Baby; und ich habe nicht vor, wegzugehen«, sagte er und begann mit den Händen abermals ihren Körper zu streicheln.

Als sie die Augen wieder schloß, wurden seine Hände fordernder, umfaßten ihre Hüften, gruben die Daumen in ihr weiches Fleisch. Ihr Atem wurde schneller, als er einen seiner mächtigen, harten Schenkel über ihre weichen, glatten Schenkel schob. Seine Hände lagen auf ihren Brüsten, als sein Mund ihre Lippen suchte und sie sich ihm öffnete wie eine Blüte der Biene.

Er zog sie an sich, seinen Mund auf ihren Lippen, legte die Hände um ihr Gesäß und hob es sich entgegen.

Houston stöhnte leise beim ersten Stoß; doch sie spürte keine Schmerzen, als sie sich mit ihm zusammen bewegte. Er zog sie immer fester an sich, bis ihre Haut nur noch einem gemeinsamen Körper zu gehören schien.

Instinktiv hob Houston die Beine, schlang sie um seine Taille und legte die Arme um seinen Nacken, während er sie vom Bett hob, die Last ihres Körpers mit den Knien und Händen abstützend.

Er schob sie gegen die rauhe Holzwand der Hütte, während er noch heftiger in sie hineinstieß und Houston ihren Kopf zurückwarf. Sie stöhnte laut vor Lust, und als der letzte harte, feurige Stoß kam, schrie sie vor Entzücken.

Einen Moment lang hielt er sie mit seinem Körper in der Schwebe, während sie sich an ihn klammerte, als wollte sie ihn nie mehr loslassen.

Dann, nach ein paar langen Sekunden, senkte er ihre Last wieder sacht auf das Bett hinunter, und sie schmiegte sich so eng an ihn, daß er kaum atmen konnte. »Wer hätte das gedacht«, murmelte er, »eine Lady, die im Bett schreit.«

Houston war zu erschöpft, um ihm dafür eine Erklärung geben zu können. Und in der nächsten Sekunde war sie schon in seinen Armen eingeschlafen.

Kapitel 17

Als Kane am nächsten Morgen erwachte, war es draußen taghell. Nachdem er eine Weile grinsend Houstons nackten Körper betrachtet hatte, der sich an ihn schmiegte, streichelte er ihre Hüfte und rief:

»Höchste Zeit, daß du aufstehst und mir ein Frühstück, machst!«

»Drücke auf den Klingelknopf, und das Mädchen bringt dir das Frühstück«, murmelte sie und barg das Gesicht an seiner warmen Brust.

Er betrachtete sie mit einer hochgezogenen Braue. »Oh, guten Morgen, Mr. Gates und Leander. Nett, daß Sie mich schon so früh in meinem Haus besuchen.«

Houston reagierte sofort. Sie setzte sich kerzengerade im Bett auf, langte nach einer Decke und wickelte sie um ihren Körper, bis nur noch das Gesicht herausschaute.

Es dauerte ein paar Sekunden, bis sie begriffen hatte, daß Kane sie nur necken wollte. »Das war aber ein schlechter Scherz!« meinte sie vorwurfsvoll, während Kane prustete vor Lachen, als sie so neben ihm saß, züchtig vom Knöchel bis zum Hals bedeckt, und das alles in Rekordzeit. Sie bemühte sich sehr, sich von seiner Heiterkeit nicht anstekken zu lassen; aber es gelang ihr nicht.

»Westfield habe ich wohl nicht mehr zu fürchten, schätze ich«, sagte er, während er aus dem Bett stieg und in den Satteltaschen kramte.

Houston stützte den Kopf auf den Ellbogen und beobachtete ihn mit großem Interesse. Er war viel besser gebaut als der Preisboxer, den sie zur Versammlung der Schwesternschaft eingeladen hatte. Seine Muskeln waren noch kräftiger, seine Schultern noch breiter, und sein strammes, kleines Gesäß saß über mächtigen Schenkeln – Schenkeln, die sich so herrlich an den ihren reiben und ihren Körper zum Singen bringen konnten.

Kane drehte sich unbefangen zu ihr um, doch als er ihren Gesichtsausdruck bemerkte, ließ er die Nahrungsmittelpakete fallen, die er aus der Satteltasche geholt hatte, und streckte ihr eine Hand hin.

»Ich hatte eigentlich nur in dieser Hütte übernachten wollen; aber wärest du damit einverstanden, daß wir noch ein paar Tage hierbleiben – gewissermaßen unsere Flitterwochen hier verbringen, statt in Paris oder einem eleganten Badeort?«

»Ich kenne Paris«, flüsterte sie, schob ihre Hüften näher an ihn heran und rieb sie sacht an seinem Bauch. »Und ich kann dir aufrichig versichern, daß mir diese Hütte viel besser gefällt. Hattest du eben nicht etwas von einem Frühstück gesagt?«

Kane machte ein ungläubiges Gesicht, während er sie von sich wegschob. »Als Kind habe ich gelernt, daß man behutsam umgehen muß mit kostbaren Spielsachen, wenn sie länger halten sollen als nur einen Tag.«

»Bin ich für dich ein Spielzeug?«

»Ein Spielzeug für Erwachsene. Nun zieh dir etwas an, damit wir frühstücken können. Ich wollte dir vorschlagen, mit mir ein paar Bergwerksruinen in der Nachbarschaft zu besichtigen. Ich hoffe nur, ich bin Manns genug, den ganzen Tag mit dir verbringen zu können.«

»Davon bin ich überzeugt«, sagte sie, während sie durch züchtig gesenkte Wimpern an ihm hinunterblickte. Da war ein gewisser Teil von ihm, der nicht so aussah, als würde er nur einen Tag lang halten.

Er faßte sie nun sehr bestimmt an beiden Schultern und schwenkte sie herum. »Dort drüben beim Kamin liegen noch ein Ersatzhemd und eine zweite Hose. Du ziehst das an – und ich möchte, daß alle Knöpfe zu sind und nichts heraushängt, was mich verrückt machen könnte. Hast du mich verstanden?«

»Ich habe verstanden«, sagte Houston, ihm die Kehrseite zudrehend. Und dabei mußte sie so sehr grinsen, daß sogar ihr Hinterteil zu wackeln begann.

Als sie sich angezogen und gefrühstückt hatten, führte Kane Houston noch weiter den Berg hinunter. Chandler lag

6200 Fuß über dem Meeresspiegel, das Plateau der Hütte befand sich auf einer Höhe von ungefähr 7500 Fuß, und entsprechend dünn und kalt war die Luft hier oben. Kane schien gar nicht zu merken, daß Houston ungeübt war im Klettern und ihre Reitstiefel ständig auf dem schlüpfrigen Fels ausrutschten. Er führte sie senkrecht den Steilhang hinauf, an Überhängen vorbei, die jeden Moment auf sie herabzustürzten drohten.

»Ist es noch sehr weit?« fragte sie ihn einmal.

Kane drehte sich um und gab ihr die Hand, um ihr über eine besonders schwierige Stelle hinwegzuhelfen. »Wie wäre es mit einer Rast?« fragte er und löste die Gurte des Tornisters mit der Verpflegung, den er auf dem Rücken trug.

»Für eine Rast wäre ich dir sehr dankbar«, sagte sie erleichtert und nahm die mit Wasser gefüllte Feldflasche, die er ihr hinreichte. »Bist du sicher, daß es hier oben überhaupt ein Bergwerk gibt?« fragte sie, nachdem sie einen kräftigen Schluck getrunken hatte. »Wie konnten sie denn hier oben die Kohle fördern?«

»So, wie man überall Kohle fördert, vermute ich. Was weiß ich?« Er sah sie eindringlich an, und als er sich davon überzeugt zu haben schien, daß sie nicht an Atemnot sterben würde, wandte er den Blick wieder ab.

»Kommst du oft hierher?«

»Sooft es meine Arbeit mir erlaubt«, antwortete er. »Schau dir diese Felsen dort drüben an. Hast du so etwas Ähnliches schon mal gesehen?« Er deutete hinunter ins Tal, und sie vermochte im Dunst einen Felsrücken zu erkennen. »Wie kommen diese Felsen dorthin? Vielleicht hat ein Riese versucht, sie aus dem Boden zu ziehen, und nachdem er sie schon halb über der Erde hatte, verlor er die Lust daran und ließ sie liegen.«

Houston aß gerade eine von den Brezeln, die Kane als Wegzehrung eingepackt hatte. Er hatte eine Brezel beim Frühstück gekostet und sie zu der besten Backware dieser Erde erklärt. Houston wollte dafür sorgen, daß sie in Zukunft immer einen Vorrat davon im Haus hatte. »Ich glaube, ein Geologe hätte eine bessere Erklärung dafür. Hätte es dir Spaß gemacht, eine Schule zu besuchen, wo du gelernt hättest, wie sich Felsen bilden und ähnliches mehr?«

Ganz langsam drehte sich Kane wieder zu ihr um. »Wenn du etwas an mir auszusetzen hast, sage es frei heraus. Meine Schulbildung war immerhin so gut, daß sie mir zu ein paar Millionen Dollar verholfen hat. Wäre sie dann nicht auch gut genug für dich?«

Houston betrachtete die Brezel in ihrer Hand. »Ich habe dabei eher an die Leute gedacht, die nicht so viel Glück hatten wie du.«

»Ich spende genug Geld für wohltätige Zwecke. Da stehe ich hinter keinem zurück«, sagte er und reckte das Kinn vor.

»Ich hatte mir nur gedacht, es wäre jetzt der richtige Moment, dir vorzuschlagen, daß du deinen Vetter Ian in dein Haus aufnehmen solltest.«

»Meinen Vetter Ian? Diesen finster blickenden Burschen, dem du bei dieser Keilerei im Garten zu Hilfe gekommen bist? Meinst du den?«

»Man könnte ihn so beschreiben, obwohl ich eher der Meinung bin, daß er . . . tatkräftig aussieht. So wie du.«

Kane ignorierte ihre letzte Bemerkung. »Warum, in aller Welt, willst du dir so ein Problem aufladen?«

»Er ist sehr intelligent, mußte aber die Schule aufgeben, um seine Familie unterstützen zu können. Er ist noch ein Junge, schuftet aber schon jahrelang im Bergwerk. Ich hoffe, du nimmst mir nicht übel, daß ich mich mit ihm unterhalten habe, ohne dich erst um Erlaubnis zu fragen. Unser Haus ist ja wahrhaftig groß genug, und zudem ist er dein Vetter ersten Grades.«

Kane stand auf und schnallte sich den Tornister wieder um. Er rief über die Schulter, als sie ihren Weg fortsetzten – gottlob auf etwas flacherem Terrain –: »Von mir aus kann er bei uns wohnen; aber sorge dafür, daß er mir nicht vor die Augen kommt. Ich mag Kinder nicht besonders.«

Houston hatte Mühe, mit ihm Schritt zu halten: »Nicht mal deinen eigenen Sohn?«

»Ich kenne ihn ja gar nicht; wie soll ich ihn da gern haben?«

Sie hatte Mühe, über einen umgestürzten Baum hinwegzusteigen. Kanes Hose war ihr viel zu groß, und obwohl sie die Hosenbeine hochgewickelt hatte, blieben sie alle Augenblicke irgendwo hängen. »Ich dachte, du wärst neugierig, ob er dir wirklich ähnlich sieht.«

Seine Stimme kam hinter einer Gruppe von Espen hervor, deren weiße Rinde in der Sonne glänzte: »Im Augenblick bin ich nur neugierig, ob mir die alte Hettie Green tatsächlich ein paar von ihren Eisenbahnaktien verkaufen will.«

Keuchend versuchte Houston, ihren Mann einzuholen; blieb jedoch mit dem Hemdärmel an einem Zweig hängen. Während sie vorsichtig den Stoff vom Holz löste, damit er nicht zerriß, rief sie zurück: »Was ich dich noch fragen wollte – hast du diese Mietskaserne von Mr. Vanderbilt bekommen, auf die du so scharf gewesen bist?«

Kane kam zurück, um ein paar ihrer Lockensträhnen aus einem dornenbewehrten Gestrüpp zu befreien. »Oh, das. Sicher. Obwohl das nicht einfach war, so weit weg vom Schuß. Für das Geld, das ich für Telegramme ausgegeben habe, hätte ich die ganze Firma kaufen können.«

»Was – dir gehört die Western Union noch nicht?« fragte sie und sah ihn dabei groß an.

Kane schien nicht zu merken, daß sie ihn nur necken wollte. »Nur teilweise«, sagte er ernsthaft. »Eines Tages werden sie alle Telefonleitungen des Landes miteinander verdrahten. Dann wird es Zeit, richtig einzusteigen. Vorläufig sind diese Dinger nutzlos. Ich bekomme ja nur die Leute an die Strippe, die in Chandler wohnen. Und wer will schon mit den Leuten in Chandler telefonieren?«

Sie sah ihm in die Augen und sagte leise: »Du könntest deinen Sohn anrufen und ihm guten Tag sagen.«

Mit einem tiefen Seufzer wandte Kane sich wieder von ihr ab und marschierte weiter. »Edan hatte recht«, murmelte er. »Ich hätte ein Bauernmädchen heiraten sollen – eine, die sich nicht in meine Angelegenheiten mischt.«

Während Houston ihm nachrannte, über Bäume und Steine stolperte und einmal sogar auf einem mächtigen Pilz ausglitt, fragte sie sich bang, ob sie nicht zu weit gegangen war. Aber trotz seiner Bemerkung hatte seine Stimme nicht wirklich ärgerlich geklungen.

Sie wanderten schweigend noch ungefähr eine Meile weit, bis sie zum Eingang der verlassenen Mine kamen. Sie befand sich am Rand eines ziemlich steilen Abhangs und gewährte einen schönen Rundblick auf das Tal und die Ebene, die sich hinter Chandler ausbreitete.

Der Stollen, den man in den Berg vorgetrieben hatte, war schon nach sechs Metern unpassierbar; dort war die Decke eingestürzt. Houston bückte sich, hob ein Stück Kohle auf und trug es hinaus in die Sonne. Wenn man Kohle aus der Nähe betrachtete, sah sie wunderschön aus – schimmernd und glänzend wie Silber. Houston mochte gern glauben, daß sich so ein Stück Kohle, wenn es lange genug unter hohem Druck stand, in einen Diamanten verwandeln konnte.

Sie blickte hinunter auf das Tal und betrachtete dann den Steilhang am Fuß der Mine. »Wie ich es mir gedacht hatte«, sagte sie, »es lohnte sich nicht, die Kohle zu fördern.«

Kane, der mehr an der Aussicht interessiert war, warf einen flüchtigen Blick auf die Kohle, die sie in der Hand hielt. »Sieht für mich genauso aus wie jede andere Kohle auch. Was fehlt ihr denn?«

»Ihr fehlt gar nichts. Im Gegenteil, es ist eine sehr hochwertige Kohle; aber du kannst kein Geleis bis hierher verlegen; und ohne Eisenbahn, die für den Abtransport sorgt, ist die Kohle wertlos – wie mein Vater feststellen mußte.«

»Ich dachte, dein Vater hat als Händler sein Geld verdient.«

Houston fuhr mit dem Handteller über die glatten Flächen der gebrochenen Kohle, die sich so geschmeidig anfühlten und dennoch so fest. Viele Bergarbeiter hielten die Kohle für ein sehr sauberes, reines Mineral und steckten sich ein Stück davon in den Mund, um bei der Arbeit daran zu saugen. »Das stimmt; aber er kam nach Colorado, weil er von dem Kohlereichtum dieser Gegend gehört hatte. Er glaubte, hier wohnten nur reiche Leute, die sich darum reißen würden, ihm für teures Geld die zweihundert Kohleöfen abzunehmen, die er unter großer Lebensgefahr über die ›Große Wüste‹ transportiert hatte, wie man das Land zwischen St. Joseph und Denver nannte.«

»Klingt vernünftig. Also verkaufte er hier seine Öfen und gründete dann ein Warenhaus.«

»Nein, er machte fast bankrott. Denn es stimmte zwar, daß man in Colorado nur mit einem Spaten die Erde umgraben mußte, um an die Kohle heranzukommen; aber damals reichte die Eisenbahn noch nicht bis hierher, und deshalb gab es keine Möglichkeit, die geförderte Kohle auch gewinnbringend zu vermarkten. Mit Ochsenkarren konnte man die Kohle nicht in so großen Mengen befördern, daß sich der Transport überhaupt gelohnt hätte.«

»Und wie hat dein Vater dieses Problem gelöst?«

Houston lächelte bei der Erinnerung an die Geschichte, die ihre Mutter ihr schon so oft erzählt hatte. »Mein Vater hatte große Träume. Am Fuß des Berges, auf dem wir jetzt stehen, befand sich damals eine kleine Siedlung von Bauern und Viehzüchtern, und mein Vater meinte, die Stelle würde sich großartig für die Gründung einer Stadt eignen – für die Gründung *seiner* Stadt. Er schenkte jedem Bauer einen Kohleofen, wenn er ihm dafür versprach, die Kohlen zum Heizen des Ofens von den Chandler Coal Works in Chandler, Colorado, zu beziehen.«

»Heißt das, daß er die Stadt nach sich selbst benannt hat?«

»Genauso ist es. Ich hätte die Gesichter der Leute sehen mögen, als er ihnen eines Tages eröffnete, daß sie nun in der Stadt von Mr. William Houston Chandler, Esquire, wohnten.«

»Und ich war immer der Meinung gewesen, man habe die Stadt nach ihm benannt, weil er hundert Babies aus einem brennenden Gebäude gerettet hat oder so etwas Ähnliches.«

»Mrs. Jenks von der Stadtbibliothek hat mir erzählt, mein Vater sei zum Ehrenbürger der Stadt ernannt worden, weil er so viel für die Stadt gestiftet hat.«

»Und warum ist er nicht von der Kohle reich geworden?«

»Weil der Rücken meines Vaters schon nach einem Jahr nicht mehr mitmachen wollte. Er förderte die Kohle selbst, lud sie auf Ochsenkarren und belieferte damit die von Monat zu Monat wachsende Einwohnerschaft von Chandler. Doch nach einem Jahr verkaufte er seine Mine für einen Apfel und ein Ei an ein paar kräftige Bauernsöhne. Dann ging er wieder in den Osten, kaufte dort einundfünfzig Wagenladungen der verschiedenartigsten Güter, heiratete meine Mutter und kehrte einen Monat später mit ihr und fünfundzwanzig frischvermählten Paaren, die seinen Treck begleiteten, in das glorreiche Chandler in Colorado zurück. Mutter hat mir erzählt, daß die Hühner auf den Kaminen in dem Gebäude brüteten, das jemand als Chandler-Hotel zu bezeichnen wagte.«

»Und als die Eisenbahn nach Colorado kam, wurden die Bauernsöhne, denen dein Vater die Minen verkauft hatte, zu Millionären«, sagte Kane.

»Sicher; aber damals war mein Vater bereits tot, und meine Mutter hatte sich zum zweitenmal mit dem hoch angesehenen Brauereibesitzer Mr. Gates verehelicht.« Houston ging wieder in den Stollen hinein, während Kane am Eingang stehenblieb und auf die Stadt am Fuß des Berges hinuntersah.

»Seltsam, was die Leute manchmal für Vorstellungen haben von anderen Leuten. Die ganze Stadt behandelt deine Familie, als wären es königliche Hoheiten; doch in Wahrheit heißt diese Stadt nur nach deinem Vater, weil er sich in den Kopf gesetzt hatte, seinen Namen auf der Landkarte zu verewigen. Er hatte wohl nicht viel von einem König, wie?«

»Für meine Schwester und mich war er ein König – und auch für meine Mutter. Als Blair und ich noch klein waren, beschloß die Stadt, den Geburtstag meines Vaters zum Feiertag zu erklären. Mutter bemühte sich nach Kräften, die Leute aufzuklären, wie die Stadt zu dem Namen meines Vaters gekommen war, bis sie nach wochenlangen vergeblichen Anstrengungen einsehen mußte, daß die Stadt nach einem Helden *verlangte*.«

»Und wie ist Mr. Gates zu der königlichen Familie gekommen?«

Houston seufzte tief.»Mr. Gates hätte sich als Brauereibesitzer niemals einen so hehren Ruf wie mein Vater verschaffen können. Als deshalb die Königin Opal Chandler samt ihren beiden jungen Prinzessinnen wieder zu haben war, legte er ihr alles zu Fußen, was er besaß. Die Familie meiner Mutter hielt ihn für eine glänzende Partie und überredete sie, ihn zu erhören.«

»Er wollte auch nur eine echte, unverfälschte Lady haben«, murmelte Kane.

»Und er ging mit der Absicht in die Ehe, seine strengen Vorstellungen, wie eine Lady sich zu benehmen habe, bei den drei Frauen unter seinem Dach auch durchzusetzen«, sagte Houston mit zusammengebissenen Zähnen.

Kane schwieg einen Moment. »Ich schätze, das Gras im Nachbargarten sieht immer grüner aus als das eigene.«

Houston trat dicht an ihn heran und nahm seine Rechte in ihre Hände. »Ist dir schon einmal der Gedanke gekommen, daß du heute ein verwöhntes Muttersöhnchen sein könntest wie Marc Fenton, der den Wert der Arbeit nicht kennt, wenn du nicht im Stall aufgewachsen wärest, sondern als Erbe der Familie?«

»Das klingt ja so, als täte Fenton mir damit einen Gefallen!« sagte Kane entsetzt.

»Hat er.«

»Was?«

»Fenton *hat* dir damit einen Gefallen getan. Ich wollte lediglich deine Grammatik verbessern. Das gehört zu unserem Abkommen, wie du weißt.«

»Du schweifst vom Thema ab, verdammt noch mal.

Weißt du, was ich tun sollte? Dich nach New York schicken, um dort mit einigen Leuten geschäftlich zu verhandeln. Sie wären dir nicht gewachsen.«

Sie legte ihm die Arme um den Hals. »Sollte ich nicht lieber hierbleiben und mit dir verhandeln?«

Kapitel 18

Als Houston ihm die Arme um den Hals schlang, sah sie seinem Gesicht an, daß er gegen etwas in sich ankämpfte, als wollte er sie gar nicht küssen. Doch dann, als würde er von einer unwiderstehlichen Kraft angezogen, neigte er den Kopf ihrem Mund entgegen und küßte sie wie ein Verdurstender. Houston klammerte sich an ihn, genoß das Gefühl seiner Stärke, die Regung seines mächtigen Körpers, der von dem ihren Besitz ergriff.

»Kane«, flüsterte sie heiser mit einer Stimme, die tief in ihrem Hals zu sitzen schien.

Er schob sie von sich, um sie anzuschauen, ein brennendes Begehren in seinen dunklen Augen. »Was hast du mit mir gemacht? Es ist viele Jahre her, daß das, was zwischen meinen Beinen ist, über das gebietet, was sich in meinem Kopf befindet. Aber ich glaube, ich würde in diesem Augenblick jeden Mann töten, der versuchte, dich mir wegzunehmen.«

»Oder jede Frau?« fragte sie, ihre Lippen dicht vor den seinen.

»Auch das«, konnte er nur noch sagen, ehe er begann, ihr das viel zu große Hemd vom Leib zu reißen.

Es war Houston nicht entgangen, daß Kane sich bisher nicht völlig verschenkt hatte. Ein Teil von ihm, hatte sie das Gefühl gehabt, war unbeteiligt gewesen beim Liebesakt, für sie nicht erreichbar wie ein Mensch, der mit seinen Gedanken nicht recht bei der Sache ist. Doch jetzt war er anders. Da war keine Spur von Zurückhaltung mehr, keine kühle Reserve, kein Beobachten aus der Distanz.

Mit der Leidenschaft eines attackierenden Stiers hob Kane sie auf seine Arme und trug sie in den verlassenen Stollen hinein. Als Houston ihm in das vor Erregung aufgewühlte Antlitz sah, dachte sie: Das ist der Mann, der in wenigen Jahren Millionen gemacht hat. Das ist der Kane Taggert, nach dem ich die ganze Zeit gesucht habe. Das ist der Mann, den ich liebe – der Mann, von dem ich geliebt werden möchte.

Kane schien überhaupt nichts zu denken, als er sie auf den Boden des Stollens legte, seinen Mund fordernd auf ihren Lippen, während er ihr mit beiden Händen den Rest des Hemdes vom Leibe riß, um endlich ihre nackte, weiche Haut spüren zu können. Heißhungrig glitten seine Lippen ihren entblößten Körper entlang.

Das war nicht mehr der gütige, geduldige, rücksichtsvolle Liebhaber von gestern nacht. An seine Stelle war ein Mann getreten, der sich vor Leidenschaft nach ihr verzehrte. Und hatte Houston geglaubt, sie habe sich schon bisher vollkommen seinem Begehren hingegeben, so verlor sie jetzt völlig den Verstand und wurde zu einem kreatürlichen Quell pulsierender Gefühle.

Sein Mund war wie ein Feuer auf ihrer Haut, so daß sie die Glut bis ins Mark hinein zu spüren schien. Seine kräftigen Finger umklammerten ihre Taille und zogen sie ganz fest an seinen Körper. Er fühlte sich so heiß an, als würde auch ihn der Brand, der in ihr loderte, entflammen und aufzehren. Er rollte sich auf den Rücken und stemmte sie in die Höhe, als wäre sie so leicht wie eine Feder.

Mit einer einzigen fließenden Bewegung setzte er sie auf sein Glied, und Houston gab einen keuchenden, stöhnenden Laut von sich, der in einem leisen Wonneschrei gipfelte und von den Wänden des Stollens widerhallte.

Sie warf den Kopf in den Nacken und spürte, wie ihr aufgelöstes Haar sich mit dem Schweiß in ihrem Nacken vermischte. Und als er ihr jetzt die Hand auf die Schultern legte, spürte sie nur noch die heiße, wogende Brandung ihres Liebesaktes. Da waren keine Gedanken mehr, nur diese unglaubliche Wonne, die mit nichts zu vergleichen war, was sie bisher in ihrem Leben empfunden hatte.

Ein einziges Mal öffnete sie die Augen, als der Rhythmus ihrer Bewegungen immer schneller wurde, und blickte auf ihn hinunter – auf sein Gesicht mit dem halbgeöffneten Mund, das ganz verklärt war von einer tiefen, wonnevollen Leidenschaft.

»Kane.«

Sie dachte, sie hätte seinen Namen nur geflüstert; doch er hallte wie ein Lustschrei von den Wänden wider, der durch die kalte Luft wirbelte und sie mit seinem Echo einhüllte.

Kane gab keine Antwort, hob sie nur wie rasend auf und nieder, ehe sie mit gewölbtem Rücken und gespreizten Schenkeln den letzten, alles erschütternden Stoß empfing und spürte, wie ein erdbebengleicher Schauer durch ihren Körper lief.

Dann war es vorüber, und sie fiel nach vorn auf seine breite, verschwitzte Brust, während er sie mit seinen Armen umschlang, als wollte er ihr alle Rippen brechen. Sie schmiegte sich noch enger an ihn, die Beine zwischen seinen Schenkeln, und mühte sich, ganz in ihn hineinzukriechen.

So lagen sie beieinander, und die einzige Bewegung war nun Kanes Hand, die sacht über Houstons Haar strich.

»Weißt du, daß es angefangen hat zu regnen?« fragte er nach einer Weile.

Houston hatte alles um sich her vergessen, spürte nur seinen Körper und den Nachhall der unglaublichen Wonnen, die sie soeben erlebt hatte. Sie brachte es zwar fertig, den Kopf zu schütteln, hob ihn aber nicht von seiner Brust.

»Weißt du, daß draußen eine Temperatur von ungefähr fünf Grad Celsius herrscht und ich auf Hunderten von diesen scharfen kleinen Kohlestückchen liege, die du so faszinierend findest? Und daß mein linkes Bein vor ungefähr einer Stunde eingeschlafen ist?«

Lächelnd, ihr Gesicht an seiner Achsel vergraben, schüttelte Houston abermals den Kopf.

»Ich schätze, du hast nicht vor, dich bis zur nächsten Woche von der Stelle zu bewegen, nicht wahr?«

Ein Lachen stieg in ihr auf, doch sie schob ihr Gesicht noch tiefer in seine Achselhöhle und schüttelte zum drittenmal den Kopf.

»Und es stört dich auch nicht, daß meine Zehen so kalt geworden sind, daß sie vermutlich abfallen, wenn sie mit einem festen Gegenstand in Berührung kommen?«

Ihre negative Antwort veranlaßte ihn nur dazu, sie noch fester an sich zu drücken.

»Könnte ich dich vielleicht bestechen?«

»Ja«, flüsterte sie.

»Wie wäre es, wenn wir uns jetzt anzögen, uns dann in den Stollen setzten, dem Regen zuschauten und du mir Fragen stelltest? Das scheint dir ja am meisten Spaß zu machen, habe ich den Eindruck.«

Sie hob den Kopf, um ihm ins Gesicht zu sehen. »Wirst du sie auch beantworten?«

»Wahrscheinlich nicht«, sagte er, während er sie sacht von seinem Bauch schob, jedoch mitten in dieser Handlung innehielt, ihr einen Kuß gab und ihre Wangen streichelte. »Hexe«, murmelte er, ehe er sich auf den Bauch drehte und nach seiner Hose langte.

Als er Houston die Hinterseite zeigte, sah sie, daß sein Gesäß und sein breiter Rücken mit unzähligen kleinen scharfen Kohlestücken gespickt waren. Sie bemühte sich, diese mit den Händen zu entfernen. Dabei strichen – ein seltsamer Zufall – ihre Brustwarzen ein paarmal über seinen Nacken und seine Schultern hin.

Kane drehte sich wieder auf den Rücken und packte ihre Handgelenke. »Fang bloß nicht wieder damit an. Diese Lady, die ich geheiratet habe, hat etwas an sich, dem ich offenbar nicht widerstehen kann. Deswegen brauchst du aber nicht ein so selbstzufriedenes Gesicht zu machen.«

Und während er ihr diesen Vortrag hielt, wanderten seine Augen an ihrem nackten Körper auf und nieder. »Houston«, stöhnte er, während er sie wieder losließ und den

Kopf zur Seite drehte, »du bist ganz und gar nicht das, was ich mir vorgestellt habe. Und jetzt zieh dich an, ehe ich wieder eine Dummheit anstelle.«

Houston fragte ihn nicht danach, was er mit ›wieder eine Dummheit anstellen‹ meinte; doch ihr Herz klopfte wie rasend vor Freude, als sie sich die Sachen überstreifte, die er ihr geliehen hatte. Am Hemd fehlten fast alle Knöpfe, und auch in der Hose klaffte ein Riß. Sie lächelte, als sie ihre nackte Haut durch die Löcher schimmern sah.

Sie war noch gar nicht richtig umgezogen, als er sie mit beiden Armen umfing, sie auf seinen Schoß setzte und sich mit dem Rücken gegen die Stollenwand lehnte.

Draußen rauschte der Regen nieder, als wollte er niemals enden, und sie schmiegte sich in Kanes Armbeuge.

»Du machst mich glücklich«, sagte sie, während er sie noch fester an sich zog.

»Ich? Du hast dir ja das Geschenk noch gar nicht angesehen, das du von mir zur Hochzeit bekommen hast.« Er hielt inne. »Ach, du hast *das* eben gemeint. Nun, ausgesprochen traurig machst du mich auch nicht.«

»Du machst mich glücklich – nicht die Geschenke und auch nicht das Schlafen mit dir. Obwohl das natürlich hilfreich ist.«

»Schön, dann erzähle mir, wie ich dich glücklich mache.« Da hörte sie wieder eine gewisse Reserve aus seiner Stimme heraus.

Sie schwieg eine Weile, ehe sie sagte: »Als Leander und ich uns gerade offiziell verlobt hatten, bekamen wir eine Einladung zu einem Ball in der Freiheitsloge. Ich freute mich schrecklich auf diesen Abend und ließ mir deshalb – vermutlich als Ausdruck meiner Stimmung – ein Kleid aus rotem Stoff für dieses Ereignis schneidern. Es war kein verhaltenes, sondern ein strahlendes, knalliges Scharlachrot, das ich ausgesucht hatte, und als ich es am Ballabend anzog und mich im Spiegel betrachtete, hatte ich das Gefühl, die schönste Frau der Welt zu sein.«

Sie machte eine Pause, um Luft zu holen und sich daran

zu erinnern, daß sie in Kanes Armen lag und sich sicher fühlen konnte.

»Als ich die Treppe herunterkam, starrten Mr. Gates und Leander mich an, und ich war so dumm, zu glauben, sie wären tief beeindruckt von meinem roten Kleid. Aber als ich am Fuß der Treppe angelangt war, fing Mr. Gates zu kneifen an, ich sähe aus wie eine Hure, und ich sollte auf der Stelle umkehren und ein anderes Kleid anziehen. Leander mischte sich in diesem Moment vermittelnd ein und sagte, er würde schon auf mich aufpassen. Ich glaube, ich habe ihn nie mehr geliebt als in diesem Moment.«

Wieder holte sie tief Luft. »Als wir dann in den Ballsaal kamen, schlug Leander mir vor, meinen Mantel anzubehalten und den Leuten zu sagen, ich hätte mich erkältet. Ich verbrachte den ganzen Abend an einem Ecktisch, rührte mich nicht von der Stelle und fühlte mich hundeelend.«

»Warum hast du den beiden nicht gesagt, sie sollten zur Hölle fahren, und hast in deinem roten Kleid getanzt?«

»Ich glaube, ich habe immer nur das getan, was die Leute von mir erwarteten. Deswegen machst du mich ja so glücklich. Du scheinst zu glauben, wenn Houston in ihrer Unterwäsche am Rosenspalier herunterklettert, gehört sich so etwas für Damen. Auch hast du offenbar nichts dagegen, wenn ich dir sehr undamenhafte Anträge mache.« Sie drehte den Kopf in seine Richtung, um ihn anzusehen.

Nach einem raschen Kuß drehte er sie wieder in die alte Richtung. »Ich habe nichts gegen deine Anträge, kann jedoch gern auf deine Auftritte in der Öffentlichkeit verzichten, wenn du dort nur in deiner Unterwäsche erscheinst. Ich weiß nicht, ob du dich noch an die Welpen erinnern kannst.«

»Ich bin mir nicht sicher, ob ich weiß, wovon du redest.«

»Bei Marc Fentons Geburtstagsparty – ich glaube, es war seine achte – nahm ich dich mit in den Stall und zeigte dir ein paar Münsterländer-Welpen – weißes Fell mit schwarzen Punkten . . .«

»Ich erinnere mich! Aber das konntest doch nicht du gewesen sein; das war ein erwachsener Mann!«

»Ich schätze, ich war damals achtzehn, und dann mußt du . . .«

»Sechs gewesen sein. Erzähl mir davon!«

»Du kamst mit deiner Schwester zu dieser Party, und ihr hattet auch identische weiße Kleider mit rosa Schärpen an. Deine Schwester rannte sofort mit den anderen Kindern auf den Hof hinter dem Haus und spielte dort mit ihnen Fangmich. Doch du hast dich auf eine eiserne Bank gesetzt und keinen Muskel bewegt – nur so dagesessen, die Hände in den Schoß gelegt.«

»Und du bist mit einer Schubkarre vorbeigekommen, die so roch, als wären eben noch Pferdeäpfel darin gewesen.«

»Mag sein«, knurrte Kane. »Auf jeden Fall hast du mir leid getan, weil du dort so alleine saßt, und deshalb fragte ich dich, ob du die Welpen besichtigen wolltest.«

»Und ich bin mit dir mitgegangen.«

»Nicht, bevor du mich sehr kritisch von Kopf bis Fuß gemustert hast. Ich glaube, ich habe damals die Prüfung bestanden; denn sonst wärst du ja nicht mit mir in den Stall gegangen.«

»Und ich habe dein Hemd angezogen, und dann ist etwas ganz Schreckliches passiert. Ich weiß noch, daß ich furchtbar geweint habe.«

»Du wolltest die Welpen nicht aus der Nähe betrachten, sondern höchstens aus drei Metern Entfernung. Du sagtest, du dürftest dein Kleid nicht schmutzig machen, und deshalb hab' ich dir eines von meinen Hemden geliehen, damit du es über dein Kleid ziehen konntest. Doch ich mußte dir dreimal schwören, daß es frisch gewaschen sei, ehe du es anfassen wolltest. Und was mir heute noch als eine große Tragödie in Erinnerung ist, war deine Haarschleife. Denn einer von den Welpen wollte damit spielen und sprang dich von hinten an. Dabei löste sich das Band von deinem Zopf, und die Schleife zog sich auseinander.

Ich habe noch nie ein Kind gesehen, das so in Tränen

aufgelöst war wie du damals. Du hast ununterbrochen geschluchzt, Mr. Gates würde dir deswegen furchtbar böse sein, und als ich sagte, ich würde dir die Schleife wieder binden, sagtest du, nur deine Mamie könnte eine Haarschleife binden, wie es sich gehört. Genau diese Worte hast du gebraucht – ›wie es sich gehört‹.«

»Und du hast sie so gebunden, wie es sich gehörte! Denn nicht einmal meine Mutter hat später gemerkt, daß die Schleife und mein Zopf aufgegangen waren.«

»Ich habe doch ständig Zöpfe in die Mähnen und Schweife der Pferde geflochten.«

»Für Pam?«

»Du bist verdammt neugierig, was Pam betrifft. Eifersüchtig?«

»Nicht, seit du mir erzählt hast, du hättest ihren Antrag abgewiesen.«

»Deswegen sollte man Frauen nie Geheimnisse anvertrauen.«

»Möchtest du gern, daß ich eifersüchtig bin?«

Kane dachte über ihre Frage nach. »Ich hätte nichts dagegen. Wenigstens weißt du, daß ich Pam einen Korb gegeben habe. Aber ich habe nichts dergleichen von Westfield gehört.«

Sie küßte die Hand, die mit ihren Brüsten spielte. Sie wußte sehr wohl, daß sie ihm ein paarmal erzählt hatte, wie es zur Entlobung von Leander gekommen war. »Ich habe ihm am Altar einen Korb gegeben«, sagte sie leise.

Kanes Arme spannten sich etwas fester um ihre Schultern. »Ich schätze, das hast du getan, weil er auch nicht halb so viel Geld hat wie ich.«

»Du und dein Geld! Fällt dir denn gar nichts anderes ein? Zum Beispiel, mir einen Kuß zu geben?«

»Ich habe ein Ungeheuer von der Kette losgelassen«, meinte er lachend, sträubte sich aber nicht dagegen, ihrer Aufforderung nachzukommen.

»Sei artig«, sagte er ein paar Minuten später und drehte sie wieder so, daß sie mit dem Rücken an seiner Brust lag. »Ich habe nicht so eine große Ausdauer wie du. Vergiß nicht, daß ich im Vergleich zu dir ein alter Mann bin.«

Kichernd bewegte Houston ihre Kehrseite auf seinem Schoß hin und her.

»Und zudem werde ich mit jeder Sekunde älter«, fuhr er fort. »Willst du endlich stillsitzen? Gates hatte recht daran getan, euch zwei Ladys einzusperren.«

»Willst du mich ebenfalls einsperren?« flüsterte Houston und lehnte ihren Kopf an seinen Hals unter dem Kinn.

Er brauchte so lange für seine Antwort, daß sie sich umdrehte und ihn ansah. »Könnte sein«, sagte er schließlich, und dann, offensichtlich bemüht, das Thema zu wechseln, murmelte er: »Ich habe seit Jahren nicht mehr so viel geredet – ich meine über Dinge, die nichts mit meinen Geschäften zu tun haben.«

»Worüber hast du mit deinen anderen Frauen geredet?«

»Welchen anderen Frauen?«

»Den anderen. Mit Miss LaRue zum Beispiel.«

»Ich kann mich nicht entsinnen, daß ich bei Viney überhaupt etwas geredet habe.«

»Aber der nette Teil kommt doch danach, wenn man so beieinander liegt und redet.«

Er strich mit der Hand an ihrer Seite entlang. »Ich schätze, übel ist es nicht. Aber ich würde lügen, wenn ich behaupte, daß ich so was schon mal gemacht hätte. Ich meine, nachdem wir ... Ich ging danach einfach nach Hause, meine ich. Ich kann mich auch nicht darin erinnern, daß ich danach bloß so herumgelegen hätte. Ohne etwas zu reden, meine ich. Wäre reine Zeitverschwendung gewesen«, setzte er hinzu, machte aber keine Anstalten, von ihr wegzurücken. Houston schmiegte sich noch enger an ihn.

»Kalt?«

»Nein. So warm ist mir noch nie gewesen.«

Kapitel 19

Houston blickte vom Bett in der Hütte zu ihm hoch, sah ihm beim Anziehen zu und wußte, daß dies das Ende ihrer kurzen Flitterwochen war. »Wir müssen offenbar die Hütte räumen«, sagte sie traurig.

»Ich erwarte ein paar Männer heute vormittag, und ich kann es mir nicht leisten, den Termin platzen zu lassen.« Er drehte sich zu ihr um. »Ich wünschte, ich könnte noch länger hier oben in der Hütte bleiben; aber das geht nicht.«

Auch in seiner Stimme schwang Bedauern mit, und Houston beschloß, ihm lieber zu helfen als Widerstand zu leisten. Rasch sprang sie aus dem Bett und begann, ihr Reitkostüm anzuziehen. Kane mußte ihr beim Schnüren der Korsage helfen.

»Wie, in aller Welt, bringst du es fertig, in diesem verdammten Ding zu atmen?«

»Ich glaube nicht, daß es dabei auf das Atmen ankommt. Ich dachte, du weißt die Rundungen an deiner Frau besonders zu schätzen. Und ohne diese verflixten Dinger würden wir alle bald Taillenweiten von siebenundsechzig oder achtundsechzig Zentimetern haben. Zudem stützen die Korsetts den Rücken einer Frau. Sie sind im Grunde sehr gesund.«

Kane brummelte irgend etwas und stopfte den Rest ihrer Nahrungsvorräte in die Satteltaschen. Sie konnte ihm ansehen, daß er mit seinen Gedanken bereits wieder bei seiner Arbeit war.

Schweigend bereiteten sie sich nun auf den Abstieg ins Tal vor. Houston war sich nicht sicher, was in Kanes Kopf vorging; doch sie wußte, daß sie noch nie so glücklich in ihrem Leben gewesen war. Ihre Angst, eine frigide Frau zu sein, war verflogen, und vor ihr lag ein Leben mit dem Mann, den sie liebte.

Als sie die Hütte verließen, hielt Kane noch einmal auf der Schwelle an und blickte zurück in den kleinen Innenraum. »So gut ist es mir hier noch nie gegangen«, sagte er, ehe er die Tür abschloß und hinüberging zu den gesattelten Pferden.

Houston wollte sich gerade in den Sattel schwingen, als Kane sie um die Taille faßte und auf das Pferd hinaufschob. Sie versuchte, ihr Erstaunen zu verbergen, als sie auf ihn hinuntersah. War das der Mann, der sie in ihren Reitstiefeln über glitschige Felsen gescheucht hatte?

Kane zog den Kopf ein. »In diesem Reitkostüm siehst du wieder wie ein Lady aus«, murmelte er.

Schweigend begannen sie auf dem schmalen Pfad den steilen Hang hinunterzureiten. Ein paarmal hielt Kane an einer gefährlichen Stelle an, um ihr notfalls Hilfe leisten zu können.

Erst als sie schon nahe bei der Stadt waren und sie nur noch im Schneckentempo dahinzockelten, richtete Houston wieder das Wort an ihn.

»Kane, du weißt doch, was mich in den letzten Tagen so sehr beschäftigt hat, nicht wahr?«

Er sah sie an und grinste unverschämt. »Klar, weiß ich das, mein Schatz; und ich fand deine Gedanken großartig.«

»Das meine ich doch nicht« sagte sie ungeduldig. »Ich hatte daran gedacht, deine Kusine Jean zu uns ins Haus zu nehmen.«

Als sie sich zu Kane umdrehte, saß er mit offenem Mund im Sattel und starrte sie an.

»Ich bezweifle jedoch, daß sie eine offene Einladung, bei uns zu wohnen, annehmen würde, weil ihr Taggerts alle viel zu stolz seid, um euch etwas schenken zu lassen; und deshalb habe ich mir absichtlich so viel Zeit gelassen, eine Haushälterin zu engagieren, weil ich mir dachte, dieser Job könnte ihr gefallen. Erstens käme sie dann endlich aus diesem Bergwerkslager heraus, und zweitens – meinst du nicht, daß Edan und sie ein herrliches Paar abgeben würden?«

Kane starrte sie immer noch an.

»Nun – was sagst du dazu?«

Es gelang ihm, den Mund wieder zu schließen und sie wieder einigermaßen normal anzuschauen.

»Als ich zu Edan sagte, daß ich mich mit dem Gedanken trage, zu heiraten, fragte er mich, ob ich bereit wäre, mein Leben mit einer Frau zu teilen. Er lachte sich halbtot, als ich erwiderte, ich dächte gar nicht daran, einer Ehe wegen mein Leben zu ändern. Allmählich begreife ich, warum er mich ausgelacht hat. Hast du vor, noch mehr Leute in meinem Haus unterzubringen? Vielleicht die Pennbrüder von Chandler? Aber wenn du einen Prediger ins Haus nimmst, mache ich nicht mehr mit, verstanden? Ich kann Geistliche noch weniger ausstehen als Kinder. Allerdings scheint es ziemlich egal zu sein, ob ich sie mag oder nicht, weil du . . .« Er brach ab, als Houston ihm den Rücken zudrehte und ihr Pferd in Trab setzte.

Einen Moment saß er da und starrte ihr nach, und dann gab er seinem Pferd die Sporen und holte sie im Galopp wieder ein. »Du wirst mir jetzt doch nicht böse sein, Honey! Du kannst von mir aus einladen, wen du willst. Es stört mich nicht – wirklich nicht.« Es war das erstemal in seinem Leben, daß er versuchte, eine aufgebrachte Frau zu besänftigen. Das brachte ihn in Verlegenheit.

Er faßte nach dem Zügel ihres Pferdes. »Aber ich kenne diese Frau ja nicht einmal! Wie sieht sie denn aus? Vielleicht ist sie so häßlich, daß ich sie nicht anschauen kann, wenn wir uns auf dem Flur begegnen.« Er glaubte, den Hauch eines Lächelns in ihren Mundwinkeln zu entdecken. Aha – Humor war die richtige Methode.

»Jean trug violetten Chiffon über einem purpurfarbenen Unterkleid, kleine Brillanten an den Schultern und . . .«

»Moment mal«, unterbrach er sie, »meinst du etwa diese kleine schwarzhaarige, grünäugige Person mit den zierlichen Fesseln und dem schönen Hintern? Ich sah, wie sie aus der Kutsche stieg, und ich muß schon sagen, ihre Waden waren auch nicht zu verachten.«

Houston funkelte ihn an. »Du hast an deinem Hochzeitstag anderen Frauen nachgeschaut?«

»Wenn ich nicht gerade damit beschäftigt war, deine Kletterkünste am Rosenspalier zu bewundern. Ehrlich gestanden, hast du mir in deiner Unterwäsche von allen Frauen am besten gefallen.« Er streckte die Hand aus und streichelte ihren Arm.

Vor ihnen lagen die Zivilisation und die Stadt mit den Leuten, die ihnen in Zukunft viel Zeit stehlen würden. Es war ihre letzte Chance für ein intimes Beisammensein.

Als könnte er ihre Gedanken lesen, zog Kane sie vom Pferd herunter und in seine Arme. Und als sie zusammenkamen, hätte man glauben können, dies wäre die letzte gemeinsame Nacht ihres Lebens.

Als sie zwei Stunden später in das taggertsche Haus kamen, hatten sie Schmutz an ihren Kleidern, Kletten in ihren Haaren und hochrote Gesichter. Kane hielt Houston bei der Hand, bis Edan erschien.

Edan warf nur einen Blick auf die beiden, und als er seine Sprache wiederfand, sagte er zu Houston: »Wie ich sehe, haben Sie ihn gefunden. Kane, da sind vier Männer und ein halbes Dutzend Telegramme, die auf dich warten. Und, Houston, ich glaube, die Dienstboten, die Sie angeheuert haben, vertragen sich nicht besonders.«

Houston spürte, wie Kane ihr einen letzten Händedruck gab und dann mit Edan den Korridor hinuntereilte. Sie wandte sich der Treppe zu, um sich in ihrem Schlafzimmer ein sauberes Kleid anzuziehen. Die Wirklichkeit hatte sie wieder eingeholt.

Zehn Minuten später schaute Kane durch die Schlafzimmertür und sagte, er müsse dringend geschäftlich verreisen. Er käme sofort zurück, wenn alles geregelt sei.

Er blieb drei Tage fort.

Kapitel 20

Binnen vier Stunden, nachdem Kane sie verlassen hatte, wußte Houston, daß es ihre Lebensaufgabe war, eine Ehefrau zu sein. Blair mochte den Ehrgeiz haben, die Welt zu reformieren; doch sie wollte nur dem Mann, den sie liebte, den Haushalt führen.

Freilich war die Leitung von Kanes Haushalt schon eher vergleichbar mit dem Kommando einer Armee in Kriegszeiten; doch man hatte sie ja für ihren Posten als Oberkommandierende jahrelang vorbereitet.

Als erstes schrieb sie einen Brief an Jean Taggert mit der Bitte, sie ein paar Tage lang bei ihren Pflichten in der Haushaltsführung zu unterstützen. Dann schrieb Houston einen Brief an Jeans Vater, in dem sie ihm mitteilte, daß sie vorhabe, Jean zu bitten, in ihrem Haus zu bleiben und den Posten der Haushälterin zu übernehmen. Houston setzte ihre Hoffnung darauf, daß Sherwin Taggert sich für seine Tochter ein besseres Heim wünschte als das Bergwerkslager.

Als Houston dem neuen Lakaien die Briefe gab, damit er sie den Adressaten zustellen sollte, bekam sie eine erste Kostprobe davon, was die Dienerschaft an diesem Haus so schrecklich störte. Der Lakai schien es unter seiner Würde zu halten, den Fuß in ein Bergwerkslager zu setzen, und als Amerikaner hielt er natürlich mit seiner Meinung nicht hinter dem Berg.

Houston fragte ihn sehr gelassen, ob er seinen Job behalten wolle oder nicht, und wenn ja, habe er zu tun, was man ihm anschaffte, und nicht die Verwandtschaft des Mannes zu bekritteln, der für seinen Lebensunterhalt sorgte. Nachdem das geklärt war und der Lakai sich mit den Briefen auf den Weg gemacht hatte, ging Houston in das Erdgeschoß und setzte den anderen Leuten, die sie angeheuert hatte, deren Pflichten auseinander. Die meisten davon saßen nämlich auf den kahlen Fußböden und weigerten sich, auch nur einen Handschlag zu tun, solange man ihnen nicht genau ihre Arbeitsgebiete erklärt und abgesteckt hatte. Houston begriff sofort, warum Miss Jones ihren Schülerinnen dringend empfohlen hatte, nur erfahrenes Personal einzustellen.

Am Morgen des zweiten Tages hatte Houtson sieben Dienstmädchen auf die Flügel des Hauses verteilt, wo sie die Zimmer saubermachten, vier Lakaien oben im Speicher, wo sie den Rest der Möbel entfernten, und drei Mädchen in der Küche, wo sie Mrs. Murchison am Herd assistierten. Außerhalb des Hauses arbeiteten ein Kutscher in der Remise, zwei Burschen im Stall und vier kräftige Jungen im Garten.

Es geschah im Verlauf ihres Besuchs im Garten, wo Houston sich Mr. und Mrs. Nakazona vorstellte und den beiden, da keiner des anderen Sprache verstand, nach bestem Vermögen begreiflich zu machen versuchte, daß die vier jungen Leute den Anweisungen des japanischen Gärtnerpaares Folge zu leisten hatten – in diesem Augenblick also geschah es, daß Houston Ians Gesicht hinter einem Fenster im ersten Stock entdeckte.

Susan hatte Houston im Morgen, als sie ihr beim Anziehen half, von dem schrecklichen Streit erzählt, den Rafe Taggert anzettelte, nachdem die Hochzeitsgäste das Haus wieder verlassen hatten. Susan hatte zufällig einen Teil davon mitbekommen. Der junge Ian hatte sich damit gebrüstet, daß er seinen Vetter Kane haßte und niemals in dessen Haus wohnen würde. Und Rafe hatte gesagt, das wäre eine leere Prahlerei, da niemand Ian gebeten habe, in Kanes Haus zu wohnen. Worauf sich Ian entrüstete, Houston habe ihn darum gebeten; doch er würde lieber sterben, als dieses Angebot annehmen.

Es war an diesem Punkt, daß die beiden Taggerts aneinander gerieten, und da Rafe viel größer und stärker war, hatte er bei dieser Keilerei natürlich gewonnen. Rafe hatte gesagt, Ian habe bei seinem Vetter zu bleiben und alle Vorteile zu genießen, die man sich mit Geld erkaufen könne, selbst wenn er, Rafe, Ian jeden Tag bis zum Ende seines Lebens verprügeln müsse. Und dann drohte er noch damit, daß er Ian überall finden würde, wenn er versuchte, wegzulaufen.

Also hatte sich Ian seit dem Tag der Hochzeit in dem Zimmer eingeschlossen, wo Houston ihn zuletzt einquartiert hatte. Mrs. Murchison war die einzige gewesen, die ihn bisher zu Gesicht bekommen hatte, da sie ihm täglich auf einem Tablett das Essen und Bücher bringen mußte.

»Bücher?« hatte Houston gefragt.

»Der Junge scheint sie zu verschlingen«, sagte Susan. »Mrs. Murchison sagt, er würde den ganzen Tag nur lesen, und das bekäme auf die Dauer seinen Augen nicht. Sie meint, er sollte sich einer Baseballmannschaft anschließen, damit er ein bißchen an die frische Luft käme.«

Nun, da Houston die meisten Leute, die zum Haus gehörten, unter Kontrolle hatte, wandten sich ihre Gedanken Ian zu. Wenn der Junge bei ihnen wohnen sollte, mußte er auch in die Familie integriert werden.

Sie klopfte oben an seine Tür, und nach einigen Minuten erlaubte er ihr, ins Zimmer zu kommen. Sie sah seinem hochroten Gesicht an, daß er etwas vor ihr verstekken wollte, und sie glaubte, die Ecke eines Buchrückens unter dem Bett hervorlugen zu sehen.

»Du bist wieder da«, sagte er, als wäre es eine Anklage.

»Wir kamen gestern zurück«, sagte sie und war sich sicher, daß er das schon längst wußte. »Gefällt dir dein Zimmer?«

Das große, helle, luftige Zimmer war doppelt so groß wie das Haus der Taggerts im Bergwerkslager; aber es standen keine Möbel darin bis auf ein Bett mit einer schmutzigen Decke – ein Anzeichen, daß Ian tagelang darauf gelegen hatte.

»Es ist in Ordnung«, murmelte Ian und blickte auf die Kappen seiner schweren Arbeitsstiefel hinunter.

Der taggertsche Stolz, dachte Houston. »Ian, könntest du mir heute nachmittag helfen? Ich habe vier Männer angeheuert, die mir die Möbel vom Speicher heruntertragen sollen; aber ich glaube, ich werde einen Aufseher brauchen, der dafür sorgt, daß sie nicht die Kanten an den Türstöcken abstoßen, wenn sie die Möbel in die Zimmer tragen. Solche Sachen, verstehst du? Könntest du mir dabei helfen?«

Ian zögerte erst; doch dann nickte er.

Houston war neugierig, wie Ian seine neuen Pflichten wahrnehmen würde – vermutlich wie ein Tyrann, wie sie ihn einschätzte. Doch zu ihrer Überraschung war er rücksichtsvoll, umsichtig und mit großem Ernst bei der Sache. Nur anfangs, als er seine Größe und Kraft einsetzte, um sich bei den Dienstboten Respekt zu verschaffen, gebärdete er sich wie ein zorniger junger Mann. Doch später am Nachmittag war er so vollkommen Herr der Lage, daß Houston nur noch auf die Stelle zeigen mußte, wo das jeweilige Möbelstück hinkommen sollte.

Sie sah staunend zu, mit welchem Geschick Ian die Männer dirigierte, die einen schweren Schreibtisch die Haupttreppe hinuntertrugen, als Edan hinter ihr sagte:

»Kane war genauso. Solche Menschen wie die beiden sind nie Kinder gewesen. Die Lakaien spüren das, und deswegen sind sie auch ohne Murren bereit, einem Halbwüchsigen zu gehorchen.«

Sie drehte sich zu ihm um. »Können Sie Baseball spielen?«

Edans Augen leuchteten auf. »Klar kann ich das. Haben Sie vor, eine Baseballmannschaft aufzustellen?«

»Fast hätte ich die Leute dafür beisammen. Ich glaube, ich rufe mal in Vaughns Laden für Sportartikel an und bestelle die Ausrüstung für ein Team. Meinen Sie, daß ich in meinem Alter noch lernen könnte, den Ball mit dem Schläger zu treffen?«

»Houston«, sagte er, ehe er sich wieder auf den Weg zu Kanes Büro machte, »ich bin sicher, daß Sie alles meistern, was Sie sich vornehmen.«

»Dinner ist um sieben«, rief sie ihm noch nach. »Und Abendanzug ist Pflicht.«

Sie konnte ihn lachen hören, ehe er die Bürotür hinter sich zumachte.

Das Abendessen wurde eine harmonische Angelegenheit.

Edans ruhige, geduldige Art machte Eindruck auf Ian. Der zornige Trotz des Jungen schien abzubröckeln.

Doch der nächste Tag verlief anders. Houston zog abends zum Dinner ein blaßgrünes Kleid aus Seidenrips an, mit einem netzartigen Überzug, der mit stahlgrauen Glasperlen bestickt war. Sie hatte Kane noch nicht gesehen, seit er am Nachmittag von seiner Geschäftsreise zurückgekommen war, und er hatte auch keine Anstalten gemacht, sich zum Dinner umzuziehen. Aber sie wollte sich deswegen nicht mit ihm anlegen. Mochte er ruhig in seiner verschwitzten Kluft zum Abendbrot kommen und feststellen, daß nur er sich mit schmutzigen Kleidern an den Tisch setzte.

Edan, der überraschend gut aussah in seinem dunklen Abendanzug, erwartete sie am Kopfende der Treppe, und Ian, der einen von Edans neuen Anzügen trug – er war ihm nur ein bißchen zu weit –, stand in einem schattigen Winkel des Korridors.

Houston sagte kein Wort, nahm den Arm, den Edan ihr bot, und streckte Ian ihren anderen Arm hin. Einen langen Moment rührte er sich nicht; aber als Houston so stehen blieb, kam er endlich doch aus seinem Schmollwinkel heraus und hängte sich bei ihr ein.

Die Treppe war breit genug, daß sie bequem nebeneinander die Stufen hinuntergehen konnten.

»Ian«, sagte Houston, »ich kann mich nicht genug bei dir für die Hilfe bedanken, die du mir in den letzten Tagen gewährt hast.«

»Ich muß mir doch meinen Lebensunterhalt verdienen«, murmelte er und blickte verlegen zur Seite; doch ihre Worte taten ihm offenbar gut.

»Wo, zum Teufel, steckt ihr denn alle?« rief Kane am Fuß der Treppe, blickte dann hoch und sah sie die Stufen herunterkommen. »Geht ihr etwa aus? Edan, dich brauche ich heute noch.« Während er das sagte, hatte er nur Augen für Houston. Die anderen beiden schienen für ihn nicht zu existieren.

»Wir sind unterwegs zum Eßzimmer«, sagte Houston,

während sie Ians Arm gewaltsam festhielt. Er versuchte, ihn ihr zu entreißen, als Kane am Fuß der Treppe auftauchte. »Möchtest du denn nicht mit uns dinieren?«

»Jemand muß doch in diesem Haus die Brötchen verdienen«, schnaubte Kane, machte auf den Absätzen kehrt und verschwand in seinem Büro.

Beim Abendessen, während ein Gang nach dem anderen aufgetragen wurde, lenkte Houston das Gespräch auf die Bücher, die Ian in den letzten Tagen gelesen hatte. Das war ein Thema, das am Abend vorher noch nicht gestreift worden war.

Ian wäre fast an einem Stück Lendenbraten erstickt. Seine Onkel, Rafe und Sherwin, hatten ihn stets zum Lesen ermuntert; aber er hatte sich angewöhnt, es im verborgenen zu tun, weil er fürchtete, sonst von den anderen Gruppenarbeitern gehänselt zu werden. »Mark Twain«, sagte er trotzig, nachdem er seinen Bissen hinuntergewürgt hatte.

»Gut«, sagte Houston. »Morgen werde ich für dich einen Privatlehrer bestellen, der dich hier im Haus unterrichtet. Ich halte das für eine bessere Lösung, als dich zur Schule zu schicken, weil du doch schon ein gutes Stück erwachsener geworden bist als die Kinder, mit denen du in einer Klasse zusammensitzen würdest. Zudem möchte ich dich lieber hier bei mir haben.«

Ian war einen Moment sprachlos. »Ich gehe doch nicht in eine Schule und lasse mich auslachen«, haspelte er dann hervor. »Ich gehe zurück ins Lager und arbeite wieder in der Grube . . .«

»Natürlich«, unterbrach ihn Houston. »Und morgen lassen wir erst einmal Maß nehmen, damit die Anzüge, die du in Zukunft tragen wirst, auch passen. Aha, das Sorbett. Ich glaube, das wird dir schmecken, Ian.«

Edan lachte, als er Ians verdattertes Gesicht sah. »Gib es auf, dieser Lady zu widersprechen, mein Junge. Du ziehst bei ihr sowieso den kürzeren.«

»Nur *er* nicht«, fauchte Ian.

»*Er* ganz besonders«, antwortete Edan.

Sie wollten gerade mit dem Nachtisch beginnen, als Kane hereinkam. Houston hatte Ian dazu überredet, ihnen die Geschichte von *Huckleberry Finn* zu erzählen; aber als Kane ins Zimmer trat, hörte er sofort auf zu reden und blickte auf seinen Teller.

»Ihr braucht verdammt lange für euer Essen«, sagte Kane, stellte den Fuß auf einen Polsterstuhl und nahm sich eine Handvoll Weintrauben von der Früchteschale, die in der Mitte des Tisches stand.

Der Blick, den Houston ihm zuwarf, veranlaßte ihn, den Fuß vom Polster zu nehmen und sich auf den Stuhl zu setzen. Sie nickte einem Lakaien zu, der ein Gedeck für Kane auflegte und ihn dann bediente. Nachdem Kane sich von seinem Erstaunen erholt hatte, fiel er mit so großem Appetit über die Schokoladen-Charlotte her, daß die anderen zu essen aufhörten und ihm zuschauten. Da legte Kane seinen Löffel beiseite und sah ein bißchen so aus, als wollte er aus dem Zimmer flüchten.

Edan widmete sich wieder seiner Nachspeise, während Ian immer noch verstohlen zu seinem Vetter hinsah.

Houston hatte den Stuhl am Kopfende der Tafel für Kane geräumt und saß nun neben Ian, Edan gegenüber; doch Kane nahm den ihm angebotenen Platz nicht ein, sondern setzte sich neben Edan. Houston fing seinen Blick auf und hob die Gabel, und Kane begann, ihre stummen Anweisungen zu befolgen, so daß es ihm gelang, die Mahlzeit auf einigermaßen manierliche Art fortzusetzen. Um das Tischgespräch wieder in Gang zu bringen, berichtete Houston von den Fortschritten in den Außenanlagen des Hauses und wie dankbar das japanische Gärtner-Ehepaar für die Gehilfen sei, die sie ihm besorgt hatte.

Kane erzählte, wie er die Nakazonas kennengelernt hatte, und Edan leistete seinen Beitrag zum Tischgespräch, indem er schilderte, auf welche abenteuerliche Weise manche Pflanzen aus den Urwäldern in seine Gewächshäuser gekommen waren. Ian fragte Edan, woher der Baum stamme, der vor seinem Fenster wuchs. Es war alles ein wenig gestelzt; aber es war dennoch ein Erfolg, weil das Gespräch nie abriß und keine Mißtöne aufkamen. Als die Tafel aufgehoben wurde, gingen die vier lächelnd auseinander.

Kane und Edan zogen sich nach dem Dinner wieder in ihr Büro zurück, während Ian und Houston sich in den kleinen Salon begaben. Houston hatte einige Kissenbezüge herausgesucht, die sie mit Stickereien versah, während Ian sich in ein Buch vertiefte, und nach einigem Zureden las er Houston ein Kapitel daraus vor. Er hatte eine gute Stimme und eine Begabung, Dialoge sehr lebendig vorzutragen. Nach einer Weile stieß auch Edan zu ihnen und hörte dem Jungen zu.

Als es Zeit wurde, sich schlafen zu legen, ging Houston allein nach oben, da Kane sich noch immer in sein Büro eingeschlossen hatte, während der Qualm seiner Zigarren bereits durch die Türritzen quoll. Irgendwann in der Nacht kroch er dann zu ihr ins Bett, zog sie eng an seinen großen, warmen Leib und war in der nächsten Sekunde eingeschlafen.

Houston erwachte bei den wohligen Empfindungen, die Kanes Hände auf ihren Hüften und Schenkeln auslöste. Sie drehte ihm das Gesicht zu, ehe sie daran dachte, die Augen zu öffnen, und er drückte seinen Mund auf ihre Lippen und begann mit einem sachten, langsamen, ausgedehnten Liebesspiel.

Erst nachdem sie ihre Leidenschaft gestillt hatten, öffnete Houston die Augen.

»Wolltest du wissen, ob es auch dein Ehemann war?« fragte Kane, auf sie hinunterlächelnd. »Oder wäre dir jeder Mann recht so früh am Morgen?«

Sie beschloß, ihm seine Neckerei mit gleicher Münze zurückzuzahlen. »Wie kann ich dich von anderen Männern unterscheiden, wenn ich bisher nur mit dir geschlafen habe? Oder soll ich den Unterschied kennenlernen?«

Ein Schatten wanderte über sein Gesicht, während er sich vom Lager erhob.

Sie schlang die Arme um seine Hüften und drückte ihre Brüste gegen seinen Rücken. »Das war doch nur Spaß. Ich habe kein Verlangen nach einem anderen Mann.«

Er löste ihre Hände von seinem Bauch. »Ich muß arbeiten und versuchen, so viel Geld zu verdienen, daß ich die Armee, die du angestellt hast, auch verpflegen kann.«

Houston blieb im Bett liegen und betrachtete ihn, bis er in seinem Badezimmer verschwand. Da war ein Teil seines Wesens, zu dem sie noch keinen Zutritt hatte.

Ein Klopfen an der Schlafzimmertür ließ ihr keine Zeit mehr zum Nachdenken.

»Miss Houston«, sagte Susan, »Miss Jean Taggert ist unten mit ihrem Vater und einem Fuhrwerk voller Sachen, und die beiden wollen Sie sprechen.«

»Ich komme sofort«, rief Houston und verließ widerstrebend das Bett: Kane hätte doch noch eine Weile bei ihr bleiben können. Doch als sie angezogen war, arbeitete er bereits in seinem Büro.

Unten führte sie Jean in den kleinen Salon. »Ich bin so froh, daß du dich entschlossen hast, mein Angebot anzunehmen«, begann Houston. »Ohne Haushälterin komme ich wirklich nicht mehr zurecht.«

Jean schob das mit einer Handbewegung beiseite. »Du mußt mir doch nichts vormachen. Ich weiß, warum du mir diesen Job anbietest; und ich weiß besser als du, daß ich erst alles von dir lernen muß und dir daher keine Hilfe, sondern nur eine Last sein kann. Doch die Chance, meine Familie von der Fronarbeit in den Kohlegruben erlösen zu können, ist wichtiger als mein Stolz. Rafe hat Ian erpreßt, das Bergwerkslager zu verlassen, und mein Vater hat mich erpreßt. Ich bin zu dir gekommen, um dich noch um eine größere Wohltat zu bitten, als du sie mir bereits erwiesen hast. Ich werde für dich arbeiten, bis ich umfalle, wenn du erlaubst, daß mein Vater bei mir wohnen darf.«

»Selbstverständlich«, sagte Houston rasch. »Und du gehörst zur Familie, Jean. Du brauchst nicht als Haushälterin für mich zu arbeiten. Du kannst hier als Gast wohnen, der zu nichts verpflichtet ist, sondern sich nur wohl fühlen soll.«

Jean lächelte. »Ohne eine Aufgabe würde ich es höchstens zwei Wochen bei dir aushalten. Wenn mein Vater willkommen ist, bleibe ich.«

»Nur, wenn du auch am Familientisch deine Mahlzeiten einnimmst. Es ist ein großer Tisch und fast leer. Machst du mich jetzt mit deinem Vater bekannt?«

Als Houston Sherwin Taggert sah, wußte sie sofort, warum Jean ihn aus dem Bergwerkslager herausholen wollte. Sherwin war ein todkranker Mann. Offenbar waren sich Tochter und Vater dieser Tatsache bewußt, schienen darüber aber nie ein Wort zu verlieren.

Houston lernte mit Sherwin einen sanftmütigen, höflichen Vertreter der Taggert-Familie kennen, und schon nach einer Viertelstunde waren alle Dienstboten des Hauses bemüht, es ihm so bequem wie möglich zu machen. Es gab nur eine kurze Kontroverse, wo der ältere Taggert in Zukunft wohnen solle, bei der Jean schließlich durchsetzte, daß ihr Vater in den unteren Räumen der Haushälterin untergebracht wurde, mit einem separaten Ausgang zum Garten und gleich neben der Treppe für das Gesinde, während sie die Zimmer der Haushälterin im ersten Stock bezog.

Kane blieb in seinem Büro, als das Mittagessen serviert wurde; aber Edan erschien an der nun um zwei Personen erweiterten Familientafel. Ian entspannte sich sichtlich, als er seinen Onkel und seine Kusine am Tisch sitzen sah, und die Mahlzeit wurde zu einer sehr amüsanten Angelegenheit, als Sherwin eine komische Geschichte aus dem Bergwerkslager erzählte. Als sie alle lachten, kam Kane ins Speisezimmer. Houston stellte ihn seinen Verwandten vor, und er schaute sich nach einem Stuhl um. Da Jean neben Edan saß, blieb Kane einen Moment hinter ihr stehen, bis Houston einem Diener das Zeichen gab, den Stuhl am Kopfende der Tafel unter dem Tisch hervorzuziehen.

Kane nahm Platz und sagte bis zum Ende der Mahlzeit kaum ein Wort, beobachtete nur jeden und ganz besonders

Houston, wenn sie einen Bissen zum Mund führte. Sie aß langsam, zog die Mahlzeit in die Länge und ließ sich viel Zeit, wenn sie eine Gabel oder einen Löffel aufnahm, damit Kane sehen konnte, welche Bestecke sie verwendete.

Gegen Ende der Mahlzeit wandte sich Houston Ian zu und sagte: »Ich habe eine gute Nachricht für dich. Gestern schickte ich ein Telegramm an einen Freund meines Vaters, der in Denver wohnt, und fragte ihn, ob er nicht nach Chandler ziehen und dich unterrichten wolle. Mr. Chesterton ist ein pensionierter britischer Forscher, der im Auftrag seiner Regierung die ganze Welt bereist hat, den Nil bis zu den Quellen erkundete, die Pyramiden, das Bergland von Tibet. Ich glaube, es gibt keinen Winkel auf dieser Erde, den er nicht kennt. Und heute morgen bekam ich von ihm die Zusage, daß er hierherkommen wird. Ich denke, er wird einen phantastischen Lehrer abgeben, glaubst du nicht auch?«

Ian konnte sie nur mit großen Augen anstarren. »Afrika?« brachte er schließlich heraus.

»Kennt er wie seine Westentasche.« Sie schob ihren Stuhl zurück. »Wer von euch würde jetzt gern Baseball spielen? Ich habe die Geräte dafür, und auf dem Rasen hinter dem Nordflügel ist ein Spielfeld mit Kreide markiert. Ich habe auch ein Lehrbuch besorgt, verstehe nur leider kein Wort davon.«

»Ich glaube, Ian kann dir die Grundbegriffe beibringen«, sagte Sherwin augenzwinkernd. »Und ich möchte meinen, daß auch Edan ein paar Regeln dieses Spiels beherrscht.«

»Wollen Sie mitspielen, Edan?«

»Mit Vergnügen.«

»Und du, Jean?«

»Da ich keine Ahnung habe, wo ich in einem so großen Haus als Wirtschafterin überhaupt anfangen soll, kann ich mich ebenogut auf einem Baseballfeld nutzlos machen.«

»Und Kane?« fragte Houston Kane, als er sich von der Gruppe bereits zurückziehen wollte. Er machte ein verdutztes Gesicht.

»Ich habe zu arbeiten. Und dich brauche ich auch in meinem Büro, Edan.«

»Damit falle ich als Baseballspieler aus, schätze ich«, sagte Edan, sich von seinem Platz erhebend. »Wir sehen uns dann beim Abendessen wieder.«

Als die beiden sich in Kanes Büro zurückgezogen hatten, mußte Edan erleben, wie sein Freund im Zimmer auf- und abmarschierte und immer aus dem Fenster sah. Edan fragte sich, ob Houston nicht absichtlich das Spielfeld auf den Rasen vor Kanes Büro verlegt hatte. Edan mußte seine Fragen zweimal wiederholen, ehe Kane sie beantwortete.

»Sie ist wirklich hübsch, nicht wahr?« fragte Kane.

»Wer?« fragte Edan, den Ahnungslosen spielend, während er den Stoß von Telegrammen durchsah, die am Mogen eingetroffen waren: Angebote von Ländereien, Fabriken, Aktien – was Kane eben in diesem Moment an- oder verkaufte.

»Houston natürlich. Verdammt! Schau dir diesen Ian an. Er spielt! In seinem Alter habe ich vierzehn Stunden täglich gearbeitet.«

»Und er auch«, sagte Edan. »Und ich ebenfalls. Und das ist der Grund, warum er jetzt spielt«, fügte er hinzu, während er die Telegramme auf den Schreibtisch zurücklegte. »Das alles hier kann ein paar Stunden warten. Ich denke, ich gehe eine Weile hinaus und genieße die Sonne. Und rede mal über etwas anderes als über Geld.«

Er hielt unter der Tür an. »Kommst du mit?«

»Nein«, sagte Kane, die Augen auf seinen Papieren. »Jemand sollte sich lieber hier . . .« Er sah hoch. »Teufel, ja, ich komme mit. Wie weit kann jemand mit so einem Holz den Ball wegbringen? Ich wette hundert zu eins, daß ich dich und jeden anderen da draußen schlagen kann.«

»Die Wette gilt«, sagte Edan und ging aus dem Büro.

Kane fiel über den Baseballschläger her wie ein Kind über eine Schachtel mit Bonbons. Er brauchte drei Schwünge, ehe er zum erstenmal den Ball traf – und niemand wagte, ihm die Regel zu erklären, daß man nach drei vergeblichen

Versuchen ausscheiden mußte. Doch als er den Ball traf, flog er wie ein Geschoß durch die Luft und zertrümmerte eine Fensterscheibe im zweiten Stock. Das freute ihn maßlos, und von da an verteilte er sogar Ratschläge, wie man mit dem Baseballschläger umzugehen habe.

Einmal wäre es fast zu einer Prügelei mit Baseballschlägern zwischen Kane und Ian gekommen; doch Houston gelang es, die beiden zu trennen, ehe Blut floß. Was zur Folge hatte, daß die beiden Männer nun über sie herfielen und ihr sagten, sie solle sich gefälligst da raushalten. Sie zog sich an den Spielfeldrand zurück, wo Sherwin die Kampfhähne beobachtete.

»Jetzt erst fühlt sich Ian hier richtig zu Hause«, sagte Sherwin. »Er hat sich im Lager dauernd mit Rafe gestritten. Ihm haben die Diskussionen gefehlt.«

Houston stöhnte. »Kane nennt das auch Diskutieren, wenn er sich mit mir anlegt. Sie werden sich doch hoffentlich nicht ernsthaft verletzen!«

»Ich glaube, dein Kane ist viel zu vernünftig, um es so weit kommen zu lassen. Du bist als Schlagmann an der Reihe, Houston.«

Houston mühte sich nicht sonderlich, den Ball, der ihr zugeworfen wurde, mit dem Holz zu treffen; fand jedoch erheblich mehr Gefallen an der Sache, als Kane von hinten die Arme um sie legte, um ihr zu zeigen, wie sie den Schläger zu halten habe. Ian rief, daß er der gegnerischen Mannschaft einen unfairen Vorteil verschaffe, und während Kane seinem jungen Vetter eine entsprechend laute Antwort darauf gab, traf Houston den Ball und schleuderte ihn über die zweite Fahne hinweg.

»Laufen!« schrie Jean. »Laufen, Houston, laufen!«

Houston rannte, so schnell sie konnte, über das Feld, die Röcke fast bis zu den Knien hochhaltend. Edan, der an der ersten Fahne stand, blieb dort stehen und grinste wie ein Honigkuchenpferd; doch Kane spurtete über den Rasen dem hüpfenden Ball nach, hob ihn auf und rannte dann hinter Houston her. Sie blickte hoch, sah ihn kommen und dachte, sie würde den Anprall nicht überleben, wenn er sie zwischen den Basen erwischte. Sie rannte noch schneller und hörte im Hintergrund das Gebrüll beider Mannschaften, daß Kane anhalten solle, ehe Houston ernsthaft zu Schaden käme.

Er erwischte sie an der Heimbasis noch bei den Knöcheln, und sie schlug der Länge nach hin. Doch während sie mit dem Gesicht über den Rasen rutschte, gelang es ihr, mit den ausgestreckten Armen die Baseplatte zu berühren.

»Sie hat den Punkt gemacht!« rief Sherwin.

Kane sprang auf und fing an, seinen um einen Kopf kleineren Onkel anzuschreien, und Ian, der zur selben Mannschaft gehörte wie Kane, unterstützte ihn dabei. Sherwin blieb ganz ruhig am Spielfeldrand stehen.

Jean half Houston vom Boden auf und untersuchte deren Arme und Kopf nach Beulen und Schürfwunden, während Houston liebevoll ihren brüllenden Ehemann ansah. »Er mag es nicht, wenn er verliert, nicht wahr?«

»Genauso wenig wie du«, sagte Jean, während sie den gewaltigen Riß in Houstons Rock und die grünen Grasflecke auf deren Stirn betrachtete.

Houston berührte ihren Mann am Arm. »Da wir dich heute so vernichtend geschlagen haben, mein Liebling, könnten wir vielleicht jetzt ein paar Erfrischungen zu uns nehmen. Morgen darfst du dann noch einmal versuchen, uns zu besiegen.«

Einen Moment lang blickte Kane sie finster an; doch dann lachte er, faßte sie um die Taille und schwenkte sie im Kreis herum. »Ich habe bisher – früher oder später – jeden Mann an der Wall Street geschlagen; doch dich, Lady, habe ich noch auf keinem Gebiet besiegen können.«

»Hör auf zu prahlen und komm mit ins Haus«, sagte Edan. »Es gibt was zu essen.«

Dann drehte er sich zu Jean um und bot ihr den Arm. »Darf ich?«

Die beiden Paare schlenderten gemeinsam auf das Haus zu, gefolgt von Ian und Sherwin.

Kapitel 21

Es war, als hätte das Baseballspiel das Eis zwischen den verschiedenen Familienmitgliedern gebrochen. Kane blieb während der Mahlzeiten nicht mehr in seinem Büro, und Ian saß nicht mehr stumm und verstockt am Tisch. Kane sagte zu Ian, er wäre ein Träumer und wüßte nichts von der wirklichen Welt. Ian, der Kanes Worte als Herausforderung betrachtete, schlug Kane vor – in Ausdrücken, die Houston zu dem Hinweis veranlaßten, sie würde ihn im Wiederholungsfall von der Familientafel verbannen –, ihm doch etwas von der ›wirklichen‹ Welt zu zeigen.

Kane begann Ian in die Welt der Geschäfte einzuführen, zeigte ihm die täglichen Börsenberichte und brachte ihm bei, wie man Verträge lesen müsse. Schon nach wenigen Tagen redete Ian nur noch von fünf- und sechsstelligen Beträgen, die für Grundstücke in Städten bezahlt wurden, die er nur aus Zeitungen kannte.

Eines Tages sah Houston, wie Sherwin etwas auf ein Stück Papier kritzelte. Später, als sie sich das Papier genauer besah, erkannte sie darauf eine fast perfekte Darstellung einer in dieser Gegend heimischen Spottdrossel. Da bestellte sie von Sayles eine tragbare Staffelei nebst Pinseln und Wasserfarben und überreichte dies Sherwin mit der umständlichen Lüge, sie hätte die Sachen auf dem Speicher gefunden und ob er jemanden wüßte, der dafür Verwendung habe? Sie hatte Angst vor dem taggertschen Stolz und dachte, er würde sonst dieses Geschenk zurückweisen.

Sherwin hatte gelacht und sie dabei mit einem so wissenden Blick angesehen, daß Houston ganz rot wurde. Er hatte die Sachen angenommen und sie auf die Wange geküßt. Danach saß er fast nur noch draußen im Garten und malte alles, was seine Aufmerksamkeit erregte.

Zweimal besuchte Houston Blair in der neuen Westfield-Praxis für Frauen. Nach der jahrelangen Trennung hatten sie erst jetzt Gelegenheit, sich wieder richtig kennenzulernen. Sie blieben viele Stunden beisammen, und eines Tages rief

Lee bei ihr an und bat sie, ein paar Dienstboten für Blair und ihn anzustellen. Lee war sehr vorsichtig und zurückhaltend am Telefon, und sie erinnerte sich wieder, daß er damals in der Kirche, als seine Verlobung mit Blair bekanntgegeben worden war, das Gespräch mit ihr gesucht und sie ihn rüde abgefertigt hatte.

»Lee«, begann sie, »ich bin so froh, daß alles so gut ausgegangen ist. Ich bin wirklich glücklich mit Kane.«

Er zögerte mit der Antwort: »Ich habe dir nicht weh tun wollen, Houston.«

Sie lächelte in die Muschel hinein. »*Ich* bin es doch gewesen, die darauf bestand, daß Blair mit mir den Platz tauschen sollte. Vielleicht wußte ich, daß ihr beide ein besseres Paar abgeben würdet als wir beide. Wollen wir das alles vergessen und wieder Freunde sein?«

»Das wäre mein innigster Wunsch. Und, Houston, du hast einen guten Mann bekommen.«

»Ja, natürlich; aber warum sagst du mir das?«

»Ich muß weitermachen, und nochmals vielen Dank für deinen Beistand in Sachen Dienstboten. Blair kennt sich damit noch weniger aus als ich. Ich sehe dich vermutlich am Sonntag in der Kirche. Bis dann.«

Sie blickte stirnrunzelnd in das Telefon, zuckte dann mit den Achseln und ging zurück in die Bibliothek.

Drei Wochen war Houston mit Kane verheiratet, als sie ihm eröffnete, daß sie nun sein Büro umgestalten wollte. Sie war darauf vorbereitet, daß er Protest erheben würde; aber nicht auf die Heftigkeit seiner Argumente gefaßt. Sie schränke seinen privaten Freiraum ein, meinte er, aber das drückte er in Worten aus, die sie noch nie zuvor gehört hatte; obwohl es nicht viel Intelligenz erforderte, ihre Bedeutung zu verstehen.

Edan und Ian standen im Hintergrund und hörten interessiert zu, neugierig, wer aus dieser Schlacht als Sieger hervorgehen würde.

Houston hatte keine Ahnung, wie sie die Situation meistern sollte; doch sie war entschlossen, Ordnung in diesem

Raum zu schaffen. »Ich werde diesen Raum sauber und ordentlich möblieren. Entweder läßt du mich das jetzt machen, unter deiner Kontrolle, wo du mir sagen kannst, was dir gefällt und was nicht, oder ich mache es, wenn du schläfst.«

Kane beugte sich in drohender Haltung über sie, und Houston lehnte sich zurück, wich aber nicht von der Stelle.

Da stürmte Kane aus dem Büro und warf die Tür so heftig zu, daß sie fast aus den Angeln brach. »Verdammte Weiber!« brüllte er. »Können einen Mann nie in Ruhe lassen; müssen immer alles umstellen; sind nicht zufrieden, wenn ein Mann glücklich ist.«

Als Houston sich umdrehte, um Edan und Ian anzusehen, lächelten sie dünn und verließen ebenfalls das Zimmer.

Houston hatte keine leichte Aufgabe erwartet; aber mit einem Schweinestall hatte sie nicht gerechnet: Sechs Leute mußten anderthalb Stunden schrubben, bis der Fußboden, die Schränke, der Kamin und die marmornen Löwenköpfe der Kaminverkleidung wieder sauber waren. Dann rief Houston die Lakaien herein, die Kanes billigen Schreibtisch aus Eiche entfernen und ihn durch einen William-Kent-Sozius-Schreibtisch aus dem Jahre 1740 ersetzen mußten. Der große Tisch aus dunklem Holz hatte Nischen für drei Stühle – zwei für den Chef und dessen Sozius und eine für deren Besucher. Houston stellte zwei bequeme mit Leder bezogene Stühle vor den Schreibtisch und für Kane einem mächtigen Sessel mit roten Lederpolstern dahinter. Als sie bei ihrem ersten Besuch diesen Sessel im Speicher entdeckt hatte, wußte sie sofort, für wen er gedacht war und wohin er gehörte.

Als der Sozius-Schreibtisch an der richtigen Stelle stand, schickte Houston alle Dienstboten bis auf Susan aus dem Zimmer. Dann begannen sie, den Inhalt der Schubladen und Fächer auszusortieren. Houston wußte, daß es sinnlos war, irgendeine Ordnung in die Papiere zu bringen, die an jeder dafür verfügbaren Stelle bündelweise abgelegt waren. Sie gab lediglich Susan den Auftrag, zwei Bügeleisen zu besorgen, mit denen sie die zerknitterten und zerknüllten Briefe und Dokumente glätteten, ehe sie diese in die Schubladen einordneten.

Zwei mit Glastüren versehene und mit Korrespondenz bis zum Rand gefüllte Büroschränke flankierten den Kamin. Hinter einigen Papieren entdeckte Houston vier Whiskyflaschen und sechs Gläser, die offenbar seit vier Jahren nicht mehr gespült worden waren.

»Koche die in Seifenwasser«, sagte Houston und hielt die Gläser so weit von sich, wie es ihr Arm erlaubte. »Und sorge dafür, daß Mr. Taggert jeden Morgen frische Gläser in seinem Wandschrank vorfindet.«

Dann stellte sie eine Sammlung kleiner aus Messing gefertigter Venus-Statuen hinter die Glastüren der Aktenschränke.

»Mr. Kane wird das aber gefallen«, meinte Sherwin kichernd, als sie die nackten Damen mit den etwas fülligen Reizen betrachtete.

»Ich glaube, sie wurden wohl auch seinetwegen angeschafft.«

In der Täfelung der Nordwand entdeckte Houston zwei hinter Schnörkelwerk versteckte eingebaute Schränke, und als Houston einen davon öffnete, stockte ihr der Atem: Zwischen Dokumenten lagen dicke Stöße von Banknoten, teils verschnürt, teils zu Bällen geformt. Auch einige lose größere Scheine befanden sich darunter, die auf den Fußboden hinunterflatterten, als sie die Schranktüren öffnete.

Seufzend begann Houston, die Scheine zu sortieren. »Sag Albert Bescheid, er soll in einer Eisenwarenhandlung anrufen, daß sie uns umgehend eine Bargeldkasse schicken sollen. Und dann wollen wir zusehen, ob wir mit dem Bügeleisen auch die Banknoten wieder einigermaßen glatt bekommen.«

Mit großen erstaunten Augen machte Susan sich daran, Dollarscheine zu bügeln.

Als Kane sein Büro wiedersah, ging er eine Weile lang stumm umher und berachtete die dunkelblauen Brokatvorhänge, die Sammlung nackter hübscher Frauen und den roten Ledersessel, in den er sich schließlich setzte und sagte: »Wenigstens hast du die Wände nicht mit rosa Farbe angestrichen. Willst du mich *jetzt* wieder arbeiten lassen?«

Houston lächelte, als sie ihn im Vorbeigehen auf die Stirn küßte. »Ich wußte, es würde dir gefallen. Ob du es zugeben willst oder nicht – dir gefallen hübsche Sachen.«

Er langte nach ihrer Hand. »Ich schätze, du hast recht«, sagte er und sah ihr dabei in die Augen.

Houston verließ das Büro, als ginge sie auf Wolken, und während der Anprobe bei ihrer Schneiderin lächelte sie die ganze Zeit.

Zwei Tage später gaben sie ihre erste Dinner-Party, und sie wurde ein Riesenerfolg. Houston lud nur einige von ihren Freundinnen und Freunden ein, die Kane bereits kannte, damit er keine Hemmung bekam und sich wohl fühlen konnte, und er erwies sich als ein bezaubernder Gastgeber. Er goß den Ladies Champagner ein und führte jeden, der die inzwischen eingerichteten Zimmer besichtigen wollte, durch das Haus.

Erst später, während der Darbietung, hätte Houston sich gern unsichtbar gemacht. Sie hatte einen Hellseher, der sich auf Tournee befand, verpflichtet, den Gästen nach dem Dinner Proben seiner Kunst zu geben. Kane rutschte während der ersten zehn Minuten unruhig in seinem Sessel hin und her und begann dann mit Edan, der neben ihm saß, über den Kauf eines Grundstückes zu reden. Houston stieß ihn einmal mit dem Ellenbogen an, und er drehte sich zu ihr und sagte, mit viel zu lauter Stimme, daß er den Mann für einen Betrüger hielte und er sich weigerte, auch nur noch eine Minute länger hier sitzenzubleiben.

Dann stand er vor allen Leuten auf und verließ das Zimmer. Houston saß mit steifem Rücken auf ihrem Stuhl und gab dem Hellseher mit der Hand ein Zeichen, daß er mit seiner spiritistischen Sitzung fortfahren sollte.

Später, nachdem die Gäste heimgegangen waren, fand Houston ihren Gatten am Ende des Gartens wieder. Sie folgte gewundenen Pfaden, die in einer flachen, grasigen Mulde endeten. Der steile Hügel mit dem Haus darauf lag in ihrem Rücken, während sich vor ihr ein geheimer, verwunschener Platz ausdehnte, der von hohen Bäumen und Hekken umsäumt war. Nur das Geräusch der Vögel, die dort nisteten, war zu hören.

»Mir hat dieser Mann nicht gefallen, Houston«, sagte Kane, ohne sich umzudrehen. Er stand, eine Zigarre rauchend, an einen Baum gelehnt. »Zauberei und Magie gibt es nicht, und ich konnte nicht einfach sitzenbleiben und so tun, als gäbe es das doch.«

Sie legte ihm den Zeigefinger auf die Lippen, um ihn zum Schweigen zu bringen, und schlang ihm dann die Arme um den Hals. Er beugte sich zu ihr hinunter, um sie zu küssen, und bog ihren Körper nach hinten, damit er sich dem seinen anschmiegte.

»Wie konnte eine Lady wie du nur so einen Stallburschen wie mich heiraten?«

»Ein glücklicher Zufall wollte es so«, antwortete sie, ehe sie ihn wieder küßte.

Zu den Dingen, die Houston an Kane besonders schätzte, gehörte seine Naivität, was Anstandsregeln betraf. Da konnten jetzt Leute in ihrer Nähe sein – Dienstboten des Hauses, die vielleicht noch einen Abendspaziergang machten, oder Gärtner, die nach einem vergessenen Gartengerät suchten –, doch das störte Kane nicht im geringsten.

»Du hast verdammt zu viel an«, sagte er, als er ihr Kleid aufzuknöpfen begann und es ihr dann von den Schultern zog.

Als sie in ihrer Unterwäsche vor ihm stand, das Kleid als ein Häufchen Stoff zu ihren Füßen, schob er einen Arm unter ihre Knie und trug sie quer über den Rasen und durch rankende Blumen zu einem Pavillon aus Marmor, der eine Statue von Diana, der Göttin der Jagd, beherbergte.

Er legte sie ins Gras, der Göttin zu Füßen, und entfernte Stück für Stück den Rest ihrer Kleidung, wobei er jeden Körperteil küßte, den er entblößte.

Houston war überzeugt, daß sie sich noch nie so wohl gefühlt hatte in ihrem Leben, und ihre Leidenschaft baute sich nur sehr langsam auf, da sie diesen Moment des Zusammenseins bis in die Ewigkeit auszudehnen suchte.

Er streichelte und liebkoste ihren Körper, bis es ihr schwindelig wurde. Die Welt schien sich um sie herum zu drehen, und in ihren Fingerspitzen summte es.

Als er endlich seinen Körper über den ihren schob, lächelte er, als könnte er wieder ihre Gedanken lesen. Sie klammerte sich an ihn, zog ihn noch fester an sich, bis sie eins wurden.

Er bewegte sich fast träge wie bisher, verlängerte ihre Ekstase, brachte sie langsam zu einem bisher noch nie erreichten Höhepunkt.

»Kane«, flüsterte sie immer wieder, »Kane.«

Als er sich endlich in ihr entlud, erschauerte sie, bebte ihr ganzer Körper unter der Gewalt ihres eigenen Orgasmus.

Er lag auf ihr, bronzefarbene Haut im Mondlicht, schweißbedeckt, sie fest an sich pressend. »Was hast du nur mit mir gemacht, Frau?« glaubte sie ihn flüstern zu hören.

Langsam schob er sich von ihr weg. »Warm genug? Willst du ins Haus zurückgehen?«

»Nie mehr«, sagte sie, sich an ihn schmiegend, die Bergluft kühl auf ihrer feuchten Haut. Sie blickte zu der Statue hinauf, die über ihnen zu schweben schien. »Sicherlich weißt du, daß Diana auch die Göttin der Jungfräulichkeit ist. Meinst du, sie ist uns jetzt böse?«

»Vermutlich ist sie eifersüchtig«, brummelte Kane und fuhr mit der Hand über die glatte Haut ihrer Hüften und Schenkel.

»Warum hat Jacob Fenton Sherwin den vollen Lohn für die Arbeit in der Grube bezahlt, wenn jeder sehen kann, daß er zu schwach ist, sich diesen Lohn zu verdienen?«

Das Stöhnen, das Kane hören ließ, als er sich von ihr wegrollte, schien aus dem Grund seiner Seele zu kommen. »Wie ich höre, sind unsere Flitterwochen endgültig vorüber. Vielleicht nicht für dich, da du mich ja schon in der Hochzeitsnacht mit solchen Fragen bedrängt hast. Ich schätze, anziehen kannst du dich selbst. Ich habe noch ein paar geschäftliche Dinge zu erledigen vor dem Schlafengehen.« Damit ließ er sie allein vor dem Pavillon zurück.

Houston hätte am liebsten losgeheult und war dennoch froh, daß sie Kane gefragt hatte, was sie schon seit langem beschäftigte. Da war eine tiefe Kluft zwischen den Fentons und den Taggerts, und sie war überzeugt, daß Kane nie wirklich glücklich sein konnte, ehe er sich von einem Trauma befreit hatte, das ihn offenbar seit seiner Jugendzeit belastete.

In der darauffolgenden Nacht schreckte Houston aus dem Schlaf hoch und saß schweißgebadet in ihrem Bett. Sie spürte, daß das Leben ihrer Schwester in Gefahr war. Sie mußte an eine Geschichte denken, die ihrem Gedächtnis längst entfallen wäre, wenn sie ihre Mutter nicht so oft erzählt hätte: Sie hatte als Sechsjährige eines Nachmittags die beste Teekanne ihrer Mutter plötzlich fallen lassen und losgeheult, daß Blair verletzt sei. Sie hatten Blair schließlich am Rand einer Schlucht gefunden, bewußtlos und mit einem gebrochenen Arm neben einem Baum, von dem sie gestürzt war. Und Blair hatte an diesem Nachmittag nur zum Tanzunterricht gehen wollen.

Doch diese seltsame, übersinnliche Verbindung zwischen den Zwillingsschwestern schien seither abgerissen zu sein – bis zu dieser Nacht. Kane rief Leander an und hielt dann Houston zwei Stunden in seinen Armen, bis ihr Schüttelfrost sich endlich legte. Irgendwie spürte Houston, daß die Gefahr nun gebannt war, und fiel in einen tiefen Schlaf.

Am nächsten Tag kam Blair in Houstons Haus, verbrachte dort den Nachmittag und erzählte ihr, was tatsächlich ihr Leben in Gefahr gebracht hatte.

Vier Tage später platzte dann Zachary Younger plötzlich in ihr Leben hinein. Die Taggerts wollten sich gerade zum Mittagessen an den Tisch setzen, als ein Junge, von einem Lakai verfolgt, ins Eßzimmer stürmte und schrie, er habe gehört, daß Kane sein Vater sei und daß er bereits einen habe und nicht noch einen zweiten haben wolle. Und ehe er Luft holen konnte, war er schon wieder weg.

Alle standen wie gelähmt am Tisch, nur Kane nicht. Er setzte sich und fragte das Serviermädchen, was es denn heute mittag für eine Suppe gäbe.

»Kane, ich denke, du solltest ihm nachgehen«, sagte Houston.

»Weshalb?«

»Um mit ihm zu reden. Ich glaube, es hat ihm das Herz gebrochen, als er erfahren mußte, daß der Mann, den er für seinen Vater hielt, nicht sein Vater gewesen ist.«

»Pams Mann *war* der Vater des Jungen, soweit ich das beurteilen kann. Und ich habe ihm ganz gewiß nichts anderes erzählt.«

»Vielleicht solltest du das dem Kind erklären.«

»Ich weiß nicht, wie man mit Kindern redet.«

Houston blickte ihn an.

»Verdammt! Wenn das so weitergeht, Frau, bin ich in einem Jahr bankrott, weil ich meine kostbare Zeit für Nichtigkeiten opfern mußte, die du ja für so wichtig hältst!«

Als er zur Tür ging, berührte Houston ihn am Arm. »Kane, sag ihm nicht, daß du ihm etwas kaufen willst. Sage ihm die Wahrheit und lade ihn ein, damit er seinen Vetter Ian kennenlernen kann.«

»Warum soll ich ihm nicht gleich sagen, daß er hier wohnen kann, damit er dir hilft, mich von der Arbeit abzuhalten?« Er ging aus der Tür und murmelte: »Nicht mal zum Essen kommt man mehr.«

Kane ließ sich Zeit, dem Jungen nachzugehen, doch Zach bewegte sich so langsam der Haustür zu, daß Kane ihn mühelos einholte. »Spielst du gern Baseball?« fragte er den Jungen.

Zach drehte sich um. Sein hübsches Gesicht war vor Wut verzerrt: »Ja; aber nicht mit dir!«

Kane war sichtlich erschrocken über die zornige Reaktion des Jungen. »Du hast keinen Grund, auf mich wütend zu sein. Nach allem, was ich hörte, war dein Vater ein guter Mann, und ich habe nie das Gegenteil behauptet.«

»Die Leute in dieser blöden Stadt sagen, daß *du* mein Vater bist.«

»Das meinen sie nur im übertragenen Sinn. Ich habe bis vor ein paar Wochen noch gar nichts von dir gewußt. Magst du Whisky?«

»Whisky? Ich . . . ich weiß nicht. Ich habe noch keinen getrunken.«

»Dann komm wieder herein. Wir trinken zusammen Whisky, und ich werde dir erklären, wie das ist mit den Vätern und Müttern und den hübschen Mädchen.«

Houston verbrachte einen unruhigen Nachmittag, weil Kane mit seinem Sohn stundenlang hinter verschlossener Tür in seinem Büro zusammensaß. Und als Zachary gegen Abend wieder ging, blickte er Houston durch gesenkte Wimpern hindurch an, bekam ein rotes Gesicht und schnalzte mit der Zunge.

»Zachary hat sich etwas seltsam benommen beim Abschied«, sagte sie zu Kane.

Kane betrachtete seine Fingernägel. »Ich habe ihm erklärt, wie man Babys macht. Vermutlich bin ich dabei zu sehr ins Detail gegangen.«

Houston blickte ihn mit offenem Mund an.

Kane nahm sich einen Apfel von der Früchteschale. »Ich muß heute nacht arbeiten, weil Zach morgen ins Haus kommt, um mit mir und Ian Baseball zu spielen.«

Er warf ihr einen scharfen Blick zu. »Fühlst du dich nicht wohl? Du siehst so grün aus im Gesicht. Vielleicht solltest du dich ein bißchen hinlegen. Könnte ja sein, daß dir der Haushalt allmählich über den Kopf wächst.« Er küßte sie auf die Wange und ging in sein Büro zurück.

Vier Tage später beschloß Kane, sich selbst einmal in Vaughns Laden umzusehen, ob es da nicht noch andere Sportgeräte zu kaufen gab. Sein Team, zu dem noch Edan gehörte, war von Ian und Zachary vernichtend geschlagen worden. Ian, der die meiste Zeit seines jungen Lebens in einer Kohlengrube verbracht hatte, hatte großen Respekt vor Kane, aber noch nicht so viel Selbstvertrauen, Kane zu beschuldigen, daß er sich nicht an die Spielregeln hielt. Schließlich waren es ja *seine* Baseballschläger.

Zach hatte derlei Skrupel nicht. Er bestand darauf, daß Kane sich pedantisch an die Spielregeln hielt und wollte seinem Vater nicht durchgehen lassen, was Kane als ›kreative‹ Spielweise bezeichnete. Bisher hatte Kane noch jedes Spiel aufgeben müssen, weil er sich weigerte, es nach Regeln zu spielen, die andere Leute verfaßt hatten. Und jetzt wollte er das Baseball-Regelbuch neu schreiben.

Als er sich nun mit Edan im Sportartikelgeschäft umschaute, kaufte er eine Tennisausrüstung, Fahrräder und alle Geräte, die man für eine Turnhalle brauchte.

Am anderen Ende des Ladentischs stand Jacob Fenton. Er verließ jetzt nur noch selten sein Haus, zog es vor, sich in seinem Büro einzuschließen und die Börsenberichte zu studieren und seinen Sohn zu verfluchen, weil er nicht das geringste Interesse für das Geschäft zeigte. Doch in letzter Zeit fühlte er sich etwas besser, weil seine Tochter, die er vor Jahren als wertlos verworfen hatte, mit ihrem jungen Sohn in sein Haus zurückgekehrt war.

Der junge Zachary vereinigte alles in sich, was ein Mann sich von einem Sohn nur erhoffen konnte: Lerneifer, Interesse, außerordentliche Intelligenz und sogar einen Sinn für Humor. Tatsächlich hatte Zachary nur einen Fehler: er fand zunehmend Gefallen an seinem leiblichen Vater. Eines Nachmittags, als er zu Hause studieren sollte, wie die Kohlengruben, die er eines Tages erben würde, betrieben und verwaltet werden mußten, ging er zu seinem Vater und spielte mit ihm Baseball. Jacob hatte beschlossen, den Teufel durch Beelzebub auszutreiben und dem Jungen alle Sportgeräte zu kaufen, die es auf dem Markt gab.

Kane, die Arme voller Tennisschläger und Hanteln, bog um ein Regal herum und fand sich Jacob Fenton gegenüber. Kane starrte ihm ins Gesicht, und in seinen Augen glomm ein zorniger Funke auf.

Jacob hatte keine Ahnung, wer dieser breitschultrige dunkelhaarige Mann war, nur daß er ihm irgendwie bekannt vorkam. Der Anzug, den dieser junge Mann trug, mußte jedenfalls eine Stange Geld gekostet haben.

»Entschuldigen Sie, Sir«, sagte Jacob und versuchte, an dem jungen Mann vorbeizukommen.

»Du kennst mich wohl nicht, wenn ich dir nicht den Steigbügel halte, Fenton?«

Jetzt wurde Jacob klar, daß dieser Mann ihn an Zachary erinnerte. Und er kannte sehr wohl den Grund für den Haß, der sich auf dem Gesicht von Kane Taggert zeigte. Er wandte sich wortlos von ihm ab.

»Moment noch, Fenton!« rief Kane ihm nach. »Du kommst heute in zwei Wochen in mein Haus zum Dinner.«

Jacob Fenton hielt einen Moment an, Kane den Rücken zukehrend, und dann nickte er kurz, ehe er den Laden verließ.

Kane legte wortlos die Geräte, die er aus den Regalen genommen hatte, auf den Ladentisch, und Edan überreichte dem Ladenbesitzer eine lange Liste von Sachen, die er Kane liefern sollte. »Schicken Sie mir das alles ins Haus«, sagte Kane, ohne erst lange zu erklären, wer er sei und wo er wohnte. Dann ging er aus dem Laden und stieg auf den Kutschbock seiner alten Kalesche.

Als Edan neben ihm saß, gab er mit schnalzender Zunge den Pferden das Zeichen zum Antraben. »Ich denke, ich sollte mir mal was Besseres anschaffen zum Herumkutschieren in dieser Stadt.«

»Warum? Damit du Fenton imponieren kannst?«

Kane blickte seinen Freund an. »Was wurmt dich denn so?«

»Warum lädst du den alten Fenton zum Dinner ein?«

Kanes Backenmuskeln strafften sich. »Du weißt verdammt genau, warum.«

»Ja, ich weiß, warum. Weil du ihm zeigen willst, daß du

es weiter gebracht hast als er. Weil du vor ihm mit deinem hübschen Haus, deinem prächtigen Tafelsilber und deiner hübschen Frau prahlen willst. Ist dir schon einmal der Gedanke gekommen, was Houston dazu sagen wird, wenn sie feststellt, daß dir an ihr genauso viel liegt wie an einer neuen Kutsche?«

»Das ist nicht wahr, und das weißt du auch. Houston kann manchmal ziemlich lästig werden; aber sie hat auch ihre Vorzüge«, sagte Kane lächelnd.

Edan dämpfte seine Stimme ein wenig: »Du hast einmal zu mir gesagt, daß du Houston wieder abschaffen und nach New York zurückkehren würdest, wenn sie ihren Zweck erfüllt hat – nämlich an dem Abend, wo du Jacob Fenton in dein Haus einlädst, am Fußende der Tafel zu sitzen. Ich glaube, du sagtest, du wolltest sie mit Juwelen abfinden.«

»Ich habe ihr einen ganzen Koffer voller Juwelen zur Hochzeit geschenkt, und sie hat ihn noch nicht einmal geöffnet. Offenbar mag sie Juwelen gar nicht so gern, wie ich dachte.«

»Du weißt sehr genau, daß sie dich mag.«

Kane grinste. »Scheint so. Aber wer weiß das schon? Wenn ich kein Geld hätte . . .«

»Geld! Du Bastard! Du siehst ja den Wald vor lauter Bäumen nicht! Lade Fenton nicht zum Essen ein. Laß Houston nicht wissen, weshalb du sie geheiratet hast. Du weißt nicht, was es bedeutet, Menschen zu verlieren, die du liebst.«

»Ich weiß verdammt nicht, wovon du überhaupt redest. Ich habe nicht vor, etwas zu verlieren. Ich will nur Fenton an meinem Eßzimmertisch sitzen sehen. Dafür habe ich fast mein Leben lang gearbeitet, und ich denke nicht daran, auf dieses Vergnügen zu verzichten.«

»Du weißt ja nicht einmal, was das Wort Vergnügen bedeutet. Wir beide haben gearbeitet, weil wir nichts anderes hatten als unsere Arbeit. Setz nicht alles wieder aufs Spiel, Kane. Tu das nicht!«

»Ich werde nichts aufgeben. Du mußt ja nicht mit uns am Tisch sitzen, wenn du nicht willst.«

»Ich würde auch nicht deine Beerdigung versäumen. Deshalb werde ich mit am Tisch sitzen.«

Kapitel 22

Als Houston den Kamm ins Haar steckte, merkte sie, daß ihre Hände schrecklich zitterten. Die letzten beiden Wochen waren nervenaufreibend gewesen. Als Kane damals nach Hause gekommen war und ihr erzählt hatte, er wollte die Fentons zum Dinner einladen, war sie sehr froh gewesen, weil sie hier eine Möglichkeit sah, die Kluft zwischen den beiden Männern zu schließen.

Doch ihre frohe Zuversicht hatte sich alsbald in Verzweiflung verwandelt. Kane benahm sich, als wäre dieses Dinner für ihn lebenswichtig. Er fragte sie immer wieder, ob alles, was sie für diesen Abend vorbereitete, auch von allerbester Qualität sei. Er ließ sich die gravierten Tischkarten zeigen und den Speiseplan, und Mrs. Murchison mußte das umfangreiche Menü vorkochen, damit Kane jedes Gericht prüfen und kosten konnte. Er stand hinter der Schulter des Lakaien, der das einhundert Jahre alte irische Tafelsilber putzte. Er inspizierte Houstons Kleiderschrank, fand, daß alles, was darin hing, nicht gut genug sei für dieses Dinner, und bestand darauf, daß sie sich ein Abendkleid in Weiß und Gold für das kommende Ereignis anfertigen lassen müsse. Er suchte sogar selbst die Stoffe unter den Mustern aus, die Houstons Schneiderin ins Haus brachte. Er ließ für jeden und alle neue Kleider anfertigen und engagierte zwei Schneider, die am Abend des Dinners den Männern beim Anziehen helfen sollten. Er bestellte neue Livreen für die Diener und Lakaien, obwohl sie die ihren gerade ein paar Wochen getragen hatten, und Houston konnte ihn nur mit großer Mühe davon abhalten, die Dienstboten zu zwingen, gepuderte Perücken zu tragen, nur weil er in einem von Houstons Modejournalen gesehen hatte, daß die Kammerdiener des Prince of Wales mit solchen Perücken ausgestattet waren.

Kein Wunder, daß jeder im Haus betete, daß der Abend endlich käme, damit dieser Rummel ein Ende habe. Sherwin und Jean hatten noch am letzten Tag gekniffen und gesagt, sie fühlten sich nicht wohl und könnten daher nicht am Dinner teilnehmen. Ian, der durch den Umgang mit Zach erheblich an Selbstvertrauen gewonnen hatte, sagte, er wollte sich das Feuerwerk um keinen Preis der Welt entgehen lassen. Zudem war Fenton als Minenbesitzer für ihn der Teufel in Menschengestalt. Er fieberte sogar dem Abend entgegen, wo er, als Gleichberechtigter, mit seinem Feind an einem Tisch sitzen konnte.

Wäre der Präsident der Vereinigten Staaten als Besucher ins Haus gekommen, hätte man auch nicht mehr Umstände machen können – und keine Gruppe von Leuten hätte nervöser sein können als dieser Haushalt. Houston hatte Angst, daß eines der Mädchen beim Servieren der Suppe Fentons Hose vollkleckern könnte – für Kane vermutlich ein Anlaß, das Mädchen auf der Stelle zu ermorden.

Aber die eigentliche Ursache für das Zittern ihrer Hände war Kanes Versprechen, ihr zu verraten, was zu der Feindschaft zwischen den beiden Männern geführt hatte. Es war, dünkte sie, schon immer ihr sehnlichster Wunsch gewesen, das zu erfahren; doch nun hätte sie Kane am liebsten gesagt, daß sie es nicht mehr wissen wollte.

Zu ihrer Unruhe hatte ein Telefongespräch beigesteuert, das sie tags zuvor mit Pamela Fenton führte. Pam hatte Houston gebeten, das Dinner abzusagen, weil sie ein ungutes Gefühl habe. Ihr Vater habe ein schwaches Herz, hatte Pam gesagt, und sie fürchtete, daß man sich bei Tisch ereifern könne. Sie hatte Angst vor Kanes aufbrausendem Wesen.

Houston hatte versucht, mit Kane darüber zu reden; doch er hatte nur gesagt, sie verstünde ihn nicht. Sie hatte geantwortet, daß sie gern versuchen würde, ihn zu verstehen, wenn sie wüßte, worum es eigentlich ginge.

Und da hatte er zu ihr gesagt, daß er ihr noch vor dem Dinner alles erklären wollte.

Und nun saß sie vor dem Spiegel, betrachtete sich und merkte, daß sie am ganzen Körper zitterte.

Sie holte geräuschvoll Luft, als sie Kane plötzlich hinter sich stehen sah.

»Dreh dich wieder um«, sagte er. »Ich habe etwas für dich.«

Also wandte sie sich wieder dem Spiegel zu, und im selben Moment legte ihr Kane ein Kollier aus Brillanten um den Hals. Es war so hoch wie ein steifer Kragen, und die Ketten, die unten ein bogenförmiges Gehänge bildeten, reichten ihr bis unter die Schlüsselbeine hinunter. Dazu gehörten noch zwei Ohrringe mit Doppelschnüren aus Brillanten.

Er trat einen Schritt zurück, um sie zu betrachten. »Gut«, sagte er, nahm sie bei der Hand und führte sie hinüber in sein Schlafzimmer.

Ohne ein Wort zu sagen, sich sehr der kühlen Edelsteine bewußt, die ihren Hals beengten, setzte sie sich vor einen eingelegten runden Tisch in einen blauen Brokatsessel.

Kane ging zur Wand, berührte dort eine Leiste und legte einen kleinen Hebel frei. Dann klapperte er ein Stück der Täfelung zur Seite, und ein eingebauter Safe kam zum Vorschein.

»Nur sehr wenige Menschen auf dieser Welt kennen die ganze Geschichte, die ich dir nun erzählen werde. Einige kennen sie teilweise und haben sich den Rest hinzugedichtet. Nur stimmten ihre Vermutungen nicht. Ich habe viele Jahre suchen müssen, bis ich alle Stücke beisammen hatte und die volle Wahrheit erfuhr.«

Er nahm eine Ledertasche aus dem Wandsafe, öffnete sie, holte eine kleine Photographie heraus und reichte sie Houston. »Das ist meine Mutter.«

»Charity Fenton«, flüsterte sie, die hübsche Frau auf dem Foto betrachtend – eine noch sehr junge Frau mit dunklen

Augen und Haaren. Sie blickte hoch und sah das Staunen auf seinem Gesicht.

»Edan hat mir erzählt, wer deine Mutter war.«

»Er hat dir alles erzählt, was *er* weiß.« Er gab ihr nun eine Photographie von vier jungen Männern, die nervös aussahen und etwas deplaciert vor einer exotischen Photoatelier-Kulisse posierten. Zwei davon sahen Kane sehr ähnlich. »Das sind die vier Taggert-Brüder. Der jüngste davon ist Lyle, Ians Vater; daneben steht Rafe, der zweitjüngste; dann kommt Sherwin und schließlich mein Vater, Frank, der älteste der vier Brüder.«

»Du siehst aus wie dein Vater«, sagte sie.

Kane gab ihr keine Antwort und kippte nun die Ledertasche über dem runden Tisch aus. »Das sind Originale oder beglaubigte Kopien von Dokumenten, die sich auf meine Eltern oder meine eigene Geburt beziehen.«

Sie warf einen flüchtigen Blick auf diese Papiere und zuckte nur kurz mit den Lidern, als sie der Kopie eines Familienstammbaumes ansichtig wurde, nach dem ein gewisser Nathaniel Taggert eine zwölf Jahre alte französische Gräfin geheiratet hatte. Doch bald sah sie wieder zu Kane hinauf und wartete, daß er ihr die Geschichte erzählte, die sich auf diese Papiere bezogen, und ihr die Erklärung lieferte für die vielen Jahre seines Hasses auf die Familie seiner Mutter.

Er ging ans Fenster und starrte in den Garten hinunter. »Ich glaube nicht, daß du etwas über Horace Fenton weißt, da er lange vor deiner Geburt gestorben ist. Horace Fenton war Jacobs Vater. Oder jedenfalls glaubte Jacob, daß Horace sein Vater wäre. Tatsächlich hatte Horace nach einigen Jahren die Hoffnung aufgegeben, eigene Kinder zu bekommen. Also adoptierte er das neugeborene Baby eines Ehepaares, das nach Kalifornien reisen wollte, jedoch in einer Kutsche tödlich verunglückte, als die Gespannpferde durchgingen. Aber Jacob war erst drei Jahre alt, als Horaces Frau doch noch mit einem Kind niederkam, einem Mädchen, das sie Charity tauften, weil sie es wie ein Geschenk des Himmels betrachteten.

Nach allem, was ich in Erfahrung bringen konnte, hat es wohl nie ein Kind gegeben, das mehr verwöhnt wurde als Miss Charity Fenton. Ihre Mutter bereiste mit ihr die ganze Welt, ihr Vater kaufte ihr alles, was sie sich seiner Meinung nach wünschte oder gern gehabt hätte.«

»Und wie wurde Jacob behandelt?« fragte Houston.

»Nicht übel. Der alte Horace verwöhnte zwar seine Tochter nach Strich und Faden, brachte aber seinem Adoptivsohn bei, wie er überleben konnte – vielleicht mit dem Hintergedanken, daß Jacob für Charity sorgen sollte, wenn ihr Vater nicht mehr lebte. Jacob wurde dazu ausgebildet, das Imperium zu leiten, das Horace sich aufgebaut hatte.

Ich bin mir nicht ganz sicher, wie sie sich kennenlernten. Ich glaube, Frank Taggert wurde dazu erwählt, Horace Fenton die Beschwerden der Sägemühlenarbeiter vorzutragen – das war noch vor der Zeit der Kohlenbergwerke –, und dabei muß er mit Charity zusammengetroffen sein. Egal, wie es zu ihrer Bekanntschaft gekommen ist – es muß Liebe auf den Blick gewesen sein, und sie beschloß, daß sie Frank heiraten wollte. Ich glaube nicht, daß in ihrem kleinen verwöhnten Kopf der Gedanke aufkeimte, daß ihr Vater sich auch einmal ihren Wünschen widersetzen könnte.

Doch Horace weigerte sich nicht nur, seine Tochter mit einem Taggert zu verheiraten, er sperrte sie sogar in ihr Zimmer ein. Irgendwie gelang es ihr, aus dem Fenster zu klettern und zwei Tage bei Frank zu verbringen. Als die Männer ihres Vaters sie wiederfanden, lag sie bei ihm im Bett. Und sie sagte ihrem Vater, sie würde Frank Taggert bekommen, selbst wenn sie das ihr Leben kosten sollte.

»Wie schrecklich für sie«, flüsterte Houston.

Kane holte eine Zigarre aus seiner Nachttischschublade und zündete sie an. »Sie bekam ihn dann tatsächlich, weil sie zwei Monate später ihren Eltern erzählte, daß sie schwanger sei.«

»Mit dir«, sagte Houston leise.

»Mit mir. Horace warf seine Tochter aus dem Haus und sagte ihr, daß sie nicht mehr seine Tochter sei. Seine Frau legte sich ins Bett und blieb darin, bis sie vier Monate später starb.«

»Und deshalb haßt du die Fentons, weil du dem Gesetz nach den gleichen Erbanspruch auf den Besitz deines Großvaters hattest wie Jacob; doch die Fentons beschäftigten dich in ihrem Stall.«

»Gleiche Erbansprüche – einen Teufel!« explodierte Kane. »Du hast erst die halbe Geschichte gehört. Charity zog in die Slums, wo die Taggerts lebten – eine andere Wohnung konnten sie sich nicht leisten für den Lohn, den Fenton ihnen bezahlte – und fühlte sich da verdammt unwohl. Natürlich wollte niemand mit ihr reden, da sie ja eine von den Fentons war; aber nach allem, was ich gehört habe, hat sie sich mit ihrer hochmütigen Art das Leben dort nicht gerade leichter gemacht.

Zwei Monate, nachdem sie Frank Taggert geheiratet hatte – und ihre Heiratsurkunde liegt dort auf dem Tisch –, rollte ein schwerer Baumstamm von einem Stapel herunter und erschlug ihren Mann.«

»Und Charity mußte nach Hause zu ihrem Vater zurückkehren.«

»Er war ein unversöhnlicher Bastard. Charity versuchte, ohne ihn durchs Leben zu kommen, ist dabei aber fast verhungert. Ich habe mit einem Dienstmädchen gesprochen, das früher im Haus der Fentons gearbeitet hat, und sie erzählte mir, daß Charity ausgemergelt, schmutzig und hochschwanger vor der Tür ihres Vaters stand. Horace blickte sie nur von Kopf bis Fuß an und sagte, sie habe ihre Mutter umgebracht und könne nur als Dienstbote wieder in sein Haus zurückkehren. Dann ließ er sie in der Spülküche arbeiten.«

Houston stand auf, stellte sich neben ihren Mann und legte ihm die Hand auf den Arm. Sie spürte, wie aufgewühlt er war, als er mit tonloser Stimme sagte: »Nachdem meine Mutter vierzehn Stunden lang Fentons Töpfe geschrubbt hatte, ging sie nach oben, brachte mich zur Welt und hängte sich an einem Dachbalken auf.«

Houston konnte ihn nur mit offenem Mund anstarren. »Ist ihr niemand zu Hilfe gekommen?«

»Niemand. Fenton hatte sie auf dem Speicher untergebracht, fern von allen anderen Leuten und Dienstboten im Haus, und wenn sie schrie, als sie ihre Wehen bekam, hatte sie niemand hören können.«

»Und was hat Horace Fenton dann getan?«

»Er war es, der sie gefunden hat. Wer weiß? Vielleicht plagte ihn sein schlechtes Gewissen, und er ging in den Speicher hinauf, um sich wieder mit ihr zu versöhnen; aber er kam zu spät. Sie war bereits tot.

Es gab nicht viele Leute, die mir erzählen konnten, was danach passierte; es gelang mir erst nach langen Recherchen, die Vorgänge zu rekonstruieren. Horace ließ eine Amme für mich besorgen, verbrachte dann einen Tag in Klausur mit einer Horde von Anwälten, und einen Tag, nachdem Charity sich aufgehängt hatte, setzte er eine Pistole an seinen Kopf und drückte ab.«

Houston setzte sich wieder in den blauen Brokatsessel. Sie konnte ihm das nicht abnehmen; Kane mußte mit dieser Tragödie leben – Worte halfen da nicht viel. »Und so bist du also bei den Fentons aufgewachsen«, sagte sie schließlich.

»Wenn du damit meinst, daß ich von irgend jemand ›erzogen‹ worden bin, irrst du dich«, schnaubte er. »Als Horace Fentons Testament zwei Tage nach seinem Selbstmord verlesen wurde, stellte sich heraus, daß er alles, was er besaß, Charitys Sohn vermacht hatte.«

»Dir?«

»Mir. Jacob bekam keinen Cent vom fentonschen Erbe. Er durfte nur den Vormund für Kane Franklin Taggert spielen – dem drei Tage alten Enkel von Horace Fenton.«

»Aber das verstehe ich nicht«, sagte Houston. »Ich dachte . . .«

»Du dachtest, daß ich mittellos auf die Welt gekommen bin. Jacob verließ zehn Stunden lang nicht das Zimmer, in dem das Testament verlesen worden war, und als er mit den Anwälten endlich herauskam, war es ihm gelungen, sie alle zu bestechen – und konnte dem Gericht ein gefälschtes Testament vorlegen, in dem stand, daß er der Alleinerbe von Horace Fenton sei.«

»Und du?«

»Man erzählte den Leuten, Charitys Baby wäre bei der Geburt gestorben; und die ersten sechs Jahre meines Lebens verbrachte ich auf der Wanderschaft von einer Farm zur anderen. Jacob hatte Angst, ich könnte die Wahrheit meiner Abkunft erfahren, wenn ich zu lange bei einer Familie bliebe.«

»Oder daß die Taggerts Wind davon bekamen, daß du noch am Leben warst. Ich kann mir nicht vorstellen, daß Rafe ruhig zugesehen hätte, wie man seinen Neffen um sein Erbe betrügt.«

»Geld verleiht Macht; und keiner von den Taggerts hat jemals Geld besessen.«

Houston wanderte durchs Zimmer. »Und Jacob wollte nicht auf das verzichten, wofür er so viele Jahre gearbeitet hatte. Er muß Horace vertraut haben wie einem echten Vater; doch dann wurde er in letzter Minute von Horace enterbt, als hätte er ihm nie etwas bedeutet. Und alles bekam ein drei Tage alter Säugling.«

»Ergreifst du etwa für ihn Partei?«

»Gewiß nicht. Ich versuche mir nur klarzumachen, warum er dir so etwas Schreckliches antun konnte. Was wäre zum Beispiel aus ihm geworden, wenn er den Besitz für dich verwaltet und vergrößert hätte, du ihn aber gefeuert hättest, sobald du volljährig wurdest?«

»So etwas hätte ich nie getan.«

»Das konnte er natürlich nicht wissen. Und was passiert jetzt? Willst du ihn verklagen?«

»Teufel, nein. Ich kenne die Wahrheit schon seit Jahren.«

»Du planst, ihm das Vermögen wieder wegzunehmen, nicht wahr? Im Augenblick wohnt dein eigener Sohn bei den Fentons, und du willst ihn doch nicht aus seinem eigenen Haus verjagen, oder doch?«

»Warte erst mal ein paar Sekunden, ehe du schon wieder

für Fenton Partei ergreifst. Alles, was ich jemals wollte, war, daß Fenton sich eines Tages an *meinen* Tisch setzt, der größer ist als seiner, mit einer erstklassigen Lady am Kopfende.«

Houston blickte ihn fast eine Minute lang schweigend an. »Vielleicht solltest du mir den Rest der Geschichte auch noch erzählen. Warum diese Einladung zum Dinner, und was für eine Rolle soll ich dabei spielen?« fragte sie leise. Ein banges Gefühl beschlich sie bei der Frage.

Kane drehte ihr den Rücken zu. »In all den Jahren, die ich in seinem Stall arbeitete und Fentons Stiefel putzte, dachte ich, ich würde überschnappen, wenn ich mir vorstellte, daß mir ein so großes Haus gehören würde, wie Fenton es besaß. Dann kam es zu dem Techtelmechtel mit Pam, und eines Morgens höre ich, daß sie ihre Sachen gepackt, das Haus geräumt und mir 500 Dollar und einen Abschiedsbrief hinterlassen hat, in dem sie sich für das ›Vergnügen‹ mit mir bedankte. Jacob zerrte mich in sein Büro und brüllte mich an, daß ich niemals bekommen würde, wofür er so hart gearbeitet habe. Damals dachte ich, er meinte Pam damit.

Ich nahm die 500 Dollar und ging nach Kalifornien. Und nach ein paar Jahren, als ich schon nicht mehr unvermögend war, begann ich mich zu fragen, was Fenton damals wirklich gemeint hatte, als er mich aus seinem Haus warf. Ich heuerte ein paar Männer an, die für mich die Wahrheit herausfinden sollten. Es dauerte eine Weile, aber meine Hartnäckigkeit wurde belohnt.« Kane deutete auf die Dokumente, die auf dem Tisch lagen.

»Und da nahmst du dir vor, dich an Mr. Fenton zu rächen«, flüsterte Houston. »Und ich sollte ein Teil deiner Rache sein.«

»In gewisser Weise. Anfangs wollte ich nur so viel Geld verdienen, daß ich die Sorge los war, wieder als Stallbursche arbeiten zu müssen. Aber als ich erfuhr, um was für ein Vermögen man mich betrogen hatte, begann ich mir vorzustellen, wie ich Fenton zum Dinner in ein Haus einladen würde, das fünfmal so groß war wie seines, und am Fußende des Tisches würde Pam sitzen, die Tochter, für die ich ihm nicht genug gewesen war.«

»Aber du konntest Pam nicht bekommen.«

»Die Männer, die ich angeheuert hatte, ermittelten ihre Adresse. Ich erfuhr, daß sie verheiratet war und ein Kind hatte – ich wußte nicht, daß es mein Kind war –, also mußte ich diesen Teil meines Plans aufgeben. Natürlich mußte ich mein Haus in Chandler bauen; denn wenn ich es in einer anderen Stadt errichtete, wußte ja niemand, daß es einem ehemaligen Stallburschen der Fentons gehörte. Und ich wollte, daß Fenton es jeden Tag vor Augen hatte. Und dann überlegte ich mir, wer denn an Pams Stelle an meinem Tisch sitzen könnte, und ich wußte, daß die einzigen wirklichen Ladys in dieser Stadt die Chandler-Zwillinge waren.

Ich heuerte einen Mann an, der Erkundigungen über euch beide einziehen sollte, und erkannte sofort, daß Blair nicht in Frage kam. Fenton hätte mich vielleicht ausgelacht und gesagt, daß ich nur eine Frau bekommen könnte, die kein anderer Mann haben wollte.«

»Du mußtest eine wirkliche, wahrhafte, unverfälschte Lady haben«, flüsterte Houston.

»Und die bekam ich auch. Ich war anfangs ein wenig verunsichert, als ich dir einen Antrag machte und du ihn abgelehnt hast; aber ich wußte, du würdest es dir schon noch anders überlegen. Ich hatte mehr Geld, als Westfield in seinem ganzen Leben verdienen kann, und ich wußte, du würdest mich heiraten.«

Er zog die Uhr aus seiner Westentasche. »Es ist Zeit, nach unten zu gehen. Ich habe sehr lange auf diesen Moment gewartet.«

Er nahm Houstons Ellenbogen und geleitete sie zur Treppe.

Houston war viel zu betäubt, um auch nur ein Wort sagen zu können. Er hatte sie um ihre Hand gebeten, weil er ein Werkzeug für seine Rache benötigte. Sie hatte gedacht, er wollte sie heiraten, weil er sie brauchte; daß er sie mochte, wenn nicht sogar liebgewonnen hatte in den letzten Monaten. Doch in Wahrheit mißbrauchte er sie nur als Werkzeug.

Kapitel 23

Houston saß an der Tafel und hatte das Empfinden, ihre Haut fühle sich genauso kalt an wie die Brillanten an ihrem Hals. Sie bewegte sich und redete, als erlebte sie einen Traum. Sie hatte es nur ihrem jahrelangen Training zu verdanken, daß sie ihre Pflichten als Hausfrau erfüllen, das Gespräch im Gang halten und die Dienerschaft beim Sevieren dirigieren konnte.

Oberflächlich betrachtet, war es ein gelungenes Dinner. Pam schien zu spüren, welche Spannungen unter der Oberfläche herrschten, und versuchte ihr möglichstes, die Eintracht bei Tisch zu erhalten. Ian und Zach redeten über Baseball, Jacob blickte auf seinen Teller hinunter, und Kane betrachtete jeden und alles mit stolzer Miene.

Houston überlegte, was Kane wohl mit ihr plante, wenn sie als Werkzeug seiner Rache ausgedient hatte. Wollte er in eine andere Stadt ziehen, sobald dieser Abend vorbei war und Chandler für ihn seinen Zweck erfüllt hatte? Sie erinnerte sich, wie oft er darüber geklagt hatte, daß man in diesem langweiligen kleinen Nest keine Geschäfte machen könne. Warum hatte sie sich nie gefragt, *weshalb* er dieses Haus in Chandler errichten ließ? Jeder in der Stadt hatte sich diese Frage gestellt, als die Bauarbeiten auf dem Hügel begannen; aber als er anfing, stürmisch um sie zu werben, hatte sie darüber nicht mehr nachgedacht.

Er war in die Stadt gekommen, war als erstes zu Jacob Fenton gegangen, um ihm seine Ankunft zu melden und ihn zu fragen, wie ihm sein Haus gefalle. Warum hatte Houston nicht schon damals begriffen, daß alles in Kanes Leben von den Gefühlen bestimmt war, die er für die Fentons hegte?

Und sie sollte nur ein Instrument seiner Rache sein.

Das war alles, was sie für diesen Mann war, dem sie ihr Herz geschenkt hatte: ein Werkzeug in einem Spiel, das er gewinnen wollte – mußte.

Und der Mann, den sie auserkoren und für liebenswert gehalten hatte, gehörte zu jener Sorte von Männern, die ihr Leben einer so heillosen Sache wie einer Rache widmen konnten.

Ihr blieben die Bissen im Hals stecken, und sie mußte sich dazu zwingen, das Essen hinunterzuwürgen. Wie hatte sie sich nur so sehr in einem Mann täuschen können?

Als endlich das langwierige Menü sein Ende fand, stand Houston auf und führte Pam in den kleinen Salon, um die Männer ihren Zigarren zu überlassen.

Die beiden Frauen unterhielten sich über ganz gewöhnliche Dinge – über Kleider, wo man den schönsten Besatz kaufen könne und welche Schneiderin in der Stadt am besten arbeitete – und verloren kein Wort über das Dinner, das sie soeben über sich ergehen lassen mußten. Doch zweimal ertappte Houston Pam dabei, wie diese sie nachdenklich, wenn nicht gar mitleidig betrachtete.

Kane führte Jacob Fenton in sein Büro, wo er seinem Gast die Zigarren anbot, die Houston ihm zur Hochzeit geschenkt hatte, und einen einhundert Jahre alten Brandy in einem Glas aus irischem Kristall.

»Nicht übel für einen Stallburschen, eh?« begann Kane und betrachtete Fenton durch eine Wolke aus Zigarrenrauch.

»Schön, du hast mir dein großes Haus gezeigt. Und was willst du jetzt von mir?«

»Nichts. Nur die Genugtuung, dich hier in meinem Haus zu sehen.«

»Du erwartest doch hoffentlich nicht von mir, daß ich dir das glaube. Ein Mann, der sich solche Mühe macht, mir zu zeigen, wie weit er es im Leben gebracht hat, begnügt sich nicht mit einer Dinnerparty. Aber ich warne dich. Solltest du versuchen, mir wegzunehmen, was mir gehört, werde ich . . .«

»Wirst du was? Noch mehr Rechtsanwälte bestechen? Diese drei Halunken leben immer noch, und ich kann ihnen mehr bezahlen, als du besitzt, damit sie die Wahrheit sagen.«

»Das ist typisch für einen Taggert. Du nimmst dir immer, was dir nicht gehört. Dein Vater nahm sich Charity, ein süßes, kleines, hübsches Ding, und setzte sie solchem Horror aus, daß sie sich am Ende selbst erhängte.«

Kanes Gesicht färbte sich dunkelrot vor Wut. »Horace Fenton hat den Tod meiner Mutter verursacht, und alles, was du besitzt, hast du mir gestohlen.«

»Du hast gar nichts besessen. Es gehörte alles mir. Ich habe jahrelang die Geschäfte geleitet, und wenn du glaubtest, ich würde zurücktreten und zusehen, wie mir ein plärrendes Baby alles wegnimmt, hast du dich getäuscht. Lieber hätte ich dafür gesorgt, daß dieses Baby die ersten Tage nicht überlebt. Und dann hast du, ein Taggert, versucht, mir meine Tochter wegzunehmen. Hattest du erwartet, ich würde zulassen, daß du meiner Tochter das antust, was dein Vater meiner Schwester angetan hat?«

Kane rückte ein paar Schritte näher an den kleinen, älteren Mann heran. »Schau dir dieses Haus genau an. *Das* ist es, was ich deiner kostbaren Tochter angetan hätte. *So* sieht die Behandlung aus, die sie von mir erhalten hätte.«

Jacob drückte seine Zigarre aus. »Einen Teufel hättest du getan. Ist dir nie der Gedanke gekommen, daß ich dir einen Gefallen getan haben könnte? Es ist dein Haß auf mich, der dich zu einem reichen Mann gemacht hat. Wenn du Pamela bekommen hättest und das Geld meines Vaters dazu, würdest du vermutlich nicht einen Tag in deinem Leben gearbeitet haben.«

Jacob wandte sich der Tür zu. »Und noch etwas, Taggert. Wenn du versuchen solltest, dir wiederzuholen, was deiner Ansicht nach dir gehört, werde ich die hübsche Frau, die du geheiratet hast, vor Gericht bringen – wegen illegaler Machenschaften in meinen Kohlengruben.«

»Was?« keuchte Kane.

»Ich habe mich schon lange gefragt, ob du das weißt«, sagte Jacob lächelnd. »Willkommen in der Welt der Reichen. Du kannst dir nie sicher sein, ob die Leute dich haben wollen oder nur dein Geld. Diese süße kleine Lady, die du geheiratet hast, steckt bis über beide Ohren in einer Verschwörung. Und sie nützt jede Verbindung aus – auch die familiäre Beziehung zwischen dir und mir –, um eine Sache voranzutreiben, die sich vielleicht zu einem blutigen Aufstand entwickelt. Du solltest sie lieber warnen. Denn wenn sie sich nicht mäßigt, werde ich selbst auf ihre Verbindung zum Hause Taggert keine Rücksicht mehr nehmen. Und damit wünsche ich dir eine gute Nacht, Taggert.«

Jacob Fenton verließ Kanes Büro.

Kane blieb lange Zeit allein an seinem Schreibtisch sitzen. Niemand störte ihn dabei, als er fast die ganze Flasche Whisky austrank.

»Miss Houston!« rief Susan, als sie in den Salon stürmte, wo Houston zwischen Fenster und Kamin auf- und abwanderte. »Mr. Kane wünscht, daß Sie sofort in sein Büro kommen. Und er sieht schrecklich wütend aus.«

Houston holte tief Luft, zog ihr Kleid vorne glatt und ging den Korridor hinunter. Jacob hatte ihr vor zwei Stunden noch liebenswürdig einen guten Abend gewünscht und war dann mit seiner Tochter gegangen. Houston hatte nichts anderes getan als nachgedacht, seit die Fentons das Haus verlassen hatten. Noch nie zuvor hatte sie überlegt, wo ihr gegenwärtiges Leben sie hinbringen würde. Bisher schien sie sich nur genommen zu haben, was das Leben ihr geboten hatte. Jetzt war es an der Zeit, daß sie ihr Schicksal auch selbst bestimmte.

Er saß ohne Jackett an seinem Schreibtisch, das Hemd bis zum Gürtel aufgeknöpft, eine fast leere Whiksyflasche in der Hand.

»Ich dachte, du würdest arbeiten«, sagte sie.

»Du hast alles verdorben. Du und deine lügnerische Art haben alles verdorben.«

»Ich . . . ich habe keine Ahnung, wovon du redest«, sagte sie und setzte sich auf einen der beiden Lederstühle, die vor seinem Schreibtisch standen.

»Du wolltest nicht nur mein Geld, sondern auch meine Beziehungen zu den Fentons. Du wußtest, daß Fenton deine illegalen Machenschaften dulden würde, weil er auf mich Rücksicht nehmen mußte. Nun sage mir nur noch eines – hast du zusammen mit deiner Schwester dieses Komplott geschmiedet? Und wie wolltest du Westfield für deine Pläne ausnützen?«

Houston erhob sich und blieb mit steifem Rücken vor seinem Schreibtisch stehen. »Was du sagst, entbehrt jeder Logik. Ich habe erst am Tag unserer Hochzeit den Namen deiner Mutter erfahren. Ich hätte niemals etwas ausnützen können, von dem ich gar nichts wußte.«

»Ich habe einmal zu Edan gesagt, daß du eine gute Schauspielerin wärest. Damals ahnte ich noch nicht, wie gut du wirklich schauspielern kannst. Ich hätte dir fast geglaubt, als du mir beteuert hast, du würdest mich aus Liebe heiraten; doch die ganze Zeit über hast du nur meinen Namen ausgenützt, um Zutritt zu den Bergwerkslagern zu bekommen.«

Houston holte geräuschvoll Luft, während Kane nun ebenfalls aufstand und sich weit über seinen Schreibtisch lehnte.

»Ich habe mein Leben lang für diesen Abend gearbeitet, und du hast ihn mir verdorben. Fenton drohte, meine mich innig liebende Frau zu verklagen und aller Welt zu verkünden, wofür sie mich mißbrauchte. Ich kann schon jetzt im Geist die Schlagzeilen der Zeitungen sehen.«

Houston wich seinem Blick nicht aus. »Ja«, sagte sie leise, »ich fahre in die Kohlenbergwerke; aber das hat nichts mit dir zu tun, da ich das schon lange getan habe, ehe ich dich kennenlernte. Du bist so besessen von deinem Geld, daß du dir einbildest, jeder wäre nur hinter deinem Vermögen her.« Sie ging einen Schritt von seinem Schreibtisch weg.

»In den letzten Monaten«, fuhr sie fort, »habe ich, dank deiner Mitwirkung, eine Menge über mich selbst gelernt.

Meine Schwester sagte mir noch vor wenigen Wochen, daß ich der unglücklichste Mensch sei, den sie kenne, und daß sie fürchtete, ich könnte mir eines Tages das Leben nehmen. Ich hätte damals nie geglaubt, daß das wahr sein könne, was sie zu mir sagte; denn bis zu dem Tag, als ich dich kennenlernte, habe ich nicht gewußt, was Glück ist. Ich habe mich nie gefragt, warum ich den Leuten nicht sagte, sie sollen ›zum Teufel gehen‹, wie du dich ausgedrückt hast, wenn es ihnen nicht paßte, daß ich in meinem roten Kleid tanzen wollte. Aber bei dir habe ich gelernt, wie gut man sich fühlt, wenn man Dinge um seiner selbst willen tut, und nicht immer versucht, nur anderen Leuten zu gefallen.

Und jetzt bin ich so weit, daß ich eigene Entscheidungen treffen kann. Ich möchte nicht mit einem Mann zusammenleben, der dieses Haus nur gebaut und eine Frau, die er gar nicht heiraten wollte, nur geheiratet hat, um sich an einem alten Mann zu rächen, der lediglich beschützen wollte, was gerechtermaßen auch ihm gehörte. Ich kann Mr. Fentons Handlungsweise verstehen und sie fast verzeihen; doch deine Handlungsweise verstehe ich nicht. Du magst dir einbilden, ich hätte dich deines Geldes wegen geheiratet; aber tatsächlich habe ich dich geheiratet, weil ich mich in dich verliebte. Ich schätze, ich liebte einen Mann, der nur in meiner Vorstellungswelt existierte. Du bist nicht dieser Mann. Du bist für mich ein Fremder, und ich will nicht mit einem Fremden zusammenleben.«

Kane funkelte sie einen Moment an und trat dann ebenfalls vom Schreibtisch zurück. »Wenn du dir einbildest, ich würde dich bitten, bei mir zu bleiben, hast du dich getäuscht. Du hast mir eine Menge Spaß gebracht, Baby, mehr, als ich mir von dir versprochen habe; aber ich brauche dich nicht.«

»Doch, das tust du«, sagte Houston ruhig und kämpfte die Tränen nieder, die ihre Augen trüben wollten. »Du brauchst mich mehr, als du weißt oder ahnst; aber ich kann meine Liebe nur einem Mann geben, der auch meinen

Respekt verdient. Du bist nicht der Mann, für den ich dich gehalten habe.«

Kane ging zur Bürotür, öffnete sie und machte eine Handbewegung, die sie einlud, sein Haus zu verlassen.

Houston gelang es irgendwie, an ihm vorbeizugehen, durch den Korridor und dann hinaus in die Nacht. Sie dachte keinen Moment daran, ihre Kleider einzupacken oder etwas aus dem Haus mitzunehmen.

Eine Kutsche stand draußen in der Auffahrt.

»Du verläßt ihn, nicht wahr?« hörte sie Pamela Fentons Stimme aus der Kutsche.

Houston blickte zu der Frau hoch. Pamela Fenton hielt erschrocken den Atem an, als sie den Ausdruck auf Houstons Gesicht sah.

»Ich wußte, daß etwas Schreckliches passiert sein mußte. Der Arzt ist gerade bei meinem Vater. Er zitterte so heftig, daß ich fürchtete, er würde sich alle Knochen brechen. Steig ein, Houston. Ich habe jetzt ein eigenes Haus in der Stadt, und du kannst bei mir und Zach wohnen, bis du alles geregelt hast.«

Houston stand nur da und starrte die Frau an, bis Pamela ausstieg und Houston halb schiebend, halb ziehend, in das Fuhrwerk beförderte. Houston hatte keine Ahnung, wo sie sich überhaupt befand. Sie dachte nur immer daran, daß nun alles vorbei war – daß sie alles, was sie besaß, verloren hatte.

Kane stürmte in den großen Salon im ersten Stock, den Ian und Edan sich teilten. Edan saß allein in einem Sessel und las.

»Ich möchte, daß du feststellst, was Houston in den Kohlenminen treibt. Alles, jede Kleinigkeit.«

»Was möchtest du wissen?« fragte Edan und legte langsam sein Buch beiseite.

»Wann? Wie? Warum? Alles, was du herausbekommen kannst.«

»Sie verkleidet sich jeden Mittwochnachmittag als alte

Frau, nennt sich dann Sadie und fährt mit einem Fuhrwerk voller Gemüse in das Bergwerkslager. In dem Gemüse sind Arzneimittel, Schuhe, Seife, Tee – eben alles versteckt, was sie darin unterbringen kann und die Frauen der Bergarbeiter dringend benötigen. Sie verkauft das Gemüse gegen Gutschein, die Jean Taggert anschließend, wenn Houston das Lager wieder verlassen hat, den Frauen zurückerstattet.«

»Du hast das alles gewußt und mir keinen Ton davon gesagt?« brüllte Kane.

»Du hast mich losgeschickt, um sie zu überwachen; aber du hast mich nie danach gefragt, was ich beobachtet habe.«

»Ich bin von allen verraten und verkauft worden! Erst von dieser verlogenen kleinen Schlampe und jetzt von dir. Und Fenton wußte genau Bescheid, was in seinem Lager vorgeht.«

»Wo ist Houston, und was hast du zu ihr gesagt?«

Kanes Gesicht wurde hart. »Sie hat soeben das Haus durch die Vordertür verlassen. Sie konnte die Wahrheit nicht vertragen. Sobald sie erfuhr, daß ich ihr kleines, hinterhältiges Komplott aufgedeckt habe, für das sie mich und mein Geld mißbrauchte, lief sie davon. Ich weine ihr keine Träne nach. Ich kann gern auf eine geldgierige miese ...«

Edan packte Kane bei der Schulter. »Du engstirniger, hirnverbrannter Hundesohn! Diese Frau ist das Beste gewesen, was dir in deinem Leben begegnen konnte; und du Idiot hast so ein Brett vor dem Kopf, daß du nicht einmal siehst, was du hast. Du mußt sie zurückholen!«

Kane schüttelte seine Hand ab. »Einen Teufel werde ich tun. Sie war auch nicht besser als alle anderen; sie war nur eine Hure der teuersten Klasse.«

Kane sah nicht einmal die Hand kommen, die nun auf sein Gesicht einschlug und ihn zu Boden schickte. Edan stand über dem großen, dunkelhaarigen Mann, der sich das Kinn rieb.

»Weißt du was?« sagte Edan. »Ich habe jetzt auch genug von dir. Ich habe es satt, mich vor der Welt zu verkriechen.

Ich habe meine Jahre bisher nur in häßlichen, dunklen Zimmern verbracht, habe Tag und Nacht geschuftet, um Geld zusammenzuraffen. Und wofür? Das einzige, was du dir bisher von deinem Geld gekauft hast, war dieses Haus, und das hast du dir nur angeschafft, weil du dich rächen wolltest. Houston hat einmal zu mir gesagt, daß ich genauso schlimm wäre wie du, mich immer verstecke vor den Leuten, immer nur auf dem Sprung bin, in dein Büro zu kommen, wenn du mich brauchst. Ich habe über ihre Worte nachgedacht, und ich glaube, sie hatte recht.«

Edan trat einen Schritt zurück und rieb sich seine Fingerknöchel. »Ich denke, es ist höchste Zeit, daß ich zu meinem eigenen Leben finde. Du hast mir immerhin für die Jahre, die ich deinen Zielen geopfert habe, gutes Geld gezahlt, und es ist mir gelungen, auch ein paar Millionen auf die Seite zu legen. Ich werde sie jetzt dafür benützen, etwas aus meinem Leben zu machen.«

Er streckte Kane die Hand hin; doch der beachtete sie nicht.

Später sah Kane, wie auch noch Ian, Jean und Sherwin zu Edan in die Kutsche stiegen, was bedeutete, daß ihm nur noch die Dienstboten geblieben waren, und er wartete nicht bis zum Morgengrauen, sondern feuerte sie noch alle in derselben Nacht.

Kapitel 24

Houston achtete nicht auf ihre Umgebung, als sie mitten in Pams Schlafzimmer stand.

»Zuerst stecke ich dich mal in eine Wanne voll heißes Wasser; und dann darfst du mir erzählen, wie es dazu gekommen ist.«

Houson blieb regungslos im Zimmer stehen, als Pam sie allein ließ, um ein Bad für sie einzulassen. Sie war sich nicht sicher, ob alles, was sich heute abend abgespielt hatte, schon völlig bis zu ihrem Bewußtsein vorgedrungen war. Jedenfalls war sie in einen Mann verliebt, der sie nur als Werkzeug benützt hatte.

»Das Bad steht für dich bereit«, rief Pam und schob Houston vor sich her in das mit rosa Kacheln ausgekleidete Badezimmer. »Du ziehst dich jetzt aus, während ich mal nachsehe, wie es meinem Vater geht. Und daß du mir nicht so vor der Wanne stehenbleibst mit einem Gesicht, als würde im nächsten Moment die Welt untergehen, Houston!«

Jahrelang war sie zum Gehorsam erzogen worden; und so befolgte sie Pams Anweisung wie ein gut dressiertes Tier. Als Pam in das Badezimmer zurückkam, lag Houston in der Wanne, bis zum Hals in heißen Seifenschaum eingehüllt.

»Dr. Westfield ist es endlich gelungen, meinen Vater zur Ruhe zu bringen«, sagte Pam. »Er ist zu alt für derartig aufregende Abende. Was Kane ihm nur gesagt haben mag? Ich jedenfalls kenne nur ein Thema, das ihm wirklich an die Nieren geht. Zachary. Hat Kane ihm etwa gesagt, daß er mir meinen Sohn wegnehmen möchte? Da muß er sich aber auf einen Kampf gefaßt machen . . .«

»Nein«, sagte Houston müde. »Er ist nicht hinter deinem Sohn her. Nichts so Edelmütiges.«

»Ich denke, du kannst mir ruhig anvertrauen, was heute passiert ist und dich dazu bewogen hat, Kane zu verlassen.«

Houston blickte zu der Frau hoch, die sie im Grunde gar nicht kannte. Sie waren sich nur über ihren Sohn etwas nähergekommen. Doch Pam war auch die einzige Liebe im Leben ihres Mannes.

»Warum hilfst du mir eigentlich? Ich weiß, daß du ihn immer noch liebst.«

Pam blickte sie mit schmalen Augen an. »Er hat dir also erzählt, daß ich an deinem Hochzeitstag bei ihm war?«

»Ich weiß, daß er deine . . . Einladung nicht angenommen hat.«

Pam lachte. »Wie taktvoll du dich ausdrückst. Vermutlich hat er dabei zu erwähnen vergessen, daß ich zu der Einsicht gekommen bin, wir würden es auf die Dauer nicht miteinander aushalten. Wir schieden in der gemeinsamen Erkenntnis, daß wir uns wahrscheinlich spätestens drei Monate nach der Hochzeit gegenseitig umgebracht hätten. Und nun erzähle, was zwischen dir und Kane vorgefallen ist. Es bleibt alles in der Familie, wenn du in dieser Hinsicht Bedenken haben solltest; und erfahren würde ich es früher oder später ja doch.«

Wenn Kane sich dazu entschloß, den Fentons das Vermögen wegzunehmen, das dem Gesetz nach ihm gehörte, würde das in der Tat bald die ganze Stadt wissen, überlegte Houston. »Weißt du, wer Kanes Mutter gewesen ist?« fragte sie leise.

»Ich habe keine Ahnung. Ich glaube, mir ist nie der Gedanke gekommen, daß er eine Mutter gehabt haben könnte. Wahrscheinlich, weil er immer so selbstherrlich auftrat, als habe er so etwas Einfaches wie eine Mutter nie gebraucht. Ich habe vermutlich angenommen, er sei ganz von selbst auf die Welt gekommen.«

Houston saß im warmen Wasser der Badewanne und erzählte die Geschichte von Charity Taggert. Sie versuchte, sie ganz sachlich und nüchtern wiederzugeben, sie nicht einzufärben mit ihren eigenen Gefühlen.

Pam hatte sich einen Schemel aus Messingdraht mit rosa Polster an die Wanne geholt und hörte aufmerksam zu. »Ich hatte keine Ahnung davon«, sagte Pam, als Houston mit ihrer Geschichte zu Ende war. »Du sagst, daß alles, was mein Vater besitzt, dem Gesetz nach Kane gehört. Kein Wunder, daß er so wütend ist auf meinen Vater, und kein Wunder, daß mein Vater schlottert vor Angst. Aber die hast Kane doch nicht verlassen, weil er nicht als armes Kind auf die Welt kam, nicht wahr? Was ist da noch gewesen?«

Es war schon schwieriger, von sich selbst zu erzählen – zugeben zu müssen, daß sie nur zweite Wahl war hinter Pam und daß sie nun, wo sie ihren Zweck erfüllt hatte, nutzlos für Kane geworden sei.

»Zur Hölle mit ihm!« rief Pam, stand auf und lief im

Zimmer auf und ab. »Er findet sich großartig, wenn er dir sagt, er habe dich, wie er meint, nur zu einem bestimmten Zweck geheiratet. Er ist der verwöhnteste Mann, der mir jemals in meinem Leben begegnet ist.«

Houston bewegte den Kopf und blickte zu Pam hinauf – ein erstes Zeichen der Wiederbelebung.

»Er gefällt sich in der Vorstellung, er habe eine erbärmliche Jugend gehabt; aber ich kann dir versichern, daß *er* es war, der hier im Haus den Ton angab, als er noch bei uns lebte. Die Leute blickten auf mich herab, weil ich mich in einen Stallburschen verliebt hatte; aber das taten sie nur, weil sie noch nie so einen jungen Mann wie Kane Taggert in ihrem Stall gehabt haben.«

Pam setzte sich wieder auf ihren Schemel und beugte sich vor. »Du kennst ihn«, fuhr sie erbittert fort. »Du hast sein herrisches Wesen erlebt, seine Angewohnheit, jeden herumzukommandieren. Glaubst du, er sei als Junge anders gewesen, nur weil er angeblich ein Diener dieses Hauses war?«

»Ich glaube nicht, daß ich darüber schon einmal nachgedacht hätte«, murmelte Houston. »Marc sagte damals nur, Kane sei ein Tyrann.«

»Tyrann!« schnaubte Pam und stand wieder von ihrem Schemel auf. »Kane führte das Regiment im Haus. Mein Vater hat mehr als einen wichtigen geschäftlichen Termin versäumt, weil Kane zu ihm sagte, er könne keine Kutsche oder kein Pferd bekommen, weil sie nicht reisefähig seien. Beim Dinner mußten wir das essen, was Kane gern essen wollte, weil die Köchin glaubte, sich eher nach Kanes Geschmack als nach dem meines Vaters richten zu müssen.«

Houston erinnerte sich, wie Mrs. Murchison schon am ersten Tag Kanes Lieblingsspeisen gekocht und ihn stets in Schutz genommen hatte.

»Er war schon immer ein hübscher Junge gewesen und wußte genau, wie er sich anstellen mußte bei Frauen, damit sie ihm jeden Wunsch erfüllten. Die Hausmädchen machten ihm die Zimmer sauber, kochten und bügelten seine Wäsche, brachten ihm das Essen aufs Zimmer. Er leitete zwar nicht die Firma Fenton Coal and Iron, aber ganz bestimmt unseren Haushalt. Ich möchte nicht wissen, wie er sich aufgeführt hätte, wäre ihm damals schon bekannt gewesen, daß eigentlich ihm der Besitz der Fentons gehörte. Vielleicht hat mein Vater ihm einen Gefallen getan. Vielleicht hat ihm das Leben in den Ställen ein wenig Demut und Bescheidenheit beigebracht; denn mit diesen Eigenschaften ist er bestimmt nicht auf die Welt gekommen.«

Pam fiel vor der Wanne auf die Knie. »Ich verspreche dir, daß du hier so lange wohnen kannst, wie du *willst.* Und wenn du auf meine Meinung Wert legst: du hast recht daran getan, ihn zu verlassen. Er kann unmöglich eine Frau heiraten, nur um einen Racheplan in die Tat umzusetzen. Und jetzt steigst du aus der Wanne, während ich dir einen Schlummertrunk vorbereite, damit du schlafen kannst.«

Wieder gehorchte Houston wie ein dressiertes Tier, trocknete sich mit einem von Pams pinkfarbenen Badetüchern ab und schlüpfte in eines von Pams keuschen Nachthemden.

Pam kam mit einem dampfenden Becher zurück. »Wenn du damit nicht einschläfst, nimmt es dir wenigstens den Druck von der Seele. Und nun schlüpf unter die Decke. Das Morgen muß besser werden als das Heute.«

Houston trank fast den ganzen Becher aus, und das Gebräu tat seine Wirkung. Schon bald war sie eingeschlafen, und als sie erwachte, stand die Sonne bereits hoch am Himmel, und sie hatte Kopfschmerzen. Über das Fußende ihres Bettes waren ihre Unterwäsche und ein Morgenmantel gebreitet. Ein Billett von Pam lag dabei, in dem sie schrieb, sie habe in die Stadt gehen müssen, und Houston solle unten im Salon frühstücken und nur dem Dienstmädchen Bescheid sagen, wenn sie etwas benötigte.

»Edan«, sagte Jean Taggert, »ich kann Ihnen nicht genug danken für alles, was Sie heute nacht für mich getan haben. Es wäre wirklich nicht nötig gewesen, mit mir zusammen aufzubleiben.« Sie standen im Korridor des Chandler-

Hotels und hatten beide übernächtigte Gesichter. Nachdem sie Kanes Haus verlassen hatten, waren sie ins Hotel gezogen. Ian hatte sich sofort niedergelegt; doch Sherwin hatten die Ereignisse des Abends so sehr mitgenommen, daß er Hustenanfälle und keine Luft mehr bekam. Er erklärte immer wieder mit rasselnder Stimme, er habe Angst, Jean und Ian müßten ins Bergwerkslager zurückkehren.

Edan hatte Dr. Westfield angerufen, der in wenigen Minuten bei ihm war, da er sich nach der Visite bei Jacob Fenton noch nicht wieder ausgezogen hatte. Edan trommelte dann das Hotelpersonal aus den Betten, das Wärmflaschen und extra Decken herbeischaffen mußte. Auch schickte er einen Pagen los, der den Apotheker aus dem Bett holte, damit er das Rezept, das Westfield ausgestellt hatte, besorgte.

Jean saß dann die ganze Nacht am Bett ihres Vaters und versuchte, ihn zu beruhigen, indem sie ihm immer wieder versicherte, Ian und sie würden nicht in die Kohlengrube zurückkehren, während Edan sich um alles andere kümmerte, das geeignet war, der Atemnot des Kranken abzuhelfen.

Nun, da die Sonne gerade über den Horizont heraufkroch, war Sherwin endlich eingeschlafen, und sie standen vor der Tür seines Zimmers.

»Ich kann Ihnen nicht genug dafür danken«, sagte Jean zum tausendsten Mal.

»Dann hören Sie auf, es zu versuchen. Würden Sie jetzt gern frühstücken?«

»Glauben Sie, der Speisesaal ist um diese Zeit schon geöffnet?«

Edan grinste, während er ihr eine Haarsträhne aus der Stirn schob. »Nach dieser Nacht hat das Hotelpersonal einen so großen Respekt vor mir, daß es alles für mich tut.«

Er hatte nicht zu viel versprochen. Ein müde aussehender Nachtportier sperrte ihnen den Speisesaal auf, nahm zwei Stühle von einem Tisch am Fenster herunter und ging dann wieder, um den Koch aus dem Bett zu trommeln. Nur wohnte dieser unglücklicherweise vier Meilen vom Hotel entfernt, und es dauerte eine Weile, bis er in der Hotelküche anlangte. Doch weder Jean noch Edan merkten, daß es mehr als zwei Stunden dauerte, ehe ihnen das Frühstück serviert wurde.

Sie sprachen über ihre Jugendzeit, und Jean erzählte Edan, wie sie schon immer alle Männer hatte versorgen müssen, da ihre Mutter starb, als sie gerade elf Jahre alt geworden war. Edan erzählte von seiner Familie, die bei einem Feuer umkam, und wie Kane sich später seiner angenommen hatte.

»Kane ist mir gut bekommen. Ich wollte nie mehr einen Menschen lieben, weil ich Angst hatte, er würde dann ebenfalls sterben. Ich fürchtete, dann das Alleinsein nicht mehr ertragen zu können.«

Er legte seine Serviette beiseite. »Sind Sie ausgehbereit? Ich glaube, inzwischen haben auch die Büros in der Stadt geöffnet.«

»Ja, natürlich«, sagte sie, vom Tisch aufstehend. »Ich wollte Sie nicht von Ihrer Arbeit abhalten.«

Er faßte sie beim Ellenbogen. »Ich meinte nicht mich, sondern uns beide. Wir gehen jetzt zu einem Grundstücksmakler und kaufen ein Haus. Es muß ein großes Haus sein, damit wir alle Platz darin haben.«

Sie trat einen Schritt von ihm fort und sah ihn an. »Wir alle? Ich weiß nicht, was Sie damit meinen; aber Ian, Vater und ich können unmöglich bei Ihnen wohnen. Ich werde mir eine Stellung in der Stadt besorgen. Vielleicht wird Houston mir dabei helfen. Und Ian kann zur Schule gehen und sich später eine Arbeit suchen, während Vater und . . .«

»Ihr Vater würde sich lieber umbringen, als Ihnen und Ian zur Last zu fallen. Und Ian ist viel zu groß, um noch eine öffentliche Schule besuchen zu können. Er ist mit einem Hauslehrer viel besser bedient. Und Sie könnten in der Stadt nicht genug verdienen, um die beiden Männer und sich unterhalten zu können. Nein, Sie kommen jetzt mit und helfen mir, ein großes Haus zu finden, und Sie können mir dann den Haushalt führen.«

»Das kann ich unmöglich tun«, antwortete sie entsetzt. »Ich kann nicht die Haushälterin eines unverheirateten Mannes sein.«

»Ihr Vater und Ihr Vetter werden schon dafür sorgen, daß Ihr guter Ruf nicht leidet. Sie klopfen mir bestimmt auf die Finger, sollte es mir einfallen, Ihnen zu nahezutreten. Zudem finde ich zunehmend Geschmack an der Idee, zu heiraten, nach allem, was ihr in den letzten Monaten in Kanes Haus erlebt habe. Kommen Sie, Jean, machen Sie den Mund zu und lassen Sie uns gemeinsam zum Einkaufen gehen. Wir müssen vermutlich Möbel und Vorräte und alle möglichen anderen Dinge besorgen, ehe wir daran denken können, dieses Hotel zu verlassen. Glauben Sie, das Personal wird uns dabei helfen, wenn es erfährt, daß es uns dann schneller loswird?«

Jean war viel zu betäubt, um noch widersprechen zu können, als Edan sie hinaufführte zu ihrem Vater, um ihm zu sagen, wo sie hingehen wollten. Schließlich gingen Ian, Jean und Edan in die Stadt zu einem Grundstücksmakler.

Houston saß an Pams Eßzimmertisch und stocherte lustlos in einer Schüssel voll Hafermehlbrei.

Da stürmte Pam ins Zimmer und zog sich die langen weißen Handschuhe aus Ziegenleder aus. »Houston, die ganze Stadt brodelt über vor Gerüchten, was heute nacht passiert ist«, rief sie, ohne erst guten Morgen zu sagen. »Nachdem du das Haus verlassen hast, scheint es erst einmal einen Krach zwischen Kane und Edan in einem Schlafzimmer im ersten Stock gegeben zu haben. Eines von den Dienstmädchen bezeugt, es habe stundenlang gedauert, und dann sei Edan aus dem Haus gestürmt.«

»Edan ist auch gegangen?« fragte Houston mit großen Augen.

»Nicht nur er, sondern auch die Taggerts: Jean, Ian und Sherwin. Und nachdem sie ausgezogen waren, marschierte

Kane in das Erdgeschoß hinunter und feuerte das gesamte Personal.«

Houston lehnte sich auf ihrem Stuhl zurück und seufzte tief. »Er hat schon immer gesagt, wir würden ihm nur die Zeit stehlen. Ich vermute, jetzt kann er wieder arbeiten, solange er will ... oder nach New York zurückkehren und dort arbeiten.«

Pam nahm ihren Strada-Hut ab und zupfte die Straußenfedern auf dem weißen italienischen Stroh zurecht. »Ich habe dir erst die Hälfte erzählt. Edan und Jean quartierten sich im Chandler-Hotel ein und hielten das gesamte Personal die ganze Nacht hindurch in Trab, da Sherwin, soweit ich erfahren konnte, einen Anfall von Atemnot hatte und schon dem Tod auf der Schippe saß. Und heute morgen haben die beiden gemeinsam ein Haus gekauft.«

»Edan und Jean? Wie geht es Sherwin?«

»Was man sich so in der Stadt erzählt, geht es ihm heute morgen erheblich besser. Ja, und Edan und Jean haben vorhin gerade die Stroud-Villa am Ende der Archer Avenue gekauft – du weißt schon, das große Haus gegenüber von Blairs Krankenhaus. Und nachdem sie den Vertrag unterschrieben hatten – Edan bezahlte die Villa in bar –, kehrte Jean in das Hotel zurück und Edan ging ins ›Famous‹ und kaufte dort – ich hoffe, ich habe es richtig behalten – drei Damenblusen, zwei Röcke, einen Hut, zwei Paar Handschuhe und einen größeren Posten Unterwäsche. Diese garstige kleine Nathalie bediente ihn, und sie setzte dem armen Mann so lange zu, bis er zugeben mußte, daß die geheimnisvolle Dame, für die er die Wäsche besorgte, die gleiche Größe habe wie Miss Jean Taggert. Wenn Edan sie nach dieser Enthüllung nicht heiratet, wird ihr Ruf in dieser Stadt nicht mehr viel wert sein.«

Pam hielt einen Moment inne. »Und, Houston, ich kann dich ja schon jetzt darauf vorbereiten, was du sowieso bald in der Chandler Chronicle lesen wirst. Darin steht, daß vermutlich eine andere Frau an all dem schuld wäre, was heute nacht passiert ist.«

Houston nahm die Kaffeetasse hoch. Das Lokalblatt störte

sie nicht. Mr. Gates beschwerte sich schon seit Jahren darüber, daß die Lokalzeitung nichts anderes wäre als eine Klatschpostille, die aus dem Ausland nur bizarre Todesfälle berichtete und wo die herzoglichen Familien Englands den Winter verbrächten. Er hatte die Zeitung abbestellt, als sie auf der zweiten Seite das Interview mit einem Italiener brachte, der die angelsächsischen Frauen zu den besten Küsserinnen der Welt erklärte.

»Wo hast du denn das alles erfahren?« fragte Houston.

»Wo wohl – natürlich in Miss Emilys Teestube.«

Fast wäre Houston in diesem Moment an einem Schluck Kaffee erstickt. Die Schwesternschaft!, dachte sie. Sie mußte eine außerordentliche Versammlung einberufen und den Mitgliedern mitteilen, daß Jacob Fenton von ihren Verkleidungen und widerrechtlichen Aktionen in den Kohlegruben wußte. Es genügte ein kleiner Anstoß – daß Kane ihn noch mehr reizte –, und er konnte die Damen der Schwesternschaft verhaften lassen.

»Darf ich dein Telefon benutzen?« fragte Houston. »Ich muß ein paar Leute anrufen.«

Kapitel 25

Houston rief als erste ihre Mutter an und unterbrach Opal bei einem Heulkrampf. Nachdem es Houston gelungen war, ihre Mutter wieder einigermaßen zu beruhigen, ohne zu viele Informationen preiszugeben, überredete sie Opal dazu, ihr bei der telefonischen Benachrichtigung der Schwesternschaft zu helfen. Die einzige Stelle, die ihnen die Gewähr bot, daß sie nicht belauscht wurden, schien der Oberstock der Teestube zu sein.

»Wir treffen uns dort dann um zwei«, sagte Houston, ehe sie wieder auflegte und die anderen Mitglieder der Schwesternschaft anrief, die an das städtische Telefonnetz angeschlossen waren.

Als die Damen sich um zwei in Miss Emilys Salon versammelten, warfen sie alle schräge Blicke auf Houston. Zweifellos starben sie fast vor Neugierde, die wahren Gründe zu erfahren, die zu diesem spektakulären Massenauszug aus Kanes Haus in der vergangenen Nacht geführt hatten. Houston trat vor die versammelten Frauen hin, die wartend am Tisch standen.

»Gestern nacht ist mir eine sehr wichtige Information zu Ohren gekommen«, begann sie. »Jacob Fenton weiß davon, daß wir uns verkleiden und heimlich seine Bergwerkslager betreten. Wie weit er von unseren Aktivitäten dort unterrichtet ist, entzieht sich jedoch meiner Kenntnis. Ich habe diese außerordentliche Versammlung einberufen, damit wir darüber beraten können.«

»Aber die Wächter wissen doch nichts davon, oder?« rief Tia. »Hat Fenton bis jetzt sein Wissen für sich behalten? Will er andere davon unterrichten? Wie hat er überhaupt davon erfahren?«

»Ich kann deine Fragen leider nicht beantworten, Tia. Mir ist nur bekannt, daß Fenton weiß, auf welche Weise wir uns in seine Kohlengruben einschleichen ... und er hat gedroht, mich dafür gerichtlich zu belangen.«

»Dich?« keuchte Blair. »Warum ausgerechnet dich? Warum nicht alle, die mit unseren Fuhrwerken in die Gruben fahren?«

Houston blickte auf den Fußboden. »Das hängt mit einer persönlichen Sache zwischen meinem Mann und Mr. Fenton zusammen; doch ich glaube nicht, daß man mich verhaften wird.«

»Das können wir trotzdem nicht riskieren«, rief Blair. »Du mußt deine Fahrten in die Kohlegrube einstellen.«

»Moment mal!« rief Miss Emily. »Fenton muß doch schon lange von unseren Unternehmungen gewußt haben. Er hat das doch nicht erst gestern erfahren und ist dann in dein Haus gestürmt, um dir zu drohen. Habe ich recht, Houston?«

Houston nickte.

»Es geht mich zwar nichts an; aber ich glaube, ich gehe nicht fehl in der Annahme, daß die Erklärung von Fenton, er wisse von unseren Aktivitäten, nur eine von vielen kontroversen Themen gestern abend im taggertschen Haus gewesen ist.«

Houston nickte zum zweitenmal.

»Daraus schließe ich, daß Fenton unsere Tätigkeit für gar nicht so schädlich hält, wie du das zu befürchten scheinst, Houston. Vielleicht sorgte er deshalb sogar dafür, daß wir unbehelligt seine Lager betreten durften. Wenn mich nicht alles täuscht – und ich kenne Jacob gut –, wird er sich sogar im stillen über diese törichten Weiber amüsiert haben, die sich verkleiden und glaubten, ihn damit hinters Licht führen zu können. Ich plädiere dafür, daß wir unsere Besuche in den Lagern fortsetzen. Mir ist sogar wohler, wenn ich weiß, daß wir das im stillen Einvernehmen mit dem Eigentümer machen können.«

»Aber mir gefällt das nicht!« rief Meredith.

»Und wie willst du geheimhalten, was bereits bekannt ist?« fragte Sarah. »Fentons Drohung würde ich gar nicht so ernst nehmen, Houston. Er übersieht sowieso das meiste, was in seinen Kohlegruben passiert. Erinnerst du dich an den Gewerkschafter, der im vergangenen Jahr erschlagen aufgefunden wurde? Die offizielle Version lautete: ›Tod durch eine oder mehrere unbekannte Personen.‹ Fenton wußte genau, wer den Mann umgebracht hatte; aber er wollte sich die Hände nicht schmutzig machen. Glaubst du, er unternimmt jetzt gerichtliche Schritte gegen die Töchter der einflußreichsten Bürger dieser Stadt? Mein Vater würde mir zwar zuerst das Fell gerben, doch dann würde er seine Schrotflinte nehmen und warten, bis Fenton aus seinem Haus herauskommt.«

»Wenn Fenton sich über uns amüsiert und wir unter dem Schutz des Mineneigentümers stehen – warum dann noch diese Geheimniskrämerei?« fragte Nina. »Warum ziehen wir uns nicht hübsch an, besteigen unsere Kutschen und verteilen einfach, was wir mitgebracht haben?«

»Und welcher Bergarbeiter erlaubt seiner Frau, von den Töchtern der Reichen dieser Stadt Almosen anzunehmen?« fragte Miss Emily. »Ich denke, wir sollten so fortfahren wie bisher. Houston, ich möchte, daß du jetzt sehr genau über meine Frage nachdenkst und sie gewissenhaft beantwortest: Glaubst du, daß Fenton dich oder die anderen Frauen der Schwesternschaft verklagen wird?«

Und damit riskieren, daß man ihn als Erbschleicher und Betrüger eines dreitägigen Babys entlarvt?, überlegte Houston. »Nein«, sagte sie, »ich glaube nicht, daß ich verhaftet werde. Ich schließe mich Emilys Meinung an, daß wir fortfahren sollten wie bisher. Die wenigen, die unser Geheimnis kennen, haben großes Interesse daran, es nicht an die große Glocke zu hängen. Wenn wir sonst nichts mehr zu besprechen haben, würde ich die Versammlung schließen und ...«

»Moment«, rief Blair, »Nina und ich haben noch etwas vorzubringen.«

Blair und Nina berichteten nun gemeinsam von einer Idee, mit der sie schon seit Wochen schwanger gegangen waren – nämlich ein Frauenmagazin herauszubringen, daß in einer Geheimsprache die Bergarbeiter von den gewerkschaftlichen Tätigkeiten in ganz Amerika unterrichtete. Sie legten einen Musterartikel vor und sprachen davon, daß sie das Magazin als Geschenk an die Bergarbeiterfrauen in den Kohlegruben verteilen wollten.

Die Mitglieder der Schwesternschaft zögerten zunächst, diesem Vorhaben zuzustimmen. Sie hatten sich noch nicht von ihren Schrecken erholt, daß Fenton von ihren Aktivitäten wußte.

»Sind wir nun dafür oder dagegen?« fragte Miss Emily, und die Frauen begannen, über das Projekt zu diskutieren.

Stunden später verließen die Frauen in kleinen schweigenden Gruppen Miss Emilys Teestube. Jede Frau dachte bedrückt an die Möglichkeit, daß sie selbst oder eine Mitstreiterin verhaftet werden könnte.

»Houston«, sagte Blair, nachdem die anderen gegangen waren, »könnten wir beide mal miteinander reden?«

Houston nickte, brachte es aber nicht fertig, ihrer Schwester die Ereignisse der letzten Nacht zu erzählen. Blair mochte sich dann wieder Vorwürfe machen, und Houston hatte schon genug Katzenjammer.

»Ich will nicht in dich dringen«, sagte Blair, »wenn du nicht darüber reden willst, was gestern nacht passierte. Nur – stimmt das, was man sich überall in der Stadt erzählt? Daß du ihn verlassen hast?«

»Das kann ich nicht bestreiten«, sagte Houston, ihre Tränen hinunterwürgend. »Ich wohne zur Zeit bei Pamela Younger, Jacob Fentons Tochter.«

Blair blickte ihre Schwester lange an; versuchte jedoch nicht, ihr Ratschläge zu erteilen oder einen Kommentar abzugeben.

»Wenn du mich brauchst – ich bin hier, um dir zuzuhören; doch in der Zwischenzeit wirst du eine Ablenkung brauchen. Die erste Aufgabe von ›Lady Chandlers Magazin‹ muß dem Aufsichtsrat der Bergwerksgesellschaft zur Genehmigung vorgelegt werden; und daher möchte ich, daß sie so harmlos wie möglich ausfällt. Ich brauche Artikel mit entsprechender Thematik; wie man Kleider reinigt, sein Haar pflegt, sich mit dem Lohn eines Bergarbeiters wie eine Prinzessin kleidet – solche Sachen. Ich denke, du eignest dich großartig dazu, sie zu schreiben. Kannst du mich jetzt begleiten, damit wir dir eine Schreibmaschine kaufen? Ich werde dir gleich anschließend beibringen, wie man damit umgeht.«

Houston hatte noch gar nicht darüber nachgedacht, wie sie die Zeit totschlagen sollte, wenn sie sich nicht mehr um Kanes Haus und ihren Mann kümmern mußte. Doch nun wurde ihr klar, daß sie nur in Pams Wohnung herumsitzen und sich verfluchen würde, weil sie so blöd gewesen war, sich in so einen Mann wie Kane Taggert zu verlieben, wenn sie sich nicht mit Abeit ablenkte. »Ja«, sagte sie, »ich mache das gern. Ich habe schon öfter darüber nachgedacht, wie die Frauen der Bergarbeiter ihre Baracken verschönern und etwas Freude in ihr tristes Leben bringen könnten.«

Blair deckte Houston mit so viel Arbeit ein, daß Houston überhaupt keine Zeit hatte, an etwas anderes zu denken. Sobald Houston mit einem Artikel fertig war, hatte Blair schon wieder eine Idee für den nächsten. Pam nahm so viel Anteil an Blairs Magazin, daß sie ihre Küche in ein Versuchslabor für Fleckenreiniger verwandelte und nach einem wirklich wirksamen Mittel zum Säubern von Samtstoffen suchte. Am Abend stank dann das ganze Haus nach Ammoniak; doch Houston konnte den zukünftigen Magazinlesern mitteilen, daß »zwei Teelöffel Ammoniak und zwei Teelöffel warmes Wasser, mit einer steifen Bürste aufgetragen« fast jeden Flecken aus Samt entfernten. Blair sagte, vielleicht würde sie diese Geschichte zum Leitartikel machen. Pam lächelte erfreut; doch Houston wußte, ihre Schwester hatte das nur ironisch gemeint.

Das Schreiben lieferte Houston einen perfekten Vorwand, in ihren vier Wänden zu bleiben und sich nicht den Fragen der Stadtleute aussetzen zu müssen. Pam verließ oft das Haus, ohne jemandem zu sagen, wohin sie ging, und konnte so Houston auf dem laufenden halten, was man sich in der Stadt von Kane erzählte. An seinem Zustand hatte sich wenig geändert: er lebte nach wie vor allein in seinem Haus – ohne Dienstboten und ohne Freunde.

»Und ohne seine Verwandten. Das sollte ihn glücklich machen«, sagte Houston. »Nun kann er ununterbrochen arbeiten, ohne daß ihn jemand stört.«

»Sei nicht bitter, Houston«, sagte Pam. »Man soll nicht darüber klagen, was hätte sein können – das macht einen nur unglücklich. Ich weiß das. Was hältst du davon, wenn wir dieses Rezept in der ersten Ausgabe bringen: für einen Pfennig Blauholz und für einen Pfennig Seifenbaumrinde erhält man ein tadelloses Färbemittel. Ich habe damit meinen schwarzen Filzhut zweimal aufgefrischt. Sieht er nicht aus wie neu?«

»Ja, natürlich«, sagte Houston geistesabwesend, während sie Tinte abscheuerte, die die Typen verklebte. Blair hatte ihr erzählt, daß die Typenhebel dauernd miteinander verklemmt waren bei den ersten Remington-Schreibmaschinen, die auf den Markt kamen. Als man nach der Ursache suchte, stellten die Fabrikanten fest, daß die Maschinenschreiber so schnell schrieben, daß die Mechanik nicht mitkam, und daher beschlossen sie, die Tastatur so kompliziert wie möglich zu machen. Sie verstreuten die am meisten verwendeten Buchstaben so über das Tastenbrett, daß der Schreiber mit den Fingern ständig weite Wege gehen mußte, und so wurde die Schreibgeschwindigkeit natürlich erheblich reduziert.

Zwei Wochen, nachdem Houston Kane verlassen hatte, traf der Eisenbahnwagen, den Kane für Opal hatte anfertigen lassen, in Chandler ein und erregte beträchtliches Aufsehen in der Stadt. Opal kam mit tränenüberströmtem Gesicht zu Houston und redete eine Stunde lang davon, was für einen wunderbaren Mann sie verlassen habe und wie sie so etwas nur habe fertigbringen können. Und daß eine Frau ohne Baby keine Frau sei, und da Houston jetzt nicht einmal mehr einen Ehemann habe, wäre das alles so schrecklich, daß man gar nicht darüber nachdenken durfte.

Houston gelang es schließlich, ihrer Mutter zu sagen, daß es Kane war, der sie nicht haben wollte, und nicht umgekehrt. Das entsprach zwar nicht ganz der Wahrheit; aber warum sollte man nicht seine Mutter belügen, wenn man sie nicht anders beruhigen konnte?

Houston kehrte an ihre Schreibmaschine zurück und versuchte nicht an das zu denken, was einmal gewesen war.

Opal Chandler Gates bewegte sich langsam durch die Hachette Street auf die Villa Taggert zu. Eigentlich wollte sie nur in der Stadt einkaufen, und Mr. Gates hätte sich niemals darüber gewundert, warum sie ihr neues Kostüm mit dem Pelzbesatz und der dazu passenden Silberfuchskappe zum Einkaufen anzog. Männer verstanden nur selten die Bedeutung von Kleidern. Heute mußte sie den besten Eindruck machen; denn heute ging sie zu Kane, um ihn zu bitten, Houston zurückzunehmen – falls er sie wirklich aus dem Haus geworfen hatte, wie Houston durchblicken ließ.

Houston konnte so unnachgiebig sein, überlegte Opal. Da war sie ihrem Vater so ähnlich. Bill konnte noch so eng mit jemandem befreundet gewesen sein; doch wenn dieser Jemand sein Vertrauen enttäuschte, hatte er ihm nie – niemals – verziehen. Houston verhielt sich nicht anders. Nach dem Schimpf, den Leander ihr angetan hatte, war er ihr so gleichgültig geworden, als lebte er auf einem anderen Stern.

Und nun mußte etwas unternommen werden in dieser Sache. Opal war überzeugt, daß Kane etwas Schlimmes angestellt hatte, etwas Ungeschicktes und Primitives und Dummes. Doch das wiederum gehörte zu Kanes rührendsten Eigenschaften: Er war so ungeschliffen, wie Houston geschliffen war. Sie paßten perfekt zueinander, und Opal hatte vor, sie wieder zusammenzubringen.

Sie klopfte an die Haustür, doch nichts regte sich dahinter, und so ließ sie sich selbst ein und ging durch die Halle. Ihre Schritte hallten so hohl von den Wänden wider, als beträte sie ein unbewohntes Haus.

Opal strich mit dem Finger an der Kante eines Tisches entlang, der in der Halle stand. Es war erstaunlich, wieviel Staub sich in zwei kurzen Wochen ansammeln konnte.

Sie rief Kanes Namen, doch sie bekam keine Antwort. Sie war bisher nur einmal in diesem Haus gewesen und kannte sich nicht besonders gut aus. Es dauerte eine Weile, bis sie sich im Erdgeschoß zurechtfand und dann im Oberstock suchte. Als sie dann oben aus Kanes Schlafzimmerfenster blickte, sah sie ihn unten quer über den Rasen gehen.

Sie rannte förmlich die Treppe hinunter und über das Gras, das dringend einer Sense bedurfte. Sie folgte einem gewundenen Pfad und fand ihn am Fuße des Hügels in einer Senke bei einem Baum. Er stand da, rauchte eine seiner herrlich duftenden Zigarren und starrte ins Leere.

Er drehte sich um und sah sie an, als sie auf ihn zuging. »Und was bringt dich heute morgen zu mir?« fragte er vorsichtig.

Opal holte tief Luft. »Ich hörte, du warst wütend auf meine Tochter und hast sie aus dem Haus geworfen.«

»Einen Teufel habe ich getan! *Sie* hat mich verlassen! Sagte, sie habe keinen Respekt mehr vor mir oder so etwas Ähnliches.«

Opal setzte sich unter den Baum auf eine steinerne Bank. »Das hatte ich befürchtet. Houston ist genauso, wie ihr Vater war. Würdest du mir vielleicht erzählen, was passiert ist? Von ihr erfahre ich kein Wort. Auch das erinnert mich an ihren Vater.«

Kane schwieg und sah wieder zu den Büschen hinüber.

»Ich weiß, es geht mich nichts an; doch wenn es irgendwie mit ... mit dem Schlafzimmer zu tun hat, weiß ich, daß Houston da ein bißchen ängstlich ist. Doch mit ein wenig Geduld ...«

»Ängstlich? Houston? Redest du von der Frau, die mich geheiratet hat? Sie fürchtet sich vor nichts im Bett.«

Opal spielte mit feuerrotem Gesicht mit ihren Handschuhen. »Nun, dann muß es vielleicht etwas andres gewesen sein.« Sie wartete. »Wenn du fürchtest, ich könnte es nicht für mich behalten, versichere ich dir ...«

»In dieser Stadt bleibt sowieso nichts geheim. Hör zu. Vielleicht begreifst du, was sie so wütend machte. Ich begreife es nicht. Weißt du, daß ich früher mal als Stallbursche für Fenton gearbeitet habe? Ich mußte im Stall wohnen, durfte nicht ein einziges Mal sein Haus betreten, und ich habe mir immer wieder vorzustellen versucht, wie man sich denn so fühlt als Besitzer einer so großen Villa. Und später, als ich Fentons Tochter heiraten wollte, sagte er, ich wäre nicht gut genug für sie. Also verließ ich Chandler und begann mit dem Geldverdienen; doch irgendwo im Hinterstübchen meines Gehirns setzte sich der Traum fest, daß ich ihn eines Tages zum Dinner in mein Haus holen würde, das größer wäre als seines, und daß eine Lady-Ehefrau am Fußende der Tafel sitzen würde.«

Opal brauchte ein paar Sekunden, um zu begreifen, daß dies das Ende seiner Geschichte war und sie sich den Rest nun selbst zusammenreimen mußte. »Du meine Güte«, sagte sie nach einer Weile. »Soll das heißen, du hättest dir dieses riesige Haus nur gebaut und meine Tochter nur geheiratet, um dir diesen Traum zu erfüllen?«

Sie wartete vergeblich auf Kanes Antwort.

Opal lächelte. »Kein Wunder, daß meine Tochter dich verließ, sobald sie das erfuhr. Sie muß sich schrecklich mißbraucht vorkommen.«

»Mißbraucht? Hat sie das nicht auch mit mir getan? Sie hat mich meines Geldes wegen geheiratet!«

Opal verging das Lächeln. Sie blickte ihn mit ernsten Augen an. »Tatsächlich? Hast du einen Begriff, wie hart Mr. Gates sie ins Gebet genommen hat, damit sie dich nicht heiratet? Tatsächlich haben ihr viele Leute davon abgeraten. Aber sie nahm dich doch. Und was das Geld anlangt, so hatte sie selbst genug davon. Sie ist zwar nicht reich; aber es reicht hin, daß sie sich jeden Kleiderwunsch erfüllen könnte.«

»Dann muß es ein Vermögen sein, wenn ich mir überlege, wie es in ihrem Kleiderschrank aussieht«, murmelte Kane.

»Glaubst du, Houston verlangt für sich mehr – wünscht sich Reichtümer, die nur du ihr geben könntest?« fuhr Opal fort. »Hast du den Eindruck, sie wäre habgierig?«

Kane setzte sich auf die Bank.

Opal legte ihm den Arm um die mächtigen Schultern. »Du vermißt sie, nicht wahr?«

»Ich kenne sie erst ein paar Monate; aber doch – ich schätze, ich habe mich an sie gewöhnt. Manchmal hätte ich sie dafür erwürgen können, daß sie mich zwang, etwas zu tun, womit ich gar nicht einverstanden war – doch jetzt ... jetzt fehlen mir ihre Haarspangen, auf die ich so oft getreten bin. Es fehlt mir, daß sie mich und Edan bei der Arbeit stört. Es fehlt mir das Baseballspiel mit Ian und meinem Sohn. Ich vermisse ...« Er stand auf, und sein Gesicht wurde dunkel vor Zorn. »Verdammt – wäre ich ihr nur nie begegnet! Ich war ein glücklicher Mann, bevor ich sie kennenlernte, und das will ich auch wieder sein. Geh und sag ihr, daß ich sie nicht zurücknehme, und wenn sie auf allen Vieren gekrochen käme.«

Kane stapfte den Pfad zum Haus hinauf, Opal ihm dicht auf den Fersen.

»Kane, bitte, ich bin eine alte Dame«, rief sie ihm nach in dem Versuch, ihn einzuholen.

»Damen werden doch nicht alt«, rief er über die Schulter. »Ich hätte bei meinen Dirnen bleiben sollen«, murmelte er. »Die wollen nur mein Geld.«

Opal holte ihn erst wieder in seinem Büro ein, wo er schon wieder hinter seinen Papieren saß. »Du mußt sie zurückholen.«

»Einen Teufel muß ich. Ich will sie gar nicht wiederhaben.«

Opal setzte sich auf einen Lederstuhl und fächelte sich Kühlung zu. Dabei schob sie verstohlen ihre neue Gesundheitskorsage zurecht, die mit dünnen Stahlstäben statt mit Walfischbein versteift war. »Wenn du die Hoffnung aufgegeben hättest, sie zurückzugewinnen, würdest du längst in einem Zug nach New York oder sonstwohin sitzen.«

Kane saß in seinem roten Ledersessel und blickte einen Moment stumm vor sich hin. »Ich weiß nicht, wie ich sie zurückholen soll. Wenn sie mich nicht meines Geldes wegen geheiratet hat, dann weiß ich nicht, warum sie mich überhaupt genommen hat! Frauen! Ich bin besser dran ohne sie.« Er sah durch seine Wimpern zu ihr hinüber. »Glaubst du, sie würde sich über ein Geschenk freuen?«

»Damit holst du sie nicht zurück. Nicht Houston. Sie hat die Moral ihres Vaters. Entschuldigungen und Liebesschwüre würden auch nicht helfen. Sie ist so unnachgiebig. Wenn es nur eine Möglichkeit gäbe, sie wieder zum Einzug zu bewegen, und sie dir dann ein wenig Zeit ließe, könnte es dir vielleicht gelingen, sie davon zu überzeugen, daß du sie nicht nur geheiratet hast, um es diesem Mr. Fenton zu zeigen – dem du übrigens wirklich keinen Vorwurf machen kannst, weil er seiner Tochter nicht erlaubte, seinen Stallburschen zu heiraten.«

Kane öffnete den Mund und klappte ihn wieder zu, ohne etwas zu sagen. Dann leuchteten seine Augen auf. »Ich weiß etwas; aber ... Nein, das würde nicht klappen. Sie würde nie glauben, daß ich zu so einem hinterhältigen, üblen Trick fähig wäre.«

»Das hört sich gut an. Erzähl mir, woran du gedacht hast.«

Kane kam nur zögernd ihrer Aufforderung nach; doch zu seiner Verblüffung fand Opal seinen Einfall großartig. »Ladys!« schnaubte Kane leise.

Opal stand auf. »Jetzt muß ich aber gehen. Ach, fast hätte ich vergessen, dir den Grund zu sagen, der mich eigentlich hierhergebracht hat: Der Eisenbahnwagen ist eingetroffen, und ich kann ihn unmöglich annehmen. Es ist wirklich ein zu teures Geschenk. Du mußt es zurücknehmen.«

»Was, zum Kuckuck, soll ich mit einem pinkfarbenen Eisenbahnwagen anfangen? Du kannst doch darin reisen.«

Opal lächelte ihn liebevoll an. »Mein lieber Kane, wir haben alle unsere Träume; nur sind sie leider, wenn sie wahr werden, manchmal nicht so angenehm wie der Traum. Das Fahren mit der Eisenbahn macht mich sterbenskrank.«

»Nun, dann stell ihn irgendwo auf und veranstalte darin deine Teepartys. Bist du sicher, daß dieser Trick bei Houston ziehen wird? Ich weiß nicht, ob ich *will*, daß sie mir so etwas zutrauen könnte.«

»Sie wird es tun, und ich denke, das wäre ein guter Verwendungszweck für den Eisenbahnwagen; nur könntest du ihn vielleicht in einer anderen Farbe streichen lassen.«

»Wenn du das Ding nicht annimmst, stelle ich es in deinen Vorgarten.«

»Wenn du mich schon damit erpressen willst ...« sagte sie augenzwinkernd.

Kane stöhnte, als sie ihn auf die Wange küßte. »Ich habe das Gefühl, daß jetzt alles wieder gut wird. Herzlichen Dank für den Eisenbahnwagen, und wir sehen dich und Houston hoffentlich in der nächsten Woche beim Dinner. Leb wohl.«

»Ich denke, du hattest vollkommen recht, deinen Vater zu verteidigen«, sagte Houston.

Zach fiel die Kinnlade herunter. »Aber du magst ihn doch gar nicht mehr, dachte ich!«

»Erwachsene kämpfen anders als Kinder. Und jetzt ziehst du dir ein sauberes Hemd an, weil wir beide Ian besuchen werden.«

»Dieser Bast . . .« begann Zach, schnitt sich aber selbst das Wort ab. »Ich möchte ihn nie wiedersehen.«

»Du *wirst* ihn wiedersehen«, sagte sie und beugte sich vor, bis sich ihre beiden Nasenspitzen fast berührten.

»Ja, Madam«, sagte Zach.

Houston und Zachary verbrachten dann ein paar Stunden mit Edan und dem Rest der Taggerts. Houston hatte das Gefühl, sie störte ein Liebespaar in den Flitterwochen, wenn Jean und Edan sich unbeobachtet glaubten und sich ansahen.

Sherwin nahm die beiden Jungen in seine Obhut und führte sie in den Garten, wo sie Unkraut zupften und Steine aus den Blumenbeeten entfernten. Als Houston sich mit Zach wieder verabschiedete, war er zu müde, um noch auf jemanden böse zu sein, und er und Ian hatten für den kommenden Tag eine Verabredung zum Baseballspiel mit ein paar Jungen aus der Stadt, die Houston angerufen und eingeladen hatte.

Als Houston endlich ins Bett gehen konnte, nachdem sie sich noch dreimal Pamelas Entschuldigung und viermal deren Dank angehört hatte, war sie vollkommen erschöpft. Auf ihrem Nachttisch stand eine Vase mit zwei Dutzend roten Rosen von Jacob Fenton an »Lady« Houston.

Nun war sie immer noch müde, als sie die Straße hinunterlief, um eine Trambahn zu erwischen, ehe es zu regnen anfing.

Sie war schon fast an der Ecke, dicht vor dem chandlerischen Opernhaus, als es donnerte, der Himmel seine Schleusen öffnete – und eine Hand sie in eine Gasse hineinzog. Houstons Schrei wurde vom Donner übertönt.

»Die Leute werden die Gasse stürmen, wenn du nicht still

bist«, sagte Kane, ihr den Mund zuhaltend. »Ich bin's, wie du siehst, und ich möchte nur eine Minute lang mit dir reden.«

Houston funkelte ihn an, während ihr der Regen in Strömen über das Gesicht lief.

»Das ist dieselbe Gasse, in die ich dich gezogen habe, als wir uns kennenlernten – erinnerst du dich? Ich fragte dich damals, warum du mich in Schutz genommen hast, als diese Frau im Kaufhaus über mich herfiel – du weißt schon. Ist eine Art von Jubiläum.«

Sein Gesicht wurde weich, während er sprach, und als seine Hand auf ihrem Mund sich lockerte, ließ sie einen Schrei los, der Tote hätte aufwecken können. Nur rauschte leider der Regen so heftig auf die Stadt nieder, daß die Leute in Hörweite bereits in den Häusern Unterschlupf gesucht hatten.

»Verdammt noch mal, Houston!« rief Kane und hielt ihr wieder den Mund zu. »Was ist nur in dich gefahren? Ich will doch nur mit dir reden. Ich nehme jetzt die Hand weg, und wenn du schreist, halte ich dir Mund und Nase zu, verstanden?«

Sie nickte; aber kaum ließ er sie los, als sie sich auf dem linken Absatz drehte und aus der Gasse rennen wollte. Kane stutzte, fluchte und faßte nach ihr. Dabei rissen die Nähte des Bandes, das ihr Kleid an der Taille zusammenhielt.

Houston drehte sich mit wütendem Gesicht um und blickte an ihrem Kleid hinunter, dessen Unterteil nur noch an zwei Fäden am Oberteil hing. »Kannst du denn nie zuhören, wenn jemand etwas zu dir sagt? Ich will nicht mit dir reden. Wenn ich das wollte, würde ich mit dir zusammenleben«, rief sie, um den trommelnden Regen zu übertönen. »Ich will nach Hause. Von mir aus brauchen wir uns nie mehr wiederzusehen.«

Als sie sich abermals zum Gehen wandte, griff Kane wieder nach ihr. »Warte, Houston. Ich muß dir noch etwas sagen.«

»Wozu hast du ein Telefon«, rief sie über die Schulter.

»Du kleines Luder«, sagte Kane durch die zusammengepreßten Zähne. »Du wirst mir jetzt zuhören; und wenn du dich noch so dagegen sträubst.«

Er faßte abermals nach ihr. Die letzten Fäden zwischen Rock und Oberteil rissen, und sie fielen beide in den von tagelangem Regen aufgeweichten Lehm der Gasse. Houston lag unter ihm, ihr Gesicht im Dreck, während Kane die Sache relativ sauber überstand.

Houston gelang es endlich, ihren Oberkörper aus dem saugenden Lehm zu heben. »Geh sofort von mir herunter«, sagte sie durch halbgeschlossene Lippen, damit ihr der Schmutz nicht in den Mund floß.

Kane rollte sich zur Seite. »Houston, Liebes, ich wollte dir nicht weh tun. Ich wollte nur mit dir reden.«

Houston drehte sich um und saß nun im nassen Lehm, versuchte aber nicht aufzustehen, während sie sich mit dem Rock den Schmutz aus dem Gesicht wischte. »Du wolltest nie jemandem weh tun«, sagte sie. »Du hast lediglich getan, was du wolltest, ganz gleich, wer dir im Weg stand.«

Er grinste sie an. »Du siehst verdammt hübsch aus, weißt du das? Selbst in diesem Zustand.«

Sie warf ihm einen eisigen Blick zu. »Was hast du mir sagen wollen?«

»Ich . . . äh, ich will, daß du zu mir zurückkommst und mit mir zusammenlebst.«

Sie wischte sich den Lehm vom Hals. »Natürlich willst du das. Ich wußte, es würde dir eines Tages einfallen, mir das zu sagen. Du hast auch Edan verloren, nicht wahr?«

»Verdammt, Houston, was verlangst du von mir? Daß ich dich anbettle?«

»Ich will überhaupt nichts von dir. Im Augenblick habe ich nur einen Wunsch – nach Hause zu gehen und ein Bad zu nehmen.« Sie bemühte sich jetzt, auf die Beine zu kommen und ihren Rock aus dem Lehm zu befreien.

»Du kannst wohl niemandem etwas verzeihen, wie?«

»So wie du Mr. Fenton nicht verzeihen kannst? Wenigstens mißbrauche ich keine anderen Menschen, um zu erreichen, was ich will.«

Houston konnte sogar im strömenden Regen erkennen, wie Kanes Gesicht sich vor Wut verfärbte. »Ich habe jetzt genug davon«, sagte er, trat ganz nah an sie heran und drückte sie gegen eine Hausmauer. »Du bist meine Frau, und nach dem Gesetz bist du mein Eigentum. Es ist mir egal, ob du mich respektierst oder liebst oder sonst etwas für mich zu empfinden glaubst – du kehrst zu mir zurück, um mit mir zu leben. Und zwar sofort.«

Sie blickte ihn so würdevoll an, wie ihr das unter den gegebenen Umständen gelingen wollte. »Ich werde ganz laut schreien, wenn du mich mit Gewalt in dein Haus bringen willst. Und ich werde es sofort wieder verlassen, sobald sich eine Gelegenheit dazu bietet.«

Er beugte sich vor, drückte ihren Körper nach hinten.

»Du kennst doch die Brauerei deines Schwiegervaters, nicht wahr? Vor einem Jahr war er in finanziellen Schwierigkeiten, von denen er aber niemandem etwas erzählte. Vor zwei Monaten hat er heimlich die Brauerei verkauft. An einen anonymen Käufer, der ihm erlaubte, Geschäftsführer der Brauerei zu bleiben.«

»Du?« flüsterte Houston, den Rücken an die Mauer gepreßt.

»Ich. Und im letzten Monat habe ich die Chandler National Bank gekauft. Ich frage mich, wer wohl darunter zu leiden hätte, wenn ich die Bank zumachte?«

»Das würdest du nicht tun«, keuchte sie.

»Du hast doch eben gesagt, daß ich alles tue, was ich will, egal, wer mir im Weg steht. Und jetzt will ich, daß du in mein Haus zurückkommst.«

»Aber weshalb? Ich habe dir doch nie etwas bedeutet. Ich sollte doch nur ein Werkzeug deiner Rache an Jacob Fenton sein. Jemand anders wäre doch besser geeignet . . .«

Er hörte ihr gar nicht zu. »Was sagst du dazu? Willst du die Märtyrerin für eine ganze Stadt sein? Mein Haus und mein Bett sind natürlich der Scheiterhaufen, auf dem du brennen wirst.«

Plötzlich faßte er sie unter das Kinn, während er mit den Fingerspitzen ihre feuchte, schmutzige Wange massierte. »Kann ich dich noch immer zum Brennen bringen? In dir ein Feuer entfachen, daß du schreist vor Lust?«

Er beugte sich über sie, als wollte er sie küssen; hielt aber einen Hauch von ihren Lippen entfernt inne: »Du hast, soviel ich sehe, gar keine andere Wahl. Du kommst entweder sofort mit mir nach Hause, oder ich lasse hier eine Menge Leute über die Klinge springen. Sind dir deine hehren moralischen Ansprüche wichtiger als die Existenz der Leute in dieser Stadt?«

Sie blinzelte, um das Wasser aus ihren Augen zu entfernen. Sie wußte nicht, ob es Tränen waren oder Regentropfen. »Ich werde wieder bei dir wohnen«, sagte sie. »Aber du hast keine Ahnung, wie kalt die Eisprinzessin wirklich sein kann.«

Er gab ihr keine Antwort darauf, sondern hob sie auf seine Arme und trug sie zu seiner Kalesche, die hinter dem Opernhaus auf ihn wartete. Keiner von ihnen sprach ein Wort, als sie den Hügel zur Villa Taggert hinauffuhren.

Houston mußte sich nicht sonderlich anstrengen, ihren Mann mit gleichbleibender Kühle zu behandeln. Sobald sie in ihrem Verhalten schwankend zu werden drohte, dachte sie an den Grund, der ihn zu dieser Ehe gebracht hatte, und was für eine Närrin sie gewesen war, als sie glaubte, sich in so einen egoistischen Mann verliebt zu haben. Leander war wenigstens ehrlich gewesen, als er ihr sagte, was er von ihr wollte.

Houston tat gerade so viel, daß der Haushalt nicht zum Stillstand kam – nicht mehr. Sie stellte zwar die Dienstboten wieder ein; lud aber weder Gäste ins Haus noch sorgte sie für Zerstreuung oder Lustbarkeiten, sprach mit Kane nur das Allernötigste und weigerte sich, auf seine Annäherungen zu reagieren – was ihr allerdings die größte Mühe bereitete.

Die erste Nacht, die sie wieder in Kanes Haus verbrachte, war die schlimmste gewesen. Er war in ihr Schlafzimmer gekommen und hatte sie langsam in seine Arme genommen. Houston hatte sich mächtig angestrengt, damit ihr Körper sie nicht verraten konnte. Sie hatte so steif dagestanden wie eine Eisenstange und dabei an die Sunshine Row im Bergwerkslager gedacht. Vermutlich hatte sie in ihrem Leben noch nie eine so harte Probe bestehen müssen: doch sie würde unter keinen Umständen in sein Bett fallen, nachdem er sie so niederträchtig für seine Zwecke mißbraucht hatte. Sie ließ sich auch nicht erweichen, als er vor ihr wegtrat und sie mit einem traurigen Hundeblick ansah. Sie dachte daran, daß er sein Aussehen dazu benützt hatte, sie für seine Zwecke einzuspannen.

Am nächsten Morgen kam er in ihr Zimmer und hob einen kleinen Koffer vom Boden auf. Houston wußte, daß dies sein Hochzeitsgeschenk an sie war, und sie hatte schon immer gewußt, was sich darin befand; hatte aber darauf gewartet, daß er es ihr selbst überreichen sollte. Und als er ihr nun Schmuck im Wert von einer Million Dollar in den Schoß schüttete, konnte sie nur daran denken, wie kalt diese Preziosen waren – so kalt, wie sie ich selbst innerlich fühlte.

Kane trat zurück und beobachtete ihre Reaktionen.

»Wenn du glaubst, du könntest mich damit kaufen . . .« begann sie.

Er schnitt ihr das Wort ab. »Verdammt noch einmal, Houston! Konntest du von mir erwarten, daß ich dir *vor* der Hochzeit etwas von meinen Plänen mit Fenton erzählte? Es war doch schon so schwierig genug, weil du sogar noch vor dem Altar in Westfields Arme sinken wolltest.« Er schwieg einen Moment. »Du kannst doch nicht leugnen, daß du Westfield heiraten wolltest, oder?«

»Es scheint nicht wichtig zu sein, was ich will. Du bist ein Experte darin, deinen Willen durchzusetzen. Du wolltest ein Haus haben, um damit Mr. Fenton zu imponieren; du wolltest eine Frau haben, um ihn damit zu beeindrucken. Dabei spielte es keine Rolle, daß dieses Haus Millionen kostete und die Frau ein menschliches Wesen ist mit eigenen Gefühlen. Für dich ist das eine Soße. Du mußt deinen Willen durchsetzen und wehe dem, der sich deinen Plänen zu widersetzen wagt.«

Kane verließ darauf wortlos ihr Schlafzimmer.

Die Juwelen funkelten und glitzerten in Houstons Schoß, und sie breitete eine Decke darüber, ehe sie aus dem Bett stieg.

Sie verbrachte die Tage mit Lesen in ihrem Salon. Die Dienstboten kamen zu ihr, wenn sie eine Frage hatten; doch sonst blieb sie dort allein. Sie hoffte nur, Kane würde endlich zu der Einsicht kommen, daß sie nicht mit ihm zusammenleben wollte, und sie wieder freilassen.

Eine Woche nach ihrer Rückkehr stürmte er, Bankauszüge in der Hand, in ihren Salon.

»Was, zum Teufel, soll das denn bedeuten?« rief er. »Das Konto von Mrs. Houston Chandler Taggert ist mit den Kosten für Badesalz, zwei Meter Seidenband und der Telefonrechnung des taggertschen Hauses belastet worden.«

»Ich glaube, ich bin die einzige hier, die das Telefon benützt, und daher bezahle ich auch die Kosten dafür.«

Er setzte sich ihr gegenüber in einen Sessel. »Houston, bin ich jemals knauserig gewesen in Geldsachen? Habe ich mich jemals darüber beschwert, daß du zuviel ausgibst? Habe ich auch nur einmal etwas gesagt oder getan, was dir das Gefühl gab, ich würde dir Geld vorenthalten?«

»Du hast mir vorgeworfen, ich hätte dich deines Geldes wegen geheiratet«, sagte sie kalt. »Da dir dein Geld so kostbar ist, mir aber nicht, darfst du es behalten.«

Er schien ihr darauf etwas entgegnen zu wollen; behielt es jedoch für sich. Er betrachtete wieder die Kontoauszüge und sagte nach einer Weile: »Ich werde heute abend nach Denver fahren und ungefähr drei Tage wegbleiben. Ich möchte, daß du in dieser Zeit hier im Haus bleibst. Ich will nicht, daß du irgendwelche Dummheiten machst – zum Beispiel einen Aufstand in den Kohlengruben anzettelst.«

»Und was machst du mit den unschuldigen Familien,

wenn ich es doch täte? Willst du sie aus ihren Häusern in den kalten Schnee hinauswerfen?«

»Wenn du es noch nicht bemerkt haben solltest – wir haben immer noch Sommer.« Er ging zur Tür. »Du kennst mich offenbar sehr schlecht. Ich werde der Bank sagen, daß sie mir deine Rechnungen schicken soll. Kaufe dir, was du willst.« Damit ließ er sie allein.

Sobald er das Zimmer verlassen hatte, trat sie ans Fenster und blickte auf die Stadt hinunter. »Du kennst mich auch nicht besonders gut, Kane Taggert«, flüsterte sie. »Es gelingt dir nicht, mich in deinem Haus anzuketten.«

Drei Stunden später sah sie Kane mit seiner Kalesche fortfahren. Sie rief Reverend Thomas an, um ihn zu bitten, ein Fuhrwerk vorzubereiten; denn morgen würde Sadie die Little-Pamela-Kohlenzeche besuchen.

Kapitel 27

Als Sadie verkleidet, kutschierte Houston das Fuhrwerk den Hügel zur Kohlegrube hinauf, und als sie die Pferde um eine tiefe Pfütze in der Straße herumlenkte, die nach den schweren Regenfällen der letzten Tage noch nicht ausgetrocknet war, glaubte sie ein Geräusch auf der Ladefläche des Fuhrwerks zu hören. Im vergangenen Sommer hatte sich eine Katze unter der Plane versteckt, und sie war überzeugt, es waren auch wieder Katzenpfoten, die an der Zeltbahn kratzten.

Sie konzentrierte sich auf die Straße und ließ die Zügel auf die Rücken der Pferde klatschen. Am Lagertor betete sie, daß die Katze – oder die Katzenfamilie, den Geräuschen nach zu schließen –, sich so lange still verhielt, daß sie an den Wachen vorbeikam. Sie bangte, daß die Wachen, von den Geräuschen neugierig gemacht, unter die Plane sehen und ihre Waren genauer untersuchen könnten.

Sie atmete erleichtert auf, als sie unbehindert passieren

durfte und sich im Lager befand. Sie hatte heute morgen Jean angerufen, und nach Jeans atemloser Verkündigung, daß Edan sie soeben gefragt habe, ob sie ihn heiraten wolle, sagte sie ihr, daß Rafe Morgenschicht habe und zu Hause sei, wenn sie mit ihrem Fuhrwerk im Lager einträfe. Rafe wußte nicht, daß Houston, als Sadie verkleidet, das Bergwerk besuchte, doch er würde sie mit einer anderen Frau bekanntmachen, die ihr bei der Verteilung des Gemüses und der versteckten Waren helfen würde. Jean konnte nicht sagen, ob diese Frau etwas von Sadies wahrer Identität wisse.

Houston hielt gerade mit ihrem Fuhrwerk vor der Baracke der Taggerts, als Rafe aus der Tür trat.

»Morgen«, rief Sadie, während sie sich vom Kutschbock erhob und ihren dicken alten Körper schwerfällig von dem Wagen hinunterschob.

Rafe nickte ihr zu und blickte sie dabei so eindringlich an, daß Houston den Kopf gesenkt hielt und der verbeulte Hut einen Schatten bis über das Kinn hinunter warf. »Ich hörte, Sie wissen jemand, der mir beim Verteilen der Ware helfen kann. Jetzt, wo Jean ja eine Lady geworden ist, stehen die Chancen schlecht, daß ich sie noch mal zu Gesicht bekomme.« Dabei band Sadie die Stricke los, mit denen die Zeltbahn an dem Fuhrwerk befestigt war. »Ich muß ein paar Katzen unter der Plane haben. Machten unterwegs ziemlich viel Radau. Muß die Biester zuerst loswerden.«

Sie blickte zu Rafe hoch, während sie die Zeltplane zurückschlug, einen Kohlkopf hochnahm und ein bißchen prahlen wollte mit ihrer guten Ware. Doch als sie auf die Ladefläche zurücksah, knickten ihr die Knie ein, so daß sie sich an den Speichen eines Wagenrads festhalten mußte. Unter dem Kohlkopf kam Kane Taggerts Gesicht zum Vorschein, der grinsend ein Auge zusammenkniff.

Rafe faßte mit einer Hand nach Sadies Arm, während er ebenfalls auf die Ladefläche schaute.

Kane setzte sich auf, so daß die Kohlköpfe über die Seiten des Fuhrwerks auf den Boden kollerten. »Bist du taub, Houston? Hast du mein Kratzen und Rufen nicht gehört?

Ich dachte, ich werde ohnmächtig, weil ich keine Luft mehr bekam. Zum Henker mit dir, Frau! Ich habe dir doch verboten, heute in das Bergwerkslager zu fahren!«

Rafe sah von einem zum anderen, ehe er Houston unter das Kinn faßte und ihr Gesicht ins Licht hielt. Wenn man wußte, wonach man suchen mußte, fiel einem natürlich die Schminke sofort auf. Mit den Jahren hatte Houston gelernt, in der Rolle von Sadie das Gesicht immer im Schatten zu halten oder mit gesenktem Kopf zu reden, und sie hatte bald gemerkt, daß die Leute sie nicht kritisch betrachten, wenn der erste Eindruck sie überzeugt. Sie hatten eine alte Frau vom Wagen steigen sehen, und sie hatten keinen Grund, das Bild, das sich ihnen eingeprägt hatte, für eine Illusion zu halten.

»Ich will verdammt sein«, sagte Rafe leise. »Geht beide ins Haus, und dort reden wir weiter.«

Kane stand neben Houston, packte sie fest am Ellenbogen und schob sie über die Schwelle von Rafes Wohnung.

»Ich habe dir doch gesagt, daß du nicht hierherfahren sollst«, sagte er und blickte dann auf seinen Onkel. »Weißt du, was die Ladys von Chandler jeden Mittwoch treiben? Sie gehört zu den vieren, die sich als alte Frauen verkleiden und verbotene Waren in ihrem Gemüse in die Kohlenzechen schmuggeln.«

Houston befreite sich mit einem Ruck aus Kanes Griff. »Es ist nicht so schlimm, wie du es darstellst.«

Rafe blickte Houston einen Moment an. »Was sind das für Waren, die du heimlich ins Lager bringst?«

»Nichts Besonderes«, antwortete sie. »Arzneimittel, Bücher, Tee, Seife – alles, was sich eben so in Kohlköpfen und anderem Gemüse verstecken läßt. Aber nichts, worüber sich jemand aufregen könnte. Und was Mr. Fenton betrifft, weiß er inzwischen von unseren heimlichen Unternehmungen, und da er nichts unternimmt, um sie zu unterbinden, scheint er sie sogar zu unterstützen und dafür zu sorgen, daß uns die Wachen am Lagertor nicht anhalten. Schließlich tun wir ja keinem weh.«

»Niemandem weh!« ereiferte sich Kane. »Eines Tages werde ich dir mal etwas über Aktienbesitzer erzählen, mein Schatz. Wenn Fentons Aktionäre Wind bekommen von dir und deinen Freundinnen, die ihnen den Profit beschneiden, fallen diese habgierigen Leute über dich her wie die Geier. Sie hängen euch alle auf. Doch ehe Fenton baumelt, wird er euch Frauen und all die Väter und Ehemänner, die dazugehören, anprangern und seine Hände in Unschuld waschen. Ich bin überzeugt, Fenton freut sich über eure Aktionen in den Kohlegruben, weil er weiß, daß er damit die maßgeblichen Familien der Stadt in der Hand hat und unter Druck setzen kann – solange seine Aktionäre nichts von eurem Treiben erfahren.«

»Nur weil du ihn erpreßt hast, bedeutet das noch lange nicht, daß er dasselbe tun will. Vielleicht will Mr. Fenton . . .«

Sie kam mit ihrem Satz nicht zu Ende, weil Rafe sie wieder aus der Baracke schob. »Du kümmerst dich jetzt lieber um dein Fuhrwerk. Die Frau, die dir bei der Verteilung der Waren helfen soll, wohnt nebenan. Du brauchst nur an ihre Tür zu klopfen. Sie weiß Bescheid.« Damit machte er die Tür hinter ihr zu.

»Wie lange geht das nun schon?« fragte Rafe Kane. »Und was macht sie mit dem Geld, das man ihr für ihre Waren bezahlt?«

Kane wußte nicht alle Antworten auf die Fragen seines Onkels; doch es gelang ihnen, die wichtigsten Punkte gemeinsam zu klären. Und Rafe stimmte mit Kane in dem Urteil überein, aus welchen Gründen Fenton den Frauen erlaubte, heimlich seine Bergwerkslager zu betreten.

»Er kann sie jederzeit bloßstellen und unter Druck setzen«, sagte Rafe. »Was willst du jetzt unternehmen? Willst du deine Frau auch weiterhin verkleidet in das Lager fahren lassen und riskieren, daß die Wächter eines Tages die Wahrheit entdekken und ihre Wut an ihr auslassen, weil sie jahrelang getäuscht wurden? Diese Leute fackeln nicht lange und fragen erst später, wer hinter ihr steht und sie beschützt.«

»Ich habe ihr verboten, heute in die Kohlenzeche zu fahren, und du siehst ja, wie gut sie mir gehorcht. Kaum glaubte sie, ich sei aus dem Haus, als sie schon eine Ladung Gemüse kaufte, um sie hierherzubringen.«

»Sie hat das Gemüse mit *ihrem* Geld eingekauft?«

Kane nahm sich einen Stuhl und setzte sich. »Sie ist im Augenblick nicht sehr glücklich mit mir; aber dieser Zustand wird nicht von Dauer sein. Ich bin dabei, ihn zu ändern.«

»Wenn du darüber reden willst – ich bin ein guter Zuhörer«, sagte Rafe und nahm seinem Neffen gegenüber am Tisch Platz.

Kane hatte in seinem Leben nie mit anderen Menschen über seine privaten Probleme gesprochen. Doch schon bei Opal hatte er mit dieser Gewohnheit gebrochen und ihr einige von seinen persönlichen Sorgen anvertraut. Nun wollte er auch mit seinem Onkel darüber sprechen. Vielleicht konnte ein Mann ihm dabei helfen.

Kane erzählte seinem Onkel zunächst, wie er in Fentons Ställen aufgewachsen war und davon geträumt hatte, eines Tages ein größeres Haus zu bauen, als Fenton es besaß. Rafe nickte verständnisvoll, als wäre dieser Wunsch die normalste Sache der Welt.

»Nur wurde Houston schrecklich wütend, als ich erzählte, warum ich sie geheiratet habe, und verließ auf der Stelle mein Haus. Ich habe sie zwar dazu bewegen können, wieder zu mir zurückzukommen; aber so recht glücklich ist sie darüber nicht.«

»Du sagtest eben, du hast sie geheiratet, damit sie bei diesem Dinner an deinem Tisch sitzen sollte. Doch was für Pläne hattest du danach mit ihr?«

Kane blickte auf seine Fingernägel hinunter. »Ich wollte gar keine Frau haben und dachte, sie wäre in diesen Westfield verliebt, der seine Verlobung mit ihr auflöste. Ich war überzeugt, sie würde nach diesem Dinner mit Fenton froh sein, wenn sie mich nicht mehr sieht. Ich wollte ihr einen Koffer mit Juwelen schenken und dann wieder nach New

York zurückkehren; aber sie hat diese Juwelen nicht einmal angeschaut.«

»Warum verläßt du sie dann nicht einfach und kehrst nach New York zurück?«

Kane brauchte eine Weile, ehe er antwortete: »Ich weiß nicht. Es gefällt mir hier irgendwie. Ich mag die Berge, und hier ist es im Sommer nicht so heiß wie in New York. Und ...«

»Und du magst Houston«, sagte Rafe grinsend. »Sie ist ein hübsches kleines Ding, und so eine Frau wäre mir als Geschenk lieber als der ganze Staat New York.«

»Weshalb hast du dann nie geheiratet?«

»Die Frauen, die ich mag, wollen mich nicht heiraten.«

»Ich schätze, mir geht es genauso wie dir. Als es mir im Grunde egal war, ob Houston mich heiratete oder nicht, und ich mir überlegte, daß sich eine andere ebensogut für meinen Zweck eignete, beteuerte sie mir immer wieder, daß sie mich liebt. Und nun, wo ich das Gefühl habe, daß ich ohne sie nicht so recht leben könnte, schaut sie mich an, als wäre ich ein Haufen Pferdemist.«

Die Männer schwiegen eine Weile in dem gemeinsamen Gefühl einer schweren Ungerechtigkeit.

»Möchtest du ein Glas Whisky?« fragte Rafe dann.

»Ich brauche ein Glas Whisky«, antwortete Kane.

Als Rafe aufstand, um den Whisky zu holen, sah sich Kane zum erstenmal bewußt im Raum um. Rafes Wohnung war nicht größer als sein Ankleidezimmer mit Bad, überlegte Kane. Und sie war auf eine Weise schmutzig, der man mit gewöhnlichen Reinigungsmitteln nicht beikommen konnte. Das kleine Fenster ließ kaum Licht in den Raum, und allem haftete der Geruch äußerster Armut an.

Auf dem Kaminsims standen eine Büchse Tee, zwei Gemüsekonserven und ein in ein Tuch eingeschlagenes Etwas, das aussah wie ein halber Brotlaib. Kane war sicher, daß das die gesamten Nahrungsmittelvorräte seines Onkels waren.

Plötzlich erinnerte sich Kane wieder an die beiden Zimmer über dem Stall, in denen er aufgewachsen war. Seine Bett- und Leibwäsche war immer von den Mädchen in der Villa Fenton gereinigt und gebügelt worden, und als er schon fast erwachsen war, hatte er die Mädchen bezirzt, daß sie ihm auch die Wohnung saubermachten. Und zu essen hatte er immer in Hülle und Fülle gehabt.

Was, hatte Houston vorhin gesagt, schmuggelte sie in ihrem Gemüse in das Lager? Arzneimittel, Seife, Tee? Was sich eben in so einem Kohlkopf verstecken ließ. Kane hatte nie in seinem Leben Nahrungssorgen gehabt. Und weder als Stallbursche noch in der anfänglich schlechten Zeit danach hatte er in so ärmlichen Verhältnissen leben müssen wie sein Onkel.

Als er in eine Ecke sah, wo das Dach der Wohnbaracke offensichtlich ein Loch hatte, fragte er sich, wie seine Mutter, die wie eine Prinzessin aufgewachsen war, in so einer Baracke überhaupt hatte leben können.

»Hast du meine Mutter gekannt?« fragte Kane leise, als Rafe für ihn einen Zinnbecher voll Whisky auf den Tisch stellte.

»Ich kannte sie«, antwortete Rafe und betrachtete seinen Verwandten, der ihm vertraut und zugleich so fremd erschien. Manchmal bewegte sich Kane auf eine Weise, daß Rafe glaubte, seinen Bruder Frank vor sich zu haben – und dann sah er die Leute wieder auf eine Weise an, die ihn an die hübsche kleine Charity erinnerte.

Rafe setzte sich auf seinen Stuhl. »Sie hat zwar nur ein paar Monate bei uns gewohnt, und das Leben hier war hart für sie; aber sie war ein lebhaftes, fröhliches Ding. Wir beneideten damals alle Frank, hielten ihn für den größten Glückspilz der Welt. Du hättest sie sehen sollen, wie sie den ganzen Tag schuftete, scheuerte und kochte. Und dann, kurz bevor Frank von seiner Schicht nach Hause kam, machte sie sich zurecht, als käme der Präsident zu Besuch.«

Kane starrte seinen Onkel einen Moment an.

»Ich habe gehört, sie wäre ein verzogener Fratz gewesen

und hätte alle Frauen im Lager so hochmütig behandelt, daß keine etwas mit ihr zu tun haben wollte.«

Rafes Gesicht zeigte deutlich seinen Unmut. »Ich weiß nicht, wer dir das erzählt hat; doch er ist ein verdammter Lügner. Als Frank in der Mine umkam, wollte sie nicht mehr weiterleben. Sie sagte uns, sie würde nach Hause zurückkehren, um dort ihr Baby zu bekommen; denn sie wüßte, daß Frank nur das Beste für sein Kind wollte, und deswegen würde sie im Haus ihres Vaters mit dem Kind niederkommen. Dieser Hundesohn!« setzte Rafe leise hinzu. »Wir hörten danach nur noch, daß Charity und ihr Baby gestorben seien und ihr Vater sich aus Kummer über den Tod seiner Tochter selbst umgebracht habe. Sherwin und ich waren froh, daß Charity wenigstens noch ein paar glückliche Tage auf dieser Welt erlebt hatte. Wir glaubten, ihr Vater hätte sie mit Freuden wieder bei sich aufgenommen. Niemand wußte etwas von deiner Existenz oder von Charlys Selbstmord. Davon erfuhren wir erst viele Jahre danach.«

Kane wollte Rafe fragen, warum er denn nichts unternommen habe, ihn zu finden, nachdem er die Wahrheit erfahren hatte, führte dann aber den Becher an die Lippen und trank statt dessen einen Schluck. Hatte er nicht zu Houston gesagt, daß Geld einem Menschen Macht verleiht? Was hätte denn einer von diesen Taggerts gegen die Fentons unternehmen können, wenn sie kaum genug zum Leben hatten? Außerdem war er ja auch allein recht gut in der Welt zurechtgekommen.«

»Ich habe mir überlegt«, sagte Kane und schaute dabei in seinen Becher. »Wir beide hatten ja einen schlechten Start; und ich habe mir überlegt, ob ich irgend etwas tun könnte, um zu helfen . . .« Noch während er diese Worte sagte, wußte er, daß sie verkehrt waren. Houston hatte ihm vorgehalten, daß er sein Geld und die Menschen für seine Zwecke mißbrauchte. Er sah zu seinem Onkel hinüber und bemerkte, wie steif er dasaß und darauf wartete, daß Kane seinen Satz zu Ende sprach. »Ian spielt gern Baseball, und

Zach ist auch davon begeistert; und da ich sie beide jetzt selten zu Gesicht bekomme, habe ich mir überlegt, ob ich mit den Jungen hier im Lager eine Baseballmannschaft aufstellen könnte. Ich würde natürlich die Ausrüstung für sie stiften.«

Rafe entspannte sich sichtlich. »Die Jungs würden sich darüber freuen. Vielleicht kannst du mal am Sonntagvormittag hierherkommen, wenn sie nicht in der Grube arbeiten. Glaubst du, Fenton würde deinem Plan zustimmen?«

»Ich glaube schon«, sagte Kane und trank seinen Whisky aus. »Ich schätze, ich sollte mich jetzt lieber wieder nach meiner Frau umschauen. Da sie im Augenblick nicht gut auf mich zu sprechen ist, könnte es passieren, daß sie ohne mich nach Chandler zurückfährt.«

Rafe stand vom Tisch auf. »Überlaß das lieber mir. Und ich schätze, daß du auch wieder unter der Plane auf der Ladefläche die Heimfahrt antreten mußt. Wenn die Wächter dich mit Sadie auf dem Fuhrwerk entdecken, nachdem sie erst allein das Tor passiert hatte, werden sie mißtrauisch. Und das könnte auch den anderen Frauen schaden, die verkleidet in die Kohlegruben fahren.«

Kane nickte. Es behagte ihm zwar nicht, daß er sich wieder unter der Plane verstecken mußte; aber er sah die Notwendigkeit dieser Maßnahme ein.

»Kane«, sagte Rafe, als er schon bei der Tür war, »wenn ich dir noch einen Rat geben kann, was Houston betrifft: Du mußt nur Geduld mit ihr haben. Frauen haben seltsame Vorstellungen von den Dingen, die wir Männer nicht nachvollziehen können. Du hast etwas getan, mit dem du sie damals erobert hast. Vielleicht gelingt dir das zum zweiten Mal, wenn du wieder um ihre Gunst wirbst.«

»Sie ist für Geschenke nicht empfänglich«, murmelte Kane.

»Vielleicht machst du ihr nur nicht die richtigen Geschenke. Einmal war ein Mädchen ordentlich böse auf mich, und ich konnte sie damit wieder besänftigen, daß ich ihr einen kleinen Hund schenkte. Es war nur so ein kleiner

Mischlingsköter; aber sie verliebte sich auf der Stelle in ihn. Und sie war mir ordentlich dankbar dafür, wenn du weißt, was ich meine.» Und mit einem Lächeln und einem Augenzwinkern ging Rafe aus der Baracke.

Houston wartete die ganze Rückfahrt hindurch auf Kanes Explosion, die aber nicht erfolgte. Nachdem die Wachen des Lagers sie nicht mehr sehen konnten, kroch er unter der Plane hervor und setzte sich zu ihr auf den Kutschbock. Und obwohl Houston nicht ein Wort sprach, redete er von der Landschaft, durch die sie fuhren, und von seinen Geschäften. Ein paarmal wollte sie ihm antworten, biß sich dann aber jedesmal auf die Lippen. Ihr Zorn auf ihn war zu groß, und sie mußte ihm gegenüber hart bleiben. Er würde bald einsehen müssen, daß sie ihn nie mehr lieben konnte, und dann mußte er sie auch freigeben.

Zu Hause angelangt, sagte er höflich gute Nacht zu ihr und ging in sein Büro. Am nächsten Morgen kam er zur Mittagszeit in ihren Salon, nahm sie bei der Hand und führte sie hinunter in die Küche, wo Mrs. Murchison einen Picknickkorb für ihn vorbereitet hatte. Sie immer noch bei der Hand haltend, führte er sie durch den Garten hinunter in die Senke, wo sich der Pavillon mit der Statue der Göttin Diana befand, vor der sie sich einmal geliebt hatten.

Houston stand steif da, während Kane das weiße Tuch auf dem Boden ausbreitete und die Speisen auspackte. Er mußte kräftig ziehen, ehe sie sich auf den Boden setzen wollte. Während des Picknicks, bei dem Houston kaum einen Bissen aß, redete Kane wieder ununterbrochen. Er sprach abermals von seinen Geschäften und wie schwierig es war, sie ohne Edans Mithilfe zu bewältigen.

Houston sagte kein Wort zu allem; doch Kane schien ihr Schweigen auch nicht zu stören.

Nachdem sie gegessen hatten, drehte Kane sich um, legte seinen Kopf in ihren Schoß und fing an, ihr von seinem Gespräch mit Rafe über seine Mutter zu erzählen. Er erzählte ihr, wie erbärmlich er Rafes Wohnung fand und daß sein Quartier als Stallbursche, in dem er aufgewachsen war, nicht annähernd so schlimm gewesen sei.

»Glaubst du, es gäbe eine Möglichkeit, Onkel Rafe zum Auszug aus dem Bergwerkslager zu bewegen? Er ist ja kein junger Mann mehr, und ich möchte gern etwas für ihn tun.«

Houston sagte einen Moment lang nichts. So eine Frage hatte Kane bisher noch nie an sie gerichtet. »Du kannst ihm keinen Job anbieten, weil er das sofort für einen Akt der Wohltätigkeit betrachten würde«, sagte sie schließlich.

»Das habe ich mir auch schon gedacht. Ich weiß nicht, was ich tun soll. Sagst du mir, wenn dir etwas dazu einfallen sollte?«

»Ja«, antwortete sie zögernd, und sie sah vor ihrem inneren Auge Rafe neben Pamela hergehen. Die beiden würden ein bemerkenswertes Paar abgeben.

»Ich muß jetzt wieder an meinen Schreibtisch zurückkehren«, sagte er und überraschte sie mit einem raschen, süßen Kuß, ehe er vom Boden aufstand. »Warum bleibst du nicht hier und genießt den Garten?«

Er ließ sie allein am Fuß des Hügels zurück, und Houston wanderte im Garten umher, betrachtete die Blumen und Pflanzen und lieh sich dann im Rosengarten eine Rosenschere aus, um ein paar Blumen zu schneiden. Es war das erste Mal, seit sie wieder in Kanes Haus lebte, daß sie etwas tat, das nicht absolut notwendig war. »Nur weil der Besitzer so ein schrecklicher Mensch ist, muß doch nicht auch noch sein Haus darunter leiden«, sagte sie sich als Rechtfertigung für die Rosen, die sie nun ins Haus trug.

Als Kane zum Abendessen aus seinem Büro kam, war das ganze Haus voller frischer Schnittblumen; doch er grinste nur die ganze Mahlzeit hindurch, wenn er Houston und nicht seinen Teller anschaute.

Am nächsten Tag kam Blair zum Essen, redete von ihrer Freundin aus Pennsylvanien, Dr. Louise Bleeker, die ihr jetzt in der Klinik half, und fragte dann Houston, wie es ihr ginge. Aus irgendeinem Grund schien sie Kane nicht mehr böse zu sein.«

»Hier hat sich inzwischen nicht viel verändert«, sagte Houston, während sie mit ihrer Gabel auf ihrem Teller herumstocherte. »Und bei dir?«

Blair antwortete vorsichtig: »Lee wird darüber hinwegkommen. Da bin ich mir sicher.«

»Hinwegkommen? Was meinst du damit?«

»Oh – er ist im Augenblick ein bißchen böse auf mich. Ich ... äh ... bin heimlich in seiner Kutsche mitgefahren. Aber laß uns lieber über dich reden.«

»Dann wollen wir über das Magazin sprechen. Ich habe wieder zwei Artikel für dich geschrieben.«

Am Sonntag holte Kane Houston schon früh aus dem Bett, obwohl er sich hütete, ihr zu nahe zu kommen, als sie sich schlaftrunken in den Kissen aufrichtete. Er warf ein Kleid aus dunkelrosa gestreifter Baumwolle mit schmalen schwarzen Samtbändern auf ihr Bett. »Nimm das und zieh dich so rasch wie möglich an«, sagte er, ehe er wieder das Zimmer verließ.«

Ein paar Minuten später kam er in Kordhosen und einem blauen Baumwollhemd wieder, auf dem sich die Gurte seiner Hosenträger kreuzten. Er stand einen Moment da und betrachtete sie in ihrer Unterwäsche und der eng geschnürten Korsage, die ihre Brüste über den Spitzenbesatz ihres Hemds hinaufschob, ihre in schwarze Seidenstrümpfe gehüllten Beine, an deren Seiten kleine Schmetterlinge eingestickt waren, und ihre hochhackigen schwarzen Schnürstiefel.

Er starrte sie einen Moment mit offenem Mund an, machte dann kehrt und floh wieder aus dem Zimmer, als könnte ihn der Schlag treffen, wenn er sie noch länger anschauen würde.

Houston ließ den Morgenmantel wieder fallen, den sie zuerst gepackt und dann doch nicht übergeworfen hatte, und seufzte. Sie sagte sich, daß es ein Seufzer der Erleichterung und nicht des Bedauerns war, wie er sich vielleicht angehört haben mochte.

Er verriet ihr nicht, wohin sie fuhren, als er sie in die

Kutsche hob, die er ihr geschenkt hatte. Er faßte die Zügel, und auf ihrem Gesicht spiegelte sich ihr Erstaunen wider, als er das Gespannpferd auf die Straße zur Little-Pamela-Zeche lenkte.

Die Wächter ließen sie passieren, ohne sie anzuhalten oder eine Frage an sie zu richten, und sobald sie das Tor passiert hatten, kamen die Leute aus ihren kleinen Häusern und folgten der Kutsche. Houston winkte ein paar Frauen zu, die sie kannte.

»Sie kennen dich nicht, wenn du nicht als Sadie verkleidet bist«, warnte Kane sie.

Dennoch mußte sie dauernd um sich blicken, als sich immer mehr Leute der Kutsche anschlossen, und die Gesichter der Kinder schienen zu strahlen.

»Was hast du gemacht?« fragte sie verwundert.

»Da«, antwortete er und deutete auf die einzige freie Fläche im Lager, die sich vor dem Eingang der Zeche ausbreitete. Auf dem schmutzigen Boden entdeckte sie eine Anzahl von hölzernen Kisten.

Kane hielt den Einspänner an, und zwei Jungen mit schwarzen Augenrändern hielten das Pferd am Zaum, während er Houston aus der Kutsche half. Als sie in den Kreis traten, den die Leute um das Feld mit den Holzkisten bildeten, grinste Kane und sagte laut: »Fangt an, Jungs!«

Als Houston zusah, wie sich die Jungen auf die Holzkisten stürzten, tauchte Rafe hinter ihnen auf.

»Die Kisten sind vor zwei Tagen eingetroffen, und ich dachte mir, du wirst bestimmt nichts dagegen haben, wenn ich ihnen erzähle, was darin verpackt ist. Seither tanzten sie nur noch im Lager herum und waren ganz aus dem Häuschen vor Aufregung«, sagte Rafe und legte seinem Neffen die Hand auf die Schulter.

Houston betrachtete erstaunt die Hand, die auf Kanes Schulter lag, ehe sie wieder auf das Feld sah, wo die Jungen die Kisten auspackten. Sie holten die Ausrüstung für eine Baseballmannschaft heraus: Trikots, Schläger, Handschuhe, Bälle, Gesichtsmasken.

Kane drehte Houston mit einem erwartungsvollen Blick sein Gesicht zu.

Hatte er das alles nur getan, um sie zu beeindrucken?, fragte sie sich jetzt. Sie sah die Erwachsenen an, die mit ihnen um das Feld standen, und bemerkte, wie sie ihren Sprößlingen andächtig zuschauten. »Und was hast du für die Mädchen besorgt?«

»Mädchen?« fragte Kane. »Mädchen spielen nicht Baseball.«

»Nein, aber was ist denn mit Tennis, Bogenschießen, Fahrradfahren, Turnen und Fechten?«

»Fechten?« wiederholte Kane, und sein Gesicht verfärbte sich vor Wut. »Ich schätze, daß niemand es Ihnen recht machen kann, Eisprinzessin. Keiner erfüllt Eure hohen Ansprüche, Milady, nicht wahr?« Damit drehte Kane sich um und ging zu den Jungen, die schon Bälle in die Luft warfen und die Schläger ausprobierten.

Houston entfernte sich aus dem Kreis der Erwachsenen. Vielleicht war sie ein bißchen zu hart zu ihm gewesen. Vielleicht hätte sie etwas Nettes sagen sollen, da er doch nur versucht hatte, den Jungen im Lager zu helfen. Das hatte sie sich doch schon seit Jahren gewünscht; und als der Wunsch sich erfüllte, war sie undankbar.

Wenigstens konnte sie das Beste aus diesem Sonntag machen und sollte nicht mit finsterem Gesicht in einem Winkel stehen. Sie traf auf ein kleines Mädchen zu und begann ihm die Regeln des Baseballspiels zu erklären. Binnen kurzem war ein Kreis aus Mädchen und Frauen und sogar einigen Männern um sie versammelt, die noch nie ein Baseballspiel in ihrem Leben gesehen hatten. Bis Rafe und Kane zwei Mannschaften aus den Jungen gebildet hatten, hatte Houston den Mädchen beigebracht, wie sie die Jungen anfeuern und zu größeren Leistungen anspornen konnten.

Zwei Stunden später kam ein mit vier Pferden bespanntes Fuhrwerk durch das Tor und trabte mitten in die Menge hinein. Alle standen wie erstarrt, weil sie glaubten, daß dies nur eine Katastrophe für das Lager bedeuten konnte.

Der Kutscher sprang verschwitzt und mit rotem Gesicht vom Bock herunter. »Taggert!« brüllte er, während er die dampfenden Pferde am Geschirr festhielt, »das ist das letzte Mal, daß ich Ihre Bestellung ausführe. Mir ist es egal, ob sie meinen ganzen Laden kaufen – sonntags arbeite ich für niemanden!«

»Haben Sie alles mitgebracht, Mr. Vaughn?« fragte Kane dem Besitzer des Sportartikelgeschäfts in Chandler und trat an das Heck des Fuhrwerks, das mit einer großen Plane versehen war. »Und hören Sie auf, sich zu beschweren. Für die Preise, die ich Ihnen einen Monat lang bezahlt habe, *habe* ich ja praktisch schon Ihren Laden gekauft.«

Die Menge lachte, genoß die Macht, die Geld einem Mann verlieh, so daß er jedem sagen konnte, was er dachte. Doch Houston hatte nur Augen für den Wagen und was er wohl enthalten mochte.

»Na, so was«, sagte Kane und zog einen Tennisschläger unter der Plane hervor. »Ich glaube nicht, daß wir damit einen Baseball schlagen können.« Er drehte sich zu einem kleinen Mädchen um, das in seiner Nähe stand. »Vielleicht hast du eine Verwendung dafür.«

Das Kind nahm den Schläger, bewegte sich aber nicht von der Stelle. »Was ist denn das?« flüsterte es.

Kane deutete auf Houston. »Siehst du die Lady dort? Sie kann dir zeigen, was man damit macht.«

Da ging Houston direkt auf ihren Mann zu, legte ihm die Arme um den Hals und küßte ihn, daß die Menge ringsum Beifall klatschte. Doch als er sie nicht mehr loslassen wollte, mußte sie ihn mit beiden Armen von sich wegstemmen.

»Ich schätze, ich habe endlich das richtige Geschenk gefunden«, sagte Kane zu jemandem hinter seiner Schulter, ehe er Houston fest an sich zog.

Als Houston sich wieder von ihm wegbewegte, hörte sie Rafe lachen.

Nun war Houston den Rest des Nachmittags so sehr damit beschäftigt, den Mädchen zu zeigen, wie man Tennis spielte und mit Pfeil und Bogen umgehen mußte, daß sie keine Zeit zum Nachdenken hatte. Zudem hatte das Fuhrwerk für die kleineren Kinder noch Reifen, Bälle, Springseile, Kreisel, Puppen und noch andere Spielsachen gebracht, daß sie große Mühe hatte mit der gerechten Verteilung dieser Geschenke und die Mütter ihr helfen mußten, die Mädchen zu beruhigen, welche glaubten, bei diesem Segen benachteiligt worden zu sein.

Ehe Houston wußte, wo die Zeit geblieben war, ging die Sonne bereits wieder unter, und Kane trat zu ihr und legte ihr den Arm um die Schultern. Als sie zu ihm hochsah, wußte sie, daß sie ihn immer noch liebte. Vielleicht war er nicht der Mann, für den sie ihn zunächst gehalten hatte; vielleicht war er imstande, sein ganzes Leben seiner Rache zu widmen – und vielleicht gehörte auch dieser Tag nur zu dem Rachefeldzug, den er gegen Jacob Fenton führte. Doch in diesem Moment war ihr das gleichgültig. Sie hatte am Altar gelobt, ihn immer zu lieben – in guten und schlechten Tagen, mit seinen Stärken und seinen Schwächen, und vielleicht gehörte sein Rachekomplex eben zu seinen schwächeren Seiten. Aber als sie nun zu ihm hochsah, wußte sie, daß sie ihn immer lieben würde, egal, was er tat; egal, was für schlimme Motive er für seine Handlungsweise haben mochte. Sie würde ihm zur Seite stehen und ihn lieben, selbst wenn er den Fentons alles wegnahm, was sie besaßen.

»Bist zu bereit, mit mir nach Hause zu fahren, mein Schatz?« fragte er.

»Ja«, sagte sie, und diesmal kam dieses Wort aus dem Grunde ihres Herzens.

Kapitel 28

Kane blickte Houston nicht an, als sie das Bergwerkslager verließen und die mürrischen Wächter am Tor passierten. Er hielt die Zügel fest in der Hand und die Augen auf die Straße gerichtet.

Houston hingegen konnte den Blick nicht ein einziges Mal von ihm abwenden, während sie sich fragte, warum sie so wenig Stolz besaß und ihre Liebe für einen Mann so offen zeigte, der sie doch so sehr mißbraucht hatte. Aber während sie ihn ansah, wußte sie, daß sie sich gar nicht mehr anders verhalten konnte.

Am Fuß des Hügels, kurz vor der Stelle, wo die Fahrspur in die Überlandstraße mündete, hielt Kane die Kutsche an. Die untergehende Sonne hatte den Horizont in Brand gesetzt und den Himmel mit orange- und rosafarbenen Bändern überzogen. Der kühle Wind von den Bergen wurde noch kühler, und ein Duft von Salbei lag in der Luft. Die Straße war mit silberfarbenem Koks aus den Hochöfen bestreut, und kleine gefiederte Samen von Weiden und Pappeln wurden von der sanften Brise dahingetragen.

»Warum halten wir denn an?« fragte sie, als er um den Wagen zu ihrer Seite herüberkam und ihr die Arme entgegenhob. »Weil ich es nicht mehr länger hinausschieben kann, glaube ich«, sagte er, während er sie von der Kutsche herunterhob, »dich in meine Arme zu nehmen.«

»Kane . . .« begann sie zu protestieren, »wir können doch hier nicht anhalten. Jeden Moment kann hier jemand vorbeikommen und . . .«

Sie sagte nichts mehr, weil er sie in seinen Armen hielt, sie heftig an sich zog und begann, ihren Rücken zu streicheln. Houston lehnte sich so fest an ihn, daß sie die Wärme seiner Haut durch ihre Kleider hindurch spürte.

Er löste sich einen Moment von ihr und berührte ihre Wange mit ungewohnter Zärtlichkeit. »Ich habe dich vermißt, mein Liebling«, flüsterte er. »Ich habe dich furchtbar vermißt.«

Und dann war dieser behutsame, rührend zärtliche Moment vorüber. Sein Mund suchte hungrig ihre Lippen, während Houston genauso begierig seine Nähe suchte, sich an seinen Hals hängte, die weichen Rundungen ihres Körpers den harten Flächen und Muskeln seines Körpers anpaßte.

Dann schob er sie wieder von sich weg und spähte in ihr vor Leidenschaft und Sehnsucht verklärtes Gesicht. Mit einem Blick, als würde ein Krieger vor der Schlacht von seiner Liebsten Abschied nehmen, ging er von ihr weg zum Heck der Kutsche und entfernte die Plane vom Verdeck. Dann ging er auf eine Gruppe von Bergkiefern und Wacholderbüschen zu, breitete dahinter die Plane auf dem Boden aus und streckte ihr einen Arm entgegen.

Langsam ging Houston auf ihn zu, den Blick auf die Silhouette seines Leibes gerichtet, nur noch erfüllt von dem Gedanken an die Wonnen, die sie jetzt dort erwarteten.

Seine Hände zitterten, als er sie zu entkleiden begann, langsam einen winzigen Knopf nach dem anderen aus seiner Schlaufe löste. »Ich habe oft und lange an diesen Moment gedacht«, sagte er weich. Seine Wimpern warfen lange Schatten im Dämmerlicht, so daß er jünger aussah und sehr verwundbar. »Du hast mich einmal nach anderen Frauen gefragt. Ich glaube nicht, daß ich jemals auch nur einen Gedanken an eine Frau verschwendet habe, sobald ich aus ihrem Bett gestiegen war – tatsächlich habe ich nicht einmal an sie gedacht, während ich mit ihr im Bett lag. Schlimmer noch – es ist mir niemals eingefallen, ihnen solche Dinge zu sagen, wie ich sie in den lezten Monaten zu dir gesagt habe. Bist du nun eine Lady oder eine Hexe?«

Als sich seine Hand unter ihr Kleid schob, ihre Haut berührte, ihre Brüste fand und ihre Wärme durch ihren Körper schickte, legte sie ihm die Arme um den Hals und drückte ihren Mund auf seine Lippen. »Ich bin eine Hexe, die dich liebt«, flüsterte sie.

Kane drückte sie so fest an sich, daß die glaubte, ihre Rippen würden zerbrechen, und erst als sie leise aufschrie, lockerte er ein wenig den Griff.

Sie sprachen nicht mehr. Kane fiel mit der Leidenschaft über sie her, die sich schon seit Wochen in ihm aufgestaut hatte. Und Houstons Verlangen war nicht minder groß.

Knöpfe sprangen ab, wenn sie nicht schnell genug aus ihren Löchern und Schlaufen herauskamen. Kanes Mund glitt heiß über ihre Haut, während sich Houstons Fingernägel in sein Fleisch gruben, ihn immer fester an sich zogen, bis sie eins wurden in ihrem brennenden Verlangen.

Als sie den Mund öffnete, verschloß Kane ihn rasch mit seinen Lippen. »Wenn du hier schreist, Eisprinzessin, bekommen wir bald unerwünschten Besuch.«

Houston hatte keine Ahnung, wovon er redete. Sie wollte es auch nicht wissen. Sie hatte keinen Zeitbegriff mehr, wußte nicht, wie lange sie schon hier verweilten. Ihre Gedanken waren ausgefüllt mit Kanes Körper, der bald auf ihr lag, bald unter ihr, dann neben ihr war, der sie liebte im Sitzen und einmal, wie es ihr vorkam, auch im Stehen. Das verschwitzte Haar klebte auf ihrem Gesicht und hing ihr in feuchten Strähnen über die Schultern. Und überall war sie von Kanes Haut umgeben – von einer heißen, feuchten, sich ständig bewegenden, köstlichen Haut, die sie in vollen Zügen genoß. Ihr aufgestautes Verlangen, das Bewußtsein, daß sie den Mann, den sie liebte, fast verloren hätte, machten sie unersättlich. Sie kamen zusammen, lösten sich wieder, vereinigten sich abermals und erreichten mit einem letzten, ekstatischen Stoß gemeinsam den Höhepunkt.

Dicht aneinandergedrängt, ihre Körper noch immer vereinigt, schliefen sie ein paar Minuten.

Kane schlug nach einer Weile wieder die Augen auf, zog die Plane über sie, bedeckte Houstons bloßen Oberkörper mit seinem Jackett. Er betrachtete eine Weile ihr schlafendes Gesicht im Mondlicht und schob ihr das trockene Haar aus der Stirn. »Wer hätte gedacht, daß so eine Lady wie du ...« flüsterte er, ehe er wieder einnickte, sie noch enger an sich zog, daß ihr Kopf an seiner Schulter ruhte.

Houston erwachte eine Stunde später von Kanes Hand, die über ihren Körper hinstrich. Sein Daumen spielte mit ihrer rosigen Brustwarze. Sie lächelte ihm verträumt zu.

»Ich habe alles, was ein Mann sich nur wünschen kann«, sagte Kane, sich auf die Seite legend. »Ich halte eine nackte Frau in meinen Armen, und sie lächelt mich an.« Er schob seine kräftigen Schenkel zwischen die ihren. »Hc, Lady, willst du es mit einem Stallburschen treiben?«

Sie rieb ihre Hüften gegen die seinen. »Nur, wenn er sehr sanft mit mir umgeht und mich nicht mit seinen barbarischen Gewohnheiten erschreckt.«

Kane stöhnte leise, ehe seine Lippen dem Beispiel seiner Hand folgten. »Wenn ein Mann etwas haben will, benützt er einen Revolver oder ein Messer; doch die Waffen, die du benützt, Liebling, erschrecken mich zu Tode.«

»So siehst du auch aus«, sagte sie, während sie sacht sein Ohrläppchen zwischen ihre Zähne nahm.

Diesmal liebten sie sich gemächlich, nahmen sich viel Zeit, da sie nicht zur Eile drängte; und danach lagen sie sich still in den Armen und schliefen wieder ein. Irgendwann in der Nacht stand Kane auf und schirrte das Pferd an. Als Houston ihn mit schlaftrunkener Stimme fragte, was er mache, sagte er: »Einmal ein Stallbursche, immer ein Stallbursche«, ehe er zur Plane zurückkam, die ihr Bett war.

Noch vor Sonnenaufgang regten sie sich, erwachten und begannen miteinander zu reden. Kane lag auf dem Rücken, Houston quer über seinen Hüften, und er sprach davon, wie sehr er sich über die Begeisterung der Kinder über seine Spielsachen gefreut hatte. »Warum sehen eigentlich die meisten Jungen aus wie Waschbären?«

Es dauerte einen Moment, ehe Houston begriff, was er meinte. »Sie arbeiten in der Grube und haben noch nicht gelernt, sich den Kohlenstaub aus den Augen zu waschen.«

»Aber einige davon waren doch fast noch Babys; jedenfalls nicht viel älter. Sie können doch nicht . . .«

»Doch«, sagte Houston, und sie schwiegen eine Weile. »Weißt du, was ich gern nicht nur für eine, sondern alle Kohlenzechen einrichten würde?«

»Was?«

»Ich würde gern vier Fuhrwerke besorgen – so groß wie ein Milchwagen, aber mit Bücherregalen ausgerüstet, und diese Fuhrwerke würde ich in alle Bergwerke schicken als kostenlose Leihbibliothek. Die Kutscher könnten auch

Bibliothekare oder Lehrer sein, die den Kindern und natürlich auch den Erwachsenen bei der Wahl, welche Bücher sie lesen sollten, helfen.«

»Warum heuern wir nicht gleich die Leute an, die wir für diese Fuhrwerke brauchen?« fragte Kane augenzwinkernd.

»Dann gefällt dir also meine Idee?«

»Sie hört sich gut an, und ein paar Fuhrwerke mit Pferden sollten erheblich billiger sein als der Eisenbahnwagen, den ich deiner Mutter kaufte. Was macht sie eigentlich inzwischen mit dem Ding?«

Houston lächelte ihn im Dämmerlicht an. »Sie meinte, du hättest sie auf die richtige Idee gebracht. Sie hat ihn hinten im Hof aufstellen lassen und benützt ihn nun als Zuflucht, wenn sie ein paar Stunden allein sein möchte. Wie ich hörte, war Mr. Gates so wütend, daß ihm die Stimme versagte.«

Als die Sonne sich über den Horizont schob, sagte Kane, sie sollten jetzt lieber nach Hause fahren, ehe der Morgenverkehr einsetzte. Auf der Fahrt nach Hause hielt Kane oft an, um Houston, die sich eng an ihn schmiegte, zu küssen. Houston sagte sich dabei immer wieder, daß die Fentons nun keine Rolle mehr spielten und sie Kane lieben würde, egal, ob er nun seine Racheplane weiterverfolgte oder nicht.

Zu Hause nahmen sie ein Bad in Houstons großer Badewanne mit den vergoldeten Armaturen, und am Ende schwappte mehr Wasser über den gefliesten Boden als in der Wanne. Doch Kane gelang es, das meiste davon zu absorbieren, indem er den Boden mit einundzwanzig dicken türkischen Badetüchern bedeckte. Dann legte er Houston auf diesen Frotteebelag, und sie liebten sich auf dem Badezimmerboden. Houstons Zofe Susan wäre um ein Haar ins Badezimmer gekommen, wenn Kane ihr nicht im letzten Moment mit dem Fuß die Tür vor der Nase zugeschlagen hätte, und sie lachten beide, als sie hörten, wie das Mädchen über den Parkettboden von Houstons Schlafzimmer hinaus in den Korridor flüchtete.

Danach gingen sie nach unten zu dem größten Frühstück, das zwei Leute jemals auf Erden verzehrt hatten. Mrs.

Murchison selbst kam aus der Küche in das Speisezimmer herüber, um sie zu bedienen. Und sie grinste und lächelte und schien überaus glücklich zu sein, daß Houston und Kane sich wieder versöhnt hatten.

»Babys«, sagten sie auf dem Weg zur Tür, »dieses Haus braucht Babys.«

Kane erstickte fast an seinem Kaffee und schickte einen entsetzten Blick zu Houston hinüber. Doch sie weigerte sich, ihn anzusehen, und lächelte nur in die Tasse hinein.

Gerade als Mrs. Murchison mit einer Platte voll frisch gebratener Steaks wieder ins Eßzimmer kam, hörten sie einen Donner. Er schien aus der Erde zu kommen und unter ihren Füßen hinzurollen. Die Gläser auf dem Tisch schepperten, und im Obergeschoß konnten sie eine Scheibe bersten hören.

Mit einem Schrei ließ Mrs. Murchison die Platte mit den Steaks fallen.

»Was, zum Teufel, war das?« fragte Kane. »Ein Erdbeben?«

Houston sagte kein Wort. Sie hatte dieses Grollen bisher nur ein einziges Mal in ihrem Leben gehört; aber wer es einmal hörte, vergaß es sein ganzes Leben lang nicht mehr. Sie blickte weder Kane noch die Dienstboten an, die bereits von allen Seiten herbeigerannt kamen; sondern ging sofort zum Telefon und nahm den Hörer vom Haken.

»Welche?« fragte sie nur, als die Vermittlung sich meldete, ohne dem Mädchen erst zu sagen, wer sie war.

»Die Little Pamela«, hörte sie, ehe ihr der Hörer wieder aus der Hand rutschte.

»Houston!« schrie Kane ihr ins Gesicht, während er sie bei beiden Schultern packte. »Fall mir jetzt bloß nicht auch noch in Ohnmacht! War das eine Grubenexplosion?«

Houston glaubte nicht, daß sie fähig war, ein Wort zu sprechen. Die Angst schnürte ihr die Kehle zu. Warum mußte es nur *meine* Mine treffen, hörte sie immer wieder eine Stimme in ihrem Kopf und sah vor ihrem inneren Auge die Kinder, die gestern vor der Zeche Baseball gespielt hatten. Welche von den Jungen, die vor Stunden noch fröhlich miteinander gespielt hatten, waren jetzt tot?

Sie blickte mit düsteren Augen zu Kane hinauf. »Die Schicht«, flüsterte sie. »Rafe gehörte zur letzten Schicht.«

Kanes Hände krampften sich um ihre Schultern. »Dann war es also die Little Pamela?« flüsterte er. »Wie schlimm hat es sie erwischt?«

Houston öffnete den Mund, doch kein Wort kam über ihre Lippen.

Einer von den Bediensteten, die sich stumm im Korridor versammelt hatten, trat vor. »Sir, wenn die Explosion so stark war, daß in der Stadt Scheiben kaputtgehen, muß es ein sehr schlimmes Unglück sein.«

Kane stand eine Sekunde unbeweglich im Zimmer und verwandelte sich dann in ein Bündel Energie.

»Houston, ich möchte, daß du alle Decken und Laken im Haus zusammensuchst und sie mit dem Fuhrwerk in die Zeche bringst. Hast du mich verstanden? Ich ziehe mich inzwischen an und werde noch vor dir zur Zeche reiten. Aber ich will, daß du so rasch wie möglich mit den Decken nachkommst. Hast du gehört?«

»Sie werden Helfer für die Rettungsaktion brauchen«, sagte der Lakai, der sich zu Wort gemeldet hatte.

Kane blickte ihn rasch von Kopf bis Fuß an. »Dann steige aus diesen goldbetreßten Klamotten, zieh dir was Vernünftiges an und hol dir ein Pferd aus dem Stall.« Er drehte sich wieder zu Houston um. »Lebendig oder tot – ich hole Rafe aus dem Stollen heraus.« Nachdem er ihr rasch einen Kuß gegeben hatte, lief er schon die Treppe zum Oberstock hinauf.

Houston stand einen Moment unbeweglich da, ehe sie sich zu rühren begann. Sie konnte an dem Unglück nichts mehr ändern; aber sie konnte das Leiden lindern. Sie drehte sich zu den Zofen und Zimmermädchen um. »Ihr habt gehört, was der Herr eben gesagt hat. Ich möchte, daß alle Laken, Bezüge und Decken innerhalb von zehn Minuten auf dem Fuhrwerk verladen sind.«

Eines von den Dienstmädchen trat vor. »Mein Bruder arbeitete in der Little Pamela. Darf ich mit Ihnen zur Zeche fahren?«

»Und ich ebenfalls?« fragte Susan. »Ich habe in meinem Leben schon ein paar zerbrochene Köpfe zusammengeflickt.«

»Ja«, antwortete Houston, während sie schon die Treppe hinaufeilte, um ihren Morgenrock gegen ein Reisekleid zu vertauschen. »Ich fürchte, wir brauchen jede Hilfe, die wir bekommen können.«

Kapitel 29

Kane hatte noch keine Erfahrung mit Katastrophen; seine Schlachten wurden in der Regel zwischen ihm und einem Rivalen ausgetragen. Und deshalb war er unvorbereitet auf das, was ihn in der Little-Pamela-Zeche erwartete. Er hörte schon aus großer Entfernung die Schreie der Frauen, und er dachte, daß er diese Laute, solange er lebte, nicht mehr aus dem Kopf verdrängen konnte.

Das Tor zum Lager stand offen und war unbewacht. Nur eine Frau saß dort, wiegte ein Baby an ihrer Brust und suchte es mit gurrenden Lauten zu beruhigen. Kane und seine vier Begleiter ritten im langsamen Trab weiter, als sie das Tor passiert hatten, und als noch mehr Frauen in Sicht kamen, die ihnen entgegenliefen oder nur am Weg standen und weinten, hielten sie an und stiegen aus den Sätteln.

Als Kane an einer Frau vorbeigehen wollte, faßte sie mit eisenhartem Griff nach seinem Arm.

»Töte mich!« schrie sie ihm schrill ins Gesicht. »Er ist tot, und wir haben nichts! Gar nichts!«

Kane konnte sie nicht daran hindern, ihn in ihre Hütte hineinzuzerren. Rafes Baracke war ein Palast im Vergleich zu dieser Behausung. Fünf zerlumpte, schmutzige Kinder standen in einer Ecke beisammen und klammerten sich aneinander. Ihre hageren Gesichter und ihre großen, fiebrigen Augen verrieten, daß sie noch nie in ihrem Leben satt waren. Er hatte diese Kinder am gestrigen Tag nicht gesehen; aber er konnte sich auch nicht entsinnen, in diesem Teil des Lagers gewesen zu sein, wo die Behausungen aus Teerpapier und plattgeschlagenen Konservenbüchsen bestanden.

»Bring uns alle um«, kreischte die Frau. »Dann sind wir besser dran. So müssen wir alle verhungern.«

Auf der Kiste, die offenbar als Tisch diente, sah Kane einen halben verschimmelten Brotlaib. Andere Nahrungsmittel vermochte er hier nicht zu entdecken.

»Sir«, sagte der Lakai, der hinte Kane in die Hütte gekommen war, »sie brauchen Helfer bei der Bergung der Leichen.«

»Ja«, sagte Kane leise, während er wieder aus der Hütte trat und die Frau hinter ihm in lautes Weinen ausbrach. »Wer sind diese Leute?« fragte er den Diener, als sie wieder im Freien waren.

»Sie können sich die Miete für die Baracken nicht leisten, die von der Bergwerksgesellschaft hier aufgestellt werden. Sie beträgt zwei Dollar pro Raum und Monat. Und deshalb verpachtet ihnen die Gesellschaft ein Fleckchen Land für einen Dollar monatlich, auf dem sie sich dann selbst aus dem Material, das sie hier finden, eine Hütte bauen können.« Der Diener deutete mit dem Kopf auf den Slumbezirk des Lagers, in dem sich die Hütten aus Konservenbüchsenblech und Holzabfällen drängten. Kane glaubte sogar, an einer Wand Überreste von den Kisten zu entdecken, in denen gestern noch die Baseballausrüstung verpackt gewesen war.

»Was wird aus den Frauen, deren Männer in der Grube umkamen?«

Der Mund des Dieners wurde zu einem grimmigen Strich. »Wenn sie Glück haben, bezahlt ihnen die Gesellschaft noch den Lohn für ein halbes Jahr; doch dann bleiben sie und ihre Kinder ihrem Schicksal überlassen. Was auch passiert – die Gesellschaft wird stets behaupten, die Bergarbeiter seien an der Explosion selbst schuld gewesen.«

Kane straffte sich. »Wenigstens können wir diesen Frauen jetzt helfen. Als erstes werden wir Lebensmittel an sie verteilen.«

»Wo sollen wir die denn hernehmen?« fragte der Diener. »Vor vierzig Jahren gab es hier einen Aufstand, und die Bergarbeiter stürmten den Laden der Bergwerksgesellschaft. Deshalb haben die Läden in allen Zechen nur noch das Allernötigste an Lebensmitteln und anderen Waren auf Lager.« Der Mann verzog den Mund. »Und die Stadt will auch nicht helfen. Wir haben uns bei der letzten Grubenexplosion an das Rathaus gewandt und um Unterstützung gebeten; aber dort sagte man uns, wir müßten den ›Dienstweg‹ einhalten.«

Kane ging nun auf das Zentrum des Lagers zu, wo sich auch der Schacht mit dem Förderkorb befand. Vor dem Eingang der Zeche lagen drei mit Planen zugedeckte Leichen; zwei Männer trugen einen Schwerverletzten zum Maschinenhaus hinüber, wo er Blair und zwei Männer bei der Arbeit sehen konnte. Kane trat zu Leander und fragte:

»Wie schlimm ist es?«

»Es könnte nicht schlimmer sein«, antwortete Leander. »Es ist so viel Gas im Stollen, daß die Bergungsmannschaft bewußtlos wird, ehe sie an die Verunglückten herankommen kann. Wir können noch nicht genau sagen, was eigentlich passiert ist und wie viele tot sind, weil die Explosion sich nach innen, statt nach außen entlud. Es könnte sein, daß dort unten noch viele Männer in den Tunnels sind, die sich vor der Explosion retten konnten; jetzt aber von der Außenwelt abgeschnitten sind. Jemand soll sie aufhalten, ja?« rief Lee, ehe er zum Eingang der Zeche lief, um mit dem Förderkorb in die Grube einzufahren.

Kane stellte sich der Frau in den Weg, auf die Lee gedeutet hatte. Sie wollte zu einer halbverkohlten Leiche rennen, die soeben aus dem Schacht geborgen worden war. Sie war ein kleines, schmächtiges Ding, und er hob sie auf seine Arme. »Ich bringe Sie nach Hause«, sagte er; aber sie schüttelte nur den Kopf.

Eine andere Frau trat zu ihnen. »Ich werde mich um sie kümmern.«

»Haben Sie Brandy im Haus?« fragte Kane.

»Brandy?« fauchte ihn die Frau an. »Wir haben hier nicht einmal frisches Wasser.« Sie half Kane, die Frau zu stützen, als er sie wieder auf den Boden stellte.

Zwei Minuten später saß Kane erneut im Sattel und sprengte im Galopp den Abhang hinunter und auf Chandler zu. Er passierte Houston, die mit ihrem Fuhrwerk zur Mine unterwegs war, und sie rief ihm etwas zu. Doch er galoppierte im unvermindertem Tempo an ihr vorbei, ohne ihr eine Antwort zu geben.

Er sprengte durch die Straßen der Stadt und hätte um ein Haar ein paar Fußgänger niedergeritten, die sich ihm in den Weg stellen und ausfragen wollten. Die meisten Einwohner von Chandler standen vor ihren Häusern, blickten hinüber zu dem Berg, auf dem sich die Zeche Little Pamela befand, und ergingen sich in Vermutungen, was dort wohl passiert sein mochte.

Kane sprengte mit donnernden Hufen durch die Stadt und dann die Archer Avenue hinunter, an deren Ende sich Edans Haus befand. Auf der gegenüberliegenden Straßenseite herrschte lebhafter Betrieb vor der neuen Westfield-Klinik. Seit der Nacht, wo sie in Unfrieden auseinandergegangen waren, hatte Kane Edan nicht mehr gesehen.

Edan eilte gerade über die Veranda an der Vorderfront seiner Villa auf das gesattelte Pferd zu, das dort angebunden stand, als Kane seinen Gaul so heftig vor dem Haus zügelte, daß er mit den Vorderbeinen in die Luft stieg.

Kane sprang aus dem Sattel und war mit einem Satz oben auf der Veranda. »Ich weiß, daß du im Augenblick nicht viel übrig hast für mich; aber ich kenne niemanden sonst, der genügend Verstand besitzt, um mir organisieren zu helfen, was ich vorhabe. Deshalb bitte ich, vorübergehend deinen Ärger zu vergessen und mit mir zusammenzuarbeiten.«

»Wobei soll ich dir helfen?« fragte Edan behutsam. »Ich

wollte gerade zur Mine reiten. Jeans Onkel befindet sich dort und . . .«

»Zufällig ist das auch *mein* gottverdammter Onkel!« explodierte Kane. »Ich komme nämlich eben aus der Mine, und dort haben sie so viele Helfer, daß sie gar nicht mehr wissen, wohin damit. Aber Wasser und Lebensmittel haben sie nicht, und die Explosion hat eine Reihe von Häusern eingerissen – wenn man diese elenden Hütten überhaupt so nennen kann. Ich brauche deine Hilfe, um Lebensmittel und Unterkünfte für die Leute dort oben zu beschaffen – für die Bergungsmannschaften und die Frauen, die heulend herumstehen und nicht wissen, wie es weitergehen soll.«

Edan blickte seinem früheren Arbeitgeber eine Sekunde lang in die Augen. »Nach den telefonischen Auskünften, die Jean bekam, kann es sehr lange dauern, bis alle Opfer geborgen sind. Wir brauchen eine Menge Fuhrwerke, um die Hilfsgüter zur Mine transportieren zu können. Und wir müssen versuchen, einen Zug für die . . . Leichen zu besorgen. Heute gilt es, erst einmal Nahrungsmittel zu verteilen, die nicht gekocht werden müssen.«

Kane blickte Edan mit einem strahlenden Lächeln an. »Los – gehen wir an die Arbeit.«

Jean war in diesem Moment mit schneeweißem Gesicht auf die Veranda herausgetreten.

Edan wandte sich ihr zu. »Ich möchte, daß du Miss Emily in ihrer Teestube anrufst und ihr sagst, daß sie alle Schwestern so rasch wie möglich zu Randolphs Kaufhaus bestellen soll. Ich treffe sie dann dort. Überzeuge dich erst, daß du mit Miss Emily selbst sprichst und betone das Wort ›Schwestern‹, Jean. Das ist sehr wichtig. Hast du mich verstanden?«

Jean nickte kurz, und Edan gab ihr rasch einen Kuß, ehe er das gesattelte Pferd bestieg.

Sobald sie die Innenstadt erreicht hatten, trennten die beiden sich und suchten jeden auf, von dem sie wußten, daß er ein Fuhrwerk besaß. Die meisten Fuhrwerksbesitzer stellten ihren Wagen und ihre Gespannpferde freiwillig zur Verfügung und boten sich auch als Kutscher an. Ganz

Chandler war nun von einem Gefühl der Zusammengehörigkeit beseelt, weil die Sorge um die Mine und das Schicksal der Verunglückten sie alle vereinte.

Sechs junge Frauen warteten bereits vor Randolphs Kaufhaus, als Edan und Kane dort eintrafen. Kane brauchte ihnen nur kurz zu sagen, was in der Mine gebraucht wurde, und dann übernahmen die Ladys das Kommando. Miss Emily brüllte ihre Befehle mit der Stimme eines Feldwebels, der eine Batterie schwerer Geschütze in Stellung bringen muß.

Als die Fuhrwerke heranrollten und vor dem Lagerschuppen des Kaufhauses eine Kette bildeten, luden die Ladys Kisten mit Büchsenfleisch, Bohnen, Kondensmilch, Keksen und säckeweise frischgebackenes Brot auf. Als sich Neugierige vor dem Kaushaus versammelten, kommandierte Miss Emily sie ebenfalls zum Beladen der Fuhrwerke ab.

Edan besorgte inzwischen einen Tankwagen, der mit Trinkwasser gefüllt wurde.

Pamela Fenton kam den Hügel heruntergerannt, hielt mit der einen Hand ihren Hut fest, mit der anderen ihren Sohn Zachary. »Was können wir beide tun?« fragte sie ganz laut, Miss Emilys Befehlsstimme übertönend.

Kane blickte hinunter auf seinen Sohn, und ein Gefühl der Dankbarkeit durchströmte ihn. Sein Kind würde niemals unter lebensgefährlichen Bedingungen in den Gruben arbeiten müssen. Er legte seinem Sohn die Hand auf den Scheitel und wandte sich an Pam: »Ich möchte, daß du deine Freunde und Freundinnen zusammentrommelst, damit sie dir dabei helfen, alle Zelte zusammenzutragen, die es in dieser Stadt gibt. Fahr hinauf in mein Haus und stelle fest, was aus den großen Zelten geworden ist, die Houston für unsere Hochzeit anfertigen ließ. Dann möchte ich, daß alle diese Zelte zur Mine hinaufgebracht werden.«

»Ich glaube nicht, daß man Zach in seinem Alter schon zumuten kann, den Schauplatz eines Grubenunglücks zu besichtigen«, sagte Pam. »Manchmal sind die Opfer so . . .«

Kane hatte seit der ersten Erschütterung, die das Grubenunglück ankündigte, immer einen kühlen Kopf behalten. Doch nun ging sein Temperament mit ihm durch. »*Ihr* seid es!« brüllte er ihr ins Gesicht, »die an diesem Unglück schuld sind! Ihr Fentons habt diese Katastrophe heraufbeschworen. Wenn die Minen nicht so gefährlich wären und dein Vater sich von seinem kostbaren Geld trennen wollte, würde das alles nicht passiert sein. Dieser Junge ist *mein* Sohn, und wenn die Jungen dort oben in der Mine sterben können, ist er auch nicht zu klein dazu, sich die Toten anzusehen, die dein Vater auf dem Gewissen hat. Also mach dich an die Arbeit, Frau, und tu, was ich dir aufgetragen habe! Oder ich erinnere mich sonst, wer du bist und daß ich mir im Augenblick nichts lieber wünsche, als deinen Vater ebenfalls tot vor mir liegen zu sehen!«

Als Kane mit seiner Rede zu Ende war, sah er sich von Stadtleuten umgeben, die auf ihrem Weg durch die Straße angehalten und ihm mit offenem Mund zugehört hatten.

Edan sprang von dem ersten beladenen Fuhrwerk herunter. »Wollen wir den ganzen Tag hier herumstehen und Maulaffen feilhalten? Du!« rief er einem Jungen zu, »du nimmst die Kiste mit den Bohnen dort und lädst sie dort drüben auf den Wagen. Und du dort – du sorgst dafür, daß das Gespann nicht in den vorderen Wagen hineinläuft!«

Langsam zerstreute sich die Menge wieder und half den jungen Ladys beim Aufladen oder Pam beim Besorgen der Zelte. Doch Kanes Gedanken weilten noch immer bei den Opfern in der Grube, für die er Jacob Fenton verantwortlich machte.

Obwohl er Pam gegenüber so deutliche Worte gebraucht hatte, wollte er seinen Sohn doch mit keinem der beladenen Fuhrwerke in das Bergwerkslager fahren lassen, ehe er nicht selbst ein Gespann übernahm.

Die Sonne neigte sich schon wieder dem Horizont zu, als Kane auf den Kutschbock eines Fuhrwersk stieg und sich auf den Weg machte zur Little-Pamela-Zeche. Zach saß neben ihm, und der Junge sagte kein Wort, bis sie die Stadt hinter sich gelassen hatten.

»Hat mein Großvater tatsächlich diese Leute umgebracht? War es wirklich seine Schuld?«

Kane fing an, seinem Sohn zu erzählen, was er von Jacob Fenton hielt und daß dieser Mann so süchtig war nach dem Geld, daß er Kane um sein Erbe betrogen hatte. Doch etwas in ihm ließ ihn schon bei den ersten Sätzen verstummen. Was er dem alten Mann auch vorwerfen konnte: Jacob Fenton war der Großvater seines Sohnes, der an seinem Enkelkind hing und auf dessen Liebe sein Sohn ein Recht und einen natürlichen Anspruch hatte.

»Ich denke, die Leute lassen sich zu oft vom Geld verblenden«, sagte Kane. »Sie glauben, daß sie sich mit Geld alles, was sie im Leben brauchen, kaufen können, und deshalb wenden sie jedes Mittel an, um zu Geld zu kommen. Es stört sie nicht, daß sie betrügen oder stehlen oder einem anderen sogar dessen ganzes Vermögen wegnehmen müssen, um zu Geld zu kommen. Sie glauben, das Geld rechtfertige alles, was man tun muß, um es in seinen Besitz zu bringen.«

»Meine Mutter hat mir erzählt, daß du reicher bist als mein Großvater. Heißt das, daß du dein Geld auch gestohlen hast? Hast du andere Leute betrogen, um zu Geld zu kommen?«

»Nein«, antwortete Kane leise. »Ich schätze, ich habe großes Glück gehabt. Ich mußte nur auf mein Leben verzichten, um reich zu werden.«

Sie legten den Rest des Wege zur Mine stumm zurück, und Kane dachte wieder voller Schrecken an seinen ersten Besuch in der Grube am Morgen gleich nach der Explosion.

Vor dem Eingang der Zeche lagen diesmal acht Tote, die nicht mit Planen bedeckt waren, und im Maschinenhaus arbeiteten jetzt zwei männliche und zwei weibliche Ärzte.

Houston lief mit wirren, strähnigen Haaren und rußigen Kleidern zum Fuhrwerk, als Kane die Ladeklappe am Heck herunterließ.

»Das ist wunderbar von dir«, begann sie, als sie eine

Kiste mit Kondensmilch herunterhob und sie einer Frau, die wartend dastand, zureichen wollte: »Du hast im Grunde doch gar keinen Anteil daran. Du bist ...«

Kane nahm ihr die schwere Kiste ab. »Ich wohne hier, und wie du inzwischen weißt, bin ich eigentlich der Besitzer dieser Mine. Vielleicht hätte ich diese Katastrophe verhindern können, wenn ich sie ihm rechtzeitig weggenommen hätte. Houston, du siehst müde aus. Warum übernimmst du nicht diesen Wagen, wenn er entladen ist, fährst mit ihm nach Chandler zurück und legst dich zu Hause aufs Ohr?«

»Hier wird jeder gebraucht, Kane. Die Rettungsmannschaften müssen alle Augenblicke abgelöst werden, weil sie sonst eine Gasvergiftung bekommen. Sie haben große Schwierigkeiten, an die Verunglückten überhaupt heranzukommen ...«

»Hallo! Gib mir einen Schluck davon«, sagte eine ihnen vertraute Stimme in ihrem Rücken. Kane drehte sich um und sah, wie sein Onkel Rafe aus einem Krug mit Wasser trank.

Houston war sicher, daß sie noch nie so ein breites Lächeln auf Kanes Gesicht gesehen hatte wie in diesem Augenblick. Er schlug seinem Onkel so heftig auf den Rücken, daß ihm der Krug aus den Händen flog. Rafe machte ein paar wohlgesetzte Bemerkungen, Kanes Überschwang betreffend; doch Kane stand nur grinsend da, bis Rafe das Fluchen aufgab, Houston heimlich zublinzelte und dann wieder zu den Rettungsmannschaften vor dem Grubeneingang eilte.

Kane ging zum Zecheneingang, wo Leander, der gerade aus dem Stollen heraufgekommen war, sich mit rußgeschwärztem Gesicht an eine Wand lehnte. Er drückte Lee eine Feldflasche mit Wasser in die Hand. »Sind noch viele dort unten?«

Lee trank gierig das Wasser: »Viel zu viele.« Er hielt eine Hand in das verblassende Licht des Tages. »Die meisten sind verbrannt; und wenn du die Leichen anfaßt, bleibt dir ihre Haut an den Fingern kleben.«

Dazu konnte Kane nichts sagen; doch seine Gedanken

kreisten schon wieder um den Mann, der für dieses Unglück verantwortlich war.

»Vielen Dank für den Proviant, den Sie uns geschickt haben«, sagte Lee neben ihm. »Damit haben Sie den Leuten mehr geholfen, als Sie ahnen. Morgen werden wir noch mehr Leute verpflegen müssen – die Presse, die Verwandten der Opfer, die Bergwerksinspektoren, die Beauftragten von der Regierung und die Neugierigen. Oft vergessen die Leute in solchen Momenten, wie wichtig es ist, erst einmal für die Ernährung der vom Unglück betroffenen Menschen zu sorgen. Aber ich muß jetzt wieder hinunter in die Grube«, sagte Lee und wandte sich dem Aufzugsschacht zu.

Kane bahnte sich einen Weg durch die vor der Zeche versammelte Menge, die ständig neuen Zulauf bekam. Als er Houston und seinen Sohn gefunden hatte, hob er sie auf den Kutschbock eines leeren Frachtwagens. »Wir werden den Nachschub von Lebensmitteln organisieren«, sagte er nur, während er die Gespannpferde zur Eile antrieb. Als Houstons Kopf gegen seine Schulter sank, legte er den Arm um sie und hielt sie fest, damit sie den Rest des Weges schlafen konnte.

In Chandler schliefen Houston und Zach ein paar Stunden hinten auf der Ladefläche, während Kane und Edan die Leute in der Stadt weckten und ihnen Nahrungsmittel für die Minenopfer abkauften. Am Morgen gingen sie in die Oberschule von Chandler und baten, daß man den Schülern für diesen Tag freigab, damit sie ihnen halfen, die in der Zeche benötigten Kleider, Decken und Ausrüstungsgegenstände zu sammeln.

Ein Teil der Schüler kauften Gemüse, Marmelade und Obst, brachten die Sachen nach Hause und überredeten ihre Mutter, daraus Speisen zuzubereiten und Hunderte von Eiern abzukochen. Die anderen Schüler sammelten inzwischen Kleider, Schüsseln, Teller und Brennholz und schafften das alles zu den Sammelstellen.

Und den ganzen Tag über liefen Meldungen von der Unglücksmine in der Stadt ein: Bisher seien zweiundzwanzig Tote geborgen worden, zumeist so verbrannt, so aufgequollen, so verstümmelt, daß eine Identifizierung fast unmöglich war. Noch wurden fünfundzwanzig Bergarbeiter vermißt, die von den Bergungsmannschaften, die in zwei Schichten arbeiteten, noch im Stollen gesucht wurden. Die Rettungsmannschaften hatten bisher ein Opfer zu beklagen.

Am Mittag fuhr Kane mit einem schwerbeladenen Fuhrwerk zur Mine, und als er dort bündelweise Decken und Windeln ablud, sah er die Männer einer Rettungsmannschaft aus dem Schacht kommen. Viele von ihnen mußten sich übergeben, als sie aus dem Förderkorb stiegen.

»Es ist der Gestank«, sagte ein Mann, der Kane beim Abladen half. »Der Geruch der Toten im Stollen ist so schlimm, daß die Männer ihn nicht ertragen können.«

Einen Moment lang stand Kane wie erstarrt da und sah zu den sich erbrechenden Männern hinüber; dann lief er zu einem gesattelten Pferd, das in der Nähe angebunden war, schwang sich auf dessen Rücken und sprengte im vollen Galopp den Berg hinunter, geradewegs auf Jacob Fentons Haus zu.

Er hatte die Auffahrt der Villa nicht mehr betreten, seit ihn Fenton gefeuert und er nach Kalifornien gegangen war; aber ihm war alles noch so sehr vertraut, als hätte er das Haus niemals verlassen. Er machte sich nicht die Mühe, erst anzuklopfen, sondern trat mit dem Fuß die Bleiglasfüllung der Tür ein und ging durch die geschlossene Tür, die fast aus den Angeln fiel.

»Fenton!« brüllte er, während die Diener aus allen Richtungen herbeieilten. Zwei Lakaien packten ihn bei der Schulter, um ihn zurückzuhalten, doch er schüttelte sie ab, als wögen sie nichts. Er kannte die ungefähre Lage der Zimmer im Erdgeschoß, und als er ins Eßzimmer trat, sah er Jacob Fenton allein am Tisch sitzen und einen späten Imbiß zu sich nehmen.

Sie sahen sich einen Moment an, Kane mit kirschrotem Gesicht und vor Wut wogendem Brustkasten.

Jacob entließ die Diener mit einer Handbewegung. »Ich

kann mir nicht vorstellen, daß du zum Dinner hierhergekommen bist«, sagte er gelassen, während er sich Butter auf eine Semmel strich.

»Wie kannst du hier am Tisch sitzen, während die Leute, die du umgebracht hast, oben auf dem Berg aus der Grube geholt werden?«

»Ich bin da anderer Meinung, wenn du erlaubst. *Ich* habe sie nicht umgebracht. Tatsächlich habe ich alles getan, was in meiner Macht steht, um sie am Leben zu erhalten; doch sie scheinen eine selbstmörderische Veranlagung zu haben. Kann ich dir einen Wein anbieten? Es ist ein vorzüglicher Jahrgang.«

Kane war noch ganz erfüllt von den Eindrücken der letzten Tage. Das Wimmern der Kinder und das Weinen der Frauen lagen ihm in den Ohren, und es war ihm, während er tonnenweise Nahrungsmittel zur Unglückszeche transportierte, gar nicht bewußt geworden, daß er seit zwei Tagen nichts mehr gegessen hatte. Nun übten die Stille des Hauses, die Sauberkeit dieses Zimmers und der Geruch der Speisen eine fatale Wirkung auf ihn aus. Ihm wurde schwindlig, und er mußte sich an der Tischkante festhalten.

Jakob stand auf, goß ihm ein Glas Wein ein, zog für ihn einen Stuhl unter dem Tisch hervor und stellte das Glas vor Kanes Platz auf die Tischdecke. Kane bemerkte nicht, wie sehr Jacobs Hand zitterte, als er ihm den Wein einschenkte.

»Ist es sehr schlimm?« fragte Jacob, während er zur Anrichte ging, einen Teller nahm und ihn mit Speisen füllte.

Kane gab keine Antwort, ließ sich auf den Stuhl sinken und starrte das Weinglas an. »Warum?« flüsterte er nach einer Weile. »Wie konntest du sie nur umbringen? Was kann den Tod dieser Menschen rechtfertigen? Warum konntest du dich nicht mit dem Geld zufriedengeben, das du mir gestohlen hast? Warum mußtest du noch mehr haben? Es gibt andere Methoden, sein Geld zu vermehren.«

Jacob stellte den gefüllten Teller von Kane auf den Tisch; doch der jüngere Mann faßte ihn nicht an.

»Ich war vierundzwanzig Jahre alt, als du geboren wurdest, und ich war damals fest überzeugt, daß mir das alles auch gehörte, mit dem ich großgeworden war. Ich liebte den Mann, den ich für meinen Vater hielt . . . und ich dachte, daß auch ich ihm etwas bedeutete.«

Jacob drückte die Schultern durch. »Mit vierundzwanzig neigt man noch dazu, ein Idealist zu sein. An dem Abend, als Horace sich umbrachte, mußte ich erkennen, daß ich ihm gar nichts bedeutete. In seinem Testament stand, daß ich dein Vormund sein durfte, bis du einundzwanzig wärst, und dir dann alles zu übergeben hätte. Ich sollte dann aus dem Haus gehen – und alles, was mir dann noch gehörte, waren die Kleider auf meinem Leib. Ich glaube nicht, daß du ermessen kannst, wie sehr ich in jener Nacht den plärrenden Säugling haßte, der mein ganzes Leben ruiniert hatte. Ich glaube nicht, daß ich einen klaren Kopf hatte, als ich dich zu einer Amme auf eine Farm bringen ließ und dann die Anwälte bestach, um das Testament zu fälschen. Dieser Haß hat mich jahrelang aufrechterhalten. Ich war besessen von diesem Haß. Wenn ich ein Papier unterschrieb, dann immer in dem Bewußtsein, daß irgendwo ein Kind lebte, dem das eigentlich gehörte, was ich kaufte und verkaufte. Ich ließ dich einmal, als du noch sehr klein warst, hierherbringen, damit ich mich überzeugen konnte, daß du nicht verdient hast, was mein Vater dir hinterließ.«

Jacob setzte sich Kane gegenüber an den Tisch. »Der Arzt sagt, daß ich noch einen, höchstens zwei Monate zu leben habe. Ich habe es noch niemandem gesagt; aber irgendwie war es mein Wunsch, daß du die Wahrheit erfahren solltest, ehe ich sterbe.«

Er nahm sein volles Weinglas und nippte daran. »Der Haß schadet dem Hassenden mehr als dem Gehaßten. Die ganzen Jahre über, die du hier gewohnt hast, bist du mir täglich vor Augen gekommen, und ich war mir sicher, daß du versuchen würdest, mir abzujagen, was ich besaß. Ich lebte in der ständigen Angst, daß du die Wahrheit entdecken und mir wegnehmen würdest, was mir und meinen Kindern gehörte. Und als du Pam zur Frau haben wolltest, schien es mir so, als wären meine Ängste Wirklichkeit geworden. Später kam mir der Gedanke, daß ich die Ehe meiner Tochter mit dir als eine gerechte Lösung hätte betrachten sollen; doch damals . . . Ich glaube nicht, daß ich damals zu einem vernünftigen Gedanken fähig war.«

Jacob nahm einen tiefen Schluck aus seinem Weinglas. »Du hast nun die Beichte eines Sterbenden entgegengenommen, Taggert. Es gehört alles dir; du kannst es dir nehmen, wenn du willst. Heute morgen habe ich meinem Sohn die Wahrheit erzählt, so daß er weiß, wer der wahre Eigentümer meines Vermögens ist; denn ich habe nicht mehr die Kraft oder den Willen, dich noch länger zu bekämpfen.«

Kane lehnte sich auf seinem Stuhl zurück, und als er nun den Mann, der ihm gegenübersaß, betrachtete und die graue Verfärbung der Haut bemerkte, wurde ihm deutlich, daß er diesen Mann nicht mehr haßte. Houston hatte zu ihm gesagt, daß der Haß auf Jacob Fenton ihm die Kraft gegeben habe, sich zu erwerben, was er nun besaß, und vielleicht hatte sie damit recht. Tatsächlich hatte sie ihn auf das Unrecht hingewiesen, das Horace damit beging, als er Jacob enterbte.

Kane nahm nun auch einen Schluck von dem Wein, der vor ihm stand, und blickte auf den Teller. »Warum mußtest du die Bergleute hungern lassen, um dein Vermögen zu vergrößern?«

»Die Bergleute hungern lassen?« keuchte Jacob, während ihm die Augen aus den Höhlen traten. »Ist denn keinem Menschen auf dieser Welt klar, daß ich mit den Bergwerken so gut wie nichts verdiene? Was mir Geld einbringt, sind einzig und allein meine Eisenhütten in Denver; doch alle Welt sieht nur die armen geschundenen Bergleute und beschuldigt mich, ein Satan zu sein.«

Er stand auf und begann, im Zimmer auf- und abzuwandern. »Ich muß die Bergwerkslager mit Zäunen umgeben und bewachen lassen, oder die Gewerkschaftler dringen dort ein und wiegeln die Bergarbeiter auf, daß sie höhere Löhne von mir verlangen und kürzere Arbeitszeiten. Weißt du, was sie von mir fordern? Sie wollen einen Schiedsmann wählen, der die Gewichte überprüft. Hör zu – ich weiß so gut wie jeder andere, daß die Waagen nicht stimmen und die Bergleute mehr Kohle hauen, als man ihnen gutschreibt; aber wenn ich ehrlich wäre und ihnen tatsächlich bezahlte, was sie sich verdient haben, würde ich einen höheren Preis für die Tonne Kohle verlangen müssen. Und dann wäre ich nicht mehr konkurrenzfähig, würde keine Lieferverträge mehr bekommen, und die Leute wären ihre Arbeit los. Wem schadet es also am meisten, wenn ich einen Schiedsmann für die Waagen wählen ließ? Ich kann jeden Tag Hunderte von Bergarbeitern bekommen; aber ich glaube nicht, daß sie so leicht einen Job finden werden.«

Kane blickte den älteren Mann einen Moment schweigend an. »Wie steht es mit der Sicherheit in den Stollen? Wie ich hörte, verwenden sie verdorbenes Holz beim Abteufen der Stollen und . . .«

»Einen Teufel tun sie. Die Bergleute haben eine eigene Standesehre. Du kannst deinen Onkel fragen, ob ich nicht recht habe. Sie prahlen damit, daß sie dir genau sagen können, wie weit sie einen Stollen aushauen können, ehe die Decke einbricht. Ich habe meine Bergwerksinspektoren, die jeden Tag mit in die Grube fahren, und sie berichten mir, daß die Leute sich nicht die Zeit nehmen, jeden Stollenabschnitt auch vorschriftsmäßig abzustützen.«

Kane nahm die Gabel hoch, die neben dem Teller lag, und begann langsam zu essen. Doch dann merkte er, daß er einen rasenden Hunger hatte, und begann, das Essen in sich hineinzuschaufeln.

»Du bezahlst ihnen nicht die Zeit, die sie brauchen, um einen Stollen zu verschalen, nicht wahr? Sie werden nach dem Gewicht der Kohle bezahlt, die sie fördern, richtig?«

Jacob nahm wieder Kane gegenüber am Tisch Platz und legte sich eine dicke Scheibe Roastbeef auf den Teller. »Ich gebe ihnen einen Vertrag als Subunternehmer, und es ist Sache jedes einzelnen, wie er seinen Vertrag zu erfüllen gedenkt. Weißt du, daß ich Leute dafür bezahle, die Helme der Bergleute zu überprüfen? Diese Idioten klappen im Stollen ihren Gesichtsschutz hoch, zünden sich eine Zigaretten an und sprengen damit das ganze Bergwerk in die Luft. Der Inspektor hat sich zu vergewissern, daß der Gesichtsschutz festgeschweißt ist, damit die Leute sich nicht gegenseitig umbringen.«

Kane, der den Mund voll hatte, gestikulierte mit seiner Gabel. »Auf der einen Seite behandelst du die Bergarbeiter wie unmündige Kinder und sperrst sie in ein Lager ein, und auf der anderen Seite sind sie für dich wieder vollverantwortliche Subunternehmer, die ihr Risiko selbst tragen müssen . . . Wie nennt man das, wenn du arbeiten mußt und für deine Arbeit nicht bezahlt wirst?«

»Arbeitsbeschaffungsmaßnahme«, sagte Jacob. »Ich tue mein Bestes, den Bergleuten die Arbeitsplätze zu erhalten. Ich würde gern meine Kohle von einem anderen Unternehmer kaufen und mich nur auf die Stahlerzeugung beschränken; aber ich könnte es nicht ertragen, so viele Leute auf die Straße zu werfen. Jedesmal, wenn so etwas wie dort passiert«, er deutete in die Richtung der Little-Pamela-Zeche, »nehme ich mir vor, meine Gruben zu schließen. Es gibt eine riesige Konkurrenz auf dem Kohlemarkt, die sofort bereit ist, meine Stahlwerke in Denver zu beliefern, und ich könnte alle siebzehn Zechen im Umkreis von Chandler schließen, ohne daß das Einfluß auf den Markt hätte. Aber weißt du, was aus dieser Stadt würde, wenn ich die Zechen schlösse? In zwei Jahren wäre Chandler eine Geisterstadt.«

»Wenn man dir zuhört, bist du also der Wohltäter dieser Stadt.«

»In gewisser Weise bin ich das auch«, sagte Jacob selbstgefällig.

»Ich würde denken, daß du auch deinen Aktionären etwas bezahlst, nicht wahr?«

»Nicht so viel, wie ich gerne möchte; aber auch da tue ich mein möglichstes.«

Kane wischte inzwischen mit einer Brotrinde seinen zweiten Teller ab. »Dann wird es höchste Zeit, daß du anfängst, mehr zu tun als nur dein möglichstes. Ich besitze zufällig auch etwas Geld, und es könnte mir einfallen, es dafür zu verwenden, ein paar Klagen gegen die Eigentümer von Fenton Coal and Steel bei Gericht einzureichen. Und ich könnte mir vorstellen, daß die gesamte Produktion – Stahlherstellung und Kohleförderung – eingestellt werden müßte, solange diese Klage bei Gericht verhandelt wird.«

»Aber das würde Chandler ruinieren! Du könntest doch nicht ...«

»Ich habe irgendwie das Gefühl, daß die Eigentümer von Fenton Coal and Steel aus eigenem Interesse so etwas unter allen Umständen verhindern möchten.«

Jacob blickte Kane ein paar lange Sekunden an. »Also gut – was verlangst du von mir?«

»Wenn die Männer Inspektoren brauchen, um sie vor sich selbst zu schützen, möchte ich, daß diese Inspektoren eingestellt werden. Und ich möchte, daß die Kinder aus den Gruben verschwinden.«

»Aber gerade die Kinder können dank ihrer kleinen Statur an Stellen vordringen, wo die Erwachsenen nicht hinkommen!« protestierte Jacob.

Kane warf ihm nur einen kühlen Blick zu und ging dann zum nächsten Punkt über, wobei er sich an alles zu erinnern versuchte, was Houston ihm von den Problemen der Bergarbeiter erzählt hatte. Jacob erhob gegen jeden dieser Punkte Widerspruch, angefangen bei den rollenden Bibliotheken – »das Lesen macht sie nur unzufrieden« – und den regelmäßigen Gottesdiensten – »und dafür Geistliche aller Konfessionen einstellen, die ich bezahlen soll? Wir würden einen Religionskrieg anzetteln, wenn wir sie alle zu dem gleichen Gottesdienst schickten« – bis hin zu den besseren Unterkünften, wozu Jacob bemerkte, daß gerade die Bergleute, die in den Hütten vegetieren, am gesündesten wohnten, weil durch die Ritzen ständig frische Luft in die Behausung käme.

Sie redeten und stritten den ganzen Nachmittag, wobei Jacob ununterbrochen Kanes Weinglas nachfüllte. Gegen vier Uhr nachmittags wurde Kanes Rede zunehmend verschwommener, und manchmal fiel ihm sogar der Kopf auf die Brust hinunter. Als er schließlich mitten in seinem Vortrag einschlief, daß die Gewerkschaften vielleicht gar nicht so übel wären, wie Jacob Fenton zu glauben schien, stand der ältere Mann auf und blickte auf Kanes mächtigen Körper hinunter, der nun in einem Sessel hingestreckt lag.

»Wenn ich einen Sohn wie dich gehabt hätte, hätte ich die Welt erobern können«, murmelte er, ehe er das Eßzimmer verließ und einem Diener befahl, eine Decke zu holen und sie über den schlafenden Gast im Eßzimmer zu breiten.

Es war schon später Abend, als Kane wieder erwachte – steif und wund vom Schlafen im Sessel –, und einen Moment lang wußte er überhaupt nicht, wo er sich befand. Es war dunkel im Zimmer; doch auf dem Tisch konnte er die Umrisse eines Päckchens erkennen und wußte sofort, daß es belegte Brötchen enthalten müsse.

Lächelnd schob er das Päckchen in die Rocktasche und verließ das Haus. Irgendwie fühlte er sich so befreit wie seit Jahren nicht mehr, und als er zum Bergwerk zurückritt, wurde er von der Hoffnung erfüllt, daß sein Leben von nun an anders verlaufen würde als bisher.

Am Zecheneingang wollte Reed Westfield, Anwalt und Leanders Vater, gerade in den Förderkob steigen, der ihn zusammen mit einem anderen Mann von der Bergungsmannschaft wieder in die Grube hinunterbringen sollte. Kane faßte den Mann, der Reed Westfield begleiten wollte, am Kragen. »Besorgen Sie sich etwas zu essen. Ich fahre an Ihrer Stelle in die Grube ein.«

Als der Förderkorb im Schacht nach unten glitt, erzählte Kane in knappen Worten dem Anwalt die Geschichte von Jacob Fentons Besitz, dessen rechtmäßiger Eigentümer eigentlich er, Kane Taggert, war.

»Ich möchte nicht, daß dieser Erbschaftsbetrug noch länger wie ein Damoklesschwert über dem Kopf dieses Mannes schwebt, und ich brauche dieses Geld auch nicht. Ich möchte, daß Sie mir ein Dokument aufsetzen, in dem ich erkläre, daß ich alles, was ich geerbt habe, auf Jacob Fenton übertrage, und daß er dieses Vermögen vermachen kann, wem er will. Und ich möchte, daß dieses Dokument rasch ausgefertigt wird; denn der alte Mann hat nicht mehr lange zu leben.«

Reed blickte Kane mit müden, entzündeten Augen an und nickte. »Ich habe eine Kanzlei voller Angestellter, die nicht viel zu tun haben. Ist morgen früh früh genug?«

Kane brachte als Antwort auch nur ein kurzes Nicken zustande; denn je tiefer sie in den Schacht vordrangen, um so schlimmer wurde der Gestank.

Kapitel 30

Am dritten Tag nach der Explosion waren insgesamt achtundvierzig Tote aus der Grube geborgen worden, und sieben Bergleute wurden noch vermißt. Am Nachmittag des zweiten Tages hatte man vier Tote gefunden, die auf den Knien lagen und sich den Mund zuhielten. Diese Männer hatten die eigentliche Explosion überlebt; doch danach waren sie in den Gasen des Schwelbrandes erstickt.

In der Stadt waren die Auslagen der Geschäfte mit Trauerflor versehen, und Fahnen hingen auf halbmast. Als die Särge in nicht enden wollender Reihe durch die Straßen gefahren wurden, nahmen die Stadtleute ihre Hüte ab und senkten den Kopf.

Der Verlobte von Sarah Oakley war auf dem Heimweg von der Mine umgekommen, wo er bei der Bergung seiner Kameraden im Stollen mitgeholfen hatte. Zu müde, um auf seine Umgebung zu achten, hatte er den Zug nicht gesehen oder gehört, als er die Schienen überquerte, und war von der Lokomotive erfaßt und auf der Stelle getötet worden.

Leander und Kane, von Edan unterstützt, hatten eine Sanitätsstation für die Bergwerksleute verlangt und die Zusage erhalten, daß diese auf einem Grundstück errichtet werden sollte, das Jacob Fenton dafür gestiftet hatte. Niemand wagte es laut zu sagen; doch jeder war davon überzeugt, daß Kane in Jacob Fentons Haus gegangen war, um ihn zur Schenkung dieses Grundstücks zu zwingen.

Houston verbrachte den ganzen Tag auf Beerdigungen, versuchte Witwen zu trösten und sorgte dafür, daß die Kinder genug zu essen hatten.

»Ich denke, in diesem Papier ist alles festgehalten, was Sie mir gestern angedeutet haben«, sagte Reed Westfield, als sie vor dem Eingang der Zeche standen, und drückte Kane ein Dokument in die Hand. »Wenn die Bergungsarbeiten abgeschlossen sind, kann ich Ihnen ein längeres Dokument ausfertigen; aber dieses erfüllt jedenfalls alle rechtlichen Ansprüche.«

Kane überflog den Inhalt des Dokuments und erkannte rasch, daß darin alle Eigentumsrechte an dem Besitz der Fentons auf Jacob Fenton übertragen wurden, der darüber nach Belieben verfügen konnte.

»Wenn Sie das unterschreiben wollen, werde ich es als Notar beglaubigen und bei Gericht als Urkunde hinterlegen. Ich habe eine Kopie bei mir, die Sie Fenton aushändigen können.«

Kane lächelte Reed zu. »Vielen Dank«, sagte er, während er den Füllfederhalter nahm, den der Anwalt ihm hinreichte. Er unterschrieb das Original und steckte die Kopie in die Tasche. »Ich glaube, ich sollte ihm dieses Papier sofort überbringen. Vielleicht entschädigt ihn das für das Grundstück, das er für die Krankenstation gestiftet hat, und ich könnte ihm auch noch nahelegen, daß er die Bergleute in den Erste-Hilfe-Maßnahmen zur Rettung von Verunglückten im Untertagebau ausbilden lassen sollte.«

Reed gab Kanes Grinsen zurück. »Ich glaube fast, Jacob Fenton wäre finanziell besser gestellt, wenn Sie ihm nicht das Recht auf sein Vermögen übertragen hätten.«

Als Kane wieder den Hügel hinunterritt, um Fenton die Übertragungsurkunde zu bringen, blickte er sich im Lager um und dachte an die Schrecken der letzten Tage. Es gab immer noch eine Menge zu tun, und er hatte auch schon ein paar Ideen, wie man solche Schlagwetterexplosionen in Zukunft verhindern und bei einem Grubenunglück die Rettungsmaßnahmen beschleunigen und verbessern konnte. Er würde seine Ideen Edan vortragen und ihn um seine Meinung dazu bitten. Und Leander hatte dazu gewiß Vortreffliches beizusteuern. Selbst Fenton konnte dabei nützlich sein. Wenn Kane an Jacobs bevorstehenden Tod dachte, empfand er jetzt sogar Trauer. Schließlich war er in dessen Nähe aufgewachsen und hatte ihn bis zu seinem achtzehnten Lebensjahr fast täglich gesehen. Und nun würde Zachary der Besitzer der Minen werden – nach Marc natürlich. Irgendwie schien keiner an Marc zu denken, wenn von dem Besitz und Erben die Rede war.

Als er die Auffahrt zu der alten Fenton-Villa hinaufritt, sah er die Haustür weit offen stehen. Der Pfosten war repariert und die Glasfüllung, die er tags zuvor eingetreten hatte, ersetzt worden; doch nun stand sie weit offen.

Er stieg vom Pferd, rief laut, als er das Haus betrat, bekam jedoch keine Antwort. Jacobs Büro ging nach hinten hinaus, und Kane erinnerte sich, daß er zum letzten Mal in diesem Büro gewesen war, als Jacob ihn feuerte, weil er Pam heiraten wollte. Als er die Übertragungsurkunde auf den Schreibtisch legte, überlegte er, wie sein Leben wohl verlaufen würde, wenn er Pam geheiratet und keine Chance gehabt hätte, sich selbst ein Vermögen zu schaffen. Auf jeden Fall wäre er dann jetzt nicht mit Houston verheiratet.

Bei diesem Gedanken fragte er sich wieder einmal, ob Houston ihn auch geheiratet hätte, wenn er nicht in vielfacher Millionär gewesen wäre.

Er rief wieder laut nach Fenton, und als er keine Antwort bekam, verließ er diesmal das Haus durch die Küche – für ihn ein sehr vertrauter Weg. Auch in der Küche war niemand, und die Hintertür stand ebenfalls offen. Als er sich dem Hofausgang näherte, sah er die schmale Dienstbotentreppe, die zum Oberstock hinaufführte.

Als er im Stall dieses Hauses aufwuchs, hatte er immer

den Oberstock der Villa besichtigen wollen, hatte zuweilen sogar davon geträumt, eines Tages dieses Haus selbst zu besitzen.

Er lachte bei dem Gedanken, daß er sein Haus nur gebaut hatte aus Wut darüber, daß er den Oberstock der Villa Fenton nie hatte betreten dürfen.

Er legte eine Hand auf das Treppengeländer, und seine Neugierde siegte über seinen gesunden Menschenverstand. Zwei Stufen auf einmal nehmend, eilte er wie ein Dieb, der sich nicht erwischen lassen wollte, die Treppe hinauf, ging den Korridor hinunter und blickte in die Schlafzimmer. Sie waren sehr gewöhnlich eingerichtet mit schweren geschnitzten, dunklen Möbeln und unschönen Gardinen und Tapeten. »Houston hat einen weitaus besseren Geschmack«, murmelte er und lachte dann über seinen Snobismus.

Er lächelte noch immer in sich hinein, als er zum Kopfende der Vordertreppe gelangte. Da erlosch sein Lächeln sofort.

Am Fuß der Treppe lag Jacob Fenton – in unnatürlicher Haltung, offenbar von einem tödlichen Schlaganfall überwältigt.

Kanes erste Reaktion war ein Bedauern, daß er nun doch zu spät gekommen war und Jacob nicht in dem Bewußtsein hatte sterben können, daß der Besitz, um den er sein Leben lang gekämpft hatte, ihm endlich auch rechtmäßig gehörte. Und dann mischte sich Trauer in dieses Bedauern. In all den Jahren, die er in New York geschuftet und zielstrebig an dem Aufbau eines Vermögens gearbeitet hatte, hatte er immer nur die Zeiten vor Augen gehabt, in denen er Fentons Reitstiefel geputzt hatte. Doch nun fielen ihm auch die Tage ein, an denen er Jacob hart zugesetzt, ihn vor seinen Gästen in Verlegenheit gebracht und mit ihm gestritten hatte, wann er seine eigenen Pferde benützen durfte und wann nicht. Und die Nachmittage, wo er die Köchin bezirzt und dazu überredet hatte, Zwiebeln an die Soßen zu tun, obwohl sie beide wußten, daß Jacob von Zwiebeln solche Magenbeschwerden bekam, daß er die ganze Nacht nicht schlafen konnte.

Langsam stieg Kane die Vordertreppe hinunter, doch er hatte erst zwei Stufen genommen, als Marc Fenton und fünf seiner jungen Freundinnen und Freunde in die Halle hereinstürmten. Nach dem Zustand ihrer Kleider und dem lauten Ton ihrer Stimmen zu schließen, kamen sie gerade von einer Zechtour zurück, die offenbar die ganze Nacht gedauert hatte.

»Wenn Taggert glaubt, er könnte mir *mein* Erbe wegnehmen«, hörte Kane Marc Fentons trunkene Stimme, »wird er sich mit mir streiten müssen. Und niemand wird einem Taggert mehr glauben als mir.«

Die beiden jungen Frauen – die eine im gelben Seidenkleid mit roter Federboa, die andere ebenfalls in gelber Seide, aber mit vier Pfaunenfedern im Haar – und die drei jungen Männer waren absolut seiner Meinung.

»Wo steht denn der Whisky, Liebling?« fragte eine der beiden Frauen.

Da kamen sie zur Treppe und blieben alle auf einmal stehen, um auf den Toten hinunterzustarren. Es war Marc, der als erster in die Höhe blickte und Kane am Kopfende der Treppe stehen sah.

»Ich wollte deinen Vater besuchen . . .« begann Kane, doch Marc gab ihm keine Chance, den Satz zu beenden.

»Mörder!« kreischte Marc und nahm zwei Stufen mit einem Satz.

»Moment mal!« rief Kane; doch niemand schenkte seinen Worten die geringste Beachtung, als die anderen drei Männer ihn ebenfalls ansprangen. Alle fünf Männer rollten nun die Stufen hinunter, und Kane dachte, da er der einzige Nüchterne von ihnen war, würde er auch der einzige sein, der dabei verletzt wurde. Trotz der Tatsache, daß einer gegen vier kämpfen mußte, gewann er rasch die Oberhand.

Doch dann schlug eine der beiden Damen Kane von hinten mit einer Messingstatue von David, der gerade seine Schleuder mit einem Stein laden wollte, über den Kopf.

Die vier Männer erhoben sich schwankend vom Boden und blickten auf den bewußtlosen Kane hinunter.

»Was machen wir jetzt?« flüstete eine der beiden jungen Damen.

»Wir hängen ihn auf!« rief Marc und begann, Kane in die Höhe zu ziehen. Da er aber damit keinen großen Erfolg hatte und ihm die anderen nicht helfen wollten, blickte er mit flehenden Augen zu ihnen hoch und sagte: »Er hat meinen Vater umgebracht.«

»So viel Whisky gibt es nicht auf der Welt, wie ich schlucken müßte, um so besoffen zu sein, daß ich einen so reichen Mann wie ihn aufhängen würde«, sagte einer von den jungen Männern. »Wir bringen ihn ins Gefängnis, solange er bewußtlos ist. Soll der Sheriff sich mit ihm befassen.«

Es gab zwar noch Proteste von Marc; aber er war viel zu betrunken, um seinen Willen durchsetzen zu können. Und so mühten sie sich nun alle vier, den Bewußtlosen aufzuheben und zu der Kutsche zu tragen, die noch draußen in der Einfahrt stand. Nicht einer von ihnen schien einen zweiten Gedanken an Jacob Fenton zu verschwenden, den sie am Fuß der Treppe liegen ließen hinter der weit offenen Haustür.

»Hier – trink das«, sagte Edan und hob Kanes Kopf an.

Stöhnend versuchte Kane, sich aufzusetzen; doch die Kopfschmerzen waren so stark, daß er sich gegen die Zellenwand lehnen mußte. »Was ist passiert?« Er blickte hinauf zu Edan, Leander und den Sheriff, die sich alle drei über ihn beugten.

»Es war alles ein Mißverständnis«, begann Lee. »Ich habe dem Sheriff von dem Dokument erzählt und warum du Fenton heute morgen besuchen wolltest.«

»War er tatsächlich tot?« fragte Kane. »Es sah so aus, als ich zur Treppe kam und ihn unten liegen sah.« Kane ruckte mit dem Kopf in die Höhe, was die Schmerzen nicht gerade milderte. »Das letzte, an das ich mich erinnern kann, ist

Marc Fenton, der mich mit ein paar Betrunkenen anfiel und die Treppe hinunterzog.«

Edan setzte sich auf den Rand der Koje, auf der Kane ausgestreckt lag. Rechts von ihm waren Gitterstäbe, die die Zelle von einem Korridor trennten. »Soweit wir den Hergang der Ereignisse rekonstruieren können, haben die Dienstboten drei Minuten, ehe du das Haus betreten hast, Jacob Fenton tot am Fuß der Treppe gefunden. Aus irgendeinem Grund beschlossen sie alle, Hilfe herbeizuholen, und ließen die Türen offen und den Toten allein im Haus zurück. Dann kam Marc mit seinen Freunden und Freundinnen von einer nächtlichen Zechtour nach Hause und sahen dich am Kopfende der Treppe stehen. Sie glaubten, du hättest Jacob Fenton die Treppe hinuntergestoßen. Du hast Glück gehabt; denn Marc wollte dich am Balkongeländer über der Haustür aufhängen.«

Kane rieb sich die Beule auf seinem Hinterkopf. »Aufhängen kann auch nicht schlimmer sein als das da«, ächzte er.

»Sie können selbstverständlich jederzeit nach Hause gehen, Mr. Taggert«, sagte der Sheriff. »Und ich würde Ihnen empfehlen, sich von hier zu entfernen, ehe Ihre Frau von Ihrem Aufenthalt im Gefängnis erfährt. Frauen können sehr laut werden, wenn ihre Ehemänner hinter schwedischen Gardinen sitzen.«

»Nicht Houston«, sagte Kane. »Sie ist eine wahrhaftige, unverfälschte Lady. Sie würde selbst dann nicht laut werden, wenn sie mich am Balkongeländer baumeln sieht.« Noch während er diesen Satz sagte, kam ihm ein anderer Gedanke: Wie *würde* Houston reagieren, wenn sie glaubte, er habe tatsächlich einen Mord begangen? Hatte er nicht einmal gehört, daß der Staat das gesamte Vermögen eines Mörders beschlagnahmte? Oder war es vielmehr so, daß der Mörder sein Opfer nicht beerben durfte?

»Wie viele Leute wissen von diesem Mißverständnis?« fragte Kane. »Fentons Diener können zwar meine Unschuld bezeugen; aber hat sich diese Tatsache schon in der Stadt herumgesprochen?«

»Ich habe Lee sofort angerufen, als ich sah, wie der junge Fenton Sie bewußtlos aus der Kutsche zog«, sagte der Sheriff verdutzt.

»Die Leute sind viel zu sehr mit der Grubenexplosion beschäftigt, um sich für die Neuzugänge im Knast zu interessieren«, sagte Leander. »Alle Reporter sind oben in der Little Pamela versammelt und suchen nach immer neuen Möglichkeiten, verstümmelte Leichen zu beschreiben«, setzte er mit einer Grimasse hinzu.

»Was hast du vor?« fragte Edan mißtrauisch.

Kane schwieg einen Moment. »Sheriff, haben Sie etwas dagegen, wenn ich noch über Nacht in Ihrer Zelle bleibe? Ich möchte meiner Frau einen kleinen harmlosen Streich spielen.«

»Einen Streich?« wiederholte der Sheriff. »Frauen haben im allgemeinen keinen Sinn für so was, und wenn der Streich noch so gut und harmlos ist.«

Kane blickte zu Edan und Lee hinauf. »Kann ich mich darauf verlassen, daß ihr beiden vierundzwanzig Stunden den Mund halten könnt?«

Edan stand von der Koje auf und sagte, als er Lees befremdetes Gesicht sah: »Ich vermute, er will herausfinden, ob Houston zu ihm hält, wenn er ihr sagt, daß man ihm wahrscheinlich als Mörder den Prozeß machen wird. Habe ich recht?«

Kane fing an, die Spinnweben in einer entfernten Ecke der Zelle zu betrachten. »So etwas Ähnliches«, murmelte er.

Lee und der Sheriff räusperten sich.

»Ich bin weit davon entfernt, mich in die Herzensangelegenheiten anderer Leute einzumischen«, sagte der Sheriff. »Wenn Sie sich in diesem Gefängnis häuslich einrichten wollen, Mr. Taggert, sind Sie natürlich mein Gast; aber die Stadt Chandler wird Ihnen dafür eine Rechnung präsentieren, als wären sie im feinsten Hotel von San Francisco abgestiegen.«

»Kann ich nicht verübeln«, antwortete Kane. »Lee? Edan?«

Leander zuckte nur mit den Achseln. »Das ist deine Sache. Ich habe Houston fast mein ganzes Leben lang gekannt und weiß dennoch nicht, was für ein Mensch sie ist.«

Edan blickte Kane eine lange Sekunde an. »Wenn Houston diese Probe besteht – und sie wird sie bestehen –, wirst du dann endlich dein krankhaftes Mißtrauen aufgeben, damit wir wieder zu unserer Arbeit kommen? Vanderbilt hat inzwischen bestimmt die ganze Hafenfront von New York aufgekauft.«

Kane zog scharf die Luft ein. »Nun, dann kann er ja morgen anfangen, sie an uns zurückzuverkaufen. Sobald ich aus diesem Gefängnis entlassen werde«, sagte er grinsend hinzu.

Als die Männer die Zelle wieder verlassen hatten, lehnte sich Kane auf seiner Pritsche zurück und schlief ein.

Houston hatte ein drei Monate altes Baby auf ihrem Schoß und versuchte, es in den Schlaf zu wiegen. Im Bett neben ihr schliefen ein zweijähriges und ein vierjähriges Mädchen. Sie gehörten zu den vielen Kindern, die in den letzten Tagen ihre Väter verloren hatten. Die Mütter der Kinder waren außer sich, weil sie nicht wußten, wie sie sich und ihre Kleinen in den nächsten Jahren versorgen sollten. Houston, Blair und noch ein paar Mitglieder der Schwesternschaft hatten eine Kampagne gestartet, um für die Witwen der Grubenkatastrophe in den Geschäften und Kaufhäusern von Chandler einen Job zu besorgen, und Houston gehörte zu den Freiwilligen, die sich für einen privaten Kinderhort für berufstätige Frauen zur Verfügung gestellt hatten – ein Modell, das Blair in Pennsylvanien kennengelernt hatte.

Als der Gehilfe des Sheriffs in das kleine Haus kam und nach ihr fragte, hatte sie keine Ahnung, was er von ihr wollte.

»Ihr Mann ist wegen Mordes an Jacob Fenton festgenommen worden«, sagte der junge Mann.

Es dauerte eine Sekunde, ehe diese Nachricht in ihr

Bewußtsein drang. Dann war ihr erster Gedanke: Kanes Temperament war also doch noch mit ihm durchgegangen, nachdem er jahrelang nur für seine Rache gelebt hatte.

»Wann?« brachte sie endlich über die Lippen.

»Heute vormittag. Ich war nicht im Dienst, also kann ich Ihnen nichts über die näheren Umstände sagen. Doch jeder in der Stadt weiß, daß er Jacob Fenton den Tod gewünscht hat. Nicht, daß ihm das jemand verübelt; denn wir alle kannten Fenton als gerissenen alten Gauner. Doch das wird Taggert nicht viel helfen. Ob man nun einen bösen oder guten Mann umgebracht hat – baumeln muß man dafür in jedem Fall.«

Houston musterte ihn mit ihrem eisigsten Blick. »Ich möchte Sie ersuchen, meinen Mann nicht zu richten und zu verurteilen, ehe Sie die Fakten nicht kennen.« Sie drückte dem jungen Mann den Säugling in die Arme. »Sie hüten hier so lange die Kinder, bis ich meinen Gatten besucht habe.«

»Das kann ich nicht tun, Blair-Houston. Ich bin Hilfssheriff und werde für diese Arbeit von der Stadt bezahlt.«

»Ich hatte eher den Eindruck, daß Sie sich für einen Richter halten. Sie müssen dem Kleinen die Windeln wechseln, wenn sie naß sind, und wenn die anderen beiden Kinder aufwachen, müssen Sie sie füttern und unterhalten, bis die Mutter in ungefähr zwei Stunden wieder nach Hause kommt.«

»In zwei Stunden!« hörte sie den Jungen jammern, als sie aus dem Zimmer lief.

Houstons Kutsche wartete vor der Hütte, und sie legte den Weg zum Knast in Rekordzeit zurück. Das kleine, aus Feldsteinen errichtete Gefängnis war am entfernten Stadtrand in einen Hügel eingebaut. Es diente größtenteils Leuten als Unterkunft, die am Wochende volltrunken aufgegriffen wurden und am Sonntag in einer Zelle ihren Rausch ausschliefen. Die wirklich kriminellen Fälle wurden in der Regel nach Denver gebracht und dort abgeurteilt.

»Guten Morgen, Miss Blair-Houston«, sagte der Sheriff,

der hastig seine Zeitung weglegte und hinter seinem Schreibtisch aufstand.

»Mrs. Taggert«, verbesserte sie ihn. »Ich möchte gern meinen Mann sprechen. Und zwar sofort.«

»Ja, natürlich, Mrs. Westfield-Taggert«, sagte der Sheriff und nahm ein Schlüsselbund von einem Nagel an der Wand.

Kane schlief auf seiner Koje, und Houston sah das gestockte Blut an seinem Hinterkopf. Sie ging zu ihm und berührte sein Gesicht, als sie hörte, daß die Zellentür hinter ihr wieder abgeschlossen wurde.

»Kane, mein Liebling, was haben sie mit dir gemacht?« Sie begann, sein Gesicht mit Küssen zu bedecken, und davon wachte er auf.

»Oh, Houston«, sagte Kane, während er sich den Hinterkopf rieb. »Was ist denn passiert?«

»Du erinnerst dich nicht? Die Leute behaupten, du hättest Jacob Fenton umgebracht. Das hast du doch nicht getan, nicht wahr?«

»Teufel, nein!« entfuhr es ihm, und dann schwieg er wieder still, als Houston sich auf den Boden kniete und ihren Kopf in seinen Schoß legte. »Wenigstens glaube ich nicht, daß ich es gewesen bin. Ich ... äh ... ich kann mich nicht mehr so genau erinnern.«

Die Wange gegen seinen Schenkel gelehnt, seine Hand in ihren Haaren, war sie entschlossen, ihm nicht zu zeigen, wie groß ihre Angst war. »Erzähle mir, woran du dich erinnerst.«

Er begann langsam und stockend zu berichten:

»Ich wollte Fenton besuchen; doch es war niemand zu Hause. Ich ging deshalb in das obere Stockwerk, um ihn dort zu suchen. Und als ich vorn zur Treppe komme, sehe ich ihn unten in der Halle neben der ersten Stufe liegen. Er war tot. Und in der nächsten Sekunde kommt Marc Fenton mit ein paar Freunden in die Halle hereingestürmt, und sie fangen an zu brüllen, ich hätte ihn umgebracht. Es gab eine Schlägerei, und jemand hat mich mit einem harten Gegenstand auf den Kopf geschlagen. Dann bin ich erst wieder hier in der Zelle aufgewacht. Ich glaube, ich habe noch gehört, daß sie mich lynchen wollten.«

Houston blickte mit ängstlichen Augen zu ihm hoch. Nach einer Weile stand sie auf und wanderte in der Zelle auf und ab. »Das ist eine schwache Geschichte.«

»Schwach!« keuchte Kane und beruhigte sich dann wieder. »Houston, Liebling, das ist die Wahrheit! Ich schwöre es!«

»Außer dir ist niemand im Haus gewesen? Du hast keine Zeugen, daß Fenton bereits tot war, als du ihn besuchen wolltest?«

»So war es nicht. Ich meine, es hat vermutlich niemand gesehen, wann ich Fentons Haus betreten habe. Aber vielleicht gibt es Zeugen, die bestätigen können, daß er schon vorher tot war.«

»Das ist kein Beweis. Wenn jemand tatsächlich gesehen hat, wie er starb, wäre das etwas anderes. Aber du könntest dich ja schon ein paar Stunden vorher in einem Schrank versteckt haben. Gibt es einen Zeugen, der gesehen hat, wie Fenton starb?«

»Ich ... ich weiß es nicht. Aber, Houston ...«

»Kane«, sagte sie leise und blickte ihn wieder an. »Warum bist du in Mr. Fentons Haus gegangen? Du hattest dir doch nicht vorgenommen, ihn umzubringen, oder doch?«

»Teufel, nein«, sagte er rasch. »Ich habe mir von Mr. Westfield ein Dokument aufsetzen lassen, in dem steht, daß ich auf alle meine Ansprüche, das Vermögen von Jacob Fenton betreffend, verzichte, und ich wollte Fenton dieses Dokument überbringen. Worüber ich aber jetzt mit dir reden wollte, ist *mein* Geld. Falls sie mich verurteilen, werden sie alles beschlagnahmen, was ich besitze. Du wirst nicht nur eine Witwe, sondern auch so arm wie eine Kirchenmaus sein. Du hast nur eine Chance, etwas von diesem Geld zu retten – du mußt mich verlassen, ehe sie mir den Prozeß machen. Wenn du das tust, kann Westfield es so hinbiegen, daß du ein paar Millionen bekommst.«

Houston hörte beim letzten Teil der Rede kaum noch zu. Ihr Gesicht verriet, daß sie über alle Maßen erstaunt war. »*Warum* bist du in Fentons Haus gegangen?« flüsterte sie.

»Das habe ich dir doch eben gesagt«, erwiderte er ungeduldig. »Ich wollte ihm ein Papier überbringen, in dem steht, daß ich auf meine Ansprüche verzichte. Der arme alte Mann – er war schon tot, als ich in sein Haus kam, und er hat dieses Papier nicht mehr lesen können. Aber, Houston, jetzt kommt es doch nur darauf an, daß du dich rettest, und das muß sofort geschehen. Wenn sie mich hier herausholen und lynchen, ist es zu spät.«

Houston hatte ein Gefühl, als träumte sie. Seit sie erfahren hatte, daß Kane sie nur geheiratet hatte, um seinen Racheplan in die Tat umsetzen zu können, war etwas in ihr verschüttet worden. Sie hatte sich zwar eingestehen müssen, daß sie ihn immer noch liebte, obwohl er sie nur als Werkzeug benutzte; aber im Grunde ihres Herzens hatte sie gespürt, daß sie ihm nicht mehr so rückhaltlos ihre Liebe schenken konnte wie zuvor.

»Du hast deine Rache aufgegeben, nicht wahr?« fragte sie leise.

»Hackst du schon wieder darauf herum? Habe ich dir nicht immer wieder gesagt, daß ich nichts anderes wollte, als ihn in mein Haus, das größer sein sollte als seines, zum Dinner einzuladen. Was war so verkehrt daran?«

»Aber du wolltest auch, daß eine Lady als deine Frau am Tisch sitzen sollte. Du hast mich nur geheiratet, damit ich . . .«

»Du hast mich nur meines Geldes wegen geheiratet!« unterbrach er sie hitzig. »Und nun wirst du jeden Penny verlieren, wenn sie mich für einen Mord aufhängen, den ich gar nicht begangen habe.«

Houston stand mitten in der Zelle. Er hatte ihr – nicht mit einem Wort – gesagt, daß er sie liebte; und hatte es dennoch getan. Sie wußte es. Sie wußte es in jeder Faser ihres Körpers. Er hatte sie als Teil eines stupiden Racheplans geheiratet; doch am Ende hatte er sich in sie verliebt. Und weil er sie liebte, hatte er einem alten Mann, der ihm Unrecht getan hatte, verzeihen können.

»Ich muß jetzt gehen!« sagte sie. »Ich habe eine Menge zu erledigen.«

Wenn sie Kane in diesem Moment angesehen hätte, hätte sie den Schmerz in seinen Augen lesen können. »Ich schätze, du mußt mit Mr. Westfield über das Geld reden.«

»Mit jemandem muß ich reden«, murmelte sie, während sie sich die Handschuhe wieder überstreifte. »Vielleicht ist Mr. Westfield nicht die richtige Person dafür.« Geistesabwesend drückte sie ihm einen Kuß auf die Wange. »Mach dir nur keine Sorgen. Ich weiß genau, was ich zu tun habe.« Damit rief sie laut nach dem Sheriff, der ihr wieder die Zellentür aufschloß.

Kane stand einen Moment wie gelähmt vor seiner Koje. Sie hatte es wahrhaftig eilig, ihn loszuwerden, dachte er. Er stieg auf die Pritsche und blickte durch das Zellenfenster auf die elegante Kutsche hinunter, in der Houston den Hügel hinunterpreschte. Er blinzelte ein paarmal, um das Wasser loszuwerden, daß seinen Blick trübte. Es ist die Sonne, die mich blendet, dachte er und stieg wieder von der Koje herunter.

»Sheriff«, rief er, »Sie können mich jetzt herauslassen. Ich habe herausgefunden, was ich wissen wollte.«

»Kommt überhaupt nicht in Frage, Taggert«, antwortete der Mann mit einem Lachen in der Stimme. »Die Stadt Chandler braucht das Geld, das ich Ihnen für eine Übernachtung in Rechnung stellen werde.«

Ohne sich auch nur mit einem Wort gegen die Entscheidung des Sheriffs aufzulehnen, streckte sich Kane wieder auf der Pritsche aus. Ihm war es im Grunde egal, wo er die kommende Nacht verbrachte.

Kapitel 31

»Weißt du auch ganz genau, was du da tust?« fragte Houston Ian zum hundertsten Mal.

Ian nickte feierlich und blickte dann auf die Holzkiste, die hinter ihm auf derr Ladefläche des Fuhrwerks lag. Neben ihm saß Zachary, den Blick geradeaus gerichtet, das Gesicht hochrot vor Aufregung. Er war noch nicht alt genug, um das volle Ausmaß der Gefahr zu begreifen, in die sie sich mit ihrem Plan begaben.

»Die Dinger können doch hoffentlich nicht von alleine losgehen, oder?« fragte Houston.

»Nein«, antworrtete Ian, konnte aber nicht umhin, wieder einen Blick über die Schulter auf die Kiste zu werfen.

Houstons Hände krampften sich so fest um das Zügelleder, daß die Knöchel weiß hervortraten. Es hatte fast vierundzwanzig Stunden gedauert, bis sie alles beisammen hatte, was sie für ihren Plan benötigte.

Sie hatte sofort gewußt, was sie unternehmen mußte; doch ihr war im selben Moment auch klar geworden, daß kein Erwachsener ihr bei diesem Unternehmen helfen würde. Als sie Ian um Hilfe gebeten hatte, hatte sie ihn zugleich auf die Schwierigkeiten hingewiesen, die er bekommen würde, wenn seine Mitwirkung öffentlich bekannt wurde. Doch Ian hatte geantwortet, daß er alles, was er jetzt habe, nur Houston zu verdanken hätte, und er wäre bereit, selbst sein Leben für sie zu riskieren. Doch zu Houstons Leidwesen hatte er auch den jungen Zachary gebeten, bei diesem Unternehmen mitzumachen, und zwar mit der Begründung, sie würden jemand brauchen, der auf die Pferde aufpaßte.

Um Mitternacht hatte sich dann Houston mit Ian in der Little-Pamela-Zeche getroffen. Sie war von der Voraussetzung ausgegangen, daß nach der Minenexplosion dort noch große Verwirrung herrschte, und tatsächlich hatte niemand auf sie geachtet, als sie sich zu dem Lagerschuppen schlichen, wo das Dynamit unter Verschluß gehalten wurde. Sie hatten das Türschloß aufgebrochen und so viel Dynamit gestohlen, daß sie damit zwei Häuserblocks in die Luft hätten sprengen können. Trotz Ians Protest, daß sie nur ihre Zeit verschwendeten, hatte Houston mit der Kette und einem neuen Vorhängeschloß den Lagerschuppen wieder versperrt.

Sie waren beide nicht sehr geschickt darin, zu verbergen, daß sie etwas Ungesetzliches taten. Dennoch gelang es ihnen, die Kiste mit den gestohlenen Dynamitstangen zu dem wartenden Fuhrwerk zu bringen, ohne daß sie jemand zur Rede stellte. Ein paar Leute sagten zwar hallo zu Houston; aber da sie in den letzten Tagen viele Stunden im Bergwerkslager verbracht hatte, fand niemand etwas Verdächtiges daran, daß sie mitten in der Nacht ein Fuhrwerk mit einer Kiste belud.

Sie war mit Ian schon halbwegs den Berg hinuntergefahren, als ihnen Zachary auf der Straße entgegenkam. Er war bereits vor Stunden an einem mit Knoten versehenen Seil aus seinem Schlafzimmerfenster geklettert und hatte sich vorgenommen, zu Fuß bis zur Mine zu marschieren.

»Du hast nichts anderes zu tun, als bei den Pferden zu warten«, schärfte ihm Houston zum wiederholten Mal ein. »Und sobald dein Vater und ich im Sattel sitzen, will ich, daß ihr beide sofort verschwindet. Ian, kannst du unbemerkt wieder in Edans Haus zurückkehren?«

»Natürlich.«

»Und du, Zach?«

Zachary schluckte heftig; denn sein Seil war gerissen, als er noch anderthalb Meter über dem Boden schwebte. Für ihn gab es keine Möglichkeit, sich wieder unbemerkt in das Haus seiner Mutter zurückzuschleichen. »Klar«, sagte er, »ist überhaupt kein Problem.«

Houston war innerlich so angespannt wie eine aufgezogene Uhrfeder, als sie sich der schlafenden Stadt näherten. Es war bereits drei Uhr morgens, als sie bei dem Gefängnis anlangten. Schon am Abend hatte sie in der Nähe des Gefängnisses zwei Sattelpferde versteckt, deren Packtaschen mit Lebensmitteln, Kleidern und so viel Geld vollgestopft waren, daß sie damit ein paar Monate lang in einem Versteck leben konnten.

Sie hielt das Fuhrwerk an, als sie noch gut fünfzig Meter vom Gefängnis entfernt waren, und sah nervös zu, wie Ian die Kiste vom Wagen hob. Sie wußte zwar, daß Ian im Bergwerk dazu ausgebildet worden war, die Sprengladungen für das Abräumen der Kohle zu setzen; aber sie war sich gar nicht sicher, ob er wußte, wie man die Vorderwand eines aus Feldsteinen gemauerten Gebäudes wegsprengen konnte.

Als sie Ian ihre Bedenken vortragen wollte, öffnete er den Mund und sagte: »Ich bringe ein paar Stangen am Fundament der Mauer an, die in den Hang hineingebaut ist. Wenn die Ladung hochgeht, rutscht die ganze Vorderwand den Hang hinunter. Es ist so, als würde man ein sehr großes Fenster öffnen. Kane braucht dann nur von seinem Zellenboden aus auf das gesattelte Pferd hinunterzuspringen, und ihr könnt davongaloppieren. Einfacher kann man es wirklich nicht haben.«

»Ein sehr simpler Plan, für den wir alle drei den Rest unseres Lebens möglicherweise im Gefängnis verbringen müssen«, murmelte sie.

Gestern, als Kane zu ihr sagte, er könnte vielleicht für einen Mord gehängt werden, den er gar nicht begangen hatte – und wenn sie sich selbst gegenüber ehrlich sein wollte, mußte sie zugeben, daß es sie auch nicht gestört hätte, wenn er ein Mörder gewesen wäre –, wußte sie sofort, daß sie etwas zu seiner Befreiung unternehmen müsse. Kane konnte zwar mit der Sympathie der Bewohner von Chandler rechnen, nachdem er so energisch den verunglückten Bergleuten und deren Angehörigen geholfen hatte; aber man würde ihm wahrscheinlich in Denver den Prozeß machen, und die Firma Fenton Coal and Steel hatte in Denver eine furchtgebietende Macht.

Sie glaubte nicht, daß Kane in Denver mit einem fairen Prozeß rechnen durfte, zumal er gar keine Zeugen hatte, die ihn entlasten konnten. Wenn Marc Fenton und dessen

Freunde aussagten, sie hätten ihn auf der Treppe stehen sehen, den toten Jacob Fenton zu seinen Füßen, würde man Kane zweifellos für schuldig erklären.

Nachdem sie ein paar Sekunden lang ihr Gewissen erforscht hatte, war ihr klar gewesen, was hier von ihr verlangt wurde.

Sie mußte ihn aus dem Gefängnis befreien, selbst wenn das zur Folge hatte, daß sie den Rest ihres Lebens im Untergrund leben mußten. Sie würde mit ihm nach Mexiko gehen, und sie war zuversichtlich, Blair dazu bewegen zu können, ihr hin und wieder so viel Geld zu schicken, daß sie davon leben konnten. Solange Kane sein Profil nicht zu deutlich zeigte und nicht zu viel Aufmerksamkeit auf sich lenkte, glaubte sie ihn vor dem Zugriff der amerikanischen Justiz bewahren zu können. Es war bedauerlich, daß Kane in vielen Teilen des Landes eine prominente Figur war und sie sich deshalb unmöglich in den Vereinigten Staaten verstecken konnten.

Houston bedauerte lediglich, daß sie nicht Abschied nehmen konnte von ihrer Familie und ihren Freunden. Wahrscheinlich würde sie ihnen nicht einmal schreiben können, da ihre Briefe die Häscher auf Kanes Spur lenken und zu seiner Festnahme führen konnten.

Doch sie wußte, was nun getan werden mußte, und sie war sicher, ihr Glück an Kanes Seite zu finden, selbst wenn sie mit ihm unter bedrückenden Umständen leben mußte.

Sie gab Zach Anweisungen, die gesattelten Pferde aus ihrem Versteck zu holen, ihre Sattelgurte anzuziehen und sie näher an das Gefängnis heranzuführen.

Ihre Hände zitterten, als sie Ian half, die Dynamitstangen in die Mauerfugen des Fundaments zu klemmen. Als die Ladung angebracht und die Zündschnüre verlegt waren, gab sie Ian mit Gesten zu verstehen, daß sie auf seine Schulter steigen wollte, damit sie durch das Fenster in die Zelle hineinblicken konnte.

»Sag ihm, daß er sich die Matratze um den Kopf wickeln soll«, sagte Ian, als er Houston in die Höhe stemmte.

»Wir haben doch nicht so viel Dynamit angebracht, daß er verwundet werden könnte, oder?« fragte sie bang.

»Die Absätze von diesen Reitstiefeln sind verdammt spitz; also mach mir das Leben nicht noch schwerer, indem du dumme Fragen stellst.«

Houston blickte in die dunkle Zelle und sah Kane quer auf der viel zu kleinen Pritsche liegen, so daß wesentliche Teile von ihm über den Rand der Matratze hingen. Sie warf einen Kieselsein in in die Zelle.

Er bewegte sich nicht, und sie brauchte sechs Steine, von denen einer mit beträchtlichem Lärm von seiner Brust abprallte, ehe er aufwachte.

»Kane!« rief sie so laut, wie sie die Stimme zu erheben wagte.

»Was?« fragte er, sich aufsetzend. »Bist du das, Houston? Was suchst du denn mitten in der Nacht vor dem Gefängnis?«

Sie winkte ihn näher ans Fenster heran. »Ich habe keine Zeit, dir alles zu erklären; aber Ian und ich holen dich aus der Zelle heraus. Wir werden diese Wand mit Dynamit wegsprengen, und deshalb mußt du dich in den hintersten Winkel verkriechen und dir die Matratze um den Leib wickeln – jedenfalls um die wichtigsten Teile davon.«

»Ihr werdet was?« keuchte Kane. »Dynamit? Hör zu, Houston, ich muß dir etwas sagen.«

»Houston!« sagte Ian unter ihr. »Diese spitzen Absätze bringen mich noch um. Willst du die ganze Nacht dort oben am Fenster verbringen?«

»Ich muß wieder gehen«, sagte sie. »Stell dich nur in eine Ecke, und wenn die Mauer weg ist, stehen Pferde bereit. Ich liebe dich.« Damit zog sie sich wieder vom Fenster zurück und stieg von Ians Schultern.

Kane stand noch ein paar Sekunden am Fenster seiner Zelle. Sie war also nicht in ihrer Kutsche davongeeilt, um sich so schnell wic möglich sein Geld zu sichern, sondern hatte vielmehr einen Plan ausgeheckt, wie sie ihn aus seiner Zelle herausholen konnte. Er steckte die Hände in die

Hosentaschen, lächelte und begann eine Melodie vor sich hin zu pfeifen, sich in dem Gedanken sonnend, daß Houston sich so große Sorgen um ihn machte.

Und während er so vor sich hinpfiff, hörte er ein seltsames Geräusch, als hätte da jemand ein Feuer gelegt.

»Dynamit!« keuchte er, packte die Matratze und sprang in eine Ecke der Zelle. Mit so einem Lärm hatte er niemals gerechnet. Er hatte das Gefühl, ihm würde der Schädel weggerissen – und dieses Donnern wollte und wollte kein Ende nehmen.

Houston, Ian und Zach kauerten hinter einem Felsblock, als die Vorderwand des Gefängnisse fast anmutig in sich zusammenbrach. Das Dynamit hatte das Fundament der zwei Stockwerke hohen Mauer weggesprengt, und die Steine darüber rutschten nach unten, als würde man ein Denkmal enthüllen, und gaben den Blick auf das Innere des Gefängnisses frei. Kane kauerte in einer Ecke, und als der Staub sich allmählich verzog, machte er keine Antalten, aus seiner Ecke hervorzukommen.

»Wir haben ihn umgebracht«, heulte Houston und rannte auf das Gefängnis zu, Ian ihr dicht auf den Fersen.

»Wir haben ihn vermutlich nur betäubt. Kane!« rief Ian, den Lärm der immer noch fallenden Steine übertönend, und als Kane ihm keine Antwort gab, turnte Ian auf den Schuttberg hinauf und in die dreiwandige Zelle hinein.

Ian zog die Matratze weg, die Kane sich vorhielt; doch Kane konnte offenbar nicht verstehen, was Ian zu ihm sagte, also mußte Ian es mit der Zeichensprache versuchen. Aus irgendeinem Grund mußte die Explosion Kanes Begriffsvermögen beeinträchtigt haben, da er ununterbrochen den Kopf schüttelte, so daß Ian ihn fast mit Gewalt auf den Schuttberg befördern mußte, damit er von dort auf den Boden gelangte.

Houston saß bereits im Sattel, und als Kane näher kam, sah sie, daß er sich ständig mit beiden Händen an den Kopf griff, als habe er dort große Schmerzen. Er schien ihr etwas sagen zu wollen; doch Houston wollte ihm nicht die Zeit dazu lassen, während Zach und Ian sich beeilten, ihn auf das zweite Pferd hinaufzuschieben.

»Ihr geht jetzt sofort nach Hause, ihr beiden«, befahl sie, weil sie sah, daß bereits Leute, angelockt von dem Lärm der Explosion, auf das Gefängnis zuliefen.

»Vorwärts!« rief sie dann Kane zu, und er folgte ihr die südliche Ausfallstraße hinunter und dann in die Wüste hinaus.

Houston ritt so schnell und hart, wie die Pferde das zulassen wollten, und blickte hin und wieder auf Kane zurück, der ihr mit einem seltsam leeren Ausdruck auf seinem Gesicht folgte.

Die Sonne schob sich über den Horizont, und sie ritten noch immer Galopp, verlangsamten das Tempo nur, wenn die Pferde eine Verschnaufpause brauchten. Mittags hielten sie vor einer Kutschstation – einem armseligen Schuppen mitten in der Trockensteppe zwischen Colorado und New Mexiko –, und Houston bezahlte einen unverschämt hohen Preis für zwei frische Pferde.

»Fehlt ihm was?« fragte der Stationsmeister und deutete auf Kane, der an der Wand des Schuppens lehnte und sich mit einer Hand gegen den Kopf boxte.

Houston gab dem alten Mann einen Zwanzig-Dollar-Schein. »Sie haben uns nie gesehen.«

Er steckte den Schein weg. »Ich kümmere mich nur um meine Angelegenheiten.«

Houston versuchte, ein paar Worte mit Kane zu reden; doch er starrte nur wie ein Taubstummer auf ihre Lippen und folgte ihr erst, wenn sie mit den Händen energische Zeichen gab.

Was sie an diesem Tag aßen, verzehrten sie im Sattel, und sie hielten auch noch nicht an, als die Sonne bereits untergegangen war. Nur einmal versuchte Kane ihr etwas zu sagen; aber da er sich selbst anscheinend nicht hören konnte, fuchtelte er mit den Armen, bis Houston endlich begriff, daß er offenbar wissen wollte, wohin sie ritten.

»Mexiko«, schrie Houston viermal, ehe er sie zu verstehen schien.

Kane schüttelte den Kopf, doch Houston trieb ihr Pferd nur zu noch rascherer Eile an und ignorierte ihn. Zweifellos wollte er verhindern, daß sie mit ihm in Gefahr geriet; aber sie wollte ihm keine Gelegenheit geben, sie zur Umkehr zu bewegen. Wenn er sein Leben im Exil verbringen mußte, würde sie mit ihm im Exil leben.

Da faßte ihr Kane plötzlich in die Zügel und zog so heftig, bis das Pferd nur noch im Schritt ging.

»ANHALTEN!« brüllte er. »WIR WERDEN HIER ÜBERNACHTEN!«

Jedes Wort brachte er mit äußerster Lautstärke hervor, und Houston blinzelte erschrocken, als wäre plötzlich ein Orkan losgebrochen in der eben noch windstillen Nacht.

Kane sagte kein Wort mehr, glitt aus dem Sattel und führte sein Pferd über einen kleinen Hügel bis zu einem kleinen Wäldchen. Houston folgte ihm mit ihrem Reittier, während er sein Pferd absattelte und ein Lager vorbereitete. Sie hätte lieber weiterreiten wollen, um den Abstand zwischen ihnen und der Posse aus Chandler zu vergrößern; aber vielleicht war Kane bei der Sprengung verwundet worden und brauchte eine Erholungspause. Es würde einige Zeit dauern, bis man aus den Bürgern der Stadt eine Posse zusammengestellt hatte; also konnten sie sich vielleicht ein paar Stunden Ruhe gönnen.

Sie hatte ihren Sattel auf den Armen, als sie zu Kane hinübersah. Der Blick, mit dem er sie musterte, war zum Fürchten.

Ganz langsam nahm er ihr den Sattel ab, warf ihn auf den Boden, und nach einem Blick, den sie diesmal nicht zu deuten wußte, war er auf ihr.

Er war wie ein hungriges Tier, und nachdem sich Houston von ihrer Überraschung erholt hatte, reagierte sie auf gleiche Weise. Die Knöpfe flogen von ihren verstaubten Reitkleidern wie Popkorn aus einer überhitzten Pfanne. Sein Mund war überall auf ihrem Körper zugleich, und mit seinen großen starken Händen riß er alles weg, was ihn an dem Kontakt mit ihrer Haut hinderte.

»Kane«, rief sie halb lachend, halb weinend. »Kane, meine einzige, meine wahre Liebe.«

Er schien keiner Worte zu bedürfen, als er ihren nackten Körper auf den Boden niederdrückte und in sie hineinfuhr, als habe er sich die Dynamitladung, mit der sie am Mogen die Zellenwand weggesprengt hatten, einverleibt und sie nun gezündet. Und Houston hatte das Gefühl, als wäre sie eine Mauer, die unter der Gewalt der Ladung zusammenbrach, während sie in einem wilden, verzehrenden Verlangen zum Höhepunkt stürmten. Sie war überzeugt, daß sie nichts anderes im Leben brauchte als das, und daß alles, was sie heute getan hatte, richtig gewesen war.

Als sie in einer gemeinsamen Eruption den Gipfelpunkt erreichten, erschauerte Houston unter der Gewalt ihrer Leidenschaft und der Macht ihrer Liebe, die sie für diesen Mann empfand.

Sie lagen eine Weile beieinander, und Kane hielt sie so fest mit seinen Armen umschlungen, als wollte er sie nie mehr loslassen. Und Houston klammerte sich genauso fest an ihn, ganz schwindlig vor Angst, wenn sie sich vorstellte, daß sie ihn beinahe verloren hätte, daß man ihn beinahe aufgehängt hätte.

Nachdem sie lange so dagelegen hatten, stand Kane auf und ging zu den Pferden, um sie zu versorgen. Houston wollte ihm dabei helfen, doch er gab ihr mit einer Handbewegung zu verstehen, daß sie liegen bleiben sollte, und warf ihr eine Decke zu, damit sie sich vor der kühlen Nachtluft schützte.

Selbst als er daranging, ein Lagerfeuer anzuzünden, wollte er sich dabei nicht helfen lassen. Houston wollte Einwände erheben, ihm sagen, daß die Flammen des Feuers sie verraten könnten; aber Kane brüllte ihr zu, sie sollte Vertrauen zu ihm haben, und sie fügte sich. Sie war froh, daß sie nun das Kommando dieses wilden Fluchtunternehmens an ihn abtreten, und froh, daß sie sich zurücklehnen und bedienen lassen konnte. Er brachte ihr einen Teller Bohnen mit einer Tortilla und einen Becher voll schauderhaftem Kaffee. Doch Houston glaubte, sie habe in ihrem ganzen Leben noch keine so köstliche Mahlzeit genossen wie diese.

Als sie mit dem Essen fertig waren, löschte Kane das Feuer, legte sich neben sie und zog sie in die Arme. Binnen weniger Minuten waren sie beide eingeschlafen.

Kapitel 32

Als Houston erwachte, war es heller Tag, und Kane hielt sie in seinen Armen und lächelte wie ein Unschuldsengel.

»Wir müssen weiter«, sagte sie, setzte sich auf, schüttelte seine Hände ab und zog sich die Reste ihrer zerrissenen Reitkleider an. Vorne fehlten so viele Knöpfe, daß man sich darin nicht vor fremden Leuten zeigen konnte. »Sie werden uns bald auf den Fersen sein, und ich wette, sie werden sich nicht so viel Zeit lassen für eine Rast.«

Er faßte nach ihrem Arm. »Auf der heißen Spur eines Mörders, wie?«

»Ich glaube nicht, daß das jetzt der richtige Moment für Scherze wäre.«

»Houston, ich möchte erst, daß du mir sagst, was du geplant hast. Warum willst du so rasch nach Mexiko?«

»Ich werde dir das sagen, wenn wir die Pferde satteln«, sagte sie, stand auf und wartete ungeduldig, daß sich Kane auch endlich vom Boden erheben sollte. »Ich glaube, daß wir uns in Mexiko verstecken können«, sagte sie, während sie den Pferden die Satteldecken überwarf.

»Für wie lange?«

»Für immer natürlich«, antwortete sie. »Ich glaube nicht, daß das Gesetz einem Mann einen Mord verzeiht. Ich glaube, daß wir dort sehr bescheiden leben können, und ich habe gehört, daß die Leute einem dort nicht so viele Fragen stellen, wie sie das in diesem Land zu tun pflegen.«

Er faßte sie wieder am Arm. »Moment mal – willst du damit sagen, daß du mit mir in Mexiko leben willst? Als Frau eines Verbannten, der wegen Mordes gesucht wird?«

»Ja, natürlich habe ich vor, mit dir in Mexiko zu leben.

Willst du jetzt endlich dein Pferd satteln, damit wir weiterreiten können?«

Houston konnte kein Wort mehr sagen, weil Kane sie um die Taille faßte und im Kreis herumwirbelte. »Das war das Beste, was ein Mensch mir in meinem ganzen Leben gesagt hat, mein Schatz. Du machst dir wirklich nichts aus meinem Geld.«

»Kane!« rief sie, ganz außer Atem. »Bitte, stell mich wieder auf den Boden zurück. Sie holen uns noch ein und werden dich . . .«

Sie konnte den Satz wieder nicht beenden, weil er ihr einen herzhaften Kuß auf den Mund gab.

»Es reitet uns keiner nach. Höchstens der Sheriff, falls er sich zu sehr darüber geärgert hat, daß du ihm sein schönes Gefängnis ruiniert hast, Oh, Houston, mein Schatz, ich wünschte, ich könnte jetzt das Gesicht des Sheriffs sehen!«

Houston wich einen Schritt vor ihm zurück. Was er da sagte, ergab keinen Sinn; doch in ihrer Magengrube begann ein Schmetterling zu flattern. »Vielleicht erklärst du mir, was du mit deiner letzten Bemerkung gemeint hast.«

Kane begann, mit seinen Zehen Kreise in den Sand zu malen. »Ich wollte nur wissen, wie du es . . . äh . . . wie du darauf reagierst, daß ich kein reicher Mann mehr war.«

Sie warf ihm einen Blick zu, der schon manchen dreisten Cowboy in seine Schranken gewiesen hatte. »Und ich möchte jetzt gern die Wahrheit über Jacob Fenton erfahren.«

»Ich habe dich nicht belogen, Houston, nur habe ich dir, schätze ich, nicht die ganze Wahrheit erzählt. Ich habe Fenton tot am Fuß seiner Vordertreppe gefunden, und ich wurde ins Gefängnis gebracht, weil man mich für seinen Mörder hielt. Aber als ich in Fentons Haus kam, waren die Dienstboten gerade weggelaufen, um Hilfe zu holen, weil sie ihn bereits tot am Fuß der Treppe gefunden hatten. Obwohl ich nicht danach fragte, ob einer tatsächlich gesehen hat, wie er starb. Das war sehr klug von dir, an diesen feinen Unterschied zu denken.«

»Warum warst du dann noch im Gefängnis, als ich dorthin kam, um dich zu besuchen? Warum hat man dich nicht auf der Stelle freigelassen?«

»Ich schätze, ich war gewissermaßen schon freigelassen worden, Liebling.« Er streckte ihr beide Arme hin. »Ich wollte nur noch wissen, ob du mich meinetwegen gern hattest – nicht nur meines Geldes wegen. Als du aus der Zelle gestürmt bist, nachdem ich dir sagte, ich würde mein ganzes Vermögen verlieren, war ich fest davon überzeugt, du würdest zu Mr. Westfield rennen, um ihn zu fragen, wieviel Geld du noch einstecken könntest, ehe sie mich hängen.«

»Das hast du von mir gedacht?« sagte sie leise. »Du hast mich für so niederträchtig gehalten und geglaubt, ich wäre imstande, den Mann, den ich liebe, dem Gericht zu überlassen? Du hast geglaubt, ich würde keinen Finger krumm machen, um ihn vor dem Strick zu retten?« Sie wandte sich ihrem Pferd zu.

»Houston, Süßes – das habe ich doch nicht so gemeint, Baby! Ich wollte es nur ganz genau wissen. Ich hatte doch keine Ahnung, daß du so verrückt sein würdest und . . . Ich meine, ich hatte ja keine Ahnung, daß du das Gefängnis in die Luft sprengen würdest und mich fast dazu!«

»Du scheinst die Sache ja recht gut überstanden zu haben.«

»Houston, du wirst mir doch deswegen jetzt nicht böse sein, nicht wahr, Baby? Es war doch nur ein kleiner Scherz. Hast du denn gar keinen Sinn für Humor? Ich meine, in der Stadt werden sie jetzt alle . . .«

»Ja«, sagte sie, ihn wütend anfunkelnd, »nur weiter so. Was werden sie jetzt alle in der Stadt tun?«

Kane sah sie mit einem schwachen Grinsen an. »Vielleicht merken sie es gar nicht.«

Sie ging auf ihn zu. »Sie merken es nicht? Sie sehen nicht, daß am Gefängnis die ganze Vorderwand fehlt? Eine Mauer aus Feldsteinen, die vorher einen halben Meter dick war? Und keiner hat natürlich den Knall gehört, als ich sie weggesprengt habe. Ja, vielleicht fahren sie alle am Gefängnis vorbei und schauen nicht hin. Und der Sheriff beißt sich eher die Zunge ab, als den Leuten vom größten Ereignis der letzten zehn Jahre zu berichten, daß nämlich eine von den Chandler-Zwillingen Dynamitstangen in die Mauerfugen steckte, um ihren Mann aus dem Gefängnis zu befreien, der längst hätte nach Hause gehen können, statt, wie sie meinte, auf seinen Mordprozeß zu warten.

Vielleicht ist inzwischen das Wettfieber in Chandler und Umgebung ausgebrochen, wann ich meinen Irrtum entdecken und ob *ich* jetzt nicht wegen Mordes angeklagt werde.« Sie drehte sich wieder zu ihrem Pferd um, ein Bild flammender Entrüstung.

»Houston, du mußt auch mich verstehen. Ich wollte wissen, ob du mich liebst oder mein Geld. Ich sah eine Gelegenheit, das nachzuprüfen, und habe sie beim Schopf gepackt. Du kannst einem Mann deswegen keine Vorhaltungen machen.«

»Das kann ich sehr wohl! Ich möchte, daß du wenigstens einmal zuhörst, wenn man mit dir redet. Ich habe dir gesagt, daß ich dich liebe – dich, nicht dein Geld –; aber du hast ja noch nie etwas auf meine Worte gegeben.«

»Also«, antwortete er mit einem Achselzucken, »du hast auch zu mir gesagt, daß du nicht mit einem Mann zusammenleben könntest, den du nicht respektieren kannst; und du bist trotzdem zu mir zurückgekommen. Und so großer Überredungskünste bedurfte es gar nicht, um das zu erreichen. Ich glaube, du kannst eben nicht aus deiner Haut heraus«, setzte er mit einem schiefen Lächeln hinzu.

»Von allen aufgeblasenen, arroganten Männern, die ich bisher kennengelernt habe, bist du gewiß der schlimmste. Ich bedauere zutiefst, daß ich dich aus dem Gefängnis geholt habe. Ich wünschte, sie hätten dich aufgehängt.« Damit schwang sie sich auf ihr Pferd.

»Houston, Baby, das ist doch nicht dein Ernst!« rief Kane, kletterte nun ebenfalls auf sein Pferd und ritt neben ihr her. »Es war doch nur ein Scherz. Ich habe es nicht böse gemeint.«

Sie ritten den ganzen Tag hindurch, und Kane brachte die ganze Zeit über Argumente vor oder dachte sich neue Gründe aus, warum sie ihm im Grunde dankbar sein sollte für das, was er getan hatte. Er meinte, Houston könnte sich ihrer Gefühle nun sicherer sein als vorher. Er versuchte, ihr die humorvollen Seiten der ganzen Affäre näherzubringen. Als sie diese nicht sehen wollte, kritisierte er sie heftig, weil sie zwei unmündige Kinder in diese Sache hineingezogen und sie alle in große Gefahr gebracht hatte. Kurzum – er versuchte alles, um sie zu einer Reaktion zu bewegen.

Doch Houston saß so steif auf ihrem Pferd, als wäre sie aus Eisen gemacht. Mit ihren Gedanken weilte sie bei den Bewohnern von Chandler. Nach dem Schrecken der Minenexplosion würden sie alles, was sie von ihrer bedrückten Stimmung ablenken konnte, dankbar aufgreifen. Sie würden zweifellos den letzten Tropfen Humor aus dieser Geschichte herauspressen. Der Sheriff würde sie so ausschmücken, bis von der Wahrheit nicht mehr viel übrigblieb, und das *Chandler Chronicle* würde daraus wahrscheinlich eine Artikelserie machen, die mit der Hochzeitsnacht anfing und mit einem Mann endete, den man ... den man am besten doch hätte aufhängen sollen.

Jedesmal, wenn Houston an Kane dachte, fing ihr Blut an zu kochen, und sie weigerte sich, ihm auch nur eine Sekunde lang zuzuhören. Die Tatsache, daß sie ihm ihre Liebe geschenkt und er das öffentlich angezweifelt hatte – auf eine höchst spektakuläre, unverschämte Art –, kränkte sie ganz besonders.

Sie bekam den ersten Geschmack von den Dingen, die sie in Chandler erwarten würden, bereits in der Kutschstation, wo sie wieder ihre Pferde wechselten. Der alte Mann fragte sie, ob sie das Ehepaar aus Chandler wären, von dem er inzwischen einiges gehört hätte. Er konnte kaum erzählen, was er ›gehört‹ hatte, weil er bei jedem zweiten Satz vor Lachen fast erstickte. Und als sie aufbrachen, versuchte er,

Houston die zwanzig Dollar wieder aufzudrängen, die sie ihm tags zuvor gegeben hatte.

»Die Geschichte war mir hundert Dollar wert«, sagte er, während er einem grinsenden Kane heftig auf den Rücken patschte. »Ich schulde dir noch achtzig Dollar.«

Houston reckte das Kinn in die Luft und ging zu ihrem Pferd. Sie bemühte sich sehr, so zu tun, als wären die beiden Männer gar nicht vorhanden.

Sobald sie wieder auf dem Trail waren, redete Kane mit neuerwachtem Eifer abermals auf sie ein; doch manches war nicht zu verstehen, weil er immer wieder das Pferd zügeln und sich den Bauch halten mußte vor Lachen.

»Als ich dich vor dem Fenster stehen sah, und du zu mir sagtest, du wolltest mich mit Dynamit aus der Zelle herausholen und meinen Kopf vor dem Galgen retten, war ich zunächst so sprachlos, daß ich kein Wort sagen konnte. Und als Ian zu fluchen anfing, weil ihm deine kleinen spitzen Absätze so zu schaffen machten . . .« Kane hielt das Pferd an, um sich das Grinsen aus dem Gesicht zu wischen. »Also, Houston, ich wette, daß dich alle Frauen westlich des Mississippi um deine Courage und den Mut beneiden werten, den du bewiesen hast, indem du deinen Mann in letzter Minute aus dem Rachen des Todes befreit hast . . .«

Er hielt abermals an, um sich zu schneuzen, und als Houston zu ihm zurückkam, versuchte er vergeblich, sein lachendes Gesicht hinter einem Taschentuch zu verstecken.

»Wenn ich nur daran denke, wie du mich angeschaut hast, als du unter der Zelle mit den beiden Pferden darauf gewartet hast, daß ich in den Sattel springe! Was waren das gleich wieder für Frauen, die Hörner an ihren Köpfen trugen? Wikinger, richig? Du hast wie eine Wikingerdame ausgesehen, die gekommen war, ihren Mann zu retten. Und Zachary, der machte ein Gesicht dazu, als ob . . . Oh, wenn mir der Kopf nicht so weh getan hätte, hätte ich mir glatt in die . . .«

Er hielt inne, weil Houston ihrem Pferd die Absätze in die Weichen schlug und davongaloppierte.

Houstons schlimme Befürchtungen wurden von der Wirklichkeit weit übertroffen, als sie die Stadtgrenze von Chandler erreichten. Sie machte am Stadtrand einen weiten Bogen nach Norden, als sie zu Kanes Haus ritt, um möglichst wenig Leuten zu begegnen.

Es war sechs Uhr morgens, als sie den Hügel zur Villa Taggert hinauftrabten; doch da hatten sich bereits ungefähr zwanzig Paare eingefunden, die ›zufällig‹ in dieser Gegend spazierengingen. Und auf der Auffahrt waren fast alle Bediensteten des taggertschen Hauses versammelt, die eifrig ihre Meinung mit den Stadtbewohnern austauschten.

Houston hielt sich vorne das Reitkleid zu, machte ein so würdevolles Gesicht, wie ihr das unter diesen Umständen gelingen wollte, und ritt weiter zum Küchenausgang, während Kane an der Vordertür aus dem Sattel stieg und die Leute im Nu einen Kreis um ihn bildeten.

»Will sich wahrscheinlich wieder wichtig machen«, murmelte Houston. Irgendwie gelang es ihr, die Küche zu durchqueren und Mrs. Murchisons lächelnden Blicken und taktlosen Fragen auszuweichen.

Oben schickte Houston Susan aus dem Zimmer und ließ sich selbst ein Bad ein. Nachdem sie einige Minuten in der Badewanne verbracht hatte, stieg sie in ihr Bett und zog die Decke bis zum Kinn hinauf. Sie hörte, wie Kane im selben Augenblick ins Zimmer kam; doch als sie so tat, als schliefe sie bereits, entfernte er sich wieder.

Nach neun Stunden Schlaf und einer umfangreichen Mahlzeit fühlte sie sich körperlich besser, doch seelisch schlechter. Sie brauchte nur ein paar Schritte auf dem Dachgarten zu machen, und schon konnte sie eine ungewöhnlich große Menge von Leuten auf der Straße zur Villa und zu dem Vorplatz des Hauses beobachten.

Kane kam einmal in ihr Schlafzimmer, um ihr mitzuteilen, daß er sich zur Little-Pamela-Zeche begeben und sich dort umschauen wolle, ob noch Hilfe gebraucht würde. Und dann fragte er, ob sie ihn dorthin begleiten wollte; doch sie schüttelte nur den Kopf.

»Du kannst dich nicht die ganze Zeit in deinem Schlafzimmer verstecken«, sagte er verdrossen. »Warum bist du nicht stolz auf das, was du getan hast? Ich bin es jedenfalls.«

Nachdem er das Haus verlassen hatte, überlegte Houston, daß er in einem Punkt recht hatte: Sie konnte sich nicht wochenlang in diesem Haus verkriechen. Eines Tages mußte sie sich den Leuten in der Stadt zeigen, und je länger sie diesen Moment hinausschob, um so schwerer war er zu ertragen. Also holte sie ein Arbeitskleid aus blauer Baumwolle aus dem Schrank, zog sich an, ging hinunter ins Erdgeschoß und befahl, daß man ihre Kutsche anspannen sollte.

Houston brauchte nur zehn Minuten, um herauszufinden, daß Kane die Reaktion der Leute von Chandler absolut falsch eingeschätzt hatte. Sie wurde nicht wie eine Heldin gefeiert, die ihren Mann vor dem Galgen retten wollte, sondern als eine törichte Frau belächelt, die den Kopf verloren hatte, statt sich erst einmal bei den Behörden zu erkundigen und ihren Anwalt zu befragen.

Sie fuhr mit ihrem Einspänner wieder auf Schleichwegen zur Landstraße, die zur Little-Pamela-Zeche führte. Vielleicht brauchte man dort ihre Hilfe so nötig, daß die Leute keine Zeit fanden, sich mit über ihre Eskapaden zu unterhalten.

Doch sie sah sich in ihren Erwartungen enttäuscht. Die Opfer des Grubenunglücks wollten etwas zu lachen haben, und Houston lieferte ihnen den Stoff dafür.

Sie bemühte sich sehr, den Kopf hochzuhalten, während sie half, die Trümmer eingestürzter Häuser zu beseitigen und für die Unterbringung von Witwen und Waisen zu sorgen.

Am meisten ärgerte sie sich jedoch über Kane, der die Situation in vollen Zügen genoß. Bei der Hochzeit war er schrecklich verletzt gewesen, weil die Leute damals den Eindruck haben mußten, jede Frau würde lieber Leander als ihn zum Ehemann nehmen; doch nun hatte er einen sehr öffentlichen Beweis dafür, daß Houston in ihn verliebt war.

Houston mußte immer wieder daran denken, wie oft er Gelegenheit gehabt hätte, ihr zu sagen, daß er eigentlich gar nicht des Mordes beschuldigt worden war. Er konnte sehr gewandt reden, wenn er nur wollte; und warum hatte er dann in der Nacht, als sie ihm sagte, daß sie seine Zellenwand mit Dynamitstangen gespickt hatten, seinen Mund nicht aufgebracht?

Je weiter die Sonne nach Westen rückte, um so dreister wurde die Neugier der Leute (»Wollen Sie damit sagen, daß Sie den Sheriff nicht gefragt haben, wie die Chancen Ihres Mannes standen? Haben Sie denn nicht seinen Anwalt angerufen? Leander war doch in alles eingeweiht. Er hätte Sie doch aufklären können. Oder Sie hätten ...«). Houston wäre am liebsten im Erdboden versunken. Und jedesmal, wenn Kane an ihr vorbeikam, gab er ihr einen herzhaften Stoß in die Rippen, kniff ein Auge zu und sagte: »Kopf hoch, Schatz! Es war nur ein Scherz!« Und dann biß sie sich jedesmal auf die Lippen, weil sie sonst losgeheult hätte, es mochte vielleicht für ihn ein Scherz gewesen sein, doch für sie war es eine schreckliche Demütigung!

Gegen Abend sah sie Pamela Fenton und Kane, die sich fast mit der Nasenspitze berührten, und die kühle Abendbrise trug ihr die Worte zu: »Am Hochzeitstag hast du zu mir gesagt, du wolltest sie nicht demütigen. Und was hast du jetzt getan? War das vielleicht etwas anderes?«

Der Gedanke, daß jemand auch für sie Partei ergriff, war immerhin Balsam auf ihre Wunden.

Zu Hause ließ sie sich dann das Abendessen aufs Zimmer bringen, und Kane machte noch einmal einen Versuch, mit ihr zu reden. Aber als sie ihm einen ihrer eisigen Blicke zuwarf, stürmte er wieder aus dem Zimmer und klagte, sie habe keinen Sinn für Humor und wäre verdammt viel zu oft eine verdammt hochnäsige Lady.

Houston weinte sich in den Schlaf.

Kapitel 33

Am nächsten Tag arrangierte Houston Blumen in einer großen Vase, die auf dem Flur vor Kanes Büro stand. Sie war immer noch zu wütend, zu verletzt und zu beschämt, um auch nur ein Wort mit ihm reden zu können; aber sie brachte es auch nicht fertig, das Haus zu verlassen, wo sie sich vor dem Spott der Leute sicher wußte.

Kane hatte die Bürotür nicht ganz zugemacht, und Rafe, Leander und Edan waren bei ihm. Kane hatte sie zu sich bestellt, um mit ihnen die Konsequenzen des Grubenunglücks zu erörtern. Kane war sehr besorgt gewesen, als er feststellen mußte, daß die Witwen der verunglückten Bergleute vermutlich keine Entschädigung vom Eigentümer der Mine erhielten.

Houston hörte heimlich zu, wie diese vier Männer sich über die Zukunft von Chandler unterhielten, und sie war sehr stolz auf die Initiative ihres Mannes. Sie wunderte sich, wie sie jemals hatte glauben können, daß er alle Kredite und Hypotheken kündigen würde, nachdem er die Chandler National Bank gekauft hatte. Gestern abend war Opal noch bei ihr gewesen und hatte lange mit ihr geredet. Sie hatte erzählt, warum Houston dieses Druckmittel angewendet hatte, damit sie, Houston, wieder zu ihm zurückkam.

»Er liebt dich so sehr«, hatte Opal gesagt. »Und ich verstehe überhaupt nicht, warum du jetzt so böse auf ihn bist.«

Vielleicht wäre sie ihm auch nicht mehr böse gewesen, wenn nicht just in diesem Moment drei Frauen in die Halle gekommen wären, die kicherten wie kleine Schuldmädchen. Sie waren gekommen, um Houston zu besuchen und sich bei ihr nach ›den letzten Neuigkeiten‹ zu erkundigen. So sagten sie zu Susan, die sie bei Houston anmelden sollte. Houston ließ ihnen in aller Höflichkeit mitteilen, daß sie für niemanden zu sprechen sei.

Nun stand sie im Flur und hörte voller Stolz zu, welche Reformen ihr Mann in der Stadt und den Bergwerken durchsetzen wollte. Doch dann stellte Leander eine Frage, und Houston bekam rote Ohren, richtete sich mit steifem Rükken auf.

»Ist das eine Rechnung vom Magistrat?« fragte Lee.

»Ja«, sagte Kane, »das ist eine Zahlungsaufforderung vom Sheriff, der fünfhundert Dollar für die Reparatur seines Gefängnisses von mir verlangt. Ich glaube, das ist die erste Rechnung meines Lebens, die ich auch bezahlen *will.*«

»Vielleicht willst du auch die Wiedereröffnung des Stadtgefängnisses feiern und schickst Houston mit einer Schere zum Knast, damit sie das Band am Eingang zerschneidet«, hörte sie Rafe sagen.

Es folgte eine längere Pause. »Falls sie noch einmal ein Wort mit mir redet«, ließ sich Edan vernehmen.

Darauf gab es wieder ein längeres Schweigen.

Dann räusperte sich Leander und sagte: »Ich glaube nicht, daß man einen anderen Menschen überhaupt kennen kann. Also, ich habe Houston fast mein ganzes Leben lang gekannt; aber diese Houston, die ich kannte, und diese Houston, die die Vorderwand des Gefängnisses weggesprengt hat, können unmöglich ein und dieselbe Frau sein. Vor ein paar Jahren ging ich mit ihr zum Tanzen, und sie hatte sich ein rotes Kleid angezogen, das ihr sehr gut stand. Doch Gates machte irgendeine Bemerkung darüber, die sie offenbar sehr kränkte; denn sie hielt sich so krampfhaft den Mantel zu, daß auch nicht ein Fleckchen ihres Kleides mehr zu sehen war. Sie war so nervös, als wir in den Ballsaal kamen, daß ich zu ihr sagte, meinetwegen könnte sie den Mantel anbehalten, wenn sie glaubte, man dürfe sie nicht in diesem roten Kleid sehen. Und dann saß sie doch tatsächlich den ganzen Abend im Mantel in einer Ecke und machte ein Gesicht, als könnte sie jeden Moment losheulen, wenn sie jemand ansprach.«

Houston hielt die Hand mit der Blume still, die sie gerade umstecken wollte: Seltsam, wie man eine Episode auf eine so verschiedenartige Weise betrachten konnte. Wenn sie jetzt auf dieses Ereignis zurückblickte, war es vielleicht eine

Dummheit von ihr gewesen, sich wegen der Farbe eines Kleides so aufzuregen. Nun schien sie sich sogar daran erinnern zu können, daß Nina Westfield damals oft so ein knalliges Rot trug, das ihr an jenem Abend solche Seelenqualen bereitet hatte.

Lächelnd fuhr Houston fort, die Blumen zu arrangieren.

»Wenn sie mich schon aus dem Knast herausholen wollte, hätte sie das auch auf weniger gefährliche Art tun können«, sagte Kane. »Ihr ahnt ja nicht, was das für ein Gefühl ist, wenn jemand zu dir sagt, er hat eben die Lunten von ein paar Dutzend Dynamitstangen unter deinen Füßen angezündet, und du hast nichts, wohinter du dich verstecken kannst.«

»Du mußt uns nicht erst sagen, wie großartig dir die Sache gefallen hat«, sagte Edan. »Das wissen wir nämlich schon längst.«

Houstons Lächeln wurde noch breiter.

Leander lachte. »Zu schade, daß du nicht miterleben konntest, was nach der Explosion passiert ist. Jeder glaubte, es wäre wieder ein Bergwerk in die Luft geflogen, und alle rannten in ihren Nachthemden auf die Straße. Als wir dann sahen, daß das Gefängnis nur noch drei Wände hatte, standen wir alle mit offenem Mund da. Keiner von uns konnte begreifen, was da passiert war. Erst Edan ist dann wieder eingefallen, daß du ja noch im Gefängnis saßest.«

Houston entschlüpfte ein kleines Lachen; aber sie erstickte es rasch wieder.

»Hör zu«, sagte Edan, »sobald ich das demolierte Gefängnis sah, wußte ich, daß Houston ihre Hand im Spiel gehabt haben mußte. Während ihr sie jahrelang angehimmelt, ihr zu Füßen gelegen und sie für eine unnahbare Eisprinzessin gehalten habt, bin *ich* ihr heimlich nachgestiefelt. Unter dieser höflichen, polierten Oberfläche steckt eine Frau, die ... Nun, ihr würdet euch wundern, wenn ich euch erzählte, was diese Frau an ganz gewöhnlichen Werktagen so alles anstellt.«

Houston hatte jetzt schon größere Mühe, ihr Lachen zu unterdrücken. Edan hatte das in einem halb erschrockenen, halb ehrfürchtigen Ton gesagt. Jetzt fiel ihr wieder ein, daß er sich ja am Vorabend ihrer Hochzeit im Schrank versteckt und ihre »Teeparty« belauscht hatte. Als er ihr das am Hochzeitstag gestanden, hatte sie nur an den Teil des Abends gedacht, in dem ihre Pläne für die Bergwerkslager erörtert wurden. Doch nun dachte sie auch an den zweiten Teil: den Preisboxer, den Cancan und – gütiger Himmel! – die Kapitel aus *Fanny Hill.* Damals hatte sie schreckliche Angst gehabt, Kane könnte erfahren, was für undamenhafte Dinge sie trieb – verkleidet in die Bergwerkslager fuhr und mit der Schwesternschaft schräge Parties feierte, um nur einige Beispiele zu nennen. Aber am Ende war er ihr überall auf die Schliche gekommen, und deswegen war die Welt doch nicht untergegangen. Doch als sie damals in einem knallroten Kleid zum Tanzen gegangen war, hatte sie fest daran geglaubt, ihr Ruf wäre ruiniert, wenn sie sich in diesem Kleid öffentlich zeigte, und dann käme sie für Leander als Frau nicht mehr in Frage.

Aber wenn sie überlegte, was da in den letzten paar Monaten alles zusammenkam: Der Hochzeitstag, an dem sie in ihrer Unterwäsche am Rosenspalier hinuntergeklettert war. Dann die vielen Leute, die sie aufgefordert hatte, in ihr Haus zu ziehen, ohne Kane erst zu fragen, der sie ja alle versorgen mußte ...

Je mehr sie darüber nachdachte, um so stärker wurde der Lachreiz, den sie kaum noch bändigen konnte. Vor ihrer Hochzeit glaubte sie sehr genau zu wissen, was für eine Frau Kane heiraten würde. Er wollte eine Lady haben, und sie war überzeugt gewesen, alle Voraussetzungen dafür mitzubringen. Doch nun fielen ihr wieder die Überraschungen ein, die er danach erlebt hatte, und wie ungläubig er sie jedesmal angesehen und gesagt hatte, hätte er gewußt, was ihn erwartete, als er eine wirkliche, wahrhafte, unverfälschte Lady zur Frau nahm ... !

Nun konnte Houston das Lachen wirklich nicht mehr zurückhalten. Sie platzte heraus, daß die Vase vor ihr auf dem Tisch bedenklich ins Schwanken kam.

Sie klammerte sich an den Tischrand und lachte, bis ihr die Knie einknickten.

Vier Männer stürmten aus Kanes Büro.

»Houston, mein Liebling, fehlt dir etwas?« rief Kane besorgt, griff nach ihrem Arm und wollte sie wieder in die Höhe ziehen. Doch ebensogut hätte er versuchen können, ein Stück Seetang aufrecht in eine Vase zu stellen.

»Ich habe mein rotes Kleid unter dem Mantel versteckt, damit die Leute nicht auf den Gedanken kommen sollten, ich könnte vielleicht keine hundertprozentige Lady sein«, lachte Houston. »Aber ein paar Jahre später sprenge ich dem Knast die Vorderwand weg.« Sie preßte ihre Hände gegen den Magen, als ihre Beine endgültig nachgaben und sie sich mit dem Hinterteil auf das Parkett setzte. »Ist mir dabei auch nicht der Hut verrutscht?« fragte sie. »Ist er mir auch nicht an dem Abend verrutscht, als ich den Preisboxer zu einem Muskelwettbewerb herausforderte?«

»Wovon redet sie eigentlich?« fragte Kane.

Edan lächelte, und sein Lächeln wurde immer breiter, als er sagte: »Den Hut haben Sie damals nur beim Tanzen verloren, Mylady.« Und nun fing er an zu lachen. »Houston«, prustete er, »und den Whisky habe ich mir damals nur gekauft, weil ich glaubte, ich würde sonst vor Langeweile einschlafen, wenn ich ein teetrinkendes Damenkränzchen belauschen muß.«

Als Edan sich von seinem Lachanfall einigermaßen erholt hatte, saß er neben Houston auf dem Boden. »Und Miss Emily!« japste er. »Ich kann nie mehr mit ernstem Gesicht an ihrer Teestube vorbeigehen.«

Houston lachte so heftig, daß sie kaum noch verständlich sprechen konnte. »Und Leander! Ich hatte mich so bemüht in all diesen Jahren, daß er ja nichts erfuhr von Sadie und den anderen Sachen.«

Leander betrachtete lächelnd die Szene. »Weißt du jetzt, wovon sie spricht?« fragte er Kane.

Rafe gab ihm darauf eine Antwort: »Diese süße kleine Lady sieht so rührend harmlos und zerbrechlich aus, daß man glaubt, sie könnte nur mit ihrem Stickrahmen am Fenster sitzen. Und dabei fährt sie regelmäßig mit einem Fuhrwerk und vier Pferden durch die Gegend.«

»Ich kann das auch mit zwölf Pferden«, sagte Houston und löste damit bei Edan einen neuen Lachanfall aus.

»Und sie schlägt eine Rechte, daß junge Männer, die so groß sind wie sie, sich auf dem Boden wiederfinden«, sagte Kane stolz. »Und sie verläßt ihre eigene Hochzeitsparty, um ihrem Ehemann nachzulaufen, der sich vor der ganzen Stadt wie ein Esel benommen hat. Und sie gibt seiner Mätresse Geld, damit sie aus der Stadt verschwindet. Und sie kann schreien im . . .« Er schluckte hastig und blickte ganz verlegen in eine Ecke des Korridors.

Leander blickte hinunter auf Houston, die immer noch vor dem Blumentischchen auf dem Boden saß, den Arm um Edan gelegt – beide ganz außer Atem vor Lachen. Und dann drehte er sich zu Kane um und sah, wie dieser Houston mit einer Mischung aus Stolz und Liebe betrachtete. »Und ich habe ihr den Spitznamen Eisprinzessin gegeben«, murmelte Lee und schüttelte den Kopf.

»Und ich habe das Eis zum Schmelzen gebracht«, sagte Kane, sich auf den Absätzen wiegend, die Daumen durch die Gürtelschlaufen geschoben.

Da brachen auch Rafe und Leander in ein brüllendes Gelächter aus, weil er das in einem so andächtigen Ton von sich gegeben hatte.

Rafe deutete mit dem Kopf auf Houston hinunter, die immer noch auf dem Boden saß. »Dann solltest du aber etwas unternehmen mit diesem Stück Eis, ehe es ganz zerschmilzt und in den Parkettritzen versickert. Du möchtest sie doch nicht verlieren, oder?«

Kane beugte sich rasch zu Houston hinunter und hob sie auf seine Arme. »Nein, diese Lady möchte ich nie mehr verlieren.«

Houston, die immer noch lachen mußte, schmiegte sich an ihn, als er sie die Treppe hinauftrug.

»Nein, Sir«, sagte Kane. »Nichts bringt uns beide jetzt

noch auseinander. Weder andere Ladys noch Kinder, von denen sie noch gar nichts weiß, noch der Henker. Ich schätze, deshalb liebe ich sie auch so sehr, weil sie sich nicht von mir trennen kann. Habe ich recht, Houston?«

Houston blickte zu ihm hoch und hatte Sterne in den Augen.

Er legte den Kopf an den ihren und flüsterte, damit ihn die anderen nicht hören konnten: »Wenn ich dich nach oben gebracht habe – wirst du mir dann erklären, was ein Muskelwettbewerb ist? Und fang mir ja nicht wieder an zu lachen, Houston!«

– Ende –

JUDE DEVERAUX

Herz aus Feuer

BASTEI
LÜBBE

Prolog

Philadelphia, Pennsylvania
April, 1892

»Bravo!« scholl es Blair Chandler aus elf Kehlen entgegen, als sie das Eßzimmer im Haus ihres Onkels Henry betrat. Sie war eine hübsche junge Frau mit dunkelbraunem Haar, das im Licht rötlich schimmerte, weit auseinanderstehenden blaugrünen Augen, einer geraden, aristokratischen Nase und einem kleinen, vollkommen geformten Mund.

Blair blieb einen Moment unter der Tür stehen, zerdrückte ein paar Freudentränen und sah dann auf die Menschen, die ihr diesen überraschenden Empfang bereiteten. Da waren ihre Tante und ihr Onkel, und neben ihnen Alan, der sie mit liebevollen Augen betrachtete; und im Halbkreis dahinter ihre Studienkollegen – eine Frau und sieben Männer. Und als sie deren strahlende Gesichter bemerkte und den mit Geschenken überhäuften Tisch, schien sie sich kaum noch an die jahrelange Plackerei erinnern zu können, mit der sie sich ihre akademische Würde als Doktor der Medizin erkämpft hatte.

Tante Flo eilte mit der Anmut eines jungen Mädchens auf sie zu. »Nun bleib doch nicht so verdattert an der Tür stehen. Liebes! Alle sterben fast vor Neugierde, deine Geschenke zu sehen!«

»Dieses zuerst!« rief Onkel Henry und hielt ihr ein großes Paket hin.

Blair glaubte zu wissen, was der Karton enthielt; aber sie wagte gar nicht darauf zu hoffen, als sie die Schnur löste und das Geschenk auswickelte. Und dann, als sie die Ledertasche mit den blitzend neuen medizinischen Instrumenten sah, mußte sie sich erst einmal hinsetzen. Sprachlos vor Freude, konnte sie nur immer wieder mit dem Finger über die Messingplatte unter dem Henkel streichen, auf der ihr Name mit ihrem neuen Titel eingraviert war: »Dr. B. Chandler, M. D.«

Alan brach das Schweigen, als sie vor Rührung noch immer keine Worte fand: »Ist das die Frau, die unserem chirurgischen Präzeptor faule Eier in den Schrank legte? Ist das die Frau, die sich gegen den Verwaltungsrat aller städtischen Krankenhäuser in Philadelphia durchgesetzt hat?« Er beugte sich vor und flüsterte neben ihrem Ohr. »Ist das die Frau, die als Beste ihres Jahrgangs das Examen bestand – die erste Frau, die als Assistenzärztin an die St.-Joseph-Klinik berufen wird?«

Es dauerte eine Weile, ehe sie darauf reagieren konnte. »Ich?« flüsterte sie und blickte dabei mit ungläubig geöffnetem Mund zu ihm hoch.

»Deine Bewerbung ist angenommen«, sagte Tante Flo und nickte ihrer Nichte lächelnd zu. »Du sollst im Juli dort anfangen. Sobald du von der Hochzeit deiner Schwester zurückgekommen bist.«

Blair sah von einem zum anderen. Zwar hatte sie sich sehr um diese Stellung bemüht und sogar einen Tutoren angestellt, der sie auf die Aufnahmeprüfung vorbereitete; aber man hatte ihr zu verstehen gegeben, daß dieses städtische Krankenhaus im Gegensatz zu Frauenkliniken keine weiblichen Ärzte beschäftigen würde. Sie wandte sich ihrem Onkel Henry zu: »Das habe ich wohl dir zu verdanken, wie?«

Mit vor Stolz geschwellter breiter Brust gab Henry zurück: »Ich hatte nur gewettet, daß sie auf deine Bewerbung gern verzichten dürfen, wenn du nicht mit der höchsten bisher erreichten Note die Prüfung bestehst. Ich habe sogar noch hinzugefügt, daß du deinen Beruf gar nicht erst ausüben, sondern Hausfrau werden und Alan versorgen würdest, wenn du die Stellung nicht bekommst. Ich glaube, daß sie der Chance nicht widerstehen konnten, eine Frau, die Medizin studiert hat, wieder zur Vernunft zu bringen.«

Einen Moment lang war Blair ganz blaß geworden. Sie hatte keine Ahnung gehabt, daß von dieser tückischen, drei Tage dauernden Prüfung so viel abhängen würde.

»Du hast es geschafft«, lachte Alan, »obwohl ich mir etwas komisch vorkomme in der Rolle des Trostpreises.« Er legte Blair die Hand auf die Schulter. »Meinen herzlichen Glückwunsch zu deinem Erfolg, mein Schatz. Ich weiß, wieviel dir diese Berufung bedeutet.«

Tante Flo gab ihr den Brief, der ihr bestätigte, daß sie tatsächlich als Assistenzärztin im St.-Joseph-Krankenhaus angenommen worden war. Blair drückte das Papier an ihre Brust und blickte die Leute an, die sie umgaben. Ich sehe jetzt mein ganzes Leben vor mir, dachte sie – und es wird ein schönes und erfülltes Leben sein. Ich werde eine Familie haben und gute Freunde. Ich darf in einem der besten Krankenhäuser der Vereinigten Staaten meine Ausbildung fortsetzen. Und ich habe Alan, den Mann, den ich liebe.

Sie rieb ihre Wange an Alans Hand, während sie die blanken neuen medizinischen Instrumente betrachtete. Sie würde sich ihren Jugendtraum, Fachärztin zu werden, erfüllen und diesen guten, liebenswerten Mann heiraten.

Ehe sie ihre neue Stellung antrat, mußte sie noch nach Chandler in Colorado zurückkehren und mit ihrer Zwillingsschwester deren Hochzeit feiern. Nach so vielen Jahren der Trennung freute sie sich auf ein Wiedersehen mit ihr, um das gemeinsame Glück zu feiern, daß sie beide den Mann bekamen, den sie sich gewünscht hatten und ihr Leben sich so gestaltete, wie sie das erhofften.

Alan wollte sie in Chandler besuchen, damit sie ihn ihrer Mutter und ihrer Schwester vorstellen konnte. Dann würden sie dort ihre Verlobung offiziell bekanntgeben. Und sobald ihre und Alans praktische Ausbildung am Krankenhaus abgeschlossen war, wollten sie heiraten.

Blair lächelte zu ihren Freunden hinauf. Sie wollte ihr Glück mit allen teilen. Nur noch einen Monat – und alles, was sie sich erträumt und worum sie gekämpft hatte, ging in Erfüllung.

Kapitel 1

Chandler, Colorado
Mai, 1892

Blair Chandler stand schweigend in dem prächtigen Salon des Chandlerhauses, umgeben von klobigen dunklen, geschnitzten Möbeln mit Spitzenschonerdecken. Es spielte keine Rolle, daß ihre Mutter vor vielen Jahren zum zweitenmal geheiratet und ihr neuer Ehemann, Duncan Gates, das Haus bezahlt hatte: die Leute in der Stadt glaubten noch immer, daß es William Houston Chandler gehörte – dem Mann, der es entworfen hatte und bauen ließ, jedoch starb, ehe er die erste Zahlung leisten konnte.

Blair blickte hinunter auf den Boden, damit man nicht das zornige blaugrüne Feuer in ihren Augen aufblitzen sah. Sie war nun schon eine Woche im Haus ihres Stiefvaters und hatte nicht ein vernünftiges Wort mit diesem ungehobelten untersetzten Mann sprechen können. Er brüllte nur mit ihr.

Auf jeden unbeteiligten Zuschauer hätte sie in ihrer weißen Bluse und ihrem dunklen Cordrock, der hinter breiten Tuchfalten die schwellenden Formen ihrer Stundenglas-Figur versteckte, den Eindruck einer sittsamen jungen Frau gemacht. Und ihr Gesicht war von einer so heiteren, liebenswürdigen Schönheit, daß niemand dahinter ein hitziges Temperament vermutet hätte. Doch jeder, der Blair Clandler näher kannte, wußte, wie gut sie sich in einem Streitgespräch zu behaupten vermochte.

Und dafür lieferte Duncan Gates sogleich einen Anlaß, weil er von der ersten Sekunde an kein Hehl daraus gemacht hatte, was er sich unter einer »richtigen« Lady vorstellte. Seine Idealvorstellungen von einer Lady schlossen keine jungen Damen ein, die einen medizinischen Beruf ergriffen hatten und sich besonders gut auf die Behandlung von Schußwunden verstanden. Ihm wollte nicht einleuchten, daß Blair ihr Nähtalent ebensogut zum Flicken von durchlöcherten Gedärmen verwenden konnte wie zum Sticken von Schonerdeckchen.

Seit einer Woche schnauzte und nörgelte er nun schon an ihr herum, bis sie das nicht mehr länger ertragen konnte und anfing, ihm im gleichen Ton zu widersprechen. Nur leider kamen just in diesen Augenblicken immer entweder ihre Mutter oder ihre Schwester ins Zimmer und erstickten jede Diskussion im Keim. Blair hatte nicht lange zu der Einsicht gebraucht, daß Mr. Gates diesen Haushalt und die Frauen, die dazugehörten, mit eiserner Faust regierte. Er durfte sagen, was ihm gefiel; doch keiner Frau war es gestattet, ihre Meinung dazu zu äußern.

»Ich hoffe, daß du noch rechtzeitig zur Vernunft kommen und diesen medizinischen Unsinn aufgeben wirst«, schnauzte Gates sie in diesem Moment an. »Eine Lady gehört ins Haus. Zumal nur ihre weiblichen Funktionen darunter leiden, wenn sie ihren Verstand gebraucht, wie Dr. Clark inzwischen nachgewiesen hat.«

Blair seufzte schwer und warf kaum einen Blick auf das zerlesene Traktat, das Mr. Gates in die Höhe hob. Dr. Clarks Erkenntnisse waren in mehreren hundertausend Exemplaren unter das lesende Volk gekommen und hatten den Frauen, die sich bilden wollten, schwer geschadet.

»Dr. Clark hat gar nichts bewiesen«, sagte Blair müde. »Er schreibt, daß er eine einzige vierzehnjährige, flachbrüstige Oberschülerin untersucht habe, und glaubt, aus dem Ergebnis dieser Untersuchung ableiten zu können, daß bei allen Frauen, die studieren, die Fähigkeit, sich fortzupflanzen, verkümmert. Ich kann seine Behauptung nicht für beweisträchtig halten.«

Mr. Gates lief dunkelrot an. »Solche Frechheiten laß ich mir nicht bieten! Nur weil du dich Doktor nennen darfst, hast du noch lange kein Recht dazu, dich ungezogen zu benehmen. Nicht in meinem Haus!«

Dieser Mann überschritt für Blairs Geschmack wieder einmal die Grenze des Zumutbaren. »Seit wann ist das *dein* Haus?« brauste sie auf. »Mein Vater hat . . .«

In diesem Augenblick trat Blairs Schwester Houston ins Zimmer, stellte sich zwischen sie und warf Blair einen flehenden Blick zu. »Ich glaube, das Abendessen kann jeden Moment serviert werden. Wollen wir nicht schon hinübergehen?« sagte sie mit ihrer kühlen, reservierten Stimme, die Blair inzwischen genauso auf den Geist ging wie Mr. Gates' Pöbeleien.

Blair nahm ihren Platz an dem großen Mahagonitisch ein, gab auf die im gereizten Ton vorgetragenen Fragen von Mr. Gates einsilbige Antworten und beschäftigte sich in Gedanken mit ihrer Schwester.

Blair hatte sich auf ihre Rückkehr nach Chandler gefreut, auf ein Wiedersehen mit der Mutter, der Schwester und den Spielgefährten ihrer Kinderzeit. Seit ihrem letzten Besuch zu Hause waren fünf Jahre vergangen. Damals war sie siebzehn gewesen und voller Enthusiasmus, da sie nach ihrem Abstecher nach Chandler mit ihrem medizinischen Studium beginnen sollte. Vielleicht war sie damals zu sehr in ihren eigenen Gedanken versponnen gewesen, um die Atmosphäre wahrzunehmen, in der Mutter und Schwester lebten.

Doch diesmal spürte sie schon den Druck, als sie gerade erst aus dem Zug gestiegen war. Houston hatte sie vom Bahnhof abgeholt, und Blair war überzeugt, in ihrem Leben noch keinem vollkommeneren Beispiel einer harten, frigiden, unbeugsamen Frau begegnet zu sein. Sie glich einem aus Eis geformten weiblichen Schönheitsideal.

Es gab weder eine überschwengliche Begrüßung auf dem Bahnhof noch einen Austausch von Vertraulichkeiten in der Kutsche auf dem Weg zur Villa Chandler. Blair versuchte mit Houston ins Gespräch zu kommen; empfing aber nur einen kühlen, geistesabwesenden Blick. Selbst der Name von Leander, Houstons Verlobten, ließ keine Herzlichkeit zwischen ihnen aufkommen.

Die Hälfte des Wegs saßen sie sich stumm gegenüber,

Blair mit ihrer neuen Arzttasche auf dem Schoß, an die sie sich klammerte, als wollte man sie ihr entreißen. Sie blickte durch das Wagenfenster, während sie durch die Innenstadt fuhren.

In den fünf Jahren seit ihrem letzten Besuch hatte sich Chandler gewaltig verändert. Sie hatte das Gefühl, als wäre hier noch alles im Aufbruch und Wachsen begriffen; während die Städte an der Ostküste schon geprägt waren von einem gewaltigen Traditionsbewußtsein.

Die Häuser mir ihren falschen Fassaden – der viktorianischen Architektur des Westens, wie jemand diesen Baustil einmal genannt hatte – waren neu oder noch in Bau. Chandler war nichts als ein hübsches Stück Land gewesen mit reichen Kohlevorkommen dicht unter der Erdoberfläche, als William Chandler hierherkam. Damals hatte es keine Eisenbahn gegeben, kein Stadtzentrum, keinen Namen für die paar Handelsposten, bei denen eine Handvoll Viehzüchter, die sich in der Umgebung niedergelassen hatten, ihre Waren bezogen. Bill Chandler sollte diesen Zustand bald gründlich ändern.

Als sie in die Auffahrt des Chandlerhauses einbogen – oder der Villa Chandler, wie die Leute hier das Haus zu bezeichnen pflegten –, sah Blair mit einem vergnügten Lächeln an der Fassade des dreistöckigen Gebäudes empor. Der Garten, den ihre Mutter angelegt hatte, prangte im üppigen Grün, und sie konnte die blühenden Rosen riechen. Eine Treppe führte nun vom Gehsteig zum Haus hinauf, da der Hügel teilweise eingeebnet worden war der neuen Pferdebahn wegen; doch sonst hatte sich hier kaum etwas verändert. Sie trat unter das Vordach der breiten Veranda, die sich um das ganze Haus herumzog, und durch eine der beiden Vordertüren.

Blair weilte keine zehn Minuten unter dem Dach dieses Hauses, und sie hatte die Ursache für Houstons verändertes Wesen entdeckt.

In der Halle stand ein Mann von einer Kompaktheit, um die ihn wohl auch ein selbstbewußter Felsblock beneiden mußte – und dem Blick, mit der er ihr entgegensah, deckte sich mit seiner Erscheinung.

Blair war zwölf gewesen, als sie zu ihrem Onkel und ihrer Tante nach Pennsylvania zog, um sich auf ein medizinisches Studium vorzubereiten. Und mit den Jahren hatte sie offenbar vergessen, was für ein Tyrann ihr Stiefvater war. Schon bei der Begrüßung, als sie ihm mit einem freundlichen Lächeln die Hand reichte, gab er ihr zu verstehen, was für eine schlimme Frau sie sei und daß er ihr nicht erlauben würde, ihre Hexenküche in seinem Haus einzurichten.

Blair hatte ihre Mutter verwirrt und entgeistert angeblickt. Opal Gates war magerer, und ihre Bewegungen langsamer, als Blair sie in Erinnerung hatte, und ehe Blair noch etwas zu Mr. Gates' Bemerkung erwidern konnte, trat Opal auf sie zu, umarmte kurz ihre Tochter und führte sie dann in das obere Stockwerk hinauf.

Drei Tage lang sagte Blair kaum ein Wort. Sie beschränkte sich auf die Rolle eines unbeteiligten Zuschauers. Und was sie sah, erschreckte sie zutiefst.

Die Schwester, an die sie sich erinnerte – dieses lachende, lebensfrohe Wesen, das mit ihr gespielt, zuweilen mutwillig mit ihr den Platz getauscht und so manchen Streich mit ihr ausgeheckt hatte –, war verschwunden oder so tief begraben, daß keiner sie wiederfinden konnte.

Diese Houston, die immer neue Spiele erfand; diese Houston, die immer so kreativ gewesen war; Houston, die Schauspielerin: sie war nun durch eine eiserne junge Lady ersetzt worden, die mehr Kleider besaß als alle anderen jungen Damen von Chandler zusammen. Es schien, als beschränkte sich Houstons Kreativität nun darauf, sich jede Woche ein schönes neues Kleid auszusuchen.

Am zweiten Tag ihres Aufenthalts in Chandler erfuhr Blair etwas von einer Freundin, was ihr Hoffnung gab, daß ihre Schwester nicht nur den Sinn ihres Lebens in Oberflächlichkeiten suchte, Jeden Mittwoch verwandelte sich Houston in eine dicke alte Frau und fuhr mit einem Gespann von vier Pferden in die Bergwerkslager in der Umgebung der

Stadt, um dort Nahrungsmittel zu verteilen. Dieses Unternehmen war nicht ungefährlich, da diese Lager bewacht wurden, um das Einsickern von gewerkschaftlichen Ideen zu verhindern. Hätte man Houston dabei ertappt, wie sie illegale Waren an die Frauen der Bergarbeiter verteilte – Waren, die nicht aus den Läden der Bergwerksgesellschaft stammten –, hätte man sie dafür vor Gericht stellen können, wenn sie nicht schon vorher von der Bergwerkswache erschossen wurde.

Doch am dritten Tag sank Blairs Hoffnung wieder auf den Nullpunkt; denn an diesem Tag kam es zu einem Wiedersehen mit Leander Westfield.

Als die Westfields nach Chandler zogen, waren die Zwillingsschwestern sechs Jahre alt gewesen; und Blair hatte mit einem gebrochenen Arm in ihrem Zimmer gesessen, als der zwölfjährige Leander mit seiner fünfjährigen Schwester der Familie seine Aufwartung machte. Doch Blair hatte hinterher dann alles von Houston erfahren. Den Befehl ihrer Mutter mißachtend, war sie in Blairs Zimmer geschlüpft, um ihr mitzuteilen, daß sie soeben den Mann kennengelernt hatte, den sie zu heiraten gedenke.

Blair Chandler hatte ihr mit großen runden Augen zugehört. Houston hatte schon immer gewußt, was sie wollte, und sich geäußert wie eine Erwachsene.

»Er ist genau die Sorte Mann, die ich mag. Er ist ruhig, intelligent, sehr hübsch und möchte Arzt werden. Ich werde inzwischen herausfinden, was die Frau eines Arztes wissen muß.«

Wenn es möglich gewesen wäre, hätte Blair die Augen in diesem Moment noch weiter aufgerissen. »Hat er dich gefragt, ob du ihn heiraten möchtest?« hatte sie geflüstert.

»Nein«, hatte Houston geantwortet und sich die immer noch tadellos weißen Handschuhe abgestreift – wenn Blair solche Dinger trug, waren sie spätestens nach einer halben Stunde kohlschwarz. »So junge Männer wie Leander denken noch nicht ans Heiraten; aber wir Frauen müssen das frühzeitig tun. Ich habe mich bereits entschlossen. Ich werde

Leander Westfield heiraten, sobald er mit seiner medizinischen Ausbildung fertig ist. Wozu du natürlich erst deine Zustimmung geben mußt. Ich könnte keinen Mann heiraten, den du nicht magst.«

Blair hatte sich geehrt gefühlt, daß Houston ihr so eine große Vollmacht erteilte, und ihre Verantwortung ernst genommen. Sie war ein wenig enttäuscht gewesen, als sie Leander kennenlernte und entdeckte, daß er gar kein Mann war, sondern nur ein hoch aufgeschossener schlanker, gutaussehender Knabe, der selten etwas sagte. Blair hatte immer solche Knaben gemocht, die mit ihr über Wiesen rannten, Steine schmissen und ihr beibrachten, wie man auf zwei Fingern pfeift. Nach ein paar unbefriedigenden Zusammenkünften mit Leander war ihr allmählich klargeworden, was den Leuten so gut an Lee gefiel – nachdem Jimmy Summers von einem Baum gestürzt und sich den Fuß gebrochen hatte. Keiner der anderen Jungen hatte gewußt, was in so einem Fall zu tun war; sie hatten nur zugesehen, wie Jimmy vor Schmerzen weinte. Doch dann hatte Lee das Kommando übernommen und einen Jungen zum Arzt und einen anderen zu Mrs. Summers geschickt. Da war Blair ziemlich beeindruckt gewesen, und als sie sich zu Houston umdrehte, hatte ihre Schwester nur mit dem Kopf genickt, als wollte sie ihre Absicht, Mrs. Leander Westfield zu werden, noch einmal unterstreichen.

Blair war bereit, Leander ein paar gute Eigenschaften zuzugestehen; doch gemocht hatte sie ihn eigentlich nie. Er war zu selbstsicher, zu sehr von sich eingenommen . . . zu perfekt. Natürlich hatte sie Houston nie gesagt, was sie wirklich von ihm dachte. Und sie hatte gehofft, daß er sich vielleicht noch ändern und mit den Jahren menschlicher würde. Aber auch diese Hoffnung wurde enttäuscht.

Vor ein paar Tagen hatte Lee Houston zu einer Teeparty abgeholt; und da Opal in die Stadt gegangen und Mr. Gates in seiner Brauerei war, hatte Blair Gelegenheit gehabt, sich mit ihm zu unterhalten, während Houston sich umzog – es dauerte eine Ewigkeit, bis man sie in diese Creationen aus Seide und Spitzen eingeschnürt hatte, die sie immer trug.

Blair glaubte, weil sie beide Ärzte waren, gäbe es doch genügend Ansatzpunkte für ein Gespräch und eine Basis für ein besseres Verhältnis als früher.

»Ich werde im nächsten Monat als Assistenzärztin im St.-Josephs-Hospital in Philadelphia anfangen«, begann sie, nachdem sie im vorderen Salon Platz genommen hatten. »Es soll ein hervorragendes Krankenhaus sein.«

Leander sah sie nur mit diesem durchbohrenden Blick an, den er schon als Knabe gehabt hatte. Es war unmöglich, zu erraten, was hinter seiner Stirn vorging.

»Ich frage mich, ob es möglich wäre, dich auf deinen Visiten im Krankenhaus in Chandler zu begleiten«, fuhr sie fort. »Vielleicht kannst du mir ein paar Tips geben, die mir bei meiner praktischen Ausbildung zugute kämen.«

Lee brauchte eine unmöglich lange Zeit, ehe er antwortete: »Ich glaube nicht, daß das ratsam wäre.«

»Ich dachte, daß zwischen zwei Ärzten . . .«

»Ich bin mir nicht sicher, ob der Verwaltungsrat des Krankenhauses eine Frau als vollwertige Medizinerin anerkennen würde. Ich könnte dich vielleicht in das Frauenhospital mitnehmen.«

Auf der medizinischen Hochschule hatte man sie gewarnt, daß sie immer auf solche Antworten gefaßt sein müsse. »Es mag dich überraschen zu hören, daß ich mich als Fachärztin für Chirurgie ausbilden lasse und mich da auf Unterleibskrankheiten spezialisiere. Nicht alle weiblichen Ärzte wollen bessere Hebammen werden.«

Leander zog eine Augenbraue in die Höhe und betrachtete sie auf eine geradezu unverschämte Weise von Kopf bis Fuß, so daß Blair sich fragte, ob alle Männer in Chandler glaubten, Frauen wären Idioten, die man am besten zu Hause einsperrte.

Dennoch wollte sie nicht so weit gehen, den Stab über ihn zu brechen. Schließlich waren sie inzwischen erwachsen und sollten die Animositäten ihrer Kinderzeit vergessen. Wenn er der Mann war, den Houston zum Gatten nehmen wollte, sollte sie ihn haben – sie, Blair, mußte ja nicht mit ihm leben.

Doch ein paar Tage später, nachdem sie einige Zeit mit ihrer Schwester verbracht hatte, kamen ihr Zweifel, ob es wirklich eine so gute Idee war, daß aus den beiden Eheleute wurden; denn wenn Houston sich überhaupt noch steifer benehmen konnte, dann in Lees Gegenwart. Sie sprachen selten ein Wort miteinander. Und daß sie gar die Köpfe zusammensteckten und kicherten, wie das verlobte Paare häufig zu tun lieben, erlebte sie bei den beiden überhaupt nicht. Sie und Alan führten sich jedenfalls ganz anders auf, dachte Blair.

Und heute abend, während sie am Eßzimmertisch saßen, schienen die Dinge sich zuzuspitzen. Blair hatte die ständigen Nörgeleien ihres Stiefvaters satt und mochte nicht länger schweigend hinnehmen, daß ihre Schwester in dieser tyrannischen Atmosphäre seelisch verkümmerte. Als Gates schon wieder etwas an ihr auszusetzen hatte, explodierte sie und sagte ihm, es genüge, daß er Houstons Leben ruiniert habe – sie ließe sich das nicht von ihm gefallen.

Blair bedauerte auf der Stelle ihre Worte und wollte sich dafür entschuldigen, als just in diesem Moment Seine königliche Hoheit, Leander Westfield, durch die Tür kam und jeder zu ihm aufblickte, als wäre ein Halbgott ins Eßzimmer getreten. Blair sah im Geist, wie Houston diesem kalten, gefühllosen Mann das Opfer ihrer Unschuld brachte. Und als Leander Houston nun noch in einem Ton, als gehörte sie ihm bereits, seine Braut nannte, hielt es Blair nicht länger am Tisch aus, und sie flüchtete mit nassen Augen aus dem Zimmer.

Sie hatte keine Ahnung, wie lange sie geweint hatte, als ihre Mutter zu ihr kam, sie in die Arme nahm und wiegte wie ein kleines Kind.

»Sag mir, was dich bedrückt«, flüsterte Opal und strich ihrer Tochter über das Haar. »Plagt dich das Heimweh so sehr? Ich weiß, daß Mr. Gates dir den Aufenthalt nicht besonders angenehm macht; aber er meint es gut. Er möchte, daß du ein Heim hast und Kinder bekommst, und er fürchtet, daß dich kein Mann haben will, wenn du erst mal als Ärztin tätig bist. Du brauchst nicht länger bei uns zu bleiben, wenn du lieber wieder zu Henry und Flo zurückkehren und mit deiner Arbeit im Hospital anfangen möchtest.«

Die Worte ihrer Mutter lösten eine frische Flut von Tränen aus. »Es geht ja gar nicht um mich«, schluchzte sie. »Ich kann dieses Haus jederzeit verlassen; aber Houston nicht. Sie ist in einer so elenden Verfassung, und das ist ganz allein meine Schuld. Ich ging fort und überließ sie diesem schrecklichen Mann. Und nun ist sie so furchtbar unglücklich.«

»Blair«, sagte Opal mit fester Stimme, »Mr. Gates ist mein Gatte, und was er auch sonst noch sein mag – ich respektiere ihn und kann nicht zulassen, daß du so über ihn redest.«

Blair hob ihre feuchten Augen zu ihrer Mutter empor. »Ich meine doch nicht ihn. Ich meine diesen Leander, dem Houston hier in Chandler ausgeliefert ist.«

»Lee?« fragte Opal ungläubig. »Aber Leander ist doch ein ganz reizender Junge! Weißt du, daß jede junge Dame in Chandler ihr Leben dafür hingegeben hätte, daß sie nur einmal mit ihm tanzen durfte? Und nun bekommt Houston ihn sogar als Ehemann. Du kannst doch nicht im Ernst darüber besorgt sein, daß Houston Lee heiratet, oder?«

Blair löste sich aus der Umarmung ihrer Mutter. »Ich bin stets die *einzige* in der Familie gewesen, die ihn so sah, wie er wirklich ist! Hast du schon einmal Houston beobachtet, wenn sie mit ihm zusammen ist? Sie erstarrt zu Eis! Sie sitzt da, als habe sie Angst vor der Welt und ganz besonders vor ihm. Houston hat früher immer so gern gelacht und sich vergnügt; doch jetzt lächelt sie nicht einmal mehr. Oh, Mutter, in diesem Augenblick wünschte ich mir, daß ich nie von zu Hause weggegangen wäre! Denn wäre ich hiergeblieben, hätte ich Houston davon abhalten können, diesem Mann ihr Jawort zu geben.« Und Blair lief wieder zu ihrer Mutter und vergrub ihr Gesicht in deren Schoß.

Opal lächelte, gerührt von der liebevollen Sorge, auf ihre

Tochter hinunter. »Nein, du hättest nicht hierbleiben dürfen«, sagte sie weich. »Sonst wärst du geworden wie Houston, die glaubt, es gäbe nur eine sinnvolle Aufgabe im Leben einer Frau, nämlich ihrem Mann ein Heim zu schaffen. Dann wäre der Welt eine tüchtige Ärztin verlorengegangen. Schau mich an.« Sie hob Blairs Gesicht an.

»Wir können doch gar nicht wissen, wie Houston und Lee zueinander sind, wenn keiner sie beobachtet. Niemand weiß, wie es im Privatleben des anderen wirklich aussieht. Ich kann mir vorstellen, daß auch du ein paar Geheimnisse hast.«

Sogleich mußte Blair an Alan denken, und ihre Wangen färbten sich rot. Doch das war nicht der richtige Moment, von Alan zu sprechen. In ein paar Tagen würde er hierherkommen, und dann hatte sie vielleicht jemanden, der ihre Meinung teilte.

»Aber ich sehe doch ihr Verhalten«, blieb Blair hartnäkkig. »Sie reden nie, berühren sich nie. Und nicht einmal habe ich beobachtet, daß einer dem anderen einen liebevollen Blick zugeworfen hätte.« Blair stand auf. »Und wenn ich ehrlich bin, habe ich diesen aufgeblasenen, aufrechten und der Stadt zur Zierde gereichenden Bürger, Mr. Leander Westfield, noch nie ausstehen können. Er ist einer von diesen verwöhnten Söhnen aus reicher Familie, die alles auf dem Silbertablett serviert bekommen. Er kennt Enttäuschung, Entbehrung und Anstrengung nur dem Wort nach, und von dem Wörtchen ›Nein‹ hat er noch nie etwas gehört. Während meines Studiums hat die uns benachbarte medizinische Hochschule für Männer den fünf besten Studentinnen meines Colleges gestattet, ein paar ihrer Kurse zu besuchen. Die Männer waren sehr höflich zu uns, bis wir Frauen anfingen, in den Prüfungen besser abzuschneiden als sie – worauf wir aufgefordert wurden, noch vor Ende des Semesters diese Kurse wieder aufzugeben. Leander erinnert mich an all diese aufgeblasenen jungen Typen, die nicht vertragen konnten, daß wir ihnen Konkurrenz machten.«

»Aber, Liebes, hältst du das wirklich für fair? Nur weil

Leander dich an andere erinnert, muß er doch nicht genauso sein wie sie!«

»Ich habe ein paarmal versucht, mit ihm über Medizin zu sprechen; und statt den Mund aufzumachen, starrte er mich nur an. Was passiert, wenn Houston nicht nur seine Strümpfe stopfen, sondern auch noch etwas aus ihrem Leben machen möchte? Er wird noch grausamer über sie herfallen, als Gates das jemals mit mir gemacht hat, und das nicht nur ein, zwei Wochen lang. Und Houston wird sich seiner Tyrannei nicht entziehen können.«

Opal setzte nun ebenfalls ein ernstes Gesicht auf. »Hast du mit Houston darüber geredet? Ich bin sicher, sie kann dir erklären, warum sie Leander liebt. Vielleicht sind sie ganz anders, wenn sie unter sich sind. Ich glaube nämlich, daß sie ihn liebt. Und egal was du sagst – Leander ist ein guter Mann.«

»Das gilt auch für Duncan Gates«, sagte Blair zu sich selbst. Doch inzwischen hatte sie gelernt, daß »gute« Männer die Seele einer Frau abtöten können.

Kapitel 2

Blair bemühte sich sehr, mit Houston zu reden und sie zur Einsicht zu bringen; doch Houston hörte ihr nur mit verschlossener Miene zu und erklärte ihr dann, daß sie Leander liebe. Blair hätte am liebsten losgeheult, so enttäuscht war sie; aber als sie ihrer Schwester wieder ins Erdgeschoß hinunter folgte, begann sich ein Plan in ihrem Kopf zu formen. Sie wollten heute in die Stadt fahren – Blair, um eine medizinische Zeitung abzuholen, die Alan an die Redaktion der ›Chandler Chronicle‹ geschickt hatte mit dem Vermerk, sie dort für sie aufzubewahren; und Houston, um in der Stadt einzukaufen. Und Lee wollte sie beide mit der Kutsche in die Stadt bringen.

Bisher war sie immer höflich zu Leander gewesen – aber

was passierte, wenn sie ihn zwang, sein wahres Gesicht zu zeigen? Was passierte, wenn er sich als der unbewegliche, starrköpfige Tyrann entpuppte, der er ihrer Meinung nach war?

Wenn sie beweisen konnte, daß Lee genauso engstirnig und unduldsam war wie Duncan Gates, mochte Houston vielleicht noch einmal ihren Entschluß überdenken, ihr Leben mit diesem Mann zu teilen.

Natürlich konnte sie sich auch in Lee getäuscht haben. Und wenn das der Fall war – wenn Lee ein so aufgeschlossener und rücksichtsvoller Mann war wie Alan –, dann würde sie bei Houstons Hochzeit am lautesten singen.

Als sie ins Erdgeschoß kamen, wurden sie dort bereits von Leander erwartet.

Stumm folgte sie den beiden, die sich weder ansahen noch bei den Händen faßten, zur Kutsche. Houston ging langsam, weil ihr Korsett vermutlich so eng geschnürt war, daß sie kaum Luft bekam. Sie erlaubte Lee, ihr in seine alte, schwarze Kalesche zu helfen.

»Glaubst du, daß eine Frau noch mehr sein kann als Gattin und Mutter?« fragte Blair, als Lee sie in seine Kutsche heben wollte. Sie beobachtete dabei ihre Schwester aus den Augenwinkeln, damit ihr nicht entgehen sollte, wie sie auf Leanders Antwort reagierte.

»Magst du keine Kinder?« fragte er überrascht.

»Ich mag Kinder sehr«, gab sie rasch zur Antwort.

»Dann magst du vermutlich keine Männer.«

»Natürlich mag ich Männer – einige jedenfalls. Das ist aber keine Antwort auf meine Frage. Glaubst du, daß eine Frau mehr sein kann als nur Gattin und Mutter?«

»Das hängt meiner Ansicht nach von der Frau ab. Meine Schwester kann zum Beispiel ein Damaszenerpflaumen-Dessert zubereiten, daß dir noch hinterher das Wasser im Mund zusammenläuft«, sagte er augenzwinkernd, faßte sie um die Taille und hob sie mit so viel Schwung auf die Sitzbank hinauf, daß man das schon eher ein Werfen nennen konnte.

Blair mußte erst ihren Ärger hinunterschlucken, ehe sie ihre Sprache wiederfand. Seine Antwort war ein Beweis, daß er sie nicht ernst nehmen wollte. Wenngleich, wie sie widerstrebend einräumte, er nicht ganz so humorlos war, wie sie zunächst geglaubt hatte.

Sie fuhren durch die Innenstadt von Chandler, und Blair versuchte, sich auf ihre Umgebung zu konzentrieren. Die Türen des alten, aus Feldsteinen errichteten Opernhauses waren frisch gestrichen, und sie kamen an mindestens drei Hotels vorbei, die bei ihrem letzten Besuch bestimmt noch nicht dagewesen waren.

Auf den Straßen wimmelte es von Menschen und Fuhrwerken: Cowboys, die eben erst mit ihren Rinderherden in der Stadt eingetroffen sein mußten; gut gekleidete Männer von der Ostküste, die sich offenbar von der aufstrebenden Stadt einen Profit versprachen; ein paar Arbeiter aus den Kohlenminen und alteingesessene Bürger, die den Zwillingen und Leander zuwinkten und -nickten. Rufe wie »willkommen daheim, Blair-Houston« begleiteten sie auf ihrem Weg durch die Stadt.

Blair warf einen Blick auf ihre Schwester und bemerkte, daß diese nach Westen blickte, wo ein monumentales Bauwerk die Silhouette der Stadt beherrschte, wie man es sich monströser kaum vorstellen konnte. Es war ein riesiges weißes Haus, das auf einem hohen Hügel aufragte, dessen Kuppe ein gewisser Mr. Kane Taggert hatte einebnen lassen, um Platz für seine protzige Villa zu schaffen.

Blair wußte, daß sie dieses Haus nicht unvoreingenommen betrachten konnte, weil seine Entstehung jahrelang die Korrespondenz ihrer Mutter und Schwester beherrscht hatte. Keine Geburt, kein Todesfall, keine Heirat und kein Unfall – nichts, was sich in Chandler ereignet hatte, war wichtig gewesen, wenn es nicht in irgendeiner Beziehung zu diesem Haus gestanden hatte.

Und als das Haus endlich fertig war und der Eigentümer niemanden einlud, seine Wohnung auch von innen zu betrachten, war die Verzweiflung darüber in den Briefen, die Blair von zu Hause erhielt, so herzzerreißend, daß es fast komisch war.

»Reißen sich die Leute noch immer danach, das Haus von innen zu besichtigen?« fragte Blair, während sie versuchte, ihre Gedanken zu ordnen. Wenn Leander sie nicht ernst nahm und ihren Fragen auswich – wie wollte sie dann Houston die Augen öffnen und zeigen, was für ein Mensch sich hinter der hübschen Fassade ihres Verlobten versteckte?

Houston beantwortete unterdessen ihre Frage auf eine seltsam verklärte Weise, als wäre das weiße Haus auf dem Hügel ein Märchenschloß, wo alle ihre Träume in Erfüllung gingen.

»Ich bin mir nicht so sicher, daß die Gerüchte, die die Leute über ihn ausstreuen, nur erfunden sind«, sagte Leander, als Houston Taggerts Namen erwähnte. »Jacob Fenton ist der Ansicht . . .«

»Fenton!« explodierte Blair. »Fenton ist ein korrupter Ausbeuter; ein Mann, der über Leichen geht, um seinen Willen durchzusetzen.« Fast alle Kohlenbergwerke in der Umgebung von Chandler gehörten Fenton, und er sperrte seine Bergarbeiter in Lager ein, als wären sie seine Sklaven.

»Ich bin nicht der Meinung, daß du Fenton dafür allein die Schuld geben kannst«, sagte Lee. »Er hat Aktionäre, die er abfinden, Verträge, die er erfüllen muß. Da reden auch noch andere Leute mit.«

Blair wollte ihren Ohren nicht trauen und blickte ihre Schwester verstohlen von der Seite an. Leander hatte die Kutsche angehalten, um eine Pferdebahn vorbeizulassen, und Blair stellte befriedigt fest, daß Houston ihnen zuhörte. Leander verteidigte die Schlotbarone, und Blair wußte, wie sehr Houston das Wohl der Bergarbeiter am Herzen lag.

»Du hast nie in einer Kohlengrube arbeiten müssen«, sagte Blair. »Du hast keine Ahnung, was es bedeutet, jeden Tag um das nackte Überleben kämpfen zu müssen.«

»Aber du scheinst das zu wissen, wie?«

»Mehr als du«, fauchte sie. »Du hast ja in Harvard Medizin studieren dürfen. Harvard läßt keine Frau zum Studium zu!«

»Jetzt kommt sie wieder mit dieser Leier«, sagte er seufzend. »Wirfst du das jedem Mediziner vor? Oder bin ich der einzige männliche Kollege, der dafür Schelte bekommt?«

»Du bist der einzige, der die Absicht hat, meine Schwester zu heiraten.«

Er drehte sich um und sah sie mit hochgezogenen Augenbrauen an. »Ich habe gar nicht gewußt, daß du eifersüchtig bist, Blair! Aber beruhige dich – du wirst eines Tages auch noch den passenden Mann finden.«

Blair ballte die Hände an ihrer Seite zu Fäusten, blickte geradeaus und versuchte sich daran zu erinnern, warum sie mit diesem aufgeblasenen, so schrecklich von sich eingenommenen Mann überhaupt ein Gespräch angefangen hatte. Hoffentlich wußte Houston das Opfer zu schätzen, das sie ihretwegen brachte!

Blair holte tief Luft: »Was hältst *du* denn von weiblichen Ärzten?«

»Ich mag Frauen.«

»Aha! Du magst Frauen, solange sie dir nicht in der Klinik in die Quere kommen!«

»Ich glaube, das hast du gesagt, nicht ich.«

»Du hast gesagt, ich wäre kein ›richtiger‹ Arzt und könnte deshalb nicht mit dir zusammen Visite in der Klinik machen.«

»Ich habe nur gesagt, daß der Verwaltungsrat der Klinik dir wahrscheinlich nicht erlauben wird, mit mir zusammen Visiten im Krankenhaus zu machen. Besorge dir von ihm eine Genehmigung, und ich zeige dir jeden verdammten Verband, den ich meinen Patienten abnehme oder anlege.«

»Sitzt dein Vater nicht im Verwaltungsrat?«

»Ich habe heute nicht mehr Einfluß auf ihn als früher als Fünfjähriger – vielleicht sogar noch weniger.«

»Ich bin sicher, er denkt genauso wie du – daß Frauen nichts zu suchen haben im ärztlichen Beruf.«

»Soweit ich mich erinnern kann, habe ich mich nicht dazu geäußert, was ich von Frauen halte, die in meinem Beruf tätig sind.«

Blair hatte das Gefühl, daß sie jeden Moment losschreien müßte. »Du redest im Kreis herum. Ich frage dich noch einmal: Was hältst du von Frauen, die dir als Ärztinnen Konkurrenz machen?«

»Ich glaube, das hängt allein von meinen Patienten ab. Wenn ich einen Kranken im Hospital habe, der zu mir sagt, er würde lieber sterben, als sich von einer Ärztin behandeln zu lassen, würde ich eine Ärztin nicht an diesen Patienten heranlassen. Aber wenn ich einem Patienten begegne, der mich anfleht, daß ich ihm eine Ärztin besorgen soll, würde ich vermutlich alles tun, um ihm seinen Wunsch zu erfüllen.«

Darauf wußte Blair nun nichts mehr zu sagen. Bis jetzt war es Leander gelungen, ihr jedes Wort im Mund herumzudrehen.

»Das ist Houstons Traumhaus«, sagte Leander, offenbar bemüht, das Thema zu wechseln, als die Pferdebahn vorbeigezogen war. »Wenn Houston mich nicht hätte, würde sie sich wahrscheinlich in die Schlange der Frauen einreihen, die sich um Taggert und das Haus dort oben prügeln.«

»Ich gebe zu, daß ich mir sein Haus gern von innen ansehen würde«, sagte Houston verträumt und bat Lee, sie vor Wilsons Kaufhaus abzusetzen.

Nachdem Houston sich von ihnen getrennt hatte, sah Blair keine Veranlassung mehr, ihr Gespräch mit Leander fortzusetzen. Zwar hätte sie ihn gern noch über die Klinik ausgefragt; aber sie hatte genug von seinen kleinen geistreichen Bemerkungen.

Sie ließ sich vor dem Verlagshaus des ›Chandler Chronicle‹ absetzen und blieb noch eine Weile auf dem Bürgersteig stehen, um mit Leuten zu plaudern, die sie schon seit ihrer Kindheit kannten und sie mit ›Blair-Houston‹ anredeten, weil sie die Zwillingsschwestern nicht auseinanderzuhalten vermochten. Sie mußte sich erst wieder an diesen

Doppelnamen gewöhnen, den sie seit sieben Jahren nicht mehr gehört hatte, und fragte sich, wie Houston sich wohl dabei vorkam, wenn man sie nie als ein selbständiges Wesen, sondern immer nur als ›halbe‹ Person anredete.

Sie holte sich ihr medizinisches Journal am Anzeigenschalter ab und ging dann den Bohlensteg der Third Street zu Farrells Haushaltswarengeschäft hinunter, wo sie sich wieder mit Houston und Leander treffen sollte.

Lee wartete dort allein, gegen das Geländer gelehnt, neben sich das große weiße Pferd mit den braunen Flecken, das seine Kutsche zog. Von Houston war weit und breit nichts zu sehen, und Blair überlegte gerade, ob sie nicht im Schuhgeschäft auf der anderen Straßenseite auf ihre Schwester warten sollte, als Lee ihrer ansichtig wurde und brüllte, daß es die ganze Stadt hören mußte: »Ziehst du jetzt den Schwanz ein und flüchtest?«

Blair drückte das Kreuz durch, überquerte die staubige Straße und trat zu ihm.

Er grinste sie so unverschämt an, daß sie sich wünschte, sie wäre ein Mann und könnte ihn zum Duell herausfordern.

»Ich glaube nicht, daß sich das, was du gerade denkst, für eine feine Dame schickt. Was würde wohl Mr. Gates dazu sagen?«

»Nichts, was er mir vermutlich nicht schon längst gesagt hat.«

Lees Miene veränderte sich sofort. »Houston hat mir erzählt, daß er dich ziemlich grob behandelt«, sagte er ernst. »Wenn ich dir da in irgendeiner Weise behilflich sein kann, brauchst du mir das nur zu sagen.«

Einen Moment blickte Blair ihn verwirrt an. Sie war überzeugt gewesen, daß er sie verachtete, und nun bot er ihr seine Kavaliersdienste an. Ehe sie etwas sagen konnte, kam Houston mit einem roten Kopf und einem sehr nachdenklichen Gesicht auf die beiden zu.

»Was für ein Glück für deine Schwester, daß du gerade noch rechtzeitig gekommen bist, um sie vor einem Schicksal zu bewahren, das für sie schlimmer gewesen wäre als der

Tod. Sie hätte mir nämlich etwas Angenehmes sagen müssen.«

»Pardon«, murmelte Houston, »was sagtest du eben?«

Lee nahm sie beim Ellenbogen und führte sie zur Kutsche: »Ich sagte gerade, daß du jetzt lieber wieder nach Hause fahren und dich auf den Empfang beim Gouverneur vorbereiten solltest.«

Er hob Houston in die Kutsche und reichte dann Blair die Hand, um ihr beim Einsteigen behilflich zu sein.

Blair blickte ihre Schwester an. Sie mußte unbedingt noch einmal den Versuch machen, Houston den wahren Charakter ihres Verlobten zu zeigen.

»Ich habe den Eindruck«, sagte sie laut, »daß auch du zu den Anhängern von Dr. Clarks Theorien gehörst, der behauptet, daß Frauen ihren Verstand nur sparsam gebrauchen sollen, weil das Denken ihrer Gesundheit schadet.«

Leander, die rechte Hand an ihrer Hüfte, stutzte, blickte sie dann von Kopf bis Fuß an, lächelte und sagte: »Ich denke, da kannst du ganz unbesorgt sein, Blair. Soviel ich sehe, hast du an den richtigen Stellen genügend Verstand.«

Blair saß wie versteinert in der Kutsche, hörte Leander leise lachen und dachte, daß keine andere Frau sich ihrer Schwester zuliebe so viel bieten lassen würde wie sie.

Als sie aus der Stadt fuhren, kamen zwei große, kräftige Männer in einer Kalesche an ihnen vorbei, die so schäbig aussah, daß sich kein Farmer, der etwas auf sich hielt, in so einem Vehikel in die Stadt getraut hätte. Sie riefen Leander zu, er möge einen Moment anhalten, und der Dunkelhaarige, der das Gespann lenkte – ein bärtiges, ungepflegt aussehendes Individuum –, redete Houston auf eine so unverschämte Weise an, wie sie sich das bisher von keinem Mann hatte gefallen lassen. Denn wenn Houston etwas beherrschte, dann war es die Kunst, zudringliche Männer mit einem Blick oder Wort in die Schranken zu weisen.

Doch diesmal nickte Houston nur höflich, und das ungepflegte Individuum brüllte seinen Pferden etwas zu und rollte in einer Staubwolke davon.

»Was für ein seltsames Benehmen«, sagte Leander. »Ich wußte ja gar nicht, daß du diesen Taggert kennst!«

Ehe Houston antworten konnte, rief Blair: »*Das* war der Besitzer des Hauses, das Houston so gefällt? Kein Wunder, daß er niemanden einlädt, seine Wohnung zu besichtigen. Er weiß genau, daß keiner die Einladung annehmen würde. Mich wundert nur, wie er uns auseinanderhalten konnte.«

»An den Kleidern«, sagte Houston rasch. »Ich habe ihn eben erst in Wilsons Kaufhaus kennengelernt.«

»Wie ich Houston kenne«, sagte Lee, »würde sie sich nicht einmal durch die Pest davon abschrecken lassen, das Haus zu besichtigen, wenn sie dazu eingeladen würde.«

Blair beugte sich vor und fragte über den Kopf ihrer Schwester hinweg: »Hast du auch Briefe von ihr bekommen, in denen nur von diesem Haus die Rede war?«

»Ich wäre Millionär, bekäme ich für jedes Wort, das sie über dieses Haus gesprochen hat, einen Dollar.«

»Millionär wie er«, sagte Blair und blickte zu dem Haus auf dem Hügel hinüber, das die Silhouette der Stadt beherrschte. »Was mich betrifft, kann er seine Millionen gern für sich behalten und diesen Dinosaurier von Haus dazu.«

»Wie ich höre, sind wir jetzt schon zum zweitenmal der gleichen Meinung«, sagte Lee, den Erstaunten spielend. »Sollte das etwa zur Gewohnheit werden?«

»Das glaube ich nicht«, gab Blair mit scharfer Stimme zurück. Aber in ihrem Herzen regte sich der Zweifel. Sollte sie die Qualitäten dieses Mannes unterschätzt haben?

Doch keine zwanzig Minuten später war sie um die Zukunft ihrer Schwester besorgter denn je zuvor. Sie hatte sich von den beiden im Rosengarten ihrer Mutter getrennt; aber dann war ihr eingefallen, daß ihr medizinisches Journal noch in der Kutsche lag. Also lief sie wieder in den Garten zurück, um Lee noch abzufangen, ehe er wieder nach Hause fuhr, und dabei wurde sie Zeuge eines kleinen Dramas zwischen den beiden Verlobten.

Als Leander die Hand ausstreckte, um eine Biene, die um

Houstons Kopf schwirrte, zu verscheuchen, zuckte Houston zusammen. Obwohl Blair die Szene aus einiger Entfernung betrachtete, konnte sie Houstons Reaktion kaum mißverstehen: Ihre Schwester schreckte vor einem Körperkontakt mit ihrem Verlobten zurück.

»Du brauchst keine Angst zu haben«, hörte sie Leander mit tödlich beleidigter Stimme sagen, »daß ich dich anfasse.«

»Das wird sich ändern«, gab Houston mit kläglicher Stimme zurück, »wenn wir erst einmal verheiratet sind. Ganz bestimmt.«

Aber er gab ihr keine Antwort mehr, lief an Blair vorbei aus dem Garten und fuhr eilig in seiner Kutsche davon.

Leander stürmte in das Haus seines Vaters, warf die Tür hinter sich zu, daß die Butzenscheiben fast aus ihren Bleifassungen fielen, jagte, immer zwei Stufen auf einmal nehmend, die Treppe hinauf und bog dann links in den Korridor ein, der zu seinem Zimmer führte, das er aufgeben würde, sobald er Houston heiratete und mit ihr in das Haus zog, das er für sie gekauft hatte.

Fast hätte er auch noch seinen Vater umgerannt; aber er blieb nicht stehen, um sich dafür zu entschuldigen.

Reed Westfield blickte seinen Sohn an, während er sich an der Korridorwand in Sicherheit brachte, sah dessen wutentbranntes Gesicht und ging ihm nach. Leander warf wahllos ein paar Kleidungsstücke in eine Reisetasche, als Reed im Türrahmen auftauchte.

Reed verharrte einen Moment auf der Türschwelle und studierte seinen Sohn. Äußerlich betrachtet, hatten sie wenig gemeinsam: Reed war ein untersetzter, kräftiger Typ mit einem Gesicht, das die Sensibilität einer Bulldogge ausstrahlte. Doch in ihrem Wesen fanden sich viele gemeinsame Züge. So mußte schon eine Menge zusammenkommen, ehe einem Westfield der Kragen platzte.

»Was ist los, Junge – ein Notfall in der Klinik?« fragte Reed, während er zusah, wie sein Sohn Kleidungsstücke in die Reisetasche auf dem Bett warf und in seiner Wut meistens das Ziel verfehlte.

»Nein«, fauchte dieser mit zusammengepreßten Zähnen, »diese Frauen machen mich noch verrückt!«

Reed versuchte, sein Lächeln hinter einem Hustenanfall zu verstecken. In seiner Anwaltskanzlei hatte er gelernt, sich nie anmerken zu lassen, was er über seine Klienten dachte. »Hast du dich mit Houston gezankt?«

Leander drehte sich mit wutentbranntem Gesicht zu seinem Vater um: »Ich habe mich noch *nie* mit Houston gezankt, gestritten oder in irgendeiner Sache irgendwelche Meinungsverschiedenheiten mit ihr gehabt. Houston ist absolut perfekt – die vollkommene Frau.«

»Ah – dann ärgerst du dich also über ihre Schwester. Jemand erzählte mir, daß sie dir heute mächtig auf den Geist gegangen sein soll. Du brauchst ja nicht mit deiner Schwägerin zusammenzuleben.«

Lee unterbrach einen Moment das Packen. »Blair? Was hat sie denn damit zu tun! Seit ich verlobt bin, habe ich mit keiner Frau so viel Spaß gehabt wie mit ihr. Es ist Houston, die mich in den Alkoholismus treibt. Genauer gesagt, vertreibt sie mich aus dieser Stadt.«

»Nun halte mal einen Moment die Luft an«, sagte Reed und nahm seinen Sohn bei der Hand. »Ehe du in einen Zug springst und deine Patienten dem sicheren Tod überläßt, könntest du wenigstens erst mal mit mir reden. Also setz dich hierhin und erzähl mir, was dich so in Harnisch gebracht hat.«

Lee ließ sich in einen Sessel fallen, als wöge er eine Tonne, und es dauerte eine Weile, ehe er sich zu der Frage aufraffte: »Hast du eine Ahnung, warum ich Houston gebeten habe, mich zu heiraten? Ich muß doch einen Grund gehabt haben, sie um ihre Hand zu bitten; nur scheine ich ihn inzwischen vollkommen vergessen zu haben.«

Reed setzte sich seinem Sohn gegenüber aufs Bett. »Laß mich mal nachdenken, Junge – ja, wenn ich mich recht entsinne, ist es nichts anderes als die pure, reine, altmodische Fleischeslust gewesen. Kaum bist du von deinem letzten Studiensemester nach Hause zurückgekehrt, als du dich schon den zahllosen jungen und alten Männern angeschlossen hast, die diese überaus reizvolle Miss Houston Chandler auf Schritt und Tritt verfolgten und sie anbettelten, sie zu irgendeiner Party zu begleiten – irgendwohin, um in ihrer Nähe sein zu können. Ich glaube mich zu erinnern, wie du ihre Schönheit gepriesen und mir berichtet hast, daß jeder Mann in Chandler sie bereits gebeten habe, ihn zu heiraten. Und ich erinnere mich auch noch an den Abend, wo du ihr ebenfalls einen Antrag machtest, den sie angenommen hat. Danach bist du eine Woche lang im Haus herumgelaufen, als würdest du auf Wolken schweben.«

Er legte eine kurze Pause ein. »Beantwortet das deine Frage? Sagt dir jetzt dein Verstand, daß deine Fleischeslust nach der lieblichen Miss Houston abgestorben ist?«

Leander blickte seinen Vater ernst an. »Mein Verstand sagt mit, daß ihre Erscheinung und ihr Gang, die den erwachsenen Männern dieser Stadt den Schlaf raubten, nur reines Blendwerk sind. Diese Frau ist ein Eisblock. Sie ist vollkommen frigide, bar aller Gefühle. Ich kann keine Ehe mit einer Frau eingehen, die nichts für mich empfindet, und bis ans Ende meiner Tage an sie gefesselt sein.«

»Ist das alles, was dich an ihr stört?« fragte Reed, offensichtlich erleichtert. »Gute Frauen müssen so sein. Warte nur ab, bis du mit ihr verheiratet bist. Dann wird sie sich für dich erwärmen. Auch deine Mutter ist so kühl zu mir gewesen, als wir noch Verlobte waren. Sie zerschlug sogar eines Abends ihren Sonnenschirm auf meinem Kopf, weil ich ihr zu leidenschaftlich wurde. Doch später, nach der Hochzeit . . . nun, da wurde es besser – viel besser sogar. Verlaß dich auf das Wort eines Mannes, der in dieser Hinsicht mehr Erfahrung hat als du. Houston ist ein gutes Mädchen und hat jahrelang unter der Fuchtel dieses bigotten Gates gestanden. Kein Wunder, daß sie nervös und ängstlich ist.«

Leander hörte seinem Vater aufmerksam zu. Er hatte nie

die Absicht gehabt, sein Leben in Chandler zu verbringen. Vielmehr wollte er in einer Großstadt zunächst als Stationsarzt in einem großen Krankenhaus arbeiten, sich schließlich eine eigene Praxis einrichten und viel Geld verdienen. Doch es hatte nur ein halbes Jahr gedauert, ehe er seine Pläne wieder umstieß und beschloß, nach Hause zu kommen, wo er dringend gebraucht wurde und wichtigere Fälle behandeln mußte als die Hysterie reicher Frauen.

Während seiner Abwesenheit hatte ihm Houston fleißig geschrieben – geschwätzige Briefe, die von den Ereignissen in der Stadt berichteten und ihren Fortschritten in der Schule. Er hatte sich immer auf ihre Briefe gefreut und auf das Wiedersehen mit dem kleinen Mädchen, das sie verfaßte.

An dem Abend, als der »verlorene« Sohn endgültig zurückgekehrt war, gab sein Vater ihm zu Ehren eine Party, und das »kleine Mädchen« trat ins Zimmer. Houston war inzwischen zu einer jungen Frau erblüht – mit einer Figur, daß Leander ganz feuchte Hände bekam. Und während er sie mit offenem Mund angaffte, gab ihm ein alter Freund einen Rippenstoß.

»Sinnlos, alter Knabe. Ich kenne keinen ledigen Mann in der Stadt, der sie nicht schon um ihre Hand gebeten hätte – oder um sonst etwas, von dem sie sich vielleicht gern trennen möchte –; aber sie will keinen von uns haben. Ich glaube, sie wartet auf einen Märchenprinzen oder den Präsidenten der Vereinigten Staaten.«

Leander hatte ihn selbstbewußt angegrinst. »Vielleicht wißt ihr nur nicht, wie man eine Frau bitten muß. Ich habe da ein paar Tricks gelernt, als ich in Paris studierte.«

Und so war er als Mitkonkurrent in den lokalen Wettlauf der Freier um das Ja-Wort von Miss Chandler eingetreten. Er wußte auch heute noch nicht genau, was dann geschehen war. Er hatte sie zu ein paar Gesellschaften mitgenommen, und es mußte bei der dritten Party gewesen sein, wo er um ihre Hand angehalten hatte, indem er sich dem Sinn nach folgendermaßen ausdrückte: »Ich glaube nicht, daß du mich heiraten würdest – aber fragen kostet ja nichts.« Er hatte natürlich mit einem Nein gerechnet. Dann hätte er mit den Männern in seinem Club lachen und sagen können, er habe es auch versucht, sei aber leider wie sie mit einem Korb bedient worden.

Zu seiner maßlosen Überraschung hatte Houston seinen Antrag sofort angenommen und gefragt, ob ihm der zwanzigste Mai als Termin für die Trauung genehm sei – alles im selben Atemzug. Am nächsten Morgen hatte er dann in der Zeitung sein Bild gesehen, mit dem er der Öffentlichkeit als Verlobter von Houston vorgestellt wurde, und darunter einen Vermerk, daß das glückliche Brautpaar noch an diesem Vormittag den Ring für sie aussuchen würde. Danach hatte er nie mehr Gelegenheit gehabt, sich zu überlegen, was er mit seinem Antrag angerichtet hatte. Wenn er nicht im Krankenhaus arbeitete, war er entweder bei einem Schneider zur Anprobe oder gab seine Zustimmung zu den Stoffen, die Houston für die Vorhänge des Hauses aussuchte, zu dessen Kauf er sich plötzlich entschlossen hatte.

Und nun, ein paar Wochen vor der Trauung, kamen ihm plötzlich Bedenken. Jedesmal, wenn er Houston anfaßte, zuckte sie zurück, als habe er etwas Ekelerregendes an sich. Natürlich kannte er Duncan Gates' Ansichten über Frauen und wußte, daß er keine Gelegenheit vorübergehen ließ, sie in die »Schranken« zu weisen. Sein Vater hatte ihm vor ein paar Jahren geschrieben, daß Gates einen Antrag beim Magistrat gestellt hatte, Frauen den Besuch der Eisdiele zu verbieten, die soeben in der Stadt eröffnet worden war, und zwar mit der Begründung, daß diese sie nur zur Faulheit, Geschwätzigkeit und zum Flirten ermuntern würde, was zum Entzücken der Männer alles eingetroffen sei, wie sein Vater am Schluß seines Briefes vermerkte.

Leander holte eine lange, dünne Zigarre aus der Tasche und zündete sie an. »Wie du vorhin schon richtig sagtest, habe ich nicht viel Erfahrung mit ›guten‹ Mädchen. Hattest du denn keine Angst, daß meine Mutter sich nicht ändern würde nach eurer Hochzeit?«

»Angst? Ich hatte schlaflose Nächte ihretwegen. Ich habe

damals sogar meinem Vater gesagt, daß ich mich weigern würde, sie zu heiraten, weil ich nicht mein Leben an der Seite einer Frau verbringen wollte, die ein Herz aus Stein in der Brust hat.«

»Du hast es dir dann aber wieder anders überlegt. Warum?«

»Nun, ja«, sagte Reed mit einem kleinen, entschuldigenden Lächeln, »ich hatte . . .«, er blickte ganz verlegen in eine Zimmerecke. »Ich glaube, wenn sie heute noch lebte, würde sie mich jetzt ermuntern, dir die Wahrheit zu sagen. Also – ich habe sie verführt, mein Sohn. Ich habe ihr zu viel Champagner eingeflößt, ihr stundenlang süße Worte ins Ohr geflüstert und sie dann verführt.«

Er wandte sich wieder abrupt seinem Sohn zu. »Aber ich rate dir nicht, diesem Beispiel zu folgen. Ich empfehle dir nur, etwas aus meiner Erfahrung zu lernen. Du kannst dich dabei nämlich gründlich in die Nesseln setzen. Ich glaube nämlich noch heute, daß du zwei Wochen früher, als es sich gehörte, auf die Welt gekommen bist.«

Leander studierte seine glühende Zigarrenspitze. »Mir gefällt dein Rat, und ich glaube, daß ich ihn befolgen werde.«

»Vielleicht hätte ich dir das doch nicht erzählen sollen. Houston ist ein reizendes Mädchen und . . .« Er hielt mitten im Satz inne und warf einen forschenden Blick auf seinen Sohn. »Ich verlasse mich auf dein Urteilsvermögen. Verhalte dich so, wie du es für richtig hältst. Wirst du zum Abendessen hier sein?«

»Nein«, sagte Lee leise, als wäre er mit seinen Gedanken ganz woanders. »Ich gehe mit Houston heute abend zum Empfang des Gouverneurs.«

Reed öffnete den Mund, um noch etwas zu sagen, schloß ihn dann wieder und verließ stumm das Zimmer. Vielleicht wäre er noch einmal umgekehrt und hätte ihm doch noch gesagt, was ihm auf der Zunge lag, wenn er gewußt hätte, daß sein Sohn anschließend zum Telefon ging und in einem Nachtlokal vier Flaschen französischen Champagner bestellte, die in sein neues Haus gebracht werden sollten. Dann bat er die Haushälterin, ein Dinner vorzubereiten, das mit Austern begann und mit einer Schokoladenspeise endete.

Kapitel 3

Blair saß in ihrem Zimmer im obersten Stockwerk der Villa Chandler und versuchte sich auf einen Artikel über Peritonitis zu konzentrieren, sah sich aber ständig von ihrer Schwester abgelenkt, die im Garten unter ihrem Fenster Rosen schnitt. Blair beobachtete, wie Houston leise vor sich hinsummte, ihre Nase in die Blüten steckte und sich überhaupt recht wohl zu fühlen schien.

Blair wurde aus ihrer Schwester nicht mehr klug. Hatte sie nicht eben noch mit ihrem Verlobten gestritten, der wütend aus dem Garten gelaufen war? Aber das erschütterte sie offenbar überhaupt nicht.

Und dann diese merkwürdige Geschichte auf der Fahrt hierher. Blair hatte noch nie erlebt, daß Houston einen Mann grüßte, der ihr nicht in aller Form vorgestellt war. Houston, die immer so großen Wert auf Umgangsformen legte, hatte dieses haarige Individuum, diesen Taggert, so zuvorkommend behandelt, als wären sie seit Jahren befreundet.

Blair legte ihr medizinisches Journal beiseite und ging hinunter in den Garten.

»Hör mal«, sagte sie, als sie neben ihre Schwester trat, »ich möchte jetzt wissen, was du dir dabei gedacht hast.«

»Ich habe keine Ahnung, wovon du redest.« Houston sah so unschuldig aus wie ein Baby.

»Kane Taggert«, antwortete Blair und versuchte dabei, in Houstons Gesicht zu lesen.

»Wir trafen uns zufällig in Wilsons Kaufhaus, und später wünschte er uns einen guten Morgen.«

Blair entdeckte eine unnatürliche Röte auf Houstons Wangen, als wäre diese Begegnung nicht so harmlos verlaufen, wie ihre Schwester sie darstellte.

»Du verschweigst mir etwas.«

»Vielleicht hätte ich mich nicht einmischen sollen; aber Mr. Taggert sah so wütend aus, und ich wollte einen Streit verhindern. Nur ging es leider auf Mary Alicens Kosten.« Und nun erzählte Houston ihrer Schwester die Geschichte von Mary Alice Pendergast, die Taggert im Kaufhaus unmöglich machen wollte, ihn mit einem Grubenarbeiter verglich und die Nase über ihn rümpfte. Und Houston hatte für Taggert Partei ergriffen.

Blair war sprachlos. Wie kam Houston dazu, sich in eine Affäre einzumischen, die sie überhaupt nichts anging! Schlimmer noch – sie hatte sich auf die Seite dieses Taggert gestellt, dem Blair nicht über den Weg traute. Dieser Mann sah aus, als wäre er zu allem fähig. Was erzählte man sich nicht alles von ihm und seinen Busenfreunden – von solchen Männern wie Vanderbilt, Jay Gould und Rockefeller! »Es gefällt mir nicht, daß du dich mit so einem Mann wie Taggert einläßt.«

»Du sprichst wie Leander.«

»Ausnahmsweise hat er diesmal recht!« schnappte Blair.

»Vielleicht sollten wir diesen Tag in der Familienbibel anstreichen. Blair, ich schwöre, daß ich nach dem heutigen Abend den Namen Taggert nie mehr erwähnen werde.«

»Dem heutigen Abend?« Blair hatte so ein Gefühl, als müßte sie sich rasch in Sicherheit bringen. Als sie noch Kinder waren, hatte Houston es immer wieder verstanden, sie in irgendwelche Projekte zu verwickeln, die durchwegs unglücklich ausgingen und stets Blair angelastet wurden. Niemand traute nämlich diesem süßen Unschuldsengel Houston eine Ungezogenheit zu.

»Schau dir das an. Ein Bote hat es eben gebracht. Er hat mich zum Abendessen in sein Haus eingeladen.« Houston zog ein Billett aus dem Ärmel und gab es Blair.

»So? Solltest du nicht heute abend mit Leander irgendwo anders hingehen?«

»Blair, du scheinst nicht zu begreifen, was für einen Wirbel es um dieses Haus in der Stadt gegeben hat! Ich kenne nicht einen in Chandler, der sich nicht darum bemüht hätte, das Haus besichtigen zu dürfen. Aus ganz Colorado reisten die Leute an, um das Haus zu bewundern; doch keinem wurde erlaubt, es auch zu betreten. Selbst ein englischer Herzog, der hier durchreiste, bemühte sich vergeblich, in Taggerts Haus übernachten zu dürfen. Taggert wollte die Delegation, die seine Bitte überbrachte, nicht einmal anhören. Und nun hat er *mich* in sein Haus eingeladen!«

»Aber du hast doch eine Verabredung«, hielt Blair ihr vor. »Der Gouverneur erwartet dich heute abend bei seinem Empfang. Du willst doch nicht behaupten, daß dir die Inneneinrichtung von so einem ollen Haus wichtiger ist als der Erste Mann dieses Staates!«

Houston machte wieder dieses eigenartig verklärte Gesicht wie am Vormittag, als sie das Haus auf dem Hügel betrachtet hatte.

»Du kannst das nicht verstehen. Du hast nicht miterlebt, wie wir jahrelang die Waggons hier eintreffen sahen mit den Einrichtungsgegenständen für sein Haus. Mr. Gates behauptete, er habe nur deswegen keinen Gleisanschluß bis zu seiner Villa verlegen lassen, weil er wollte, daß jeder in der Stadt die Kisten sehen sollte und die Packzettel, die daran hingen. Die Sachen wurden ihm aus der ganzen Welt zugeschickt. Oh, Blair, ich weiß, daß die Kisten mit den kostbarsten Möbeln angefüllt sein mußten. Und mit Wandteppichen! Gobelins aus Brüssel!«

»Houston – du kannst nicht an zwei Stellen zugleich sein. Du hast versprochen, mit Leander zu diesem Empfang zu gehen. Und deshalb wirst du das auch tun«, sagte Blair energisch und hoffte, damit sei dieses Thema erledigt. Von den beiden Männern war Leander gewiß das kleinere Übel.

»Als wir noch Kinder waren, fiel es uns nicht schwer, an zwei Stellen zugleich zu sein«, sagte Houston, als wäre das die harmloseste Sache der Welt.

Blair glaubte, ihr stocke der Atem. »Du willst, daß wir die

Plätze tauschen? Du verlangst von *mir*, daß ich einen Abend mit Leander verbringen und mich als seine Verlobte ausgeben soll, während du dir das Haus eines Wüstlings anschaust?«

»Wie kommst du dazu, Kanes als Wüstling zu bezeichnen?«

»Kane – ha! So intim seid ihr beide schon? Ich dachte, du hättest ihn heute erst kennengelernt!«

»Schweife jetzt nicht vom Thema ab. Bitte, Blair, tu mir den Gefallen und tausche den Platz mit mir. Nur einen Abend lang. Ich würde das Haus ja gern ein andermal besichtigen; aber ich fürchte, Mr. Gates wird das nicht zulassen, und ob Leander damit einverstanden wäre, möchte ich auch bezweifeln. Du siehst, es ist eine einmalige Gelegenheit – eine letzte Eigenmächtigkeit, ehe ich unter die Haube komme.«

»Du tust ja gerade so, als wäre der Ehestand ein Gefängnis. Außerdem würde Leander spätestens nach zwei Minuten erkennen, daß ich nicht du bin.«

»Nicht, wenn du dich geschickt anstellst. Wir sind beide gute Schauspielerinnen, wie du weißt. Ich verwandle mich jeden Mittwoch in eine alte Frau, und bisher ist das immer gutgegangen. Und deine Rolle ist viel einfacher: wenig reden, schon gar nicht über dein Fachgebiet; dich nicht mit Lee zanken und schreiten wie eine Lady – nicht rennen, als wäre irgendwo ein Feuer ausgebrochen.«

Blair schwindelte der Kopf. Seit sie nach Chandler zurückgekehrt war, hatte sie nicht mehr ruhig schlafen können vor Sorge, daß man ihrer Schwester jeden Unternehmungsgeist genommen habe. Das war das erste Zeichen seit Wochen, daß noch Leben in Houston steckte. Da wurde noch einmal die Erinnerung an ihre Kindheit wach, wo sie sich oft aus einer Klemme befreit hatten, indem einer sich für den anderen ausgab, und hinterher Tränen lachten über die genarrten Erwachsenen. Aber ob Leander sich so leicht täuschen ließ? Es genügte ein hämisches Wort über Blair, die Lady im weißen Kittel, und schon war es passiert!

Ihr Kopf ruckte hoch. Leander hatte noch nie ein hämisches Wort zu Houston gesagt, und einen Abend lang würde sie Houston sein. Denn das war *ihre* Chance, sich davon überzeugen zu können, ob Leander tatsächlich so ein wunderbarer Mann war, wie Opal und Houston behaupteten. Wenn sie allein waren, würde sich schon zeigen, ob Leander und Houston sich wirklich liebten und zueinander paßten.

»Bitte, Blair – ich habe dich selten um etwas gebeten.«

»Nur, daß ich ein paar Wochen bei unserem Stiefvater wohnen soll, den ich verabscheue, wie du weißt, und mir täglich die Arroganz dieses Mannes gefallen lassen muß, den du zu heiraten gedenkst«, sagte Blair. Aber sie lächelte dabei. Wenn sie wußte, daß ihre Schwester mit ihm glücklich würde, konnte sie beruhigt wieder nach Pennsylvania zurückkehren.

»Oh, Blair, ich möchte mir so gern das Haus anschauen!«

»Ist es wirklich nur das Haus und nicht der Eigentümer?«

»Ich bitte dich, Blair! Ich habe Hunderte von Dinnerparties besucht, und nicht einem meiner Gastgeber ist es gelungen, mir dabei auch den Kopf zu verdrehen. Und es werden ja noch andere Gäste zugegen sein.«

»Hättest du etwas dagegen, wenn ich Leander nach eurer Hochzeit erzähle, daß ich einen Abend mit ihm verbracht habe? Allein schon sein belämmertes Gesicht zu sehen, würde mich für alles entschädigen.«

»Natürlich darfst du ihm das später erzählen. Lee hat viel Sinn für Humor. Ich bin sicher, er wird lachen und kein belämmertes Gesicht machen.«

»Ich bin mir da nicht so sicher; aber es genügt ja, wenn ich es lustig finde.«

»Dann wollen wir uns jetzt auf den Abend vorbereiten. Ich möchte etwas anziehen, das zu dem Haus paßt, und du mußt mein blauseidenes Modellkleid von Worth tragen.«

»Meine türkischen Hosen wären mir lieber; aber dann wüßte Leander sofort, mit wem er es zu tun hat.«

Sie folgte Houston ins Haus, sich mehr für ihren Plan erwärmend. Zwar würde es nicht leicht sein, in Houstons

Haut zu schlüpfen und sich auf diese träge Art vorwärtszubewegen, die Houston als Schreiten bezeichnete; aber Blair betrachtete das Ganze als eine Herausforderung an ihr Showtalent und freute sich sogar auf diesen Abend.

Erst als sie spürte, mit welcher Kraft Houston die Korsettschnüre anzog, kamen ihr wieder Bedenken. Houston nahm ja gern ein paar Schmerzen in Kauf, wenn es der Schönheit diente; doch Blair mußte ständig an ihre inneren Organe denken, die von den Korsettstangen gefoltert wurden. Doch dann, als sie das Kleid überstreifte und sich im Spiegel mit Houstons Wespentaille sah, waren ihr die inneren Organe nicht mehr so wichtig.

Houston trat einen Schritt zurück und betrachtete ihre Schwester. »Nun siehst du wie eine Frau aus.« Sie blickte an ihrer Bluse und ihrem Rock hinunter und spürte kaum die leicht geschürzte Korsage darunter. »Und ich fühle mich so leicht wie eine Feder.«

Sie standen eine Weile schweigend nebeneinander und verglichen ihre Spiegelbilder. »Nun kann uns keiner mehr auseinanderhalten«, murmelte Houston.

»Solange wir nicht den Mund aufmachen«, setzte Blair hinzu.

»Das dürfte für dich kein Problem sein. Solange du Houston bist, brauchst du kein Wort zu sagen.«

»Soll das heißen, daß ich dir als Blair zu viel rede?« brauste ihre Schwester auf.

»Das soll heißen, daß wir heute abend zu Hause bleiben müßten, weil Mutter sofort einen Arzt kommen ließe, wenn ich als Blair keinen Ton sagen würde.«

»Du meinst, wenn du dich nicht mit Leander streiten würdest?« sagte Blair, und sie mußten beide lachen.

Als sie sich später fertig angezogen und ausgehbereit im Salon einfanden – Blair wollte angeblich den Abend mit einer Freundin, Tia Mankin, verbringen –, erlebten sie, was Menschen nur selten vergönnt ist: Sich selbst mit den Augen eines anderen zu betrachten.

Zunächst war Blair so sehr damit beschäftigt, Houstons

Gang zu imitieren, hoheitsvoll ins Zimmer zu treten und die Leute anzusehen, als wären sie kaum noch wahrnehmbare Gestalten am Horizont, daß sie gar nicht merkte, wie ihre Schwester sie kopierte.

Erst als Mr. Gates in den Salon kam und in einem sehr höflichen Ton sagte, daß die beiden jungen Damen ganz reizend aussähen, fiel ihr auf, daß Houston – als Blair – den Kopf in den Nacken warf und ihre überlegene Körpergröße ausnützte, um auf den Mann hinunterzusehen. »Ich bin ein Doktor, und ein Doktorhut ist mir wichtiger als Schönheit. Denn ich verlange mehr vom Leben als Ehepflichten und Kinderkriegen.«

Blair öffnete den Mund, um zu protestieren, daß sie so etwas nie sagen und keinen Mann angreifen würde, der sie nicht zuerst angegriffen hatte; doch als sie rundum die Gesichter betrachtete, merkte sie, daß sich niemand über Houstons Verhalten wunderte.

Ihr tat Mr. Gates fast leid, als sein Gesicht rot anlief und er nach Luft schnappte wie ein Fisch auf dem Trockenen. Ehe sie recht wußte, was sie tat, trat sie zwischen ihre Schwester und den empörten kleinen Mann. »Es ist ein so schöner Abend«, sagte sie laut. »Wollen wir nicht hinaus in den Garten gehen und dort auf Leander warten, Blair?«

Als Houston sich zu ihr umdrehte, machte sie ein so wütendes und aufsässiges Gesicht, wie Blair es bei ihrer Schwester noch nie erlebt hatte. Sehe ich wirklich so aus? fragte sie sich. Bin tatsächlich ich meistens der Anstifter, wenn es zu einem Streit zwischen mir und Mr. Gates kommt?

Sie wollte Houston danach fragen; aber ehe sie in den Garten hinausgehen konnten, traf Leander ein, um sie abzuholen.

Blair trat zurück, sah zu, wie Houston sich in ihrer Rolle benahm, und hätte ihn am liebsten gegen ihre Schwester in Schutz genommen. Er war höflich, zuvorkommend, ganz Kavalier und – oh, ein so gutaussehender Mann! Hatte sie denn nie bemerkt, daß Leander ein Herzensbrecher sein konnte? Er sah so gesetzt aus mit seinen grünen Augen, der langen dünnen Nase und den vollen Lippen. Sein schwarzes, ungewöhnlich langes Haar streifte den Kragen seines Jakketts. Aber was Blair an ihm fesselte, war nicht sein stattliches Äußeres, sondern der Ausdruck seiner Augen – schöne, unergründliche Augen voller Geheimnisse hinter langen Wimpern.

»Houston?« fragte er und holte sie in die Wirklichkeit zurück. »Ist dir nicht gut?«

»Oh, doch«, sagte sie und bemühte sich, ihn so kühl wie ihre Schwester anzublicken.

Als Leander die Hände an ihre Hüfte legte und sie in die Kutsche hob, lächelte sie ihm zu, und er lächelte zurück – kurz und flüchtig nur; aber herzerwärmend. Und sie freute sich auf die Zeit, die sie ihn für sich haben würde.

Kaum saßen sie in der Kutsche, als Houston sich mit Leander anlegte.

»Was tust du, um eine Peritonitis einzudämmen?« fragte sie in einem so aggressivem Ton, daß Blair sie verwundert ansah. Warum behandelte sie ihn so schroff? Und woher kannte sie den medizinischen Fachausdruck für eine Bauchfellentzündung?

»Ich nähe die beiden Schichten des Darms zusammen und bete«, erwiderte er – eine sehr vernünftige und richtige Antwort.

»Habt ihr hier in Chandler noch nie etwas von Asepsis gehört?«

Blair wartete mit angehaltenem Atem, wie Lee darauf reagieren würde. Für Blair war das keine Frage, sondern eine Beleidigung, und sie hätte es Lee nicht übelgenommen, wenn er Houston jetzt tüchtig die Meinung gesagt hätte. Doch Lee tauschte nur einen Blick mit ihr, kniff die Augen zusammen und sagte dann zu Houston, daß auch die Ärzte in Chandler sich immer die Hände wuschen, ehe sie ein Skalpell anfaßten.

Da mußte Blair wieder lächeln, während sie und Lee einen Blick tauschten wie zwei Menschen, die sich einig wissen in ihrem Urteil. Sie lehnte sich ins Polster zurück, betrachtete den Sternenhimmel und hörte nicht mehr auf das Gezänk ihrer Schwester, die sich pausenlos mit Lee anlegte.

Sie war froh, als sie Tias Haus erreichten und Houston dort absetzen konnten. Und als sie mit Lee allein in der Kutsche saß, seufzte sie tief und sagte:

»Ich komme mir vor wie nach einem schweren Gewitter.« Dann blickte sie rasch zu Lee hinauf – ein wenig reumütig, weil sie sich im Grunde selbst kritisiert hatte.

»Sie hat es nicht böse gemeint. Alle Ärzte, die frisch von der Schulbank kommen, benehmen sich so. Man spürt die Last der Verantwortung, die auf unseren Schultern ruht.«

»Und das ändert sich später?«

»Ja; aber ich weiß nicht, wie ich dir das erklären soll. Ich glaube, man lernt die Grenzen seiner Möglichkeiten kennen und findet sich damit ab, daß man mit seinen Händen nicht die ganze Welt retten kann.«

Blair lehnte sich entspannt wieder ins Polster zurück. Wie nett von ihm, daß er sich nicht bei ihr über Houstons Attacken beschwerte. Und er hatte sie als Ärztin anerkannt.

Sie fand es ganz in Ordnung, daß sie nun ihren Arm unter den seinen schob und sich nicht in die entfernte Ecke zurückzog, wo ihre Schwester gesessen hatte. Sie bemerkte nicht, wie verwundert er sie dabei ansah. Sie dachte nur daran, wie schön dieser Abend war.

Kapitel 4

Chandler lag zweitausenddreihundertdreißig Meter über dem Meeresspiegel am Fuß der Rocky Mountains, und dementsprechend sauber, dünn und klar war die Luft. Im Sommer herrschten tagsüber angenehme Temperaturen; doch sobald die Sonne untergegangen war, empfahl es sich, nicht ohne Schal ins Freie zu gehen.

Blair saß neben Lee und sog die frische, aromatische

Bergluft tief in ihre Lungen. Sie hatte gar nicht gewußt, wie sehr sie dieses Gebirgsklima entbehrt hatte.

Sie waren noch keine halbe Meile weit gefahren, als ein Mann auf einem keuchenden Pferd in einer Staubwolke auf sie zusprengte und rief: »Westfield, da braucht jemand Ihre Hilfe. Eine Frau an der River Street hat gerade versucht, sich das Leben zu nehmen!«

Blair hatte diesen Mann noch nie zuvor gesehen. Sie hoffte, sie sah ihn jetzt auch zum letztenmal. Er glich der Karrikatur eines Spielers mit seinen pechschwarzen Haaren, dem dünnen Oberlippenbärtchen und – was sie am meisten abschreckte – seinen unverschämten Blicken, die ihr das Blut ins Gesicht trieben.

Er nahm seinen breitkrempigen Hut ab und deutete damit in ihre Richtung. »Vielleicht haben Sie aber gerade einen wichtigeren Fall und können nicht kommen. Ich könnte das verstehen.«

Blair blickte zu Lee hoch und sah sein unschlüssiges Gesicht. Sie wußte, daß er ihretwegen zögerte. »Ich werde dich begleiten, Lee. Vielleicht kann ich dir irgendwie behilflich sein.«

Der Fremde – ob nun ein Spieler oder nicht – sagte: »Die River Street ist kein passender Ort für Damen. Vielleicht nehme ich sie so lange in meine Obhut, bis Sie die Selbstmörderin verarztet haben.«

Das gab wohl den Ausschlag, daß Lee die Peitsche über dem Kopf des Pferdes knallen ließ und rief: »Halt dich fest!«

Blair flog gegen die Rückenlehne der Sitzbank und klammerte sich an das Verdeck, während das Pferd die Straße hinunterjagte. Sie schloß ein paarmal entsetzt die Augen, als Lee nur mit knapper Not einem Zusammenstoß mit anderen Fuhrwerken entging. Die Leute wichen schon aus, wenn sie ihn von weitem kommen sahen, und aus den ermunternden Zurufen, die ihnen hin und wieder entgegenschlugen, schloß Blair, daß ein durch die Straßen jagender Leander für die Bewohner von Chandler ein vertrauter Anblick war.

Er hielt sein Pferd im nordöstlichen Winkel der Stadt an

– auf der anderen Seite des Tijeras-Flusses zwischen zwei Eisenbahngeleisen –, wo Blair noch nie gewesen war und wohin es sie auch nie gezogen hatte. Mit einer fließenden Bewegung band er das Pferd fest, nahm seine Ärztetasche und sprang hinunter auf den Boden; dann befahl er Blair, in der Kutsche zu bleiben.

Nach einem schnellen Blick auf das grinsende Gesicht des Spielers folgte sie Lee in das Haus mit der roten Laterne davor. Leander lief die Treppe hinauf, als wüßte er genau, wohin er gehen mußte; doch Blair konnte nicht umhin, erst einmal einen Blick um sich zu werfen.

Alles schien von roter Farbe zu sein: die Wände, die Teppiche und die Polster mit den langen Fransen an den Säumen. Und was nicht rot war, bestand aus dehr dunklem Holz.

Am Kopfende der Treppe sah sie eine dichtgedrängte Schar mehr oder weniger spärlich bekleideter Frauen; und als Blair bei ihnen anlangte, begannen sie alle, sich von einer offenen Türe zurückzuziehen.

»Ich sagte euch doch, daß ich Hilfe brauche!« hörte Blair Lee rufen, während sie sich durch die Menge schob.

Lee blickte zu ihr hoch. »Du solltest doch in der Kutsche bleiben!« Vor ihm auf dem Bett lag eine blasse, dünne junge Frau – fast noch ein Mädchen –, die sich vor Schmerzen krümmte. Sie mußte ein Desinfektionsmittel auf Alkoholbasis geschluckt haben, vermutete Blair.

»Karbol?« fragte Blair, und als sie sah, daß Lee eine Magenpumpe aus seiner Tasche nahm, wußte sie, was jetzt getan werden mußte.

Blair verlor keine Zeit mehr und ging an die Arbeit. Mit autoritärer Stimme befahl sie drei Frauen, von denen eine nur ein Korsett und ein dünnes schwarzes Tuch darüber trug, die Arme und Beine des Mädchens festzuhalten, und schickte eine vierte nach Handtüchern aus. Als eine große, gut gekleidete Frau, die aussah, als wüßte sie, wie man Befehle gibt, ins Zimmer trat, trug Blair ihr auf, zwei Regenmäntel zu besorgen. Und als sie damit wiederkam, wartete Blair, bis Lee eine Hand frei hatte, und schob sie in das Ärmelloch des wasserdichten Überziehers. Dann schlüpfte sie in den anderen Regenmantel und knöpfte ihn über dem Seidenkleid ihrer Schwester zu.

Lee redete ununterbrochen mit dem Mädchen, um es abzulenken und zu beruhigen, während er ihm den Schlauch der Magenpumpe durch den Mund einführte; und als das Karbol durch den Schlauch nach oben stieg, kam auch der ganze Mageninhalt in einem Schwall heraus und bespritzte alle, die um das Bett herumstanden.

Würgend und sich erbrechend, in seinem eigenen Schmutz schwimmend, klammerte sich das Mädchen an Lee, der es an seiner Schulter hielt, während Blair mit leiser Stimme Anweisungen gab, frisches Bettzeug und warmes Wasser zum Reinigen der Patientin zu besorgen.

»Nichts ist so schlimm, wie es einem erscheint«, sagte Lee und nahm das Mädchen in die Arme, als es zu weinen begann. »Und wenn du das trinkst, geht es dir gleich wieder besser.« Er flößte ihm ein Glas Wasser und zwei Tabletten ein.

Er hielt es, bis sein Schluchzen aufhörte und es an seiner Schulter einnickte. Dann legte er es vorsichtig auf das Bett und blickte zu der hochgewachsenen Frau auf, die Blair nach den Regenmänteln ausgeschickt hatte. »Jetzt können Sie sie waschen. Und morgen schicken Sie sie zu mir in die Klinik. Ich möchte mit ihr reden.«

Die Frau nickte schweigend, blickte Lee mit großen, verehrungsvollen Augen an und drehte sich dann zu Blair um. »Ich hoffe, du weißt, was du an diesem Mann hast, Kleines. Gibt nicht viele von seiner Sorte. Er . . .« Die Frau stockte, als Lee ihr einen Blick zuwarf.

»Wir müssen weiter«, sagte er, stutzte dann, als er auf den Regenmantel hinuntersah, den er verkehrt herum trug, und blickte Blair an, die am Fußende des Bettes stand.

»Ich habe das von meiner Schwester gelernt«, sagte sie rasch, um seine stumme Frage zu beantworten, und machte sich plötzlich Sorgen, daß Lee ihren Rollentausch entdeckt haben könnte.

Doch Leander packte seine Instrumente ein, nahm ihren Arm und verließ mit ihr das Zimmer, ohne ein Wort über ihr mustergültiges Verhalten zu verlieren. Die Mädchen, die vom Flur aus zugesehen hatten, murmelten ein Dankeschön und blickten Lee und Blair mit stumpfen Augen nach. Jede von diesen jungen Frauen, dachte Blair, hätte das Mädchen sein können, das jetzt im Zimmer gewaschen wurde.

»Kommst du oft hierher?« fragte sie Lee, als sie die Treppe hinuntergingen.

»Jede Woche wird ein Arzt aus diesen oder jenen Gründen in dieses Haus gerufen. Vermutlich bin ich genauso oft hier wie meine Kollegen.«

Als sie bei der Kutsche anlangten, blieb Lee vor ihr stehen. Nun wird er mir offenbaren, daß er wisse, wer ich bin, dachte sie bang. »Ich möchte mich bei dir bedanken, daß du mir bei diesem Fall geholfen hast und ich dich nicht erst woanders hinbringen mußte. Das hat mir mehr bedeutet, als du ahnst.«

Sie lächelte erleichtert. »Du hast diese Frau hervorragend behandelt – rasch und so schonend wie möglich.«

Mit einem leisen Lächeln berührte er das Haar an ihrer Schläfe. »Nun sprichst du wieder wie Blair. Aber wenn du meinst, es sei so gewesen, bedanke ich mich für das Kompliment.«

Blair hatte an der medizinischen Hochschule einen Dozenten, der seine Studentinnen davor warnte, dem Fluch aller jungen weiblichen Ärzte zu verfallen. Sie neigten nämlich dazu, sich stets in den Mann zu verlieben, der am besten mit dem Messer umgehen konnte. Alle frischgebackenen Assistenzärztinnen brauchten nur einem Arzt zuzusehen, wie er eine schwer zugängliche Eierstockzyste entfernte, und schon hatte er ihr Herz erobert.

In diesem Moment dachte Blair, daß sie noch keinen Mann getroffen hatte, der besser aussah als Lee. Er hatte den Fall nicht nur medizinisch richtig behandelt, sondern auch die Patientin auf geradezu vorbildliche Weise betreut. Als er auf sie zuging, um sie zu küssen, spürte sie ein tiefes

Verlangen nach seiner Zärtlichkeit – als Blair, nicht als Houston.

Sie drehte ihr Gesicht zur Seite.

Leander nahm sofort seine Hand von ihrer Schläfe, und der Zorn, der in seinen Augen aufblitzte, war erschreckend. Er wandte sich von ihr ab, und jede Bewegung, die er machte, war ein Ausdruck seiner Empörung.

Blair geriet einen Moment lang in Panik. Jetzt war sie Houston, nicht Blair, und natürlich würde Houston nicht zögern, den Mann zu küssen, den sie liebte.

Blair faßte seinen Arm. Er blieb stehen, drehte ihr sein Gesicht zu, aus dem ein flammender Zorn sprach, und es gehörte viel Courage dazu, diesem Blick standzuhalten. Sie legte ihm mutig die Arme um den Hals und drückte ihre Lippen auf seinen Mund.

Er stand da, als wäre er aus Stein – bewegte sich nicht und hielt die Lippen geschlossen.

Dr. Leander Westfield, ging es ihr als Blair durch den Kopf, muß ein sehr verwöhnter Mann sein, wenn er so heftig reagiert, sobald ihm seine Verlobte auch nur einen Kuß verweigert. Als er sich immer noch sperrte, betrachtete sie das als eine Herausforderung – wie ihre beiden ersten Semester an der Hochschule.

Sie stellte sich auf die Zehenspitzen und begann, diesem so widerspenstigen Mann ein bißchen Leidenschaft zu zeigen.

Sie war auf seine Reaktion nicht vorbereitet – nichts, was sie bisher in ihrem Leben erlebt hatte, hätte sie auf diese Reaktion vorbereiten können.

Er nahm ihren Kopf zwischen beide Hände, drehte ihren Kopf herum und drückte seinen Mund so leidenschaftlich auf ihre Lippen, daß ihr der Atem verging. Und Blair reagierte mit gleicher Heftigkeit. Sie preßte ihren Körper gegen den seinen und klammerte sich noch fester an ihn, als er sein Knie zwischen ihre Beine schob und seine Zunge in ihren Mund.

»Pardon«, sagte eine lachende Stimme, und es dauerte ein paar Sekunden, ehe sich Lee von ihr löste.

Blair stand mit geschlossenen Augen da und war froh, daß die Kutsche sie im Rücken stützte, weil ihre Knie ganz weich geworden waren. Sie war sich vage bewußt, daß dieser schreckliche Spieler-Typ auf sie hinuntergrinste, während er mit Lee sprach; aber das störte sie nun nicht mehr. Vielleicht war Houstons Ruf jetzt für immer ruiniert; doch was kümmerte sie in diesem Augenblick ihre Schwester?

»Bist du bereit?« hörte sie Lee leise in ihr Ohr sagen, nachdem der Spieler sich entfernt hatte. Sie konnte die Wärme seines Körpers durch ihre Kleider spüren.

»Wozu?« murmelte sie und öffnete die Augen.

»Houston, wir müssen nicht zu diesem Empfang fahren«, sagte Lee.

Blair richtete sich auf und erinnerte sich wieder daran, wer sie war, wo sie war und daß sie den Abend mit dem Verlobten ihrer Schwester verbrachte. »Natürlich müssen wir zum Empfang gehen«, sagte sie scheu, wich seinem Blick aus und ignorierte die Tatsache, daß seine Hände länger an ihren Hüften ruhten, als nötig war, um ihr in die Kutsche zu helfen.

Sobald sie dort Platz genommen hatte, hielt sie den Blick stur geradeaus gerichtet. *Das* ist es also, weswegen Houston ihn liebt, dachte sie. Und sie hatte sich Sorgen gemacht, es könnte ihnen beiden an Leidenschaft mangeln!

Sie blickte flüchtig zu ihm hoch, als er ihr das Gesicht zudrehte, und seine Augen waren voller Leben und – hungrig.

Sie lächelte schwach und ermahnte sich, an Alan zu denken. An Alan – Alan!

So gelang es Blair, sich wieder einigermaßen zu fangen, wenngleich mit noch taumelnden Sinnen, so daß sie gar nicht mehr auf den Weg achtete, bis Lee sein Pferd vor dem mitten im Fenton-Park gelegenen Musikpavillion anhielt und ihr die Hand reichte, um ihr aus der Kutsche zu helfen.

»Warum halten wir hier?«

»Ich habe noch den Geruch von Karbol in der Nase, und ich dachte, die frische Luft könnte mir helfen, ihn loszuwerden.«

Er lächelte sie an, als er sie aus der Kutsche hob, und sie mußte ihr Gesicht zur Seite drehen, weil sie sonst dem Verlangen nachgegeben hätte, ihm einen Kuß zu geben. »Du hast dieses Mädchen wirklich gut verarztet«, murmelte sie.

»Das hast du mir bereits gesagt«, antwortete er und gab sie frei, um eine Zigarre aus der Brusttasche zu ziehen und anzuzünden. »Warum bist du heute abend mitgekommen? Das hast du vorher noch nie getan.«

Blair hielt den Atem an. Sie mußte sich rasch etwas einfallen lassen. »Ich glaube, der Nachmittag war daran schuld. Du scheinst dich sehr über mich geärgert zu haben.« Sie hoffte, ihre Begründung leuchtete ihm ein.

Er legte den Kopf auf die Seite und betrachtete sie durch den Rauch seiner Zigarre im Mondlicht. »Das scheint dich früher aber *auch* nicht gestört zu haben.«

Worauf hatte sie sich da nur eingelassen? Warum hatte Houston sie nicht vor Problemen gewarnt, die zwischen ihnen zur Sprache kommen könnten?

»Natürlich stört mich das, Lee«, sagte sie, die Hand auf dem Geländer des Pavillions, das Gesicht zur Seite gedreht. »Ich mache mir immer Sorgen, wenn du dich über mich ärgerst. Ich will nicht, daß wir uns noch einmal streiten.«

Er schwieg so lange, daß sie ihm das Gesicht wieder zuwandte. Er betrachtete sie mit den gleichen hungrigen Augen wie vorhin in der Kutsche.

»Lee, du machst mich verlegen. Sollten wir nicht lieber weiterfahren zum Empfang?« Verdammte Houston, dachte sie. Du hast mich wieder einmal zu etwas überredet, was mich in Schwierigkeiten bringen muß. Ich hoffe nur, daß die Besichtigung dieses Monsterhauses das auch wert ist!

Langsam streckte Lee die Hand aus, um ihren Arm zu berühren. Sie wich zurück, bis sie das Geländer wieder im Rücken spürte.

Er warf seine Zigarre weg und machte einen Schritt auf sie zu.

Blair lächelte schwach, hob ihre Röcke an und rannte die Stufen zum Pavillion hinauf. »Hier haben wir die schönsten Konzerte erlebt«, sagte sie, sich bis zur Mitte der Plattform zurückziehend, als sie sah, daß er ihr folgte. »Ich erinnere mich noch an mein pinkfarbenes Kleid mit den weißen Streifen . . .«

Ihre Stimme versagte, als er vor ihr stand und sie ihm nicht mehr ausweichen konnte. Sie sah ihm in die Augen und spürte die Wärme seines Körpers. Und als er die Arme für sie ausbreitete, ließ sie sich widerspruchslos von ihnen umfangen.

Da war keine Musik, nur die Geräusche der Nacht; und doch glaubte Blair, den süßen Klang von Violinen zu hören, als Lee sich mit ihr auf der Plattform im Tanze drehte. Mit geschlossenen Augen überließ sie sich seiner Führung, die Röcke über den Arm gelegt, an nichts denkend, nur diesem Augenblick hingegeben. Und als er sie noch enger an sich zog und sie, seine Beine gegen die ihren gepreßt, sacht im Walzertakt wiegte, gab sie sich Empfindungen hin, wie sie sie bisher noch nie erlebt hatte.

Sie verlor jedes Gefühl für die Zeit, während er sie in seinen Armen hielt, und vergaß vollkommen, daß sie nur ihre Schwester vertrat und dieser Mann, mit dem sie so intim wurde, eigentlich ein Fremder war. Sie war sich nur der Gegenwart bewußt, und Vergangenheit und Zukunft existierten nicht für sie.

Als er begann, ihren Nacken, ihre Wangen und ihre Schläfen zu küssen, schlang sie ihre Arme um seinen Hals und tanzte langsam, sich sacht in diesem verführerischen Rhythmus wiegend, im Kreis herum.

»Du sagtest, daß du auch anders sein könntest«, flüsterte er; aber Blair hörte nur noch das Rauschen ihres Blutes. »Komm, gib mir noch einen Kuß, ehe wir weiterfahren müssen.«

Nur dieses eine Wort, das von Aufbrechen sprach, drang

zu ihrem Bewußtsein durch. Sie wollte nicht aufbrechen, wollte, daß dieser Augenblick nie enden sollte, und als er sie wieder küßte, wurde sie so schwach in den Knien, daß Lee sie festhalten mußte, weil ihr die Beine einknickten.

Er hielt sie mit beiden Armen einen Moment von sich fort, während sie mit geschlossenen Augen und zurückgelegtem Kopf vor ihm stand, unfähig, sich von der Stelle zu rühren.

Als sie die Lider öffnete, sah sie ihn grinsen – aber mit einem so verklärten Gesicht, wie sie es bei ihm noch nie gesehen hatte. Und sie lächelte.

»Komm, mein Engel«, lachte er und hob sie auf seine Arme. »Ich werde dich den Großen dieser Stadt vorstellen.«

Erst als Lee sie in die Kutsche hob, setzt ihr Verstand wieder ein. Dieser Abend verlief absolut nicht so, wie sie sich das gedacht hatte. Sie wollte lediglich feststellen, ob ihre Schwester auch den richtigen Mann heiratete; aber statt mit kühlem, wissenschaftlichem Kopf diese Frage zu klären, verwandelten sich jedesmal ihre Knie in Gelee, wenn sie mit ihrem Studienobjekt in Berührung kam.

»Das ist ja unglaublich.«

»Was, mein Herz?« fragte Lee, der neben ihr die Zügel in die Hand nahm.

»Daß . . . daß ich plötzlich so irrsinnige Kopfschmerzen bekomme. Ich glaube, du solltest mich jetzt lieber nach Hause bringen.«

»Laß mich mal sehen.«

»Nein«, sagte Blair und beugte sich von ihm weg.

Mit seinen langen, kräftigen Fingern faßte er sie unter dem Kinn und zog ihr Gesicht näher an das seine heran. »Ich sehe keine Schmerzsymptome«, flüsterte er. »Nur diese kleine pochende Ader hier«, setzte er hinzu und küßte ihre Stirn direkt unter dem Haaransatz. »Hilft das, die Kopfschmerzen zu vertreiben?«

»Bitte«, flüsterte sie und versuchte, das Gesicht zur Seite zu drehen. »Bitte nicht.«

Nach einem langen, zärtlichen Kuß auf ihre Schläfe nahm

er die Zügel wieder in die Hand und lenkte das Pferd aus dem Park.

Blair legte die Hand auf die Brust und ihr klopfendes Herz. Wenigstens hatte sie die Gewißheit, daß sie nun unter Leute kamen und er sie anschließend nach Hause brachte, wo sie wieder zu sich selbst finden und diesen gefährlichen Mann dorthin verweisen konnte, wohin er gehörte, in die Arme ihrer Schwester.

Später erzählte ihr jemand, daß es tatsächlich einen Empfang beim Gouverneur gegeben habe, daß sie ebenfalls dort gewesen, ihm vorgestellt worden und es ihr sogar gelungen sei, ein paar zusammenhängende Sätze mit ihm zu reden; nur konnte sie sich daran nicht mehr erinnern. Sie schien in diesen paar Stunden nur in Leanders Armen gelegen zu haben, der mit ihr über eine gläserne Tanzfläche schwebte, während sie nichts sah als seine grünen Augen, in deren unergründlichen Tiefe sie sich verlor.

Sie erinnerte sich sogar an ein paar Leute, die zu ihr sagten, sie habe noch nie so reizend und Lee noch nie so glücklich ausgesehen. Und an tausenderlei Fragen nach ihrer Hochzeit, von denen Blair auch nicht eine zu beantworten wußte, was sie jedoch nicht störte, weil Lee ihr rechtzeitig zu Hilfe kam und sie immer wieder auf die Tanzfläche entführte.

Wenn sie darauf eine Antwort gegeben hatte, hatte sie diese wieder vergessen. Sie dachte nur an seine Arme und seine Augen und was sie in seiner Nähe empfand.

Erst als ein Junge eine Botschaft brachte, daß Lee woanders gebraucht würde, kam sie wieder zur Besinnung und begriff, daß die Zaubernacht vorüber war. Sie kam sich vor wie Aschenputtel, und nun mußte sie den Preis für ihren wundervollen Abend bezahlen.

»Du kannst hierbleiben, und ich werde jemanden bitten, dich nach Hause zu bringen«, sagte Lee. »Oder du kannst mit mir fahren.«

»Mit dir«, war alles, was sie über die Lippen brachte, und

er führte sie hinaus zu seiner Kutsche. Sie sagten kein Wort, während sie durch die verwaisten Straßen von Chandler fuhren; zu einem klaren Gedanken war Blair schon lange nicht mehr fähig.

Er langte nach ihrer Hand, und als sie zu ihm hochsah, lächelte er. Nur einen Moment lang besann sich Blair auf ihre Schwester – daß sie nur deren Statthalterin war und eigentlich gar nicht hier sitzen durfte. Denn sie erlebte intime Dinge, die für sie tabu sein sollten, weil diese Küsse und dieses Lächeln, das er ihr zeigte, für Houston bestimmt waren. Sie hatte kein Recht, in die Liebesbeziehung der beiden einzubrechen. Doch bis zu diesem Abend hatte sie nicht gewußt, wie stark das Band zwischen ihr und ihrer Schwester eigentlich war und daß sie kraft dieser Bindung so heftig auf diesen Mann reagieren konnte, bis sie fast das Gefühl hatte, sie selbst sei es, die ihn liebte.

»Warm genug?« fragte Lee, und sie nickte.

Warm genug, kalt genug; halb trunken, halb nüchtern, dachte sie.

Leander hielt mit dem Einspänner vor einem Haus, das Blair noch nie gesehen hatte. »Wohnt hier dein Patient? Ich dachte, wir fahren zur Klinik.«

Lee hob ihr die Arme entgegen. »Sollte ich einen so großen Eindruck auf dich gemacht haben, daß du vergessen hast, welches Haus wir für uns ausgesucht haben?« meinte er lächelnd. Und ehe Blair ihren Fehler korrigieren konnte, fuhr er fort:

»Ich dachte, wir könnten hier in Ruhe über unsere Pläne für die Hochzeit reden. Wir hatten in letzter Zeit wenig Gelegenheit zu einem Gespräch.«

»Aber was wird aus deinem Patienten? Müssen wir nicht . . .«

Er hob sie aus der Kutsche. »Es gibt keinen Notfall und keinen Patienten. Ich brauchte nur einen Vorwand, um mit dir den Empfang vorzeitig verlassen zu können. Ich fürchte, ich habe dafür meinen Beruf mißbraucht. Bist du mir deswegen böse?«

»Ich muß jetzt aber nach Hause. Es ist schon spät, und meine Mutter wird bestimmt noch wach sein und auf mich warten.«

»Ich dachte, deine Mutter ginge stets zeitig ins Bett und schliefe so fest, daß man sie kaum noch wach bekommt.«

»Schon; aber seit Blair wieder bei uns ist, hat sie ihre Gewohnheiten geändert.« Blair lächelte über sein erschrokkenes Gesicht und setzte rasch hinzu, daß sie gern mit ihm über die Hochzeit reden wolle. Sie lief an ihm vorbei, hielt vor der verschlossenen Haustüre und betete im stillen, daß er sie mit Fragen verschonen würde, auf die sie keine Antworten wußte.

Es war eine reizende Wohnung, feminin, ohne jedoch das Maskuline gänzlich auszuschließen. Blair war überzeugt, daß Houston sie eingerichtet hatte. Ein kleines Feuer brannte im Salon, das die nächtliche Kühle der Colorado-Berge vom Zimmer fernhielt, und vor dem Kamin stand ein niedriger Tisch mit Kerzen, kaltem Entenbraten, Kaviar, Austern, Schokoladentrüffeln und vier silbernen Eimern, die mit Eis und Champagnerflaschen gefüllt waren.

Blair warf nur einen Blick auf Lee, der zwischen die Sitzkissen ins Licht des Kaminfeuers trat, auf den gedeckten Tisch und den Champagner und dachte, jetzt sitze ich in der Falle.

Kapitel 5

Als Leander sich vor dem Kamin umdrehte und sie ansah, hatte Blair das Gefühl, als rönne ihr das Blut aus dem Körper. Sie hatte eine ganze Woche in der Nähe dieses Mannes verbracht und nicht einmal bemerkt, daß er eine sonderliche Macht über Frauen besäße – schon gar nicht über sie. Es mußte an dieser besonders engen Bindung liegen, die zwischen Zwillingen herrschte, daß sie so heftig auf ihn reagierte. Houston war sicherlich schlauer als sie, weil sie ihre leidenschaftlichen Gefühle durch ihr kühles Auftreten zu verschleiern wußte. Niemand, nicht einmal die eigene Schwester, hatte jemals erraten, was für ein Feuer sich hinter diesem so hochmütig erscheinenden Äußeren versteckte. Und wie sehr mußte Houston sich im stillen über Blairs Ärger amüsiert haben, daß sie und Lee nicht zueinander passen würden.

Nur, dachte Blair, würde ich, falls ich mit einem Mann verlobt wäre, bei dem ich jedesmal erschauere, wenn er mich nur mit seinem Körper streift, wahrscheinlich keiner anderen Frau erlauben, mit ihm allein zu sein – nicht einmal meiner eigenen Schwester, oder vielleicht gerade meiner eigenen Schwester nicht.

Doch noch während Blair diese Worte dachte, sagte sie sich, *daß* sie ja einen Mann hatte, der sie mit jeder Berührung zum Erschauern brachte. Nun, vielleicht nicht mit jeder Berührung; aber immerhin mit einigen, die hinreichten, daß sie ihn gern hatte.

Während sie wieder auf Lee sah – wie sich seine Oberlippe kräuselte und seine Augen sie mit brennender Intensität beobachteten –, mußte sie, wenn sie ehrlich sein wollte, zugeben, daß sie bisher noch *keinem* Mann begegnet war, der solche Gefühle in ihr wachgerufen hatte oder auch nur die Vorstellung in ihr geweckt hätte, daß so eine Leidenschaft, wie sie sie jetzt empfand, überhaupt möglich sei.

»Ich denke, ich sollte jetzt heimgehen. Mir ist eingefallen, daß ich etwas Wichtiges vergessen habe«, murmelte Blair.

»Nämlich?« Er ging langsam auf sie zu.

»Dort zu bleiben«, antwortete sie und schluckte heftig.

Lee nahm ihren Arm. »Hast du etwa Angst vor mir? Komm, setz dich hierher. So habe ich dich ja noch nie erlebt. Nicht, daß mir das nicht gefiele, aber . . .«

Blair versuchte, sich zu entspannen – sich daran zu erinnern, daß sie für ihn ihre Schwester war. Wenn sie Lee jetzt beichtete, was für einen Streich die Zwillinge ihm an diesem Abend gespielt hatten, mußte er wütend werden – möglicherweise so wütend, daß er die Verlobung auflöste.

Sie dachte, wenn sie ihn reden ließe und sie eine Kleinigkeit gegessen und getrunken hatten, brächte sie ihn vielleicht dazu, sie nach Hause zu fahren. Alles tun, um ihn bei Laune zu halten – nur sich nicht von ihm anfassen lassen ...

Sie nahm auf einem der Sitzkissen Platz und bediente sich mit einer frischen Auster. »Ich habe dich nicht oft als Dr. Westfield erlebt«, sagte sie, seinen Blick vermeidend; und da hörte sie den Knall eines Champagnerkorkens.

»Nie, soweit ich mich erinnere. Probier mal, ob dir die Erdbeeren schmecken«, sagte er, während er eine von den Früchten in Champagner tauchte und sie ihr rasch, ihre ausgestreckte Hand ignorierend, in den Mund steckte.

Dann spürte sie seine Lippen auf ihrem Mund und verschluckte sich. Er reichte ihr ein Glas, und sie trank dankbar davon. Unglücklicherweise war es mit Champagner gefüllt gewesen, und sie spürte fast sofort seine Wirkung. Er stieg ihr zu Kopf.

»Niemals?« fragte sie und versuchte gegen dieses leichtsinnig-vergnügte, beschwipste Gefühl anzukämpfen, das sie zu überwältigen drohte. »Das kommt mir aber schrecklich lange vor.«

»Wir haben uns für vieles zu lange Zeit gelassen.« Er nahm ihre Fingerspitzen und begann, daran zu knabbern.

Sie entzog ihm ihre Hand. »Was ist das?« fragte sie und deutete auf eine Schüssel.

»Kaviar. Angeblich wundervolles Aphrodisiakum. Möchtest du etwas davon?«

»Nein, vielen Dank.« Sie nahm statt dessen das Weinglas, das Lee mit Champagner nachgefüllt hatte. Während sie daran nippte, sagte sie: »Wie verhinderst *du* eine Peritonitis?«

Er rückte dichter an sie heran und sah sie mit seinen hypnotischen Augen durchbohrend an. »Zunächst muß ich den Patienten ja untersuchen.« Er legte die Hand auf ihren Magen und begann sie langsam und sacht auf- und abzubewegen. »Ich prüfe den Zustand der Haut, ob sie warm und lebendig ist, und dann gehe ich einen Stock tiefer.«

Blair konnte sich mit einer verzweifelten Drehung gerade noch diesem Manöver entziehen, und dabei stürzte ihr Glas um, daß der Champagner über den Tisch und Lees Hand floß. Er zog lachend seinen Arm zurück. »Ich werde noch etwas Holz auflegen.«

Er schien sich diebisch über etwas zu freuen, dachte sie bei sich. »Ich glaube, ich muß jetzt wirklich nach Hause. Ich kann nicht so lange wegbleiben.«

»Du hast dein Essen noch gar nicht angerührt.« Er nahm auf dem Sitzkissen neben ihr Platz.

»Ich werde essen, wenn du mit mir redest. Erzähle mir, warum du Arzt geworden bist. Was hat dich dazu gebracht, Medizin zu studieren?«

Er wollte gerade ein paar Delikatessen auf ihren Teller legen, ließ die Gabel sinken und blickte sie prüfend an.

»Habe ich etwas Falsches gesagt?«

»Nein, aber du hast mich noch nie danach gefragt.«

Wie hätte ich dich danach fragen können, wenn wir uns noch nie richtig unterhalten haben! rief Blair ihm zu – aber nur in Gedanken, während sie einen Schluck von dem Champagner nahm, um ihre Verlegenheit zu überspielen. Lee legte eine Hühnerkeule in Weinsoße auf ihren Teller. »Vielleicht hat mich erst das Mädchen heute abend darauf gebracht, dich zu fragen.«

Er streckte seine lange, hagere Gestalt neben ihr aus, daß sich seine Hose über seinen Lenden spannte, und blickte, ein Weinglas in der Hand, ins Feuer.

»Ich wollte Menschenleben retten. Wußtest du, daß meine Mutter starb – nicht, weil sie mit fünfundvierzig ein Baby bekam, sondern weil die Hebamme, die gerade von einer anderen Entbindung gekommen war, sich nicht die Hände gewaschen hatte?«

Blairs Gabel, die sie gerade zum Mund führen wollte, blieb auf halbem Weg hängen. »Nein«, sagte sie leise. »Das wußte ich nicht. Blair muß dir sehr wehgetan haben, als sie fragte, ob man hier in der Stadt noch nie etwas von Asepsis gehört hätte.«

Er drehte ihr das Gesicht zu und lächelte. »Blair kann mir gar nicht wehtun. Hier, nimm noch eine Auster.«

Blair wußte nicht, ob sie seine Antwort als Kompliment oder als Beleidigung betrachten sollte. »Du hast sie jedenfalls in Rage gebracht. Weißt du, daß sie dich für ebenso tyrannisch hält wie Mr. Gates?«

Lee fiel die Kinnlade herunter. »Was für eine absurde Idee! Warum machst du es dir nicht gemütlich auf deinem Kissen?«

Ehe sie wußte, was sie tat, rutschte sie ein bißchen dichter an ihn heran; hielt dann aber auf halbem Weg wieder inne. Vielleicht war es der Champagner, der sie so leichtsinnig machte. Aber das erklärte nicht ihr Verhalten in der River Street, im Park oder auf dem Empfang. »Nein, danke«, sagte sie mit einer spröden Houston-Stimme. »Ich sitze hier sehr gut. Möchtest du immer als Arzt im Krankenhaus arbeiten?«

Mit einem Seufzer blickte er zurück ins Feuer.

»Du hättest doch nicht Arzt werden müssen, um anderen Menschen zu helfen, nicht wahr?« fuhr sie beharrlich fort. »Du hättest selbst ein Krankenhaus bauen können, oder etwa nicht?«

»Dank meines Großvaters, der mir ein beträchtliches Vermögen hinterließ, wäre mir das möglich gewesen. Aber das hätte mir nicht genügt. Ich wollte mich persönlich für andere Menschen einsetzen. Und falls ich tatsächlich mal einen Arzt finden sollte, der sich für so ein Projekt erwärmen kann, würde ich gern eine Frauenklinik eröffnen, die viel besser ausgestattet ist als diese Klitsche, wo sie heute ihre Babies bekommen. Ich möchte ein anständiges Krankenhaus hinstellen, wo Frauen wie meine Mutter auch eine ordentliche medizinische Betreuung erhalten. Aber alle Kollegen, die ich kenne, meinen, ein Gynäkologe wäre ein Arzt, der Frauen behandelt, die sich ihre Krankheiten nur einbilden.«

»Und wie wäre es mit Blair?« fragte sie gespannt.

»Blair? Aber sie ist doch nur eine . . .« Er brach mitten im

Satz ab, als er den Ausdruck in ihren Augen sah. »Vielleicht. Wenn sie mit ihrer praktischen Ausbildung fertig ist. Wir wollen aber jetzt nicht mehr von ihr reden. Komm her zu mir.«

»Nein, du mußt mich jetzt nach Hause . . .«

»Houston!« fiel er ihr heftig ins Wort. »Soll das ewig so weitergehen? Willst du dich mir noch immer verweigern?« Seine Stimme verriet seinen wachsenden Ärger. »Wird sich das auch nicht ändern, wenn wir heiraten sollten?«

»Sollten?« flüsterte Blair. »Wenn wir heiraten *sollten*?« Was hatte sie getan, daß dieses Ereignis auf einmal in Frage gestellt wurde? Hatte ein Abend mit Blair genügt, seinen Entschluß umzustoßen? Brachte Houston ihm eine viel größere Wärme entgegen, so daß er ihre Reaktionen heute abend als unverzeihlich kühl empfand?

»Wir wollten uns doch nicht mehr streiten, mein Engel.« Er öffnete seine Arme für sie.

Blair zögerte einen Moment. Hatte ihr Houston nicht eingeschärft, daß sie sich nicht mit Lee anlegen dürfe? Nur noch ein, zwei Küsse, dann würde er wieder versöhnt sein und sie nach Hause in Sicherheit bringen.

Sie ging zu ihm, ließ sich von seinen Armen umfangen, ihren Körper an den seinen drücken, und als er anfing, sie zu küssen, existierten nur noch sie beide auf der Welt.

Leander hielt sie so fest, als fürchtete er, sie könnte sich in Luft auflösen, wenn er sie losließe; und Blair war sich nur zu deutlich bewußt, daß sie wahrscheinlich nie mehr diesem Mann so nahe sein konnte, der solche unglaublichen Gefühle in ihr weckte. Sein Mund hielt den ihren gefangen, als sie sich an ihn klammerte, gab ihre Lippen nicht mehr frei, als hinge sein Seelenheil daran.

Als seine Hände zu ihrem Rücken gingen und seine geschickten, feinfühligen Chirurgenfinger die Ösen und Häkchen zu öffnen begannen, dachte sie nicht mehr daran, ihm das zu verwehren. Das Kleid glitt an ihren Achseln hinunter, und als ihre Schultern sichtbar wurden, küßte er sie und streichelte ihre Haut, daß ihr wohlige Schauer über den Rücken liefen.

Es dauerte nur Sekunden, bis das Kleid gänzlich von ihr

abfiel, und das Knistern des pinkfarbenen seidenen Unterrocks zwischen ihnen fachte ihre Leidenschaft noch stärker an. Leanders lange Beine bewegten sich über den steifen Seidentaft, schoben ihn zur Seite und lösten ihn von ihrem Körper.

Blair konnte ihre Lippen nicht von seinem Mund trennen, und ihre Hände fuhren durch sein langes, sauberes Haar, das einen erregenden, männlichen Duft verströmte. »Leander«, flüsterte sie, während seine Lippen über ihren Arm glitten und seine Hände sie von zwei weiteren Unterröcken befreiten. Satin, Seidentaft und ein weiches Gespinst aus feiner Baumwolle bauschte sich um die beiden und umschloß sie wie ein Kokon im warmen Licht des Kaminfeuers.

Seine Hände auf ihrem Körper schienen überall zugleich zu sein, sie streichelnd, liebkosend, ihre Kleider mit unglaublicher Behutsamkeit entfernend. Und als seine Hand auf ihrem Bein lag und sacht an ihrem Seidenstrumpf hinaufglitt, während er ihr Ohrläppchen küßte, wurde ihr bewußt, daß er noch voll bekleidet war, und sie zupfte an seinem Jackett.

Da begann er, sich auch seiner Kleider zu entledigen; aber nicht mit dieser rücksichtsvollen Behutsamkeit wie bei ihr, sondern hastig und gewaltsam, als brannten sie ihm auf der Haut.

Auf der medizinischen Hochschule hatte Blair viele nackte Männer gesehen, und einmal hatte auch Alan in ihrer Gegenwart sein Hemd gewechselt und seinen Oberkörper entblößt; doch noch nie hatte sie einen warmen, lebendigen Mann mit sonnenverbrannter Haut und einem solchen Feuer in den Augen auf sich zukommen sehen wie Lee in diesem Augenblick. Einen Moment wich sie vor ihm zurück, als er schon die Arme hob, um sie wieder zu umfangen.

Da war ein kurzes, verunsichertes Flackern in seinen Augen, als sie vor ihm zurückwich; doch Blair bemerkte es nicht. Sie sah nur Lees Körper – diese herrliche Haut, die sich um seine runden, stark bemuskelten Schultern spannte, über seine breite Brust und seine straffe, flache Magengrube.

Neugierig wanderte ihr Blick weiter nach unten, um den Unterschied festzustellen zwischen einem lebendigen und toten Mann – denn bis zu diesem Moment war ihr noch kein lebendiger nackter Mann vor die Augen gekommen.

»Bestehe ich die Prüfung?« fragte er, und seine Stimme klang rauh.

Blair zog ihn nur stumm an sich und legte ihre Arme um diese Haut, die zu glühen schien.

Nun verlor Leander nicht mehr viel Zeit damit, den Rest ihrer Kleider zu entfernen, löste die Strumpfbänder und knöpfte sogar ihre Schuhe auf – doch jede seiner Bewegungen war von Küssen und Liebkosungen begleitet, so daß Blairs Erregung einen Grad erreicht hatte, als sie vollkommen nackt war, daß sie glaubte, sie müsse vor Leidenschaft zerspringen.

Nichts, was sie bisher empfunden hatte, kam diesem Gefühl gleich, das sie erfüllte, als ihre Haut mit der seinen in Berührung kam. Mit einem leisen, keuchenden Laut des Entzückens klammerte sie sich an ihn, schob ihr Bein zwischen seine Schenkel und versuchte, noch näher an ihn heranzukommen.

Lee zog sie auf seinen Körper und küßte sie, während seine Hände über ihren Rücken glitten, über ihre Schenkel, wieder an ihrem Gesäß hinauf und dann an ihren Brüsten verweilten.

Seine Lippen ließen keinen Moment ihren Mund los, als er sie auf den Rücken drehte und sacht ihre Beine mit seinen Beinen spreizte.

Der Theorie nach wußte Blair natürlich, wie die menschliche Rasse sich fortpflanzte. Sie hatten an der medizinischen Hochschule besondere Seminare für unverheiratete Frauen gehabt; doch keiner ihrer Tutoren hatte gesagt, daß der Akt der Zeugung etwas mit Leidenschaft zu tun hatte. Sie hatte nichts davon gewußt, daß die Frauen auch etwas dabei empfanden; daß dieser Vorgang nicht nur der Fortpflanzung diente, sondern von Sehnsuchts-, Wonne- und Lustgefühlen begleitet war.

Sie war für ihn bereit, als er in sie eindrang; aber es tat dennoch weh, und sie gab einen leisen Wehlaut von sich. Er lag einen Moment still, sein heißer Atem an ihrem Hals, die Lippen regungslos auf ihrer Haut, während er auf irgendein Zeichen von ihr wartete.

Blair erholte sich von dem ersten Schmerz und begann sacht, ihre Hüften zu bewegen, ihre Hände auf seinem Rücken, die sie nun an seinen Schenkeln entlangführte. Nur Lees heiße Atemstöße an ihrem Ohr verrieten ihr, welche Anstrengung es ihn kostete, seine Leidenschaft so zu bändigen, daß sie nicht mit ihm durchging, sich ihren Wünschen anpaßte, ihr nicht neue Schmerzen zufügte.

Erst als sie sich zu bewegen begann, rührte er sich wieder und begann ganz langsam mit dem Liebesakt.

Sie empfand keine Schmerzen mehr, als Lee sehr behutsam sein Glied in ihrem Schoß auf- und abführte. Erst unbeholfen, dann sicherer werdend, bewegte sie sich mit ihm. Nach ein paar Sekunden konnte dieser langsame Takt mit ihrer Leidenschaft nicht mehr Schritt halten, und ihre Bewegungen wurden immer schneller. Sie wölbte sich gegen ihn, während er in sie hineinstieß, und sie klammerte sich an ihn, suchte mit Händen und Schenkeln das Unmögliche zu erreichen, ihn noch tiefer in ihren Schoß hineinzuziehen, bis sie am Ende gemeinsam in einer Explosion von Wonneschauern zum Höhepunkt kamen.

Blair hielt ihn so fest, als wollte sie ihn nie mehr freigeben. Ihre verschwitzten Körper klebten aneinander, ihre Haut schien mit der seinen zu verschmelzen.

»Ich liebe dich«, flüsterte Leander ihr ins Ohr. »Ich war mir bisher nicht sicher, ob ich dich liebte. Ich war mir nicht sicher, ob ich dich vor dieser Nacht überhaupt gekannt habe. Ich bin mir nicht sicher, daß wir beide noch die gleichen Personen sind wie am Abend vorher; aber ich weiß, daß ich dich liebe, und, Houston, ich habe noch nie eine andere Frau geliebt.«

Einen Moment lang konnte Blair gar nicht begreifen, warum der Mann in ihren Armen sie mit dem Namen ihrer Schwester anredete.

Dann kam die Erinnerung nur allzu schnell wieder

zurück. Sie suchte sich hastig von ihm zu lösen. »Ich muß nach Hause«, sagte sie, und aus ihrer Stimme sprach das blanke Entsetzen, das sie in diesem Moment empfand.

»Houston«, sagte Lee, »das ist doch kein Weltuntergang. In zwei Wochen sind wir verheiratet, und dann werden wir alle unsere Nächte miteinander verbringen.«

»Laß mich gehen! Ich muß sofort nach Hause.«

Er blickte sie einen langen Moment an, als wisse er nicht, ob er nun gekränkt war oder wütend; aber schließlich lächelte er. »Ich will dir ja deine Schamhaftigkeit nicht nehmen, mein Schatz. Komm, laß mich dir beim Anziehen helfen.«

Blair konnte ihn jetzt nicht einmal mehr ansehen. Es war das wundervollste Ereignis ihres Lebens gewesen; aber dieses Erlebnis hatte sie sich erschlichen. Sie hatte ihre Schwester hintergangen, ihren Verlobten betrogen, den Mann belogen, der ... der ...

Sie betrachtete Lee durch die gesenkten Wimpern, als er ihr half, das Korsett zu verschnüren. Wenn sie nicht aufpaßte, lag sie gleich wieder in seinen Armen; und wenn er sie darum bitten würde, stieg sie vermutlich mit ihm in den nächsten Zug und vergaß alle ihre Verpflichtungen anderen Personen gegenüber.

»Du scheinst dich aber mit der Unterwäsche von Damen sehr gut auszukennen«, fuhr sie ihn an.

Lee lachte leise, während er den Taftunterrock mit den Fingern auseinanderspreizte, daß sie nur noch hineinzusteigen brauchte. »Einigermaßen, denke ich. Soll ich dir auch die Strumpfbänder anlegen?«

Sie riß ihm die Strümpfe aus der Hand, setzte sich in einer Zimmerecke in einen Sessel, rollte sie über die Beine hinauf und versuchte, ihn dabei nicht zu beachten. Was, in aller Welt, hatte sie da nur angerichtet? Houston würde sie jetzt hassen. Und was würde Lee wohl dazu sagen, wenn er feststellte, daß seine Braut wieder Jungfrau war? Und was würde Alan sagen, wenn er erfuhr, daß seine keine mehr war? Wie sollte sie ihm das erklären? Würde ihr überhaupt ein Mensch glauben, wenn sie sagte, er habe sie nur anzufassen brauchen, und schon hätte sie die Kontrolle über ihren Körper verloren? Vielleicht waren all die Dinge, die Duncan Gates von ihr behauptete, wahr.

»Houston«, sagte Lee, sich vor sie hinknieend. »Du siehst aus, als müßtest du jeden Moment losheulen.« Er nahm ihre Hände in die seinen. »Hör mir bitte mal zu, mein Engel. Ich weiß, wie du erzogen worden bist, und ich weiß, daß du bis zu unserer Hochzeit eine Jungfrau bleiben wolltest; aber was heute nacht geschehen ist, geschah zwischen uns, und deshalb war es gut, und du brauchst es nicht zu bereuen. Denn bald werde ich dein Gatte sein, und dann können wir uns genießen, sooft wir wollen. Und wenn du dennoch meinst, daß du gegen ein Moralgesetz verstoßen hast, dann kann ich dir als Arzt versichern, daß viele, sehr viele Frauen vor ihrer Ehe mit dem Mann, den sie lieben, geschlafen haben.«

Er machte alles nur noch schlimmer. Der Mann, den sie liebte, war nicht der Mann, mit dem sie soeben geschlafen hatte; und der Mann, den sie heiraten sollte, hatte ihr nicht die Jungfernschaft genommen.

Sie stand auf. »Bitte, bring mich jetzt nach Hause«, sagte sie, und Leander gehorchte ihrem Wunsch.

Kapitel 6

»Guten Morgen«, sagte Leander mit einem uncharakteristischen Jubel in der Stimme zu seinem Vater und seiner Schwester Nina, die bereits am Frühstückstisch saßen.

Nina war einundzwanzig und sehr hübsch. Sie wollte gerade einen Schluck aus ihrer Kaffeetasse nehmen, die sie aber noch einmal absetzte, und sagte: »Dann stimmt das also, was ich gehört habe.«

Lee trat ans Büffet und füllte seinen Teller mit einem Berg von Rühreiern mit Schinken.

»Ich war noch gar nicht angezogen, als Sarah Oakley schon anrief und mir erzählte, daß du gestern abend beim Empfang nicht einen Moment lang die Augen von Houston abwenden konntest, und die Hände auch nicht. Sie sagte, sie hätte noch nie zwei so verliebte Leute gesehen.«

»Tatsächlich?« sagte Lee. »Und was ist daran so ungewöhnlich? Schließlich *habe* ich diese hübsche junge Dame ja bereits um ihre Hand gebeten.«

»Aber es hat Zeiten gegeben, wo es so aussah, als wolltest du lieber vor dieser hübschen jungen Dame flüchten, statt sie mit den Augen zu verschlingen.«

Lee lächelte seine Schwester an. »Wenn du erwachsen bist, meine kleine Schwester, wirst du vielleicht auch noch hinter das Geheimnis kommen, das die Vögel zum Zwitschern bringt.« Er stellte seinen Teller auf den Tisch, beugte sich vor und gab ihr einen Kuß auf die Stirn.

Nina verschluckte sich fast an ihrem Kaffee. »Hast du das gesehen?« sagte sie zu ihrem Vater. »Entweder ist er verrückt, oder er hat sich am Ende doch noch in seine Braut verliebt.«

Reed lehnte sich auf seinem Stuhl zurück und sah seinen Sohn aufmerksam an, bis dieser von seinem Teller hochblickte und ein Auge zukniff. Da fand er seine schlimmsten Befürchtungen bestätigt.

»Du scheinst dich wirklich gut auszukennen mit Frauen, Papa«, grinste Lee.

»Ich glaube nicht, daß ich jetzt wissen möchte, worüber ihr beiden euch so amüsiert«, sagte Nina steif, als ihr Vater laut lachte. »Ich denke, ich rufe lieber Houston an und spreche ihr mein Beileid aus.«

Als sie sich vom Frühstückstisch erhob und aus dem Zimmer gehen wollte, rief ihr Lee mit vollem Mund nach: »Du kannst ihr von mir ausrichten, daß ich sie um elf Uhr abholen werde – und einen Picknickkorb mitbringe.«

Reed blieb am Tisch sitzen, zündete seine Pfeife an – was er sonst erst nach dem Lunch zu tun pflegte – und sah seinem Sohn beim Essen zu. In der Regel war Leander ein methodischer, langsamer Esser; doch heute schlang er sein Frühstück hinunter, als stünde eine Hungersnot vor der Tür. Er schien weit weg zu sein mit seinen Gedanken, versponnen in eine Welt des Glücks mit Plänen für die Zukunft.

»Ich trage mich noch immer mit dem Gedanken«, sagte Lee und biß in eine dicke Weißbrotschnitte, »ein Krankenhaus für Frauen einzurichten. Tatsächlich hat mich Houston wieder auf die Idee gebracht. Vielleicht wird es Zeit, daß ich mich mit den Bauplänen dafür beschäftige; oder vielleicht kaufe ich auch das alte Lagerhaus am Ende der Archer Avenue. Es ist ein solides Gebäude aus Stein, und wenn ich etwas Geld investiere für die Umbauten, könnte es genau das werden, was ich mir vorgestellt habe.«

»Houston hatte diese Idee?«

»Nicht eigentlich; nur die Anregung dazu. Ich muß jetzt gleich ins Krankenhaus, und anschließend treffe ich mich mit Houston. Wir sehen uns dann spätestens beim Abendbrot.« Leander nahm sich rasch einen Apfel vom Büffet, blieb dann unter der Tür noch einmal stehen und blickte auf seinen Vater zurück. »Danke, Papa«, sagte er, als wäre er noch ein Kind. Tatsächlich erinnerte er Reed heute sehr an diesen unbeschwerten Jungen, der er gewesen war, als er sich noch nicht mit Heiratsabsichten trug.

Im Krankenhaus summte er den ganzen Morgen hindurch leise vor sich hin, und seine Fröhlichkeit wirkte ansteckend. Bald gab es im Hospital nur noch lächelnde Ärzte und Helfer, und niemand klagte wie sonst über zu schwere oder zu viele Arbeit. Am meisten profitierte die junge Prostituierte, die sich am Abend zuvor umbringen wollte, von Lees guter Laune. Er sprach mit ihr darüber, wie schön das Leben sein könne, besorgte ihr dann eine Stellung als Schwester in der Frauenklinik und versprach ihr, sie auch in Zukunft zu fördern und ihr beizustehen, sobald sie Hilfe brauche.

Zehn Minuten vor elf sprang er in seine Kutsche und fuhr zu Miss Emilys Teestube, um den Picknickkorb abzuholen, den er bei Miss Emily bestellt hatte.

»Also ist es wahr«, sagte Miss Emily und lächelte, so daß ihr rosig-weißes Gesicht unzählige kleine Knitterfältchen bekam wie ihre Papierservietten. »Nina hat den ganzen Vormittag über nur von ihrem liebeskranken Bruder geredet.«

»Meine Schwester redet überhaupt zu viel«, sagte Lee, lächelte aber dabei. »Ich kann nichts Außergewöhnliches daran finden, wenn ich glücklich bin, weil ich die schönste Frau der Welt heirate. Aber ich muß wieder weiter!« rief er und war schon wieder aus dem Laden.

Er ließ Pferd und Kutsche in der Obhut von Gates' Stalljungen, Willie, zurück, war mit drei langen Sätzen oben an der Haustür und wollte gerade den Klopfer betätigen, als eine Stimme aus der vom Licht abgewandten Seite der Veranda kam: »Du kannst eintreten. Sie erwarten dich bereits.«

Leander suchte den Schatten unter dem Vordach mit den Augen ab, bis er Blair dort sitzen sah, die rasch ihr Gesicht zur Seite drehte. Nicht schnell genug, daß er nicht die nassen Streifen auf ihren Wangen bemerkt hätte und das aufgelöste strähnige Haar. Er trat zu ihr und fragte: »Was hast du? Ist Houston etwas zugestoßen?«

»Ihr geht es großartig«, gab Blair gereizt zurück und wollte sich von der Bank erheben.

Lee faßte sie am Arm. »Ich möchte, daß du dich hierher ins Licht setzt, damit ich dich betrachten kann. Du siehst krank aus.«

»Laß mich in Ruhe!« rief sie. Und dann, halb schluchzend, halb schreiend: »Faß mich ja nicht an!« Sie schlug seine Hand weg, rannte an ihm vorbei die Treppe hinunter und verschwand um die Hausecke.

Während ihr Lee noch verblüfft nachschaute, trat Houston auf die Veranda und sagte, sich ihre weißen Netzhandschuhe überstreifend: »War das Blair, die eben so laut geschrien hat? Es hat doch hoffentlich nicht schon wieder Streit zwischen euch gegeben?«

Lee drehte sich mit dem Ausdruck höchsten Entzückens

zu ihr um. Seine Augen glitten an ihrem Körper auf und nieder, als könnten sie sich nicht satt sehen an ihr. »Es war Blair«, sagte er endlich, ihre erste Frage beantwortend.

»Gut«, sagte Houston, »ich hoffte, du würdest mit ihr reden. Sie ist schon den ganzen Tag so. Ich glaube, sie hat aus irgendeinem Grund geweint. Ich dachte, du wüßtest vielleicht die Ursache. Mir gibt sie keine Antwort, wenn ich sie danach frage.«

»Ich müßte sie mal untersuchen«, murmelte Lee, während er ihr in die Kutsche half; aber seine Hände schienen sich nicht mehr von ihr lösen zu können, sobald er sie berührte.

»Lee! Die Leute schauen uns zu.«

»Ja, natürlich«, sagte er grinsend. »Aber dem werden wir bald abhelfen.«

Er traute sich auf dem Weg aus der Stadt nicht viel zu sagen, warf nur hin und wieder einen Blick auf Houston und sah, daß sie wieder am äußersten Rand der Sitzbank saß, seine Nähe meidend, wie sie es immer getan hatte bis gestern abend. Und dann lächelte er still in sich hinein bei dem Gedanken, daß diese sich so kühl gebärdende junge Dame dieselbe war, die ihn heute nacht unwiderstehlich fand.

Er hatte kaum geschlafen in der letzten Nacht, hatte die meiste Zeit wach auf dem Rücken gelegen und noch einmal in der Erinnerung jede Sekunde ausgekostet, die er mit Houston verbracht hatte. Es war nicht so sehr der Sex gewesen – den hatte er auch mit anderen Frauen gehabt, ohne sich in diese zu verlieben –, sondern etwas in ihrem Verhalten, in ihrer Einstellung, daß er sich so wunderbar fühlte, so stark, als könne ihm alles gelingen, was er sich vornahm.

Er fuhr zu einem geheimen Ort, den er entdeckt hatte, als er zu einem Goldgräber gerufen wurde, um dessen gebrochenes Bein einzurichten, und unterwegs von einem Gewitter überrascht wurde. Es war ein Platz abseits der Straße, mit mächtigen Bäumen und hohen Felsen, aus denen ein Quell sprang – beschaulich und zugleich gegen neugierige Blicke geschützt. Es war das erstemal, daß er jemanden hierherbrachte.

Er hielt die Kutsche an, sprang auf den Boden hinunter, band das Pferd fest, hob Houston die Arme entgegen, und statt ihr herunterzuhelfen, drückte er sie an sich, daß sie an seinem Körper entlangrutschte. Und als sie endlich mit den Füßen auf dem Boden stand, umarmte er sie so heftig, daß sie keine Luft mehr bekam.

»Ich habe heute nacht kaum geschlafen, sondern immer nur an dich gedacht«, flüsterte er. »Der Duft deines Haars war noch in meinen Kleidern, der Geschmack deiner Lippen auf meinem Mund. Ich konnte . . .«

Houston schob ihn von sich: »Was soll das!«

Er streichelte mit dem Rücken seiner Finger ihre Haare an den Schläfen. »Du wirst mir doch nicht wieder zu einem spröden Mädchen werden und in deine alten Gewohnheiten verfallen? Du hast mir bewiesen, daß du ganz anders sein kannst, Houston. Weshalb also die Eisprinzessin spielen, wenn ich weiß, wie du wirklich bist? Und ich kann dir versichern, daß du mich noch glücklicher machst, wenn ich diese kühle Frau nie wiedersehe. Also komm zu mir und küsse mich wie gestern nacht.«

Aber statt ihn zu küssen, löste sie sich ganz von ihm und sagte: »Soll das heißen, daß ich gestern abend nicht so war wie sonst? Daß ich . . . besser war?«

Lächelnd legte er die Arme auf die Schultern. »Das weißt du doch. So wie gestern abend habe ich dich noch nie erlebt. Ich hätte nie geglaubt, daß du so sein könntest. Heute wirst du darüber lachen; aber ich begann ernsthaft daran zu zweifeln, daß du zu einer echten Leidenschaft fähig wärest. Ich glaubte, unter deinem kühlen Äußeren verbärge sich ein Herz aus Eis. Aber wenn du schon eine Schwester hast wie Blair, die bei der leisesten Herausforderung Feuer sprüht, muß ja etwas von ihrem Temperament auf dich abgefärbt haben.«

Er nahm ihr Handgelenk und zog sie an sich heran. Er ließ sich nicht dadurch beirren, daß sie versuchte, ihr Gesicht zur Seite zu drehen, und drückte seinen Mund auf den ihren.

Doch ihre Lippen blieben kalt und fest geschlossen.

Anfangs amüsierte es ihn noch, daß sie ihm unbedingt beweisen wollte, wie gut sie sich beherrschen konnte; aber als der Kuß andauerte und keine Reaktion von ihr kam, gab er ihren Mund wieder frei und sagte wütend:

»Du treibst das Spiel zu weit! Du kannst nicht erst vor Leidenschaft brennen und im nächsten Moment wieder frigid sein. Was bist du – zwei Menschen in einer Person?«

Etwas in Houstons Augen machte ihn stutzig. Aber das war natürlich ein absurder Gedanke. Er trat einen Schritt zurück.

»Das ist ein Ding der Unmöglichkeit, nicht wahr? Sag mir, daß ich mich irre. Daß es nicht zwei verschiedene Wesen in einer Gestalt gibt.«

Sie sah ihn nur bekümmert an.

Lee ging von ihr fort und ließ sich schwerfällig auf einen Felsblock nieder. »Hast du gestern abend den Platz mit deiner Schwester getauscht?« fragte er leise. »Habe ich den Abend mit Blair und nicht mit dir verbracht?«

Sie flüsterte, kaum noch vernehmbar: »Ja.«

»Ich hätte es merken müssen. Gleich anfangs, als ich zu der Selbstmörderin gerufen wurde und sie genau wußte, was zu tun war in so einem Fall. Und dann kannte sie nicht mal das Haus, das ich für sie gekauft habe – für dich. Ich glaube, ich wollte es gar nicht wissen. In dem Augenblick, als sie zu mir sagte, sie wollte mich begleiten, um zu sehen, ob sie mir vielleicht bei der Behandlung helfen könne, habe ich mich so närrisch darüber gefreut, daß ich jeden Argwohn vergaß. Ich hätte es merken müssen, als ich sie küßte ...«

Er holte tief Luft.

»Zum Henker mit euch! Ihr habt euch wohl höllisch darüber gefreut, mich zum Narren halten zu können!«

»Lee«, sagte Houston, die Hand auf seinem Arm.

Er drehte sich wütend zu ihr um. »Wenn du weißt, was für dich gut ist, sagst du jetzt nichts. Ich weiß nicht, was euch dazu trieb, mir einen so kleinen, schmutzigen Streich zu spielen. Aber ich kann dir versichern, daß ich für solch einen Ulk kein Verständnis habe. Nachdem du und deine

Schwester euch so gut auf meine Kosten amüsiert habt, muß ich mir überlegen, welche Konsequenzen dieser Abend für mich hat.«

Er schubste sie förmlich in die Kutsche hinein, schlug seinem Pferd die Peitsche um die Ohren und raste in die Stadt zurück. Vor dem Chandler-Haus stieg er nicht vom Bock, um Houston aus der Kutsche zu helfen, sondern sie mußte selbst zusehen, wie sie mit ihren drei Lagen Unterröcken heil auf den Boden kam. Oben auf der Veranda wurde sie bereits von Blair erwartet, deren Gesicht ganz aufgedunsen war vom stundenlangen Weinen. Leander streifte sie mit einem wütenden und sogar ein wenig gehässigen Blick, ehe er seinem Pferd wieder die Peitsche gab und davonpreschte.

Vor dem Haus seines Vaters hielt er nur so lange an, wie es dauerte, den Einspänner gegen einen gesattelten Rotschimmel einzutauschen, den er dann im rasenden Galopp direkt auf die Berge zutrieb. Er wußte nicht, wohin er ritt – nur daß er weg mußte aus der Stadt, um nachdenken zu können.

Er kletterte mit seinem Pferd, bis es nicht mehr weiterkonnte, stieg dann aus dem Sattel und führte es schnurgerade über Steine, durch Schluchten, Kakteen und tückisches Dorngesträuch hügelan. Als er schließlich den Scheitel eines Berges erreichte und nicht mehr höher steigen konnte, zog er das Gewehr aus dem Sattelschuh, stemmte den Kolben auf den Oberschenkel und jagte das ganze Magazin in die Luft. Als die kreischenden Vögel sich verzogen hatten, schrie er aus voller Lunge, um sich von seinem Ärger und seiner Enttäuschung zu befreien:

»Verflucht seist du, Blair – zur Hölle verflucht!«

Die Sonne ging gerade unter, als Reed Westfield in die Bibliothek kam. Als er das Licht anknipsen wollte, sah er eine von diesen dünnen Zigarren aufglimmen, die sein Sohn rauchte.

»Lee?« fragte er, während er den Lichtschalter bediente. »Das Krankenhaus rief an. Sie haben dich überall gesucht.«

Leander schaute nicht auf. »Haben sie jemand gefunden?«

»Das haben sie.« Reed blickte seinen Sohn forschend an. »Was ist aus dem Mann geworden, der heute morgen das Haus verließ? Sollte Houston etwa bereut haben, was gestern nacht geschah? Frauen tun das manchmal. Deine Mutter . . .«

Lee sah mit trüben Augen zu seinem Vater hoch. »Verschone mich mit weiteren Ratschlägen, wie ich Frauen behandeln sollte. Ich glaube, das könnte ich nicht mehr ertragen.«

Reed setzte sich. »Erzähl mir, was passiert ist.«

Lee schnippte die Asche von der Zigarre. »Ich glaube, daß jeden Moment die Hölle losbrechen kann, wie man so schön sagt. Gestern abend« – er stockte, um Luft zu holen und sich zu beruhigen –, »gestern abend beschlossen die Chandler-Zwillinge, sich einen Scherz mit mir zu erlauben. Sie hielten es für einen großartigen Spaß, die Plätze zu tauschen und auszuprobieren, ob sie diesen armen dummen Leander zum Narren halten könnten. Das ist ihnen ziemlich gut gelungen.«

Er drückte die Zigarre in einem Aschenbecher aus, stand auf und trat ans Fenster. »Ich wurde gründlich genarrt, und das nicht etwa, weil Blair die Rolle ihrer Schwester so perfekt gespielt hätte. Tatsächlich hat sie nichts anderes getan, als sich ein Kleid von Houston anzuziehen. Blair hat mich bei der Behandlung einer Patientin unterstützt, ohne daß ich ihr Anweisungen geben mußte. Sie wollte wissen, warum ich Arzt geworden bin, was Houston nie sonderlich interessierte. Sie fragte mich nach meinen Plänen, und was ich mir von der Zukunft erwarte. Mit anderen Worten – sie war die perfekte Frau, von der jeder Mann träumt.«

Er drehte sich um und sah seinen Vater an. »Und dann war sie auch noch die perfekte Liebhaberin. Ich glaube, die Eitelkeit des Mannes verlangt nach einer Frau, die ihn unwiderstehlich findet. Er gefällt sich in dem Gedanken, daß er sie zu allem überreden kann. Bisher waren alle Frauen, die ich kannte, nur an meinem Bankkonto interessiert. Ich hatte Frauen, die nicht an mir interessiert waren, weil sie dachten, ich wäre nur ein kleiner unbezahlter Arzt in der Ausbildung; aber als eine hörte, daß meine Mutter eine Cavendish war, begannen ihre Augen zu funkeln. Aber Blair war nicht so. Sie war . . .«

Seine Stimme erlosch, während er sich wieder dem Fenster zudrehte.

»Houston ist nicht an deinem Geld interessiert«, sagte Reed. »Das war sie nie.«

»Ich habe keine Ahnung, was Houston sich vom Leben verspricht. Ich habe Monate in ihrer Gesellschaft verbracht und weiß so gut wie nichts von ihr – nur daß sie eine kalte Frau ist, die nicht viel mehr tut, als hübsch auszusehen. Aber Blair ist lebendig!«

Er sagte das mit solcher Leidenschaft, daß Reed die Stirn runzelte. »Ich weiß nicht, ob mir dieser Ton gefällt, mein Junge, Houston ist die Frau, die du heiraten wirst. Es ist eine Schande, was gestern nacht passiert ist; aber was konntest du von so einem Mädchen wie Blair denn anderes erwarten? Ich habe versucht, dich zu warnen. Ich habe dir gesagt, so etwas könnte dich in Schwierigkeiten bringen. Natürlich ist Houston dir jetzt böse; aber wenn du ihr lange genug den Hof machst und Blumen schickst, wird sie dir gewiß wieder verzeihen.«

Lee blickte seinen Vater an. »Und Blair? Wird sie mir auch verzeihen?«

Reed ging zu dem großen Nußbaumschreibtisch, der den Raum beherrschte, und nahm eine Pfeife aus einer Schachtel. »Wenn sie zu dieser Sorte von Mädchen gehört, die mit dem Verlobten ihrer Schwester schlafen, dann wird sie meines Erachtens schon wissen, wie sie über so etwas hinwegkommt.«

»Und wie soll ich das jetzt verstehen?«

»Wie ich es gesagt habe. Sie ist jahrelang an der Ostküste gewesen, mit Männern zur Schule gegangen, hat Sachen studiert, die sie eigentlich nichts angehen, und versucht, es den Männern gleichzutun. Mädchen wie sie wissen aus

Erfahrung, wie man sich von Affären, die eine Nacht dauern, wieder erholt.«

Leander brauchte lange, bis er sich so weit in der Gewalt hatte, daß er sprechen konnte: »Ich werde vergessen, was du eben gesagt hast; aber ich muß dich warnen, daß ich dein Haus sofort verlassen und nie mehr zurückkommen werde, wenn du noch einmal zu mir in dieser Weise von Blair sprichst. Es geht dich eigentlich nichts an; aber bis gestern nacht ist Blair noch Jungfrau gewesen. Und ich gedenke, sie spätestens in zwei Wochen zu meiner Frau zu machen.«

Reed war von dieser Eröffnung so überrascht, daß er nur dastand und den Mund auf- und zumachte wie ein Fisch auf dem Trockenen.

Lee nahm inzwischen wieder Platz und zündete sich eine frische Zigarre an. »Ich denke, ich sollte dir erst einmal alles erzählen, was ich von den Ereignissen des gestrigen Abends weiß. Wie ich bereits sagte, hatten die Zwillinge aus irgendeinem Grund beschlossen, die Plätze zu tauschen, und deshalb war es Blair, die ich zum Empfang des Gouverneurs mitnahm. Ich hatte mir bereits vorgenommen, alles zu versuchen, um sie zu verführen, und wenn sie sich mir verweigerte, die Verlobung aufzulösen, weil ich dann überzeugt war, daß kein Mann – oder jedenfalls nicht ich – das Eis brechen könne, mit dem Houston sich umgibt.«

Er betrachtete seine Zigarre, und ein leises Lächeln spielte um seine Lippen, ehe er mit seinem Bericht fortfuhr: »Ich war noch keine fünf Minuten mit Blair allein und fühlte mich bereits so wohl in ihrer Gesellschaft, daß ich gar nicht mehr daran dachte, sie zu fragen, wer sie war oder warum sie sich ganz anders verhielt als sonst. Ich wurde zu einem Notfall in die River Street gerufen, und sie begleitete mich dorthin, ganz gegen Houstons Gewohnheit, die stets darauf bestand, daß ich sie vorher vor der Wohnung irgendeiner Freundin absetzen sollte. Wir gingen anschließend zum Empfang und schließlich in unser Haus. Alles in allem war es der schönste Abend, den ich bisher in meinem Leben verbracht habe.«

»Und deshalb glaubst du nun, sie heiraten zu müssen«, sagte Reed mit schicksalsergebener Stimme. »Könntest du dir damit nicht wenigstens Zeit lassen? Du kennst sie doch kaum. Die Ehe ist für immer. Du wirst dein ganzes Leben mit dieser Frau verbringen müssen, und die Bekanntschaft einer Nacht ist keine ausreichende Grundlage für einen Ehebund. Nur weil sie so ein munteres Betthäschen . . .« Er verstummte, von einem Blick seines Sohnes gewarnt.

»Also schön«, fuhr Reed seufzend fort. »Du wirst diese junge Dame um ihre Hand bitten. Und was wird aus Houston? Willst du sie einfach sitzen lassen? So etwas trifft Frauen hart, mein Junge.«

»Da die Zwillinge das eingefädelt haben, müssen sie auch die Folgen tragen. Sie hätten sich vorher überlegen sollen, welche Konsequenzen ihre Handlungsweise haben könnte.«

»Sie konnten schwerlich voraussehen, daß du beschlossen hatte, von diesem Abend eine Entscheidung für dein ganzes Leben abhängig zu machen. Aber warum läßt du dir nicht ein, zwei Monate Zeit, ehe du Blair um ihre Hand bittest, damit ihr euch beide in Ruhe überlegen könnt, ob diese Entscheidung richtig ist?«

»Dafür ist es zu spät. Außerdem glaube ich nicht, daß Blair mich nehmen würde.«

»Dich nicht . . .?« meinte Reed verwundert. »Warum, zum Kuckuck, würde sie dich nicht heiraten wollen, wenn sie schon mit dir schläft?«

Wenngleich sich sein Vater darüber entrüstete, mußte Lee lächeln. »Ich bin mir nicht sicher, ob sie mich mag. Sie glaubt, ich sei genauso bigott wie ihr Stiefvater, und deshalb bin ich überzeugt, daß sie mich auslachen würde, wenn ich sie um ihre Hand bäte.«

Reed warf beide Hände in die Luft. »Nun verstehe ich gar nichts mehr!«

In diesem Moment wurde unten die Haustüre aufgestoßen, und laute Stimmen schallten herauf.

Lee erhob sich aus seinem Sessel. »Das ist zweifellos ein überaus empörter Mr. Duncan Gates, der uns jetzt einen

Besuch macht. Ich bin nämlich vor einer Stunde in seiner Brauerei gewesen, um ihm mitzuteilen, daß ich seine Stieftochter defloriert habe und bereit bin, dafür zu büßen, indem ich das gefallene Mädchen heirate. Offenbar hat er Blair mitgebracht, um mit uns beiden über den Fall zu sprechen. Schau mich nicht so düster an, Papa. Ich bin fest entschlossen, sie zu meiner Frau zu machen, und um dieses Ziel zu erreichen, ist mir jedes Mittel recht.«

Kapitel 7

»Ich habe absolut nicht die Absicht, ihn zu heiraten«, sagte Blair nun schon zum zwanzigsten Mal.

»Du bist entehrt, beschmutzt, verworfen«, wütete Duncan. »Kein anderer Mann würde dich noch nehmen!«

Blair bemühte sich nach Kräften, Besonnenheit zu zeigen und sich nicht den Aufruhr anmerken zu lassen, der in ihr tobte. Drei geschlagene Stunden lang hatte Gates sie angebrüllt und versucht, sie einzuschüchtern. Sie hatte immer an die Gelassenheit ihres Onkels Henry denken müssen, daß er das Geschehnis nicht ohne Humor betrachten, sie sich zusammensetzen und die Lage besprechen würden, wie es sich für erwachsene Leute gehörte. Aber nicht so Mr. Gates. Er hegte noch solch mittelalterliche Ansichten, daß man sie zu den Hunden auf die Gasse jagen müsse, weil sie keine Jungfrau mehr war – oder zu Leander, was ihrer Ansicht nach das gleiche bedeutete.

»Darf ich fragen, warum Sie meinen Sohn nicht heiraten wollen?« erkundigte sich Reed Westfield.

Blair konnte die Feindseligkeit dieses Mannes spüren wie Hitzewellen in der Wüste. »Ich sagte Ihnen bereits, daß ich mich bei einem bedeutenden Hospital in Pennsylvania erfolgreich als Assistenzärztin beworben habe und gedenke, diesen Posten auch anzutreten. Zudem liebe ich Ihren Sohn nicht. Er ist mit meiner Schwester verlobt, und nach ihrer

Hochzeit werde ich so rasch wie möglich nach Pensylvania zurückkehren, um nie mehr nach Chandler zurückzukehren. Ich glaube, eine noch deutlichere Antwort kann ich Ihnen kaum noch geben.«

»Du hast das Leben deiner Schwester ruiniert!« keifte Gates. »Du glaubst doch wohl nicht, daß sie ihn jetzt noch heiraten kann?«

»Willst du damit sagen, daß Leander von der Nacht, die er mit mir verbrachte, *unrein* wurde, um in deinem Jargon zu reden?«

Duncans Gesicht lief dunkelrot an.

»Beruhigen Sie sich, Duncan«, sagte Reed. »Blair, es muß doch möglich sein, eine für alle Beteiligten zufriedenstellende Lösung zu finden. Unter den gegebenen Umständen darf ich doch erwarten, daß Sie *etwas* für meinen Sohn empfinden, nicht wahr?«

Blair blickte auf Lee, der im Hintergrund stand und die Szene offenbar genoß. Keine Gefühle, die ich öffentlich bekanntgeben könnte, dachte sie, und als vermöchte Lee ihre Gedanken zu lesen, lächelte er sie auf eine Weise an, daß sie errötend zur Seite blicken mußte. »Ich erzählte Ihnen bereits«, sagte sie, »daß ich an die Stelle meiner Schwester getreten bin und mich so verhalten habe, wie ich glaubte, daß sie sich dem Mann gegenüber verhalten würde, den sie liebt. Ich sehe nicht ein, daß man mich dafür bestrafen muß, weil ich meine Rolle perfekt spielte.«

»Und ich lasse nicht zu, daß du oder ein anderer Houstons Namen in den Dreck zieht!« schrie Duncan. »Sie würde niemals getan haben, was du in ihrer Rolle gemacht hast. Sie ist ein gutes Mädchen.«

»Und ich bin das deiner Meinung nach nicht?« rief Blair, zwischen Tränen und Empörung schwankend.

»Eine anständige Frau würde niemals . . .«

»Ich habe alles gehört, was ich wissen wollte«, fiel Lee ihm ins Wort und trat in die Mitte des Zimmers. »Würden Sie mich jetzt bitte mit ihr alleinlassen? Ich möchte ein paar Worte unter vier Augen mit ihr reden.«

Blair wollte dagegen protestieren, aber sie konnte das Gezeter von Mr. Gates nicht mehr ertragen, und deshalb fügte sie sich.

»Möchtest du einen Sherry?« fragte er, als die anderen beiden Männer aus dem Zimmer gegangen waren.

»Ja, bitte«, sagte sie und nahm das Glas mit bebenden Händen entgegen.

Er blickte auf ihre zitternden Hände und runzelte die Stirn. »Daß er so schlimm ist, hätte ich nicht gedacht. Houston deutete mir zwar einiges an; aber ein so unglaubliches Benehmen hätte ich ihm nicht zugetraut.«

Blair trank dankbar den Wein. Sie hoffte, er würde ihren Nerven guttun. »Du hast aber gewußt, daß er ein Tyrann ist – warum hast du ihn dann zum Verbündeten für deine absurden Pläne gemacht?«

»Ich brauchte jede Unterstützung, die ich bekommen konnte. Ich nahm – zu Recht an, daß du mir ins Gesicht lachen würdest, wenn ich vor dich hintreten und dich um deine Hand bitten würde.«

»Ich lache aber gar nicht.«

»Ein gutes Zeichen. Um so rascher werden wir uns einig. Die Einladungskarten liegen schon beim Drucker. Er braucht nur deinen Namen an die Stelle von Houstons Namen zu setzen.«

Sie sprang aus dem Sessel. »Von allen närrischen Ideen, die ich mir heute anhören mußte, ist das die dümmste. Hast du immer noch nicht begriffen, daß ich dich nicht heiraten will? Ich möchte so rasch wie möglich fort aus dieser schrecklichen Stadt. Ich möchte nach Hause. Ich will meiner Schwester ihren Verlobten zurückgeben. Wie oft muß ich das noch wiederholen, bis ihr mich endlich versteht? Ich will nach Hause!«

Trotz ihrer guten Vorsätze fiel sie nun in den Sessel zurück, schlug die Hände vors Gesicht und schluchzte: »Mr. Gates hat recht. Ich habe Houstons Leben ruiniert.«

Leander kniete vor ihr nieder, nahm sacht die Hände von ihrem Gesicht und flüsterte: »Begreifst du denn nicht, daß ich *dich* heiraten möchte und nicht Houston?«

Sie blickte ihn einen Moment an, spürte die Wärme seiner Hände an ihren Handgelenken und bedachte seine Worte. Doch damit sie nicht der Überzeugungskraft seiner Berührung erlag, löste sie den Kontakt mit ihm und trat ans Fenster.

»Du gehörst meiner Schwester. Schon als Kind faßte sie den Entschluß, dich zu heiraten. Ein ganzer Schrank ist gefüllt mit Wäsche, die sie mit deinem und ihrem Monogramm bestickte. Nie hat sie etwas anderes sein wollen als Mrs. Leander Westfield. Sie liebt dich! Hast du das nicht gewußt? Und die Liebe meines Lebens ist die Medizin. Seit meinem zwölften Lebensjahr träume ich davon, und nun habe ich mein Ziel erreicht und einen Posten als Assistenzärztin in einer namhaften Klinik bekommen. Ich werde ihn antreten, Alan heiraten und glücklich sein bis ans Ende meiner Tage.«

Leander verlor seinen fürsorglichen Blick und schoß kerzengerade in die Höhe. »Alan? Wer, zum Teufel, ist denn das?«

»Seit ich nach Chandler zurückgekommen bin, hat mich nicht einer danach gefragt, wie es mir in Pensylvania ergangen ist. Gates schreit mich nur an, daß ich ein unmoralisches Mädchen sei; Mutter sitzt stumm dabei und näht; Houston fährt jeden Tag zur Schneiderin, um neue Kleider anzuprobieren; und du . . . du stehst da und gibst Befehle.«

Die verschiedenartigsten Empfindungen spiegelten sich auf Lees Gesicht. »Wer ist Alan?«

»Mein Verlobter. Der Mann, den ich liebe. Der Mann, der in zwei Tagen in Chandler eintreffen wird, um meine Familie kennenzulernen und um meine Hand anzuhalten.«

»*Ich* habe gerade um deine Hand angehalten!«

»Weil du einen Abend mit mir verbracht hast? Das genügte natürlich, um dich in mich zu verlieben.« Sie blickte überrascht hoch, weil er das nicht abstreiten wollte.

Er stand am Schreibtisch und spielte mit einem Brieföffner.

»Was ist, wenn ich in dir das Verlangen weckte, mich zu

heiraten? Wenn *du* es bist, die in zwei Wochen wünscht, mit mir getraut zu werden?«

»Dieser Fall wird nie eintreten. Alan wird bald hier sein, und wir wissen beide, daß du zu Houston gehörst.«

»Ist das wirklich so?« sagte er, und mit zwei Schritten war er bei ihr und hielt sie in seinen Armen.

Sein Kuß war genauso erregend wie am Abend zuvor, als sie ihre Schwester vertreten hatte. Sie fühlte sich ganz schwach, als er sie wieder losließ.

»Und du behauptest, ich hätte keine Chancen?« murmelte er. »Ist dir schon der Gedanke gekommen, daß dieser Alan dich nicht mehr haben will, wenn er erfährt, warum dein Name auf der Einladungskarte zu unserer Hochzeit steht?«

»Er ist nicht so. Er ist ein sehr verständnisvoller Mann.«

»Wir werden sehen, wie verständnisvoll er ist. Und du wirst mich in vierzehn Tagen heiraten und solltest dich rechtzeitig an diesen Gedanken gewöhnen.«

Blair bemühte sich, gelassen zu erscheinen, als sie mit Mr. Gates wieder nach Hause fuhr. Aber als sie dort Houstons Gesicht erblickte, das einen Ausdruck trug, als hätte das Leben jeden Sinn für sie verloren, war es mit ihrer Fassung vorbei. So groß war ihre Sorge um die Zukunft ihrer Schwester gewesen, daß sie das Wesen Leanders hatte ergründen wollen, um sich ein Bild davon zu machen, ob Houston mit ihm glücklich werden konnte – und nun hatte sie deren Leben zerstört.

Sie wollte sich mit ihrer Schwester aussprechen, ihr alles erklären; doch Houston weigerte sich, mit ihr zu reden. Da half alles Weinen nichts. Sie wollte Blair nicht anhören.

Mr. Gates stieß Blair die Treppe hinauf und sperrte sie in ihr Zimmer im dritten Stock ein. Und als Opal mit ihrer Tochter reden wollte, weigerte sich Mr. Gates, ihr den Schlüssel herauszugeben.

Blair saß lange im dunklen Zimmer – mit viel zu trockenen Augen; denn die Tränen waren seit gestern nacht ohne Unterlaß geflossen. Sie mußte sich etwas ausdenken, wie sie sich aus ihrem Dilemma befreien konnte. Sie wollte sich weder dazu zwingen lassen, in dieser Stadt zu bleiben und einen Mann zu heiraten, den sie gar nicht heiraten wollte, noch auf ihren Posten im St.-Joseph-Hospital verzichten.

Sie saß regungslos auf ihrem Stuhl, bis sie keine Geräusche im Haus mehr hörte, und trat dann ans Fenster. Als Kind war es ihr oft gelungen, sich mit Hilfe der alten Ulme, die an der Ostseite des Hauses wuchs, einem Stubenarrest zu entziehen, indem sie an deren langen gewundenen Ästen in den Garten hinunterkletterte. Wenn sie mit einem Sprung den größten Ast unter ihrem Fenster erreichen konnte, mußte es ihr auch diesmal gelingen. Wenn sie ihn jedoch verfehlte ... sie mochte diesen Gedanken nicht zu Ende denken.

Rasch suchte sie ein paar Kleider zusammen, stopfte sie in eine weiche Tasche, warf diese in den Garten hinunter und wartete ein paar Sekunden, ob jemand im Haus Alarm schlug. Niemand schien den Aufprall gehört zu haben. Sie schlüpfte in einen Hosenrock, kletterte auf den Fenstersims, hielt sich mit einer Hand am Rahmen fest und bemühte sich mit der anderen, den Ast unter dem Fenster zu erreichen. Vergeblich. Ihr Arm reichte nur bis zu ein paar dünnen Zweigspitzen. Sie gab ihre Bemühung auf, sah ihre Vermutung bestätigt, daß sie springen mußte, wenn sie zu dem Ast gelangen wollte. Sie ging in die Hocke, machte einen gewaltigen Satz und schlug die Arme um den Ast, als die Zweige ihren Fall bremsten.

Sie hing wie ein Pendel daran und hörte, wie das Holz leise ächzte unter ihrem Gewicht. Nach einigen erfolglosen Versuchen gelang es ihr endlich, die Beine über den Ast zu schwingen, ehe ihr die Arme zu erlahmen drohten. Dann nahm sie ihre ganze Kraft zusammen, und mit dem Kopf nach unten hängend, hantelte sie sich den Ast entlang auf den Stamm zu, während die scharfe Rinde ihr in die Handgelenke schnitt und die Zweige durch ihre Kleider stachen. Als sie ihn glücklich erreicht hatte, wartete sie ein paar Sekunden, bis ihr keuchender Atem etwas ruhiger ging, ehe sie ihren Abstieg fortsetzte.

Als sie endlich auf sicherem Boden stand, blickte sie mit einem Gefühl des Triumphes zu ihrem Fenster hinauf. Niemand konnte sie gegen ihren Willen festhalten, wenn sie nicht bleiben wollte.

Das hörte sie links von sich ein Geräusch und wirbelte herum.

Ein Streichholz flammte auf und beleuchtete das Gesicht von Leander, der sich eine seiner dünnen, langen Zigarren anzündete. »Brauchst du jemand, der dir deine Tasche tragen hilft?« fragte er, als er den Blick auf sie richtete.

»Was machst du denn hier?« fauchte sie.

»Ich beschütze, was ich als mein Eigentum betrachte«, erwiderte er lächelnd.

»Du hast hier gestanden, während ich im Baumwipfel um mein Leben kämpfte?«

»Es war nicht ganz so hoch, und soweit ich sehen konnte, war dein Leben nie wirklich in Gefahr. Bei welchem Meister hast du denn das Klettern erlernt?«

»Gewiß nicht bei dir. Du hast schon als Junge nur unter Bäumen gestanden und gewartet, daß einer deiner Spielgenossen herunterfiele.«

»Was für seltsame Vorstellungen du von mir hegst! Mich wundert, wo du sie hernimmst. Solltest du aber deine nächtlichen Turnübungen beendet haben, schlage ich vor, daß wir dich wieder ins Haus zurückbefördern. Nach Ihnen, meine Gnädigste!« sagte er mit einer schwungvollen Verbeugung zum Baum hin.

»Ich habe nicht vor, dieses Haus noch einmal zu betreten. Ich werde in einer Viertelstunde in einem Zug sitzen, der mich nach Denver bringt.«

»Nicht, wenn ich es Gates erzähle. Der wird dich mit einer geladenen Schrotflinte am Bahnhof abpassen, wie ich ihn kenne.«

»Das wagst du nicht!«

»Hast du vergessen, daß er mein Verbündeter ist? Ich lasse nicht zu, daß du Chandler verläßt – weder jetzt noch später.«

»Ich fürchte, ich fange an dich zu hassen.«

»Davon habe ich gestern nacht aber nichts gemerkt«, sagte er weich. »Soll ich dir nun beweisen, wie grundlos deine Befürchtung ist, oder dir helfen, in deine Kemenate zurückzukehren?«

Blair knirschte mit den Zähnen. Auch er würde irgendwann einmal schlafen müssen, und diesen Augenblick wollte sie für einen neuen Fluchtversuch abpassen.

»Hör auf, mich anzuschauen, als wolltest du meinen Kopf zum Frühstück auf dem Tablett serviert haben, und gib mir deine Hand!« Er sprang in die Höhe, zog sich mit einem Klimmzug auf den untersten Ast hinauf und beugte sich zu ihr hinunter.

Widerstrebend überließ sie ihm ihren Arm und fand ein heimliches Vergnügen daran, sich so ungeschickt wie möglich anzustellen.

Als sie endlich das Dach des Hauses erreicht hatten, half er ihr erst durch das Fenster in ihre Mansarde hinein, ehe er sich vorbeugte und flüsterte: »Wie wäre es mit einem Gute-Nacht-Kuß?«

Blair hob ihm mit einem leisen Lächeln das Gesicht entgegen, als wollte sie ihm gewähren, was er verlangte; ließ aber im letzten Moment das Schiebefenster heruntersausen, daß es ihm nur mit knapper Not gelang, seine Finger vor einer Amputation zu bewahren. Dann spitzte sie hinter der Scheibe die Lippen und zog die Vorhänge zu.

Als sie sich mit einem zufriedenen Lächeln vom Fenster fortdrehte, hörte sie einen Zweig brechen, einen unterdrückten Schrei und dann einen dumpfen Aufprall.

»Er ist vom Baum gestürzt!« dachte sie erschrocken, riß die Vorhänge zur Seite und das Fenster wieder auf. »Lee!« rief sie so laut, wie sie das unter den gegebenen Umständen wagte, und streckte den Kopf zum Fenster hinaus.

Im selben Moment kam sein Gesicht aus dem Schatten neben dem Mansardenfenster heraus, und ehe sie sich von ihrer Überraschung erholt hatte, drückte er ihr rasch einen

Kuß auf den Mund und sagte: »Wußte ich es doch, daß du mir nicht widerstehen kannst!«

Dann hüpfte er vom Dach auf den stärkeren Ast der Ulme hinunter und stand in Rekordzeit wieder unten auf dem Boden. »Du hättest bei *mir* lernen sollen, wie man auf Bäume klettert!« rief er lachend zu ihr hinauf und kauerte sich dann vor dem Stamm ins Gras, als habe er vor, die ganze Nacht unter ihrem Fenster zu verbringen.

Blair warf das Fenster wieder zu und ging zu Bett.

Kapitel 8

Am Sonntamorgen befahl Gates seiner Stieftochter Blair, sich so anzuziehen, daß die Leute in der Kirche sie für eine Lady halten konnten.

Das Frühstück war eine bedrückende Angelegenheit. Houston saß noch steifer da als sonst, und sie und ihre Mutter schienen die ganze Nacht über geweint zu haben. Duncan trug die Maske eines Märtyrers zur Schau, der sich für seine Familie opfern mußte.

Gleich nach dieser schrecklichen Mahlzeit erklärte Opal, sie sei unpäßlich, könne daher nicht am Gottesdienst teilnehmen, und zog sich wieder aufs Zimmer zurück. Darauf drängte Gates Blair in eine Ecke und sagte, wenn sie so weitermache, brächte sie ihre Mutter noch ins Grab.

In der Kirche sollte es noch schlimmer werden. Der Pfarrer schien die Tragödie der Zwillinge für einen Riesenspaß zu halten und brachte die Gemeinde zum Lachen, indem er verkündete, Lee habe sich bei seiner ersten Verlobung vertan und wolle nun die andere Schwester heiraten.

Nach dem Gottesdienst stürzten die Gläubigen auf die Schwestern zu und wollten wissen, wie es denn zu diesem Gesinnungswandel des Verlobten oder Entlobten gekommen sei; doch Houston stand nur da, als wäre sie aus

Stahl gemacht. Und als Leander versuchte, ein paar Worte mit ihr zu reden, fertigte sie ihn so schroff ab, daß er beschloß, seine Wut und Enttäuschung an Blair auszulassen. Er packte sie beim Arm und zerrte sie aus der Kirche hinaus zu seiner wartenden Kutsche.

Nachdem er sie mehr ins Polster geworfen als gehoben hatte, preschte er dem südlichen Ende der Stadt zu. Erst als die letzten Häuser längst hinter ihnen lagen, erlaubte er dem Pferd eine maßvollere Gangart.

Blair rückte ihren Hut gerade. »Hast du erwartet, sie würde dir zulächeln und etwas Nettes sagen?«

Er brachte die Kutsche zum Stehen. »Ich dachte, sie würde vernünftiger sein. Schließlich habt ihr beiden mit diesem Spiel angefangen. Ich hatte nie vor, sie öffentlich zu demütigen.«

»Du brauchst mich nur zum Bahnhof zu bringen, mich in den nächsten Zug nach Pennsylvania zu setzen, dann einen Kniefall vor Houston zu machen, und ich bin überzeugt, sie nimmt dich zurück.«

Er betrachtete sie eine geraume Weile. »Nein«, sagte er schließlich, »das werde ich nicht tun. Wir beide werden heiraten. Ich habe einen Picknickkorb mitgenommen für einen Lunch zu zweit.« Damit wickelte er die Zügel um die Bremskurbel, stieg vom Bock und wollte auf der rechten Seite Blair aus der Kutsche helfen. Doch als er um das Pferd herumkam, fing er an zu hinken. »Ich glaube, ich habe einen Stein im Schuh«, sagte er und lehnte sich gegen einen Baum, um ihn zu entfernen.

Blair sah ihm zunächst dabei zu, bis sich ihr das Bild ihrer Schwester aufdrängte, das sie in der Kirche geboten hatte, als der Pfarrer ihre Entlobung bekanntgab. Da dachte sie wieder, daß sie nicht in Chandler bleiben oder die Frau dieses Mannes werden wollte, wickelte hurtig die Zügel von der Bremse, ließ das Leder auf den Rücken des Pferdes klatschen und stob mit der Kutsche davon, während Leander, einen Schuh in der Hand, vergeblich versuchte, das Pferd wieder anzuhalten. Er rannte noch eine Weile hinter der Kutsche her, gab dann jedoch die Verfolgung auf, als er mit dem unbewehrten Fuß auf etwas Spitzes trat.

Als sie sah, daß er sie nicht mehr einholen konnte, lenkte sie die Kutsche nach Chandler zurück. Sie mußte einen Weg finden, dieser Stadt zu entrinnen. Da der Pfarrer heute morgen von der Kanzel ihre Verlobung mit Leander bekanntgegeben hatte, konnte sie nicht ohne weiteres zum Bahnhof fahren und einen Zug besteigen. Wenn man Chandler heißt und in einer Stadt gleichen Namens wohnt, ist man der öffentlichen Neugierde ausgeliefert. Doch morgen sollte Alan ja nach Chandler kommen, und vielleicht half er ihr, aus der Stadt zu flüchten. Trotz ihrer festen Worte, mit dem sie ihn verteidigt hatte, kamen ihr doch Zweifel, ob er sie noch haben wollte nach allem, was in den letzten Tagen passiert war.

Kaum sah sie ihr Vaterhaus am Ende der Straße, als sie schon wußte, daß neues Unheil sie dort erwartete. Opal saß auf der Veranda und kam ihr jetzt auf der Vortreppe entgegen: »Weißt du, wo deine Schwester ist?«

»Nein«, sagte Blair. »Sollte sie etwa weggelaufen sein? Ich will mich nur umziehen, und dann suchen wir sie.«

»Das Schlimmste weißt du ja noch gar nicht«, sagte Opal und setzte sich wieder in ihren Schaukelstuhl. »Dieser schreckliche Mann, Mr. Taggert, kam nach dem Gottesdienst in die Kirche und erzählte allen, daß er sich mit Houston am selben Tag vermählen würde, an dem du mit Leander getraut wirst. Was ist nur aus meiner Familie geworden? Mr. Gates sagt, dieser Mann ist über Leichen gegangen, um Karriere zu machen; und ich fürchte, Houston nimmt ihn nur, weil sie Leander verloren hat und der Stadt beweisen will, daß sie auch einen anderen bekommt. Er soll furchtbar reich sein. Ich fände es schlimm, wenn sie diesen Mann seines Geldes wegen heiratet.«

Blair setzte sich neben ihre Mutter auf die Bank. »Das ist alles meine Schuld.«

Opal tätschelte ihr das Knie. »Du hast deiner Schwester noch nie etwas abschlagen können. Schau mich nicht so verwundert an, mein Kind: ich kenne meine Töchter besser, als du glaubst. Obwohl Houston so aussieht, als könne sie kein Wässerlein trüben, hat sie dich stets zu den waghalsigsten Unternehmungen angestiftet. Du hast schon immer ein großes, weiches Herz gehabt, das anderen Menschen helfen wollte, und deshalb bin ich auch davon überzeugt, daß du Großes leisten wirst in deinem Beruf.«

»Falls ich jemals aus Chandler herauskomme und meine praktische Ausbildung beenden kann«, sagte Blair düster.

Opal spielte mit einer Clematisranke neben ihrem Schaukelstuhl. »Ich habe über dich und Lee nachgedacht. Vielleicht kommt es dir im Augenblick nicht so vor: aber ich halte ihn für einen herzensguten Mann. Man täuscht sich leicht in ihm. Er war immer so still an Houstons Seite; doch seit ein paar Tagen ist er so aufgeweckt und munter, wie ich ihn noch nie erlebt habe.«

»Munter, sagst du? Er kommandiert mich herum wie ein Feldwebel; befiehlt mir, ihn zu heiraten, will keine Frau als Partnerin in der Klinik dulden, die er bauen möchte; und überhaupt finde ich diesen Mann unausstehlich!«

»Und in der Nacht von Freitag auf Samstag hast du das nicht gefunden?«

Blair wandte das Gesicht ab, damit ihre Mutter nicht sah, wie heftig sie errötete. »Damals vielleicht noch nicht; aber es war Vollmond, ich hatte getanzt, eine Menge Champagner getrunken – und da ist es eben passiert.«

»Hm«, meinte ihre Mutter, »ich glaube nicht, daß Lee das genauso sieht wie du.«

»Wenn er es anders sieht, ist das sein Problem. Mein Problem ist Houston. Ich bin in diese Stadt zurückgekommen, habe ihr Leben zerstört, und nun sagt sie, daß sie diesen häßlichen Midas, Kane Taggert, heiraten möchte. Wie können wir das verhindern?«

»Mr. Gates und ich werden mit ihr reden, sobald sie nach Hause kommt. Wir wollen versuchen, ihr klarzumachen, daß es bessere Lösungen für ihr Problem gibt, als sich an diesen Mann zu verkaufen.«

Blair blickte an dem rankenden Grün der Veranda vorbei auf die leuchtend weiße Wand der Villa Taggert. »Wie sehr ich dieses Haus hasse«, sagte sie inbrünstig. »Wäre Houstons Verlangen, es zu besichtigen, nicht so groß gewesen, hätten wir nicht die Plätze getauscht, und ich hätte nicht mit Leander geschlafen. Und wenn Houston dieses Haus nicht so gut gefallen hätte, würde sie niemals daran denken, diesen Barbaren zu heiraten.«

»Blair, du solltest den Nachmittag zur Erholung nützen, dir ein Buch vornehmen und die Sorgen um Houston uns überlassen. Übrigens – wo ist Lee? Warum hat er dich nicht nach Hause gebracht?«

Blair erhob sich. »Ich werde mich hinlegen. Ich habe heute nacht kaum ein Auge zugemacht. Und Lee wird vermutlich in Bälde hier erscheinen, um seine Kutsche einzusammeln. Ich möchte ihn unter keinen Umständen sehen.«

Opal zögerte einen Moment, ehe sie zustimmend nickte. »Ich schicke Susan mit einem Tablett zu dir hinauf. Du ruhst dich aus, Liebes; denn wie ich diese Stadt kenne, wird es morgen hektisch werden, sobald sich herumgesprochen hat, daß du Lee heiraten wirst und Houston sich mit diesem Taggert trauen lassen will ... Oh, ich mag gar nicht daran denken!«

Das wollte auch Blair nicht und zog sich dankbar in das Refugium ihres Zimmers zurück, das sie an diesem Tag nicht mehr verließ.

Der Montag war schlimmer, als Blair sich das hätte träumen lassen. Das Frühstück war ein Alptraum. Gates beschimpfte sie unablässig mit vollem Mund, das Leben ihrer Schwester ruiniert zu haben. Da Blair dazu neigte, ihm recht zu geben, konnte sie ihm schwerlich widersprechen. Opal weinte ununterbrochen, während Houston es fertigbrachte, mit unbeteiligtem Blick dabeizusitzen, als nähme sie ihre Umgebung gar nicht wahr.

Nach dem Frühstück begannen die Leute scharenweise ins

Haus zu fallen – mit Gebackenem und fadenscheinigen Ausreden, weshalb sie unangemeldet zu Besuch kamen. Blair hatte schon so lange nicht mehr in einer Kleinstadt gelebt, daß sie entsetzt war über die hemmungslose Neugierde der Bewohner. Offenbar war den Leuten nichts heilig; am meisten quälte sie die Frage, weshalb Lee nun Blair heiraten wollte. Und sie waren brennend daran interessiert, etwas über den anderen Bräutigam zu erfahren. Sie löcherten Houston mit Fragen, was Taggert denn für ein Mann wäre und wie seine Villa eingerichtet sei.

Um elf zog Blair sich ins Haus zurück, um einen von den Kuchen, mit denen sie übeschwemmt wurden, in die Speisekammer zu bringen, worauf es ihr gelang, sich unbemerkt durch die Hintertür zu entfernen. Dann rannte sie förmlich die zwei Meilen bis zum Bahnhof hinunter, und mit jedem Schritt hatte sie das Gefühl, der Freiheit ein Stück näher zu kommen. Alan würde, wenn er hier eintraf, Ordnung in dieses Chaos bringen können, so daß Houston ihren Leander heiraten und sie nach Pennsylvania zurückkehren konnte.

Ungeduldig wartete sie auf das Einlaufen des Zuges, und als er endlich am Ende des Bahnsteigs auftauchte, glaubte sie, der Dampf würde sich niemals lichten. Doch sie sah Alan schon, trotz der Rauchschwaden, und begann, neben dem Zug herzurennen, um auf seiner Höhe zu bleiben, bis er abspringen konnte und sie in seine Arme schloß.

Was kümmerten sie die Leute von Chandler, die ihnen zusahen und sich wunderten, weil sie doch mit einem anderen Mann verlobt war – sie war wieder mit Alan vereint. Nur das zählte.

»Was für ein wunderbarer Empfang«, sagte er, sie an sich ziehend.

Sie löste sich von ihm, um ihn zu betrachten. Er war immer noch so hübsch, wie sie ihn in Erinnerung hatte – ein prächtiges blondhaariges, blauäugiges Mannsbild, das sie um ein paar Zoll überragte.

Sie öffnete schon den Mund, um etwas Zärtliches zu

erwidern, als sie merkte, daß er wie gebannt über ihre Schulter hinweg auf etwas blickte. Sie drehte sich rasch um – jedoch nicht rasch genug.

Leander legte ihr behende den Arm um die Taille und zog sie mit einer geschickten Bewegung an sich heran und von Alan fort. »Demnach müssen Sie Alan sein«, sagte er gönnerhaft und mit einem warmen Lächeln. »Ich habe schon so viel von Ihnen gehört. Denn zwischen Liebenden gibt es ja kaum Geheimnisse, nicht wahr, mein Herz?«

»Laß mich los!« zischelte sie Leander zu und versuchte zugleich, Alans betroffenen Blick mit einem Lächeln aufzufangen. Während sie Lee mit dem Ellenbogen in die Rippen stieß, sagte sie zu Alan: »Darf ich dir den Verlobten meiner Schwester vorstellen? Das ist Leander Westfield, und das Alan Hunter, mein Ver . . .«

Lee schnitt ihr das Wort ab, indem er mit der linken Hand die Rippen zusammenquetschte, und selbst drei heftige Stöße mit dem Ellenbogen konnten ihn nicht dazu bewegen, seinen Griff zu lockern. Er streckte Alan seine Rechte hin. »Sie müssen ihr das nachsehen – sie ist heute ein bißchen durcheinander, weil sie einen alten, lieben Freund vom Bahnhof abholen mußte. *Ich* bin ihr Zukünftiger. Wir beide heiraten in zwei Wochen – oder sind es nur anderthalb, mein Schatz? Nur noch ein paar Tage, und du wirst Mrs. Leander Westfield sein. Ich weiß ja, daß die Vorfreude dich ein bißchen nervös und vergeßlich macht; aber wir wollen deinen Freund doch nicht im unklaren lassen, nicht wahr?« Er blickte Alan mit einem treuherzigen Lächeln an.

»Der Schein trügt«, konnte Blair jetzt endlich zu Wort kommen. »Dieser Mann ist verrückt und hegt die sonderbarsten Vorstellungen.« Mit einem letzten, gewaltigen Rippenstoß gelang es ihr, sich aus Lees Umklammerung zu befreien. »Alan, laß uns irgendwohin gehen, wo wir reden können. Ich habe dir eine Menge zu erzählen.«

Alan sah zu Lee hinauf, der ihn um etliche Zoll überragte. »Diesen Eindruck habe ich allerdings auch«, meinte er und bot Blair seinen Arm an. »Gehen wir«, sagte er dann. Und mit einem Blick über die Schulter auf Lee: »Sie können mir das Gepäck nachtragen, junger Mann.«

Lee schob sich mit einer geschickten Drehung zwischen die beiden. »Ich würde mich normalerweise mit dem größten Vergnügen dazu bereitfinden, die Koffer eines Freundes meiner Zukünftigen zu tragen. Aber heute hindern mich außergewöhnliche Umstände daran. Ich mußte nämlich gestern vier Meilen in neuen Schuhen gehen, und mit den Blasen, die ich davon bekam, sind meine Füße nicht belastungsfähig. Mein Arzt hat mir dringend empfohlen, sie zu schonen. Komm, Blair; wir treffen uns mit deinem kleinen Freund wieder an der Kutsche.«

»Du Biest!« fauchte Blair zu ihm hinauf, als er sie mit sich fortzog zu seinem Einspänner. »Und welcher Kurpfuscher hat dir so einen blödsinnigen Rat gegeben?«

»Dr. Westfield hieß dieser Kurpfuscher«, sagte er, während er ihr in die Kutsche half.

»Das ist ein ungewöhnliches Pferd«, bemerkte Alan, während er sein Gepäck hinten auf den Einspänner warf und mit dem Kopf auf den Appaloosa im Geschirr deutete.

»Das einzige hier in der Gegend«, antwortete Lee stolz. »Gewissermaßen meine Visitenkarte, an der mich die Leute, wenn ich unterwegs bin, sofort erkennen, wenn sie Hilfe brauchen.«

»Was für eine Hilfe haben Sie denn anzubieten?«, fragte Alan, während er sich in die Kutsche schwang.

»Ich bin Arzt«, antwortete Lee und ließ die Peitsche knallen, daß das Pferd mit der Chaise lospreschte, ehe Alan es sich neben Blair gemütlich machen konnte.

Im halsbrecherischen Tempo ging es nun hinein in die Stadt, daß die Bürger von Chandler glaubten, es handele sich um einen Notfall, und bereitwillig die Fahrbahn räumten. Lee hielt erst wieder vor dem Haus, das er für Houston gekauft hatte.

»Ich dachte, das wäre ein guter Platz für eine Aussprache.«

Blairs Augen weiteten sich. Sie hatte das Haus nicht mehr

gesehen seit jener Nacht, als sie und Lee . . . »Ich muß mit Alan reden, nicht mit dir, und ganz bestimmt nicht *hier*!«

»Am Tatort, wolltest du sagen? Nun, ich könnte ja zu Miss Emilys Teestube weiterfahren. Sie hat ein Nebenzimmer, in dem man sich ungestört unterhalten kann.«

»Viel besser; aber ich möchte dort mit Alan unter vier Augen sprechen. Houston und ich . . .« Sie hielt inne, weil Lee schon wieder losraste wie ein Blitz, so daß Alan und sie gegen die Rückenlehne geschleudert wurden.

»Da sind ja unsere beiden kleinen Turteltauben! Lee, du hättest uns wirklich sagen können, wie es um euch beide steht«, begrüßte Miss Emily ihre Gäste. »Als Nina uns erzählte, was für ein schmachtender Liebhaber du neuerdings bist, dachten wir natürlich alle an Houston.«

»Vermutlich ist es wahr, daß Liebe blind macht«, antwortete Lee und kniff ein Auge zusammen. »Dürfen wir dein Nebenzimmer benutzen? Ein alte Freund meiner Verlobten ist zu Besuch gekommen, mit dem wir uns ungestört unterhalten wollen.«

Miss Emily maß Alan mit einem Blick und lächelte. »Sie müssen Nina, Leanders Schwester, kennenlernen – so eine hübsche junge Lady.«

Als sie im Nebenzimmer untergebracht und ihnen Tee und Gebäck serviert worden waren, wirkte Alan verwirrter denn je, während Blair finstere Grimassen schnitt. Nur Lee rieb sich vergnügt die Hände.

»Wenn du nichts dagegen hast, erzähle ich Alan jetzt die Wahrheit«, sagte Blair, als sich die Tür hinter Miss Emily schloß. »Meine Schwester Houston wollte an jenem Abend woanders hingehen und . . .«

»Wohin?« unterbrach sie Leander prompt.

Sie funkelte ihn an. »Wenn du es genau wissen willst – sie hatte für jenen Abend eine Einladung zur Besichtigung dieses gräßlichen taggertschen Hauses erhalten, die sie unbedingt wahrnehmen wollte. Und das konnte sie nur, wenn ich ihre Rolle übernahm und mit dir zum Empfang ging. Jedenfalls«, fuhr sie, an Alan gewandt, mit freundlicherer Stimme fort, »bedrängte mich Houston, mit ihr den Platz zu tauschen, wie wir das als Kinder oft getan hatten. Schließlich willigte ich ein; ahnte jedoch nicht, auf was ich mich da eingelassen hatte. Denn *er*« – sie streifte Leander mit einem wütenden Blick – »machte mir – vielmehr Houston – ständig eine Szene, während ich ihn vergeblich beschwor, mich wieder nach Hause zu bringen. Und am nächsten Tag fand er dann heraus, daß wir die Plätze getauscht hatten, und nun bildet er sich ein, daß ich ihn heiraten möchte.«

Alan schwieg ein paar Sekunden lang. »Mir scheint die Geschichte nicht ganz vollständig zu sein.«

»Es fehlt mehr als die Hälfte, würde ich sagen«, meinte Lee. »Tatsächlich haben die Zwillingsschwestern die Plätze getauscht, und es ist mir heute unbegreiflich, daß mir das nicht sofort aufgefallen ist. Ich war mit Houston verlobt, die so kühl ist wie ein Eiszapfen; und deshalb hätte ich sofort erkennen müssen, daß nicht sie es war, als ich sie anfaßte. Denn Blair ging bei der ersten Berührung buchstäblich in Flammen auf.«

»Wie kannst du so etwas sagen!«

Lee blickte sie mit scheinheiligen Augen an. »Ich berichte nur die Wahrheit, mein Engel. Ich nahm sie zu einem späten Imbiß mit in mein Haus, und – nun – wie soll ich sagen? – Es wurde eine vorgezogene Hochzeitsnacht daraus.«

»Alan, so ist es nicht gewesen. Ich war Houston, und *sie* liebt ihn. Weiß der Himmel, warum; denn *ich* kann diesen Mann nicht ausstehen. Er ist ein bigotter Egoist und meint, eine Frau könnte niemals seine Partnerin in der Klinik sein, die er eröffnen will. Ich möchte jetzt nichts anderes als mit dir nach Hause fahren, im St.-Joseph-Spital arbeiten und dich heiraten, Alan. Du mußt mir glauben.«

Alan betrachtete mit gefurchter Stirn seine Kuchengabel. »Du mußt aber etwas für ihn empfinden, oder du würdest dich niemals ihm ...«

»Ich sagte dir doch«, unterbrach ihn Blair rasch mit bangem Gesicht, »daß ich nicht ich war, sondern Houston. Glaub mir doch bitte, Alan. Ich werde sofort mit dir nach Pennsylvania zurückreisen ...«

»Nur über meine Leiche«, fiel ihr Lee ins Wort.

»Ah! Endlich ein brauchbarer Vorschlag«, sagte sie und lächelte ihn aus schmalen Augen an.

Alan unterbrach das stumme Geplänkel, indem er an Lee die Frage richtete: »Haben Sie vor, Blair an den Haaren zum Traualtar zu zerren?«

»Mir bleiben ja noch fast zwei Wochen. Am Hochzeitstag wird sie mich anflehen, sie zu heiraten.«

»Sind Sie sich dessen so sicher?« fragte Alan.

»Absolut.«

»Soll ich Sie beim Wort nehmen? Am Zwanzigsten wird sie entweder mit mir nach Hause fahren oder Sie heiraten.«

»Einverstanden.«

»Einverstanden?« Blair erhob sich vom Tisch. »Ich glaube, daß ich keinen von euch beiden haben will. Ich lasse mich nicht verschachern wie ein Stück Vieh.«

»Setz dich.« Lee legte ihr die Hand auf die Schulter und drückte sie wieder auf ihren Stuhl nieder. »Du behauptest, ihn zu lieben, kannst mir jedoch nicht widerstehen – was verlangst du noch mehr?«

»Ich will nicht zwischen euch wählen, sondern Alan heiraten.«

»Das sagst du heute; aber mich hast du ja gerade erst kennengelernt«, sagte Lee selbstgefällig. »Zwar war es eine eindrucksvolle erste Begegnung; aber . . . Nun setz dich doch endlich!« Er blickte Alan wieder an. »Wir beide sollten uns über ein paar Regeln verständigen. Erstens – sie muß sich verpflichten, bis zum Zwanzigsten in Chandler zu bleiben. Sie darf nicht daran denken, die Stadt zu verlassen. Und zweitens muß sie meine Einladungen annehmen. Sie kann sich nicht in Gates' Haus verkriechen oder nur mit Ihnen ausgehen. Alles andere unterliegt keinen Beschränkungen.«

»Das scheint mir ein fairer Vorschlag zu sein. Was meinst du dazu, Blair?«

Ihr erster Gedanke war, aufzubrechen und die beiden in der Teestube zurückzulassen; doch zuerst wollte sie die

Konsequenzen ihrer Handlung erfahren. »Was ist, wenn ich nicht einverstanden bin?«

»Wenn du nicht einverstanden bist, bedeutet das für mich, daß du vorhast, die Stadt umgehend zu verlassen«, sagte Lee. »In diesem Fall schicke ich dir Gates nach Pennsylvaania nach, und wenn er dort seine Geschichte erzählt hat, ist es aus mit deiner medizinischen Karriere. Wenn du dich jedoch am Zwanzigsten wider Erwarten für Alan entscheiden solltest, werde ich dir die Rückreise bezahlen und Gates schon irgendwie zur Räson bringen.«

Sie überlegte kurz und blickte dann Lee an. »Also gut. Ich füge mich; aber ich will dich jetzt schon warnen. Ich will dich nicht heiraten, und du wirst dich nur erleichtert fühlen, wenn ich am Zwanzigsten mit Alan diese bigotte kleine Stadt wieder verlasse, weil ich dir von jetzt an das Leben zur Hölle machen werde.«

Lee drehte sich Alan zu. »Ich liebe eine Frau mit Feuer in den Adern. Mag der Bessere sie gewinnen.« Er streckte Alan die Hand hin, der einschlug und den Handel besiegelte.

Kapitel 9

Am Tage nach Alans Ankunft lag Blair auf einer Steppdecke im Gras unter einem Baum im Fenton Park. Alan las ihr einen Artikel über die neuesten therapeutischen Erkenntnisse bei der Behandlung von Diphtherie vor, während sie die Wolken betrachtete, die über ihr dahinsegelten, dem Summen der Bienen lauschte und dem Lachen der Leute, die wie sie den herrlichen Tag zu einem Sonnenbad im Park nützten.

»Blair, was hältst du davon?«

»Wovon?« fragte sie verträumt und drehte sich auf den Bauch.

»Von Dr. Andersons Forschungsbericht, den ich dir eben vorgelesen habe.«

»Oh!« sagte sie erschrocken. »Ich fürchte, ich habe nicht zugehört. Ich dachte über meine Schwester nach und das, was gestern geschehen ist.«

Alan schlug das Buch zu. »Dürfte ich teilhaben an deinen Gedanken?«

»Dieser Taggert schickte Houston gestern eine Kutsche samt Pferd und nebenei auch noch den größten Diamanten der Welt. Houston zuckte nicht mit einer Wimper, drückte den Ring gelassen an ihre Brust, stieg in die Kutsche und fuhr davon, um erst gegen halb zehn Uhr abends wieder heimzukehren. Indessen war Mutter schon ganz krank vor Kummer, weil ihre Tochter sich verkaufte, und es dauerte Stunden, ehe ich sie so weit beruhigen konnte, daß sie einschlief. Und heute morgen war Houston schon wieder aus dem Haus, ehe es Tag wurde – was Mutter abermals das Herz brechen wollte.«

»Und deinetwegen macht sie sich keine Sorgen?« fragte Alan, während er das medizinische Fachbuch aus der Hand legte und sich gegen den Baum lehnte.

»Sie und Mr. Gates scheinen zu denken, daß ich einen besseren Mann bekomme, als ich verdiene – oder zumindest ist Gates dieser Überzeugung. Wie Mutter darüber denkt, weiß ich nicht so genau, weil der Kummer über Houstons ruiniertes Leben sie ganz ausfüllt.«

Alan fuhr mit dem Finger über den Buchrücken. »Und du hältst an deiner Meinung fest, daß es falsch wäre, mich deiner Mutter und deinem Stiefvater vorzustellen?«

»Nicht falsch, nur verfrüht«, sagte Blair und setzte sich auf. »Du hast keinen Begriff, wozu Mr. Gates fähig ist, wenn du ihm erzählst, daß ich bereits . . .« Sie hielt mitten im Satz inne, weil sie Alan um keinen Preis an die peinlichen Umstände iher Verlobung mit Lee erinnern wollte. Doch sie wußte, daß Mr. Gates ihr das Leben noch sauerer machen würde, als es sowieso schon war, wenn er erfuhr, daß sie mit einem Mann geschlafen hatte, obwohl sie bereits mit einem anderen verlobt war. Dieser Mann ließ schon jetzt keine Gelegenheit aus, ihr vorzuhalten, sie habe das Leben ihrer

Schwester verpfuscht, weil Houston nun glaubte, einen Mann seines Geldes wegen heiraten zu müssen, um sich nicht als verschmähte Braut vor der ganzen Stadt zu blamieren – eine Demütigung, die sie nur Blairs sittlicher Verkommenheit zu verdanken hatte. Diese Litanei bekam sie von ihrem Stiefvater tagein, tagaus zu hören.

Sie blickte Alan an und lächelte zaghaft. »Wir wollen uns so einen schönen Tag doch nicht mit unangenehmen Themen verderben. Laß uns lieber spazieren gehen oder, noch besser, ein Kanu mieten und auf den See hinausfahren! Ich habe keinen Wassersport mehr betrieben, seit ich im Herbst aus dem Ruderverein ausgetreten bin.«

»Keine schlechte Idee«, sagte er und streckte ihr die Hand hin, um ihr vom Boden aufzuhelfen.

Sie legten die Decke zusammen, nahmen das Buch und begaben sich zu dem kleinen Bootshaus neben dem Midnight Lake, wo sie sich ein Kanu mieteten. Es waren schon mehrere Paare mit Booten auf dem See, und sie riefen sich gegenseitig Grüße zu.

»Guten Morgen, Blair-Houston«, schallte es übers Wasser, während sich die Blicke neugierig auf Alan richteten. Einige deuteten an, daß sie gern vorgestellt werden wollten; doch Blair tat ihnen diesen Gefallen nicht. Houston mochte es für eine gesellschaftliche Pflicht halten, die Neugierde der Gemeinde zu befriedigen, aber Blair sah keinen Grund dazu.

Sie lehnte sich im Kanu zurück, während Alan das Paddel bediente. Ihr Gesicht war durch einen breitkrempigen Hut vor der erbarmungslosen Hochgebirgssonne geschützt, während sie eine Hand im Wasser nachschleppen ließ; um ein Haar wäre sie in dieser Haltung eingeschlafen.

»Guten Morgen«, drang eine Stimme zu ihr, die sie kerzengerade aufsitzen ließ. Sie blickte in Leanders Gesicht, der neben ihrem Kanu herruderte.

»Was machst du denn hier?« sagte sie mit vorgerecktem Kinn. »Verdufte!«

»Nach Auskunft deiner Mutter sollte ich heute mit dir

ausgehen. He, Hunter, Sie scheinen sich nicht so recht wohl zu fühlen als Paddler! Vielleicht bekommt das Stadtleben Ihnen nicht so gut, wie Sie meinen.«

»Willst du dich nicht endlich trollen und deine spöttischen Bemerkungen für dich behalten?« Wir fühlten uns pudelwohl, ehe du aufgekreuzt bist.«

»Zügle dein Temperament, mein Engel; denn die Leute schauen schon her. Du möchtest sie doch nicht auf den Gedanken bringen, es könnte etwas nicht stimmen mit unserer himmlischen Eintracht, oder?«

»Himmlische Eintracht? Etwa mit dir? Was für ein anmaßender, arroganter . . .«

»Hunter«, unterbrach Leander sie, »könnten Sie mir vielleicht behilflich sein? Ich scheine mir den Fuß unter der Ruderbank eingeklemmt zu haben, und er beginnt bereits anzuschwellen.«

»Alan, höre nicht auf ihn!« warnte Blair. »Ich traue ihm nicht!«

Aber ihre Warnung kam zu spät. Alan, der als frischgebakkener Arzt seinen hippokratischen Eid sehr ernst nahm, konnte sich dem Begehren nach Hilfe nicht verschließen, legte sofort das Paddel beiseite und beugte sich zum anderen Boot hinüber, um Lee Beistand zu leisten. Doch kaum hing er mit dem Oberkörper über dem Wasser, als Lee mit dem angeblich eingeklemmten Bein dem Kanu einen Stoß gab, so daß Alan, nach einigen vergeblichen Verrenkungen, um das Gleichgewicht zu bewahren, in den See fiel. Blair beugte sich sofort über die Bordwand, um Alan zu helfen; doch Lee faßte sie mit beiden Händen um die Taille und zog sie in sein Boot.

Gelächter brandete ringsum auf, während Alan im Wasser herumplanschte in dem Bemühen, das gekenterte Kanu wieder einzufangen, und Blair mit den Fäusten gegen Leanders Brust trommelte, damit er sie loslassen sollte. Irgendwie gelang es ihm, nur mit einem Ruder das wenige Meter entfernte Ufer zu erreichen, während er sich mit der anderen Hand Blair vom Leibe hielt, damit sie nicht einen seiner edleren Körperteile verletzte.

Als sie wieder Land unter den Füßen hatten, stand er vor ihr und grinste wie ein kleiner Junge, der soeben eine großartige Heldentat vollbracht hatte.

»Mein Hut«, fauchte Blair durch die zusammengepreßten Zähne, und Lee ging mit immer noch grinsendem Gesicht zu dem kleinen Ruderboot, um das Verlangte zu holen.

Doch kaum hatte er Blair den Rücken zugedreht, als sie sich rasch nach einem Paddel bückte, das am Ufer lag, und es ihm mit aller Macht in die Kehrseite rammte. Zu ihrer großen Freude fiel er bäuchlings in den Schlamm, der das Ufer säumte.

Doch Blair hatte keine Zeit, ihren Erfolg auszukosten; denn Alan kämpfte noch immer im Wasser mit dem gekenterten Kanu. Sie dankte dem Himmel für ihr jahrelanges Training im Ruderteam der Frauen, während sie mit Lees Boot Alan zu Hilfe kam.

»Ich kann leider nicht schwimmen«, sagte er, als sie sich zu ihm hinunterbeugte, »ich habe nur Wassertreten gelernt.«

Mit vereinten Kräften gelang es, ihn ins Boot zu befördern, wo er sich hustend, erschöpft und mit triefend nassen Kleidern auf die Ruderbank fallen ließ, um sich von einem für ihn lebensbedrohlichen Ereignis zu erholen. Blair blickte zum Ufer hinüber, wo sie Lee stehen sah – von Kopf bis Fuß mit Schlamm bedeckt, wie sie mit einiger Befriedigung feststellte.

Mit einem geschickten Wendemanöver drehte sie den Bug dem anderen Seeufer zu und ruderte zu dem Haus, wo die Boote vermietet wurden.

Sie bezahlte die Miete für das Kanu, während Alan niesend dabeistand, und besorgte dann eine Droschke, die sie zum Imperial-Hotel zurückbringen sollte, wo Alan Quartier genommen hatte.

Sie war so wütend, daß sie auf der Fahrt durch die Stadt zum Hotel Alan nicht ein einziges Mal ansah. Wie konnte Leander es wagen, sie so in der Öffentlichkeit zu behandeln. Oder sie überhaupt so zu behandeln. Hatte sie ihm nicht deutlich zu verstehen gegeben, daß sie nichts mit ihm zu tun haben wollte?

Sie folgte Alan die Treppe hinauf zu seinem Zimmer. »Wenn mir dieser Mann noch einmal zu nahe kommt, bringe ich ihn um! So etwas Widerwärtiges! Wie er sich einbilden kann, daß ich so etwas heiraten würde, ist ein beispielloses Zeichen seiner Egomanie! Gib mir deinen Schlüssel.«

»Wie bitte? Oh, hier. Blair, meinst du, daß du in mein Zimmer mitkommen solltest? Ich meine, wie sieht denn das aus?«

Blair nahm ihm den Schlüssel ab und sperrte die Tür auf. »Könntest du dir ein Leben mit diesem Mann vorstellen? Er benimmt sich wie ein zu groß geratenes verzogenes Kind, das seinen Willen haben muß. Nun hat er sich in den Kopf gesetzt, daß er mich haben möchte – vermutlich weil ich die erste Frau bin, die jemals nein zu ihm gesagt hat –, und deshalb tut er jetzt alles, um mir das Leben sauer zu machen.« Sie hielt inne und blickte Alan an, der mit tropfnassen Kleidern mitten im Zimmer stand. »Warum stehst du dort in deinen nassen Sachen herum, statt dir etwas Trockenes anzuziehen?«

»Weil ich meine, daß du nicht hier in meinem Zimmer sein solltest, Blair, und ich nicht vorhabe, mich vor deinen Augen auszuziehen.«

Blair kam allmählich wieder zu sich und merkte, wo sie sich befand. »Du hast natürlich recht. Ich war vermutlich zu wütend, um zu wissen, was ich tat. Sehe ich dich morgen?«

»Wenn ich bis dahin nicht an einer Lungenentzündung gestorben bin«, sagte er mit einem Lächeln.

Sie lächelte zurück, wollte gehen, drehte sich dann, einem Impuls folgend, wieder um, warf ihm die Arme um den Hals und drückte ihre Lippen fest auf seinen Mund.

Er hielt sie erst zaghaft, als wollte er verhüten, daß sie naß wurde; doch als Blair mehr Leidenschaft und Druck in ihren Kuß hineinlegte, zog er sie heftiger an sich und bewegte, von ihrem Kuß angeregt, den Kopf.

Da ließ Blair ihn wieder los. »Ich muß jetzt gehen«, sagte sie weich, während sie sich zur Tür zurückzog. »Also dann bis morgen.«

Alan blieb eine Weile regungslos im Zimmer stehen, nachdem Blair gegangen war, als hätte er vergessen, daß er sich umziehen wollte. »Zu ihm hast du nicht nein gesagt, Blair«, flüsterte er. »Und wenn *ich* dich küsse, mußt du gehen, doch er bringt es fertig, daß du die ganze Nacht bei ihm bleibst.«

Am Donnerstagmorgen kam Blair mit tränenüberströmtem Gesicht in die Villa Chandler zurück und rannte die Treppe zu ihrem Zimmer hinauf. Sie mußte erst Berge von Blumensträußen beiseiteräumen, ehe sie zu ihrem Bett gelangen konnte, und nachdem sie ein halbes Dutzend Pralinenschachteln mit Fußtritten in eine Ecke befördert hatte, warf sie sich auf ihr Bett, wo sie sich eine Stunde lang ausweinte. Leander Westfield machte ihr das Leben unmöglich. Gestern hatte er ihr abermals einen angenehmen Nachmittag mit Alan verdorben. Sie hatte sich mit Alan aufs Land zurückgezogen, um dort ein Picknick abzuhalten, als plötzlich Lee vor ihnen erschien, mit einem Revolver in die Luft ballerte, um die Pferde zu erschrecken, und dann versuchte Blair auf sein Pferd hinaufzuziehen. Doch war es ihr wieder gelungen, sich erfolgreich zur Wehr zu setzen, indem sie Lees Pferde dazu brachte, auszukeilen. Da mußte er sie wieder freigeben.

Alan hatte dabeigestanden und ihnen zugesehen, unfähig, einzugreifen, da er wenig Erfahrung hatte mit dem Temperament von Pferden, die nicht vor einen Karren gespannt waren. Tatsächlich hatte Blair ihn nur mit Mühe dazu überreden können, mit ihr aufs Land hinauszureiten, statt ein Cab zu mieten, wie er das gerne wollte.

Nachdem Blair Lee und dessen bockendem Gaul entkommen war, schwang sie sich auf eines der beiden Pferde, die sie und Alan gemietet hatten – das andere war schon beim ersten Schuß aus dem Revolver durchgegangen –, und mußte dann eine halbe Minute lang auf Alan einreden, bis er sich bereitfand, hinter ihr aufs Pferd zu steigen.

Blair hatte einen großen Teil ihrer Kindheit auf Pferderücken verbracht, und sie mußte ihr ganzes Reittalent aufwenden, als sie im Galopp vor Lee flüchtete. Als sie sich einmal nach ihrem Verfolger umdrehte, schrie Alan, der sich verzweifelt an sie klammerte, vor Angst. Sie näherten sich mit rasender Geschwindigkeit einem Baum, und wenn dem Pferd keine Möglichkeit zum Ausweichen blieb, mußte es zu einem Zusammenstoß mit diesem Hindernis kommen.

Leander, der fast auf gleicher Höhe mit ihnen ritt, erkannte im selben Moment die Gefahr und riß mit einer blitzschnellen Bewegung sein Pferd so heftig zur Seite, daß das Tier, von diesem unerwarteten Manöver erschreckt, mit den Vorderbeinen in die Luft stieg und Lee in den Staub warf. So war es Blair und Alan gelungen, ihren Verfolger abzuschütteln.

Unglücklicherweise – oder glücklicherweise, von Blairs Standpunkt aus betrachtet – wollte auch Lees Pferd nicht bei seinem Reiter bleiben, sondern möglichst rasch nach Hause in seinen Stall.

Alan klammerte sich gleichzeitig an den Sattel und Blair, weil sie im unverminderten Tempo der Stadt zustrebte. »Willst du ihm nicht seinen Gaul zurückgeben?« fragte er. »Wir sind meilenweit von der Stadt entfernt!«

»Es sind nur sechs«, rief sie über die Schulter. »Und an Fußmärsche sollte er inzwischen gewöhnt sein.«

Das war am Mittwoch gewesen, und im Vergleich zu heute war das noch ein segensreicher Tag gewesen. Schon vor dem Frühstück war Gates über sie hergefallen, nachdem er, mit einiger Verspätung, erfahren hatte, daß Blair am Dienstag mit einem fremden Mann im Fenton Park gewesen war und Lee öffentlich gedemütigt hatte.

Blair mochte sich nicht mit ihm streiten und sagte deshalb, daß sie heute morgen mit Lee im Krankenhaus verabredet sei, da er mit ihr einen medizinischen Fall besprechen wollte. Das war natürlich gelogen. Tatsächlich hoffte sie, daß Leander heute gar nicht in der Klinik war, da sie ihn keinesfalls zu sehen wünschte.

Gates bestand darauf, sie mitzunehmen. Als er zur Arbeit fuhr, setzte er sie vor der Klinik ab und wartete, bis sie durch die Tür ins Gebäude gegangen war. Als wäre ich eine Gefangene, dachte sie.

Hier fühlte sie sich sogleich heimisch, als ihr der Geruch von Karbol, nassem Holz und Seife entgegenschlug. Es war, als würde sie nach Hause kommen. Da niemand sich in ihrer Nähe zeigte, begann sie, in den Stationen herumzuwandern, schaute in die Krankenzimmer hinein, betrachtete die Patienten und wünschte, sie könnte nach Pennsylvania zurückkehren und mit ihrer Arbeit beginnen.

Sie war in den zweiten Stock hinaufgestiegen, als sie ein Geräusch hörte, das sie sogleich identifizierte: Jemand war in Atemnot.

Sofort wurde aus Blair Dr. Chandler, die in das Zimmer rannte, aus dem das Geräusch kam, und sich einer älteren Frau gegenübersah, die nach Luft rang und blau anlief. Blair zögerte keine Sekunde, bearbeitete den Brustkorb der Frau mit beiden Händen und beatmete sie dann mit ihren eigenen Lungen.

Sie hatte ihr noch keine Atemstöße durch den Mund gegeben, als sie zwei Hände an den Schulern spürte, die sie gewaltsam von der Patientin trennten.

Während Blair gegen die Wand taumelte, beugte Leander sich über die Frau und entfernte etwas aus ihrem Rachen. Schon nach wenigen Sekunden atmete die Patientin wieder ruhig und gleichmäßig, so daß Leander sie der Obhut einer Schwester anvertrauen konnte und sich Blair zudrehte.

»Du begibst dich sofort in mein Büro«, sagte er, sie kaum dabei ansehend.

Dann bekam sie zwanzig Minuten lang eine Standpauke zu hören, wie sie sie bisher noch nie erlebt hatte. Lee schien zu glauben, daß sie sich in seine Arbeit einmischen wollte und seine Patientin in Lebensgefahr gebracht hätte.

Nichts, was Blair zu ihrer Verteidigung vorbrachte,

konnte seinen Zorn lindern. Er sagte, sie hätte jemand zu Hilfe rufen sollen, statt eine Patientin zu behandeln, deren Krankheitsgeschichte sie gar nicht kannte.

Blair wußte, daß er recht hatte, und brach noch während der Standpauke in Tränen aus.

Das wirkte besänftigend auf Leander. Er unterbrach seine Tiraden und legte den Arm um sie.

Blair zuckte zurück, schrie, daß sie ihn hasse und nie mehr sehen wolle, rannte aus seinem Büro, die Treppe hinunter und versteckte sich dort hinter einem Vorhang, während er, auf der Suche nach ihr, an ihr vorbeilief. Als der Weg zum Ausgang frei war, verließ sie das Krankenhaus, stieg in die Pferdebahn und fuhr nach Hause – wo sie sich jetzt auf ihrem Bett ausweinte und hoffte, daß ihr dieser abscheuliche Mann nie mehr vor die Augen kam.

Um elf Uhr hatte sie sich endlich so weit beruhigt, daß sie das Haus wieder verlassen konnte, um sich mit Alan zu treffen. Sie erzählte ihrer Mutter, sie sei mit Lee zum Tennisspielen verabredet, und Opal nickte nur, weil sie sich gutgläubig auf die Angaben ihrer Tochter verließ.

Opal saß auf der hinteren Veranda, versuchte den warmen Frühlingstag zu genießen und nicht an ihre Töchter zu denken, als sie von ihrem Stickrahmen aufblickte und Leander im Durchgang stehen sah. »Was für eine angenehme Überraschung, Lee«, sagte sie. »Ich dachte, du würdest mit Blair Tennis spielen. Hast du etwas vergessen?«

»Hättest du etwas dagegen, daß ich mich ein Weilchen zu dir setze?«

»Natürlich nicht.« Sie blickte zu ihm hoch. Lees hübsches Gesicht wurde selten durch ein Kummerfältchen entstellt; doch heute wirkte es ganz düster vor Sorge.

»Lee, wolltest du etwas mit mir besprechen?«

Leander ließ sich Zeit mit seiner Antwort, holte zunächst eine Zigarre aus der Brusttasche und blickte Opal fragend an, ob sie ihm das Rauchen gestattete. »Sie ist mit einem Mann namens Alan Hunter ausgegangen«, sagte er schließlich. »Mit dem Mann, den sie angeblich heiraten möchte.«

Opal ließ die Hand mit der Nadel auf die Stickerei fallen. »Oh – nein –, nicht noch mehr Komplikationen! Erzähle mir lieber gleich alles, was du über diesen Mann weißt, Lee.«

»Sie scheint den Heiratantrag dieses Mannes schon in Pennsylvania angenommen zu haben, und er traf am Montag hier ein, um dich und Mr. Gates kennenzulernen.«

»Aber am Montag war Blair doch bereits . . . und die Verlobung mit dir offensichtlich von der Kanzel . . .« Ihre Stimme erstarb.

»Das war eine Eigenmächtigkeit von mir. Houston und Blair wollten die Sache totschweigen und vergessen, daß sie passiert war. Und ich schäme mich fast, dir zu gestehen, daß ich Blair erpreßt habe, hier in Chandler zu bleiben und sich an dem Wettkampf zu beteiligen.«

»Wettkampf?«

»Ich habe Hunter am Montag im Bahnhof kennengelernt und ihn dazu überredet, mit mir in eine Art Wettkampf um Blairs Hand einzutreten. Ich habe bis zum Zwanzigsten Zeit, sie für mich zu gewinnen; denn am Zwanzigsten wird sie entscheiden, ob sie mich heiraten oder mit Hunter die Stadt verlassen will.«

Er drehte Opal das Gesicht zu. »Aber ich glaube, ich befinde mich auf der Verliererstraße. Ich weiß nicht, wie ich sie für mich einnehmen soll. Ich habe noch nie um eine Frau geworben und bin ziemlich ratlos, was die Vorgehensweise betrifft. Ich habe es mit Blumen versucht, mit Pralinen und einem Possenspiel, das mich zum Gespött der ganzen Stadt machte – mit allem, was nach meinen Begriffen einer Frau Freude machen könnte; doch nichts davon scheint zu funktionieren. Am Zwanzigsten wird sie mit Hunter die Stadt verlassen«, wiederholte er, als wäre ihm das der unerträglichste Gedanke, und mit einem Seufzer beichtete er nun minuziös, was sich in den letzten Tagen zugetragen hatte

– angefangen bei dem Überrumpelungsmanöver auf dem See, über die Pferdeattacke beim Picknick bis hin zu der Standpauke heute morgen, die zugegebenermaßen etwas hart ausgefallen sei.

Opal blickte eine Weile nachdenklich vor sich hin. Dann sagte sie mit erstaunter Stimme: »Du scheinst sie offenbar sehr zu lieben, Lee.«

Lee setzte sich kerzengerade auf. »Ich weiß nicht, ob man es wirklich Liebe nennen kann ...« Er blickte Opal von der Seite an, merkte, daß er auch hier ins Hintertreffen geriet, und korrigierte sich: »Nun gut, vielleicht bin ich tatsächlich in sie verliebt, so sehr, daß es mir nichts ausmacht, zum Stadttrottel erklärt zu werden – wenn ich sie nur bekomme.«

Dann raffte er sich zu seiner Verteidigung auf: »Aber ich bin nicht so vertrottelt, zu ihr zu gehen und ihr mit feuchten Augen zu erklären, daß ich schon nach einer Nacht, die ich mit ihr verbracht habe, ohne sie nicht mehr leben könne. Wenn man mir die Rosen, die ich bringe, ins Gesicht schleudert, ist das eine Sache, eine ganz andere jedoch, falls mir das gleiche mit einem Geständnis unsterblicher Liebe passierte ...«

»Da könntest du recht haben. Weißt du, wie dieser andere Mann um sie wirbt?«

»Ich habe glatt vergessen, sie danach zu fragen.«

»Er muß dieser ›Freund‹ sein, der ihr laufend medizinische Bücher nach Chandler schickte. Wenn Blair eines davon liest, verläßt sie eine Stunde später das Haus und sagt, daß sie sich mit dir treffen will.«

»Ich habe ein ganzes Zimmer voll medizinischer Bücher; kann mir aber nicht vorstellen, daß ich eines davon einer Frau ins Haus schicken würde. Was die Medizin betrifft, scheine ich mit Mr. Gates einig zu gehen. Ich wünschte, sie würde diese absurde Idee aufgeben, sich häuslich niederlassen und ...«

»Und was? Houston ähnlicher werden? Du warst ja mit einer perfekten Hausfrau verlobt; hast dich aber in eine andere verliebt. Ist dir noch nicht der Gedanke gekommen, daß Blair nicht mehr Blair ist, wenn sie die Medizin aufgibt?«

Eine Weile lang herrschte Schweigen zwischen ihnen.

»In diesem Stadium bin ich bereit, alles zu versuchen. Du glaubst also, ich sollte ihr ein paar von meinen medizinischen Fachbüchern schenken?«

»Lee«, sagte Opal behutsam. »Warum bist du Arzt geworden? Wann ist dir zuerst der Gedanke gekommen, daß du dein Leben diesem Beruf weihen möchtest?«

Er lächelte. »Als ich neun Jahre alt war und meine Mutter krank wurde. Der alte Doc Brenner blieb zwei Tage lang an ihrem Bett, und sie überlebte. Da wußte ich, daß für mich nur dieser Beruf in Frage kam.«

Opal blickte einen Moment über den Garten hin. »Als meine Töchter elf Jahre alt waren, nahm ich sie mit nach Pennsylvania, um dort meinen Bruder Henry, der Arzt ist, und dessen Frau Flo zu besuchen. Kaum waren wir dort angekommen, als Flo, Houston und ich an einem Fieber erkrankten. Es war nichts Bedrohliches; aber wir mußten ein paar Tage das Bett hüten und Blairs Versorgung dem Personal überlassen. Mein Bruder meinte, sie fühlte sich einsam, und lud sie ein, ihn zu begleiten, wenn er seine Hausbesuche machte.«

Mit einem Lächeln fuhr sie fort. »Ich erfuhr erst ein paar Tage später, was sich inzwischen zugetragen hatte, als Henry vor Aufregung nicht mehr schweigen konnte. Offenbar hatte Blair seine Anweisungen mißachtet, sich von seinen Patienten fernzuhalten. Am ersten Tag half Blair ihrem Onkel bei einer schwierigen, ziemlich üblen Geburt, behielt dabei immer eine klaren Kopf und geriet auch nicht in Panik, als die Patientin einen Blutsturz bekam. Am dritten Tag unterstützte sie ihn bei einer Notoperation auf dem Küchentisch, wo er einer Patientin den Blinddarm entfernte. Henry meinte, er hätte noch niemanden erlebt, der so für den medizinischen Beruf begabt sei wie Blair. Ich brauchte eine Weile, bis ich den Schock überwunden hatte, daß meine

Tochter vielleicht Ärztin werden wollte; aber als ich mit Blair darüber sprach, hatte sie ein Leuchten in den Augen, wie ich es bisher noch nie bei ihr gesehen hatte. Da wußte ich, daß ich ihr helfen mußte, sich in ihrem Traumberuf ausbilden zu lassen, wenn das irgend möglich war.«

Mit einem tiefen Seufzer fuhr sie fort: »Freilich hatte ich dabei nicht mit Mr. Gates gerechnet. Als wir nach Chandler zurückkehrten, redete Blair nur noch davon, daß sie Ärztin werden würde. Mr. Gates wollte nicht dulden, daß ein Mädchen unter seiner Obhut einer so undamenhaften Tätigkeit nachginge. Ich hielt mich ein Jahr lang zurück und mußte zusehen, wie Blair immer geknickter wurde. Ich glaube, Mr. Gates brachte bei mir dann das Faß zum Überlaufen, als er der Bibliothek verbot, Blair weiterhin Bücher mit medizinischen Themen auszuleihen.«

Opal lachte kurz. »Das war meines Wissens das einzige Mal, wo ich mich Mr. Gates' Wünschen widersetzt habe. Henry und Flo hatten keine Kinder. Sie baten mich, Blair bei ihnen wohnen zu lassen, und Henry versprach mir, wenn Blair in sein Haus käme, würde er für die beste Ausbildung sorgen, die man heutzutage einer Frau mit Geld verschaffen könne. Ich wollte mich natürlich nicht von meiner Tochter trennen; wußte aber, daß ich gar keine andere Wahl hatte. Wenn sie hiergeblieben wäre, hätte Gates ihren Geist gebrochen.«

Sie drehte sich Lee zu. »Vielleicht verstehst du jetzt, was die Medizin für Blair bedeutet. Schon als heranwachsendes Mädchen war sie für Blair ihr ganzer Lebensinhalt, und jetzt ...« Sie hielt inne und zog einen Kuvert aus der Tasche. »Diesen Brief bekam ich vorgestern. Er stammt von Henry. Er schickte ihn mir, damit ich Blair die Neuigkeit so schonend wie möglich beibringen sollte. Darin steht, der Krankenhausreferent des Magistrats von Philadelphia habe trotz der Tatsache, daß das St.-Josephs-Spital Blairs Bewerbung als Assistenzärztin bereits angenommen, und trotz der Tatsache, daß sie bei dem dreitägigen Prüfungsverfahren als Beste abgeschnitten hat, gegen ihre Berufung sein Veto eingelegt, weil es seiner Ansicht nach eine Ungehörigkeit sei, eine Lady so eng mit Männern zusammenarbeiten zu lassen.«

»Aber das ist doch . . .« brauste Lee auf.

»Ungerecht? Nicht ungerechter als dein Wunsch, daß sie die Medizin aufgeben und zu Hause aufpassen soll, daß das Dienstmädchen deine Hemden genauso bügelt, wie du sie gern haben möchtest.«

Leander blickte in den Garten hinaus und sog nachdenklich an seiner Zigarre.

»Vielleicht würde sie gern mit mir ein paar Patienten in der Umgebung der Stadt besuchen. Keine schweren Fälle natürlich, nur Routinevisiten bei Rekonvaleszenten.«

»Ja, ich denke, das würde ihr gefallen.« Sie legte eine Hand auf seinen Arm. »Und ich bin überzeugt, Lee, daß du dann eine andere Blair als bisher kennenlernen wirst. Denn hinter Blairs Offenheit, an der sich die Leute manchmal stoßen, verbirgt sich ein großes Herz. Wenn du fortfährst, diesen Mr. Hunter in ihren Augen lächerlich zu machen, wird sie dir das nie verzeihen, geschweige denn anfangen, dich zu lieben. Zeig ihr den Leander, den diese Stadt kennt – der so manchesmal um drei Uhr morgens aufsteht, um sich Mrs. Lechners Klagen über geheimnisvolle Schmerzen anzuhören. Den Leander, der im vergangenen Sommer Mrs. Saundersons Zwillinge rettete. Den Leander, der . . .«

»Schon gut«, unterbrach Lee sie lachend. »Ich werde ihr den Heiligenschein zeigen, der über meinem Haupte schwebt. Glaubst du, daß sie tatsächlich etwas von der Medizin versteht?«

Nun war es Opal, die laut auflachte. »Hast du schon mal was von Dr. Henry Thomas Blair gehört?«

»Dem Pathologen? Aber natürlich. Einige seiner fortschrittlichen Verfahren bei der Seuchenerkennung sind auch hier eingeführt . . .« Er stutzte. »Ist *er* ihr Onkel Henry?«

Opal zwinkerte vergnügt. »Er ist es. Und dieser Henry sagt, daß Blair gut ist – sehr gut sogar. Gib ihr eine Chance. Du wirst es nicht bereuen.«

Kapitel 10

Blairs Tag besserte sich nicht durch das Tennisspiel mit Alan. Während ihrer medizinischen Ausbildung hatte ihr Onkel immer wieder auf die Wichtigkeit körperlicher Übungen hingewiesen. Er sagte, durch das fleißige Trainieren ihres Körpers könne sie ihr Denkvermögen verbessern und die Aufnahmefähigkeit ihres Gehirns stärken. Deshalb war Blair auch dem Ruderverein beigetreten, hatte mit anderen Studentinnen das Tennisspielen erlernt und, sooft es ihre Zeit erlaubte, an Gymnastikstunden teilgenommen und Ausflüge mit dem Fahrrad gemacht. Manchmal war sie sogar ein bißchen gewandert.

Sie besiegte Alan mühelos in zwei Sätzen.

Alan wanderte mit geistesabwesender Miene vom Platz. Das ganze Match hindurch hatte er mehr hinter sich als auf den Ball geschaut – mit einem Gesicht, als erwartete er, jeden Augenblick seinen Rivalen am Rand des Spielfeldes auftauchen zu sehen.

Blair war ziemlich verärgert über den Ausgang des Spiels, weil sie argwöhnte, daß Alan in der Sorge, Leander könne ihnen das Match verderben, weit unter seiner Form gespielt hatte.

»Alan, ich habe fast den Eindruck, daß du dich vor ihm fürchtest. Bisher haben wir ihn jedesmal geschlagen.«

»*Du* hast ihn geschlagen. Hier auf dem Land bin ich zu nichts zu gebrauchen. Ja, wenn wir uns in einer Großstadt messen könnten, würde ich vielleicht eine Chance haben.«

»Leander hat in der ganzen Welt studiert. Ich bin überzeugt, daß er in einem Ballsaal genauso zu Hause ist wie auf einem Pferd«, sagte sie, während sie ihr Rakett säuberte.

»Ein Renaissance-Mensch?« erwiderte Alan gereizt. Blair blickte zu ihm hinauf.

»Alan, du siehst aus, als würdest du dich ärgern, obwohl du ganz genau weißt, was ich für diesen Mann empfinde.«

»Weiß ich das? Was ich weiß, sind die Tatsachen, daß du ein einziges Mal mit ihm ausgegangen bist und schon die

Nacht mit ihm verbracht hast. Aber wenn ich dich berühre, scheinst du die Kontrolle über dich nicht zu verlieren.«

»So etwas muß ich mir nicht anhören«. Sie wandte sich ab.

Er hielt sie am Arm fest, als sie sich entfernen wollte.

»Möchtest du es lieber von Westfield hören? Fändest du es besser, wenn er hier wäre, mit seinem Revolver herumballerte und das naive Vertrauen eines jungen Arztes mißbraucht?«

Sie musterte ihn mit einem so kalten Blick, als wäre sie wieder in die Haut ihrer Schwester geschlüpft. »Laß meinen Arm los.«

Er gehorchte sofort, sagte einlenkend: »Blair, es tut mir leid. Ich habe es nicht so gemeint. Ich bin es nur leid, das dritte Rad am Wagen zu spielen, in meinem Hotelzimmer herumzusitzen und darauf zu warten, deine Eltern kennenzulernen, was du mir bis heute verboten hast. Nicht Westfield, sondern *ich* scheine hier überflüssig zu sein.«

Seine Worte versöhnten sie wieder. Sein Ärger war nur zu begreiflich. Sie legte ihm die Hand an die Wange. »Ich wollte mit dir sofort wieder abreisen; aber du hast dich für einen Wettkampf mit Westfield entschieden. Du warst mit seinen Bedingungen einverstanden, und nun ist meine Karriere als Ärztin gefährdet. Ich darf bis zum Zwanzigsten Chandler mit dir nicht verlassen. Aber du kannst darauf vertrauen, daß ich Chandler mit dir verlassen *will.*«

Er begleitete sie, bis die Villa Chandler in Sichtweite vor ihnen lag. Als sie sich trennten, merkte Blair, wie verunsichert Alan noch immer war. Er machte sich Sorgen um den Ausgang des Wettkampfs. Nichts, was sie zu ihm sagte, schien ihm diese Sorge zu nehmen.

Als sie am Haus anlangte, ging sie sofort auf ihr Zimmer, froh darüber, daß ihre Mutter ihr diesmal nicht eine lange Liste von Blumen und Pralinen aufzählte, die Leander während ihrer Abwesenheit in der Villa hatte abgeben lassen. Opal begrüßte sie nur mit einem freundlichen

Lächeln und widmete sich dann sofort wieder ihrer Stickerei, während sich Blair buchstäblich die Treppe hinaufschleppte.

Sie war entschlossen, den Nachmittag nicht wie den Morgen mit Heulen zu verbringen, streckte sich auf dem Bett aus und versuchte ein Kapitel über die Behandlung von Verbrennungen verschiedenen Grades in einem Buch zu lesen, das Alan ihr geliehen hatte.

Um drei Uhr nachmittags klopfte Susan, das Zimmermädchen, mit einem Tablett voller Speisen an ihrer Tür. »Mrs. Gates«, sagte sie, »hat mir befohlen, Ihnen das zu bringen und Sie zu fragen, ob Sie sonst noch Wünsche haben.«

»Nein«, sagte Blair lustlos und schob das Tablett von sich weg.

Susan blieb auf der Schwelle noch einmal stehen und wischte mit der Schürze über den Türpfosten. »Sie wissen sicherlich schon, was gestern passiert ist.«

»Gestern?« fragte Blair unbeteiligt und überlegte dabei, wie Alan nur auf den Gedanken kam, daß sie sich für Leander interessierte. Hatte sie nicht allen, die es anging, klargemacht, daß sie nichts mit Leander zu tun haben wollte?

»Ich dachte, da Sie bereits schliefen, als Houston gestern abend nach Hause kam, und Sie heute schon sehr zeitig wieder fortgegangen sind, haben Sie vielleicht nicht gehört, was für ein schreckliches Malheur Mr. Taggert gestern bei der Gartenparty angerichtet hat. Und daß er Miss Houston dann zur Kutsche getragen, sie hierhergebracht und sich mit Ihrer Mutter unterhalten hat. Ich glaube, sie hätte sich um ein Haar in ihn verliebt, und er will ihr einen rosaroten Eisenbahnwaggon kaufen und . . .«

Nun war Blair doch neugierig geworden. »Könntest du vielleicht eine Atempause machen und mir alles von Anfang an erzählen?«

»Nun«, sagte Susan, die es offenbar genoß, die Rolle des Erzählers zu spielen, »gestern besuchte Ihre Schwester Miss

Tia Mankins Gartenparty, zu der auch Sie eingeladen waren, aber nicht hingehen wollten. Und neben ihr stand dieser göttliche Mann, den zuerst niemand wiedererkannte. So hat man es mir berichtet, weil ich ja nicht bei der Party dabeigewesen bin; aber später habe ich ihn selbst sehen und mich davon überzeugen können, daß jedes Wort stimmte. Ich hätte nicht gedacht, daß dieser ungewaschene Hüne so gut aussehen könnte. Jedenfalls kam er mit zur Party, und alle Frauen schwärmten um ihn herum. Und dann füllte er am Büffet einen Teller mit Speisen, brachte ihn Miss Houston und kippte ihn über ihrem Schoß aus. Alle waren zunächst sprachlos; doch dann fing jemand an zu lachen. Und ehe man sich's versah, hielt Mr. Taggert Miss Houston auf seinen Armen, trug sie aus dem Garten und setzte sie in die herrliche neue Kutsche, die er ihr gekauft hat.«

Blair hatte inzwischen das Tablett wieder zu sich herangezogen. Sie wollte gerade einen Bissen mit einem Schluck Milch hinunterspülen, setzte aber das Glas wieder ab und fragte: »Hat Houston denn nicht protestiert? Ich kann mir nicht vorstellen, daß sie sich so etwas von einem Mann in der Öffentlichkeit gefallen läßt.« Wenn sie ehrlich war, konnte sie sich überhaupt nicht vorstellen, daß sich ihre Schwester von einem Mann auf die Arme nehmen ließ.

»So etwas habe ich auch nie erlebt, als sie noch mit Dr. Leander verlobt war. Aber Miss Houston ließ sich das nicht nur gefallen, sondern sie brachte ihn anschließend auch noch hierher und bat Ihre Mutter, daß sie ihm im Salon Gesellschaft leisten sollte.«

»Meine Mutter? Sie bricht doch sofort in Tränen aus, wenn sie den Namen Taggert nur hört!«

»Seit gestern nicht mehr. Ich weiß zwar nicht, was ihr so gut an ihm gefällt – außer, daß er gut aussieht –; denn mich erschreckt dieser Mann zu Tode. Doch Ihre Mutter hätte sich fast in ihn verliebt. Ich half Miss Houston beim Umziehen, und als wir zusammen wieder nach unten gingen, bat Ihre Mutter ihn gerade, sie Opal zu nennen, und er fragte sie, was für eine Farbe der Eisenbahnwaggon haben soll, den er ihr schenken möchte.«

Susan räumte nun das Tablett mit dem leeren Teller vom Bett. »Aber etwas Schreckliches muß passiert sein, nachdem Miss Houston mit diesem Mann wieder fortgefahren ist; denn sie kam gestern abend weinend nach Hause. Sie versuchte zwar, ihre Tränen vor mir zu verstecken, als ich ihr beim Auskleiden half; aber ich konnte in ihren Augen sehen, daß sie geheult hatte. Und heute hat sie nichts gegessen und ihr Zimmer nicht verlassen.« Susan warf Blair einen schlauen Blick zu, als sie wieder zur Tür ging. »So wie Sie. Dieses Haus ist heute eine Leidensstätte«, schloß Susan und verließ den Raum.

Blair verließ sofort ihr Zimmer und begab sich zu ihrer Schwester.

Sie fand sie auf ihrem Bett liegend, mit geschwollenen, roten Augen, ein Bild des Elends. Blairs erster Gedanke war, daß sie an diesem Jammer schuld sei. Wäre sie nicht nach Chandler zurückgekehrt, wäre Houston immer noch mit Leander verlobt und dächte nicht daran, einen Mann zu heiraten, der sie in der Öffentlichkeit mit Soßen übergoß und zum Gespött der Leute machte.«

Blair versuchte mit Houston zu reden, ihr klarzumachen, daß sie Lee vermutlich immer noch haben könnte, wenn sie ihn wollte, und es nicht nötig hatte, sich für diesen Taggert zu opfern. Aber je mehr Blair redete, um so stiller wurde ihre Schwester. Außer der Behauptung, daß Leander sie nicht mehr liebte und Blair auf eine Weise begehrte, wie das bei ihr nie der Fall gewesen sei, war kein Wort aus ihr herauszubekommen.

Blair wollte ihrer Schwester sagen, daß sie nur bis zum Zwanzigsten warten müsse, und dann könne sie ihren Lee haben. Sie wollte ihr von Leanders Erpressung erzählen, von Alan, und wie sehr sie ihn liebte. Aber sie fürchtete, damit Houstons Elend nur noch zu vergrößern, als wäre sie der Trostpreis. Houston schien nur von dem Gedanken besessen, daß Lee sie verstoßen hatte, weil er Blair haben wollte, und daß Taggert sie nun auch unglücklich machte; obwohl sie Blair nicht sagen wollte, warum.

Und je mehr Houston das beklagte, um so elender fühlte sich Blair. Sie war doch nur mit Leander ausgegangen, weil sie wissen wollte, ob er zu ihrer Schwester paßte. Sie hatte nicht mit ansehen können, wie bedrückt Houston gewesen war, nachdem Leander ihr eine Szene gemacht hatte. Doch jetzt war Houston mit einem total anderen Mann verlobt und hatte wieder das heulende Elend. Hätte sie sich doch nur nicht eingemischt!

Blair stand nun neben Houstons Bett und versuchte, die Tränenflut zu stillen, die ihr über die Wangen floß.

»Du magst zwar glauben, daß du bei Leander versagt hast; aber das stimmt nicht. Und du mußt dich nicht damit bestrafen, daß du diesen anmaßenden Tolpatsch heiratest, der ein Lätzchen braucht zum Essen, weil er dir sonst das Kleid voll . . .« Blair hielt inne, weil Houston ihr links und rechts eine Ohrfeige gab.

»Er ist der Mann, den ich heiraten werde«, sagte Houston mit wütender Stimme. »Ich lasse nicht zu, daß du oder irgendein anderer so herablassend über ihn spricht.«

Blair hielt sich beide Wangen, während ihre Augen sich mit Tränen füllten. »Was ich getan habe, kommt jetzt über uns«, flüsterte sie. »Kein Mann, und hätte er noch so viele Vorzüge, darf uns mehr bedeuten als die eigene Schwester«, sagte sie, ehe sie das Zimmer wieder verließ.

Der Rest des Tages war für Blair sogar noch bedrückender. Hätte sie vielleicht noch Zweifel gehegt, warum Houston Taggert heiratete, so wurden sie kurz vor dem Dinner restlos ausgeräumt, als ein Bote dieses Mannes ein Dutzend Ringe überbrachte. Houston warf nur einen Blick darauf, und ihre Augen leuchteten wie ein voll aufgedrehtes Gaslicht. Sie schwebte buchstäblich durch den Salon, und Blair fragte sich, ob eine Kutsche samt Pferd und dreizehn Ringen sie hinreichend für eine Ehe mit einem solchen Mann wie Taggert entschädigen konnten. Wenn sie Houstons Gesicht betrachtete, schien ihre Schwester das zu glauben.

Dann wurde das Dinner serviert, und Houstons gute Laune schlug Blair schrecklich auf den Magen. Sie wußte, daß es sinnlos war, mit ihrer Schwester über irgend etwas zu reden.

Als das Telefon während des Essens läutete, trug Gates dem Mädchen auf, sie solle dem Anrufer – wer es auch sei – ausrichten, daß niemand bereit sei, sich mit ihm durch dieses neumodische Gerät zu unterhalten. »Die glauben wohl, sie hätten jederzeit das Recht, mit einem zu reden, nur weil sie diesen Kasten zum Läuten bringen«, rief er grollend.

Susan kam in das Eßzimmer zurück, und ihre Augen suchten Blair. »Es wäre sehr wichtig, sagte der Teilnehmer. Eine Miss Hunter ist am Apparat.«

»Hunter«, murmelte Blair über der Suppe, die sie gerade löffelte. »Da sollte ich wohl besser ans Telefon gehen.« Und ohne erst Mr. Gates um Erlaubnis zu fragen, begab sie sich eilends aus dem Speisezimmer.

»Ich kenne keine Hunters«, rief ihr Gates nach.

»Natürlich kennst du sie«, sagte Opal geistesgegenwärtig. »Sie sind erst im letzten Jahr aus Seattle hierhergezogen. Sie wurden dir im vergangenen Sommer von den Lechners bei einer Party vorgestellt.«

»Könnte sein. Ja, ich glaube, jetzt fällt es mir wieder ein. Nimm dir ein Stück von diesem Rinderfilet, Houston. Du fällst mir noch ganz vom Fleisch.«

»Hallo«, sagte Blair vorsichtig.

Statt Alan, wie sie erwartet hatte, hörte sie Leanders Stimme: »Blair, bitte, häng jetzt nicht ein. Ich habe dir eine Einladung zu übermitteln.«

»Und was hast du diesmal mit Alan vor? Du hast es mit Schußwaffen und Pferden versucht und ihn um ein Haar im See ertränkt. Weißt du, daß wir heute Tennis gespielt haben? Du hättest ihn mit Bällen bewerfen oder mit einem Rakett verprügeln können.«

»Ich weiß, daß mein Betragen nicht das allerbeste war; aber ich würde das gern bei dir wiedergutmachen. Ich bin morgen den ganzen Tag für Notfälle eingeteilt, und ich habe eine Reihe von Patienten auf dem Land, die ich besuchen muß. Ich dachte mir, daß du vielleicht gern mitkommen würdest.«

Blair fand einen Moment lang keine Worte. Den ganzen Tag mit dem verbringen, wozu man sie ausgebildet hatte? Sich nicht in die Sonne legen und überlegen, wie man sich die Zeit vertreiben soll, sondern etwas lernen?

»Blair, bist du noch da?«

»Ja, natürlich.«

»Wenn du nicht mitkommen willst, kann ich das verstehen. Es wird ein langer Tag werden, und abends würdest du ziemlich erschöpft sein. Also dann . . .«

»Du holst mich ab, wann du das für richtig hältst. Ich werde beim Anbruch der Dämmerung auf sein, und wir werden ja sehen, wer morgen zuerst erschöpft ist.« Damit hängte sie den Hörer ein und kehrte an den Eßtisch zurück. Morgen würde sie wieder eine Ärztin sein! Zum erstenmal seit Tagen spürte sie nicht mehr die Last der Verantwortung für das Schicksal ihrer Schwester.

Nina Westfield hörte eine halbe Minute lang das Hämmern an der Haustür, ehe jemand nachsehen ging.

Eines der Mädchen kam mit bleichem Gesicht und bebenden Händen in den Salon. »Miss, da steht ein Mann draußen, der sagt, er wäre Mr. Alan Hunter und sei gekommen, um Dr. Leander umzubringen.«

»Du meine Güte! Sieht er gefährlich aus?«

»Er steht ganz ruhig vor der Tür; aber seine Augen sind ganz wild und . . . er sieht sehr gut aus. Ich dachte mir, vielleicht könnten Sie mit ihm reden. Er macht auf mich nicht den Eindruck eines Mörders.«

Nina legte ihr Buch beiseite. »Führen Sie ihn herein, und holen Sie dann Mr. Thompson von nebenan. Und schicken Sie jemand zu meinem Vater, daß er herkommen soll. Und dann noch jemand ins Hospital, der meinen Bruder dort festhält. Erfinden Sie notfalls eine Krankheit, damit Lee nicht nach Hause kommt.«

Das Mädchen gehorchte und brachte Mr. Hunter ein paar Sekunden später in den Salon.

Nina dachte, er sieht mir wirklich nicht nach einem Mörder aus, streckte ihm freundschaftlich die Hand hin und überhörte das entsetzte Schnauben des Mädchens, als sie die Tür zum Korridor schloß. Als Mr. Thompson sich ein paar Minuten später einstellte, schickte Nina ihn wieder mit der Bemerkung nach Hause, es handelte sich um ein Mißverständnis. Und als ihr Vater fünf Minuten später eintraf, stellte sie ihm Alan vor, und die drei speisten zusammen und unterhielten sich bis in die späten Abendstunden.

Unglücklicherweise dachte keiner von ihnen mehr an Leander, der versuchte, dem Mann zu helfen, der seit sechzehn Jahren Butler der Familie Westfield war. Dieser krümmte sich vor Schmerzen, die sich nicht lokalisieren ließen, obwohl Lee sich nach Kräften bemühte, eben das zu tun. Und jedesmal, wenn er das Untersuchungszimmer verließ, eilte der Butler ans Telefon und rief im Hause Westfield an, wo das Mädchen ihm mitteilte, der gefährliche Mann sei immer noch da. Also legte sich der Butler wieder auf die Liege und entwickelte ein neues Symptom.

Somit kam Leander in dieser Nacht nur zu vier Stunden Schlaf, ehe der erste Notruf kam. Und da es erst halb fünf Uhr morgens war, hatte er Hemmungen, die ganze Familie Chandler aus dem Schlaf zu läuten, und kletterte statt dessen auf den Baum, um in Blairs Schlafzimmer zu gelangen.

Kapitel 11

Da war erst der Hauch eines bläulich-grauen Streifens am Himmel, als Leander den Baum hochkletterte und hinüberstieg auf das Dach neben Blairs Mansarde. Er kam sich wie ein Schuljunge vor, der jeden Moment beim Äpfelstehlen ertappt werden konnte. Da war er nun, ein gestandener Mann von siebenundzwanzig Jahren – ein Arzt, der durch ganz Europa gereist war und viele berühmte Salons auf dem alten Kontinent besucht hatte. Doch nun kletterte er auf einen Baum und stieg wie ein Lausbub durch das Fenster in das Schlafzimmer eines Mädchens.

Aber als er in den Raum kam und die Umrisse von Blairs Körper unter der dünnen Zudecke sah, vergaß er alle Hemmungen. Die letzten paar Tage waren trostlos gewesen. Er hatte sie gefunden und wußte, daß er diese Frau brauchte wie seine eigene Seele; aber dann mußte er zusehen, wie sie ihm entglitt. Etwas an ihr machte ihn ungeschickt, tölpelhaft, und alles, was er tat, war verkehrt. Er versuchte sie zu beeindrucken, versuchte, sich vorteilhaft darzustellen im Vergleich zu dieser unzulänglichen, schwachen, furchtsamen kleinen blonden Maus, die sie zu lieben glaubte. Lee wußte, daß Hunter nicht Manns genug war für sie.

Einen Moment lang stand er über ihr, weidete sich an ihrer Weichheit und Süße, die sie ihm in jener einzigen Nacht gezeigt hatte, wo sie ihm nicht böse gewesen war.

Jene Nacht hatte sein Leben verwandelt, und er war entschlossen, sich diese Frau zurückzuholen, die sich ihm damals geschenkt hatte.

Mit einem Lächeln und einem Gefühl, daß er nicht anders handeln konnte, schlug er die Zudecke zurück und schlüpfte neben ihr ins Bett – mit Schuhen und allem. Die Zeit reichte nicht für ein ausgedehntes Liebesspiel, und jetzt, ehe sie erwachte, während er noch klar denken konnte, wußte er, daß die Mansarde von Duncans Haus nicht der richtige Ort dafür war.

Er küßte ihre Schläfen, während er sie in seine Arme zog, und schlaftrunken kuschelte sie sich an ihn, während er ihre Augen und Wangen küßte. Als er ihre Lippen mit den seinen berührte, erwachte sie langsam, drängte ihren Körper noch dichter an den seinen, schob ihren Schenkel zwischen seine Beine, während er ihr Nachthemd anhob und ihr nacktes Fleisch liebkoste.

Sein Kuß wurde leidenschaftlicher, seine Zunge berührte die ihre, und sie ging bereitwillig darauf ein, umfing ihn mit den Armen, um ihm noch näher zu sein.

Es war Lees Taschenuhr, die durch den dünnen Stoff ihres Nachtgewandes in ihren Bauch schnitt und sie weckte – aber nicht ganz.

»Ich dachte, du wärst ein Traum«, murmelte sie, während sie seine Wange streichelte.

»Ich bin ein Traum«, sagte Lee heiser. Noch nie in seinem Leben hatte er sich so beherrschen müssen. Er wollte ihr das Nachthemd über den Kopf streifen, ihr warmes, herrliches Fleisch liebkosen, ihre Haut auf der seinen spüren. Er wollte seine unrasierten Wangen am weichen Fleisch ihres Leibes reiben und ihren leisen Aufschrei hören, der Protest und Jubel zugleich war.

Und dann saß Blair plötzlich kerzengerade im Bett. »Was machst du denn hier?« keuchte sie.

Er legte seine Hand auf ihren Mund und zog sie wieder ins Bett herunter, wo sie sich gegen ihn stemmte und ihn mit den Fersen bearbeitete.

»Wenn du mit mir Patienten besuchen willst, mußt du jetzt aufstehen; und da es noch so früh am Morgen ist, wollte ich nicht an eure Vordertür klopfen und das ganze Haus aufwecken. Willst du endlich aufhören, solchen Lärm zu machen? Sonst kommt Mr. Gates in dein Zimmer, und wenn er dich so sieht, wird er dich vermutlich in Sack und Asche durch die Straßen von Chandler jagen.«

Er nahm die Hand von ihrem Mund, als sie sich etwas beruhigt hatte.

»Das wäre mir lieber als das, was du gerade mit mir anstellen wolltest«, sagte sie mit einem lauten Flüstern. »Laß mich sofort los!«

Leander bewegte sich keinen Millimeter von ihr weg. »Wenn ich Zeit gehabt hätte, wäre ich nicht in meinen . . . ah . . . Schuhen zu dir ins Bett gestiegen«, sagte er, während er, sie an sich ziehend, sein Bein zwischen ihren Schenkeln rieb.

»Du bist ein niederträchtiges, lüsternes . . .«

Weiter kam sie nicht, weil er ihr mit seinen Lippen den Mund versiegelte und dabei ihre Arme über ihrem Kopf festhielt. Er küßte sie, zunächst sacht, dann so heftig, daß sie keine Luft mehr bekam, und schließlich wieder so zärtlich wie am Anfang.

Als er ihren Mund endlich freigab, hatte sie Tränen in den Augen. Den Kopf zur Seite drehend, flüsterte sie: »Bitte nicht – bitte.«

»Ich weiß nicht, warum ich Erbarmen mit dir haben sollte«, sagte er und ließ ihre Arme los, hielt aber immer noch ihren Leib unter seinem Körper gefangen. »Du hast mir in den letzten Tagen kein Pardon gegeben.«

Als sie ihn ansah, gab er auch ihren Körper frei. »Ich werde dein Zimmer auf dem gleichen Wege verlassen, auf dem ich gekommen bin – über das Dach und den Baum. Wirst du dich anziehen und mich vor dem Haus treffen?«

Sie blickte ihn nicht mehr so an wie ein gefangenes Tier. »Und wir werden Patienten besuchen?«

»Ich habe noch nie eine Frau erlebt, die sich auf Blut und Wunden freut.«

»Das ist es nicht. Ich freue mich, wenn ich anderen Menschen helfen kann. Ein Menschenleben zu retten, bedeutet für mich so viel wie mein eigenes Leben . . .«

Er küßte sie rasch, ehe er aus ihrem Bett stieg. »Du kannst mir deine Lebensphilosophie unterwegs vortragen. In zehn Minuten – ja?«

Blair konnte nur nicken und war schon aus dem Bett, bevor Lee durch das Fenster auf das Dach gestiegen war. Sie überlegte nicht, wie merkwürdig sie sich beide verhielten; denn seit sie nach Chandler zurückgekommen war, verlief ihr Leben nicht mehr in normalen Bahnen.

Aus einem kleinen Wandschrank, der größtenteils von Houstons eingemotteter Winterbekleidung belegt war, holte Blair ein Gewand heraus, auf das sie sehr stolz war. Sie hatte es in Philadelphia von der traditionsreichen Schneiderfirma J. Cantrell und Söhne anfertigen lassen. Wochenlang hatte sie mit ihr an Entwurf und Ausstattung dieses Anzugs gearbeitet, damit er allen Anforderungen gerecht wurde, die man an eine Ärztin stellen konnte, und dennoch nicht den Anstand verletzte. Sie hatte sich bei der Anprobe in der Schneiderwerkstatt auf ein hölzernes Pferd gesetzt, um sich zu vergewissern, daß er kurz genug war, um ihre Bewegungsfreiheit nicht zu behindern, und lang genug, um keinen Anstoß zu erregen.

Das Oberteil war von geradezu militärischer Schlichtheit, der Rock lang und weiblich, obwohl er, was man zunächst nicht sah, aus zwei Teilen bestand, so daß sie sich darin so bequem und sicher bewegen konnte wie in einer Hose. Der Anzug war aus dem feinsten, dichtesten marineblauen Serge gefertigt, den man auf dem Markt bekommen konnte, mit mehreren tiefen, hinter den Rockfalten nicht erkennbaren Taschen und einer zuknöpfbaren Leiste über jeder Tasche, so daß keine kostbaren Instrumente verlorengingen. Ein schlichtes rotes Kreuz auf dem Ärmel wies auf den Verwendungszweck des Anzugs hin.

Blair schlüpfte in ein Paar hoher schwarzer Schnürstiefel aus Kalbsleder – eher ein männliches Schuhwerk, da die modisch engen Damenstiefel nicht einmal zum Gehen taugten –, nahm ihre brandneue Ärztetasche und eilte ins Erdgeschoß hinunter, um sich vor dem Haus mit Leander zu treffen.

Er lehnte an seiner Kutsche und rauchte eine von seinen langen dünnen Zigarren. Einen Moment lang hatte Blair Angst, sich mit ihm irgendwohin zu begeben. Zweifellos würde sie den ganzen Tag damit verbringen müssen, seine Hände abzuwehren, die sie überall begrapschen wollten, so daß sie gar keine Gelegenheit bekam, irgendwelchen Patienten zu helfen.

Er musterte mit einem raschen Blick ihre Kleidung und schien zustimmend zu nicken, ehe er auf den Bock sprang und es Blair überließ, ob sie mit dem Einsteigen zurechtkam.

Kaum war sie auf den Sitz geklettert, als er schon lospreschte, wie Blair es bereits zweimal erlebt hatte. Sie klammerte sich mit beiden Händen an der Lehne fest und schrie, während sie auf der südlichen Ausfallstraße die Stadt verließen, um sich gegen das Getöse der Räder und des Fahrtwindes durchzusetzen: »Wo ist dieser erste Fall?«

»Da ich jetzt die meiste Zeit im Krankenhaus arbeite, mache ich nur noch selten auswärts Krankenbesuche«, schrie er zurück. »Einige von den Patienten, die wir besuchen müssen, sehe ich heute zum erstenmal; aber den ersten kenne ich zufällig. Das ist Joe Gleason, vielmehr seine Frau Effie. Ich bin überzeugt, daß sie nicht krank ist, sondern wieder ein Baby bekommt. Irgendwie gelingt es ihr, alle acht Monate eines auf die Welt zu bringen.« Er streifte sie mit einem Blick. »Hast du schon mal Geburtshilfe geleistet?«

Blair nickte und lächelte. Da sie bei ihrem Onkel gewohnt hatte, war sie ihren Studienkolleginnen gegenüber immer im Vorteil gewesen: Sie hatte ihr Wissen nicht nur aus Büchern bezogen, sondern auch praktische Erfahrung gesammelt.

Nach einer Fahrt, die Blair etliche blaue Flecke eintrug, weil sie ständig gegen die Lehne des Fuhrwerks geworfen wurde, hielt Leander vor einer kleinen Blockhütte am Fuße der Berge. Auf dem kahlen Vorhof wimmelte es von Hühnern, Hunden und mageren, schmutzigen Kindern, die alle miteinander um einen Platz zu kämpfen schienen.

Joe, ein knochendürres, größtenteils zahnloses Männlein, scheuchte Kinder wie Tiere mit gleicher verächtlicher Unbekümmertheit aus dem Weg. »Sie ist hier drin, Doc. Ist gar nicht Effis Gewohnheit, sich am Tag hinzulegen, und nun ist sie schon seit vier Tagen nicht mehr aus den Federn gekrochen. Heute morgen konnte ich sie nicht mal wach bekommen. Ich habe sie so gut verarztet, wie ich es vermochte; aber es scheint nichts bei ihr anzuschlagen.«

Blair folgte den beiden Männern ins Haus, betrachtete die Kinder, die sie mit großen Augen anstarrten, und hörte zu, wie Joe Leander die Krankheitsgeschichte seiner Frau erzählte.

»Ich hackte Holz, als sich die Axtscheide vom Stiel löste

und Effie gegen das Bein flog. Es war kein wirklich tiefer Schnitt; aber er blutete stark, und sie fühlte sich schwindlig und ging zu Bett – mitten am Tag! Wie ich schon sagte, ich habe sie so gut verarztet, wie ich konnte; aber nun mache ich mir ernsthaft Sorgen um sie.«

Der kleine Raum, in dem die Frau wie ein lebloser Haufen lag, war dunkel und übelriechend.

»Öffne das Fenster und bring mir eine Laterne.«

»Der Fuhrmann, der das Holz holte, sagte, frische Luft wäre nicht gut für sie.«

Leander warf Joe einen drohenden Blick zu, so daß dieser zum Fenster rannte und es aufriß.

Als Joe die Laterne gebracht hatte, setzte sich Lee ans Bett der Frau und schlug die Decken zurück. Um ihr Bein war eine dicke, schmutzige, stinkende Bandage gewickelt. »Blair, wenn sich das darunter befindet, was ich vermute, kannst du . . .«

Blair gab ihm keine Gelegenheit, den Satz zu beenden. Sie untersuchte bereits den Kopf der Frau, hob die Lider an, fühlte ihr den Puls und beugte sich leicht hinunter, um ihren Atem zu riechen. »Ich glaube, diese Frau ist betrunken«, sagte sie verwundert und sah sich im Raum um. Auf dem primitiven kleinen Tisch neben dem Bett stand eine leere Flasche mit dem Etikett *Dr. Monroes Lebenselexier, ein Heilmittel für alle Krankheiten.*

Sie hielt die Flasche in die Höhe. »Haben Sie das Ihrer Frau gegeben?«

»Ich habe viel Geld dafür bezahlt«, sagte Joe entrüstet. »Dr. Monroe hat mir versichert, daß ihr das Mittel mächtig gut bekommen wird.«

»Stammt das auch von Dr. Monroe?« fragte Lee und deutete auf die dicke Bandage am Bein der Frau.

»Das ist ein Krebspflaster. Ich dachte mir, wenn es Krebs heilen kann, müßte es für Effies kleinen Schnitt schon lange gut sein. Wird sie wieder auf die Beine kommen, Doc?«

Lee gab sich nicht die Mühe, ihm zu antworten, während er Holzscheite in den alten Ofen in der Ecke schob und einen Kessel voll Wasser darauf setzte. Während sie darauf warteten, daß das Wasser kochte, und Lee und Blair sich dann die Hände abschrubbten, richtete Blair das Wort an Joe.

»Haben Sie ihr noch etwas eingegeben?« fragte sie und fürchtete sich zugleich vor der Antwort.

»Nur ein bißchen Schießpulver heute morgen. Da ich sie kaum wachkriegte, dachte ich, das Schießpulver würde helfen, sie munter zu machen.«

»Damit hätten Sie sie umbringen können, verdammt noch mal«, schimpfte Lee, und dann wurde er ein wenig blaß, als er anfing, die Ränder der schmutzigen Bandage vom Unterschenkel der Frau zu lösen. Als er das Fleisch unter dem Verband betrachtete, schnitt er eine Grimasse. »Genau das, was ich vermutet habe. Joe, setzen Sie noch einen Kessel voll Wasser auf. Ich muß das erst saubermachen.« Der Hausherr warf einen Blick unter die Bandage und eilte aus dem Zimmer. Lee löste das schmutzige Gewebe vom Bein, ohne Blair dabei aus den Augen zu lassen.

Winzige, sich windende Maden bedeckten das rohe, geschwollene Fleisch.

Blair gestattete sich keine Reaktion, während sie die Instrumente aus Lees Arzttasche nahm und ihm zureichte. Sie hielt die Emailleschüssel, während Lee anfing, vorsichtig mit einer Pinzette die Maden zu entfernen.

»Diese Dinger sind tatsächlich ein verkappter Segen«, erklärte Lee. »Die Maden fressen das verfaulte Fleisch und halten die Wunde sauber. Wenn diese Dinger« – er hielt eine Made mit der Pinzette in die Höhe – »nicht gewesen wären, müßten wir vermutlich jetzt das Bein amputieren. Ich habe sogar schon gehört, daß Ärzte Maden in eine Wunde gesetzt haben, damit sie diese säubern konnten.«

»Also ist es vermutlich ein Glück, daß es in diesem Zimmer so schmutzig ist«, sagte Blair und blickte sich angewidert in dem kleinen Raum um.

Lee betrachtete sie nachdenklich. »Ich hatte eigentlich erwartet, daß dir davon übel werden würde.«

»Ich habe einen kräftigeren Magen, als du glaubst. Bist du so weit, daß ich das Karbol bringen kann?«

Während Lee die Säuberung der Wunde fortsetzte, reichte ihm Blair alles zu, was er dafür benötigte – war ihm immer einen halben Schritt voraus. Er gab ihr die Nadeln und den Faden, und Blair nähte die zackigen Wundränder zusammen, während Lee zurücktrat und jede ihrer Bewegungen genau beobachtete. Er brummte etwas, als sie mit dem Vernähen der Wunde fertig war, und überließ ihr dann auch das Bandagieren. Joe trat wieder ins Zimmer und meldete, daß das Wasser koche.

»Das können Sie dazu verwenden, die Lumpen auszukochen, die Sie Laken nennen«, sagte Lee. »Ich möchte nicht, daß noch einmal Fliegen unter den Verband kriechen und dort Eier legen. Blair, hilf mir, ihr die Laken unter dem Körper wegzuziehen. Und ich brauche auch saubere Wäsche für sie. Blair, du kannst sie ihr anziehen, während ich mich mit Joe unterhalte.«

Blair versuchte erst gar nicht, die Frau zu baden; aber sie war davon überzeugt, daß die Wunde an ihrem Bein die sauberste Stelle an ihrem Körper war. Es gelang ihr, den schweren Leib in eines von Joes Nachthemden zu zwängen, während die Patientin trunken lallte und grinste. Durch das offene Fenster konnte sie Lee und Joe neben der Blockhütte sehen – Lee mit dem Zeigefinger auf die Brust des Männleins einstechend, während er Joe anbrüllte und ihn auf jede erdenkliche Weise zu Tode erschreckte. Blair tat der kleine Mann fast leid, der für seine Frau nur getan hatte, was er für richtig hielt.

»Wo ist der Doc?«

Sie drehte sich um und sah einen Mann mit kariertem Hemd und ledernen Beinschonern im Türrahmen stehen. Er machte ein besorgtes Gesicht.

»Ich bin Ärztin«, sagte Blair. »Brauchen Sie Hilfe?«

Die tiefliegenden Augen in dem hageren Gesicht musterten sie von Kopf bis Fuß. »Ist das nicht Doc Westfields Einspänner, der draußen steht?«

»Frank?« klang Lees Stimme hinter ihm auf. »Stimmt etwas nicht?« Der Cowboy drehte sich um. »Ein Wagen ist in eine Schlucht gestürzt. Drei Männer saßen darin. Einen davon hat es böse erwischt.«

»Bring meine Tasche mit«, rief Lee über die Schulter Blair zu, während er wieder hinaus in den Hof eilte. Seine Kutsche rollte schon, als sie zu ihm kam. Im stillen bedankte sie sich bei Mr. Cantrell, während sie die beiden Ärztetaschen auf den Boden der Kutsche warf, sich am Verdeck festhielt und mit einem Bein auf dem Trittbrett balancierte, für den Entwurf ihres Anzugs, der ihr soviel Bewegungsfreiheit erlaubte.

Lee packte mit einer Hand ihren Oberarm, während er mit der anderen die Zügel hielt und das galoppierende Pferd auf den Fahrweg lenkte, und half ihr auf den Sitz hinauf. Als sie, die beiden Taschen zwischen die Beine geklemmt, sicher auf ihrem Platz saß, blickte sie zu Lee hinauf, der ihr zublinzelte – ein wenig stolz, wie es ihr schien.

»Dieser Weg führt zur S-Bar-Ranch«, rief er ihr zu. »Frank ist dort Vormann.«

Sie folgten dem Cowboy, wobei es Lee gelang, immer dicht hinter dem galoppierenden Pferd des Reiters zu bleiben, bis sie nach etwa vier Meilen vier kleine Hütten und eine umfriedete Koppel vor sich auftauchen sahen, die am Steilhang des Ayers Peak zu kleben schienen.

Lee langte nach seiner Tasche, warf einem der drei Cowboys, die in der Nähe standen, die Zügel zu, und eilte auf die nächste Hütte zu. Blair folgte ihm, ihre Tasche unter den Arm geklemmt, auf den Fersen.

Dort lag ein Mann auf einer Koje, dessen linker Ärmel mit Blut getränkt war. Lee trennte mit zwei geschickten Schnitten den Stoff über dem Arm auf, und ein Strahl Blut spritzte gegen sein Hemd. Die Kruste, die sich unter dem Stoff gebildet hatte, hatte vorübergehend das Loch in der Arterie verstopft und so verhindert, daß der Mann verblutete. Lee drückte die Arterie mit den Fingern ab; es blieb keine Zeit, erst ans Waschen zu denken.

Die Cowboys drängten heran, ließen ihnen kaum Platz zum Arbeiten. Blair schüttete sich Karbol über die Hände, und mit einer Geste, als wären sie ein schon seit Jahren eingespieltes Team, ließ Lee die Arterie los, während Blairs kleinere Finger sich nun um die Ader schlossen. Dann desinfizierte sich Lee die Hände, fädelte eine Nadel ein, und während Blair die Wunde offen hielt, nähte er die Arterie zusammen. Wenige Minuten später war auch die Wunde vernäht.

Die Cowboys traten zurück, und alle Augen waren auf Blair gerichtet.

»Ich denke, er wird durchkommen«, sagte Lee, sich aufrichtend, und wischte sich mit einem sauberen Tuch aus seiner Tasche das Blut von den Händen. »Er hat zwar eine Menge Blut verloren; aber wenn er sich von dem Schock erholt, kommt er wieder auf die Beine. Wer ist noch verletzt?«

»Ich«, sagte ein Mann von einer anderen Koje her. »Ich hab' mir das Bein gebrochen.«

Leander schlitzte ihm das Hosenbein auf und befühlte das Schienbein. »Ich brauche jemand, der ihn an der Schulter festhält. Ich muß kräftig ziehen, um den Knochen wieder zusammenzufügen.«

Blair sah sich im Raum um, während drei Männer vor sie traten, um den verletzten Cowboy an den Schultern zu packen. Ihr Blick fiel auf einen Hünen mit Armen so dick wie Schinken, der an der gegenüberliegenden Wand lehnte, sein breites, derbes Gesicht von den Malen vieler Kämpfe gezeichnet. Doch Blair sah nur seine Blässe, die auf großen Schmerz hindeutete, und die rechte Hand, die den linken Arm stützte.

Sie trat zu ihm. »Waren Sie auch in den Unfall verwickelt?«

Er blickte auf sie hinunter, dann zur Seite. »Ich werde auf den Doc warten.«

Sie begann, sich von ihm wegzudrehen. »Ich bin auch ein Doktor. Aber Sie haben recht. Ich würde Ihnen vermutlich weher tun, als Sie vertragen können.«

»Sie?« sagte der Mann; und dann, als Blair sich wieder zu

ihm umdrehte, sah sie, daß sein Gesicht noch bleicher wurde.

»Setzen Sie sich hin«, befahl sie, und gehorsam nahm er auf einer Bank vor dem Fenster Platz. So sorgsam wie möglich entfernte sie das Hemd von seiner Schulter und sah ihre Vermutung bestätigt: bei dem Sturz in die Schlucht war ihm der Arm aus dem Schultergelenk gesprungen. »Es wird ein bißchen unangenehm werden«, murmelte sie.

Alle anderen Cowboys waren um Lee versammelt, der gerade das gebrochene Bein schiente, und einer in der hintersten Reihe hielt eine Whiskyflasche an die Lippen. Blair riß sie ihm aus der Hand und gab sie ihrem Patienten: »Das wird es erträglicher machen.«

Blair war sich nicht sicher, ob sie kräftig genug war, das zu tun, was ihres Wissens nach getan werden mußte. Aber sie wußte auch, daß sie nicht untätig dabeistehen und warten konnte, bis Lee das gebrochene Bein versorgt hatte, während dieser Mann schreckliche Schmerzen litt. Sie hatte schon einmal ein ausgekugeltes Schultergelenk eingerichtet; aber bei einem halbwüchsigen Mädchen.

Sie holte tief Luft, sprach leise ein Gebet, beugte dann seinen Unterarm und drückte ihn gegen seinen mächtigen Brustkorb. Sie zog mit dem Fuß eine Kiste mit Konserven heran, stellte sich darauf, und mit Anspannung aller Muskeln gelang es ihr, seinen mächtigen Arm in die Luft zu stemmen und in Drehung zu versetzen. Sie wiederholte diesen Vorgang, doch so schonend wie möglich, um ihm nicht unnötige Schmerzen zu bereiten. Sie schwitzte und keuchte von der Anstrengung, diesen mächtigen Arm wieder in die Gelenkpfanne zu bringen, die so groß war wie ihre Hüften.

Plötzlich, mit einem lauten schnappenden Geräusch, zogen die Muskeln den Oberarmknochen in die Schulter hinein, und die Gelenkkugel saß wieder dort, wo sie hingehörte.

Blair stieg von der Kiste herunter, und sie und ihr Patient grinsten sich gegenseitig an.

»Sie sind ein großartiger Doktor«, sagte er strahlend.

Blair drehte sich wieder in den Raum hinein und merkte voller Erstaunen, daß alle, auch die beiden anderen Verletzten, sie beobachtet hatten. Und sie sahen ihr auch immer noch schweigend zu, als sie die Schulter des Hünen mit ihrem besten Korbwebmuster bandagierte, so daß es nicht nur vorschriftsmäßig und bequem saß, sondern auch noch hübsch aussah.

Leander brach das Schweigen, nachdem sie den Arm in eine Binde gelegt hatte. »Wenn ihr beiden fertig seid und aufhören wollt, euch gegenseitig zu gratulieren, hätte ich auch noch andere Patienten zu versorgen.« Doch seine Worte wollten nicht recht passen zu dem Stolz, der ihm aus den Augen leuchtete.

»Sind Sie nicht eine von diesen Chandler-Zwillingen?« fragte ein Cowboy, der sie zu ihrer Kutsche begleitete.

»Blair«, antwortete sie.

»Sie ist auch ein Doc«, sagte Frank, und wieder sahen sie alle staunend zu ihr hin.

»Vielen Dank, Doktor Westfield *und* Doktor Chandler«, rief der Mann, dem Blair die Schulter eingerichtet hatte, während die beiden auf den Kutschbock stiegen.

»Kannst dich schon daran gewöhnen, sie auch Westfield zu nennen«, sagte Lee, während er die Zügel hochnahm. »Sie heiratet mich nächste Woche.«

Blair konnte keinen Einspruch mehr erheben, weil sie fast vom Bock fiel, als Leanders Pferd einen Satz nach vorne machte.

Kapitel 12

Leander ließ das Pferd wieder im Schritt gehen, als sie die Baracken am Berghang hinter sich gelassen hatten.

»Die Haushälterin meines Vaters hat einen Lunch für uns eingepackt. Ich stehe so lange auf, damit du den Korb herausholen kannst, und dann essen wir, während wir zur Ranch weiterfahren.«

Lee stand in der Kutsche wie ein Gladiator auf einem Streitwagen, und Blair hob den Sitz hoch. »Da ist ja eine Menge Platz«, staunte sie und betrachtete die Decken, das Schrotgewehr, das Dutzend Schachteln mit Munition, das Ersatzgeschirr und die Werkzeuge, die sich unter dem um ein Scharnier drehbaren Sitzbrett befanden. »So ein großes Fach wie dieses habe ich noch nie unter dem Sitz eines Einspänners gesehen.«

Leander blickte stirnrunzelnd über die Schulter. Sie konnte sein Gesicht nicht sehen.

»So habe ich ihn bekommen«, murmelte er.

Blair schob den Kopf noch tiefer in das Fach hinein und betrachtete dessen Seitenwände. »Das glaube ich nicht. Ich denke, es wurde nachträglich verändert. Da wurde etwas entfernt, um es zu vergrößern. Ich frage mich, weshalb.«

»Ich habe den Einspänner gebraucht gekauft. Vielleicht wollte ein Bauer es als Koben für seine gekauften Schweine benützen. Holst du uns jetzt den Lunch heraus, oder sollen wir verhungern?«

Blair hob einen großen Korb heraus und kippte das Sitzbrett wieder nach vorn. »Es ist groß genug für einen ausgewachsenen Menschen«, sagte sie, während sie dem Korb eine Schachtel mit gebratenem Hühnerfleisch entnahm, einen Tontopf mit Kartoffelsalat und einen zugestöpselten Krug mit eisgekühlter Limonade.

»Möchtest du den ganzen Tag laut über die Größe meines Kutschbocks nachdenken? Oder soll ich dir lieber ein paar Geschichten aus der Zeit erzählen, als ich Assistenzarzt in Chikago war?« Oder irgend etwas anstellen, dachte Leander, um dich von meinem Gepäckfach unter deinem Sitz abzulenken. Wenn die Wächter in den Bergwerkslagern nur halb so aufmerksam gewesen wären wie Blair, würde er heute nicht mehr leben.

Eine Hühnerkeule in der Linken, die Zügel in der Rechten, erzählte er ihr eine lange Geschichte von einem jungen

Mann, der eines Nachts von der Polizei in das Krankenhaus eingeliefert und, weil er schon ganz blau war vor Atemnot, für so gut wie tot erklärt wurde – während Leander ihn noch nicht aufgeben wollte. Er hatte es mit rhythmischen Bewegungen des Brustkastens versucht; aber als sich die Atmung dennoch nicht besserte, hatte er den Patienten genauer untersucht und dessen stecknadelgroße Pupillen entdeckt. Damit stand für Leander die Diagnose fest: der Mann war das Opfer von »Knockout-Tropfen« – mit Opium vergiftet.

»Willst du den Kartoffelsalat ganz allein essen?« fragte Lee, und als Blair ihm den Tontopf zureichte, die Gabel in den Salat gespießt, sagte er, daß er nur zwei Hände habe, und die seien schon von der Hühnerkeule und dem Zügel besetzt. Also mußte Blair dichter an ihn heranrücken, damit sie ihn mit dem Kartoffelsalat füttern konnte.

»Erzähle weiter.«

»Ich begriff, daß ich den Mann nur vor einem Koma bewahren konnte, indem ich mit der künstlichen Beatmung fortfuhr, bis er wieder zu sich kam. Keiner von den anderen Ärzten wollte seine Zeit an einen Fall verschwenden, der in ihren Augen schon ein Exitus war; also gingen sie zu Bett, während ich mich mit den Schwestern in dem Bemühen ablöste, dem Mann das Leben zu retten.«

»Ich bin überzeugt, daß die Schwestern dir helfen *wollten*«, sagte sie.

Er grinste. »Ich hatte mit ihnen kaum Schwierigkeiten, wenn du das meinst.«

Sie schob ihm die Gabel voll Kartoffelsalat in den Mund. »Willst du jetzt prahlen oder eine Geschichte erzählen?«

Leander schilderte ihr nun, wie sie die ganze Nacht hindurch um das Leben des Mannes gerungen hatten – wie er immer wieder den nackten Bauch des Patienten mit einem eiskalten Tuch bearbeitet, das Herz angeregt und ihm literweise schwarzen Kaffee eingeflößt habe. Er und die Schwestern hätten sich dabei abgelöst, den Mann die ganze Nacht hindurch in Bewegung zu halten und im Zimmer herumzuführen, bis sie bei Tagesanbruch das Gefühl hatten, daß er außer Gefahr war, ihn ins Bett packen und schlafen lassen konnten.

Lee hatte in jener Nacht zwei Stunden geschlafen, als er wieder seinen Dienst antrat und seine Morgenvisiten machte. Er war darauf gefaßt, als er das Zimmer dieses Patienten betrat, bescheiden dessen überschwenglichen Dank abzuwehren für seine unermüdlichen Bemühungen, ihm das Leben zu retten.

»Aber er begrüßte mich mit dem Satz: ›Schauen Sie nur, Doktor, sie haben meine Uhr nicht bekommen! Ich hatte sie in meiner Hose versteckt, und die Diebe, die mich vergifteten, haben sie nicht gefunden!‹«

»Und er hat mit keinem Wort gewürdigt, was du für ihn getan hast?« fragte Blair ungläubig.

Leander lächelte, und im selben Moment erkannte sie die Komik dieser Situation. Der Beruf des Arztes war durchaus nicht immer, wie allgemein angenommen, eine gnadenreiche, glorifizierte Tätigkeit, sondern schlichtweg harte Arbeit.

Sie beendeten ihren Lunch, und da sie noch viele Meilen bis zu ihrem nächsten Patienten zu fahren hatten, ermunterte Blair Lee dazu, ihr noch mehr von seinen Erfahrungen als Assistenzarzt in Amerika und im Ausland zu berichten. Im Gegenzug erzählte sie ihm dann von ihrem Onkel Henry und ihrer Ausbildung – von den harten Bedingungen, denen sie dabei als Frau unterworfen worden war, weil ihre Dozenten von der Erfahrung ausgingen, daß Frauen in diesem Beruf mit Männern konkurrieren müßten, die keine hohe Meinung von der Qualifikation ihrer weiblichen Kollegen hätten – und deshalb bei den Prüfungen besser abschneiden müßten als die Männer. Sie erzählte ihm von der grausamen, drei Tage dauernden Aufnahmeprüfung, denen sie als Bewerberin um eine Stelle am St-Josephs-Hospital unterzogen worden war. »Und ich gewann!« sagte sie und erzählte Leander nun von jenem Krankenhaus. Sie merkte nicht, wie sonderbar Lee sie von der Seite ansah, als sie von ihrer zukünftigen Tätigkeit in diesem Hospital sprach.

Am frühen Nachmittag erreichten sie die Grenze der Winter-Ranch, und Lee brachte sie zu dem großen alten Ranchgebäude, wo er die achtjährige Tochter des Ranchers besuchen wollte, die an Typhus erkrankt gewesen war.

Das Mädchen war wieder wohlauf, und Lee und Blair wurden mit kuhwarmer Milch und frischem Maisbrot bewirtet.

»Das ist vermutlich die einzige Bezahlung, die wir erhalten«, sagte Lee, als sie wieder in die Kutsche stiegen. »Landärzte werden nicht reich. Du kannst froh sein, wenn du mich als Ernährer bekommst.«

Blair wollte ihm widersprechen, daß sie nicht die Absicht habe, in Chandler zu bleiben und ihn zu heiraten; doch irgend etwas hielt sie davon ab. Vielleicht die Art, wie er ihr angedeutet hatte, daß sie eine vollwertige Ärztin sei und wenn – falls – sie heirateten, sie dennoch ihren Beruf ausüben könne. In Anbetracht der engstirnigen Vorurteile, die man in Chandler gegen berufstätige Frauen hegte, war das ein großes Kompliment.

Kaum hatten sie die Ranch hinter sich gelassen, als ein Cowboy auf ihre Kutsche zusprengte und neben ihnen in einer Staubwolke das Pferd herumriß. »Wir brauchen Ihre Hilfe, Doc«, rief er Leander zu.

Doch zu Blairs Verblüffung raste Lee diesmal nicht wie der Blitz hinter dem Reiter her, sondern fragte: »Sind Sie nicht von der Lazy-J-Ranch?«

Der Cowboy nickte.

»Ich möchte erst die Lady zur Winter-Ranch zurückbringen, ehe ich Sie begleite.«

»Aber der Mann hat einen Bauchschuß bekommen und blutet wie ein Schwein. Er muß sofort behandelt werden.«

Gestern hätte sich Blair noch darüber empört, daß Lee sie nicht mitnehmen wollte zu einem Patienten; aber inzwischen wußte sie, daß er nichts dagegen hatte, wenn sie ihm bei der Behandlung half; also mußte er andere Gründe für seine Entscheidung haben. Sie legte ihm die Hand auf den Arm. »Was auch geschieht – ich bin dabei. Du kannst mich nicht beschützen.« Und ein drohender Unterton in ihrer Stimme deutete an, daß sie ihm folgen würde, wenn er sie jetzt zurückließ.

»Sie haben das Feuer eingestellt, Doc«, sagte der Cowboy. »Der Lady wird nichts passieren, solange Sie Ben verarzten.«

Leander blickte Blair an und dann zum Himmel hinauf. »Ich hoffe, daß ich das nicht mein Leben lang bereuen muß«, sagte er, während er die Peitsche über dem Kopf des Pferdes knallen ließ. Und ab ging die Chaise.

Blair hielt sich mit beiden Händen an der Lehne fest und sagte: »Wird etwa geschossen?« Doch niemand hörte sie.

Sie ließen Pferd und Kutsche in einer Senke zurück und folgten dem Cowboy zu Fuß zu der Ruine eines Lehmziegelhauses, dessen Dachstuhl zur Hälfte eingestürzt war.

»Wo sind die anderen?« fragte Lee und blickte durch die Bäume hindurch zu dem gegenüberliegenden Steilhang, auf den der Cowboy deutete. Dort befand sich eine zweite Ruine, die auf gleicher Höhe über dem Abgrund schwebte.

Blair wollte fragen, was sich hier abspielte; doch Leander legte ihr die Hand ins Kreuz und schob sie vor sich her in die Ruine hinein. Als sich ihre Augen an das Halbdunkel gewöhnt hatten, sah sie einen Mann und eine dicke Frau, die auf dem Boden unter einem Fenster kauerten – oder dem, was davon übriggeblieben war –, ein Gewehr über der Schulter, zwei Revolver griffbereit neben sich und darum herum eine Menge leerer Patronenhülsen. In einer Ecke standen drei Pferde. Blair blickte mit großen Augen um sich: Was sie hier sah, gefiel ihr ganz und gar nicht.

»Wir flicken ihn zusammen und dann verduften wir wieder«, sagte Lee, sie wieder an den Zweck ihres Hierseins erinnernd.

Im dunkelsten Teil der Scheune lag ein Mann mit schneeweißem Gesicht auf dem Boden und hielt sich den Bauch.

»Kennst du dich mit Chloroform aus?« fragte Lee, während er sich die Hände sterilisierte.

Blair nickte und begann, Flaschen und Kerzen auszupakken. »Kann er Alkohol vertragen?« fragte sie die beiden, die in der Wohnstube unter dem Fenster kauerten.

»Klar kann er das«, sagte der Cowboy verwundert. »Aber wir haben keinen Brandy im Haus. Haben Sie welchen?«

Blair war geduldig. »Ich versuche, auszurechnen, wieviel Chloroform ich ihm geben muß. Ein Mann, der eine Menge Whisky trinken kann, ehe er einen Rausch bekommt, braucht auch mehr Chloroform für eine Narkose.«

Der Cowboy grinste. »Ben trinkt jeden unter den Tisch. Nach zwei Flaschen Whisky fühlt er sich erst wohl. Ich habe ihn noch nie betrunken erlebt.«

Blair nickte, versuchte, das Gewicht des Mannes zu schätzen, und begann dann, Chloroform auf einen Kegel zu träufeln. Als dem Mann die Sinne zu schwinden begannen, wollte er sich gegen das Gas wehren, und Blair drückte mit ihrem Gewicht seine Oberkörper nieder, während Leander dessen Beine festhielt. Zum Glück hatte der Mann nicht mehr viel Kraft, so daß sein Widerstand kein nennenswerter Schaden für seine Wunde war.

Als Lee dem Mann die Hose herunterstreifte und sie das Loch sahen, das die Kugel in seinen Bauch gerissen hatte, gab Blair ihm kaum noch eine Chance; doch Lee schien ihre Meinung nicht zu teilen, als er begann, die Bauchdecke aufzuschneiden.

Ein Freund von Onkel Henry, der sich als Darmchirurg spezialisiert hatte, war einmal aus New York zu ihnen gekommen, und während eines Besuches wurde ihnen ein kleines Mädchen in die Praxis gebracht, daß auf die untere Hälfte einer zerbrochenen Flasche gefallen war. Blair war zugegen gewesen, als der Spezialist die Scherben aus dem Unterleib des Mädchens entfernte und drei Löcher in ihrem Darm vernähte. Diese Operation hatte Blair so sehr beeindruckt, daß sie beschloß, sich in der Darmchirurgie zu spezialisieren.

Doch als sie jetzt eine Nadel nach der anderen für Lee einfädelte und ihm bei der Arbeit zusah, konnte sie nur noch ehrfürchtig staunen. Die Kugel war am Hüftknochen eingetreten, dann als Querschläger im Bauch herumgesaust und schließlich unterhalb des Gesäßes wieder ausgetreten. Und dabei hatte sie alle Gedärme durchlöchert, die ihr im Wege standen.

Leander spürte mit seinen langen Fingern der Schußbahn der Kugel nach und vernähte dabei einen Darm nach dem anderen. Blair zählte vierzehn Löcher, ehe er wieder die Haut des Mannes erreichte, wo die Kugel ausgetreten war.

»Er darf vier Tage lang nichts zu sich nehmen«, sagte Leander, als er die Bauchdecke des Mannes wieder zusammennähte. »Am fünften Tag können Sie ihm was zu trinken geben. Wenn er sich nicht strikt an das Verbot hält und heimlich etwas ißt, ist er spätestens nach zwei Stunden tot, weil das Essen ihn vergiftet.« Er blickte zu dem Cowboy hoch. »Ist das klar?«

Niemand gab Lee eine Antwort, weil in diesem Augenblick ungefähr sechs Kugeln in der Ruine einschlugen.

»Verdammt!« fluchte Lee, während er den Faden der letzten Nähte mit der Schere abschnitt, die Blair ihm zureichte. »Ich dachte, sie würden mir genügend Zeit lassen.«

»Was ist denn hier los?« fragte Blair.

»Diese Idioten«, antwortete Lee, ohne die Stimme zu senken, »führen einen Weidekrieg. In der Umgebung von Chandler sind immer ein oder zwei von diesen Fehden im Gange; doch diese dauert jetzt schon sechs Monate. Wir müssen vermutlich noch eine Weile hierbleiben, bis sie sich wieder zu einer Feuerpause entschließen.«

»Feuerpause?«

Lee wischte sich die Hände ab. »Sie halten dabei gewisse Regeln ein. Wenn jemand verwundet ist, stellen sie das Feuer ein, damit die Gegenseite einen Arzt holen und dorthin bringen kann, wo der Verwundete sich verschanzt hat. Unglücklicherweise scheinen sie sich aber nicht verpflichtet zu fühlen, so lange zu warten, bis der Arzt sich wieder entfernt hat. Es wäre möglich, daß wir morgen früh immer noch hier sitzen. Einmal wurde ich zwei Tage lang in so einem Versteck festgehalten. Jetzt wirst du wohl verstehen, warum ich dich auf der Winter-Ranch zurücklassen wollte.«

Blair begann, die Instrumente zu säubern und auf die beiden Taschen zu verteilen. »Wir warten also einfach?«

»Wir warten einfach.«

Lee führte sie hinter eine niedrige Lehmwand, die einmal die Scheune vom Wohnbereich getrennt haben mußte. Er zog sich in den entferntesten Winkel zurück und bedeutete Blair, sich neben ihn zu setzen; aber sie wollte nicht. Sie hatte das Gefühl, daß sie nicht in seine Nähe kommen durfte, und lehnte sich an die gegenüberliegende Ziegelwand. Als eine Kugel einen halben Meter von ihrem Kopf entfernt in der Wand einschlug, hüpfte sie buchstäblich in Leanders ausgebreitete Arme und barg ihr Gesicht an seiner Brust.

»Ich hätte nie geglaubt, daß ich mich für einen Weidekrieg erwärmen könnte«, murmelte Lee und begann, ihren Nacken zu küssen.

»Fang nicht wieder damit an«, sagte Blair, obwohl sie den Kopf hob, damit er ihre Lippen erreichen konnte.

Doch es dauerte nicht lange, bis Lee zur Einsicht kam, daß er nicht mit diesem zärtlichen Spiel fortfahren konnte – nicht hier und jetzt, wo ihnen so viele Leute zusahen und die Kugel um sie herumschwirrten. »Schon gut, ich höre auf«, sagte er und lächelte über das Gesicht, das Blair auf seine Worte hin machte.

Sie rückte nicht von ihm fort, sondern blieb in seinen Armen, da seine Nähe ihr ein Gefühl der Sicherheit gab und das sausende Geräusch der Kugeln leiser zu werden schien. »Erzähl mir, wo du deine chirurgischen Fähigkeiten herhast.«

»Aha – du möchtest wieder romantische Reden führen. Laß mich nachdenken. Das erste Mal in . . .«

Blair schien unersättlich. Stundenlang saßen sie aneinandergeschmiegt in der hintersten Ecke der Ruine, wo sie ihn mit Fragen löcherte, wo er dieses und jenes gelernt habe, was für Fälle ihm in seiner Praxis untergekommen seien, was sein schwierigster und sein komischster Fall gewesen war und weshalb er überhaupt diesen Beruf ergriffen habe – und so weiter, und so fort, bis er anfing, sie auszufragen, um sich eine Atempause zu verschaffen.

Die Sonne ging unter. Hin und wieder flaute nun das Feuer zwar ab, hielt jedoch die ganze Nacht hindurch an. Lee versuchte, Blair zum Schlafen zu bewegen; doch sie wollte nicht.

»Ich merke, daß du ihn dauernd beobachtest«, sagte sie und deutete mit dem Kopf auf den Mann mit dem Bauchschuß. »Daß du ihn die Nacht hindurch im Auge behalten möchtest. Was für dich gilt, gilt auch für mich. Welche Chance hat er deiner Ansicht nach?«

»Das hängt davon ab, ob er eine Sepsis bekommt, und das liegt allein in Gottes Hand. Ich konnte ihn nur wieder zusammenflicken.«

Am Himmel zeigte sich bereits ein leichtes Grau, und Leander sagte, er müsse nach seinem Patienten sehen, der sich zu bewegen begann.

Blair stand auf und streckte sich, und in der nächsten Sekunde hörte sie ein Geräusch, daß sie alles bis auf ihren Beruf vergessen ließ. Es war das Geräusch einer Kugel, die in Fleisch einschlug.

Blair löste sich von Lee und rannte um die Ecke der niedrigen Lehmmauer herum – gerade noch rechtzeitig, um sehen zu können, was im Wohnraum passiert war. Der Mann, der noch kein Wort mit ihnen geredet hatte, hatte einen Schuß ins Kinn bekommen, und die dicke Frau hatte ein paar frische Pferdeäpfel in der Hand und wollte diese auf die offene Wunde legen.

Blair achtete nicht auf die Kugeln, die über ihren Kopf hinwegpfiffen, als sie sich aufrichtete und sich mit einem Satz auf die dicke Frau warf.

Erschrocken, verärgert, begann diese sich gegen Blair zu wehren, und Blair mußte sich vor den Faustschlägen der Frau schützen – doch unter keinen Umständen wollte sie zulassen, daß diese Frau frischen Pferdedung mit einer frischen Wunde in Berührung brachte.

So sehr war sie auf diese Bemühung konzentriert, daß sie gar nicht merkte, wie sie und die Frau durch die breite Öffnung rollten, wo vormals eine Tür gewesen war.

Im nächsten Augenblick, als Blair versuchte, die Frau daran zu hindern, ihr die Haare auszurupfen, donnerte direkt über ihnen ein Gewehr los.

Die beiden Frauen ließen von ihrem Ringkampf ab, blickten hoch und sahen Leander zwischen sich und der Ruine am gegenüberliegenden Hang stehen, ein Gewehr an der Hüfte, aus dem er so schnell schoß, wie er den Repetierhebel bedienen konnte.

»Macht, daß ihr wieder ins Haus kommt!« brüllte er den Frauen zu und ließ dem Befehl eine Reihe von saftigen Flüchen folgen, die den Männern auf der anderen Seite der Schlucht galten. Er rief ihnen zu, daß er Dr. Westfield sei und genau wüßte, wer sich dort drüben verschanzt hatte. Und wenn einer von ihnen mal seine Hilfe brauchte, würde er sich weigern, ihn zu behandeln, und ihn an seiner Wunde verbluten lassen.

Darauf wurde das Feuer drüben eingestellt.

Als Leander in die Ruine zurückkam, säuberte Blair gerade die Wunde am Kinn des schweigsamen Mannes.

»Wenn du so etwas noch einmal tust – bei Gott, dann werde ich . . .« Er brach ab, weil ihm offenbar keine Drohung einfallen wollte, die wirksam genug war für Blair.

Er stand ganz still über ihr, während sie das Kinn des Verletzten vernähte und bandagierte, und als sie ihm das letzte Pflaster aufgeklebt hatte, packte er ihren Arm und zog sie in die Höhe.

»Wir brechen sofort auf. Meinetwegen können sie sich gegenseitig die Köpfe wegschießen. Ich riskiere nicht dein Leben für einen von ihnen.«

Blair hatte kaum noch Zeit, ihre Tasche zu packen, als Lee sie schon aus der Ruine fortzog.

»Dein Mann von der Gewerkschaft ist gestern abend eingetroffen«, begrüßte Reed seinen Sohn, als dieser nach Hause kam.

Leander wollte sich gerade an einer Stelle kratzen, die von der Rückenlehne seiner Kutsche wundgescheuert war, ließ die Hand wieder fallen und blickte seinen Vater erschrocken an. »Du hast doch hoffentlich dafür gesorgt, daß ihn niemand sieht, oder?«

Reed warf seinem Sohn einen vernichtenden Blick zu. »Er hatte nichts anderes im Sinn als zu schlafen und zu essen, was du offenbar ein paar Tage lang nicht getan hast. Ich hoffe, du hast Blair nicht über Nacht bei dir behalten. Gates ist schon giftig genug auf dich.«

Lee hatte nur den Wunsch, einen Happen zu essen und eine Stunde zu dösen, ehe er wieder ins Krankenhaus mußte; aber es sah nicht so aus, als ob ihm dafür Zeit bliebe. »Ist er bereit?«

Reed schwieg einen Moment still, betrachtete seinen Sohn mit einem Gefühl, als sähe er ihn zum letztenmal lebendig vor sich. Er hatte immer dieses Gefühl, ehe Lee das Haus verließ, um einen Vertreter der Gewerkschaftsbewegung in eines der Bergwerkslager zu schmuggeln. »Er ist bereit«, war alles, was Reed schließlich sagte.

Auf müden Beinen schleppte sich Lee wieder hinüber in die Ställe und schickte den Stalljungen mit einem Auftrag fort, während er sich daran machte, neu anzuschirren. Sein Appaloosa war zu müde, nachdem er die ganze Nacht hindurch unterwegs gewesen war, und deshalb spannte er eines von seines Vaters Pferden vor seine Kutsche. Dann blickte er sich um, ob niemand in der Nähe war, und ging dann zur Hintertür, um den Mann zu holen, der dort neben seinem Vater wartete. Lee warf nur einen kurzen Blick auf den jungen Mann, doch er bemerkte das gleiche Licht in seinen Augen, das alle Leute von der Gewerkschaft hatten:

ein Feuer von einer so brennenden Intensität, das er wußte, er mußte ihn nicht erst auf die Gefahr hinweisen, die sie beide auf sich nahmen, weil diese Männer diese Gefahr verachteten. Was sie taten, der Zweck, für den sie kämpften, war ihnen wichtiger als ihr Leben.

Leander hatte die meisten Geräte, die er für seinen Beruf benötigte, aus dem Kutschkasten entfernt – aus dem Kasten unter dem Sitzbrett, dessen Größe Blairs Neugierde geweckt hatte – und ließ nun den Mann in die freigewordene Öffnung steigen. Sie sprachen alle drei kein Wort, weil sich jeder der Risiken nur zu bewußt war, die mit dieser Fahrt verbunden waren. Die Wächter der Bergwerkslager würden zuerst schießen, um zu töten, und hinterher den toten Männern Fragen stellen.

Reed reichte Lee eine aus Papiermaché gefertigte Abdekkung zu, die in die Fugen an den Seitenwänden des Kastens eingepaßt war und über dem Mann einrastete, der sich in das Fach gelegt hatte. Wer nicht genauer hinsah, glaubte, der Kutschkasten sei mit Decken gefüllt, einer Schrotflinte, mit Stricken und einer Säge – alles Dinge, die fast jeder, der eine Kutsche besaß, mit sich führte. Obendrauf stellte Lee nun seine Arzttasche.

Einen Moment lang spürte Lee die Hand seines Vaters auf seiner Schulter. Dann brauste er schon im Galopp vom Hof.

Leander fuhr so rasch wie er konnte, ohne dem Mann im Kutschkasten unzumutbare Schmerzen zuzufügen. Vor zwei Wochen hate sein Vater ihm wieder einmal ins Gewissen geredet, daß er nicht sein Leben damit riskieren sollte, die Gewerkschaftsvertreter in die Kohlenbergwerke einzuschmuggeln; denn wenn er dabei ertappt wurde und wider Erwarten mit dem Leben davonkam, würde kein Gericht in diesem Land seine Handlungsweise billigen.

Als Leander sich der Kreuzung näherte, wo die Straße zu den Kohlengruben abzweigte, ließ er das Pferd im Trab gehen und beobachtete seine Umgebung, ob jemand in seiner Nähe war, der nicht hierhergehörte. Mit einem

Lächeln dachte er an den Tag zurück, wo er den Mann, dem die Kohlengruben in der Umgebung von Chandler gehörten – Jacob Fenton –, gegen Blair in Schutz genommen hatte. Er hatte Fenton mit dem Hinweis verteidigt, daß der Mann seinen Aktionären verantwortlich sei und deshalb nicht allein die Verantwortung trage für das Elend der Bergarbeiter. Lee machte des öfteren solche Bemerkungen, damit die Leute keinen Verdacht schöpften. Er durfte ihnen nicht zeigen, wie sehr ihn die rücksichtslose Ausbeutung der Arbeiter in den Kohlengruben empörte.

Bergarbeiter hatten zwei Möglichkeiten: Entweder unterwarfen sie sich den Bedingungen der Bergwerksgesellschaft, oder sie wurden gefeuert. So einfach war das. Doch wer sich diesen Regeln beugte, war kein freier Mann mehr, sondern ein Gefangener.

Alles, was mit den Kohlengruben zusammenhing, war Eigentum der Bergwerksgesellschaft. Die Arbeiter wurden in einer Währung bezahlt, die nur in den Läden der Gesellschaft eingelöst werden konnte, und wenn man einen Bergarbeiter mit einer Ware ertappte, die er in einem Laden in der Stadt gekauft hatte, konnte ihm fristlos gekündigt werden. Nicht daß es den Arbeitern erlaubt gewesen wäre, das Lager zu verlassen, um in die Stadt zu gehen. Die Minenbesitzer vertraten den Standpunkt, daß die Bergwerkslager städtische Kommunen seien und es deshalb die Bergarbeiter und deren Familien nicht nötig hätten, sich etwas aus einer anderen Stadt zu besorgen. Und die Minenbesitzer behaupteten, daß die Wächter an den Lagertoren, die niemanden hinein- oder herausließen, lediglich skrupellose Diebe und Betrüger von den Bergarbeitern fernhalten sollten – also die Bergleute »beschützten«.

Doch in Wahrheit waren die Wächter nur dazu bestellt, Agitatoren von den Arbeitern fernzuhalten. Sie sollten unter allen Umständen verhindern, daß Gewerkschaftsvertreter mit den Bergarbeitern Kontakt aufnahmen und versuchten, sie gewerkschaftlich zu organisieren.

Die Eigentümer wollten jede Möglichkeit eines Streiks

von vorneherein unterbinden, und nach dem Gesetz war es ihnen erlaubt, bewaffnete Wächter an den Lagertoren aufzustellen, die jedes Fahrzeug durchsuchen durften, das in das Lager hineinwollte oder es wieder verließ.

Und dabei war es nur sehr wenigen Fahrzeugen gestattet, die Lagertore zu passieren; ein paar alte Frauen aus Chandler, die frisches Gemüse ins Camp brachten; hin und wieder ein Handwerker, um Reparaturen auszuführen; die Mineninspektoren und ein von der Gesellschaft angestellter Arzt, der regelmäßig seine Runden durch die Lager machte – ein Mann von so erbärmlicher fachlicher Qualifikation, daß er sich nicht als freier praktizierender Arzt ernähren konnte. Die Gesellschaft bezahlte ihn vorwiegend mit Whisky, und aus Dankbarkeit ignorierte er das meiste, was er sah, und erklärte bei allen Betriebsunfällen, daß die Gesellschaft keine Schuld träfe, so daß man den Witwen und den Waisen keine Entschädigung zahlen mußte.

Vor einem Jahr hatte sich Lee zu Fenton begeben und ihn um die Erlaubnis gebeten, die Lager zu betreten und – ohne Kosten für die Grubeneigner – den Gesundheitszustand der Bergarbeiter überprüfen zu dürfen. Fenton hatte zunächst gezögert, dann aber doch sein Gesuch bewilligt.

Lee war entsetzt gewesen über die Zustände, die in den Lagern herrschten. Die Armut der Arbeiterfamilien mit anzusehen, ging ihm unter die Haut. Die Männer schufteten den ganzen Tag unter der Erde und konnten am Wochenende doch kaum Frau und Kinder ernähren. Sie wurden nach der Menge der Kohlen bezahlt, die sie förderten; doch ein Drittel ihrer Arbeitszeit war »brotlose Beschäftigung«, wie die Bergleute jene Tätigkeiten bezeichneten, für die sie nicht entlohnt wurden. Und sie mußten die Grubenstempel selbst bezahlen, mit denen sie die Stollen abstützten, weil die Eigentümer meinten, die Sicherheit der Bergleute sei deren Verantwortung, nicht ihre.

Nach seinen ersten Besuchen in den Kohlengruben war Lee sehr still nach Hause zurückgekehrt und tagelang nicht ansprechbar gewesen. Chandler war eine reiche Gemeinde.

Seine Schwester kaufte sich meterlange Bahnen teuren Kaschmirstoff, und in den Bergwerkslagern standen die Kinder barfuß im Schnee. Männer, die ihren sauerverdienten Lohn empfangen wollten, mußte sich vom Zahlmeister sagen lassen, daß ihnen ein Teil davon abgezwackt wurde für Leistungen der Bergwerksgesellschaft.

Und je mehr er darüber nachdachte, um so überzeugter war er, daß er etwas für diese Leute tun mußte. Er hatte keine Vorstellung davon, was es sein könnte, bis er die Artikel in den Zeitungen las, die von der Organisation von Gewerkschaften und der Arbeiterbewegung an der Ostküste berichteten. In Gegenwart seines Vaters dachte er laut darüber nach, ob man nicht Gewerkschaftsvertreter dazu überreden könne, nach Colorado zu kommen.

Sobald Reed erkannte, was im Kopf seines Sohnes vorging, versuchte er, ihm seine Pläne auszureden; doch Lee fuhr mit seinen Besuchen in den Bergwerkslagern fort, und je mehr er dort sah, um so konkreter wurden seine Vorstellungen, was er gegen diese Mißstände unternehmen mußte. Er nahm einen Zug nach Kentucky, traf sich dort zum erstenmal mit Gewerkschaftsvertretern und berichtete ihnen ausführlich von den Zuständen in den Kohlegruben von Colorado. Dabei erfuhr er, daß die ersten Versuche, die Arbeiter in Colorado gewerkschaftlich zu organisieren, kläglich gescheitert seien und er sein Leben riskierte, wenn er sich für die Arbeiterbewegung engagierte.

Da stand ihm wieder das kleine ausgemergelte, dreijährige Mädchen vor Augen, das in seinen Armen an einer Lungenentzündung gestorben war, und er versprach, alles zu tun, was in seiner Macht stand, um den Bergarbeitern zu helfen.

Bisher hatte er drei Gewerkschaftsvertreter in die Lager geschmuggelt, und die Grubenbesitzer wußten, daß es der Gewerkschaft gelungen war, ihre Männer in die Lager einzuschleusen, und daß ein Außenstehender ihnen dabei half. Und so wurde sein Unternehmen von Mal zu Mal gefährlicher.

Im letzten Jahr hatte einer von den Bergleuten, ein Hüne

namens Rafe Taggert, damit begonnen, sich als der Drahtzieher dieses Unternehmens auszugeben, und angedeutet, daß er die Gewerkschaftsvertreter in die Minen schmuggelte. Aus irgendeinem Grund glaubte dieser Mann, daß weder die Wächter noch die Eigentümer ihm etwas antun, daß man keine »Unfälle« arrangieren würde, um ihn aus dem Weg zu schaffen. Es gingen Gerüchte um, daß sein Bruder mit Fentons Schwester verheiratet gewesen sei; aber niemand wußte das so genau. Da die Bergarbeiter häufig den Ort wechselten, wenn eine Mine geschlossen und eine neue eröffnet wurde, waren die meisten Leute im Lager noch nicht lange genug in der Gegend, um sich an etwas erinnern zu können, das vor mehr als dreißig Jahren geschehen oder nicht geschehen sein mochte.

Doch aus welchem Grund auch immer: der Verdacht ruhte auf Rafe Taggert, und bisher hatte noch niemand hinter dem gutaussehenden jungen Arzt Leander, der seine Zeit opferte, um den kranken Bergleuten zu helfen, einen Komplicen der Gewerkschaft vermutet.

Als Lee mit seinem Einspänner am Tor der Empress Mine hielt, bemühte er sich nach Kräften, unbefangen zu erscheinen, und scherzte mit den Lagerwächtern. Niemand kontrollierte ihn oder seine Kutsche, und so fuhr Lee bis in den entlegensten Winkel des Lagers, sorgte dafür, daß sich dort der Gewerkschaftsvertreter in einem Wäldchen versteckte, während er inzwischen von Haus zu Haus fuhr und ein Treffen mit ihm vereinbarte. Um kein Aufsehen zu erregen, durften immer nur drei Männer zugleich mit ihm zusammenkommen. Der junge Gewerkschaftler würde den ganzen Tag und die halbe Nacht im Lager bleiben und riskierte dabei in jeder Sekunde sein Leben. Und während Lee in jedem Haus nach den Kindern sah, sagte er den Männern, wo sie sich mit dem Gewerkschaftsvertreter treffen konnten; mit dieser Auskunft setzte er jedesmal sein Leben aufs Spiel, denn er wußte inzwischen, daß sich unter diesen Männern ein Spitzel des Eigentümers befand.

Kapitel 13

Als Blair am Sonntagmorgen erwachte, fühlte sie sich großartig. Sie streckte und reckte sich, lauschte dem Gesang der Vögel vor ihrem Fenster und dachte, daß dies wohl der herrlichste Tagesanbruch ihres Lebens sei. Ihr Geist war voll von all den Dingen, die sie mit Lee am Tag zuvor erlebt und vollbracht hatte. Sie erinnerte sich wieder, wie er die Gedärme des Mannes mit dem Bauchschuß geflickt hatte, wie geschickt und sorgsam er mit seinen Händen gewesen war, immer genau wissend, was er tun mußte.

Sie wünschte, Alan hätte ihm bei der Operation zusehen können.

Plötzlich saß sie kerzengerade. Alan! Sie hatte vollkommen vergessen, daß sie gestern um vier Uhr nachmittags mit ihm verabredet gewesen war. Sie hatte sich solche Sorgen um Houston gemacht, über ihr törichtes Verhalten angesichts dieser Ringe, und dann hatte Lee angerufen und sie hatte das Gefühl gehabt, daß er sie nur aus Pflichtbewußtsein darum bat, mit ihm zusammen Patienten zu besuchen. Wie hätte sie wissen können, daß sie erst am nächsten Morgen wieder nach Hause kommen würde!

Susan kam ins Zimmer, um ihr auszurichten, daß die Familie gleich nach dem Frühstück zum Gottesdienst fahren wollte und Mr. Gates erwartete, daß sie ebenfalls daran teilnahm. Blair hüpfte aus dem Bett und kleidete sich rasch an. Vielleicht würde Alan ebenfalls den Gottesdienst besuchen, und dann konnte sie ihm erklären, was sie daran gehindert hatte, die Verabredung einzuhalten.

Alan war in der Kirche, saß drei Bänke vor ihnen und, egal was Blair tat – er wollte sich nach einem flüchtigen Blick auf sie nicht mehr umdrehen. Und was Blair noch elender machte – er saß unmittelbar neben Mr. Westfield und dessen Tochter Nina. Nach dem Gottesdienst gelang es Blair, ihn im kleinen Vorhof der Kirche ein paar Minuten allein zu sprechen.

»Du warst also die ganze Zeit mit Westfield zusammen«,

begann Alan, sobald sie unter sich waren. Seine Augen sprühten vor Zorn.

Trotz ihrer guten Vorsätze, sich demütig zu zeigen, brauste sie nun auf. »Ich denke doch, daß du es gewesen bist, der mit einem Wettbewerb einverstanden war – nicht ich. Und mit der Vereinbarung, daß ich mich nicht weigern dürfe, Leanders Einladungen anzunehmen.«

»Die ganze Nacht hindurch?« Es gelang ihm, auf sie hinunterzublicken, obwohl sie fast gleich groß waren.

Blair fühlte sich in die Verteidigung gedrängt: »Wir haben gearbeitet, und dann wurden wir zu einem Verletzten gerufen und gerieten zwischen die Fronten eines Weidekrieges. Und Leander sagte . . .«

»Erspare mir seine weisen Worte. Ich muß jetzt gehen, ich habe andere Pläne.«

»Andere Pläne? Aber ich dachte, wir könnten vielleicht heute nachmittag . . .«

»Ich werde dich morgen anrufen. Das heißt, wenn du glaubst, daß du dort überhaupt erreichbar bist.« Damit machte er auf den Absätzen kehrt und ließ sie stehen.

Nina Westfield kam vorbei und sagte ihr, daß Lee heute den ganzen Tag im Krankenhaus arbeiten müsse. Blair stieg zu ihrer Mutter und ihrem Stiefvater in die Kutsche und merkte kaum, daß Houston nicht mit ihnen heimfuhr.

Zu Hause flatterte ihre Mutter um den Eßtisch herum, arrangierte Blumen und stellte den besten und größten silbernen Kerzenleuchter in die Mitte.

»Erwartest du Gesellschaft?« fragte Blair zerstreut.

»Ja, Liebes, *er* kommt zum Essen.«

»Wer kommt zum Essen?«

»Houstons Kane. Oh, Blair, er ist so ein herrlicher Mann. Ich bin mir sicher, du wirst ihn in dein Herz schließen.«

Ein paar Minuten später ging die Tür auf, und Houston kam herein, ihren Millionär am Arm, als wäre er der Hauptpreis, den sie eben in einem Lotteriespiel gewonnen hatte. Blair hatte ihn vorher schon flüchtig in der Kirche gesehen, und sie mußte zugeben, daß er gut aussah – nicht so hübsch wie Leander oder gar Alan, doch mehr als präsentabel, wenn man auf muskulöse Männer stand.

»Wenn Sie sich hierhersetzen wollen, Mr. Taggert, neben Houston und gegenüber von Blair«, sagte ihre Mutter.

Einen Moment lang saßen sie alle da, blickten auf ihre Teller oder im Zimmer herum und machten den Mund nicht auf.

»Ich hoffe, daß Sie Roastbeef mögen«, sagte Mr. Gates, als er begann, den großen Braten anzuschneiden.

»Ich bin sicher, es schmeckt mir besser als das, was ich sonst bekomme. Das heißt, ehe mir Houston hier jemand besorgt hat, der für mich kocht.«

»Und wen hast du als Köchin engagiert, Houston?« fragte Opal mit leicht unterkühlter Stimme, um ihre Tochter daran zu erinnern, daß sie in letzter Zeit stundenlang von zu Hause wegblieb, ohne jemandem Bescheid zu sagen.

»Mrs. Murchison, solange die Conrads noch in Europa sind. Sir, Mr. Taggert hätte ein paar Vorschläge für eine günstige Kapitalsanlage zu machen«, sagte sie zu Mr. Gates.

Von diesem Moment an, dachte Blair, war dieser Mann nicht mehr zu bremsen. Er war wie ein Elefant in einem Hühnerhaus. Als Mr. Gates ihn fragte, ob es sich lohnte, Eisenbahnaktien zu kaufen, brüllte Taggert, die Faust erhebend, daß man mit Eisenbahnaktien keinen Hund mehr hinter dem Ofen hervorlocken könne; denn das ganze Land sei längst mit Schienen überzogen, und damit ließe sich kein anständiger Profit mehr machen – »höchstens ein paar lumpige Hundertausend.« Seine Faust fiel krachend auf den Tisch, daß die Gläser hüpften und alle zusammenzuckten.

Im Vergleich zu Taggerts Temperament und Stimmgewalt war Mr. Gates ein Heimchen. Taggert gestattete nicht den leisesten Widerspruch; er hatte in allem recht und warf mit Zahlen um sich, als finge das Rechnen erst bei einer Million Dollar an.

Und als wären sein Gebrüll und seine Arroganz nicht schon schlimm genug, legte er dazu noch Manieren an den Tag, daß einem der Appetit vergehen konnte. Er schnitt die

Kartoffel mit dem Messer, und als ihm dabei das Fleisch vom Teller sprang und bis zu Blairs Platz hinüberrutschte, unterbrach er keine Sekunde seinen Vortrag an Mr. Gates, wie er seine Brauerei zu führen habe, klaubte das Fleisch mit den Fingern vom Tischtuch und warf es auf seinen Teller zurück. Als man ihm drei verschiedene Sorten von Gemüse auftun wollte, hielt er jedesmal die Hand über seinen Teller, zermanschte den Berg von Kartoffeln, den er sich aufgeladen hatte, mit der Gabel zu einem Brei und schüttete eine ganze Schüssel voll Soße darüber aus. Ehe die anderen so richtig zum Essen kamen, hatte er bereits die Hälfte des zehnpfündigen Bratens verzehrt.

Er stürzte Houstons Teetasse um; doch sie lächelte ihn nur an und gab dem Serviermädchen ein Zeichen, ihr eine frische Serviette zu bringen. Er trank sechs Gläser von dem eisgekühlten Tee, ehe Blair bemerkte, daß Susan sein Glas heimlich aus einer anderen Karaffe nachfüllte. Da begriff Blair, daß Houston Taggert statt Tee eisgekühltes dunkles Bier einschenken ließ.

Er redete mit vollem Mund, und zweimal hingen ihm Kartoffelstückchen am Kinn. Da berührte Houston, als wäre er noch ein kleines Kind, seine Hand und deutete auf seine Serviette, die noch zusammengefaltet neben seinem Teller lag.

Blair hörte auf zu essen. Sie mochte nicht dauernd mit Speisepartikeln bombardiert werden oder ihr Glas festhalten, wenn dieses Großmaul die Konversation monopolisierte. Konversation – ha! Er hätte ebensogut eine Ansprache halten können.

Am schlimmsten war es für sie, zusehen zu müssen, wie Houston, ihre Mutter und Mr. Gates an seinen Lippen hingen. Man hätte meinen können, seine Worte wären aus Gold. Und vielleicht waren sie das sogar, dachte Blair angewidert. Sie hatte sich nie viel aus Geld gemacht; aber vielleicht war Geld für andere Leute der wichtigste Lebensinhalt. Jedenfalls schien es für Houston so wichtig zu sein, daß sie bereit war, sich ein Leben lang diesem schrecklichen, ungehobelten Kerl zu unterwerfen.

Blair faßte nach dem Kerzenhalter, ehe er auf den Rest des Bratens kippte, als Taggert sich noch einmal mit Soße bediente. Die Köchin mußte einen Waschkessel davon angerührt haben, dachte Blair.

In diesem Moment unterbrach Taggert kurz seinen Vorschlag, daß er Mr. Gates gnädigerweise erlauben würde, sich an einem Grundstückskauf zu beteiligen, um einen Blick auf Blair zu werfen. Plötzlich schien er keine Lust mehr am Reden zu haben und schob seinen Stuhl zurück.

»Honey, wir sollten jetzt lieber gehen, wenn du noch in den Park willst, ehe es dunkel wird.«

Er hätte doch wenigstens soviel Anstand haben können, dachte Blair, die anderen zu fragen, ob sie mit dem Essen fertig seien. Nein, er wollte jetzt gehen und verlangte im Ton eines Paschas, daß Houston ihn begleiten müsse. Und Houston folgte ihm gehorsam aus dem Zimmer.

»Also, Lee«, sagte Opal mit einem Lächeln und verrenkte sich fast den Hals, als sie versuchte, den Kopf im Schaukelstuhl zu drehen und zu ihm aufzusehen, »ich habe dich gar nicht kommen hören!« Sie betrachtete ihn näher. »Du siehst viel zufriedener aus als noch vor ein paar Tagen. Gibt es Gründe dafür?« Und dabei machte sie ein Gesicht, als wollte sie hinzusetzen: ›Was habe ich dir gesagt?‹

Lee gab ihr rasch einen Kuß auf die Wange, ehe er sich neben sie in einen Sessel auf die hintere Veranda setzte. Er warf einen großen roten Apfel zwischen seinen Händen hin und her. »Vielleicht ist es gar nicht so sehr deine Tochter, die ich haben möchte. Vielleicht wollte ich dich als Schwiegermutter haben.«

Opal nahm wieder ihre Näharbeit zur Hand. »Also glaubst du, daß du jetzt eine Chance hast, meine Tochter für dich zu gewinnen. Wenn ich mich recht entsinne, warst du bei unserem letzten Gespräch vom Gegenteil überzeugt. Hat sich denn etwas geändert?«

»Geändert? Nur die ganze Welt hat sich verändert.« Er biß herzhaft in seinen Apfel hinein. »Ich werde gewinnen.

Ich werde nicht nur gewinnen, sondern es wird ein Erdrutsch werden. Dieser arme Junge, dieser Hunter, hat nicht die geringste Chance.«

»Mir scheint, du hast den Schlüssel zu Blairs Herz gefunden, und der bestand offenbar nicht aus Blumen und Pralinen.«

Leander schmunzelte für sich, blickte sie lächelnd an und sagte: »Ich werde ihr so den Hof machen, wie es ihr am besten gefällt – mit Schußwunden, Blutvergiftungen, Entzündungen der Atemwege, Amputationen und was ich sonst noch für sie finden kann. Wenn hier der Frühjahrsauftrieb beginnt, kann ich ihr die herrlichsten Krankheiten servieren.«

Opal machte ein entsetztes Gesicht. »Das hört sich ja schrecklich an. Muß es so drastisch sein?«

»Nach meinen Erfahrungen kann es ihr gar nicht dick genug kommen. Je schlimmer es ist, um so besser gefällt es ihr. Es muß nur jemand dafür sorgen, daß sie dabei nicht den Kopf verliert.«

»Und du willst derjenige sein, der dafür sorgt?«

Leander erhob sich. »Für den Rest meines Lebens. Ich glaube, ich habe eben die Stimme meiner Liebsten gehört. Du wirst sehen – in einer Woche rennt sie mit mir zum Traualtar.«

»Lee?«

Er blieb unter der Verandatür stehen.

»Und wer bringt ihr das vom St.-Joseph-Spital bei?«

Er zwinkerte ihr zu. »Ich werde mich nach Kräften bemühen, daß sie es nie erfährt. Ich möchte, daß sie ihnen absagt. Was bilden sich diese Leute ein, zu behaupten, daß sie nicht für sie arbeiten kann?«

»Sie ist eine gute Ärztin, nicht wahr?« sagte Opal und strahlte vor Stolz.

»Nicht übel«, sagte Lee mit einem leisen Lachen und wandte sich wieder der Verandatür zu. »Nicht übel für eine Frau.«

Blair traf mit Leander im Salon zusammen. Der gestrige Tag war für sie eine schreckliche Enttäuschung gewesen. Alan hatte nicht angerufen, sie hatte nichts von Lee gehört, und wieder hatte sie die Sorge um Houston gequält, die sich an diesen schrecklichen Taggert verkaufen wollte. Und so trat sie nun mit bangem Herzen vor Leander hin. Würde er wieder Doktor Lee sein oder der Mann, der jede Gelegenheit nützte, um sie zu beleidigen?«

»Du wolltest mich sprechen?« fragte sie vorsichtig.

Leander machte ein Gesicht, wie sie es bei ihm noch nie gesehen hatte. Er wirkte so schüchtern wie ein Junge. »Ich bin gekommen, um mit dir zu reden – wenn du nichts dagegen hast, mich anzuhören, heißt das.«

»Natürlich habe ich nichts dagegen«, sagte sie. »Warum sollte ich nicht mit dir reden?« Sie setzte sich in einen roten Brokatsessel.

Leander hielt seinen Hut in der Hand, den er zerknüllte, als wäre er ein Taschentuch, und als Blair ihn einlud, Platz zu nehmen, schüttelte er nur den Kopf.

»Es ist nicht leicht, dir zu sagen, was ich dir zu sagen hierhergekommen bin. Es ist nicht leicht, eine Niederlage einzugestehen, zumal in einer für mich so wichtigen Sache, dich für mich als Ehefrau zu gewinnen.«

Blair wollte etwas sagen; aber er hob die Hand, als er ihre Absicht bemerkte.

»Nein, laß mich das, was ich dir sagen muß, ohne Unterbrechung zu Ende bringen. Es ist hart für mich, aber es muß gesagt werden, weil ich an nichts anderes mehr denken kann.«

Immer noch seinen Hut zwischen den Händen knetend, trat er ans Fenster. Sie hatte ihn noch nie so nervös erlebt.

»Der Sonnabend – der Tag, den wir miteinander als Berufskollegen verbracht haben – war für mich von monumentaler Bedeutung. Bis zu jenem Tag hätte ich alles, was ich besitze, darauf verwettet, daß eine Frau niemals ein guter Arzt sein könnte; doch du hast mich eines Besseren belehrt. An jenem Tag hast du mir gezeigt, daß eine Frau nicht nur ein guter Arzt sein kann, sondern sogar noch besser sein könnte als die meisten Männer.«

»Vielen Dank«, sagte Blair, und ein kleiner Wonneschauer rieselte ihr dabei über den Rücken.

Er drehte ihr nun das Gesicht zu. »Und deshalb gebe ich jetzt den Wettlauf auf.«

»Den Wettlauf?«

»Dann eben den Wettbewerb oder wie du es auch immer nennen willst. Ich habe gestern, als ich allein im Krankenhaus arbeitete, begriffen, daß mich der Tag, den wir als Kollegen verbracht haben, verändert hat. Du mußt wissen, daß ich bisher immer allein gearbeitet habe; doch als ich am Sonnabend mit dir ein Team bildete . . . Nun, es war wie die Erfüllung eines Wunschtraums. Wir paßten so gut zusammen, stimmten so perfekt überein – fast so wie ein Liebespaar.« Er hielt inne und sah sie an. »Metaphorisch gesprochen, meine ich natürlich.«

»Natürlich«, murmelte sie. »Aber ich glaube, ich habe den Sinn des Ganzen noch nicht verstanden.«

»Wirklich nicht? Ich wollte damit sagen, daß mir vielleicht eine Ehefrau verlorengegangen, dafür aber eine *Kollegin* beschert worden ist! Ich mag zwar eine Frau mit geringem oder gar keinem Respekt behandeln, sogar einige Tricks anwenden, um ihr zu zeigen, daß ihr Freund ein Waschlappen ist, der weder rudern noch schwimmen und nicht einmal reiten kann; aber ich könnte so etwas nie – niemals – einer Kollegin antun, die meinen Respekt und sogar meine Bewunderung verdient.«

Blair schwieg einen Moment still. Da war etwas Unkorrektes an der Beschreibung von Alan gewesen; aber seine Lobeshymne klang so süß in ihren Ohren, daß sie keine Wortklauberei veranstalten wollte. »Willst du mir damit sagen, daß du mich nicht mehr heiraten möchtest?«

»Ich will damit sagen, daß ich dich respektiere, und da du mir gesagt hast, daß du Alan Hunter heiraten möchtest, ist mir jetzt klargeworden, daß ich dir nicht mehr im Weg stehen darf. Wir beide sind ebenbürtige Berufskollegen, und ich kann nicht damit fortfahren, eine Kollegin auf eine Weise zu demütigen, wie ich das vor dem letzten Samstag gemacht habe. Deshalb will ich dich nicht länger in Chandler gefangenhalten. Du darfst die Stadt mit dem Mann, den du liebst, jederzeit verlassen, und ich kann dir versichern, daß ich alles tun werde, was in meiner Macht steht, um Gates daran zu hindern, den Verlust deines – äh – deiner Jungfernschaft nach Pennsylvania zu melden.«

Blair erhob sich aus ihrem Sessel. »Ich bin immer noch nicht sicher, ob ich alles verstanden habe. Ich kann jederzeit abreisen? Du willst mich nicht mehr erpressen und Alan nicht mehr in Verlegenheit bringen? Und du tust das alles, weil du glaubst, daß ich eine gute Ärztin bin?«

»Exakt. Es dauerte zwar eine Weile, ehe ich zur Besinnung kam; aber nun ist es der Fall. Was für eine Ehe könnten wir beide denn führen, wenn sie nur auf Wollust aufgebaut ist? Natürlich zieht uns so manches an dem anderen an, und vielleicht war jene eine Nacht auch etwas Einzigartiges; aber das ist doch noch keine Basis für eine Ehe. Du und Alan habt eine echte Basis; ihr vertragt euch, könnt über gemeinsame Interessen plaudern, und ich bin sicher, daß du auch den gleichen ... äh ... die gleichen Reaktionen bei seiner Berührung haben wirst wie bei mir. Vielleicht habt ihr das in den letzten Tagen längst ausprobiert, wer weiß?«

»Wie bitte?«

Leander ließ den Kopf hängen. »Entschuldigung. Ich wollte dich nicht schon wieder beleidigen. Ich scheine doch immer ins Fettnäpfchen zu treten, wenn ich mit dir zusammenkomme. Und jetzt möchtest du bestimmt nicht mehr hören, was ich dir noch sagen wollte.«

»Ich höre«, sagte sie. »Erzähle mir auch noch den Rest.« Sie fühlte sich sonderbarerweise irgendwie im Stich gelassen. Natürlich war die Tatsache, daß er sie als Ärztin respektierte, wunderbar; aber sie verlangte noch etwas anderes – sie wußte nur nicht, was.

Als er sie nun wieder ansah, lag ein brennender, fast

zwingender Ausdruck in seinen Augen: »Ich weiß, daß du gern nach Pennsylvania zurückfahren möchtest, und ich mache dir deswegen auch keinen Vorwurf; aber das Zusammenwirken mit dir war für mich eine solche Freude und Befriedigung – und da ich überzeugt bin, daß du nie mehr nach Chandler zurückkehren willst nach den unangenehmen Erfahrungen, die du hier in den letzten Wochen gemacht hast, möchte ich dich fragen, ob du mir die Ehre erweisen würdest, in den nächsten Tagen noch einmal mit mir zusammenzuarbeiten. Mein Vater hat mir versprochen, den Verwaltungsrat des Krankenhauses zu überreden, daß er dir die Erlaubnis gibt, dich dort unter meiner Aufsicht zu betätigen, und somit könnten wir bis nach Houstons Hochzeit dort gemeinsam die Patienten betreuen. Oh, Blair, du könntest dir meine Pläne für die Frauenklinik anschauen! Bisher habe ich sie noch keinem gezeigt, und ich möchte sie so gern mit anderen teilen. Vielleicht könntest du mir sogar schon dabei helfen, sie zu verwirklichen – wenn du noch so viel Zeit hast, meine ich.«

Blair ging in die entgegengesetzte Ecke des Zimmers. Sie glaubte nicht, daß sie in ihrem Leben schon einen schöneren Tag erlebt hatte als jenen Sonnabend mit Leander, und wenn sie jetzt nicht mehr verlobt waren, würde Houston sich vielleicht auch nicht mehr verpflichtet fühlen, diesen Taggert zu heiraten. Und ...

»Und Alan kann mit uns arbeiten. Himmel, wenn er nur halb so gut ist wie du ... ist er das?«

Blair kehrte in die Gegenwart zurück und errötete ein wenig, weil sie an Alan überhaupt nicht gedacht hatte. »Du meinst, ob er so gut ist wie ich? Ich denke schon. Natürlich ist er das! Wenngleich ich nicht glaube, daß er die Gelegenheit hatte, so oft mit Ärzten zusammenzuarbeiten wie ich. Ich meine, ich hatte das Glück, daß mein Onkel Henry großes Ansehen in der Ärzteschaft genießt, und ich durfte ihm schon bei chirurgischen Eingriffen helfen, als ich noch fast ein Kind war. Ich war bei fast allen Notfällen seine Assistentin und habe eine Menge von diesem bedeutenden

Mann gelernt; aber . . .« Sie hielt inne. »Natürlich ist Alan ein ausgezeichneter Arzt«, schloß sie mit fester Stimme.

»Das ist er sicherlich, und ich bin überzeugt, es wird eine Freude sein, mit euch beiden zusammenzuarbeiten. Übrigens – hat Alan ebenfalls an der Aufnahmeprüfung für das St.-Joseph-Hospital teilgenommen?«

»Ja; aber er hat nicht . . .«

»Was hat er nicht?«

Sie schob die Unterlippe vor. »Sie haben nur die sechs Besten berücksichtigt.«

»Ich verstehe. Nun, vielleicht hatte er nur einen schlechten Tag. Darf ich dich morgen früh um sechs Uhr hier abholen? Bis dahin ist meine Bibliothek immer für eine Kollegin geöffnet.« Er küßte rasch ihre Hand und eilte aus dem Salon.

Kapitel 14

Blair war am nächsten Morgen um fünf Uhr dreißig fertig angezogen und abholbereit. Sie saß auf dem Bettrand und überlegte, was sie bis um sechs Uhr anfangen könnte. Und sollte sie im Erdgeschoß auf ihn warten, oder würde er wieder durch ihr Mansardenfenster ins Haus kommen?

Als die Uhr in der Halle sechs Uhr schlug, öffnete sie ihre Zimmertür, weil sie die Haustürglocke zu hören glaubte. Sie flog förmlich die Treppe hinunter und erreichte die Halle in dem Moment, als eine verschlafene Susan Leander die Haustüre öffnete.

»Guten Morgen«, sagte er lächelnd. »Fertig zur Abfahrt?«

Sie nickte zustimmend.

»So können Sie nicht gehen, Miss Blair-Houston. Sie haben noch nichts gegessen, und die Köchin ist noch nicht mit dem Frühstück fertig. Sie müssen warten, bis sie sich angezogen hat.«

»Hast du etwas gegessen?« fragte sie Lee.

»Mir kommt es so vor, als hätte ich seit Tagen nichts mehr gegessen«, antwortete er. Und als er sie dabei anlächelte, fiel ihr wieder auf, wie gut er aussah mit diesen grünen Augen.

Und aus irgendeinem Grund fühlte sie sich im selben Moment an die Nacht erinnert, die sie gemeinsam verbracht hatten. Es war seltsam, daß sie jetzt an etwas denken mußte was sie schon vor Tagen vergessen zu haben glaubte. Vielleicht lag es daran, daß er nun nicht mehr versuchte, sie in Rage zu bringen.

»Komm in die Küche, und ich mache dir ein Frühstück. Eier und Speck werde ich ja noch braten können. Die Mahlzeiten in diesem Haus richten sich nach Mr. Gates. Er ist ein Spätaufsteher, und so lange können wir nicht warten.«

Eine halbe Stunde später lehnte sich Lee am großen eichenen Küchentisch zurück und wischte sich den Mund ab. »Blair, ich hatte keine Ahnung, daß du kochen kannst. Welcher Mann darf denn auch von einer Frau erhoffen, daß sie ihm alles zugleich ist: Köchin, Freundin, Kollegin und« – er senkte Augen und Stimme – »Geliebte? Nein, das wäre des Guten zu viel.« Mit einem Seufzer sah er wieder zu ihr hoch. »Ich habe mir geschworen, daß ich kein schlechter Verlierer sein und dich mit Anstand freigeben werde.« Er lächelte so treuherzig wie ein kleiner Junge. »Du mußt mir verzeihen, wenn ich das manchmal vergesse.«

»Ja, natürlich«, sagte sie nervös, weil sie wieder an die Nacht denken mußte, die sie gemeinsam verbracht hatten. An die Nacht, in der sie meinte, ihm in der Rolle ihrer Schwester eine Geliebte sein zu müssen, als seine Hände ...

»Sind sie nicht sauber?«

»Wie bitte?« sagte sie, in die Gegenwart zurückkehrend.

»Du hast meine Hände angestarrt, und deshalb fragte ich mich, ob etwas nicht mit ihnen stimmt.«

»Ich ... können wir jetzt aufbrechen?«

»Sobald du willst«, sagte er, stand auf und zog ihren Stuhl zurück.

Blair lächelte ihm zu, weil sie nun an die schlechten Manieren des Mannes denken mußte, den Houston zu heiraten beabsichtigte. Absolut indiskutabel, wenn sie ihn mit Lee verglich.

Auf dem Weg zum Hospital fragte er sie nach Alan, und sie sagte, daß sie sich mit ihm vor dem Krankenhaus treffen wollte. Tatsächlich erwartete er sie dort mit schlafverklebten Augen und mürrischem Gesicht, als er Blair mit Leander in dessen Kutsche eintreffen sah.

Es wurde ein langer und anstrengender Tag für sie. Es schien, als wäre Lee für alle Patienten im Haus allein verantwortlich, und die drei mußten für zwölf arbeiten. Um ein Uhr nachmittags wurden vier schwerverletzte Männer eingeliefert, die man nach einem Stolleneinbruch in der Zeche *Inexpressible* freigeschaufelt hatte. Zwei von ihnen starben, ehe man sie untersuchen konnte, einer hatte ein gebrochenes Bein und der vierte schwebte zwischen Leben und Tod.

»Der ist nicht zu retten«, sagte Alan. »Reine Zeitverschwendung.«

Blair betrachtete den Mann, der mit geschlossenen Augen vor ihr lag, sah am Flattern der Lider, wie er sich an sein Leben klammerte. Sie wußte nicht zu sagen, wie schwer seine inneren Verletzungen waren; aber sie dachte, vielleicht hat er doch eine Überlebenschance. Eigentlich hätte er schon tot sein müssen, so schlimm sah er aus. Doch er schien einen unbeugsamen Lebenswillen zu haben.

Blair blickte zu Lee hinauf, und einen Moment lang fühlte er sich an die Augen des jungen Gewerkschaftsführers erinnert.

»Ich denke, er hat eine Chance. Sollen wir ihn nicht aufschneiden und sehen, was wir tun können? Ich glaube, er will überleben.«

»Blair«, sagte Alan gereizt, »selbst ein Laie sieht doch, daß er nur noch ein paar Minuten zu leben hat. Alle seine inneren Organe müssen zerquetscht sein. Laß ihn bei seiner Familie sterben.«

Blair achtete nicht auf ihn. Ihre Augen blieben auf Lee gerichtet. »Bitte«, flüsterte sie, »bitte.«

»Wir wollen ihn in den Operationssaal bringen!« rief Lee. »Nein, er darf nicht bewegt werden! Laßt ihn auf diesem Tisch liegen, und wir werden ihn tragen!«

Blair hatte recht; aber Alan ebenfalls. Die Milz war zerquetscht und blutete stark; aber sie konnten sie entfernen und auch noch andere Verletzungen an inneren Organen behandeln.

Der inneren Blutungen wegen mußten sie rasch arbeiten, und ehe sie sich dessen bewußt wurden, hatten sie Alan vom Operationstisch verdrängt. Leander und Blair, die so gut zusammenarbeiteten und große chirurgische Erfahrungen besaßen, nähten die Wunden so rasch zu, wie Mrs. Krebs die Nadeln einfädeln konnte. Mrs. Krebs war Leanders tüchtigste Operationsschwester und arbeitete mit ihm zusammen, seit er nach Chandler zurückgekehrt war. Als Alan erkannte, daß er das Tempo nicht mithalten konnte, in dem Blair und Leander operierten, trat er vom Operationstisch zurück und überließ den dreien die Arbeit, den Verletzten wieder zusammenzuflicken.

Als sie seine Bauchdecke zugenäht hatten, verließen sie den Operationssaal.

»Von jetzt ab ist der Herrgott für den Patienten zuständig; aber ich glaube, wir haben alles getan, was in unserer Macht steht, um dem Mann zu helfen.« Er grinste Blair an. »Du warst verdammt gut. War sie das nicht, Mrs. Krebs?«

Die kräftige, grauhaarige Schwester brummelte: »Das werden wir sehen, wenn der Patient am Leben bleibt«, und verließ den Saal.

»Sie macht wohl nicht gern Komplimente«, sagte Blair, während sie sich das Blut von den Händen wusch.

»Nur, wenn du sie verdienst. Ich warte immer noch auf meines. Aber ich arbeite ja erst seit zwei Jahren in diesem Krankenhaus.«

Sie lachten beide, und Blair merkte gar nicht, daß Alan neben dem Fenster an der Wand lehnte und sie beobachtete.

Anschließend begaben sie sich wieder in die Krankenstation und behandelten am späten Nachmittag ein Kind, das mit schweren Verbrennungen eingeliefert wurde. Blair und Leander schienen unermüdlich zu sein, während Alan hinter ihnen hertrottete und sich immer überflüssiger vorkam. Zweimal versuchte er mit Blair zu reden, daß sie endlich nach Hause sollte; doch sie wollte nichts davon hören. Sie wich nicht eine Sekunde von Lees Seite. Um zehn Uhr abends war Alan vollkommen erschöpft.

»Kommt mal mit in mein Büro«, sagte Lee um elf Uhr abends. »Ich habe dort Bier und belegte Brote bereitstellen lassen, und ich möchte euch noch etwas zeigen.«

Alan saß in einem Sessel und verschlang hungrig ein Sandwich, während Lee Blaupausen entrollte und sie auf einem Tisch ausbreitete. »Das sind meine Pläne für eine Frauenklinik – eine Stätte, wo Frauen sich mit all ihren Beschwerden und Krankheiten untersuchen und behandeln lassen können.« Er blickte Blair an und lächelte. »Aber nicht mit Pferdedung und Krebspflaster.«

Sie gab sein Lächeln zurück und merkte plötzlich, daß sein Gesicht nur wenige Zentimeter von dem ihren entfernt war – mit einem Ausdruck, den sie nur einmal an ihm gesehen hatte. In *jener* Nacht. Ehe sie wußte, was sie tat, beugte sie sich ihm auf eine Weise entgegen, die ihr ganz natürlich erschien. Und es schien absolut normal zu sein, daß er ihr jetzt einen Kuß geben sollte.

Doch nur einen Hauch von ihrem Mund entfernt zuckte er plötzlich zurück und begann, die Blaupausen wieder zusammenzurollen.

»Es ist schon spät, und ich sollte jetzt lieber nach Hause gehen. Offenbar haben wir Alan ein bißchen zu viel zugemutet, und außerdem ist es sinnlos für mich, wenn ich dir die Pläne zeige. Du wirst ja gar nicht mehr hier sein, wenn ich sie einrichte. Du arbeitest dann an einer etablierten Klinik in einer Großstadt und brauchst dich nicht mit den Widrigkeiten herumzuschlagen, die zu jedem Neubeginn gehören. Du brauchst dir nicht erst zu überlegen, welche

Geräte du anschaffen und wie du die Räume aufteilen mußt – welches Personal du benötigst, wie viele Patienten du aufnehmen kannst und in welchen Fachbereichen du sie behandeln könntest.«

Er hielt inne und seufzte. »Nein, in deinem Großstadtkrankenhaus ist alles längst geplant und organisiert. Dort wird es nicht so hektisch zugehen wie in einer neueröffneten Klinik.«

»Aber das hört sich doch gar nicht so übel an. Ich meine, es könnte doch Spaß machen, mit dir zu überlegen, wie du die Klinik einrichten möchtest. Ich würde zum Beispiel eine besondere Abteilung für Brandwunden einrichten, eine Isolierstation oder . . .«

Er schnitt ihr das Wort ab. »Ein guter Vorschlag; aber in einer Großstadtklinik pflegen die Patienten auch ihre Rechnungen zu bezahlen.«

»Wenn eine Großstadtklinik so viele Vorteile hat, warum bist du dann nicht in deiner geblieben? Weshalb bist du hierhergezogen?« fragte sie ungehalten.

Mit übertriebener, fast ehrfürchtiger Sorgfalt legte er seine Pläne in den Wandsafe zurück. »Wahrscheinlich, weil ich das Gefühl, gebraucht zu werden, der Sicherheit vorziehe«, sagte er, sich wieder zu ihr umdrehend. »Im Osten gibt es mehr als genug Ärzte; doch hier mußt du dich anstrengen, wenn du dein Pensum schaffen willst. Hier herrscht ein Mangel an ärztlicher Versorgung. Hier habe ich das Gefühl, daß ich etwas Gutes für die Leute tue, die auf mich angewiesen sind. Aber an der Ostküste hatte ich dieses Empfinden nicht.«

»Glaubst du, daß ich nur der Sicherheit wegen nach Pennsylvania zurückkehren will? Denkst du etwa, ich wäre der Arbeitslast hier nicht gewachsen?«

»Blair, bitte, ich wollte dich nicht beleidigen. Du hast mich gefragt, warum ich nicht einen sicheren und bequemen Arbeitsplatz an einer großen und reibungslos funktionierenden Klinik an der Ostküste haben wollte, und ich habe dir meine Gründe dafür genannt. Das ist alles. Wir sind Kollegen. Es würde mir niemals einfallen, dir zu sagen, was du tun oder lassen solltest. Im Gegenteil, wenn ich mich recht entsinne, räume ich dir sogar alle Hindernisse aus dem Weg, damit du dir deine Wünsche erfüllen kannst. Ich habe meine Absicht aufgegeben, dich zu heiraten, damit du in den Osten zurückkehren, Alan heiraten und in deinem Krankenhaus arbeiten kannst, wie du es wolltest. Was könnte ich denn noch tun, um dich zu unterstützen?«

Darauf wußte sie ihm nichts zu antworten, fühlte sich aber verunsichert. In diesem Moment kam sie sich egoistisch vor, wenn sie im St.-Joseph-Hospital arbeiten wollte, als suche sie dort nur Ruhm zu gewinnen, statt den Menschen zu helfen, wie es ihre Berufsethik verlangte.

»Und was Alan anlangt, sollten wir ihn lieber nach Hause bringen«, sagte Lee in ihre Gedanken hinein.

Blair hatte Alan total vergessen, und als sie sich nun zu ihm umdrehte, sah sie ihn mit nach vorne gesacktem Oberkörper im Sessel sitzen. »Ja, das sollten wir wohl«, sagte sie zerstreut. Sie dachte noch immer über Lees Worte nach. Vielleicht war ein großes Krankenhaus »sicher«, aber die Leute wurden dort genauso krank wie hier im Westen. Allerdings standen ihnen im Osten viel mehr Ärzte zur Verfügung, und hier gab es nicht einmal ein ordentliches Krankenhaus für Frauen. In Philadelphia waren mindestens vier Spezialkliniken für Frauen und Kinder eingerichtet worden, und selbstverständlich wurden sie dort auch von weiblichen Ärzten versorgt, weil jeder wußte, daß Frauen manchmal lieber jahrelang Schmerzen ertrugen, als sich von einem Mann untersuchen zu lassen.

»Können wir aufbrechen?« fragte Lee, nachdem er Alan geweckt hatte.

Blair dachte auf dem Weg nach Hause über alles nach, was Lee zu ihr gesagt hatte, und das beschäftigte sie auch noch eine Weile, als sie bereits im Bett lag. Zweifellos brauchte diese Stadt eine Ärztin, und sie konnte ihm bei dem Aufbau seiner neuen Klinik helfen und gleichzeitig ihre praktische Ausbildung bei ihm zu Ende bringen.

»Nein, nein, nein!« sagte sie laut, während sie mit der Faust in die Kissen schlug. »Ich werde *nicht* in Chandler bleiben! Ich werde Alan heiraten, als Assistenzärztin an der St.-Joseph-Klinik arbeiten und anschließend eine Praxis in Philadelphia eröffnen!«

Doch als sie mit diesem Entschluß einschlafen wollte, mußte sie wieder an die vielen Frauen in Chandler denken, die von keiner Ärztin betreut wurden. Es wurde eine unruhige Nacht für sie.

Am Mittwochmorgen kam Lee in die Villa Chandler, um sie zu besuchen, und Blair merkte, daß sie sich freute, ihn wiederzusehen.

»Ich muß heute erst am späten Nachmittag meinen Dienst in der Klinik antreten, und da dachte ich mir, vielleicht sollte ich dich fragen, ob du mit mir ausreiten möchtest. Ich bin zuerst zum Hotel geritten, um Alan zu bitten, uns zu begleiten; aber er sagte, er sei zu müde dazu, und das Reiten sei sowieso nichts für ihn. Vermutlich wirst du mir deshalb einen Korb geben, nicht wahr?«

Ehe Blair ein Wort sagen konnte, fuhr er rasch fort: »Natürlich wirst du mir einen Korb geben.« Er blickte auf seinen Hut hinunter, den er mit beiden Händen festhielt. »Du kannst nicht mit mir allein ausreiten, weil du ja mit einem anderen Mann verlobt bist. Doch da die ganze Stadt glaubt, daß ich dich in fünf Tagen heiraten werde, würde keine andere junge Dame meine Einladung annehmen.« Er wollte wieder zur Tür zurückgehen. »Entschuldigung. Ich hatte nicht vor, dich mit meinen Problemen zu belästigen. Meine Einsamkeit ist nicht deine . . .«

»Lee«, sagte sie rasch, ihn am Arm fassend. »Ich . . . ich hätte so gern mit dir über den Fall von Blutvergiftung gesprochen, den du in der Klinik behandelst. Vielleicht . . .«

Leander gab ihr nicht Gelegenheit, den Satz zu beenden. »Du bist großartig, Blair – ein echter Freund«, sagte er, während er sie anstrahlte, daß ihr die Knie weich wurden. Und im nächsten Moment spürte sie schon seine Hand im

Kreuz, die sie durch die Tür auf die Veranda hinausschob und dann auf den Hof, wo zwei gesattelte Pferde auf sie warteten.

»Aber ich kann doch nicht in diesem Kleid ausreiten«, protestierte sie und blickte auf ihren langen Rock hinunter.

»Aber das Kleid steht dir«, sagte er, »und was macht es schon, wenn du mir deine nackten Knöchel zeigst? Außer mir sieht sie ja keiner, und ich habe schon mehr gesehen als das.«

Und ehe sie noch etwas sagen konnte, hatte er sie schon aufs Pferd hinaufgehoben, wo sie sich bemühte, ihre Röcke so zu ordnen, daß der Anstand einigermaßen gewahrt blieb. Sie hoffte nur, daß Houston jetzt nicht aus dem Fenster sah. Houston mochte ihr vielleicht eines Tages verzeihen, daß sie ihr den Mann gestohlen hatte, den sie heiraten wollte; doch sie würde ihr nie – niemals – einen Verstoß gegen die Kleidersitte vergeben.

Leander grinste sie an, und in diesem Moment war ihre Schwester vergessen und alle ihre Bedenken, daß sie mit einem Mann zusammen war, mit dem sie nicht zusammen sein sollte.

Er führte sie weit weg von der Stadt. Sie ritten eine Weile nebeneinander, und Blair brachte ihn dazu, daß er ihr noch mehr erzählte von seinen Plänen mit der Frauenklinik. Und sie erzählte ihm ihre Vorstellungen davon. Einmal meinte er sehr nachdenklich, daß er sich wünschte, einen Kollegen an seiner Seite zu haben. Behutsam erkundigte sich Blair, ob er sich auch eine Kollegin vorstellen könne. Wenn Blair diese Kollegin wäre, antwortete er, könne er sich das sehr gut vorstellen, und dann redete er eine halbe Stunde lang nur davon, wie sie in der neuen Klinik zusammenarbeiten würden, wenn sie in Chandler bliebe. Es dauerte nicht lange, und sie wurde von seinen Phantastereien angesteckt. Sie sprach von den Wundertaten, die sie gemeinsam verrichten würden, bis sie alle Krankheiten im Staate Colorado ausgemerzt hätten.

»Und dann könnten wir drei nach Kalifornien umziehen

und diesen Staat von seinen Krankheiten kurieren«, meinte Leander lachend.

»Wir drei?« meinte Blair verständnislos.

Lee warf ihr einen vorwurfsvollen Blick zu. »Alan. Hast du den Mann vergessen, den du liebst? Den Mann, den du heiraten wirst? Er gehört doch auch dazu. Wir müssen ihn ebenfalls als Kollegen in die neue Klinik aufnehmen. Und er wird uns helfen, wie er uns gestern geholfen hat.«

Seltsam – aber Blair konnte sich kaum noch daran erinnern, daß Alan gestern mit ihnen im Krankenhaus gewesen war. Sie wußte zwar noch, daß er dem Mann mit den Unterleibsquetschungen keine Überlebenschance einräumen wollte; aber war er anschließend auch mit ihnen im Operationssaal gewesen?

»Hier sind wir schon«, sagte Lee, als sie ihm auf einen von mächtigen Felsen umfriedeten Platz folgte. Er schwang sich vom Pferd und sattelte es ab. »Ich hätte nicht gedacht, daß ich den Anblick dieser Stätte ertragen könnte nach allem, was hier passiert ist.«

Blair trat einen Schritt zurück, während er ihrem Pferd den Sattel abnahm. »Was ist denn hier passiert?«

Er verhielt einen Moment, den Sattel auf dem Arm. »Der schlimmste Tag meines Lebens. Ich brachte Houston hierher nach der Nacht, in der du und ich uns geliebt hatten, und mußte feststellen, daß die Frau, der ich die herrlichste Nacht meines Lebens verdankte, nicht die Frau war, mit der ich verlobt gewesen bin.«

»Oh«, sagte Blair kleinlaut und wünschte, sie hätte ihn nicht gefragt. Sie trat zurück, während Leander eine Decke aus seiner Satteltasche nahm und sie auf dem Boden ausbreitete. Dann tränkte er die Pferde an einer Quelle in der Nähe und packte einen Picknickkorb aus.

»Setz dich«, sagte er.

Vielleicht hätte ich doch nicht allein mit ihm ausreiten sollen, dachte sie. Man konnte ihm leicht widerstehen, wenn er sich aufsässig benahm und Alan in den See warf; aber das letzte Mal, als er so nett zu ihr gewesen war, hatte die Sache damit geendet, daß sie sich nackt in den Armen lagen und sich liebten. Blair blickte zu Leander hoch, der über ihr stand, und die Sonne legte einen Strahlenkranz um sein Haupt. Unter keinen Umständen durfte sie zulassen, daß er sie anfaßte, dachte Blair. Und sie mußte verhindern, daß sie auf die Dinge zu sprechen kamen, die in jener Nacht geschehen waren. Wir dürfen nur über medizinische Angelegenheiten reden.

Sie aßen von den Speisen, die Lee mitgebracht hatte, und Blair erzählte ihm von den schlimmsten Fällen ihrer medizinischen Praxis. Sie mußte sich die blutigsten Einzelheiten ins Gedächtnis zurückrufen, weil Lee seine Jacke ausgezogen und sich nur wenige Zentimeter von ihr entfernt auf dem Boden ausgestreckt hatte. Seine Augen waren geschlossen, und er gab ihr nur hin und wieder mit murmelnder Stimme zu verstehen, daß er zuhörte, so daß sie schließlich befürchten mußte, daß er jeden Moment einschlief. Sie konnte nicht umhin, ihn zu betrachten, während sie einen besonders schlimmen Fall schilderte – seine langen Beine und seine breite, kräftige Brust, deren Pectoralis fast das dünne Baumwollgewebe seines Hemdes sprengte. Sie erinnerte sich wieder daran, wie seine Brusthaare ihren nackten Busen berührt hatten.

Und je mehr sie sich an diese Dinge erinnerte, um so schneller redete sie, bis die Worte sich miteinander verhedderten und ihr in der Kehle stecken blieben. Mit einem frustrierten Seufzen stellte sie ihr Reden ein und blickte auf die Hände in ihrem Schoß hinunter.

Leander sagte lange nichts, und sie dachte schon, er sei vielleicht eingeschlafen.

»Ich bin noch keiner Frau begegnet«, sagte er so leise, daß sie sich vorbeugen mußte, um ihn zu verstehen, »die so gut wie du verstehen konnte, warum ich Arzt geworden bin. Alle Frauen, die ich bisher gekannt habe, haben mich nur ausgeschimpft, wenn ich sie zu spät zu einer Party abholte, weil ich erst noch einen Verletzten zusammenflicken mußte. Und ich habe auch noch keine Frau getroffen, die sich für meinen Beruf interessiert hätte. Du bist die großzügigste und liebenswerteste Person, die mir in meinem Leben begegnet ist.«

Blair fand diesmal in ihrer Verblüffung keine Worte. Zuweilen glaubte sie, sie habe sich nur in Alan verliebt, weil er der erste junge Mann war, der nichts gegen ihren Beruf und ihr Verhalten einzuwenden hatte. Oft hatte Blair versucht, so zu sein wie ihre Schwester: still und vornehm. Und Zurückhaltung zu üben, wenn ein Mann etwas Dummes sagte; statt ihm seine Dummheit vorzuhalten. Aber offenbar vermochte sie nicht über ihren Schatten zu springen. Und so hatte sie ihrer Kritik, ihres Lachens und ihrer Offenheit wegen nie viele Verehrer gehabt. In Pennsylvania hatten die Männer bemerkt, wie hübsch sie war, und sich für sie interessiert; aber als sie erfuhren, daß sie Ärztin werden wollte, hatte sich ihr Interesse rasch abgekühlt. Falls sie sich dennoch nicht von ihrem zukünftigen Beruf abschrecken ließen, fanden sie bald heraus, daß sie sehr klug war, und diese Eigenschaft war für jede Frau tödlich. Sie brauchte einen Mann nur beim Schachspiel zu besiegen oder eine Rechenaufgabe schneller im Kopf zu lösen als er, und sofort wandte sich der Betreffende wieder von ihr ab. Alan war der erste Mann, der sich von ihren Fähigkeiten nicht hatte abschrecken lassen – und daher war Blair nach drei Wochen ihrer Bekanntschaft überzeugt gewesen, daß sie ihn liebte.

Und nun gestand Leander ihr, daß er sie *mochte*. Und wenn sie daran dachte, was sie ihm in den letzten Tagen alles angetan hatte – ihm seine Kutsche und sein Pferd weggenommen, so daß er zu Fuß in die Stadt zurückkehren mußte –, konnte sie nur staunen, daß er sie überhaupt noch ertragen konnte. Er war entweder ein bemerkenswerter Mann oder ein Masochist.

»Ich weiß, daß du die Stadt in ein paar Tagen verlassen wirst und ich dich vielleicht nie wiedersehen werde, und deshalb möchte ich dir sagen, was die Nacht, die wir gemeinsam verbrachten, mir bedeutet hat«, sagte er mit einer Stimme, die kaum lauter war als ein Wispern.

»Es war, als könntest du mir nicht widerstehen, wenn ich dich berührte. Das hat meiner Eitelkeit sehr geschmeichelt. Du hast mir meine Eitelkeit vorgehalten; aber ich bin nur eitel, wenn ich mit dir zusammen bin, weil ich mich bei dir so wohl fühle. Und weil ich glaubte, die Frau fürs Leben gefunden zu haben . . . Freundin, Kollegin und eine unvergleichliche Liebhaberin. Und nun habe ich das alles wieder verloren.«

Blair kam ihm bei diesen Worten fast unmerklich immer näher.

Lee drehte das Gesicht von ihr weg. »Ich möchte fair bleiben. Ich möchte dir geben, was du verlangst und was dich glücklich machen wird; aber ich hoffe, du erwartest nicht von mir, daß ich am Bahnhof bin, wenn du mit Alan die Stadt wieder verläßt. Ich werde mich vermutlich am Tag deiner Abreise schrecklich betrinken und meine Probleme einem rothaarigen Barmädchen erzählen.«

Blair setzte sich kerzengerade. »Ist es das, was du magst?« sagte sie steif.

Er blickte überrascht auf sie zurück. »Was soll das sein, was ich mag?«

»Rothaarige Barmädchen?«

»Nun hör mal zu, du kleines, dummes . . .« Sogleich wurde sein Gesicht rot vor Zorn, während er aufstand, ihr die Decke unter dem Podex wegzog und Teller und Bestecke in den Korb zurückwarf. »Nein, ich mag keine rothaarigen Barmädchen. Ich wünschte, es wäre so. Ich war dumm genug, mich in die eigensinnigste, blindeste und hirnvernageltste Frau der Welt zu verlieben. Ich hatte in meinem Leben noch nie Schwierigkeiten mit Frauen gehabt, und seit ich dich kenne, habe ich nur noch Schwierigkeiten.«

Er warf den Pferden die Sättel auf den Rücken. »Es gibt Augenblicke, in denen ich wünschte, ich hätte dich niemals kennengelernt.«

Er drehte sich ihr zu. »Du kannst den Sattelgurt selbst festziehen. Und du wirst auch allein in die Stadt zurückfinden. Das heißt, wenn du nicht so blind bist, daß du den Pfad nicht mehr siehst. Denn offenbar bist du, was Menschen betrifft, total mit Blindheit geschlagen.«

Er stellte den Fuß in den Steigbügel, und dann drehte er sich, von einem Impuls getrieben, noch einmal zu ihr um, nahm sie in die Arme und küßte sie.

Blair hatte vollkommen vergessen, wie es war, wenn sie von Lee geküßt wurde. Sie hätte nicht sagen können, wer sie war; denn sobald dieser Mann sie berührte, war ihr ganzes Bewußtsein von ihm ausgefüllt.

»Du«, sagte er wütend, als er sich von ihr löste und sie ein wenig schütteln mußte, damit sie die Augen wieder öffnete, »ich habe blinde Patienten gehabt, die mehr sahen als du.«

Er ging von ihr weg, wollte sich auf sein Pferd schwingen, murmelte dann: »Oh, zum Teufel«, kam wieder zurück und zog ihren Sattelgurt fest. Er hob sie auf ihr Pferd hinauf und jagte vor ihr her nach Chandler zurück. Als er sein Pferd vor ihrer Haustüre zügelte, sagte er: »Ich erwarte dich morgen früh um acht im Hospital.«

Sie hatte kaum Zeit, zu nicken, als er schon wieder davongaloppierte.

Kapitel 15

Düster war das richtige Wort, um ihre Laune zu beschreiben, als sie wieder durch die Haustür trat. Sie konnte nicht begreifen, warum Leander sich so erzürnt hatte, und verstand ihre Erregung darüber nicht.

Ihre Mutter war im Salon, umgeben von Hunderten von Kartons. »Was ist denn das?« fragte Blair geistesabwesend.

»Hochzeitsgeschenke für dich und Houston. Möchtest du dir gern ein paar von deinen Geschenken ansehen?«

Blair warf nur einen Blick auf die hübsch verpackten Schachteln und schüttelte den Kopf. Das letzte, woran sie jetzt erinnert werden wollte, war die Hochzeit, die stattfinden oder auch nicht stattfinden konnte. Sie wollte nicht daran denken, daß Leander sie immer noch heiraten wollte.

Sie rief in Alans Hotel an und hinterließ dort eine Nachricht, daß sie morgen früh beide im Krankenhaus sein sollten. Dann ging sie nach oben und ließ sich ein heißes Bad ein.

Als sie eine Stunde später wieder nach unten kam, war Houston im Salon – ein seltenes Vorkommnis, da sie in letzter Zeit ständig mit Taggert unterwegs zu sein schien –, öffnete ein Paket nach dem anderen und erzählte Opal in tausend Worten pro Minute von ihren Hochzeitsvorbereitungen. Sie äußerte sich entzückt über die Präsente von der Ostküste – Dinge, die ihr die Vanderbilts und Astors geschickt. Bisher kannte Blair diese Namen nur aus Zeitungen; doch nun wollte Houston ein Mitglied dieser exklusiven Gesellschaft heiraten.

Lustlos setzte sie sich auf eines der Sofas.

»Hast du das Kleid schon gesehen, Blair?« fragte Houston, während sie eine große geschliffene Kristallschale auspackte, für die jemand ein Vermögen ausgegeben haben mußte.

»Was für ein Kleid?«

»Unser Hochzeitskleid natürlich«, sagte Houston nachsichtig. »Ich habe deines so machen lassen, daß es meinem vollkommen ähnlich sieht.«

Blair hatte das Gefühl, daß sie es in einem Zimmer, in dem eine solche Begeisterung herrschte, nicht mehr aushalten konnte. Vielleicht konnte Houston beim Anblick von ein paar Geschenken Wonneschauer bekommen; aber sie nicht. »Mutter, ich fühle mich nicht besonders. Ich glaube, ich werde lieber ins Bett gehen und noch ein bißchen lesen.«

»Natürlich, mein Liebes«, antwortete Opal, während sie mit beiden Armen in eine Kiste griff. »Ich werde Susan mit einem Tablett zu dir hinaufschicken. Ach, da fällt mir ein, daß ein junger Mann angerufen hat und dir ausrichten läßt, daß er morgen früh nicht ins Krankenhaus kommen wird. Ein Mr. Hunter, glaube ich.«

Damit sank Blairs Stimmung auf den absoluten Nullpunkt. Sie hatte Alan in den letzten Tagen sträflich vernachlässigt.

Der Morgen kam nur allzu rasch, und Blairs Laune hatte sich kaum gebessert. Die Patienten im Hospital lenkten sie wenigstens von ihren eigenen Problemen ab – bis Leander im Krankenhaus eintraf, heißt das. Im Vergleich zu seiner Stimmung schien ihre Laune ein Sonnenstrahl zu sein. Innerhalb von zwei Stunden brachte er es fertig, sie viermal anzuschreien, daß sie noch eine Menge lernen müsse, wenn sie eine vollwertige Ärztin werden wolle. Blair hatte gute Lust, zurückzubrüllen; aber nach einem Blick auf sein Gesicht begnügte sie sich klugerweise mit einem »Jawohl, Sir«, und bemühte sich, seine Anweisungen auf das genaueste zu befolgen.

Um elf Uhr beugte sie sich über ein kleines Mädchen, dessen Arm sie eben eingerichtet hatte, als Alan hinter sie trat.

»Ich dachte, daß ich dich hier finden würde – mit ihm.«

Blair lächelte dem kleinen Mädchen zu. »Alan, ich arbeite.«

»Wir werden jetzt miteinander reden müssen – unter vier Augen oder vor dem ganzen Krankenhaus.«

»Also gut – dann komm mit.« Sie führte ihn den Korridor hinunter zu Leanders Büro. Sie kannten sich nicht sehr gut aus in diesem Krankenhaus, und es war der einzige Ort, wo sie sich ihres Wissens nach ungestört unterhalten konnten. Sie hoffte nur, daß Lee in dieser Zeit nicht in sein Zimmer zurückkam und sie dort entdeckte.

»Ich hätte mir gleich denken können, daß du mich hierherführen würdest. Sein Zimmer! Du scheinst dich hier ja sehr wohl zu fühlen. Zweifellos hältst du dich sehr oft in diesem Zimmer auf.« Betroffen mußte er zusehen, wie Blair in einen Sessel fiel, die Hände vors Gesicht schlug und zu weinen begann.

Im nächsten Moment lag er vor ihr auf den Knien. »Ich wollte dich nicht kränken.«

Blair versuchte, ihre Tränenflut einzudämmen, was ihr aber nicht gelang. »Jeder hackt auf mir herum. Ich kann es offenbar keinem recht machen. Mr. Gates schimpft schon, wenn er mich nur sieht. Houston haßt mich. Leander will kaum noch ein Wort mit mir reden, und nun kommst du und . . .«

»Was für einen Grund hätte Westfield, auf dich böse zu sein? Er gewinnt doch mit fliegenden Fahnen!«

»Gewinnt?« Blair zog ein Taschentuch aus ihrem weißen Kittel und schneuzte sich. »Er ist ja nicht einmal mehr ein Konkurrent von dir. Er sagte, er habe eingesehen, daß ich dich liebe, und deshalb werde er nicht länger am Wettbewerb teilnehmen.«

Alan stand auf und lehnte sich gegen Leanders Schreibtisch. »Warum verbringst du dann jeden Tag mit ihm? Seit einer Woche bist du ihm keinen Schritt mehr von der Seite gewichen.«

»Er sagte, er würde gern in den letzten Tagen meines Aufenthalts mit mir zusammen arbeiten. Er sagte, er hätte noch nie mit jemandem so gut zusammengearbeitet wie mit mir. Und er hat uns beide eingeladen, an seiner Stelle im Krankenhaus zu arbeiten.«

»So etwas Hinterhältiges, Durchtriebenes wie dieser Mann ist mir doch noch nicht begegnet«, polterte Alan los und begann, im Zimmer umherzuwandern. »Hast du diesen Trick denn nicht durchschaut?« Er blickte auf Blair zurück. »Er weiß, daß du in alles vernarrt bist, was mit der Medizin zu tun hat, und er nützt diese Schwäche von dir aus, um in deiner Nähe bleiben zu können. Und selbstverständlich lädt er auch mich dazu ein, an eurer Arbeit teilzunehmen! Der Mann hat eine jahrelange Übung in seinem Beruf und ist mir mit seiner Erfahrung als Mediziner natürlich weit überlegen, so daß er in deinen Augen großartig abschneiden muß, während ich wie ein Idiot dastehe.«

»Das ist nicht wahr! Leander sagte, daß er mit mir arbeiten wollte, und wir arbeiten wirklich gut zusammen. Es ist so, als könnte jeder die Gedanken des anderen lesen.«

»Nach allem, was ich hörte, hast du schon seine Gedanken an dem ersten Abend lesen können, an dem ihr zusammen ausgegangen seid!«

»Wer ist denn jetzt der Hinterhältige von euch beiden?!«

»Ich versuche nur, mich zu wehren«, gab Alan zurück. »Blair, ich bin es leid, dauernd als Narr hingestellt zu werden. Ich bin ein Arzt, der noch in der Ausbildung steht, und muß im Operationssaal gegen einen Mann konkurrieren, der eine jahrelange Erfahrung als Chirurg besitzt. Ich bin in einer Stadt groß geworden; doch er fordert mich zu einem Wettbewerb im Kanu und auf dem Rücken eines Pferdes heraus. Da kann ich einfach nicht gut aussehen im Vergleich mit ihm.«

»Aber hast du denn immer noch nicht verstanden? Leander ist von dem Wettbewerb zurückgetreten. Er ist nicht mehr dein Konkurrent. Er will mich gar nicht mehr heiraten. Ich bleibe nur noch so lange in Chandler, bis meine Schwester geheiratet hat, und dann werde ich mit dir die Stadt verlassen. Ich habe sogar noch die Hoffnung, daß Houston sich mit Leander trauen läßt.«

Er sah sie einen Moment prüfend an. »Ich glaube, daß ein Teil von dir tatsächlich von dem überzeugt ist, was du da redest. Aber laß dir eines von mir sagen: Westfield hat das Rennen *nicht* aufgegeben. Der arme Mann konkurriert so heftig gegen mich, daß ich nur staunen kann über sein Stehvermögen. Und wenn du glaubst, daß du am Montag nicht heiraten wirst – warum hast du dann nicht alle Hochzeitsvorbereitungen deiner Schwester unterbunden? Willst du in der ersten Reihe sitzen und zusehen, wie deine Schwester getraut wird, während auf den Tischen Geschenke bereitliegen, die alle doppelt vorhanden sind? Ich frage dich: was machst du mit *deinen* Präsenten?«

Er stemmte die Arme auf ihre Sessellehnen und beugte sich über sie. »Was die Heirat von Houston mit deinem geliebten Doktor betrifft – ich glaube nicht, daß du dabeisitzen und das mitansehen könntest!«

»Das reicht« kam Leanders Stimme von der Tür her.

»Es reicht nicht annähernd«, antwortete Alan und ging dabei auf Leander zu.

»Wenn Sie sich mit mir prügeln wollen . . .«

Lee hielt inne, als Blair sich zwischen die beiden Männer schob.

»Blair«, sagte Alan, »es wird Zeit, daß du dich entscheidest. Ich werde in dem Zug sitzen, der heute nachmittag um vier die Stadt verläßt. Wenn du nicht mitkommen willst, fahre ich allein.« Damit verließ er Leanders Büro.

Blair stand Lee allein gegenüber. Einen Moment lang sagten sie beide nichts, bis Lee ihr die Hand auf den Arm legte.

»Blair«, begann er, doch sie rückte von ihm weg.

»Ich glaube, Alan hat recht. Es wird Zeit, daß ich eine Entscheidung treffe und aufhöre mit diesen kindischen Spielen.« Damit rauschte sie an ihm vorbei und ging die zwei Meilen bis zu ihrem Haus.

Als sie in ihrem Zimmer war, nahm sie sehr ruhig einen Bogen Papier zur Hand und stellte eine Liste auf, was dafür und dagegen sprach, die Stadt mit Alan zu verlassen. Es gab fünf gute, starke Gründe, warum sie mit ihm abreisen sollte. Sie reichten von so allgemeinen Erwägungen wie die Engstirnigkeit dieser Stadt bis zu dem sehr persönlichen Motiv, Houston von dem Gefühl befreien zu können, daß sie einen Millionär heiraten müsse.

Ihr wollte nur ein Grund einfallen, warum sie Chandler *nicht* mit Alan verlassen sollte: Sie würde Leander dann nie wiedersehen. Sie würde nicht mit ihm in seiner neuen Klinik zusammenarbeiten können, wenngleich es auch möglich sein konnte, daß Alan mit seiner Behauptung recht hatte und Leander sie nur mit den Plänen ködern wollte, damit er in diesem Wettbewerb Sieger blieb.

Sie stand auf. Wenn sie nicht hier in der Klinik arbeiten würde, wartete das St.-Joseph-Hospital in Pennsylvania auf sie.

Sie blickte auf ihre Uniform hinunter und wußte, daß sie außer diesem Kleidungsstück nichts mitnehmen würde. Sie konnte nicht mit einer Reisetasche das Haus verlassen, weil man sie sonst mit Fragen bestürmen würde. Sie konnte nur ihre Arzttasche mitnehmen und das, was sie auf dem Körper trug. Sie zerknüllte ihre Liste und behielt sie in der Hand. Sie mochte sie noch brauchen, damit sie sich wieder daran erinnerte, warum sie das alles tat.

Im Erdgeschoß war ihre Mutter damit beschäftigt, die Geschenke zu ordnen. Houston war fortgegangen. Blair versuchte, ein paar Worte für ihre Mutter zu finden – ihr Lebewohl zu sagen, ohne dieses oder ein ähnliches Wort zu verwenden. Aber ihre Mutter war zu sehr damit beschäftigt, silberne Schüsseln und Bestecke zu zählen.

Das Kinn in die Luft gereckt, ging Blair durch die Haustür und machte sich auf den langen Weg bis zum Bahnhof. Während sie durch die Straßen ging, betrachtete sie die betriebsame kleine Stadt mit anderen Augen. Vielleicht war sie gar nicht so kleinkariert, wie sie ursprünglich geglaubt hatte. Sie war nicht Philadelphia, hatte aber auch ihre Vorzüge. Drei Kutschen ratterten an ihr vorbei, und die Leute, die darin saßen, riefen: »Hallo, Blair-Houston!« Heute klang ihr der Doppelnamen gar nicht so übel in den Ohren.

Als sie sich dem Bahnhof näherte, überlegte sie, was wohl nach ihrer Abreise geschehen würde: ob Houston Leander heiraten, ihre Mutter ihr Verschwinden verstehen, Gates sie noch mehr hassen würde als bisher?

Sie kam um drei Uhr fünfundvierzig am Bahnhof an und sah mit einem Blick, daß Alan noch nicht eingetroffen war. Sie stand auf dem Bahnsteig, neben sich die Ärztetasche, spielte mit ihrer Motiv-Liste und dachte, daß das vielleicht die letzten Minuten in dieser Stadt waren, die nach ihrem Vater benannt war. Nach dem Skandal, den sie heraufbeschworen hatte, indem sie zuerst ihrer Schwester den Mann stahl und nun vier Tage vor ihrer Hochzeit mit einem anderen Mann davonrannte, würde sie wohl kaum in diese Stadt zurückkehren können vor ihrem neunzigsten Geburtstag.

»Ahem«, drang eine Stimme zu ihr, die sie kannte. Sie

drehte sich abrupt um und sah Leander, der zwei Schritte hinter ihr auf einer Bank saß.

»Ich dachte, ich sollte doch zum Bahnhof kommen, um dir Lebewohl zu sagen«, meinte er, als Blair sich vor ihm aufbaute. Die Liste fiel ihr aus der Hand, und ehe sie sie wieder aufheben konnte, hatte Leander sie schon an sich genommen und las sie durch.

»Wie ich sehe, habe ich gegen Onkel Henry und einen Schuldkomplex wegen Houston verloren.«

Sie riß ihm die Liste aus der Hand. »Ich habe meiner Schwester etwas Unverzeihliches angetan. Und wenn ich den Schaden wieder gutmachen kann, werde ich das tun.«

»Sie sah mir gar nicht so unglücklich aus, als ich ihr neulich auf der Straße begegnet bin. Sie blickte Taggert an, als könnte er ihr den Mond vom Himmel herunterholen.«

»Houston ist in sein Geld verliebt.«

»Ich mag vielleicht nicht viel von Frauen verstehen«, schnaubte Lee, »aber daß sie *nicht* in sein Geld verliebt ist, weiß ich bestimmt. Ich glaube, was ihr an ihm gefällt, ist etwas – äh – persönlicher.«

»Wie kannst du so etwas Häßliches von ihr sagen!«

»Dann ist es vermutlich dein Glück, daß du so einen perfekten Mann wie Hunter heiratest und nicht so einen primitiven Kerl wie mich. Nur weil ich Dinge mit deinem Körper anstelle, daß du vor Wonne weinst, wir uns wohl fühlen in der Gesellschaft des anderen und du so gut mit mir zusammenarbeitest, ist das noch lange kein Grund, mich zu heiraten. Wie ich hörte, schlägst du Houston sogar im Tennis.«

»Ich bin froh, daß ich dich nicht heirate. Ich wollte es nie.« Da war ein Geräusch, das ihren Blick auf die Schienen lenkte, und sie sah den Zug auf den Bahnsteig zukommen.

Leander stand auf. »Ich werde verdammt nicht hier warten, um zuzusehen, wie du einen Esel aus dir machst.« Er schob die Hände in die Hosentaschen. »Du wirst unglücklich sein, und das verdienst du auch.« Er drehte sich auf den Absätzen um und verließ den Bahnsteig.

Einen Moment war Blair versucht, ihm nachzurennen; aber sie beherrschte sich. Sie hatte ihre Entscheidung getroffen und würde dabei bleiben. Das war für alle Betroffenen das beste.

Der Zug lief im Bahnhof ein; aber Alan war immer noch nicht da. Sie ging den Bahnsteig hinunter, während zwei Männer aus- und eine Frau und ein Mann einstiegen.

Der Schaffner wollte dem Lokführer das Signal zur Abfahrt geben.

»Sie müssen noch warten. Da soll noch jemand kommen, der mitfahren will.«

»Wenn er nicht da ist, hat er den Zug versäumt.« Der Schaffner hob die Hand.

Ungläubig sah Blair dem Zug nach, der wieder aus dem Bahnhof fuhr. Sie setzte sich auf die Bank und wartete. Vielleicht hatte Alan sich nur verspätet und wollte nun den nächsten Zug erreichen. Sie saß zwei Stunden und fünfundvierzig Minuten auf dem Bahnsteig; aber Alan ließ sich nicht sehen. Sie fragte am Schalter, ob ein Mann, auf den Alans Beschreibung paßte, sich ein Billett gekauft habe. Ja, er habe heute morgen sogar zwei Fahrkarten gekauft – für den Vier-Uhr-Zug.

Blair lief noch eine halbe Stunde auf dem Bahnsteig auf und ab und begab sich dann auf den Heimweg.

So fühlt man sich also als verschmähte Braut, dachte sie bei sich. Komisch, daß sie sich gar nicht so schlecht fühlte. Tatsächlich fühlte sie sich immer besser, je näher sie ihrer Wohnung kam. Vielleicht konnte sie morgen wieder mit Leander im Krankenhaus arbeiten.

Als Blair durch die Haustür trat, war es dort so still wie in einem Grab. Nur im Salon brannte ein Licht. Sie ging hinein und sah dort zu ihrer Überraschung ihre Mutter und Leander beieinandersitzen, die sich so leise unterhielten, als wären sie auf einer Beerdigung.

Als Opal ihrer Tochter ansichtig wurde, ließ sie sehr ruhig, sehr langsam ihren Stickrahmen los und fiel in Ohnmacht. Leander starrte Blair fassungslos an, daß sein Unterkiefer herunterklappte, ihm die dünne Zigarre aus dem Mund fiel und die Fransen an einem Schemel in Brand setzte.

Blair war so entzückt von diesen Reaktionen, daß sie dastand und sie angrinste. Im nächsten Moment kam Susan ins Zimmer und begann zu schreien.

Das Geschrei wirkte auf alle belebend. Lee löschte das Feuer am Fußschemel. Blair schlug ihrer Mutter so lange auf die Hände, bis sie wieder zu sich kam, und Susan eilte in die Küche, um Tee zu kochen.

Sobald Opal wieder senkrecht auf ihrem Stuhl saß, packte Leander Blair bei den Schultern, riß sie auf die Beine und begann, sie zu schütteln. »Ich hoffe, daß dir das verdammte Kleid paßt, weil du mich am Montag heiraten wirst. Hast du mich verstanden?«

»Leander, du tust ihr weh«, rief Opal.

Lee ließ nicht davon ab, Blair hin- und herzuschütteln. »Mich *bringt sie um!* Hast du mich verstanden, Blair?«

»Ja, Leander«, brachte sie schließlich heraus.

Er drückte sie auf das Sofa nieder und stürmte aus dem Salon.

Mit bebenden Händen hob Opal ihren Stickrahmen vom Boden auf. »Ich glaube, ich habe in den letzten beiden Wochen so viele Aufregungen erlebt, daß sie für den Rest meines Lebens reichen.«

Blair lehnte sich auf der Couch zurück und lächelte.

Kapitel 16

Drei Tage lang hielt Leander Blair im Krankenhaus so in Trab, daß sie gar nicht zum Nachdenken kam. Er holte sie schon im Morgengrauen ab und brachte sie erst spät abends wieder nach Hause. Er nahm sie mit in das Lagerhaus in der Archer Avenue und erläuterte ihr dort seine Pläne, wie er das Gebäude in eine Frauenklinik umbauen wollte. Sogleich hatte Blair ein paar eigene Ideen, die sich Lee schweigend anhörte und dann mit ihr diskutierte.

»Ich glaube, wir können sie schon in zwei Wochen in Betrieb nehmen, da die medizinische Ausrüstung bereits in Denver verladen und hierher unterwegs ist«, sagte Lee. »Ich hatte sie als Überraschung geplant, als Hochzeitsgeschenk; aber da es in letzter Zeit für mich mehr als genug Überraschungen gab, habe ich auf dieses Vorhaben verzichtet.«

Ehe Blair ein Wort sagen konnte, trieb er sie schon wieder aus dem Lagerhaus zu seiner Kutsche und fuhr mit ihr ins Krankenhaus zurück. Sie war erleichtert, daß Alans Vermutung falsch gewesen war und Lee sie nicht mit seinen Klinikplänen angelogen hatte, um in dem Wettrennen um ihre Hand als Sieger durchs Ziel gehen zu können.

Als die Stunden sich summierten und die Hochzeit immer näherrückte, fragte sich Blair, warum Lee sie denn eigentlich unbedingt heiraten wolle. Er hatte nie mehr versucht, sie anzufassen, und wenn sie miteinander sprachen, dann nur über einen Patienten. Ein paarmal ertappte sie ihn dabei, wie er sie beobachtete – meistens dann, wenn sie mit anderen Ärzten arbeitete –; aber er wandte sich jedesmal ab, sobald sie zu ihm hinsah.

Und ihre Achtung vor dem Arzt Leander wuchs von Tag zu Tag. Sie erkannte bald, daß er eine Menge Geld hätte verdienen können, wenn er in einem großen Krankenhaus im Osten geblieben wäre. Statt dessen war er hierher nach Chandler gekommen, wo er selten für seine Arbeit eine Bezahlung sah. Der Dienst war lang und hart, die Arbeitslast kaum zu bewältigen, und die Belohnung dafür zumeist nicht materiell.

Am Sonntag nachmittag, am Tage vor der Hochzeit – als Blair noch einen schweren Kopf hatte von der Party, die Houston am Abend zuvor für ihre Freundinnen gegeben hatte –, rief er sie in sein Büro. Das Zusammentreffen war für beide nicht frei von Peinlichkeiten. Leander starrte sie auf eine Weise an, daß sie auf beiden Armen eine Gänsehaut bekam, und sie konnte nur noch daran denken, daß sie ihm morgen als Braut zugeführt werden würde.

»Ich habe dem St.-Joseph-Hospital einen Brief geschrieben, daß du die Stelle, die sie dir angeboten haben, nicht annehmen wirst.«

Blair holte tief Luft und ließ sich auf einen Stuhl fallen. Sie hatte ganz vergessen, daß sie mit ihrer Heirat auf ihre Assistenzarzt-Stelle in Pennsylvania verzichten mußte.

Lee lehnte sich an seinen Schreibtisch. »Ich habe mir überlegt, daß dieser Schritt vielleicht ein bißchen anmaßend war.« Er begann, seine Fingernägel zu studieren. »Wenn du das morgen absagen möchtest, würde ich das verstehen.«

Einen Moment lang war Blair so verwirrt, daß sie kein Wort sagen konnte. Sollte das bedeuten, daß er sie nicht heiraten wollte? Sie stand rasch auf. »Wenn du versuchst, dich aus dieser Sache herauszuwinden, nachdem du alles getan hast, um mich zu dieser Heirat zu zwingen, werde ich . . .«

Sie konnte nicht mehr sagen, weil Leander hinter seinem Schreibtisch hervorgesprungen war, sie bei den Schultern gepackt hatte und so heftig und leidenschaftlich küßte, daß sie keine Worte mehr fand.

»Ich möchte nicht aus dieser Sache heraus«, sagte er, nachdem er sie wieder losgelassen hatte und es Blair gelungen war, trotz ihrer weichen Knie aufrecht vor ihm zu stehen. »Sie können jetzt wieder an die Arbeit gehen, Doktor. Nein, gehen Sie besser nach Hause und ruhen Sie sich aus. So wie ich Ihre Schwester kenne, hat sie drei Kleider für Sie anfertigen lassen, die Sie anprobieren sollen, und Ihre Mutter hunderterlei Dinge, die Sie erledigen müssen. Wir sehen uns dann morgen nachmittag wieder.« Er grinste. »Und morgen nacht. Und nun gehen Sie.«

Nun konnte sie nicht umhin, ebenfalls zu lächeln, und dieses Lächeln verlor sie erst wieder, als sie durch die Haustür trat.

Mr. Gates war wütend, weil sie an einem Sonntag im Krankenhaus gearbeitet hatte, statt zu Hause ihrer Schwester bei den Hochzeitsvorbereitungen zu helfen, zumal die arme Houston sich heute nicht wohl fühlte. Auch Blair war müde, nervös wegen der Hochzeit und den Tränen nahe, ehe dieser schreckliche Mann mit seinen Tiraden zu Ende war. Opal schien zu verstehen, was in ihrer Tochter vorging, trat rasch zwischen die beiden und konnte Mr. Gates bewegen, sich in sein Arbeitszimmer zurückzuziehen. Dann nahm sie Blair mit in den Garten, damit sie dort Dankesbriefe für die Geschenke schreiben konnte.

Blair war noch immer verärgert, weil Mr. Gates sie so heftig angefahren hatte.

»Wie konntest du nur so einen Mann wie ihn heiraten, Mutter?« fragte sie, als sie sich mit Opal an den Gartentisch setzte. »Warum hast du Houston so lange seiner Tyrannei ausgesetzt? Ich durfte bei deinem Bruder wohnen; aber Houston war diesem Mann jahrelang hilflos ausgeliefert.«

Opal schwieg ein paar Minuten still. »Ich glaube, ich habe nicht an euch Mädchen gedacht, als ich mich in Mr. Gates verliebte.«

»Du hast dich in ihn verliebt? Ich habe immer angenommen, daß deine Familie dich gezwungen hätte, ihn zu heiraten!«

»Wie, in aller Welt, kommst du nur auf diese Idee?« fragte Opal entgeistert.

»Ich glaube, Houston und ich konnten uns keinen anderen Grund für diese Eheschließung vorstellen. Vielleicht gefiel uns der Gedanke, daß du nach dem Tod unseres Vaters zu unglücklich gewesen bist, um wieder eine Herzensbindung einzugehen.«

Opal lachte ein wenig. »Ihr beide wart noch so jung, als William starb, und ich bin sicher, daß ihr als Kinder ihn als den wunderbarsten Vater der Welt in Erinnerung behalten habt, der immer etwas mit euch unternahm, die herrlichsten Spiele erfand und stets für Kurzweil sorgte.«

»War er denn nicht so?« fragte Blair behutsam, da sie fürchtete, nun schreckliche Dinge über ihren so von ihr verehrten Vater zu erfahren.

Opal legte ihrer Tochter die Hand auf den Arm. »Er war all das und mehr, als sich in deinem Gedächtnis erhalten hat.

Ich glaube nicht, daß dir auch nur die Hälfte seiner Lebenslust, seines Übermuts, seiner Tatkraft, seines Muts und seines Ehrgeizes erinnerlich ist. Ihr beiden habt viel von ihm geerbt.« Sie seufzte. »Aber die Wahrheit ist, daß ich William Chandler für den anstrengendsten Mann der Welt hielt. Ich liebte ihn sehr; aber es gab Tage, wo mir Tränen der Erleichterung in den Augen standen, wenn er endlich das Haus verließ. Du mußt wissen, daß ich in dem Glauben erzogen wurde, daß die Rolle der Frau im Leben darin besteht, im Salon zu sitzen, zu sticken und den Dienstboten Anweisungen zu geben. Das größte Abenteuer, das ich zu unternehmen gedachte, war, ein neues kompliziertes Kreuzstichmuster auszuprobieren.«

Sie lehnte sich in ihrem Stuhl zurück und lächelte. »Dann lernte ich deinen Vater kennen. Aus irgendeinem Grund beschloß er, daß er mich haben wollte, und ich glaube nicht, daß ich dabei viel zu sagen hatte. Er war ein außerordentlich gutaussehender Mann, und ich fürchte, daß mir nicht einmal der Gedanke kam, ich könnte ihm etwas abschlagen.

Doch dann waren wir verheiratet, und es gab eine Krise nach der anderen, die alle von Bills Lebenslust heraufbeschworen wurden. Selbst wenn William Kinder zeugte, mußten es Zwillinge werden; ein Kind auf einmal reichte ihm nicht.«

Sie blickte auf ihre Hände hinunter, und in ihren Augen blinkten Tränen. »Ich dachte, ich würde ebenfalls sterben, nachdem Bill ums Leben gekommen war. Das Dasein schien für mich keinen Sinn mehr zu haben; doch dann fing ich an, mich an Dinge zu erinnern, die ich früher gern gemacht hatte – an das Sticken und Nähen –, und natürlich hatte ich ja noch euch Mädchen. Dann trat Mr. Gates in mein Leben. Er war so verschieden von Bill wie die Nacht vom Tag, und ihm gefiel, was Bill immer als ›Nähkram‹ zu bezeichnen pflegte. Mr. Gates hatte strenge Vorstellungen von dem, was eine Frau tun und was sie nicht tun sollte. Er erwartete nicht von mir, daß ich am Sonntag mit ihm auf die Berge kletterte, wie Bill das verlangt hatte. Nein, Mr. Gates wollte mir ein schönes Heim geben, und ich sollte in diesem Heim bleiben, mich um meine Kinder kümmern und nachmittags Teeparties geben. Als ich diesen Mann näher kennenlernte, stellte ich fest, daß er leicht zufriedenzustellen war und daß die Dinge, die mir lagen, auch diejenigen waren, die er von mir erwartete. Bei deinem Vater war ich mir nie sicher, was ich tun oder besser lassen sollte.«

Sie blickte zu Blair hoch. »Und so kam es, daß ich mich in ihn verliebte. Was ich tun wollte und seine Vorstellungen von dem, was ich tun sollte, stimmten vollkommen überein. Ich fürchte, ich habe dabei nicht ernsthaft genug an euch gedacht oder mir überlegt, wie ähnlich ihr eigentlich eurem Vater seid. Ich wußte nur, daß du ihm ähnlich warst, und deshalb habe ich es so eingerichtet, daß du bei Henry wohnen konntest. Doch von Houston nahm ich an, daß sie nach mir geraten ist, und im gewissen Grade stimmt das auch. Doch Houston hat auch viel von ihrem Vater, und das äußert sich manchmal auf merkwürdige Weise, indem sie sich als alte Frau verkleidet und die Kohlengruben besucht. Bill würde auch so etwas in dieser Richtung getan haben.«

Blair schwieg lange still, während sie über die Worte ihrer Mutter nachdachte und sich dabei fragte, ob sie Leander jemals lieben könnte. Sie war sich sicher gewesen, daß sie in Alan verliebt sei; war jedoch auch nicht todunglücklich, als er sie sitzenließ. Zu viel war durch das, was geschehen war, in die Brüche gegangen. Sie konnte Lee nicht anschauen, ohne sich daran zu erinnern, daß ihre Schwester ihn so sehr und so lange geliebt hatte und daß Houston nun zusehen mußte, wie er eine andere heiratete.

Blair schlief kaum in der Nacht vor der Hochzeit, und am Morgen schienen noch alle nächtlichen Dämone um ihr Bett versammelt zu sein. Das grelle Sonnenlicht des Tages konnte sie nicht von ihrem Gefühl der Verdammnis befreien.

In den letzten Tagen hatte sie für Minuten vergessen können, daß sie den Zukünftigen ihrer Schwester heiratete, doch da hatte sie immer noch geglaubt, daß dieses Ereignis nicht eintreten würde. Sie hatte gedacht, sie würde schon irgendwie vor dieser Heirat bewahrt werden, und Houston könnte ihren Leander zurückbekommen.

Um zehn Uhr morgens brachen sie zur Villa Taggert auf, wo die Hochzeit stattfinden sollte: Opal und die Zwillinge vornweg in Houstons hübscher kleiner Kutsche, eines von Taggerts zahlreichen Geschenken, und dahinter der Stalljunge mit einem großen Fuhrwerk, das Houston gemietet hatte und auf dem sich die in Musselin eingewickelten Brautkleider befanden. Sie sprachen unterwegs kein Wort. Als Blair Houston fragte, was sie gerade dachte, antwortete Houston, sie hoffe, daß die Lilien unbeschädigt in der Villa Taggert eingetroffen seien.

Für Blair war das nur noch ein Beweis, daß Houston in erster Linie an den monetären Wert des Mannes dachte, den sie heute heiraten würde.

Und sobald Blair Taggerts Haus vor sich auftauchen sah, war sie überzeugt, daß Houston sich an den Gott des Geldes verkauft hatte.

Das Haus sah aus, als sei es aus einem Berg aus Marmor herausgeschnitzt worden: kühl und weiß und riesig. Das Erdgeschoß wurde von einer Halle mit zwei geschwungenen Freitreppen beherrscht, deren Dimensionen alles übertrafen, was sie bisher in einem Wohnhaus gesehen hatte.

»Wir kommen auf diesen Treppen herunter«, sagte Houston, auf die Stufen zeigend, die zur Galerie hinaufführten. »Die eine auf der linken, die andere auf der rechten Seite.« Umgeben von einem Schwarm schöngekleideter Freundinnen entfernte sie sich, um mit ihnen das Haus zu besichtigen, während Blair dort stehenblieb, wo sie war.

»Es dauert eine Weile, bis man sich daran gewöhnt«, flüsterte Opal ihrer Tochter zu. Dieses Haus vermittelte ihr ein Gefühl der Unwirklichkeit, als wäre es nur ein Zauberwerk, daß sich so rasch in ein Nichts auflösen konnte, wie es entstanden war.

»Will Houston tatsächlich hier wohnen?« flüsterte Blair zurück.

»Das Haus wirkt kleiner, wenn Kane sich darin bewegt«, beruhigte Opal ihre Tochter. »Ich denke, wir sollten jetzt lieber nach oben gehen. Sonst wissen wir nicht, was für Überraschungen Houston sich noch für uns ausgedacht hat.«

Blair folgte ihrer Mutter die breite geschwungene Treppe hinauf, wobei sie die ganze Zeit über die Schulter in die Halle hinunterblickte. Überall, wohin sie sah, standen oder hingen exotische Arrangements aus Blumen und Grünzeug. Dann blieb sie oben auf der Galerie stehen und blickte durch das Fenster auf einen wunderschönen, üppig grünen Rasen mit Sträuchern.

Opal verhielt neben ihr. »Das ist der Hof für Lieferanten. Warte, bis du erst den Garten siehst!«

Blair sagte nichts mehr, als sie ihrer Mutter zu den privaten Gemächern des Hauses folgte.

»Houston hat dich hier untergebracht«, sagte Opal und öffnete die Tür zu einem Zimmer mit hoher Decke und einem Kamin aus weißem Marmor, der ein Relief aus Girlanden und Blumen zeigte. Die Sessel, Sofas und Tische in diesem Raum hätten eigentlich in ein Museum gehört.

»Das ist das Wohnzimmer, dahinter das Schlafzimmer und daneben das Bad. Jedes Gästezimmer hat einen eigenen Salon und ein Badezimmer.«

Blair fuhr mit der Hand über das Marmorbecken im Badezimmer, und obwohl sie noch nie solche Armaturen gesehen hatte und sich nicht sicher sein konnte, dachte sie, die könnten aus Gold sein. »Messing?« fragte sie ihre Mutter.

»So etwas würde er in seinem Haus nicht dulden«, sagte Opal mit einem gewissen Stolz. »Ich muß jetzt gehen und nachsehen, ob Houston Hilfe braucht. Es sind noch Stunden bis zur Trauung. Warum nützt du nicht die Zeit zu einem Schläfchen?«

Blair wollte protestieren, daß sie an so einem Tag unmöglich schlafen könne; doch dann fiel ihr Blick auf die riesige Marmorbadewanne, und sie überlegte, ob sie die nicht benützen sollte.

Sobald sie allein war, füllte sie die Wanne mit heißem,

dampfendem Wasser und stieg hinein. Das warme Bad wirkte sofort beruhigend auf ihre Nerven. Sie blieb so lange in der Wanne sitzen, bis ihre Haut Falten zu werfen begann, stieg dann wieder hinaus und trocknete sich mit einem Badetuch ab, das so dick war, daß man es auch als Kissen hätte verwenden können. Sie wickelte sich in einen rosafarbenen Bademantel aus Kaschmirwolle ein und ging in das Schlafzimmer, wo sie prompt auf dem breiten, weichen Bett einschlief.

Als sie wieder aufwachte, hatte sie einen klaren Kopf und fühlte sich ausgeruht. Sie erinnerte sich wieder an die Worte ihrer Mutter, die von einem Garten hinter dem Haus gesprochen hatte. Rasch zog sie ihren gewöhnlichen, schlichten Rock und ihre Bluse an und verließ das Zimmer. Sie wollte nicht die Vordertreppe benützen, da sie von der Halle her das Murmeln vieler Stimmen hörte. Sie ging den Korridor hinunter, an vielen geschlossenen Türen vorbei, und fand schließlich eine Hintertreppe, die zu einem Labyrinth von Küchen- und Vorratsräumen hinunterführte. Jeder Quadratzentimeter in diesen Räumen wurde von Leuten in Beschlag genommen, die geschäftig hin und her eilten und wunderbar duftende Speisen erschufen. Blair gelang es nur mit Mühe, sich durch dieses Gewühl hindurchzuarbeiten. Mehrere von diesen Leuten erkannten sie, doch niemand hatte Zeit, sich verwundert darüber zu äußern, daß eine der beiden Bräute sich zwei Stunden vor der Hochzeit im Küchentrakt aufhielt. Blair wollte nur vermeiden, daß Houston sie hier sah. Houston hatte zweifellos einen genauen Stundenplan, und sie würde sich pedantisch daran halten, egal, was auch passierte. Houston würde bestimmt keine Zeit haben, für ein paar Minuten in den Garten zu entweichen.

Hinter dem Haus dehnte sich eine Rasenfläche aus, die nun mit riesigen Zelten, Tischen mit pinkfarbenen Leinentüchern und Hunderten von mit Blumen gefüllten Vasen bedeckt war. Männer und Frauen in Uniform liefen zwischen dem Haus und den Tischen hin und her, um Speisen und Gewürze darauf zu stellen.

Blair hastete auch an diesen Leuten vorbei, um sich das anzuschauen, was als Garten hinter dem Haus bezeichnet wurde. Als sie den Rand der Anlage erreichte, traf sie das, was sie nun erblickte, ganz unvorbereitet. Vor ihr lag ein viele Morgen großes Areal mit einheimischen und exotischen Pflanzen und Gewächsen, die sie noch nie zuvor in ihrem Leben gesehen hatte. Vorsichtig folgte sie einem der verschlungenen Pfade durch dieses grüne Paradies.

Die Unrast und der Trubel der Hochzeitsvorbereitungen blieben hinter ihr zurück, und zum erstenmal seit Tagen fand sie Zeit und Ruhe zum Nachdenken.

Heute war ihr Hochzeitstag, doch zur Stunde konnte sie sich nicht mehr daran erinnern, wie sie hierhergekommen war. Vor drei Wochen war sie in Pennsylvania gewesen, mit genau abgesteckten Plänen für ihr Zukunft. Aber wie ganz anders hatte sich alles entwickelt! Alan war von ihr weggelaufen, statt sie zu heiraten. Ihre Schwester hatte den Mann verloren, den sie haben wollte, und würde jetzt einen der reichsten Männer dieses Landes heiraten – ohne daß Liebe dabei im Spiel war.

Und an allem trug nur sie die Schuld. Sie war nach Hause gekommen, um der Hochzeit ihrer Schwester beizuwohnen; und statt ihr zu ihrem Glück zu verhelfen, war es ihr gelungen, sie in eine käufliche Braut zu verwandeln. Houston hätte sich ebensogut auf einer Auktion versteigern lassen können, wo sie dem Mann mit dem höchsten Angebot zugeschlagen wurde.

Während Blair mit gefurchter Stirn im Garten umherschlenderte, sah sie Taggert einen der Wege herunterkommen. Ehe sie wußte, was sie tat, drehte sie sich abrupt um und ging, bevor er ihrer ansichtig werden konnte, in die andere Richtung davon. Sie war erst ein paar Schritte weit gekommen, als sie eine außerordentlich stattliche Frau in ihrer Nähe auftauchen sah, die ihr irgendwie bekannt vorkam. Diese eilte denselben Pfad hinunter, den Taggert heraufkam. Blair konnte sich nicht mehr erinnern, wo sie diese Frau schon einmal gesehen hatte, ging achselzuckend weiter und hing wieder ihren beklemmenden Gedanken nach.

Dann erinnerte sie sich plötzlich wieder an den Namen der stattlichen Frau.

»Das ist Pamela Fenton«, sagte sie laut. Houston und Blair waren als Kinder oft im Haus der Fentons gewesen, um dort auf Marcs Ponies zu reiten oder eine der zahllosen Parties zu besuchen, und damals war Marcs ältere Schwester Pam schon fast erwachsen gewesen, was sie beide sehr beeindruckt hatte. Dann hatte Pam plötzlich ihr Vaterhaus verlassen, und jahrelang hatte man noch in der Stadt darüber geflüstert, warum sie so Knall auf Fall aus Chandler verschwunden war.

Sie war also nach all diesen Jahren wieder nach Chandler zurückgekommen und würde bei der Hochzeit zugegen sein, dachte Blair nicht ohne Vergnügen. Und ganz nebenbei fragte sie sich, was Pamela denn damals angestellt hatte, daß die Gerüchte in der Stadt jahrelang nicht verstummen wollten. Da war doch von einem Stallburschen die Rede gewesen, wenn sie sich recht entsann.

Blair hielt plötzlich mitten im Schritt an. Es hatte im Hause Fenton tatsächlich wegen eines Stallburschen, der für Pamelas Vater arbeitete, einen Skandal gegeben. Sie hatte sich in den Knecht verliebt, und ihr Vater hatte sie wegen ihrer Affäre mit dem Kerl nicht mehr in seinem Haus behalten wollen.

Und dieser Stallbursche war Kane Taggert gewesen!

Blair raffte ihre Röcke hoch und rannte den Pfad zu der Stelle hinunter, wo Taggert und Pam zusammentreffen mußten. Sie war noch einige Schritte davon entfernt, als sie wie versteinert anhielt.

Sie sah ungläubig zu, wie Kane Taggert Pamela Fentons Gesicht mit beiden Händen festhielt und sie mit großer Leidenschaft küßte.

Mit raschen, heißen Tränen in den Augen floh Blair den Pfad hinauf zum Haus. Was hatte sie ihrer Schwester nur angetan? Houston wollte dieses monströse Mannsbild heiraten, das zwei Stunden vor seiner Hochzeit eine andere Frau küßte!

Und an dem allen hatte allein sie – Blair – schuld.

Kapitel 17

Anne Seabury half Blair in das Prachtstück hinein, das Houston für ihre Hochzeit entworfen hatte. Es war ein elegant schlichtes, hochgeschlossenes Kleid aus elfenbeinfarbenem Satin mit weiten Ärmeln und so eng in der Taille, wie die mit Stahlrippen bewehrte Korsage das nur irgend möglich machte. Hunderte, vielleicht sogar Tausende von winzigen Zuchtperlen schmückten Taille und Manschetten, und der Schleier bestand aus so feinen, handgeklöppelten Spitzen, wie sie Blair bisher noch nie gesehen hatte.

Als sie sich im Spiegel betrachtete, wünschte sie sich, daß sie dieses Kleid unter glücklicheren Umständen hätte tragen und mit einem Lächeln auf dem Gesicht zum Traualtar hätte gehen können.

Doch sie wußte, daß dies unmöglich war; denn sie hatte bereits getan, was ihr Gewissen von ihr verlangte. Kaum war sie Zeugin geworden, wie dieses Monster Taggert eine andere Frau küßte, als sie schon ins Haus zurückeilte und diesem Mann ein Billett schrieb. Darin hatte sie ihm mitgeteilt, daß sie rote Rosen im Haar tragen würde, und der Zofe aufgetragen, ihm zu sagen, daß er sich links vom Altar postieren solle und nicht rechts davon, wie ursprünglich vorgesehen.

Blair war sich nicht sicher, ob das, was sie vorhatte, auch vor dem Gesetz bestehen konnte, da in der Heiratslizenz schriftlich festgehalten war, welcher Zwilling mit welchem Mann getraut werden sollte; aber vielleicht konnte sie ihrer Schwester eine gewisse Schonfrist erkaufen, wenn der Pfarrer Leander und Houston zu Mann und Frau erklärte, statt ihre Schwester mit diesem Wüstling Taggert zu verehelichen. Sie mochte jetzt nicht über die Konsequenzen nachdenken, wenn die Eheschließung auch gesetzlich bindend war und sie sich mit Taggert verheiratet fand.

Sie schickte ihrer Schwester pinkfarbene Rosen und bat sie, diese bei der Trauung zu tragen.

Am Kopfende der beiden Treppen drückte Blair ihre Schwester an sich. »Ich liebe dich mehr, als du ahnst«, flüsterte sie, ehe sie in die Halle hinunterstiegen. Und dann setzte sie mit einem Seufzer hinzu: »Laß uns dieses Spektakel hinter uns bringen.« Mit jeder Stufe wuchs in Blair das Gefühl, daß sie ihrer Hinrichtung näher kam. Was ist, wenn die Trauung gesetzlich gültig ist, ich mit diesem schrecklichen Mann verheiratet bin und in diesem Mausoleum von Haus leben muß? dachte sie.

In dem riesigen Zimmer, das einmal eine Bibliothek werden sollte, aber ebensogut für Hallen-Baseballspiele geeignet war, sah sie Taggert neben Leander auf einer mit Rosen und Grünpflanzen geschmückten Plattform stehen.

Blair hielt den Kopf hoch und die Augen geradeaus gerichtet. Sie wußte, daß Houston inzwischen begriffen haben mußte, was da vor sich ging – daß sie am Ende doch noch den Mann heiraten würde, den sie liebte.

Blair blickte geradeaus auf Kane Taggert, und als sie sich durch den Mittelgang ihm näherte, sah sie, wie sich eine steile Falte auf seiner Stirn bildete. Er weiß Bescheid! dachte sie. Er weiß, daß ich nicht Houston bin.

Einen Moment lang war Blair von einem tiefen Staunen erfüllt. Bis zu diesem Augenblick hatte sie bezweifelt, daß selbst ihre eigene Mutter ihre Zwillingstöchter auseinanderzuhalten vermochte; doch dieser Mann konnte es irgendwie. Sie blickte zu Leander hinüber und sah, daß er Houston mit einem leisen Lächeln willkommen hieß. Natürlich war Leander vertrauensselig, dachte sie; er hatte keinen Grund, jemandem eine schlechte Tat zuzutrauen, da er selbst unfähig war, anderen etwas Böses anzutun. Doch Taggert stand in dem Ruf, sich auf skrupellose Weise sein gewaltiges Vermögen zusammengerafft zu haben. Deshalb witterte er überall Verrat und konnte daher auch die Zwillinge auseinanderhalten, räsonierte Blair.

Blair blickte ihre Schwester nicht an, als sie auf die Plattform hinaufstiegen. Leander nahm Houstons Hände in die seinen, während Taggert sich von beiden Zwillingen und dem Pfarrer abwendete.

»Meine teuren Lieben, wir . . .« begann der Pfarrer; doch Houston unterbrach ihn mit den Worten: »Entschuldigen Sie; aber ich bin Houston.«

Blair blickte ihre Schwester verwundert an. Warum verdarb Houston jetzt alles, was sie so sorgfältig arrangiert hatte?

Leander warf Blair einen harten Blick zu. »Sollen wir die Plätze tauschen?« fragte er Taggert.

Taggert zuckte nur mit seinen breiten Schultern. »Mir ist es egal.«

»Mir aber nicht«, erwiderte Leander und ging auf die andere Seite des Altars hinüber.

Lee nahm Blairs Hand in die seine und quetschte sie fast vom Gelenk ab – doch sie spürte den Schmerz kaum. Taggert hatte öffentlich zugegeben, daß er sich nicht viel aus Houston machte, daß es ihm egal war, ob er sie oder eine andere Frau heiratete. Blair hatte sich nie gefragt, warum Taggert Houston heiraten wollte; und nun überlegte sie, ob er sie nur nahm, weil sie die einzige war, die ihn nehmen würde.

Leander zwickte sie in die Hand, und sie blickte rechtzeitig hoch, um zu sagen: »Ich will.«

Ehe sie recht wußte, was geschah, war die Trauung schon vorüber. Leander nahm sie in seine Arme, um ihr den obligaten Kuß zu geben. Für die Hochzeitsgäste mußte es so ausgesehen haben, als wäre es ein sehr leidenschaftlicher Kuß; doch in Wirklichkeit flüsterte Lee ihr mit großer Heftigkeit ins Ohr: »Ich will dich draußen sprechen. Sofort!«

Über ihre vier Meter lange schwere Satinschleppe stolpernd, versuchte Blair mit ihm Schritt zu halten, während er sie durch den Mittelgang zum Ausgang zog. Die Leute drängten von allen Seiten herbei, sobald sie in die Halle kamen; doch Leander ließ ihre Hand keinen Augenblick los, bis sie in dem großen getäfelten Raum am Ende des Korridors angelangt waren.

»Was, zum Kuckuck, sollte das vorhin bedeuten?« begann Leander, ließ ihr aber keine Zeit zu einer Antwort. »Ist der Gedanke, mit mir leben zu müssen, für dich so schlimm, daß du zu solchen Mitteln greifst, um dich davor zu drücken? Würdest du lieber mit einem Mann leben wollen, den du gar nicht kennst, statt mit mir? Ist dir jeder andere lieber als ich?«

»Nein«, begann sie. »Ich habe an dich überhaupt nicht gedacht, sondern nur an Houston. Ich wollte ihr das Gefühl nehmen, daß sie diesen schrecklichen Mann heiraten müsse.«

Leander blickte sie lange an, und als er wieder sprach, war seine Stimme ruhig. »Willst du damit sagen, daß du bereit warst, einen Mann zu heiraten, den du verabscheust, damit deine Schwester den Mann bekommen konnte, den sie deiner Meinung nach haben möchte?«

»Natürlich.« Blair war ein wenig betroffen über seine Frage. »Welchen Grund sollte ich denn sonst gehabt haben für diese Vertauschung?«

»Den Grund, daß du glaubtest, eine Ehe mit jedem anderen Mann wäre besser als ein Leben mit mir.« Er faßte sie am Arm. »Blair, du wirst das sofort in Ordnung bringen. Du wirst dich jetzt mit Houston aussprechen, und ich verlange, daß du sie fragst, warum sie Taggert heiraten wollte. Und ich möchte, daß du genau zuhörst, wenn sie deine Frage beantwortet. Hast du mich verstanden? Du sollst sehr genau zuhören, wenn sie dir antwortet!«

Die vielen hundert Leute ignorierend, die wisperten und lachten über die Brautverwechslung am Altar, zog Leander Blair am Arm hinter sich her durch die Menge, während er fragte, wo Houston sei. Sie war nicht schwer zu finden; denn sie saß allein in einem kleinen Zimmer, in dem überall Papiere herumlagen.

»Ich denke, ihr beiden habt ein paar Dinge unter vier

Augen zu klären«, zischelte Leander mit zusammengepreßten Zähnen, als er Blair durch die Tür in das Zimmer hineinschob und diese dann hinter ihr zumachte.

Als die Zwillinge allein im Zimmer waren, sagten sie kein Wort. Houston saß nur mit gesenktem Kopf in einem Sessel, während Blair in der Nähe der Tür stehenblieb.

»Ich denke, wir sollten hinaus in den Garten gehen und die Hochzeitstorte anschneiden«, sagte Blair nach einer Weile mit behutsamer Stimme. »Du und Taggert . . .«

Houston schoß aus ihrem Sessel heraus, als hätte sie sich plötzlich in eine Harpyie verwandelt. »Du kannst ihn nicht einmal bei seinem Vornamen nennen, wie?« sagte sie, jede Silbe wütend betonend. »Du glaubst, er habe keine Gefühle? Du glaubst, weil du Vorurteile gegen ihn hast, hättest du auch das Recht dazu, ihn so zu behandeln, wie du das für richtig hältst!«

Verwundert wich Blair einen Schritt vor dem Zorn ihrer Schwester zurück. »Houston, was ich getan habe, habe ich deinetwegen getan. Ich wollte dich glücklich wissen.«

Houston ballte die Hände an den Seiten zu Fäusten und rückte auf Blair vor, als wollte sie auch von ihren Fäusten Gebrauch machen. »Glücklich? Wie kann ich glücklich sein, wenn ich nicht einmal weiß, wo mein Ehemann ist? Dank dir werde ich vielleicht niemals erfahren, was das Wort Glück bedeutet!«

»Dank mir? Was habe ich denn anderes getan, als alles in meiner Macht Stehende zu versuchen, um dir zu helfen? Ich habe versucht, dir zu helfen, wieder zur Besinnung zu kommen und zu erkennen, daß du diesen Mann nicht seines Geldes wegen heiraten mußt. Kane Taggert . . .«

»Du hast es wirklich noch nicht begriffen, wie?« unterbrach Houston sie. »Du hast einen stolzen, empfindsamen Mann vor Hunderten von Leuten gedemütigt und bist dir deiner Tat noch nicht einmal bewußt!«

»Ich nehme an, du sprichst von dem Vorfall am Altar? Das habe ich deinetwegen getan, Houston. Ich weiß, daß du Leander liebst, und ich war willens, Taggert zum Mann zu nehmen, nur um dich glücklich zu machen. Ich bedaure zutiefst, was ich dir angetan habe. Es war nie meine Absicht gewesen, dich unglücklich zu machen. Ich weiß, daß ich dein Leben ruiniert habe; aber ich versuchte, zu reparieren, was ich zerstört habe.«

»Ich, ich, ich. Das ist alles, was du sagen kannst. *Du* weißt, daß ich Leander liebe. *Du* weißt, was für ein schrecklicher Mann Kane ist. Die ganze letzte Woche über hast du jede wache Minute mit Leander verbracht, und du redest von ihm, als wäre er ein Gott. Jedes zweite Wort, das du sagst, ist ›Leander‹. Ich denke, daß du es gut gemeint hast vorhin: Du wolltest mir den besten Mann geben.«

Houston beugte sich zu ihrer Schwester vor: »Leander mag deinen Körper in Brand setzen, doch für mich hat er nie etwas getan. Wenn du in letzter Zeit nicht so ausschließlich mit dir selbst beschäftigt gewesen wärest und daran denken könntest, daß auch ich einen Funken Verstand besitze, würdest du bemerkt haben, daß ich mich in einen guten, gütigen, rücksichtsvollen Mann verliebt habe – zugegeben, er hat eine rauhe Schale; aber hast du dich nicht immer darüber beschwert, daß meine Schale ein bißchen zu glatt wäre?«

Blair ließ sich auf einen Stuhl fallen. »Du liebst ihn? Taggert? Du liebst Kane Taggert? Aber das verstehe ich nicht. Du hast *immer* nur Leander geliebt. Solange ich zurückdenken kann, hast du ihn geliebt.«

Houstons Zorn schien sich etwas zu legen, und sie wandte sich von ihrer Schwester ab, um aus dem Fenster zu blicken. »Richtig, ich beschloß, daß ich ihn haben wollte, als ich sechs Jahre alt war. Ich glaube, ich setzte mir das zum Ziel wie ein Bergsteiger, der einen Gipfel erobern möchte. Ich hätte mir ebensogut Mount Rainier dafür aussuchen können. Jedenfalls wäre dann, sobald ich den Gipfel erklommern hätte, die Sache für mich erledigt gewesen. Ich wußte nie, was ich mit Leander anstellen sollte, wenn wir einmal verheiratet waren.«

»Aber du weißt, was du mit Taggert anstellen wirst?«

Houston blickte auf ihre Schwester zurück und lächelte. »Oh, ja. Ich weiß sehr genau, was ich mit ihm anstellen werde. Ich werde ihm ein Heim schaffen, eine Stätte, wo ich sicher bin – wo ich machen kann, was ich möchte.«

Blair stand auf, und nun war sie daran, die Hände zu Fäusten zu ballen. »Und du konntest dir vermutlich nicht zwei Minuten Zeit nehmen, mir das alles zu erzählen, nicht wahr? Ich bin in den letzten zwei Wochen durch die Hölle gegangen. Ich habe mir solche Sorgen um dich gemacht, mir tagelang die Augen aus dem Kopf geweint vor Kummer, was ich meiner Schwester angetan habe. Und jetzt gestehst du mir, daß du in diesen König Midas *verliebt* bist.«

»Ich möchte von dir keine abfälligen Bemerkungen mehr über ihn hören!« schrie Houston und beruhigte sich dann wieder. »Er ist der gütigste, sanfteste Mann der Welt und sehr großzügig. Und zufällig liebe ich ihn sehr.«

»Und ich habe aus Sorgen um dich Höllenqualen ausgestanden. Du hättest mir das sagen sollen!«

Houston strich gedankenverloren mit der Hand am Rand des Schreibtisches entlang, der in der Mitte des Zimmers stand. »Vermutlich war ich so eifersüchtig auf deine Liebesaffäre, daß ich es dir nicht sagen wollte.«

»Liebesaffäre?« explodierte Blair. »Ich glaube, ich bin Leanders Mount Rainier. Ich kann nicht leugnen, daß er in körperlicher Hinsicht einiges bei mir bewirkt; aber das ist auch alles, was er von mir will. Wir haben ganze Tage zusammen im Operationssaal verbracht; doch ich spüre, daß ich nur einen Teil von ihm kenne. Er läßt mich eigentlich gar nicht an sich herankommen. Ich weiß so wenig von ihm. Er beschloß, daß er mich haben will; also setzte er auch alles daran, um mich zu bekommen.«

»Aber ich sehe doch, wie du ihn anschaust. Ich hatte nie das Bedürfnis, ihn so anzusehen, wie du das tust.«

»Das kommt daher, weil du ihn nie in einem Operationssaal erlebt hast. Hättest du ihn dort gesehen, würdest du . . .«

». . . höchstwahrscheinlich in Ohnmacht gefallen sein«,

sagte Houston. »Blair, es tut mir leid, daß ich nicht mit dir geredet habe. Ich wußte vermutlich, daß du dich gequält hast; aber was geschehen ist, hat weh getan. Ich bin mit Leander, wie es mir vorkam, fast mein ganzes Leben lang verlobt gewesen, doch dann kamst du und hast ihn mir in einer einzigen Nacht weggenommen. Und Lee hat mich immer seine Eisprinzessin genannt, und ich machte mir solche Sorgen, daß ich eine frigide Frau sein würde.«

»Und dieser Sorge bist du nun enthoben?« fragte Blair.

Houstons Wangen röteten sich lebhaft. »Ich weiß, daß ich bei Kane diese Sorge nicht haben werde«, flüsterte sie.

»Du liebst ihn also wirklich?« fragte Blair, die das immer noch nicht zu begreifen vermochte. »Es macht dir nichts aus, wenn ihm das Fleisch vom Teller springt? Es macht dir nichts aus, wenn er mit vollem Mund spricht oder andere Frauen hat?«

Blair hätte sich jetzt die Zunge abbeißen können.

»Was für andere Frauen?« fragte Houston mit schmalen Augen. »Und, Blair, sag mir das lieber sofort.«

Blair holte tief Luft. Es wäre in Ordnung gewesen, wenn sie Houston erzählt hätte, was sie beobachtet hatte, ehe sie diesen Mann heiratet. Doch nun war es zu spät.

Houston rückte wieder gegen ihre Schwester vor. »Wenn du noch einmal daran denken solltest, mein Leben zu managen, wie du das heute am Traualtar getan hast, werde ich nie mehr ein Wort mit dir reden. Ich bin eine erwachsene Frau, und du weißt etwas über *meinen* Mann, und ich möchte wissen, was!«

»Ich sah ihn im Garten, wo er kurz vor der Trauung Pamela Fenton küßte«, sagte Blair in einem Atemzug.

Houston erbleichte ein wenig, schien sich aber sonst gut in der Gewalt zu haben. »Aber danach kam er trotzdem zu mir«, flüsterte sie. »Er sah sie, küßte sie, doch mich hat er geheiratet.« Ein strahlendes Lächeln breitete sich auf ihrem Gesicht aus. »Blair, du hast mich in diesem Moment zur glücklichsten Frau der Welt gemacht. Nun muß ich nur noch meinen Mann finden und ihm sagen, daß ich ihn liebe und hoffe, daß er mir verzeiht.«

Sie hielt plötzlich inne. »Oh, Blair, du kennst ihn überhaupt nicht. Er ist so ein guter Mann, auf eine ganz natürliche Weise großzügig, und auf eine Weise stark, daß die Leute sich an ihn lehnen; aber er ist auch . . .« Sie vergrub das Gesicht in den Händen. »Aber er kann es nicht ertragen, wenn man ihn in Verlegenheit bringt; und wir haben ihn vor der ganzen Stadt gedemütigt. Das wird er mir nie verzeihen. Niemals!«

Blair wandte sich der Tür zu. »Ich werde zu ihm gehen und ihm erklären, daß das alles nur meine Schuld ist und du nichts damit zu tun hattest. Houston, ich ahnte wirklich nicht, daß du ihn tatsächlich heiraten wolltest. Ich konnte mir einfach nicht vorstellen, daß jemand mit so einem Mann wie ihm leben möchte.«

»Ich glaube nicht, daß du dir darüber noch länger Gedanken machen mußt, weil ich glaube, daß er mich soeben verlassen hat.«

»Aber was wird aus den Gästen? Er kann doch nicht einfach seine Gäste stehen lassen!«

»Sollte er bleiben und sich anhören, wie die Leute darüber lachen, daß Leander sich bis zuletzt nicht entschließen konnte, welche von den beiden Zwillingen er heiraten sollte? Nicht einer von ihnen scheint zu denken, daß Kane eine Wahl habe bei Frauen. Kane bildet sich ein, ich würde immer noch Lee lieben; du denkst, daß ich Lee liebe; und Mr. Gates denkt, ich würde Kane seines Geldes wegen heiraten. Ich denke, Mutter ist die einzige Person, die erkannt hat, daß ich verliebt bin – zum erstenmal in meinem Leben.«

»Was kann ich tun, um meinen Fehler wieder gutzumachen?« flüsterte Blair.

»Es gibt nichts, was du tun kannst. Er ist fort. Er hat mir Geld und das Haus hinterlassen und ist fortgegangen. Aber was soll ich mit diesem großen, leeren Haus anfangen, wenn er nicht darin ist?« Houston setzte sich. »Blair, ich weiß nicht einmal, wo er ist. Er könnte jetzt schon in einem Zug sitzen, der ihn nach New York zurückbringt – was weiß ich?«

»Ich vermute aber, daß er zu seiner Blockhütte unterwegs ist.«

Beide Frauen blickten hoch und sahen Kanes Freund Edan im Türrahmen stehen. »Ich hatte nicht vor, Sie zu belauschen; aber nachdem ich miterlebt habe, was bei der Trauung passierte, wußte ich, daß er sehr zornig sein würde.«

Houston wickelte sich geschickt die Schleppe ihres Brautkleides um den Arm. »Ich werde zu ihm gehen und ihm erklären, was passiert ist. Ich werde ihm sagen, daß meine Schwester so sehr in Leander verliebt ist, daß sie glaubte, ich wäre das ebenfalls.«

Sie drehte sich mit einem Lächeln zu Blair um. »Es ist schon schlimm, daß du mir zutrauen konntest, einen Mann nur seines Geldes wegen zu heiraten; aber ich danke dir für die Liebe, die dich dazu bewog, mir das opfern zu wollen, was dir inzwischen so viel bedeutet.« Und dann drückte sie rasch einen Kuß auf die Wange ihrer Schwester.

Blair klammerte sich einen Moment an sie. »Houston, ich hatte ja keine Ahnung, was du für ihn empfindest. Sobald der Empfang vorbei ist, werde ich dir packen helfen und . . .«

Houston löste sich mit einem kleinen Lachen aus ihrer Umarmung. »Nein, meine Teure, mich managende Schwester, ich werde dieses Haus sofort verlassen. Mein Mann ist mir wichtiger als ein paar hundert Gäste. Du wirst hierbleiben und all die neugierigen Fragen beantworten müssen, wo Kane und ich geblieben sind.«

»Aber, Houston, ich habe doch keine Ahnung, wie man Empfänge von dieser Größe bewältigen soll!«

Houston hielt unter der Tür neben Edan an. »Ich habe das im Verlauf meiner ›wertlosen‹ Ausbildung gelernt«, sagte sie und lächelte dann. »Blair, es ist nicht so tragisch, wie du glaubst. Kopf hoch! Vielleicht gibt es ein paar Fälle von

Lebensmittelvergiftung, und dann weißt du ganz genau, wie du sie bewältigen mußt. Viel Glück«, sagte sie und war durch die Tür, während Blair allein im Zimmer zurückblieb, vor Entsetzen wie gelähmt bei dem Gedanken, einer so riesigen, komplizierten Festlichkeit vorstehen zu müssen.

»Warum konnte ich nur meinen großen Mund nicht halten, als Houston sich damals für diese Schule entschied?« murmelte sie, während sie ihr Kleid glattzog, in ihrem eng geschnürten Korsett Luft zu holen versuchte und das Zimmer verließ.

Kapitel 18

Der Empfang übertraf noch Blairs schlimmste Befürchtungen. Den Leuten fehlte ständig dies oder das, und sobald Houston nicht mehr zu sehen war, schien keiner mehr zu wissen, was er machen sollte. Dann gab es da offenbar ein paar hundert Verwandte von Lee, die erklärt haben wollten, wie es zu dieser ungewöhnlichen Vertauschung der Zwillinge gekommen sei. Opal begann das Gerücht auszustreuen, daß Houstons Mann die Braut auf einem weißen Hengst entführt habe (wahrscheinlich auf einem Hengst mit Flügeln, dachte Blair bei sich), und all die jungen Damen flüsterten untereinander, daß Kane der romantischste aller Männer sei. Blair konnte nur daran denken, daß sie für ihre Person sicherlich froh war, daß ihre Vertauschung nicht den gewünschten Erfolg gehabt hatte und sie nun ihre Hochzeitsnacht nicht mit Taggert verbringen mußte.

Ein Mann fragte Blair gerade, wie er das, was wie ein hundert Pfund schwerer Käselaib aussah, servieren sollte, als sie hochsah und bemerkte, daß Leander sie über die Köpfe von Hunderten von Gästen hinweg beobachtete. Da begann sich eine leichte Wärme über ihren Körper auszubreiten. Was sie auch gegen Lee einwenden mochte: Bestimmt zählte nicht seine Absicht dazu, die Nacht mit ihr zu verbringen.

Er arbeitete sich durch das Gewühl der Gäste, gab dem Mann mit dem Käse ein paar knappe Anweisungen und zog dann Blair mit sich hinaus in den Garten, wo die Leute sie nicht mehr sehen konnten. »Dem Himmel sei Dank, daß ein Mann das nur einmal in seinem Leben über sich ergehen lassen muß. Hast du gewußt, daß Mr. Gates weint?«

Es war ein gutes Gefühl, bei ihm hier im Schatten zu sein, weg von den Leuten und dem Lärm, und sie wünschte, daß er sie küssen möge. »Er ist vermutlich glücklich, daß er mich heute zum letztenmal in seinem Haus gesehen hat.«

»Er sagte zu mir, daß er endlich aufatmen könne, weil er wüßte, daß du glücklich würdest, und weil du nun das tätest, wozu der Herrgott die Frauen erschaffen hat – mit einem guten Mann an der Seite, womit er mich meinte, der für dich sorgt. Endlich würdest du deine Erfüllung finden.«

Er sah sie auf eine Weise an, daß ihr ganz warm ums Herz wurde.

»Glaubst du, daß du mit mir *deine* Erfüllung finden wirst?« fragte er mit einem heisernen Flüstern und bewegte sich auf sie zu.

»Dr. Westfield! Ein Telegramm!« drang die Stimme eines Jungen zu ihnen. Im nächsten Moment stand er vor ihnen, und es war aus mit ihrer Zweisamkeit.

Leander gab dem Jungen einen Nickel und sagte, er solle sich von den Büffets holen, was er gerne essen wollte. Dann riß er, den Blick auf Blair gerichtet, das Telegramm auf. Im nächsten Moment hatte er nur noch Augen für das Papier, das er in den Händen hielt.

»Ich werde ihr den Hals umdrehen«, sagte er leise, während sich sein Gesicht rot färbte vor Zorn.

Blair nahm ihm das Telegramm aus der Hand.

ICH HABE SOEBEN ALAN HUNTER GEHEIRATET STOP WÜRDEST DU DAS VATER UND BLAIR SAGEN STOP WERDE IN DREI WOCHEN WIEDER ZURÜCKKOMMEN STOP SEI NICHT ZU WÜTEND AUF MICH STOP IN LIEBE NINA

»Von allen hinterhältigen Tricks ist das doch der . . .«

begann Lee. »Vater und ich werden ihr nachfahren und . . .«

». . . und was?« fiel ihm Blair ins Wort. »Sie ist bereits verheiratet, und außerdem – was ist an Alan so verkehrt? Ich denke, daß er einen recht guten Ehemann abgeben wird.«

Sogleich legte sich wieder sein Zorn. »Das mag ja so sein. Aber warum konnte sie nicht in Chandler bleiben und sich hier trauen lassen? Warum mußte sie weglaufen, als würde sie sich seiner schämen?«

»Nina und ich sind schon ein Leben lang befreundet, und ich vermute, daß sie vor mir Angst hatte. Schließlich habe ich ja nicht den Mann geheiratet, den ich ursprünglich heiraten wollte, und da dachte sie wohl, ich würde wütend sein auf Alan, weil er mich am Bahnhof versetzt hat. Zweifellos hat er mich Ninas wegen verlassen.«

Leander lehnte sich gegen einen Baum und holte eine Zigarre aus seiner Jackentasche. »Dich scheint das ja völlig kalt zu lassen. Ich habe dir die Gelegenheit gegeben, auszusteigen. Du hättest nach Pennsylvania zurückkehren können; du hattest die Chance dazu.«

Als sie in späteren Jahren an diesen Moment zurückdachte, wußte sie, daß sie sich erst in diesem Augenblick ihrer Liebe zu Leander ganz und gar sicher wurde. Er hatte die verrücktesten Sachen angestellt, um sie für sich zu gewinnen, und doch stand er nun wie ein kleiner Junge vor ihr und sagte, sie hätte ihn gar nicht zu heiraten brauchen – er hätte sie ziehen lassen.

»Und was würdest du unternommen haben, wenn ich in den Zug nach Pennsylvania gestiegen wäre? Ich erinnere mich noch sehr gut daran, wie du mich geschüttelt und zu mir gesagt hast, ich hätte dich zu heiraten und würde gar nicht mehr gefragt«, sagte sie leise, während sie dicht vor ihn trat und die Hand auf seine Brust legte. Meterlange Bahnen aus herrlichem Seidensatin breiteten sich um sie herum aus, und im sanften Licht des Gartens schimmerten die Perlen in allen Farben.

Er betrachtete sie einen Moment lang, warf dann seine Zigarre ins Gras, riß sie in die Arme und küßte sie, ihren Körper an sich drückend, mit großer Leidenschaft. Er zog ihren Kopf an seine Schulter und erstickte sie fast, als er sie so fest an sich preßte, wie eine Mutter ihr Kind an sich zieht, das sie schon verloren glaubte. »Du hast *ihn* gewählt, du bist zum Bahnhof gegangen, um mit ihm zu fahren.«

Blair versuchte sich und den kostbaren Schleier aus seiner heftigen Umarmung zu befreien. Sie wollte ihn anschauen. »Das liegt jetzt hinter uns«, sagte sie, während sie ihm in die Augen sah und an den Mann dachte, der sich hinter diesem hübschen Gesicht verbarg. Sie erinnerte sich an die vielen Male, die sie ihm bei der Arbeit zugesehen hatte, als er das Leben anderer Menschen rettete. Besonders entsann sie sich des Tages, als man einen alten Cowboy eingeliefert hatte, der von einem Bullen auf die Hörner genommen worden war. Als Lee ihn nicht hatte retten können und der Mann auf dem Operationstisch starb, hatte sie in seinen Augen Tränen gesehen. Er erzählte ihr, daß er den alten Mann schon als Junge gekannt habe, und es täte weh zu wissen, daß er jetzt tot sei.

Nun stand sie in seiner Reichweite, und sie wußte, daß sie den richtigen Mann geheiratet hatte. Alan war nicht ihre große Liebe gewesen, so wenig wie sie die seine. Und sie dachte wieder daran, wie erleichtert sie gewesen war, als er nicht am Bahnhof erschien.

»Vieles ist zwischen uns geschehen«, sagte sie, während sie ihm mit der Hand über die Wange strich. Es war so angenehm, ihn jetzt berühren zu können, wie sie das schon immer tun wollte seit der Nacht, die sie zusammen verbracht hatten. Von nun an gehörte er ihr, total und ausschließlich ihr. »Doch dieser Tag soll ein neuer Anfang für uns sein, und ich möchte mit einer sauberen Tafel beginnen. Du und ich – wir haben gut zusammengearbeitet und auch noch ... anderes, was uns verbindet«, sagte sie, während sie sacht ihre Hüften an seinem Körper bewegte. »Ich möchte aus dieser Ehe etwas machen. Ich möchte, daß wir

Kinder bekommen, gemeinsam praktizieren und uns ... lieben.« Den letzten Wunsch sprach sie nur zögernd aus, weil er immer nur gesagt hatte, daß er sie begehrte und von Liebe nie die Rede gewesen war.

»Kinder«, murmelte er, als er sie wieder fest an sich zog. »Ja, ganz besonders wollen wir gemeinsam Kinder machen.« Er fing an, sie zu küssen wie ein Verdurstender.

»Hier sind sie ja«, rief jemand. »Hört jetzt auf damit. Dafür habt ihr noch ein ganzes Leben Zeit. Ihr müßt zurück zu den anderen und die Torte anschneiden.«

Widerstrebend löste sich Blair von ihrem Mann. Wenn er sie noch ein paar Sekunden länger so geküßt hätte, würde sie mit ihm ins Gras gesunken sein. Sie hatte bereits bewiesen, daß sie keine Gewalt mehr über sich besaß, wenn er sie anfaßte.

Mit einem Seufzer nahm Lee ihre Hand in die seine und führte sie zurück zu der Menge auf einer von Taggerts zu glatten und zu großen Rasenflächen.

Kaum war die Torte angeschnitten, als sie beide wieder getrennt wurden. Mehrere Frauen bestürmten Blair mit hunderterlei Fragen, wo Houston denn geblieben sei.

»Dieser Mann hat meine Tochter auf seinem Pferd entführt«, sagte Opal auf eine verhaltene, fast schüchterne Weise, die erst gar keinen Zweifel an ihren Worten aufkommen ließ. »Meine beiden Töchter haben starke Männer geheiratet, die genau wußten, was sie wollten, und stets erreichten, was sie sich vornahmen.«

Zwei von Opals weiblichen Zuhörern schienen jeden Moment in Ohnmacht fallen zu wollen – so beeindruckt waren sie von Opals Ausführungen.

»Mutter«, sagte Blair und hielt ihr eine Platte hin. »Probier mal diesen köstlichen Schinken.« Sie beugte sich vor, so daß nur Opal sie hören konnte. »Jetzt weiß ich, von wem Houston und ich das Schauspieltalent geerbt haben.«

Opal blickte lächelnd die Damen an, von denen sie umlagert wurde, und blinzelte dann Blair zu, während sie sich mit einer Scheibe von dem Schinken bediente.

Lachend entfernte sich Blair wieder, damit ihre Mutter ungestört vor den Gästen mit ihren Schwiegersöhnen prahlen konnte.

Als die Sonne unterging, wurde in der Bibliothek zum Tanz aufgespielt, und natürlich mußten Leander und Blair den Tanz eröffnen. Mehrere Leute fragten, ob sie damals zum Empfang des Gouverneurs erschienen sei und nicht Houston. Blair und Lee lachten sich verstohlen an, und er nahm sie wieder in die Arme und wirbelte mit ihr über das spiegelblanke Parkett.

»Es wird Zeit, daß wir das Fest verlassen und nach Hause fahren. Ich kann es kaum noch erwarten, dich zu meiner Frau zu machen«, flüsterte er ihr ins Ohr.

Blair nickte gar nicht erst, wickelte sich die Schleppe fester um den Arm und verließ rasch den Saal, um sich oben ihr Reisekleid anzuziehen. Ihre Mutter kam ins Zimmer und half ihr schweigend beim Umziehen. Erst als Blair in dem stahlblauen Anzug, den Houston für sie ausgesucht hatte, reisefertig vor ihr stand, sagte sie: »Leander ist ein guter Mann, und ich weiß, daß ihr ein paar Probleme hattet; aber ich glaube, er wird dir ein guter Ehemann sein.«

»Das glaube ich auch«, sagte Blair strahlend. »Ich glaube, einen besseren Ehemann konnte ich gar nicht bekommen.« Und daß er ein großartiger Liebhaber ist, weiß ich schon, setzte sie in Gedanken hinzu, küßte rasch ihre Mutter und eilte dann die Treppe hinunter in die Halle, wo Leander sie bereits erwartete.

Unter einem Regen von Reis, der fast lebensbedrohliche Formen annahm, verließen sie die Villa Taggert und fuhren zu dem hübschen kleinen Haus, das fortan ihr Zuhause sein würde.

Doch kaum hatten sie die winkende Menge hinter sich gelassen, als Blair ein banges, fast ängstliches Gefühl beschlich. Von nun an würde ihr Leben an diesen Mann gebunden sein, den sie eigentlich nur als Arzt kannte. Was wußte sie von ihm als Privatmann? Was hatte er in seinem Leben gemacht, wenn er nicht studierte oder praktizierte?

Vor ihrem Haus nahm Lee sie auf seine Arme, trug sie über die Schwelle, warf einen Blick auf ihr blasses Gesicht und sagte: »Das ist doch nicht die Frau, die ihr Leben riskierte, um die Wunde am Kinn eines Mannes sauber zu halten! Du wirst doch hoffentlich keine Angst vor mir haben, oder?«

Als Blair nicht antwortete, sagte er: »Was du jetzt brauchst, ist ein Glas Champagner. Und wir wissen beide, wohin das führen wird, nicht wahr?«

Er setzte sie in der Eingangshalle ab und ging nach rechts hinüber in das Eißzimmer. Blair kannte dieses Haus noch gar nicht richtig, und sie wandte sich nach links in den Salon. Dahinter befand sich ein winziges Schlafzimmer für Gäste. Die Möbel waren aus schwerem, dunklem Holz, und dennoch wirkte der Raum sehr gefällig mit seinen blau-weiß gestreiften Tapeten und der Bordüre mit blaßrosa Rosen darüber. Sie nahm auf einem mit Satin bezogenen Sofa Platz.

Leander kam mit zwei Gläsern und einer Flasche Champagner in einem mit Eis gefüllten silbernen Kübel zurück. »Ich hoffe, dir gefällt es hier. Houston hat das Haus eingerichtet. Ich glaube nicht, daß ich mich sehr dafür interessiert habe, was sie machte.« Er saß am anderen Ende der Couch, weit weg von ihr, als spürte er ihre Scheu.

»Es gefällt mir. Ich habe wenig Ahnung davon, wie man ein Haus einrichten muß, und Houston beherrscht solche Dinge viel besser als ich. Ich würde sie vermutlich sowieso gebeten haben, diese Aufgabe für mich zu übernehmen. Aber nun richtet sie Taggert das Haus ein.«

»Habt ihr zwei euch ausgesprochen?«

Der Champagner lockerte ihre Verkrampfung, und Leander füllte ihr Glas wieder auf. »Houston sagte zu mir, daß sie sich in Taggert verliebt habe.« Blair machte ein fassungsloses Gesicht. »Ich kann mir nicht vorstellen, was meine Schwester an diesem vorlauten, ungehobelten Burschen findet. Warum sie ihn dir vorziehen würde, ist mir einfach unerfind . . .« Sie hielt inne und wurde ganz rot vor Verlegenheit.

Leander grinste sie an. »Ich danke dir für das Kompliment.« Er beugte sich zu ihr hinüber und begann mit den Locken zu spielen, die sich aus dem Knoten lösten, den Houston ihr heute morgen aufgesteckt hatte. Dann begann er, langsam die Nadeln aus ihren Haaren zu entfernen. »Gegensätze scheinen sich immer anzuziehen. Schau doch nur dich an und mich. Hier sitze ich, ein Chirurg von hohen Graden, und dort du, eine zukünftige Hausfrau und Mutter, die meine Socken dort hinräumen wird, wo sie hingehören, und dafür sorgt, daß der Mann ein behagliches Heim vorfindet, wenn er abends von der Arbeit nach Hause ...«

Blair verschluckte sich fast am Champagner. »Soll das heißen, du erwartest von mir, daß ich meinen Beruf aufgebe, um dich zu bedienen?« fauchte sie. »Von allen idiotischen, hirnverbrannten Ansichten, die ich bisher in meinem Leben gehört habe, ist diese die allerblödsinnigste!« Sie knallte ihr Sektglas wütend auf den Beistelltisch und sprang auf. »Ich habe immer versucht, Houston davon zu überzeugen, daß du ein zweiter Mr. Gates bist; aber sie wollte nicht auf mich hören. Sie sagte, du wärst ihm überhaupt nicht ähnlich. Laß dir eines gesagt sein. Leander Westfield: Wenn du mich mit dem Gedanken geheiratet hast, daß ich deinetwegen auf meinen Beruf verzichten soll, können wir den Krempel gleich hinschmeißen.«

Leander saß auf der Couch, und sie beugte sich über ihn, die Hände in die Hüften gestemmt. Während sie ihm die Meinung sagte, stand er langsam auf, und als sie damit zu Ende war und tief Luft holte, lächelte er sie an. »Ich glaube, du mußt noch viel lernen, ehe du mich verstehst. Ich begreife zwar nicht, warum du sofort bereit bist, das Schlimmste von mir anzunehmen, doch ich hoffe, dir beweisen zu können, daß ich nicht so bin, wie du denkst. Und ich habe vor, mein Leben damit zu verbringen, dich eines Besseren zu belehren. Doch mit diesem Unterricht wollen wir erst morgen beginnen«, sagte er, während er die Arme um sie legte und sie an sich zog.

Blair klammerte sich an ihn, und als sich ihre Lippen

berührten, hatte sie ein Gefühl, als explodiere um sie die Welt. Sie wußte, daß sie ihren Mann kaum kannte. Sie hatte keine Vorstellung von den Motiven, die ihn veranlaßt hatten, sie zu heiraten, keine Ahnung, ob er sie als Ärztin nur an seiner Seite geduldet hatte, damit er den Wettbewerb gewinnen konnte, wie Alan behauptete, oder ob ihm ihre Zusammenarbeit genausoviel Spaß gemacht hatte wie ihr.

Doch in diesem Moment war ihr das alles gleichgültig. Sie konnte nur an seine Arme denken, die sie umfingen, an die Nähe seines Körpers, an die Hitze, die er verströmte, und das Wohlbehagen, das sie dabei empfand.

»Ich habe so lange darauf gewartet, daß wieder geschieht, was damals geschah«, sagte er leise, während er ihre Haare um sein Handgelenk wickelte und mit der anderen Hand ihren Nacken und ihre Wange streichelte. »Geh hinauf und mach dich fertig. Heute abend werde ich ein Gentleman sein; doch dann nie mehr. Also nütze diese einmalige Gelegenheit. Schau mich nicht so an, sondern geh! Ich bin sicher, deine Schwester hat dir für diesen Abend – im Rahmen des Erlaubten natürlich – ein unerhört frivoles Nachthemd besorgt. Also geh und zieh es an. Du hast ungefähr zehn Minuten Zeit dafür. Vielleicht.«

Blair wollte ihn nicht verlassen, tat es aber doch und stieg die schmale gewundene Treppe zum Schlafzimmer hinauf. Oben entdeckte sie sogar drei Schlafzimmer: eines für die Bewohner des Hauses, eines für Gäste und eines, falls es Nachwuchs geben sollte. Ihre Kleider hingen bereits im Schrank, alle ihre Schuhe standen neben Leanders Schuhen, und einen Augenblick dachte sie, daß sie noch nie so etwas Intimes gesehen hatte wie diese aneinandergelehnten Schuhe.

Auf dem Bett lagen tatsächlich eine wunderschöne Robe aus weißem Chiffon mit Schwanendaunen am Saum und an den Ärmeln und daneben ein Gewand aus weißem Satin, das sie wohl unter der Robe tragen sollte. Blair schüttelte den Kopf über diese extravaganten Kleidungsstücke, doch im nächsten Moment starb sie fast vor Ungeduld, die Sachen anzuziehen. Manchmal kam ihr das Leben ihrer Schwester so nutzlos vor; doch mit dieser Hochzeit hatte ihr Houston die größte Bewunderung abgenötigt. Allein die Trauung und der Empfang erforderten das Organisationstalent eines Armeegenerals, und bei ihren Vorbereitungen hatte Houston sich offenbar auch um die nebensächlichsten Details gekümmert. Sie hatte sogar daran gedacht, die Kleider ihrer Schwester noch während der Hochzeitsfeier in deren zukünftige Wohnung schaffen zu lassen.

Blair steckte erst zur Hälfte in dem Chiffongeriesel, als Leander bereits die Treppe heraufkam. Offenbar schien es ihm nichts auszumachen, daß es ihr auf eine sehr unordentliche Weise von den bloßen Schultern hing. Er hatte mit zwei Schritten den Raum durchquert, und dann hielt er sie schon in seinen Armen. Tatsächlich war seine Begeisterung über ihre noch unfertige Nachttoilette so groß, daß Blair einen Schritt vor ihm zurückwich, sich dabei in der Schleppe verfing und rückwärts auf das Bett fiel. Lee stürzte mit ihr auf das Federbett, und die Schwanendaunen der Robe rieselten wie Schneeflocken auf sie herunter.

Da fingen sie an zu lachen, und Lee, der sie noch immer mit den Armen umschlungen hielt, rollte mit ihr über das Bett, wobei er sie abwechselnd küßte und kitzelte, bis sie vor Vergnügen quietschte. das herrliche Gewand hielt dieser Behandlung nicht lange stand, und alsbald rollte Blair nur noch in ihrem dünnen Nachthemd aus Satin über das Bett, während Lee an ihren Schultern zu knabbern begann und dabei brummte wie ein Bär, daß sie vor Lachen fast Seitenstechen bekam. Seine Hände glitten an ihren Schenkeln auf und nieder, was bei ihr Proteste auslöste, sehr halbherzige allerdings.

Doch ehe aus dem Spiel Ernst wurde, begann unten das Telefon zu läuten.

»Was ist das?« fragte Blair, den Kopf hebend.

»Ich höre nichts«, murmelte Leander, sein Gesicht an ihrem Hals begrabend.

»Es ist das Telefon. Lee, du kannst es doch nicht einfach

läuten lassen! Vielleicht ist es ein Kranker, der dringend deine Hilfe braucht.«

»Jeder, der einen Mann in seiner Hochzeitsnacht stört, verdient seine Plagen.«

Blair schob ihn von sich weg. »Lee, das kann nicht dein Ernst sein. Vergiß nicht, daß du Arzt geworden bist, weil du den Menschen helfen wolltest.«

»Aber nicht heute abend, nicht jetzt.« Er versuchte, sie wieder in seine Arme zu nehmen; doch sie wehrte sich, und das verdammte Telefon hörte nicht auf zu läuten. »Warum mußte ich nur eine Kollegin heiraten?« stöhnte er, während er sich vom Bett erhob, seine Kleider ordnete und Blair einen Blick zuwarf, daß sie kichernd zur Seite schauen mußte. »Daß du dich nicht von der Stelle rührst! Ich bin gleich wieder da«, sagte er, ehe er die Treppe hinunterlief. »Ich werde den Kerl umbringen, wenn ich mit ihm am Telefon gesprochen habe!«

Kaum hatte er den Hörer am Ohr, als das Mädchen von der Vermittlung loslegte: »Ich störe Sie ungern am Abend aller Abende. Aber es ist Ihr Vater. Er sagt, es sei dringend!«

»Das wollen wir hoffen«, sagte Lee. Und dann war Reed in der Leitung.

»Lee, es ist mir wirklich peinlich, daß ich dich stören muß; aber es ist ein Notfall. Elijah Smith könnte jede Minute an einem Herzanfall sterben, wenn du nicht sofort kommst.«

Leander holte geräuschvoll Luft. Elijah Smith war ihr Kodewort, wenn es in den Kohlebergwerken kriselte. Reed gab ihm oft eine Meldung durch, wenn er gerade im Krankenhaus arbeitete, und sie hatten sich auf Schlüsselworte geeinigt, die ihm die Ernsthaftigkeit der Lage anzeigten. Der arme Mr. Smith war ein geplagter Mensch, der sämtliche Infektionskrankheiten gehabt hatte und etliche Lebensmittelvergiftungen dazu. Doch ein Herzanfall war ihr Kodewort für den schlimmsten aller Fälle, der eintreten konnte: ein Arbeiteraufstand.

Leander warf einen Blick zur Decke und dann zu dem

Zimmer hinüber, wo seine Braut auf ihn wartete: »Wieviel Zeit habe ich?«

»Sie haben schon vor einer Stunde nach dir verlangt. Lee, verzichte darauf. Schick einen anderen.«

»Etwa dich?« schnaubte Leander, seinen Zorn an seinem Vater auslassend. Außenstehende wußten nicht Bescheid über die Verhältnisse, die in den Bergwerken herrschten. Nur Leute, die diese Lager betreten durften, hatten davon Kenntnis. Und Lee fühlte sich für die Unruhen unter den Bergleuten verantwortlich, da er ja die Gewerkschaftsvertreter in die Bergwerke eingeschleust hatte. »Ich komme so rasch wie ich kann«, sagte Lee, ehe er wieder einhängte.

Als er zur Treppe zurückging mit einem Gefühl, als sei soeben die schlimmste Katastrophe seines Lebens eingetreten, wurde ihm jählings bewußt, daß er Blair einen Grund angeben mußte, warum er sie jetzt alleinließ. Er war kein Junggeselle mehr, der niemandem Rechenschaft schuldete. Er hatte jetzt eine Frau, die eine Erklärung verdiente, wohin er sich begab. In diesem Moment fühlte er sich jedoch so elend, daß ihm keine Lüge einfallen wollte – und Gott verhüte, daß er ihr die Wahrheit sagte! Da Blair so gut wie keinen Selbsterhaltungstrieb besaß, würde sie zweifellos darauf bestehen, ihn zu begleiten. Die Sache war heikel genug. Sie auch noch in Gefahr zu wissen, wäre unerträglich.

Am besten, er stahl sich einfach aus dem Haus.

Er hatte sich noch nie so rasch bewegt in seinem Leben wie in diesem Augenblick, und wenn er sich überlegte, daß ihm offenbar Tränen den Blick trübten, als er zu Blair hinsah, wie sie in diesem dünnen Hemdchen auf dem Bett lag, unter dem sich jede Rundung ihres köstlichen Körpers abzeichnete, hatte er eigentlich eine Belohnung verdient. Was er nun sagte, war kaum eine Erklärung – nur daß er fort müsse und so rasch wie möglich wiederkäme. Dann rannte er wieder die Treppe hinunter und war schon durch die Haustür, ehe Blair auch nur einen Ton herausbrachte.

Er fühlte sich immer noch elend, als er im Haus seines

Vaters eintraf. Seinetwegen konnten die Bergmänner das ganze Lager abbrennen! Was kümmerte ihn das heute nacht!

Sein Vater erzählte ihm, ein Spitzel habe den Wächtern angezeigt, daß ein Gewerkschaftsvertreter im Lager die Arbeiter zu organisieren versuche und daß dieser Mann nun so dumm gewesen sei, allein ins Lager zurückzukehren. Er habe sich von der Rückseite her über den Berghang ins Bergwerk eingeschlichen und sich nicht von den Wachen abschrecken lassen, die nun jedes Haus durchsuchten und unschuldige Leute bedrohten.

Leander hatte die Erlaubnis, dieses Bergwerk zu betreten, und wenn er den Gewerkschaftsvertreter fand, ehe die Wächter ihn entdeckten, konnte er vielleicht dem Mann das Leben retten – und das Leben der Bergleute, die zu Unrecht beschuldigt wurden, diesen Mann ins Lager geschmuggelt zu haben.

Lee wußte, daß nur er in der Lage war, eine Katastrophe zu verhindern, und so machte er sich daran, seine Kutsche entsprechend vorzubereiten.

»Wenn Blair zu dir kommt, darfst du ihr nicht einmal andeuten, wohin ich gefahren bin. Wenn du ihr sagst, ich wäre bei einem Patienten, will sie wissen, wo dieser Patient wohnt, damit sie mir bei der Behandlung helfen kann. Sag ihr irgend etwas, nur um Gottes willen nicht die Wahrheit. Alles, nur nicht das; denn sonst platzt sie mitten in einen Bergarbeiteraufstand hinein, und ich muß zusehen, wie ich den Gewerkschafter *und* sie wieder lebendig aus dem Lager herausbekomme.«

Ehe Reed seinen Sohn fragen konnte, was für eine Begründung denn seiner Meinung nach für Blair in Betracht käme, flogen ihm schon die Kieselsteine um die Ohren, die von Lees Kutsche aufgewirbelt wurden.

Kapitel 19

Blair blickte einige Sekunden lang mit offenem Mund zur Treppe. Eben hatte Leander noch dort gestanden, und im nächsten Moment hörte sie schon unten die Tür gehen.

Zunächst war sie darüber empört, lächelte dann aber still in sich hinein. Es mußte sich schon um einen sehr ernsten Fall handeln, wenn Lee sie in seiner Hochzeitsnacht allein-ließ – ein Fall auf Leben und Tod. Etwas sehr Gefährliches, dachte sie, und saß plötzlich kerzengerade im Bett. Wenn es nur ein ernster Fall war und nicht auch noch gefährlich – ein Weidekrieg etwa oder Banditen, die mit rauchenden Colts die Leute terrorisierten –, würde Lee sie zweifellos mitgenommen haben.

Blair warf die Decken beiseite und zog in fliegender Eile ihre Arztuniform an. Leander begab sich in Lebensgefahr, um einen Patienten zu versorgen, und brauchte daher ihre Hilfe.

Unten nahm sie den Telefonhörer ab, Mary Catherine hatte um diese Zeit Dienst in der Vermittlung. »Mary, wo ist Lee hingegangen?«

»Ich weiß es nicht. Blair-Houston«, antwortete die junge Frau. »Sein Vater hat ihn angerufen, und im nächsten Augenblick sagte Lee, er wäre schon unterwegs. Ehe ich mich ausklinken konnte natürlich. Schließlich belausche ich ja keine Gespräche, die ich vermittle.«

»Aber wenn du schon zufällig ein paar Worte aufge-schnappt hast, kannst du mir doch ruhig sagen, was! Und vergiß nicht, daß ich damals Jimmy Talbots Mutter nicht verraten habe, wer ihre beste Kristallkaraffe zerschlagen hat!«

Es dauerte ein paar Sekunden, ehe Mary Catherine ant-wortete: »Mr. Westfield sagte, daß ein Mann, dem ich noch nie in der Stadt begegnet bin, einen Herzanfall habe. Der Bedauernswerte. Mir scheint, jedesmal wenn Mr. Westfield und sein Sohn am Telefon miteinander reden, geht es um diesen Mr. Smith, der schon wieder von einer neuen Krankheit befallen wurde. Im letzten Monat waren es drei, und Caroline – sie hat tagsüber Dienst – hat mir erzählt, daß er bei ihr auch zweimal krank wurde. Ich glaube nicht, daß der Arme es noch lange macht; aber andererseits scheint er sich auch wieder erstaunlich rasch von seinen Leiden zu erholen. Er muß ein schrecklich wichtiger Patient sein, weil dich Leander sonst wohl kaum in der Hochzeitsnacht alleinlassen würde. Du mußt ihn ja –« hier brach Mary Catherine in ein vielsagendes Kichern aus – »sehr vermissen.«

Blair hätte der Frau jetzt am liebsten gesagt, was sie von ihrer Lauscherei hielt; aber sie flüsterte nur: »Vielen Dank«, hängte ein und schwor sich, nie mehr etwas Intimes am Telefon zu sagen.

Lees Kutsche stand nicht mehr im Stall, und das einzige, was dort verfügbar war, war ein großer, tückisch aussehender Hengst, dem sie sich lieber nicht anvertrauen wollte. So blieb nur ein Fußmarsch bis zum Haus ihres Schwiegervaters. Die kühle Gebirgsluft wirkte belebend auf sie, und die letzten Meter rannte sie auf der steilen Straße, die zu Westfields Haus hinaufführte.

Sie mußte gegen die Tür hämmern, bis sich im Haus etwas rührte. Eine verschlafene, mürrische Haushälterin kam an die Tür, hinter deren Schulter sie Reeds Kopf sah.

»Komm mit in die Bibliothek«, sagte Reed mit seltsam fahlem Gesicht. Er war vollständig angezogen, sah aber alt und sehr erschöpft aus. Blair war überzeugt, daß er aufgeblieben war, weil er sich schreckliche Sorgen um Leander machte. Auf was hatte sich ihr Mann da nur eingelassen?

»Wo ist er?« fragte Blair, sobald sie in der hellerleuchteten Bibliothek, die mit dem Rauch zu vieler Pfeifen erfüllt war, ungestört sprechen konnten.

Reed stand schweigend vor ihr, während sein Gesicht sie mehr und mehr an eine Bulldogge erinnerte.

»Er ist in Gefahr, nicht wahr?« sagte Blair. »Ich wußte doch, daß es so sein würde. Wenn es sich um einen gewöhnlichen Fall handelte, hätte er mich mitgenommen. Aber an diesem ist etwas faul.« Reed sagte noch immer kein Wort.

»Die Telefonistin erzählte mir, daß er sich oft um einen Mr. Smith bemühen müsse. Ich möchte denken, es wird mir nicht schwerfallen, seine Adresse zu ermitteln. Ich kann auch von Haus zu Haus gehen und die Leute fragen, ob jemand Leander heute abend gesehen hat. Wie ich ihn kenne, ist er in seinem üblichen Höllentempo durch die Straßen geprescht, und so etwas fällt natürlich auf.« Blairs Gesicht glich sich allmählich dem ihres Schwiegervaters an – zeigte den Ausdruck äußerster Entschlossenheit.

»Mein Mann ist unterwegs zu einem Fall, der ihn selbst in Lebensgefahr bringt – wie damals, als wir im Kugelhagel verfeindeter Rancher einen Bauchschuß operieren mußten. Doch diesmal ist er allein. Ich glaube, daß ich ihm helfen kann. Vielleicht gibt es noch mehr Verletzte, und wenn Lee verwundet wird, muß ihn ja jemand verarzten. Wenn du mir nicht weiterhelfen willst, tut es ein anderer.« Sie wandte sich wieder zum Gehen.

Reed blickte ihr einen Moment verwirrt nach. Sie mochte zwar nicht erfahren, wo Lee sich im Augenblick befand; aber es würde ihr gewiß gelingen, eine Menge Leute hellhörig zu machen, wenn der Fall so wichtig war, daß Lee sogar die Hochzeitsnacht mit seiner Braut versäumte. Und später würden die Leute natürlich von dem Aufstand in der Kohlengrube erfahren, und es genügte, daß einer von ihnen zwei und zwei zusammenzählte und Leander mit diesem Aufstand in Verbindung brachte. Er *mußte* Blair etwas erzählen, was sie von ihrem Vorhaben abbrachte – etwas so Furchtbares, daß sie auf der Stelle wieder nach Hause fuhr und nicht die ganze Stadt aufweckte auf ihrer Suche nach Leander. Verdammt, warum hatte Lee nicht Houston heiraten können? Sie würde sich niemals nach dem Verbleib ihres Gatten erkundigt haben!

»Es handelt sich um eine andere Frau«, stotterte Reed, ehe ihm klar wurde, was er da sagte. Seine Frau hätte sich nur von etwas abbringen lassen, wenn sie geglaubt hätte, daß er sich einer anderen Frau zugewandt habe. Warum mußten Frauen immer daran zweifeln, daß sie geliebt wurden? Blair hätte das doch eigentlich wissen müssen, nach all den Narreteien, die Lee ihretwegen anstellte.

»Frau?« echote Blair, sich wieder zu ihm umdrehend. »Warum sollte er zu einer anderen Frau gehen? Ist sie krank? Wer ist dieser Mr. Smith? Weshalb hat er ständig irgendwelche Beschwerden? Wo ist mein Mann?«

»Die . . . äh . . . Frau versuchte sich umzubringen, weil Lee heute geheiratet hat«, sagte Reed und wußte, daß er damit das Sohn-Vater-Verhältnis zerstört hatte. Lee würde ihm das nicht verzeihen, solange er lebte.

Blair setzte sich – oder fiel vielmehr – auf einen Stuhl »*So* eine Frau also«, flüsterte sie.

Wenigstens war es ihm gelungen, sie von Mr. Smith abzulenken, dachte Reed und verfluchte zugleich alle Mädchen, die in einer Telefonvermittlung arbeiteten.

»Aber wie konnte das denn mit Houston zusammengehen? Schließlich war er jahrelang mit ihr verlobt. Wie konnte er da in eine andere verliebt sein?«

»Lee – äh – dachte, die Frau sei längst tot.« Vor ihm auf dem Tisch lag eine Zeitung, auf deren Titelseite von einer Räuberbande berichtet wurde, die eine Weile lang das Gebiet um Denver unsicher gemacht hatte, nun aber nach Süden weiterzog. Die Bande wurde von einer Frau französischer Abstammung geführt. »Er hat sie in Paris kennengelernt, und sie war die große Liebe seines Lebens; doch er glaubte, man habe sie umgebracht. Offensichtlich nicht; denn sie ist nach Chandler gekommen, um ihn hier zu suchen.«

»Wann?«

»Wann was?«

»Wann diese Frau nach Chandler gekommen ist!«

»Oh, das ist schon Monate her«, sagte Reed wegwerfend. »Ich denke, es ist besser, wenn du dir das Ende der Geschichte von Lee erzählen läßt.«

»Aber wenn sie schon vor Monaten hier war, warum hat Lee dann die Verlobung mit meiner Schwester aufrechterhalten?«

Reed schickte einen verzweifelten Blick an die Decke. Aber dann sprang ihm wieder die Zeitung in die Augen. »Sie – diese Frau, die er liebte – war . . . in etwas verwickelt, was Lee gar nicht schätzte. Er mußte etwas unternehmen, das ihn von dieser Frau ablenkte.«

»Und diese Ablenkung war erst Houston und später dann ich.« Blair holte tief Luft. »Er liebte also diese Frau, dachte, sie sei umgekommen, kehrte nach Chandler zurück und bat Houston, ihn zu heiraten. Und dann tauchte ich auf, und ich dachte, ein Zwilling ist so gut wie der andere; aber sein Ehrgefühl sagte ihm später, daß er nun eher dazu verpflichtet sei, mich zu heirtaten. Das erklärt, warum er eine Frau geheiratet hat, die er gar nicht wirklich liebt. Nicht wahr?«

Reed fuhr mit dem Finger an der Innenseite seines Kragens entlang, der ihn plötzlich zu würgen schien. »Ich schätze, diese Erklärung ist so gut wie jede andere«, sagte er laut, und dann für sich: »Jetzt bin ich aber meinem Sohn eine Erklärung schuldig.«

Blair fühlte sich wie vernichtet, als sie das Haus wieder verließ und sich auf den Heimweg machte. Reed hatte nach seinem Stallburschen schicken lassen, der sie nach Hause fahren sollte; aber Blair hatte abgewinkt. Heute war ihre Hochzeitsnacht, die zu der glücklichsten Zeit ihres Lebens gehören sollte, und wenn sie diese nicht mit ihrem Gatten verbringen konnte, dann gewiß nicht mit einem anderen Mann. Doch nun hatte sich ihr Glück in einen Alptraum verwandelt.

Wie sehr muße Leander sie im stillen ausgelacht haben, als sie zu ihm sagte, sie hoffte, ihre Ehe zu einem Erfolg zu machen. Es war ihm egal gewesen, wen er heiratete. Houston war hübsch und hätte eine gute Arztfrau abgegeben; also bat er sie um ihre Hand. Doch dann war sie ihm zu kühl gewesen, und als Blair schon am ersten Abend, den sie zusammen verbrachten, in sein Bett gesprungen war, hatte er beschlossen, sie an Stelle ihrer Schwester zu heiraten. Was spielte das schon für eine Rolle, da er sein Herz bereits an eine andere Frau verloren hatte?

»Da ist sie?« zischelte eine Männerstimme hinter ihr.

Es wurde bereits wieder hell, und sie sah einen schmächtigen Mann auf einem Pferd, der mit dem Finger auf sie wies. Einen Augenblick lang war Blair ein bißchen stolz, daß man sie bereits auf der Straße als Ärztin erkannte. Sie blieb stehen und blickte zu dem Reiter hinauf, hinter dem noch drei Männer auf ihren Pferden warteten.

»Ist jemand verletzt?« fragte sie. »Ich habe meine Arzttasche nicht bei mir; aber wenn einer von euch mich aufsitzen läßt, reiten wir schnell zu meinem Haus und besorgen sie.«

Der Cowboy blickte sie einen Moment verdattert an.

»Doch falls Sie lieber meinen Mann konsultieren wollten, kann ich Ihnen leider nicht sagen, wo er ist«, fuhr sie mit einiger Bitterkeit fort. »Ich glaube, Sie werden schon mit mir vorlieb nehmen müssen.«

»Wovon redet die eigentlich, Cal?« fragte einer der drei im Hintergrund.

Cal hob rasch die Hand. »Nein, ich brauche Ihren Mann nicht. Wollen Sie bei mir aufsitzen?«

Blair nahm die Hand, die er ihr hinunterstreckte, und ließ sich von ihm auf das Pferd hinaufziehen. »Mein Haus ist . . .« sagte sie, mit dem Finger weisend; doch er ließ sie nicht zu Ende sprechen.

»Ich weiß, wo ihr Haus ist, hochmächtige Miss Chandler. Oh, Sie sind ja inzwischen eine Mrs. Taggert geworden.«

»Was ist das?« sagte Blair erschrocken. »Ich bin nicht . . .« Doch der Cowboy legte ihr rasch die Hand auf den Mund, daß ihr die Worte im Hals steckenblieben.

Leander legte eine Hand ins Kreuz und versuchte so die heftigsten Stöße der Lehne gegen seinen Rücken abzufangen. Er mußte zugeben, daß er einen schlimmen Anfall von Selbstmitleid hatte. Eigentlich hätte er die letzte Nacht in den Armen seiner neuen Frau verbringen sollen, in einem weichen Bett, in dem sie sich liebten, miteinander lachten und einander näherkamen. Doch statt dessen hatte er einen Berg hinunterklettern und anschließend wieder hinaufklettern müssen – mit einem halb bewußtlosen Mann über der Schulter.

Als er gestern abend zur Mine gekommen war, waren die Tore verschlossen und kein Wächter zu sehen gewesen. Aber er hatte sie laut rufen hören im Lager und ein paar Frauen, die sich wütend beschwerten. Da hatte er sein Pferd und seine Kutsche in der Nähe versteckt, war den Berg hinaufgestiegen und auf der anderen Seite wieder hinunter und hatte sich so durch die »Hintertür« ins Lager geschlichen. Dann war er im Schatten der Hütten von Haus zu Haus gerannt, bis er die Wohnung eines Bergmanns erreichte, von dem er wußte, daß er das Risiko auf sich nehmen würde, einen Gewerkschafter bei sich zu verstecken.

Die Frau des Bergmanns hatte ihn eingelassen und die Hände gerungen, weil die Wächter jedes Haus durchsuchten und der Gewerkschaftsvertreter im Hinterhof zwischen hohen Unkräutern versteckt lag – blutend und stöhnend vor Schmerzen. Niemand wagte, zu ihm zu gehen; denn wenn er entdeckt wurde, bedeutete das den Tod für jeden, den man in seiner Nähe fand. Wenn die Wächter das Lager durchsucht und nichts gefunden hatten – keine Spur von einer Infiltration –, würden sie den Bergarbeitern nichts tun. Aber wenn sie einen Hinweis fanden, daß sich ein Unbefugter eingeschlichen hatte . . . Die Frau schlug die Hände vors Gesicht. Wenn der Gewerkschafter auf dem Hof hinter ihrem Haus gefunden wurde, würde sie mit ihrer Familie aus dem Lager gejagt – ohne Lohn und ohne Aussicht auf einen neuen Job.

Lee drückte ihr sein Mitgefühl aus, verschwendete aber keine Zeit mit vielem Reden. Er ging in den verunkrauteten Hinterhof, lud sich den untersetzten Mann auf die Schulter und unterzog sich der langen, mühsamen Aufgabe, den Mann wieder aus dem Lager zu schmuggeln. Es gab nur einen Weg, wenn dieser Versuch Erfolg haben sollte, und zwar schnurstracks den Berg hinauf.

Leander nahm diesen Weg und hielt ein paar Mal an, um

zu lauschen und sich zu verschnaufen. Der Lärm unter ihm schien sich ein wenig zu legen. Es gab eine Menge Kantinen in den Bergwerkslagern, und die Bergmänner gaben zu oft das meiste von ihrem Lohn für Alkohol aus. Nun konnte Lee ein paar betrunkene Männer hören, als sie ihren Hütten zuwankten, vermutlich ohne zu wissen, daß man inzwischen ihre Wohnungen durchsucht hatte – was dem Gesetz nach den Vertretern des Eigentümers jederzeit gestattet war.

Auf dem Scheitel des Berges setzte Leander seine Last ab und versuchte im Mondlicht festzustellen, wo und wie schwer der Mann verletzt war. Er hatte wieder zu bluten angefangen, als Lee ihn bewegt hatte. Lee verband die Wunden des Mannes so gut er konnte, damit die Blutungen aufhörten, lud sich den Verletzten erneut auf die Schulter und begann, den Berg an der Stelle hinunterzusteigen, wo seine Kutsche unter Bäumen versteckt war.

Er konnte den Mann unmöglich in den engen Laderaum unter dem Sitzbrett zwängen; also setzte er ihn neben sich auf den Bock und fuhr so behutsam wie möglich.

Er nahm die Straße nach Norden auf Colorado Springs zu. Mit dem Mann konnte er nicht nach Chandler zurückkehren, weil er dort gewiß von vielen, wenn auch arglosen Leuten gefragt werden würde, wer dieser Mann sei und wo er verwundet worden war. Lee wollte nicht riskieren, daß man ihm auf die Schliche käme. Er würde keinem Bergarbeiter mehr helfen können, wenn auch nur der Verdacht aufkam, daß er die Gewerkschaft bei ihren Bemühungen unterstützte, die Bergarbeiter zu organisieren.

Am Stadtrand von Colorado Springs wohnte ein Freund von ihm – ein Arzt, der nicht dazu neigte, viele Fragen zu stellen. Lee legte den Verwundeten auf den Operationstisch seines Freundes und murmelte, daß er den Mann unterwegs am Straßenrand gefunden habe. Der alte Arzt sah Lee an und sagte: »Ich dachte, du hättest gestern geheiratet. Du hast doch wohl nicht deine Hochzeitsnacht damit verbracht, die Straßenränder nach halbtoten Männern abzusuchen?«

Ehe Leander etwas darauf antworten konnte, sagte der

Alte: »Erzähl mir nichts. Ich will es nicht wissen. Schauen wir uns lieber den Patienten an.«

Als Lee nun wieder nach Chandler zurückfuhr, war es zwei Uhr nachmittags. Den toten Punkt hatte er längst wieder überwunden. Er wollte nur etwas essen, sich dann hinlegen und schlafen – zusammen mit Blair. Die letzten Stunden hatte er fast ausschließlich damit verbracht, sich eine Geschichte auszudenken, mit der er sie überzeugen konnte. Er entschied sich schließlich für die Version, daß man ihn zu einer Bande von Bankräubern gerufen habe, die sich untereinander nicht über die Verteilung einer Beute einig geworden und deshalb zum Schießeisen gegriffen hatte – und deshalb hatte er nicht riskieren wollen, sie mitzunehmen, weil er fürchtete, sie könnte verletzt werden. Die Geschichte klang glaubhaft, und er hoffte, sie würde sich damit zufrieden geben. Allerdings betete er zum Himmel, daß sie ihn nicht fragte, warum *er* denn unbedingt die Verletzten vesorgen mußte, wenn es noch andere Ärzte in Chandler gab, die diese Aufgabe hätten übernehmen können. Auch würde in der Zeitung kein Bericht von dieser angeblichen Schießerei stehen.

Wenn sie ihm zu arg zusetzte, würde er den Beleidigten spielen, weil sie kein Vertrauen zu ihm habe und offensichtlich ihre Ehe mit einem Mißklang beginnen lassen wollte.

Daheim angekommen, war er fast erleichtert, als er Blair dort nicht vorfand. Er war zu müde, um seine großartige Lügengeschichte noch überzeugend vortragen zu können, klemmte eine Scheibe Schinken zwischen zwei dicke Weißbrotschnitten und ging hinauf in das Schlafzimmer. Hier herrschte ein schreckliches Durcheinander: Blairs Kleider lagen auf dem ungemachten Bett verstreut. Er öffnete den Kleiderschrank, sah mit einem Blick, daß ihr Hosenanzug mit dem roten Kreuz auf dem Ärmel fehlte, und war nun sicher, daß sie ins Krankenhaus gegangen war, um sich um seine Patienten zu kümmern. Er würde mit den Männern des Verwaltungsrates reden müssen, damit sie die Arbeitserlaubnis für Blair verlängerten. Beim erstenmal, als sie ihm eine befristete Genehmigung dafür erteilten, mußte er ihnen versprechen, fast jede Schicht zu übernehmen, ehe sie ihm erlaubten, sie in den Operationssaal mitzunehmen. Er hatte geschuftet für drei; aber es hatte sich für ihn gelohnt. So war es ihm schließlich gelungen, Blair doch noch für sich zu gewinnen.

Er aß die Hälfte seines belegten Brotes, kroch unter die Bettdecke, drückte Blairs Nachthemd an seine Brust und schlief ein.

Als er wieder erwachte, war es acht Uhr abends. Er spürte sofort, daß das Haus leer war, und sogleich fragte er sich besorgt, wo Blair sein könnte. Um diese Zeit hätte sie längst von ihrem Dienst im Krankenhaus zurück sein müssen. Er stieg aus dem Bett, begann, die zweite Hälfte des belegten Brotes aufzuessen, die neben ihm auf dem Kopfkissen gelegen hatte – sie schmeckte wie aufgeweichtes Papier –, und entdeckte dann auf dem Boden des Kleiderschrankes Blairs Ärztetasche.

Einen Moment lang setzte sein Herzschlag aus. Sie würde nie – niemals – das Haus ohne ihre Ärztetasche verlassen. Es war schon ein Wunder, daß sie sie gestern nicht unter dem Arm getragen hatte, als sie zum Traualtar gegangen war.

Doch nun lag sie hier im Schrank.

Er warf den Rest des belegten Brotes weg, raste durchs Haus und rief unentwegt ihren Namen. Vielleicht war sie nach Hause gekommen, als er noch schlief, und das Haus *schien nur* leer zu sein. Es dauerte nur wenige Sekunden, bis er sich davon überzeugt hatte, daß sie wirklich nicht da war – weder drinnen noch draußen.

Er ging ans Telefon und bat die Vermittlung, ihn mit dem Hospital zu verbinden. Niemand hatte dort Blair seit der Hochzeit gesehen. Nachdem er sich ein paar rüde Scherze hatte anhören müssen, daß Blair schon ihren Fehler eingesehen habe und ihm davongelaufen sei, legte Lee wieder auf.

Fast im selben Moment läutete das Telefon.

»Leander« – das war die Stimme von Caroline, die tagsüber die Gespräche vermittelte –, »Mary Catherine hat mir erzählt, daß Blair gestern nacht deinen Vater angerufen hat, und zwar gleich nachdem du das Haus verlassen hast, um deinen armen Mr. Smith zu behandeln. Vielleicht weiß der, wo sie steckt.«

Leander biß sich auf die Zunge, damit er ihr nicht sagte, was er von einer Vermittlung hielt, die alle Gespräche belauschte. Aber vielleicht hatte er diesmal sogar Grund, ihr dafür dankbar zu sein. *»Thanks«,* murmelte er, hängte ein, eilte in den Stall, um seinen Hengst zu satteln, und war in Rekordzeit beim Haus seines Vaters.

»Du hast ihr *was* erzählt?« brüllte Leander seinen Vater an.

Reed schien vor dem Zorn seines Sohnes zusammenzuschrumpfen wie ein Blatt, das man über eine Flamme hält. »Ich mußte mir rasch eine Geschichte ausdenken. Und die einzige Möglichkeit, die mir einfallen wollte, um sie daran zu hindern, dir zu folgen, war eine Geschichte von einer anderen Frau. Nach allem, was ich von euren gemeinsamen Eskapaden hörte, sind Feuersbrünste, Krieg oder Arbeiteraufstände für sie doch eher ein Anreiz, sich mitten ins Getümmel zu stürzen.«

»Du hättest ihr aber eine andere Geschichte erzählen können – jede andere Geschichte wäre besser gewesen als diese Lüge von meiner wahren Liebe, die mich in Chandler besuchen wollte! Und daß ich Blair nur geheiratet hätte als Ersatz für eine verlorengegangene Liebe!«

»Schön, wenn du so klug bist, dann sage mir doch, was du ihr an meiner Stelle erzählt hättest!«

Lee öffnete den Mund und schloß ihn wieder: Wenn Reed ihr die Wahrheit erzählt hätte, wäre Blair ihm zweifellos ins Bergwerkslager gefolgt, um ihm zu helfen. Selbst Kanonenkugeln hätten sie nicht davon abgehalten. »Und was soll ich jetzt machen? Ihr erzählen, daß mein Vater ein Lügner ist und es keine andere Frau neben ihr gab oder gibt?«

»Wo bist du denn in deiner Hochzeitsnacht gewesen? Auf einem Berg herumgestiegen? Willst du ihr von dem verwundeten Gewerkschaftsvertreter erzählen, den du zu einem anderen Arzt gebracht hast? Wird das deine kleine Frau davon abhalten, dir das nächstemal zu folgen?«

Lee stöhnte. »Vermutlich wird sie sich im Kutschkasten verstecken und im denkbar ungünstigsten Augenblick herausspringen, um sich vor die Gewehre der Bergwerkswächter zu werfen.«

»Vielleicht sollten wir sie erst einmal finden«, sagte Reed. »Wir werden mit der Suche so diskret wie möglich beginnen. Wir wollen nicht die ganze Stadt darauf aufmerksam machen, daß sie dir davongelaufen ist.«

»Sie ist mir nicht davongelaufen«, fauchte Lee. »Sie ist . . .« Aber er wußte nicht, wo sie war.

Kapitel 20

Leander und sein Vater suchten die ganze Nacht nach Blair. Lee meinte, sie könnte in ihrer Aufregung in der Stadt umhergewandert sein. Sie kämmten alle Straßen nach ihr ab; fanden aber nirgends eine Spur von ihr.

Am nächsten Morgen beschlossen sie, die Geschichte zu verbreiten, daß sie zu einem Notfall gerufen worden sei, aber niemandem gesagt habe, wohin sie ginge, und Lee sich nun ihretwegen Sorgen machte. Die Geschichte erlaubte ihnen wenigstens, sich öffentlich nach ihr zu erkundigen.

Es gab zwar einigen Spott, weil Lee die Frau schon in der Hochzeitsnacht verlorengegangen war; aber es gelang ihnen, die Befragung mit einigem Anstand durchzustehen. Lee kümmerte der Spott wenig. Seine Sorge galt nur Blair, wo sie sich aufhalten mochte und ob sie wohlauf sei. Sie war eine so impulsive Frau, und sie hatten so wenig, auf das sie ihre Ehe stützen konnten. Deshalb fürchtete er, sie könnte zu ihrem Onkel nach Pennsylvania zurückgekehrt sein und ließe sich nie mehr zu einer Rückkehr bewegen. Er hatte Himmel und Hölle in Bewegung gesetzt, damit sie ihn heiratete; doch er wollte das alles nicht noch einmal durchmachen, um sie zu überreden, auch bei ihm zu *bleiben.*

Am Nachmittag war er so erschöpft, daß er auf ihrem noch ungemachten Bett zusammenbrach und sofort einschlief. Er würde am nächsten Morgen Dr. Henry telegrafieren, daß er Blair so lange bei sich behalten solle, bis er kam und sie wieder bei ihm abholte.

Er erwachte, als ihn eine schwere Hand an der Schulter rüttelte.

»Westfield! Aufwachen, Westfield!«

Schlaftrunken wälzte sich Lee auf den Rücken und sah Kane Taggert mit zornigem Gesicht über sich stehen. Er hielt ein Stück Papier in der Hand. »Wo ist deine Frau?« herrschte Kane ihn an.

Lee setzte sich auf und fuhr sich mit beiden Händen durch das Haar. »Ich fürchte, sie hat mich verlassen«, sagte er. Es hatte keinen Sinn, seinem Schwager die Wahrheit vorzuenthalten. Bald würde die ganze Stadt sie wissen.

»Das hatte ich mir fast gedacht. Schau dir das an.«

Er schob Lee das schmutzige, zerknitterte Papier in die Hände. Darauf stand, aus primitiven Blockbuchstaben zusammengesetzt, folgende Botschaft:

WIR HABEN IHRE FRAU. HINTERLEGEN SIE MORGEN $ 50 000 AM TIPPING ROCK. WENN NICHT, STIRBT SIE.

»Houston?« fragte Leander. »Ich hole nur meinen Revolver, und dann gehe ich mit dir, Weißt du, wer sie in seine Gewalt gebracht hat? Hast du das schon dem Sheriff gemeldet?«

»Moment, Moment«, sagte Kane und setzte sich auf den Bettrand. »Houston geht es gut. Wir beide sind seit der Trauung nicht mehr in der Stadt gewesen. Wir kamen erst heute mittag wieder nach Hause. Und das lag mit einem Haufen anderer Post auf meinem Schreibtisch.«

Lee fuhr aus dem Bett, als habe ihn der Blitz getroffen. »Dann haben sie Blair in ihrer Gewalt! Ich muß sofort den

Sheriff holen . . . nein, der Mann würde sie niemals finden. Ich werde selbst gehen und . . .«

»Sachte, sachte«, sagte sein hünenhafter Schwager. »Wir sollten erst nachdenken, ehe wir etwas Übereiltes tun. Als ich heute mittag nach Hause kam, erwartete mich dort ein Mann aus Denver, der mir erzählte, er sei auf dem Weg zu mir von einer neuen Bande überfallen und beraubt worden, die in der Nähe von Chandler ihr Hauptquartier errichten wolle. Dieser Mann war schrecklich aufgeregt, sagte, alle Leute hier im Westen seien Banditen, die sogar Frauen gefangen hielten. Es scheint, daß während des Überfalls ein Reiter zu der Bande gestoßen ist, der meldete, daß man ›sie‹ gefangen habe. Damit könnte er deine Frau gemeint haben.«

Leander zog sich bereits in fieberhafter Eile um. Als er mit einer Segeltuchhose, einem dicken Baumwollhemd und Ledermanschetten bekleidet war, band er sich einen Patronengurt um und fragte, schon etwas gefaßter: »Wo hat der Überfall stattgefunden? Ich denke, dort werde ich mit der Suche beginnen.«

Kane erhob sich vom Bett. Lee warf nur einen flüchtigen Blick auf die schwere, einfache Arbeitskleidung seines Schwagers, als dieser sagte: »Ich denke, es ist ein Krieg, der auch mich angeht. Sie wollen mein Geld, und sie glauben, sie haben meine Frau gefangen.«

Er blickte Lee aus den Augenwinkeln an. »Als ich diesen Zettel las und mir klar wurde, daß sie Blair gefangen haben, dachte ich, man habe schon die ganze Stadt auf der Suche nach ihr umgedreht. Doch offenbar schien keiner zu wissen, daß sie vermißt wurde. Ich vermute, es gibt einen triftigen Grund dafür, daß du ihr Verschwinden geheimhalten wolltest.«

Lee wollte ihm antworten, verhindern, daß ihre vielen Freundinnen und Bekannten sich unnötig aufregten; aber er überlegte es sich anders. »Ja«, sagte er nickend, »es gibt einen triftigen Grund.« Er wartete, daß Taggert darauf etwas sagte; doch der musterte ihn nur schweigend.

»Weißt du, wie man mit einem Revolver umgeht? Kannst du reiten?«

Kane brummelte etwas, das sich so anhörte, als stünde ein Bär im Zimmer. »So zivilisiert bin ich unter Houstons Einfluß noch nicht geworden. Und vergiß nicht, daß ich hier aufgewachsen bin. Ich kenne die Umgebung sehr genau und kann mir denken, wo sie sich versteckt haben. Zwanzig Meilen nördlich von hier gibt es einen Canyon, den kaum jemand kennt, weil er hinter Felsen verborgen liegt. Ich saß dort einmal in einem Unwetter fest.«

Einen Moment lang war Lee unschlüssig. Er kannte seinen Schwager kaum, wußte nicht, ob er ihm trauen konnte. Jahrelang hatte er sich Geschichten über diesen Mann anhören müssen, in denen nur von den unlauteren Methoden die Rede war, mit denen Kane sein Geld gemacht habe – und daß für ihn nur Geld und Reichtum zählten. Aber nun stand er hier in seinem Schlafzimmer und bot ihm seine Hilfe an. Und er war bereit, Lees Recht zu respektieren, etwas für sich zu behalten, wenn er es geheim halten wollte.

Lee band sich das Revolverhalfter ans Bein. »Hast du eine Schußwaffe mitgebracht?«

»Ich habe draußen genug Waffen und Munition in meinen Satteltaschen, daß ich damit eine kleine Armee ausrüsten könnte. Und ich habe auch die fünfzig Riesen dabei, die sie als Lösegeld fordern. Ich verzichte lieber auf das Geld, als in der Nähe einer Lady mit einer Schießerei anzufangen.« Und dann setzte er grinsend hinzu: »Schließlich hat sie mich vorgestern ja noch heiraten wollen.«

Zunächst wußte Lee gar nicht, was er damit meinte, bis ihm wieder einfiel, wie sie am Altar den Platz tauschen mußten. Er gab Kanes Blick grinsend zurück. »Ich bin froh, daß es dann doch noch anders ausging, wie es anfangs zu werden schien.«

Kane fuhr sich mit der Hand über das Kinn und schien über etwas zu lachen, das ihm dabei durch den Kopf ging. »Ich auch. Froher, als du ahnst.«

Eine Viertelstunde später waren sie mit ihren Pferden und reichlich Proviant in den Satteltaschen auf dem Trail, der nach Norden in die Berge führte. Lee hatte dem Mädchen von der Vermittlung aufgetragen, seinem Vater mitzuteilen, daß er unterwegs sei, um sich um Mrs. Smith zu kümmern. Er hörte gar nicht zu, als Caroline ihm am Telefon ihr Mitleid für die geplagte Familie Smith bekundete.

Als die letzten Häuser der Stadt hinter ihnen zurückblieben, trieben sie ihre Pferde zu größter Eile an. Lees gewaltiger Hengst galoppierte Meile um Meile herunter, während Kanes prachtvoller Wallach die zweihundertfünfzig Pfund, die sein Schwager wiegen mußte, offenbar gar nicht spürte. Und dann dachte Leander nur noch an Blair und daß sie hoffentlich gesund war und ihre Entführung unverletzt überstanden hatte.

Blair stemmte sich gegen die Fesseln, die sie an dem schweren Eichentisch festhielten. Anfangs war es ihr gelungen, sich zu befreien, und da hatte man sie an einen Stuhl gefesselt, und gestern war sie mit ihrem Stuhl umgekippt; aber ehe sie die Stricke abstreifen konnte, war diese Frau hereingekommen und hatte befohlen, ihren Stuhl am Boden festzunageln. Dann hatte sie stundenlang dort sitzen und zusehen müssen, wie die Frau ihren Männern Befehle erteilte.

Sie wurde Françoise genannt und war die Anführerin der Banditen. Sie war groß, schlank und hübsch mit ihrem langen schwarzen Haar, auf das sie offensichtlich ungemein stolz war. Sie trug einen Patronengurt mit einem Revolver um die Hüften und war intelligenter als alle Männer ihrer Bande zusammen.

Als Blair sie sah , wußte sie sofort: Das ist die Frau, die Leander liebte.

Denn alles paßte auf sie, was Reed ihr erzählt hatte. Sie war Französin, sprach Englisch mit einem so starken Akzent, daß ihre Männer Mühe hatten, sie zu verstehen, und war in etwas verwickelt, das niemals Lees Zustimmung finden würde. Blair konnte nicht vermeiden, daß ihre gute Meinung von Lee Einbußen erlitt, weil er eine Frau liebte, die zu so unehrenhaften Handlungen fähig war.

Sie saß auf ihrem harten Stuhl und betrachtete die Frau mit unverhohlener Feindseligkeit. Ihretwegen würde sie nie ihren Mann für sich allein haben, würde es ihr nie gelingen, die Erinnerung an die Vergangenheit aus seinem Gedächtnis zu löschen. Vielleicht war es für Männer ein besonderer Nervenkitzel, wenn sie eine Verbrecherin liebten.

Die Frau stand einen Moment vor Blair und betrachtete deren Augen, die sie über den Rand des Tuches hinweg anfunkelten, mit dem die Männer sie geknebelt hatten. Dann nahm sie sich einen Stuhl und setzte sich der Gefangenen gegenüber an den alten Tisch.

»Jimmy, nimm ihr das Tuch ab«, sagte sie zu dem mächtigen Leibwächter, der ihr niemals von der Seite wich. Aus ihrem Mund hörte sich das so an: »Chimi – nimm irrr das Tuch ab.«

Sobald sie diese Blair von dem Knebel befreit hatte, gab sie dem Hünen einen Wink, damit er sich entfernte und sie beide im Zimmer allein ließ. »Und nun möchte ich wissen, warum du mich so haßerfüllt anstarrst. Die Männer blickst du nämlich nicht so an. Kommt es daher, weil ich eine Frau bin und es dir nicht gefällt, daß ich solche Talente und Macht über Männer besitze?«

»Talente? Nennen Sie das, was Sie da treiben, ein Talent?« fauchte Blair und schob ihren schmerzenden Unterkiefer hin und her. »Nur weil die Männer solche Trottel sind, daß sie eine Frau wie Sie nicht durchschauen können, müssen Sie mich nicht mit ihnen in einen Topf werfen. Ich weiß, was Sie sind!«

»Ich bin froh, daß du das weißt; aber ich glaube, daß ich noch nie jemand belogen habe.«

»Wirklich nicht? Bei mir würde Ihnen das auch nichts helfen. Ich weiß alles über Sie.« Blair hob ein wenig den Kopf und versuchte, möglichst stolz auszusehen. »Ich bin Leanders Frau.«

Blair mußte allerdings zugeben, daß diese Frau eine sehr gute Schauspielerin war. Die verschiedenartigsten Gefühle spiegelten sich auf ihrem Gesicht: Überraschung, Zweifel,

Ungläubigkeit und schließlich Humor. Schließlich stand sie auf und sagte, Blair den Rücken zudrehend: »Ah, Leander – der teure Leander.«

»Ich würde das an Ihrer Stelle nicht in einem so selbstgefälligen Ton sagen«, schnaubte Blair. »Sie mögen sich zwar einbilden, daß er Ihnen gehört und immer gehören wird; aber ich werde dafür sorgen, daß er alles vergißt, was zwischen Ihnen beiden einmal gewesen ist.«

Als sich die Frau wieder Blair zudrehte, war ihr Gesicht ernst: »Wie könnte er vergessen, was wir zusammen erlebten? Keiner könnte so etwas vergessen, solange er lebt. So etwas passiert einem im Leben nur einmal. Er hat dich also geheiratet. Wann?«

»Vor zwei Tagen. Das sollten Sie eigentlich wissen, da er ja unsere Hochzeitsnacht mit *Ihnen* verbracht hat. Sagen Sie mal – wie haben Sie versucht sich umzubringen? Sie scheinen sich davon sehr gut erholt zu haben. Vielleicht war es gar kein echter Selbstmordversuch, sondern nur ein Gaukelspiel, um sein Mitleid zu erregen. Ich kann mir nicht vorstellen, daß Sie eine gute Verliererin sein können, wenn es um einen Mann wie Leander geht.«

»Nein«, sagte diese Françoise leise, »ich wollte Leander nicht verlieren; aber ich wollte ihn auch keiner anderen überlassen. Hat er dir erzählt, warum wir nicht mehr zusammen sind?«

»Er hat mir kein Wort von Ihnen erzählt. Als er erfuhr, was aus Ihnen geworden ist, wird ihm das sogar die Lust genommen haben, auch nur an Sie zu denken. Reed hat es mir erzählt. Aber vielleicht kennen Sie Lees Vater gar nicht, da Sie nicht zu der Sorte von Frauen gehören, die ein Mann nach Hause mitnehmen und seiner Familie vorstellen kann. Lee glaubte, Sie wären tot, und in diesem Glauben verließ er Paris und kehrte nach Chandler zurück.«

Blair dachte an all die Geschichten, die Lee ihr von seinem Aufenthalt in Europa erzählt hatte, und darin war auch nicht andeutungsweise von einer anderen Frau die

Rede gewesen. Doch vielleicht war dieses Thema so schmerzlich für ihn, daß er sie lieber totgeschwiegen hatte.

»Ich werde ihn für mich gewinnen«, fuhr Blair fort. »Er ist mein Mann, und weder Sie noch eine andere Frau werden ihn mir wegnehmen. Er wird hierherkommen, um mich hier herauszuholen. Damit verschaffen Sie sich zwar eine Gelegenheit, ihn wiederzusehen; aber eine Chance haben Sie bei ihm nicht mehr.«

»Paris, soso«, sagte die Frau und lächelte. »Vielleicht haben dieser Leander Taggert und ich . . .«

»Taggert? Leander ist kein Taggert. Houston hat Taggert gehei . . .« Sie hielt mitten im Wort inne. Hier stimmte etwas nicht, nur wußte sie nicht, was.

Françoise erhob ihr Gesicht ganz dicht an Blairs Gesicht heran: »Wie heißt du?«

»Dr. Blair Chandler Westfield«, antwortete Blair stirnrunzelnd.

Da machte die Frau auf den Absätzen kehrt und stürmte aus der Blockhütte.

Blair sank auf ihrem Stuhl zurück. Sie wurde nun schon fast zwei Tage in diesem Raum gefangengehalten, hatte kaum geschlafen und noch weniger gegessen, und es fiel ihr immer schwerer zu verstehen, was hier eigentlich vor sich ging.

Nachdem man sie in Chandler von der Straße weggeholt, ihr die Augen verbunden und sie geknebelt hatte, waren sie viele Stunden lang, wie es ihr vorkam, immer in eine Richtung geritten. Die meiste Zeit mußte sie sich darauf konzentrieren, die Hände des Cowboys, der hinter ihr im Sattel saß, von ihrem Körper wegzuhalten. Ständig wollte er sie irgendwo begrapschen und flüsterte ihr dabei ins Ohr, daß sie ihm etwas »schuldig« sei. Blair konnte sich beim besten Willen nicht daran erinnern, dem Mann schon irgendwo begegnet zu sein oder ihm etwas angetan zu haben.

Um seinen Händen auszuweichen, war sie immer weiter nach vorn gerutscht, bis das Pferd unruhig wurde und zu tänzeln begann. Da hatte einer von den drei Männern dem

Cowboy, auf dessen Pferd sie saß, zugerufen, er solle sie in Ruhe lassen, da sie Frankie gehöre.

Bei diesem Namen war es Blair eiskalt den Rücken hinuntergelaufen: Wer war Frankie und was hatte er mit ihr vor? Sie klammerte sich zwar immer noch an die Hoffnung, daß man sie nur entführt hatte, damit sie einem Verwundeten Hilfe leisten sollte; aber da man ihr nicht erlaubt hatte, ihre Ärztetasche mitzunehmen, war diese Hoffnung doch eher eine Illusion.

Als man ihr schließlich die Binde von den Augen nahm, stand sie vor einer schon ziemlich mitgenommenen Blockhütte mit einer Veranda dahinter, deren Stützpfähle schon teilweise zusammengebrochen waren. Um sie herum standen sechs Männer, alles schmächtige Figuren, die auf sie den gleichen stupiden Eindruck machten wie der Cowboy, der sie auf der Straße angehalten hatte. Zu ihrer Rechten bemerkte sie einen kleinen Korral und in der Nähe ein paar kleine Schuppen. Und das Ganze war von steilen, hohen Klippen umfriedet. Weiße Felsen schützten – und versteckten – diese Leute wie ein Fort vor der Außenwelt. In diesem Augenblick vermochte Blair nicht einmal den Zugang zu dieser Schlucht zu entdecken; aber da man sie auf einem Pferd hergebracht hatte, mußte es so einen Zugang geben. Vermutlich war er so schmal, daß er von der Blockhütte gänzlich verdeckt wurde.

Doch sie verlor rasch das Interesse an ihrer Umgebung, als sich nun Frankie auf der Veranda zeigte – die Französin, der Leander sein Herz geschenkt hatte. Haß, Wut und Eifersucht wirkten zusammen, daß Blair nur sprachlos dastehen und zu der Frau hinaufstarren konnte, die diesen Haufen von schwachsinnigen Banditen anführte.

Jemand stieß Blair auf die Veranda und in die Blockhütte hinein – ein schmutziges, dunkles Loch mit einer Trennwand, die es in zwei Räume aufteilte. In dem einen stand ein Tisch mit ein paar wackeligen Stühlen, in dem anderen ein Bett. Die Vorräte waren im vorderen Zimmer auf dem Fußboden ausgebreitet.

In den ersten vierundzwanzig Stunden war ihre Bewachung ziemlich lax gewesen; aber nach vier Fluchtversuchen, von denen der letzte fast gelungen wäre, hatte man Blair an einem Stuhl festgebunden und diesen schließlich am Fußboden festgenagelt.

Nun waren ihre Handgelenke wundgescheuert von den rauhen Stricken und den endlosen Versuchen, die Knoten zu sprengen, und Frankie hatte beschlossen, Blair die Rationen zu kürzen, um ihren Elan etwas zu dämpfen, mit dem sie viermal versucht hatte, an der Steilwand hinaufzuklettern, die ihren Schlupfwinkel umgab.

Blair war sich jetzt nicht mehr sicher, ob ihr Verstand noch richtig funktionierte. Sie konnte sich fast nicht mehr daran erinnern, wann sie zuletzt geschlafen oder etwas Ordentliches gegessen hatte. Und da war immer diese schreckliche Frau in ihrer Nähe – die Gebliebte ihres Mannes. Etwas in ihr sagte, daß ihre Entführung nicht ohne Leanders Wissen inszeniert worden sein konnte; doch dann meldete sich eine andere Stimme, die das leugnete und meinte, Frankie habe auf eigene Faust gehandelt, weil sie Leander wiedersehen wollte. Und wenn Lee sie wiedersah – würde er dann Blairs Herausgabe verlangen oder würde er sich diesmal für die Frau entscheiden, die Reed seine einzige wahre Liebe genannt hatte? Natürlich hatte Leander sie in der Hochzeitsnacht alleingelassen, um sich mit dieser Frau zu treffen. Sie mußte eine solche Macht über ihn besitzen, daß ein Telefonanruf genügte, und er lief zu ihr. Wer weiß – vielleicht hatte sich Leander irgendwo hinter der Blockhütte versteckt? Vielleicht hatte er das alles selbst arrangiert, damit er mit Frankie zusammen sein konnte?

Die Tränen strömten ihr über das Gesicht, als Frankie wieder in die Blockhütte zurückkehrte, mit dem Cowboy im Schlepptau, der Blair aus Chandler entführt hatte. Sie zerrte ihn am Ohr durch die Tür wie eine Lehrerin einen unartigen Schüler. Auch sah Blair die Abdrücke zweier Hände links und rechts auf den Wangen des Jungen, wo er offenbar ein paar saftige Ohrfeigen eingefangen hatte.

»Ist sie es?« fragte Frankie den Cowboy. »Du hast behauptet, daß du sie ganz genau kennen würdest. Ist sie es wirklich, oder lügst du mich nur an, weil du dich an ihr rächen wolltest?«

»Sie ist es. Ich schwöre, daß sie es ist. Ihr Mann hat mich in den Dreck geschmissen, und er ist ein paar Millionen schwer.«

Frankie ließ mit einem angewiderten Gesicht das Ohr des jungen Cowboys los, daß er gegen die Wand taumelte. »Wie dumm von mir, daß ich einen Knaben losschickte, um die Arbeit eines Mannes zu erledigen. Siehst du das?« Sie hielt dem Cowboy eine zerrissene Zeitung vor die Augen. »Es sind eineiige Zwillinge. Die eine ist mit einem reichen Mann verheiratet, und die andere mit . . .« Sie drehte sich mit funkelnden Augen zu Blair um, die den Vorgang mit großem Interesse verfolgte. »Und die andere ist die Frau meines teuren, geliebten Leander.«

Blair war viel zu müde, zu hungrig und zu aufgewühlt, um den Sarkasmus aus der Stimme der Frau heraushören zu können.

»Verschwinde!« fauchte die Französin, sich wieder dem jungen Cowboy zudrehend. »Laß mich nachdenken, wie wir aus dieser Lage noch das Beste machen können!«

Vielleicht hätte sie ein bißchen schneller nachgedacht, wenn sie gewußt hätte, daß in diesem Moment ein Mann auf dem Bauch bis zum Rand der Steilwand kroch, sein Gewehr hochnahm und zielte – drei weitere Gewehre griffbereit neben sich. Und daß ein zweiter Mann am Eingang der gut getarnten Schlucht stand und auf ein Zeichen von dem anderen Mann wartete, der oben auf dem Felsen lag.

Kapitel 21

Blair war davon überzeugt, daß sie noch nie in ihrem Leben so niedergeschlagen gewesen war wie in diesem Moment. Vielleicht war es eine Kombination von Hunger, Durst, Angst und überspannten Nerven; doch ihr schien es plötzlich so, als hätte es in ihrem Leben kaum einen Menschen gegeben, der sie wirklich gemocht hatte. Ihr Stiefvater konnte sie nicht leiden; ihr Studienfreund – der einzige Mann, der sich für sie interessierte – hatte sie am Ende sitzenlassen, und ihr Ehemann liebte nun eine andere Frau.

Vielmehr liebte er diese schon immer. Sie glaubte nicht ernsthaft daran, daß sie ihn zurückgewinnen konnte.

Zurückgewinnen? Sie hatte ihn ja nie besessen.

»Ich muß mal ins Häuschen auf den Hof«, murmelte sie zu Françoise gewandt, als die Frau mit hereinbrechender Dämmerung in die Blockhütte zurückkam. Blair hatte so lange damit gewartet, wie es irgend ging, weil ihr Françoise beim letzten Mal einen ihrer Banditen als Wache mitgegeben hatte. Und dann hatte sie diesen dabei ertappt, wie er sie durch ein Astloch beobachtete.

»Ich werde dich diesmal begleiten«, sagte die Französin und löste die Knoten an Blairs Handgelenken.

Als Blair vom Stuhl aufstand, wurde es ihr schwarz vor den Augen. Die mangelhafte Blutzirkulation hatte ihre Beine absterben lassen, und sie fror entsetzlich.

»Komm«, sagte die Frau und riß Blair am Arm. »Du hast nicht so müde ausgesehen, als du die Schluchtwand hinaufgeklettert bist.«

»Vielleicht kommt meine Müdigkeit davon«, sagte Blair, als die Frau sie mehr aus der Hütte zerrte als führte.

Das Häuschen befand sich in der Nähe des Zugangs zur Schlucht, als wollte jemand diesen übelriechenden Ort zugleich als Wachhaus benützen. Blair ging hinein, während Françoise, ein Gewehr über der Schulter, vor der Tür Wache stand.

Kaum hatte Blair die Tür hinter sich zugezogen, als sie

einen leisen, erstickten Schrei hörte. Neugierig, aber auch mit dem bangen Gefühl, daß etwas Schreckliches passiert sein mußte, beugte sie sich vor und legte das Auge an das nun willkommene Astloch. Im nächsten Moment wurde außen an der Tür gerüttelt, und da sie von innen verriegelt war, schlug eine mächtige Faust dagegen, der das morsche Holz nicht gewachsen war. Ehe Blair sich aufrichten und nach einer Waffe umsehen konnte, hörte sie draußen Schüsse fallen.

Die Hand, die durch die zerschmetterte Tür langte, fummelte am Riegel. Blair spannte alle Muskeln an, um den Mann anzuspringen, der in das Häuschen eindringen wollte.

Als die Tür aufschwang, machte sie einen Satz und prallte gegen die breite, harte Brust ihres Schwagers Kane Taggert.

»Laß das!« befahl er, als sie begann, mit Fäusten auf ihn einzutrommeln. »Komm – wir müssen hier weg, ehe die anderen merken, daß du nicht in der Blockhütte bist.«

Blair beruhigte sich und blickte auf Françoise hinunter, die Taggert unter seinen linken Arm geklemmt hatte wie einen Sack Mehl. »Ist sie verletzt?«

»Nur eine Beule am Kinn. Sie wird nach einer Weile schon wieder zu sich kommen. Komm – lauf jetzt!«

Blair rannte durch den schmalen Durchgang in der Felswand, sich unter den Kugeln duckend, die von allen Seiten zu kommen schienen. Hinter ihr die mächtige Gestalt von Kane, und sie fragte sich, wer denn oben auf der Steilwand lag und in die Schlucht hinunterschoß. Sie hoffte nur, daß es nicht Houston war.

Kane warf die bewußtlose Françoise über den Sattel seines Pferdes. »Mit der hatte ich nicht gerechnet. Nun du«, sagte er, faßte Blair um die Taille und setzte sie hinter dem schlaffen Körper der ohnmächtigen Französin in den Sattel. »Sag Westfield, daß ich noch eine Weile hierbleibe und die Leute in der Schlucht beschäftige. Ihr drei reitet weiter zu meiner Berghütte. Wir treffen uns dort.« Damit gab er dem Pferd einen Schlag auf die Hinterbacke, daß es mit Blair und der bewußtlosen Französin den Hügel hinauftrabte.

Blair war erst einige Meter weit geritten, als Lee hinter einem Baum hervorsprang und nach den Zügeln faßte. Mit einem Grinsen, das von einem Ohr zum anderen lief, sagte er: »Wie ich sehe, bist du wohlauf.« Dabei legte er eine Hand auf ihr Bein und streichelte es.

»Sie ebenfalls«, sagte Blair so hochmütig, wie es ihr unter den gegebenen Umständen gelingen wollte, und übermittelte ihm dann Kanes Botschaft. »Ich bin sicher, du hast Taggert aufgetragen, daß er sie für dich retten soll.«

Leander stöhnte nur und blickte dann auf die Frau hinunter, als sähe er sie zum erstenmal. »Ich hasse es, dich danach zu fragen – aber ist das die Französin, die diese Bande von Kidnappern anführt?«

»Ich bin sicher, du weißt so gut wie jeder andere, wer sie ist. Sag mal – hast du mich von dieser Bande entführen lassen?«

Leander schwang sich auf seinen Hengst. »Nein; aber es könnte gut sein, daß ich einen tödlichen Unfall für meinen Vater organisiere. Wir wollen jetzt keine Zeit verschwenden. Taggert sagt, dort oben auf dem Berg gäbe es eine versteckt liegende Hütte, wo wir uns aufhalten sollen, bis er mit dem Sheriff und einer Wache wiederkommt. Hör auf, mich mit diesen Blicken zu durchbohren, und folge mir!«

Blair bemühte sich, das mächtige Pferd bergan zu treiben; aber das war gar nicht so einfach. Françoise kam bei der Bewegung des Pferdes wieder zu sich und fing an zu stöhnen. Das machte wiederum den Wallach scheu, und Lee hielt seinen Hengst an und blickte auf die beiden Frauen zurück. Als er Blairs Gesicht sah, blickte er kopfschüttelnd zur Seite. Dann hob er die Französin auf sein Pferd und warnte sie, sich ruhig zu verhalten, wenn sie wüßte, was gut für sie sei.

Blair streckte die Nase in die Luft und hielt Abstand zu den beiden.

Kane, der eine Abkürzung über einen Felsen nahm, der für Pferde nicht begehbar war, stieß auf halber Höhe des Hanges wieder zu ihnen.

Leander stieg ab, blieb aber in der Nähe seines Pferdes – und dieser Françoise. »Was ist los?« fragte er.

»Sie verfolgen uns«, sagte Kane und nahm einen Schluck Kaffee aus seiner Feldflasche. »Ich vermute, sie werden nicht eher abziehen, bis sie die wiederhaben.« Er deutete mit dem Kopf auf Françoise. »Ohne sie sind sie nicht viel wert, glaube ich.« Kane betrachtete die Frau, die nun sehr gerade auf Lees Pferd saß. »Paß gut auf sie auf. Sie ist ziemlich gerissen.«

»Ich werde sie nicht aus den Augen lassen«, sagte Lee. »Ich glaube, die Kerle vermuten uns auf dem Weg nach Süden – zurück nach Chandler. Also sind wir hier relativ sicher. Aber du wirst es schwer haben, durchzukommen. Warum, zum Henker, hast du sie mitgenommen? Sie wird uns nur Scherereien machen.«

Kane schraubte seine Feldflasche zu und zuckte mit seinen breiten Schultern. »Ich stand hinter ihr, und zuerst glaubte ich, sie sei ebenfalls von den Banditen entführt worden. Doch dann drehte sie sich um, und ich sah das Gewehr auf ihrer Schulter. Da habe ich ihr einen Kinnhaken gegeben. Ich dachte, sie könnte uns von Nutzen sein.«

»Das klingt vernünftig; aber es schmeckt mir gar nicht, daß ich jetzt auf sie aufpassen muß, bis du zurückkommst. Ich hätte nichts dagegen, ein Dutzend Männer zu bewachen – aber zwei Frauen?«

Kane legte Lee die Hand auf die Schulter. »Ich weiß – du bist nicht zu beneiden. Wir sehen uns in ein paar Stunden wieder, Westfield. Bis dahin – viel Glück.« Er hob Blair von seinem Wallach herunter, schwang sich in den Sattel, ritt bergab und war schon nach wenigen Sekunden ihren Blicken entschwunden.

»Warum reiten wir nicht mit ihm?« fragte Blair.

»Wir wußten nicht, in welcher Verfassung du bist, und deshalb beschlossen wir, dich hier in der Nähe in einer Berghütte unterzubringen, während Taggert den Sheriff alarmieren und mit einer Wache hierherbringen sollte.« Lees Augen leuchteten auf, während er einen Schritt auf sie zukam. »Ich dachte, vielleicht hätten wir dort ein bißchen Zeit für uns.«

Sie schienen beide die Gegenwart von Françoise vergessen zu haben, obwohl Lee noch den Zügel seines Pferdes, auf dem sie saß, fest in der Hand hielt. Das Gelände, auf dem sie sich befanden, war zu steil und zu zerklüftet für einen Fluchtversuch.

Die Französin glitt vom Pferd und schob sich zwischen Blair und Leander, die sich aufeinander zubewegten, als würden sie von einem Magneten angezogen.

»Oh, Leander, *chéri*, mein Liebling«, sagte sie, schlug Lee die Arme um den Hals und drückte ihren Körper gegen den seinen. »Du mußt ihr die Wahrheit sagen. Wir können das, was wir füreinander empfinden, nicht länger vor ihr geheimhalten. Sag ihr, daß du nur mich begehrst. Sag ihr, daß die Entführung dein Plan war!«

Blair machte auf den Absätzen kehrt und lief den Berg hinunter.

Leander sah sich nun mit dem doppelten Problem konfrontiert, die dunkelhaarige Frau abzuschütteln, die ihn mit ihren Armen umklammerte, und seine eifersüchtige Frau daran zu hindern, den Banditen in die Arme zu laufen, die nach ihnen suchten. Da er die Französin nicht freilassen durfte, hielt er sie am Handgelenk fest, und mit der Rechten sein Pferd hinter sich herziehend, machte er sich daran, seine Frau zu verfolgen.

»Liebling«, rief die Französin, während Lee sie mit sich bergab schleppte, »du tust mir weh. Laß sie laufen. Du weißt, daß sie dir nie etwas bedeutet hat. Sie kennt die Wahrheit.«

Bei jedem ihrer Worte wurden Blairs Schritte schneller, mit denen sie den steilen Abhang hinunterrannte.

Lee hielt einen Moment an, fuhr zu der Französin herum und fauchte: »Ich habe noch nie eine Frau geschlagen. Aber die Versuchung dazu ist groß. Blair«, rief er dann mit lauter Stimme, »du kannst nicht in dieser Richtung weiterlaufen! Dort unten warten die Männer mit Gewehren auf dich!«

Françoise setzte sich auf einen Felsblock am Hang, schlug die Hände vors Gesicht und begann zu weinen. »Wie kannst du nur so häßliche Dinge zu mir sagen? Wie kannst du unsere gemeinsamen Nächte in Paris vergessen? Und in Venedig! Und in Florenz! Denke an die Vollmondnächte in Florenz!«

»Ich bin nie in Florenz gewesen«, sagte Lee, während er sie am Arm packte und vom Felsblock herunterzog. Und als sie sich nicht von der Stelle bewegen wollte, warf er sie einfach über die Schulter und rutschte den Hang hinunter, bis er Blair hinten am Rock zu fassen bekam. Dank der ausgezeichneten Arbeit von J. Cantrell und Söhne hielten die Nähte stand. Er zog in die eine Richtung, Blair in die andere, und schließlich saß er auf dem Felsboden und zog Blair auf seinen Schoß.

Er war sich durchaus bewußt, was für einen seltsamen Anblick er bieten mußte mit einer Frau über der Schulter und der anderen auf seine ausgestreckten Beinen. Als Françoise zu zappeln anfing, gab er ihr einen kräftigen Schlag auf die Kehrseite. »Du hältst dich da raus!«

»Wenn du mich an dieser Stelle berührst, muß ich gehorchen«, sagte Françoise mit schnurrender Stimme.

Blair versuchte aufzustehen; aber Lee hinderte sie daran.

»Blair«, begann er; aber sie wollte ihn nicht ansehen. »Ich habe diese Frau noch nie gesehen. Ich meine, ich kenne sie erst seit einer Viertelstunde. Ich habe sie *nicht* in Paris kennengelernt. Ich habe vor dir noch nie eine Frau geliebt, und ich habe dich geheiratet, weil ich mich in dich verliebte.«

»Liebe?« sagte Blair und drehte sich zu ihm um. »Dieses Wort höre ich jetzt von dir zum erstenmal.«

»Ich habe es schon öfter gesagt; aber du hast nie zugehört. Du warst viel zu sehr damit beschäftigt, mir zu erklären, daß ich in Houston verliebt sei. Ich habe sie nie geliebt, und ganz bestimmt nicht diese . . . diese . . .« Er blickte auf die üppige Kehrseite seiner zappelnden Last, die seine Schulter arg strapazierte. Er schüttelte sie ab; ließ aber das Handgelenk der Französin nicht los.

Blair begann, sich gegen Lees Brust zu lehnen. Vielleicht sagte er die Wahrheit. Jedenfalls wollte sie ihm glauben.

»Du kannst sehr gut lügen, Leander«, sagte Françoise. »Ich entdecke einen ganz neuen Zug an dir. Aber wir kennen uns ja nur in einer Beziehung, und da um so besser.« Sie lehnte sich gegen ihn. »Wie gut wir uns da kennen – oh, lálá!«

Blair versuchte, sich wieder von Lees Schoß zu erheben; aber er hielt sie mit beiden Händen fest. Doch dann, als er einen Blick auf Blairs Gesicht warf, seufzte er schwer, packte beide Frauen beim Handgelenk und trottete mit ihnen wieder bergauf.

Blair folgte ihm; aber nur widerstrebend. Es war eine lange und harte Kletterpartie. Sie mußten über umgestürzte Bäume steigen und manchmal darunter hinwegkriechen. Die Luft wurde immer dünner, je höher sie kamen, und sie kämpften mehr um den nötigen Sauerstoff als mit den Schwierigkeiten des Geländes.

Die ganze Zeit über ließ Lee kein einzigesmal Françoises Handgelenk los, und wenn er Blair helfen wollte, schlug sie seine Hand weg.

Die Blockhütte war zwischen zwei steilen Bergsätteln errichtet worden und so gut versteckt, daß sie zweimal an ihr vorbeiliefen, ehe sie sie entdeckten. Und dann stand sie plötzlich vor ihnen, als wäre sie soeben vom Himmel gefallen.

Das Plateau, auf dem sie sich befand, war nicht groß, und schon nach wenigen Schritten stand man am Rand einer Steilwand. Doch die Aussicht von hier oben war atemberaubend. Das knöcheltiefe Gras war mit in drei Farben blühenden Gänseblümchen gesprenkelt, und hinter der Hütte verströmten Heckenrosen ihren Duft.

Der Boden des Bergwaldes, der jahrhundertelang aus verwitternden Pflanzen eine Humusschicht bilden konnte, federte weich, so daß er das Geräusch ihrer Schritte verschluckt hatte. Lee sagte kein Wort; gab nur Blair ein Zeichen, daß sie auf Françoise aufpassen sollte, während er nachsah, ob die Hütte leer war. Als er sich vergewissert hatte, daß ihnen hier keine Gefahr drohte, winkte er den beiden Frauen, in die Hütte zu gehen.

Es war eine ganz gewöhnliche Blockhütte: zwei Räume mit

einem kleinen Speicher über der Tür, schmutzig vom jahrelangen Gebrauch durch achtlose Menschen und Tiere, die hier bei einem Unwetter Zuflucht gesucht hatten; aber immerhin ein Platz, an dem sie nicht gesucht wurden.

Blair sah teilnahmslos zu, wie Lee Françoise an einen der Stützbalken in der Hütte festband, sie aber nicht knebelte und ihr auch nicht die Beine fesselte, damit sie sich bewegen konnte.

Er hielt zwar ein Tuch in der Hand, mit der er ihr den Mund zubinden wollte, brachte das aber offenbar nicht fertig.

»Ich glaube nicht, daß Ihre Männer hier nach Ihnen suchen werden. Ich gehe mal vor die Hütte; und wenn ich Geräusche in der Nähe höre, muß ich Ihnen damit den Mund stopfen.«

»Chéri, du wirst doch diese Komödie nicht auf die Spitze treiben wollen, oder? Sie weiß über uns Bescheid. Sie hat es mir selbst erzählt.«

»Das glaube ich Ihnen gern«, sagte Lee, während er ihre Hände an den Pfosten fesselte. »Sie hat Ihnen genug erzählt, daß Sie Ihre Lüge ausspinnen können. Was versprechen Sie sich eigentlich davon?«

Françoise blickte ihn nur an.

Als Blair sich zu den beiden umdrehte, sah sie, wie sie sich tief in die Augen blickten.

Lee drehte sich von Françoise weg und wollte etwas zu Blair sagen; aber als er ihren Gesichtsausdruck bemerkte, nahm er nur sein Gewehr hoch und murmelte: »Ich bin draußen, wenn du mich brauchst. In den Satteltaschen ist Proviant.« Damit ließ er die beiden Frauen allein.

Langsam begann Blair die Satteltaschen auszupacken, die Lee auf den wackeligen Tisch in der Nähe des Pfeilers geworfen hatte, an dem Françoise festgebunden war. Es gab auch eine Feuerstelle in der Hütte, aber nur der Himmel wußte, wann der Kamin zuletzt gesäubert worden war. Zudem konnten sie keinen Rauch gebrauchen, den man viele Meilen weit sehen konnte.

Während Blair ein paar Brote mit Schinken und Käse belegte und zu essen begann, hörte Françoise nicht auf, ihr zu erzählen, wieviel sie und Leander sich bedeuteten.

»Er wird immer wieder zu mir zurückkehren«, sagte Françoise. »Er hat schon öfter versucht, von mir loszukommen; aber gelungen ist ihm das nie. Er wird mir alles verzeihen, was ich getan habe, mit mir fortreiten, mich nachts in seinen Armen halten und mich . . .«

Blair nahm ihre belegten Brote und eine Feldflasche und verließ die Hütte.

Kapitel 22

Lee war ein gutes Stück von der Hütte entfernt und so gut versteckt, daß Blair ihn nicht sah, bis er sie anrief:

»Was ist passiert?«

Er nahm ihr eines von den belegten Broten ab und brachte es fertig, ihr dabei gleichzeitig das Handgelenk zu streicheln.

»Faß mich nicht an«, fauchte sie und zuckte mit dem Arm zurück, als hätte sie sich an seinen Fingern verbrannt.

Lees Gesicht wurde rot vor Zorn. »Nun ist meine Geduld aber zu Ende! Warum glaubst du mir nicht, wenn ich dir sage, daß ich diese Frau noch nie in meinem Leben gesehen habe? Warum glaubst du ihr mehr als mir – deinem Mann?«

»Weil mir dein *Vater* von ihr erzählt hat. Warum sollte ich ihm nicht glauben?«

»Mein Vater hat dich belogen, weil ich ihm das angeschafft habe!« knurrte Lee.

Sie wich einen Schritt zurück. »Belogen? Also gibst du das zu? Was hat dich dazu bewogen, mich in der Hochzeitsnacht alleinzulassen? Es hat keinen medizinischen Notfall gegeben. Ich bezweifle sogar, daß dein geheimnisvoller Mr. Smith überhaupt existiert. Wo bist du also gewesen?«

Leander sagte eine Weile nichts, sondern blickte auf den Wald hinunter und verzehrte sein Brot. Er war nicht bereit, seine Probleme mit einer neuen Lüge noch mehr zu komplizieren.

»Das kann ich dir nicht sagen«, brachte er schließlich mit leiser Stimme heraus.

»Du willst es mir nicht sagen.« Sie wandte sich ab und strebte wieder der Hütte zu.

Er hielt sie am Arm fest. »Nein, ich *kann* es dir nicht sagen.« Sein Gesicht verriet seinen wachsenden Ärger. »Verdammt noch mal, Blair! Ich habe nichts getan, womit ich dein Mißtrauen verdienen würde. Ich bin *nicht* bei einer anderen Frau gewesen. Du liebe Güte, ich werde ja kaum mit einer fertig, geschweige denn mit zweien! Kannst du denn nicht begreifen, daß es etwas sehr Wichtiges gewesen sein muß – eine Sache auf Leben und Tod –, die mich dazu zwang, dich in der Hochzeitsnacht alleinzulassen? Warum, zum Teufel, kannst du mir nicht vertrauen? Warum glaubst du meinem Vater, der dich um meinetwillen belogen hat, und dieser Schlampe dort in der Hütte, die sich von Raub und Diebstahl ernährt?«

Er ließ ihren Arm los. »Gut, geh hin und glaube, was sie dir erzählt. Das will sie doch nur erreichen mit ihrem Geschwätz. Ich bin überzeugt, sie würde sich diebisch freuen, wenn wir uns gegenseitig an die Kehle springen. Es wäre viel leichter für sie, einem statt zwei Bewachern zu entwischen. Wenn sie so weitermacht und du fortfährst, ihr zu glauben, dauert es nur noch ein paar Stunden und du *verhilfst* ihr sogar zur Flucht, nur damit ich von ihr getrennt werde.«

Blair, die sich plötzlich sehr schwach fühlte, setzte sich ins Gras. »Ich weiß nicht, was ich glauben soll«, klagte sie. »Sie schien so viel von dir zu wissen; aber schließlich habe ich kein Recht, Treue von dir zu verlangen. Du wolltest mich ja eigentlich gar nicht heiraten. Es war nur dein Ehrgeiz, einen Wettbewerb zu gewinnen.«

Leander packte sie am Oberarm und riß sie auf die Beine. »Geh zurück in die Hütte«, preßte er zwischen den Zähnen hervor. Und dann drehte er ihr den Rücken zu.

Nun kannte sie sich überhaupt nicht mehr aus. Mit hängendem Kopf schlich sie zur Hütte zurück. Tante Flo hatte sich einmal bei ihrem Mann beklagt, daß Blair so wenig wisse von der Wirklichkeit des Lebens: »Wenn ein Mann zu ihr sagte, sie habe ihm das Herz gebrochen, würde Blair in ihren medizinischen Fachbüchern nachschlagen, um herauszufinden, wie sie es wieder zusammenflicken könnte. Es gibt noch mehr Dinge im Leben als die Medizin.«

Blair blieb stehen und drehte sich wieder zu Lee um. »Bist du wirklich nie in Florenz gewesen?« fragte sie leise; aber hier oben zwischen Felsen und Wald trug ihre Stimme sehr gut.

Es dauerte eine Weile, ehe er sich umwandte und sie ansah. »Niemals«, sagte er; aber mit einem bitteren Gesicht.

Vorsichtig machte Blair wieder einen Schritt auf ihn zu. »Sie ist nicht wirklich dein Typ, nicht wahr? Ich meine, sie ist zu mager und hat nicht genug oben oder unten . . .«

»Nicht annähernd genug.« Noch immer regte sich nichts in seinem Gesicht, während er beobachtete, wie sie näher kam.

»Und sie könnte eine Hernie nicht von einem Nabelbruch unterscheiden, oder doch?«

Er beobachtete sie, bis sie dicht vor ihm stehenblieb.

»Ich würde mich nicht vor der ganzen Stadt zum Narren gemacht haben, wenn ich eine andere Frau geliebt hätte.«

»Nein, vermutlich nicht.«

Sein Gewehr in der einen Hand, breitete er den anderen Arm für sie aus, und sie kuschelte sich an ihn und legte den Kopf an seine Brust. Sein Herz klopfte ganz wild.

»Du schuldest mir eine Hochzeitsnacht«, flüsterte sie.

Plötzlich faßte er in ihre Haare, zog ihren Kopf nach hinten und küßte sie heftig, mit seiner Zunge die ihre suchend.

Als Blair sich an ihn preßte und ihr Knie zwischen seine Beine schob, ließ er sie los und drängte sie wieder sacht von sich weg.

»Geh wieder in die Hütte«, sagte er mit einer tiefen,

heiseren Stimme. »Ich muß hier Wache halten und nachdenken – und das kann ich nicht, wenn du in meiner Nähe bist.«

Widerstrebend löste sie sich von ihm.

»Blair«, sagte er, als ihre Körper sich nicht mehr berührten, »mir ist da eben eine Idee gekommen, die aber noch nicht ganz ausgereift ist.« Er deutete mit dem Kopf auf die Hütte. »Aber laß dir nicht anmerken, daß du sie durchschaut hast. Tu so, als würdest du noch immer glauben, was sie dir erzählt. Ich denke, ich habe eine gute Verwendung für deinen Zorn.«

»Das ist immerhin etwas«, murmelte Blair und wandte sich zum Gehen.

Die Eifersucht war für Blair eine ganz neue Erfahrung. So ein Gefühl hatte sie bisher noch nie erlebt. Sie saß in der schmutzigen kleinen Hütte und hörte zu, wie Françoise ihr die Geschichte von Leanders großer Leidenschaft erzählte. Sie wollte Lee so schrecklich gern glauben, und dennoch war sie mit einer Hälfte ihres Bewußtseins davon überzeugt, daß diese furchtbare Frau ihr die Wahrheit erzählte. Blair mußte auf ihren Händen sitzen, sonst wäre sie ihr an die Gurgel gesprungen. Und sie bemühte sich nach Kräften, an etwas anderes zu denken, während Françoise auf sie einredete.

Nach einer Weile hatte sich Blair so weit in der Gewalt, daß sie mit dem Verstand zuhörte. Und da merkte sie, daß Françoise sich sehr unbestimmt ausdrückte.

»Und deine Schwester ...« sagte Françoise gerade, »ah, wie heißt sie doch gleich wieder ...«

»Charlotte Houston«, murmelte Blair geistesabwesend. Sie überlegte gerade, wo Lee in ihrer Hochzeitsnacht hingegangen sein könnte, wenn keine andere Frau im Spiel gewesen war.

»Ja, Charlotte«, sagte Françoise. »Ich mußte viele Monate mit Charlotte um ihn kämpfen; aber als sie dann diesen Taggert heiratete ... Ich glaube, da fühlte sich Lee verpflichtet ...«

»Er muß sehr oft und ausführlich mit Ihnen über sie

geredet haben«, sagte Blair, die plötzlich sehr genau zuhörte.

»Wenn er sich von ihr fortschleichen konnte. Die Wahrheit ist, daß ich bereits verheiratet bin; und wir glaubten, mein Mann würde mich niemals freigeben. Aber er wird es tun. Er gab mir am Abend deiner Hochzeit sein Wort, daß er mich freigeben würde, verstehst du?«

»Ah – deshalb hat er mich also verlassen und ist zu Ihnen gegangen«, sagte Blair. »Nur bin ich jetzt frei, und Sie sind an diesen Pfeiler gefesselt. Aber ich bin sicher, es wird sich für alles eine Lösung finden lassen. Entschuldigen Sie mich – ich glaube, ich muß einen Moment hinaus in die frische Luft.«

Als Blair durch die Tür ins Freie trat, hatte sie ein Gefühl, als sei sie zwanzig Pfund leichter geworden. Sie fühlte sich frei, unbeschwert und glücklich. Ganz gleich, was Lee zu ihr gesagt hatte: Sie war noch immer im Zweifel gewesen, ob nicht doch eine Beziehung zwischen ihm und der Französin bestanden hatte. Doch nun war Blair überzeugt, daß er ihr die Wahrheit gesagt hatte.

Sie setzte sich neben ihn, sagte kein Wort und lauschte dem Wind, der über ihr mit den Eschen spielte.

»Sie kannte Houstons Namen nicht«, brach sie schließlich das Schweigen, und als er sie neugierig ansah, fuhr sie fort: »Sie hat – im Gegensatz zu mir – immer eine Rolle in deinem Leben gespielt. Ich kann mir nicht vorstellen, daß jemand aus deinem Bekanntenkreis ihren Namen nicht kennt. Allein schon von den vielen Briefen, die sie dir seit Jahren schrieb.«

Lee legte den Arm um sie. »Mir mißtraust du; aber ihr glaubst du«, sagte er kopfschüttelnd. »Nun ja«, setzte er lächelnd hinzu und seufzte, »ich muß mich eben mit dem zufriedengeben, was ich bekomme.«

Sie lehnte sich gegen ihn, und so saßen sie eine Weile stumm beisammen und lauschten dem Wind. Blair dachte daran, wie sie fast um diesen Moment gekommen wäre. Hätte sie ihren Kopf durchgesetzt, wäre sie nun in Pennsylvania mit Alan. Alan, der noch nicht einmal ein richtiger Arzt war und wahrscheinlich nie so gut werden würde wie Leander. Alan, der nicht wußte, an welchem Ende man einen Revolver anfassen mußte; Alan, der vermutlich zum Sheriff gelaufen wäre und niemals versucht hätte, seine Frau selbst zu befreien.

»Vielen Dank, daß du mich gerettet hast«, sagte sie, und meinte damit nicht nur ihre Entführung.

Lee drehte ihr das Gesicht zu und schob sie dann von sich fort, als habe sie sich in ein Gift verwandelt. »Ich möchte, daß du dich jetzt dort drüben unter den Baum setzt«, sagte er, und seine Stimme schien dabei merkwürdig zu vibrieren. »Ich möchte mit dir reden; und das kann ich nicht, wenn du mir so nahe bist.«

Blair fühlte sich von seinen Worten so geschmeichelt, daß sie auf allen vieren zu ihm kroch, bis ihr Gesicht ganz dicht vor dem seinen war. »Vielleicht bereust du jetzt, daß du mich in der Nacht am Montag alleingelassen hast«, sagte sie, mit ihren Lippen nur ein Hauch von seinem Mund entfernt.

Lee zuckte zurück. »Geh!« befahl er, diesmal im drohenden Ton. »Ich kann nicht gleichzeitig Wache halten und dich . . . nun ja. Also setz dich dort drüben hin und hör mir zu.«

Blair gehorchte diesmal; aber dabei liefen ihr wohlige Schauer über den Rücken. In ein paar Stunden würde Taggert mit dem Sheriff in den Bergen eintreffen und die Banditen festnehmen. Dann konnte Lee ihm Françoise übergeben, und sie würden endlich allein sein. Sie dachte an ihre erste und bisher einzige gemeinsam verbrachte Nacht, und als sie durch die gesenkten Wimpern zu ihm hochsah, hörte sie, wie er den Atem anhielt.

Sie war sehr zufrieden mit sich, als sie nun zur Seite schaute.

»Während du in der Hütte warst, hatte ich Zeit, mir einen Plan zu überlegen, der vielleicht funktionieren könnte«, sagte Lee und blickte dabei hinüber in den Wald. »Zu diesem Plan gehört, daß du dieser Frau zur Flucht verhilfst.

Ich werde heute abend etwas sagen, daß sich so anhört, als wollte ich mich heimlich mit Françoise aus dem Staub machen. Vielleicht könnten wir sogar einen Streit anfangen. Ich bin sicher, daß du als streitsüchtige Ehefrau eine überzeugende Vorstellung gibst.« Er blickte wieder zu ihr hin und flüsterte: »Was, zum Henker, machst du denn da?!«

»Mein Strumpfband war locker«, sagte Blair mit einem unschuldigen Augenaufschlag, während sie ein schlankes Bein hob und den schwarzen Baumwollstrumpf in die Höhe zog. Zu bedauerlich, daß sie keine seidene Unterwäsche trug, dachte sie bei sich. Vielleicht hatte Houston doch recht, wenn sie großen Wert auf ihre Kleidung legte. Zweifellos trug Houston während ihrer Flitterwochen nur hauchdünne Seide unter dem Rock.

»Blair«, sagte Lee, »du strapazierst meine Nerven.«

»Hm«, gab sie zurück und senkte das Bein wieder. »Was hast du da eben von einer streitsüchtigen Ehefrau gesagt?«

Leander blickte wieder zum Wald hinüber, und Blair sah, daß seine Hände zitterten.

»Ich sagte, es gehört zu meinem Plan, daß wir beide einen Streit anfangen, und später soll Françoise dann beobachten, wie du heimlich etwas in meinen Kaffee tust. Sie soll glauben, daß du mir ein Schlafmittel gibst, damit ich mich nachts nicht zu ihr lege.«

»Das würdest du aber nicht tun – oder doch?«

»Ich hebe mir meine Kräfte für etwas Besseres auf«, sagte er und blickte sie dabei durch seine langen Wimpern an, daß ihr das Herz bis in den Hals hinauf schlug.

Lee sah wieder zum Wald hinüber. »Ich will sie dazu bringen, daß sie flüchtet. Ich kann ihre Knoten so binden, daß sie sich von ihren Fesseln befreien kann; aber es wird Stunden dauern, ehe sie das schafft. Und während sie damit beschäftigt ist, habe ich noch etwas anderes zu erledigen.«

»Obwohl du angeblich schläfst?«

»Ich habe den Eindruck, daß Françoise eine sehr vorsichtige Frau ist. Sie setzt nicht gern ihr Leben aufs Spiel, und deshalb will ich ihr das Gefühl geben, daß sie nicht viel riskiert, wenn sie flüchtet, weil du mir ein Betäubungsmittel gegeben hast und sie an der Flucht nicht hindern willst. Sie hat nicht einmal auf dem Weg hierher einen Fluchtversuch gewagt«, setzte er nachdenklich hinzu.

»Der Hang war zu steil. Sie wäre nicht weit gekommen.«

»Hast du nicht versucht, aus dem Canyon zu fliehen?«

Blair lächelte. »Woher weißt du das?«

»Nur so eine Vermutung, weil du dir einbildest, daß dir keiner etwas Böses antun will und deshalb die Gefahren unterschätzt. Bist du bereit, mitzuspielen? Glaubst du, du kannst eine überzeugende Vorstellung geben?«

Blair grinste ihn an. »Du hast es meinem außerordentlichen Schauspieltalent zu danken, daß wir beide jetzt hier oben auf diesem Berg sitzen.«

Er gab ihr Lächeln zurück. »Also geh jetzt in die Hütte zurück und höre dieser Françoise zu. Benimm dich so, daß sie denkt, du würdest ihr jedes Wort glauben, daß du bereit wärest, mich sogar umzubringen.«

Blair stand auf und blickte auf ihn hinunter. »Ich werde nicht zulassen, daß dir ein Leid geschieht, bis ich meine Hochzeitsnacht bekomme«, sagte sie.

Als Lee aufstehen wollte, rannte sie zur Blockhütte zurück und hob dabei ihre Röcke an – so hoch, daß ihm einige ihrer Reize nicht verborgen blieben.

»Du kannst sie meinetwegen haben!« schrie Blair Lee an. »Du kannst den Rest deines Lebens mit ihr verbringen, und ich hoffe, man wird euch beide hängen!« keifte sie, ehe sie aus der Hütte lief und Françoise mit Lee alleinließ.

Sie rannte den Abhang hinauf und hielt erst an, als sie die Hütte nicht mehr sehen konnte. Sobald sie hinter Bäumen versteckt war, ließ sie sich keuchend auf den Boden fallen. Sie konnte kaum noch die Umrisse von Leander erkennen, als er sich auf dem Hang nach ihr umschaute.

Sie lächelte, während sie ihn beobachtete. Sie war sich sicher, daß er keine Ahnung gehabt hatte, was für eine gute Schauspielerin sie wirklich war, und sich nun Sorgen machte, daß sie alles auch so meinte, wie sie es gesagt hatte.

Es war ein guter Streit gewesen – lange und laut und voller Zorn. Blair hatte ihm die Verlogenheit seines Vaters vorgeworfen; daß er sie in der Hochzeitsnacht alleingelassen und ihr Alan weggenommen habe; und daß seine Schwester ihr nun den Mann geraubt habe, den sie wirklich liebte. Das hatte ihn sehr betroffen gemacht. Er hatte dagestanden und sie angestarrt, als wäre aus ihrem Spiel bitterer Ernst geworden.

Nun war sie ganz erschöpft von der lautstarken Auseinandersetzung und wollte so lange von der Hütte wegbleiben, bis es so aussah, als wäre sie wirklich wütend. Und zudem wollte sie darüber nachdenken, wohin Lee heute nacht gehen mochte. War das wieder einer von seinen geheimen Besuchen? Sollten diese geheimnisvollen Ausflüge zur Gewohnheit werden? Würde sie sich damit bis zu ihrem Lebensende abfinden müssen? Was konnte so geheim sein, daß er es nicht einmal seiner Frau anvertrauen durfte, was ihn manchmal nachts von zu Hause forttrieb?

Während Blair zusah, wie Leander in der Umgebung der Hütte nach ihr suchte, beschloß sie, etwas zu unternehmen, das ihn dazu bringen würde, ihr rückhaltlos zu vertrauen. Sie wollte nicht so schlecht über sein Leben informiert sein, daß eine Frau, die ihn nicht einmal kannte, ihr einreden konnte, sie wüßte etwas von ihm, von dem sie – seine ihm angetraute Frau – keine Ahnung habe.

Während sie so gedankenverloren unter den Bäumen saß, achtete sie nicht auf die Geräusche, die hinter ihrem Rücken aufklangen. Als sie sie schließlich doch wahrnahm, war sie wie gelähmt, weil sie meinte, sie könnten nur von Françoises Bande stammen, die sie nun doch gefunden hatte. Ganz langsam drehte sie sich um und blickte den Hang hinauf.

Was sie dort sah, lähmte sie nun wirklich. Zwei große schwarze Bären kamen den Berg herunter – und sie hielten genau auf sie zu.

Doch dann war die Schrecksekunde vorüber, und so

schnell wie in diesem Augenblick hatte Blair sich noch nie bewegt. Sie schoß in die Höhe und fing schon an zu rennen, als ihre Füße noch nicht den Boden berührt hatten. Und sie war schon bei der Hütte, ehe sie über die Schulter schaute und merkte, daß die Bären gar nicht mehr hinter ihr waren. Sie blieb stehen und drehte sich vorsichtig um. Da waren nur die Geräusche des Waldes und keine Bären mehr zu sehen. Neugierig ging sie zu einem Baum am Rand der Lichtung und sah wieder den Hang hinauf. Unter normalen Umständen hätte sie sich an einen sicheren Ort geflüchtet; aber ein Teil von ihr erinnerte sich daran, daß sie sich mitten in einem Spiel mit Leander befand und es nicht verderben konnte, indem sie nun in seine Arme flüchtete.

Ganz langsam schlich sie wieder bergan und sah sich laufend um, ob die Bären ihr nicht etwa den Rückweg zur Hütte verlegten. Und wenn sie in der Nähe lauerten, wollte sie Lee deren Standort verraten.

Ungefähr zehn Schritte von der Stelle entfernt, wo sie hinter den Bäumen gesessen hatte, und nur einen Steinwurf weit von der Hütte entdeckte sie eine kleine Höhle, und nach den Spuren, die sich auf dem Boden kreuzten, mußte sie schon seit Generationen von Bären bewohnt sein.

»Deswegen ist die Hütte also aufgegeben worden«, murmelte sie und bewegte sich wieder hangabwärts. Die Sonne näherte sich dem Horizont, und sie mußte so tun, als mischte sie ein Schlafmittel unter Lees Kaffee.

Später dachte sie, daß sie diese Aufgabe sehr gut gelöst habe, und sie bezweifelte, daß selbst Lee bemerkt hatte, wie sie ihm ein Kopfwehpulver in die Tasse schüttete. Doch sie sorgte dafür, daß Françoise es bemerkte. Einen Moment lang war sie sogar versucht gewesen, ein Abführmittel dazuzuschütten, nachdem sie den Blick gesehen hatte, mit dem Lee Françoise betrachtete, als er sich einen Moment unbeobachtet glaubte.

Es dauerte nur wenige Minuten, nachdem Leander den Kaffee getrunken hatte, den Blair auf einem kleinen Feuer hinter der Hütte zubereitete, bis er schon zu gähnen anfing und sagte, er müsse sich jetzt zum Schlafen hinlegen. Und nachdem er Blair ein paar Minuten lang erklärt hatte, wie sie die Gefangene zu bewachen habe, ging er hinüber in den anderen Raum, und sie konnten hören, wie er auf die kleine schmutzige Koje fiel.

Françoise blickte Blair auf eine Weise an, daß Blair die Frau am liebsten losgebunden und zu einem Faustkampf herausgefordert hätte. Doch statt dessen überprüfte sie nur deren Fesseln.

»Wenigstens wird er die Nacht nicht mit dir verbringen können«, sagte Blair. »Ich werde mich ebenfalls hinlegen.« Sie blickte die Französin, die an dem Pfeiler festgebunden war, von Kopf bis Fuß an. »Ich hoffe, du hast es hier bequem.«

»Und was geschieht, wenn ich flüchte? Wie willst du ihm das erklären?«

»Erklären? Mit Vergnügen«, antwortete Blair. »Was kümmert es mich, was du machst, solange du nicht meinem Mann zu nahe kommst. Außerdem habe ich während meiner medizinischen Ausbildung auch etwas über Knoten gelernt. Die bekommst du nicht so leicht auf.«

Blair ging in den anderen Raum hinüber und dachte, wie recht Lee doch hatte, daß Françoise nicht so leicht etwas riskierte. Wie viele Gefangene baten wohl vor ihrer Flucht die Wächter um Erlaubnis?

Sie blickte zur Koje und sah, daß sich Lee bereits durch ein offenes Fenster aus der Hütte fortgestohlen hatte. Blair stopfte ein Kissen unter die Decken, daß es so aussah, als läge ein Schläfer darunter, und stieg dann ebenfalls aus dem Fenster.

Sie ging ein paar Minuten, hörte aber keinen Laut in ihrer Nähe. Er schien vom Erdboden verschluckt worden zu sein. Sie ging nach Osten, weg von der Hütte, und hoffte, daß Leander in die gleiche Richtung gegangen war. Natürlich hatte er es für überflüssig gehalten, sie in seine Pläne für heute nacht einzuweihen; doch ihrer, allerdings durch nichts zu begründenden Vermutung nach konnte er sich nur nach

Osten gewandt haben. Und als sie dann hinter sich ein Geräusch hört, versteckte sie sich rasch.

»Schön – komm da wieder raus!«

Sie hörte die Stimme, und sie klang so ähnlich wie Lees Stimme; aber so hatte er noch nie mit ihr gesprochen – mit diesem harten, metallischen Unterton. Und sie wurde von dem Klicken eines Hahns begleitet, der an einem Revolverlauf gespannt wurde.

Blair trat mit einem verlegenen Gesicht hinter einem Busch hervor.

Mit einem Fluch entspannte Lee wieder seine Waffe und schob sie ins Halfter zurück. »Warum bist du nicht in der Hütte geblieben? Warum bewachst du nicht die Frau, wie ich es dir angeordnet habe?«

»Ich wollte wissen, wohin du gehst.«

»*Nicht* zu einem Rendezvous mit einer anderen Frau. Und jetzt geh wieder zurück in die Hütte. Ich habe ein noch unerledigtes Geschäft zu besorgen, und die Zeit dafür ist knapp. Ich kann dich dabei nicht gebrauchen.«

»Wenn du dich nicht mit einer anderen Frau triffst, wo gehst du dann hin? Ich dachte, wir sollten auf Kane und den Sheriff warten . . .«

»Was soll ich nur mit dir machen? Dich auch in der Hütte festbinden?«

»Dann hatte ich also recht! Du steckst doch irgendwie mit diesen Banditen und Françoise unter einer Decke. Sonst würdest du mir sagen können, wohin du gehst. Oh. Leander, wie konntest du nur!« Blair machte kehrt, um zur Hütte zurückzugehen, als er sie am Arm faßte und wieder herumwirbelte.

»Schön, schön – ich werde es dir sagen! Die Mine 'Inexpressible' ist keine Meile von hier entfernt, und ich beabsichtige, mich in das Lager zu schleichen, in den Schuppen einzubrechen, in dem der Sprengstoff aufbewahrt wird, und dann den Eingang zum Canyon mit Dynamit unpassierbar zu machen. Ich werde zwar nicht die ganze Bande in der Schlucht einsperren können; aber wenn ich ihre Anführerin als Köder benütze, werden wohl die meisten Banditen mit ihr in der Falle sitzen.«

Blair schluckte ein paarmal und machte dann mit großen, schimmernden Augen einen Schritt auf ihn zu. »Du wirst das alles viel schneller erledigen können, wenn du mich mitnimmst.« Ehe er etwas sagen konnte, fuhr sie fort: »Ich kann dir dabei helfen. Ich kann klettern. Ich wär' fast aus der Schlucht hinausgeklettert, wo die Banditen mich gefangen hielten. Bitte, Leander, bitte.« Sie umarmte ihn und begann, seinen Hals und sein Gesicht abzuküssen. »Ich werde jede deiner Anweisungen genau befolgen, und wenn jemand verletzt wird, fädle ich dir die Nadeln ein.«

Leander wußte, daß er ein geschlagener Mann war. »Ich wußte gar nicht, wie gut ich bedient war mit einer so langweiligen, gehorsamen Lady wie Houston«, murmelte er, während er sich mit langen Schritten wieder auf den Weg machte.

Blair biß sich auf die Zunge, damit sie ihm nicht verriet, daß ihre Schwester, als alte Frau verkleidet, jede Woche mit einem Fuhrwerk die Bergwerke besuchte. Sie lächelte nur vielsagend und begann ihm dann durch den dunklen Wald zur Mine zu folgen.

Kapitel 23

Leander legte ein solches Tempo vor, daß Blair sich fast wünschte, sie wäre doch in der Hütte geblieben. Sie hätte jetzt ruhig schlafen können, statt auf dunklen, steilen Felsen auszurutschen. Zweimal gelang es ihr gerade noch, sich irgendwo festzukrallen, ehe sie zu viel Fahrt bekam und auf dem Rücken liegend den Berg hinunterschlitterte. Lee quittierte das mit der Bemerkung, wenn sie so verrückt sei, ihn begleiten zu wollen, müsse sie schon auf sich selbst aufpassen.

Dann hatten sie endlich die Steilwand des Felsgrates hinter

sich gelassen und blickten auf die kleine Bergwerksgemeinde hinunter.

»Ich vermute, es wäre sinnlos, dich zu bitten, hierzubleiben, nicht wahr?«

»Absolut«, antwortete sie.

»Schön, dann halte dich immer in meiner Nähe. Entferne dich nie weiter als zwei Schritte von mir. Ich möchte stets wissen, wo du bist. Hast du verstanden? Und wenn ich dir sage, daß du laufen sollst, dann wünsche ich, daß du genau das tust und nicht erst fragst, ob das nötig wäre und warum. Und tritt so leise auf, wie du kannst.«

Blair nickte als Antwort auf seine Warnungen und folgte ihm dann hinunter in das Bergwerkslager.

Es war schon spät, und in den meisten Häusern brannte kein Licht mehr. Nur ein paar Kneipen waren hell erleuchtet, und dort herrschte auch noch lebhafter Betrieb. Sie rannten im Schatten der Wohnbaracken von einer Deckung zur anderen, und Blair spürte, wie ihr Herz vor Aufregung heftig klopfte.

»Wir müssen zuerst in den Laden der Bergwerksgesellschaft einbrechen. Ich brauche eine Brechstange, um damit das Schloß am Dynamitschuppen zu sprengen.«

Sie bewegten sich geduckt auf die Rückseite eines großen Gebäudes zu, das sich fast im Zentrum der kleinen Minenstadt befand. Dreimal mußten sie sich hinter Pfosten und Regenfässern verstecken, als Leute vorbeikamen.

»Blair«, flüsterte Lee. »Ich muß diese Scheibe einschlagen. Ich möchte, daß du lachst, um das Geräusch zu übertönen – so laut lachst wie eine Pro . . ., eine Lady der Nacht. Niemand wird sich an einem so vertrauten Geräusch stören; aber wenn eine Scheibe klirrt, kommen sie von allen Seiten herbeigerannt.«

»Leander«, sagte sie steif, »ich bin nicht so erfahren wie du. Ich habe keine Ahnung, wie eine Lady der Nacht lacht.«

»Verführerisch. Als wolltest du mich in den Wald locken, damit du mit meinem Körper angenehme Sachen machen kannst.«

»Das sollte nicht schwer sein«, sagte sie und meinte es auch so. Lee wickelte sich ein Taschentuch um die Hand und holte aus, um die Scheibe einzuschlagen. »Bist du bereit? – Jetzt!«

Blair warf den Kopf in den Nacken und ließ ein kehliges Lachen hören, das von den Wänden widerhallte. Und Lee schien tief beeindruckt, als er sie jetzt ansah, während er durch das Loch in der Scheibe langte.

»Ich werde dich so bald wie möglich beim Wort nehmen«, sagte er leise und drehte den Schlüssel um, der innen im Schloß steckte. »Stell dich dorthin und mach dich bereit, sofort loszurennen, wenn uns jemand sieht.«

Blair stellte sich links neben die Tür und sah zu, wie Lee durch den Lagerraum ging und nach einer Brechstange Ausschau hielt. Hinter ihr standen gestapelte Konserven, Berge von Mehlsäcken und Kisten mit Zwieback. Auf einem Regal entdeckte sie sechs kleine Fässer mit Honig. Als Blairs Blick darauf fiel, lächelte sie, weil sie nun an die beiden Bären denken mußte.

Plötzlich, ohne eine bestimmte Absicht damit zu verbinden, bückte sie sich zu einem Haufen von Rucksäcken hinunter, die vor ihr auf dem Boden lagen, hob einen davon auf, holte zwei von den Honigfäßchen vom Regal, tat sie in den Rucksack und schnallte sich diesen auf den Rücken. Neben dem Einwickelpapier lag ein Bleistift auf der Theke, und sie riß rasch eine Ecke von dem Papier ab und begann zu schreiben.

»Was schreibst du denn da?« forschte Leander.

»Einen Schuldschein natürlich. Morgen mittag wird bestimmt die ganze Stadt wissen, daß wir einen halben Berg weggesprengt haben, und die Leute werden dann verstehen, daß wir uns vorher erst das Dynamit dafür beschaffen mußten. Es sei denn, du trägst immer eine Flasche voll Nitroglyzerin in deiner Arzttasche mit dir herum. Du hattest doch wohl nicht die Absicht, die Sachen mitzunehmen, ohne zu hinterlassen, wer sie mitgenommen hat? Dann würde man Unschuldige dafür verantwortlich machen.«

Leander blickte sie einen Moment an. »Gut überlegt«, sagte er schließlich. »Morgen gibt es keinen Grund mehr, die Sache geheimzuhalten. Aber ich möchte nicht heute nacht verhaftet werden. Laß uns gehen. Moment – was hast du denn da auf dem Rücken?«

»Honig«, antwortete sie und gab ihm keine Gelegenheit zu weiteren Fragen mehr, bis sie den Laden wieder verlassen hatten. Er drehte den Schlüssel im Schloß des Ladenraums herum, so daß er von innen wieder abgesperrt war, und wenn nicht jemand kam und die Hintertür des Ladens mit einer Laterne ableuchtete, würde man den Einbruch vor morgen früh bestimmt nicht entdecken.

Lee führte sie durch das Lager zurück zum Rand der Bergwerksstadt, und dabei fiel ihr auf, daß er sich hier unheimlich gut auszukennen schien. Aber hatte sie nicht von Houston gehört, daß er manchmal auch verletzte Bergarbeiter behandelte?

Sie gingen über eine mit Schlacke befestigte Straße, die unter ihren Sohlen knirschte, und der Nachtwind blies ihnen Kohlenstaub in die Augen. Jenseits der Bahngeleise, hinter einer fünfzehn Meter hohen Abraumhalde und einer langen Reihe von Öfen, wo der Schwefel aus der Kohle herausgebrannt wurde, befand sich der Schuppen mit den Sprengstoffen.

Während sich Blair den Ruß aus den Augen rieb, sprengte Lee das Vorhängeschloß mit der Brechstange. Er zog die Tür auf, stopfte sich die Dynamitstangen unter das Hemd und verschloß die Tür wieder mit einem Draht. Er wollte sie nicht offen stehen lassen, damit jeder, der hier vorbeikam, sich mit Dynamit versorgen konnte. Wer nach ihm den Schuppen betreten wollte, würde große Mühe haben, den Draht von der Tür zu entfernen.

»Nichts wie fort«, sagte Lee dann, und Blair kletterte hinter ihm wieder den Steilhang hinauf. An manchen Stellen war der Boden direkt vor ihrem Gesicht, so daß sie sich mit den Händen einkrallen mußte, um nicht abzustürzen.

Lee erwartete sie schon oben auf dem Grat, gab ihr aber

keine Zeit zum Verschnaufen, sondern eilte mit langen Schritten vor ihr her zur Berghütte. »Ich werde mein Pferd satteln und es vor der Hütte anpflocken. Ich habe mir gedacht, daß du Hunger bekommst, aufstehst und dir im vorderen Raum etwas zu essen besorgst. Dabei vergißt du, das Messer aufzuräumen, und läßt es irgendwo in ihrer Nähe liegen. Ich werde draußen warten und ihr folgen, wenn sie in ihr Räubernest im Canyon zurückkehrt.«

»Wir!« war alles, was Blair zu ihm sagte; doch die Art, wie sie ihn dabei ansah, zwang ihn, nach einem schweren Seufzer zu sagen:

»Also gut; aber steig jetzt durchs Fenster und warte drinnen auf mich.«

»Ich muß aber erst eine sehr persönliche Angelegenheit erledigen – in den Büschen«, gab sie zurück und wußte nicht, ob sie ihrer Worte wegen errötete oder weil es eine Lüge war.

Lee drehte ihr den Rücken zu und begann, sein Pferd zu satteln. Blair rannte inzwischen den Hügel hinauf zu der Höhle, wo die Bären ihre Wohnung haben mußten. Vorsichtig näherte sie sich dem Eingang der Höhle und lauschte, ob sich dort im Dunklen etwas regte. Sie wagte kaum zu atmen vor Angst, als sie einen Stein aufhob und ihn gegen den verkorkten Verschluß eines der Fäßchen mit Honig schmetterte, das sie aus ihrem Rucksack holte. Dann horchte sie wieder, ob sich ein Geräusch vernehmen ließ. Nichts.

Das Fäßchen mit der Öffnung nach unten haltend, so daß der Honig auf den Boden rann, ging sie wieder hangabwärts auf die Hütte zu und zog dabei eine breite Spur von Honig hinter sich her.

Lees Pferd stand bereits gesattelt vor der Hütte, und Blair gelang es, geräuschlos den Korken aus einem anderen Fäßchen Honig zu entfernen, bevor sie es hinten an der Sattelpausche festband. Einen Moment lang war sie verunsichert, ob es richtig war, was sie da machte; denn wenn Françoise zu lange brauchte, um sich von ihren Fesseln zu befreien und die Bären den Honig schon vorher witterten, mochten sie über das Pferd herfallen, ehe ein Reiter darauf saß. Es kam jetzt alles auf die richtige Zeiteinteilung an.

Sie kletterte durch das Fenster in die Hütte zurück und konnte selbst im Dunkeln die unwilligen Blicke sehen, die Lee ihr zuwarf, weil sie so lange für ihr »privates Geschäft« gebraucht hatte. So rasch sie konnte, schlüpfte sie aus ihrer Ärzteuniform. Es sollte so aussehen, als käme sie direkt aus dem Bett.

Françoise lag auf dem Boden, und Blair sah die blutigen Striemen an ihren Gelenken, wo sie versucht hatte, ihre Fesseln zu sprengen. Blair wollte sich bei diesem Anblick der Magen umdrehen. Sie hatte geschworen, die Leiden ihrer Mitmenschen zu lindern; und sie haßte es, daß andere ihretwegen Schmerzen ertragen mußten.

Françoise öffnete die Augen, als Blair an ihr vorbeikam.

»Ich habe mich noch nicht von der Hungerkur bei dir erholt«, sagte Blair, während sie einen Käselaib an den Tischrand schob und eine Scheibe davon abschnitt. »Es wird wohl nicht mehr lange dauern, bis der Sheriff dich hier abholt.«

»Wenn er das täte, wäre er inzwischen längst hier. Der Mann, der mit Leander zum Canyon kam, ist meinen Leuten in die Arme gelaufen und von ihnen getötet worden.«

»Das wäre aber sehr schade für dich«, sagte Blair leichthin. »Denn der Mann war Taggert, von dem du das Lösegeld für mich erpressen wolltest.«

Mit einem lauten Gähnen legte Blair das Messer auf den Tisch zurück und nahm die Scheibe Käse auf, die sie abgeschnitten hatte. »Ich lege mich wieder in mein Bett. Schlaf gut«, sagte Blair und ging lachend hinüber in den anderen Raum.

Sobald die andere Frau sie nicht mehr sehen konnte, blieb sie hinter der Tür stehen und begann, sich ganz leise wieder anzuziehen, wobei sie den Schatten von Françoise beobachtete, den der Mond auf die schmutzigen Dielen warf. Er zeigte ihr, daß Françoise keine Zeit verlor, sich das Messer vom Tisch zu angeln und damit ihre Fesseln durchzuschneiden. In wenigen Sekunden war sie aus der Tür und draußen bei dem gesattelten Pferd.

»Ihr nach«, sagte Lee hinter ihr, als er den ersten Hufschlag hörte.

»Womit du sagen willst, daß ich wieder den Berg hinunterklettern soll, den ich gerade erst bestiegen habe«, murmelte Blair, deren Beine so schwer waren wie Blei.

»Sobald wir diese Geschichte hinter uns haben, kannst du eine Woche lang im Bett bleiben«, sagte Lee. »Mit mir.«

»Eine schöne Erholung«, sagte Blair mit einem Blick zur Decke.

Lee führte sie über nackten Fels, den zu betreten sich Blair wohl geweigert hätte, wenn sie ihn bei Tageslicht betrachtet hätte. Doch jetzt hatte sie keine andere Wahl, als Lee zu folgen. Sie mußten diese Abkürzung nehmen, um noch vor Françoise den Canyon erreichen zu können.

Dann hielt Lee plötzlich vor ihr an, und vor ihm war die Kante der Steilwand, die senkrecht in den Canyon hinunter fiel. In der Blockhütte brannte kein Licht, und Blair fragte sich, ob ihre Anstrengungen umsonst und die Banditen nicht längst abgezogen waren.

Doch Lee flüsterte: »Sie warten hier auf sie. Ich glaube nicht, daß sie etwas unternehmen, ohne daß Françoise ihnen erst sagen muß, was sie machen sollen.«

»Lee, Taggert braucht ziemlich lange, um den Sheriff zu holen – meinst du nicht auch? Ob ihm etwas zugestoßen sein könnte?«

»Keine Ahnung. Aber er war allein und hatte die ganze Bande gegen sich.« Lee schlich sich zum Eingang der Schlucht und begann dort die Dynamitstangen auszulegen. »Sobald wir die Banditen in der Schlucht eingesperrt haben, werde ich nach Chandler reiten und Hilfe holen.«

»Reiten? Worauf?«

»Hier – halt das mal.« Er drückte ihr eine Zündschnur in die Hand. »Ich sage dir das, wenn es soweit ist. Wir könnten jetzt sprengen, müssen aber noch auf die Chefin der Bande warten. Ich hoffe, sie hat sich nicht verirrt.«

»Vielleicht hat sie etwas aufgehalten«, murmelte Blair. »Lee, ich glaube, ich muß dir etwas sagen. Du erinnerst dich doch an den Honig . . .«

»Still! Ich glaube, ich höre was.«

Es dämmerte bereits, und in dem dunstigen, grauen Licht vermochte sie die Umrisse eines Reiters auf einem Pferd zu erkennen. Das Pferd machte der Frau, die auf seinem Rücken saß, das Leben sauer. Sie konnte das Tier kaum bändigen.«

»Los – hinauf auf die Felsen!« befahl Lee, und Blair beeilte sich, seiner Aufforderung nachzukommen.

Im nächsten Moment brach unter ihnen die Hölle los. Françoise begann zu schreien, und in der Schlucht liefen die Männer umher und schossen ihre Revolver ab, ehe sie wußten, was diese Schreie zu bedeuten hatten. Blair hielt auf dem Weg nach oben kurz an und blickte hinunter zum Schluchteingang. Sie sah die Französin auf Lees großem Hengst, der seine Reiterin abzuschütteln versuchte, und dahinter zwei Bären, die dem Pferd nachtrotteten und hin und wieder stehenblieben, um etwas vom Boden aufzulecken.

Dann hörte Blair Lee, der über ihr leise etwas rief, und im nächsten Moment packte er sie um die Hüften und riß sie mit sich nach oben. Und dabei gab er beständig zwei seltsam schrille Pfeiftöne von sich.

»Leg dich hin«, raunte er Blair zu und gab ihr einen Stoß, daß sie sich die Ellenbogen an den Steinen aufschabte. Sie kroch auf allen vieren bis zum Rand der Schlucht, damit sie das Chaos beobachten konnte, das unter ihnen herrschte. Die Pferde im Canyon wieherten entsetzt, als die Bären in die Schlucht eindrangen, und die Banditen rannten herum und versuchten gleichzeitig, auf die Bären zu schießen, die Pferde zu beruhigen und dem ganzen Wirrwarr zu entrinnen. Françoise zog heftig am Zügel von Lees Hengst, während sie schrie und auf den Eingang des Canyons deutete, um die Aufmerksamkeit der Männer auf sich zu lenken.

Plötzlich stieg Lees Hengst mit den Vorderbeinen senkrecht in die Luft und warf die Französin aus dem Sattel. Dann machte er kehrt und rannte zum Ausgang der Schlucht zurück, ohne sich um die Bären zu kümmern, die ihm im Weg standen.

»Das Dynamit wird ihn zerreißen«, rief Lee, der auf die Beine gesprungen war, um besser sehen zu können. Seine Stimme klang schrecklich traurig, als er von dem unvermeidlichen Verlust seines geliebten Tieres sprach.

Das Pferd galoppierte auf den Schluchtausgang zu, und die Bären machten ihm Platz.

Eine knappe Minute später explodierte das Dynamit. Felsbrocken prasselten herunter und versiegelten den Eingang zur Schlucht, so daß die Banditen nun in der Falle saßen. Der Explosionsdruck riß Lee von den Beinen; doch kaum hatte sich die Staubwolke etwas gelichtet, als er schon hinunterrannte zu der Stelle, wo vorher der Korridor aus dem Canyon ins Freie mündete. Er hatte schon den halben Weg dorthin zurückgelegt, als ihm sein mächtiger Hengst mit rollenden Augen und zurückgelegten Ohren entgegenkam. Lee drückte den Kopf des Pferdes gegen seine Brust und redete mit ihm, um es zu beruhigen.

»Wofür, zum Teufel, sollten diese Bären gut sein?« rief Lee Blair zu, die ihm auf den Fersen geblieben war. Sie konnten die Schreie der Männer im Canyon hören, und die Schüsse, die sie in die noch über der Schlucht hängende Staubwolke hineinjagten.

»Ich habe es dir nicht gesagt, weil ich wußte, daß du mich bestimmt wieder bevormunden würdest – ; aber das Ganze dauerte mir zu lange«, erwiderte sie ziemlich heftig, weil sie sich nicht von ihm einschüchtern lassen wollte. »Taggert hätte längst wieder zurück sein müssen. Ich wußte, es konnte nicht mehr lange dauern, bis die Banditen unser Versteck entdeckt hätten und wir von einem Dutzend schwerbewaffneter Männer in der Hütte belagert würden. Und aus dieser Schlucht kommen sie auch ziemlich leicht wieder heraus – selbst ich hätte es fast geschafft, aus dem

Canyon herauszuklettern. Aber ich dachte mir, vielleicht könnten die Bären die Banditen eine Weile aufhalten, wenn ich sie im rechten Moment auf sie losließe. Ich hoffe nur, daß keiner den Bären etwas antut. Sie haben es doch nur auf den Honig abgesehen.«

Lee hatte dazu eine Menge zu sagen; aber dafür reichte jetzt die Zeit nicht. So beschränkte er sich auf die Bemerkung: »Ich habe noch keine Frau gekannt, der das Gefühl für Gefahr derart fehlte wie dir. Ist dir nicht der Gedanke gekommen, daß die Bären über dich herfallen könnten?«

Sie reckte das Kinn in die Luft. »Hast du an Gefahr gedacht, als du das Dynamit geklaut hast?«

Er packte sie am Arm, noch nicht bereit, ihr zu verzeihen. »Weiß der Teufel, was du alles anstellst, wenn ich dich hier zurücklasse, um den Sheriff zu holen . . .«

Dieser Sorge wurde er allerdings enthoben; weil in diesem Moment der Sheriff mit sechs Männern den Berg heraufgeklettert kam. Er rief, ganz außer Atem:

»Sind Sie unverletzt, Doc?« Trotz seiner grauen Haare war er noch gut in Form, und er hatte den Weg hier herauf zum Canyon in Rekordzeit geschafft. Als Taggert ihm die Schlucht beschrieb, hatte er sofort gewußt, wo sie war und wie er dort hingelangte. Und er kannte auch besser als jeder andere in der Stadt Leanders Neigung, die Dinge selbst in die Hand zu nehmen.

»Taggert erzählte mir, daß Sie in Schwierigkeiten sind.«

Im nächsten Moment fiel ihm die Kinnlade herunter, als er über den Rand der Schluchtwand schaute. Die Leute dort unten sahen aus wie Spielzeuge, als sie an den Felsen entlangliefen und nach einem Loch suchten, durch das sie entweichen konnten.

»Haben Sie das gemacht, Doc?«

»Ich und die Mistress«, sagte Lee in einem so komisch nasalen Ton, daß Blair kichern mußte.

Der Sheriff zog sich wieder vom Schluchtrand zurück, während seine Männer dort Posten bezogen. »Laßt mir keinen von ihnen entwischen!« rief er über die Schulter, als er sich vor Leander und Blair aufbaute und zwischen beiden hin- und hersah.

»Mir scheint, da hast du jemand gefunden, der dir ebenbürtig ist, mein Junge«, sagte der Sheriff und fuhr mit grollender Stimme fort: »Warum konntest du nicht auf mich warten? Warum mußtest du das Gesetz in deine Hände nehmen? Jemand hätte dabei verletzt oder gar getötet werden können. Diese Leute da unten sind Mörder. Und ihre französische Anführerin ist tückisch wie eine Klapperschlange. Ich habe dich schon einmal gewarnt, daß du von solchen Sachen die Finger lassen solltest. Sonst könnte es passieren, daß du eines Tages von so einem Unternehmen nicht mehr lebend nach Hause zurückkehrst.«

»Was meint er damit?« wisperte Blair. »Wovon redet er eigentlich?« Sie hatte den Sheriff schon als Kind gekannt, und er hatte noch nie ein unfreundliches Wort zu ihr gesagt.

»Warum kommen Sie erst jetzt? Warum haben Sie so lange dazu gebraucht?« gab Lee zurück, Blairs Fragen und den Zorn des Sheriffs ignorierend. »Wir hatten schon befürchtet, daß Taggert etwas zugestoßen sei.«

»Eine Kugel hat ihn am Kopf gestreift, und er war ein paar Stunden bewußtlos. Deswegen hat es so lange gedauert, mein Junge. Wir haben nämlich erst vor zwei Stunden erfahren, daß du die Chefin dieser Bande in deine Gewalt gebracht hast. Aber offenbar sind wir zu spät gekommen. Sie ist dir wieder entwischt, nicht wahr?«

»Sie ist dort unten im Canyon«, sagte Lee.

»Aber nicht mehr lange«, sagte ein Mann von der Wache. »Die Lady ist nämlich gerade im Begriff, aus dem Canyon herauszuklettern.«

Blair sah zu dem Mann hin und nahm dabei am Rand ihres Gesichtsfelds eine Bewegung wahr. Einer von den Hilfssheriffs, der von einem Baum fast gänzlich verdeckt war, zog das Gewehr an die Schulter und zielte. Er wird sie erschießen, dachte Blair, und sie wußte, daß sie nicht dabeistehen und zusehen konnte, wie ein Mensch getötet wurde – gleichgültig, wie schlimm er war oder was er getan haben mochte. Mit einem Sprung war sie bei diesem Mann und landete neben seinem Bein, so daß sie ihn aus dem Gleichgewicht brachte und die Kugel aus seinem Gewehr über dem Kopf von Françoise in die Felswand schlug.

Doch Blair hatte nicht an die Folgen ihrer Tat für sich selbst gedacht, und im nächsten Moment hing sie, mit den Beinen zappelnd, über dem Abgrund.

Der Sheriff und Lee reagierten sofort, warfen sich am Schluchtrand auf den Bauch, packten jeder einen ihrer Arme und zogen sie wieder hinauf auf festen Boden.

»Ich sagte es doch – sie ist die richtige Frau für dich«, sagte der Sheriff sarkastisch, als er Lee half, Blair wieder auf die Felswand hinaufzuziehen. »Du mußt nur verdammt aufpassen, daß sie nicht ständig versucht, sich umzubringen.«

»Ich werde alles tun, um sie vor sich selbst und vor mir zu schützen«, antwortete Lee feierlich.

Blair saß vor den beiden Männern auf dem Boden, klopfte sich den Staub von den Kleidern und blickte dabei in die Schlucht hinunter, in die sie fast gestürzt wäre.

»Schön, Jungs«, rief der Sheriff. »Ich brauche einen Freiwilligen, der hierbleibt und Wache steht, während wir noch ein paar Helfer besorgen. Und daß sie mir dort unten noch alle am *Leben* sind, wenn ich wieder zurückkomme.«

»Sheriff, Sie haben doch nichts dagegen, wenn unsere Namen unerwähnt bleiben? Das gilt auch für Taggert. Und könnten Sie jemand hinüberschicken in die Mine ›Inexpressible‹, der dort im Laden unseren Schuldschein für die Brechstange und das Dynamit abholt?« Lee hielt einen Moment inne und lächelte. »Und anschließend die Rechnung an meinen Vater schickt? Der weiß dann schon, warum er sie bezahlen soll.« Damit drehte sich Lee um und faßte mit der linken Hand sein Pferd am Zügel, mit der rechten nach Blairs Arm.

»Wo gehst du denn hin?« rief der Sheriff Lee nach, der wieder den Berg hinaufstieg.

»In die Flitterwochen«, rief Lee über die Schulter zurück.

»Dann paßt gut auf euch auf! Die Französin ist wieder entkommen, und die empfindet bestimmt keine Liebe für euch.«

Während Lee dem Sheriff noch einmal zuwinkte, flüsterte er Blair ins Ohr: »An Liebe hatte ich auch gerade gedacht.«

Kapitel 24

Blair bemühte sich, mit Lee Schritt zu halten. Doch die Aufregungen der letzten Tage, die mageren Rationen, die sie bei den Banditen erhalten hatte, und der noch knappere Schlaf forderten bald ihren Tribut. Als sie ein paarmal stolperte und hinzufallen drohte, hob er sie auf sein Pferd. Als sie im Sattel einnickte, mußte er sie stützen, damit er sie nicht unterwegs verlor.

So wanderten sie stundenlang fort. Blair kam es so vor, als seien sie schon tagelang unterwegs, als hätte sie noch nie in ihrem Leben ein Bett gesehen, geschweige denn in einem geschlafen.

Die Sonne hing niedrig am Himmel, als Lee endlich anhielt und sie vom Pferd hob. Lustlos öffnete sie die Augen und sah eine große Blockhütte mit einem steinernen Fundament vor sich.

»Wo sind wir denn hier?« fragte sie, obwohl ihr das eigentlich gleichgültig war. Sie wollte nur ein Bett, in dem sie schlafen konnte.

»Das ist die Jagdhütte meines Vaters. Hier werden wir ein paar Tage bleiben.«

Blair nickte nur und schloß wieder die Augen, während Lee sie in die Blockhütte trug. Sie hatte den Eindruck, als würde er sie eine Treppe hinauftragen; aber sie war zu müde, um noch einmal die Augen aufzumachen. Als er sie auf ein Bett legte, war sie bereits wieder eingeschlafen.

Sie erwachte von einem sonderbaren Geräusch vor dem Fenster, und als sie sich den Schlaf aus den Augen rieb, erwachte auch ihre Neugier, woher dieses Geräusch rühren mochte. Sie warf die Zudecke beiseite und hielt dann erschrocken den Atem an, weil sie keinen Faden auf dem Leib trug. Da hing ein Männerhemd am Fußende der Bettstatt aus Fichtenholz, das sie sich schnell überzog, ehe sie aus dem Fenster blickte. Sie sah Kühe, die sich auf einer weiten Rasenfläche verteilten, und unter dem Fenster war eine Mutterkuh mit ihrem Kalb, die sich das Gras schmekken ließen. Das mußte das Geräusch gewesen sein, von dem sie aufgewacht war.

Die Hütte stand auf einem kleinen Hügel inmitten einer Lichtung, und hinter den hohen Bäumen ragten in allen Richtungen Berge auf. Wilde Rosenbüsche wuchsen auf der Lichtung, die schon die ersten Blüten zeigten.

Ein Geräusch klang hinter ihr auf der Treppe auf. Als Lee mit einem Tablett ins Zimmer kam, lief ihr bei dem Duft von frischgebratenem Speck das Wasser im Mund zusammen.

»Hatte ich doch richtig gehört«, meinte er lächelnd und betrachtete interessiert ihre langen bloßen Beine unter dem Hemdsaum. Blair schlüpfte errötend wieder unter die Zudecke, und Lee setzte das Tablett auf ihrem Schoß ab.

Er nahm das Tuch weg, mit dem die Speisen zugedeckt waren. »Ich fürchte, daß ich nicht mit frischen Nahrungsmitteln aufwarten kann; aber alles, was man einmachen und konservieren kann, ist reichlich vorhanden.« Da waren eine Schüssel mit gebratenem Schinkenspeck, Käse, Pfirsiche, Maisbrot und eine kleine Schale mit Walderdbeeren.

»Das ist ein Festessen, und ich sterbe fast vor Hunger«, sagte sie und langte tüchtig zu.

Lee lag quer auf dem Bett, den Kopf auf den Arm gestützt, und sah sie so eindringlich an, daß sie wieder ganz verlegen wurde. Sie war sich nur zu deutlich bewußt, daß nun alle Hindernisse, die ihrer Hochzeitsnacht entgegengestanden hatten, beseitigt waren.

»Wie lange habe ich eigentlich geschlafen?« fragte sie ihn mit vollem Mund.

Leander zog seine Taschenuhr heraus, ließ den Deckel

aufspringen und legte sie dann auf den kleinen Tisch neben dem Bett, als wollte er sie nicht mehr an sich nehmen.

»Vierzehn Stunden«, sagte er dann.

Blair schob sich so rasch ein Stück Maisbrot in den Mund, daß sie fast daran erstickte. »Du sagtest, das wäre die Jagdhütte deines Vaters. Bist du schon oft hier gewesen?«

Leander begann langsam sein Hemd aufzuknöpfen, nahm sich viel Zeit bei jedem Knopf. Als er es bedachtsam aus der Hose zog, sagte er: »Schon als Kind.«

Seine Augen ruhten ernst und eindringlich auf ihr – und sein Blick durch halbgesenkte Wimpern machte sie ganz nervös. Sie aß noch schneller. »Bist du hierhergekommen, um Elche zu jagen?«

Lee, der keinen Moment den Blick von ihr abwendete, begann seinen Hosenlatz aufzuknöpfen.

Sie brauchte nicht zweimal hinzusehen, um festzustellen, daß er keine Unterwäsche unter der Hose trug. Blairs Hände begannen zu zittern.

Leander stand auf und ließ seine Hose auf den Fußboden gleiten.

Blair blickte zu ihm hoch, sah ihm in die Augen, die Hand mit einer Scheibe Speck auf halbem Weg zum Mund, während er sich zu ihr hinunterbeugte, das Tablett von ihrem Schoß entfernte und es auf den Boden stellte.

»Du bist jetzt nicht Houston«, sagte er.

Einen Moment lang hatte Blair Angst vor ihm. Sie war in den vergangenen Wochen immer sein Widersacher gewesen und hatte Houston gegenüber solche Schuldgefühle entwikkelt, daß es ihr schwerfiel zu glauben, sie könne sich ihm nun mit gutem Gewissen hingeben.

Lee beugte sich zu ihr, und sie wich vor ihm zurück, bis sie mit dem Kopf gegen das obere Ende der Bettstatt stieß. Ein Teil von ihr wollte vor ihm fliehen, doch der andere Teil – der größere von beiden – wäre lieber gestorben, als sich von der Stelle zu rühren.

Ganz sacht berührte Lee mit seinen Lippen ihren Mund. Er bedrängte sie nicht und faßte sie auch nicht an. Da war nur dieser herrliche Mann mit seinem großartigen nackten Körper, der sich über sie beugte und sie küßte.

Blair glitt am Kopfende der Bettstatt nach unten – oder vielleicht ließ sich ihre Bewegung eher als ein Fließen bezeichnen wie Butter, die dahinschmilzt. Lee löste seine Lippen nicht von ihrem Mund, beugte sich immer weiter vor, bis er schließlich das Gleichgewicht verlor und auf sie fiel.

Von da an war es vorbei mit jeder sachten, sich Zeit nehmenden Behutsamkeit. Blair öffnete sich seinem Kuß, und Leander verwandelte sich in einen hemmungslosen, wilden Mann mit heißen Küssen und Händen, die in ihrem Haar wühlten, über ihren Körper fuhren und ihr das Hemd vom Leib rissen. Seine Leidenschaft übertrug sich auf Blair. Seit Wochen begehrte sie ihn, und nun gehörte er ihr, durfte sie ihn nach Herzenslust berühren, damit er half, sie von diesem Wehgefühl zu befreien, das die Folge einer zu lange unterdrückten körperlichen Sehnsucht war.

Sie umfingen sich, rollten auf dem Bett umher, küßten hungrig das nackte Fleisch des anderen, während ihre Hände sich zu multiplizieren schienen, weil sie überall zugleich waren. In Blair wurden all jene Momente wieder gegenwärtig, in denen sie sich gewünscht hatte, ihn berühren zu können. Sie erinnerte sich an seine Finger, die bei einer Operation geschickt einen Faden verknüpften, und verlangte danach, von ihnen gestreichelt zu werden. Sie dachte daran, wie sie seinen Gang beobachtet und sich vorgestellt hatte, zwischen seinen Beinen zu liegen. Nun fuhr sie mit beiden Händen an seinem Rücken entlang und über sein kleines und festes Gesäß, und hatte dabei ein Gefühl, als stünde ihr Körper in Flammen.

Er schien zu spüren, wann sie für ihn bereit war, und als er in sie eindrang, schrie sie leise auf. Lee versiegelte ihr mit seinen Lippen den Mund, und sie küßte ihn hungrig.

Seine Bewegungen wurden immer schneller, und sie paßte sich mit ihrem Körper seinem Tempo an, während sie sich mit ihren Händen, ihrem Mund und ihren Beinen an ihn klammerte. Und als er immer härter und schneller in sie hineinstieß, wölbte sie ihm ihre Hüften entgegen, damit er einen besseren Zugang zu ihrem Köprer hatte.

Dann schrie sie wieder auf, und ihr Körper wurde von krampfartigen Wonneschauern geschüttelt, während er sich in ihr ergoß. Erst nach Minuten schien das Beben in ein Zittern überzugehen, während sie immer noch mit ihren Beinen seine Hüften umklammerte, als wollte sie ihn nie mehr aus sich entlassen.

So lagen sie eine Weile, bis Blair sich entspannte und ihn aus ihrer Umklammerung entließ.

Sie streichelte seine schweißnassen Haare im Nacken, spürte mit den Fingerspitzen den Muskeln auf seinem Rükken nach, befühlte jede Pore seiner Haut. Er war noch so neu für sie und doch zugleich auch so vertraut. Und da war so vieles an ihm, das sie noch nicht kannte – so vieles, was sie gern wissen wollte.

Er stützte sich auf einen Ellenbogen und sah sie an. »Unten habe ich eine Sitzbadewanne und heißes Wasser auf dem Herd. Möchtest du ein Bad nehmen?«

Einen Moment lang betrachtete sie seinen Kopf im Gegenlicht des Fensters und dachte, wie teuer er ihr doch geworden war. Bildete sie sich das nur ein, oder war er wirklich der schönste Mann der Welt?

»Wenn du mich weiter so anschaust, wird es nichts aus deinem Bad bis zum nächsten Dienstag.«

Lee zog eine Braue in die Höhe, als Blair ihn spitzbübisch anlächelte, wickelte sie dann in eine Decke und trug sie hinunter in das Erdgeschoß. Das eine Ende des Raumes wurde von einem gewaltigen gemauerten Kamin beherrscht, der von zwei großen Fenstern flankiert war. Am andern Ende sah sie eine Küche, in der schmutzige Teller, Tiegel und Pfannen über Tisch und Stühle verteilt waren – offensichtliche Überreste von Lees Kochorgie. Die langen Seitenwände waren bis zu einer Höhe von einem Meter gemauert und bestanden darüber aus Holz mit einigen Fenstern hier und da.

Vor dem Kamin stand eine Wanne aus Zinn, die auf einer Seite einen höheren Rand hatte als auf der anderen und mit kaltem Wasser gefüllt war – von einem Bach in der Nähe des Hauses, wie Lee ihr erklärte. Während sie etwas verschämt zusah, schüttete Lee das heiße Wasser, das auf dem Herd dampfte, dazu, führte sie zum Zuber, nahm ihr die Decke ab und setzte sie in die Wanne.

Das Wasser fühlte sich himmlisch an, und sie lehnte sich gegen den hohen Rand der Wanne zurück und entspannte sich. Sie spürte, daß Lee über ihr stand und sie beobachtete. Er hatte seine Hose wieder angezoen; doch sein Oberkörper war nackt – und sehr beeindruckend: dunkle, von der Sonne gebräunte Haut, die sich über durchtrainierte Muskeln spannte. Man sah, daß er sich immer viel im Freien bewegt und körperlich hart an sich gearbeitet hatte.

»Ich habe den Jungen von nebenan geheiratet«, murmelte sie lächelnd.

Er kniete am Fußende der Wanne. »Warum hast du versucht, mir als Junge das Leben sauer zu machen?«

»Das habe ich doch gar nicht getan«, sagte sie und begann ihre Arme zu waschen.

»Wie nennst du das, wenn man jemanden mit Lehmkugeln und Schneebällen bombardiert? Und Mary Alice Pendergast erzählt, daß ich mich in sie vergafft hätte? Ihre Mutter zeigte meiner Mutter Liebesbriefe, die angeblich von mir stammten.«

»Weil du mir Houston weggenommen hattest«, sagte Blair leise. »Sie war meine Zwillingsschwester, doch plötzlich warst du da, und sie schien dich mehr zu lieben als mich.«

Als Leander nichts darauf sagte, blickte sie hoch und bemerkte, daß er sie durchbohrend ansah. Er schien nicht glauben zu wollen, was sie zu ihm gesagt hatte. Seit vielen Jahren hatte sie nicht mehr an die Zeit gedacht, die sie als Kinder miteinander verbracht hatten. Sie hatte ihn gehaßt – von dem Moment an, als sie ihn zum erstenmal sah. Aber weshalb? Alle anderen schienen ihn gemocht zu haben, und

Houston hatte ihn geradezu angehimmelt; aber sie hatte seine Nähe nicht ertragen können. Sie pflegte immer aus dem Zimmer zu gehen, wenn er hereinkam.

»Vielleicht . . .« flüsterte sie.

»Vielleicht was?«

»Vielleicht wollte ich deine Freundin sein.«

»Aber das konntest du nicht, weil Houston mir bereits ihren Stempel aufgedrückt hatte?« Er hob einen ihrer Füße aus der Wanne, nahm ein Stück Seife und begann ihr Bein zu waschen – wobei er mit seinen langen Fingern höher und höher glitt.

»Du sprichst so, als wärest du daran gänzlich unbeteiligt gewesen; aber du hast sie doch gebeten, dich zu heiraten. Du mußt sie geliebt haben.« Blair beobachtete seine Hände, fühlte seine Hände.

Er seifte ihre Zehen ein. »Ich habe sie vermutlich gefragt, ob sie mich heiraten würde. Manchmal schien ich mich nicht daran erinnern zu können, daß ich so etwas überhaupt zu einer Frau gesagt habe. Ich denke, es war eine Phase, in der ich mir meine Männlichkeit beweisen mußte. *Jeder* Mann in Chandler hat Houston um ihre Hand gebeten.«

»Tatsächlich?« gab Blair, sichtlich beeindruckt, zurück. »Houston hat mir davon nie ein Wort erzählt. Nur Alan hat mich gefragt, ob ich ihn heiraten möchte. Alle anderen Männer waren . . .«

»Dummköpfe«, sagte er rasch, während er behutsam ihren Fuß einseifte.

»Aber ich bin so anders«, sagte sie, und obwohl sie eigentlich gar keinen Grund hatte zu weinen, füllten sich ihre Augen mit Tränen. »Ich habe mich immer bemüht, so zu sein wie andere Frauen – so weich und sanftmütig wie Houston. Aber statt dessen bin ich eine Ärztin geworden. Und dann, als ich immer bessere Noten bekam als die anderen Studenten – männliche wie weibliche –, konnte ich sehen, wie die Augen der Männer sich veränderten, wenn ihr Blick auf mich fiel. Sie wurden kalt und . . .«

»Du könntest deine Wundnähte noch ein bißchen verbessern«, sagte er, während er ihren linken Fuß fallen ließ und sich ihrem rechten zuwendete.

»Und jedesmal, wenn ich einen Mann auf einem Fachgebiet schlug ...« Ihre Augen weiteten sich. »*Was* hast du da eben gesagt?«

»Wenn du in Eile bist, machst du zu große Stiche.«

Blair öffnete den Mund, um ihm zu widersprechen, schloß ihn aber wieder, ohne etwas zu sagen. Sie wußte, daß ihre Nähte perfekt waren, begriff jedoch, daß es eigentlich gar nicht darum ging: Lee wollte nur verhindern, daß sie sich selbst bedauerte. Mit einem Lächeln sah sie zu ihm hoch:

»Wirst du mir zeigen, wie man sie richtig macht?«

»Ich werde dir zeigen, wie man alles richtig macht«, antwortete er und blickte sie dabei an, daß ihr ganz warm ums Herz wurde. »Diese Männer waren dumm«, fuhr er fort, während er den rechten Fuß einzuseifen begann. Kein Mann mit Selbstvertrauen würde sich vor einer Frau fürchten. Es hat nur eine Weile gedauert, bis du bei mir dein Zuhause gefunden hast.«

»Mein Zuhause bei dem Verlobten meiner Schwester«, sagte sie und seufzte.

Leander schwieg eine Weile still, nahm ihre linke Hand, seifte sie ein und verschränkte ihre Finger mit den seinen. »Ich schätze, wenn ich einen Bruder hätte, hinter dem alle Frauen her wären, von denen mich aber keine beachtete, würde ich ebenfalls eifersüchtig sein.«

»Eifersüchtig! Aber ich war doch nicht ...« Dieser Gedanke war ihr nie zuvor gekommen; aber vielleicht war sie doch auf Houston eifersüchtig gewesen. »Sie ist der Inbegriff dessen, was ich immer zu sein wünschte. Ich *wollte* nicht Ärztin sein – ich *mußte* einfach eine werden. Ich wollte so sein wie Houston und mir die Hände nicht schmutzig machen. Sie hatte so viel Freunde. Sie hatte dich.«

Er schaute kein einziges Mal auf, als er ihren rechten Arm zu waschen begann. »Nein, sie hat mich nie gehabt.«

Blair fuhr fort, als hätte sie ihm nicht zugehört: »Houston

machte alles so perfekt. Es fiel ihr nicht schwer, die Freundschaft anderer Menschen zu gewinnen. Alle Leute im Umkreis von zehn Meilen liebten sie. Wenn Houston die Truppen der Südstaaten angeführt hätte, hätten diese den Bürgerkrieg gewonnen. Niemand kann so gut organisieren wie sie.«

»Dich hat sie ganz gewiß organisiert. Sie hat dafür gesorgt, daß du mich ihr abgenommen hast.«

»Dich? Oh, nein, das war reiner Zufall. Und das war ganz allein mein Tun. Houston war daran unschuldig.«

»Blair«, sagte er leise, »am Abend des Empfangs beim Gouverneur wollte ich Houston sagen, daß ich unsere Verlobung auflösen werde.«

»Auflösen? Ich weiß, das hast du schon einmal gesagt; aber das hast du natürlich nicht so gemeint.«

Er hielt einen Moment beim Waschen inne. »Ich kenne Houston überhaupt nicht. Ich habe sie wohl nie verstanden; und dennoch erkenne ich bei dir Dinge, die wohl auch in Houston angelegt sind. Houston versteht nur alle ihre Gedanken hinter ihren verdammten weißen Handschuhen zu verstecken. Aus irgendeinem Grund beschloß sie schon als Kind, mich zu heiraten. Ich war für sie keine Person, sondern nur ein Ziel. Vielleicht ist es dir mit der Medizin ebenso ergangen; nur war deine Zielsetzung richtig. Ich glaube, Houston brauchte einen Vorwand, um unsere Verlobung auflösen zu können, weil sie einzusehen begann, daß unsere Ehe ein Mißerfolg werden mußte.«

»Aber du hast sie nicht an dem Abend erlebt, als Mr. Gates zu ihr sagte, daß ich dich heiraten müßte.«

»Wie wäre dir zumute, wenn du jahrelang Medizin studiert hast und eines Tages festellen müßtest, daß du beim Anblick von Blut in Ohnmacht fällst? Daß dir schlecht wird vom Karbolgeruch?«

»Ich würde . . . sterben«, sagte sie leise.

»Ich glaube, Houston ist es so mit mir ergangen. Sie konnte meine Nähe kaum noch ertragen. Wir redeten nie miteinander, scherzten nie, und sie fletschte fast die Zähne, wenn ich versuchte, sie anzufassen.«

»Ich kann mir das kaum vorstellen!« sagte Blair ehrlich entsetzt.

Grinsend begann er, ihre obere Hälfte zu waschen, seifte sacht ihren Hals ein und ihre Wangen. »Vielleicht hat sie instinktiv erkannt, daß wir beide zusammenpassen, und deshalb hat sie dich mit mir zum Empfang des Gouverneurs geschickt.«

»Aber sie wollte doch nur Taggerts Haus besichtigen und . . .«

»Daß ich nicht lache! Die liebliche Miss Eisprinzessin Houston Chandler hat noch vor keinem Mann gekuscht; aber kaum war ihr dieser Taggert vor die Augen gekommen, als sie schon aufzutauen begann. Erinnerst du dich noch, als wir ihm in der Stadt begegnet sind und er mit seinem Wagen neben meiner Kutsche hielt und Houston mit begehrlichen Blicken musterte? Mir ist es damals gar nicht bewußt geworden, daß ich eigentlich hätte eifersüchtig werden müssen. Ich meine, wenn ich tatsächlich in Houston verliebt gewesen wäre, wie es sich für einen Verlobten gehört. Aber im Grunde war ich nur neugierig.«

»Taggert«, sagte Blair, »ich konnte einfach nicht verstehen, daß sich eine Frau für diesen gräßlichen Mann erwärmen mochte.«

»Er war nur sofort bereit, sein Leben zu riskieren, um uns zu helfen«, sagte Lee. Seine glatten, seifigen Hände bewegten sich auf ihre Brüste zu. »Frankies Bande glaubte, daß du Houston wärst. Sie verlangte fünfzigtausend Dollar Lösegeld für dich. Taggert brachte nicht nur seinen Revolver, sondern auch das geforderte Geld zum Canyon mit.«

Blair hörte nicht, was er sagte, weil seine Hände über ihre Brüste glitten. Sie hob ihre Arme, schlang sie um die seinen und lehnte sich in der Wanne zurück, um das Gefühl zu genießen, das seine Berührung in ihr auslöste.

Er stellte sich vor sie hin und hob sie aus dem Wasser, daß ihre nasse Haut an der seinen klebte. »Ich habe lange auf diesen Augenblick gewartet«, sagte er.

Leander schien eine große Erfahrung im Entledigen von

Kleidern zu haben, denn bis er sie die drei Schritte zum Sofa getragen hatte, war er so nackt wie sie. Nachdem er seine erste Leidenschaft gestillt hatte, schien er diesmal nur ihren Körper näher erforschen zu wollen. Blair hatte ein Gefühl, als würde sie einer Wonnefolter unterzogen. Er schob ihre Hände weg, mit denen sie nach ihm greifen wollte, und gestattete nur sich das Vergnügen, sie mit seinen Händen und seinen Lippen am ganzen Körper zu berühren und seine Haut an der ihren zu reiben, bis sie fast ohnmächtig wurde vor Begierde.

Als er sich auf sie legte, klammerte sie sich wieder an ihn; doch er war aufreizend langsam, wollte sich nicht drängen lassen, nahm sich mit langen, langsamen Stößen viel Zeit. Als er anfing, sich schneller zu bewegen, war ihr Verlangen nach ihm so heftig, daß sie glaubte, sie könnte jeden Moment explodieren.

Als sie endlich gemeinsam den Gipfel erreichten, war die Entladung so heftig, daß sie einen Moment glaubte, sie sei gestorben. Ihr Körper bebte, und zitternd hing sie an ihn geklammert.

Er löste sich sacht aus ihrem Schoß und sagte lächelnd. »Ich wußte, daß wir ein großartiges Gespann sein würden.«

»War das der einzige Grund, weshalb du mich heiraten wolltest?« Es war ihr ernst mit ihrer Frage.

Und er antwortete genauso ernst: »Das und deine Nähte.«

»Du!« keuchte sie und boxte ihn in die Rippen.

Doch Lee rollte sich von ihr weg. »Komm, steh auf und laß uns einen Spaziergang machen. Ich möchte dir in paar Stellen hier in der Nähe zeigen.«

Sie war nicht daran gewöhnt, ihn ohne Kleider zu sehen. Die einzigen nackten Männer, die sie bisher in ihrem Leben gesehen hatte, waren Kadaver auf kalten Marmorplatten gewesen. Lee sah lebendiger aus als jeder andere Mensch, der ihr bisher vor die Augen gekommen war.

»Oh, nein, nicht doch«, sagte er lachend, nahm ihre Hände und zog sie von der Couch herunter. »Du gehst jetzt nach oben und ziehst dich an. In der Kommode gleich über der Treppe sind ein paar alte Kleider. Such dir da etwas Passendes aus!« sagte er und gab ihr einen Klaps auf die nackte feste Kehrseite.

Blair eilte die Treppe hoch, öffnete die Schubladen der Kommode und begann, in den Kleidern zu kramen; aber da war ein Spiegel hinter ihr an der Wand, und sie hielt einen Moment still, um sich darin zu betrachten. Ihre Haut glühte, ihre Wangen waren rosig, und ihre Augen strahlten. Ihr Haar, das sie sonst immer straff nach hinten gekämmt trug, damit es sie nicht bei der Arbeit behinderte, stand ihr allerdings wie eine wilde Löwenmähne vom Kopf weg.

Konnte es wahr sein, daß Leander sie liebte? Er schien jedenfalls keine Abneigung zu empfinden, wenn sie in seiner Nähe war, und er hatte sich schrecklich angestrengt, um sie für sich zu erobern. Oder hatte er nur einen zweiten Chirurgen für seine Operationen gebraucht und einen willigen Bettgenossen?«

»Du hast noch drei Minuten Zeit!« rief Lee im Erdgeschoß.

»Und was ist meine Strafe, wenn ich länger brauche?« rief sie zurück.

»Enthaltsamkeit.«

Lachend begann Blair sich ein Flanellhemd und eine schwere Segeltuchhose überzustreifen. Die Hose war zu kurz; aber es gelang ihr doch, einen wesentlichen Teil ihres Unter- und Oberkörpers zu bedecken. Nur der Hosenbund war so weit, daß sie ihn mit beiden Händen festhalten mußte.

Unten packte Lee gerade einen Rucksack mit Lebensmitteln.

»Hast du einen Gürtel für mich?« fragte sie.

Als er zu ihr hinsah, ließ sie mit einem schelmischen Lächeln den Bund los und die Hose fallen. Sie wurde von Lee für ihre Tat mit einem Stöhnen belohnt.

Er drehte sich zu einem Holzstoß neben dem Herd um, nahm einen Strick auf, der dort lag, ging zu ihr, kniete sich hin und zog den Strick durch die Gürtelschlaufen der Hose.

Als er ihr die Hose hochzog, küßte er ihre Beine vom Spann bis ganz oben, so daß Blair, als die Hose endlich über ihren Hüften saß, hin- und herschwankte wie ein Schilfrohr im Wind.

Lee ging zur Tür. »Komm – laß uns gehen.« Und diesmal war er es, dem ein schelmisches Lächeln um die Lippen spielte.

Mit butterweichen Knien folgte Blair ihm nach draußen.

Kapitel 25

Blair folgte Lee auf einem schmalen Elchpfad durch ein Gestrüpp von Jungeichen, dann über eine Weide und schließlich einen steilen Berg hinauf. Die Rinde der Bergeschen war hier von Elchen abgenagt, so daß viele der Bäume eingegangen und umgestürzt waren und ihnen den Weg verlegten. Überall sahen sie die Losung dieser mächtigen Tiere, die nun mit Beginn der warmen Jahreszeit wieder nach Norden gezogen waren.

Lee zeigte ihr einen Habicht auf einem Baumwipfel und machte sie mit den Namen einiger Blumen vertraut, die am Berghang wuchsen. Er schien zu spüren, wenn es ihr zu schnell ging, verlangsamte dann seine Schritte und bog die Zweige kleiner Eichbäume zurück, die ihr ins Gesicht zu peitschen drohten.

Als sie den schmalen Grat eines Bergrückens erklommen hatten, der auf der anderen Seite steil abfiel und mit mächtigen Kiefern bestanden war, ließ sich Lee neben einen gestürzten Baumstamm fallen, lehnte sich mit dem Rücken dagegen und öffnete die Arme für sie. Dankbar ließ sie sich neben ihm nieder, blickte hinüber zu den Bergen, deren Gipfel sich im blauen Dunst verloren, und spielte mit den Fingern seiner linken Hand.

»Was hatte der Sheriff damit gemeint, daß sich da zwei Ebenbürtige gefunden hätten?« fragte sie.

Lee hatte die Augen geschlossen und ließ sein Gesicht von der Sonne bescheinen. »Ich bin als Kind ein paarmal in Schwierigkeiten geraten. Ich glaube, das hat er mir nie verziehen.«

Blair setzte sich kerzengerade auf. »*Du*?! *Du* bist als Kind mit dem Gesetz in Konflikt geraten? Du warst doch immer ein Ausbund von Tugend – der Traum einer jeden Mutter!«

Er lächelte, ohne die Augen zu öffnen, und zog sie wieder an seine Schulter herab. »Du weißt so wenig von mir, wie das überhaupt nur möglich ist. Ich bin nicht das, wofür du mich zu halten scheinst.«

»Dann erzähle mir, was du damals angestellt hast und warum ich nie etwas davon erfahren habe. Ich bin überzeugt, daß in Chandler auf der ersten Seite der Zeitung gestanden hat: Unser heiliger Leander ist auf dem Pfad der Tugend gestrauchelt.«

Leander grinste noch breiter. »Du hast nichts davon erfahren, weil es meinem Vater irgendwie gelang, die Sache geheimzuhalten, und weil es nicht in Chandler, sondern in Colorado Springs passiert ist. Was ich damals verbrochen habe? Ich hab' mir zwei Kugeln verpassen lassen.«

»Man hat auf dich geschossen?« keuchte sie erschrocken. »Aber ich habe doch keine Narben an deinem Körper gesehen.«

»Du hast mich nur noch nicht genau genug angeschaut, weil du mich immer gleich anspringst, wenn ich in deine Nähe komme.«

»So etwas tue ich doch nicht . . .« sagte Blair und verstummte mitten im Satz, weil er mit seiner Behauptung recht hatte. »Wie ist es dazu gekommen?« fragte sie kleinlaut.

»Ich muß ungefähr vierzehn gewesen sein, als ich meinen Vater nach Colorado Springs begleitete. Er mußte dort mit einem Zeugen sprechen, der für einen seiner Mandanten aussagen sollte, und er hatte sich mit diesem Mann in einem Hotel in unmittelbarer Nähe des Flußufers verabredet. Nach dem Essen verließen wir gerade das Hotel, als plötzlich Schüsse krachten und jemand schrie, daß Räuber die

Bank überfallen hätten. Ich blickte die Straße hinunter und sah, wie ein halbes Dutzend Männer, die sich Tücher vor die Gesichter gebunden hatten, auf uns zusprengten.

Ich glaube, ich habe nicht erst überlegt, sondern einfach gehandelt. Da war ein Leiterwagen in der Gasse neben dem Hotel, der mit Futtersäcken beladen und mit vier Pferden bespannt war. Ich sprang auf den Wagen, trieb mit lautem Geschrei die Pferde an, lenkte das Fuhrwerk auf die Straße hinaus und versperrte so den Banditen den Fluchtweg.«

»Und da haben sie auf dich geschossen?«

»Ich konnte ja schlecht vom Fuhrwerk herunterspringen. Die Pferde wären sonst weitergelaufen und hätten die Straße wieder freigegeben.«

»Also bliebst du auf dem Wagen stehen und hast die Pferde zurückgehalten«, sagte Blair mit ehrfürchtiger Stimme.

»Ich blieb so lange auf dem Wagen, bis der Sheriff die Bankräuber eingeholt hatte.«

»Und was geschah dann?«

Er lächelte. »Dann zog mich mein Vater vom Wagen herunter und trug mich zu einem Arzt, der mir die Kugel herausschnitt – die andere hatte glatt meinen Arm durchschlagen. Er ließ mich auch so lange aus einer Flasche trinken, bis ich betrunken war, und ich schwöre dir, daß der Kater schlimmer war als die Löcher in meinem Körper.«

»Aber dank deinem Eingreifen konnten die Bankräuber festgenommen werden.«

»Und haben viele Jahre im Gefängnis verbracht. Inzwischen sind sie wieder frei. Du hast sogar einen von diesen Banditen kennengelernt.«

»Ich? Wann?«

»An dem Abend, als wir zum Empfang des Gouverneurs fahren wollten. Erinnerst du dich, daß wir in ein Haus in der River Street gerufen wurden? An die Selbstmörderin? Und den Mann, der so lange draußen in der Kutsche wartete? Ich glaube nicht, daß er dir sonderlich gefallen hat.«

»Der Spieler«, sagte sie und dachte wieder daran, wie der Mann sie damals mit lüsternen Augen betrachtet hatte.

»Das ist eine seiner zahlreichen Beschäftigungen. LeGault hat nach jenem Banküberfall zehn Jahre im Gefängnis von Colorado Springs gesessen.«

»Deinetwegen!« sagte Blair. »Er muß dich hassen, weil du derjenige bist, der ihn dingfest machte.«

»Vermutlich«, sagte Lee leichthin. Er öffnete die Augen und blickte sie an. »Aber schließlich hast du mich ja auch einmal gehaßt, glaube ich.«

»Nicht direkt gehaßt ...« begann sie und lächelte dann. »Wo bist du in unserer Hochzeitsnacht gewesen?«

»Möchtest du meine Schußnarben sehen?«

Sie wollte ihm vorhalten, daß er sich abermals weigerte, ihre Frage zu beantworten, preßte aber nur ihre Lippen zu einem festen Strich zusammen und schwieg.

Er schob ihr die Fingerspitze unter das Kinn. »Die Flitterwochen sind keine Zeit für Verdruß oder schmollende Blicke. Wie wäre es, wenn ich dir von meinen Erfolgen als Geburtshelfer erzählte – von den Drillingen, die ich auf die Welt brachte?«

Sie sagte noch immer kein Wort zu ihm.

»Das erste war eine Steißgeburt.«

Immer noch nichts.

»Und sie kamen einen Monat zu früh. Sie kamen in Abständen von einer Stunde, und um sie am Leben zu erhalten, mußten wir ...«

»Mußtet ihr was?« sagte sie nach ein paar Sekunden des Schweigens.

»Oh, nichts. Es war nicht sehr interessant. Es wurde nur in drei medizinischen Fachzeitschriften darüber berichtet. Oder waren es vier?« Er zuckte mit den Achseln. »Es ist nicht wichtig.«

»Warum wurde darüber berichtet?«

»Weil unsere Methode, sie am Leben zu erhalten ... Aber das wird dich vermutlich nicht interessieren.« Gähnend lehnte er sich wieder gegen den Baumstamm zurück.

Blair sprang ihn an, die Hände zu Fäusten geballt. »Sage es mir, sage es, sage es«, rief sie, während Lee lachend mit ihr über das Gras rollte. Als sie unter ihm lag, hielt er an.

»Ich sage es dir; aber du mußt mir ein Geheimnis von dir verraten.«

»Ich habe keine Geheimnisse«, sagte sie, ihn wütend anfunkelnd, weil sie sich an seine Weigerung erinnerte, ihre Frage zu beantworten, wo er in der Hochzeitsnacht gewesen war.

»Oh, doch, die hast du. Wer hat denn die Schlangen in meine Pausebrotdose getan und die Grashüpfer in meine Buntstiftschachtel?«

Sie zuckte ein paarmal mit den Lidern. »Ich bin mir zwar nicht ganz sicher; aber es könnte die gleiche Person gewesen sein, die die Karamellbonbons in deine Schuhe gesteckt, die Ärmel deiner Jacke zugenäht, Cayennepfeffer auf deine belegten Brote gestreut und . . .«

»Bei der Gartenparty meiner Mutter!« rief er. »Ich saß da, aß die Brote und glaubte, sie wären alle so scharf gepfeffert, und ich dürfte kein Feigling sein, wenn die anderen sie auch essen. Nur hätte mich der Pfeffer fast umgebracht. Wie hast du das nur angestellt?«

»Ich habe Jimmy Summers einen Penny gegeben, damit er seinen schmutzigen Köter von der Leine losband, sobald ich meinen Löffel fallen ließ. Der Köter rannte in den Garten, und da du immer den Samariter spielen mußtest, bist du ihm nachgelaufen, um ihn wieder einzufangen. Alle schauten dir dabei zu, und so hatte ich reichlich Gelegenheit, die belegten Brote auf deinem Teller nachzuwürzen. Ich dachte, ich würde platzen, weil ich das Lachen unterdrücken mußte. Du saßest da, in Schweiß gebadet; hast sie aber alle tapfer aufgefuttert.«

Er schüttelte den Kopf, ein mächtiger Schatten über ihr. »Und der Kuhfladen in meinem Hut, den ich am liebsten zum Angeln aufsetzte?«

Sie nickte.

»Und das Konterfei von Miss Ellison auf meiner Schiefertafel?«

Sie nickte.

»Ist dir denn außer mir keiner auf die Schliche gekommen?«

»Doch. Dein Vater hat mich einmal dabei ertappt. Houston erzählte mir, daß du zum Angeln gehen würdest, und so schlich ich mich hinüber zu eurem Haus, kippte die Würmer aus, die du gerade ausgegraben hattest, und tat dir dafür eine Blindschleiche in die Büchse. Leider erwischte mich dein Vater dabei.«

»Ich kann mir vorstellen, daß er dir eine Gardinenpredigt gehalten hat. Er hatte auch kein Verständnis für Ninas Streiche.«

»Er sagte, daß aus mir *niemals* eine Lady würde.«

»Und damit hatte er recht«, sagte Lee mit feierlicher Stimme und begann, sich an ihr zu reiben. »Von einer Lady kann bei dir keine Rede sein. Du bist eine Frau aus Fleisch und Blut.« Er grinste. »Mit einer Menge Fleisch an der richtigen Stelle.«

Ihre Augen weiteten sich. »Haben Sie vor, mir meine Tugend zu rauben, Sir? Oh, nicht doch, Sir, es ist das einzige, was ich noch besitze.«

»Sie verdienen nicht einmal das, wenn ich bedenke, was Sie alles angestellt haben, junge Lady«, sagte er mit leiser, lüsterner Stimme. »Das Gericht spricht Sie schuldig, und nun erwartet Sie Ihre gerechte Strafe.«

»Oh?« sagte sie, die Augenbrauen in die Höhe ziehend. »Muß ich Karamellbonbons in meine Schuhe tun?«

»Ich habe eher daran gedacht, daß ich Sie für den Rest unseres Lebens zu meiner Liebessklavin machen sollte.«

»Ist das nicht ein bißchen hart für ein bißchen Karamell in Ihren Schuhen?«

»Das ist für den Cayennepfeffer und die ...« Seine Augen weiteten sich. »Hast du auch das Niespulver auf meine Kekse gestreut? Und Ruß auf das Fernglas meines Vaters geschmiert, als ich es zum erstenmal mit in die Schule brachte?«

Sie nickte und bekam nun doch ein paar Gewissensbisse

wegen der beispiellosen Fülle von Streichen, die sie ihm gespielt hatte.

Er betrachtete sie mit einiger Ehrfurcht. »Ich wußte, daß du an einigen dieser Schabernacke beteiligt warst; dachte aber immer, John Lechner sei für die meisten davon verantwortlich. Ich habe ihn vor vier Jahren in New York getroffen, und da ist mir alles wieder eingefallen, was er mir angetan hat – vermeintlicherweise angetan hat –, und ich habe ihn ziemlich rüde behandelt, fürchte ich.«

»Du hast dich für seine vermeintlichen Taten nicht revanchiert?«

»Oh – mindestens hundertmal. Ich bin jahrelang mit blauen Flecken herumgelaufen, die ich mir bei meinen Keilereien mit John geholt habe.« Er grinste. »Und wenn ich nun bedenke, daß er unschuldig war! Was die Streiche betrifft, von denen ich *wußte*, daß du sie verbrochen hattest – was konnte ich da unternehmen? Du warst sechs Jahre jünger als ich, und wenn ich daran denke, wie mich mein Vater verhauen hat, weil ich dir eine Backpfeife gegeben habe, vergeht mir noch heute die Lust, ein junges Mädchen anzufassen.«

»Also muß ich jetzt für etwas büßen, was ich als Kind angestellt habe«, sagte sie mit einem übertriebenen Seufzer. »Das Leben ist hart.«

»Nicht ganz so hart, wie du glaubst«, antwortete er mit einem halbseitigen Grinsen.

»Nur gut, daß ich Ärztin bin und nicht so leicht zu schockieren.«

»Ich fühlte mich aber nicht wegen deiner medizinischen Fertigkeiten zu dir hingezogen.«

»Nein? Weshalb dann?«

»Wegen deiner Hartnäckigkeit, meine Aufmerksamkeit zu erregen. Ich habe ihr lange genug widerstanden; doch nun gelingt mir das nicht mehr.«

»Du Armer«, sagte sie müde.

»Ich liebe gehorsame Frauen«, murmelte er, während er die Hand unter ihr Hemd schob, sacht ihren Brustkorb massierte und dabei ihren Brüsten immer näher kam.

Blair war überrascht, daß sie schon wieder ein Verlangen nach ihm spürte; aber als sie seine Fingerspitzen auf ihrer Haut fühlte, war es so, als wäre es das erste Mal. Sie hatte, seit sie erwachsen wurde, nie mehr an die Streiche gedacht, die sie ihm als Kind gespielt hatte. Damals glaubte sie, es wäre der Haß auf ihn, der sie zu diesen Possen anstiftete – eine Bestrafung dafür, daß er ihr Houston weggenommen hatte. Doch nun fragte sie sich, ob sie damit tatsächlich nur seine Aufmerksamkeit hatte erregen wollen.

Als er den Kopf hob und begann, sein Hemd aufzuknöpfen, nahm sie sein Gesicht in ihre Hände. »Ich verstehe nicht, was du mir bedeutest«, flüsterte sie.

Er lächelte zärtlich. »Noch nicht? Nun, du wirst es schon noch begreifen, wenn du bei mir bleibst. Ich weiß bereits etwas von dir, Blair – daß du ein unheimlich starker Gegner sein kannst. Glaubst du, du könntest genauso hartnäckig *für* mich kämpfen, wie du *gegen* mich gekämpft hast?«

»Ich weiß es nicht«, sagte sie verwirrt. Sie war in einem Zwiespalt, was diesen Mann betraf. Sie war fast ihr Leben lang sein Feind gewesen. Sie hatte ihn auf jede nur erdenkliche Weise befehdet. Und trotzdem hatte sie es fertiggebracht, die Hochzeit ihrer Schwester mit Lee erfolgreich zu sabotieren. Warum? Warum war sie mit einem Mann ins Bett gegangen, den sie immer als ihren Feind betrachtet hatte?

Lee nahm ihre Hände und küßte ihre Handflächen. »Wenn du versuchst, die Antworten auf die Rätsel des Lebens zu finden, vergeuden wir nur unsere Zeit.« Er löste den letzten Knopf seines Hemds.

Sie liebten sich sanft, fast behutsam, während Lee ihr Gesicht betrachtete und auf ihre Reaktionen achtete. Er küßte ihre Fingerspitzen, und das Gefühl der feuchten, warmen Innenhaut seines Mundes durchrieselte sie wie ein Wonneschauer. Er küßte ihre Brüste, streichelte sie, ließ mit seinen Händen kein Fleckchen ihrer Haut aus.

Und als er sich in sie ergoß, geschah es auf eine sachte, süße, ausgedehnte Weise.

Danach hielt er sie an sich gedrückt, ihre Beine zwischen den seinen, sie mit den Armen umfangend, als wollte er ihren Körper in den seinen einschließen.

Blair lag in der Umfriedung seiner Arme, lauschte dem Zirpen der Grillen, den hohen Pfeiflauten eines Kolibris und dem Säuseln des Windes. Sein Geruch, sein Atem, sein Herzschlag schien sie ganz auszufüllen. Wie sehr wünschte sie, daß dieser Augenblick nie enden möge.

»Wenn wir wieder nach Hause kommen, mußt du jemand anstellen, der sich um meine Socken kümmert«, sagte er leise.

»Deine was?« fragte sie gedankenverloren, während sie ihn festhielt, als hinge ihr Leben davon ab.

»Um meine Hemden und meine Socken. Und ich möchte, daß meine Schuhe immer blitzen. Und du wirst auch jemanden brauchen, der das Haus putzt, die Betten macht und für uns kocht.«

Blair schwieg eine Weile, bis sie zu begreifen anfing, was er da eigentlich sagte. Seit ihrem zehnten Lebensjahr hatte ihr ganzes Sinnen und Trachten – und Lernen – nur der Medizin gegolten. Sie hatte absolut keine Ahnung, wie man einen Haushalt führen mußte.

Sie seufzte tief. »Glaubst du, daß jemand uns gern heiraten würde?«

Sie spürte die Erschütterung in seiner Brust, als er leise in sich hineinlachte. »Wir können uns ja mal umhören. Ich habe da eine Lady gekannt, eine Kriminelle . . .« Er hielt inne, als Blair seine Brustwarze in den Mund nahm und zuzubeißen drohte.

»Lee«, sagte sie, als sie den Kopf zurücklegte, um ihn anzusehen. »Ich weiß wirklich – wahrhaftig – nicht, wie man einen Haushalt zu führen hat. Meine Mutter versuchte es mir beizubringen; aber . . .«

»Du bist lieber auf Bäume geklettert.«

»Oder habe mich irgendwo verkrochen. Tante Flo hat es versucht; doch Onkel Henry sagte immer, dafür hätte ich später noch Zeit, und nahm mich mit in seine chirurgische

Station, damit ich ihm dort bei seinen Operationen helfen sollte. Ich vermute, ich hatte wirklich keine Zeit dafür. Im nächsten Jahr wollte ich einen Kursus für angehende Hausfrauen besuchen, damit ich für den Ehestand mit Alan einigermaßen gewappnet war.«

»Ein Kursus? In dem du gelernt hättest, wie man eine Toilette sauber hält und die Böden aufwischt?«

»Glaubst du, es wäre so schlimm geworden?«

»Vermutlich noch schlimmer.«

Sie legte ihren Kopf wieder an seine Schulter. »Ich sagte dir doch, daß du mich nicht heiraten solltest. Nun siehst du, warum kein anderer mich nehmen wollte. Houston ist mir in solchen Sachen haushoch überlegen. Du hättest sie behalten sollen.«

»Vermutlich«, sagte er feierlich. »Ich hätte mir bestimmt keine Sorgen machen müssen, daß sie sich heimlich mein Skalpell ausleiht.«

»Ich brauche dein Skalpell nicht«, sagte sie ungehalten. »Ich habe mein eigenes.«

»Ja; aber Houston weiß, wie man einen Haushalt führen muß. Ich bin sicher, daß die Socken ihres Mannes immer sauber und ohne Löcher sein werden.«

Blair schob ihn von sich weg. »Wenn es das ist, wonach du verlangst, brauchst du nur zu ihr zu gehen – oder meinetwegen auch zu irgendeiner anderen Frau. Wenn du glaubst, ich werde mein Leben deiner Unterwäsche weihen, bist du falsch gewickelt.« Sie setzte sich auf und begann wütend ihre Hose anzuziehen.

»Nicht einmal meinen Socken?« fragte er im bettelnden Ton.

Blair blickte ihn an und sah die Lachfältchen um seine Augen. »Du!« sie fiel ihm lachend in die Arme, und er umhalste sie ungestüm. »Du hast mir noch nicht die Sache mit den Drillingen zu Ende erzählt.«

»Welche Drillinge?«

»Die du auf die Welt gebracht hast und über die in vier Fachzeitschriften berichtet wurde.«

Er blickte sie an, als hätte sie den Verstand verloren. »Ich habe in meinem ganzen Leben noch keine Drillinge auf die Welt gebracht.«

»Aber du sagtest doch . . . oh, du Schlingel!« sagte sie und prustete wieder los.

Er fuhr mit der Hand über ihre von der Hose bedeckten Beine und dann an ihrem nackten Rücken hinauf. »Wie wäre es, wenn wir zum Bach hinuntergingen? Wir könnten dort essen.«

»Und über die Klinik reden«, sagte sie, während sie aufstand und das Hemd überstreifte. »Wann, glaubst du, werden die Geräte dafür eintreffen? Und du hast mir nie gesagt, was du überhaupt bestellt hast. Lee, wenn du nicht die ganze Zeit dort arbeiten möchtest, könnte ich vielleicht einer Freundin schreiben, Dr. Louise Bleeker. Sie ist sehr tüchtig, und Chandler ist eine aufstrebende Stadt. Ich bin sicher, wir werden bald einen dritten Arzt benötigen.«

»Ich hatte eigentlich daran gedacht, Mrs. Krebbs als Hilfe in der Klinik anzustellen.«

Blair ließ den Knopf los, den sie gerade zumachen wollte. »Mrs. Krebbs? Weißt du eigentlich, was für eine Person sie ist? Eines Tages kam ein kleiner Junge in das Krankenhaus, dem ein Hühnerknochen im Hals steckengeblieben war, und deine teure Mrs. Krebbs schlug vor, daß ich auf einen *echten* Arzt warten sollte.«

»Und die Arme ist heute noch am Leben?« fragte er mit großen, runden Augen.

Sie blinzelte zu ihm hinauf. »Willst du mich schon wieder auf den Arm nehmen?«

»Ich?« Er blickte hinunter in ihr Hemd, an dem sie erst die drei untersten Knöpfe geschlossen hatte. »So etwas nehme ich doch nur *in* die Arme«, sagte er, und ehe sie etwas erwidern konnte, ergriff er ihre Hand. »Komm – wenn wir schon über Geschäftliches reden müssen, wollen wir das zu einem Spaziergang ausnützen.«

Kapitel 26

Sich bei den Händen haltend, rannten Leander und Blair den Hügel zur Blockhütte hinauf. Hin und wieder hielten sie an, um sich einen Kuß zu geben, und Lee begann, an ihrem Hemd zu zupfen, und Blair an dem seinen, bis sie beide mit bis zum Nabel offenstehenden Knöpfen vor der Hütte anlangten.

Doch der Spaß hörte sogleich auf, als sie dort auf der Veranda Reed Westfield stehen sahen.

Leanders Gesicht wurde sofort nüchtern, während er sich zwischen seinen Vater und Blair schob und anfing, ihr Hemd wieder zuzuknöpfen. »Hör mir zu«, sagte er behutsam. »Ich glaube, ich muß wieder fortgehen. Ich kann mir nicht vorstellen, daß mein Vater hierherkommen würde, wenn es sich nicht um einen Notfall handelte.«

»Einen Notfall? Ich kann . . .«

Etwas in seinen Augen brachte sie zum Verstummen, und sie schob das Kinn vor. »Ist es wieder einmal *so* ein Notfall? Einer, von dem ich ausgeschlossen werde? Wo man mir nicht vertrauen kann? Ein Notfall, den nur Männer behandeln können?«

Er legte ihr die Hände auf die Schultern. »Blair, du mußt Vertrauen zu mir haben. Ich würde es dir sagen, wenn ich könnte, doch zu deinem eigenen Schutz . . .«

»Zu meinem eigenen Schutz soll ich unwissend bleiben. Ich habe verstanden.«

»Du hast überhaupt nichts verstanden!« rief Lee, während sich seine Finger in ihre Schulterblätter gruben. »Du mußt mir einfach vertrauen. Wenn ich es dir sagen könnte, würde ich es tun.«

Sie machte sich mit einem Ruck von ihm frei. »Ich verstehe vollkommen. Du *bist* ein zweiter Mr. Gates. Du hast ebenso starre Vorstellungen davon, was eine Frau kann und was sie nicht kann; und ich bin dir nicht vertrauenswürdig genug, daß du mir sagen würdest, was du in der Zeit deines geheimnisvollen Verschwindens treibst. Verrate mir jetzt mal, welche Tätigkeiten du mir, nachdem wir nun verheiratet sind, gestatten möchtest? Außer daß ich deine Socken stopfen und in dein Bett hüpfen darf, meine ich? Habe ich deine Erlaubnis, auch weiterhin Medizin zu praktizieren, oder bin ich dir auch dafür nicht kompetent genug?«

Lee richtete seine Augen himmelwärts, als erhoffe er sich von dort Unterstützung. »Schön, wenn das deine Meinung von mir ist, will ich sie dir nicht nehmen. Du scheinst zu denken, daß ich ein Monster bin; also werde ich auch eines sein. Mein Vater ist aus einem wichtigen Grund hierhergekommen, und ich muß dich jetzt verlassen. Ich kann dir nicht sagen, wohin ich gehe oder gehen werde. Was ich gern von dir möchte, ist, daß du mit meinem Vater nach Chandler zurückkehrst, und ich werde so rasch wie möglich nach Hause kommen.«

Blair sagte kein Wort mehr, sondern ging an ihm vorbei in die Hütte. Es fiel ihr sogar schwer, Reed eines Blickes zu würdigen. Er konnte sie schon als Kind nicht leiden, weil er sie dabei ertappte, daß sie seinem kostbaren Sohn einen Streich spielte. Als Lee ihm damals erklärte, daß er Blair heiraten wolle, war Reed bei dem schrecklichen Verhör, dem Gates sie unterworfen hatte, dabei gewesen. Und später hatte Reed sie unverschämt und wider besseres Wissen belogen, indem er ihr weismachen wollte, Lee hätte etwas mit dieser Französin gehabt.

Und deshalb konnte sie nun, während sie an ihm vorbei in die Hütte ging, weder ein warmes und schon gar kein herzliches Wort für ihn finden. Sie grüßte ihn kalt und schloß die Tür.

Selbst als sie allein war, wollte sich ihr Grimm nicht legen. Aber was hatte sie denn anderes erwartet? Lee behauptete, sie zu lieben; aber welcher Mann würde eine Frau lieben, die eine begeisterte Bettpartnerin war wie sie? Und Lees Ehrgefühl hatte ihm gar keine andere Wahl gelassen, als sie zu heiraten, da sie in jener ersten Nacht noch eine Jungfrau gewesen war.

Blair ging nach oben, um die Männerkleidung abzulegen,

die ihr Lee geliehen hatte, und ihre Ärzteuniform anzuziehen. Das Fenster war offen, und sie konnte Stimmen hören. Sie beugte sich aus dem Fenster und sah Lee in einiger Entfernung von der Hütte mit seinem Vater reden. Ihren Gesten nach schienen die beiden sich zu streiten.

Lee kauerte im Gras, kaute auf einem Stengel, während Reed offenbar jeden Zoll seines gewichtigen Körpers dazu benützte, sich in bedrohlicher Weise über seinen Sohn zu beugen. Für Blair sah es so aus, als wollte er jeden Moment seinem Sohn an die Gurgel springen.

Und deshalb fühlte sich Blair genötigt, auch ihre Ohren anzustrengen. Der Wind trug ihr einige Worte zu, die Reed mit einem stochernden Finger unterstrich: ». . . Gefahr . . .« ». . . riskierst dein Leben . . .« ». . . Pinkerton . . .«

Sie zog den Kopf zurück. »Pinkerton?« flüsterte sie, während sie die letzten Knöpfe an ihrer Uniform schloß. Was hatte Lee mit der Detektivagentur Pinkerton zu tun?

Einen Moment lang setzte sie sich aufs Bett. Sie hatte nicht viel Zeit gehabt, darüber nachzudenken, wo Lee in ihrer Hochzeitsnacht hingegangen sein mochte. Reed hatte sie belogen, und sie hatte ihm die Geschichte abgenommen. Sie hatte bereitwillig geglaubt, daß Lee eine andere Frau liebte. Sie würde bereitwillig glauben, daß er sich in das Versteck einer Räuberbande begab, um deren Anführerin vor einer Blutvergiftung zu retten. Aber wenn das beides nicht zutraf, wenn Lee in etwas anderes verwickelt war, in etwas . . . Sie stockte, um sich auf denkbare Möglichkeiten zu besinnen. Vielleicht half er den Pinkertons. Aber da Reed ihn auf so eindringliche Weise warnte, hielt sie das für unwahrscheinlich.

Leander mußte in etwas Illegales verwickelt sein. Sie wußte es, fühlte es. Und deshalb konnte er ihr auch nicht sagen, was er vorhatte. Er wollte nicht, daß sie sich als Mitwisserin schuldig machte.

Langsam, mit schweren Füßen, ging Blair wieder nach unten und traf dort an der Tür mit Lee zusammen. »Ich muß fort«, sagte er, sie beobachtend.

Blair sah zu ihm hoch. Was war das für eine kriminelle

Tätigkeit, der er heimlich nachging? Und warum? Brauchte er Geld? Sie dachte an die neue medizinische Ausrüstung, die er in Denver bestellt hatte. Sie mußte ein Vermögen gekostet haben, und jedermann wußte, daß ein Arzt hier nicht viel verdiente. Natürlich hatte Lee von seiner Mutter Geld geerbt; aber wer wußte schon, wieviel? Tat er das alles, damit er seine Klinik eröffnen, damit er anderen Menschen helfen konnte?

»Ich weiß«, sagte sie, ihm die Hand auf den Arm legend.

Als er sie ansah, schien er erleichtert aufzuseufzen. »Du bist mir nicht mehr böse?«

»Nein, ich glaube nicht.«

Er küßte sie so innig, daß es ihr weh wurde ums Herz. »Ich werde so rasch ich kann wieder zurückkommen. Dad wird dich jetzt nach Hause bringen.«

Ehe sie noch ein Wort sagen konnte, war er schon bei seinem mächtigen Hengst und sprengte den Berg hinunter.

Blair bestieg das Pferd, das Reed für sie mitgebracht hatte, und sie machten sich stumm auf den langen Ritt nach Hause. Die meiste Zeit mußten sie auf dem schmalen Trail durch den Wald über Bäche und kleine Flüsse sowieso hintereinander reiten. Blair grübelte immer noch, was die Ursache für Lees jähes Verschwinden sein könne, und versuchte sich einzureden, daß ihre Schlüsse falsch seien, während sie gleichzeitig betete, daß Gott ihn vor jeder Gefahr beschützen möge.

Als sie nur wenige Meilen von Chandler entfernt waren und der Boden ebener und trockener wurde, zügelte Reed sein Pferd und wartete, bis sie neben ihm war.

»Ich glaube, wir beide haben auf dem falschen Fuß angefangen«, sagte Reed.

»Ja«, antwortete sie ehrlich. »Als ich noch ein Kind von acht Jahren war.«

Er blickte sie einen Moment verwirrt an. »Ach ja, diese Streiche damals. Ich hätte davon nichts gewußt, wenn meine Frau nicht dahintergekommen wäre. Lee hat mir nie ein Wort davon erzählt. Helen war überzeugt, daß nur ein

Mädchen dahinterstecken könne. Sie sagte, Jungen wären zwar schlau, aber nie so gerissen wie Mädchen, und diese Scherze wären viel zu gut durchdacht. Und als ich erzählte, daß du die Regenwürmer gegen eine Blindschleiche vertauscht hättest, sagte sie: ›Blair Chandler – ich hätte doch gleich auf sie kommen müssen. Sie hat schon immer ein ungewöhnliches Interesse für Lee gezeigt.‹ Ich weiß zwar nicht, was sie damit meinte; aber ich weiß, daß sie jedesmal schrecklich lachen mußte, wenn ihr wieder ein neuer Streich zu Ohren kam.«

»Wenn Lee ihr nichts davon erzählt hat – wer dann?«

»Manchmal Nina, dann wieder Lees Lehrer. Einmal kam Lee mit Bauchschmerzen von der Schule nach Hause, und nachdem Helen ihn zu Bett gebracht hatte und in die Küche zurückkam, sah sie, wie seine Pausenbrotdose langsam über den Küchentisch kroch. Sie sagte, sie wäre fast vor Schreck gestorben, ehe sie wagte, nachzusehen, was sich unter dem Deckel befand. Es war eine Hornkröte, die sie dankbar in ihrem Blumengarten aussetzte.«

»Kein Wunder, daß du nicht sehr glücklich über die Aussicht warst, mich zur Schwiegertochter zu bekommen«, sagte Blair.

Reed schwieg einen Moment still, sich geschmeidig im Sattel bewegend.

»Ich werde dir sagen, weswegen ich solche Bedenken hatte, als Lee mir seine Absicht kundtat, dich zu heiraten. Das hat nichts mit deinen Streichen von damals zu tun. Die Wahrheit ist, daß mein Sohn zu hart arbeitet. Schon als Junge nahm er immer drei Jobs gleichzeitig an. Aus irgendeinem Grund glaubt Lee, er sei für alle Probleme dieser Welt verantwortlich. Ich war stolz, als er mir sagte, er wolle Arzt werden; aber das machte mir auch Sorgen. Ich fürchtete, er würde sein ganzes Leben lang fortsetzen, was er damals schon machte – sich zu viel aufbürden. Er arbeitet im Krankenhaus und managt es zugleich, obwohl Dr. Webster als Administrator des Hospitals bezahlt wird. Leander übernimmt auch jeden Patienten in der Stadt, der ihn zu sich ruft. Vier Nächte in der Woche ist er unterwegs zu irgendeinem Notfall. Und er versorgt auch noch Patienten in der Umgebung der Stadt.«

»Und du hast befürchtet, ich würde für ihn noch eine Last mehr sein?« flüsterte sie.

»Nun, du wirst zugeben müssen, daß dein Leben nicht gerade von Langeweile geprägt ist. Ist wollte, daß Lee eine Frau heiratet, die so verschieden ist von ihm wie nur möglich, jemanden wie Houston, die Opal so ähnlich ist – eine Frau, die zu Hause bleibt, näht, stickt und ihm ein gemütliches Heim bereitet. Es ist nicht so, daß ich jemals etwas gegen dich gehabt hätte; aber betrachte doch nur, was alles passiert ist in den letzten Wochen, seit du nach Chandler zurückgekommen bist.«

»Ich verstehe, was du meinst«, sagte Blair, während ein wildbewegtes Bild nach dem anderen vor ihrem inneren Auge vorbeizog. »Ich glaube nicht, daß Lee sich mal richtig ausruhen konnte – oder doch?«

»Er hat sich fast umgebracht, als er versuchte, dir zu zeigen, was für ein guter Arzt er ist.« Er schwieg einen Moment und lächelte sie an. »Doch da wurde auch mir allmählich klar, wie wichtig es für ihn war, dich zur Frau zu bekommen.«

»Ja, es scheint so«, murmelte sie, während sie sich im stillen fragte, ob dieser Wunsch ihn auch zu diesen geheimen Unternehmungen verführt hatte, von denen sie nichts wissen durfte.

Sie ritten nun stumm nebeneinander weiter auf Chandler zu, die letzten Meilen im Sternenlicht. Er verließ sie vor dem Haus, das sie sich mit Leander teilte, und sie betrat es mit einem schweren Herzen. Steckte er auch dieses Hauses wegen in Schulden?

Sie nahm ein rasches Bad und stieg dann müde in das leere Doppelbett. Es schien, als sei sie dazu verurteilt, jede Nacht allein in diesem Haus verbringen zu müssen.

Am nächsten Morgen wurde sie um sechs Uhr vom Telefon geweckt. Schlaftrunken tappte sie nach unten.

Caroline, das Mädchen von der Vermittlung, sagte: »Blair-Houston, soeben sind vier Frachtwagen aus Denver eingetroffen, und die Wagenführer warten vor dem alten Lagerhaus in der Archer Avenue auf Leander.«

»Er kann nicht kommen; aber ich werde in einer Viertelstunde dort sein.«

»Aber es handelt sich doch um die Arztgeräte, und Leander muß ihnen sagen, wo sie hingestellt werden sollen.«

»Auf meinem Diplom steht, daß ich ebenfalls Arzt bin«, sagte Blair mit eisiger Stimme.

»So habe ich das doch nicht gemeint! Ich habe nur weitergegeben, was man mir aufgetragen hat.« Sie zögerte. »Warum kann Leander denn nicht kommen?«

Diese neugierige Ziege! dachte Blair. Sie würde ihr bestimmt nicht sagen, daß Lee wieder mal in einer seiner geheimnisvollen Missionen unterwegs war. »Weil ich ihn so erschöpft habe«, sagte sie und hängte dann mit einem Lächeln ein. Das sollte ihr genügend Stoff geben zum Tratschen!

Blair raste wieder die Treppe hinauf, und schon nach wenigen Minuten rannte sie die Straße hinunter, während sie sich unterwegs noch das Haar aufsteckte. Als sie oben an der Archer Avenue anlangte, sah sie schon die Gespannführer, die, an ihre Wagen gelehnt, ungeduldig auf Lee zu warten schienen.

»Hallo – ich bin Dr. Westfield.«

Ein vierschrötiger Fuhrmann, der den Mund voller Tabaksaft hatte, blickte sie einen Moment von Kopf bis Fuß an, während die anderen angelegentlich die Aufbauten ihrer Fuhrwerke betrachteten – als wollten sie sich nicht zu sehr ihre Neugierde anmerken lassen für eine Mißgeburt. Der Mann, der mit den Augen Maß von ihr genommen hatte, spuckte den Tabaksaft auf den Gehsteig.

»Wo sollen wir die Sachen hinstellen?«

»Dort hinein«, sagte sie und deutete auf das Lagerhaus.

Sofort gab es Probleme. Sie hatte keinen Schlüssel und auch keine Ahnung, wo Lee den Schlüssel zu diesem

Gebäude aufbewahren mochte. Die Männer standen um sie herum und betrachteten sie skeptisch, als hätten sie auch nichts anderes erwartet von einer Frau, die sich als Doktorin vorgestellt hatte.

»Zu schade, daß wir nicht hineinkönnen«, sagte sie traurig, »weil mein Stiefvater, dem die Brauerei in Chandler gehört, mir ein Faß Bier versprochen hat als Dank für die Männer, die mir halfen, die neuen Geräte aufzustellen. Aber ich vermute . . .«

Das Bersten einer Scheibe schnitt ihr das Wort ab.

»Entschuldigung, Madam«, sagte einer von den Fuhrmännern. »Ich fürchte, ich habe mich zu heftig gegen das Fenster gelehnt. Aber es sieht so aus, als könnte vielleicht jemand Schmächtiges hier in das Lagerhaus einsteigen.«

Einen Moment später war Blair im Gebäude und entriegelte die Tür von innen. Als das Sonnenlicht hereinflutete, konnte sie auch den Innenraum besser betrachten: Die Spinnweben, die von den Wänden hingen; den Müll auf dem Boden; die Decke, wo an mindestens drei Stellen der Regen durchkam. »Dort drüben«, sagte sie zerstreut und deutete in eine Ecke, wo die Wand offenbar trocken geblieben war. Während die Männer ihre Fracht abluden, ging sie durch den riesigen Raum und versuchte sich vorzustellen, wie man daraus eine Klinik machen könnte.

Die Männer trugen nun Tische aus Eichenholz, Kommoden mit vielen kleinen Schubladen, hohe Schränke mit Glastüren, Kisten mit Instrumenten, Kartons mit Verbandszeug, Liegen und Spülbecken herein – eben alles, was man für eine Krankenstation brauchte.

»Glaubst du, das reicht?«

Sie drehte sich um und sah Lee dort stehen, der kritisch die abgeladenen Kisten und Einrichtungsgegenstände betrachtete.

Dann sah er wieder fragend in ihre Richtung, eine brennende Zigarre zwischen den Lippen. Seine Kleider waren schmutzig, und er sah müde aus.

»Es ist mehr als genug«, sagte sie und fragte sich, wieviel

ihn das alles gekostet haben mochte. »Du siehst erschöpft aus. Du solltest lieber heimgehen und schlafen. Ich werde ein paar Frauen zum Saubermachen besorgen.«

Mit einem Lächeln warf er ihr einen Schlüssel zu. »Damit der Rest von den Fenstern heil bleibt. Ich hoffe, du kommst bald nach«, sagte er, kniff dabei ein Auge zu und war wieder fort.

Sie mußte sich verstohlen eine Träne abwischen. Wenn er ihr auch nicht sagen wollte, worin seine geheimnisvolle Tätigkeit bestand – er tat nur etwas, das anderen Menschen half. Davon war sie überzeugt. Und was die Geräte für sein neues Hospital auch kosten mochten, er war bereit, alles zu unternehmen, um das Geld dafür aufzutreiben.

Als die Männer mit dem Abladen fertig waren, brachten sie sie zu ihrem Haus, wo sie sich mit Opal telefonisch in Verbindung setzte und ihr die Sache mit dem Bier erklärte. Opal war überzeugt, daß Mr. Gates den Männern das versprochene Faß Bier spendieren würde: »Denn er ist überglücklich, daß du endlich mit einem vernünftigen Mann verheiratet bist.«

Nachdem Blair mit ihrer Mutter gesprochen hatte, rief sie Houston an. Houston würde wissen, wen sie für den Hausputz in der neuen Klinik engagieren konnte. Tatsächlich war um zehn Uhr das Lagerhaus voller Frauen, die mit Besen, Mops und Scheuertüchern dem Schmutz energisch zu Leibe rückten.

Gegen elf redete Blair mit Mr. Hitchman, der die Villa Chandler gebaut hatte, und vereinbarte mit ihm, daß seine beiden Söhne mit dem Umbau des Lagerhauses nach Leanders Plänen beginnen sollten.

Gegen zwei kam Lee ins Lagerhaus zurück, und inmitten von klappernden Eimern und aufgewirbeltem Staub berichtete sie ihm, was sie inzwischen unternommen hatte.

Obwohl sie protestierte, daß sie unmöglich die Leute allein lassen könne, zog er sie doch mit sich fort zu seiner Kutsche und fuhr mit ihr in die Stadt zu Miss Emilys Teestube.

Miss Emily warf nur einen Blick auf Blair und schickte sie sogleich in ihr hinteres Zimmer mit dem Befehl, sich alle nur irgendwie erreichbaren Körperpartien zu waschen, da bestimmt kein Fleck ihrer Haut noch sauber sei. Als Blair vom Waschen zurückkam, erwartete Lee sie hinter einem Tisch, auf dem Platten mit kaltem Hühnerbraten, belegten Brötchen und Erdbeertörtchen standen.

Blair fiel heißhungrig darüber her, während sie keinen Moment zu reden aufhörte: ». . . und wir können den Schrank mit dem Vitrinenaufsatz in der Chirurgie aufstellen und die große Spüle im Vorraum unterbringen . . .«

»Moment mal – das muß doch nicht alles an einem einzigen Tag erledigt werden.«

»Ich glaube nicht, daß das möglich ist; aber schön wäre es schon. Diese Stadt braucht eine Klinik für Frauen. Vor ein paar Jahren hat Mutter mich mal in die Krankenstation für Frauen mitgenommen. Ist sie immer noch in so einem desolaten Zustand?«

»Schlimmer, als du dir das vorstellen kannst«, sagte Lee ernst, nahm dann ihre Hand und küßte sie. »Warum tändeln wir hier also noch herum? Laß uns wieder an die Arbeit gehen. Ach, da fällt mir ein, daß ich deine Schwester angerufen habe. Sie besorgt uns eine Haushälterin und ein Zimmermädchen.«

»Zwei Hausangestellte?« fragte Blair. »Können wir uns das überhaupt leisten?«

Er blickte sie betroffen an. »Wenn du nicht Miss Emilys Laden leerißt . . .«

Er hob entsetzt beide Hände, als Blair sofort ein Brötchen, das sie sich gerade genommen hatte, wieder auf die Platte zurücklegte.

»Du liebe Güte – Blair! Ich bin zwar nicht so reich wie Taggert; aber für zwei Hausangestellte reicht es allemal.«

Sie stand auf. »Laß uns gehen. Ich habe für eins einen Installateur bestellt.«

Kopfschüttelnd ging Lee hinter ihr her aus der Teestube.

Kapitel 27

Françoise hieb das Glas auf den Tisch zurück und stellte voller Verdruß fest, daß es zu schwer und zu dick war, um zu zerspringen. »Es ist alles ihre Schuld«, fauchte sie.

Sie fuhr zusammen, als sich hinter ihr ein Mann räusperte. Sie drehte sich um und sah LeGault hinter sich stehen: groß, hager, dunkelhaarig – und schleimig. Er hatte die Angewohnheit, so geräuschlos wie eine Katze ins Zimmer zu kommen. Er spielte mit seinem kleinen Oberlippenbart und sagte: »Schon wieder diese Leier?«

Françoise machte sich nicht die Mühe, ihm zu antworten, stand auf und trat ans Fenster. Die Jalousie war heruntergelassen und die schweren Plüschvorhänge vor die Scheiben gezogen. Niemand durfte sie von draußen sehen; denn sie hielt sich hier vor dem Sheriff versteckt. Seit über einer Woche hauste sie nun schon in diesem Zimmer. Die Mitglieder ihrer Bande lagen entweder im Krankenhaus oder saßen hinter Gittern. Die Bären, die diese Frau in den Canyon gelockt hatte, hatten eine Panik bei den Männern und Tieren ausgelöst, so daß einer von ihren Leuten von Pferden zu Tode getrampelt wurde. Zwei Männer waren durch Schüsse verletzt und einer von einem wütenden Bären angefallen worden, der ihm das rechte Bein zerfleischt hatte. Als der Sheriff und seine Männer endlich den Schutt vom Eingang der Schlucht weggeräumt hatten, flehten die Banditen sie förmlich an, sie festzunehmen.

Und das alles nur wegen dieser Frau.

»Sie hat mir das alles eingebrockt«, sagte Françoise zähneknirschend. Am meisten erbitterte es sie, daß diese Frau es fertiggebracht hatte, sie an der Nase herumzuführen. Erst waren diese Idioten, die sie zu ihrer Anführerin ernannt hatten, der Hütte nicht auf die Spur gekommen, wo sie gefangengehalten wurde, und dann hatte diese Frau ihr scheinbar zur Freiheit verholfen, um sie anschließend vor den Augen ihrer Leute in der Schlucht wieder einzusperren.

In den letzten sieben Tagen hatte sie genügend Zeit

gehabt, sich noch einmal jede Einzelheit des Vorgangs ins Gedächtnis zurückzurufen. Da war ihr klar geworden, daß Blair ein übles Spiel mit ihr getrieben hatte. Dieses Luder hatte nur so getan, als ob sie auf ihren Mann wütend sei – als ob sie ihm ein Schlafmittel in den Kaffee getan und dann das Messer »vergessen« hätte, damit Françoise entfliehen konnte.

»Ich schätze, du hast den Doc vergessen«, meinte LeGault mit einem anzüglichen Grinsen. »Er war auch an der Sache beteiligt; aber nur die Frau ist in deinen Augen die Schuldige, richtig?«

»Sie war die Anstifterin.« Françoise zuckte die Achseln. »Dafür muß sie bestraft werden.«

»Und ich möchte es Westfield heimzahlen«, sagte LeGault.

»Was hat der dir getan?«

LeGault rieb sich seine Handgelenke. Er achtete sorgfältig darauf, daß die Narben immer bedeckt blieben – Narben, die von den eisernen Manschetten stammten, die er im Gefängnis getragen hatte, in das Westfield ihn damals brachte. »Verständigen wir uns darauf, daß ich triftige Gründe habe, ihn wegen einer alten Schuld zur Kasse zu bitten.« Er schwieg einen Moment. »Heute abend kommt der Bote mit Neuigkeiten. Ich hoffe, er weiß, wann die Ladung auf den Weg gebracht werden soll.«

»Das hoffe ich auch«, sagte Françoise, jedes Wort betonend. »Und wenn dieser Job erledigt ist, gehe ich nach Texas.«

»Und läßt deine teure, dir so ergebene Bande zurück?« sagte LeGault im spöttischen Ton.

»Diese Hohlköpfe! Ein paar Jahre Gefängnis kann ihnen nur guttun. Und was die Sache heute abend betrifft: Glaubst du, daß du mich mitnehmen kannst? Ich werde alles tun, wenn ich nur in paar Stunden aus diesem Zimmer herauskomme.«

»Alles?«

»Alles, was unsere Partnerschaft nicht zerstört«, sagte sie

mit einem Lächeln und dachte, daß sie lieber in einer Grube mit Klapperschlangen schlafen würde als mit LeGault. »Niemand wird mich in der Dunkelheit erkennen. Ich muß mal an die frische Luft. Das Warten macht mich ganz krank.«

»Klar. Warum nicht? Das Treffen mit diesem Mann findet gewissermaßen mitten in der Wildnis statt – hinter der Mine 'Little Pamela'. Aber wenn dich wirklich jemand erkennen sollte, kannst du nicht von mir erwarten, daß ich dir beistehe. Nach mir wird nicht gefahndet, und so soll es auch bleiben.«

»Meinetwegen brauchst du dir heute abend keine Sorgen zu machen. Überlege dir lieber, wie wir anschließend die gestohlenen Kisten aus Chandler herausbekommen, wenn ich mich wieder verstecken muß.«

»Darüber brauchst du dir nicht den Kopf zu zerbrechen. Mir wird schon etwas einfallen«, sagte er an der Tür. »Ich komme um Mitternacht wieder und hole dich ab.«

Ein paar Stunden später ritten sie beide aus der Stadt, mieden den Schein der Lichter, die in den Häusern brannten, und wichen sogar den Kutschlampen aus. Françoise hatte sich einen Hut tief in die Stirn gezogen, und in ihrem dicken Mantel und langen Hosen sah sie nicht aus wie eine Frau.

Sie trafen den Boten an der verabredeten Stelle, und die Nachricht, die er ihnen überbrachte, erfreute sie beide. Lächelnd stiegen sie wieder den steilen Hang hinunter zu der Stelle, wo sie ihre Pferde versteckt hatten.

»Still! Ich höre etwas!« raunte LeGault ihr zu und sprang hinter einen Felsblock.

Françoise suchte ebenfalls Deckung, und im selben Moment sahen sie zwei Männer hinter den Bäumen hervorkommen, die sich deutlich im Mondlicht von ihrer Umgebung abhoben. Der eine, von gedrungener Gestalt, schien nervös zu sein, während der andere, eine hochgewachsene, schlanke Erscheinung, in dessen Revolver, den er an der Seite trug, sich das Mondlich spiegelte, einen ruhigen und wachsamen Eindruck machte. Dieser wartete, bis sein untersetzter Begleiter in eine Kutsche stieg, die in einem Dickicht versteckt stand, und zündete sich inzwischen eine Zigarre an.

»Westfield!« stieß LeGault überrascht hervor, und Françoise legte ihm rasch die Hand über den Mund.

Sie beobachteten, wie Westfield mit der Kutsche wegfuhr; doch da saß niemand neben ihm auf der Sitzbank.

»Wo ist der andere hingekommen?« fragte Françoise verwundert, als die Kutsche außer Sichtweite war. Sie drehte sich um und lehnte sich gegen den Felsblock.

»Versteckt«, antwortete LeGault nachdenklich. »Warum würde wohl ein rechtschaffener Arzt, ein sogenannter Wohltäter der Menschheit, mitten in der Nacht einen Mann in seiner Kutsche verstecken?«

»Ist das dort unten nicht ein Kohlenbergwerk?«

»Ja, aber was hat das damit zu tun? Glaubst du, er beabsichtigt, dort ein paar Tonnen Kohlen zu klauen?«

»Er und dieses Luder, mit dem er verheiratet ist, haben damals das Dynamit, mit dem er den Zugang zu unserem Versteck gesprengt hat, irgendwo gestohlen – vermutlich in einem Kohlenbergwerk.«

LeGault zwirbelte die Spitzen seines Schnurrbarts. »Er kennt sich verdammt gut aus in so einem Bergwerk.«

»Du kannst meinetwegen die ganze Nacht hier stehenbleiben und dir überlegen, was er hier gesucht haben mag; aber mir ist es hier zu zugig. Wir haben noch eine Menge vorzubereiten und kaum genug Zeit dafür.«

LeGault folgte ihr stumm zu dem Versteck ihrer Pferde. »Die Frau, mit der Westfield verheiratet ist«, sagte er, als er die Hand auf den Sattelknopf legte, »das ist doch eine Chandler, nicht?«

»Ja – heißt genauso wie die Stadt, in der sie wohnt.«

»Du meinst wohl, die Stadt wurde nach ihr getauft. Es gibt keinen besseren, angeseheneren Namen in Chandler als den ihren.«

»Was willst du damit sagen?«

»Du hast doch Westfield und seine Braut zusammen erlebt. Was würde sie deiner Meinung nach für ihn tun, wenn er in Schwierigkeiten ist?«

»Tun?« Françoise sah wieder vor sich, mit welchen Augen Blair Westfield betrachtet hatte: als könnte er jeden Moment verschwinden und sie sich an seinen Rockschoß hängen, sobald sein Bild zu verblassen begann. »Ich glaube, sie würde für diesen Mann alles tun.«

LeGault zeigte lächelnd seine weißen, ebenmäßigen Zähne. »Ich weiß nicht, was wir soeben als Zeugen miterlebt haben; aber das werde ich schon noch herausfinden. Und wenn ich es herausgefunden habe, werden wir zusehen, ob wir das zu unserem Vorteil ausnützen können. Wir brauchen jemand, der unsere Ladung aus Chandler herausbringt.«

Françoise begann ebenfalls zu lächeln. »Und wer wäre dafür besser geeignet als eine Chandler?«

Leander und Blair arbeiteten drei Tage lang in ihrer neuen Klinik, ehe sie diese mit Hilfe mehrerer Handwerkskolonnen betriebsfertig gemacht hatten. Am Abend des dritten Tages kletterte Leander auf eine Leiter und brachte ein großes Schild über dem Eingang an: ›Westfield-Frauenklinik‹.

Als er wieder von der Leiter heruntersteig, sah er, wie Blair das Schild so strahlend betrachtete wie ein Kind, das zum erstenmal in seinem Leben Eiskrem gegessen hatte.

»Komm herein«, sagte er. »Ich habe eine Feier für uns vorbereitet.« Als Blair sich nicht von der Stelle rühren wollte, faßte er sie bei der Hand und zog sie in das Gebäude hinein.

Unter einem Deckel aus Eichenholz lagen zwei Flaschen Champagner auf Eis in einem Spülbecken.

Blair wich einen Schritt zurück. »Lee, du weißt ganz genau, was passiert, wenn ich ein Glas Champagner trinke.«

»Das vergesse ich auch nicht so schnell«, sagte er, während er den Korken knallen ließ, ein Kristallglas von einer Vitrine nahm, es mit Champagner füllte und ihr zureichte.

Blair nahm vorsichtig einen Schluck, blickte ihn über den Rand des Glases hinweg an, trank den Champagner aus und hielt es ihm wieder zum Nachfüllen hin.

»Und deine Stellung im St.-Joseph-Spital? Reut es dich nicht, daß du sie nicht antreten kannst?«

Sie hielt den Blick auf den Champagner gerichtet, der in ihrem Glas perlte. »Und darauf verzichten, mit dem Mann zusammenzuarbeiten, den ich liebe? He!« rief sie, als er mit dem Einschenken nicht aufhörte und der Champagner überschäumte. Sie sah hoch in seine brennenden Augen.

»Für wie lange?« flüsterte er.

Blair versuchte, sich unbefangen zu geben. Die Worte waren ihr einfach so herausgesprudelt. »Vielleicht für immer. Vielleicht habe ich dich schon geliebt, als ich dich zum erstenmal sah. Vielleicht habe ich alles versucht, um mich in einen Haß auf dich hineinzusteigern – wahrscheinlich, weil Houston dich zuerst für sich beanspruchte. Doch alles, was ich gegen dich unternahm, schien nicht gefruchtet zu haben: du bist immer als Sieger daraus hervorgegangen.«

Leander stand einen Schritt von ihr entfernt; doch das Feuer in seinen Augen zog sie näher an ihn heran. »Ich habe also meine Prüfung bei dir bestanden, ja? Wie Herkules und seine Arbeiten.«

»So schlimm war es nun wieder nicht.«

»Nein? Nur fragen mich heute noch die Leute, ob ich nicht mal wieder zum Rudern ginge. Und wir wollen auch nicht die Vertauschung der Braut vergessen, weil jetzt jeder von mir erfahren möchte, ob ich wüßte, welche von den beiden Zwillingsschwestern ich nun *wirklich* geheiratet habe.«

»Aber du findest keine Blindschleichen mehr zwischen deinen Pausenbroten«, sagte sie mit tiefem Ernst.

Leander stellte sein und ihr Champagnerglas auf den Rand der Spüle und trat auf sie zu. »Du hast eine Menge bei mir gutzumachen.«

»Ich werde immer dafür sorgen, daß dein Skalpell scharf bleibt«, sagte sie und wich dabei einen Schritt vor ihm zurück.

Leander stand da, sagte kein Wort, sah sie nur an. Draußen war es schon fast dunkel, und im Operationsraum der neuen Klinik herrschte ein trübes Zwielicht. Während Lee ihre Augen mit seinem Blick festhielt, begann er seine Kleider auszuziehen, entblößte Zoll für Zoll seine warme, von der Sonne gebräunte Haut und die kräftigen Muskeln, die darunter spielten.

Von seinem Blick hypnotisiert, rührte sich Blair nicht von der Stelle und sah zu, wie er Stück für Stück seinen so wohlgestalteten Körper freilegte – seine langen Beine mit den kräftigen Schenkeln, die Muskelpakete an seinen Knien und die starken Waden darunter. Ihr Atem ging schneller und ihr Hals wurde trocken, als sie ihn nackt vor sich stehen sah – strotzend vor Begehren.

Sie immer noch anschauend, setzte er sich auf eine lange niedrige Bank, die Beine gegrätscht, bereit für sie.

»Komm zu mir«, flüsterte er, und seine Stimme schien irgendwo aus seinem Inneren zu kommen.

Blair nahm sich nicht die Zeit, ihre Oberbekleidung abzulegen, sondern löste nur das Zugband ihrer langen Pantalons darunter und ließ sie auf den Boden fallen. Ihr weiter Kordrock bedeckte sie beide, als sie sich mit gespreizten Beinen über ihn stellte, und er drang mühelos in sie ein.

Dann begann sie, sich sacht auf- und niederzubewegen, und beobachtete dabei sein Gesicht, das ohne Ausdruck war, frei von Falten, sich verklärend, als sich Wonnegefühle in ihm ausbreiteten. Sie wölbte sich ihm entgegen, zog die Knie hinauf auf die Bank, während Lees Hände unter ihren Rock glitten, sie bei den Schenkeln faßten und sie bei ihren Bewegungen unterstützte.

Lee schloß einen Moment die Augen, öffnete sie wieder und legte den Kopf zurück, während Blair ihre Hände von seinen Schultern nahm und um seinen Hals legte. Ihre Bewegungen wurden schneller und heftiger, ihre Schenkel spreizten sich noch weiter und drängten sich ihm verlangend entgegen, als er mit beiden Händen ihr Gesäß umspannte und ihren Rhythmus noch beschleunigte.

Und dann wölbte sie sich vor, schmerzlich fast, der Rücken angespannt wie ein Bogen, während sie so, sich an Lee klammernd, einen Moment lang in dieser Stellung höchster Ekstase verharrte.

Lee hielt sie fest, obwohl sie sich fast gegen seine Hände sträuben wollte, erschauernd im Griff seiner Leidenschaft.

Einen Moment lang wußte Blair nicht, wo sie war, als die Erregung langsam abebbte und sie sich noch an ihn drängte.

Und dann schob er sich wieder aus ihrem Schoß heraus und lächelte sie an. »Wie angenehm, daß wir gemeinsame Interessen haben.«

»Hallo! Ist da jemand?«

»Das ist dein Vater«, sagte Blair entsetzt.

Leander hob sie von seinen Schenkeln herunter. »Geh hinaus und halte ihn so lange hin, bis ich mich angezogen habe.«

»Aber ich kann doch nicht . . .« begann sie und dachte, er würde ihr sofort ansehen, was sie soeben getan hatten.

»Geh!« befahl er und gab ihr einen kleinen Schubs auf die Tür zu.

»Da bist du ja«, begrüßte Reed sie, und als er ihr erhitztes Gesicht sah, lächelte er. »Wie ich vermute, ist Lee ebenfalls hier.«

»Ja«, sagte sie, und dann, ein wenig atemlos: »Er . . . kommt gleich. Kann ich dir vielleicht eine Erfrischung anbieten?« Sie stockte, als ihr einfiel, daß sie nur Champagner vorrätig hatten.

Reeds Augen funkelten vergnügt. »Komm mit mir nach draußen. Ich möchte dir etwas zeigen.«

Mit einem Blick über die Schulter stellte Blair fest, daß Leander erst halb angezogen war, und so folgte sie Reed vor die Haustür der Klinik. Dort stand eine hübsche kleine Kutsche, schwarz lackiert, mit schwarzen Ledersitzen und einem schwarzen Kutschkasten am Heck für Gepäck oder andere Zuladungen. Blair berührte das Messinggestänge des aufgespannten Verdecks.

»Sie ist wunderhübsch«, sagte sie und dachte, wie seltsam, daß Reed sich so eine Kutsche zulegte, die doch einen eindeutig femininen Charakter besaß.

»Schau sie dir mal von vorne an«, sagte Reed, und sein häßliches Bulldoggengesicht strahlte nur so vor Vergnügen.

Als Blair hochsah, kam Leander gerade durch die Haustür der Klinik, und er schien bei dem Anblick der Kutsche genauso überrascht zu sein wie sie.

Blair beugte sich vor und entdeckte unter dem Sitz des Einspänners ein Messingschild, in das ein Name eingraviert war: Dr. Blair Chandler Westfield stand darauf.

Blair brauchte ein paar Sekunden, ehe sie begriff, was das bedeutete. »Für mich?« sagte sie atemlos. »Die Kutsche soll für mich sein?«

»Ich kann doch nicht zulassen, daß meine Schwiegertochter ihre Krankenbesuche zu Fuß macht; denn ich weiß ganz genau, daß mein Sohn seine alte Chaise nicht einen Moment aus den Augen läßt. Also dachte ich mir, daß du eine eigene Kutsche brauchst. Gefällt sie dir?«

Blair trat einen Moment von dem Gefährt zurück und betrachtete es. Es war, als hätte sie nur noch so ein Fuhrwerk gebraucht als endgültige Bestätigung, daß sie wirklich eine Ärztin sei. »Ja«, rief sie, »oh, ja!« Und im nächsten Moment rannte sie zu Reed, umarmte ihn, gab ihm einen Kuß auf die Wange, und ehe er rot werden konnte vor Verlegenheit, kletterte sie schon auf den Kutschbock und betrachtete jede Ecke und jeden Winkel. Sie öffnete den Kutschkasten am Heck. »Er ist nicht annähernd so groß wie deiner, Lee. Vielleicht kann ich ihn vergrößern lassen. Ich bin sicher, daß ich immer eine Menge Sachen mit mir herumschleppen muß.«

»Gewehre, zum Beispiel? Wenn du glaubst, ich ließe dich mit diesem Vehikel allein durch die Umgebung kutschieren, hast du dich aber geschnitten. Dad, ich wünschte, du hättest mir vorher etwas davon gesagt! Wenn du ihr so viel Bewegungsfreiheit verschaffst, ist das so, als würdest du einem selbstzerstörerischen Taifun den Weg freimachen! Sie wird so lange hinter irgendwelchen Fällen herjagen, bis sie wieder in eine Klemme gerät und darin umkommt.«

»Aber du bist da ja so viel vorsichtiger«, sagte sie und blickte vom Kutschbock hochmütig auf ihn herab. »Du läufst mit offenen Augen in einen Weidekrieg hinein; während ich in meiner Arglosigkeit nicht ahnte, was mich dort erwartete.«

»Das ist um so schlimmer«, sagte Lee, »weil nur jemand zu dir sagen muß, er brauche deine Hilfe, und schon folgst du ihm blind überallhin. Du hast überhaupt keinen Sinn für die eigene Gefahr. Überleg doch mal, wie du dich dieser Bande, die dich entführen wollte, freiwillig ausgeliefert hast. Du bist einfach zu dem Mann, der dich mitnehmen wollte, aufs Pferd gesprungen und hast ihn nicht einmal gefragt, wohin er dich bringen wollte.«

»Moment mal«, sagte Reed mit einem Lachen in der Stimme. »Ich glaube, daran habe ich überhaupt nicht gedacht, als ich Blair die Kutsche schenken wollte. Vielleicht habe ich von dir gelernt, Lee, weil ich dich nie von etwas abbringen konnte, was du dir in den Kopf gesetzt hattest. Vielleicht ist Blair dir in dieser Hinsicht sehr ähnlich.«

»Aber sie überlegt sich nie das Risiko, das sie dabei eingeht«, erwiderte Lee im mürrischen Ton.

»Du tust das natürlich immer«, sagte Reed und sah seinen Sohn dabei durchbohrend an.

Blair, die die beiden beobachtete, war von neuem überzeugt, daß Lees geheime Missionen ein gefährliches Unternehmen waren – wenngleich etwas, das letztendlich anderen Menschen zugute kam.

Reed blickte zu dem Braunen hin, der vor die Kutsche gespannt war. »Ich habe für dich einen Appaloosa von der gleichen Farbe bestellt, wie Lee ihn hat; doch leider ist das Pferd noch nicht in Chandler eingetroffen. Ich dachte, es würde dir gefallen, wenn die Leute dich auch schon von weitem erkennen können wie Lee.«

»Die Leute werden sie ganz bestimmt erkennen, weil *ich* nämlich neben ihr sitzen werde«, sagte Lee im energischen Ton.

Blair sagte nichts, blickte ihn nur mit hochgezogenen Brauen lächelnd an, wobei sie sich vorstellte, wie er zu ihr auf den Kutschbock sprang und was er dort alles mit ihr anstellen mochte – nein, daran durfte sie jetzt nicht denken.

Reed lachte laut und schlug seinem Sohn heftig auf die Schulter. »Ich hoffe, sie liefert dir ein genauso hartes Rennen, wie du es deiner Mutter und mir geliefert hast. Vielleicht wirst du dann wenigstens teilweise ermessen können, was wir deinetwegen alles ausgestanden haben.«

Er streckte Blair die Hand hin, um ihr wieder vom Bock herunterzuhelfen. »Habe ich dir schon einmal davon erzählt, wie Lee das Rattengift auf dem Speicher gegen Brotkrumen vertauschte? Binnen einer Woche waren alle Ratten aus der Heimatstadt seiner Mutter in unserem Haus versammelt, ehe wir herausfanden, weshalb sie sich so unglaublich wohl bei uns fühlten.«

»Nein, das wußte ich noch nicht«, sagte Blair und blickte dabei auf Leanders Rücken, während sie wieder in die Klinik hineingingen. »Und von solchen Sachen würde ich zu gern noch mehr hören.«

Kapitel 28

Blair und Leander waren erst ein paar Wochen miteinander verheiratet, als die Westfield-Klinik offiziell eröffnet wurde. Natürlich hatte Blair noch nicht ihre praktische Ausbildung als Assistenzärztin abgeschlossen; doch für Lee war das nur eine Formsache. Blair hatte als Ärztin mehr klinische Erfahrung als viele ihrer seit Jahren praktizierenden männlichen Kollegen.

Am Morgen des Eröffnungstages war Blair so nervös, daß sie sich den Kaffee über den Rock goß und ihr das Brötchen vom Teller auf den Teppich sprang. Schuldbewußt bückte sie sich, um es wieder aufzuheben, und blickte dabei zur Küche hinüber.

Lee legte beruhigend seine Hand auf die ihre. »Sie wird dich schon nicht beißen, Darling.«

»Vielleicht nicht dich; aber was mich betrifft, bin ich mir da gar nicht so sicher.« Vor ein paar Tagen hatte die Haushälterin-Köchin, die Houston ihnen besorgt hatte, ihren Dienst bei den Westfields angetreten, und Blair fand sie geradezu furchterregend: zwar klein von Statur, aber mit stahlgrauem Haar, harten schwarzen Augen und einem schmalen Schlitz als Mund. Mrs. Shainess reichte Blair zwar nur knapp bis zu den Schultern; aber jedesmal, wenn sie ins Zimmer kam, wurde Blair ganz steif. Sie fühlte sich in der Gegenwart dieser kleinen Person unsicher und unbeholfen. Diese war kaum eine Stunde im Haus gewesen, als sie bereits über Blairs magere Garderobe herfiel und Blair mit dürren Worten erklärte, sie suche nach Kleidungsstücken, die repariert oder gereinigt werden müßten. Schließlich hatte sie seufzend alles, was sie in Blairs Kleiderschrank fand, zu einem kleinen Bündel zusammengelegt, und danach hatte es stundenlang im ganzen Haus nach Chemikalien gerochen, als die Frau die Sachen in der Küche reinigte.

Abends, als Blair und Lee vom Krankenhaus zurückkamen, hatte Mrs. Shainess Lee beiseite genommen und unter vier Augen mit ihm geredet. Später hatte Lee Blair dann mit einem Lächeln mitgeteilt, Mrs. Shainess meinte, ihre Garderobe könne man keineswegs als eine einer Lady angemessene Ausstattung bezeichnen, und sie müsse sich gleich morgen bei Houstons Schneiderin vorstellen.

Blair hatte versucht, ihm das auszureden; aber Leander hatte nicht auf sie hören wollen. Sie machte sich schon Sorgen genug wegen der Schulden, die Lee zweifellos wegen ihres neuen Krankenhauses hatte, und wollte ihm nicht noch mehr Kosten aufbürden. Und daher war sie entschlossen, sehr, sehr wenig zu bestellen. Als sie sich am nächsten Tag bei der Schneiderin einfand, mußte sie jedoch feststellen, daß Lee bereits bei der Schneiderin angerufen und doppelt so viele Kleider für sie geordert hatte, als Blair ihrer Ansicht nach jemals brauchen würde. Aber als sie die hübschen Sachen anprobierte, war sie doch so davon angetan, daß sie rasch mit ihrer neuen Kutsche wieder nach Hause fuhr, um sich bei Lee dafür auf eine Weise zu bedanken, die ihm, wie sie wußte, am meisten Freude machen würde.

Nur traf sie ihn dann, als er sie ins Wohnzimmer hereinkommen hörte, mit einem Brief an, den er rasch zerknüllte, auf den Kaminrost warf und dort mit einem Streichholz anzündete.

Blair fragte ihn nicht, was in diesem Brief gestanden hatte, da sie nicht wieder von ihm hören wollte, sie dürfe das nicht wissen oder würde es nicht verstehen. Doch ihre ganze Begeisterung über ihre neuen Kleider war in diesem Moment verflogen, und sie versuchte den ganzen Abend über eine logische Erklärung für Lees Handlungsweise zu finden. Er half einem anderen Menschen; er brauchte dringend Geld; er war ein Krimineller; er war ein Pinkerton-Agent. Nachts liebten sie sich dann sacht und zärtlich, und Blair klammerte sich an ihn. Sie näherte sich rasch dem Punkt, wo es ihr gleichgültig wurde, *was* Lee trieb, wenn er nicht seinem Beruf nachging. Ihretwegen hätte er der Besitzer aller Spielhöllen in der River Street sein können, und sie war sich fast sicher, daß sie das nicht stören würde.

An dem Tag, wo die Westfield-Klinik offiziell eröffnet wurde, mußte Lee gleich nach dem Frühstück in die ›Windlass‹-Zeche fahren, wo ein Stollen eingestürzt war. Blair wollte ihn dorthin begleiten; aber er schickte sie in die Klinik, um die Patienten zu versorgen, die sich dort zur Behandlung einstellten.

Als sie um acht Uhr morgens in die Klinik kam, warteten dort bereits Lees Operationsschwester, Mrs. Krebbs, und drei Patientinnen. Mrs. Krebbs, kühl wie immer, nickte ihr kurz zu, und Blair ging in die Chirurgie, um die Instrumente und die Vorräte an Verbandszeug und Arzneimitteln zu überprüfen.

»Hier entlang«, sagte Blair und geleitete ihre erste Patientin in das Untersuchungszimmer.

»Wo bleibt denn der Doktor?« fragte die Frau und drückte ihre Handtasche gegen den Busen, als fürchtete sie, Blair würde sie ihr jeden Moment entreißen.

»Ich bin auch ein Doktor. Nehmen Sie doch Platz und sagen Sie mir, was für Beschwerden Sie haben. Ich werde dann . . .«

»Ich will mit einem *echten* Arzt sprechen«, sagte die Frau und wich wieder zur Tür zurück.

»Ich versichere Ihnen, daß ich ein echter Arzt bin. Wenn Sie mir nun Ihre Beschwerden . . .«

»Ich bleibe nicht hier. Ich dachte, das wäre eine richtige Klinik mit richtigen Ärzten!«

Ehe Blair weitersprechen konnte, war die Frau schon aus der Tür und hastete hinaus auf die Straße. Blair würgte ihren Zorn hinunter und bat die nächste Patientin ins Untersuchungszimmer.

Die zweite Frau behauptete steif und fest, daß Blair unmöglich sagen könne, was ihr fehle, weil ihr Leiden keine Schwangerschaft sei. Blair begriff zuerst den Zusammenhang gar nicht, bis ihr klar wurde, daß die Frau sie für eine Hebamme hielt.

Die dritte Patientin verließ das Krankenhaus, nachdem sie festgestellt hatte, daß der gutaussehende Dr. Westfield, der ihr im letzten Jahr in Denver vorgestellt worden war, sie nicht untersuchen würde.

Danach ließ sich viele Stunden lang niemand mehr blikken, und Blair hatte Zwangsvorstellungen von Telefonapparaten, die in der Stadt heißliefen, da sie mit Gerüchten über das neue Hospital überschwemmt wurden. Um vier Uhr nachmittags meldete sich ein Vertreter mit einer rosafarbenen Mixtur, die bei allen »Frauenleiden« helfen würde. Blair empfing ihn höflich, komplimentierte ihn aber schon nach fünf Minuten zur Tür hinaus. Dann zog sie Handtücher gerade, die keinerlei Knitterfalten hatten.

»Sie wollen einen männlichen Arzt«, sagte Mrs. Krebbs.

»Sie verlangen nach einem vollwertigen Arzt wie Dr. Leander.«

»Ich bin eine *vollwertige* Ärztin«, sagte Blair mit zusammengepreßten Zähnen.

Mrs. Krebbs sog die Luft geräuschvoll durch die Nase und ging in ein anderes Zimmer.

Um sechs Uhr sperrte Blair die Tür ab und ging nach Hause.

Daheim erzählte sie Lee nichts von dem mangelnden Zuspruch, den die Klinik gefunden hatte. Er hatte weder Mühe noch Kosten gescheut, um das Hospital ins Leben zu rufen, so daß sie ihm diese Enttäuschung ersparen wollte. Er hatte schon Sorgen genug.

Sie ließ ihm ein Bad ein und wollte aus dem Zimmer gehen, als er sich auszuziehen begann.

»Bleib doch hier und rede mit mir.«

Sie wurde ein wenig verlegen, als er sich vor ihr auszog und in die Badewanne stieg. Für sie war das ein intimerer Vorgang als der Liebesakt.

Lee lehnte sich in der Wanne zurück und erzählte ihr mit einem Blick, der ins Leere gerichtet war, was er an diesem Tag alles durchgemacht hatte. Er erzählte ihr, wie er zwei Tote aus dem Stollen herausgezogen und einem Bergarbeiter an Ort und Stelle einen Fuß amputiert hatte. Sie unterbrach ihn mit keinem Wort, und er schilderte ihr, wie bedrückend das alles für ihn gewesen war: Der Mangel an Frischluft; die totale Dunkelheit; die Last der Wände, die ihn einschlossen; der knappe Raum, der ihm kaum Bewegungsfreiheit ließ.

»Mir ist es unbegreiflich, wie sie es aushalten können, Tag für Tag in so eine Grube einzufahren. Jeden Moment kann die Decke über ihnen einstürzen. Jeden Tag haben sie den Tod vor Augen, der ihnen auf vielfache Weise droht.«

Sie hatte einen seiner Füße aus der Wanne gehoben und seifte ihn ein. »Houston meint, die einzige Möglichkeit für diese Männer, ihr Los zu verbessern, bestünde darin, daß sie sich einer Gewerkschaft anschließen.«

»Und woher will Houston das wissen?« fragte er barsch.

»Sie lebt hier«, erwiderte Blair, ihn erstaunt ansehend. »Deshalb erfährt sie so manches. Sie erzählte mir, daß jemand Gewerkschaftsvertreter in die Mine einschleusen und es deshalb bald einen Arbeiteraufstand geben würde. Und daß . . .«

Leander riß ihr den Waschlappen aus der Hand. »Ich hoffe doch, daß du solche Gerüchte nicht ernst nehmen wirst. Niemand – weder die Bergarbeiter noch die Bergwerksbesitzer – wünscht sich einen Krieg. Ich bin sicher, sie werden sich friedlich einigen.«

»Das hoffe ich auch. Ich wußte ja gar nicht, daß dir das Los der Minenarbeiter so sehr am Herzen liegt.«

»Wenn du gesehen hättest, was ich heute erlebt habe, würdest du genauso denken wie ich.«

»Ich wollte doch mit dir in die Mine fahren. Vielleicht klappt es das nächstemal . . .«

Lee beugte sich vor und küßte sie auf die Stirn. »Ich möchte mich nicht ereifern; aber es wäre mir nicht recht, wenn du mich zu einer Mine begleiten würdest. Vergiß nicht, daß du dich um deine zahlreichen Patienten in der Klinik kümmern mußt. Ich frage mich, was unsere hübsche kleine Haushälterin wohl Gutes gekocht haben mag.«

Blair lächelte ihn an. »Ich hoffe, du fragst mich jetzt nicht, ob ich den Mut besessen habe, mich bei ihr nach dem Abendessen zu erkundigen. Ich fahre mit dir in die tiefste Grube – auch wenn mir dort die Decke auf den Kopf zu fallen droht –; aber verschone mich mit Mrs. Shainess und ihren Kochkünsten.«

»Apropos einstürzende Decke: Wie kommst du mit Mrs. Krebbs zurecht?«

Blair stöhnte, und während Lee sich wieder ankleidete, erging sie sich in einem Monolog über Mrs. Krebbs: »Sie mag ja in einem Operationssaal ein Engel sein; aber sonst ist sie wohl eher eine Hexe.«

Als Lee sich zum Dinner angezogen hatte und mit ihr nach unten ging, lächelte er wieder und versuchte sie mit sanfter Stimme zu überzeugen, daß die guten Eigenschaften von Mrs. Krebbs deren schlechte überwogen.

In dieser Nacht schliefen sie, eng aneinandergekuschelt, gleichzeitig ein.

Der zweite Tag in der neueröffneten Klinik war noch schlimmer als der erste: Es kam überhaupt niemand. Und als Blair nach Hause kam, erhielt Lee wieder einen seiner geheimnisvollen Telefonanrufe, brach sofort auf und kam erst um Mitternacht wieder heim. Er kroch schmutzig und erschöpft zu ihr ins Bett, und zum erstenmal erlebte sie einen schnarchenden Ehemann. Sie rüttelte ihn ein paarmal sanft an der Schulter; doch als das keine Wirkung zeigte, drehte sie ihn mit einem kräftigen Schubs auf den Bauch, und das hatte einen beruhigenden Einfluß auf seine Atemwege.

Am dritten Tag, als sich Blair an ihren zu sauberen Schreibtisch in der Klinik setzte, hörte sie draußen die Türglocke. Und als sie in das Wartezimmer trat, traf sie dort ihre Jugendfreundin, Tia Mankin, an. Tia litt an einem hartnäckigen trockenen Husten.

Blair hörte sich ihre Beschwerden an, verschrieb einen milden Hustensyrup und lächelte breit, als der nächste Patient kam, ebenfalls eine Freundin aus ihrer Kinderzeit. Und schließlich, als eine Freundin der anderen die Klinke in die Hand gab und jede ihr irgendwelche vagen Symptome schilderte, wußte sie nicht, ob sie lachen oder weinen sollte. Sie war froh darüber, daß diese jungen Frauen sie immer noch zum Kreis ihrer Freundinnen zählten; aber andrerseits war sie wieder frustriert, weil sie keine echten Patientinnen waren.

Am späten Nachmittag fuhr Houston in ihrem hübschen kleinen Einspänner vor und sagte zu Blair, daß sie offenbar guter Hoffnung sei, und ob Blair ihr das bestätigen könne. Houston war nicht schwanger, und nach der Untersuchung zeigte Blair ihr die Klinik. Mrs. Krebbs war bereits nach Hause gegangen, und die Zwillinge konnten sich ungestört miteinander unterhalten.

»Blair, ich habe dich schon immer bewundert. Du bist so tapfer.«

»Ich und tapfer? Das bin ich keineswegs.«

»Aber ich brauche mich doch nur hier umzusehen! Das ist nur entstanden, weil du wußtest, was du wolltest, und deinen Willen in die Tat umgesetzt hast. Du hattest dir vorgenommen, Ärztin zu werden und dich von diesem Ziel durch nichts abbringen zu lassen. Ich hatte auch einmal Träume; aber ich war zu feige, sie zu verwirklichen.«

»Was für Träume? Ich meine, wenn ich von Leander einmal absehe.«

Houston winkte ab. »Ich glaube, ich habe mich damals nur für Lee entschieden, weil er zu den Träumen gehörte, die von Mutter und Mr. Gates lebhaft unterstützt wurden. Damit habe ich mir ihr Wohlwollen erkauft.« Sie hielt inne und lächelte. »Ein anderer Teil von mir hat die Streiche genossen, die du Lee gespielt hast.«

»Du hast davon gewußt?«

»Von fast allen. Nach einer Weile fieberte ich geradezu dem nächsten Streich entgegen. Ich war es, die Lees Verdacht auf John Lechner lenkte.«

»John war schon immer ein Angeber gewesen. Ich bin sicher, er hat die Keile verdient, die er von Lee bezog. Houston, ich hatte ja keine Ahnung, daß du dich für einen Feigling gehalten hast! Ich habe mir immer gewünscht, daß ich so vollkommen sein könnte wie du.«

»Vollkommen! Nein, ich hatte nur Angst, ich könnte Mutter enttäuschen, Mr. Gates in Rage bringen und nicht halten, was sich die Stadt von einer Chandler verspricht.«

»Während ich fast bei jedem aneckte, obwohl ich mich mit keinem anlegen wollte. Du hast so viele Freunde – so viele Menschen, die dich lieben.«

»Natürlich mögen sie mich«, gab Houston mit leicht gereizter Stimme zurück. »Dich würden sie ebenfalls mögen, wenn du so viel für sie tun würdest, wie ich für sie getan habe. Erst heißt es: ›Wir wollen eine Gesellschaft geben‹, und dann sagte jemand: ›Wir holen uns dafür Blair-

Houston – die nimmt uns die ganze Arbeit ab‹. Und ich war zu feige, auch nur einmal nein zu sagen. Ich habe Parties organisiert, zu denen ich gar nicht eingeladen war. Wie oft habe ich mir gewünscht, ich hätte die Courage zu einer Absage. Ich träumte davon, eine Tasche zu packen, den Baum vor deinem Fenster hinunterzuklettern und davonzulaufen. Aber ich war zu feige dazu. Du sagtest immer, mein Leben sei sinnlos. Wie recht du damit hattest.«

»Ich war nur eifersüchtig«, flüsterte Blair.

»Eifersüchtig? Worauf? Doch nicht auf mich!«

»Ich habe das nicht gewußt, bis Lee mir die Augen öffnete. Ich habe Preise gewonnen, stets die besten Noten gehabt, bin dafür ausgezeichnet worden und dennoch immer einsam gewesen. Es tat weh, wenn Mr. Gates sagte, er wollte mich nicht im Haus haben, doch dich um so mehr. Es tat weh, wenn du mir schriebst, wie viele Männer dich Abend für Abend zum Tanzen eingeladen hatten. Wenn ich über einem Buch saß, um zu lernen, wie man sachgerecht ein Bein amputiert, mußte ich es weglegen, um deinen Brief noch einmal durchzulesen. Die Männer haben mich nie umschwärmt wie dich, und manchmal habe ich daran gedacht, die Medizin aufzugeben, wenn ich dafür eine normale Frau sein könnte, die nach Parfüm duftete und nicht nach Karbol.«

»Und wie oft habe ich mir gewünscht, ich könnte etwas Wichtigeres tun als Stoffe auszusuchen für mein nächstes Kleid«, sagte Houston seufzend. »Die Männer mochten mich nur, weil sie mich für ›fügsam‹ hielten, wie Lee es ausdrückte. Ihnen gefiel der Gedanke, eine Frau zu haben, die ihnen untertänig war. Für die meisten Männer war ich ein abgerichteter Hund in menschlicher Gestalt – jemand, der ihnen die Pantoffel apportierte. Sie wollten mich heiraten, weil sie wußten, was sie bekämen: keine Überraschungen von Houston Chandler.«

»Glaubst du, daß Lee dich aus diesem Grund heiraten wollte?«

»Manchmal bin ich mir gar nicht sicher, daß er mich

überhaupt gebeten hat, ihn zu heiraten. Wir haben uns ein paarmal gesehen, nachdem er nach Chandler zurückgekommen war, und ich war vermutlich so sehr darauf fixiert, ihn zu heiraten, daß ich einfach ja sagte, sobald dieses Wort zwischen uns zur Sprache kam. Am nächsten Morgen fragte mich Mr. Gates, ob es schon so weit wäre, daß er unsere Verlobung in der Zeitung bekanntmachen könne. Ich nickte, und am Tag darauf war das Haus voller Leute, die mir ein lebenslanges Glück wünschten.«

»Ich kenne die Bürger von Chandler und ihre ausgeprägte Neugier. Aber du hast doch Lee die ganzen Jahre über geliebt.«

»Vermutlich; nur hatten wir uns nie viel zu sagen. Du hast mit Lee in wenigen Tagen mehr geredet als wir beide in einem Jahr.«

Blair schwieg eine Weile still. Seltsam, daß sie so lange auf ihre Schwester eifersüchtig gewesen war, während diese wiederum sie beneidet hatte.

»Houston – du sagtest eben, du hättest Angst davor gehabt, deine Träume in die Tat umzusetzen. Was waren das für Träume?«

»Nichts Bedeutendes. Nichts, was sich mit deinem Wunsch, Ärztin zu werden, vergleichen ließe. Doch ich träumte davon, daß ich vielleicht schreiben könnte – nicht einen Roman oder ein großartiges Stück; aber möglicherweise Artikel für Frauenzeitschriften. Wie man zum Beispiel seidenen Charmeuse reinigen kann oder eine wirklich gute Gesichtsmaske herstellt.«

»Doch Mr. Gates hätte das gar nicht gefallen, wie?«

»Er ist der Meinung, daß Frauen, die schreiben, vermutlich Ehebrecherinnen sind, die von ihren Ehemännern vor die Tür gesetzt wurden und zusehen müssen, wie sie ihren Lebensunterhalt selbst verdienen.«

Blairs Augen wurden ganz groß. »Er nimmt kein Blatt vor den Mund, wie?«

»Nein, und ich habe mich jahrelang von ihm kujonieren lassen.«

Blair fuhr mit dem Finger an der Kante einer Vitrine entlang. »Und dein Mann kujoniert dich nicht? Ich weiß, daß du mir sagtest, du würdest ihn lieben; doch nun ist ... bist du ... Ich meine, du bist nun mit ihm verheiratet und hast eine Weile mit ihm gelebt.«

Egal, wie oft Houston ihr versichern würde, daß sie diesen Mann liebte: Blair konnte das einfach nicht glauben. Tags zuvor hatte sie Taggert vor der Nationalbank von Chandler gesehen. Der Bankdirektor, der nur halb so groß war wie Taggert, hatte vor ihm gestanden, zu ihm hinaufgeschaut und so rasch geredet, wie er nur konnte. Taggert hatte gelangweilt über den Kopf des Direktors hinweg irgend etwas am Ende der Straße beobachtet, dann seine goldene Taschenuhr aus der Weste gezogen, einen kurzen Blick darauf geworfen und schließlich den Bankdirektor ins Auge gefaßt. »Nein!« hatte Blair ihn sagen hören, ehe er sich umdrehte und die Straße hinunterging. Er hatte sich nicht einmal mehr umgedreht, als der Direktor ihm nachlief und ihn mit Bitten bestürmte, doch noch einmal stehenzubleiben und ihn anzuhören.

Unerbittlich – das war für sie der Begriff, unter dem sie sich ihren Schwager vorstellte. Wie konnte Houston nur so einen Mann wie ihn lieben?

Als Blair zu ihrer Schwester hochsah, gab Houston ihren Blick lächelnd zurück. »Ich liebe ihn von Tag zu Tag mehr. Aber wie steht es mit dir und Lee? Bei der Hochzeit sagtest du, du hättest Zweifel, daß er dich liebt.«

Blair dachte daran, wie sie heute morgen in der Hitze des Gefechtes aus dem Bett gefallen waren und mit welchem Gesicht Mrs. Shainess später das Frühstück auf den Tisch geknallt hatte. Als die Frau ihnen wieder den Rücken zudrehte, hatte Lee so schrecklich die Augen verdreht, daß Blair kichern mußte. »Lee ist in Ordnung«, sagte sie schließlich, worauf Houston laut auflachte.

Dann zog sie sich die Handschuhe wieder an. »Ich bin froh, daß sich alles so entwickelt hat, wie es heute ist. Doch nun sollte ich lieber wieder gehen. Kane und der Rest der

Familie werden mich brauchen.« Sie hielt einen Moment inne und fügte dann hinzu: »Was für ein herrliches Wort. Ich habe zwar keinen akademischen Grad; aber ich werde *gebraucht*.«

»Ich brauche dich ebenfalls«, sagte Blair. »Warst du es oder Mama, die mir heute meine ›Patienten‹ besorgt haben?«

Houston blickte ihre Schwester groß an. »Ich habe keine Ahnung, was du damit meinst. Ich bin lediglich hierhergekommen, weil ich hoffte, ich sei in anderen Umständen. Ich habe vor, diese Besuche mindestens einmal im Monat zu wiederholen – oder jedesmal, wenn ich mich nicht besonders gut fühle.«

»Ich denke, du solltest öfter deinen Mann besuchen statt mich, wenn du dir ein Baby wünschst.«

»So wie du Lee jede Nacht und jeden Morgen besuchst, daß er nicht mehr fähig ist, ans Telefon zu gehen?«

»Oh?« machte Blair, ehe ihr wieder einfiel, was sie damals zur Vermittlung gesagt hatte, als Lee am Apparat verlangt wurde. Natürlich wußte das inzwischen die ganze Stadt.

»Ach, was ich dich noch fragen wollte – wie macht sich denn Mrs. Shainess als Haushälterin?«

»Furchtbar. Sie kann mich nicht ausstehen.«

»Das ist Unsinn. Sie gibt nämlich vor allen Leuten mit ihrer Doktor-Lady an.« Houston küßte ihre Schwester auf die Wange. »Ich muß jetzt gehen. Morgen rufe ich dich an.«

Kapitel 29

Als Blair sich am nächsten Morgen gerade in der Praxis hinter ihrem Schreibtisch niedergelassen hatte und hochblickte, sah sie Nina Westfield, nun Mrs. Hunter, im Türrahmen stehen.

»Hallo«, sagte Nina leise, und in ihren Augen lag eine stumme Bitte. »Warte«, fuhr sie hastig fort, als Blair sich hinter dem Schreibtisch erheben wollte, »bevor du etwas sagst, möchte ich eine Erklärung abgeben. Ich kam direkt vom Bahnhof hierher. Ich habe bisher weder mit meinem Vater noch mit Lee gesprochen; aber wenn du zu mir sagst, daß du meinen Anblick nicht ertragen kannst, werde ich mit dem nächsten Zug wieder die Stadt verlassen und dich nie mehr mit meiner Gegenwart behelligen.«

»Und auf den Dank verzichten, den ich dir jeden Tag bis zum Ende meines Lebens aussprechen möchte?« fragte Blair mit blitzenden Augen.

»Den Dank . . .?« sagte Nina verwirrt, bis sie begriff, was Blair damit meinte. Und im nächsten Moment stand sie neben dem Schreibtisch, zog ihre Schwägerin aus dem Stuhl, umarmte sie stürmisch und weinte an ihrem Hals. »Oh, Blair, ich habe mir solche Sorgen gemacht, daß ich mich gar nicht richtig über das freuen konnte, was ich gemacht habe. Alan hat mir immer wieder versichert, daß du Lee lieben würdest; das aber noch nicht wahrhaben wolltest. Er sagte, Lee und du paßtet viel besser zusammen als du und er. Aber ich war mir dessen nicht sicher. Für mich ist Lee ein Bruder. Ich könnte mir nicht vorstellen, daß ich ihn vorgezogen hätte bei einer Wahl zwischen ihm und Alan.« Sie löste sich von Blair, nahm ein Tuch aus ihrer Handtasche und schneuzte sich.

Blair blickte sie lächelnd an. »Ich würde dir gern Tee anbieten; aber leider haben wir so etwas nicht in der Klinik. Wie wäre es mit einer Tasse Lebertran?«

Das entlockte nun auch Nina ein Lächeln, während sie sich auf einen der eichenen Stühle fallen ließ. »Ich glaube, das ist wohl der glücklichste Moment meines Lebens. Ich hatte solche Angst, daß du mir zürnen würdest – daß die ganze Stadt auf mich zornig wäre.«

»In Chandler wußte doch niemand, daß ich und Alan verlobt waren. Alle glaubten, daß Lee und ich heiraten würden.«

»Aber du wolltest doch Alan haben«, widersprach ihr Nina. »Ich weiß, daß du ihn haben wolltest. Ich weiß, daß du zum Bahnhof gegangen bist, wie ihr das vorher verabredet habt.«

Das weckte nun wiederum Blairs Neugierde. »Jetzt möchte ich die ganze Geschichte von dir hören.«

Nina blickte auf ihre Hände hinunter. »Ich erzähle sie dir gar nicht gern.« Als sie hochsah, blinkten wieder Tränen in ihren Augen. »Oh, Blair, ich habe mich so unglaublich hinterhältig und gemein verhalten. Ich habe alles getan, was nur möglich war, um Alan zu bekommen. Du hattest nicht die geringste Chance.«

»Sollte ich dich anschließend erschießen, verspreche ich dir, daß ich die Schußlöcher persönlich wieder zunähen werde.«

»Jetzt kannst du noch darüber scherzen; aber das wird dir vergehen, wenn du erst weißt, was ich alles angestellt habe, um ihn zu bekommen.« Sie schneuzte sich zum zweitenmal und sah wieder auf ihre Hände hinunter. »Ich lernte Alan an dem Abend kennen, als er beschloß, Lee umzubringen.«

»Was? Wen? Leander? Er wollte Leander *töten*?«

Nina zuckte mit den Achseln. »Er war nur wütend, und ich konnte ihm so gut nachfühlen, was er empfand. Leander hat so eine hochmütige Art an sich, die Leute zu behandeln. Als ich noch ein kleines Kind war, pflegte er darüber zu bestimmen, was für mich gut war und was schlecht. Das machte mich so wütend, daß ich ihn am liebsten erwürgt hätte.«

»Ich kenne dieses Gefühl«, sagte Blair. »So sehr hat er sich gar nicht verändert.«

»Als ich Alan sah, wußte ich, daß er niemanden umbringen würde. Ihm gefiel es nur, daran zu denken. Ich bat ihn in den Salon, und es war ganz leicht, ihn zum Reden zu bringen. Er beichtete mir sein Leid, sagte, daß er in dich verliebt sei, während ich wußte, daß es für Lee bereits feststand, daß du ihn heiraten würdest. Deshalb schätzte ich Alans Chancen sehr gering ein. Mir war klar, daß Lee gewinnen würde.«

»Wie konntest du dir da so sicher sein?«

Nina blickte sie überrascht an. »Ich habe mein Leben lang mit ihm unter einem Dach gewohnt. Er gewinnt immer. Wenn er sich dazu entschließt, Baseball zu spielen, gewinnt seine Mannschaft. Wenn er an einem Fechtturnier teilnimmt, ist er der Sieger. Dad sagt, er habe sogar schon sterbende Patienten zum Weiterleben gezwungen. Deshalb wußte ich natürlich, daß er als Sieger aus diesem Wettbewerb hervorgehen würde, gleichgültig, ob der Preis damit einverstanden war oder nicht.«

Sie wich Blairs erstaunten Blick aus. »Um so besser konnte ich Alans Gefühle verstehen, und wir begannen, uns gegenseitig zu bedauern, verglichen unsere Erfahrungen mit Lees despotischem Verhalten. Dann kam Dad nach Hause, und ich stellte ihm Alan vor. Dann saßen wir bis in die Nacht hinein zusammen, redeten über die Medizin und wie sich das Leben in Chandler von dem an der Ostküste unterscheidet. Es war ein sehr angenehmer Abend.«

Nina schwieg einen Moment. »Danach kam Alan jedesmal zu mir, wenn Lee ihn auf eine besonders gemeine Art gedemütigt hatte wie damals im Krankenhaus, als er Alan aus dem Operationssaal schob, damit es so aussah, als wäre Alan unfähig in seinem Beruf. Er wird ein ausgezeichneter Arzt werden; ihm fehlt nur noch die praktische Erfahrung.«

»Ich glaube, daß er ein guter Arzt sein wird«, sagte Blair leise. »So kam es also dazu, daß ihr euch ineinander verliebt habt.«

»*Ich* habe mich verliebt. Er vermutlich auch; nur war er sich dessen nicht bewußt. Ich will jetzt nicht respektlos sein; aber ich glaube, daß Alan ein wenig Angst vor dir hatte, als er dich hier in Chandler erlebte. Er sagte, in Pennsylvania wäre euer Verhältnis sehr harmonisch gewesen. Ihr hättet Händchen gehalten im Park und zusammen studiert; aber als er hierherkam ...« Ninas Augen waren jetzt groß und klar auf Blair gerichtet: »Wahrhaftig, Blair, du springst zwischen Pferden hin und her wie eine Zirkusstatistin, ziehst frohgemut einem Mann die Gedärme aus dem Bauch und legst sie auf den Tisch, um etwas zu erreichen, was sich darunter befindet; besiegst ihn im Tennis – kein Wunder, daß er sich einer anderen zuwandte.«

»Lee hat sich keiner anderen zugewendet«, verteidigte sich Blair.

»Das ist es ja! Du und Lee – ihr beide seid euch zu ähnlich; stürzt von einer Aufregung in die andere. Ihr erschöpft uns normale Sterbliche. Nur glaube ich nicht, daß Alan zu der Einsicht gekommen wäre, daß du und er nicht heiraten solltet. Nachdem er dir aufgetragen hatte, zu einer bestimmten Zeit am Bahnhof zu sein, kam er zu mir und erzählte mir davon. Da wußte ich bereits, daß ich in ihn verliebt war, was du meiner Meinung nach nicht warst; nur zu stur, um das auch zuzugeben. Oder ihr wart alle zusammen so versessen darauf, diesen ekelhaften kleinlichen Wettbewerb zu gewinnen, daß ihr über die Folgen überhaupt nicht nachgedacht habt.«

Nina holte tief Luft. »Da beschloß ich, die Sache selbst in die Hand zu nehmen. Ich dachte, wenn mein Bruder mit schmutzigen Tricks arbeitete, damit er das bekam, was er haben wollte, konnte ich das auch. Um halb vier Uhr an jenem Nachmittag, als Alan sich mit dir um vier auf dem Bahnsteig treffen wollte, bat ich ihn, mich in die Küche zu begleiten. Dort stellte ich einen Topf mit Melasse auf den Herd, bis sie warm und flüssig war. Und dann, als er sich hinsetzte und mit diesen verdammten Zugbilletts spielte, ›stolperte‹ ich, als ich den Topf vom Herd hob, und kippte ungefähr einen Liter von dem Zeug über ihn aus. Ich muß zugeben, es war ein voller Erfolg. Die Melasse klebte nicht nur in seinem Haar, sondern rann ihm sogar in die Schuhe.«

Blair versagte einen Moment lang die Stimme. »Aber ich habe ein paar Stunden auf dem Bahnsteig auf ihn gewartet«, flüsterte sie schließlich.

»Ich ... ah ...« Nina stand auf. »Blair, wenn meine Mutter noch am Leben wäre, könnte ich ihr nie mehr unter die Augen treten.« Sie blickte auf Blair zurück, eine flammende Röte auf ihrem hübschen Gesicht, die Schultern trotzig gehoben, und sagte in einem Atemzug: »Er ging ins

Badezimmer und reichte mir seine Kleider heraus; aber ich ließ seine Taschenuhr fallen, und sie rollte ins Badezimmer hinein; ich sprang ihr nach; die Tür fiel hinter mir zu und gleichzeitig der Schlüssel, der außen steckte, aus dem Türschloß.«

Blair dachte einen Moment über das Gehörte nach und begann dann zu lachen. »Du hast dich mit einem nackten Mann im Badezimmer eingeschlossen?«

Nina schob das Kinn vor, reckte es in die Luft und bestätigte das mit einem kurzen Nicken.

Blair sagte kein Wort, ging zu einem Wandschrank und holte eine Flasche Whisky und zwei Gläser heraus. Sie schenkte beide bis zum oberen Eichstrich voll, gab Nina eins davon und sagte: »Auf die Schwesternschaft«, worauf sie ihr Glas auf einen Zug leerte.

Auch Nina kippte den Whisky hinunter. »Du bist mir wirklich nicht böse? Ich meine, du hast nichts dagegen, mit Lee verheiratet zu sein?«

»Ich glaube, ich werde diese Tortur einigermaßen ertragen können. Aber nun setz dich wieder hin und erzähle mir, was für Pläne du hast und wie es Alan geht. Bist du glücklich mit ihm?«

Als Nina von ihren Plänen erzählte, konnte sie nicht mehr aufhören. Ihr gefiel es nicht besonders in Pennsylvania, und sie sagte, sie hätte Alan schon fast dazu überredet, nach Chandler zurückzukehren, sobald er mit seiner praktischen Ausbildung fertig sein würde. »Ich fürchte, seine Gefühle für dich und Lee sind nicht die freundlichsten; aber ich hoffe, das bekomme ich schon wieder hin. Ich bin zurückgekommen, um zu sehen, ob ich dich dazu überreden könnte, mir zu verzeihen, und mich Dads und Lees Zorn zu stellen.«

»Ich glaube nicht, daß Lee . . .« begann Blair, aber Nina schnitt ihr das Wort ab.

»Oh, doch, er wird. Wart nur ab, bis du ihn so lange kennst wie ich. Er ist ein Lamm, wenn du etwas tust, das ihm gefällt; doch wenn eine der Frauen unter seiner Obhut etwas unternimmt, was er mißbilligt, wirst du dein blaues

Wunder erleben! Und, Blair«, Nina spielte mit ihrem Sonnenschirm, »ich brauche jemanden, der an meiner Stelle die Streitschrift für die Bergarbeiter schreibt.«

Blair war sofort hellwach. »Du meinst diese Zeitung, mit der die Bergleute zum Aufstand aufgewiegelt werden könnten – daß sie die Bergwerke bestreiken?«

»Darin werden sie lediglich über ihre Rechte aufgeklärt, darauf hingewiesen, daß sie eine Menge erreichen könnten, wenn sie sich organisieren. Houston und die anderen Mitglieder der Schwesternschaft, die sich als Hökerinnen verkleiden, bringen die Zeitung in die Bergwerke, wenn sie dort ihr Gemüse verteilen. Aber sie beliefern nur vier Minenlager, und wir haben insgesamt siebzehn hier in der Gegend. Wir brauchen jemand, der zu *allen* Bergwerken Zutritt hat.«

»Du weißt, daß alle Minen von Zäunen umgeben sind und bewacht werden. Selbst Leanders Kutsche wird kontrolliert ... Nina, du willst doch nicht etwa versuchen, Lee dazu zu überreden, diese Aufrufe in die Bergwerke zu schmuggeln!«

»Das fiele mir nicht mal im Traum ein! Wenn er auch nur wüßte, daß ich mir der Existenz von Bergarbeitern bewußt bin, würde er mich schon einsperren. Aber ich habe mir gedacht, daß du als Ärztin, die jetzt den Namen Westfield trägt, vielleicht mit einigen Frauen in den Bergwerkslagern Kontakt aufnehmen könntest.«

»Ich?« flüsterte Blair und stand auf. Das mußte erst gründlich bedacht werden. Wenn man sie mit solchen Streitschriften in ihrer Kutsche ertappte, würde man sie auf der Stelle erschießen. Doch dann dachte sie an das Elend der Minenarbeiter und daß diese Leute auf alle Rechte der Amerikaner verzichten mußten, um sich ein Existenzminimum zu sichern.

»Nina, ich weiß nicht«, flüsterte sie. »Das ist eine Entscheidung von großer Tragweite.«

»Es ist auch ein Problem von großer Tragweite. Und, Blair, du bist jetzt nicht mehr bloß eine von vielen in einer

Großstadt. Du bist eine wichtige Persönlichkeit in der Gemeinde Chandler in Colorado.«

Nina stand auf. »Denk darüber nach. Ich gehe jetzt nach Hause, um mit Dad zu sprechen, und vielleicht kannst du mit Lee später zu uns zum Abendessen kommen. Ich kann nur zwei Wochen hierbleiben und muß dann wieder nach Pennsylvania zu Alan zurück. Ich würde dich nicht gefragt haben, wenn ich jemand anderen wüßte, der Zutritt zu den Kohlengruben hat. Ich möchte nur, daß du dich bald entscheidest und mir rechtzeitig Bescheid gibst.«

»Ja, ich werde es mir überlegen«, sagte Blair geistesabwesend, ganz fasziniert von der Vorstellung, daß sie Zeitungen mit aufrührerischen Nachrichten in einem Lager verteilte, das von bewaffneten Männern bewacht wurde.

Den ganzen Nachmittag hindurch, als sie in der leeren Klinik auf- und abwanderte und dann eine medizinische Fachzeitschrift zu lesen versuchte, überlegte sie die Möglichkeiten und Konsequenzen der Mission, die Nina ihr angetragen hatte. Nina wußte wohl, daß sie einen wunden Punkt bei ihr traf: Sie hatte sich nicht mehr als Teil dieser Stadt betrachtet. Als sie vor Jahren Chandler verlassen hatte, gedachte sie nie mehr in diese Stadt zurückzukehren. Es sollte ein Abschied für immer sein. Doch nun mußte sie sich entscheiden, ob sie am Leben dieser Gemeinde teilnehmen oder sich absondern wollte. Sie konnte hier in ihrer sauberen Klinik bleiben und gelegentlich Leute, die in den Bergwerken verunglückten, wieder zusammenflicken; oder sie konnte verhindern helfen, daß diese Leute überhaupt verunglückten.

Und wenn sie dabei selbst verunglückte?

Ihre Gedanken drehten sich immer wieder im Kreis, und sie kam zu keinem Entschluß.

Abends speiste sie dann mit Lee, dessen Vater und Schwester, und nach dem Dinner, als Nina sie beiseite nahm und fragte, ob sie sich schon entschieden habe, mußte sie das verneinen. Nina lächelte und sagte, das verstünde sie – worauf Blair sich noch unglücklicher fühlte.

Am nächsten Morgen hatte Blair Kopfschmerzen. Die leere Klinik hallte wider von ihren Schritten. Mrs. Krebbs sagte, sie müsse ein paar Einkäufe machen und ging. Um neun Uhr schlug die Hausglocke an, und Blair eilte zur Tür in der Hoffnung, es wäre endlich ein Patient.

Eine Frau und ein kleines Mädchen von ungefähr acht Jahren standen vor ihr.

»Kann ich Ihnen helfen?«

»Sind Sie der Lady-Doktor?«

»Ich bin Ärztin. Möchten Sie mit in meine Praxis kommen?«

»Ja, natürlich.« Die Frau gebot dem Mädchen, sich vor der Praxis auf einen Stuhl zu setzen und auf sie zu warten, während sie Blair in das Behandlungszimmer folgte.

»Was haben Sie für ein Problem?«

Die Frau setzte sich. »Ich bin nicht mehr so kräftig, wie ich mal gewesen bin, und ich finde, ich brauchte hin und wieder Hilfe. Nicht viel Hilfe, nur ein bißchen.«

»Wir brauchen alle hin und wieder Hilfe. Was für eine Hilfe benötigen Sie denn?«

»Nun ja – warum soll ich da viel um die Sache herumreden? Einigen von meinen Mädchen – die in der River Street arbeiten, wissen Sie? – hat man schmutziges Opium verkauft. Ich dachte mir, da Sie ja ein Doktor sind, könnten Sie uns vielleicht etwas reinen Stoff aus San Francisco besorgen. Ich hab' mir überlegt, daß ihr Ärzte ja so eure Methoden habt, mit denen ihr nachprüfen könnt, ob der Stoff rein ist, und vielleicht können Sie es sich sogar leisten, den Stoff in großen Mengen zu besorgen, und verkaufen ihn dann weiter. Ich kann Ihnen jede Menge Abnehmer verschaffen und . . .«

»Bitte verlassen Sie meine Praxis«, sagte Blair mit betont ruhiger Stimme.

Die Frau erhob sich von ihrem Stuhl. »Ach, Sie sind sich wohl zu fein dazu? Sie glauben, Sie wären was Besseres als unsereiner? Wußten Sie noch nicht, daß die ganze Stadt über Sie lacht? Sie nennen sich Ärztin, sitzen hier in Ihrer leeren

Bude, und niemand will zu Ihnen kommen. Und es *wird* auch niemand kommen – darauf können Sie sich verlassen!«

Blair ging zur Tür und hielt sie auf.

Mit hochgereckter Nase nahm die Frau ihr Kind wieder an der Hand und ging. Sie warf die Kliniktür so heftig hinter sich zu, daß die Glocke zu Boden fiel.

Ohne eine Spur von Zorn setzte sich Blair wieder hinter ihren Schreibtisch und nahm ein Blatt Papier zur Hand. Es war eine Aufstellung von Ausgaben, die ihre Haushälterin, Mrs. Shainess, ihr am Morgen gegeben hatte. Blair sollte die zweiundzwanzig Posten zusammenzählen und nachprüfen, ob Mrs. Shainess die Endsumme richtig ausgerechnet hatte.

Sie blickte auf das Papier, und plötzlich verschwammen die Ziffern vor ihren Augen, und ehe sie wußte, wie es geschah, lag ihr Kopf auf dem Tisch, und sie weinte. Sie weinte lautlos, wobei sie die Tränen rinnen ließ, ehe sie wieder den Kopf hob und nach einem Taschentuch suchte.

Sie hielt erschrocken die Luft an, als sie Kane Taggert auf dem Stuhl unter dem Fenster sitzen sah. »Macht es dir Spaß, Leute zu bespitzeln?«

»Ich habe es nicht oft genug getan, um das zu wissen«, sagte er, während er sie besorgt betrachtete.

Sie kramte eine Weile hastig in allen Schreibtischschubladen, ehe sie Kane das große Taschentuch aus der Hand riß, das er ihr über den Tisch hinhielt.

»Es ist sauber. Houston läßt mich nicht eher aus dem Haus gehen, bis sie meine Taschentücher kontrolliert hat.«

Sie ging auf seinen scherzhaften Ton nicht ein, drehte sich von ihm weg und schneuzte sich.

Er griff über den Tisch und nahm das Blatt Papier mit den Ausgaben hoch. »Ist das der Grund, warum du heulst?« Er warf nur einen flüchtigen Blick darauf. »Du hast dich um sieben Cents verrechnet«, sagte er, während er das Papier wieder auf den Tisch legte. »Sieben Cents bringen dich zum Heulen?«

»Wenn du es schon wissen mußt – man hat meine Gefühle verletzt. Mich beleidigt – schlicht und einfach.«

»Mehr möchtest du mir nicht erzählen?«

»Warum? Damit du ebenfalls über mich lachen kannst? Ich kenne die Leute von deiner Sorte. Du würdest auch niemals zu einer Ärztin gehen. Du denkst genauso wie alle anderen Männer und wie die meisten Frauen! Du würdest dich niemals von einer Frau operieren lassen.«

Sein Gesicht blieb ernst. »Ich bin noch bei keinem Arzt gewesen; also weiß ich nicht, von wem ich mich operieren ließe. Ich schätze, wenn die Schmerzen groß genug sind, laß ich jeden an mich ran, der was von der Sache versteht. Ist das der Grund, warum du weinst? Weil niemand hier ist?«

Blair legte die Hände auf die Schreibtischplatte. Mit dem Zorn verließ sie auch der Mut. »Lee hat einmal zu mir gesagt, daß alle Ärzte Idealisten wären – anfangs. Ich glaube, ich bin ein besonders krasses Beispiel dafür. Ich dachte, die Leute in dieser Stadt wären begeistert, wenn sie endlich eine Frauenklinik bekämen. Vielleicht sind sie das auch – wenn Leander hier ist und die Klinik leitet. Sie kommen zur Tür herein, sehen mich und fragen nach einem ›echten‹ Doktor. Meine Mutter ist zwei Tage hintereinander mit dreierlei Beschwerden zu mir gekommen, und auch ein paar Frauen, die mich schon als Säugling gekannt haben, haben mich hier aufgesucht. Und als hätte ich nicht schon genug Kummer, hat das städtische Komitee für Krankenhausangelegenheiten plötzlich beschlossen, daß es hier eigentlich nicht genügend Arbeit gäbe für einen weiteren Arzt.«

Kane saß vor dem Schreibtisch und betrachtete sie eine Weile. Er kannte seine Schwägerin kaum; doch er wußte, daß sie normalerweise Energie hatte für zwei; doch nun saß sie ihm mit einem langen Gesicht gegenüber und mit Augen, in denen kein Licht mehr war.

»Gestern«, begann er, »war ich im Stall – ohne Hemd, was du aber Houston nicht verraten darfst – und stieß mit dem Rücken an einen Verschlag. Dabei habe ich mir 'ne Menge Holzsplitter eingezogen, die ich mit der Hand nicht erreichen und wieder herausziehen kann.« Er betrachtete sie, wie sie den Kopf hob. »Ist ja nicht viel; aber mehr kann ich leider nicht bieten.«

Langsam breitete sich ein Lächeln über ihr Gesicht aus. »Schön – dann komm mal mit in die Chirurgie, damit ich mir deinen Rücken anschauen kann.«

Die Splitter waren nicht besonders groß oder saßen besonders tief in der Haut; aber Blair behandelte ihn mit großer Umsicht.

Als Kane bäuchlings auf der Pritsche lag, fragte er: »Wie kommt es, daß deine Türglocke heruntergefallen ist? Hatte da jemand einen Zorn auf dich?«

Das war alles, was noch nötig war, damit Blair ihm von der Frau erzählte, die von ihr Opium verlangt und ihr dann gesagt hatte, daß die ganze Stadt über sie lachte.

»Und Lee hat jahrelang davon geträumt, eine Frauenklinik in Chandler zu eröffnen, und hart gearbeitet, um sich diesen Traum erfüllen zu können. Und nun ist er ständig unterwegs zu einem Patienten, der in einem Bergwerk verunglückt ist, und ich sitze hier in der Klinik und enttäusche ihn.«

»Sieht mir eher danach aus, als würden die Kranken dich enttäuschen. Und ich schätze, da versäumen sie was.«

Sie lächelte auf seinen Hinterkopf hinunter. »Es ist nett von dir, so etwas zu sagen; aber du wärst doch bestimmt nicht gekommen, wenn nicht ... Weshalb *bist* du überhaupt hierhergekommen?«

»Houston renoviert mein Büro.«

Er sagte das in einem so fatalistischen Ton, daß Blair lachen mußte.

»Das ist gar nicht komisch. Sie stellt überall die verrücktesten kleinen Sessel auf, und sie mag Spitzen. Wenn ich in mein Büro zurückkomme und feststelle, daß die Wände rosarot gestrichen sind, dann werde ich ...«

»Was wirst du dann tun?«

Er drehte den Kopf, damit er zu ihr hinaufsehen konnte: »Weinen.«

Sie lächelte ihn an. »Wenn sie es rosarot gestrichen hat,

komme ich morgen in dein Haus, und wir werden es wieder umstreichen. Wäre das ein Vorschlag?«

»Der beste, den ich heute gehört habe.«

»Alles wieder in Ordnung«, sagte sie eine Minute später und begann, ihre Instrumente zu säubern, während Kane wieder sein Hemd und seine Jacke anzog. Sie drehte sich zu ihm um. »Vielen Dank«, sagte sie. »Du hast dafür gesorgt, daß ich mich jetzt viel besser fühle. Ich weiß, daß ich in der Vergangenheit nicht gerade höflich zu dir gewesen bin, und möchte mich dafür entschuldigen.«

Kane zuckte nur mit den Achseln. »Du und Houston seid eineiige Zwillinge, also müßt ihr auch etwas gemeinsam haben, und wenn du nur halb so gut bist wie deine Schwester in ihrem Job, mußt du die beste Ärztin der Welt sein. Und ich habe so ein Gefühl, als würde sich von jetzt ab die Lage für dich ändern. Schon bald werden dir die Ladies mit allen möglichen Beschwerden die Haustür einrennen. Warte nur ab. Bleib hier und mach deine Werkzeuge sauber, und ich wette, morgen wirst du sie alle gebrauchen können.«

Da waren plötzlich alle Tränen vergessen, und sie grinste ihn an. »Vielen Dank. Du hast mir mächtig gutgetan.« Einem Impuls folgend, stellte sie sich auf die Zehenspitzen und küßte ihn auf die Wange.

Er lächelte sie an. »Du wirst es nicht glauben; aber eben hast du genauso ausgesehen wie Houston.«

Blair lachte. »Ich denke, das war wohl das größte Kompliment, das man mir bisher in meinem Leben gemacht hat. Aber nun werde ich wohl einiges vorbereiten müssen, wenn du mir so viel Arbeit prophezeist. Und falls du noch Beschwerden in der Schulter haben solltest, gib mir Bescheid.«

»Ich werde mit jedem gebrochenen Knochen zu Ihnen kommen, Dr. Westfield, und mit allen rosarot gestrichenen Wänden«, sagte er und verließ die Klinik.

Blair begann leise zu pfeifen, während sie ihren Schreibtisch aufräumte, wobei ihr einfiel, daß sie vergessen hatte zu fragen, ob die Summe ihrer Haushaltsausgaben nun um sieben Cents zu hoch oder zu niedrig war, und sie alles noch einmal selbst nachrechnen mußte. Doch den Rest des Tages über fühlte sie sich so wohl wie schon lange nicht mehr.

Dann, während sie ihre Instrumente bereitlegte, hielt sie nachdenklich inne, als sie sich wieder an Kanes rührenden Versuch erinnerte, sie aufzumuntern, und wie rüde sie ihn immer behandelt hatte. Vielleicht hatte Houston tatsächlich Ursache, diesen Mann zu lieben.

Zu Hause, in seinem dunkel getäfelten Büro, drehte sich Kane zu seinem Assistenten, Edan Nylund, um. »Haben wir nicht von der Chandler-Nationalbank, die ich in der letzten Woche gekauft habe, einige Papiere zugeschickt bekommen?«

»Ja, ein ungefähr zwanzig Pfund schweres Bündel«, sagte Edan und wies, ohne aufzusehen, auf eine Stelle des Schreibtischs, wo die Dokumente gestapelt lagen. Kane blätterte sie flüchtig durch.

»Wo ist Houston hingegangen?«

Jetzt blickte Edan doch neugierig von seiner Arbeit auf. »Zu ihrer Schneiderin, glaube ich.«

»Gut«, sagte Kane. »Dann haben wir ja den Rest des Tages für uns – vielleicht sogar den Rest der Woche.« Er klemmte sich die Dokumente unter den Arm und verließ wieder das Büro.

Von einer nun unüberwindlichen Neugierde getrieben, ging Edan seinem Chef nach und fand ihn in der Bibliothek am Telefon. Da das Telefonsystem von Chandler nur die einzelnen Häuser der Stadt miteinander verband und Kanes Geschäfte größtenteils außerhalb von Colorado abgewickelt wurden, hatte Edan bisher noch nie erlebt, daß Kane sein Telefon benützte.

»Sie haben richtig verstanden«, sagte Kane zu dem Teilnehmer am anderen Ende der Leitung, »die Hypothek auf Ihrer Ranch ist in der nächsten Woche fällig, und ich bin natürlich berechtigt, Ihre Ranch pfänden zu lassen, wenn Sie in Verzug sind. Richtig. Aber ich gewähre Ihnen eine zinsfreie Fristverlängerung von drei Monaten, wenn Ihre Frau sich morgen in der Westfield-Klinik einfindet und dort von Dr. Blair behandelt wird. Sie kann jede Minute ihr Baby bekommen? Großartig! Wenn sie in der Praxis meiner Schwägerin entbindet, bekommen Sie eine Fristverlängerung von hundertachtzig Tagen. Natürlich können Sie Ihre Töchter auch gleich mitschicken. Ja, gut. Noch mal dreißig Tage pro Tochter, wenn sie morgen mit irgendwelchen Beschwerden in der Klinik aufkreuzt. Aber wenn meine Schwägerin von unserer Abmachung Wind bekommt, wird gepfändet. Ist das klar?«

»Verdammt!« sagte er zu Edan, als er wieder auflegte, »das kostet mich aber eine Stange Geld. Geh den Stapel durch und stell fest, wer noch mit seinen Krediten in Verzug geraten ist oder keine Fristverlängerung bekommen hat. Und dann möchte ich wissen, für wieviel derjenige oder diejenigen, denen das Krankenhaus in Chandler gehört, bereit ist, den Laden zu verkaufen. Wir wollen doch mal sehen, ob der Aufsichtsrat sich dann noch weigern wird, die Schwägerin des Eigentümers einzustellen.«

Bis zum nächsten Morgen hielt Blairs gute Laune nicht an, und sie mußte sich sogar ermahnen, wieder an die Arbeit zu gehen. Wieder so ein langer Tag, ohne etwas zu tun, dachte sie, und statt mit ihrer neuen Kutsche zur Klinik zu fahren, ging sie diesmal zu Fuß. Doch als sie noch zwei Straßen von der Klinik entfernt war, kam ihr schon Mrs. Krebbs ganz aufgeregt entgegen.

»Wo stecken Sie denn bloß? Wir können uns vor Patienten ja kaum noch retten!«

Einen Moment lang stand Blair wie gelähmt da, und dann rannte sie mit Mrs. Krebbs zur Klinik. Das Wartezimmer war ein Chaos: wimmernde Kinder; Mütter, die sie zu beruhigen versuchten; und eine Frau, die stöhnte und offenbar schon Preßwehen hatte.

Eine Viertelstunde später schnitt Blair die Nabelschnur eines neugeborenen Mädchens durch.

»Hundertachtzig«, murmelte die Mutter, »ihr Name ist

Blair hatte keine Zeit, sie nach dem Grund für diesen seltsamen Namen zu fragen, weil man bereits die nächste Patientin hereinbrachte.

Am Tag darauf brachte eine Frau einen kleinen Jungen in die Klinik, ein schmächtiges achtjähriges Kind, das aussah wie sechs – ein Junge, der bereits zwei Jahre lang im Bergwerk gearbeitet hatte. Er starb in Blairs Armen, nachdem sein kleiner Brustkasten von Kohlen einer umstürzenden Lore eingedrückt worden war.

Blair rief Nina an. »Ich werde es machen«, sagte sie und legte wieder auf.

Kapitel 30

Blair fuhr mit ihrer neuen Kutsche die Straße hinunter, weg von der Zeche »Inexpressible«, zurück nach Chandler. Nina hatte keine Zeit damit verloren, die Sendung für die Mine vorzubereiten, vielleicht weil sie fürchtete, Blair könnte ihre Entscheidung wieder umstoßen. Und so hatte Blair an diesem Morgen Dr. Weaver angerufen, einen jungen Arzt, den sie im städtischen Krankenhaus kennengelernt hatte, und ihn gebeten, sie in ihrer Klinik zu vertreten, da sie zu einem Notfall in eines der Bergwerke gerufen worden sei. Der Mann war ihrer Bitte nur zu gern nachgekommen.

Im Haus Westfield hatte Nina sich nach Kräften bemüht, die Aufrufe im Kutschkasten unter einem Brett zu verbergen und es so einzupassen, daß man darunter keinen Hohlraum vermutete. Während Nina Blair genaue Instruktionen für ihren Auftrag erteilte, hatte Blair solche Angst, daß sie kaum sprechen konnte.

Am Lagertor des Bergwerks hatten die Wachen ein paar scherzhafte Bemerkungen darüber gemacht, wie sehr sich Dr. Westfield seit seinem letzten Besuch verändert habe, ließen sie dann aber passieren. Sie hatte ein paar mit Kohlenstaub bedeckte Kinder fragen müssen, ehe sie das Haus mit der Frau fand, die ihr die Schriften abnehmen sollte. Die Frau, die im Bett lag und eine Krankheit vortäuschte, war genauso nervös wie sie. Sie versteckte die Zeitungen unter einem Dielenbrett, und Blair hatte dann das Lager so rasch, wie es unter den Umständen möglich war, wieder verlassen.

Die Wächter, die ihre Nervosität spürten, glaubten mit der Männern angeborenen Eitelkeit, ihre offensichtliche Verwirrung sei auf ihre Gegenwart zurückzuführen, und machten sich diesmal noch mehr über sie lustig, bevor sie passieren durfte.

Sie war schon eine Meile vom Bergwerk entfernt, ehe sie am ganzen Leib zu zittern begann, und binnen zwanzig Minuten hatte sich das Zittern so verstärkt, daß sie kaum noch die Zügel festhalten konnte. Sie lenkte die Kutsche von der Straße weg zwischen ein paar Felsen, stieg vom Kutschbock, und als ihre Knie nachgaben, setzte sie sich auf den Boden und vergoß Tränen der Erleichterung, daß sie die Sache heil überstanden hatte.

Ihre Schultern zuckten immer noch, als sie plötzlich von zwei kräftigen Händen ergriffen wurden, die sie in die Höhe zogen.

Sie blickte in Leanders Augen, die vor Zorn sprühten.

»Zum Henker mit dir«, sagte er, ehe er sie an sich preßte.

Blair fragte ihn nicht, woher er wisse, was sie getan hatte – dafür war sie viel zu froh über seine Nähe. Sie klammerte sich an ihn, und obwohl er ihr fast die Rippen zerquetschte, verlangte sie danach, daß er sie noch fester hielt.

»Ich hatte solche Angst«, sagte sie in seine Schulter hinein, während sie auf den Zehenspitzen stand, um ihr Gesicht an der weichen Haut seines Halses bergen zu können. »Ich habe mich so sehr gefürchtet.« Die Tränen strömten wieder über das Gesicht und liefen ihr in den Mund.

Leander hielt sie nur fest und streichelte ihr Haar. Er sagte kein Wort, solange sie weinte.

Es dauerte eine Weile, bis ihr Tränenstrom versiegte und das Zittern aufhörte. Als sie endlich den Mut fand, Lees

Schultern wieder loszulassen, löste sie sich von ihm und suchte in ihren Kleidern nach einem Taschentuch. Lee gab ihr seines, und nachdem sie sich geschneuzt und sich das nasse Gesicht abgewischt hatte, sah sie zu ihm hoch. Sie wich erschrocken einen Schritt zurück, als sie wieder in seine Augen blickte.

»Lee, ich . . .« begann sie, immer weiter zurückweichend, bis sie mit dem Rücken gegen einen Felsen stieß.

Der scherzende, lächelnde, tolerante Lee, den sie bisher gekannt hatte, war nicht mehr zu sehen. Er maß sie mit einem flammenden Blick und sagte keuchend:

»Ich möchte nichts davon hören. Nicht ein Wort. Ich möchte, daß du mir schwörst, so etwas nie wieder zu tun.«

»Aber ich . . .«

»Schwöre es!« sagte er, während er auf sie zuging und am Unterarm packte.

»Lee, bitte, du tust mir weh.« Sie wollte ihn beruhigen, wollte, daß er die Notwendigkeit ihres Tuns einsah. »Woher hast du es gewußt? Es war ein Geheimnis.«

»Ich halte mich fast täglich in einem der Bergwerke auf«, sagte er, sie zornig anfunkelnd. »Ich erfahre, was da alles vor sich geht. Verdammt, Blair, als ich hörte, daß du diese Aufrufe zustellen würdest, mochte ich das zunächst gar nicht glauben.« Er deutete mit dem Kopf auf das zerknüllte Taschentuch in ihrer Hand. »Wenigstens ist dir klargeworden, in was für einer Gefahr du geschwebt hast. Weißt du eigentlich, was diese Männer mit dir hätten machen können? Hast du eine Vorstellung davon? Vielleicht hättest du sie sogar angefleht, daß sie dich töten sollen, wenn sie mit dir fertig gewesen wären. Und sie haben das Gesetz auf ihrer Seite.«

»Ich weiß, Lee«, antwortete sie mit leidenschaftlicher Stimme. »Sie haben das Recht, alles zu tun, was ihnen beliebt. Und deswegen *muß* jemand die Bergarbeiter über ihre Rechte aufklären.«

»Aber nicht du!« brüllte Lee ihr ins Gesicht.

Sie beugte sich gegen den Felsen, als würde ein Sturm ihr

in die Augen blasen. »Ich habe Zutritt zu den Bergwerken. Ich habe eine Kutsche. Es ist nur logisch, daß ich diesen Auftrag übernehme.«

Lees Gesicht lief so dunkelrot an, daß sie fürchtete, es könne jeden Moment explodieren. Er hob die Hände an ihren Hals, ermannte sich aber rechtzeitig und trat von ihr weg. Als er ihr den Rücken zudrehte, sah sie an den Bewegungen seines Oberkörpers, wie heftig er atmete. Dann, als er ihr das Gesicht wieder zuwandte, schien er seine Beherrschung einigermaßen wiedergewonnen zu haben.

»Ich möchte, daß du mir jetzt sehr genau zuhörst. Ich weiß, daß das, was du getan hast, einer gerechten Sache dient, und ich weiß auch, daß die Bergarbeiter über ihre Rechte Bescheid wissen müssen. Ich erkenne sogar an, daß du bereit bist, dein Leben zu riskieren, um anderen zu helfen. Aber ich kann nicht zulassen, daß du so etwas noch einmal tust. Habe ich mich deutlich genug ausgedrückt?«

»Und wenn *ich* es nicht tue – wer dann?«

»Was, zum Henker, kümmert das mich?« schrie er und holte dann wieder ein paarmal tief Luft. »Blair, du bist diejenige, die mir nahesteht. Du bist für mich wichtiger als alle Bergarbeiter der Welt. Ich möchte, daß du mir schwörst, so etwas Ähnliches nie wieder zu tun.«

Blair blickte auf ihre Hände hinunter. Sie hatte heute morgen mehr Angst gehabt als je zuvor in ihrem Leben. Doch zugleich hatte sie das Gefühl, daß sie heute die wichtigste Tat ihres Lebens begangen hatte. »Gestern nachmittag starb ein kleiner Junge in meinen Armen«, flüsterte sie. »Sein Brustkasten war von Kohlen eingedrückt . . .«

Lee packte sie bei den Schultern. »Du mußt mir so etwas nicht erzählen. Weißt du, wie viele Kinder in *meinen* Armen gestorben sind? Wie viele Arme und Beine ich bei Männern amputiert habe, die unter Steinen und Balken eingeklemmt waren? Du bist noch nie unter Tage in einem

Bergwerk gewesen. Wenn du in so einen Stollen einfährst . . . Es ist dort schlimmer, als du dir das vorstellst.«

»Dann muß etwas dagegen unternommen werden«, sagte sie hartnäckig.

Er nahm die Hände von ihren Schultern, wollte etwas sagen, schloß den Mund wieder, versuchte es erneut: »Schön, dann probiere ich es eben mit einer anderen Taktik. Du bist für so etwas nicht geschaffen. Vor ein paar Minuten noch warst du vollkommen am Boden zerstört. Dir fehlen die persönlichen Voraussetzungen, die man für so ein Unternehmen mitbringen muß. Du bist sehr mutig, wenn es darauf ankommt, ein Menschenleben zu retten; aber sobald du in eine Sache verwickelt wirst, die sich zu einem Krieg auswachsen und Menschen das Leben kosten kann, brichst du zusammen.«

»Aber es muß doch getan werden«, sagte sie mit flehender Stimme.

»Ja, das mag stimmen; aber es muß von jemand anderem getan werden – nicht von dir. Man kann dir sofort vom Gesicht ablesen, was du empfindest.«

»Aber wie sollen dann die Bergarbeiter aufgeklärt werden? Wer außer uns beiden hat denn Zutritt zu den Kohlengruben?«

»Nicht *uns*«, explodierte Lee abermals. »*Ich*! *Ich* habe Zutritt zu den Bergwerken – nicht du! Es ist mir unerfindlich, wieso die Wachen dich überhaupt passieren ließen! Ich möchte dich nicht hier oben bei den Bergwerken sehen. Ich möchte nicht, daß du in ein Bergwerk einfährst. Im vergangenen Jahr saß ich sechs Stunden unter Tage in einem Stollen fest, weil ein Grubenstempel nachgegeben hatte. Ich kann nicht zulassen, daß du in eine ähnliche Situation gerätst.«

»Nicht zulassen?« wiederholte sie und merkte, wie die Angst von ihr abfiel. »Was willst du denn noch alles nicht zulassen?«

Er blickte sie mit hochgezogenen Brauen an. »Du magst es drehen und wenden, wie du willst – am Ende kommt immer dasselbe heraus: Du wirst nicht ein zweites Mal ein Bergwerkslager betreten.«

»Vermutlich findest du es ganz in Ordnung, wenn du dich

mitten in der Nacht davonschleichst, ohne mir zu sagen, wohin, während ich brav zu Hause zu bleiben habe.«

»Das ist absurd. Ich habe dir bisher noch nie etwas verwehrt oder verboten. Du wolltest eine Frauenklinik haben. Ich habe sie dir gegeben. Und nun kannst du auch dort bleiben.«

»Und du dich inzwischen in die Bergwerke einfahren lassen, wolltest du sagen? Glaubst du, ich wäre zu feige dazu? Bildest du dir etwa ein, ich hätte Angst vor der Dunkelheit?«

Lee schwieg einen Moment, und als er wieder zu sprechen anfing, war seine Stimme nicht viel lauter als ein Flüstern: »Du bist kein Feigling, Blair. Ich bin feige. Du fürchtest dich nicht, etwas zu tun, was dich zutiefst erschreckt; aber ich habe eine viel zu große Angst davor, daß ich dich verlieren könnte, wenn ich dir noch einmal erlaubte, das zu tun, was du heute getan hast. Dir mag die Art nicht gefallen, in der ich dir das sage; aber am Ende läuft es immer auf das gleiche hinaus: Du mußt dich von den Kohlebergwerken fernhalten.«

Blair schien in diesem Moment von allen Empfindungen, die sie bisher in ihrem Leben erfahren hatte, überschwemmt zu werden. Sie war wütend über Lees Hoffart. So wie Nina es ihr beschrieben hatte, war auch sie empört über seine anmaßende Art, ihr etwas zu verbieten. Doch gleichzeitig hatte sie seine Worte im Ohr, mit der er sein Verbot begründete. Sie war einfach nicht gut genug für diesen Job. Auch Houston fuhr in die Kohlengruben; aber wenn man ihr Fuhrwerk durchsuchte, würden die Wächter nur Tee und Kinderschuhe finden, die in der Ladung versteckt waren. Das war überhaupt nicht vergleichbar mit dem, was sie in die Lager schmuggelte. Und Lee hatte auch gesagt, daß er sich Sorgen machte, was für einen Schaden diese Aufrufe anstiften konnten. Sie hatte eines von diesen Flugblättern gelesen: Es strotzte von gehässigen Bemerkungen und Anwürfen. Sie waren in einem Stil verfaßt, der Männer dazu verleiten konnte, erst zu handeln und später erst über die Folgen ihres Tuns nachzudenken.

Sie blickte zu Lee hoch, der sie beobachtete. »Ich ... ich wollte dich nicht so furchtbar erschrecken«, stammelte sie. »Ich ...« Sie sagte nichts mehr, als Lee ihr die Arme entgegenhob und sie zu ihm lief.

»Habe ich dein Versprechen?« fragte er, sein Gesicht in ihrem Haar vergrabend.

Blair wollte darauf antworten, daß sie ihm das Versprechen nicht geben könne, als ihr einfiel, daß es vielleicht noch andere Möglichkeiten gab, die Zeitungen in die Kohlengruben einzuschleusen – ein subtileres Verfahren, das niemand in die Gefahr brachte, erschossen zu werden.

»Ich verspreche, daß ich nie mehr Flugblätter der Gewerkschaft in ein Kohlenbergwerk transportieren werde.«

Er zog ihren Kopf nach hinten, um ihr ins Gesicht schauen zu können. »Und was passiert, wenn jemand mich nach einem Grubenunglück in eine Zeche bestellt und du den Anruf entgegennimmst?«

»Nun, Lee, ich werde wohl diesem Ruf ...«

Der Griff seiner Hand in ihrem Nacken wurde fester. »Weißt du – ich hänge wirklich an dieser Stadt und würde nur sehr ungern woanders hinziehen; aber es könnte der Tag kommen, wo ein Umzug unvermeidlich wird und ich mir, sagen wir, irgendwo im Osten von Texas eine Wohnung suchen muß, wo es so gut wie gar keine Menschen gibt. Einen Ort, wo meine Frau unmöglich in Gefahr geraten kann.« Er bekam ganz schmale Augen. »Und ich werde Mrs. Shainess und Mrs. Krebbs bitten, bei uns im Haus zu wohnen.«

»Eine grausame und unmenschliche Strafe. Also gut, ich werde den Kohlengruben fernbleiben, solange du mich nicht dorthin begleitest. Aber wenn du mich jemals bei einem Fall brauchen solltest ...«

Er brachte sie mit einem Kuß zum Schweigen. »Sollte dieser Fall eintreten und ich dich brauchen, muß ich auch wissen, wo du bist – immer, zu jeder Sekunde, Tag und Nacht.«

»Es gibt viele Zeiten, in denen ich nicht weiß, wo du dich aufhältst. Ich denke doch, daß die Fairneß gebietet . . .«

Er küßte sie abermals. »Als ich das Krankenhaus verließ, haben sie gerade zwei Fuhrwerke mit verwundeten Cowboys ausgeladen. Eine Herde ist durchgegangen, glaube ich. Ich hätte eigentlich dort bleiben und . . .«

Sie schob ihn von sich fort. »Warum stehen wir noch hier herum? Wir müssen sofort in die Stadt!«

»So lobe ich mir mein Mädchen«, sagte Leander, als er ihr zu ihrer Kutsche und seinem Pferd folgte.

»Öffnen Sie das Tor!«

Pamela Fenton Younger, die auf ihrem Pferd vor dem Eingang zur Zeche »Little Pamela« wartete, blickte zornig auf die beiden Wächter hinunter.

Die beiden Wachen starrten zu ihr hinauf. Eine ein Meter achtzig große Lady, die auf einem siebzehn Handbreiten hohen schwarzen Hengst saß, der so machtvoll tänzelte, daß man ständig seine blanken Hufeisen sah, hatte schon etwas Furchgebietendes. Und obwohl die Wachen durch ein dickes Balkentor von dem Tier getrennt waren, wichen sie doch einen Schritt zurück, als der Hengst den Kopf zurückwarf und eine halbe Drehung vollzog.

»Habt ihr mich gehört? Öffnet das Tor!«

»Moment, Sie können doch nicht . . .« begann einer der beiden Wächter.

Der andere boxte ihn in die Rippen. »Klare Sache, Miss Fenton«, sagte er, während er den Riegel öffnete und zur Seite sprang, als der Hengst im Galopp durch das Tor preschte.

»Die Tochter des Minenbesitzers«, erklärte der Wächter hinter ihm seinem Kollegen.

Pamela ritt direkt bis zum Schachteingang, wobei der Hengst Wolken von Kohlenstaub aufwirbelte. »Ich möchte Rafferty Taggert sprechen«, sagte sie, den Hengst, der wild die Augen rollte, am straffen Zügel haltend. »Wo ist er?«

»Auf Schicht«, sagte jemand, »Stollen Nummer sechs.«

»Dann holen Sie ihn herauf. Ich möchte ihn sehen.«

»Moment mal . . .« sagte ein Mann und trat einen Schritt vor.

Ein anderer, älterer Mann schob sich bis zu dem nervösen Pferd vor. »Guten Morgen, Miss Fenton. Taggert ist unter Tage; aber ich bin sicher, daß jemand ihn für Sie heraufbringen kann.«

»Dann machen Sie das«, sagte sie mit einem heftigen Zug am Zügel, um ihre Herrschaft über das mächtige Tier sichtbarlich zu unterstreichen. Mit gekräuselter Unterlippe schaute sie sich im Lager um, betrachtete den Schmutz und die Armut. Als sie noch ein Kind gewesen war, hatte ihr Vater darauf bestanden, daß sie ihn in diese Zeche begleiten sollte, damit sie mit eigenen Augen sah, woher ihr Reichtum stammte. Pamela hatte sich im Lager umgeschaut und gesagt: »Ich glaube, wir sind sehr arm.«

Die Zeche gefiel ihr heute genausowenig wie damals als Kind.

»Lassen Sie inzwischen für ihn ein Pferd satteln. Sagen Sie ihm, daß ich ihn an der Biegung von Fisherman's Creek erwarte.«

Sie mußte sich so lange gedulden, bis ihr Hengst eine volle Drehung gemacht hatte, ehe sie wieder auf den Minenaufseher hinunterschauen konnte. »Und wenn ihm auch nur ein Penny vom Lohn gekürzt wird, bekommen Sie etwas zu hören.« Damit gab sie dem Hengst den Kopf frei und sprengte wieder zum Lagertor, während die Schlacken unter den Pferdehufen nur so durch die Gegend wirbelten.

Sie brauchte nicht lange auf Rafe zu warten. Der Name Fenton mochte für einige Leute einen üblen Beigeschmack haben; aber diejenigen, die für Fentons Hütten- und Zechenbetriebe arbeiteten, überschlugen sich förmlich, wenn ein Fenton ihnen etwas anschaffte.

Rafe saß auf einem räudigen Gaul, der viel zu klein war für seinen mächtigen Körper. Sein Gesicht und seine Kleider waren schwarz vom Kohlenstaub; aber in seinen weißen

Augäpfeln nistete der Zorn. »Wenn Sie sich was in den Kopf gesetzt haben, muß es auf der Stelle ausgeführt werden, wie? Prinzessin Fenton bekommt doch immer ihren Willen«, sagte er, während er sich vom Gaul herunterschwang und ihr fest in die Augen sah.

»Mir gefällt das Lager nicht.«

»Keinem gefällt das Lager; nur müssen ein paar von uns sich ihren Lebensunterhalt selbst verdienen.«

»Ich bin nicht hierhergekommen, um mich mit Ihnen zu streiten. Ich habe Ihnen etwas Wichtiges mitzuteilen. Hier.« Sie reichte ihm ein Stück Seife und einen Waschlappen zu. »Sie brauchen mich nicht so erstaunt anzusehen. Ich sehe nicht zum erstenmal in meinem Leben Kohlenstaub.«

Mit einem letzten schroffen Blick auf sie nahm er ihr den Waschlappen und die Seife ab, kniete sich am Flußufer nieder und begann, sich Gesicht und Hände einzuseifen. »Also gut – sagen Sie mir, was Sie von mir wollen.«

Pamela setzte sich auf einen flachen Felsblock und streckte ihm ihre langen Beine entgegen. Mit ihrem hohen, steifen schwarzen Hut wirkte sie noch größer, als sie ohnehin war; aber der kleine schwarze Schleier gab ihrem Gesicht eine geheimnisvoll feminine Note.

»Als ich sieben Jahre alt war, verlor mein Vater den Ersatzschlüssel zu seiner privaten Schreibtischschublade. Ich fand ihn und versteckte ihn in meiner Schatztruhe. Als ich zwölf war, entdeckte ich, zu welchem Schloß dieser Schlüssel paßte.«

»Und seitdem spionieren Sie Ihrem Vater nach.«

»Ich halte mich unterrichtet.«

Er wartete, aber sie sagte nichts mehr. Als er sich mit sauber gewaschenem Gesicht zu ihr umdrehte, reichte sie ihm ein Handtuch zu. »Was haben Sie also herausgefunden?«

»Mein Vater hat schon vor Monaten Pinkerton-Agenten engagiert, die feststellen sollten, wer Gewerkschaftsvertreter in die Bergwerke einschleust.«

Rafe nahm sich Zeit beim Abtrocknen seiner Unterarme.

Sie waren mit dicken Muskelsträngen versehen, die er von seiner jahrelangen Arbeit als Hauer mit dem Vorschlaghammer bekommen hatte. »Und was haben Ihre Pinkertons herausgefunden?«

»Es sind nicht *meine* Pinkertons, sondern die meines Vaters.« Sie pflückte eine Blüte von einer Fleißiges-Lieschen-Staude, die neben dem Felsblock wuchs, und spielte damit. »Zunächst stellten sie fest, daß vier junge Damen, durchweg aus prominenten Chandlerer Familien, sich als alte Frauen verkleiden und illegale Waren in die Lager schmuggeln, wobei man mit illegal alles bezeichnet, was meinem Vater keinen Profit einbringt.« Sie blickte zu ihm hoch. »Eine dieser jungen Damen ist inzwischen mit Ihrem Neffen verheiratet.«

»Houston? Diese schmächtige, zerbrechliche kleine . . .« Seine Stimme verebbte. »Weiß Kane davon?«

»Das bezweifle ich; und zudem sehe ich keine Möglichkeit, ihn zu fragen, ob oder ob nicht.« Sie betrachtete ihn eingehend. Als sie und Kane noch sehr jung gewesen waren, hatten sie eine Affäre miteinander gehabt. Sie hatten geglaubt, es wäre eine geheime Liebesbeziehung; aber in Wirklichkeit waren sie das heißeste Thema für die Klatschbasen der Stadt gewesen. Als sie dann vor einigen Wochen, am Hochzeitstag der Zwillinge, Kanes Onkel Rafe kennengelernt hatte, schien er alle Eigenschaften zu besitzen, die sie damals an Kane so sehr geliebt hatte; doch Rafe besaß auch eine weiche Seite, die sie an dem jüngeren Mann nicht hatte entdecken können. Nach der Hochzeit hatte sie sich noch tagelang Hoffnung gemacht, daß er sie anrufen oder ihr ein Billett schicken würde, doch er hatte sich nicht bemüht, Kontakt mit ihr aufzunehmen. Dieser verdammte Taggert-Stolz! hatte sie geflucht. Und hatte sich gewundert, warum ein Mann wie Rafe in einem Kohlenbergwerk arbeitete. Er mußte dafür einen zwingenden Grund haben. Er war ledig und brauchte keine Familie zu versorgen.

»Warum harren Sie hier aus?« fragte sie. »Weshalb nehmen Sie das alles auf sich?« Sie deutete mit dem Kopf auf die Straße, die zum Bergwerk führte.

Rafe hob einen Stein auf und warf ihn hinaus in den Fluß. »Meine Brüder arbeiteten hier, und Sherwin war sterbenskrank. Er hatte eine Frau und eine Tochter zu ernähren; wollte aber von mir keine Hilfe annehmen. Auch von keinem anderen.«

»Der Taggertsche Stolz«, murmelte sie.

»Da ging ich zu Ihrem Vater und erklärte mich bereit, für ihn zu arbeiten, wenn er meinen Lohn Sherwin ausbezahlen würde. Ihrem Vater gefällt es, wenn ein Taggert sich seines Geldes wegen erniedrigt.«

Sie ignorierte seine letzte Bemerkung. »Auf diese Weise bewahrte Sherwin seinen Stolz, und Sie konnten Ihrem Bruder helfen. Und was hat Ihnen das gebracht außer einem krummen Rücken unter einer Stollendecke von einem Meter zwanzig?«

Er blickte zu ihr hoch. »Es sollte ja nur für ein paar Jahre sein – oder ist es gewesen. Mein Bruder und seine Tochter leben jetzt bei Kane und Houston.«

»Aber Sie sind immer noch hier.«

Rafe blickte wieder auf den Fluß hinaus und sagte nichts.

»In dem Bericht der Pinkertons steht, daß es drei Verdächtige gibt, die Gewerkschaftsvertreter in die Zechen einschleusen könnten. Einmal ein gewisser Jeffery Smith, dann Dr. Leander Westfield, und der dritte sind Sie.«

Rafe blickte sie nicht an. Seine Hände krampften sich um einen Stein und ließen ihn wieder los.

»Sie wissen nichts darauf zu sagen?«

»Arbeiten diese Pinkertons als Bergleute in der Zeche?«

»Ich bezweifle, daß sie in Uniformen herumlaufen«, meinte sie sarkastisch.

Er erhob sich aus der Hocke. »Wenn das alles ist, was Sie mir zu sagen haben, muß ich wieder zurück an die Arbeit. Vermutlich wissen Sie nicht, wer von den Bergleuten für die Pinkerton-Agentur arbeitet, richtig?«

»Das weiß nicht einmal mein Vater«, sagte sie und stellte

sich neben ihn. »Rafe, Sie können nicht so weitermachen. Sie müssen nicht in einer Zeche arbeiten. Ich kann Ihnen einen besseren Job verschaffen, wenn Sie wollen – jede Art von Job.«

Er blickte sie aus schmalen Augen an. »Nennen Sie es den Taggertschen Stolz«, sagte er, als er auf sein geliehenes Pferd zuging.

»Rafe!« Sie faßte ihn am Arm. »Ich wollte Sie nicht . . .« Sie hielt inne und ließ seinen Arm wieder los. »Ich wollte Sie warnen. Vielleicht gefällt Ihnen die Art nicht, wie ich das getan habe, und vielleicht ist Ihnen der Name meines Vaters ein Greuel; aber ich wollte Ihnen eine Chance geben, selbst zu entscheiden, wie Ihr Leben in Zukunft aussehen soll. Mein Vater kann skrupellos sein, wenn er sich etwas vorgenommen hat.«

Er bewegte sich nicht und sagte nichts, und als sie zu ihm hochsah, blickte er sie auf eine Weise an, daß ihr das Herz bis in den Hals hinauf sprang. Ohne zu wissen, was sie tat, fiel sie ihm in die Arme.

Sein Kuß war sacht und zärtlich, und sie hatte ein Gefühl, als hätte sie ihr ganzes Leben lang nur auf diesen Mann gewartet.

»Komm heute abend wieder hierher«, flüsterte er. »Um Mitternacht. In Kleidern, aus denen du leicht herausschlüpfen kannst.« Und damit schwang er sich auf sein Pferd und galoppierte davon.

Kapitel 31

Nach dem Horror dieses Morgens und den sieben Stunden, in denen sie anschließend die jungen Männer zusammengeflickt hatte, die von der durchgehenden Herde niedergetrampelt und schwer verletzt worden waren, fühlte Blair sich vollkommen ausgepumpt. Sie war so erschöpft, daß sie nicht einmal wütend wurde, als Lee einen von diesen Anrufen bekam, die seinen sofortigen Aufbruch zur Folge hatten, ohne daß sie erfuhr, weshalb und wohin.

Als es dunkel wurde, machte sie sich auf den Heimweg und hielt unterwegs beim Telegraphenamt, um ihrer Freundin, Dr. Louise Bleeker, eine Depesche zu schicken:

BRAUCHE DICH STOP HABE MEHR ARBEIT ALS ICH BEWÄLTIGEN KANN STOP KOMM SOFORT STOP BITTE STOP
BLAIR

Zu Hause ignorierte Blair die Proteste von Shainess, weil sie nichts essen wollte und sofort ins Schlafzimmer ging. Voll angezogen fiel sie auf ihr Bett.

Sie erwachte von einem Geräusch an der Tür. Jemand mühte sich mit der Klinke ab.

»Lee?« rief sie, bekam jedoch keine Antwort. Sie erhob sich vom Bett, ging zur Tür und öffnete sie. Leander stand mit einem zerrissenen, schmutzigen, blutbefleckten Hemd vor ihr. »Was ist passiert?« rief sie und war sofort hellwach. »Wer wurde verletzt?«

»Ich«, sagte Leander heiser und taumelte ins Zimmer.

Blair hatte ein Gefühl, als käme ihr der Magen hoch, und einen Moment stand sie da wie angewurzelt und sah zu, wie er auf das Bett zu wankte.

»Du wirst mir helfen müssen«, sagte er, während er anfing, sich das Hemd auszuziehen. »Ich glaube nicht, daß es schlimm ist; aber es blutet stark.«

Sofort fiel die Lähmung wieder von ihr ab. Sie holte ihre Ärztetasche aus dem Schrank, nahm die Scheren heraus und begann, ihm das Hemd von der Brust herunterzuschneiden. Sie legte seinen Arm auf ihre Schulter und betrachtete die Wunden. Da waren zwei lange blutige Furchen dicht übereinander an der linken Seite seines Brustkastens. An einer Stelle lagen die Rippen frei. Sie hatte schon genug Schußwunden gesehen, um sie auf Anhieb erkennen zu können. Da die Wunden stark bluteten, war eine Wundinfektion wohl kaum zu befürchten.

Ihr Mund war ganz trocken, als sie sagte: »Das muß gereinigt werden.« Dann holte sie mit zitternden Händen Instrumente und Desinfektionsmittel aus der Tasche.

»Blair«, sagte Lee, und der einzige Hinweis darauf, daß er starke Schmerzen hatte, war sein unregelmäßiger Atem, »du wirst mir auch noch in anderer Beziehung helfen müssen. Ich glaube, die Männer, die auf mich geschossen haben, werden wahrscheinlich hierherkommen, um mich festzunehmen.«

Blair war so sehr mit ihren Gedanken bei seiner Verletzung, daß sie den Sinn seiner Worte nicht richtig erfaßte. Es war das erstemal, daß sie einen Menschen versorgen mußte, den sie liebte – und sie hoffte, es würde auch das letztemal sein. Sie fing an zu schwitzen, und die Haare klebten ihr auf der Stirn.

Lee legte die Hand unter ihr Kinn und hob ihren Kopf, damit sie ihn ansehen mußte. »Hast du verstanden? Ein paar Männer verdächtigen mich, und ich vermute, daß sie in wenigen Minuten hier sein werden. Ich möchte, daß sie glauben, ich wäre den ganzen Abend über zu Hause gewesen. Ich will nicht, daß sie auf den Gedanken kommen, man habe auf mich geschossen.«

»Und getroffen«, fügte sie mit rauher Stimme hinzu, während sie anfing, seinen Brustkorb zu bandagieren, nachdem sie die Schußwunde gereinigt hatte. »Wer sind diese Männer?«

»Ich ... ich möchte das lieber nicht sagen.«

Sie war schrecklich besorgt und voller Angst, weil er verwundet war, doch ein Teil von ihr wurde wütend, daß er sie zwar um Hilfe bat, ihr aber nicht sagen wollte, wobei sie ihm helfen sollte. »Es sind Pinkerton-Agenten, nicht wahr?«

Wenigstens hatte sie die Genugtuung, daß Lee sie jetzt vollkommen entgeistert ansah. »Du magst dir einbilden, daß ich keine Ahnung habe; aber ich weiß mehr, als du glaubst.« Sie wickelte die letzte Bandage um seinen Brustkorb. »Wenn du dich zu viel bewegst, fängt es wieder an zu bluten.«

Ohne noch ein Wort zu sagen, ging sie zum Schrank und

holte das Hemd und die Robe heraus, die sie in der Hochzeitsnacht getragen hatte, schlüpfte rasch aus ihren Kleidern und zog diese beiden Sachen an. Leander saß auf dem Bett und sah ihr dabei zu, offenbar ratlos, was diese Maskerade zu bedeuten hatte.

»Wir wollen mal sehen, wieviel Zeit wir noch haben«, sagte sie, als sie ihm ein sauberes Hemd zuwarf. »Kannst du dir das selbst anziehen? Ich muß mit dem Kopf nach unten hängen.«

Lee, der zu viel Schmerzen hatte und zu schockiert war über das, was sie zu ihm gesagt hatte, um jetzt noch fragen zu können, was sie eigentlich vorhabe, bemühte sich nach Kräften, sich das Hemd über seinen bandagierten Oberkörper zu ziehen, während sich Blair quer über das Bett legte und ihren Kopf über die Bettkante herunterhängen ließ.

Sie erstarrten beide, als unten Fäuste gegen die Haustüre trommelten.

Blair stand auf. »Laß dir Zeit. Ich werde sie so lange aufhalten, wie es nur irgend geht.« Rasch blickte sie in den Spiegel und brachte ihre Haare auf eine sehr anziehende Weise durcheinander. »Wie sehe ich aus?« fragte sie, als sie sich zu ihm umdrehte. Ihr Gesicht war gerötet von dem Blutandrang im Kopf, und ihr Haar hing ihr aufgelöst bis zu den Schultern hinunter. Für jeden, der es nicht besser wußte, sah sie aus wie eine Frau, die soeben die Liebe genossen hatte.

Blair war überraschend ruhig, als sie die Haustüre erreichte. Als sie diese öffnete, standen drei kräftige, tükkisch aussehende Männer davor, die an ihr vorbei ins Haus hineinliefen.

»Wo ist er?« herrschte einer der Männer sie an.

»Ich kann gleich mitkommen«, sagte Blair. »Ich will nur noch meine Tasche holen.«

»Wir wollen Sie ja gar nicht«, sagte ein anderer von den dreien. »Wir wollen den Doktor.«

Blair stand auf der zweiten Stufe der Treppe, so daß sie ein wenig zu ihr hinaufschauen mußten. »Sie werden sich mit dem zufriedengeben müssen, was Sie bekommen«, sagte sie wütend. »Ich habe mir jetzt wirklich genug bieten lassen von dieser Stadt. Ob Sie es glauben oder nicht: ich bin genauso ein Doktor wie mein Mann, und wenn Sie Hilfe brauchen, kann ich sie Ihnen geben. Leander ist sehr müde und braucht seinen Schlaf, und ich versichere Ihnen, daß ich eine Wunde ebenso gut vernähen kann wie er. Und nachdem wir das klargestellt haben, brauche ich nur noch meine Tasche zu holen.« Sie drehte sich um und schickte sich an, die Treppe hinaufzugehen.

»Moment, Lady, wir sind nicht hier, weil wir 'nen Arzt brauchen. Wir sind hier, um Ihren Mann ins Gefängnis zu bringen.«

»Warum sollte er denn ins Gefängnis?« fragte sie, sich mit großen Augen wieder zu den Männern umdrehend.

»Weil er sich an einem Ort befand, wo er nichts zu suchen hatte – darum.«

Blair ging den Männern wieder eine Stufe entgegen. »Und wann soll das gewesen sein?« fragte sie leise.

»Vor ungefähr einer Stunde.«

Blair bemühte sich nun sichtlich darum, etwas Ordnung in ihr Haar zu bringen. Sie war sich fast nie ihres Aussehens bewußt; doch nun wollte sie so verführerisch wie möglich wirken. Sie ließ die Robe ein wenig von der Schulter rutschen und begann, die Männer anzulächeln. »Meine Herren – vor einer Stunde war mein Gatte bei mir.«

»Haben Sie dafür Beweise?« fragte einer der drei. Die anderen beiden blickten mit leicht geöffnetem Mund zu ihr hinauf.

»Absolut keine.« Sie lächelte gnädig. »Ich gebe Ihnen dafür das Wort einer Chandler in einer Stadt, die nach ihrem Vater benannt ist. Aber wenn Sie vielleicht meine Worte anzweifeln möchten ...« Sie blinzelte unschuldig, als die Männer zu ihr hinaufschauten.

»Ich glaube nicht, daß sie das wollen, Liebling«, sagte Lee hinter ihr. Sein Gesicht war gerötet und er sah müde aus – aber welcher Mann, der soeben mit seiner Frau geschlafen hat, sieht noch frisch aus? »Ich glaube, soeben gehört zu haben, daß Sie sagten, ich sei vor einer Stunde woanders gewesen.« Er ging die Treppe hinunter und stellte sich neben Blair, und für die Männer, die am Fuß der Treppe standen, sah es so aus, als lehnte sie sich an ihren Gatten; doch in Wahrheit stützte sie ihn.

Ein paar Sekunden lang war es ganz still in dem dunklen kleinen Haus, und Blair und Lee hielten den Atem an, als die Männer abwartend dastanden und zu ihnen hinaufstarrten. Schließlich ließ der Anführer der drei einen Seufzer hören.

»Vielleicht glauben Sie, Sie hätten uns ausgetrickst, Westfield; aber da irren Sie sich. Wir bekommen Sie schon noch.«

Er blickte Blair an. »Wenn Sie einen lebendigen Mann haben wollen, behalten Sie ihn lieber bei sich zu Hause.«

Weder Blair noch Leander sagten ein Wort; als die Männer das Haus verließen und die Tür hinter sich zuwarfen. Blair rannte die Treppe hinunter, um die Haustür abzuschließen, und als sie sich umdrehte, sah sie, wie Lee immer blasser wurde. Sie eilte zu ihm und half ihm ins Schlafzimmer zurück.

In dieser Nacht fand Blair keinen Schlaf mehr. Nachdem sie Lee ins Bett gepackt hatte, saß sie bei ihm und beobachtete jeden seiner Atemzüge, als könnte es sein letzter sein, wenn sie nicht aufblieb und über ihn wachte. Und sobald sie daran dachte, wie knapp die beiden Kugeln sein Herz verfehlt hatten, fing sie wieder an zu zittern und hielt seine Hand noch fester.

Er schlief unruhig, öffnete ein paarmal die Augen, lächelte sie an und schlummerte wieder ein.

Blairs Gefühle reichten vom blanken Entsetzen, daß er so knapp dem Tod entronnen war, über die Einsicht, wie sehr sie ihn liebte, bis zur Empörung, daß er etwas tat, was ihn jederzeit das Leben kosten konnte.

Als der neue Tag heraufdämmerte und das Zimmer mit einem grauen Licht erfüllte, wachte Lee auf und versuchte, sich aufzusetzen. Blair zog die Vorhänge vom Fenster zurück.

»Wie fühlst du dich?« fragte sie.

»Steif, wund, zerschlagen, hungrig.«

Sie versuchte, ihm zuzulächeln; aber ihre Lippen wollten ihr nicht recht gehorchen. Alle Muskeln taten ihr weh von dem stundenlangen Sitzen in starrer Haltung. »Ich werde dir was zum Frühstück bringen.«

Sie nahm die blutigen Leinenläppchen und Lees Hemd und trug beides hinunter ins Erdgeschoß. Einen Vorteil wenigstens hatte das Wohnen in einem Arzthaushalt: niemand würde sich über eine Mülltonne voller blutgetränkter Lumpen aufregen.

Es war noch zu früh für Mrs. Shainess, und so schlug Blair ein halbes Dutzend Eier für sie beide in die Pfanne, schnitt daumendicke Scheiben von einem Weißbrot ab und füllte zwei große Becher mit kalter Milch. Sie trug das alles auf einem großen Tablett nach oben, und als sie Lee dort schon halb angezogen auf dem Bett sitzen fand, deckte sie wortlos einen kleinen Tisch am Fenster.

Lee ließ sich mit einem leisen Ächzen auf einen Stuhl fallen und begann zu essen, während Blair ihm gegenübersaß und die Eier auf ihrem Teller hin- und herschob.

»Nun sag schon, was dich bedrückt«, murmelte Lee.

Blair nahm einen Schluck Milch aus ihrem Becher. »Was soll mich denn bedrücken?«

Er nahm ihre Hand. »Siehst du nicht, wie du zitterst? Genauso schlimm wie gestern vormittag.« Sie entriß ihm ihre Hand. »Ich vermute, du willst anschließend ins Krankenhaus fahren und dort arbeiten.«

»Ich muß mich dort sehen lassen. Ich muß so tun, als wäre nichts geschehen. Die Leute dürfen nicht wissen, wo ich gestern nacht gewesen bin.«

»Niemand darf es wissen, nicht wahr?« fauchte sie, während sie mit der Faust auf den Tisch hieb. Im nächsten Moment stand sie auf den Beinen. »Schau dich doch an! Du kannst ja kaum sitzen, geschweige denn einen ganzen Tag lang in einem Operationssaal stehen. Und hast du auch an deine Patienten gedacht? Ist deine Hand so sicher, daß du sie operieren kannst? Wo bist du gestern nacht gewesen? Was ist so wichtig, daß du dein Leben dafür riskierst?«

»Ich kann dir das nicht sagen«, murmelte er und wandte sich wieder seinen Spiegeleiern zu. »Ich würde gern; aber ich kann nicht.«

Tränen begannen ihr den Hals abzuschnüren. »Gestern erst bis du wütend über mich hergefallen, weil ich mein Leben riskiert habe. Du hast mir verboten, noch einmal so ein Risiko einzugehen; aber jetzt, wo sich das Blättchen gewendet hat, willst du mir dieses Recht nicht zugestehen. Oh, nein! Nicht einmal *wissen* darf ich, wofür sich mein Mann totschießen läßt. Ich habe nur ein gutes Mädchen zu sein, daheim zu bleiben und auf meinen Mann zu warten, und wenn er mit blutenden Wunden nach Hause kommt, darf ich ihn wieder zusammenflicken. Er gestattet mir zwar, mitten in der Nacht mit Pinkerton-Agenten zu flirten; nur *warum* ich mit ihnen flirten muß, darf ich nicht wissen. Er läßt mich zwar zusehen, wie er leidet; verbietet mir aber, nach dem Grund zu fragen. Sag mal, Lee, schießt du bei deinen nächtlichen Ausflügen auch zurück? Bist du nur Wild oder auch Jäger? Bringst du nachts so viele Leute um wie du am Tag reparierst?«

Lee hielt den Kopf gesenkt, aß langsam und bedächtig weiter. »Blair, ich habe dir alles gesagt, was ich dir sagen kann. Du wirst mir vertrauen müssen.«

Sie wandte sich einen Moment von ihm ab und schluckte ihre Tränen hinunter. »Wie es sich für eine kleine, brave Frau gehört, nicht wahr? Die zu Hause zu bleiben, auf ihren Mann zu warten und keine Fragen zu stellen hat. Aber ich bin nun mal kein kleines, braves Mädchen! Ich habe schon immer zu der aufsässigen Sorte gehört! Ich bin stets Teilnehmer gewesen und niemals Zuschauer. Und jetzt will ich wissen, an was für einer Sache ich beteiligt bin.«

»Verdammt, Blair«, polterte Lee los und schloß dann die Augen, weil seine Wunde sich für diesen Kraftaufwand rächte. »Vielleicht solltest du dich einmal mit der Rolle des Zuschauers begnügen. Ich habe dir alles gesagt, was ich sagen kann. Ich möchte nicht, daß du noch tiefer in die Sache verwickelt wirst, als du bereits bist.«

»Ich soll unschuldig bleiben, meinst du? Damit ich dann bei deiner Gerichtsverhandlung reinen Gewissens sagen kann, daß ich nichts weiß und mir auch nichts dabei gedacht habe, als mein Mann mit zwei Schußverletzungen nach Hause kam, richtig?«

»So ungefähr, ja«, murmelte Lee, legte dann seine Gabel weg und sah sie an. »Du sagtest, daß du mich liebst, vielleicht schon seit etlichen Jahren geliebt hast. Nun, das kannst du jetzt beweisen. Wenn du mich wirklich liebst, mußt du mir auch vertrauen und einmal in deinem Leben deine Aufsässigkeit verleugnen und auf deine Teilhaberrolle verzichten können. Ich brauche dich jetzt nicht als Kollegin oder gleichberechtigte Partnerin, sondern als Ehefrau.«

Blair stand vor ihm und blickte ihn lange an. »Ich glaube, du hast recht, Lee«, sagte sie leise. »Ich denke, ich habe bis zu diesem Moment nie so richtig begriffen, was man sich unter einer Ehefrau vorzustellen hat.« Ihre Stimme wurde noch sanfter. »Aber ich werde mich bemühen, etwas dazuzulernen. Ich werde dir vertrauen, und ich werde dich nie mehr fragen, wo du gewesen bist. Aber wenn du mir es sagen willst, werde ich dasein und dir zuhören.«

Da verlor sich allmählich seine schmerzbetonte Leidensmiene, als er sich mit der linken Hand auf den Tisch stützte und von seinem Stuhl erhob. Blair ging zu ihm und half ihm beim Aufstehen.

»Lee«, sagte sie. »Warum gehst du heute nicht in die Klinik? Dort brauchst du nicht zu operieren, kannst dir von Mrs. Krebbs helfen lassen und mußt dich nicht abstrampeln. Außerdem würde ein Pinkerton-Agent unter all den Frauen sofort auffallen.«

»Das ist eine gute Idee«, sagte er und küßte sie auf die Stirn. »Solche Reden lasse ich mir gefallen.«

»Ich versuche nur, eine gute Ehefrau zu sein. Komm, ich helfe dir beim Anziehen.«

»Und was ist mit dir? Wird es nicht Zeit, daß du dich ebenfalls ankleidest?«

»Wenn ich ehrlich sein soll – ich fühle mich ein bißchen zu müde dafür. Nachdem ich so viel Schreckliches habe durchmachen müssen gestern vormittag, heute nacht und heute früh, habe ich eine kleine Erholung verdient. Ich möchte gern zu Hause bleiben und mich ein bißchen verwöhnen.«

»Ja, natürlich, weshalb nicht?« sagte Lee. Das klang ganz vernünftig, obwohl er solche Töne von Blair bisher noch nie gehört hatte. »Du bleibst zu Hause und ruhst dich aus. Ich werde mich um die Klinik kümmern.«

Sie lächelte durch halb gesenkte Wimpern zu ihm hinauf. »Was habe ich doch für einen guten Ehemann!«

Lee war noch keine fünf Minuten aus dem Haus, als Blair ihre Schwester anrief und fragte: »Houston, wo kann ich eine Schachtel mit zwanzig Pfund Badesalz kaufen? Und wo kann ich mir eine Maniküre ins Haus bestellen? Und wer liefert mir täglich ein umfangreiches Sortiment von Süßigkeiten? Und wo bekomme ich diverse Seidengarne zum Sticken? Lach nicht – ich möchte mich bis spätestens heute abend in das Musterbeispiel einer perfekten Ehefrau verwandeln. Ich werde meinem teuren Gatten den Wunsch erfüllen, das zu sein, was er angeblich haben möchte. Also – kannst du wenigstens so lange mit dem Kichern aufhören, bis du meine Fragen beantwortet hast?«

Kapitel 32

Als Leander um sechs Uhr nach Hause kam, lag Blair im Salon auf der Couch, neben sich eine Schachtel Konfekt und einen Stapel verschiedenster Magazine. Blair schien seine Ankunft gar nicht zu bemerken, labte sich an einer Praline und war offensichtlich fasziniert von einem Zeitungsroman, der die Überschrift »Verführung« trug, wie Lee feststellte, als er näher kam.

»Das ist ja etwas Neues«, sagte Lee und lächelte auf sie hinunter.

Blair legte langsam den Kopf nach hinten, damit sie zu ihm hinaufsehen konnte, und sagte, ein leises Lächeln um den Mund: »Hallo, Liebster. Hast du einen angenehmen Tag gehabt?«

»Bis jetzt noch nicht«, antwortete er, während er sich zu ihr hinunterbeugte. Doch Blair drehte im letzten Moment den Mund zur Seite, so daß sein Kuß auf ihrer Wange landete.

Sie steckte die Praline in den Mund, an der sie eben gelutscht hatte, und sie mußte mit einer Karamellmasse gefüllt sein, weil sie Schwierigkeiten hatte beim Kauen. »Würdest du so nett sein und mir ein Glas Limonade bringen, während ich dieses Kapitel zu Ende lese? Und dann solltest du dich gleich zum Dinner umziehen. Mrs. Shainess und ich haben uns heute etwas Besonderes ausgedacht.«

Er stand an der Couch und nahm das leere Glas entgegen, das sie ihm zureichte. »Seit wann verträgst du dich so gut mit deiner Haushälterin?«

»Sie ist gar nicht so übel, wenn man weiß, wie man mit ihr reden muß. Und nun sei so lieb und hole mir die Limonade. Ich vergehe fast vor Durst, und du willst eine Lady doch nicht warten lassen, nicht wahr?«

Mit einem verdutzten Gesicht trat er von der Couch zurück. »Natürlich nicht. Ich bin gleich wieder zurück.«

Als er aus dem Salon gegangen war, schluckte Blair die Praline hinunter und vertiefte sich wieder in ihren Roman. Sie hoffte, die Heldin würde dem »blasierten« Helden einen Stuhl an den Kopf werfen und ihm sagen, er möge sich einen Strick kaufen und aufhängen.

»Aber, Lee«, sagte sie, als er mit ihrer Limonade wiederkam, »du hast dich ja noch gar nicht zum Dinner umgezogen!«

»Ich war zu sehr damit beschäftigt, dir deine Limonade zu besorgen, damit du nicht umkommst vor Durst«, gab er gereizt zurück.

Sogleich füllten sich Blairs Augen mit Tränen, die sie mit einem Spitzentaschentuch abtupfte. »Es tut mir ja so leid, daß ich dich damit behelligt habe! Ich dachte nur, warum soll ich erst aufstehen, wenn du schon dastehst und ich ... Oh, Lee, ich habe heute so hart gearbeitet und...«

Lee zuckte zusammen, räumte den Stapel Magazine beiseite, kniete neben der Couch nieder und nahm ihre Hand. »Entschuldige, wenn ich dich gekränkt habe. Aber du hast wirklich keinen Grund, deshalb gleich zu weinen.«

Blair schniefte leise. »Ich weiß gar nicht, was mit mir los ist in letzter Zeit. Ich rege mich schon bei der geringsten Kleinigkeit auf.«

Leander küßte ihre Hand und streichelte sie. »Das mußt du nicht so tragisch nehmen. Alle Frauen machen zuweilen so eine Phase durch.«

Er hatte sich über ihre Hand gebeugt, und so konnte er ihre Augen nicht sehen, die zornig auffunkelten, während sie sagte: »Du hast vermutlich recht. Es kann sich nur um ein weibliches Problem handeln – Hysterie oder so etwas Ähnliches.«

»Wahrscheinlich«, sagte er und streichelte ihr lächelnd die Stirn. »Du ruhst dich aus, während ich mich umziehe. Wenn du etwas gegessen hast, wirst du dich gleich besser fühlen.«

»Du bist so klug«, murmelte Blair. »Was für einen klugen Mann ich doch habe!«

Er stand auf, lächelte auf sie hinunter, blinkerte ihr noch einmal zu und verließ den Salon.

Als Blair ihn die Treppe hinaufgehen hörte, sprang sie von der Couch herunter, stemmte die Hände in die Hüften und blickte wütend zur Treppe, die in das Schlafzimmer hinaufführte.

»Also, ich höre wohl nicht richtig!« sagte sie laut. »›Alle Frauen machen zuweilen so eine Phase durch‹! Er ist ja noch schlimmer, als ich dachte!« Wütend begann sie, im Zimmer auf- und abzugehen. »Ich werde dir noch mehr von diesen ›weiblichen Problemen‹ bieten. Das schwöre ich dir«, sagte sie. »Du wirst eine Frau erleben, die deine Vorstellungen, wie eine Ehefrau sein sollte, noch bei weitem übertrifft!«

Als Lee sich gebadet hatte und im Abendanzug zum Dinner herunterkam, hatte Blair sich so weit beruhigt, daß sie ihn mit einem freundlichen Lächeln im Eßzimmer erwartete. Er war sehr aufmerksam, zog einen Stuhl für sie unter dem Tisch hervor, zerlegte für sie den Braten und bediente sie mit Fleisch und Gemüse. Blair war sehr still und lächelte züchtig, während sie ihr Fleisch in kleine Portionen zerschnitt.

»Ich hatte heute einen interessanten Fall in der Klinik«, sagte Lee. »Eine Frau, die glaubt, in anderen Umständen zu sein. Aber ich halte es für eine Zyste. Ich habe sie für morgen noch einmal bestellt, weil ich möchte, daß du sie ebenfalls untersuchst.«

»Oh, Lee, das kann ich nicht. Houston hat mich bei ihrer Schneiderin angemeldet, und anschließend bin ich mit Nina zum Lunch verabredet. Am Nachmittag muß ich wieder hier sein, um die Haushälterin zu beaufsichtigen. Wie du siehst, habe ich ein volles Programm.«

»Oh, nun, ich glaube, der Fall ist nicht so dringend, daß ich die Diagnose nicht noch ein paar Tage aufschieben könnte. Du kommst also morgen wieder nicht mit in die Klinik?«

»Ich sehe nicht, wie ich das schaffen soll.« Sie sah ihn mit einem von ihren Wimpern verschleierten Blick an. »Die Aufgaben einer Ehefrau verschlingen mehr Zeit, als ich ursprünglich geglaubt hatte. Es gibt offenbar so viele Dinge, die man als verheiratete Frau tun muß. Und da ich nun wieder zur Gesellschaft dieser Stadt gehöre, halte ich es auch für meine Pflicht, mich an den Wohltätigkeitsveranstaltungen von Chandler zu beteiligen. Ich werde also dem Lady-Hilfswerk beitreten, der Christlichen Mission und . . .«

»Deine Tätigkeit in der Westfield-Frauenklinik«, unterbrach er sie, »scheint mir doch ein mehr als ausreichender Beitrag zu sein, den du für die Wohlfahrt dieser Stadt leistest.«

»Natürlich«, sagte sie steif, »werde ich dich morgen früh

zur Klinik begleiten, wenn du darauf bestehst. Ich werde meinen Termin bei der Schneiderin absagen, und ich bin überzeugt, daß die verheirateten Ladies der Stadt auch ohne mich ganz gut zurechtkommen. Sie werden eben begreifen müssen, daß du von mir verlangst, neben meinen Pflichten als Hausfrau noch einem Beruf nachzugehen. Ich bin sicher, sie werden einsehen, daß es auch Frauen gibt, die ihren Teil dazu beitragen müssen, damit immer ein Essen auf den Tisch kommt.«

»Ihren Teil beitragen müssen?« fauchte Lee. »Seit wann verlange ich von dir, daß du zum Lebensunterhalt beitragen sollst? Habe ich etwa meine Unterhaltungspflicht vernachlässigt? Hast du für etwas in diesem Haus bezahlen müssen? Du brauchst nicht zu arbeiten – weder morgen noch überhaupt! Ich dachte, *du* warst es, die arbeiten *wollte*!«

Blair schien wieder den Tränen nahe. »Ich wollte; ich will. Aber ich hatte ja keine Ahnung, daß das Dasein als Ehefrau so viel Zeit verschlingt. Heute habe ich den Menüplan aufstellen müssen, das neue Zimmermädchen stellt sich unglaublich ungeschickt an, und als die Bänder für meine neuen Kleider geliefert wurden, hatten sie alle die falsche Farbe! Ich möchte doch hübsch aussehen für dich, Lee. Ich möchte dir ein behagliches Zuhause schaffen und die beste, die schönste Ehefrau sein, die ein Mann jemals auf Erden hatte. Ich möchte, daß du stolz auf mich bist, und das kannst du kaum sein, wenn ich den ganzen Tag in der Klinik verbringe. Ich wußte ja nicht ...«

»Schön«, unterbrach Lee sie und warf seine Serviette auf den Tisch. »Ich wollte mich nicht ereifern. Wie ich sehe, habe ich dich mißverstanden. Du brauchst nicht in die Klinik zu gehen – weder morgen noch später.« Er faßte nach ihrer Hand und begann, ihre Fingerspitzen zu liebkosen.

Sie entzog ihm die Hand wieder und faltete ihre Serviette zusammen. »Heute morgen hat ein John Silverman angerufen und mir aufgetragen, dir mitzuteilen, daß heute abend eine wichtige Versammlung in deinem Club stattfindet. Er hat mir nicht gesagt, worum es dabei geht, und ich habe ihn auch nicht danach gefragt.«

»Ich weiß, worum es geht, und sie kommen auch ohne mich zurecht. Tatsächlich habe ich ein paar Fälle in der Klinik, die ich gern mit dir besprechen möchte. Ein Mann mit einer Infektion an der Hand, die du dir anschauen solltest. Ich würde gern deine Meinung dazu hören.«

»Meine?« sagte Blair mit flatternden Wimpern. »Du schmeichelst mir, Lee. Ich habe doch noch gar keine abgeschlossene praktische Ausbildung. Was könnte ich dir schon sagen, was du mit deiner langjährigen praktischen Erfahrung nicht längst wüßtest?«

»Aber früher . . .«

»Früher war ich noch nicht *verheiratet*. Ich hatte noch keine Ahnung, was für Verantwortungen man als Ehefrau hat. Lee, ich bin der Meinung, du solltest zu dieser Versammlung in deinen Club gehen. Es wäre ein schreckliches Gefühl für mich, wenn ich mir vorwerfen müßte, daß ich dich deinen Freunden wegnehme. Außerdem hätte ich diesen Roman schrecklich gern zu Ende gelesen.«

»Oh«, meinte Lee düster. »Ich schätze, dann werde ich wohl hingehen müssen.«

»Ja, Liebling, das solltest du wohl«, sagte sie, sich vom Tisch erhebend. »Ich möchte mir niemals vorwerfen lassen, daß ich dich von deinem Lebensstil abbringen wollte. Eine Ehefrau soll kein Hemmschuh sein, sondern muß ihren Mann in allem, was er tut, unterstützen.«

Lee schob seinen Stuhl zurück und stand vorsichtig auf. Ihm taten links alle Rippen weh, und er hatte eigentlich zu Hause bleiben und die Zeitung lesen wollen; aber es stimmte auch, daß er seit dem Tag seiner Eheschließung nicht mehr in seinen Club gegangen war. Vielleicht hatte Blair recht, daß er seine Freunde nicht vernachlässigen durfte. Er konnte dort genausogut wie zu Hause in einem Sessel sitzen, und vielleicht konnte er dabei herausfinden, was sie von der Schießerei gestern nacht im Bergwerk wußten.

»Schön«, sagte er, »ich werde in den Club gehen, aber

nicht lange dort bleiben. Vielleicht können wir nachher noch über die Patienten reden.«

»Es gehört zu den Pflichten einer Ehefrau, ihrem Ehemann zuzuhören«, sagte Blair lächelnd. »Du gehst jetzt in den Club, Liebling, während ich noch etwas nähen muß und mich dann recht bald zurückziehen werde.« Sie küßte ihn auf die Stirn. »Wir sehen uns dann morgen früh wieder.« Sie rauschte aus dem Zimmer, ehe Lee ein Wort sagen konnte.

Sie stellte sich im dunklen Gästezimmer ans Fenster und beobachtete, wie er wegging. Er bewegte sich schwerfällig, und sie wußte, daß er Schmerzen hatte in der Brust. Aber es reute sie nicht, daß sie ihn wegschickte. Er hatte eine Lektion verdient.

Als er mit seiner Kutsche um die nächste Biegung verschwand, ging sie wieder nach unten und rief Nina an.

»Laß uns morgen ausreiten«, sagte Blair, »oder ich sterbe hier noch vor Langeweile. Und glaubst du, daß dein Vater mich morgen in das Krankenhaus schmuggeln kann, ohne daß ein Dritter das merkt? Damit ich mir dort einen Patienten anschauen kann?«

Nina schwieg einen Moment. »Ich bin sicher, daß er das kann. Und – willkommen zu Hause, Blair.«

»Es ist gut, wieder zu Hause zu sein«, sagte Blair lächelnd. »Ich treffe dich morgen früh um neun an der Gabel des Tijeras.« Sie hörte, wie Nina auflegte, und sagte dann im scharfen Ton: »Wenn du ein Wort davon weitersagst, Mary Catherine, weiß ich, aus welcher Quelle das kommt.«

»Das ist gar nicht nett von dir, Blair-Houston«, sagte das Mädchen von der Vermittlung. »Ich belausche nämlich nie fremde . . .« Als sie merkte, was sie da gerade sagte, zog sie rasch den Stöpsel aus dem Kasten.

Blair ging in die Küche, wo sie sich ein Brot mit Roastbeef belegte. Beim Dinner hatte sie als Lady eine so winzige Portion gegessen, daß sie jetzt Hunger hatte wie ein Wolf.

Als Lee wieder nach Hause kam, lag sie bereits im Bett und mimte die Schlafende. Und als er anfing, ihre Hüften zu streicheln, und ihr Nachthemd anhob, schützte sie große

Müdigkeit vor und sagte, sie habe eine schreckliche Migräne. Als er ihr den Rücken zudrehte, bekam sie doch Zweifel an ihrem Tun. Schadete sie sich selbst vielleicht mehr als ihm?

»Es ist eine Osteomyelitis«, sagte Blair zu Reed, während sie die Hand des Patienten vorsichtig wieder aufs Bett zurücklegte. »Wenn Sie das nächstemal jemandem die Zähne einschlagen, fragen Sie ihn erst, ob er sich auch regelmäßig die Zähne putzt«, sagte sie zu dem Patienten.

»Ich glaube, Lee hat das auch vermutet; aber er wollte noch die Meinung eines Kollegen dazu hören«, sagte Reed.

Sie klappte ihre Ärztetasche zu und ging zur Tür. »Es schmeichelt mir, daß er auf meine Meinung Wert legte. Aber du wirst ihm keinen Ton davon sagen daß ich hier gewesen bin, ja?«

Reeds häßliches Gesicht bekam tiefe, runde Falten. »Ich habe dir das versprochen; aber es gefällt mir nicht.«

»So wenig es dir gefällt, Lee bei einer Sache zu unterstützen, von der er mit Schußwunden wieder nach Hause kommt, nicht wahr?«

»Lee wurde angeschossen?« antwortete Reed entsetzt.

»Ein paar Zentimeter weiter nach rechts, und die Kugeln hätten sein Herz durchbohrt.«

»Davon wußte ich nichts. Er hat mir nichts davon . . .«

»Es scheint, als erzählte er keinem viel von sich. Wo geht er nachts hin, daß er sich Stunden später blutend zu seiner Frau ins Schlafzimmer schleicht?«

Reed blickte seine Schwiegertochter an, sah das Feuer, das in ihren Augen brannte, und wußte, daß er ihr nichts von den Ausflügen seines Sohnes in die Bergwerke erzählen durfte. Er respektierte nicht nur den Wunsch seines Sohnes, diese Sache geheimzuhalten, sondern mißtraute auch Blairs Rettet-die-Welt-Mentalität. Es war ihr zuzutrauen, daß sie etwas Törichtes unternahm – etwas mindestens so Törichtes wie sein Sohn. »Ich kann es dir nicht sagen«, murmelte er.

Blair nickte nur und verließ wieder das Krankenhaus.

Draußen erwartete sie ein gesatteltes Pferd, und sie ritt im scharfen Galopp, bis sie die Gabel des Tijeras-Flusses erreichte, wo sie sich mit Nina treffen wollte.

Nina blickte Blair an und dann das Pferd, die beide verschwitzt und keuchend vor ihr standen. »Ist mein Bruder daran schuld, daß ihr euch beide so abhetzt?«

»Er ist unausstehlich, ein abscheulicher Geheimniskrämer, der unmöglichste Mann, den man sich vorstellen kann«, sagte Blair.

»Ich stimme dir zu; aber wieso bist du jetzt darauf gekommen?«

Blair begann, das Pferd abzusatteln, damit das arme Tier sich erholen konnte. »Hast du gewußt, daß dein Vater ihn am Tag oder mitten in der Nacht anruft, worauf Lee dann stundenlang verschwindet, sich aber weigert zu sagen, wo er gewesen ist? Vorgestern kam er nachts mit zwei Schußwunden am Brustkorb nach Hause, und drei Pinkerton-Agenten verfolgten ihn bis zur Haustür. Diese Männer müssen auch auf ihn geschossen haben. Warum? In was für Machenschaften ist er verwickelt?« rief Blair und warf den Sattel auf den Boden.

Nina blickte sie groß an. »Ich habe keine Ahnung. Geht das schon lange so?«

»Was weiß ich? Ich bin seiner Meinung nach nicht so vertrauenswürdig, daß ich das wissen dürfte. Ich darf lediglich seine Wunden vernähen; jedoch nicht fragen, wo er sie her hat. Oh, Nina, was soll ich bloß machen? Ich kann doch nicht schweigend zusehen, wie er das Haus verläßt, und weiß nicht einmal, ob ich ihn lebend wiedersehe!«

»Pinkertons haben auf ihn geschossen? Dann muß das, was er tut . . .«

»Etwas Kriminelles sein?« fiel Blair ihr ins Wort. »Jedenfalls etwas Illegales. Weißt du, daß mich das nicht einmal stört? Ich will nur, daß ihm nichts passiert. Solange er mir wieder gesund nach Hause kommt, dürfte er meinetwegen in seiner Freiheit sogar Banken ausrauben.«

»Banken ausrauben . . .?« Nina setzte sich auf einen Felsblock. »Blair, ich habe wirklich keine Ahnung, was er so nebenbei treibt. Dad und Lee haben immer alles Unangenehme von mir ferngehalten. Und Mutter und ich haben den beiden alles verschwiegen, was ihnen unangenehm sein konnte. Vielleicht waren Mutter und ich so sehr auf die Dinge fixiert, die wir insgeheim trieben, daß wir gar nicht auf die Idee kamen, unsere Männer könnten ebenfalls Geheimnisse vor uns haben.«

Mit einem Seufzer setzte sich Blair neben ihre Schwägerin. »Lee ist dahintergekommen, daß ich die Aufrufe in das Bergwerk geschmuggelt habe.«

»Dann darf ich Gott danken, daß dein Kopf noch auf deinen Schultern sitzt. War das sein erster Wutanfall in eurer Ehe?«

»Ja, und hoffentlich auch der letzte. Ich versuchte ihm klarzumachen, daß ich mich über seine geheimnisvollen Ausflüge genauso aufrege wie er sich über meinen; aber er wollte mir nicht einmal zuhören.«

»Er hat einen Kopf aus Marmor«, sagte Nina seufzend. »Und wie wollen wir jetzt die Bergleute über ihre Rechte aufklären? Außer dir hat niemand Zutritt zu allen Zechen; und wenn Lee schon so leicht unser Geheimnis entdecken konnte, kann ich unmöglich Houston oder eine von den anderen Frauen, die sich als Krämerinnen verkleiden, mit der Verteilung der Zeitungen beauftragen . . .«

»Gestern hatte ich reichlich Zeit zum Nachdenken, und Houston hat mich da auf eine Idee gebracht. Sie erzählte mir neulich, daß es schon immer ihr Wunsch gewesen sei, für ein Frauenmagazin zu schreiben. Wie wäre es, wenn wir so ein Magazin herausgeben würden und, da wir uns zur Wohltätigkeit verpflichtet fühlen, einige Exemplare davon den Frauen in den Kohlenzechen kostenlos zukommen ließen? Wir könnten den Vorabdruck sogar der Bergwerksdirektion zur Genehmigung vorlegen, und ich bin sicher, sie würden uns nicht verbieten, die Magazine in den Zechen zu verteilen, weil sie nur harmlose Artikel enthalten.«

»Über die neueste Haarmode?« fragte Nina, und ihre Augen fingen an zu leuchten.

»Unser militantester Appell wäre ein Protest gegen das Abschlachten von Kolibris in Südamerika, damit die Damen ihre Hüte mit deren Federn schmücken können.«

»Und kein Wort davon, wie sich die Bergarbeiter gewerkschaftlich organisieren können?«

»Nicht ein Wort, das man *sehen* kann.«

Nina lächelte. »Ich glaube, ich finde Gefallen an deinem Projekt. Oh, Alan, werde doch bald mit deiner Ausbildung fertig, daß wir wieder nach Hause kommen können! Wie informieren wir unsere Leser über das, was sie wissen sollten?«

»Durch einen Code. Ich habe von einem Code gelesen, der im amerikanischen Freiheitskrieg verwendet wurde. Er bestand aus einer Reihe von Zahlen und Buchstaben, die sich auf eine bestimmte Seite in einem bestimmten Buch bezogen. Jede Zahl bezeichnete einen Buchstaben, und man brauchte nur ein bißchen zu zählen, um den Code in einen normalen Text zu übersetzen. Ich denke doch, daß es in jedem Haus eine Bibel gibt.«

Nina stand auf und schlug aufgeregt die Hände ineinander. »Wir könnten auf der ersten Seite des Magazins einen Psalm angeben und dann . . . wie wollen wir die Zahlen tarnen? Wird die Bergwerksdirektion nicht mißtrauisch, wenn sie in einem Frauenmagazin eine ganze Seite voller Zahlen entdeckt? Schließlich sind wir Ladies doch mathematisch völlig unbegabt.«

Blair lächelte sie an wie eine Katze, die heimlich von der Sahne genascht hat. »Häkelmuster!« sagte sie. »In dem Magazin gibt es ein paar Seiten mit Häkelmustern, und die bestehen bekanntlich fast nur aus Zahlen. Hin und wieder streuen wir eine Zeile Text ein – ›hier beginnen wir mit dem linken Ärmel‹ oder was sonst noch in solchen Anleitungen steht – ; aber alles andere ist in Code verfaßt und unterrichtet die Bergleute über alles, was die Gewerkschaften in unserem Land unternehmen.«

Nina schloß die Augen und legte einen Moment den Kopf zurück. »Das ist absolut brillant, Blair; und was noch wichtiger ist: ich glaube, daß es funktioniert. Da du ja den ganzen Tag lang in der Klinik arbeitest, werde ich in die Bibliothek gehen, diesen Code studieren und . . .«

»Ich werde ein paar Tage lang nicht in der Klinik sein«, sagte Blair grimmig.

»Aber erst gestern hörte ich, du hättest so viele Patienten, daß sie draußen vor der Tür Schlange stehen!«

Blair blickte auf den Fluß hinaus. »Die hatte ich«, sagte sie leise und erhob sich dann abrupt von dem Felsblock. »Manchmal könnte ich deinen Bruder erwürgen!« sagte sie heftig. »Ich versuche ihm eine Lektion zu erteilen; aber vielleicht ist er zu dumm, sie zu begreifen! Er denkt, er wäre mein Vater! Er beschenkt mich – zum Beispiel mit einer Frauenklinik –, gibt mir Befehle, beaufsichtigt mich in allem, was ich tue; und wenn ich es wage, ihn zu fragen, was *er* denn so macht, gibt er sich empört, als wäre ich ein Kind, das seinen Vater fragt, wieviel Geld er verdient. Ich weiß so wenig von Leander. Er will auch nichts von sich mitteilen; aber ich darf keinen Schritt vor die Tür machen, ohne daß er davon weiß. Ich brauche keinen zweiten Vater; mir hat der eine, den ich hatte, vollkommen gereicht. Aber wie bringe ich ihm bei, daß ich nicht sein kleines Mädchen bin?«

»Frage mich nicht; denn mir ist das nie gelungen«, sagte Nina. »Es ist ein Wunder, daß mein Vater mir zum Geburtstag keine Puppen mehr kauft. Du sagtest eben, du bemühst dich, Lee eine Lektion zu erteilen. Wie?«

»Ich . . . ah . . .« Blair blickte wieder auf den Fluß hinaus. »Er erzählt mir ständig, daß er sich eine Lady wünscht; also habe ich versucht, eine zu sein.«

Nina überlegte einen Moment. »Du meinst, du nimmst Schaumbäder, bist absolut hilflos und weinst bei jedem zerbrochenen Stück Porzellan?«

Blair drehte sich mit einem Grinsen zu Nina um. »Und gebe zu viel aus, esse zu viele Pralinen und habe nachts Kopfschmerzen.«

Nina begann zu lachen. »Ich warne dich! Es könnte zehn Jahre dauern, bis Lee begreift, daß du ihm eine Lektion erteilen willst. Du mußt alles furchtbar übertreiben, was du tust. Zu schade, daß du nicht auf Kommando in Ohnmacht fallen kannst.«

Blair seufzte. »Abgesehen von den Kopfschmerzen hat ihm bisher alles gefallen, was ich gemacht habe. Er hat nichts dagegen, wenn ich den ganzen Tag zu Hause bleibe und Mrs. Shainess Anweisungen gebe.«

»Aber dich macht es verrückt, nicht wahr?«

»Nicht mehr«, sagte Blair lächelnd. »Heute nachmittag werde ich damit beginnen, einen Code für die Mitteilungen der Gewerkschaft auszuarbeiten. Da habe ich wenigstens etwas zu tun. Wenn ich zu Hause nur herumsitze, könnte es passieren, daß meine Mutter mir ein paar Körbe voll Johannisbeeren zum Einmachen schickt.«

»Ich habe ein Rezept für Pflaumenmus . . .«

»Bei dem einem das Wasser im Mund zusammenläuft«, beendete Blair den Satz. »Ich habe bereits davon gehört.« Sie legte dem Pferd wieder den Sattel auf. »Ich bin noch nicht so weit heruntergekommen, daß ich Rezepte sammle; aber es könnte passieren, daß ich tatsächlich in Ohnmacht falle, wenn man mir noch ein Stoffmuster zur Begutachtung bringt. Ich werde dich morgen anrufen, um dir mitzuteilen, wie ich mit unseren Häkelmustern vorankomme. Ich hätte sie gern schon fertig, ehe wir damit anfangen, die Artikel für das Magazin zusammenzustellen und andere in unsere Pläne einzuweihen. Wir werden die Muster zuerst drucken, damit sich die Mitwirkenden ein Bild machen können, wovon wir eigentlich reden. Wann mußt du nach Philadelphia zurück?«

»Erst in zehn Tagen. Es wird mir vorkommen wie eine Ewigkeit, bis Alan mit seiner Ausbildung fertig ist.«

»Ich möchte, daß du meine Tante und meinen Onkel in Pennsylvania kennenlernst. Ich werde dir ihre Adresse geben und ihnen vorher einen Brief schreiben. Und ich habe auch ein paar Freundinnen in Philadelphia, so daß du dort nicht ganz allein bist.«

»Vielen Dank. Vielleicht werden sie mir helfen, die Zeit schneller herumzubekommen. Viel Glück mit Lee«, rief sie Blair noch nach, als diese sich auf ihr Pferd schwang und es wieder zur Stadt zurücklenkte.

Kapitel 33

Nachdem Blair vier Tage lang die perfekte Lady gespielt hatte, wußte sie nicht, ob sie diesen Streß noch länger durchhalten konnte. Es war ermüdend, sich als Hausfrau im wesentlichen darauf beschränken zu müssen, mit der Haushälterin über das Essen und die Wäsche zu reden. Noch schlimmer war der Versuch, einem Mann eine Lektion zu erteilen, wenn er nicht einmal wußte, daß er auf der Schulbank saß. Vier Tage lang hatte er nun schon seine Frau als Halbinvalidin erlebt, auf jeden Sex verzichten müssen und nichts daraus gelernt, außer daß »die Flitterwochen jetzt wohl vorbei seien«, wenn Blair seine gemurmelte Bemerkung vor dem Frühstück richtig verstanden hatte.

Tagsüber arbeitete sie an dem Code, bis sie fast blind war, zählte Worte, machte sich Notizen und übersetzte Ninas Streitschrift in eine bizarre Kombination aus Wörtern und Zahlen.

Am Morgen des fünften Tages war sie sicher, daß sie so nicht weitermachen könne. Sie verließ das Haus mit der Absicht, etwas Frivoles einzukaufen, was sie Lee abends zeigen konnte; doch ihr Einkaufsbummel endete in Mr. Pendergasts Bücherladen, wo sie sich in den Regalen nach medizinischer Fachliteratur umsah.

Sie merkte gar nicht, daß jemand in ihrer Nähe war, bis der Mann sie ansprach.

»Er muß die Ware Donnerstag abends liefern.«

Blair blickte hoch und sah den Mann, den Lee LeGault genannt hatte, neben sich stehen. Sie mußte sich zusammennehmen, damit sie nicht ein Schaudern überkam. Hätte der

Mann blutend auf einer Koje gelegen, hätte sie sich nicht gescheut, ihn anzufassen; doch so gesund und lebendig konnte sie ihn in ihrer Nähe nicht ertragen. Mit einem kurzen, kalten Nicken bewegte sie sich von ihm fort.

Sie blätterte gerade in einer Ausgabe von H. Rider Haggards »She«, als sie mit dem Kopf hochruckte. Was hatte er eben zu ihr gesagt?

Sie sah sich im Laden um und bemerkte, daß er gerade gehen wollte. »Sir«, rief sie, und merkte, daß sie mit dieser Anrede befremdete Blicke des Ladeninhabers und zweier Kundinnen auf sich zog, »ich habe das Buch gefunden, nach dem Sie suchten!«

LeGault lächelte ihr zu. »Das ist großartig«, sagte er laut, ehe er wieder auf sie zukam.

Blair wußte, daß sie nun so rasch überlegen mußte wie noch nie in ihrem Leben. Dieser Mann durfte nicht merken, daß sie von dem Sachverhalt, auf den er anspielte, keine Ahnung hatte. Und zugleich mußte sie versuchen, so viel wie möglich von ihm darüber zu erfahren.

»Muß er sie an der gleichen Stelle übergeben wie beim letztenmal?« fragte sie.

»Richtig.« Er blätterte in dem Buch, als sei er davon fasziniert. »Es gibt doch keine Probleme – oder?«

»Nein.« Sie zögerte. »Nur daß ich diesmal die Ware zustellen werde.«

LeGault stellte das Buch ins Regal zurück. »Es ist doch nicht das, wonach ich suchte«, sagte er laut. »Ich wünsche Ihnen noch einen schönen Tag, Madam.« Damit tippte er an seine Hutkrempe und verließ den Laden.

Blair wartete so lange, wie sie es für nötig hielt, um kein Aufsehen zu erregen, ehe sie ihm folgte. Da jeder Schritt eines Chandler-Zwillings offenbar die Anteilnahme der ganzen Stadt fand, spürte Blair förmlich die Blicke der Kundschaft im Nacken, als sie vor dem Buchladen noch einmal stehenblieb, sich die Handschuhe überstreifte und aus dem Augenwinkel bemerkte, daß LeGault sich auf der Second Street nach Osten entfernte und auf Parkers Laden für

Damenwäsche zuging. Blair entfernte sich nach Norden, ging hinten am Denver-Hotel vorbei, überquerte die Lead, machte einen Bogen um das Raskin-Gebäude herum und kam dort wieder auf der Second Street heraus – den neugierigen Späherblicken hinter dem Schaufenster von Mr. Pendergasts Bücherladen entzogen.

LeGault schlenderte, den Spazierstock über den Arm gehängt, die Straße hinunter und wirkte auf jeden Betrachter wie ein Mann, der sich nur mit einem Schaufensterbummel die Zeit vertreiben möchte. Blair überquerte die Straße und betrachtete die Auslage von Parkers Wäschegeschäft.

Sie glaubte, gleich zur Sache kommen zu müssen. »Ich weiß über alles Bescheid«, sagte sie.

»Das dachte ich mir; oder ich hätte Sie gar nicht erst angesprochen«, antwortete LeGault, wie Blair die Auslage studierend. »Aber es ist kein passender Ort für eine Frau.«

»Für einen Mann ebenfalls nicht, würde ich meinen.«

Jetzt blickte er sie an. »Meinen Sie? Ich dachte, Sie wüßten!«

»Natürlich. Ich weiß auch, daß dies das letzte Mal ist, wo sich mein Gatte für so etwas hergibt. Er hat sich noch nicht von den Wunden erholt, die er beim letztenmal davongetragen hat. Deshalb muß ich diesmal für ihn einspringen. Danach werden Sie das, was Sie zu erledigen haben, eben selbst machen müssen. Wir wollen beide nichts mehr damit zu tun haben.«

Er schien über ihre Worte nachzudenken. »Also gut. Dann treffen wir uns demnach am Donnerstagabend um zehn. Am üblichen Ort.«

Als er sich von ihr wegdrehen wollte, sagte sie rasch:

»Wo soll ich denn so lange meine Kutsche lassen? Ich will nicht, daß man sie erkennt.«

Er drehte sich ihr wieder zu.

»Ich fange an zu zweifeln, ob Ihr Angebot vernünftig ist. Sind Sie sicher, daß Sie die Sache auch bewältigen können? Daß Sie wissen, was auf dem Spiel steht?«

Blair dachte, es wäre vernünftiger, jetzt den Mund zu halten, und deshalb nickte sie nur. »Wir werden Ihre Kutsche brauchen; also parken Sie sie hinter dem Azteken-Saloon auf der Bell-Lane. Warten Sie dort, bis jemand zu Ihnen kommt und Ihnen den Koffer übergibt. Und enttäuschen Sie mich nicht. Wenn Sie nicht kommen, wird Ihr Mann dafür büßen müssen.«

»Ich verstehe«, flüsterte sie.

Die beiden Tage bis zum Donnerstag hindurch war Blair wie vernagelt. Sie schien sich an nichts erinnern zu können, vergaß im nächsten Moment, was sie gerade tun wollte und konnte an nichts anderes denken als an ihre Verabredung am Donnerstagabend. Dann würde sie endlich herausfinden, was ihr Mann hinter ihrem Rücken anstellte. Sie hatte zu Nina gesagt, es wäre ihr gleichgültig, ob ihr Mann etwas Kriminelles tat oder nicht – sie würde ihn trotzdem lieben. Aber nun würde bald die Stunde der Wahrheit für sie schlagen. Sie war überzeugt, daß Lee in etwas Ungesetzliches verwickelt war, und indem sie sich zu seiner Komplizin machte, wollte sie Lee aus dieser Verstrikkung befreien. Sie hoffte, daß es ihr gelänge, ihn mit diesem Schritt von seinen illegalen Nebentätigkeiten abzubringen.

Am Donnerstagabend zog sie sich ihre Ärzteuniform an. Lee war in das Krankenhaus gerufen worden, um ein paar Revolverhelden zusammenzuflicken, die sich in der Nähe der mexikanischen Grenze ein Duell geliefert hatten, und Blair war allein zu Hause. Sie war ängstlich und nervös, als sie die Treppe zum Stall hinunterging, wo die Kutsche auf sie wartete.

Sie war bisher nur ein einziges Mal in jenem Teil der Stadt gewesen, wo sie auf LeGault warten sollte – an dem Abend, als sie zum erstenmal mit Lee ausgegangen war und sie unterwegs angehalten wurden, damit er einer Prostituierten helfen sollte, die einen Selbstmordversuch unternommen hatte.

Sie überhörte das Gejohle, mit dem eine Frau begrüßt wurde, die sich ohne Begleitung in diesen Bezirk wagte, hielt hinter dem Azteken-Saloon und wartete.

Kane Taggert erwachte langsam mit einem Gefühl, daß etwas

nicht stimmte. Er wußte nicht, was es war, merkte nur, daß das Bett vibrierte und es ihn fror. Erschrocken drehte er sich zu Houston um. Sie zitterte heftig, und obgleich sie unter der Zudecke fast vergraben war, fühlte sie sich sehr kalt an. Er wollte sie in die Arme nehmen und wärmen und entdeckte zu seiner Bestürzung, daß sie noch zu schlafen schien.

»Houston, mein Liebling«, sagte er mit sachter, aber eindringlicher Stimme, »wach auf!«

Als Houston endlich die Augen aufschlug, begann sie noch mehr zu zittern, obwohl Kane sie mit beiden Armen umfing.

»Meine Schwester ist in Gefahr. Meine Schwester ist in Gefahr«, wiederholte sie immer wieder. »Meine Schwester . . .«

»Ja, doch«, sagte Kane und schwang die Beine aus dem Bett. »Du bleibst liegen, während ich bei ihr anrufen und mich erkundigen werde, was los ist.«

Kane rannte, immer zwei Stufen auf einmal nehmend, die Treppe zur Bibliothek hinunter. Als er sich mit der Wohnung von Leander Westfield verbinden ließ, meldete sich dort niemand. Das Mädchen von der Vermittlung sagte sie glaube, Leander sei ins Krankenhaus bestellt worden, weil es auf dem Land eine Schießerei gegeben hätte und die Beteiligten sofort ärztlich versorgt werden müßten. Darauf ließ Kane sich mit dem Krankenhaus verbinden. Die Schwester, die den Anruf entgegennahm, sträubte sich zunächst, Leander ans Telefon zu holen.

»Mir ist es egal, was er gerade macht – das ist nicht so wichtig wie mein Anruf. Richten Sie ihm aus, daß das Leben seiner Frau in Gefahr ist.«

Eine halbe Minute später rief Leander ins Telefon: »Wo ist Blair?«

»Ich habe keine Ahnung. Houston ist oben im Schlafzimmer und zittert so heftig, daß fast das Bett auseinanderbricht, und sie fühlt sich kälter an als eine Leiche. ›Blair ist in Gefahr‹, sagt sie ununterbrochen. Mehr weiß ich auch nicht;

aber ich dachte mir, daß du das wissen solltest. Als Blair von dieser Französin gefangengehalten wurde, hat Houston sich nicht so benommen. Möglich, daß deine Frau jetzt wirklich in Lebensgefahr ist.«

»Ich werde das gleich feststellen«, sagte Lee, legte den Hörer auf, um die Verbindung zu unterbrechen, und nahm ihn dann gleich wieder hoch. »Mary Catherine«, sagte er zum Mädchen von der Vermittlung, »ich möchte, daß Sie meine Frau für mich suchen. Rufen Sie jeden an, bei dem sie sein könnte, und finden Sie sie so rasch wie möglich. Aber sagen Sie um Gottes willen keinem, daß Sie nach ihr suchen!«

»Ich weiß nicht, ob ich das übernehmen kann, nachdem sie mir erst letzte Woche vorgeworfen hat, ich würde ihre Gespräche *belauschen*.«

»Wenn Sie Blair für mich finden, Mary Catherine, werde ich dafür sorgen, daß Blair alle Ihre Kinder kostenlos entbindet – und auch die Kinder Ihrer Schwester. Und ich werde diese Warzen an Ihrer rechten Hand entfernen.«

»Geben Sie mir eine Stunde Zeit«, sagte Mary Catherine und zog den Stöpsel heraus.

Lee war überzeugt, daß dies die längste Stunde seines Lebens sein würde. Er kehrte in den Operationssaal zurück und war froh, daß Mrs. Krebbs inzwischen die Wunden des Revolverhelden, der auf dem Operationstisch lag, bereits vernäht hatte. Sie hatte einiges dazu zu sagen, daß er mitten in einer Operation den Saal verließ, um ans Telefon zu gehen; aber er hörte ihr gar nicht zu. Er konnte nur daran denken, daß er diesmal Blair umbringen würde, wenn er ihren Hals zwischen die Finger bekam. Kein Wunder, daß sie in den letzten Tagen so friedfertig gewesen war: Zweifellos hatte sie die ganze Zeit über etwas nachgedacht, das ihr Leben in Gefahr bringen würde.

Er ging zurück in die große Eingangshalle des Hospitals, wo sich das Telefon befand, und rauchte eine Zigarre nach der anderen, bis sich eine der Schwestern über den Rauch zu beschweren begann. Er knurrte sie so wütend an, daß sie sich furchtsam zurückzogen. Er lief vor dem Telefon auf und ab, und als ein stolzer frischgebackener Vater telefonieren wollte, drohte Lee ihm und seiner Nachkommenschaft den Tod an, wenn er den Apparat anzufassen wagte. Alle drei Minuten nahm er den Hörer ab, um Mary Catherine zu fragen, was sie denn inzwischen Neues erfahren hätte. Nach seinem fünften Anruf erklärte sie ihm, sie könnte unmöglich etwas Neues erfahren, wenn sie ständig seine Anfragen beantworten müsse.

Es gelang ihm, sich fünf Minuten lang zu beherrschen, ehe er wieder nach dem Hörer griff. Das Telefon läutete, als er gerade die Hand darauf legen wollte. »Wo ist sie?« begehrte er zu wissen.

»Wir hätten so etwas vermuten sollen. Jemand – und ich kann Ihnen nicht sagen, wer, weil ich sonst befürchten muß, daß die Reputation dieser Person einen unheilbaren Schaden nimmt – sagte mir, sie hätten sie jenseits der Bahngeleise beobachtet, wo sie hinter dem Azteken-Saloon mit ihrer Kutsche angehalten habe. Nicht daß ich wüßte, wo sich der Azteken-Saloon befindet, weil ich ganz bestimmt niemals dort gewesen bin; und Blair hätte ebenfalls nicht dort sein dürfen, wenn Sie mich . . .«

»Mary Catherine, ich liebe Sie«, sagte Lee, während er den Hörer auf den Tisch der Schwester in der Aufnahme warf und aus der Halle rannte.

Sein Appaloosa war auf Tempo dressiert, und die Stadt war daran gewöhnt, für Lees Kutsche den Weg freizumachen; aber an diesem Abend übertraf Lee sich selbst, als er durch die Straßen jagte und über die Brücke des Tijeras donnerte – hinüber in das Viertel, wo Blair eigentlich nicht sein sollte. Er versuchte sich zwar immer wieder einzureden, daß vielleicht jemand in sein Haus gekommen war, weil er ärztliche Hilfe brauchte, und Blair so leichtsinnig gewesen war, sich dieser Person anzuvertrauen; aber instinktiv wußte er, daß es diesmal um mehr ging als einen medizinischen Notfall.

Vor dem Azteken-Saloon ließ er sein Pferd stehen, ohne

es erst anzubinden – woran es gewöhnt war –, und stürmte in die Spelunke. Es gehörte zu den Vorzügen seines Berufs, daß er überall bekannt war, und wenn jemand ihm bisher noch keinen Gefallen schuldete, er doch sehr bald in diese Lage kommen konnte.

»Ich möchte mit Ihnen sprechen«, sagte er zu dem Hünen hinter der Theke.

Der ignorierte den Wunsch eines Gastes, ihm sein Glas nachzufüllen, und gab Lee mit einem Nicken zu verstehen, daß er ihm in das Hinterzimmer folgen solle.

»Moment, Moment!« rief dort ein Cowboy, der sich gerade die Hosen ausziehen wollte. Eine schmutzige, gelangweilt aussehende Frau lag vor ihm auf einer verbeulten Matratze.

»Verschwinde«, befahl der Schankwirt. »Und du auch, Bess.«

Müde erhob sich die Frau und ging zur Tür. »Ich dachte, ich hätte heute abend mal Glück, und du würdest mich besuchen«, sagte sie, als sie im Vorbeigehen Lee zulächelte und ihm mit den Fingerspitzen über die Wange strich.

Als die beiden gegangen waren, wandte Lee sich dem Schankwirt zu. »Ich hörte, meine Frau habe heute abend hier hinter dem Haus gewartet. Ich schätze, daß Sie auch wissen müßten, was sie hierhergebracht hat.«

Der Mann rieb sich den drei Tage alten Stoppelbart und spielte dann mit seinem Doppelkinn. »Ich mag mich in so was nicht hineinziehen lassen. LeGault und die Frau, mit der er dauernd zusammensteckt . . .«

»Was hat denn dieser Halunke damit zu tun?« fragte Lee.

»Auf den hat sie doch gewartet.«

Lee wandte sich einen Moment ab. Er hatte gehofft, er würde sich täuschen und Blair hätte nur jemanden verarzten wollen; aber wenn sie sich hier mit LeGault getroffen hatte . . .«

»Sie haben gar keine Wahl in dieser Sache«, sagte er zu dem Hünen. »Ich möchte Sie zwar nicht erpressen oder den Sheriff rufen; aber abgesehen davon ist mir jedes Mittel recht, das mir hilft, meine Frau wiederzufinden.«

»Der Sheriff ist bereits verständigt und jagt hinter LeGault und dieser Frau her. Nur wird er ihnen nichts anhängen können, weil nämlich Ihre kleine hübsche Frau die schmutzige Arbeit für die beiden erledigt.«

Leander beugte sich vor. »Dann packen Sie lieber gleich alles aus – und zwar rasch.«

»Ich habe mit der ganzen Sache nichts zu tun. Ich verkaufe den Leuten nur Whisky und Bier, und was sie sonst treiben, geht mich nichts an. Schon gut – nun regen Sie sich mal wieder ab. Ich sage Ihnen ja, was Sie wissen wollen. Also, dieser LeGault mietete bei mir ein Zimmer, damit er dort eine Frau verstecken konnte. Ich weiß nicht, was für eine Frau. Und ich habe sie nur ein einziges Mal zu Gesicht bekommen. Sie spricht komisch. Ist 'ne Ausländerin.«

»Französin?« fragte Lee.

»Ja, könnte sein. Jedenfalls sieht sie gut aus.«

»Also hat LeGault etwas mit dieser Französin ausgeheckt«, sagte Lee nachdenklich. »Was wissen Sie noch?«

»Ich habe mal so im Vorbeigehen aufgeschnappt, wie sie davon redeten, daß sie was aus der Stadt herausschmuggeln wollten und jemand dafür suchten, den niemand verdächtigen würde. Sie haben oft darüber gesprochen.«

Leander drehte sich um und schlug mit der Faust gegen die Holzwand. Der Schmerz tat ihm gut. »Also haben sie jemand gefunden, der dumm genug war, sich dafür herzugeben. Wo sind die beiden hingegangen, und was wollten sie aus der Stadt schmuggeln?«

»Ich habe keine Ahnung. Ich schätze, das wird Ihnen LeGault sagen können. Er sitzt jetzt hier irgendwo in der Nähe in einer anderen Kneipe, weil ich zu ihm sagte, ich dulde keine Ladies in meinem Haus, weil sie mir nur Ärger bringen würden.«

Lee sagte kein Wort mehr, eilte aus dem Zimmer und klapperte drei Spelunken ab, ehe er LeGault in der vierten entdeckte. Er sprach den Mann gar nicht erst an, sondern ging schnurstracks auf ihn zu, packte ihn vorne beim Hemd und zog ihn von seinem Stuhl herunter.

»Kommen Sie freiwillig mit oder nachdem ich Ihnen ein paar Zähne ausgeschlagen habe?«

Die Karten fielen dem Spieler aus der Hand, und er hatte einige Mühe, nicht das Gleichgewicht zu verlieren. Er nickte Lee kurz zu, als dieser anfing, ihn mit ein paar Stößen zur Hintertür zu befördern. Niemand folgte ihnen auf die Gasse hinaus. Ob das unterblieb, weil sich keiner für ihre Auseinandersetzung interessierte oder weil sich niemand mit einem Arzt wie Leander überwerfen wollte, war nicht auszumachen.

Lee war so wütend, daß er kaum sprechen konnte. »Wo ist sie?«

»Dafür ist es zu spät. Sie hätten vor ein paar Stunden hierherkommen müssen.«

Lee packte den Mann wieder vorn am Hemd und schleuderte ihn gegen die Hinterwand der Kneipe. »Ich habe noch nie jemanden getötet und geschworen, Menschenleben zu retten; aber bei Gott, LeGault, ich werde meinen Eid brechen und Ihnen Ihre schmutzige Gurgel abdrehen, wenn Sie nicht sofort meine Fragen beantworten.«

»Sie wird sich inzwischen im Gewahrsam des Sheriffs befinden – zweifellos in einer Zelle, weil sie Pfandbriefe im Wert von einer Million Dollar gestohlen hat.«

Lee war so verblüfft von dieser Auskunft, daß er das Hemd des Spielers losließ und einen Schritt vor ihm zurückwich.

»Wo? Wie?« brachte er flüsternd heraus.

»Ich habe Ihnen doch gesagt, daß ich Ihnen die Quittung für die Jahre, die ich Ihretwegen im Zuchthaus sitzen mußte, präsentieren werde. Sie war eine leichte Beute. Sie glaubt, sie würde Ihnen das Leben retten, doch statt dessen schmuggelte sie gestohlene Wertpapiere aus der Stadt, und der Sheriff wurde von ihrem Vorhaben unterrichtet. Deshalb wird er sie inzwischen festgenommen haben. Ich hoffe, es gefällt Ihnen, sie hinter Gittern sitzen zu sehen.«

Als Lee die Hand hob, um LeGault zu schlagen, sah dieser ihn nur höhnisch an. »Ich würde das an Ihrer Stelle unterlassen, weil ich sonst die Pistole abdrücke, mit der ich auf Ihren Bauch ziele. Also benehmen Sie sich lieber und besuchen Sie Ihre Frau im Gefängnis, wie es sich für einen braven Ehemann gehört. Ich bin sicher, es wird der erste von vielen solchen Besuchen sein.«

Lee wollte nicht länger seine Zeit mit diesem Mann verschwenden. Er ging rückwärts aus der Gasse hinaus, damit er LeGault im Auge behalten konnte.

Dann rannte er die Straße hinunter zu der Stelle, wo sein Pferd mit hängendem Zügel auf ihn wartete, besann sich dann aber anders und requirierte einfach einen schwarzen Hengst, der vor einer Kneipe angebunden stand, sprang in den Sattel und galoppierte nach Südosten aus der Stadt. Der einzige Ort, wo man Pfandbriefe im Wert von einer Million deponiert haben konnte, war der Bahnhof.

Er galoppierte über eine Anhöhe und konnte im Mondlicht rechts von sich eine Kutsche sehen und links von sich eine Gruppe von Reitern, vermutlich das Aufgebot des Sheriffs.

Kapitel 34

Lee gab dem Pferd die Sporen, fing an zu schreien, feuerte seine Pistole ab, riß das Gewehr aus dem Sattelschuh seines »geliehenen« Hengstes und begann damit in die Luft zu schießen, um die Aufmerksamkeit der Häscher auf sich zu ziehen und von seiner Frau abzulenken.

Er hatte Erfolg damit.

Als ein paar »verirrte« Kugeln vor dem Reiter an der Spitze den Straßenstaub aufwirbelten, hielt der ganze Trupp an und versuchte, seine Pferde wieder zu sammeln. Er verschaffte somit Lee den gewünschten Vorsprung, um als erster seine Frau erreichen zu können.

Dennoch trafen alle ungefähr gleichzeitig bei ihr ein. Lee brauchte nur einen Blick auf das feierlich ernste Gesicht des Sheriffs zu werfen, um zu wissen, daß LeGault ihm die Wahrheit gesagt hatte – sie waren ausgerückt, um sich zu vergewissern, ob eine der Chandler-Zwillinge sich tatsächlich an einem Raubüberfall beteiligt hatte.

»Zum Henker mit dir!« brüllte Lee Blair an, als er sein Pferd neben ihr zügelte und aus dem Sattel sprang. »Ich kann dich nicht eine Sekunde aus den Augen lassen.« Er kletterte auf den Kutschbock, nahm ihr die Zügel aus der Hand und blickte zum Sheriff hoch. »Geben Sie einer Frau eine eigene Kutsche, und Sie wissen nie, in was für Schwierigkeiten sie sich damit bringt.«

Der Sheriff studierte Lee einen Moment lang – so lange, daß Lee zu schwitzen begann.

»Junge, du solltest wirklich besser auf deine Frau aufpassen«, sagte der Sheriff ernst. »Sonst muß das nämlich ein anderer tun.«

»Jawohl, Sir«, sagte Lee. »Ich werde das bis spätestens morgen früh erledigt haben.«

»Sechs Stunden, Leander. Ich gebe dir sechs Stunden Zeit, und dann könnte ich dieser andere sein.«

»Jawohl, Sir«, sagte Lee, und er war so erleichtert, daß er fast geheult hätte. »Ich werde bestimmt nicht so lange brauchen, Sir.« Er bewegte die Zügel, lenkte die Kutsche von der Straße und dann zum Frachtgebäude des Bahnhofs zurück.

Während der Fahrt machte Blair zum erstenmal den Mund auf. »Also bist du doch noch zum Treffpunkt gekommen. Woher wußtest du, daß heute nacht die Übergabe erfolgen sollte?«

Lee blickte sie nicht an. »Wenn du weißt, was gut für dich ist, bist du jetzt still. Nur dein Schweigen kann mich noch davon abhalten, dich übers Knie zu legen, dir gründlich den Hintern zu versohlen und dich für den Rest deines Lebens zu Hause anzubinden.«

»Mich? Mich!« keuchte sie, während sie sich an der Lehne festklammerte. »Ich bin doch nur für dich eingesprungen.«

Er drehte sich zu ihr, und seine Augen sprühten vor Zorn.

»Glaubst du, *ich* würde Wertpapiere stehlen? *Ich* würde mit LeGault zusammenarbeiten?«

»Was könntest du denn sonst wohl tun? Du verdienst als Arzt kein Geld; leistest dir aber eine teure Einrichtung für ein Hospital, ein Haus und kaufst mir eine Menge neuer Kleider. Und du kommst nachts mit Schußwunden nach Hause und ...« Sie hielt inne, als Lee die Kutsche dicht neben dem dunklen Frachtbüro abbremste.

Er sprang aus der Kutsche. »Komm herunter und laß uns nachsehen, was Le Gault dir anzuhängen versucht.«

Während Blair vom Kutschbock stieg, öffnete Leander den Kutschkasten, holte eine kleine Truhe aus Holz heraus, öffnete sie und entnahm ihr einen Packen kunstvoll gravierte Papiere. Er hielt sie in das Licht einer der beiden Kutscherlaternen. »Du hast nicht nur gestohlen. Diese Wertpapiere gehören Taggert und der National-Bank von Chandler. Du hättest die halbe Stadt bankrott gemacht.«

Es dauerte eine Moment, ehe Blair begriff, was Lee zu ihr sagte. Dann setzte sie sich auf das Trittbrett der Kutsche und rief: »O Lee, ich habe das nicht gewußt! Ich dachte nur ...«

Er faßte sie an den Schultern und zog sie in die Höhe. »Wir haben jetzt keine Zeit für Reuegeständnisse. Hol deine Ärztetasche.« Er riß die Kutscherlaterne aus der Fassung und begann zu rennen. Blair mit ihrer schweren Ärztetasche ihm dicht auf den Fersen.

Es gab nur einen Zugang zum dunklen Frachtbüro, und als sie in den Raum hineinkamen, sahen sie einen großen leeren Safe, dessen Tür offenstand, und jemand auf dem Boden liegen.

Lee erreichte den Mann am Boden zuerst. »Es ist Ted Hinkel. Er lebt, hat aber einen heftigen Schlag über den Kopf bekommen.«

Blair griff in ihre Ärztetasche und holte die Flasche mit dem Riechsalz heraus. »Wenn du nicht mit LeGault zusammengearbeitet hast – wo bist du dann gewesen?«

Lee seufzte tief, während er ihr das Riechsalz aus der

Hand nahm. »Ich dachte, ich könnte dich vor dir selbst retten, weil ich fürchtete, du würdest so etwas Dummes anstellen wie heute. Tatsächlich schmuggle ich seit einiger Zeit Gewerkschaftsvertreter in die Kohlenzechen.«

»Gewerkschafter?« wiederholte sie verständnislos. »Aber LeGault . . .«

»Wie konntest du nur glauben, daß ich mich mit einem Kriminellen wie ihm einlassen würde? Hast du nicht selbst gesagt, LeGault würde mich hassen? Vermutlich hat LeGault entdeckt, was ich mache, und dann sein Wissen zu seinem Vorteil ausgebeutet. Wenn du die Wertpapiere aus der Stadt herausschmuggelst – großartig; wenn es dir aber nicht gelingt – noch besser. Dann würde ich die Strafe dafür bekommen, daß ich ihn ins Gefängnis gebracht habe.«

»Aber das Geld . . .«, begann Blair, während sie die Laterne näher an Teds Kopf heranbrachte. Was Lee ihr erzählte, war ihr immer noch zu undurchsichtig.

Lee blickte stirnrunzelnd auf den leblosen jungen Mann hinunter, den er wieder zu Bewußtsein bringen wollte. »Wie konnte jemand wie ich sich nur in jemand wie dich vergaffen? Meine Mutter stammte aus einer sehr reichen Familie, und ich zähle gewiß nicht wie Taggert zu den reichsten Männern Amerikas; aber ich habe mehr als genug Geld. Das habe ich dir sogar *gesagt*.«

»Ja; aber die Klinik kostet so viel.«

Lee knirschte mit den Zähnen, während er Ted aufrichtete. »Wenn wir aus dieser Sache heil herauskommen sollten, werde ich dir mein Bankguthaben zeigen. Ich könnte mir zwanzig Hospitäler leisten.«

»Oh«, sagte Blair und reichte Lee das Karbol zu und ein Tuch, mit dem er Teds Kopfwunde reinigen konnte. »Also habe ich nur gestohlen . . . Wieviel *habe* ich eigentlich gestohlen?«

»Eine Million Dollar.«

Ihr fiel die Flasche mit dem Karbol fast aus der Hand. »Woher hast du das gewußt? Und warum war der Sheriff zur Stelle? Und was war das für ein Gerede von sechs Stunden?«

»Houston spürte, daß du in Gefahr bist, und Mary Catherine fand heraus, wo man dich zuletzt gesehen hat. LeGault hat dich dem Sheriff verpfiffen, und der Sheriff hat mir sechs Stunden Zeit gegeben, die Wertpapiere wieder dorthin zu bringen, wo sie hingehören.«

Blair vergrub das Gesicht in ihren Händen. »O Lee, was habe ich da nur angerichtet! Glaubst du, ich muß ins Gefängnis?«

»Nicht, wenn wir die Wertpapiere zurückbringen.«

»Und wie willst du das anstellen?«

»Ich habe einen Strick bei mir, und ich werde aus deiner Unterhose eine Schlinge machen, die hölzerne Truhe hineinstellen und sie durch den Kamin hinunterlassen. Du mußt Ted davon überzeugen, daß er die Wertpapiere gerettet hat.«

Schweigend richtete Blair sich auf, ließ ihre Unterhose fallen und gab sie Lee. Dann setzte sie sich auf den Boden und nahm Teds Kopf in ihren Schoß, während Lee aus dem Frachtbüro lief.

»Ted! Was ist denn mit Ihnen passiert?« fragte sie ihn als er das Bewußtsein wiedererlangte.

»Das Frachtbüro ist überfallen worden«, sagte er, setzte sich auf und griff sich mit der Hand an den Kopf. »Ich muß den Sheriff verständigen . . .«

»Sie müssen sich hinsetzen«, sagte sie, während sie ihm auf die Beine half und ihn dann fast gewaltsam auf einen Stuhl niederdrückte. »Ich muß erst die Wunde an Ihrem Kopf untersuchen.«

»Aber ich muß den Sheriff . . .«

»Moment!« Blair träufelte ein scharfes Mittel in die offene Wunde, und der junge Mann wurde von dem neuen Schmerz so geschwächt, daß er sich im Stuhl zurücklehnte. »Erzählen Sie mir doch erst mal, was hier passiert ist.«

»Zwei Männer kamen herein und hielten mir einen Revolver an die Schläfe.«

Aus den Augenwinkeln konnte Blair etwas Weißes im

Kamin auftauchen sehen. »Drehen Sie sich noch mehr ins Licht – so. Was geschah dann?«

»Ich habe nur dagestanden, während der Kleinere zum Safe ging, ihn öffnete und eine Truhe herausholte. Ich habe keine Ahnung, was sie enthielt. Und im selben Moment bekam ich einen Schlag auf den Kopf, und dann weiß ich nur, daß Sie hier waren. Ich muß den Sheriff ...«

»Das kann doch nicht die *ganze* Geschichte gewesen sein. Sie müssen sich doch gewehrt haben.«

»Nein, ich muß jetzt den ...«

»Ted, ich möchte, daß Sie sich für ein, zwei Minuten auf den Boden legen. Sie haben eine Menge Blut verloren. Ja, so ist's richtig – strecken Sie sich dort hinter dem Aktenschrank aus. Ich muß erst meine Instrumente sauber machen.«

Blair rannte zum Kamin, riß den Strick und die Schlinge von der Truhe und stopfte beides in ihre Ärztetasche. »So – jetzt können Sie wieder aufstehen. Das Schlimmste haben Sie nun wohl überstanden. Ich mache Ihnen einen Vorschlag. Sie kommen hierher, nehmen Ihren Revolver, und ich fahre Sie dann zum Sheriff.«

Ted kam, sich mit einer Hand den Kopf haltend, hinter seinem Aktenschrank hervor und starrte dann ungläubig auf den Kaminrost. »Da ist sie ja!«

»Was meinen Sie?«

»Die Truhe, die sie gestohlen haben. Da ist sie! Wie lange ist sie schon hier?«

»Die war schon hier, als ich hereinkam. Wollen Sie damit sagen, daß die Räuber sie doch nicht mitgenommen haben? Himmel, Ted, Sie sagten, Sie haben den beiden energisch Widerstand geleistet. Sie haben die Räuber daran gehindert, die Kiste zu rauben, nicht wahr?«

»Ich ... ich weiß nicht. Ich dachte ...«

»Da ist doch der Beweis. Sie *müssen* die Kiste gerettet haben. Ted, Sie sind ein Held.«

»Ich ... ja, wahrscheinlich.« Er drückte die Schultern durch. »Ja, warum eigentlich nicht?«

»Blair stellte die Truhe wieder in den Safe, schloß dessen Tür, half Ted zu einem Stuhl und rannte nach draußen. Lee rannte mit ihr zur Kutsche. Sie hatten nur eine Meile bis zum nächsten Telefon, und Lee vermutete, daß der Sheriff bereits in seinem Büro auf eine Nachricht von ihm wartete.

Lee bedankte sich bei dem Schankwirt, daß er ihn telefonieren ließ, und ging wieder nach draußen, wo Blair ihm bang entgegensah und rief: »Ist es jetzt wirklich vorbei?«

»Der Sheriff hat mir erzählt, daß LeGault mit einem sehr schmächtigen Mann – den ich für Françoise halte – vor einer Stunde in den Zug nach Denver gestiegen ist. Ich glaube nicht, daß wir die beiden so rasch wiedersehen.«

»Und dabei ging es die ganze Zeit hindurch nur um Leute von der Gewerkschaft«, murmelte Blair. »Weißt du, Lee, daß ich mir ebenfalls Gedanken darüber gemacht habe, wie wir die Bergarbeiter dazu bringen können, sich zu organisieren? Vielleicht könnten wir beide zusammen . . .«

»Nur über meine Leiche!« schnappte er und nahm ihr die Zügel aus der Hand.

»Was soll *ich* denn dann tun? Zu Hause bleiben und deine verdammten Socken stopfen?«

»Du stopfst sie gar nicht mal so schlecht, und ich möchte *wirklich* immer wissen, wo du steckst . . .«

»Dann sollen Sie eines wissen, Herr Doktor: Wenn Sie glauben, ich würde so ein Leben führen, haben Sie sich gewaltig geschnitten. Am Samstag gehe ich gleich nach dem Frühstück zurück in *meine* Klinik und versorge *meine* Patienten.«

»Am Samstag erst? Warum nicht heute? Warum soll ich dich nicht gleich dort absetzen?«

»Weil ich den heutigen Tag mit meinem Mann im Bett verbringe. Ich habe eine Menge nachzuholen.«

Lee warf ihr einen verwunderten Blick zu, grinste dann und rief dem Pferd zu: »Hüja – hü! Die Schule ist aus, und die Lehrerin möchte spielen!« Die Fahrt ins Glück begann.

Band 12289

Elizabeth Chadwick

Schicksalsgefährten

Ein historischer Liebesroman aus bedrängnisvoller Zeit

Kurz nachdem Claire ihre Jugendliebe Raoul de Montvallant geheiratet hat, bricht ein blutiger Religionskrieg über Südwestfrankreich herein. Entsetzt über die verbreitete Korruption in der Kirche, fühlt sich die junge Frau zur Lehre der Katharer hingezogen. In deren Gefolge begegnet Raoul Bridget, der Hüterin eines Geheimnisses, das der Papst mit aller Macht auslöschen will. Simon de Montford führt den Kreuzzug an, der sich im Jahr 1209 gegen die Katharer richtet. Er verwüstet Städte und Dörfer und trachtet nicht nur nach Raouls ererbten Ländereien, sondern auch nach der schönen Claire - denn sie hat die heftigsten Begierden in ihm entfacht...

BASTEI
LÜBBE

Band 12295

Raymond Jean

Eine öffentliche Liebe

Eine hintersinnige Komödie über Liebe, Ehe, Prestige und die Macht der Medien

Während eines Europapokalspiels in Rom wandert das Auge der Kamera über die Ränge und hält schließlich bei einem Paar inne, das sich verliebt umarmt. Das Problem ist: Bruno und Iris sind verheiratet - aber nicht miteinander. Noch bevor die beiden wieder in Frankreich sind, ist aus der heimlichen Affäre eine öffentliche Liebe geworden. Denn natürlich hat es jeder gesehen: Ehepartner, Schwiegermutter, Kinder, Freunde, sogar Brunos Bankdirektor. Der Skandal ist perfekt. Iris will Selbstmord begehen. Bruno enwickelt einen handfesten Verfolgungswahn und ist fest entschlossen, den Kameramann zur Rechenschaft zu ziehen...

BASTEI LÜBBE

Band 12292

Pamela Jekel

Bayou

Eine grandiose Südstaaten-Saga, zugleich die mitreißende Story vier ungewöhnlicher Frauen

Von einem kleinen, idyllischen Dorf über Baumwoll- und Zuckerrohrplantagen und die tief beeindruckende Landschaft des Mississippi-Deltas *Bayou* mit seinen zahlreichen kleinen Flußläufen bis in die glanzvolle Gesellschaft von New Orleans führt dieser faszinierende Roman. Im Mittelpunkt des Geschehens stehen vier außergewöhnliche Frauen, die in der flirrenden Hitze Louisianas mit großer Leidenschaft ihr Schicksal in die Hand nehmen.

BASTEI
LÜBBE

Band 12296

Cynthia Wright

Stark wie dein Herz ist die Liebe

Eine Lady erobert den Wilden Westen

Der Wilde Westen des Jahres 1876 ist nicht die passende Umgebung für eine Lady. Und Madeleine Avery ist von Kopf bis Fuß eine Dame der feinen Gesellschaft von Philadelphia. Gold hatte ihren Vater einst zu den schwarzen Hügeln gelockt - doch mit Nachbarn wie Bill Hickock, Teufelsjane und Little Bighorn kann Maddie wirklich nichts anfangen. Doch dann begegnet sie Fox Daniel - und etwas in ihr beginnt sich zu verändern.
Die Suche nach der Wahrheit über ihre Familie führt Maddie in die Ebenen Dakotas, die Heimat der Sioux. Auf der Reise dorthin spürt sie die Sehnsucht nach diesem geheimnisvollen Mann, der etwas vor ihr zu verbergen scheint. Doch seine verstohlene Zärtlichkeit sagt ihrem Herzen, was Worte nicht auszudrücken vermögen...

BASTEI LÜBBE

Band 12258

Mary Jo Putney

Wilder als Haß, süßer als Liebe

Eine Liebe auf Umwegen

Die schöne siebzehnjährige Diplomatentochter Juliet Cameron soll mit dem attraktiven Abenteurer Lord Ross Carlisle verheiratet werden. Doch die Strenge des Viktorianischen Zeitalters und die Furcht vor einer alles verzehrenden Liebe drohen ihren rebellischen Geist zu ersticken. Sie flieht in das geliebte Persien ihrer Kindheit…
Doch zwölf Jahre später führt das Schicksal die beiden wieder zusammen, und diesmal kann Juliet nicht vor ihren Gefühlen fliehen…

BASTEI LÜBBE